Der verfluchte Wald
Die Mauer
Schattenturm
Die Schwarze Festung
Ostwacht an der See
Die Seehundsbucht
Endfluss
Karhold
Grauenstein
Winterfell
Weißklinge
Königsweg
Weißwasserhafen
Maidengraben
Witwenwacht
Biss
Drei Schwestern
Vier Finger
Das grüne Tal von Arryn
Hohenehr
Bluttor
Grüner Arm
Trident

George R. R. Martin

FEUER UND BLUT

Erstes Buch

GEORGE R.R.
MARTIN

FEUER UND BLUT

ERSTES BUCH

AUFSTIEG UND FALL DES HAUSES TARGARYEN VON WESTEROS

Deutsch von Andreas Helweg

GRRM
BY
penhaligon

Die Originalausgabe erschien 2018 unter dem Titel
»Fire & Blood: 300 Years Before a Game of Thrones (A Targaryen History)«
bei Bantam Books, New York.

MIX
Papier aus verantwortungsvollen Quellen
FSC® C014496

Verlagsgruppe Random House FSC® N001967

1. Auflage

Redaktion: Sigrun Zühlke und Thomas Gießl
Umschlaggestaltung und Artwork: Isabelle Hirtz, Inkcraft unter Verwendung von Motiven
von © Shutterstock.com/Karpenkov Denis und © iStock.com/MariusFM77
Innenillustrationen: copyright © Doug Wheatley
Karte Vor- und Nachsatz: copyright © Franz Vohwinkel
Stammbaum Umschlaginnenseite: copyright © Andreas Hancock
HK · Herstellung: sam
Satz: Uhl + Massopust, Aalen
Druck und Bindung: GGP Media GmbH, Pößneck
Printed in Germany
ISBN 978-3-7645-3223-9

www.penhaligon.de

Für Lenore, Elias, Andrea und Sid,
die Mountain Minions

INHALT

Feuer und Blut

Eine Chronik der Targaryen-Könige von Westeros

Erstes Buch

Von Aegon I. (dem Eroberer)
bis zur Regierungszeit von
Aegon III. (dem Drachentod)

Verfasst von Erzmaester Gyldayn
aus der Zitadelle von Altsass

(In der Niederschrift von George R.R. Martin)

AEGONS EROBERUNG

Die Maester der Zitadelle, die die Geschichte von Westeros bewahren, nutzen seit dreihundert Jahren Aegons Eroberung als Ausgangspunkt ihrer Zeitrechnung. Geburten, Todesfälle, Schlachten und sonstige Ereignisse werden entweder v.A.E. (vor Aegons Eroberung) oder n.A.E. (nach Aegons Eroberung) datiert.

Der wahre Gelehrte weiß, wie unpräzise solche Angaben sind. Aegon Targaryens Eroberung der Sieben Königreiche fand nicht an einem einzigen Tag statt. Zwischen Aegons Landung und seiner Krönung in Altsass verstrichen mehr als zwei Jahre … und selbst danach war die Eroberung noch nicht vollendet, weil Dorne noch nicht unterworfen war. Vereinzelte Versuche gab es während König Aegons Herrschaft immer wieder, sogar noch während der Herrschaft seiner Söhne. Daher ist es unmöglich, ein genaues Datum für das Ende der Eroberungskriege anzugeben.

Sogar das Anfangsdatum basiert auf einer irrigen Vorstellung. Fälschlicherweise wird oft angenommen, die Herrschaft König Aegons I. Targaryen habe an dem Tag begonnen, als er an der Mündung des Schwarzwassers landete, am Fuß der drei Hügel, um die herum sich später die Stadt Königsmund erheben sollte. Das stimmt nicht! Der Tag von Aegons Landung wurde zwar vom König und seinen Nachfahren gefeiert, doch der Eroberer selbst zählte die Jahre seiner Herrschaft in Wirklichkeit nach dem Tag, an dem er in der Sternensepte von Altsass vom Hohen Septon des Glaubens zum König gesalbt und gekrönt wurde. Diese Krönung fand zwei Jahre nach Aegons Landung statt, und zwar einige Zeit nachdem die Targaryen die drei großen Schlachten der Eroberungskriege geschlagen und gewonnen hatten. Man sieht also, der Großteil von Aegons tatsächlicher Eroberung fand in den Jahren 2 bis 1 vor Aegons Eroberung statt.

Die Targaryen entstammen reinstem valyrischen Blut und waren Drachenherren eines alten Geschlechts. Zwölf Jahre vor dem Verhängnis von Valyria (114 v.A.E.) verkaufte Aenar Targaryen seine Besitzungen im Freistaat und in den Ländern des Langen Sommers und zog mit seinen Gemahlinnen, seinem ganzen Besitz, allen Sklaven, Drachen, Geschwistern, Kindern und Verwandten nach Drachenstein, einer trostlosen Inselzitadelle unter einem rauchenden Berg in der Meerenge.

Auf seinem Höhepunkt war Valyria die größte Stadt der bekannten Welt, der Mittelpunkt der Zivilisation. Hinter seinen glänzenden Mauern wetteiferten vierzig rivalisierende Häuser um Macht und Ruhm am Hof und im Rat und stiegen und fielen im endlosen, wechselvollen und oft gewaltsamen Kampf um die Herrschaft. Die Targaryen gehörten bei Weitem nicht zu den mächtigsten Drachenherren, und so verurteilten ihre Rivalen ihre Flucht nach Drachenstein als einen Akt der Kapitulation und Feigheit. Doch Lord Aenars jungfräuliche Tochter Daenys, die für immer als Daenys die Träumerin in die Geschichte einging, hatte die Zerstörung Valyrias durch Feuer vorausgesehen. Und als zwölf Jahre später das Verhängnis über Valyria kam, waren die Targaryen die einzigen Drachenherren, die überlebten.

Drachenstein war seit zwei Jahrhunderten der westlichste Vorposten valyrischer Macht gewesen. Seine Lage quer zur Gurgel erlaubte es seinen Herren, die Schwarzwasserbucht in den Würgegriff zu nehmen, weshalb sich sowohl die Targaryen als auch ihre engen Verbündeten, die Velaryons von Driftmark (ein niederes Haus valyrischer Herkunft), am Handel in der Region bereichern konnten. Die Flotte der Velaryons kontrollierte zusammen mit einem weiteren valyrischen Haus, den Celtigars von der Klaueninsel, den mittleren Bereich der Meerenge, während die Targaryen mit ihren Drachen den Himmel beherrschten.

Dennoch richtete das Haus Targaryen den größten Teil der ersten hundert Jahre nach dem Verhängnis (die sehr treffend als das Jahrhundert des Blutes bezeichnet werden) seinen Blick eher nach Osten als nach Westen und zeigte kaum Interesse an Westeros. Gaemon Targaryen, Bruder und Gemahl von Daenys der Träumerin, folgte Aenar dem Auswanderer als Lord von Drachenstein und wurde berühmt als Gaemon der Glorreiche. Gaemons Sohn Aegon und seine Tochter Elaena herrschten nach seinem Tod gemeinsam. Ihnen folgten ihr Sohn Maegon, dessen Bruder Aerys und Aerys' Söhne Aelyx, Baelon und Daemion. Der letzte der drei Brüder war Daemion, dessen Sohn Aerion schließlich Lord von Drachenstein wurde.

Jener Aegon, den die Geschichte als Aegon den Eroberer und Aegon den Drachen kennt, wurde im Jahre 27 v.A.E. auf Drachenstein geboren. Er war der einzige Sohn und das zweite Kind von Aerion, Lord von Drachenstein, und Lady Valaena aus dem Hause Velaryon, die über ihre Mutter selbst eine halbe Targaryen war. Aegon hatte zwei ehelich geborene Geschwister, eine ältere Schwester, Visenya, und eine jüngere Schwester, Rhaenys. Seit Langem war es Sitte bei den Drachenherren von Valyria, Bruder und Schwester miteinander zu verheiraten, um das Blut rein zu halten, aber Aegon nahm sogar beide Schwestern zur Gemahlin. Der Tradition nach hätte er nur seine ältere Schwester Visenya ehelichen müssen; Rhaenys zur zweiten Gemahlin zu nehmen war ungewöhnlich, wenn auch nicht ohne historisches Vorbild. Manche sagten, Aegon vermählte sich mit Visenya aus Pflichtgefühl, aber mit Rhaenys, weil er sie begehrte.

Alle drei Geschwister hatten sich bereits vor ihrer Hochzeit als Drachenherren erwiesen. Von den fünf Drachen, die mit Aenar dem Auswanderer nach Drachenstein geflogen waren, lebte in Aegons Tagen nur noch einer: die große Bestie Balerion, der Schwarze Schrecken. Die anderen beiden, Vhagar und Meraxes, waren jünger und erst auf Drachenstein geschlüpft.

Unter Unwissenden hält sich der Mythos, Aegon Targaryen habe vor dem Tag, an dem er in See stach, um Westeros zu erobern, nie einen Fuß auf den Boden des Kontinents gesetzt, doch dies kann nicht der Wahrheit entsprechen. Schon Jahre vor dieser Reise war auf Lord Aegons Geheiß hin die Bemalte Tafel geschnitzt und verziert worden: eine riesige Holzplatte, ungefähr fünfzig Fuß lang, in Form der Landmasse von Westeros, mit allen Wäldern und Flüssen und Städten und Burgen der Sieben Königreiche bemalt. Offenbar hatte sich Aegon schon lange vor den Ereignissen, die ihn in den Krieg trieben, sehr für Westeros interessiert. Es gibt auch verlässliche Berichte über einen Aufenthalt des jungen Aegon und seiner Schwester Visenya in der Zitadelle von Altsass sowie einen Besuch zur Falkenjagd auf dem Arbor, als Gäste von Lord Rothweyn. Er könnte auch Lennishort besucht haben. Hier widersprechen sich die Quellen.

In Aegons Jugend war Westeros in sieben streitsüchtige Königreiche aufgeteilt, und es gab kaum Zeiten, in denen nicht zwei oder drei dieser Königreiche gegeneinander Krieg führten. Der weite, kalte und steinige Norden wurde von den Starks von Winterfell regiert. In den Wüsten Dornes war das Wort der Fürsten aus dem Hause Martell Gesetz. Die goldreichen Westlande beherrschten die Lennisters von Casterlystein, die fruchtbare Weite die Gärtners von Rosengarten. Das Grüne Tal, die Finger und die Mondberge gehörten dem Haus Arryn. Doch die streitbarsten Könige zu Aegons Zeiten regierten die beiden Reiche, die Drachenstein am nächsten waren – Harren der Schwarze und Argilac der Arrogante.

Von ihrer großen Zitadelle Sturmkap aus hatten die Sturmkönige des Hauses Durrandon einst die östliche Hälfte Westeros' vom Zornkap bis zur Krabbenbucht beherrscht, doch ihre Macht schwand schon seit Jahrhunderten. Die Könige der Weite hatten sich Gebiete im Westen einverleibt, die Dornischen bedrängten sie im Süden, und Harren der Schwarze und seine Eisenmänner vertrieben sie vom Trident und aus den Ländern nördlich des Schwarzwassers. König Argilac, dem letzten Durrandon, gelang es, diesen Niedergang für einige Zeit aufzuhalten, indem er noch als Knabe eine Invasion der Dornischen zurückschlug. Danach überquerte er die Meerenge, wo er dem großen Bündnis gegen die »Tiger« von Volantis beitrat; zwanzig Jahre später erschlug er Gars VII. Gärtner, den König der Weite, in der Schlacht bei Sommerfeld. Doch da hatte das Alter Argilac eingeholt: Seine berühmte schwarze Mähne war grau geworden, und seine Stärke im Waffengang hatte nachgelassen.

Nördlich des Schwarzwassers beherrschte Harren der Schwarze aus dem Hause Hoffartt, der König der Inseln und der Flüsse, die Flusslande mit blutiger Hand. Harrens Großvater Harwyn Harthand, ein Eisenmann, hatte den Trident Argilacs Großvater Arrec abgenommen, dessen Ahnen Jahrhunderte zuvor den letzten Flusskönig niedergeworfen hatten. Harrens Vater hatte seine Herrschaft nach Osten bis Dämmertal und Rosby ausgeweitet. Harren selbst widmete den größten Teil seiner fast vierzigjährigen Herrschaft dem Bau einer riesigen Burg am Götterauge, doch in dem Maße, in dem sich Harrenhal der Fertigstellung näherte, waren die Eisenmänner bereit für neue Eroberungen.

Kein König in Westeros wurde mehr gefürchtet als der Schwarze Harren, der in allen Sieben Königreichen für seine legendäre Grausamkeit bekannt war. Und kein König in Westeros fühlte sich bedrohter als Argilac der Sturmkönig, der letzte Durrandon – ein alternder Krieger, dessen einzige Erbin seine jungfräuliche Tochter war. Und so kam es, dass Argilac sich an die Targaryen auf Drachenstein wandte und Lord Aegon die Hand seiner Tochter anbot, dazu als Mitgift alles Land östlich des Götterauges vom Trident bis zum Schwarzwasser.

Aegon Targaryen lehnte das Angebot des Sturmkönigs ab. Er habe bereits zwei Gemahlinnen, führte er aus, und benötige keine dritte. Außerdem gehörte das angebotene Brautland bereits seit über einer Generation Harrenhal, Argilac konnte es also gar nicht verschenken. Offensichtlich wollte der alternde Sturmkönig die Targaryen am Schwarzwasser als Puffer zwischen seinen eigenen Ländern und denen Harrens dem Schwarzen haben.

Doch der Lord von Drachenstein unterbreitete ihm ein Gegenangebot. Er würde das ihm angebotene Brautland nehmen, wenn Argilac ihm zusätzlich Massies Haken und die Wälder und Ebenen südlich des Schwarzwassers bis zum Fluss Wendwasser und dem Quellgebiet des Manders überließ. Der Pakt sollte durch die Heirat von Argilacs Tochter mit Orys Baratheon, Lord Aegons Recken und Kindheitsfreund, besiegelt werden.

Diesen Vorschlag wies Argilac der Arrogante zornig zurück. Es ging das Gerücht, Orys Baratheon sei ein unehelicher Halbbruder Lord Aegons von niederer Geburt. Der Sturmkönig wollte seine Tochter nicht entehren, indem er ihre Hand einem Bastard gewährte. Allein der Vorschlag erzürnte ihn über alle Maßen. Argilac ließ Aegons Boten die Hände abhacken und schickte sie ihm in einem Kästchen zurück. »Das sind die einzigen Hände, die Euer Bastard von mir bekommen wird«, schrieb er.

Aegon antwortete nicht. Stattdessen rief er seine Freunde, Vasallen und wichtigsten Verbündeten nach Drachenstein. Ihre Zahl war klein. Die Velaryons von Driftmark waren durch Eid an das Haus Targaryen gebunden, ebenso die Celtigars von der Klaueninsel. Von Massies Haken kamen Lord Bar Emmon von Scharfspitze und Lord Massie von Steintanz, die beide durch Eid an Sturmkap gebunden waren, jedoch engere Verbindungen zu Drachenstein unterhielten. Lord Aegon und seine Schwestern berieten sich mit ihnen und besuchten sogar gemeinsam die Burgsepte, um zu den Sieben von Westeros zu beten, obwohl Aegon bis dahin nicht für seine Frömmigkeit bekannt gewesen war.

Am siebten Tag stieg ein Schwarm Raben von Drachensteins Türmen auf und trug Lord Aegons Wort in die Sieben Königreiche von Westeros. Die Vögel flogen zu den sieben Königen, zur Zitadelle von Altsass, zu großen und kleinen Lords. Alle trugen sie die gleiche Nachricht: Von diesem Tage an würde es nur noch einen König in Westeros geben. Wer das Knie vor Aegon aus dem Hause Targaryen beuge, werde seine Länder und Titel behalten. Wer die Waffen gegen ihn erhöbe, werde niedergeworfen, gedemütigt und vernichtet.

Die Berichte über die Zahl der Schwerter, die mit Aegon und seinen Schwestern von Drachenstein aufbrachen, sind widersprüchlich. Manche nennen dreitausend, andere zählen nur Hunderte. Dieses bescheidene Heer der Targaryen landete an der Mündung des Schwarzwassers, am Nordufer, wo sich drei bewaldete Hügel über einem kleinen Fischerdorf erhoben.

Zu Zeiten der Einhundert Königreiche hatten viele Kleinkönige die Herrschaft über die Flussmündung beansprucht, darunter die Finsterlyns von Dämmertal, die Massies von Steintanz und die alten Flusskönige, ob nun Schlamms, Fischers, Brackens, Schwarzhains oder Hakens. Immer wieder hatten Türme und Festen die drei Hügel gekrönt, nur um anschließend in diesem oder jenem Krieg zerstört zu werden. Nun hießen nur zerbrochene Steine und überwucherte Ruinen die Targaryen willkommen. Obgleich sowohl Sturmkap als auch Harrenhal die Flussmündung für sich beanspruchten, wurde sie nicht verteidigt, und die nächsten Burgen wurden von niederen Lords ohne große Macht oder militärische Stärke gehalten, Lords, die zudem nur wenig Grund hatten, ihren Lehnsherrn, Harren den Schwarzen, zu lieben.

Aegon Targaryen ließ den höchsten Hügel mit einer Palisade aus Holz und Erde befestigen und schickte seine Schwestern los, die benachbarten Burgen zu unterwerfen. Rosby ergab sich Rhaenys und ihrem goldäugigen Meraxes ohne Kampf. Bei Schurwerth schossen einige Armbrustschützen Bolzen auf Visenya, bis Vhagars Flammen die Dächer der Burg in Brand setzten. Danach ergaben sie sich ebenfalls.

Die erste echte Herausforderung für den Eroberer stellten Lord Finsterlyn von Dämmertal und Lord Muton von Jungfernteich dar, die sich zusammenschlossen und mit dreitausend Mann nach Süden marschierten, um die Eindringlinge zurück ins Meer zu werfen. Aegon schickte Orys Baratheon los, der sie noch unterwegs überfallen sollte, während er selbst sich mit dem Schwarzen Schrecken aus der Luft auf sie stürzte. Beide Lords fielen in der ungleichen Schlacht. Daraufhin übergaben Finsterlyns Sohn und Mutons Bruder ihre Burgen und schworen ihre Schwerter dem Haus Targaryen. In jener Zeit war Dämmertal der wichtigste Hafen von Westeros an der Meerenge und durch Handel reich geworden. Visenya Targaryen verbot die Plünderung der Stadt, zögerte jedoch nicht, ihre Reichtümer für sich zu beanspruchen, was die Truhen der Eroberer kräftig füllte.

Diese Stelle bietet sich vielleicht an, ein paar Worte über die unterschiedlichen Charaktere Aegon Targaryens und seiner Schwestergemahlinnen und Königinnen zu verlieren.

Visenya, die Älteste der drei, war eine ebenso grimmige Kriegerin wie Aegon selbst und fühlte sich im Kettenhemd genauso wohl wie in Seide. Sie trug ein Langschwert aus valyrischem Stahl, Dunkle Schwester, mit dem sie hervorragend umgehen konnte, weil sie seit frühester Kindheit zusammen mit ihrem Bruder den Umgang mit den Waffen geübt hatte. Obgleich sie mit dem silbergoldenen Haar und den violetten Augen Valyrias gesegnet war, war ihre Schönheit eher herb. Selbst jene, die sie liebten, beschrieben Visenya als streng, ernst und nachtragend. Manche behaupteten sogar, sie habe mit Giften herumgespielt und sich mit dunkler Magie eingelassen.

Rhaenys, die Jüngste der drei Targaryen, verkörperte das genaue Gegenteil ihrer Schwester. Sie war verspielt, neugierig, impulsiv und gab sich gern Träumereien hin. Rhaenys war keine wahre Kriegerin, dafür liebte sie Musik, Tanz und Poesie und unterstützte Sänger, Mimen und Puppenspieler. Dennoch heißt es, Rhaenys habe mehr Zeit auf dem Rücken ihres Drachen verbracht als ihr Bruder und ihre Schwester zusammen, denn das Fliegen liebte sie über alles. Einmal soll sie gesagt haben, sie wolle vor ihrem Tod einmal auf Meraxes über das Meer der Abenddämmerung fliegen, um zu sehen, was an seiner Westküste liegt. Während niemand je Visenyas Treue zu ihrem Brudergemahl infrage stellte, umgab sich Rhaenys mit hübschen jungen Männern und, so wurde geflüstert, vergnügte sich mit einigen von ihnen im Bett, wenn Aegon die Nacht bei ihrer älteren Schwester verbrachte. Trotz dieser Gerüchte entging es Beobachtern bei Hofe nicht, dass auf jede bei Visenya verbrachte Nacht etwa zehn Nächte mit Rhaenys kamen.

Aegon Targaryen selbst war seltsamerweise für seine Zeitgenossen ein ebenso großes Rätsel wie für uns. Er zählte zu den größten Kriegern seiner Zeit und führte Schwarzfeuer, eine Klinge aus valyrischem Stahl; dennoch hatte er für Waffentaten nicht viel übrig und ritt weder im Turnier, noch kämpfte er im Buhurt. Sein Drache war Balerion der Schwarze Schrecken, doch bestieg er ihn nur zur Schlacht oder um schnell über Land und Meer zu reisen. Dank seiner gebieterischen Art fiel es ihm leicht, Männer um seine Banner zu scharen, doch abgesehen von Orys Baratheon, dem Gefährten seiner Jugend, hatte er keine engen Freunde. Frauen fühlten sich zu ihm hingezogen, aber Aegon blieb seinen Schwestergemahlinnen stets treu. Als König vertraute er seinem Kleinen Rat und seinen Schwestern viele Aufgaben an und überließ ihnen einen Großteil der alltäglichen Regierungsgeschäfte, zögerte jedoch nicht, die Dinge in die eigenen Hände zu nehmen, wann immer er es für notwendig hielt. Mit Rebellen und Verrätern ging er hart ins Gericht, aber gegenüber ehemaligen Feinden, die das Knie beugten, zeigte er sich stets großzügig.

Dies bewies er zum ersten Mal in der Aegonfeste, der schlichten Schanze aus Holz und Erde, die er auf dem Berg errichtet hatte, der von nun an Aegons Hoher Hügel heißen sollte. Nachdem er ein Dutzend Burgen eingenommen und die Mündung des Schwarzwassers an beiden Ufern gesichert hatte, befahl er die besiegten Lords zu sich. Sie legten ihm ihre Schwerter zu Füßen, doch Aegon half ihnen auf und bestätigte sie in ihren Ländern und Titeln. Seinen ältesten Gefolgsleuten verlieh er neue Ehren. Daemon Velaryon, den Lord der Gezeiten, berief er zum Meister der Schiffe und gab ihm den Befehl über die königliche Flotte. Triston Massie, Lord von Steintanz, wurde zum Meister des Rechts ernannt, Crispian Celtigar zum Meister der Münze. Und Orys Baratheon nannte er »meinen treuen Schild und Gefolgsmann, meine starke, rechte Hand«. Deshalb gilt Baratheon als erste Hand des Königs.

Bei den Lords von Westeros waren Wappenbanner längst Tradition, doch die Drachenherren des Alten Valyria hatten so etwas nie verwendet. Als Aegons Ritter seine große Schlachtstandarte aus Seide entrollten, die einen roten, feuerspeienden Drachen mit drei Köpfen auf schwarzem Grund zeigte, nahmen die Lords dies als

Zeichen dafür, dass er nun wahrhaft einer der ihren geworden war, ein würdiger Hochkönig von Westeros. Als Königin Visenya ihrem Bruder einen mit Rubinen besetzten Reif aus valyrischem Stahl aufs Haupt setzte und Königin Rhaenys ihm als »Aegon, der Erste Seines Namens, König von ganz Westeros und Schild Seines Volkes« huldigte, brüllten die Drachen, und die Lords und Ritter jubelten … doch am lautesten schrie das gemeine Volk, Fischer und Feldarbeiter und Frauen.

Nur die sieben Könige, die Aegon der Drache zu entthronen gedachte, jubelten nicht. In Harrenhal und Sturmkap hatten Harren der Schwarze und Argilac der Arrogante bereits zu den Fahnen gerufen. Im Westen ritt König Mern aus der Weite die Meerstraße hinauf nach Norden nach Casterlystein, um sich mit König Loren aus dem Hause Lennister zu treffen. Die Fürstin von Dorne sandte einen Raben nach Drachenstein und bot Aegon im Kampf gegen Argilac den Sturmkönig Unterstützung an … aber als gleichrangige Verbündete, nicht als Untertanin. Ein weiteres Bündnisangebot kam von dem Kindkönig aus Hohenehr, Ronnel Arryn, dessen Mutter anbot, Aegon gegen den Schwarzen Harren zu unterstützen, und dafür im Gegenzug alle Länder östlich des Grünen Arms des Tridents verlangte. Selbst im Norden saß König Torrhen Stark von Winterfell mit seinen Lords und Beratern bis spät in die Nacht zusammen und besprach, wie sie sich diesem Möchtegern-Eroberer gegenüber verhalten sollten. Das ganze Reich erwartete mit Sorge Aegons nächsten Schritt.

Bereits wenige Tage nach seiner Krönung marschierten Aegons Heere wieder. Der größere Teil zog unter dem Befehl Orys Baratheons nach Süden gegen Sturmkap. Königin Rhaenys begleitete ihn auf Meraxes, dem Drachen mit den goldenen Augen und silbernen Schuppen. Die Flotte der Targaryen verließ unter Daemon Velaryon die Schwarzwasserbucht und wandte sich nach Norden, Möwenstadt und dem Grünen Tal zu. Ihnen schloss sich Königin Visenya auf Vhagar an. Der König selbst marschierte nach Nordwesten zum Götterauge und nach Harrenhal, der gigantischen Festung, Stolz und Wahn König Harrens des Schwarzen.

Alle drei Targaryen-Heere stießen auf erbitterten Widerstand. Die Lords Errol, Grimm und Buckler, Vasallen Sturmkaps, überraschten die Vorhut von Orys Baratheons Heer, als sie den Wendwasser überquerte, und machten mehr als tausend Mann nieder, ehe sie sich wieder zwischen die Bäume zurückzogen. Eine hastig zusammengestellte Flotte der Arryns, unterstützt von einem Dutzend Kriegsschiffe der Braavosi, griff die Targaryen-Flotte im Meer vor Möwenstadt an und besiegte sie. Dabei fiel auch Aegons Admiral Daemon Velaryon. Aegon selbst wurde am Südufer des Götterauges angegriffen, und das nicht nur einmal, sondern gleich zweimal. Die Schlacht im Schilf endete mit einem Sieg für die Targaryen, doch sie erlitten schwere Verluste bei den Wehklagenden Weiden, als zwei Söhne König Harrens den See in Langbooten mit umwickelten Rudern überquerten und ihnen in den Rücken fielen.

Solche Niederlagen erwiesen sich jedoch nur als kleine Rückschläge, denn letztlich hatten Aegons Feinde seinen Drachen nichts entgegenzusetzen. Die Männer aus dem Grünen Tal versenkten ein Drittel der Targaryen-Schiffe und enterten fast genauso viele, doch als sich Königin Visenya aus dem Himmel auf sie stürzte, verbrannten ihre eigenen Schiffe. Die Lords Errol, Grimm und Buckler verbargen sich in den ihnen vertrauten Wäldern, bis Königin Rhaenys auf Meraxes in den Kampf eingriff. Eine Feuerwand wälzte sich durch den Wald und verwandelte die Bäume in Fackeln. Und die Sieger bei den Wehklagenden Weiden, die über den See nach Harrenhal zurückruderten, waren schlecht gewappnet, als Balerion aus dem Morgenhimmel über sie kam. Harrens Langboote verbrannten. Und Harrens Söhne ebenfalls.

Aegons Gegner wurden auch von anderen Feinden geplagt. Als Argilac der Arrogante seine Schwerter in Sturmkap versammelte, landeten Piraten von den Trittsteinen an der Küste des Zornkaps und nutzten die Abwesenheit der Krieger aus. Dornische Räuberbanden strömten aus den Roten Bergen und fegten durch die Marschen. Im Grünen Tal musste sich der junge König Ronnel mit einer Rebellion auf den Drei Schwestern herumschlagen, als diese

Hohenehr die Treue aufkündigten und Lady Marla Sunderland zu ihrer Königin ausriefen.

Doch das alles waren nur Kleinigkeiten im Vergleich zu dem, was Harren dem Schwarzen widerfuhr. Obwohl das Haus Hoffartt seit drei Generationen in den Flusslanden herrschte, liebten die Menschen am Trident ihre Lehnsherren von den Eiseninseln nicht. Tausende waren beim Bau der großen Burg Harrenhal ums Leben gekommen, die Flusslande waren geplündert worden, und in seiner Gier nach Gold hatte Harren der Schwarze Lords wie Volk an den Bettelstab gebracht. Und so erhoben sich die Flusslande unter Lord Edmyn Tully von Schnellwasser. Tully, der zur Verteidigung von Harrenhal gerufen worden war, erklärte sich für das Haus Targaryen, ließ das Drachenbanner über seiner Burg hissen und brach auf, um sich mit seinen Rittern und Bogenschützen Aegon anzuschließen. Sein Trotz machte anderen Flusslords Mut. Einer nach dem anderen schworen die Lords vom Trident Harren ab und erklärten sich für Aegon den Drachen. Schwarzhains, Mallisters, Vankes, Brackens, Peipers, Freys, Krafts … sie alle riefen zu den Fahnen und zogen gegen Harrenhal.

Plötzlich in der Unterzahl, suchte König Harren der Schwarze Zuflucht in seiner vermeintlich uneinnehmbaren Feste. Als größte Burg, die je in Westeros errichtet worden war, protzte Harrenhal mit fünf gigantischen Türmen, einer unerschöpflichen Trinkwasserquelle, riesigen unterirdischen Gewölben voller Vorräte und massiven Mauern aus schwarzem Stein, die höher als jede Leiter und zu dick waren, um von Rammen durchbrochen oder von Tribböcken zerschmettert zu werden. Harren verrammelte die Tore und bereitete sich mit seinen verbliebenen Söhnen und Gefolgsleuten auf eine Belagerung vor.

Doch Aegon von Drachenstein hatte andere Pläne. Nachdem er mit Edmyn Tully und den anderen Flusslords zusammen die Burg umzingelt hatte, schickte er unter dem Friedensbanner einen Maester zu den Burgtoren und bat um eine Unterredung. Harren – ein alter, grauer Mann, aber immer noch grimmig in seiner schwarzen Rüstung – kam selbst heraus, um mit ihm zu sprechen. Jeder

König wurde von einem Bannerträger und seinem Maester begleitet, weshalb die Worte, die sie wechselten, auch heute noch bekannt sind.

»Ergebt Euch jetzt«, begann Aegon, »und Ihr bleibt Lord der Eiseninseln. Ergebt Euch jetzt, und Eure Söhne werden leben und nach Euch regieren. Ich stehe mit achttausend Männern vor Euren Mauern.«

»Was vor meinen Mauern vorgeht, kümmert mich nicht«, entgegnete Harren. »Diese Mauern sind dick und stark.«

»Aber nicht hoch genug, um Drachen abzuhalten. Drachen können fliegen.«

»Ich habe in Stein gebaut«, stellte Harren fest. »Stein brennt nicht.«

Worauf Aegon erwiderte: »Bei Sonnenuntergang wird Euer Geschlecht ausgestorben sein.«

Es heißt, daraufhin habe Harren ausgespuckt und sei in seine Burg zurückgekehrt. Dort habe er all seine Männer auf die Wehrgänge geschickt, bewaffnet mit Speer und Bogen und Armbrust. Dem, der den Drachen erlegte, versprach er Land und Reichtümer. »Hätte ich eine Tochter, so würde der Drachentöter sie ebenfalls bekommen«, verkündete Harren der Schwarze. »Stattdessen werde ich ihm eine von Tullys Töchtern geben, oder gleich alle drei, wenn ihm das gefällt. Oder er kann sich eine der Töchter von Schwarzhain oder Kraft aussuchen. Oder irgendein Mädchen von diesen Verrätern am Trident, diesen Lords aus gelbem Schlamm.« Dann zog sich Harren der Schwarze in seinen Turm zurück, umgeben von seiner Leibwache, und nahm mit seinen verbleibenden Söhnen das Nachtmahl ein.

Im letzten Licht des Tages starrten die Männer des Schwarzen Harren in die heraufziehende Dunkelheit und umklammerten ihre Speere und Armbrüste. Als kein Drache erschien, mögen manche Aegons Warnung für eine leere Drohung gehalten haben. Doch Aegon Targaryen war mit Balerion so hoch in den Himmel hinaufgestiegen, dass er die Wolkendecke durchbrochen hatte, immer höher und höher, bis der Drache aussah wie eine Fliege vor dem

Mond. Erst dann stürzte er sich in die Tiefe, und zwar innerhalb der Burgmauern. Auf pechschwarzen Schwingen jagte Balerion durch die Nacht, und als die großen Türme von Harrenhal unter ihm auftauchten, brüllte der Drache vor Zorn und hüllte sie in schwarzes Feuer, durchsetzt mit roten Wirbeln.

Stein brennt nicht, hatte Harren geprahlt, doch seine Burg bestand nicht nur aus Stein. Holz und Wolle, Hanf und Stroh, Brot und Trockenfleisch und Getreide, all das ging in Flammen auf. Und auch Harrens Eisenmänner waren nicht aus Stein. In Flammen gehüllt rannten sie schreiend über die Höfe, taumelten von den Wehrgängen und starben auf dem Boden darunter. Und sogar Stein zerspringt und schmilzt, wenn das Feuer nur heiß genug ist. Die Flusslords vor der Burg berichteten später, die Türme von Harrenhal hätten rot in der Nacht geglüht, wie fünf große Kerzen … und wie Kerzen verbogen sie sich, fingen an, sich zu verformen und zu schmelzen, während Ströme flüssigen Steins an ihren Mauern herabrannen.

Harren und seine letzten Söhne starben in dem Feuer, das seine riesige Burg in dieser Nacht verschlang. Mit ihnen starb das Haus Hoffartt und endete die Herrschaft der Eisenmänner in den Flusslanden. Am Tag darauf nahm König Aegon vor den rauchenden Ruinen von Harrenhal Edmyn Tullys Treueid entgegen und erhob ihn zum Obersten Lehnsherrn am Trident. Die anderen Flusslords huldigten ihnen ebenfalls – Aegon als ihrem König und Edmyn Tully als ihrem Lehnsherrn. Als die Asche so weit abgekühlt war, dass die Burg wieder gefahrlos betreten werden konnte, wurden Männer hineingeschickt, um die Schwerter der Gefallenen einzusammeln. Viele waren geborsten, geschmolzen oder vom Drachenfeuer verdreht, und Wagenladungen davon wurden zurück zur Aegonfeste geschickt.

Im Süden und Osten bewiesen die Vasallen des Sturmkönigs wesentlich mehr Treue als König Harrens Flusslords. Argilac der Arrogante versammelte bei Sturmkap ein großes Heer um sich. Der Sitz der Durrandons war eine mächtige Feste, deren große Ringmauer sogar dicker war als die Mauern von Harrenhal. Auch diese Burg galt als uneinnehmbar. Bald jedoch erreichte die Nachricht vom Fall König Harrens seinen alten Feind König Argilac. Die Lords Grimm und Buckler, die vor dem anrückenden Heer zurückwichen (Lord Errol war gefallen), hatten ihn über Königin Rhaenys und ihren Drachen unterrichtet. Der alte Kriegerkönig brüllte, dass er nicht vorhabe, wie Harren zu enden und sich wie ein Spanferkel mit Apfel im Maul in seiner eigenen Burg rösten zu lassen. Lieber werde er sein Schicksal selbst bestimmen, mit dem Schwert in der Hand. Und so verließ Argilac der Arrogante Sturmkap und ritt ein letztes Mal aus, um sich seinem Feind in einer offenen Feldschlacht zu stellen.

Der Vormarsch des Sturmkönigs überraschte Orys Baratheon und seine Männer nicht; Königin Rhaenys hatte auf Meraxes beobachtet, wie Argilac Sturmkap verließ, und konnte die Hand des Königs genau über die Größe und Aufstellung des feindlichen Heeres in Kenntnis setzen. Orys bezog auf den Hügeln südlich von Bronzetor eine starke Stellung und grub sich auf hochgelegenem Gelände ein, um die Ankunft der Sturmländer zu erwarten.

Als die Heere aufeinanderprallten, machten die Sturmlande ihrem Namen alle Ehre. Der stetige Regen, der am Morgen zu fallen begann, wuchs sich bis mittags zu einem heulenden Sturm aus. In der Hoffnung auf besseres Wetter drängten König Argilacs Vasallen ihn, den Angriff um einen Tag zu verschieben, doch der Sturmkönig hatte fast doppelt so viele Männer wie die Eroberer und verfügte über fast viermal so viele Ritter und schwere Reiterei. Der Anblick der Targaryen-Banner, die durchnässt auf seinen eigenen Hügeln flatterten, erzürnte ihn, und dem erfahrenen Krieger entging nicht, dass der Wind von Süden wehte und den Targaryen-Männern den Regen ins Gesicht blies. Also gab Argilac der Arrogante den Befehl zum Angriff, und die Schlacht, die die Historiker den Letzten Sturm nennen, begann.

Die blutigen Kämpfe dauerten bis weit in die Nacht und verliefen längst nicht so einseitig wie Aegons Eroberung von Harrenhal. Dreimal führte Argilac der Arrogante seine Ritter gegen Baratheons Stellungen, aber die Hänge waren steil, und der Regen hatte den

Boden aufgeweicht, sodass die Pferde einsanken und strauchelten und der Angriff an Wucht und Schlagkraft verlor. Die Sturmländer hatten mehr Erfolg, als sie ihre Speerträger zu Fuß die Hügel hinaufschickten. Vom Regen geblendet, sahen die Invasoren sie erst, als es zu spät war. Dazu kam, dass der Regen die Sehnen ihrer Bögen durchnässt und unbrauchbar gemacht hatte. Ein Hügel fiel, dann ein zweiter, ein dritter, und mit dem vierten Angriff brachen der Sturmkönig und seine Ritter in Baratheons Mitte ein … wo sie sich Königin Rhaenys und Meraxes gegenüberfanden. Selbst am Boden schlug sich der Drache hervorragend. Dickon Morrigen und der Bastard von Schwarzburg, die die Vorhut befehligten, wurden zusammen mit den Rittern aus Argilacs Leibwache vom Drachenfeuer erfasst. Die Streitrösser gerieten in Panik, machten voller Schrecken kehrt, krachten in die Reiterei hinter ihnen und verwandelten den ganzen Angriff in Chaos. Der Sturmkönig selbst wurde aus dem Sattel geworfen.

Doch Argilac kämpfte weiter. Als Orys Baratheon mit seinen Kriegern den schlammigen Hügel hinunterstürmte, fand er den alten König, wie er eigenhändig ein halbes Dutzend Männer zurückschlug und ebenso viele bereits tot zu seinen Füßen lagen. »Tretet beiseite«, befahl Baratheon und stieg ab, um Argilac auf Augenhöhe entgegenzutreten. Er bot dem Sturmkönig eine letzte Gelegenheit zur Unterwerfung. Argilac verfluchte ihn stattdessen. Und so kämpften sie, der alte Kriegerkönig mit wehendem weißen Haar gegen Aegons grimmige, schwarzbärtige Hand. Es heißt, jeder habe eine Wunde vom anderen davongetragen, doch am Ende erfüllte sich der Wunsch des letzten Durrandon: Er starb mit dem Schwert in der Hand und einem Fluch auf den Lippen. Die Sturmländer verloren nach dem Tod ihres Königs allen Mut, und als sich die Nachricht von Argilacs Tod verbreitete, streckten seine Lords und Ritter die Waffen und flohen.

Einige Tage stand zu befürchten, Sturmkap könne das gleiche Schicksal erleiden wie Harrenhal, als Argilacs Tochter Argella die Tore ihrer Burg vor Orys Baratheon und dem Targaryen-Heer verrammelte und sich selbst zur Sturmkönigin ausrief. Sie werde

nie das Knie beugen, und die Verteidiger von Sturmkap würden bis zum letzten Mann kämpfen, erklärte sie, als Königin Rhaenys auf Meraxes zu Verhandlungen in die Burg flog. »Mögt Ihr auch meine Burg einnehmen, Ihr werdet nichts als Knochen und Blut und Asche gewinnen«, verkündete sie … doch die Soldaten ihrer Garnison waren nicht so erpicht auf den Tod. In jener Nacht hissten sie das Friedensbanner, öffneten das Burgtor und lieferten Lady Argella nackt, geknebelt und in Ketten in Orys Baratheons Lager aus.

Es heißt, Baratheon habe sie eigenhändig losgebunden, ihr seinen Mantel umgelegt, Wein eingeschenkt und ihr mit freundlichen Worten vom Mut ihres Vaters und seinem Tod erzählt. Um den gefallenen König zu ehren, übernahm er später Wappen und Sinnspruch des Hauses Durrandon, der gekrönte Hirsch wurde sein Wappen, Sturmkap sein Sitz und Lady Argella seine Gemahlin.

Da sich nun sowohl die Flusslande als auch die Sturmlande in der Hand Aegons des Drachen und seiner Verbündeten befanden, erkannten die verbliebenen Könige von Westeros, dass sie als Nächste an der Reihe waren. In Winterfell rief König Torrhen zu den Fahnen; doch er wusste, dass es angesichts der großen Entfernungen im Norden einige Zeit dauern würde, ein Heer zu versammeln. Königin Sharra aus dem Grünen Tal, die ihrem Sohn Ronnel als Regentin diente, suchte Zuflucht in Hohenehr, verstärkte ihre Verteidigungsanlagen und schickte ein Heer zum Bluttor, der Pforte ins Grüne Tal von Arryn. In ihrer Jugend war Königin Sharra als »die Blume des Berges« gepriesen worden, die schönste Maid der Sieben Königreiche. Vielleicht hoffte sie, Aegon mit ihrer Schönheit auf ihre Seite ziehen zu können, denn sie schickte ihm ein Bildnis von sich und bot an, ihn zu heiraten, wenn er ihren Sohn Ronnel im Gegenzug zu seinem Erben erklärte. Zwar erreichte das Bild Aegon irgendwann, doch bleibt unbekannt, ob er jemals auf den Vorschlag antwortete; er hatte bereits zwei Königinnen, und Sharra Arryn war längst verblüht und obendrein zehn Jahre älter als er.

Inzwischen hatten sich die beiden großen Könige des Westens auf ein gemeinsames Vorgehen verständigt, um Aegon zu vernichten. Von Rosengarten kam Mern IX. aus dem Hause Gärtner, der König der Weite, mit einem mächtigen Heer. Unter den Mauern von Burg Goldhain, dem Sitz des Hauses Esch, traf er Loren I. Lennister, den König vom Stein, der sein Heer aus den Westlanden herabgeführt hatte. Gemeinsam befehligten die Zwei Könige das größte Heer, das Westeros je gesehen hatte: fünfundfünfzigtausend Mann, darunter sechshundert große und kleine Lords und über fünftausend Ritter auf Pferden. »Unsere Eiserne Faust«, prahlte König Mern. Seine vier Söhne ritten neben ihm, und seine beiden jungen Enkel dienten ihm als Knappen.

Die Zwei Könige hielten sich nicht lange bei Goldhain auf. Ein Heer solcher Größe muss in Bewegung bleiben, sonst frisst es das umgebende Land kahl. Die Verbündeten brachen sofort auf und stießen durch hohes Gras und goldene Weizenfelder nach Nordnordosten vor.

Als Aegon, der noch am Götterauge lagerte, davon erfuhr, sammelte er seine Männer und marschierte den neuen Feinden entgegen. Er verfügte nur über ein Fünftel der Truppen, die die Zwei Könige ins Feld führten, und ein Großteil war durch Eid an die Flusslords gebunden, die erst jüngst zum Haus Targaryen gestoßen waren und ihre Treue noch nicht unter Beweis gestellt hatten. Allerdings war Aegon mit dem kleineren Heer weitaus beweglicher als seine Gegner. Bei der Stadt Steinsepte gesellten sich seine Königinnen auf ihren Drachen zu ihm – Rhaenys kam von Sturmkap und Visenya vom Klauenhorn, wo sie inbrünstige Treueide der dortigen Lords entgegengenommen hatte. Gemeinsam beobachteten die drei Targaryen aus der Luft, wie Aegons Heer den Oberlauf des Schwarzwassers überquerte und nach Süden eilte.

Die beiden Heere trafen südlich des Schwarzwassers auf der weiten, offenen Ebene aufeinander, nahe der Stelle, wo später die Goldstraße verlaufen würde. Die Zwei Könige frohlockten, als sie von ihren Kundschaftern Zahl und Aufstellung des Targaryen-Heeres erfuhren. Sie hatten fünfmal so viele Männer wie Aegon, und das Verhältnis von Lords und Rittern gegen Gemeine war wesentlich günstiger. Und das Land war weit und offen, nur Gras und Weizen, so weit das Auge reichte, ideal für die schwere Reiterei. Aegon Targaryen hatte nicht den Vorteil einer höheren Stellung wie Orys Baratheon während des Letzten Sturms; der Boden war fest, nicht schlammig. Auch störte sie kein Niederschlag. Der Tag war heiter, wenn auch windig. Seit über zwei Wochen hatte es nicht geregnet.

König Mern hatte mehr Männer mitgebracht als König Loren, etwa drei Viertel der gesamten Streitmacht stand unter seinem Befehl, daher beanspruchte er die Ehre, den Befehl über die Mitte zu führen. Edmund, sein Sohn und Erbe, kommandierte die Vorhut. König Loren und seine Ritter bildeten die rechte Flanke, Lord Eichenherz die linke. Da Aegon keinen natürlichen Schutz für sein Heer nutzen konnte, planten sie, die feindlichen Flanken zu umgehen und von hinten anzugreifen, während ihre »Eiserne Faust«, ein großer Keil aus gepanzerten Rittern und hohen Lords, Aegons Mitte zerschmettern sollte.

Aegon Targaryen stellte seine eigenen Truppen in einer ungefähren Halbmondformation auf, die zum größten Teil aus Speer- und Spießträgern bestand. Direkt dahinter standen die Bogen- und Armbrustschützen, die Seiten wurden von leichter Reiterei flankiert. Den Befehl über sein Heer übertrug Aegon Jon Muton, dem Lord von Jungfernteich, der zu den Ersten gehört hatte, die zu ihm übergelaufen waren. Der König selbst beabsichtigte, aus dem Himmel an der Seite seiner Königinnen zu kämpfen. Aegon war die lange Trockenperiode ebenfalls nicht entgangen; das Gras und der Weizen, die beide Heere umgaben, standen hoch und reif für die Ernte … und waren knochentrocken.

Die Targaryen warteten, bis die Zwei Könige die Trompeten blasen ließen und unter einem Meer von Bannern losmarschierten. König Mern selbst führte auf seinem goldenen Hengst den Angriff gegen die Mitte, sein Sohn Gawen trug neben ihm sein Banner, eine große grüne Hand auf weißem Feld. Brüllend und schreiend, angefeuert von Hörnern und Trommeln, preschten die Gärtners und Lennisters durch einen Pfeilhagel auf den Feind zu, brachen durch seine Linien und machten die Speerträger der Targaryen nieder.

Doch in der Zwischenzeit waren Aegon und seine Schwestern in die Lüfte aufgestiegen.

Aegon flog auf Balerion über die feindlichen Reihen hinweg und stieß wieder und wieder durch einen Sturm aus Speeren, Steinen und Pfeilen herab, um seine Gegner in Flammen zu baden. Rhaenys und Visenya setzten auf der Windseite und im Rücken des Feindes den Boden in Brand. Trockenes Gras und Weizen fingen Feuer wie Zunder. Der Wind fachte die Flammen an und trieb den vorrückenden Männern der Zwei Könige den Rauch entgegen. Der Brandgeruch versetzte die Pferde in Panik, und als sich der Qualm verdichtete, nahm er Tieren und Reitern die Sicht. Als rund um sie herum Feuerwände aufloderten, begannen die Reihen der Zwei Könige sich aufzulösen. Lord Mutons Männer, die in sicherem Abstand jenseits des Brandes lauerten, machten mit Bogen und Speer alle nieder, die verbrannt oder brennend aus dem Inferno taumelten.

Später erhielt die Schlacht den Namen »das Feld des Feuers«.

Über viertausend Männer starben in den Flammen. Weitere tausend fielen durch Schwert, Speer und Pfeil. Zehntausende erlitten Verbrennungen, manche so schlimm, dass sie für den Rest ihres Lebens gezeichnet blieben. König Mern IX. zählte zu den Gefallenen, ebenso seine Söhne, Enkel, Brüder, Vettern und andere Verwandte. Ein Neffe überlebte noch drei Tage. Als er seinen Verbrennungen erlag, starb mit ihm das Haus Gärtner. König Loren vom Stein überlebte; er floh durch eine Wand aus Flammen und Rauch, als er erkannte, dass die Schlacht verloren war.

Die Targaryen verloren nicht einmal hundert Mann. Königin Visenya traf ein Pfeil in die Schulter, doch sie erholte sich rasch. Während sich seine Drachen an den Gefallenen gütlich taten, gab Aegon Befehl, die Schwerter der Gefallenen einzusammeln und flussabwärts zu schicken.

Loren Lennister wurde am folgenden Tag gefangen genommen. Der König vom Stein legte Aegon Schwert und Krone zu Füßen, beugte das Knie und huldigte ihm. Und Aegon hielt sein Versprechen, half seinem besiegten Feind auf, bestätigte ihn in seinen Ländern und Titeln und erklärte ihn zum Lord von Casterlystein und Wächter des Westens. Lord Lorens Vasallen folgten seinem Beispiel und mit ihnen viele Lords der Weite, die das Drachenfeuer überlebt hatten.

Doch noch war die Eroberung des Westens nicht abgeschlossen, also trennte sich König Aegon von seinen Schwestern und marschierte in aller Eile nach Rosengarten, um es zur Aufgabe zu zwingen, ehe ein anderer Anspruch darauf erheben konnte. Wie sich herausstellte, befand sich die Burg in den Händen Harlan Tyrells, des Haushofmeisters, dessen Geschlecht den Gärtnern schon seit Jahrhunderten diente. Tyrell übergab die Schlüssel der Burg ohne Kampf und sicherte dem Erobererkönig seine Unterstützung zu. Zur Belohnung sprach ihm Aegon Rosengarten mit all seinen Ländern zu, erhob ihn zum Wächter des Südens und Obersten Lehnsherrn am Mander und machte ihn zum Herrscher über alle ehemaligen Vasallen des Hauses Gärtner.

König Aegons ursprünglicher Plan sah vor, weiter nach Süden zu marschieren und Altsass, den Arbor und Dorne in die Knie zu zwingen, doch während er in Rosengarten weilte, erhielt er Kunde von einer neuen Herausforderung. Torrhen Stark, der König des Nordens, hatte die Eng durchquert und war an der Spitze von dreißigtausend wilden Nordmännern in die Flusslande eingefallen. Aegon brach sofort nach Norden auf und eilte seinem Heer auf Balerion dem Schwarzen Schrecken voraus. Er benachrichtigte auch seine Königinnen und alle Lords und Ritter, die ihm nach Harrenhal und dem Feld des Feuers die Treue geschworen hatten.

Als Torrhen Stark das Ufer des Tridents erreichte, erwartete ihn auf der Südseite des Flusses ein Heer, das anderthalbmal so groß war wie sein eigenes. Flusslords, Westmänner, Sturmländer, Männer aus der Weite … alle waren gekommen. Und über ihrem Lager drehten Balerion, Meraxes und Vhagar stetig größer werdende Kreise am Himmel.

Torrhens Kundschafter hatten die Ruinen von Harrenhal gesehen, wo unter dem Schutt noch immer rote Feuer schwelten. Der König des Nordens hatte auch viele Berichte über das Feld des

Feuers gehört. Er wusste, dass ihn das gleiche Schicksal erwartete, wenn er versuchen sollte, den Fluss mit Gewalt zu überqueren. Manche seiner Lords drängten ihn dennoch zum Angriff; sie glaubten, die Tapferkeit des Nordens werde letztlich den Sieg davontragen. Andere wollten sich lieber nach Maidengraben zurückziehen und die Schlacht auf dem Boden des Nordens schlagen. Der Bastardbruder des Königs, Brandon Schnee, bot an, allein im Schutz der Dunkelheit den Trident zu überqueren und die Drachen im Schlaf zu erschlagen.

König Torrhen schickte Brandon Schnee tatsächlich über den Fluss, jedoch mit drei Maestern an seiner Seite und nicht als Meuchelmörder, sondern als Unterhändler. Die ganze Nacht hindurch wurden Botschaften zwischen den beiden Parteien ausgetauscht. Am nächsten Morgen überquerte Torrhen Stark selbst den Trident. Dort, am Südufer des Flusses, kniete er, legte Aegon die uralte Krone der Könige des Winters zu Füßen und schwor ihm Treue. Er erhob sich als Lord von Winterfell und Wächter des Nordens und war nicht länger ein König. Seit diesem Tag gedenkt man Torrhen Starks als des Knienden Königs … doch kein einziger Nordmann ließ verbrannte Gebeine am Trident zurück, und die Schwerter, die Aegon Lord Stark und seinen Vasallen abnahm, waren weder verbogen noch geschmolzen.

Abermals trennten sich Aegon Targaryen und seine Königinnen. Aegon wandte sich erneut gen Süden und marschierte nach Altsass, während seine beiden Schwestern ihre Drachen bestiegen – Visenya für einen zweiten Versuch im Grünen Tal von Arryn, und Rhaenys, um nach Sonnspeer und in die Wüsten Dornes aufzubrechen.

Sharra Arryn hatte die Verteidigung von Möwenstadt verstärkt, ein starkes Heer am Bluttor postiert und dazu die Besatzung der Stein-, Schnee- und Himmelsburg verdreifacht, der Festungen, die den Aufstieg nach Hohenehr schützten. Gegen Visenya Targaryen, die auf Vhagars Lederschwingen über all das hinwegflog und im Innenhof von Hohenehr landete, erwiesen sich diese Maßnahmen jedoch als nutzlos. Als die Regentin des Grünen Tals mit einem Dutzend Wachen nach draußen stürmte, um sich ihr zu stellen, fand sie ihren Sohn Ronnel Arryn auf Visenyas Knie sitzend vor. Wie verzaubert starrte der Junge den Drachen an. »Mutter, darf ich mit der Dame fliegen?«, fragte der Kindkönig. Es gab weder Drohungen noch wütende Worte. Stattdessen lächelten die beiden Königinnen einander an und tauschten Höflichkeiten aus. Dann schickte Lady Sharra nach den drei Kronen (dem Diadem der Regentin, das sie selbst trug, der kleinen Krone ihres Sohnes und der Falkenkrone von Berg und Grünem Tal, die die Arryn-Könige seit Jahrtausenden trugen) und überreichte sie Königin Visenya zusammen mit den Schwertern ihrer Besatzung. Und später hieß es, der kleine König sei dreimal um den Gipfel der Riesenlanze geflogen und danach als Lord wieder gelandet. So brachte Visenya Targaryen das Grüne Tal von Arryn in das Reich ihres Brudergemahls.

Rhaenys Targaryen war keine so leichte Eroberung vergönnt. Ein Heer dornischer Speerkämpfer bewachte den Fürstenpass, das Tor durch die Roten Berge. Doch Rhaenys hielt sich nicht mit ihnen auf. Sie flog über den Pass hinweg, dann über die Roten und die Weißen Sande und landete in Vaith, um die Übergabe der Festung zu verlangen. Doch die Burg war leer und verlassen. In der Stadt unterhalb der Mauern harrten nur noch Frauen, Kinder und Greise aus. Auf die Frage, wohin ihre Lords gegangen seien, antworteten sie nur: »Fort.« Rhaenys folgte dem Fluss abwärts nach Göttergnad, dem Sitz des Hauses Allyrion, doch auch hier fand sie niemanden vor. Also flog sie weiter bis zur Plankenstadt an der Mündung des Grünbluts. Dort lagen Hunderte Stakkähne, Fischerboote, Barken, Hausboote und Schiffsrümpfe in der sengenden Sonne. Alle waren mit Seilen und Ketten und Planken miteinander verbunden, sodass sie eine schwimmende Stadt bildeten. Doch als Rhaenys auf Meraxes darüber kreiste, blickten nur vereinzelte alte Frauen und kleine Kinder zu ihr auf.

Schließlich führte ihr Flug die Königin nach Sonnspeer, den uralten Sitz des Hauses Martell, wo sie die Fürstin von Dorne wartend in ihrer verlassenen Burg vorfand. Meria Martell war achtzig Jahre alt, berichten die Maester, und regierte die Dornischen bereits seit sechzig Jahren. Sie war sehr dick, blind und nahezu kahl. Ihre Haut war blassgelb und faltig. Argilac der Arrogante hatte sie »die Gelbe Kröte von Dorne« genannt, doch weder Alter noch Blindheit hatten ihren Verstand getrübt.

»Ich werde nicht gegen Euch kämpfen«, erklärte Fürstin Meria, »aber genausowenig werde ich das Knie vor Euch beugen. Dorne hat keinen König. Sagt das Eurem Bruder.«

»Das werde ich«, erwiderte Rhaenys, »doch wir werden zurückkommen, Fürstin, und das nächste Mal mit Feuer und Blut.«

»Eure Worte«, gab Fürstin Meria zurück. »Unsere lauten *Ungebeugt, Ungezähmt, Ungebrochen*. Ihr könnt uns verbrennen, Mylady ... aber Ihr werdet uns niemals beugen, brechen oder zwingen, uns zu unterwerfen. Dies ist Dorne. Ihr seid hier nicht erwünscht. Wenn Ihr zurückkehrt, tut Ihr das auf eigene Gefahr.«

Und so trennten sich die Königin und die Fürstin, und Dorne blieb unerobert.

Im Westen wurde Aegon Targaryen ein herzlicherer Empfang zuteil. Altsass, die größte Stadt von Westeros, war von dicken Mauern umgeben und wurde von den Hohenturms vom Hohen Turm regiert, dem ältesten, reichsten und mächtigsten Adelshaus der Weite. Altsass war außerdem das Zentrum des Glaubens. Dort residierte der Hohe Septon, der Vater der Gläubigen, die Stimme der Neuen Götter auf Erden, der auf den Gehorsam der Frommen in den Königreichen zählen durfte, deren Zahl in die Millionen ging (nur nicht im Norden, wo die Alten Götter auch heute noch herrschen), und die Klingen der Militärischen Orden befehligte, den Kriegerischen Arm des Glaubens, den das gemeine Volk die Schwerter und die Sterne nannte.

Doch als Aegon Targaryen und sein Heer nach Altsass kamen, fanden sie die Stadttore offen, und Lord Hohenturm erwartete ihn, um sich ihm zu unterwerfen. Denn zu dem Zeitpunkt, da die Nachricht von Aegons Landung in Altsass eintraf, so erzählt die Legende, hatte sich der Hohe Septon für sieben Tage und Nächte in der Sternensepte eingeschlossen und die Götter um Führung ersucht. Er hatte nichts außer Brot und Wasser zu sich genommen und seine wachen Stunden im Gebet verbracht, wobei er von einem Altar zum

nächsten schritt. Am siebten Tag hatte das Alte Weib seine goldene Laterne erhoben und ihm den Weg, der vor ihm lag, gezeigt. Falls Altsass gegen Aegon den Drachen zu den Waffen greife, so hatte Seine Hohe Heiligkeit in einer Vision gesehen, werde die Stadt mit Sicherheit niedergebrannt und der Hohe Turm, die Zitadelle und die Sternensepte zerstört.

Manfred Hohenturm, der Lord von Altsass, war ein umsichtiger, frommer Mann. Einer seiner jüngeren Söhne war den Söhnen des Kriegers beigetreten, ein anderer hatte unlängst die Gelübde eines Septons abgelegt. Als der Hohe Septon ihm von der Vision erzählte, die das Alte Weib ihm geschickt hatte, entschied Lord Hohenturm, dem Eroberer nicht mit Waffengewalt zu begegnen. Und so brannte kein Mann aus Altsass auf dem Feld des Feuers, obwohl die Hohenturms Vasallen der Gärtners von Rosengarten waren. Und so kam es, dass Lord Manfred Hohenturm Aegon dem Drachen entgegenritt und ihm sein Schwert, seine Stadt und seinen Eid anbot. (Manche sagen, Lord Hohenturm habe ihm auch die Hand seiner jüngsten Tochter angeboten, was Aegon jedoch höflich ablehnte, weil er seine beiden Königinnen nicht erzürnen wollte.)

Drei Tage später salbte Seine Hohe Heiligkeit selbst Aegon in der Sternensepte mit den sieben Ölen, setzte ihm eine Krone aufs Haupt und proklamierte ihn zu Aegon aus dem Hause Targaryen, dem Ersten Seines Namens, König der Andalen, der Rhoynar und der Ersten Menschen, Herr der Sieben Königreiche und Protektor des Reiches. (»Herr der Sieben Königreiche« lautete der Titel, obwohl Dorne sich nicht unterworfen hatte. Und sich auch mehr als ein Jahrhundert lang nicht unterwerfen würde.)

Nur eine Handvoll Lords waren bei Aegons erster Krönung an der Mündung des Schwarzwassers zugegen gewesen, doch Hunderte bezeugten seine zweite, und Zehntausende aus dem gemeinen Volk jubelten ihm danach auf den Straßen von Altsass zu, als er auf Balerions Rücken durch die Stadt ritt. Bei Aegons zweiter Krönung waren auch die Maester und Erzmaester der Zitadelle anwesend. Vielleicht gilt deshalb diese Krönung als Anfang seiner Herrschaft und nicht die Krönung in der Aegonfeste oder der Tag seiner Landung.

So wurden die Sieben Königreiche von Westeros durch den Willen Aegons des Eroberers und seiner Schwestern zu einem einzigen großen Reich geschmiedet.

Viele glaubten, König Aegon würde nach dem Krieg Altsass zu seinem königlichen Sitz machen, andere dachten, er würde von Drachenstein aus herrschen, jener alten Inselzitadelle der Targaryen. Der König aber überraschte sie alle, indem er verkündete, er werde in der neuen Stadt Hof halten, die unter den drei Hügeln an der Schwarzwassermündung entstand, an dem Ort, wo er und seine Schwestern zum ersten Mal den Boden von Westeros betreten hatten. Königsmund sollte die neue Stadt heißen, von der aus Aegon der Drache über sein Reich herrschen wollte. Hof wollte er auf dem großen Sitz aus Eisen halten, geschmiedet aus den geschmolzenen, verdrehten, schartigen und zerbrochenen Klingen seiner besiegten Feinde, einem gefährlichen Sitz, der schon bald als der Eiserne Thron von Westeros in der ganzen Welt berühmt werden würde.

DIE HERRSCHAFT DES DRACHEN

DIE KRIEGE KÖNIG AEGONS I.

Die lange Herrschaft König Aegons I. Targaryen (1–37 n.A.E.) war weitgehend friedlich … insbesondere in den späteren Jahren. Aber dem Frieden des Drachen, wie die letzten beiden Jahrzehnte seiner Herrschaft später von den Maestern der Zitadelle genannt werden sollten, gingen die Kriege des Drachen voraus, deren letzter einer der grausamsten und blutigsten Konflikte war, die je in Westeros ausgefochten wurden.

Obwohl es heißt, die Eroberungskriege seien zu Ende gewesen, als Aegon vom Hohen Septon in der Sternensepte von Altsass gekrönt und gesalbt wurde, hatte sich längst nicht ganz Westeros seiner Herrschaft unterworfen.

Im Biss hatten die Lords der Drei Schwestern das Chaos während Aegons Eroberung genutzt, um sich unabhängig zu erklären und Lady Marla aus dem Hause Sunderland zu ihrer Königin zu krönen. Da die Flotte der Arryns während der Eroberung weitgehend zerstört worden war, befahl der König seinem Wächter des Nordens, Torrhen Stark von Winterfell, die Rebellion der Schwestermänner niederzuschlagen. Von Weißwasserhafen stach ein Heer Nordmänner unter dem Befehl von Ser Warrick Manderly mit einer

Flotte aus in Braavos angeheuerten Galeeren in See. Der Anblick der Segel und das plötzliche Erscheinen von Königin Visenya und Vhagar am Himmel über Schwestering beraubten die Schwestermänner ihres Mutes; prompt setzten sie Königin Marla zugunsten ihres jüngeren Bruders ab. Steffon Sunderland erneuerte den Treuschwur seines Hauses gegenüber Hohenehr, beugte das Knie vor Königin Visenya und übergab ihr seine Söhne als Unterpfand für zukünftiges Wohlverhalten. Einer sollte als Mündel von den Manderlys aufgezogen werden, der andere von den Arryns. Seine Schwester, die abgesetzte Königin, wurde verbannt und eingesperrt. Fünf Jahre später wurde ihr die Zunge herausgeschnitten, und sie verbrachte den Rest ihres Lebens bei den Schweigenden Schwestern, wo sie sich um die adeligen Toten kümmerte.

Auf der anderen Seite von Westeros, auf den Eiseninseln, herrschte Chaos. Das Haus Hoffartt hatte viele Jahrhunderte über die Eisenmänner geherrscht und war dann in einer einzigen Nacht untergegangen, als Aegon Balerions Feuer auf Harrenhal losgelassen hatte. Obwohl Harren der Schwarze und seine Söhne in den Flammen gestorben waren, erklärte sich Qhorin Volmark von Harlau, dessen Großmutter eine jüngere Schwester von Harrens Großvater gewesen war, zum rechtmäßigen Erben der »schwarzen Linie« und beanspruchte die Königswürde für sich.

Allerdings erkannten nicht alle Eisenmänner seinen Anspruch an. Auf Alt Wiek versammelten sich die Priester des Ertrunkenen Gottes unter Naggas Gebeinen und setzten einem der ihren eine Treibholzkrone aufs Haupt, dem barfüßigen heiligen Mann Lodos, der sich zum lebenden Sohn des Ertrunkenen Gottes erklärte und dem man nachsagte, Wunder wirken zu können. Dazu erhoben sich auf Groß Wiek, Peik und Orgmont weitere Anwärter, sodass sich ihre Anhänger ein Jahr lang zu Land und zu See bekämpften. Es heißt, im Wasser zwischen den Inseln trieben so viele Leichen, dass Kraken zu Hunderten vom Blut angelockt wurden.

Aegon Targaryen machte den Kämpfen ein Ende. Auf Balerion fiel er im Jahre 2 n.A.E. über die Inseln her. Mit ihm kamen Kriegsflotten vom Arbor, aus Rosengarten und Lennishort und sogar einige Langschiffe von der Bäreninsel, die Torrhen Stark entsandt hatte. Die Eisenmänner, deren Zahl nach einem Jahr Bruderkrieg dezimiert war, leisteten nur wenig Widerstand … viele jubelten sogar bei der Ankunft der Drachen. König Aegon erschlug Qhorin Volmark mit Schwarzfeuer, erlaubte jedoch seinem Sohn, einem Kleinkind, die Ländereien und die Burg seines Vaters zu behalten. Auf Alt Wiek rief der Priesterkönig Lodos, der angebliche Sohn des Ertrunkenen Gottes, die Kraken der Tiefe an, sich zu erheben und die Schiffe der Invasoren in die Tiefen zu reißen. Als das jedoch nicht geschah, füllte Lodos seine Robe mit Steinen und ging ins Meer, »um bei seinem Vater Rat zu suchen«. Tausende folgten ihm. Ihre aufgedunsenen, von Krebsen angefressenen Leichen wurden noch Jahre später an der Küste von Alt Wiek angespült.

Danach stellte sich die Frage, wer die Eiseninseln für den König regieren sollte. Vorgeschlagen wurde, die Eisenmänner zu Vasallen der Tullys von Schnellwasser oder der Lennisters von Casterlystein zu machen. Manche drängten gar darauf, die Inseln Winterfell zuzuschlagen. Aegon hörte sich jeden Vorschlag an, entschied aber am Ende, den Eisenmännern zu gestatten, ihren Obersten Landesherrn selbst zu wählen. Sie wählten einen der ihren, was niemanden überraschte: Vickon Graufreud, den Lord Schnitter von Peik. Lord Vickon huldigte König Aegon, und der Drache zog mit seiner Flotte von dannen.

Graufreuds Macht beschränkte sich allerdings auf die Eiseninseln; er entsagte allen Ansprüchen auf die Länder, die das Haus Hoffartt auf dem Festland erobert hatte. Aegon gab die Burgruine von Harrenhal und die dazugehörigen Länder seinem Waffenmeister auf Drachenstein, Ser Quenten Qoherys, verlangte jedoch von ihm, Lord Edmyn Tully von Schnellwasser als Lehnsherrn anzuerkennen. Der neuerhobene Lord Quenten hatte zwei starke Söhne und einen dicken Enkel, um die Erbfolge sicherzustellen, doch da seine erste Gemahlin drei Jahre zuvor dem Fleckfieber erlegen war, stimmte er außerdem zu, sich mit einer von Lord Tullys Töchtern zu vermählen.

Mit der Unterwerfung der Drei Schwestern und der Eiseninseln herrschte Aegon Targaryen über das gesamte Westeros südlich der Mauer, mit Ausnahme von Dorne. Also wandte der Drache als Nächstes Dorne seine Aufmerksamkeit zu. Erst versuchte Aegon, die Dornischen mit Worten zu gewinnen, entsandte eine Abordnung hoher Lords, Maester und Septone nach Sonnspeer, um mit Fürstin Meria Martell, der Gelben Kröte von Dorne, zu verhandeln und ihr die Vorteile schmackhaft zu machen, die es ihr eintrüge, wenn sie ihr Reich mit dem seinen vereinte. Die Verhandlungen dauerten fast ein Jahr, blieben jedoch ohne Ergebnis.

Der Beginn des Ersten Dornischen Kriegs wird gewöhnlich auf das Jahr 4 n.A.E. datiert, als Rhaenys Targaryen nach Dorne zurückkehrte. Und dieses Mal kam sie mit Feuer und Blut, so wie sie es angedroht hatte. Auf dem Rücken von Meraxes stieß die Königin aus dem heiteren blauen Himmel herab und setzte die Plankenstadt in Brand. Die Flammen sprangen von Boot zu Boot, bis die Mündung des Grünbluts voll mit brennendem Treibgut war. Sogar von Sonnspeer aus war die Rauchsäule noch zu sehen. Die Bewohner der schwimmenden Stadt suchten im Fluss Schutz, sodass weniger als hundert Opfer zu beklagen waren, und die meisten von ihnen waren ertrunken, statt durch Drachenfeuer zu sterben. Doch das erste Blut war vergossen.

An anderer Stelle führte Orys Baratheon eintausend handverlesene Ritter den Knochenweg hinauf, während Aegon selbst an der Spitze eines Heers aus dreißigtausend Mann, dem beinahe zweitausend Ritter und dreihundert Lords und Vasallen voranritten, durch den Fürstenpass marschierte. Lord Harlan Tyrell, der Wächter des Südens, soll gesagt haben, dass sie so stark waren, dass sie auch ohne Aegon und Balerion jede dornische Armee hätten zerschmettern können.

Zweifelsohne lag er damit nicht falsch, auch wenn die Richtigkeit dieser Behauptung nie bewiesen wurde, da die Dornischen sich keiner offenen Schlacht stellten. Stattdessen zogen sie sich zurück, brannten die Ernte auf den Feldern ab und vergifteten jeden Brunnen. Die Angreifer fanden die dornischen Wachtürme in den Roten Bergen vernachlässigt und verlassen vor. In den Bergpässen stieß Aegons Vorhut auf Barrikaden aus geschorenen Schafskadavern,

die durch Verwesung ungenießbar geworden waren. Als das Heer des Königs den Prinzenpass hinter sich gelassen hatte und die dornischen Sande erreichte, wurden bereits Vorräte und Futter knapp. Aegon teilte seine Streitmacht und schickte Lord Tyrell nach Süden gegen Uthor Uller, den Lord von Höllhain, während er selbst sich ostwärts wandte, um Lord Vogler in seiner Bergfestung Himmelshöh zu belagern.

Es war das zweite Herbstjahr, und man war der Ansicht, der Winter könne nicht mehr fern sein. Sobald der Winter käme, so hofften die Invasoren, würde die Hitze in der Wüste erträglicher sein, und es gäbe mehr Wasser. Doch die dornische Sonne zeigte sich unbeugsam, während Lord Tyrell nach Höllhain marschierte. Bei solcher Hitze brauchen die Menschen mehr zu trinken, doch jedes Wasserloch und jede Oase auf dem Weg der Armee war vergiftet. Die Pferde begannen zu sterben, jeden Tag mehr, und ihre Reiter ereilte bald das gleiche Schicksal. Die stolzen Ritter warfen die Banner, Schilde und sogar ihre Rüstungen weg. Lord Tyrell verlor ein Viertel seiner Männer und fast all seine Pferde an die dornischen Sande, und als er endlich vor Höllhain eintraf, fand er es verlassen.

Orys Baratheons Vorstoß verlief wenig glücklicher. Seine Pferde kämpften sich die steinigen Wege der schmalen, kurvigen Pässe hinauf, doch viele versagten den Gehorsam, als sie die steilsten Abschnitte der Straße erreichten, wo die Dornischen Stufen in die Berge gemeißelt hatten. Von oben ließen die Verteidiger, die die Sturmländer nie zu Gesicht bekamen, Felsbrocken auf die Ritter niederhageln. Wo der Knochenweg den Fluss Wyl quert, tauchten plötzlich dornische Bogenschützen auf, während die Kolonne über die Brücke zog, und Pfeile gingen zu Tausenden nieder. Lord Orys befahl seinen Männern den Rückzug, doch ein mächtiger Felssturz versperrte ihnen den Weg. Da die Sturmländer weder vor noch zurück konnten, wurden sie hingeschlachtet wie Schweine in einem Pferch. Orys Baratheon und ein Dutzend anderer Lords, von denen man sich ein hohes Lösegeld versprach, wurden verschont; sie gerieten in die Gefangenschaft des Wyl von Wyl, eines wilden Berglords, der auch Witwenliebhaber genannt wurde.

König Aegon selbst hatte mehr Erfolg. Er marschierte ostwärts durch die Ausläufer der Roten Berge, wo Bäche aus den Höhen ihn mit Wasser versorgten und in den Tälern Wild in Hülle und Fülle zu finden war. Die Burg Himmelshöh nahm er im Sturm ein, Isenwald nach kurzer Belagerung. Der Lord vom Fels war vor Kurzem verstorben, und sein Haushofmeister ergab sich ohne Kampf. Weiter im Osten schickte Lord Toland von Geistberg seinen Recken, der den König zum Zweikampf herausforderte. Aegon nahm an und erschlug den Mann, allerdings stellte sich hinterher heraus, dass er gar nicht Tolands Recke gewesen war, sondern dessen Narr. Lord Toland selbst war verschwunden.

Ebenso wie Meria Martell, die Fürstin von Dorne, als König Aegon auf Balerion in Sonnspeer landete, wo er seine Schwester Rhaenys bereits vorfand. Nachdem sie die Plankenstadt niedergebrannt hatte, hatte sie Zitronenhain, Sprenkelwald und Stinkwasser eingenommen, wo ihr alte Frauen und Kinder huldigten, war aber nirgendwo auf echte Gegner gestoßen. Selbst die Schattenstadt vor den Mauern von Sonnspeer war halb verwaist, und keiner der Leute, die noch dort anzutreffen waren, wollte zugeben, etwas über den Aufenthaltsort der dornischen Lords und ihrer Fürstin zu wissen. »Die Gelbe Kröte hat sich in die Sande verflüchtigt«, erklärte Königin Rhaenys ihrem Gemahl König Aegon.

Aegons Antwort war eine Siegeserklärung. In der Großen Halle von Sonnspeer versammelte er die noch verbliebenen Würdenträger und verkündete ihnen, dass Dorne nun ein Teil seines Reiches sei, dass sie von nun an seine treuen Untertanen seien und ihre früheren Herren als Rebellen und Vogelfreie galten. Auf ihre Köpfe wurden Belohnungen ausgesetzt, insbesondere auf den der Gelben Kröte, Fürstin Meria Martell. Lord Jon Rosby wurde zum Kastellan von Sonnspeer und Wächter der Sande ernannt, der Dorne im Namen des Königs regieren sollte. Haushofmeister und Kastellane wurden auch für die anderen Länder und Burgen ernannt, die der Eroberer eingenommen hatte. Danach zog sich König Aegon mit seinem Heer auf dem Weg zurück, auf dem er gekommen war, westwärts durch die Ausläufer der Roten Berge und dann durch den Fürstenpass.

Sie hatten kaum Königsmund erreicht, als hinter ihnen in Dorne die Hölle losbrach. Aus dem Nichts tauchten dornische Speerkämpfer auf wie Wüstenblumen nach dem Regen. Himmelshöh, Isenwald, der Fels und Geistberg waren binnen vierzehn Tagen zurückerobert und die königlichen Besatzungen dieser Burgen dem Schwert überantwortet. Aegons Kastellane und Haushofmeister durften erst nach langer Folter sterben. Es hieß, die dornischen Lords hätten Wetten abgeschlossen, wer seine Gefangenen am längsten am Leben erhalten könnte, während sie zerstückelt wurden. Lord Rosby, der Kastellan von Sonnspeer und Wächter der Sande, durfte sich eines gnädigeren Todes erfreuen als die meisten: Nachdem die Dornischen aus der Schattenstadt gekommen waren und die Burg wieder eingenommen hatten, wurde er an Händen und Füßen gefesselt und auf die Spitze des Speerturms geschleppt. Dort wurde er aus dem Fenster geworfen, und zwar von keiner geringeren als der betagten Fürstin Meria höchstselbst.

Bald waren nur noch Lord Tyrell und sein Heer übrig, den König Aegon zurückgelassen hatte. Höllhain, eine starke Burg am Ufer des Flusses Schwefel, lag eigentlich ideal, um mit jeglicher Revolte fertigzuwerden. Aber das Wasser des Flusses enthielt Schwefel, und die Fische, die die Rosengärtner darin fingen, machten sie krank. Haus Qorgyl von Sandstein hatte sich nie unterworfen, und die Speerkämpfer der Qorgyls überfielen die Furiere und die Patrouillen der Tyrells, sobald sie sich zu weit nach Westen wagten. Die Vaiths von Vaith taten das Gleiche im Osten. Als die Nachricht vom Fenstersturz von Sonnspeer in Höllhain eintraf, versammelte Lord Tyrell sein verbliebenes Heer und brach in die Sande auf. Er hatte verkündet, Vaith einnehmen und dann weiter am Fluss gen Osten marschieren zu wollen, um Sonnspeer mitsamt der Schattenstadt zurückzuerobern und Lord Rosbys Mörder zu bestrafen. Doch irgendwo östlich von Höllhain verschwanden Tyrell und sein ganzes Heer in den Roten Sanden. Keiner von ihnen wurde je wiedergesehen.

Aber Aegon Targaryen war keiner, der sich so leicht geschlagen gab. Der Krieg dauerte noch weitere sieben Jahre, wenngleich die

Kämpfe nach dem Jahr 6 n.A.E. in eine endlose Reihe von Gräueltaten, Überfällen und Vergeltungsmaßnahmen ausarteten, oft unterbrochen durch lange Ruhezeiten, ein Dutzend kurzer Waffenstillstände und zahlreiche Morde und Attentate.

Im Jahre 7 n.A.E. wurden Orys Baratheon und die anderen Lords, die auf dem Knochenweg in Gefangenschaft geraten waren, ausgelöst, und zwar gegen ein Lösegeld, das ihrem Gewicht in Gold entsprach, und sie kehrten nach Königsmund zurück. Bei ihrer Ankunft stellte sich jedoch heraus, dass der Witwenliebhaber jedem Mann die Schwerthand abgehauen hatte, damit sie nie wieder das Schwert gegen Dorne erheben konnten. Zur Vergeltung fiel König Aegon persönlich über die Bergfestungen der Wyls her und verwandelte mit Balerions Hilfe ein halbes Dutzend ihrer Bergfriede und Wachtürme in Ruinen aus geschmolzenem Stein. Doch die Wyls suchten Zuflucht in den Höhlen und Tunneln unter ihren Bergen, und der Witwenliebhaber durfte sich weitere zwanzig Jahre seines Lebens erfreuen.

Im Jahre 8 n.A.E., einem sehr trockenen Jahr, überquerten dornische Räuber auf Schiffen, die ihnen ein Piratenkönig auf den Trittsteinen zur Verfügung gestellt hatte, das Dornische Meer und überfielen ein halbes Dutzend Städtchen und Dörfer an der Südküste des Zornkaps und legten Feuer, die sich im halben Regenwald ausbreiteten. »Feuer für Feuer«, soll Fürstin Meria dazu gesagt haben.

Das wiederum wollten die Targaryen nicht unvergolten hinnehmen. Noch im gleichen Jahr erschien Visenya Targaryen am Himmel über Dorne, und Vhagars Feuer verbrannte Sonnspeer, Zitronenhain, Geistberg und den Fels.

Im Jahre 9 n.A.E. kam Visenya noch einmal, diesmal begleitet von Aegon selbst, und dann brannten Sandstein, Vaith und Höllhain.

Die dornische Antwort erfolgte im nächsten Jahr, als Lord Vogler ein Heer über den Prinzenpass in die Weite führte und so schnell vorankam, dass er ein Dutzend Dörfer niederbrennen und die große Grenzburg Nachtlied einnehmen konnte, ehe die Lords der Marschen den Feind überhaupt bemerkt hatten. Als die Nachricht von dem Angriff in Altsass eintraf, entsandte Lord Hohenturm seinen Sohn Addam mit einem starken Heer, um Nachtlied zurückzuerobern, doch das hatten die Dornischen erwartet. Eine zweite dornische Armee unter Ser Gottfrid Dayn kam aus Sternfall und griff die Stadt an. Die Mauern von Altsass waren zu stark, um von den Dornischen überwunden zu werden, doch Dayn brannte Felder, Höfe und Dörfer im Umkreis von zwanzig Wegstunden nieder und erschlug Lord Hohenturms jüngeren Sohn Garmon, als der Junge einen Ausfall gegen ihn anführte. Als Ser Addam Hohenturm Nachtlied erreichte, war die Burg niedergebrannt und die Besatzung dem Schwert überantwortet worden. Lord Caron wurde gefangengenommen und mit Frau und Kindern nach Dorne verschleppt. Anstatt die Verfolgung aufzunehmen, kehrte Ser Addam nach Altsass zurück, um die Stadt zu entsetzen, aber Ser Joffrey hatte sich mit seinem Heer bereits wieder in die Berge zurückgezogen.

Kurz darauf starb der alte Lord Manfred Hohenturm. Ser Addam folgte seinem Vater als Lord vom Hohen Turm, während Altsass nach Rache rief. König Aegon flog auf Balerion nach Rosengarten, um sich mit seinem Wächter des Südens zu beraten, doch Theo Tyrell, der junge Lord, stand angesichts des Schicksals, das seinen Vater ereilt hatte, dem Gedanken, einen erneuten Einfall nach Dorne zu wagen, äußerst skeptisch gegenüber.

Einmal mehr setzte der König seine Drachen gegen Dorne ein. Aegon selbst fiel über Himmelshöh her und schwor, aus dem Sitz der Voglers »ein zweites Harrenhal« zu machen. Visenya und Vhagar brachten Feuer und Blut nach Sternfall. Und Rhaenys und Meraxes kehrten nochmals nach Höllhain zurück … wo es zur Tragödie kam. Die Drachen der Targaryen waren für die Schlacht gezüchtet und abgerichtet und schon bei vielen Gelegenheiten durch einen Hagel von Speeren und Pfeilen geflogen, ohne nennenswerten Schaden zu erleiden. Die Schuppen eines ausgewachsenen Drachen waren härter als Stahl, und selbst die Pfeile, die ihr Ziel trafen, drangen selten tief genug ein, um mehr auszurichten, als den Zorn der großen Bestien anzufachen. Doch als Meraxes über Höllhain kreiste, schoss ein Verteidiger auf dem höchsten Turm der Burg einen Skorpion ab, und ein schrittlanger Eisenbolzen traf den Drachen der Königin ins rechte Auge. Meraxes starb nicht sofort, sondern stürzte in Todesqualen ab und zerstörte in ihrem Todeskampf den Turm sowie einen großen Teil von Höllhains Ringmauer.

Ob Rhaenys Targaryen ihren Drachen überlebte, ist bis heute umstritten. Manche sagen, sie sei aus dem Sattel gerutscht und in den Tod gestürzt, andere behaupten, Meraxes habe sie auf dem Burghof unter sich zerquetscht. Einigen Berichten zufolge überlebte die Königin den Sturz ihres Drachen, wurde dann jedoch in den Kerkern der Ullers langsam zu Tode gequält. Die wahren Umstände ihres Endes werden wahrscheinlich nie ans Tageslicht kommen, doch Rhaenys Targaryen, die Schwester und Gemahlin König Aegons I., verstarb in Höllhain in Dorne im Jahre 10 nach Aegons Eroberung.

Die folgenden zwei Jahre gingen als die Jahre des Drachenzorns in die Geschichte ein. Jede Burg in Dorne wurde mindestens dreimal niedergebrannt, denn Balerion und Vhagar kehrten immer wieder zurück. An manchen Stellen um Höllhain herum schmolzen die Sande zu Glas, so heiß war Balerions feuriger Atem. Die dornischen Lords mussten sich verstecken, aber selbst das verschaffte ihnen keine Sicherheit. Lord Vogler, Lord Vaith, Lady Toland und vier aufeinander folgende Lords von Höllhain wurden ermordet, einer nach dem anderen, da der Eiserne Thron für den Kopf eines jeden dornischen Lords eine Belohnung ausgesetzt hatte, die dem üblichen Lösegeld für einen Lord in Gold entsprach. Doch nur zwei der Mörder lebten lange genug, um sich dieses Gold auch abzuholen, denn die Dornischen übten Vergeltung und forderten Blut für Blut. Lord Connington vom Greifenhorst wurde auf der Jagd getötet, Lord Mertyns von Nebelwald wurde mitsamt seinem Haushalt durch ein Fass dornischen Weins vergiftet, und Lord Grimm wurde in einem Bordell in Königsmund erstickt.

Aber auch die Targaryen blieben nicht verschont. Dreimal wurde der König angegriffen und wäre ohne seine Leibwache zweien dieser Attentate zum Opfer gefallen. Königin Visenya wurde eines

Nachts in Königsmund überfallen. Zwei Mann ihrer Eskorte starben, ehe Visenya selbst den letzten Angreifer mit Dunkle Schwester niederstreckte.

Die schändlichste Tat dieser blutigen Zeiten ereignete sich im Jahr 12 n.A.E., als Wyl von Wyl, der Witwenliebhaber, ungeladen auf der Hochzeit von Ser Jon Cafferen, dem Erben von Kitzingen, mit Alys Eichenherz, der Tochter des Lords von Alteich, erschien. Nachdem die Wyls von einem verräterischen Diener durch einen Hintereingang hereingelassen worden waren, erschlugen sie Lord Eichenherz und die meisten Hochzeitsgäste und zwangen die Braut danach zuzuschauen, wie sie ihren Gemahl kastrierten. Anschließend vergewaltigten sie nacheinander Lady Alys und ihre Zofen, verschleppten sie und verkauften sie an einen myrischen Sklavenhändler.

Inzwischen war Dorne eine rauchende Wüste, heimgesucht von Hunger, Seuchen und Not. »Ein verfluchtes Land« nannten es Händler aus den Freien Städten. Doch das Haus Martell blieb, wie im Wappenspruch verkündet, »Ungebeugt, Ungezähmt, Ungebrochen«. Ein dornischer Ritter, der als Gefangener vor Königin Visenya gebracht wurde, behauptete, Meria Martell werde ihr Volk lieber sterben lassen, als es vom Haus Targaryen versklaven zu lassen. Visenya entgegnete, dass sie und ihr Bruder diesem Wunsch der Fürstin nur zu gerne nachkämen.

Das Alter und ihre angegriffene Gesundheit erledigten schließlich, was Drachen und Armeen nicht zustande gebracht hatten. Im Jahre 13 n.A.E. starb Meria Martell, die Gelbe Kröte von Dorne, im Bett (während sie sich von einem Hengst besteigen ließ, behaupteten ihre Feinde). Ihr Sohn Nymor folgte ihr als Lord von Sonnspeer und Fürst von Dorne. Mit sechzig Jahren und bereits angeschlagener Gesundheit fand der neue Fürst von Dorne nur wenig Geschmack an weiterem Gemetzel. Gleich zu Beginn seiner Herrschaft schickte er eine Abordnung mit dem Schädel des Drachen Meraxes nach Königsmund, die König Aegon ein Friedensangebot unterbreitete. Seine Erbin, seine Tochter Deria, führte die Gesandtschaft an.

Fürst Nymors Friedensangebot stieß in Königsmund auf heftige Ablehnung. Königin Visenya war strikt dagegen. »Kein Frieden ohne Unterwerfung«, verkündete sie, und ihre Freunde im Rat des Königs wiederholten ihre Worte. Orys Baratheon, vom Alter gebeugt und verbittert, plädierte dafür, Prinzessin Deria mit einer Hand weniger zu ihrem Vater zurückzuschicken. Lord Eichenherz schickte einen Raben und schlug vor, das dornische Mädchen an das »übelste Bordell in Königsmund zu verkaufen, bis sich jeder Bettler der Stadt mit ihr vergnügt hat«. Alle solche Vorschläge wies Aegon Targaryen zurück; Prinzessin Deria war als Gesandte unter dem Friedensbanner gekommen, und niemand würde ihr unter seinem Dach etwas zuleide tun, schwor er.

Der König war des Krieges müde, darin stimmen alle Beobachter überein, doch den Dornischen Frieden ohne Unterwerfung zu gewähren hätte den Tod seiner geliebten Schwester Rhaenys und all das Blutvergießen und Sterben bedeutungslos gemacht. Die Lords seines Kleinen Rates mahnten außerdem, dass ein derartiger Frieden als Zeichen der Schwäche gesehen werden und möglicherweise zu andere Rebellionen ermutigen könnte. Aegon wusste, dass die Weite, die Sturmlande und die Marschen schwer unter den Kriegen gelitten hatten, die weder vergeben noch vergessen waren. Selbst in Königsmund wagte der König es nicht, die Dornischen ohne starke Eskorte aus der Aegonfeste zu lassen, weil er fürchtete, das Stadtvolk würde sie in Stücke reißen. Aus all diesen Gründen, so schrieb Großmaester Lucan später, sei der König kurz davor gewesen, das dornische Friedensangebot zurückzuweisen und den Krieg fortzusetzen.

Da überreichte Prinzessin Deria dem König einen versiegelten Brief ihres Vaters. »Diese Nachricht ist nur für Eure Augen bestimmt, Euer Gnaden.«

König Aegon las Nymors Worte vor dem ganzen Hof, mit versteinerter Miene und schweigend. Als er sich danach vom Eisernen Thron erhob, so heißt es, soll seine Hand geblutet haben. Er verbrannte den Brief und sprach nie wieder ein Wort darüber, doch in dieser Nacht bestieg er Balerion und flog über die Wasser der

Schwarzwasserbucht nach Drachenstein über dem rauchenden Berg. Bei seiner Rückkehr am nächsten Morgen stimmte Aegon Targaryen Nymors Vorschlägen zu und unterzeichnete kurz darauf ein Abkommen über ewigen Frieden mit Dorne.

Bis zum heutigen Tag kann niemand mit Sicherheit sagen, was in dem Brief stand, den Deria überbracht hatte. Manch einer behauptet, es sei die schlichte Bitte eines Vaters an einen anderen gewesen, aufrichtige Worte, die König Aegons Herz berührt hatten. Andere beharren darauf, es sei eine Liste all jener Lords und edlen Ritter gewesen, die während des Kriegs ihr Leben verloren hatten. Gewisse Septone gingen sogar so weit anzudeuten, das Schreiben sei verzaubert gewesen, die Gelbe Kröte habe es vor ihrem Tod mit einer Phiole von Königin Rhaenys' Blut geschrieben. Deshalb habe sich der König seiner bösen Magie nicht widersetzen können.

Großmaester Clegg, der zwanzig Jahre später zum ersten Mal nach Königsmund kam, gelangte zu der Schlussfolgerung, dass Dorne nicht mehr in der Lage gewesen sei, den Kampf fortzusetzen. Aus lauter Verzweiflung, so Clegg, habe Fürst Nymor möglicherweise damit gedroht, sich an die Männer ohne Gesicht in Braavos zu wenden, sollte sein Friedensangebot abgelehnt werden, um König Aegons Sohn und Erben ermorden zu lassen. Prinz Aenys, Königin Rhaenys' Junge, war damals erst sechs Jahre alt. Vielleicht trifft es zu … aber selbst wenn dem so sein sollte, wird niemand je die Wahrheit erfahren.

So endete der Erste Dornische Krieg (4–13 n.A.E.).

Der Gelben Kröte von Dorne war gelungen, was Harren dem Schwarzen, den Zwei Königen und Torrhen Stark nicht gelungen war: Sie hatte Aegon Targaryen und seinen Drachen standgehalten. Doch nördlich der Roten Berge erntete sie dafür nur Hohn und Spott. »Dornischer Mut« wurde unter den Lords und Rittern in Aegons Königreichen zu einem Spottnamen für Feigheit. »Die Kröte hüpft in ihr Loch, wenn sie bedroht wird«, brachte ein Schreiber zu Pergament. Ein anderer sagte: »Meria kämpfte wie eine Frau, mit Lügen, Verrat und Hexerei.« Der dornische »Sieg«, wenn man überhaupt von einem Sieg sprechen kann, galt als unehrenhaft, und die Überlebenden der Kämpfe sowie die Söhne und Brüder der Gefallenen versprachen einander, dass der Tag der Abrechnung irgendwann kommen werde.

Doch diejenigen, die nach Rache dürsteten, mussten warten, bis eine andere Generation heranwuchs und ein jüngerer, blutrünstigerer König den Eisernen Thron bestieg, der Sohn eines anderen Aegon. Und obwohl Aegon der Eroberer noch weitere vierundzwanzig Jahre herrschte, war die Auseinandersetzung mit den Dornischen sein letzter Krieg.

DREI KÖPFE HATTE DER DRACHE

DIE REGIERUNG UNTER KÖNIG AEGON I.

Aegon I. Targaryen war ein berühmter Krieger und der größte Eroberer in der Geschichte von Westeros, doch viele glauben, dass ihm seine bedeutendsten Leistungen in Friedenszeiten gelangen. Der Eiserne Thron wurde aus Feuer und Stahl und Schrecken geschmiedet, so heißt es, aber nachdem der Thron abgekühlt war, wurde er zum Sitz der Gerechtigkeit für ganz Westeros.

Die Versöhnung der Sieben Königreiche mit der Herrschaft der Targaryen war der Grundpfeiler von Aegons Politik. Zu diesem Zweck holte er Männer (und sogar einige Frauen) aus jedem Teil des Reiches an den Hof. Seine ehemaligen Feinde wurden ermutigt, ihre Kinder nach Königsmund zu schicken (hauptsächlich jüngere Söhne und Töchter, da fast alle großen Lords ihre Erben lieber in ihrer Nähe behielten), wo die Jungen als Pagen und Knappen dienten und die Mädchen als Zofen und Gesellschafterinnen von Aegons Königinnen. In Königsmund erlebten sie die Rechtsprechung des Königs aus erster Hand und wurden dazu angehalten, sich als treue Untertanen eines großen Reiches zu betrachten, nicht als Sturmländer oder Nordmänner.

Die Targaryen stifteten außerdem viele Ehen zwischen Adelshäusern aus den entgegengesetzten Enden des Reiches, weil sie hofften, dass durch solche Bündnisse ihre eroberten Länder enger zusammenrückten, damit am Ende aus den Sieben Königreichen eines werde. Besonders Aegons Königinnen Visenya und Rhaenys hatten Vergnügen daran, solche Ehen zu arrangieren. Auf ihr Bestreben hin heiratete der junge Ronnel Arryn, Lord von Hohenehr, eine Tochter Torrhen Starks von Winterfell, und Loren Lennisters ältester Sohn, Erbe von Casterlystein, nahm ein Rothweyn-Mädchen vom Arbor zur Gemahlin. Als dem Abendstern von Tarth Drillinge geboren wurden, drei Mädchen, vermittelte Königin Rhaenys für sie Verlöbnisse mit den Häusern Corbray, Hohenturm und Harlau. Königin Visenya arrangierte eine Doppelhochzeit zwischen den Häusern Schwarzhain und Bracken, Rivalen, deren Feindschaft Jahrhunderte zurückreichte; sie brachte jeweils einen Sohn des einen Hauses mit einer Tochter des anderen zusammen und besiegelte so den Frieden zwischen beiden Häusern. Und als ein Esch-Mädchen in Rhaenys' Diensten von einem Küchenjungen schwanger wurde, fand die Königin einen Ritter in Weißwasserhafen, der sie ehelichte, und einen anderen in Lennishort, der bereit war, ihren Bastard als Mündel aufzunehmen.

Obwohl niemand bezweifelte, dass Aegon Targaryen in allen Fragen der Regierung des Reiches das letzte Wort hatte, hatten seine Schwestern Visenya und Rhaenys während seiner ganzen Herrschaft an der Macht teil. Keine andere Königin in der Geschichte von Westeros hatte so viel Einfluss auf die Politik wie die Schwestern des Drachen, abgesehen vielleicht von der Guten Königin Alysanne, der Frau König Jaehaerys' I. Der König machte es sich zur Gewohnheit, stets eine seiner Königinnen mitzunehmen, wohin er auch reiste, während die andere auf Drachenstein oder in Königsmund blieb und oft dort auf dem Eisernen Thron saß und über alle Angelegenheiten, die ihr vorgetragen wurden, urteilte und entschied.

Zwar hatte Aegon Königsmund zu seinem königlichen Sitz erklärt und den Eisernen Thron in der verrauchten Langhalle der

Aegonfeste aufgestellt, doch verbrachte er kaum mehr als ein Viertel seiner Zeit dort. Ebenso viele Tage und Nächte verbrachte er auf Drachenstein, der Inselzitadelle seiner Vorfahren. Die Burg am Fuß des Drachenberges verfügte über zehnmal so viel Platz wie die Aegonfeste und bot sehr viel mehr Annehmlichkeiten, Sicherheit und Geschichte. Einmal soll der Eroberer gesagt haben, er liebe den Geruch von Drachenstein, weil die salzige Luft dort stets nach Rauch und Schwefel roch. Aegon verbrachte ungefähr die Hälfte des Jahres zu gleichen Teilen auf seinen beiden Sitzen.

Die andere Hälfte widmete er einer endlosen königlichen Reise, führte seinen Hof von einer Burg zur anderen und übernachtete reihum bei seinen großen Lords. Möwenstadt und Hohenehr, Harrenhal, Schnellwasser, Lennishort und Casterlystein, Rallenhall, Alteich, Rosengarten, Altsass, der Arbor, Hornberg, Aschfurt, Sturmkap und Dämmerhall hatten die Ehre, Seine Gnaden häufig zu beherbergen, aber im Grunde konnte Aegon überall auftauchen (und tat es auch), manchmal mit bis zu eintausend Rittern, Lords und edlen Damen im Gefolge. Dreimal reiste er auf die Eiseninseln (zweimal nach Peik und einmal nach Groß Wiek), verbrachte im Jahre 19 n.A.E. zwei Wochen in Schwestering und besuchte sechsmal den Norden, wobei er dreimal in Weißwasserhafen Hof hielt, zweimal in Hüglingen und einmal in Winterfell bei seiner letzten königlichen Reise im Jahre 33 n.A.E.

»Es ist besser, Rebellionen zu verhindern, als sie niederzuschlagen«, lautete Aegons überlieferte Antwort, als er nach dem Grund für seine vielen Reisen gefragt wurde. Ein Blick auf den König in all seiner Macht, auf Balerion dem Schwarzen Schrecken sitzend und in Begleitung von Hunderten Rittern in glitzernder Seide und glänzendem Stahl, flößte manch ruhelosem Lord Treue ein. Und auch das gemeine Volk müsse seine Könige und Königinnen von Zeit zu Zeit zu Gesicht bekommen, fügte der König hinzu, und die Erfahrung machen, dass es ihm seine Sorgen und Nöte vortragen könne.

Und so geschah es. Ein großer Teil der königlichen Reisen bestand aus Festen und Bällen und Treib- und Beizjagden, da sich jeder Lord bemühte, die anderen an Pracht und Gastfreundschaft zu übertreffen, doch Aegon legte großen Wert darauf, an jedem Ort, den er besuchte, Hof zu halten, ob nun auf dem Podium in der Burg eines großen Lords oder auf einem moosbewachsenen Stein auf dem Feld eines Bauern. Sechs Maester reisten mit ihm, um seine Fragen zu Gesetzen, Sitten und Geschichte des jeweiligen Ortes zu beantworten, und hielten die Erlässe und Urteile Seiner Gnaden schriftlich fest. Ein König sollte das Land kennen, das er regiert, erklärte der Eroberer später seinem Sohn Aenys, und auf seinen Reisen erfuhr Aegon vieles und noch viel mehr über die Sieben Königreiche und ihre Völker.

Jedes der eroberten Königreiche hatte seine eigenen Gesetze und Traditionen. König Aegon mischte sich nur wenig ein. Er erlaubte seinen Lords, weiterhin so zu herrschen wie bisher, mit unveränderten Befugnissen und Vorrechten. Die Gesetze, die Erbschaft und Erbfolge regelten, blieben unangetastet, die bestehenden Lehnsordnungen und Lehnsverpflichtungen wurden bestätigt, die großen und kleinen Lords behielten das Recht der Blutsgerichtsbarkeit auf ihrem eigenen Land und auch das Recht der Ersten Nacht, zumindest dort, wo die örtlichen Gebräuche es ihnen zuvor eingeräumt hatten.

Aegon war vor allem an Frieden gelegen. Vor der Eroberung waren Kriege zwischen den einzelnen Königreichen an der Tagesordnung gewesen. Kaum ein Jahr verstrich, ohne dass irgendjemand irgendwen irgendwo bekämpfte. Selbst in den Königreichen, in denen vermeintlich Frieden herrschte, klärten benachbarte Lords ihre Streitigkeiten häufig mit dem Schwert in der Hand. Mit Aegons Thronbesteigung endeten die meisten dieser Konflikte. Es wurde erwartet, dass kleine Lords und Ritter mit Landbesitz ihre Streitigkeiten ihren Lehnsherren vortrugen und deren Urteile achteten. Über Auseinandersetzungen zwischen den großen Häusern des Reiches entschied die Krone. »Das erste Gesetz des Landes sei der Königsfriede«, verfügte König Aegon, »und jeder Lord, der ohne meine Erlaubnis in den Krieg zieht, wird als Rebell und Feind des Eisernen Throns betrachtet.«

König Aegon erließ zudem Dekrete, die Zölle, Pflichten und

Steuern im Reich regelten, während bis dahin jeder Hafen und jeder kleine Lord die Freiheit gehabt hatte, so viel wie möglich von Pächtern, gemeinem Volk und Händlern zu erpressen. Außerdem nahm er die heiligen Männer und Frauen des Glaubens und all ihre Ländereien und Besitztümer von jeglicher Besteuerung aus und bestätigte das Recht des Glaubens, über Vergehen von Septonen, geschworenen Brüdern und heiligen Schwestern an eigenen Gerichten zu verhandeln und zu urteilen. Obwohl der erste Targaryen-König kein frommer Mann war, bemühte er sich stets um die Unterstützung des Glaubens und des Hohen Septons von Altsass.

Königsmund wuchs um Aegon und seinen Hof und breitete sich auf und unter den drei großen Hügeln an der Mündung des Schwarzwassers aus. Der höchste hieß bald Aegons Hoher Hügel, während man die niedrigeren Visenyas und Rhaenys' Hügel nannte und ihre früheren Namen in Vergessenheit gerieten. Die einfache Turmhügelburg, die Aegon so schnell errichtet hatte, war weder groß noch prächtig genug, um den König und seinen Hof zu beherbergen, weshalb man schon mit dem Ausbau begonnen hatte, ehe die Eroberung vollendet war. Ein neuer Bergfried wurde errichtet, ganz aus Baumstämmen und fünfzig Fuß hoch. Darunter entstand zunächst eine riesige Langhalle und dann auf der anderen Seite des Hofes eine Küche aus Stein, die zum Schutz vor Feuer mit Schiefer gedeckt wurde. Stallungen kamen hinzu, außerdem ein Getreidespeicher. Ein neuer Wachturm wuchs in die Höhe, doppelt so hoch wie der alte. Schon bald drohte die Aegonfeste aus allen Nähten zu platzen, also wurde eine neue Palisade errichtet, die einen größeren Teil der Hügelkuppe umfasste und genug Platz für eine Kaserne, eine Waffenkammer, eine Septe und einen Rundturm bot.

Unterhalb der Hügel entstanden entlang des Flussufers Anleger und Lagerhäuser, und wo einst nur Fischerboote zu sehen gewesen waren, machten Handelsschiffe aus Altsass und den Freien Städten neben den Langschiffen der Velaryons und Celtigars fest. Ein großer Teil des Handels, der zuvor in Jungfernteich und Dämmertal abgewickelt worden war, kam nun nach Königsmund. Ein Fischmarkt etablierte sich am Flussufer, ein Stoffmarkt zwischen den Hügeln. Dazu gesellte sich ein Zollhaus. Auf dem Schwarzwasser öffnete eine bescheidene Septe ihre Tore im Rumpf einer alten Kogge, gefolgt von einer robusteren aus Fachwerk am Ufer. Dann wurde aus Mitteln, die der Hohe Septon geschickt hatte, eine weitere Septe errichtet, und zwar auf Visenyas Hügel, doppelt so groß und dreimal so prächtig. Läden und Wohnhäuser sprossen wie Pilze aus dem Boden. Reiche Männer bauten an den Hängen der Hügel ummauerte Villen, während sich die Armen in einfachen Hütten aus Lehm und Stroh in den Tälern dazwischen drängten.

Niemand plante Königsmund. Die Stadt wuchs einfach … und zwar schnell. Bei Aegons erster Krönung war es noch ein Dorf unterhalb der Turmhügelburg gewesen, bei der zweiten schon ein lebendiges Städtchen, bewohnt von mehreren Tausend Seelen. Im Jahre 10 n.A.E. hatte es sich zu einer richtigen Stadt entwickelt, fast so groß wie Möwenstadt oder Weißwasserhafen. Im Jahre 25 n.A.E. war Königsmund größer geworden als beide und zur drittgrößten Stadt des Reiches angewachsen, deren Einwohnerzahl nur noch von Lennishort und Altsass übertroffen wurde.

Anders als seine Rivalen verfügte Königsmund jedoch nicht über eine Mauer. Es brauchte keine, behaupteten bekanntlich manche der Bewohner: Kein Feind würde es wagen, die Stadt anzugreifen, solange sie von den Targaryen und ihren Drachen verteidigt wurde. Ursprünglich mochte der König diese Ansicht vielleicht sogar geteilt haben, doch der Tod seiner Schwester Rhaenys und ihres Drachen Meraxes im Jahre 10 n.A.E. sowie die Angriffe auf seine Person brachten ihn offensichtlich zum Umdenken …

Und im 19. Jahr nach Aegons Eroberung traf die Nachricht von einem kühnen Überfall auf die Sommerinseln ein, bei dem eine Piratenflotte Hochholzstadt geplündert, eintausend Frauen und Kinder als Sklaven verschleppt und ein Vermögen gestohlen haben sollte. Die Berichte über diesen Raubzug bereiteten dem König große Sorge, denn er erkannte, dass Königsmund ähnlich verwundbar gegenüber jedem Feind war, der verschlagen genug war, die Stadt zu überfallen, während er und Visenya andernorts weilten. Dementsprechend ordnete Seine Gnaden den Bau einer Ringmauer rund um Königsmund an, die so hoch und stark sein sollte wie die Mauern, die Altsass und Lennishort schützten. Die Aufgabe wurde Großmaester Gawen und Ser Osmund Kraft, der Hand des Königs, übertragen. Um die Sieben zu ehren, bestimmte Aegon, sollte die Stadt sieben Tore bekommen, jedes mit einem massiven Torhaus und Türmen zur Verteidigung. Im folgenden Jahr begannen die Arbeiten an der Mauer und dauerten bis 26 n.A.E.

Ser Osmund war die vierte Hand des Königs. Die erste war Lord Orys Baratheon gewesen, sein unehelicher Halbbruder und der Gefährte seiner Jugend, doch Lord Orys war während des Ersten Dornischen Kriegs in Gefangenschaft gewesen und hatte seine Schwerthand verloren. Nachdem er ausgelöst wurde, hatte der Lord von Sturmkap den König gebeten, ihn von seinen Pflichten zu entbinden. »Die Hand des Königs sollte eine Hand haben«, sagte er. »Ich werde nicht zulassen, dass die Leute vom Stumpf des Königs sprechen.« Daraufhin berief Aegon Edmyn Tully, den Lord von Schnellwasser, zur Hand des Königs. Lord Edmyn diente von 7-9 n.A.E., doch als seine Gemahlin im Kindbett verstarb, fand er, dass seine Kinder ihn dringender bräuchten als das Reich, und bat um Erlaubnis, in die Flusslande zurückzukehren. Alton Celtigar, der Lord der Klaueninsel, ersetzte Tully und leistete bis zu seinem natürlichen Tod im Jahre 17 n.A.E. hervorragende Dienste. Danach ernannte der König Ser Osmund Kraft zur Hand.

Großmaester Gawen war der dritte in diesem Amt. Aegon Targaryen hatte sich auf Drachenstein stets einen Maester gehalten, so wie sein Vater und der Vater seines Vaters vor ihm. Alle großen Lords in Westeros und auch viele kleinere Lords und Ritter mit Landbesitz verließen sich auf Maester, die in der Zitadelle von Altsass ausgebildet worden waren, wenn sie in ihrem Haushalt Heiler, Schreiber oder Ratgeber brauchten. Sie züchteten und richteten auch die Raben ab, die Botschaften ihrer Herren überbrachten (und schrieben und lasen diese Botschaften für jene Lords, denen es an dieser Fähigkeit mangelte), halfen den Haushofmeistern bei der Verwaltung und unterrichteten die Kinder. Während der Eroberungskriege hatten Aegon und seine Schwestern jeweils einen Maester in ihren Diensten, und später beschäftigte der König manchmal sogar bis zu einem halben Dutzend gleichzeitig, um sich um alles kümmern zu können, was ihm vorgelegt wurde.

Doch die weisesten und gelehrtesten Männer der Sieben Königreiche waren die Erzmaester der Zitadelle, von denen jeder die oberste Autorität in einer der großen Disziplinen war. Im Jahre 5 n.A.E. bat König Aegon das Konklave, ihm einen der ihren zu schicken, der ihn in allen Regierungsangelegenheiten des Reiches beraten sollte. Und so entstand das Amt des Großmaesters auf König Aegons Bitte.

Der Erste, der ihm in diesem Amt diente, war Erzmaester Ollidar, der Hüter der Chroniken, dessen Ring, Stab und Maske aus Bronze geschmiedet waren. Ollidar war nicht nur außergewöhnlich gelehrt, sondern auch außergewöhnlich alt, weshalb er diese Welt bereits ein Jahr, nachdem er den Mantel des Großmaesters angelegt hatte, verließ. An seine Stelle wählte das Konklave Erzmaester Lyonz, der Ring, Stab und Maske aus gelbem Gold trug. Er war von kräftigerer Natur als sein Vorgänger und diente dem Reich bis ins Jahr 12 n.A.E., als er im Schlamm ausrutschte, sich die Hüfte brach und kurz darauf verstarb, woraufhin der langlebige Gawen zum Großmaester erhoben wurde.

Obgleich der Kleine Rat des Königs als ständige Einrichtung erst unter König Jaehaerys dem Schlichter zu seiner vollen Blüte gelangte, hieß das nicht, dass Aegon I. ohne Ratschlag anderer herrschte. Bekanntermaßen beriet er sich oft mit seinen verschiedenen Großmaestern und konsultierte auch die Maester seines eigenen Haushalts. In Fragen von Steuern, Schulden und Einkünften suchte er den Rat seines Meisters der Münze. Obwohl der König sich einen Septon in Königsmund und einen auf Drachenstein hielt, wandte er sich in religiösen Angelegenheiten häufiger brieflich an den Hohen Septon von Altsass und legte stets Wert darauf, die Sternensepte auf seiner jährlichen Reise zu besuchen. Am meisten verließ sich König Aegon jedoch auf die Hand des Königs und natürlich auf seine Schwestern, die Königinnen Rhaenys und Visenya.

Königin Rhaenys war eine große Förderin der Barden und Sänger der Sieben Königreiche und überschüttete jene, die ihr gefielen, mit Gold und Geschenken. Auch wenn Königin Visenya ihre Schwester hierbei für leichtfertig hielt, steckte Weisheit darin, die über die schlichte Liebe zur Musik hinausging. Denn die Sänger des Reiches dichteten und komponierten, um die Gunst der Königin zu gewinnen, viele Lieder, in denen das Haus Targaryen und König Aegon gepriesen wurden, und dann zogen sie ins Land hinaus und sangen sie in jedem Bergfried und jeder Burg und auf jedem Dorfplatz von den Dornischen Marschen bis hinauf zur Mauer. Auf diese Weise wurde die Eroberung für die einfachen Menschen zur Ruhmestat und Aegon der Drache zu einem Heldenkönig.

Auch das gemeine Volk, besonders Frauen und Kinder, lag Königin Rhaenys am Herzen. Einmal saß sie auf dem Eisernen Thron und hielt Hof in der Aegonfeste, als ein Mann vor sie geführt wurde, der seine Frau totgeschlagen hatte. Die Brüder der Frau verlangten seine Bestrafung, doch der Ehemann behauptete, im Einklang mit dem Recht gehandelt zu haben, denn er habe seine Frau mit einem anderen Mann im Bett vorgefunden. Das Recht des Ehemanns, eine untreue Ehefrau zu züchtigen, war in den Sieben Königreichen weit verbreitet (außer in Dorne). Der Mann führte weiterhin aus, die Rute, mit der er seine Frau geschlagen habe, sei nicht dicker als sein Daumen gewesen. Er legte die Rute sogar als Beweisstück vor. Auf die Frage der Königin, wie oft er seine Frau geschlagen habe, wusste er keine Antwort, doch die Brüder der Toten behaupteten, es seien einhundert Hiebe gewesen.

Königin Rhaenys beriet sich mit ihren Maestern und Septonen und verkündete dann ihr Urteil. Untreue war ein Vergehen gegen die Sieben, die Frauen erschaffen hatten, damit sie ihren Gatten gegenüber treu und gehorsam waren, und dafür war die Züchtigung der Frau rechtens. Da Gott aber sieben Gesichter habe, dürfe die Bestrafung nur aus sechs Hieben bestehen (denn der siebte Hieb wäre für den Fremden, und der Fremde ist das Gesicht des Todes). Deshalb seien die ersten sechs Hiebe des Mannes rechtmäßig gewesen … die übrigen vierundneunzig hingegen seien als Vergehen gegenüber den Göttern und Menschen zu betrachten und müssten entsprechend bestraft werden. Von diesem Tag an wurde die »Regel der Sechs« ebenso Teil des Landrechts wie die »Regel des Daumens«. (Der Ehemann wurde zum Fuß von Rhaenys' Hügel gebracht, wo ihm die Brüder der Toten vierundneunzig Hiebe mit einer dem Gesetz entsprechenden Rute beibrachten.)

Königin Visenya teilte die Vorliebe ihrer Schwester für Musik und Lieder nicht, verfügte aber über einen eigenen Sinn für Humor. Viele Jahre lang hielt sie sich sogar einen eigenen Narren, einen behaarten Buckligen namens Lord Affenfratz, an dessen Kunststücken sie sich erfreute. Als er an einem Pfirsichkern erstickte, erwarb die Königin einen Affen und kleidete ihn in Lord Affenfratzens Gewänder. »Der neue ist klüger als der alte«, pflegte sie zu sagen.

Doch Visenya Targaryen hatte auch ihre dunklen Seiten. Der Außenwelt präsentierte sie sich größtenteils als grimmige Kriegerin, ernst und unnachgiebig. Selbst ihre Schönheit hatte etwas Strenges, wie sogar ihre Bewunderer einräumten. Visenya war der älteste der drei Drachenköpfe, und sie sollte ihre beiden Geschwister überleben. Es ging das Gerücht, sie habe sich im Alter, als sie das Schwert nicht mehr führen konnte, mit den dunklen Künsten eingelassen, Gifte gemischt und böse Zauber gewirkt. Manche deuten sogar an, sie sei eine Sippen- und Königsmörderin gewesen, doch für solche Verleumdungen wurden nie Beweise vorgelegt.

Es wäre auch eine grausame Ironie des Schicksals gewesen, denn in ihrer Jugend hatte sich niemand mehr dafür eingesetzt, den König zu beschützen. Zweimal schwang Visenya Dunkle Schwester, um Aegon zu verteidigen, als er von dornischen Meuchelmördern überfallen wurde. Misstrauisch und wild, wie sie war, vertraute sie niemandem außer ihrem Bruder. Während des Ersten Dornischen Kriegs trug sie Tag und Nacht ein Kettenhemd, auch unter ihrer höfischen Kleidung, und drängte den König, ihrem Beispiel zu folgen. Als sich Aegon weigerte, wurde Visenya zornig. »Auch mit Schwarzfeuer in der Hand bist du nur ein Mann«, erklärte sie ihm, »und ich kann nicht ständig in deiner Nähe sein.« Als der König sie darauf hinwies, dass er von Leibwächtern umgeben sei, zog

Visenya Dunkle Schwester und versetzte ihm einen Schnitt über die Wange, so schnell, dass den Wachen keine Zeit blieb einzugreifen. »Deine Wachen sind langsam und faul«, sagte sie. »Ich hätte dich genauso leicht töten können, wie ich dich verletzt habe.« Dem konnte der blutende König Aegon nur zustimmen.

Viele Könige hatten Recken, die sie beschützten. Aegon war der Herr der Sieben Königreiche, weshalb er Königin Visenya zufolge auch sieben Recken haben sollte. So entstand die Königsgarde, eine Bruderschaft von sieben Rittern, den besten des Reiches, in reinstes Weiß gewandet und gerüstet, mit der einzigen Bestimmung, den König zu verteidigen und, wenn nötig, ihr eigenes Leben für seines zu geben. Visenya gestaltete ihr Gelübde nach dem Vorbild der Nachtwache; wie die schwarzen Krähen an der Mauer sollten die Weißen Schwerter ein Leben lang dienen, auf Land, Titel und weltliche Güter verzichten und ein Leben in Keuschheit und Gehorsam führen. Allein die Ehre sollte ihr Lohn sein.

So viele Ritter boten sich an, in der Königsgarde zu dienen, dass König Aegon erwog, ein großes Turnier zu veranstalten, um die würdigsten auszuwählen. Doch davon wollte Visenya nichts hören. Ein Ritter der Königsgarde musste sich durch mehr auszeichnen als durch bloßes Geschick im Umgang mit den Waffen, befand sie. Sie würde nicht das Risiko eingehen, den König mit Männern zu umgeben, auf deren Treue sie nicht zählen konnten, ganz gleich, wie tapfer sie sich im Buhurt schlugen. Stattdessen würde sie die Ritter selbst auswählen.

Die Recken, die sie aussuchte, waren jung und alt, groß und klein, dunkel und hell. Sie kamen aus allen Winkeln des Reiches. Manche waren jüngere Söhne, andere verzichteten auf ihr Erbe, um dem König zu dienen. Einer war ein Heckenritter, ein anderer von unehelicher Geburt. Alle waren sie flink, stark und aufmerksam, geübt im Umgang mit Schwert und Schild und ihrem König treu ergeben.

Dies sind die Namen von Aegons Sieben, wie sie im Weißen Buch der Königsgarde festgehalten wurden: Ser Richard Wurtz, Ser Addisen Hügel, der Bastard von Kornfeld, die Brüder Ser Gregor Guth und Ser Griffid Guth, Ser Robin Finsterlyn, genannt Finsterrobin, und als Lord Kommandant Ser Corlys Velaryon. Die Geschichte zeigt, wie weise Visenya Targaryen wählte. Zwei ihrer ursprünglichen Sieben fanden bei der Verteidigung des Königs den Tod, und alle dienten ehrenhaft bis ans Lebensende. Viele tapfere Männer sind seither in ihre Fußstapfen getreten, schrieben ihre Namen in das Weiße Buch und legten den Weißen Umhang an. Die Königsgarde ist bis heute ein Inbegriff der Ehre.

Sechzehn Targaryen folgten Aegon dem Drachen auf den Eisernen Thron, ehe die Dynastie durch Roberts Rebellion gestürzt wurde. Dazu zählten weise Männer und Narren, grausame Herrscher und gütige, gute Seelen und böse. Doch wenn wir die Drachenkönige einzig nach ihrem Vermächtnis beurteilen, danach, welche Gesetze und Einrichtungen sie schufen und welchen Fortschritt sie bewirkten, so gehört der Name König Aegons I. ganz oben auf die Liste, im Frieden wie im Krieg.

DIE SÖHNE DES DRACHEN

König Aegon I. Targaryen nahm seine beiden Schwestern zu Gemahlinnen. Sowohl Rhaenys als auch Visenya waren Drachenreiterinnen und gesegnet mit dem silbergoldenen Haar, den violetten Augen und der Schönheit wahrer Targaryen. Davon abgesehen waren die zwei Königinnen so unterschiedlich, wie zwei Frauen nur sein können … außer in einer Hinsicht. Jede schenkte dem König einen Sohn.

Aenys war der erste. Der Junge, den Aegons jüngere Gemahlin, Königin Rhaenys, im Jahre 7 n.A.E. zur Welt brachte, war bei der Geburt klein und kränklich. Er weinte unablässig, und es heißt, wegen seiner zarten Glieder und der kleinen, wässrigen Augen fürchteten die Maester des Königs um sein Leben. Er verweigerte die Brust seiner Amme und trank nur an der seiner Mutter, und Gerüchten zufolge hatte er zwei Wochen lang geschrien, als er abgestillt wurde. Das Kind ähnelte König Aegon so wenig, dass einige sogar laut zu denken wagten, Aenys sei nicht von Seinen Gnaden gezeugt, sondern der Bastard eines der vielen hübschen Günstlinge von Königin Rhaenys, der Sohn eines Sängers oder eines Mimen oder eines Schauspielers. Und der Prinz wuchs auch nur langsam. Erst als man ihm den jungen Drachen Quecksilber schenkte, ein Küken, das in jenem Jahr auf Drachenstein geschlüpft war, blühte Aenys Targaryen auf.

Prinz Aenys war drei Jahre alt, als seine Mutter Königin Rhaenys und ihr Drache Meraxes in Dorne zu Tode kamen. Der kleine Prinz kam über den Verlust nicht hinweg. Er weigerte sich zu essen und fing sogar wieder an zu krabbeln, wie er es als Einjähriger getan hatte, fast so, als habe er das Laufen verlernt. Sein Vater verzweifelte an ihm, und am Hofe kursierten Gerüchte, König Aegon werde sich vielleicht eine neue Gemahlin nehmen, da Rhaenys tot und Visenya kinderlos und möglicherweise unfruchtbar sei. Der König äußerte sich dazu nicht, und daher konnte niemand sagen, was er darüber dachte. Dennoch erschienen viele große Lords und edle Ritter mit ihren jungfräulichen Töchtern am Hofe, und eine war schöner als die andere.

Solche Spekulationen endeten im Jahre 11 n.A.E., als Königin Visenya plötzlich kundtat, dass sie das Kind des Königs unter dem Herzen trage. Einen Sohn, verkündete sie zuversichtlich, und das erwies sich als richtig. Der Prinz erblickte brüllend im Jahre 12 n.A.E. das Licht der Welt. Kein Neugeborenes war je kräftiger als Maegor Targaryen gewesen, darin waren sich Maester und Hebammen einig; bei der Geburt war er fast doppelt so schwer wie sein älterer Bruder.

Die Halbbrüder konnten nicht viel miteinander anfangen. Prinz Aenys war der Thronfolger, und König Aegon behielt ihn stets in seiner Nähe. Wenn der König von Burg zu Burg durch das Reich reiste, begleitete Prinz Aenys ihn. Prinz Maegor blieb bei seiner Mutter und saß an ihrer Seite, wenn sie Hof hielt. Königin Visenya und König Aegon verbrachten in jenen Jahren viel Zeit getrennt voneinander. Wenn er nicht auf Reisen war, hielt sich Aegon mehr und mehr in Königsmund und Aegonfeste auf, während Visenya und ihr Sohn auf Drachenstein blieben. Aus diesem Grund begannen der Adel ebenso wie das gemeine Volk Maegor als »den Prinzen von Drachenstein« zu bezeichnen.

Königin Visenya drückte ihrem Sohn sein erstes Schwert in die Hand, als er drei Jahre alt war. Es heißt, als Erstes habe er damit eine Katze niedergemetzelt … aber vermutlich handelt es sich bei dieser Geschichte eher um eine Verleumdung, die von seinen Feinden viele Jahre später in Umlauf gebracht wurde. Dass sich der Prinz sofort für den Schwertkampf begeisterte, lässt sich jedoch nicht bestreiten. Seine Mutter berief Ser Gawen Corbray zu seinem ersten Waffenmeister, den tödlichsten Ritter, der in den Sieben Königreichen zu finden war.

Prinz Aenys hielt sich so häufig in der Gesellschaft seines Vaters auf, dass er vor allem von den Männern der Königsgarde in den ritterlichen Künsten unterrichtet wurde, und manchmal auch vom König selbst. Der Junge gab sich Mühe, darin waren sich die Lehrer einig, und es mangelte ihm nicht an Mut, doch es fehlte ihm die Größe und Kraft seines Vaters, und so erwies er sich allenfalls als passabler Kämpfer, selbst wenn der König ihm Schwarzfeuer in die Hand drückte, was er von Zeit zu Zeit tat. Aenys würde sich in der Schlacht keine Schande machen, flüsterten seine Lehrer hinter vorgehaltener Hand, aber die Sänger würden auch keine Lieder über seine Begabung singen.

Die Gaben dieses Prinzen lagen auf anderen Gebieten. Aenys war ein guter Sänger und außerdem mit einer starken, süßen Stimme gesegnet. Er war höflich, charmant und klug, ohne dabei lebensfern zu sein. Er fand leicht Freunde, und die jungen Mädchen, ob nun von hoher oder gemeiner Geburt, schwärmten für ihn. Aenys ritt auch gern. Sein Vater schenkte ihm Rennpferde, Zelter und Schlachtrösser, doch sein liebstes Reittier blieb sein Drache Quecksilber.

Prinz Maegor ritt ebenso gut, zeigte jedoch keine große Zuneigung für Pferde, Hunde oder Tiere allgemein. Als er acht Jahre alt war, trat ihn ein Zelter im Stall. Maegor erstach das Pferd … und schlitzte dem Stallburschen, der wegen der Schreie des Tiers angelaufen kam, das halbe Gesicht auf. Der Prinz von Drachenstein hatte im Laufe der Jahre viele Gefährten, aber keine wahren Freunde. Er suchte oft Streit, war leicht beleidigt, verzieh nur langsam und war furchterregend in seinem Zorn. Doch im Umgang mit den Waffen reichte ihm niemand das Wasser. Mit acht Jahren wurde er Knappe, und mit zwölf stieß er im Tjost Jungen aus dem Sattel, die vier oder fünf Jahre älter waren als er, und auf dem Burghof prügelte er selbst erfahrene Waffenknechte im Zweikampf bis zur Unterwerfung. An seinem dreizehnten Namenstag im Jahre 25 n.A.E. schenkte ihm seine Mutter Königin Visenya ihr eigenes Schwert aus valyrischem Stahl, Dunkle Schwester … ein halbes Jahr vor seiner Hochzeit.

Bei den Targaryen war es stets Sitte gewesen, unter Verwandten zu heiraten. Eine Ehe zwischen Bruder und Schwester galt als ideal. War das nicht möglich, wurde ein Mädchen vielleicht mit einem Onkel, einem Vetter oder Neffen, ein Junge mit einer Base, Tante oder Nichte vermählt. Dieser Brauch reichte bis ins Alte Valyria zurück, wo diese Sitte in vielen der alten Familien gepflegt wurde, besonders bei jenen, die Drachen züchteten und ritten. Die Weisheit der Alten riet: *Das Blut des Drachen muss rein erhalten werden*. Einige der Hexerfürsten nahmen sich auch mehr als eine Frau, wenn es ihnen gefiel, obwohl dies seltener vorkam. Weise Männer lehren uns, dass in Valyria vor dem Verhängnis eintausend Götter verehrt, aber kein Gott gefürchtet wurde, deshalb wagten nur wenige, ihre Stimmen gegen diese Sitten zu erheben.

Für Westeros galt dies nicht: Dort herrschte die Macht des Glaubens unangefochten. Im Norden wurden noch die Alten Götter angebetet, doch im Rest des Reiches gab es einen einzigen Gott mit sieben Gesichtern, und seine Stimme auf Erden war der Hohe Septon von Altsass. Und die Lehren des Glaubens, die auf Andalos selbst zurückgingen, verurteilten die valyrischen Heiratsbräuche, wie sie von den Targaryen praktiziert wurden. Inzest galt als schreckliche Sünde, gleichgültig ob zwischen Vater und Tochter, Mutter und Sohn oder Bruder und Schwester. Die Früchte solcher Verbindungen wurden von Göttern und Menschen als Abscheulichkeiten betrachtet. Rückblickend erscheint daher Streit zwischen dem Glauben und den Targaryen unausweichlich. Tatsächlich hatten viele der Ergebensten während der Eroberung erwartet, dass der Hohe Septon die Stimme gegen Aegon und seine Schwestern erheben würde, und waren äußerst ungehalten, als der Vater der Gläubigen stattdessen Lord Hohenturm riet, sich nicht gegen den Drachen zu stellen, und Aegon bei der zweiten Krönung sogar segnete und salbte.

Vertrautheit ist der Vater der Zustimmung, heißt es. Der Hohe Septon, der Aegon den Eroberer gekrönt hatte, blieb bis zu seinem Tod im Jahre 11 n.A.E. Hirte der Gläubigen, und zu diesem Zeitpunkt hatte sich das Reich bereits an einen König mit zwei Königinnen gewöhnt, die sowohl seine Gemahlinnen als auch seine Schwestern waren. König Aegon achtete stets darauf, den Glauben zu ehren; er hatte dessen überlieferte Rechte und Privilegien bestätigt, sein Vermögen und seine Länder von sämtlichen Steuern und Abgaben entbunden und bekräftigt, dass Septone, Septas und andere Diener der Sieben, denen man Vergehen vorwarf, ausschließlich der Gerichtsbarkeit des Glaubens unterstanden.

Das Einvernehmen zwischen dem Glauben und dem Eisernen Thron hatte während der gesamten Herrschaft Aegons I. Bestand. Zwischen 11 und 37 n.A.E. trugen sechs Hohe Septone die Kristallkrone; Seine Gnaden unterhielt zu allen gute Beziehungen und besuchte die Sternensepte stets, wenn er nach Altsass kam. Dennoch blieb die Frage nach der moralischen Rechtmäßigkeit der inzestuösen Ehen ungeklärt und brodelte giftig unter der Höflichkeit, die man einander erwies. Obwohl sich die Hohen Septone während Aegons Herrschaft niemals offen gegen die Ehe des Königs mit seinen Schwestern aussprachen, erklärte sie auch keiner für rechtmäßig. Die einfacheren Angehörigen des Glaubens – die Dorfseptone, heiligen Schwestern, Bettelbrüder und Armen Gefährten – hielten es weiterhin für Sünde, wenn ein Bruder sich zu seiner Schwester legte oder ein Mann sich zwei Gemahlinnen nahm.

Aegon der Eroberer hatte keine Töchter gezeugt, weshalb sich die Lage zunächst nicht weiter zuspitzte. Die Söhne des Drachen hatten keine Schwestern, die sie hätten heiraten können, und mussten sich daher andernorts nach einer Braut umschauen.

Prinz Aenys heiratete zuerst. Im Jahre 22 n.A.E. ehelichte er Lady Alyssa, die jungfräuliche Tochter des Lords der Gezeiten, Aethan Velaryon, König Aegons Lord Admiral und Meister der Schiffe. Sie war fünfzehn Jahre alt und damit genauso alt wie der Prinz, und sie hatte das gleiche silberne Haar und die gleichen violetten Augen wie er, denn die Velaryons waren eine alte Familie valyrischer Herkunft. König Aegons Mutter war ebenfalls eine Velaryon gewesen (und deren Mutter eine Targaryen), daher betrachtete man die Vermählung als eine Verbindung zwischen Vetter und Base.

Die Ehe der beiden erwies sich als glücklich und fruchtbar. Im folgenden Jahr gebar Alyssa eine Tochter. Prinz Aenys nannte sie Rhaena, im Gedenken an seine Mutter. Wie ihr Vater war das Mädchen bei seiner Geburt klein, aber anders als er entpuppte sie sich als ein glückliches, gesundes Kind mit violetten Augen, aufgewecktem Blick und Haar, das wie getriebenes Silber glänzte. Es steht geschrieben, dass König Aegon weinte, als er seine Enkelin zum ersten Mal in die Arme nahm, und von Stund an ganz vernarrt in das Kind war … vielleicht, weil sie ihn ein wenig an seine verlorene Königin Rhaenys erinnerte, nach der das Kind benannt worden war.

Als sich die frohe Kunde von Rhaenas Geburt im Land verbreitete, jubelte das Reich … außer vielleicht Königin Visenya. Prinz Aenys war der unumstrittene Erbe des Eisernen Throns, darin waren sich alle einig, doch nun kam die Frage auf, ob Prinz Maegor weiter an zweiter Stelle in der Thronfolge stand oder ob er hinter der neugeborenen Prinzessin auf den dritten Platz zurückgefallen war. Königin Visenya schlug vor, das Problem durch eine Verlobung der kleinen Rhaena mit Maegor, der gerade zwölf geworden war, zu lösen, doch Aenys und Alyssa sprachen sich dagegen aus … und als die Nachricht in der Sternensepte von Altsass eintraf, schickte der Hohe Septon einen Raben und warnte den König, dass der Glauben eine solche Eheschließung nicht gutheißen werde. Seine Hohe Heiligkeit schlug eine andere Braut für Maegor vor: seine eigene Nichte Ceryse Hohenturm, die jungfräuliche Tochter des Lords von Altsass, Manfred Hohenturm (nicht zu verwechseln mit seinem Großvater gleichen Namens). König Aegon hielt den Vorschlag eingedenk der Vorteile, die eine engere Verbindung mit Altsass und seinem Herrscherhaus ihm eintragen würde, für weise und stimmte zu.

Und so kam es, dass Maegor Targaryen, Prinz von Drachenstein, im Jahre 25 n.A.E. in der Sternensepte von Altsass Lady Ceryse

Hohenturm ehelichte und der Hohe Septon selbst die Zeremonie durchführte. Maegor war dreizehn Jahre alt, und die Braut zehn Jahre älter … aber die Lords, die dem Betten beiwohnten, stimmten alle darin überein, dass der Prinz einen lüsternen Gemahl abgab, und Maegor prahlte später damit, dass er in jener Nacht die Ehe ein Dutzend Mal vollzogen habe. »Letzte Nacht habe ich einen Sohn für das Haus Targaryen gezeugt«, verkündete er beim Frühstück.

Ein Sohn kam im nächsten Jahr … doch der Knabe, der nach seinem Großvater Aegon genannt wurde, wurde von Lady Alyssa zur Welt gebracht und war von Prinz Aenys gezeugt worden. Abermals wurde überall in den Sieben Königreichen gefeiert. Der kleine Prinz war kräftig und wild und sah »wie ein Krieger« aus, verkündete stolz sein Großvater, Aegon der Drache. Während viele immer noch diskutierten, ob Prinz Maegor oder seine Nichte Rhaena in der Thronfolge den Vorrang haben sollten, schien es außer Zweifel zu stehen, dass Aegon seinem Vater Aenys folgen würde, genauso wie Aenys auf Aegon.

In den nächsten Jahren wurden dem Hause Targaryen weitere Kinder geschenkt, eins nach dem anderen … zur Freude von König Aegon, wenn auch nicht unbedingt von Königin Visenya. Im Jahre 29 n.A.E. bekam Prinz Aegon einen kleinen Bruder, als Alyssa Prinz Aenys' zweiten Sohn Viserys gebar. Im Jahre 34 n.A.E. schenkte sie Jaehaerys, ihrem vierten Kind und dritten Sohn, das Leben. Im Jahre 36 n.A.E. kam eine zweite Tochter, Alysanne, zur Welt.

Prinzessin Rhaena war dreizehn Jahre alt, als ihre kleine Schwester geboren wurde, doch Großmaester Gawen bemerkte, »dass das Mädchen so sehr von dem Säugling verzückt war, dass man meinen mochte, sie selbst sei die Mutter«. Die älteste Tochter von Aenys und Alyssa war ein schüchternes, verträumtes Kind, das sich in der Gesellschaft von Tieren behaglicher zu fühlen schien als unter anderen Kindern. Als kleines Mädchen versteckte sie sich in Gegenwart Fremder oft hinter den Röcken ihrer Mutter oder klammerte sich an das Bein ihres Vaters … doch sie liebte es, die Burgkatzen zu füttern, und stets schliefen ein oder zwei Welpen in ihrem Bett. Obwohl ihre Mutter sie mit einer Reihe passender Gefährtinnen versorgte, den

Töchtern großer und kleiner Lords, schien sich Rhaena mit keiner von ihnen richtig anzufreunden und bevorzugte die Gesellschaft von Büchern.

Im Alter von neun Jahren bekam Rhaena jedoch ein Drachenküken aus den Gruben von Drachenstein geschenkt, und zwischen ihr und dem jungen Drachen, den sie Traumfeuer nannte, entstand sofort ein festes Band. Mit dem Drachen an ihrer Seite streifte die Prinzessin ihre Schüchternheit langsam ab; mit zwölf Jahren stieg sie zum ersten Mal in den Himmel auf, und auch wenn sie immer noch ein stilles Mädchen blieb, hätte niemand es je gewagt, sie ängstlich zu nennen. Nicht lange danach schloss Rhaena zum ersten Mal echte Freundschaft, und zwar mit ihrer Base Larissa Velaryon. Für eine Weile waren die beiden Mädchen unzertrennlich … bis Larissa plötzlich nach Driftmark zurückgerufen wurde, um den zweiten Sohn des Abendsterns von Tarth zu heiraten. Doch die Jugend ist unverwüstlich, wie es heißt, und bald schon fand die Prinzessin eine neue Gefährtin in der Tochter der Hand, Samantha Schurwerth.

Es war Prinzessin Rhaena, so will es die Legende, die Prinzessin Alysanne ein Drachenei in die Wiege legte, wie sie es schon zwei Jahre zuvor für Prinz Jaehaerys getan hatte. Wenn die Geschichten stimmen, dann schlüpften aus diesen Eiern die Drachen Silberschwinge und Vermithor, deren Namen uns in den Annalen der kommenden Jahre noch oft begegnen werden.

Prinzessin Rhaenas Liebe zu ihren Geschwistern und die Freude des Reiches über jeden neugeborenen Targaryen-Prinzen wurden allerdings weder von Prinz Maegor noch seiner Mutter Königin Visenya geteilt, denn mit jedem weiteren Sohn von Aenys fiel Prinz Maegor weiter in der Thronfolge zurück; und es gab immer Leute, die behaupteten, er stünde auch hinter den Töchtern seines Bruders. Derweil blieb Maegor kinderlos, denn auch in den Jahren nach ihrer Hochzeit wurde Lady Ceryse nicht schwanger.

Auf dem Turnierplatz und dem Schlachtfeld übertraf Prinz Maegor seinen Bruder bei Weitem. Beim großen Turnier von Schnellwasser im Jahre 28 n.A.E. stieß Prinz Maegor nacheinander drei Ritter der Königsgarde aus dem Sattel, ehe er sich dem späteren Sieger geschlagen geben musste. Im Buhurt konnte niemand gegen ihn bestehen. Schließlich wurde er auf dem Turnierplatz von seinem Vater zum Ritter geschlagen, und zwar mit keiner geringeren Klinge als Schwarzfeuer. Mit sechzehn Jahren wurde Maegor so zum jüngsten Ritter in den Sieben Königreichen.

Weitere Heldentaten folgten. Im Jahre 29 n.A.E. und dann wieder im Jahre 30 n.A.E. begleitete Maegor Osmund Kraft und Aethan Velaryon auf die Trittsteine, um den lysenischen Piratenkönig Sargoso Saan zur Strecke zu bringen, und kämpfte in mehreren blutigen Gefechten, in denen er gleichermaßen seinen Mut und seine Tödlichkeit unter Beweis stellte. Im Jahre 31 n.A.E. spürte er einen berüchtigten Raubritter in den Flusslanden auf, den sogenannten Riesen vom Trident, und erschlug ihn.

Allerdings war Maegor noch kein Drachenreiter. Zwar waren in den späteren Jahren von Aegons Herrschaft ein Dutzend Küken in den Feuern von Drachenstein geschlüpft, die man dem Prinzen angeboten hatte, doch der hatte sie alle abgelehnt. Als seine junge Nichte Rhaena im zarten Alter von zwölf Jahren auf Traumfeuer in den Himmel aufstieg, wurde Maegors Versagen Gegenstand des Klatsches in Königsmund. Lady Alyssa zog ihn eines Tages bei Hofe damit auf, als sie sich laut fragte, ob »mein Schwager etwa Angst vor Drachen hat«. Maegors Gesicht verfinsterte sich vor Zorn angesichts des Scherzes, dann erwiderte er kühl, dass es nur einen Drachen gebe, der seiner würdig sei.

In den letzten sieben Jahren der Herrschaft Aegons des Eroberers herrschte Frieden. Nach den Rückschlägen des dornischen Kriegs akzeptierte der König Dornes Unabhängigkeit und flog am zehnten Jahrestag des Friedensvertrags auf Balerion nach Sonnspeer, wo er ein »Fest der Freundschaft« mit Deria Martell, der herrschenden Fürstin von Dorne, feierte. Prinz Aenys begleitete ihn auf Quecksilber; Maegor blieb auf Drachenstein. Aegon hatte die Sieben Königreiche mit Feuer und Blut geeint, doch nach der Feier seines sechzigsten Namenstags im Jahre 33 n.A.E. wandte er sich Stein und Mörtel zu. Ein halbes Jahr war weiterhin der königlichen Rundreise gewidmet, doch inzwischen zogen Prinz Aenys und seine Gemahlin Alyssa von Burg zu Burg, während der alternde König zu Hause blieb und seine Tage zu gleichen Teilen auf Drachenstein und in Königsmund verbrachte.

Das Fischerdorf, wo Aegon als Erstes einen Fuß auf Westeros gesetzt hatte, war zu dieser Zeit bereits zu einer ausgedehnten, stinkenden Stadt von einhunderttausend Seelen herangewachsen; nur Altsass und Lennishort waren größer. Trotzdem wirkte Königsmund in mancher Hinsicht immer noch wie ein zu grotesker Größe angewachsenes Heerlager: schmutzig, übelriechend, planlos und behelfsmäßig. Und die Aegonfeste, die sich bereits halb den Hang von Aegons Hohem Hügel hinunter ausgebreitet hatte, war die hässlichste Burg der Sieben Königreiche, ein wildes Durcheinander aus Holz, Erde und Ziegelsteinen, das längst über die alten Palisaden, die seine einzige Mauer waren, hinausgewachsen war.

Das war eindeutig keine angemessene Residenz für einen großen König. Im Jahre 35 n.A.E. zog Aegon mit seinem ganzen Hof zurück nach Drachenstein und gab Befehl, die Aegonfeste niederzureißen und eine neue Burg an ihrer Stelle zu errichten. Dieses Mal würde er in Stein bauen. Die Aufsicht über die Planung und den Bau der neuen Burg übertrug er der Hand des Königs, Lord Alyn Schurwerth (Ser Osmund Kraft war im Jahr zuvor gestorben) und Königin Visenya. (Am Hofe machte der Scherz die Runde, dass König Aegon Visenya mit dem Bau des Roten Bergfrieds beauftragt habe, damit er sie nicht auf Drachenstein ertragen müsse.)

Aegon der Eroberer erlag im 37. Jahr nach der Eroberung einem Schlaganfall. Seine Enkel Aegon und Viserys waren bei ihm, als er starb, in der Halle der Bemalten Tafel, wo der König ihnen gerade von seinen Eroberungen erzählte. Prinz Maegor, der ebenfalls auf Drachenstein weilte, sprach die Trauerrede, während die Leiche seines Vaters auf dem Scheiterhaufen im Hof der Burg aufgebahrt wurde. Der König wurde in seine Kriegsrüstung gekleidet, und seine Panzerhandschuhe schlossen sich um den Griff des Schwertes Schwarzfeuer. Seit den Tagen des alten Valyria war es Sitte im Hause Targaryen, die Toten zu verbrennen, statt sie der Erde zu übergeben. Vhagar spendete die Flammen, um den Scheiterhaufen zu entzünden. Schwarzfeuer wurde mit dem König verbrannt, doch Maegor barg es später aus der Asche. Die Klinge war dunkler geworden, aber ansonsten unbeschädigt. Gewöhnliches Feuer kann valyrischem Stahl nichts anhaben.

Der Drache hinterließ seine Schwestergemahlin Visenya, seine Söhne Aenys und Maegor und fünf Enkelkinder. Prinz Aenys war beim Tode seines Vaters dreißig Jahre alt, Prinz Maegor fünfundzwanzig.

Als sein Vater starb, hielt sich Aenys in Rosengarten auf, aber Quecksilber brachte ihn rechtzeitig zur Trauerfeier nach Drachenstein zurück. Danach setzte er die rubinbesetzte Krone seines Vaters auf, und Großmaester Gawen erklärte ihn zu Aenys aus dem Hause Targaryen, den Ersten Seines Namens, König der Andalen und der Rhoynar und der Ersten Menschen, Herr der Sieben Königreiche und Protektor des Reiches. Die Lords und Ritter und Septone, die nach Drachenstein gekommen waren, um ihrem König das letzte Geleit zu geben, knieten nieder und senkten die Häupter. Als Prinz Maegor an die Reihe kam, zog Aenys ihn hoch, küsste ihn auf die Wange und sagte: »Bruder, du brauchst nie wieder vor mir zu knien. Wir werden dieses Reich gemeinsam regieren, du und ich.« Dann schenkte der König seinem Bruder Schwarzfeuer, das Schwert ihres Vaters, und sprach: »Dir steht es besser an, diese Klinge zu tragen. Führe sie in meinem Dienste, und ich werde es zufrieden sein.«

(Dieses Vermächtnis sollte sich als äußerst unklug erweisen, wie sich später zeigte. Da Königin Visenya ihrem Sohn bereits Dunkle Schwester geschenkt hatte, besaß Prinz Maegor nun alle beiden valyrischen Schwerter aus dem Erbe des Hauses Targaryen. Von diesem Tag an sollte er jedoch nur noch Schwarzfeuer führen, während Dunkle Schwester in seinen Gemächern auf Drachenstein an der Wand hing.)

Nach dem Ende der Bestattungsfeierlichkeiten segelten der neue König und sein Gefolge nach Königsmund, wo er den Eisernen Thron inmitten von Hügeln aus Schutt und Erde vorfand. Die alte Aegonfeste war niedergerissen worden, Gruben und Tunnel durch-

löcherten den Hügel, wo die Keller und Fundamente des Roten Bergfrieds angelegt wurden, aber von der neuen Burg war noch nichts zu sehen. Dessen ungeachtet strömten Tausende zusammen, um König Aenys zuzujubeln, als er den Thron seines Vaters bestieg.

Danach brach Seine Gnaden nach Altsass auf, um den Segen des Hohen Septons zu empfangen. Obwohl er die Reise auf Quecksilber in einigen Tagen hinter sich gebracht hätte, zog Aenys es vor, über Land zu reisen. Begleitet wurde er von dreihundert Rittern zu Ross und ihrem Gefolge. Königin Alyssa ritt an seiner Seite, gemeinsam mit ihren drei ältesten Kindern. Prinzessin Rhaena war vierzehn Jahre alt, ein wunderschönes junges Mädchen, das jedem Ritter, der sie erblickte, das Herz stahl. Prinz Aegon war elf Jahre alt, Prinz Viserys acht. (Ihre jüngeren Geschwister Jaehaerys und Alysanne galten als zu jung für eine so beschwerliche Reise, sie waren auf Drachenstein zurückgeblieben.) Nach dem Aufbruch von Königsmund reiste der königliche Zug nach Sturmkap, durchquerte dann die Dornischen Marschen in westlicher Richtung, um Altsass zu erreichen, und übernachtete in jeder Burg entlang der Route. Auf der Rückreise wollte der König dann Rosengarten, Lennishort und Schnellwasser besuchen.

Überall entlang des Wegs sammelte sich das gemeine Volk zu Hunderten und Tausenden und jubelte seinem neuen König und seiner Königin zu; auch die jungen Prinzen und die Prinzessin wurden mit Begeisterung empfangen. Doch während Aegon und Viserys den Jubel und die Feste und Vergnügungen genossen, die in den Burgen zur Unterhaltung des neuen Monarchen und seiner Familie veranstaltet wurden, verfiel Prinzessin Rhaena erneut in ihre alte Schüchternheit. Orys Baratheons Maester in Sturmkap ging sogar so weit zu schreiben: »Die Prinzessin machte den Eindruck, als wolle sie lieber gar nicht dabei sein, nichts von dem, was sie sah oder hörte, sagte ihr zu. Sie aß kaum, ging auch nicht mit auf die Jagd, und als man sie drängte zu singen – denn sie soll doch eine so liebliche Stimme haben –, weigerte sie sich barsch und zog sich in ihre Gemächer zurück.« Die Prinzessin verabscheute es vor allem, von ihrem Drachen Traumfeuer und ihrer neuesten Favoritin, Melonie Peiper, einer rothaarigen Jungfrau aus den Flusslanden, getrennt zu sein. Erst als ihre Mutter Königin Alyssa nach Lady Melonie schicken ließ, löste sich Rhaenas Missmut auf, und sie nahm an den Festlichkeiten teil.

In der Sternensepte salbte der Hohe Septon Aenys Targaryen, wie sein Vorgänger einst seinen Vater gesalbt hatte, und verehrte ihm eine Krone aus gelbem Gold, in die in Jade und Perlmutt die Gesichter der Sieben eingelegt waren. Doch noch während Aenys den Segen des Vaters der Gläubigen empfing, streuten manche bereits Zweifel an seiner Eignung für den Eisernen Thron. Westeros brauche einen Krieger, flüsterten sie, und Prinz Maegor sei offensichtlich der stärkere Sohn des Drachen. An der Spitze dieser Flüsterer stand Maegors Mutter, die Königinwitwe Visenya Targaryen. »Die Wahrheit liegt auf der Hand«, soll sie gesagt haben, »sogar Aenys sieht sie. Warum sonst hätte er meinem Sohn Schwarzfeuer geschenkt? Er weiß, dass nur Maegor stark genug ist, um zu herrschen.«

Der Mut des neuen Königs sollte nur allzu bald auf die Probe gestellt werden, früher, als man sich vorgestellt hätte. Die Eroberungskriege hatten überall im Reich Narben hinterlassen. Söhne, die inzwischen erwachsen geworden waren, träumten davon, ihre vor langer Zeit gefallenen Väter zu rächen. Ritter erinnerten sich an die Tage, als sich ein Mann mit Schwert und Pferd und Rüstung den Weg zu Reichtum und Ruhm mit der Klinge erkämpfen konnte. Lords erinnerten sich an die Zeiten, als sie ohne Erlaubnis eines Königs die Steuern festsetzen oder Feinde töten konnten. »Die Ketten, die der Drache geschmiedet hat, können noch gesprengt werden«, versicherten sich die Unzufriedenen gegenseitig. »Wir können unsere Freiheit zurückgewinnen, und jetzt ist der richtige Moment, um zuzuschlagen, denn dieser neue König ist schwach.«

Zu ersten Unruhen kam es in den Flusslanden, inmitten der kolossalen Ruinen von Harrenhal. Aegon hatte die Burg Ser Quenten Qoherys, seinem alten Waffenmeister, gegeben. Als Lord Qoherys im Jahre 9 n.A.E. nach einem Sturz vom Pferd starb, ging sein Titel an seinen Enkel Gargon, einen dicken und dummen Mann mit

einer unziemlichen Vorliebe für sehr junge Mädchen, der als Gargon der Gast bekannt wurde. Lord Gargon war bald berüchtigt dafür, dass er bei jeder Hochzeit innerhalb seiner Länder auftauchte, um das Recht der Ersten Nacht einzufordern. Einen unwillkommeneren Hochzeitsgast kann man sich kaum vorstellen. Auch bei den Frauen und Töchtern seiner Untergebenen nahm er sich große Freiheiten heraus.

König Aenys war auf seiner Reise gerade bei Lord Tully von Schnellwasser zu Gast, als der Vater einer Maid, die Lord Qoherys »geehrt« hatte, heimlich eine Bande Vogelfreier durch einen Nebeneingang nach Harrenhal hereinließ. Er nannte sich Harren der Rote und behauptete, der Enkel von Harren dem Schwarzen zu sein. Die Räuber zerrten seine Lordschaft aus dem Bett und schleppten ihn in den Götterhain der Burg, wo Harren ihm die Geschlechtsteile abschnitt und sie einem Hund zu fressen gab. Ein paar treue Waffenknechte wurden getötet, der Rest erklärte sich bereit, sich Harren anzuschließen, der sich zum Lord von Harrenhal und König der Flüsse erklärte (da er kein Eisenmann war, erhob er keinen Anspruch auf die Inseln).

Als die Nachricht in Schnellwasser eintraf, drängte Lord Tully den König, Quecksilber zu besteigen und über Harrenhal herzufallen, wie sein Vater es einst getan hatte. Aber Seine Gnaden, dem möglicherweise der Tod seiner Mutter in Dorne vor Augen stand, befahl Tully stattdessen, zu den Fahnen zu rufen, und blieb währenddessen in Schnellwasser. Erst als tausend Mann zusammengekommen waren, setzte sich Aenys in Marsch … doch bei ihrer Ankunft in Harrenhal fanden sie in der Burg nur Leichen. Harren der Rote hatte Lord Gargons Diener niedergemacht und war mit seiner Bande wieder in die Wälder verschwunden.

Als Aenys schließlich nach Königsmund zurückkehrte, erreichten ihn noch schlimmere Nachrichten. Im Grünen Tal hatte Jonos Arryn seinen treuen, älteren Bruder Lord Ronnel entmachtet, eingesperrt und sich selbst zum König von Berg und Grünem Tal erklärt. Auf den Eiseninseln entstieg dem Meer ein neuer Priesterkönig und nannte sich Lodos der Zweimal-Ertrunkene, Sohn des Ertrunkenen

Gottes, der endlich vom Besuch bei seinem Vater zurückgekehrt sei. Und hoch in den Roten Bergen von Dorne erhob sich ein Prätendent, der sich »der Geierkönig« nannte, und rief alle wahren Dornischen zu den Waffen, um die Schandtaten zu rächen, die Dorne von den Targaryen erlitten hatte. Zwar verurteilte Fürstin Deria ihn und schwor, dass sie und alle getreuen Dornischen nur Frieden wünschten, dennoch versammelten sich Tausende unter seinen Bannern und schwärmten aus den Sanden hinauf, von den Bergen hinunter und über Ziegenpfade durchs Gebirge in die Weite hinein.

»Dieser Geierkönig ist halb verrückt, und seine Anhänger sind Gesindel, undiszipliniert und dreckig«, schrieb Lord Harmon Dondarrion an den König. »Man kann sie auf fünfzig Meilen gegen den Wind riechen.« Nicht lange danach stürmte ebendieses Gesindel seine Feste Schwarzburg und besetzte sie. Der Geierkönig selbst schnitt Dondarrion die Nase ab, ehe er Schwarzburg niederbrannte und abzog.

König Aenys wusste, dass diese Rebellen niedergeschlagen werden mussten, konnte sich aber anscheinend nicht entscheiden, wo er anfangen sollte. Großmaester Gawen schrieb, der König könne nicht begreifen, warum das alles geschehe. Das gemeine Volk liebte ihn doch, oder etwa nicht? Jonos Arryn, dieser neue Lodos, der Geierkönig … Hatte er ihnen unrecht getan? Wenn es Klagen gab, warum trugen sie ihm diese nicht vor? »Ich hätte sie angehört«, sagte er. Seine Gnaden sprach davon, Boten zu den Aufständischen zu schicken, um die Gründe für ihr Handeln zu erfahren. Da er fürchtete, Königsmund sei angesichts der Nähe Harrens des Roten nicht sicher, schickte er Königin Alyssa und seine jüngeren Kinder nach Drachenstein. Er befahl seiner Hand, Lord Alyn Schurwerth, ins Grüne Tal zu ziehen, um Jonos Arryn niederzuwerfen und dessen Bruder Ronnel wieder als Lord einzusetzen. Aber als die Schiffe gerade Anker lichten sollten, widerrief er den Befehl, da er fürchtete, dass Königsmund nach Schurwerths Abfahrt schutzlos zurückblieb. Stattdessen schickte er die Hand nur mit ein paar Hundert Mann los, um Harren den Roten zur Strecke zu bringen; außerdem entschied er, einen Großen Rat einzuberufen, um zu besprechen, wie man am besten gegen die anderen Rebellen vorgehen sollte.

Während der König noch Ausflüchte suchte, zogen seine Lords ins Feld. Einige handelten auf eigene Faust, andere in Übereinstimmung mit der Königinwitwe. Im Grünen Tal versammelte Lord Allard Rois von Runenstein gut drei Dutzend getreue Lords und marschierte gegen Hohenehr, wo er die Unterstützer des selbsternannten Königs von Berg und Grünem Tal rasch besiegte. Doch als sie die Freilassung ihres rechtmäßigen Herrn verlangten, schickte ihnen Jonos Arryn seinen Bruder durch die Mondpforte. Auf diese traurige Weise endete Ronnel Arryn, der dreimal auf dem Rücken eines Drachen um die Riesenlanze geflogen war.

Hohenehr war durch einen herkömmlichen Angriff nicht einzunehmen, deshalb trotzten »König« Jonos und seine letzten Unterstützer den Königstreuen unten im Tal und bereiteten sich auf eine Belagerung vor … bis über ihnen am Himmel Prinz Maegor auf Balerion erschien. Der jüngere Sohn des Eroberers hatte schließlich doch noch einen Drachen bestiegen, und zwar keinen anderen als den Schwarzen Schrecken selbst, den größten von allen.

Statt sich Balerions Feuer auszusetzen, ergriff die Besatzung von Hohenehr den Prätendenten und lieferte ihn Lord Rois aus, und zwar auf die gleiche Art, wie Jonos der Sippenmörder seinen Bruder übergeben hatte: Sie öffneten die Mondpforte erneut und stießen ihn in den Abgrund. Dies rettete die Anhänger des Prätendenten vor den Flammen, doch nicht vor dem Tod. Nachdem er Hohenehr eingenommen hatte, ließ Prinz Maegor sie bis auf den letzten Mann hinrichten. Selbst den Höchstgeborenen unter ihnen wurde die Ehre versagt, durch das Schwert zu sterben; Verräter verdienten einzig den Strick, entschied Maegor, und so wurden die gefangenen Ritter nackt an den Mauern von Hohenehr aufgehängt, wo sie langsam und qualvoll strampelnd erstickten. Hubert Arryn, ein Vetter der toten Brüder, wurde als Lord des Grünen Tals eingesetzt. Da er bereits sechs Söhne von seiner Hohen Gemahlin, einer Rois von Runenstein, bekommen hatte, schien die Erbfolge der Arryns gesichert.

Auf den Eiseninseln machte Goren Graufreud, der Lord Schnitter von Peik, »König« Lodos (dem Zweiten dieses Namens) ähnlich rasch den Garaus, indem er hundert Langschiffe nach Alt Wiek und Groß Wiek schickte, wo die Anhänger des Prätendenten am zahlreichsten waren, und ließ sie zu Tausenden niedermachen. Danach ließ er den Kopf des Priesterkönigs in Salz eingelegt nach Königsmund senden. König Aenys freute sich so sehr über das Geschenk, dass er Graufreud anbot, ihm jede in seiner Macht stehende Gunst zu gewähren. Das war unklug. Lord Goren, der sich als wahrer Sohn des Ertrunkenen Gottes beweisen wollte, erbat sich vom König das Recht, alle Septone und Septas auszuweisen, die nach der Eroberung auf die Eiseninseln gekommen waren, um die Eisenmänner zu den Sieben zu bekehren. König Aenys hatte keine Wahl und musste zustimmen.

Die größte und bedrohlichste Rebellion blieb weiterhin die des Geierkönigs in den Dornischen Marschen. Obwohl Fürstin Deria ihn immer wieder von Sonnspeer aus verurteilte, vermuteten viele, dass sie ein doppeltes Spiel trieb, denn sie zog nicht gegen die Rebellen ins Feld, und Gerüchten zufolge schickte sie ihnen sogar Männer, Geld und Nachschub. Ob das nun zutraf oder nicht, Hunderte dornischer Ritter und einige Tausend erfahrene Speerträger hatten sich dem Gesindel des Geierkönigs angeschlossen, und das Gesindel selbst hatte sich ebenfalls vervielfacht und war auf mehr als dreißigtausend Mann angeschwollen. Das Heer war so groß geworden, dass der Geierkönig eine schlecht überlegte Entscheidung traf und seine Streitmacht teilte. Während er mit der einen Hälfte nach Westen gegen Nachtlied und Hornberg marschierte, zog die andere Hälfte ostwärts und belagerte Steinhelm, den Sitz des Hauses Swann, unter Befehl von Lord Walter Wyl, dem Sohn des Witwenliebhabers.

Mit beiden Heeren meinte es das Schicksal nicht gut. Orys Baratheon, inzwischen als Orys Einhand bekannt, ritt ein letztes Mal zu den Toren von Sturmkap hinaus, um die Dornischen vor den Mauern von Steinhelm zu zermalmen. Als Walter Wyl ihm verwundet, aber lebendig, ausgeliefert wurde, sprach Lord Orys: »Euer Vater hat mir meine Hand genommen. Ich nehme mir zum Ausgleich die Eure.« Mit diesen Worten hackte er Lord Walter die Schwerthand ab. Dann schlug er ihm auch noch die andere Hand sowie beide Füße ab und sprach von »Zins und Zinseszins«. Es klingt merkwürdig, doch obwohl Lord Baratheon auf dem Rückmarsch nach Sturmkap den Wunden, die er selbst während der Schlacht erlitten hatte, erlag, sagte sein Sohn Davos später stets, er sei zufrieden gestorben, mit einem Lächeln auf den Lippen, angesichts der verwesenden Hände und Füße, die wie Zwiebelzöpfe von seiner Zeltdecke baumelten.

Dem Geierkönig selbst erging es nur wenig besser. Da er Nachtlied nicht einnehmen konnte, gab er die Belagerung auf und marschierte nach Westen. Doch Lady Caron tat sich in seinem Rücken mit einem starken Heer aus den Marschen zusammen, das unter der Führung von Harmon Dondarrion, dem verstümmelten Lord von Schwarzburg, stand. Dann tauchte plötzlich Lord Samwell Tarly von Hornberg mit mehreren Tausend Rittern und Bogenschützen vor der Marschkolonne der Dornischen auf. Dieser Lord war als der »Wilde Sam« bekannt und machte seinem Namen in der folgenden blutigen Schlacht alle Ehre: Dutzende von Dornischen mähte er mit seinem valyrischen Großschwert Herzbann nieder. Der Geierkönig hatte doppelt so viele Männer wie seine drei Feinde zusammen, doch die meisten waren schlecht ausgebildet und kannten keine Disziplin, und als sie sich von vorn und hinten von gepanzerten Rittern eingekesselt sahen, lösten sich ihre Reihen auf. Sie warfen Speere und Schilde weg und flohen auf die fernen Berge zu, doch die Lords der Marschen ritten ihnen nach und metzelten sie nieder, eine Jagd, die später als die »Geierhatz« bekannt wurde.

Was den Rebellenkönig betraf, so geriet der Mann, der sich selbst den Geierkönig nannte, lebend in Gefangenschaft. Der Wilde Sam Tarly band ihn nackt zwischen zwei Pfähle. In den Liedern heißt es oft, der Rebell sei von eben jenen Geiern in Stücke gerissen worden, von denen er sich den Namen geliehen hatte, doch in Wirklichkeit verdurstete er, und die Vögel ließen sich erst auf ihm nieder, als er längst gestorben war. (In späteren Zeiten schmückten sich noch andere mit dem Titel »Geierkönig«, doch ob sie vom selben Blut wie der erste waren, lässt sich heute nicht mehr sagen.) Sein Tod gilt allgemein als das Ereignis, welches das Ende des Zweiten Dornischen Krieges kennzeichnet, obwohl diese Bezeichnung unglücklich gewählt ist, denn kein dornischer Lord zog dabei je ins Feld, und Fürstin Deria schmähte den Geierkönig bis zu seinem Ende und beteiligte sich nicht an seinen Kriegszügen.

Der erste Rebell war am Ende auch der letzte, denn Harren der Rote wurde in einem Dorf westlich des Götterauges gestellt. Doch der Banditenkönig starb nicht als Schwächling. In seinem letzten Kampf erschlug er die Hand des Königs, Lord Alyn Schurwerth, ehe er von dessen Knappen Bernarr Brunn getötet wurde. Dankbar schlug König Aenys Brunn dafür zum Ritter und belohnte Davos Baratheon, Samwell Tarly, Nasenlos Dondarrion, Ellyn Caron, Allard Rois und Goren Graufreud mit Gold, Ämtern und Ehren. Das größte Lob sparte er sich jedoch für seinen Bruder auf. Prinz Maegor wurde bei seiner Rückkehr nach Königsmund als Held gefeiert. König Aenys umarmte ihn unter dem Jubel der Menge und ernannte ihn zur Hand des Königs. Und als zum Jahresende zwei junge Drachen in den Feuergruben von Drachenstein schlüpften, wurde das als gutes Omen betrachtet.

Doch die Freundschaft zwischen den Söhnen des Drachen währte nicht lange.

Es mag sein, dass der Konflikt unausweichlich war, denn die beiden Brüder waren von sehr unterschiedlichem Wesen. König Aenys hatte ein gutes Herz. Er liebte seine Gemahlin, seine Kinder und sein Volk und wollte dafür nichts, als selbst zurückgeliebt zu werden. Schwert und Lanze hatten für ihn jeglichen Reiz verloren, den sie vielleicht einmal gehabt hatten. Stattdessen befasste sich Seine Gnaden mit Alchemie, Astronomie und Astrologie, erfreute sich an Musik und Tanz, trug feinste Seide, kostbarstes Samit und Samt und genoss die Gesellschaft von Maestern, Septonen und Witzbolden.

Sein Bruder Maegor war größer, breiter und von furchterregender Kraft und konnte all dem nichts abgewinnen. Stattdessen lebte er für den Krieg, für Turniere und für die Schlacht. Vollkommen zu Recht galt er als einer der besten Ritter von Westeros, wenngleich seine Grausamkeit im Feld und seine Härte gegen den besiegten Feind ebenso häufig Erwähnung fanden. König Aenys wollte stets gefallen; im Angesicht von Schwierigkeiten reagierte er mit sanften Worten, wo Maegor mit Stahl und Feuer antwortete. Großmaester Gawen schrieb, dass Aenys jedermann vertraute, Maegor dagegen niemandem. Der König war leicht zu beeinflussen, schrieb Gawen, und seine Meinung schwankte wie Gras im Wind und hing oft davon ab, welchem Ratgeber er zuletzt sein Ohr geliehen hatte. Prinz Maegor war dagegen starr wie eine Eisenstange, verbog sich nicht und gab nicht nach.

Trotz dieser Unterschiede herrschten die Söhne des Drachen fast zwei Jahre lang einträchtig zusammen. Doch im Jahre 39 n.A.E. schenkte Königin Alyssa dem König eine weitere Erbin, ein Mädchen, das sie Vaella nannte und das traurigerweise bereits kurze Zeit darauf in der Wiege verstarb. Vielleicht war dieser weitere Beweis der Fruchtbarkeit der Königin das, was Prinz Maegor dazu trieb, Reich und König gleichermaßen zu schockieren, indem er überraschend bekannt gab, dass Lady Ceryse unfruchtbar sei und er sich deshalb eine zweite Gemahlin genommen habe, und zwar Alys Eggen, die Tochter des neuen Lords von Harrenhal.

Die Hochzeit hatte auf Drachenstein stattgefunden, unter dem Schutz von Königinwitwe Visenya. Da der Burgsepton sich geweigert hatte, die Trauung durchzuführen, hatten Maegor und seine neue Braut nach valyrischem Ritus geheiratet, »durch Blut und Feuer«. Die Ehe wurde ohne Erlaubnis, Wissen oder Anwesenheit von König Aenys geschlossen. Als sie bekannt wurde, brach zwischen den beiden Halbbrüdern ein bitterer Streit aus. Und Seine Gnaden war in seinem Zorn nicht allein. Manfred Hohenturm, der Vater von Lady Ceryse, beschwerte sich beim König und verlangte, die Ehe mit Lady Alys müsse aufgelöst werden. In der Sternensepte von Altsass ging der Hohe Septon sogar noch weiter, indem er Maegors zweite Ehe als Sünde und Unzucht verurteilte und die neue Braut des Prinzen »diese Hure von Eggen« nannte. Kein wahrer Sohn und keine wahre Tochter der Sieben würden sich jemals für so etwas hergeben, tobte er.

Prinz Maegor gab nicht nach. Sein Vater habe seine Schwestern geheiratet, erklärte er; die Einschränkungen des Glaubens mochten für Geringere gelten, aber nicht für das Blut des Drachen. Die Wunden, die diese Worte rissen, konnte keine noch so sanfte Rede von König Aenys heilen, und viele fromme Lords in den Sieben Königreichen verurteilten Maegors zweite Ehe und begannen ebenfalls öffentlich von »Maegors Hure« zu sprechen.

Verärgert und wütend stellte König Aenys seinen Bruder vor die Wahl: Entweder trennte er sich von Alys Eggen und kehrte zu Lady Ceryse zurück, oder er müsste für fünf Jahre ins Exil gehen. Prinz Maegor wählte das Exil. Im Jahre 40 n.A.E. brach er nach Pentos auf und nahm Lady Alys, seinen Drachen Balerion und das Schwert Schwarzfeuer mit (es heißt, Aenys habe seinen Bruder aufgefordert, ihm Schwarzfeuer zurückzugeben, woraufhin Maegor geantwortet haben soll: »Euer Gnaden steht es frei zu versuchen, es mir wegzunehmen.«) Lady Ceryse blieb verlassen in Königsmund zurück.

Um seinen Bruder als Hand zu ersetzen, wandte sich König Aenys an Septon Murmison, einen frommen Geistlichen, von dem es hieß, er könne Kranke durch Handauflegen heilen. (Der König befahl ihm, seine Hände jede Nacht auf Lady Ceryses Bauch zu legen, weil er hoffte, sein Bruder würde seine Torheit bereuen, wenn seine rechtmäßige Gemahlin fruchtbar gemacht werden könnte, doch die Dame wurde des nächtlichen Rituals bald müde, verließ Königsmund und kehrte zu ihrem Vater in den Hohen Turm von Altsass zurück.) Ohne Zweifel hoffte Seine Gnaden, seine Entscheidung werde den Glauben besänftigen. Da hatte er sich jedoch getäuscht. Septon Murmison konnte genauso wenig den Frieden im Reich wiederherstellen, wie er Ceryse Hohenturms Unfruchtbarkeit heilen konnte. Der Hohe Septon donnerte weiter, und überall im Reich sprachen die Lords in ihren Hallen über die Schwäche des Königs. »Wie will er über die Sieben Königreiche herrschen, wenn er nicht einmal seinen Bruder im Zaum halten kann?«, hieß es.

Eigenartigerweise schien sich der König der Unzufriedenheit im

Reich gar nicht bewusst zu sein. Für ihn war der Frieden wiederhergestellt, sein lästiger Bruder war sicher jenseits der Meerenge, und auf Aegons Hohem Hügel wuchs langsam eine große, neue Burg heran: Ganz aus hellrotem Stein erbaut, würde der neue Sitz des Königs größer und prächtiger werden als Drachenstein und mit seinen mächtigen Mauern und Torhäusern und Türmen jedem Feind standhalten können. Das Volk von Königsmund nannte ihn den Roten Bergfried. Der König war von dem Bauwerk geradezu besessen. »Tausend Jahre werden meine Nachfahren von hier aus herrschen«, verkündete Seine Gnaden. Und vielleicht war es der Gedanke an diese Nachkommen, der Aenys Targaryen im Jahre 41 n.A.E. zu einem katastrophalen Fehler verleitete. Er gab nämlich seine Absicht bekannt, seine Tochter Rhaena mit ihrem Bruder Aegon, dem Erben des Eisernen Throns, zu vermählen.

Die Prinzessin war achtzehn Jahre alt, der Prinz fünfzehn. Seit ihrer Kindheit hatten sie sich nahegestanden, waren Spielgefährten gewesen. Obwohl Aegon nie einen Drachen für sich beansprucht hatte, war er mehr als einmal mit seiner Schwester auf Traumfeuer in den Himmel aufgestiegen. Schlank und stattlich und jedes Jahr weiter in die Höhe wachsend galt Aegon in den Augen vieler als das Ebenbild seines Großvaters. In den drei Jahren seines Knappendienstes hatte er sich im Umgang mit Schwert und Axt geübt und galt weithin als die beste junge Lanze des Reiches. In letzter Zeit hatten viele junge Frauen ein Auge auf den Prinzen geworfen, und Aegon stand ihren Reizen nicht gleichgültig gegenüber. »Wenn der Prinz nicht bald vermählt wird«, schrieb Großmaester Gawen an die Zitadelle, »muss Seine Gnaden womöglich bald ein uneheliches Enkelkind unterbringen.«

Auch Prinzessin Rhaena hatte viele Verehrer, doch anders als ihr Bruder ermutigte sie keinen davon. Sie verbrachte ihre Zeit bevorzugt mit ihren Geschwistern, ihren Hunden und Katzen und ihrer neuesten Favoritin, Alayne Rois, der Tochter des Lords von Runenstein … einem molligen, unscheinbaren Mädchen. Aber Rhaena mochte sie so gern, dass sie sie manchmal wie ihren Bruder Aegon zu einem Flug auf Traumfeuer mitnahm. Häufiger jedoch stieg

Rhaena allein in den Himmel auf. Nach ihrem sechzehnten Namenstag erklärte sich die Prinzessin zu einer erwachsenen Frau, »frei zu fliegen, wohin ich will«.

Und wie sie flog. Weit weg von Königsmund wurde Traumfeuer in Harrenhal gesehen, in Tarth, in Runenstein und Möwenstadt. Man raunte sich zu (was jedoch nie jemand belegen konnte), dass Rhaena auf einem dieser Flüge ihre Jungfräulichkeit einem Geliebten von niederer Geburt geschenkt hätte. Einem Heckenritter, einer Geschichte zufolge, andere sprechen von einem Sänger, dem Sohn eines Hufschmieds oder einem Dorfsepton. Im Licht dieser Geschichten, so deuten manche an, habe Aenys vielleicht die Notwendigkeit gesehen, seine Tochter baldmöglichst zu verheiraten. Ungeachtet dessen, ob diese Vermutung zutraf oder nicht, war Rhaena mit achtzehn Jahren gewiss im heiratsfähigen Alter, drei Jahre älter, als ihre Mutter und ihr Vater gewesen waren, als sie sich vermählt hatten.

Angesichts der Traditionen und Gebräuche des Hauses Targaryen musste König Aenys eine Ehe zwischen den beiden ältesten Kindern als die naheliegendste Lösung erschienen sein. Die Zuneigung zwischen Rhaena und Aegon war allgemein bekannt, und weder der Prinz noch die Prinzessin erhoben Einspruch dagegen; im Gegenteil, es deutet vieles darauf hin, dass sie beide eine solche partnerschaftliche Verbindung erwartet hatten, seit sie zum ersten Mal zusammen in den Kinderstuben auf Drachenstein und in der Aegonfeste gespielt hatten.

Der Sturm, der nach der Bekanntmachung des Königs ausbrach, überraschte sie alle, wenngleich die Warnzeichen für alle, die sie zu lesen verstanden, deutlich genug gewesen waren. Der Glauben hatte die Ehe des Eroberers mit seinen Schwestern gebilligt oder zumindest ignoriert, doch er war nicht bereit, dasselbe bei seinen Enkelkindern zu wiederholen. Aus der Sternensepte kam eine wütende Verdammung; die Vermählung von Bruder und Schwester wurde als Obszönität verurteilt. Alle Kinder, die aus einer solchen Verbindung möglicherweise hervorgehen würden, seien »Abscheulichkeiten im Angesicht der Götter und Menschen«, verkündete der

Vater der Gläubigen in einer Erklärung, die von zehntausend Septonen überall in den Sieben Königreichen verlesen wurde.

Aenys Targaryen war berüchtigt für seine Unentschlossenheit, doch hier, als er mit dem Zorn des Glaubens konfrontiert wurde, wurde er unnachgiebig und stur. Die Königinwitwe Visenya informierte ihn, dass ihm nunmehr nur zwei Möglichkeiten blieben: Entweder gebe er die Heiratspläne auf und fände neue Partien für seinen Sohn und seine Tochter, oder er müsse seinen Drachen Quecksilber besteigen, nach Altsass fliegen und die Sternensepte über dem Kopf des Hohen Septons in Flammen aufgehen lassen. König Aenys tat weder das eine noch das andere. Stattdessen verfolgte er einfach seinen Plan weiter.

Am Tag der Hochzeit säumten die Söhne des Kriegers in glänzenden Silberrüstungen die Straßen zur Gedächtnissepte, die ein früherer Hoher Septon auf Rhaenys' Hügel zur Ehre der gefallenen Königin des Drachen hatte bauen lassen, und prägten sich die zu Fuß, zu Pferde oder in Sänften vorbeiziehenden Hochzeitsgäste gut ein. Die weiseren Lords, die möglicherweise so etwas erwartet hatten, waren der Hochzeit ferngeblieben.

Jene, die trotz allem gekommen waren, sollten letztlich mehr als nur eine Hochzeit bezeugen dürfen. Auf dem anschließenden Fest verschlimmerte König Aenys seine Fehleinschätzung noch, indem er seinem Erben Prinz Aegon den Titel eines Prinzen von Drachenstein verlieh. Als er das verkündete, wurde es still in der Halle, denn alle Anwesenden wussten, dass dieser Titel bislang Prinz Maegor gehört hatte. Am hohen Tisch erhob sich Königin Visenya und stolzierte aus der Halle, ohne die Erlaubnis des Königs einzuholen. Noch in derselben Nacht bestieg sie Vhagar und kehrte nach Drachenstein zurück, und es steht geschrieben, dass sich der Mond, als sie auf ihrem Drachen an ihm vorüberflog, blutrot färbte.

Aenys Targaryen schien nicht zu begreifen, in welchem Ausmaß er das Reich gegen sich aufgebracht hatte. In einem Versuch, die Gunst des Volkes zurückzugewinnen, schickte er Prinz Aegon und Prinzessin Rhaena auf eine Reise durch das Land, ohne Zweifel in Erinnerung an den Jubel, mit dem man ihn auf seinen eigenen

Reisen überall empfangen hatte. Prinzessin Rhaena war vielleicht weiser als ihr Vater und bat ihn um die Erlaubnis, ihren Drachen Traumfeuer mitzunehmen, was Aenys jedoch verbot. Da Prinz Aegon noch kein Drachenreiter war, fürchtete der König, Lords und Gemeine würden seinen Sohn für unmännlich halten, wenn sie seine Gemahlin auf einem Drachen sahen und ihn auf einem Zelter.

Der König hatte die Stimmung im Reich, die Frömmigkeit seines Volkes und die Macht der Worte des Hohen Septons gänzlich falsch eingeschätzt. Vom ersten Tag der Reise an verhöhnten die Gläubigen in großen Scharen Aegon und Rhaena und ihre Eskorte, wo immer sie hinkamen. In Jungfernteich fand sich kein einziger Septon, der bereit gewesen wäre, bei dem von Lord Muton zu ihren Ehren ausgerichteten Fest einen Segen zu sprechen. Als sie Harrenhal erreichten, verweigerte ihnen Lord Lukas Eggen den Zutritt zu seiner Burg, sofern sie nicht seine Tochter Alys als einzige rechtmäßige Gemahlin ihres Onkels anerkannten. Ihre Weigerung brachte ihnen keine Liebe seitens der Frommen ein, nur eine kalte, feuchte Nacht in Zelten unter den hoch aufragenden Mauern der mächtigen Burg des Schwarzen Harren. In einem Dorf in den Flusslanden gingen einige Arme Gefährten sogar so weit, das königliche Paar mit Erdklumpen zu bewerfen. Prinz Aegon zog sein Schwert, um sie zu züchtigen, und musste von seinen eigenen Rittern zurückgehalten werden, denn die Gesellschaft des Prinzen befand sich deutlich in der Unterzahl. Doch das hielt Prinzessin Rhaena nicht davon ab, zu ihnen zu reiten und zu sagen: »Wenn euch ein Mädchen auf einem Pferd entgegentritt, habt ihr keine Angst, wie ich sehe. Nächstes Mal komme ich auf einem Drachen. Versucht dann mal, mich mit Erde zu bewerfen.«

Anderswo im Reich verschärfte sich die Lage. Septon Murmison, die Hand des Königs, wurde aus dem Glauben ausgeschlossen, weil er die verbotene Trauung vorgenommen hatte, woraufhin König Aenys selbst zur Feder griff und dem Hohen Septon schrieb, um Seine Hohe Heiligkeit zu bitten, »meinen guten Murmison« doch wieder aufzunehmen. Außerdem erklärte er die lange Tradition der Ehe zwischen Bruder und Schwester im Alten Valyria. Die

Antwort des Hohen Septon auf dieses Schreiben war so giftig, dass Seine Gnaden beim Lesen erbleichte. Weit davon entfernt einzulenken, sprach der Hirte der Gläubigen Aenys als »König Abscheulichkeit« an und erklärte ihn zu einem Prätendenten und Tyrannen, der nicht das Recht habe, über die Sieben Königreiche zu herrschen.

Den Gläubigen entging das nicht. Kaum vierzehn Tage später wurde Septon Murmison auf dem Weg durch die Stadt in seiner Sänfte von einer Gruppe Armer Gefährten in einer Gasse überfallen und mit Äxten in Stücke gehackt. Die Söhne des Kriegers fingen an, Rhaenys' Hügel zu befestigen, und verwandelten die Gedächtnissepte in ihre Zitadelle. Da der Rote Bergfried noch Jahre von der Fertigstellung entfernt war, befand der König, dass seine Villa auf Visenyas Hügel zu verwundbar sei, und fasste Pläne, sich mit Königin Alyssa und ihren jüngeren Kindern nach Drachenstein zurückzuziehen. Das erwies sich als eine weise Vorsichtsmaßnahme. Drei Tage vor der Abreise erklommen zwei Arme Gefährten die Mauern und drangen ins Schlafgemach des Königs ein. Nur das rechtzeitige Eingreifen der Königsgarde rettete Aenys vor einem schändlichen Tod.

Seine Gnaden tauschte Visenyas Hügel gegen Visenya selbst ein. Auf Drachenstein begrüßte ihn die Königinwitwe mit den berühmt gewordenen Worten: »Ihr seid ein Narr und ein Schwächling noch dazu, Neffe. Glaubt Ihr, irgendwer hätte es gewagt, so mit Eurem Vater zu sprechen? Ihr habt Drachen. Nutzt sie. Fliegt nach Altsass und verwandelt diese Sternensepte in ein neues Harrenhal. Oder gebt mir die Erlaubnis, diesen frommen Narren für Euch zu rösten. Vhagar ist älter geworden, aber ihr Feuer brennt noch immer heiß.« Doch Aenys wollte nichts davon hören. Stattdessen schickte er die Königinwitwe in ihre Gemächer im Meerdrachenturm und befahl ihr, dort zu bleiben.

Am Ende des Jahres 41 n.A.E. stand ein Großteil des Reiches am Rande eines ausgewachsenen Aufstands gegen das Haus Targaryen. Im Vergleich dazu wirkten die vier falschen Könige, die sich nach dem Tode Aegons des Eroberers erhoben hatten, wie ein Quartett posierender Narren, denn die Rebellen, die sich jetzt erhoben, hielten sich für Krieger der Sieben in einem heiligen Krieg gegen gottlose Tyrannei.

Dutzende frommer Lords überall in den Sieben Königreichen folgten dem Ruf, holten das Banner des Königs ein und erklärten sich für die Sternensepte. Die Söhne des Kriegers besetzten die Tore von Königsmund und kontrollierten, wer die Stadt betrat oder verließ, außerdem vertrieben sie die Arbeiter vom unvollendeten Roten Bergfried. Tausende Armer Gefährten gingen auf die Straßen und zwangen Reisende zu bekennen, ob sie es »mit den Göttern oder der Abscheulichkeit« hielten, und protestierten vor den Toren der Burgen, bis die Lords herauskamen und dem Targaryen-König abschworen. Prinz Aegon und Prinzessin Rhaena mussten ihre königliche Reise in den Westlanden abbrechen und Schutz in Burg Rallenhall suchen. Ein Gesandter der Eisernen Bank von Braavos, der nach Altsass geschickt worden war, um mit Martyn Hohenturm, dem neuen Lord vom Hohen Turm und Stimme von Altsass, zu verhandeln (sein Vater Lord Manfred war ein paar Monde zuvor verstorben), berichtete nach Hause, dass der Hohe Septon in jeder Hinsicht außer dem Namen nach »der wahre König von Westeros« sei.

Zu Beginn des neuen Jahres weilte König Aenys immer noch auf Drachenstein, krank vor Furcht und Unentschlossenheit. Seine Gnaden war erst fünfunddreißig Jahre alt, doch es heißt, er habe ausgesehen wie ein Sechzigjähriger, und Großmaester Gawen berichtet, er habe oft mit Bauchkrämpfen und Durchfall das Bett hüten müssen. Als kein Mittel des Großmaesters mehr Wirkung zeigte, übernahm die Königinwitwe die Pflege des Königs, und eine Zeitlang schien es, als würde Aenys sich erholen … doch dann erlitt er einen Zusammenbruch, als ihn die Nachricht erreichte, Tausende Armer Gefährten hätten Rallenhall umzingelt, wo sein Sohn und seine Tochter unfreiwillige Gäste waren. Drei Tage später war der König tot.

Wie sein Vater vor ihm wurde Aenys Targaryen, der Erste Seines Namens, im Hof von Drachenstein den Flammen übergeben. Seiner Bestattung wohnten seine Söhne Viserys und Jaehaerys bei, die zwölf beziehungsweise sieben Jahre alt waren, sowie seine fünfjährige Tochter Alysanne. Seine Witwe Königin Alyssa sang ein Klagelied für ihn, und seine geliebte Drachin Quecksilber setzte den Scheiterhaufen in Brand, wobei die Aufzeichnungen besagen, dass auch die Drachen Vermithor und Silberschwinge ihr Feuer dazugaben.

Die Königinwitwe Visenya war nicht anwesend. Eine Stunde nach dem Tod des Königs hatte sie Vhagar bestiegen und war nach Osten über die Meerenge aufgebrochen. Sie kam mit Prinz Maegor auf Balerion zurück.

Maegor verweilte nur lange genug auf Drachenstein, um die Krone an sich zu nehmen; nicht die mit den Bildnissen der Sieben verzierte Krone aus Gold, die Aenys bevorzugt hatte, sondern die mit blutroten Rubinen besetzte Krone seines Vaters aus valyrischem Stahl. Seine Mutter setzte sie ihm aufs Haupt, und die Lords und Ritter, die sich auf Drachenstein versammelt hatten, knieten nieder, als er sich selbst zu Maegor aus dem Haus Targaryen, Erster Seines Namens, König der Andalen, der Rhoynar und der Ersten Menschen, Herr der Sieben Königreiche und Protektor des Reiches ausrief.

Nur Großmaester Gawen wagte es, Einspruch zu erheben. Allen Gesetzen der Erb- und Thronfolge zufolge, Gesetzen, die der Eroberer selbst bestätigt hatte, musste der Eiserne Thron an König Aenys' Sohn Prinz Aegon gehen, erklärte der alte Maester. »Der Eiserne Thron geht an denjenigen, der die Macht hat, sich seiner zu bemächtigen«, erwiderte Maegor. Dann verfügte er die sofortige Hinrichtung des Großmaesters und schlug Gawen den alten, grauen Kopf in einem einzigen Hieb mit Schwarzfeuer ab.

Königin Alyssa und ihre Kinder waren bei König Maegors Krönung nicht zugegen. Nur Stunden nach der Bestattung ihres Gemahls hatten sie Drachenstein verlassen und waren zur Burg ihres Hohen Vaters auf dem nahen Driftmark aufgebrochen. Als Maegor davon erfuhr, zuckte er nur mit den Schultern … dann zog er sich mit einem Maester in die Halle der Bemalten Tafel zurück und diktierte Briefe an die großen und kleinen Lords des Reiches.

Einhundert Raben flogen binnen eines einzigen Tages. Und am nächsten Morgen flog auch Maegor selbst. Er bestieg Balerion, überquerte die Schwarzwasserbucht nach Königsmund, und die Königinwitwe Visenya begleitete ihn auf Vhagar. Die Rückkehr der Drachen löste in der Stadt Unruhen aus, als Hunderte zu fliehen versuchten, die Tore jedoch verschlossen und verrammelt vorfanden. Die Söhne des Kriegers hielten die Stadtmauern, die Gruben und Haufen, die einmal der Rote Bergfried werden sollten, und Rhaenys' Hügel, wo sie die Gedächtnissepte zur Festung ausgebaut hatten. Die Targaryen hissten ihre Standarten auf Visenyas Hügel und forderten alle Getreuen auf, sich zu ihnen zu gesellen. Tausende folgten ihrem Ruf. Visenya Targaryen verkündete, dass ihr Sohn Maegor als König gekommen sei. »Ein wahrer König, das Blut von Aegon dem Eroberer, der mein Bruder war, mein Gemahl und meine Liebe. Falls irgendjemand das Recht meines Sohnes auf den Eisernen Thron infrage stellen möchte, soll er vortreten und seine Worte mit seinem Leben bekräftigen.«

Es dauerte nicht lange, bis die Söhne des Kriegers ihre Herausforderung annahmen. Von Rhaenys' Hügel ritten sie herab, siebenhundert Ritter in versilbertem Stahl, unter der Führung ihres Großhauptmanns Ser Damon Morrigen, genannt Damon der Fromme. »Lasst uns nicht mit Worten streiten«, forderte Maegor ihn auf. »Die Schwerter werden entscheiden.« Ser Damon stimmte ihm zu. Die Götter würden demjenigen den Sieg gewähren, dessen Sache gerecht sei, sagte er. »Jede Seite soll sieben Recken stellen, so wie es in alten Zeiten in Andalos üblich war. Könnt Ihr sechs Männer finden, die Euch zur Seite stehen?« Denn Aenys hatte die Königsgarde mit nach Drachenstein genommen, und Maegor stand allein.

Der König wandte sich an die Menge. »Wer tritt vor und steht seinem König zur Seite?«, rief er. Viele wandten sich voller Furcht ab oder gaben vor, ihn nicht gehört zu haben, denn die Tapferkeit der Söhne des Kriegers war allseits bekannt. Aber schließlich trat doch ein Mann vor: kein Ritter, sondern ein einfacher Waffenknecht, der sich Dick Bohne nannte. »Ich bin ein Mann des Königs, seit ich ein

Knabe war«, sagte er, »und ich habe vor, als Mann des Königs zu sterben.«

Erst danach trat der erste Ritter vor. »Diese Bohne beschämt uns alle«, brüllte er. »Gibt es hier denn keine wahren Ritter? Keine treuen Männer?« Der Sprecher war Bernarr Brunn, der Knappe, der Harren den Roten erschlagen hatte und dafür von König Aenys zum Ritter geschlagen worden war. Sein Spott veranlasste andere, ebenfalls ihr Schwert anzubieten. Die Namen der vier, die Maegor auswählte, stehen in allen Chroniken von Westeros zu lesen: Ser Bramm aus Schwarzrumpf, ein Heckenritter, Ser Rayfurt Rosby, Ser Guy Widersten, genannt Guy der Vielfraß, und Ser Luzifer Massie, Lord von Steintanz.

Die Namen der sieben Söhne des Kriegers sind uns ebenfalls überliefert worden. Sie lauteten: Ser Damon Morrigen, genannt Damon der Fromme, Großhauptmann der Söhne des Kriegers, Ser Layl Bracken, Ser Harys Horpe, genannt Totenkopf-Harry, Ser Aegon Ambros, Ser Dickon Blumen, der Bastard von Biengraben, Ser Willam der Wanderer und Ser Garibald von den Sieben Sternen, der Septonritter. Die Aufzeichnungen besagten, dass Damon der Fromme ein Gebet sprach und den Krieger ersuchte, ihren Waffen Kraft zu spenden. Danach gab die Königinwitwe den Befehl zu beginnen. Und dann sprachen die Waffen.

Als Erster fiel Dick Bohne, den Layl Bracken gleich zu Anfang erschlug. Danach weichen die Berichte deutlich voneinander ab. Ein Chronist behauptet, als der unglaublich dicke Ser Guy der Vielfraß aufgeschlitzt wurde, seien die Überreste vierzig halbverdauter Pasteten herausgespritzt. Ein anderer behauptet, Ser Garibald von den Sieben Sternen habe eine Hymne gesungen, während er kämpfte. In mehreren Berichten heißt es, Lord Massie habe Harys Horpe den Arm abgehackt. Einer Darstellung zufolge warf Totenkopf-Harry sich darauf die Streitaxt in die andere Hand und rammte sie Lord Massie zwischen die Augen. Wieder andere Chronisten sind der Ansicht, Ser Harys sei einfach so gestorben. Manchen zufolge dauerte der Kampf stundenlang, in anderen Chroniken heißt es, die meisten Recken hätten bereits nach wenigen Augenblicken sterbend am Boden gelegen. Alle stimmen darin überein, dass große Heldentaten begangen und mächtige Hiebe ausgetauscht wurden, bis am Ende Maegor Targaryen allein gegen Damon den Frommen und Willam den Wanderer stand. Beide Söhne des Kriegers waren schwer verwundet, und Seine Gnaden hatte Schwarzfeuer. Dennoch stand die Sache auf Messers Schneide, darin sind sich Sänger und Maester einig. Noch im Fallen versetzte Ser Willam dem König einen fürchterlichen Hieb gegen den Kopf, der seinen Helm spaltete. Maegor sackte bewusstlos zusammen. Viele hielten ihn für tot, bis seine Mutter ihm den geborstenen Helm abnahm. »Der König atmet«, verkündete sie. »Der König lebt.« Der Sieg gehörte ihm.

Sieben der größten Söhne des Kriegers waren tot, darunter ihr Kommandant, aber über siebenhundert verblieben und standen bewaffnet und gerüstet und bereit um den Hügel herum. Königin Visenya befahl, ihren Sohn zu den Maestern zu bringen. Während man ihn den Hügel hinuntertrug, beugten die Schwerter des Glaubens das Knie und unterwarfen sich. Die Königinwitwe befahl ihnen, sich in ihre befestigte Septe auf Rhaenys' Hügel zurückzuziehen.

Siebenundzwanzig Tage schwebte Maegor Targaryen zwischen Leben und Tod, während Maester ihn mit Tränken und Umschlägen behandelten und Septone an seinem Bett beteten. Auch die Söhne des Kriegers in der Gedächtnissepte beteten, und sie stritten über ihr weiteres Vorgehen. Manche hatten das Gefühl, dem Orden bliebe keine andere Wahl, als Maegor als König anzuerkennen, da die Götter ihm den Sieg geschenkt hatten, andere dagegen beharrten darauf, dass sie durch Eid verpflichtet waren, dem Hohen Septon zu gehorchen, und daher weiterkämpfen müssten.

Einstweilen traf die Königsgarde von Drachenstein ein. Auf Anweisung der Königinwitwe hin übernahmen sie den Befehl über die Tausende Getreuen der Targaryen in der Stadt und umstellten Rhaenys' Hügel. Auf Driftmark rief die verwitwete Königin Alyssa ihren Sohn Aegon zum wahren König aus, doch das beachteten nur wenige. Der junge Prinz, dem immer noch ein Jahr zum Mannesalter fehlte, blieb in Rallenhall und saß ein halbes Reich entfernt in einer Burg fest, die von Armen Gefährten und frommen Bauern umstellt war, von denen ihn die meisten für eine Abscheulichkeit hielten.

In der Zitadelle von Altsass trafen sich die Erzmaester zum Konklave, um über die Thronfolge zu debattieren und einen neuen Großmaester zu wählen. Tausende Armer Gefährten strömten nach Königsmund. Die aus dem Westen folgten dem Heckenritter Ser Horys Hügel, die aus dem Süden einem riesenhaften Axtschwinger, der sich Wat der Hauer nannte. Erst als die zerlumpten Banden, die um Burg Rallenhall herum lagerten, sich Gleichgesinnten anschlossen, konnten Prinz Aegon und Prinzessin Rhaena aufbrechen. Sie gingen nach Casterlystein, wo ihnen Lord Lyman Lennister Schutz anbot. Seine Gemahlin, die Lady Jocasta, soll es gewesen sein, die als Erste bemerkte, dass Prinzessin Rhaena ein Kind unter dem Herzen trug.

Am achtundzwanzigsten Tag nach dem Urteil der Sieben legte mit der Abendflut ein Schiff aus Pentos in Königsmund an, dem zwei Frauen und sechshundert Söldner entstiegen. Alys aus dem Hause Eggen, Maegor Targaryens zweite Gemahlin, war nach Westeros zurückgekehrt … doch war sie nicht allein. Mit ihr kam eine weitere Frau, eine bleiche Schönheit mit rabenschwarzem Haar, die nur als Tyanna vom Turm bekannt ist. Gerüchten zufolge war sie Maegors Konkubine. Anderen zufolge die von Lady Alys. Die uneheliche Tochter eines Magisters von Pentos war eine Tavernentänzerin, der es gelungen war, zur Kurtisane aufzusteigen. Außerdem soll sie eine Giftmischerin und Zauberin gewesen sein. Viele wunderliche Geschichten waren über sie im Umlauf … aber kurz nach ihrer Ankunft schickte Königin Visenya die Maester und Septone ihres Sohnes fort und überließ Maegors Pflege Tyanna allein.

Am nächsten Morgen erwachte der König und erhob sich mit der aufgehenden Sonne. Als sich Maegor zwischen Alys Eggen und Tyanna von Pentos auf der Mauer des Roten Bergfrieds zeigte, brachen die versammelten Menschen in wilden Jubel aus, und die Stadt begann zu feiern. Doch mit der Ausgelassenheit war es schnell vorbei, als Maegor Balerion bestieg und auf Rhaenys' Hügel niederstieß, wo siebenhundert Söhne des Kriegers in der befestigten Septe beim Morgengebet waren. Während Drachenfeuer das Gebäude in Brand setzte, erwarteten Bogenschützen und Speerträger draußen jene, die durch die Türen herausstürzten. Es heißt, die Schreie der brennenden Männer habe man in der ganzen Stadt hören können, und tagelang habe der Rauch wie ein Leichentuch über Königsmund gehangen. Und so fand die Elite der Söhne des Kriegers ihr Ende im Feuer. Zwar gab es noch weitere Kapitel in Altsass, Lennishort, Möwenstadt und Steinsepte, doch der Orden sollte nie wieder zu seiner alten Stärke zurückfinden.

Doch König Maegors Krieg gegen die Militärischen Orden des Glaubens hatte gerade erst begonnen und sollte während seiner gesamten Herrschaft andauern. Seine erste Amtshandlung, nachdem er sich wieder auf den Eisernen Thron gesetzt hatte, war, den Armen Gefährten, die zur Stadt strömten, unter Androhung von Ächtung und Tod zu befehlen, die Waffen niederzulegen. Als sein Erlass keine Wirkung zeigte, befahl Seine Gnaden »allen treuen Lords«, gegen die zerlumpten Horden des Glaubens ins Feld zu ziehen und sie mit Gewalt aufzulösen. Zur Antwort rief der Hohe Septon in Altsass die »wahren und frommen Kinder der Götter« auf, die Waffen zur Verteidigung des Glaubens zu ergreifen und der Herrschaft von »Drachen und Ungeheuern und Abscheulichkeiten« ein Ende zu bereiten.

Zur ersten Schlacht kam es in der Weite nahe der kleinen Stadt Steinbrück. Dort gerieten neuntausend Arme Gefährten unter Wat dem Hauer in die Falle, als sie versuchten, den Mander zu überqueren. Sechs königstreue Heere unter dem Befehl verschiedener Lords kesselten sie ein. Da sich die eine Hälfte von Wats Männern am Nord- und die andere am Südufer befand, wurde sein Heer aufgerieben. Wats Anhänger waren nur schlecht ausgebildet, und es fehlte ihnen an Disziplin, sie trugen gehärtetes Leder, grobe Kleidung und hier und da ein Stück verrosteten Stahls, bewaffnet waren sie überwiegend mit Holzfälleräxten, angespitzten Stöcken und Bauernwerkzeug. Somit waren sie in keiner Weise in der Lage, dem Angriff von gepanzerten Rittern auf Schlachtrössern standzuhalten. Das Gemetzel war so schrecklich, dass sich der Mander auf einer Strecke von sechzig Meilen rot färbte und die Stadt und die Burg, wo die Schlacht stattfand, später Bitterbrück genannt wurde. Wat selbst geriet lebend in Gefangenschaft, allerdings erst, nachdem er ein halbes Dutzend Ritter erschlagen hatte, darunter Lord Wiesen von Grastal, den Befehlshaber eines der königlichen Heere. Der Hüne wurde in Ketten nach Königsmund gebracht.

Inzwischen hatte Ser Horys Hügel mit einem noch größeren Heer die Große Gabelung des Schwarzwassers erreicht; es zählte nahezu dreizehntausend Arme Gefährten, deren Reihen durch zweihundert berittene Söhne des Kriegers aus Steinsepte und durch die Ritter eines Dutzends abtrünniger Lords aus den West- und Flusslanden verstärkt wurden. Lord Rupert Falgut, berühmt als der Kämpfende Narr, führte die Reihen der Frommen an, die dem Ruf des Hohen Septons gefolgt waren, und mit ihm ritten Ser Lyonel Lorch, Ser Alyn Terrick, Lord Tristifer Wayn, Lord Jon Lester und viele weitere mächtige Ritter. Die Armee des Glaubens umfasste zwanzigtausend Mann.

König Maegors Heer verfügte allerdings über eine ähnliche Stärke, und Seine Gnaden hatte fast doppelt so viele gepanzerte Pferde sowie ein großes Kontingent Langbogenschützen. Der König selbst ritt Balerion. Dennoch wurde es eine erbitterte Schlacht. Der Kämpfende Narr erschlug zwei Ritter der Königsgarde, ehe er selbst durch das Schwert des Lords von Jungfernteich fiel. Der Große Jon Schweyn, der für den König focht, wurde früh durch einen Schwerthieb geblendet, sammelte seine Mannen jedoch trotzdem noch um sich und führte den Angriff, der durch die Reihen der Gläubigen brach und die Armen Gefährten in die Flucht schlug. Ein Unwetter mit heftigem Regen dämpfte Balerions Feuer, konnte es jedoch nicht vollständig löschen, und inmitten von Rauch und Schreien stürzte sich König Maegor wieder und wieder in die Tiefe und überzog seine Feinde mit Feuer. Beim Einbruch der Nacht war ihm der Sieg sicher, und die verbliebenen Armen Gefährten ließen ihre Äxte fallen und stoben in alle Richtungen auseinander.

Maegor kehrte im Triumph nach Königsmund zurück und setzte

sich erneut auf den Eisernen Thron. Als Wat der Hauer in Ketten vor ihn gebracht wurde, noch immer aufsässig, schlug ihm Maegor mit der Axt, die dem Hünen gehört hatte, eigenhändig Arme und Beine ab, befahl aber seinen Maestern, den Mann am Leben zu erhalten, »damit er meiner Hochzeit beiwohnen kann«. Dann verkündete Seine Gnaden, dass er gedenke, Tyanna von Pentos zu seiner dritten Gemahlin zu nehmen. Obwohl man munkelte, dass Maegors Mutter, die Königinwitwe, nur wenig für die Zauberin aus Pentos übrighabe, wagte es allein Großmaester Myros, offen die Stimme gegen Tyanna zu erheben. »Eure wahre Gemahlin wartet im Hohen Turm«, sagte Myros. Der König hörte ihn schweigend an, stieg dann vom Eisernen Thron, zog Schwarzfeuer und erschlug den Großmaester an Ort und Stelle.

Maegor Targaryen und Tyanna vom Turm vermählten sich auf Rhaenys' Hügel inmitten der Asche und Gebeine der Söhne des Kriegers, die dort gestorben waren. Es heißt, Maegor musste ein Dutzend Septone hinrichten, ehe er einen fand, der sich bereiterklärte, die Zeremonie durchzuführen. Wat der Hauer wurde ohne Arme und Beine am Leben erhalten, um der Hochzeit beizuwohnen.

König Aenys' Witwe, Königin Alyssa, war ebenfalls zugegen, begleitet von ihren jüngeren Söhnen Viserys und Jaehaerys sowie ihrer Tochter Alysanne. Ein Besuch der Königinwitwe auf Vhagar hatte sie überzeugt, ihre Zuflucht auf Driftmark zu verlassen und an den Hof zurückzukehren, wo Alyssa und ihre Brüder und Vettern aus dem Hause Velaryon Maegor als ihrem wahren König huldigten. Die verwitwete Königin wurde sogar gezwungen, sich den Hofdamen anzuschließen, als sie Seine Gnaden entkleideten und ins Brautgemach geleiteten, wo er seine dritte Ehe vollziehen würde. Alys Eggen, die zweite Gemahlin des Königs, führte den Vorsitz beim Betten. Als die Zeremonie vorüber war und Alyssa und die anderen Damen sich aus dem königlichen Schlafgemach zurückgezogen hatten, blieb Alys zurück und gesellte sich zu dem König und seiner neuesten Gemahlin, um sich einer Nacht der fleischlichen Lust hinzugeben.

Währenddessen wetterte am anderen Ende des Reiches in Altsass der Hohe Septon lautstark gegen diese »Abscheulichkeit und seine Huren«, während Ceryse aus dem Hause Hohenturm, die erste Gemahlin des Königs, weiterhin darauf beharrte, Maegors einzige rechtmäßige Königin zu sein. Und in den Westlanden lehnten Aegon Targaryen, Prinz von Drachenstein, und seine Gemahlin Prinzessin Rhaena den König ebenfalls ab.

Während des Aufruhrs um Maegors Thronbesteigung waren König Aenys' Sohn und seine Gemahlin, die Prinzessin, in Casterlystein geblieben, wo man Rhaena ihre Schwangerschaft bald ansah. Die meisten Ritter und jungen Lords, die mit ihnen zu ihrer unglückseligen königlichen Rundreise aufgebrochen waren, hatten sie längst verlassen und waren nach Königsmund zurückgeeilt, um vor Maegor das Knie zu beugen. Sogar Rhaenas Zofen und Gefährtinnen hatten sich Vorwände ausgedacht, um sich von ihr zu trennen, alle, außer ihrer Freundin Alayne Rois und einer früheren Favoritin, Melonie Peiper, die mit ihren Brüdern in Lennishort eintraf, um sie der Treue ihres Hauses zu versichern.

Sein ganzes Leben lang war Prinz Aegon als mutmaßlicher Erbe des Eisernen Throns angesehen worden, und nun wurde er plötzlich nicht nur von den Frommen geschmäht, sondern auch von vielen im Stich gelassen, die er für treue Freunde gehalten hatte. Maegors Unterstützer, die jeden Tag zahlreicher zu werden schienen, nahmen kein Blatt vor den Mund, sagten, Aegon sei »seines Vaters Sohn«, und sahen in ihm die gleiche Schwäche, die zu König Aenys' Untergang geführt hatte. Aegon hatte nie einen Drachen geritten, betonten sie, wohingegen Maegor Balerion bestiegen hatte, und die Braut des Prinzen, Prinzessin Rhaena, flog Traumfeuer schon, seit sie zwölf Jahre alt war. Königin Alyssas Anwesenheit bei Maegors Hochzeit wurde als Beweis dafür herangezogen, dass selbst seine Mutter nicht mehr hinter seinem Anspruch stand. Obwohl Lyman Lennister, der Lord von Casterlystein, sich Maegor nicht fügte, als dieser verlangte, dass er Aegon und seine Schwester »in Ketten, falls nötig« nach Königsmund schicke, ging er auch nicht so weit, dem jungen Mann sein Schwert anzubieten. Inzwischen wurde der Prinz bereits als »der Prätendent« und »Aegon der Ungekrönte« bezeichnet.

Und so kam es, dass Prinzessin Rhaena Aegons Töchter in Casterlystein zur Welt brachte, Zwillinge, die sie Aerea und Rhaella nannten. Aus der Sternensepte kam eine weitere wütende Bekanntmachung: Auch diese Kinder seien Abscheulichkeiten, verkündete der Hohe Septon, Früchte der Wollust und des Inzests, verflucht von den Göttern. Der Maester, der in Casterlystein diente und bei der Geburt der Kinder half, teilt uns mit, dass Prinzessin Rhaena ihren Gemahl, den Prinzen, danach gebeten habe, alle zusammen über die Meerenge nach Tyrosh oder Myr oder Volantis zu gehen, irgendwohin außerhalb der Reichweite ihres Onkels, denn »ich würde zwar, ohne zu zögern, mein Leben geben, um dich zum König zu machen, aber unsere Mädchen werde ich nicht in Gefahr bringen«. Doch ihre Worte stießen auf taube Ohren, und sie vergoss ihre Tränen vergebens, denn Prinz Aegon war entschlossen, sein Geburtsrecht einzufordern.

Zu Beginn des Jahres 43 n.A.E. befand sich König Maegor in Königsmund, wo er persönlich den Bau des Roten Bergfrieds beaufsichtigte. Ein Großteil der bereits vollendeten Gebäude wurde wieder abgerissen oder umgebaut, neue Baumeister und Arbeiter wurden angeheuert und Aegons Hoher Hügel mit Geheimgängen und Tunneln durchlöchert. Während die roten Steintürme in die Höhe wuchsen, befahl der König, eine Burg innerhalb der Burg zu errichten, eine befestigte Schanze, die von einem trockenen Graben umgeben und bald als Maegors Feste bekannt werden sollte.

Im selben Jahr machte Maegor Lord Lukas Eggen, den Vater seiner Gemahlin Königin Alys, zur neuen Hand … aber es war nicht die Hand, der das Ohr des Königs gehörte. Seine Gnaden mochte über die Sieben Königreiche herrschen, munkelte man, doch er selbst wurde von den drei Königinnen beherrscht: seiner Mutter Königin Visenya, seiner Mätresse Königin Alys und der Hexe aus Pentos, Königin Tyanna. Tyanna wurde »Meisterin der Flüsterer« genannt und wegen ihres schwarzen Haares auch »des Königs Rabe«. Sie sprach mit Ratten und Spinnen, hieß es, und das Ungeziefer von Königsmund suchte sie des Nachts auf, um ihr Geschichten über all jene Narren zu erzählen, die dumm genug waren, die Stimme gegen den König zu erheben.

Währenddessen suchten noch immer Tausende Arme Gefährten die Straßen und wilden Orte in der Weite, am Trident und im Grünen Tal heim; zwar schlossen sich die Sterne nie wieder zu größerer Zahl zusammen, um sich dem König in offener Schlacht zu stellen, aber sie führten den Kampf im Kleinen weiter, überfielen Reisende und kleine Städte, Dörfer und schlecht verteidigte Burgen und erschlugen die Königstreuen, wo immer sie sie finden konnten. Ser Horys Hügel war in der Schlacht an der Großen Gabelung entkommen, doch Niederlage und Flucht hatten sein Ansehen beschädigt, und er verfügte nur noch über wenige Anhänger. Die neuen Anführer der Armen Gefährten waren Männer wie der Zerlumpte Silas, Septon Mond und Dennis der Lahme, die sich kaum von Banditen unterschieden. Zu ihren grausamsten Hauptleuten gehörte eine Frau, die die Räudige Jeyne Arm genannt wurde, deren brutale Truppe eine Reise durch die Wälder zwischen Königsmund und Sturmkap für ehrliche Wanderer fast unmöglich machte.

Inzwischen hatten die Söhne des Kriegers einen neuen Großhauptmann gewählt: Ser Gottfrid Hunder, den Roten Hund der Berge, der entschlossen war, seinen Orden zurück zu altem Ruhm zu führen. Als Ser Gottfrid von Lennishort aufbrach, um den Segen des Hohen Septons zu erbitten, ritten einhundert Mann mit ihm. Als er in Altsass eintraf, hatten sich ihm so viele Ritter und Knappen und freie Reiter angeschlossen, dass sein Heer auf zweitausend Mann angewachsen war. Überall im Reich versammelten rastlose Lords und Männer des Glaubens Krieger um sich und schmiedeten Pläne, die Drachen zu stürzen.

Das alles blieb nicht unbemerkt. Raben flogen in alle Winkel des Reiches und beriefen Lords und Ritter mit Landbesitz, an deren Treue Zweifel bestanden, nach Königsmund, wo sie das Knie beugen, dem König huldigen und dazu einen Sohn oder eine Tochter als Unterpfand ihrer Loyalität übergeben sollten. Die Sterne und Schwerter wurden geächtet; die Mitgliedschaft in beiden Orden sollte fürderhin mit dem Tod bestraft werden. Der Hohe Septon wurde in den Roten Bergfried befohlen, um sich einem Verfahren wegen Hochverrats zu stellen.

Seine Hohe Heiligkeit antwortete aus der Sternensepte mit einem Befehl an den König, persönlich nach Altsass zu kommen, um die Götter um Vergebung für seine Sünden und grausamen Taten zu bitten. Viele Gläubige schlossen sich seinem Widerstand an. Einige

fromme Lords reisten nach Königsmund, huldigten dem König und stellten Geiseln, die meisten allerdings nicht; sie vertrauten auf die Zahl ihrer Männer und die Stärke ihrer Burgen.

König Maegor ließ das Gift fast ein halbes Jahr wirken, so sehr beanspruchte ihn der Bau seines Roten Bergfrieds. Es war seine Mutter, die als Erste handelte. Die Königinwitwe bestieg Vhagar und brachte Feuer und Blut in die Flusslande so wie einst nach Dorne. In einer einzigen Nacht gingen die Sitze der Häuser Blathain, Terrick, Deddings, Lester und Wayn in Flammen auf. Dann erhob sich Maegor selbst in die Lüfte und flog auf Balerion in die Westlande, wo er die Burgen der Ginsters, Falguts, Lorchs, Myatts und anderer »frommer Lords« niederbrannte, die sich seinem königlichen Ruf widersetzt hatten. Zuletzt stieß er auf den Sitz des Hauses Hunder herab und äscherte Halle und Stallungen ein. Opfer des Feuers wurden Ser Gottfrids Vater, seine Mutter und jüngere Schwester sowie seine Geschworenen Schwerter und die gesamte Dienerschaft, und er vernichtet all ihr Hab und Gut. Während überall in den Westlanden und den Flusslanden Rauchsäulen zum Himmel aufstiegen, wandten sich Vhagar und Balerion nach Süden. Während der Eroberung hatte der damalige Lord Hohenturm auf Rat des damaligen Hohen Septon die Tore von Altsass geöffnet, doch jetzt schien es unvermeidlich, dass die größte und bevölkerungsreichste Stadt in Westeros brennen würde.

Tausende flohen aus der Stadt, strömten durch die Tore oder stachen mit dem Schiff zu fernen Häfen in See. Und Tausende mehr füllten die Straßen und feierten und tranken ausgelassen. »Dies ist eine Nacht für Gesang und Sünde und Trunk«, sagten sie zueinander, »denn morgen früh werden die Tugendhaften und die Verderbten alle zusammen brennen.« Andere versammelten sich in Septen und Tempeln und alten Hainen, wo sie um Schonung beteten. In der Sternensepte schimpfte und polterte der Hohe Septon und rief den Zorn der Götter auf die Targaryen herab. Die Erzmaester der Zitadelle trafen sich zum Konklave. Die Männer der Stadtwache füllten Säcke mit Sand und Eimer mit Wasser, denn sie wussten, sie würden Brände löschen müssen. Auf den Wehrgängen der Stadtmauern wurden Armbrüste, Skorpione, Feuerspeier und Speerschleudern aufgestellt, in der Hoffnung, die Drachen vom Himmel zu holen, wenn sie erschienen. Unter der Führung von Ser Morgan Hohenturm, einem jüngeren Bruder des Lords von Altsass, eilten zweihundert Söhne des Kriegers aus ihrem Kapitelhaus und umgaben die Sternensepte mit einem Ring aus Stahl, um Seine Hohe Heiligkeit zu verteidigen. Auf dem Hohen Turm erstrahlte das große Leuchtfeuer in unheilvollem grünen Schein, weil Lord Martyn Hohenturm zu den Fahnen rief. Altsass erwartete die Morgendämmerung und die Ankunft der Drachen.

Und die Drachen kamen. Zuerst Vhagar, bei Sonnenaufgang, dann Balerion, kurz vor Mittag. Aber sie fanden die Tore der Stadt weit offen, die Wehrgänge unbemannt, und auf der Stadtmauer wehten die Banner des Hauses Targaryen, des Hauses Tyrell und des Hauses Hohenturm einträchtig Seite an Seite. Die Königinwitwe erfuhr die Nachricht als Erste. Irgendwann in der schwärzesten Stunde dieser langen, schrecklichen Nacht war der Hohe Septon gestorben.

Dieser Hohe Septon war ein Mann von dreiundfünfzig Jahren gewesen, ebenso unermüdlich wie unerschrocken, von guter, robuster Gesundheit und für seine Stärke berühmt. Mehr als einmal hatte er einen ganzen Tag und eine ganze Nacht gepredigt, ohne zu schlafen oder zu essen. Sein plötzlicher Tod schockierte die ganze Stadt und bestürzte seine Anhänger und ist bis zum heutigen Tag Gegenstand von Diskussionen. Mancher sagt, Seine Hohe Heiligkeit habe seinem Leben selbst ein Ende gesetzt, entweder in einem Akt der Feigheit, weil er König Maegors Zorn fürchtete, oder als edles Opfer, um das gute Volk von Altsass vor dem Drachenfeuer zu retten. Andere behaupten, die Sieben hätten ihn für die Sünde des Hochmuts niedergestreckt, wegen Ketzerei, Hochverrat und Überheblichkeit.

Viele und noch viel mehr sind sich sicher, dass er ermordet wurde … Doch von wem? Ser Morgan Hohenturm habe die Tat auf Befehl seines Hohen Bruders ausgeführt, so behaupten manche (und Ser Morgan wurde tatsächlich in jener Nacht beim Betreten und Verlassen der privaten Gemächer des Hohen Septons gesehen). Andere deuten mit dem Finger auf Lady Patricia Hohenturm, Lord Martyns jungfräuliche Tante, eine angebliche Hexe (die bei Einbruch der Dunkelheit Seine Hohe Heiligkeit tatsächlich um eine Audienz ersucht hatte; allerdings lebte der Hohe Septon noch, als sie ging). Die Erzmaester der Zitadelle stehen ebenfalls unter Verdacht, wobei strittig bleibt, ob sie sich der dunklen Künste, eines Attentäters oder einer vergifteten Schriftrolle bedient haben sollen (die ganze Nacht lang wurden zwischen Zitadelle und Sternensepte Nachrichten ausgetauscht). Und wieder andere halten sie alle für unschuldig und legen den Tod des Hohen Septons einer anderen vermeintlichen Zauberin zur Last, der Königinwitwe Visenya Targaryen.

Die Wahrheit wird wohl nie ans Licht kommen … aber dass Lord Martyn unverzüglich handelte, als er die Neuigkeit im Hohen Turm erfuhr, steht außer Zweifel. Sofort schickte er seine Ritter los, um die Söhne des Kriegers zu entwaffnen und gefangen zu setzen, darunter auch seinen eigenen Bruder. Die Stadttore wurden geöffnet und überall auf den Mauern das Banner der Targaryen gehisst. Noch ehe Vhagars Schwingen in Sicht kamen, zerrten Lord Hohenturms Männer die Ergebensten aus ihren Betten und geleiteten sie mit vorgehaltenen Speeren zur Sternensepte, um einen neuen Hohen Septon zu wählen.

Es bedurfte nur eines einzigen Wahlgangs. Nahezu einstimmig sprachen sich die weisen Männer und Frauen des Glaubens für einen gewissen Septon Pater aus. Neunzig Jahre war er alt, blind, gebeugt und schwächlich, aber für seine Liebenswürdigkeit bekannt. Der neue Hohe Septon brach unter dem Gewicht der Kristallkrone fast zusammen, als man sie ihm aufs Haupt setzte … doch als Maegor Targaryen vor ihm in der Sternensepte erschien, war er hocherfreut, ihn als König segnen zu können und sein Haupt mit den heiligen Ölen zu salben, wenngleich ihm dabei der Wortlaut des Segens nicht mehr einfiel.

Königin Visenya kehrte bald darauf mit Vhagar nach Drachenstein zurück, doch König Maegor verweilte fast ein halbes Jahr in

Altsass, hielt dort Hof und saß zu Gericht. Die gefangenen Schwerter der Söhne des Kriegers wurden vor die Wahl gestellt: Wer sich vom Orden lossagte, erhielt die Erlaubnis, zur Mauer zu gehen und dort sein Leben als Bruder der Nachtwache zu verbringen. Wer sich weigerte, bekam die Gelegenheit, als Märtyrer seines Glaubens zu sterben. Drei Viertel der Gefangenen entschieden sich, das Schwarz anzulegen. Die anderen starben. Sieben von ihnen, berühmte Ritter und die Söhne von Lords, wurde die Ehre zuteil, von König Maegor persönlich mit Schwarzfeuer enthauptet zu werden. Dem Rest der Verurteilten wurde von ihren früheren Waffenbrüdern der Kopf abgeschlagen. Von der großen Zahl der Söhne des Kriegers wurde nur ein einziger Mann vom König begnadigt: Ser Morgan Hohenturm.

Der neue Hohe Septon löste sowohl die Söhne des Kriegers als auch die Armen Gefährten auf und befahl den verbliebenen Mitgliedern im Namen der Götter, ihre Waffen niederzulegen. Die Sieben brauchten keine Krieger mehr, verkündete Seine Hohe Heiligkeit; von nun an würde der Eiserne Thron den Glauben beschützen und verteidigen. König Maegor setzte den Überlebenden der Militärischen Orden eine Frist bis zum Ende des Jahres, die Waffen zu strecken und den Pfad der Rebellion zu verlassen. Danach würde auf jeden, der sich nicht beugte, ein Kopfgeld ausgesetzt: ein Golddrache für den Kopf jedes halsstarrigen Sohns des Kriegers, ein Silberhirsch für den »verlausten Skalp« eines Armen Gefährten.

Der neue Hohe Septon erhob keine Einwände, und auch nicht die Ergebensten.

Während seines Aufenthalts in Altsass versöhnte sich der König zudem mit seiner ersten Gemahlin, Königin Ceryse, der Schwester seines Gastgebers Lord Hohenturm. Ihre Gnaden erklärte sich bereit, die anderen Gemahlinnen des Königs anzuerkennen und sie mit Respekt und Ehre zu behandeln sowie nicht länger schlecht über sie zu sprechen, während Maegor schwor, Ceryse in ihre alten Rechte, Einkommen und Privilegien einzusetzen, die ihr als seiner angetrauten Gemahlin und Königin zustanden. Um die Versöhnung zu feiern, wurde ein großes Fest im Hohen Turm veranstaltet; das Spektakel beinhaltete auch ein Betten und einen »zweiten Vollzug der Ehe«, damit alle Welt erführe, dass dies wirklich eine Verbindung zweier Liebender war.

Wie lange König Maegor noch in Altsass geblieben wäre, ist unklar, denn später im Jahre 43 n.A.E. wurde seine Herrschaft abermals angefochten. Die lange Abwesenheit Seiner Gnaden aus Königsmund war seinem Neffen nicht entgangen, und der Prinz zögerte nicht, diese Gelegenheit zu nutzen. Aegon der Ungekrönte verließ mit seiner Gemahlin Rhaena Casterlystein und durchquerte mit einer Handvoll Gefährten die Flusslande, um nach Königsmund zu eilen. Unter Getreidesäcken versteckt, stahlen sie sich unbemerkt in die Stadt. Da er nur über wenige Gefolgsleute verfügte, wagte es Aegon nicht, sich direkt auf den Eisernen Thron zu setzen. Stattdessen wollten sie Rhaenas Traumfeuer holen … und der Prinz wollte vielleicht versuchen, Quecksilber zu besteigen, den Drachen seines Vaters. Bei diesem kühnen Unterfangen halfen ihnen Freunde an Maegors Hof, die der Grausamkeit des Königs müde waren. Der Prinz und die Prinzessin waren in einem Wagen nach Königsmund eingefahren, der von Maultieren gezogen wurde, aber als sie die Stadt verließen, flogen sie auf Drachen Seite an Seite.

Aegon und Rhaena kehrten in die Westlande zurück, um ein Heer aufzustellen. Da sich die Lennisters von Casterlystein noch immer nicht öffentlich der Sache von Prinz Aegon anschließen wollten, sammelten sie sich bei Burg Rosmaid, dem Sitz des Hauses Peiper. Jon Peiper, Lord von Rosmaid, hatte sein Schwert dem Prinzen geschworen, doch glaubte man allerseits, dass es seine energische Schwester Melonie gewesen war, Rhaenas Jugendfreundin, die ihn davon überzeugt hatte. Dort, bei Rosmaid, landete Aegon Targaryen mit Quecksilber und erklärte seinen Onkel zum Tyrannen und Usurpator und rief alle ehrlichen Männer auf, sich unter sein Banner zu scharen.

Die Lords und Ritter, die seinem Aufruf folgten, waren überwiegend Westmänner und Flusslords; die Lords Tarbeck, Wurtz, Vanke, Karlten, Frey, Paege, Parren, Weitmann und Westerling gehörten zu ihnen, dazu gesellten sich Lord Corbray aus dem Grünen Tal, der Bastard von Hüglingen und der vierte Sohn des Lords vom Greifenhorst. Aus Lennishort kamen fünfhundert Mann unter dem Banner eines Bastards von Lyman Lennister, Ser Tyler Hügel; auf diese Weise schanzte der listenreiche Lord von Casterlystein dem jungen Prinzen weitere Unterstützer zu, während er selbst seine Hände in Unschuld wusch, für den Fall, dass Maegor als Sieger aus der Auseinandersetzung hervorging. Die Truppen der Peipers wurden nicht etwa von Lord Jon oder seinen Brüdern angeführt, sondern von seiner Schwester Melonie befehligt, die das Kettenhemd eines Mannes angelegt und den Speer aufgenommen hatte. Fünfzehntausend Mann hatten sich der Rebellion angeschlossen, als Aegon der Ungekrönte seinen Marsch durch die Flusslande antrat, um den Eisernen Thron zu erobern, und vorneweg ritt der Prinz persönlich auf König Aenys' geliebter Quecksilber.

Obgleich sich in Aegons Reihen erfahrene Kommandanten und mächtige Ritter befanden, hatten sich dem Prinzen keine großen Lords angeschlossen … doch Königin Tyanna, die Meisterin der Flüsterei, schrieb Maegor eine Warnung, dass sich Sturmkap, Hohenehr, Winterfell und Casterlystein im Geheimen mit der verwitweten Königin seines Bruders, Alyssa Velaryon, in Verbindung gesetzt hätten. Ehe sie sich für den Prinzen von Drachenstein erklärten, wollten sie davon überzeugt werden, dass er den Krieg gewinnen könnte. Prinz Aegon brauchte einen Sieg.

Maegor verweigerte ihm diesen. Von Harrenhal kam Lord Eggen, von Schnellwasser Lord Tully. Ser Davos Finsterlyn von der Königsgarde stellte in Königsmund fünftausend Schwerter auf und zog nach Westen gegen die Rebellen. Aus der Weite herauf kamen Lord Gipfel, Lord Sonnwetter, Lord Kaswell und ihre Truppen. Prinz Aegons langsam ziehendes Heer wurde von allen Seiten eingeschlossen; die einzelnen Heere seiner Feinde waren zwar allesamt kleiner als seine eigene Streitmacht, doch so zahlreich, dass der junge Prinz (erst siebzehn Jahre alt) nicht wusste, gegen welches er sich zuerst wenden sollte. Lord Corbray riet ihm, sich jeden Gegner einzeln vorzunehmen, ehe sie ihre Stärke vereinen konnten, doch Aegon wollte sein Heer nicht aufteilen. Stattdessen entschied er sich dafür, weiter nach Königsmund zu marschieren.

Direkt südlich des Götterauges traf er auf Davos Finsterlyns Königsmunder, die ihm den Weg versperrten und sich auf hohem Gelände hinter einer Mauer aus Speeren verschanzt hatten, während Kundschafter das Herankommen der Lords Sonnwetter und Kaswell von Süden und der Lords Tully und Eggen von Norden berichteten. Prinz Aegon befahl einen Sturmangriff und hoffte, die Reihen der Königsmunder zu durchbrechen, ehe die anderen Königstreuen ihm in die Flanken fallen konnten, und bestieg Quecksilber, um den Angriff selbst anzuführen. Doch kaum war er in der Luft, hörte er Schreie und sah, wie seine Männer auf Balerion, den Schwarzen Schrecken, zeigten, der sich am Himmel im Süden abzeichnete.

König Maegor war gekommen.

Zum ersten Mal seit dem Verhängnis von Valyria kämpfte Drache gegen Drache am Himmel, während unten am Boden die Schlacht entbrannte.

Quecksilber war nur ein Viertel so groß wie Balerion und dem älteren, grimmigeren Drachen nicht gewachsen. Ihre hellen weißen Feuerbälle wurden von großen Stößen schwarzer Flammen umfangen und geradezu fortgewischt. Dann stürzte sich der Schwarze Schrecken von oben auf Quecksilber, packte sie mit dem Maul am Hals und riss ihr mit den Klauen eine Schwinge aus. Rauchend und kreischend taumelte das junge Drachenweibchen zu Boden und Prinz Aegon mit ihr.

Die Schlacht unten war fast ebenso kurz, allerdings blutiger. Nachdem Aegon gefallen war, ließen die Rebellen Waffen und Rüstung fallen und ergriffen die Flucht. Doch die Heere der Königstreuen hatten sie eingeschlossen, und es gab keinen Fluchtweg. Am Ende des Tages waren zweitausend von Aegons Männern gefallen, dagegen nur einhundert von König Maegors Truppen. Unter den Toten waren Lord Alyn Tarbeck, Denys Schnee, der Bastard von Hüglingen, Lord Ronnel Vanke, Ser Willam Pfeifer, Melonie Peiper und drei ihrer Brüder … sowie der Prinz von Drachenstein,

Aegon der Ungekrönte aus dem Hause Targaryen. Der einzige Verlust von Rang und Namen bei den Königstreuen war Ser Davos Finsterlyn von der Königsgarde, den Lord Corbray mit Lady Einsam erschlagen hatte. Das nächste halbe Jahr folgten Prozesse und Hinrichtungen. Königin Visenya überzeugte ihren Sohn, einige der aufständischen Lords zu verschonen, doch selbst jene, die ihr Leben behielten, verloren Länder und Titel und wurden gezwungen, Geiseln zu stellen.

Einen wichtigen Namen fand man jedoch weder auf der Liste der Toten noch unter den Gefangenen: Rhaena Targaryen, die Schwester und Gemahlin Prinz Aegons des Ungekrönten, hatte sich dem Feldzug nicht angeschlossen. Ob sie auf Befehl ihres Gemahls zurückgeblieben war oder sich aus eigenen Stücken dafür entschied, ist bis heute umstritten. Wir können lediglich mit Sicherheit sagen, dass Rhaena mit ihren Töchtern auf Burg Rosmaid blieb, als Aegon abmarschierte … und mit ihr Traumfeuer. Hätte ein zweiter Drache aufseiten des Prinzen den Ausgang der Schlacht beeinflussen können? Wir werden es nie erfahren … obwohl richtigerweise darauf hingewiesen wurde, dass Prinzessin Rhaena keine Kriegerin war und Traumfeuer darüber hinaus jünger und kleiner als Quecksilber und die beiden Drachen somit weder einzeln noch zusammen eine ernsthafte Bedrohung für Balerion den Schwarzen Schrecken gewesen wären.

Als die Nachricht von der Schlacht im Westen eintraf und Prinzessin Rhaena erfuhr, dass sowohl ihr Gemahl als auch ihre Freundin Lady Melonie gefallen waren, soll sie die Botschaft schweigend und mit versteinerter Miene entgegengenommen haben. »Wollt Ihr nicht weinen?«, wurde sie gefragt, worauf sie antwortete: »Ich habe keine Zeit für Tränen.« Daraufhin nahm sie ihre Töchter Aerea und Rhaella und floh aus Angst vor dem Zorn ihres Onkels, zunächst nach Lennishort und dann übers Meer zur Schönen Insel, wo der neue Lord Marq Weitmann (dessen Vater und älterer Bruder beide für Aegon gekämpft hatten und in der Schlacht gefallen waren) ihr Zuflucht gewährte und schwor, dass ihr unter seinem Dach kein Leid geschehen werde. Ein gutes Jahr lang blickten die Menschen der Schönen Insel ängstlich nach Osten und fürchteten, dort bald Balerions dunkle Schwingen zu erblicken, doch Maegor kam nicht. Stattdessen kehrte der siegreiche König in den Roten Bergfried zurück und machte sich verbissen daran, endlich einen Erben zu zeugen.

Das 44. Jahr nach Aegons Eroberung war ein friedliches Jahr … im Vergleich zu den vorangegangenen, aber die Maester, welche die Chroniken über diese Zeit verfasst haben, schildern, dass der Geruch von Blut und Feuer noch schwer in der Luft lag. Maegor I. Targaryen saß auf dem Eisernen Thron, während sein Roter Bergfried um ihn herum wuchs, aber an seinem Hof herrschte eine düstere, trostlose Stimmung, obgleich es dort nicht nur eine, sondern gleich drei Königinnen gab … oder vielleicht gerade deshalb. Jede Nacht rief er eine seiner Gemahlinnen in sein Bett, und doch blieb er ohne Kinder und hatte keine Erben außer den Söhnen, Töchtern und Enkelinnen seines Bruders Aenys. »Maegor der Grausame« wurde er genannt, und auch »Sippenmörder«. Allerdings bedeutete es den Tod, derlei Worte in seiner Hörweite auszusprechen.

In Altsass starb der greise Hohe Septon, und ein anderer wurde auf seinen Platz gesetzt. Auch wenn er kein Wort gegen den König oder seine Königinnen sagte, dauerte die Feindschaft zwischen König Maegor und dem Glauben fort. Hunderte Armer Gefährten waren gejagt und erschlagen worden und ihre Kopfhäute den Leuten des Königs gegen das ausgesetzte Geld ausgehändigt. Noch immer hausten Tausende in Wäldern und Wildnis und Hecken der Sieben Königreiche und verfluchten die Targaryen mit jedem Atemzug. Eine Bande krönte sogar einen eigenen Hohen Septon, einen bärtigen Rohling namens Septon Mond. Auch einige Söhne des Kriegers überdauerten weiterhin unter der Führung von Ser Gottfrid Hunder, dem Roten Hund der Berge. Geächtet und verdammt, hatte der Orden nicht länger die Kraft, sich dem König in offener Schlacht zu stellen, weshalb der Rote Hund sie als Heckenritter getarnt losschickte, um die Getreuen der Targaryen und die »Verräter am Glauben« zu jagen und zu erschlagen. Zu ihren ersten Opfern gehörte Ser Morgan Hohenturm, der früher ihrem Orden angehört hatte; er wurde auf der Straße nach Honigstock niedergemacht und zerstückelt. Als Nächstes musste der alte Lord Sonnwetter sterben, ihm folgten Lord Gipfels Sohn und Erbe, Davos Finsterlyns alter Vater und sogar der Blinde Jon Schweyn. Obwohl für jeden Sohn des Kriegers ein Kopfgeld von einem Golddrachen gezahlt wurde, versteckten und beschützten die einfachen Leute und Bauern sie, denn sie hatten nicht vergessen, wer und was sie einst gewesen waren.

Auf Drachenstein war Königinwitwe Visenya mager und hager geworden war, nachdem das Fleisch ihr von den Knochen geschmolzen war. Die ehemalige Königin Alyssa, die Witwe ihres Neffen, weilte mit Sohn Jaehaerys und Tochter Alysanne ebenfalls auf der Insel. Maegor hatte die Kinder offiziell zu Mündeln seiner Mutter erklärt, in Wahrheit aber waren sie und ihre Mutter Gefangene. Prinz Viserys, den ältesten überlebenden Sohn von Aenys und Alyssa, hatte Seine Gnaden an den Hof gerufen. Viserys, ein vielversprechender Jüngling von fünfzehn Jahren, den das Volk liebte, wurde Knappe des Königs … und bekam einen Ritter der Königsgarde als Schatten, damit er sich von Komplotten und Hochverrat fernhielt.

Für eine kurze Zeit schien es im Jahre 44 n.A.E., als würde der König den Sohn bekommen, den er sich so verzweifelt ersehnte. Königin Alys gab bekannt, sie trage ein Kind unter dem Herzen, und der Hof jubelte. Großmaester Desmond ordnete Bettruhe an, als ihre Schwangerschaft voranschritt, und übernahm ihre Pflege, unterstützt von zwei Septas, einer Hebamme und den Schwestern der Königin, Jeyne und Hanna. Maegor bestand darauf, dass auch seine anderen Gemahlinnen der schwangeren Königin aufwarteten und ihr dienten.

Im dritten Mond im Wochenbett jedoch begann Königin Alys stark aus dem Schoß zu bluten und verlor das Kind. Als König Maegor kam und sich die Totgeburt anschaute, erschrak er, denn der Junge war ein Ungeheuer. Er hatte verdrehte Arme und Beine, einen riesigen Kopf und keine Augen. »Das kann nicht mein Sohn sein«, brüllte er voller Pein. Dann verwandelte sich seine Trauer in

Zorn, und er befahl die sofortige Hinrichtung der Hebamme und Septas, die sich um die Königin gekümmert hatten, und auch Großmaester Desmond verschonte er nicht. Einzig Alys' Schwestern kamen mit dem Leben davon.

Es heißt, Maegor habe mit dem Kopf des Großmaesters in den Händen auf dem Eisernen Thron gesessen, als Königin Tyanna zu ihm kam und ihm mitteilte, dass er betrogen worden sei. Das Kind sei nicht seinem Samen entsprungen. Als Alys Eggen gesehen hatte, wie Königin Ceryse, alt und verbittert und kinderlos, an den Hof zurückgekehrt war, fürchtete sie, dass ihr das gleiche Schicksal beschieden wäre, wenn sie dem König keinen Sohn schenkte, und habe sich deshalb an ihren Hohen Vater gewandt, die Hand des Königs. In den Nächten, in denen der König das Bett mit Königin Ceryse oder Königin Tyanna teilte, hatte Lukas Eggen Männer ins Bett seiner Tochter geschickt, um sie zu schwängern. Maegor wollte das nicht glauben. Er nannte Tyanna eine eifersüchtige, unfruchtbare Hexe und warf den Kopf des Großmaesters nach ihr. »Spinnen lügen nicht«, erwiderte die Meisterin der Flüsterer und übergab dem König eine Liste.

Darauf standen die Namen von zwanzig Männern, die Königin Alys ihren Samen gegeben haben sollten. Alte und junge Männer, stattliche und hässliche, Ritter und Knappen, Lords und Diener, sogar Stallburschen und Schmiede und Sänger; allem Anschein nach hatte die Hand des Königs das Netz weit ausgeworfen. Diese Männer hatten nur eines gemeinsam: Sie hatten allesamt bereits ihre Fruchtbarkeit bewiesen, und es war bekannt, dass sie gesunde Kinder gezeugt hatten.

Unter der Folter gestanden alle bis auf zwei. Einer, ein zwölffacher Vater, hatte sogar noch das Gold bei sich, das ihm Lord Eggen für seine Dienste gezahlt hatte. Die Verhöre wurden rasch und im Verborgenen durchgeführt, weshalb weder Lord Eggen noch Königin Alys etwas vom Verdacht des Königs bemerkten, bis die Königsgarde bei ihnen eindrang. Königin Alys wurde aus ihrem Bett gezerrt und musste mit ansehen, wie ihre Schwestern vor ihren Augen getötet wurden, als sie versuchten, sie zu beschützen. Ihr Vater, der gerade den Turm der Hand inspizierte, wurde von Maegors Männern vom Dach gestoßen und zerschmetterte unten auf dem Pflaster. Eggens Söhne, Brüder und Neffen wurden ebenfalls ergriffen. Der König ließ sie in den trockenen Burggraben werfen, der Maegors Feste umgab, wo sie von den Spießen, die darin aufgepflanzt standen, gepfählt wurden. Manche starben erst nach Stunden, der schwachsinnige Horas Eggen soll sogar noch Tage gelebt haben. Die zwanzig Männer von Königin Tyannas Liste gesellten sich bald zu ihnen, und dann noch ein Dutzend weitere, die die ersten zwanzig bezichtigt hatten.

Den entsetzlichsten Tod sparte König Maegor für Königin Alys selbst auf: Sie wurde ihrer Schwesterkönigin Tyanna zur Folter überlassen. Darüber wollen wir nicht sprechen, denn manche Dinge sollten besser begraben und vergessen bleiben. Es genügt zu erwähnen, dass ihr Sterben fast vierzehn Tage lang dauerte und dass Maegor selbst die gesamte Zeit anwesend war, um sich an ihrer Qual zu weiden. Nach ihrem Tod wurde der Leichnam der Königin in sieben Teile zerlegt, von denen je einer über den sieben Toren der Stadt aufgespießt wurde, wo sie hingen, bis sie verfault waren.

Danach stellte König Maegor ein starkes Heer aus Rittern und Waffenknechten auf, verließ Königsmund und marschierte gegen Harrenhal, um die Vernichtung des Hauses Eggen zu vollenden. Die große Burg am Götterauge war nur schwach besetzt, und ihr Kastellan, ein Neffe von Lord Lukas und Vetter der verstorbenen Königin, öffnete beim Anmarsch des Königs die Tore. Doch die Kapitulation rettete ihn nicht. Seine Gnaden überantwortete die gesamte Besatzung dem Schwert und außerdem jeden Mann, jede Frau und jedes Kind, in deren Adern auch nur ein Tropfen Eggen-Blut floss. Danach zog er nach Eggingen am Trident und wiederholte, was er getan hatte.

Nach diesem Blutvergießen hieß es, Harrenhal sei verflucht, denn jedes hochherrschaftliche Haus, das je im Besitz der Burg gewesen war, hatte ein schlimmes und blutiges Ende genommen. Dessen ungeachtet begehrten viele ehrgeizige Männer des Königs den mächtigen Sitz des Schwarzen Harren mit seinen weiten und fruchtbaren Ländern … so viele, dass König Maegor ihrer Bitten überdrüssig wurde und verfügte, Harrenhal solle an den stärksten Interessenten gehen. Und so kämpften dreiundzwanzig Ritter vom Hofe des Königs mit Schwert und Lanze und Streitkolben in den blutgetränkten Straßen von Lord Eggens Stadt. Ser Walton Türmen ging als Sieger hervor, und Maegor erhob ihn zum Lord von Harrenhal … aber im Buhurt war es wild zugegangen, und Ser Walton lebte nicht mehr lange, um seine Burg zu genießen. Binnen vierzehn Tagen erlag er seinen Verletzungen. Harrenhal ging an seinen ältesten Sohn, doch es gehörte nicht mehr so viel Land dazu, da der König Lord Alten Butterquell Eggingen zusprach und den Rest der eggenschen Besitzungen Lord Darnold Darry.

Als Maegor endlich nach Königsmund zurückkehrte, um erneut auf dem Eisernen Thron Platz zu nehmen, erreichte ihn die Nachricht, dass seine Mutter, Königin Visenya, gestorben war. Schlimmer noch, in der Verwirrung, die nach dem Tod der Königinwitwe auf Drachenstein ausgebrochen war, war Königin Alyssa und ihren Kindern die Flucht gelungen, und zwar mit den Drachen Vermithor und Silberschwinge … wohin, konnte niemand sagen. Sie hatten sich sogar die Frechheit erlaubt, Dunkle Schwester aus König Maegors Gemächern zu stehlen.

Seine Gnaden ließ die Leiche seiner Mutter verbrennen und ihre Gebeine und Asche neben den sterblichen Überresten des Eroberers beisetzen. Dann befahl er Rittern seiner Königsgarde, seinen Knappen Prinz Viserys zu ergreifen. »Werft ihn in eine Schwarze Zelle, kettet ihn an und unterzieht ihn einem peinlichen Verhör«, verlangte Maegor. »Fragt ihn, wohin seine Mutter geflohen ist.«

»Vielleicht weiß er es gar nicht«, wandte Ser Owen Busch ein, ein Ritter aus Maegors Königsgarde. »Dann lasst ihn sterben«, antwortete der König, wie wir wissen. »Vielleicht lässt sich die Schlampe ja bei der Bestattung blicken.«

Prinz Viserys hatte keine Ahnung, wohin seine Mutter geflohen war, auch nicht, nachdem Tyanna von Pentos ihn mit ihren dunklen Künste bearbeitet hatte. Nach neuntägigem Verhör starb er. Seine Leiche blieb auf Befehl des Königs vierzehn Tage lang im Hof des Roten Bergfrieds liegen. »Soll seine Mutter doch kommen und ihn holen«, sagte Maegor. Doch Königin Alyssa tauchte nicht auf, und schließlich übergab Maegor seinen Neffen dem Feuer. Der Prinz war fünfzehn Jahre alt gewesen, als er getötet wurde, und war sowohl beim Volk als auch bei den Lords sehr beliebt gewesen. Das Reich weinte um ihn.

Im Jahre 45 n.A.E. wurde der Rote Bergfried endlich fertiggestellt. König Maegor feierte seine Vollendung mit einem Fest für die Baumeister und Handwerker, die an der Burg gearbeitet hatten, und stellte ihnen Wagenladungen voller Starkwein und Zuckerwerk und Huren aus den feinsten Bordellen der Stadt zur Verfügung. Die Festlichkeiten dauerten drei Tage. Danach fielen die Ritter des Königs über die Handwerker her und überantworteten sie dem Schwert, um zu verhindern, dass einer von ihnen die Geheimnisse des Roten Bergfrieds verriet. Ihre Gebeine wurden unter der Burg bestattet, die sie errichtet hatten.

Nicht lange danach erkrankte Königin Ceryse plötzlich und starb. Bei Hofe machte das Gerücht die Runde, Ihre Gnaden habe den König mit einer zänkischen Bemerkung beleidigt, und deshalb habe er Ser Owen befohlen, ihr die Zunge herauszuschneiden. Den Geschichtenerzählern zufolge hatte sich die Königin gewehrt, und Ser Owens Klinge war abgerutscht und hatte der Königin die Kehle aufgeschlitzt. Zwar gibt es für diese Geschichte keinen Beweis, dennoch wurde sie von vielen Zeitgenossen damals geglaubt; heute sind die meisten Maester allerdings der Ansicht, dass es sich dabei um ein übles Gerücht handelt, das von den Feinden des Königs in Umlauf gebracht wurde, um seinen ohnehin schon schlechten Ruf noch weiter zu schädigen. Was auch immer der Wahrheit entspricht, nach dem Tod seiner ersten Gemahlin blieb Maegor nur noch eine einzige Königin, Tyanna, die Frau mit den schwarzen Haaren und dem schwarzen Herzen aus Pentos, die von allen gehasste und gefürchtete Meisterin der Spinnen.

Kaum war der letzte Stein am Roten Bergfried gesetzt, befahl Maegor, die Ruinen der Gedächtnissepte auf Rhaenys' Hügel samt den Gebeinen und der Asche der dort gefallenen Söhne des Kriegers zu schleifen. An ihrer Stelle sollte ein großer »Drachenstall« aus Stein entstehen, ein Bau, der Balerions, Vhagars und ihrer Nachkommen würdig wäre. So begann der Bau der Drachengrube. Es überrascht wenig, dass es schwierig wurde, Baumeister, Steinmetze und Arbeiter für das Unternehmen zu finden. So viele liefen davon, dass der König Gefangene aus den Kerkern der Stadt für die Arbeiten einsetzen und die Baumeister aus Myr und Volantis kommen lassen musste.

Später im Jahr 45 n.A.E. begann Maegor einen neuen Feldzug, um seinen Krieg gegen die Reste der geächteten Militärischen Orden fortzusetzen. Die Herrschaft in Königsmund übertrug er in der Zwischenzeit Königin Tyanna und seiner neuen Hand, Lord Edgut Celtigar. Im großen Wald südlich des Schwarzwassers brachten die Truppen des Königs Dutzende Armer Gefährten zur Strecke, die sich dort verkrochen hatten, schickten viele zur Mauer und hängten jene, die sich weigerten, das Schwarz anzulegen. Ihre Anführerin, die Frau, die als Räudige Jeyne Arm bekannt war, konnte dem König immer wieder entkommen, bis sie am Ende von drei ihrer eigenen Leute verraten wurde, die zur Belohnung begnadigt wurden und den Ritterschlag erhielten.

Drei Septone, die Seine Gnaden begleiteten, erklärten die Räudige Jeyne zur Hexe, und Maegor befahl, sie auf einem Feld neben dem Wendwasser bei lebendigem Leib zu verbrennen. Am Tag der Hinrichtung kamen dreihundert ihrer Anhänger, allesamt Arme Gefährten und Bauern, aus den Wäldern hervorgestürmt, um sie zu retten. Allerdings hatte der König so etwas erwartet, und seine Männer waren vorbereitet. Die Retter wurden umzingelt und abgeschlachtet. Zu den Letzten, die starben, gehörte ihr Anführer, der, wie sich herausstellte, Ser Horys Hügel war, der Bastard und Heckenritter, der dem Gemetzel an der Großen Gabelung drei Jahre zuvor entkommen war. Dieses Mal war ihm das Glück nicht so hold.

Doch anderswo im Reich wandte sich die Stimmung gegen den König. Volk und Lords verabscheuten ihn gleichermaßen wegen seiner Grausamkeiten, und viele begannen, seinen Feinden Hilfe und Trost zu spenden. Septon Mond, der »Hohe Septon«, den die Armen Gefährten gegen den Mann in Altsass ausgerufen hatten, den sie nur den »Hohen Speichellecker« nannten, streifte nach Gutdünken durch die Flusslande und die Weite und zog riesige Menschenmengen an, wo immer er aus dem Wald trat und gegen den König predigte. Das Hügelland nördlich des Goldzahns war praktisch in der Hand des Roten Hundes, Ser Gottfrid Hunder, des selbsternannten Großhauptmanns der Söhne des Kriegers. Weder Casterlystein noch Schnellwasser schienen geneigt, gegen ihn vorzugehen. Dennis der Lahme und der Zerlumpte Silas blieben ebenfalls auf freiem Fuße, und wo immer sie auftauchten, sorgte das gemeine Volk für ihre Sicherheit. Die Ritter und Waffenknechte, die ausgeschickt wurden, um sie der Gerichtsbarkeit auszuliefern, verschwanden oft spurlos.

Im Jahre 46 n.A.E. kehrte König Maegor mit zweitausend Schädeln, der Ernte des einjährigen Feldzugs, in den Roten Bergfried zurück. Dies seien die Köpfe Armer Gefährten und Söhne des Kriegers, verkündete er, als er sie vor dem Eisernen Thron ausschütten ließ … doch die Menschen waren überzeugt, dass es sich bei vielen der grausigen Trophäen lediglich um die Schädel einfacher Kleinbauern, Feldarbeiter und Schweinehirten handelte, die sich keines anderen Verbrechens schuldig gemacht hatten, als zu ihrem Glauben zu stehen.

Als das nächste Jahr anbrach, hatte Maegor noch immer keinen Sohn, nicht einmal einen Bastard, den er hätte legitimieren können. Auch wurde es immer unwahrscheinlicher, dass Königin Tyanna ihm den ersehnten Erben schenken würde. Auch wenn sie Seiner Gnaden weiterhin als Meisterin der Flüsterer diente, suchte der König nicht länger ihr Schlafgemach auf.

Somit war es hohe Zeit, dass sich der König eine neue Gemahlin nahm, befanden Maegors Berater einstimmig … nur wer die Auserwählte sein sollte, darin waren sie sich uneins. Großmaester Benifer schlug Klarissa Dayn vor, die stolze und hübsche Lady von Sternfall, in der Hoffnung, so ihre Ländereien und ihr Haus von Dorne abspalten zu können. Alten Butterquell, der Meister der Münze, bot seine verwitwete Schwester an, eine korpulente Frau mit sieben Kindern. Obwohl sie zugegebenermaßen keine Schönheit war, wie er einräumte, sei ihre Fruchtbarkeit doch über jeden Zweifel erhaben. Die Hand des Königs, Lord Edgut Celtigar, hatte zwei jungfräuliche Töchter im Alter von zwölf und dreizehn Jahren. Er drängte den König, eine von ihnen zu wählen oder auch beide zu heiraten, wenn ihm das gefiele. Lord Daemon Velaryon von Driftmark, der Bruder der Königinwitwe Alyssa, riet Maegor, nach seiner Nichte Prinzessin Rhaena schicken zu lassen, der Tochter seines Bruders und Witwe von Aegon dem Ungekrönten. Mit dieser Verbindung würde er die beiden Blutlinien vereinen und verhindern, dass um Rhaena neue Rebellionen aufloderten, ganz zu schweigen davon, dass er mit ihr eine Geisel in der Hand hätte, die ihn gegen künftige Komplotte von Alyssa schützen könnte.

König Maegor hörte sich alle Ratschläge nacheinander an. Obwohl er am Ende die meisten der vorgeschlagenen Frauen verschmähte, nahm er manche der Überlegungen und Argumente durchaus ernst. Er würde sich eine Frau nehmen, die ihre Fruchtbarkeit bereits bewiesen hatte, entschied er, allerdings nicht Butterquells dicke und hässliche Schwester. Außerdem würde er sich mehr als eine Frau nehmen, so wie Lord Celtigar vorgeschlagen hatte. Zwei Gemahlinnen würden seine Aussichten auf einen Sohn verdoppeln; drei Gemahlinnen würden sie verdreifachen. Und eine der Frauen sollte ohne Frage seine Nichte sein; es lag Weisheit in Lord Velaryons Ratschlag. Königin Alyssa und ihre beiden jüngsten Kinder hielten sich weiterhin versteckt (man mutmaßte, sie seien über die Meerenge geflohen, nach Tyrosh oder vielleicht Volantis), aber sie stellten immer noch eine Bedrohung für Maegors Krone und für jeden von ihm gezeugten Sohn dar. Wenn er Aenys' Tochter zur Gemahlin nähme, würde das alle Ansprüche ihrer jüngeren Geschwister schwächen.

Nach dem Tod ihres Gemahls in der Schlacht unter dem Götterauge und ihrer Flucht auf die Schöne Insel hatte Rhaena Targaryen rasch gehandelt, um ihre Töchter zu beschützen. Wenn Prinz Aegon tatsächlich der rechtmäßige König war, dann war dem Gesetze nach seine älteste Tochter Aerea seine Erbin und konnte den Anspruch erheben, die rechtmäßige Königin der Sieben Königreiche zu sein … doch Aerea und ihre Schwester Rhaella waren kaum ein Jahr alt, und Rhaena wusste, dass sie mit solchen Ansprüchen ihre Kinder zum Tod verurteilen würde. Stattdessen färbte sie ihre Haare, änderte ihre Namen, trennte sich von ihnen und schickte sie zu mächtigen Verbündeten, die dafür sorgen sollten, dass sie in guten Häusern aufgezogen würden, von anständigen Menschen, die ihre wahren Namen nicht kannten. Selbst ihre Mutter sollte nicht wissen, wohin die Kinder gebracht wurden, verlangte sie; was sie nicht wusste, konnte sie nicht preisgeben, auch unter der Folter nicht.

Rhaena Targaryen selbst war eine solche Flucht unmöglich. Zwar hätte sie ihren Namen ändern, ihr Haar färben und das grobe Leinen einer Schankmagd oder die Robe einer Septa anlegen können, doch ihren Drachen zu verbergen war nicht möglich. Traumfeuer war ein schlankes, hellblaues Weibchen mit silbriger Zeichnung, die bereits zweimal Eier gelegt hatte, und Rhaena ritt sie, seit sie zwölf Jahre alt war.

Drachen lassen sich nicht so leicht verstecken. Stattdessen sattelte die Prinzessin sie und flog mit ihr so weit von Maegor fort, wie sie nur konnte, zur Schönen Insel, wo ihr Marq Weitmann in Schönburg, dessen hohe weiße Türme hoch über dem Meer der Abenddämmerung aufragten, Gastfreundschaft gewährte. Und dort ruhte sie sich aus, las, betete und fragte sich, wie viel Zeit ihr blieb, bis ihr Onkel nach ihr schicken würde. Rhaena zweifelte nie daran, dass er nach ihr schicken würde; es war keine Frage des *Ob*, sagte sie später, sondern nur des *Wann*.

Der Ruf erfolgte früher, als ihr lieb war, doch auch nicht so bald, wie sie befürchtet hatte. Sich zu widersetzen stand außer Frage, weil der König dann auf Balerion über die Schöne Insel herfallen würde. Rhaena hatte Lord Weitmann lieb gewonnen, und seinen zweiten Sohn Androw sogar mehr als lieb. Sie würde ihnen ihre Güte nicht mit Feuer und Blut vergelten. Sie flog auf Traumfeuer zum Roten Bergfried, wo sie erfuhr, dass sie ihren Onkel heiraten sollte, den Mörder ihres Brudergemahls. Und dort traf sie auch die anderen Bräute, denn es sollte eine dreifache Hochzeit werden.

Lady Jeyne aus dem Hause Westerling war bereits mit Lord Alyn Tarbeck verheiratet gewesen, der an der Seite von Prinz Aegon marschiert und mit ihm in der Schlacht unter dem Götterauge gefallen war. Einige Monate später hatte sie ihrem verstorbenen Gatten einen Sohn geschenkt. Groß und schlank mit glänzendem braunen Haar, wurde Lady Jeyne gerade von einem jüngeren Sohn des Lords von Casterlystein umworben, als Maegor sie zu sich rief, doch das bedeutete dem König wenig und noch viel weniger.

Bestürzender war der Fall von Lady Elinor aus dem Hause Costayn, der feurigen Gemahlin von Ser Theo Bolling, einem Ritter mit Landbesitz, der während des letzten Feldzugs gegen die Armen Gefährten für den König gekämpft hatte. Lady Elinor hatte Bolling bereits drei Söhne geschenkt, obgleich sie erst neunzehn Jahre alt war, als der Blick des Königs auf sie fiel. Der jüngste Sohn hing noch an ihrer Brust, als Ser Theo von der Königsgarde gefangen genommen und bezichtigt wurde, sich mit Königin Alyssa verschworen zu haben, um den König zu ermorden und den jungen Jaehaerys auf den Eisernen Thron setzen zu wollen. Obwohl Bolling seine Unschuld beteuerte, wurde er für schuldig befunden und noch am selben Tage enthauptet. König Maegor gewährte seiner Witwe sieben Tage der Trauer, um die Götter zu ehren, dann rief er sie zu sich und teilte ihr mit, dass er sie heiraten würde.

In Steinsepte trat Septon Mond vor Hunderte Bürger und verurteilte unter lautem Jubel Maegors Hochzeitspläne, doch außer ihm wagten es nur wenige, die Stimme gegen Seine Gnaden zu erheben. Der Hohe Septon stach von Altsass aus in See und segelte nach Königsmund, um die Trauung durchzuführen. An einem warmen Frühlingstag des 47. Jahres nach Aegons Eroberung vermählte sich Maegor Targaryen auf dem Hof des Roten Bergfrieds mit drei Frauen. Obwohl die neuen Königinnen jeweils in die Farben ihres väterlichen Hauses gewandet waren, nannte das Volk von Königsmund sie »die Schwarzen Bräute«, da sie alle bereits einmal verwitwet waren.

Die Anwesenheit von Lady Jeynes Sohn und Lady Elinors drei Jungen bei der Hochzeit stellte sicher, dass die beiden Frauen bei der Zeremonie brav die ihnen zugedachte Rolle spielten, doch von Prinzessin Rhaena hätten viele wohl etwas Widerstand erwartet. Solche Hoffnungen erstarben, als Königin Tyanna erschien und zwei junge Mädchen mit silbernem Haar und violetten Augen eskortierte, die in das Rot und Schwarz des Hauses Targaryen gekleidet waren. »Es war töricht von Euch zu glauben, Ihr könntet sie vor mir verstecken«, sagte Tyanna zu der Prinzessin. Rhaena senkte den Kopf und sprach ihr Gelübde mit eiseskalter Stimme.

Viele seltsame und widersprüchliche Geschichten werden über die folgende Nacht erzählt, und da so viele Jahre vergangen sind, ist es schwierig, Wahrheit von Legende zu trennen. Haben die drei Schwarzen Bräute ein einziges Bett geteilt, wie manche behaupten? Das scheint unwahrscheinlich. Hat Seine Gnaden alle drei Frauen während der Nacht besucht und alle drei Ehen vollzogen? Vielleicht. Hat Prinzessin Rhaena versucht, den König mit einem Dolch zu töten, den sie unter ihrem Kissen verborgen hat, wie sie später behauptete? Hat Elinor Costayn dem König beim Liebesspiel den Rücken blutig gekratzt? Hat Jeyne Westerling den Fruchtbarkeitstrank angenommen, den Königin Tyanna ihr gebracht haben soll, oder ihn der älteren Frau ins Gesicht geworfen? Wurde ein solcher Trank überhaupt gemischt und angeboten? Er taucht in den Berichten zum ersten Mal während der Herrschaft König Jaehaerys' auf, gute zwanzig Jahre nach dem Tod beider Frauen.

Gesichert ist hingegen dies: Gleich nach der Hochzeit erklärte König Maegor Prinzessin Rhaenas Tochter Aerea zu seiner rechtmäßigen Erbin, »bis zu dem Zeitpunkt, da die Götter mir einen Sohn schenken«, während er ihre Zwillingsschwester Rhaella nach Altsass schickte, wo sie als Septa erzogen werden sollte. Sein Neffe Jaehaerys, der allen Gesetzen der Sieben Königreiche nach der rechtmäßige Erbe war, wurde mit dem gleichen Erlass ausdrücklich enterbt. Königin Jeynes Sohn wurde als Lord von Burg Tarbeck bestätigt und nach Casterlystein geschickt, wo er als Mündel von Lord Lyman Lennister aufgezogen werden sollte. Königin Elinors ältere Jungen wurden ähnlich abgeschoben, einer nach Hohenehr, der andere nach Rosengarten. Der jüngste Sohn der Königin wurde einer Amme übergeben, da es dem König unangenehm war, dass die Königin ihn selbst stillte.

Ein halbes Jahr nach der Hochzeit gab Edgut Celtigar, die Hand des Königs, bekannt, dass Königin Jeyne ein Kind unter dem Herzen trage. Kaum war ihr Bauch angeschwollen, enthüllte der König selbst, dass Königin Elinor ebenfalls schwanger war. Maegor überhäufte beide Frauen mit Geschenken und Ehren und gewährte ihren Vätern, Brüdern und Onkeln neue Ländereien und Ämter, doch seine Freude sollte nicht von langer Dauer sein. Drei Monde vor dem errechneten Tag der Geburt wurde Königin Jeyne mit plötzlichen, schmerzhaften Wehen zu Bett gebracht, und das tote Kind, das sie zur Welt brachte, sah ebenso grässlich aus wie das, das Alys Eggen geboren hatte, ein beinloses und armloses Wesen, das sowohl über männliche als auch weibliche Geschlechtsteile verfügte. Die Mutter überlebte das Kind nicht lange.

Maegor war verflucht, sagten die Menschen. Er hatte seinen Neffen erschlagen, hatte Krieg gegen den Glauben und den Hohen Septon geführt, den Göttern getrotzt, Morde begangen und Inzest praktiziert, Ehen gebrochen und Frauen vergewaltigt. Seine Geschlechtsteile seien vergiftet, sein Samen voller Würmer, und die Götter würden ihm niemals einen lebenden Sohn schenken. Das zumindest behaupteten die Gerüchte. Maegor selbst hingegen fand eine andere Erklärung und befahl Ser Owen Busch und Ser Maladon Moor, Königin Tyanna zu ergreifen und im Kerker festzusetzen. Dort legte die Königin aus Pentos ein volles Geständnis ab, noch während die Folterknechte des Königs ihr Werkzeug vorbereiteten: Sie hatte Jeyne Westerlings Kind im Mutterleib vergiftet und Alys Eggens Kind ebenso. Elinor Costayns Kind würde das gleiche Schicksal erleiden, versprach sie.

Es heißt, der König habe sie persönlich erschlagen, ihr das Herz mit Schwarzfeuer aus der Brust geschnitten und es an seine Hunde verfüttert. Aber noch aus dem Jenseits nahm Tyanna vom Turm Rache, denn es geschah tatsächlich so, wie sie es prophezeit hatte.

Zwei Monde kamen und gingen, und in tiefschwarzer Nacht gebar auch Königin Elinor ein missgestaltetes totes Kind, einen Jungen ohne Augen und mit verkümmerten Flügelchen.

Das alles fand im Jahre 48 nach Aegons Eroberung statt, im sechsten Jahr von König Maegors Herrschaft und im letzten seines Lebens. Jetzt zweifelte niemand im Reich mehr daran, dass der König verflucht war. Die Getreuen, die ihm geblieben waren, schwanden zusehends, verflüchtigten sich wie Tau in der Morgensonne. In Königsmund machte die Nachricht die Runde, Ser Gottfrid Hunder sei in Schnellwasser gesehen worden, und zwar nicht als Gefangener, sondern als Gast von Lord Tully. Septon Mond zeigte sich erneut und führte Tausende Gläubige auf einem langen Marsch durch die Weite nach Altsass, mit der erklärten Absicht, dem Speichellecker in der Sternensepte mutig entgegenzutreten und zu verlangen, »die Abscheulichkeit« auf dem Eisernen Thron zu verurteilen und das Verbot der Militärischen Orden aufzuheben. Als Lord Eichenherz und Lord Esch mit ihren Truppen vor ihm erschienen, kamen sie nicht, um Mond anzugreifen, sondern um sich ihm anzuschließen. Lord Celtigar trat als Hand des Königs zurück und kehrte auf seinen Sitz auf der Klaueninsel zurück. Berichten aus den Dornischen Marschen zufolge sammelten sich Dornische in den Pässen und bereiteten sich auf einen Einmarsch vor.

Doch der härteste Schlag kam aus Sturmkap. Dort, an der Küste der Sturmbucht, rief Lord Rogar Baratheon den jungen Jaehaerys Targaryen zum wahren und rechtmäßigen König der Andalen, der Rhoynar und der Ersten Menschen aus, und Prinz Jaehaerys erklärte Lord Rogar zum Protektor des Reiches und zur Hand des Königs. Die Mutter des Prinzen, Königin Alyssa, und seine Schwester Alysanne standen neben ihm, als Jaehaerys Dunkle Schwester aus der Scheide zog und schwor, die Herrschaft seines Onkels, des Usurpators, zu beenden. Einhundert Sturmlords und Ritter aus den Sturmlanden bejubelten die Proklamation. Prinz Jaehaerys war vierzehn Jahre alt, als er den Thron für sich beanspruchte; ein stattlicher Jüngling, der geschickt mit Lanze und Langbogen umgehen konnte und ein begabter Reiter war. Darüberhinaus ritt er die große bronze- und lohfarbene Bestie namens Vermithor, und seine Schwester Alysanne, ein Mädchen von zwölf Jahren, besaß ebenfalls einen Drachen, Silberschwinge. »Maegor hat nur einen Drachen«, erklärte Lord Rogar den Sturmlords. »Unser Prinz hat zwei.«

Und bald schon drei. Als die Nachricht im Roten Bergfried eintraf, dass Jaehaerys bei Sturmkap seine Streitkräfte sammele, bestieg Rhaena Targaryen Traumfeuer, flog zu ihrem Bruder und schloss sich ihm an. Sie wandte sich von dem Onkel ab, der sie gezwungen hatte, ihn zu heiraten. Sie nahm ihre Tochter Aerea mit … und das Schwert Schwarzfeuer, das sie dem König, während er schlief, aus der Scheide gestohlen hatte.

König Maegor reagierte träge und verwirrt. Er befahl dem Großmaester, Raben auszusenden und all seine treuen Lords und Vasallen nach Königsmund zu rufen, nur um dann herauszufinden, dass Benifer an Bord eines Schiffes nach Pentos geflohen war. Als er Prinzessin Aereas Verschwinden bemerkte, schickte er einen Reiter nach Altsass und verlangte den Kopf ihrer Zwillingsschwester Rhaella, um ihre Mutter für den Verrat zu bestrafen, doch stattdessen sperrte Lord Donnel Hohenturm den Boten ein. In einer Nacht verschwanden zwei Ritter seiner Königsgarde und liefen zu Jaehaerys über, und Ser Owen Busch wurde tot vor einem Bordell aufgefunden, sein Geschlechtsteil in den Mund gestopft.

Lord Daemon Velaryon von Driftmark, der Sohn des verstorbenen Lord Aethan und Bruder von Königinwitwe Alyssa, gehörte zu den Ersten, die sich für Jaehaerys erklärten. Da die Velaryons traditionell die Admirale des Reiches waren, wachte Maegor eines Morgens auf und stellte fest, dass er die gesamte königliche Flotte verloren hatte. Die Tyrells von Rosengarten folgten mit der ganzen Macht der Weite. Die Hohenturms von Altsass, die Rothweyns vom Arbor, die Lennisters von Casterlystein, die Arryns von Hohenehr, die Rois von Runenstein … einer nach dem anderen stellten sie sich gegen den König.

In Königsmund versammelten sich zwei Dutzend kleinere Lords auf Maegors Befehl, darunter Lord Finsterlyn von Dämmertal, Lord

Massie von Steintanz, Lord Türmen von Harrenhal, Lord Steinhof von Krähenruh, Lord Bar Emmon von Scharfspitze, Lord Bockwell vom Geweih, die Lords Rosby, Schurwerth, Heufurt, Hart, Byrke, Wallenfurt, Amwasser und Mallery. Trotzdem verfügten sie zusammen über kaum mehr als viertausend Kämpfer, und nur jeder zehnte davon war ein Ritter.

Eines Morgens rief Maegor sie im Roten Bergfried zusammen, um seinen Schlachtplan zu besprechen. Als sie feststellten, wie klein ihre Zahl war, und begriffen, dass sich ihnen kein großer Lord anschließen würde, verloren viele den Mut. Lord Heufurt ging sogar so weit, Seiner Gnaden die Abdankung nahezulegen und ihm vorzuschlagen, das Schwarz anzulegen. Seine Gnaden ließ Heufurt an Ort und Stelle enthaupten und setzte den Kriegsrat fort, während Lord Heufurts Kopf auf einer Lanze hinter dem Eisernen Thron prangte. Den ganzen Tag über schmiedeten die Lords Pläne, bis spät in die Nacht. Erst zur Stunde des Wolfes gestattete Maegor ihnen endlich, sich zurückzuziehen. Der König selbst blieb im Thronsaal und brütete auf dem Eisernen Thron vor sich hin, als sie gingen. Lord Türmen und Lord Rosby waren die Letzten, die Seine Gnaden lebend sahen.

Stunden später, als die Dämmerung anbrach, suchte Maegors letzte Königin nach ihrem Gemahl. Königin Elinor fand ihn, immer noch auf dem Eisernen Thron sitzend, bleich und tot, die Gewänder mit Blut durchtränkt. Seine Arme waren vom Handgelenk bis zum Ellbogen von schartigen Spitzen aufgeschlitzt, und eine weitere Klinge hatte sich durch seinen Hals gebohrt und war unter dem Kinn wieder ausgetreten.

Bis zum heutigen Tag glauben viele, der Eiserne Thron selbst habe ihn getötet. Maegor lebte noch, als Rosby und Türmen den Thronsaal verließen, behaupteten sie, und die Wachen an den Toren schwören, dass danach niemand mehr den Saal betreten hatte, bis Königin Elinor den König entdeckte. Manche behaupten, die Königin selbst habe ihn in die verdrehten Spitzen und Klingen gestoßen, um sich für den Mord an ihrem ersten Gemahl zu rächen. Die Ritter der Königsgarde kämen als Täter ebenfalls infrage, obwohl sie dafür gemeinsam gehandelt haben müssten, da jeweils zwei Ritter

an jedem Tor postiert waren. Möglicherweise waren auch eine oder mehrere unbekannte Personen durch einen Geheimgang in den Thronsaal eingedrungen. Der Rote Bergfried birgt viele Geheimnisse, die nur die Toten kennen. Vielleicht hat den König auch in den dunklen Stunden der Nacht die Verzweiflung übermannt, sodass er sich selbst das Leben nahm, indem er die Klingen so verbog, dass er sich daran die Adern aufschlitzen konnte, um sich die Niederlage und Schande zu ersparen, die ihn erwarteten.

Die Herrschaft König Maegors I. Targaryen, der uns aus Geschichte und Legende als Maegor der Grausame bekannt ist, dauerte sechs Jahre und sechsundsechzig Tage. Nach seinem Tod wurde seine Leiche im Hof des Roten Bergfrieds verbrannt und seine Asche auf Drachenstein neben seiner Mutter beigesetzt. Er starb kinderlos und hinterließ keine leiblichen Erben.

EIN PRINZ WIRD KÖNIG

DER AUFSTIEG JAEHAERYS' I.

Jaehaerys I. Targaryen bestieg den Eisernen Thron im Jahre 48 n.A.E. im Alter von vierzehn Jahren und sollte die Sieben Königreiche für die nächsten fünfundfünfzig Jahre regieren, bis zu seinem natürlichen Tod im Jahre 103 n.A.E. In den späteren Jahren seiner Herrschaft und während der Herrschaft seines Nachfolgers wurde er aus offensichtlichen Gründen »der Alte König« genannt, aber Jaehaerys war weitaus länger ein junger und tatkräftiger Mann als ein betagter und gebrechlicher Greis, und die sorgfältigeren Gelehrten bezeichnen ihn ehrfürchtig als »den Schlichter«. Erzmaester Umbert, der ein Jahrhundert später schreibt, erklärte bekanntermaßen, dass Aegon der Drache und seine Schwestern die Sieben Königreiche zwar erobert hätten (zumindest sechs von ihnen), dass es aber Jaehaerys der Schlichter gewesen sei, der sie erst wirklich zu den Sieben Königslanden vereint habe.

Er stand vor keiner leichten Aufgabe, denn seine unmittelbaren Vorgänger hatten vieles von dem zunichtegemacht, was der Eroberer aufgebaut hatte, Aenys durch Schwäche und Unentschlossenheit, Maegor durch Blutdurst und Grausamkeit. Das Reich, das Jaehaerys erbte, war verarmt, vom Krieg verheert, gesetzlos und von Zwist und Misstrauen zerrissen, während der neue König noch ein grüner Junge war, der keinerlei Regierungserfahrung besaß.

Selbst sein Anspruch auf den Eisernen Thron war nicht ganz unumstritten. Zwar war Jaehaerys der einzige überlebende Sohn König Aenys' I., aber sein älterer Bruder Aegon hatte den Königstitel vor ihm für sich beansprucht. Aegon der Ungekrönte hatte zwei Töchter gezeugt, die Zwillinge Aerea und Rhaella. Falls wir Maegor den Grausamen als Usurpator ohne rechtmäßigen Anspruch auf die Krone ansehen, wie gewisse Maester argumentierten, wäre Prinz Aegon der wahre König gewesen, und der Thron hätte dem Rechte nach seiner ältesten Tochter Aerea zugestanden und nicht seinem jüngeren Bruder.

Das Geschlecht der Zwillinge sprach jedoch gegen sie, ebenso ihr Alter: Die Mädchen waren bei Maegors Tod erst sechs Jahre alt. Darüber hinaus legen zeitgenössische Berichte nahe, dass Prinzessin Aerea ein schüchternes Kind war, das oft weinte und ins Bett machte, während Rhaella, die kühnere und robustere der Zwillinge, Novizin in der Sternensepte und dem Glauben versprochen war. Beide schienen nicht das Zeug zur Königin zu haben. Das räumte sogar ihre Mutter, Königin Rhaena, ein, als sie sich der Meinung anschloss, die Krone sollte eher an ihren Bruder Jaehaerys gehen als an ihre Töchter.

Manche meinen, Rhaena selbst habe den stärksten Anspruch auf die Krone gehabt, da sie die Erstgeborene war. Manch einer raunte sogar, Königin Rhaena sei es gewesen, der es irgendwie gelungen war, das Reich von Maegor dem Grausamen zu befreien, obwohl nie geklärt werden konnte, mit welchen Mitteln sie seinen Tod hätte herbeiführen können, nachdem sie auf ihrem Drachen Traumfeuer aus Königsmund geflohen war. Jedenfalls sprach ihr Geschlecht gegen sie. »Wir sind hier nicht in Dorne«, sagte Lord Rogar Baratheon, als ihm der Gedanke vorgetragen wurde, »und Rhaena ist nicht Nymeria.« Außerdem hatte die zweifach verwitwete Königin eine starke Abneigung gegen Königsmund und den Hof entwickelt und wollte auf die Schöne Insel zurückkehren, wo sie einen gewissen Frieden gefunden hatte, ehe ihr Onkel sie zu einer seiner Schwarzen Bräute gemacht hatte.

Prinz Jaehaerys war noch anderthalb Jahre vom Mannesalter entfernt, als er zum ersten Mal den Eisernen Thron bestieg. Folglich wurde entschieden, dass seine Mutter, die Königinwitwe Alyssa, als Regentin in seinem Namen herrschen, während Lord Rogar ihm als Hand und Protektor des Reiches dienen sollte. Wir dürfen jedoch nicht dem Irrtum erliegen, dass Jaehaerys nur eine Galionsfigur gewesen sei. Von Anfang an bestand der Knabenkönig darauf, bei allen Entscheidungen mitzureden, die in seinem Namen getroffen wurden.

Schon während die sterblichen Reste von Maegor I. Targaryen dem Scheiterhaufen übergeben wurden, stand sein junger Nachfolger vor seiner ersten wichtigen Entscheidung: Wie sollte er mit den verbliebenen Unterstützern seines Onkels verfahren? Als Maegor tot auf dem Eisernen Thron aufgefunden wurde, hatten sich die meisten großen Häuser des Reiches und viele geringere Lords bereits von ihm abgewandt … aber die *meisten* sind eben nicht *alle*. Viele derjenigen, deren Länder und Burgen nahe bei Königsmund und den Kronlanden lagen, hatten bis zur Stunde seines Todes hinter Maegor gestanden, darunter die Lords Rosby und Türmen, die Letzten, die den König lebend gesehen hatten. Auch die Lords Schurwerth, Massie, Hart, Amwasser, Finsterlyn, Wallenfurt, Mallery, Bar Emmon, Byrke, Steinhof und Bockwell hatten hinter ihm gestanden.

In dem Chaos, das auf die Entdeckung von Maegors Leichnam folgte, leerte Lord Rosby einen Schierlingsbecher und folgte seinem König in den Tod. Bockwell und Wallenfurt nahmen ein Schiff nach Pentos, während die meisten anderen zu ihren Burgen und Festungen flohen. Nur Finsterlyn und Steinhof waren mutig genug, um mit Lord Türmen zu bleiben und den Roten Bergfried zu übergeben, als Prinz Jaehaerys und seine Schwestern Rhaena und Alysanne auf ihren Drachen in der Burg landeten. Die Hofchroniken berichten uns, dass diese »drei treuen Lords« das Knie beugten, als der junge Prinz von Vermithors Rücken glitt, ihm ihre Schwerter zu Füßen legten und ihm als König huldigten.

»Ihr kommt spät zum Fest«, soll Jaehaerys gesagt haben, wenn auch in mildem Ton, »und diese Klingen haben dabei geholfen, meinen Bruder Aegon unter dem Götterauge zu erschlagen.« Auf seinen Befehl hin wurden die drei sofort in Ketten gelegt, wobei manche in der Partei des Prinzen verlangten, sie an Ort und Stelle hinzurichten. In den Schwarzen Zellen gesellten sich bald der Scharfrichter des Königs zu ihnen, der Lord Konfessor, der Oberste Kerkermeister, der Kommandant der Stadtwache und die vier Ritter der Königsgarde, die König Maegor die Treue gehalten hatten.

Vierzehn Tage später trafen Lord Rogar Baratheon und Königin Alyssa mit ihrem Heer in Königsmund ein, und erneut wurden Hunderte mehr ergriffen und eingesperrt. Ob nun Ritter, Knappen, Haushofmeister, Septone oder Diener, die Anklage lautete bei allen gleich: Sie wurden beschuldigt, Maegor Targaryen geholfen zu haben, den Eisernen Thron an sich zu reißen, und auch an den darauffolgenden Verbrechen, Grausamkeiten und der Missherrschaft mitschuldig zu sein. Nicht einmal die Frauen wurden verschont; die

Damen von hoher Geburt, die den Schwarzen Bräuten aufgewartet hatten, wurden ebenfalls eingesperrt, zusammen mit zwanzig Weibern von niederer Geburt, die man Maegors Huren nannte.

Da die Kerker des Roten Bergfrieds aus allen Nähten platzten, stellte sich die Frage, wie man mit den Gefangenen verfahren sollte. Betrachtete man Maegor als Usurpator, wäre seine gesamte Herrschaft unrechtmäßig gewesen, und alle, die ihn unterstützt hatten, hätten sich des Hochverrats schuldig gemacht und müssten hingerichtet werden. Zu einem solchen Kurs drängte Königin Alyssa. Die Königinwitwe hatte durch Maegors Grausamkeit zwei Söhne verloren und wollte den Männern, die seine Erlasse in die Tat umgesetzt hatten, nicht einmal das Recht auf einen Prozess zugestehen. »Als mein Junge Viserys gefoltert und getötet wurde, standen diese Männer schweigend daneben und haben kein Wort des Protestes geäußert«, sagte sie. »Warum sollten wir sie jetzt anhören?«

Gegen ihren Zorn stand Lord Rogar Baratheon, Hand des Königs und Protektor des Reichs. Natürlich verdienten Maegors Männer Bestrafung, befand er, doch wenn sie ihre Gefangenen hinrichteten, würden die übrigen Getreuen des Usurpators möglicherweise nicht mehr geneigt sein, das Knie zu beugen. Lord Rogar hätte dann keine andere Wahl, als nacheinander zu jeder ihrer Burgen zu marschieren und einen Lord nach dem anderen mit Stahl und Feuer aus ihren Festen herauszuholen. »Das könnte ich natürlich tun, aber zu welchem Preis?«, fragte er. »Es wäre ein blutiges Geschäft, ein Geschäft, das die Herzen vieler gegen uns verhärten könnte.« Maegors Männer sollten vor Gericht gestellt werden und ihren Hochverrat gestehen, drängte der Protektor. Die für die schlimmsten Verbrechen verantwortlich waren, sollten hingerichtet werden, alle anderen sollten Geiseln stellen, um ihre zukünftige Treue zu gewährleisten, sowie einen Teil ihrer Länder und Burgen abtreten.

Die Weisheit von Lord Rogars Plan leuchtete den meisten Unterstützern des jungen Königs ein, dennoch hätte er sich vielleicht nicht durchgesetzt, wenn Jaehaerys nicht Partei für ihn ergriffen hätte. Obwohl erst vierzehn Jahre alt, machte der Knabenkönig von Anfang an klar, dass er sich nicht damit zufriedengeben würde, einfach nur widerspruchslos danebenzusitzen, während andere in seinem Namen regierten. Mit seinem Maester, seiner Schwester Alysanne und einer Handvoll junger Ritter an der Seite bestieg Jaehaerys den Eisernen Thron und befahl seine Lords zu sich, um ihm aufzuwarten. »Es wird keine Prozesse geben, keine Folter und keine Hinrichtungen«, verkündete er. »Das Reich soll sehen, dass ich nicht mein Onkel bin. Ich beginne meine Herrschaft nicht mit einem Blutbad. Manche sind früh zu meinen Bannern gestoßen, andere spät. Sollen die übrigen jetzt kommen.«

Jaehaerys war weder gekrönt noch gesalbt und hatte auch das Mannesalter noch nicht erreicht, daher hatte seine Proklamation keinerlei Gesetzeskraft, und er verfügte auch nicht über die Macht, seinen Rat und seine Regentin zu überstimmen. Dennoch lag in seinen Worten eine solche Kraft und Entschlossenheit, wie er vom Eisernen Thron auf sie alle herabblickte, dass die Lords Baratheon und Velaryon den Prinzen sofort unterstützten und die anderen sich bald anschlossen. Nur seine Schwester Rhaena wagte es, ihm zu widersprechen. »Sie werden dir zujubeln, wenn dir die Krone auf den Kopf gesetzt wird«, sagte sie, »so wie sie unserem Onkel zugejubelt haben und unserem Vater vor ihm.«

Letzten Endes lag die Entscheidung bei der Regentin … und auch wenn Königin Alyssa sich nach Rache sehnte, wollte sie sich nur ungern gegen die Wünsche ihres Sohnes stellen. »Dann würde er schwach aussehen«, soll sie zu Lord Rogar gesagt haben, »und er darf *unter keinen Umständen* schwach aussehen. Das war der Untergang seines Vaters.« Und so kam es, dass die meisten von Maegors Männern verschont wurden.

In den darauffolgenden Tagen leerten sich die Verliese von Königsmund. Nachdem sie zu trinken, zu essen und saubere Kleidung erhalten hatten, wurden die Gefangenen jeweils zu siebt in den Thronsaal geführt. Dort schworen sie im Angesicht von Göttern und Menschen Maegor ab und huldigten auf Knien seinem Neffen Jaehaerys, bis der junge König sie einzeln bat aufzustehen, ihnen Gnade gewährte und ihnen ihre Ländereien und Titel zurückgab. Aber man sollte nicht glauben, dass die Angeklagten ganz ohne

Strafe davonkamen. Lords und Ritter mussten als Unterpfand einen Sohn an den Hof schicken, der dem König dienen würde; wer keine Söhne hatte, schickte eine Tochter. Die reichsten von Maegors Lords verloren auch Land, darunter Türmen, Finsterlyn und Steinhof. Andere erkauften sich ihre Begnadigung mit Gold.

Die königliche Milde erstreckte sich allerdings nicht auf alle. Maegors Henker, Kerkermeister und Konfessoren wurden allesamt für schuldig befunden, Tyanna vom Turm bei der Folter und dem Mord an Prinz Viserys unterstützt zu haben, in der kurzen Zeit, als er Maegors Erbe und Geisel war. Ihre Köpfe wurden Königin Alyssa übergeben, zusammen mit den Händen, die es gewagt hatten, sich gegen das Blut des Drachen zu erheben. Ihre Gnaden zeigte sich »höchst erfreut« über diese Andenken.

Ein weiterer Mann verlor ebenfalls den Kopf: Ser Maladon Moor, ein Ritter der Königsgarde, der beschuldigt wurde, Ceryse Hohenturm, Maegors erste Königin, festgehalten zu haben, während sein

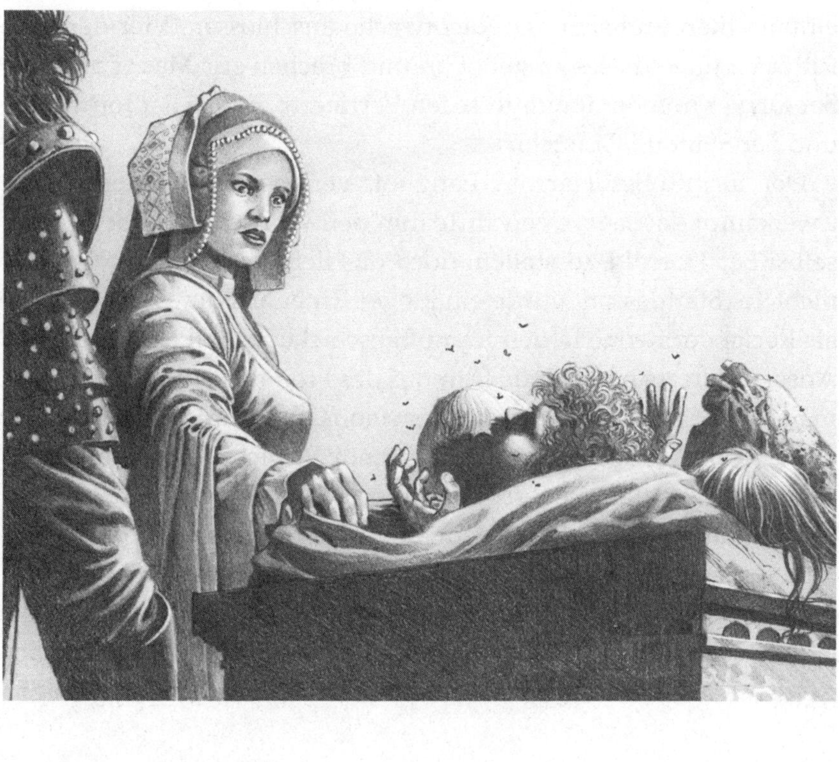

Geschworener Bruder Ser Owen Busch ihr die Zunge herausgeschnitten hatte, wobei, als sie sich wehrte, die Klinge abgerutscht und Ihre Gnaden getötet worden war. (Ser Maladon, das sollten wir anmerken, bestand darauf, dass die ganze Geschichte frei erfunden war, und behauptete, Königin Ceryse sei ihrer »Boshaftigkeit« erlegen. Er gestand allerdings, Tyanna vom Turm an König Maegor ausgeliefert zu haben und dabei gewesen zu sein, als dieser sie erschlug, weshalb so oder so das Blut einer Königin an seinen Händen klebte.)

Nun waren noch fünf von Maegors Sieben am Leben. Zwei davon, Ser Olyver Bracken und Ser Raymund Mallery, hatten die Seiten gewechselt und waren zu Jaehaerys übergelaufen, aber der Knabenkönig stellte ganz richtig fest, dass sie mit ihrer Beteiligung am Sturz des Königs ihre Eide gebrochen hatten. »Ich dulde keine Eidbrecher an meinem Hof«, verkündete er. Daher wurden alle fünf Ritter der Königsgarde zum Tode verurteilt. Auf Drängen von Prinzessin Alysanne einigte man sich jedoch darauf, dass sie am Leben bleiben könnten, wenn sie ihre weißen Mäntel gegen das Schwarz eintauschten und sich der Nachtwache anschlossen. Vier der fünf Ritter nahmen dieses Angebot an und brachen zur Mauer auf; mit Ser Olyver und Ser Raymund, den Verrätern, gingen Ser Jon Tollett und Ser Symond Cranich.

Der fünfte, Ser Harrold Langhof, verlangte ein Urteil durch Zweikampf. Jaehaerys gewährte ihm den Wunsch und bot an, sich selbst Ser Harrold zu stellen, doch das ließ die Königin Regentin nicht zu. Stattdessen wurde ein junger Ritter aus den Sturmlanden als Recke der Krone in den Kampf geschickt. Ser Gil Morrigen, der Auserwählte, war ein Neffe Damons des Frommen, des Großhauptmanns der Söhne des Kriegers, der seine Ordensbrüder beim Urteil der Sieben gegen Maegor angeführt hatte. Erpicht darauf, die Treue seines Hauses dem neuen König gegenüber zu beweisen, machte Ser Gil kurzen Prozess mit dem alternden Ser Harrold und wurde kurz darauf zum Lord Kommandanten von Jaehaerys' Königsgarde ernannt.

Inzwischen hatte sich die Nachricht von der Milde des Prinzen im ganzen Reich herumgesprochen. Ein Anhänger von König Maegor nach dem anderen schickte sein Heer nach Hause, verließ seine Burg und machte sich nach Königsmund auf, um Jaehaerys Treue zu schwören. Manche kamen widerwillig und fürchteten, Jaehaerys könnte so schwach und untauglich sein wie sein Vater … doch da Maegor keine leiblichen Erben hinterlassen hatte, gab es keinen überzeugenden Rivalen, hinter dem sich die Gegner hätten versammeln können. Selbst Maegors glühendste Unterstützer konnte Jaehaerys für sich gewinnen, sobald sie ihm begegneten, denn er war ein Prinz, wie er im Buche stand: höflich, freigebig und ebenso ritterlich wie mutig. Großmaester Benifer (der gerade erst aus dem selbst gewählten Exil in Pentos zurückgekehrt war) schreibt, dass er »so gelehrt wie ein Maester und so fromm wie ein Septon« war, und obwohl wir das zum Teil als Schmeichelei abtun können, steckte auch viel Wahrheit darin. Selbst seine Mutter Königin Alyssa hat Jaehaerys angeblich als »den besten meiner drei Söhne« bezeichnet.

Wir sollten nicht dem Irrtum erliegen, dass die Versöhnung der Lords über Nacht Frieden nach Westeros brachte. König Maegors Anstrengungen, die Armen Gefährten und die Söhne des Kriegers auszurotten, hatten viele fromme Männer und Frauen gegen ihn und das Haus Targaryen aufgebracht. Obgleich er die Köpfe Hunderter Sterne und Schwerter gesammelt hatte, blieben Hunderte andere auf freiem Fuß, und Zehntausende geringerer Lords, Ritter mit Landbesitz und Angehörige des gemeinen Volkes beschützten sie, ernährten sie und versorgten sie mit Hilfe und Trost, wo immer sie konnten. Der Zerlumpte Silas und Dennis der Lahme führten vagabundierende Banden der Armen Gefährten an, die wie Geister kamen und gingen und im Wald verschwanden, sobald sie sich bedroht sahen. Nördlich des Goldzahns bewegte sich der Rote Hund aus den Bergen, Ser Gottfrid Hunder, zwischen den Westlanden und den Flusslanden, wie es ihm gefiel, und genoss dabei die heimliche Unterstützung von Lady Lucinda, der frommen Gemahlin des Lords von Schnellwasser. Ser Gottfrid, der den Mantel des Großhauptmanns der Söhne des Kriegers aufgenommen hatte, verkündete seine Absicht, den einst so stolzen Orden zu seinem alten Ruhm zu führen, und sammelte Ritter unter seinen Bannern.

Doch die größte Gefahr drohte im Süden, wo Septon Mond und seine Anhänger vor den Mauern von Altsass kampierten und von den Lords Eichenherz und Esch sowie ihren Rittern beschützt wurden. Mond war ein Riese von einem Mann mit einer donnernden Stimme und einer imposanten körperlichen Erscheinung. Obwohl seine Armen Gefährten ihn zum »Wahren Hohen Septon« ausgerufen hatten, war dieser Septon (so er denn tatsächlich einer war) kein Ausbund an Frömmigkeit. Stolz brüstete er sich, der *Siebenzackige Stern* sei das einzige Buch, das er je gelesen habe, doch viele bezweifelten sogar das, weil er nie aus dieser heiligen Schrift zitierte; abgesehen davon, hatte ihn sowieso nie jemand schreiben oder lesen gesehen.

Barfuß, bärtig und von einem gewaltigen Eifer getrieben konnte der »Ärmste Gefährte« stundenlang reden und tat das auch … und vor allem sprach er über die Sünde. »Ich bin ein Sünder«, waren die Worte, mit denen Septon Mond jede Predigt begann, und das stimmte. Mond hatte einen gewaltigen Appetit, er war ein Vielfraß und ein Trinker, der auch für seine Lüsternheit bekannt war, lag jede Nacht bei einer anderen Frau und schwängerte so viele von ihnen, dass seine Akolythen anfingen zu behaupten, sein Samen könne unfruchtbare Frauen heilen. Die Unwissenheit und Torheit seiner Anhänger war so groß, dass viele dieses Märchen glaubten; Ehemänner fingen an, ihm ihre Gemahlinnen anzubieten, und Mütter ihre Töchter. Septon Mond wies solche Angebote nie zurück, und nach einer Weile malten manche der Heckenritter und Waffenknechte in seinem Haufen den »Schwanz des Mondes« auf ihre Schilde, und es entspann sich ein lebhafter Handel mit Keulen, Anhängern und Stäben in Form des Geschlechtsteils von Septon Mond. Eine Berührung mit der Spitze dieser Talismane sollte angeblich Wohlstand und Glück bringen.

Jeden Tag prangerte Septon Mond die Sünden des Hauses Targaryen und des »Speichelleckers« an, der diese Abscheulichkeiten zugelassen hatte, während in Altsass der wahre Vater der Gläubigen faktisch zum Gefangenen im eigenen Palast geworden war und sich nicht mehr hinter den Mauern der Sternensepte hervorwagen konnte. Obgleich der neue Lord Hohenturm die Tore vor Septon Mond und seinen Anhängern geschlossen hatte und ihnen den Zugang zu seiner Stadt verweigerte, machte er keinerlei Anstalten, die Waffen gegen sie zu erheben, auch wenn Seine Hohe Heiligkeit ihn wiederholt darum ersucht hatte. Als man ihn bedrängte, seine Gründe zu nennen, gab Lord Hohenturm an, er wolle kein frommes Blut vergießen, doch viele behaupteten, der wahre Grund läge in seinem Widerwillen, gegen die Lords Eichenherz und Esch zu Felde zu ziehen, die Mond Schutz gewährt hatten. Seine Zurückhaltung brachte ihm bei den Maestern der Zitadelle den Namen »Lord Donnel der Zögerliche« ein.

Der lange Konflikt zwischen König Maegor und dem Glauben machte es dringend erforderlich, dass Jaehaerys vom Hohen Septon zum König gesalbt wurde, darin waren sich Lord Rogar und die Königin Regentin einig. Doch bevor es dazu kommen konnte, mussten sie sich mit Septon Mond und seinen zerlumpten Horden befassen, damit der Prinz sicher nach Altsass reisen konnte. Man hatte gehofft, die Nachricht von Maegors Tod würde genügen, damit sich Monds Anhänger zerstreuten, und manche waren tatsächlich abgezogen … aber kaum mehr als einige Hundert von einem Heer, das fast fünftausend Mann zählte. »Was ist schon der Tod eines Drachen, wenn dafür ein anderer aufsteigt und seinen Platz einnimmt?«, verkündete Septon Mond seiner Schar. »Westeros wird nicht eher wieder rein sein, bis nicht alle Targaryen erschlagen oder zurück ins Meer getrieben wurden.« Jeden Tag predigte er aufs Neue und appellierte an Lord Hohenturm, ihm Altsass zu übergeben, appellierte an den »Hohen Speichellecker«, die Sternensepte zu verlassen und sich dem Zorn der Armen Gefährten, die er verraten hatte, zu stellen, und appellierte an das gemeine Volk des Reiches, sich zu erheben. (Und jede Nacht sündigte er aufs Neue.)

Auf der anderen Seite des Reiches in Königsmund überlegten Jaehaerys und seine Ratgeber, wie man die Sieben Königreiche von dieser Geißel befreien könnte. Der Knabenkönig und seine Schwestern Rhaena und Alysanne hatten alle Drachen, und manche hielten es für das Beste, mit Septon Mond so zu verfahren, wie Aegon der Eroberer und seine Schwestern mit den Zwei Königen auf dem Feld des Feuers verfahren waren. Jaehaerys hatte für solches Gemetzel jedoch nichts übrig, und seine Mutter Königin Alyssa verbot es rundheraus und erinnerte sie an das Schicksal, dass Rhaenys Targaryen und ihr Drache in Dorne erlitten hatten. Lord Rogar, die Hand des Königs, sagte zögerlich, er würde sein eigenes Heer schon durch die Weite führen, um Monds Männer mit Waffengewalt zu vertreiben … allerdings müsste er dann seine Sturmländer und alle anderen Truppen, die er versammeln könnte, auch gegen die Lords Esch und Eichenherz sowie deren Ritter und Waffenknechte ins Feld führen und nicht nur gegen die Armen Gefährten. »Wahrscheinlich würden wir siegen«, sagte der Protektor, »aber zu einem hohen Preis.«

Vielleicht hatten die Götter gelauscht, denn noch während der König und sein Rat in Königsmund über die Lösung dieses Problems berieten, löste es sich auf höchst unerwartete Weise von selbst. Es dämmerte in Altsass, als Septon Mond sich zum Abendessen in sein Zelt zurückzog, erschöpft nach einem langen Tag der Predigt. Wie immer wurde er von seinen Armen Gefährten beschützt, riesigen, bärenstarken Axtträgern mit ungeschorenen Bärten, doch als eine hübsche junge Frau mit einer Flasche Wein vor dem Zelt des Septons erschien, die sie Seiner Heiligkeit für seine Hilfe schenken wollte, ließen sie sie sofort ein. Die Wachen wussten, welche Hilfe die Frau suchte – sie wollte, dass Septon Mond ihr ein Kind machte.

Etwas Zeit verging, und die Männer vor dem Zelt hörten gelegentlich Septon Monds Gelächter aus dem Inneren. Doch dann stöhnte plötzlich jemand, eine Frau schrie, und ein Mann brüllte vor Zorn. Die Zeltklappe flog auf, und die Frau stürmte heraus, halbnackt und barfuß; mit aufgerissenen Augen und völlig verängstigt rannte sie davon, ehe einer der Armen Gefährten auch nur daran denken konnte, sie aufzuhalten. Kurz darauf erschien Septon Mond selbst, nackt, brüllend und blutüberströmt. Er hielt sich den Hals, und Blut rann zwischen seinen Fingern hervor und tropfte in seinen Bart: Jemand hatte ihm die Kehle aufgeschlitzt.

Es heißt, Mond sei durch das halbe Lager gewankt und von Feuer zu Feuer getaumelt, immer auf der Suche nach der Dirne, die ihn geschnitten hatte. Schließlich verließen selbst ihn seine gewaltigen Kräfte; er brach zusammen und starb, während sich seine Akolythen um ihn drängten und vor Trauer weinten. Von seiner Mörderin war keine Spur zu finden. Sie war in die Nacht verschwunden und sollte niemals wieder gesehen werden. Wütende Arme Gefährten krempelten das ganze Lager um und suchten einen ganzen Tag und eine ganze Nacht nach ihr, rissen Zelte nieder und ergriffen Dutzende Frauen und verprügelten jeden Mann, der sich ihnen in den Weg stellen wollte … aber die Jagd führte zu nichts. Septon Monds Wachen konnten sich nicht einmal darauf einigen, wie die Mörderin ausgesehen hatte.

Allerdings erinnerten sie sich an die Flasche Wein, die die Frau als Geschenk für den Septon mitgebracht hatte. Die Hälfte des Weines befand sich noch in der Flasche, als das Zelt durchsucht wurde, und vier der Armen Gefährten teilten ihn sich bei Sonnenaufgang, nachdem sie die Leiche ihres Propheten in sein Bett zurückgebracht hatten. Alle vier waren noch vor der Mittagssonne tot. Der Wein war mit Gift versetzt gewesen.

Nach Monds Tod löste sich das zerlumpte Heer auf, das er nach Altsass geführt hatte. Einige hatten sich schon davongemacht, als die Nachricht von König Maegors Tod und Prinz Jaehaerys' Thronbesteigung sie erreichte. Nun wurde das Rinnsal zur Flut. Noch ehe die Leiche des Septons zu stinken begann, traten ein Dutzend Rivalen vor und stritten sich um seinen Mantel. Kämpfe brachen unter den Anhängern seiner möglichen Nachfolger aus. Man hätte vermuten können, Monds Männer würden sich an die beiden Lords wenden, um ihnen die Führerschaft anzubieten, aber nichts war weiter von der Wahrheit entfernt. Die Armen Gefährten hatten nur sehr wenig für den Adel übrig … und die Zurückhaltung der Lords Esch und Eichenherz, ihnen ihre Ritter und Waffenknechte zur Verfügung zu stellen, um die Mauern von Altsass anzugreifen, hatte ihr Misstrauen noch geschürt.

Auch über Monds sterbliche Überreste kam es zum Streit zwischen zwei Anwärtern auf die Nachfolge, einem Armen Gefährten namens Rob der Hungerleider und einem gewissen Lorcas, genannt Lorcas der Gelehrte, weil er damit prahlte, den ganzen *Siebenzackigen Stern* auswendig zu können. Lorcas behauptete, in einer Vision gesehen zu haben, wie Mond sogar noch im Tod mit seinen Anhängern Altsass erobern würde. Nachdem er Rob dem Hungerleider die Leiche des Septons abgenommen hatte, band dieser »gelehrte« Narr sie auf ein Schlachtross, nackt, blutverschmiert und verwesend, und wollte damit die Tore von Altsass stürmen.

Nicht einmal einhundert Männer schlossen sich seinem Angriff an, und die meisten von ihnen starben in einem Hagel aus Pfeilen, Speeren und Steinen, ehe sie sich auch nur auf hundert Schritt der Stadtmauer genähert hatten. Wer die Mauer erreichte, wurde mit siedendem Öl übergossen oder mit brennendem Pech in Brand gesteckt, darunter auch Lorcas der Gelehrte selbst. Als alle seine Männer tot waren oder im Sterben lagen, kam ein Dutzend von Lord Hohenturms kühnsten Rittern zum Tor herausgeritten, ergriff Septon Monds Leiche und hackte ihr den Kopf ab. Gegerbt und ausgestopft wurde dieser Kopf später dem Hohen Septon in der Sternensepte als Geschenk übergeben.

Dieser erfolglose Angriff erwies sich als letzte Regung von Septon Monds Kreuzzug. Lord Esch brach binnen einer Stunde die Zelte ab und zog mit allen Rittern und Waffenknechten davon. Lord Eichenherz tat es ihm am nächsten Tag nach. Der Rest des Heeres – Heckenritter und Arme Gefährten und Marketenderinnen und Händler – strömte in alle Richtungen auseinander (sie plünderten und raubten alle Bauernhöfe, Dörfer und Burgen aus, auf die sie auf ihrem Weg stießen). Von den fünftausend, die Septon Mond nach Altsass geführt hatte, waren keine vierhundert zurückgeblieben, als sich Lord Donnel der Zögerliche endlich rührte und mit einer großen Streitmacht herauskam, um die Nachzügler niederzumachen.

Der Mord an Mond beseitigte das letzte größere Hindernis auf Jaehaerys Targaryens Weg zum Eisernen Thron, doch seit jenem Tag wird darüber gestritten, wer den Tod des Septons zu verantworten hat. Niemand glaubte, dass die Frau, die den »sündigen Septon« zu vergiften versuchte und ihm am Ende die Kehle aufschlitzte, aus eigenem Antrieb gehandelt hatte. Sie war ganz offensichtlich nur eine Handlangerin … Doch wessen? Hatte der Knabenkönig selbst sie geschickt, oder war sie vielleicht im Auftrag seiner Hand Rogar Baratheon oder seiner Mutter, der Königin Regentin, tätig geworden? Manche kamen zu der Überzeugung, die Frau habe zu den Männern ohne Gesicht gehört, der berüchtigten Gilde zaubermächtiger Attentäter aus Braavos. Um diese Ansicht zu stützen, verweisen sie auf ihr plötzliches Verschwinden, die Art und Weise, wie sie nach der Tat »mit der Nacht verschmolzen« war, und darauf, dass Septon Monds Wachen sich nicht einigen konnten, wie sie ausgesehen hatte.

Weisere Männer und jene, die mit den Methoden der Männer ohne Gesicht etwas vertrauter sind, halten diese Theorie nur für wenig glaubhaft. Allein die Unbeholfenheit der Tat spreche dagegen, denn die Männer ohne Gesicht geben sich allergrößte Mühe, ihre Taten wie natürliche Todesfälle erscheinen zu lassen. Dies ist ihr ganzer Stolz und ein Grundpfeiler ihrer Kunst. Einem Mann die Kehle aufzuschlitzen und ihm zu erlauben, in die Nacht hinauszutaumeln und schreiend nach dem Mörder zu suchen, wäre unter ihrer Würde. Daher gehen die meisten Gelehrten heute davon aus, dass es sich lediglich um eine einfache Marketenderin gehandelt hat, die in Lord Eschs oder Lord Eichenherz' Diensten stand oder vielleicht sogar in beider. Zwar hatte es keiner von beiden gewagt, Mond im Stich zu lassen, doch die Eile, mit der die beiden Lords nach seinem Tod abgezogen waren, deutet darauf hin, dass ihr Groll sich eher gegen Maegor richtete und nicht gegen das gesamte Haus Targaryen … und tatsächlich kehrten beide Lords kurze Zeit später reumütig und gehorsam nach Altsass zurück, um bei seiner Krönung das Knie vor Jaehaerys zu beugen.

Da der Weg nach Altsass nun endlich frei und sicher war, fand die Krönung in den letzten Tagen des Jahres 48 nach der Eroberung in der Sternensepte statt. Der Hohe Septon – der »Hohe Speichellecker«, den Septon Mond hatte ablösen wollen – salbte den jungen König mit eigener Hand und setzte ihm die Krone seines Vaters Aenys aufs Haupt. Ein siebentägiges Fest folgte, in dessen Verlauf Hunderte kleiner und großer Lords dem König ihre Aufwartung machten, das Knie beugten und ihre Schwerter durch Eid an Jaehaerys banden. Zu den Anwesenden zählten seine Schwestern Rhaena und Alysanne, seine jungen Nichten Aerea und Rhaella, seine Mutter, die Königin Regentin, Rogar Baratheon, die Hand des Königs, Ser Gil Morrigen, der Lord Kommandant der Königsgarde, Großmaester Benifer, die versammelten Erzmaester der Zitadelle … und ein Mann, den zu sehen wohl niemand erwartet hatte: Ser Gottfrid Hunder, der Rote Hund aus den Bergen und selbsternannte Großhauptmann der geächteten Söhne des Kriegers. Hunder war in Gesellschaft von Lord und Lady Tully aus Schnellwasser eingetroffen … und zwar nicht in Ketten, wie es die meisten wohl erwartet hätten, sondern mit einem Schreiben, das ihm freies Geleit zusicherte und des Königs eigenes Siegel trug.

Großmaester Benifer schrieb später, das Treffen zwischen dem Knabenkönig und dem gesetzlosen Ritter habe für Jaehaerys' gesamte Herrschaft »den Ton gesetzt«. Als Ser Gottfrid und Lady Lucinda ihn drängten, die Erlässe seines Onkels Maegor aufzuheben und die Schwerter und Sterne wieder zuzulassen, weigerte sich Jaehaerys entschieden. »Der Glauben braucht keine Schwerter«, verkündete er. »Er steht unter meinem Schutz. Unter dem Schutz des Eisernen Throns.« Allerdings hob er die Kopfgelder auf, die Maegor auf die Söhne des Kriegers und die Armen Gefährten ausgesetzt hatte. »Ich werde keinen Krieg gegen mein eigenes Volk führen«, sagte er, »aber ich dulde weder Verrat noch Rebellion.«

»Ich habe mich gegen Euren Onkel erhoben, genau wie Ihr selbst«, erwiderte der Rote Hund aus den Bergen trotzig.

»Das habt Ihr«, räumte Jaehaerys ein, »und Ihr habt tapfer gekämpft, das lässt sich nicht leugnen. Die Söhne des Kriegers gibt es nicht mehr, und Ihr seid ihnen keine Treue mehr schuldig. Aber damit muss Euer Dienst nicht zu Ende sein. Ich habe einen Platz für Euch.« Und dann schockierte der junge König den gesamten Hof, als er Ser Gottfrid einen Platz als Ritter der Königsgarde anbot. Plötzlich herrschte Totenstille, berichtet Großmaester Benifer, und als der Rote Hund sein Langschwert zog, fürchteten manche im Saal, er wolle es dem König in den Leib rammen … doch stattdes-

sen ging der Ritter auf ein Knie, senkte das Haupt und legte seine Klinge Jaehaerys zu Füßen. Es heißt, Tränen seien über seine Wangen gelaufen.

Neun Tage nach seiner Krönung verließ der junge König Altsass in Richtung Königsmund. Der größte Teil seines Hofes begleitete ihn, und so wurde seine Reise zu einem großen Festzug durch die Weite … seine Schwester Rhaena blieb allerdings nur bis Rosengarten bei ihm, wo sie ihren Drachen Traumfeuer bestieg, um auf die Schöne Insel und zu Lord Weitmanns Burg über dem Meer zurückzukehren. Damit nahm sie nicht nur vom König, sondern auch von ihren Töchtern Abschied. Rhaella, eine Novizin des Glaubens, war in der Sternensepte geblieben, während ihre Zwillingsschwester Aerea mit dem König in den Roten Bergfried zurückkehren sollte, wo sie Prinzessin Alysanne als Mundschenk und Gesellschafterin dienen sollte.

Beobachter erzählen uns, dass die Töchter Königin Rhaena nach der Krönung eine seltsame Veränderung durchmachten. Äußerlich glichen sich die beiden wie Spiegelbilder, aber nicht in ihrem

Wesen. Während Rhaella als freches und eigensinniges Kind galt und als Schrecken der Septas, die mit ihrer Erziehung betraut waren, war Aerea ein schüchternes, furchtsames Mädchen, das viel mit Ängsten und Tränen zu kämpfen hatten. »Sie fürchtet sich vor Pferden, Hunden, Jungen mit lauten Stimmen, Männern mit Bärten und vorm Tanzen, und sie hat schreckliche Angst vor Drachen«, schrieb Großmaester Benifer, als Aerea an den Hof kam.

Doch das war vor Maegors Sturz und Jaehaerys' Krönung. Hinterher widmete sich das Mädchen, das in Altsass blieb, dem Gebet und dem Studium und musste niemals wieder gezüchtigt werden, während das Mädchen, das nach Königsmund zurückkehrte, zu einem lebhaften, klugen und abenteuerlustigen Kind heranwuchs und bald den halben Tag in den Hundezwingern, Stallungen und Drachenhöfen verbrachte. Obgleich niemand jemals etwas in dieser Hinsicht beweisen konnte, glaubte man allgemein, irgendjemand – Königin Rhaena selbst, vielleicht, oder ihre Mutter Königin Alyssa – hätte die Gelegenheit genutzt, um die Zwillinge zu vertauschen. In jedem Fall hatte niemand Lust, die Täuschung aufzudecken, denn bis zu dem Zeitpunkt, da Jaehaerys selbst einen Erben gezeugt hätte, stand Prinzessin Aerea (oder das Mädchen, das nun ihren Namen trug) an erster Stelle in der Thronfolge.

Alle Berichte sind sich einig darin, dass die Rückreise des Königs von Altsass nach Königsmund ein Triumphzug war. Ser Gottfrid ritt an seiner Seite, und entlang des gesamten Wegs wurden sie von Menschenmengen bejubelt. Hier und da tauchten Arme Gefährten auf, ausgezehrte, ungewaschene Gesellen mit langen Bärten und großen Äxten, die um dieselbe Milde baten, die dem Roten Hund zuteilgeworden war. Jaehaerys gewährte sie ihnen unter der Bedingung, dass sie nach Norden zogen und sich der Nachtwache anschlossen. Hunderte schworen, dies zu tun, darunter sogar eine Persönlichkeit wie Rob der Hungerleider. »Einen Mond nach seiner Krönung«, schreibt Großmaester Benifer, »hatte König Jaehaerys den Eisernen Thron mit dem Glauben versöhnt und das Blutvergießen beendet, das einen Schatten auf die Herrschaft seines Onkels und seines Vaters geworfen hatte.«

49 N.A.E. – DAS JAHR DER DREI BRÄUTE

Das neunundvierzigste Jahr nach Aegons Eroberung verschaffte dem Volk von Westeros eine willkommene Ruhepause nach dem Chaos und den Kämpfen der Vorjahre. Es sollte ein Jahr des Friedens, des Überflusses und der Hochzeiten werden, das in die Annalen der Sieben Königreiche als das Jahr der Drei Bräute einging.

Das neue Jahr war erst zwei Wochen alt, als die Nachricht über die erste der drei Hochzeiten aus dem Westen kam, von der Schönen Insel im Meer der Abenddämmerung. Dort ehelichte Rhaena Targaryen in einer kurzen Zeremonie unter freiem Himmel den zweiten Sohn des Lords der Schönen Insel, Androw Weitmann. Es war die erste Ehe des Bräutigams, die dritte der Braut. Obwohl schon zweimal verwitwet, war Rhaena erst sechsundzwanzig Jahre alt. Ihr neuer Gemahl war mit erst siebzehn Jahren deutlich jünger, ein wohlgestalteter und liebenswürdiger Jüngling, der, wie es hieß, vollkommen in seine Frau vernarrt war.

Ihrer Hochzeit saß der Vater des Bräutigams vor, Marq Weitmann, der Lord der Schönen Insel, und durchgeführt wurde die Zeremonie von seinem Septon. Lyman Lennister, Lord von Casterlystein, und seine Gemahlin Jocasta waren die einzigen großen Lords unter den Gästen. Zwei ehemalige Favoritinnen Rhaenas, Samantha Schurwerth und Alayne Rois, eilten auf die Schöne Insel, um der verwitweten Königin zur Seite zu stehen, zusammen mit der feurigen Schwester des Bräutigams, Lady Elissa. Bei den übrigen Gästen handelte es sich um Vasallen und Ritter, die entweder an das Haus Weitmann oder das Haus Lennister gebunden waren. König und Hof wussten überhaupt nichts von der Hochzeit, bis ein Rabe vom Stein die Nachricht brachte, Tage, nachdem Fest und das Betten die Ehe besiegelt hatten.

Die Chronisten in Königsmund berichten, dass Königin Alyssa tief gekränkt war, weil ihre Tochter sie von ihrer Hochzeit ausgeschlossen hatte, und dass die Beziehung zwischen ihnen nie wieder so innig wurde wie zuvor. Lord Rogar Baratheon hingegen brannte vor Zorn, weil Rhaena es gewagt hatte, ohne Erlaubnis der Krone erneut zu heiraten … die Krone war in diesem Fall er selbst, die Hand des jungen Königs. Es gilt nicht als sicher, dass diese Erlaubnis gewährt worden wäre, wenn sie darum ersucht hätte, denn Androw Weitmann, der zweite Sohn eines kleinen Lords, galt in den Augen vieler alles andere als der Hand einer Frau würdig, die zweimal Königin war und außerdem die Mutter der Thronfolgerin. (Wie es der Zufall will, war auch der jüngste von Lord Rogars Brüdern im Jahre 49 n.A.E. noch unverheiratet, und die Hand hatte außerdem zwei Neffen von einem anderen Bruder im heiratsfähigen Alter, deren Abstammung sie zu möglichen Heiratskandidaten für eine Targaryen-Witwe gemacht hätte. Diese Umstände tragen vielleicht dazu bei, die Verärgerung der Hand und die Geheimhaltung der Hochzeit durch Königin Rhaena zu erklären.) König Jaehaerys selbst und seine Schwester Alysanne freuten sich über die frohe Kunde, schickten Geschenke und Glückwünsche zur Schönen Insel und ließen die Glocken des Roten Bergfrieds zur Feier des Ereignisses läuten.

Während Rhaena Targaryen auf der Schönen Insel ihre Hochzeit feierte, waren in Königsmund König Jaehaerys und seine Mutter, die Königin Regentin, damit beschäftigt, die Ratgeber auszuwählen, die ihnen in den kommenden zwei Jahren bei der Regierung des Reiches helfen sollten. Ausgleich blieb weiterhin die Leitlinie ihrer Politik, denn die Verletzungen des kriegsgebeutelten Westeros waren noch lange nicht verheilt. Seine Getreuen zu belohnen und Maegors Männer und die Gläubigen von der Macht auszuschließen würde die Wunden nur wieder aufreißen und Anlass zu neuem Groll bieten, argumentierte der junge König. Seine Mutter stimmte zu.

Dementsprechend wandte sich Jaehaerys an Edgut Celtigar, den Lord der Klaueninsel, der unter Maegor Hand des Königs gewesen war, und rief ihn zurück nach Königsmund, um als Lord Kämmerer und Meister der Münze zu dienen. Für das Amt des Lord Admirals und Meisters der Schiffe wandte sich der junge König an seinen Onkel Daemon Velaryon, den Lord der Gezeiten, Königin Alyssas Bruder und einen der ersten großen Lords, die sich von Maegor dem Grausamen abgewandt hatten. Prentys Tully, der Lord von Schnellwasser, wurde an den Hof gerufen, um als Meister des Rechts zu dienen; ihn begleitete seine Respekt einflößende Gemahlin, Lady Lucinda, die für ihre Frömmigkeit berühmt war. Den Befehl über die Stadtwache, die größte bewaffneten Truppe in Königsmund, vertraute der König Qarl Corbray an, dem Lord von Herzheim, der an der Seite Aegons des Ungekrönten unter dem Götterauge gekämpft hatte. Über ihnen allen stand Rogar Baratheon, der Lord von Sturmkap und die Hand des Königs.

Es wäre ein Fehler, den Einfluss des jungen Jaehaerys Targaryen während der Regentschaft seiner Mutter zu unterschätzen, denn seiner Jugend zum Trotz hatte der Knabenkönig in fast jedem Rat einen Sitz (aber nur in fast jedem, wie wir bald erfahren werden) und scheute sich nie, seiner Stimme Gehör zu verschaffen. Letzten Endes jedoch hatten seine Mutter, die Königin Regentin, und die Hand, ein durchaus respekteinflößender Mann, die eigentliche Macht.

Lord Rogar, mit blauen Augen und einem schwarzen Bart und Muskeln wie ein Stier, war der älteste von fünf Brüdern, den Enkeln von Orys Einhand, dem ersten Baratheon als Lord von Sturmkap. Orys war ein Bastardbruder von Aegon dem Eroberer und sein zuverlässigster Befehlshaber gewesen. Nachdem er Argilac den Arroganten, den letzten Durrandon, erschlagen hatte, hatte er Argilacs Tochter zur Gemahlin genommen. Lord Rogar konnte also von sich behaupten, dass sowohl das Blut des Drachen als auch das Blut der alten Sturmkönige in seinen Adern floss. Die Hand war kein Schwertkämpfer, sondern bevorzugte eine doppelschneidige Axt in der Schlacht … eine Axt, wie er gern sagte, »die groß und schwer genug ist, um einem Drachen den Schädel zu spalten«.

Während der Herrschaft Maegors des Grausamen waren dies gefährliche Worte gewesen, doch falls Rogar Baratheon Maegors Zorn gefürchtet hatte, hatte er es gut verborgen. Männer, die ihn kannten, hatten sich weder gewundert, dass er Königin Alyssa und ihren Kindern nach der Flucht von Drachenstein Obdach gewährte, noch, dass er der Erste war, der Prinz Jaehaerys zum König ausrief. Sein Bruder Borys soll erzählt haben, Rogar habe davon geträumt, sich König Maegor im Zweikampf zu stellen und ihn mit seiner Axt zu erschlagen.

Das Schicksal hatte ihm die Erfüllung dieses Traums verweigert. Statt zum Königsmörder wurde Lord Rogar zum Königsmacher und brachte Prinz Jaehaerys auf den Eisernen Thron. Wenige stellten sein Recht infrage, den Platz als Hand an der Seite des jungen Königs einzunehmen; manche raunten sogar, von nun an werde Rogar Baratheon das Reich regieren, denn Jaehaerys sei noch ein Junge und außerdem Sohn eines schwachen Vaters, während seine Mutter nur eine Frau war. Und als bekannt gegeben wurde, dass Lord Rogar und Königin Alyssa heiraten wollten, wurden diese Gerüchte noch lauter … denn was sollte der Hohe Gemahl einer Königin sein, wenn nicht ein König?

Lord Rogar war schon einmal verheiratet gewesen, doch seine Gemahlin war jung gestorben, kaum ein Jahr nach der Hochzeit von einem Fieber dahingerafft worden. Königin Regentin Alyssa war zweiundvierzig Jahre alt und, wie man glaubte, aus dem gebärfähigen Alter heraus, der Lord von Sturmkap war zehn Jahre jünger als seine künftige Gemahlin. Einige Jahre später schreibt Septon Barth, dass Jaehaerys gegen diese Vermählung gewesen war; der junge König hatte das Gefühl, seine Hand ginge damit zu weit und ließe sich eher von der Gier nach Macht und Rang leiten statt von echter

Zuneigung. Außerdem war er wütend darüber, dass weder seine Mutter noch ihr Freier um seine Erlaubnis ersucht hatten, schreibt Barth … doch da er gegen die Vermählung seiner Schwester keinen Einspruch erhoben hatte, glaubte der König wohl, nicht das Recht zu haben, die Ehe seiner Mutter zu verhindern. Und so hüllte Jaehaerys sich in Schweigen und teilte seine Bedenken mit niemandem, abgesehen von einigen wenigen engen Vertrauten.

Die Hand wurde für seinen Mut bewundert, für seine Stärke respektiert und aufgrund seiner militärischen Fähigkeiten und seines Geschicks im Umgang mit den Waffen gefürchtet. Die Königin Regentin wurde geliebt. *So schön, so tapfer, so tragisch,* sagten die Frauen über sie. Sogar die Lords, die sich sonst gegen die Herrschaft einer Frau gewehrt hätten, nahmen sie jetzt als Lehnsherrin an, da sie wussten, dass Rogar Baratheon an ihrer Seite stand und dem jungen König nur noch ein Jahr bis zu seinem sechzehnten Namenstag fehlte.

Sie war ein wunderschönes Kind gewesen, darin waren sich alle einig, die Tochter des mächtigen Aethan Velaryon, des Lords der Gezeiten, und seiner Hohen Gemahlin Alarra aus dem Hause Massie. Sie stammte aus einem uralten, stolzen und reichen Geschlecht, auch ihre Mutter hatte als große Schönheit gegolten, ihr Hoher Vater zu den ältesten und engsten Freunden Aegons des Drachen und seiner Königinnen gezählt. Die Götter hatten Alyssa mit den tiefvioletten Augen und dem glänzenden Silberhaar des Alten Valyria gesegnet und ihr außerdem Anmut und Klugheit und Güte geschenkt, und als sie heranwuchs, umschwärmten sie Verehrer aus allen Winkeln des Reiches. Allerdings hatte sich niemals wirklich die Frage gestellt, wen sie heiraten würde. Für Mädchen wie sie kamen nur Angehörige der königlichen Familie infrage, und so hatte sie sich im Jahre 22 n.A.E. mit Prinz Aenys Targaryen vermählt, dem unbestrittenen Erben des Eisernen Throns.

Ihre Ehe war glücklich und fruchtbar gewesen. Prinz Aenys war ein sanfter und aufmerksamer Gemahl, von freundlichem Wesen, großzügig und niemals untreu. Alyssa schenkte ihm fünf kräftige und gesunde Kinder, zwei Töchter und drei Söhne (ein sechstes

Kind, ihre Tochter Vaella, starb kurz nach der Geburt in der Wiege), und als Aegon der Eroberer im Jahre 37 n.A.E. starb, ging die Krone an Aenys, und Alyssa wurde seine Königin.

In den darauffolgenden Jahren musste sie mit ansehen, wie die Herrschaft ihres Gemahls zerbrach und in Trümmer ging, während sich um ihn herum überall Feinde erhoben. Im Jahre 42 n.A.E. starb er, gebrochen und verachtet, mit nur fünfunddreißig Jahren. Die Königin bekam kaum Zeit, um ihn zu trauern, bevor sich sein Bruder des Throns bemächtigte, der dem Recht nach ihrem ältesten Sohn zugestanden hätte. Sie sah, wie sich ihr Sohn gegen seinen Onkel erhob und zusammen mit seinem Drachen starb. Nicht lange darauf folgte ihm ihr zweiter Sohn in den Tod, von Tyanna vom Turm zu Tode gefoltert. Gemeinsam mit ihren beiden jüngsten Kindern wurde Alyssa faktisch eine Gefangene des Mannes, der ihren Söhnen den Tod gebracht hatte, und sie musste mitansehen, wie ihre älteste Tochter gezwungen wurde, ebenjenes Scheusal zu heiraten.

Doch das Spiel der Throne nimmt so manch eigenwilligen Verlauf, und schließlich war Maegor selbst gestürzt worden, woran der Mut der verwitweten Königin Alyssa und die Kühnheit Lord Rogars, der sich mit ihr angefreundet hatte und sie bei sich aufnahm, als niemand anders für sie da war, keinen geringen Anteil hatten. Die Götter hatten es gut mit ihnen gemeint und ihnen den Sieg geschenkt, und jetzt erhielt die Frau, die einst Alyssa aus dem Hause Velaryon gewesen war, mit einem neuen Gemahl eine zweite Gelegenheit, Glück zu finden.

Die Hochzeit der Hand des Königs und der Königin Regentin sollte so prächtig werden, wie die der verwitweten Königin Rhaena bescheiden gewesen war. Der Hohe Septon sollte die Zeremonie persönlich durchführen, und zwar am siebten Tag im siebten Mond des neuen Jahres. Als Ort wurde die halb fertiggestellte Drachengrube gewählt, die zwar zum Himmel noch immer offen war, jedoch mit ihren Tribünen aus steinernen Bänken Zehntausenden erlauben würde, der Eheschließung beizuwohnen. Zu den Feierlichkeiten sollten ein großes Turnier, ein siebentägiges Fest mit

Spielen und sogar ein Scheinseegefecht in der Schwarzwasserbucht veranstaltet werden.

Seit Menschengedenken war keine so prunkvolle Hochzeit in Westeros mehr ausgerichtet worden, und die kleinen und großen Lords aus den Sieben Königreichen und auch von jenseits der Meerenge kamen nach Königsmund, um daran teilzunehmen. Donnel Hohenturm kam mit einhundert Rittern und siebenundsiebzig Ergebensten aus Altsass herauf und geleitete seine Hohe Heiligkeit, den Hohen Septon, während Lyman Lennister dreihundert Ritter aus Casterlystein mitbrachte. Brandon Stark, der kränkelnde Lord von Winterfell, nahm die weite Reise aus dem Norden mit seinen Söhnen Walton und Alaric auf sich und wurde von einem Dutzend grimmiger Vasallen und dreißig Geschworenen Brüdern der Nachtwache begleitet. Die Lords Arryn, Corbray und Rois vertraten das Grüne Tal, die Lords Selmy, Dondarrion und Tarly die Dornischen Marschen. Auch von jenseits der Grenzen kamen die Großen und Mächtigen: Der Fürst von Dorne schickte seine Schwester, der Seeherr von Braavos einen Sohn. Der Archon von Tyrosh selbst überquerte mit seiner jungfräulichen Tochter die Meerenge, und ihm gleich taten es nicht weniger als zweiundzwanzig Magister aus der Freien Stadt Pentos. Alle brachten der Hand und der Königin Regentin reiche Geschenke mit; die großzügigsten kamen von jenen, die noch vor Kurzem auf Maegors Seite gestanden hatten, und von Rickard Esch und Torgen Eichenherz, die mit Septon Mond marschiert waren.

Vordergründig kamen die Hochzeitsgäste nur, um die Vereinigung von Rogar Baratheon und der Königinwitwe zu feiern, doch wir sollten nicht annehmen, sie hätten nicht auch andere Gründe für ihren Besuch gehabt. Viele wollten mit der Hand verhandeln, der als wahre Macht im Reich betrachtet wurde; andere wollten sich einen Eindruck von ihrem neuen Knabenkönig verschaffen. Und Seine Gnaden versagte ihnen diese Gelegenheit nicht. Ser Gil Morrigen, der Recke des Königs und sein Geschworener Schild, verkündete, dass Jaehaerys gern jedem Lord und jedem Ritter mit Landbesitz eine Audienz gewähren würde, der um ein Treffen ersuchte, und zehn Dutzend nahmen diese Einladung an. Der junge König mied den Thronsaal und die Majestät des Eisernen Throns und unterhielt die Lords stattdessen in der Zurückgezogenheit seines Solars, wo nur Ser Gil, ein Maester und ein paar Diener anwesend waren.

Dort, so heißt es, ermutigte er jeden Mann, offen zu sprechen und seine Ansichten über die Probleme des Reiches zu äußern und wie man sie am besten lösen könnte. »Er ist nicht der Sohn seines Vaters«, sagte Lord Rois später zu seinem Maester, ein zähneknirschendes Lob, doch nichtsdestoweniger ein Lob. Lord Vanke von Wandersruh soll gesagt haben: »Er hört genau zu und spricht selbst nur wenig.« Rickard Esch fand, dass Jaehaerys freundlich war und leise sprach, Kyl Connington hielt ihn für geistreich und gut gelaunt, Morten Caron für vorsichtig und scharfsinnig. »Er lacht oft und herzlich, sogar über sich selbst«, sagte Jon Mertyns beifällig, hingegen Alec Jäger hielt ihn für streng und Torgen Eichenherz für grimmig. Lord Mallister erklärte ihn für weiser als seinem Alter gemäß, während Lord Darry meinte, er verspräche »die Sorte König zu werden, vor der jeder Lord mit Stolz das Knie beugen kann«. Das größte Lob kam von Brandon Stark, dem Lord von Winterfell, der sagte: »Ich sehe seinen Großvater in ihm.«

Die Hand des Königs wohnte keiner dieser Audienzen bei, dennoch sollte man deshalb Lord Rogar nicht für einen schlechten Gastgeber halten. Die Stunden, die seine Lordschaft mit seinen Gästen verbrachte, waren anderen Beschäftigungen gewidmet. Er jagte mit ihnen, spielte mit ihnen, speiste mit ihnen und »trank den königlichen Weinkeller leer«. Nach der Hochzeit, als das Turnier begann, war Lord Rogar bei jedem Tjost und jedem Buhurt dabei und immer von einer lebhaften und oft betrunkenen Schar großer Lords und berühmter Ritter umgeben.

Die berüchtigtste Unterhaltung der Hand fand allerdings zwei Tage vor der Hochzeitszeremonie statt. Zwar finden sich in den Hofchroniken keine Aufzeichnungen darüber, aber den Geschichten zufolge, die von Dienern erzählt wurden und anschließend viele Jahre lang unter dem Volk kursierten, hatten Lord Rogars Brüder sieben Jungfrauen aus den feinsten Freudenhäusern von Lys mitgebracht. Königin Alyssa hatte ihre Jungfräulichkeit bereits vor vielen Jahren Aenys Targaryen geschenkt, und so konnte Lord Rogar sie in der Hochzeitsnacht wohl kaum entjungfern. Die Jungfrauen aus Lys sollten diesem Mangel abhelfen. Wenn die Gerüchte stimmen, die man sich später bei Hofe erzählte, brachte seine Lordschaft vier der Mädchen zum Erblühen, ehe Erschöpfung und Trunk ihre Wirkung zeigten; seine Brüder, Neffen und Freunde kümmerten sich um die anderen drei sowie um zwanzig ältere Schönheiten, die ebenfalls aus Lys gekommen waren.

Während die Hand polterte und König Jaehaerys den Lords des Reiches Audienzen gewährte, unterhielt seine Schwester Prinzessin Alysanne die hochgeborenen Damen, die nach Königsmund gekommen waren. Die ältere Schwester des Königs, Königin Rhaena, hatte sich entschieden, den Feierlichkeiten nicht beizuwohnen und stattdessen auf der Schönen Insel bei ihrem neuen Gemahl und ihrem Hof zu bleiben, und die Königin Regentin Alyssa war mit den Hochzeitsvorbereitungen beschäftigt, also fiel die Aufgabe der Gastgeberin für die Gemahlinnen, Töchter und Schwestern der Großen und Mächten Alysanne zu. Obgleich sie gerade erst dreizehn Jahre alt geworden war, meisterte die junge Prinzessin die Herausforderung mit Bravour, darin waren sich alle einig. Sieben Tage und sieben Nächte lang frühstückte sie mit der einen Gruppe hochgeborener Damen, speiste mit einer anderen zu Mittag und gesellte sich zum Abendessen zu einer dritten. Sie zeigte ihnen die Wunder des Roten Bergfrieds, unternahm Segelfahrten mit ihnen auf der Schwarzwasserbucht und ritt mit ihnen durch die Stadt.

Bis zu diesem Zeitpunkt war Alysanne Targaryen, das jüngste Kind von König Aenys und Königin Alyssa, den Lords und Damen des Reichs kaum bekannt gewesen. Ihre Kindheit hatte sie im Schatten ihrer Brüder und ihrer älteren Schwester Rhaena verbracht, und wenn überhaupt über sie gesprochen wurde, dann meist als »das kleine Mädchen« oder »die andere Tochter«. Sie war klein, das stimmte; Alysanne war zierlich und schlank und wurde oft als hübsch, aber nur selten als schön beschrieben, obwohl sie aus einem

Haus stammte, das für seine Schönheit berühmt war. Ihre Augen waren eher blau als violett und ihr Haar eine Masse aus honiggelben Locken. Dass sie außerordentlich viel Verstand hatte, zweifelte jedoch nie jemand an.

Später sollte es heißen, sie habe bereits lesen gelernt, ehe sie abgestillt wurde, und der Hofnarr würde Scherze darüber machen, wie die kleine Alysanne Muttermilch auf valyrische Schriftrollen getröpfelt habe, als sie versuchte zu lesen, während sie an der Brust ihrer Amme lag. Wäre sie ein Junge gewesen, hätte man sie sicherlich in die Zitadelle geschickt, um die Kette eines Maesters zu schmieden, pflegte Septon Barth zu sagen … denn dieser weise Mann schätzte sie sogar noch höher als ihren Brudergemahl, dem er so lange diente. Doch all dies lag damals noch in ferner Zukunft; im Jahre 49 n.A.E. war Alysanne ein dreizehnjähriges Mädchen, und doch sind sich die Chroniken darin einig, dass sie alle, die ihr begegneten, tief beeindruckte.

Am Tag der Hochzeit pilgerten vierzigtausend Bürger Rhaenys' Hügel zur Drachengrube hinauf, um der Trauung von Königin Regentin und Hand beizuwohnen. (Manche Beobachter setzen die Zahlen sogar noch höher an.) Tausende mehr jubelten Lord Rogar und Königin Alyssa in den Straßen zu, als ihre Prozession durch die Stadt zog, begleitet von Hunderten Rittern auf mit festlichen Überwürfen geschmückten Pferden und Kolonnen von Septas, die Glocken läuteten. »Nie zuvor in den Annalen von Westeros hatte es solche Pracht gegeben«, schreibt Großmaester Benifer. Lord Rogar war von Kopf bis Fuß in Goldtuch gekleidet und trug einen Halbhelm mit Geweih, während seine Braut einen großen Mantel umgelegt hatte, an dem Edelsteine funkelten und auf dem sich der dreiköpfige Drache des Hauses Targaryen und das silberne Seepferdchen der Velaryons auf einem geteilten Feld gegenüberstanden.

Doch aller Pracht von Braut und Bräutigam zum Trotz war es die Ankunft von Alyssas Kindern, über die Königsmund noch Jahre redete. König Jaehaerys und Prinzessin Alysanne erschienen als Letzte und kamen auf ihren Drachen Vermithor und Silberschwinge (der Drachengrube fehlte noch die große Kuppel, die später ihre krönende Zier sein sollte) aus dem hellen Himmel herab. Die großen ledernen Schwingen wirbelten Wolken aus Sand auf, als die beiden Seite an Seite landeten, und die versammelte Menge gaffte vor Schrecken und Ehrfurcht. (Bei der häufig erzählten Geschichte, dass sich der betagte Hohe Septon bei der Ankunft der Drachen in die Roben gemacht habe, handelt es sich wahrscheinlich um eine bösartige Verleumdung.)

Über die eigentliche Trauung, das Fest und das Betten, die darauf folgten, brauchen wir nicht viele Worte zu verlieren. Der riesige Thronsaal des Roten Bergfrieds beherbergte die größten Lords und die wichtigsten Besucher von jenseits des Meeres; geringere Lords und ihre Ritter und Waffenknechte feierten im Hof und in kleineren Hallen der Burg, während das Volk von Königsmund sich in Gasthäusern, Weinstuben, Suppenküchen und Bordellen verköstigte und vergnügte. Ungeachtet der ihm unterstellten Anstrengungen zwei Nächte zuvor wird verlässlich berichtet, dass Lord Rogar, angefeuert von seinen betrunkenen Brüdern, seinen ehelichen Pflichten mit großer Tatkraft nachkam.

Auf die Hochzeit folgte ein siebentägiges Turnier, das die versammelten Lords und das Volk der Stadt in seinen Bann schlug. Die Siege im Lanzenstechen waren so hart erkämpft und so spannend wie seit langer Zeit nicht mehr in Westeros … aber es waren die Kämpfe, die zu Fuß mit Schwert und Speer und Axt ausgetragen wurden, die die Leidenschaft der Zuschauer wirklich anstachelten, und zwar aus gutem Grund.

Wir erinnern uns: Drei der sieben Ritter, die in der Königsgarde Maegors des Grausamen gedient hatten, waren tot; die übrigen vier waren zur Mauer geschickt worden, um das Schwarz anzulegen. An ihrer Stelle hatte König Jaehaerys bislang nur Ser Gil Morrigen und Ser Gottfrid Hunder berufen. Es war Alyssa, die Königin Regentin, die als Erste dem Gedanken Ausdruck verlieh, die fünf leeren Plätze nach einem Wettkampf zu besetzen, und welche Gelegenheit wäre dazu besser geeignet als die Hochzeit, zu der sich Ritter aus dem gesamten Reich versammeln würden? »Maegor hat sich mit alten Männern, Speichelleckern, Feiglingen und Rohlingen umgeben«, erklärte sie. »Ich möchte, dass die Ritter, die meinen Sohn beschützen, die feinsten Männer sind, die sich in Westeros finden lassen; treue, ehrliche Männer, deren Loyalität und Mut über jeden Zweifel erhaben sind. Sollen sie sich ihre Mäntel erstreiten, während das ganze Reich zuschaut.«

König Jaehaerys pflichtete seiner Mutter rasch bei, fügte jedoch eine eigene, praktische Ergänzung hinzu. In seiner Weisheit entschied der junge König, dass seine zukünftigen Beschützer ihre Fähigkeiten zu Fuß unter Beweis stellen sollten, nicht beim Tjost. »Männer, die ihrem König Übles wollen, greifen nur selten auf dem Pferd und mit der Lanze in der Hand an«, erklärte Seine Gnaden. Und so musste das Lanzenstechen, das sich an die Hochzeit seiner Mutter anschloss, den Ehrenplatz ebenjenen wilden Buhurts und blutigen Zweikämpfen überlassen, die von den Maestern später der Krieg um die Weißen Mäntel genannt werden sollten.

Da Hunderte von Rittern erpicht darauf waren, um die Ehre des Dienstes in der Königsgarde zu kämpfen, dauerten die Kämpfe sieben volle Tage. Einige der bunteren Bewerber wurden zu Lieblingen des Volkes und bei jedem Kampf lauthals angefeuert. Einer davon war der »Betrunkene Ritter«, Ser Willam Steffert, ein kleiner, stämmiger Mann mit großem Bauch, der stets so berauscht erschien, dass es ein Wunder war, dass er sich überhaupt noch auf den Beinen halten, geschweige denn kämpfen konnte. Die Gemeinen nannten ihn »das Bierfass« und sangen »Hier, hier, Fass voll Bier«, wann immer er auf den Platz kam. Ein weiterer Liebling der Gemeinen war ein Barde aus Flohloch, Tom der Klimperer, der seine Feinde vor jedem Fechtgang mit derben Liedern verspottete. Der schlanke, geheimnisvolle Ritter, der nur die Schlange in Scharlachrot genannt wurde, hatte ebenfalls eine große Anhängerschaft; als er schließlich besiegt und demaskiert wurde, stellte sich heraus, dass »er« eine Frau war, Jonquil Finster, eine Bastardtochter des Lords von Dämmertal.

Am Ende verdiente sich keiner von diesen einen weißen Mantel. Die Ritter, denen es gelang, waren zwar nicht so verrückt, dafür aber unübertroffen in Tapferkeit, Ritterlichkeit und ihrem Geschick im Umgang mit den Waffen. Nur einer entstammte einem edlen Haus: Ser Lorenz Steinern aus der Weite. Zwei waren Geschworene Schwerter, Ser Viktor der Beherzte, aus dem Haushalt des Lords Rois von Runenstein, und Ser Willam die Wespe, der Lord Kleinwald von Eichelhall diente. Der jüngste Recke, Pat die Waldschnepfe, kämpfte mit einem Speer anstelle eines Schwertes, und so manch einer bezweifelte, dass er überhaupt ein Ritter war, doch mit seiner gewählten Waffe zeigte er sich so geschickt, dass Ser Gottfrid Hunder die Angelegenheit ein für alle Mal klärte, indem er unter dem Jubel Hunderter dem Burschen den Ritterschlag verpasste.

Der älteste Recke war ein grauhaariger Heckenritter namens Samwohl vom Sauren Hügel, ein Dreiundsechzigjähriger, vom Leben gezeichnet und voller Narben, der behauptete, schon in einhundert Schlachten gekämpft zu haben, »und fragt mich nicht, auf welcher Seite, das geht nur mich und die Götter was an«. Einäugig, kahl, hager wie ein Zaunpfahl und beinahe zahnlos war dieser Ritter, der Saurer Sam genannt wurde, doch im Kampf war er so schnell wie einer, der nur halb so alt war, und verfügte dazu über eine grausame Fertigkeit mit den Waffen, die er in langen Jahrzehnten in großen und kleinen Schlachten verfeinert hatte.

Jaehaerys der Schlichter sollte fünfundfünfzig Jahre auf dem Eisernen Thron sitzen, und viele Ritter würden während dieser langen Herrschaft den weißen Mantel in seinem Dienst tragen, mehr Ritter, als sich jeder andere Monarch rühmen darf. Aber es stimmt, dass kein Targaryen je eine solche Königsgarde hatte wie die ersten Sieben des Knabenkönigs.

Der Krieg um die Weißen Mäntel markiert auch das Ende der Feierlichkeiten, die bald als Goldene Hochzeit bekannt wurden. Während die Gäste Abschied nahmen und sich auf den Heimweg zu ihren eigenen Ländern und Burgen machten, waren sich alle einig, ein großartiges Ereignis erlebt zu haben. Der junge König hatte sich die Bewunderung und Zuneigung vieler großer und kleiner Lords erworben, und ihre Schwestern, Gemahlinnen und Töchter konnten die Wärme, die Prinzessin Alysanne ihnen entgegengebracht hatte, nur preisen. Das Volk von Königsmund war ebenfalls zufrieden, denn ihr Knabenkönig machte alle Anstalten, ein gerechter, gnädiger und ritterlicher Herrscher zu werden, und seine Hand, Lord Rogar, war ebenso freigebig wie verwegen in der Schlacht. Am glücklichsten von allen waren die Wirte, Brauer, Händler, Beutelschneider, Huren und Bordellbesitzer der Stadt, die sich an den Münzen, die die Besucher nach Königsmund gebracht hatten, ausgiebig bereichert hatten.

Obgleich die Goldene Hochzeit das prunkvollste und berühmteste Hochzeitsfest des Jahres 49 n.A.E. war, war es die dritte Vermählung, die in diesem Jahr geschlossen wurde, die die größte Bedeutung erlangen sollte.

Da die Königin Regentin und die Hand des Königs ihre Ehe nun geschlossen hatten, wandten sie ihre Aufmerksamkeit der Aufgabe zu, eine passende Gemahlin für König Jaehaerys zu finden … und in geringerem Maß auch für seine Schwester Prinzessin Alysanne. Solange der Knabenkönig unverheiratet war und keine Kinder zeugte, blieben die Töchter seiner Schwester Rhaena seine Erben … aber Aerea und Rhaella waren immer noch Kinder und, so empfanden es viele, offenkundig nicht für die Krone geeignet.

Darüber hinaus befürchteten Lord Rogar und Königin Alyssa, was dem Reich widerfahren würde, wenn Rhaena Targaryen aus dem Westen zurückkäme, um als Regentin für eine ihrer Töchter zu herrschen. Zwar wagte es niemand, offen darüber zu sprechen, doch der Zwist zwischen den beiden Königinnen war nicht zu übersehen, denn die Tochter war weder zur Hochzeit der Mutter erschienen, noch hatte sie die Mutter zu ihrer eigenen eingeladen. Und manche gingen sogar noch weiter und flüsterten, Rhaena sei eine Zauberin, die dunkle Künste genutzt hatte, um Maegor auf dem Eisernen Thron zu ermorden. Daher war es König Jaehaerys' wichtigste Pflicht, zu heiraten und so schnell wie möglich einen Sohn zu zeugen.

Die Frage, *wen* der junge König heiraten könnte, war nicht so leicht zu beantworten. Lord Rogar, der dafür bekannt war, über eine Ausdehnung der Macht des Eisernen Throns jenseits der Meerenge nach Essos nachzudenken, schlug vor, ein Bündnis mit Tyrosh zu schmieden, indem man Jaehaerys mit der Tochter des Archons vermählte, einem wohlgestalten Mädchen von fünfzehn Jahren, die auf der Hochzeit alle Gäste mit ihrem Geist, ihrem koketten Wesen und ihrem blaugrünen Haar bezaubert hatte.

Hier jedoch fand die Hand in seiner eigenen Gemahlin, Königin Alyssa, eine entschiedene Gegnerin. Das gemeine Volk von Westeros würde niemals ein fremdländisches Mädchen mit gefärbten Zöpfen als Königin akzeptieren, wandte sie ein, wie entzückend ihr Akzent auch sein mochte. Und die Frommen würden erbitterten Widerstand leisten, denn jedermann wusste, dass die Tyroshi nicht an die Sieben glaubten, sondern den Roten R'hllor, den Mustermacher, den dreiköpfigen Trios und andere seltsame Götter anbeteten. Sie selbst bevorzugte es, unter den Häusern nach einer Braut zu suchen, die sich erhoben hatten, um Aegon den Ungekrönten in der Schlacht unter dem Götterauge zu unterstützen. Sollte Jaehaerys doch eine Vanke, eine Corbray, eine Westerling oder eine Peiper heiraten, drängte sie. Treue sollte belohnt werden, und mit einer solchen Verbindung würde der König Aegons Andenken ehren und ebenso die Tapferkeit jener, die für ihn im Kampf gefallen waren.

Dagegen erhob Großmaester Benifer am lautesten Einwand und wies darauf hin, dass die Ernsthaftigkeit ihres Einsatzes für Frieden und Versöhnung in Zweifel gezogen werden könnte, wenn sie jene begünstigten, die für Aegon gekämpft hatten. Eine bessere Wahl wäre seiner Meinung nach eine Tochter aus einem der großen Häuser, die sich weitgehend oder ganz aus den Schlachten zwischen Onkel und Neffe herausgehalten hatten: eine Tyrell, eine Hohenturm, eine Arryn.

Da die Hand des Königs, die Königin Regentin und der Großmaester so uneins waren, fühlten sich andere Ratgeber ermutigt, eigene Kandidatinnen ins Spiel zu bringen. Prentys Tully, der königliche Justiziar, schlug eine jüngere Schwester seiner Gemahlin Lucinda vor, die für ihre Frömmigkeit berühmt war. Eine solche Wahl würde dem Glauben gewiss gefallen. Daemon Velaryon, der Lord Admiral, schlug die verwitwete Königin Elinor aus dem

Hause Costayn vor. Wie könnte man besser zeigen, dass Maegors Unterstützern vergeben worden war, als indem Jaehaerys eine der Schwarzen Bräute zur Königin nahm und vielleicht sogar ihre drei Söhne aus erster Ehe adoptierte. Königin Elinors erwiesene Fruchtbarkeit sprach ebenfalls zu ihren Gunsten. Lord Celtigar hatte zwei unverheiratete Töchter, die er bekanntlich bereits Maegor angeboten hatte, einzeln oder zusammen; nun brachte er dieselben Mädchen für Jaehaerys ins Spiel. Lord Baratheon wollte davon nichts hören. »Ich habe Eure Töchter gesehen«, sagte Rogar zu Celtigar. »Sie haben kein Kinn, keine Brüste und keinen Verstand.«

Fast einen Mond lang stritten die Königin Regentin und ihre Ratgeber, ohne einer Einigung auch nur einen Deut näher zu kommen. Jaehaerys selbst nahm an diesen Debatten keinen Anteil. Darin bestand Einigkeit zwischen Königin Alyssa und Lord Rogar. Obgleich Jaehaerys für sein Alter bereits sehr weise war, musste man ihn auch als Jungen betrachten, der von den Sehnsüchten eines Jungen beherrscht wurde, Sehnsüchten, die auf gar keinen Fall über dem Wohl des Reiches stehen durften. Insbesondere Königin Alyssa hatte keinerlei Zweifel, wen ihr Sohn heiraten würde, wenn man ihm die Wahl ließe: ihre jüngste Tochter, seine Schwester, die Prinzessin Alysanne.

Natürlich hatten die Targaryen seit Jahrhunderten Bruder und Schwester miteinander vermählt, und Jaehaerys und Alysanne waren in der Erwartung aufgewachsen, eines Tages einander zu heiraten, ebenso wie es ihre älteren Geschwister Aegon und Rhaena vor ihnen getan hatten. Darüber hinaus war Alysanne nur zwei Jahre jünger als ihr Bruder, und die beiden hatten einander immer sehr nahegestanden und hegten Respekt und Zuneigung füreinander. Ihr Vater, König Aenys, hätte sich sicherlich gewünscht, sie miteinander vermählt zu sehen, und früher wäre das wohl auch der Wunsch ihrer Mutter gewesen … doch die grauenvollen Ereignisse, die sie seit dem Tod ihres Gemahls miterlebt hatte, hatten Königin Alyssa davon abgebracht. Zwar waren die Söhne des Kriegers und die Armen Gefährten aufgelöst und geächtet, doch viele ehemalige Mitglieder beider Orden lebten noch im Reich und konnten wieder zum Schwert greifen, wenn sie provoziert wurden. Die Königin Regentin fürchtete ihren Zorn, denn nur allzu lebhaft erinnerte sie sich noch daran, was ihrem Sohn Aegon und ihrer Tochter Rhaena widerfahren war, als ihre Hochzeit bekannt gegeben worden war. »Diesen Weg dürfen wir nie wieder einschlagen«, soll sie gesagt haben, und zwar nicht nur einmal.

In dieser Entschlossenheit wurde sie vom neuesten Mitglied des Hofes, Septon Mattheus von den Ergebensten, unterstützt, der in Königsmund geblieben war, als der Hohe Septon und seine anderen Brüder nach Altsass zurückkehrten. Mattheus war ein Wal von einem Mann, der für seine Leibesfülle ebenso berühmt war wie für die Pracht seiner Roben, und er behauptete, von den alten Gärtner-Königen abzustammen, die einst von ihrem Sitz in Rosengarten aus die Weite regiert hatten. Viele sahen in ihm den höchstwahrscheinlichen Nachfolger des Hohen Septons.

Der gegenwärtige Inhaber dieses heiligen Amtes, den Septon Mond als den Hohen Speichellecker verhöhnt hatte, war vorsichtig und willfährig, und daher bestand kaum Gefahr, dass von Altsass aus eine Heirat angeprangert würde, solange er von seinem Sitz in der Sternensepte für die Sieben sprach. Der Vater der Gläubigen war jedoch kein junger Mann. Es hieß, die Reise nach Königsmund zur Golden Hochzeit habe ihn fast das Leben gekostet.

»Falls es mir zufallen sollte, seinen Mantel aufzunehmen, könnte sich Seine Gnaden natürlich meiner Unterstützung sicher sein, welche Wahl auch immer er treffen möge«, versicherte Septon Mattheus der Königin Regentin und ihren Ratgebern, »allerdings denken nicht alle meine Brüder so, und … ich bin so frei, das zu sagen … da draußen gibt es noch mehr Monds. Nach all diesen Ereignissen würde es zum jetzigen Zeitpunkt wahrscheinlich als schwerer Affront gegen die Frommen aufgenommen, wenn Bruder mit Schwester vermählt würde, und ich hätte Angst davor, was passieren könnte.«

Da die Bedenken der Königin dieserart bestätigt wurden, schied Prinzessin Alysanne als Braut ihres Bruders Jaehaerys auch für Rogar Baratheon und die anderen Lords aus. Die Prinzessin war dreizehn Jahre alt und hatte erst kürzlich ihr erstes Erblühen gefeiert, deshalb hielt man es für wünschenswert, sie baldmöglichst zu verheiraten. Obwohl der Rat noch weit davon entfernt war, eine angemessene Partie für den König zu finden, fand er rasch einen Gefährten für die Prinzessin. Sie sollte am siebten Tage des neuen Jahres mit Orryn Baratheon, Lord Rogars jüngstem Bruder, vermählt werden.

So wurde es von der Königin Regentin und der Hand des Königs und ihren Lords Ratsherren und Ratgebern beschlossen. Aber wie so viele Vereinbarungen im Laufe der Geschichte wurde ihr Plan bald zunichtegemacht, denn sie hatten den Willen und die Entschlossenheit von Alysanne Targaryen und ihrem jungen König Jaehaerys vollkommen unterschätzt.

Alysannes Verlobung war noch nicht verkündet worden, daher ist nicht bekannt, wie sie von dieser Entscheidung erfuhr. Großmaester Benifer verdächtigte einen Diener, denn viele Diener waren gekommen und gegangen, während sich die Lords im Solar der Königin berieten. Lord Rogar selbst verdächtigte Daemon Velaryon, den Lord Admiral, einen stolzen Mann, der vielleicht glaubte, dass die Baratheons einen Schritt zu weit gingen, wenn sie hofften, die Lords der Gezeiten als zweites Haus des Reiches abzulösen. Jahre später, als diese Ereignisse längst zu Legenden geworden waren, hieß es unter dem gemeinen Volk, »die Ratten im Gemäuer« hätten die Lords bei ihren Beratungen belauscht und seien mit der Nachricht zur Prinzessin geeilt.

Wir haben keinen Bericht darüber, was Alysanne Targaryen sagte oder dachte, als sie erfuhr, dass sie mit einem Mann verheiratet werden sollte, der zehn Jahre älter war als sie, den sie kaum kannte und den sie (falls man den Gerüchten glauben darf) nicht mochte. Wir wissen lediglich, was sie getan hat. Ein anderes Mädchen wäre vielleicht weinend oder wütend zu ihrer Mutter gelaufen und hätte gebettelt. In vielen traurigen Liedern stürzen sich Jungfrauen, die gegen ihren Willen in eine Ehe gezwungen werden, von hohen Türmen in den Tod. Prinzessin Alysanne tat weder das eine noch das andere. Stattdessen ging sie geradewegs zu Jaehaerys.

Der junge König reagierte ebenso verärgert wie seine Schwester. »Dann schmieden sie für mich ebenfalls Hochzeitspläne, daran besteht kein Zweifel«, folgerte er. Wie seine Schwester verschwendete Jaehaerys keine Zeit mit Tadel, Schuldzuweisungen oder Einsprüchen, sondern handelte. Er rief seine Königsgarde zu sich und wies sie an, sofort nach Drachenstein zu segeln, wo er sich in Kürze zu ihnen gesellen würde. »Ihr habt mir Eure Schwerter und Euren Gehorsam geschworen«, ermahnte er seine Sieben. »Vergesst Euer Gelübde nicht und verratet niemandem etwas über meinen Aufbruch.«

In dieser Nacht bestiegen König Jaehaerys und Prinzessin Alysanne im Schutz der Dunkelheit ihre Drachen Vermithor und Silberschwinge und brachen vom Roten Bergfried zu der alten Targaryen-Zitadelle unter dem Drachenberg auf. Den Berichten zufolge lauteten die ersten Worte des jungen Königs nach seiner Landung: »Ich brauche einen Septon.«

Ganz zu Recht brachte der König Septon Mattheus kein Vertrauen entgegen, der ihre Pläne gewiss verraten hätte, doch die Septe auf Drachenstein wurde von einem alten Mann namens Oswyck betreut, der Jaehaerys und Alysanne von Geburt an kannte und sie während ihrer Kindheit in den Mysterien der Sieben unterwiesen hatte. Als jüngerer Mann hatte Oswyck König Aenys und als Junge als Novize am Hofe der Königin Rhaenys gedient. Deshalb war er mit der Targaryen-Tradition der Geschwisterehe bestens vertraut, und als er den Befehl des Königs vernahm, willigte er sofort ein.

Die Königsgarde traf einige Tage später mit einer Galeere aus Königsmund ein. Am Morgen darauf nahm bei Sonnenaufgang Jaehaerys Targaryen, der Erste Seines Namens, auf dem großen Hof von Drachenstein im Angesicht der Götter und Menschen und Drachen seine Schwester Alysanne zur Gemahlin. Septon Oswyck führte die Trauung durch; obwohl die Stimme des alten Mannes dünn und zittrig war, wurde kein Teil des Ritus ausgelassen. Die sieben Ritter der Königsgarde fungierten als Trauzeugen, und ihre weißen Mäntel flatterten im Wind. Die Besatzung der Burg und die

Dienerschaft schauten zu, zusammen mit einem Großteil des Volks aus dem Fischerdorf, das sich an Drachensteins mächtige Umfassungsmauer schmiegte.

Der Zeremonie folgte ein bescheidenes Fest, und viele Trinksprüche wurden auf die Gesundheit des Knabenkönigs und seiner neuen Königin ausgebracht. Danach zogen sich Jaehaerys und Alysanne in das Schlafgemach zurück, in dem Aegon der Eroberer einst neben seiner Schwester Rhaenys geruht hatte, doch in Anbetracht des jungen Alters der Braut verzichtete man auf das Betten, und die Ehe wurde nicht vollzogen.

Dieses Versäumnis sollte später noch große Bedeutung erlangen, als Lord Rogar und Königin Alyssa auf einer Kriegsgaleere aus Königsmund eintrafen, in Begleitung eines Dutzends Ritter, vierzig Waffenknechten, Septon Mattheus und Großmaester Benifer, dessen Briefen wir den vollständigsten Bericht über die folgenden Ereignisse entnehmen.

Jaehaerys und Alysanne empfingen die Neuankömmlinge händchenhaltend im Tor der Burg. Es heißt, Königin Alyssa habe bei ihrem Anblick geweint. »Ihr dummen Kinder«, sagte sie. »Ihr wisst gar nicht, was ihr angerichtet habt.«

Daraufhin ergriff Septon Mattheus das Wort, schalt König und Königin mit donnernder Stimme und prophezeite, diese Abscheulichkeit werde ganz Westeros abermals in einen Krieg stürzen. »Sie werden Euren Inzest von den Dornischen Marschen bis zur Mauer verfluchen, und jeder fromme Sohn der Mutter und des Vaters wird Euch als die Sünder brandmarken, die Ihr seid.« Das Gesicht des Septons schwoll rot an, während er tobte, wie uns Benifer erzählte, und Speichel sprühte von seinen Lippen.

Jaehaerys der Schlichter wird in den Annalen von Westeros zurecht für sein ruhiges Gebaren und sein ausgeglichenes Gemüt gerühmt, aber wir sollten uns nicht zu dem Gedanken hinreißen lassen, das Feuer der Targaryen habe nicht in seinen Adern gebrannt. An jenem Tag trat es offen zutage. Als Septon Mattheus endlich innehielt, um Atem zu schöpfen, sagte der König: »Ich nehme Strafe von Ihrer Gnaden meiner Mutter entgegen, aber nicht von Euch.

Haltet Eure Zunge im Zaum, dicker Mann. Wenn Euch noch ein Wort über die Lippen kommt, lasse ich sie Euch zusammennähen.«

Septon Mattheus sprach kein Wort mehr.

Lord Rogar ließ sich nicht so leicht einschüchtern. Offen und direkt zur Sache kommend fragte er nur, ob die Ehe bereits vollzogen sei. »Sagt mir die Wahrheit, Euer Gnaden. Gab es ein Betten? Habt Ihr ihr die Jungfräulichkeit genommen?«

»Nein«, erwiderte der König. »Sie ist zu jung.«

Und Lord Rogar lächelte. »Gut. Dann seid Ihr nicht verheiratet.« Er wandte sich an die Ritter, die aus Königsmund mit ihnen gekommen waren. »Trennt diese Kinder voneinander, aber geht sanft vor. Bringt die Prinzessin in den Meerdrachenturm und haltet sie dort fest. Seine Gnaden wird uns zurück in den Roten Bergfried begleiten.«

Doch als sich seine Männer in Bewegung setzten, traten die sieben Ritter aus Jaehaerys' Königsgarde vor und zogen die Schwerter. »Keinen Schritt weiter«, warnte Ser Gil Morrigen. »Wer es wagt, eine Hand gegen unseren König oder unsere Königin zu erheben, stirbt auf der Stelle.«

Lord Rogar war bestürzt. »Steckt Euren Stahl ein und tretet zur Seite«, befahl er. »Habt Ihr vergessen? Ich bin die Hand des Königs.«

»Ja«, antwortete der alte Saure Sam, »aber wir sind die Leibgarde des Königs, nicht die der Hand, und es ist der Junge, der auf dem Stuhl sitzt, nicht Ihr.«

Ser Samwohls Worte erzürnten Rogar Baratheon, und er gab zurück: »Ihr seid sieben. Ich habe ein halbes Hundert Schwerter hinter mir. Ein Wort von mir, und sie hacken Euch in Stücke.«

»Vielleicht töten sie uns«, erwiderte der junge Pat die Waldschnepfe und hob seinen Speer, »aber Ihr werdet in jedem Fall als Erster sterben, Mylord, darauf habt Ihr mein Wort.«

Was noch hätte geschehen können, weiß man nicht, denn Königin Alyssa wählte diesen Augenblick, um das Wort zu ergreifen. »Ich habe genug Tod gesehen«, sagte sie. »Das haben wir alle. Steckt die Schwerter ein, Sers. Was geschehen ist, ist geschehen, und jetzt müssen wir damit leben. Mögen die Götter dem Reich gnädig sein.« Sie wandte sich an ihre Kinder. »Wir gehen in Frieden. Aber es soll niemand darüber sprechen, was heute hier vorgefallen ist.«

»Wie Ihr befehlt, Mutter.« König Jaehaerys zog seine Schwester näher an sich und legte einen Arm um sie. »Aber glaubt nicht, Ihr könntet diese Ehe auflösen. Wir sind jetzt eins, und weder Götter noch Menschen werden uns trennen.«

»Niemals«, stimmte seine Braut zu. »Und wenn Ihr mich ans Ende der Welt schickt und mich mit dem König von Mossovy oder dem Herrn der Grauen Wüste verheiratet, Silberschwinge wird mich stets zu Jaehaerys zurückbringen.« Und mit diesen Worten erhob sie sich auf die Zehenspitzen und schob ihr Gesicht vor das des Königs, und er küsste sie voll auf die Lippen, während alle zuschauten.*

Nachdem die Hand und die Königin Regentin abgezogen waren, ließen der König und seine junge Braut die Burgtore schließen und kehrten in ihre Gemächer zurück. Solange Jaehaerys minderjährig war, blieb Drachenstein ihre Zuflucht und Residenz. Es steht geschrieben, den jungen König oder seine Königin habe man in dieser Zeit kaum allein gesehen. Sie hätten jede Mahlzeit zusammen eingenommen, hätten bis spät in die Nacht über die grünen Tage ihrer Kindheit und die vor ihnen liegenden Herausforderungen gesprochen, sie hätten zusammen geangelt und mit Falken gejagt, sich in

---

* So jedenfalls schildert uns Großmaester Benifer die Begegnung an den Toren von Drachenstein, und der Großmaester war schließlich dabei. Von jenem Tag an wurde diese Geschichte überall in den Sieben Königreichen zum Vorbild aller liebestollen Jungfrauen und ihrer Knappen, und viele Barden besangen den Mut der Königsgarde, der sieben Männer in weißen Mänteln, die sich einem halben Hundert stellten. All diese Geschichten übersehen jedoch die Anwesenheit der Besatzung der Burg; die Berichte, die auf uns gekommen sind, deuten darauf hin, dass zwanzig Bogenschützen und ebenso viele Wachen auf Drachenstein stationiert waren, die unter dem Befehl von Ser Merrell Ochs und seinen Söhnen Alyn und Howard standen. Wem ihre Treue in jener Zeit galt und welche Rolle sie möglicherweise in einem Kampf gespielt hätten, wird vielleicht nie geklärt werden, aber anzunehmen, die Sieben des Königs hätte allein gestanden, ist möglicherweise zu gewagt.

Hafentavernen unter das Inselvolk gemischt, einander staubige, in Leder eingebundene Folianten vorgelesen, die sie in der Bibliothek der Burg fanden, sich von Drachensteins Maestern gemeinsam unterrichten lassen (»Denn es gibt noch viel für uns zu lernen«, soll Alysanne ihren Gemahl ermahnt haben) und sollen gemeinsam mit Septon Oswyck gebetet haben. Und zusammen geflogen sind sie auch, um den ganzen Drachenberg herum und oft sogar bis nach Driftmark.

Wenn wir den Erzählungen der Diener glauben dürfen, schliefen der König und seine neue Königin nackt nebeneinander und tauschten oft lange und ausdauernde Küsse aus, im Bett und bei Tische und zu vielen anderen Gelegenheiten im Laufe des Tages, doch ihre Ehe vollzogen sie nicht. Es sollte noch ein ganzes und ein halbes Jahr vergehen, bis Jaehaerys und Alysanne wahrhaft Mann und Frau wurden.

Wann immer Lords und Mitglieder des Rates nach Drachenstein reisten, um sich mit dem jungen König zu beraten, wie es von Zeit zu Zeit geschah, empfing Jaehaerys sie in der Halle der Bemalten Tafel, wo sein Großvater einst die Eroberung von Westeros geplant hatte. Alysanne war dabei stets an seiner Seite. »Aegon hatte keine Geheimnisse vor Rhaenys und Visenya, und ich habe keine vor Alysanne«, sagte er.

Zwar mochte es damals in den frohen Tagen des Morgens ihrer Ehe keine Geheimnisse zwischen den Eheleuten gegeben haben, doch die Vermählung selbst blieb für den größten Teil von Westeros ein Geheimnis. Nach seiner Rückkehr nach Königsmund befahl Lord Rogar allen, die sie nach Drachenstein begleitet hatten, kein Wort über die Vorfälle dort verlauten zu lassen, wenn ihnen ihre Zungen lieb seien. Auch würde man die Vermählung nicht offiziell bekannt geben. Als Septon Mattheus versuchte, eine Nachricht über die Hochzeit an den Hohen Septon und die Ergebensten nach Altsass zu schicken, verbrannte Großmaester Benifer auf Befehl der Hand den Brief, statt einen Raben zu schicken.

Der Lord von Sturmkap brauchte Zeit. Wütend über den mangelnden Respekt, den ihm der König gezeigt hatte, und unfähig, sich mit der Niederlage, die er erlitten hatte, abzufinden, war Rogar Baratheon weiterhin entschlossen, einen Weg zu finden, um Jaehaerys und Alysanne zu trennen. Solange ihre Ehe nicht vollzogen war, so glaubte er, bestand immerhin noch die Möglichkeit. Am besten hielt man die Heirat daher geheim, dann könnte man sie wieder auflösen, ohne dass irgendjemand bemerkte, was geschehen war.

Königin Alyssa brauchte ebenfalls Zeit, wenn auch aus anderem Grunde. *Was geschehen ist, ist geschehen*, hatte sie am Tor von Drachenstein gesagt, und daran glaubte sie fest … doch die Erinnerung an das Blutvergießen und das Chaos, das die Hochzeit ihres anderen Sohns und ihrer anderen Tochter begleitet hatte, suchte sie immer noch in ihren Nächten heim, und so suchte sie verzweifelt nach einer Möglichkeit, dafür zu sorgen, dass sich die Geschichte nicht wiederholte.

Inzwischen mussten sie und ihr Hoher Gemahl das Reich weiterhin regieren, und zwar noch fast ein ganzes Jahr lang, bis Jaehaerys seinen sechzehnten Namenstag feiern und die Macht in die eigene Hand nehmen würde.

So also standen die Dinge in Westeros, als sich das Jahr der Drei Bräute dem Ende näherte und schließlich einem neuen Jahre Platz machte, dem fünfzigsten seit Aegons Eroberung.

HERRSCHER IM ÜBERFLUSS

Alle Menschen sind Sünder, lehren uns die Väter des Glaubens. Sogar die edelsten Könige und die tapfersten Ritter werden manchmal von Zorn oder Wollust oder Neid überwältigt und tun Dinge, die ihnen Schande machen und einen Makel auf ihrem guten Namen hinterlassen. Und selbst die niederträchtigsten Männer und die verruchtesten Frauen tun von Zeit zu Zeit etwas Gutes, denn Liebe und Mitleid und Erbarmen finden sich selbst im schwärzesten aller Herzen. »Wir sind, wie die Götter uns erschaffen haben«, schreibt Septon Barth, der weiseste Mann, der je als Hand des Königs diente, »stark und schwach, gut und schlecht, grausam und milde, heldenhaft und selbstsüchtig. Das solltet Ihr beachten, wenn Ihr über die Königreiche der Menschen herrschen wollt.«

Selten zeigte sich die Wahrheit dieser Worte so deutlich wie im fünfzigsten Jahr nach Aegons Eroberung. Als das neue Jahr aufzog, wurden im ganzen Reich Pläne geschmiedet, ein halbes Jahrhundert Targaryen-Herrschaft über Westeros mit Festen, Märkten und Turnieren zu feiern. Die Schrecken von König Maegors Herrschaft verblassten allmählich, der Eiserne Thron und der Glauben hatten sich versöhnt, und der junge König Jaehaerys I. war der Liebling des Volkes wie der großen Lords, von Altsass bis zur Mauer. Doch unbemerkt von den meisten sammelten sich am Horizont Sturmwolken, und weise Männer konnten aus weiter Ferne bereits das Donnergrollen vernehmen.

Ein Reich mit zwei Königen ist wie ein Mann mit zwei Köpfen, heißt es im Volksmund. Im Jahre 50 n.A.E. war das Reich von Westeros mit einem König, einer Hand und drei Königinnen gesegnet, ganz wie zu König Maegors Zeiten … doch während Maegors Königinnen seine Gemahlinnen waren, die seinem Willen unterworfen waren und nach seinem Gutdünken lebten oder starben, war jede dieser Königinnen der Mitte des Jahrhunderts eine Macht aus eigenem Recht.

Im Roten Bergfried von Königsmund saß die Königin Regentin Alyssa, die Witwe des verstorbenen Königs Aenys, die Mutter seines Sohns Jaehaerys und in zweiter Ehe die Gemahlin Rogar Baratheons, der Hand des Königs. Auf der anderen Seite der Schwarzwasserbucht, auf Drachenstein, hatte sich eine jüngere Königin erhoben, als Alyssas Tochter Alysanne, eine Maid von dreizehn Jahren, ihrem Bruder König Jaehaerys ewige Treue geschworen hatte, und das gegen den Wunsch ihrer Mutter und deren Hohem Gemahl. Und weit im Westen auf der Schönen Insel, wo sie die gesamte Breite von Westeros von ihrer Mutter und ihrer Schwester trennte, lebte Alyssas älteste Tochter, die Drachenreiterin Rhaena Targaryen, die Witwe Prinz Aegons des Ungekrönten. In den Westlanden, den Flusslanden und in Teilen der Weite nannten die Menschen sie bereits »die Königin des Westens«.

Die drei Königinnen, zwei Schwestern und ihre Mutter, durch Blut und Trauer und Leid miteinander verbunden … und doch fielen alte und neue Schatten zwischen sie und wurden von Tag zu Tag dunkler. Die Freundschaft und das gemeinsame Ziel, die es Jaehaerys, seinen Schwestern und ihrer Mutter ermöglicht hatten, Maegor den Grausamen zu stürzen, lösten sich auf, während lange schwelender Groll und unterschiedliche Auffassungen in den Vordergrund drängten. Denn am Ende von Königin Alyssas Regentschaftszeit waren der Knabenkönig und seine kleine Königin mit der Hand des Königs und der Königin Regentin zutiefst zerstritten, eine Rivalität, die sich bis in Jaehaerys' eigene Herrschaft erstrecken sollte und einmal mehr drohte, die Sieben Königreiche in den Krieg zu stürzen.*

Der unmittelbare Auslöser der Spannungen war die plötzliche, geheime Vermählung des Königs mit seiner Schwester, die Hand und Königin Regentin überrascht und ihre eigenen Pläne durchkreuzt hatte. Es wäre allerdings ein Fehler, dieses Ereignis für den einzigen Grund der Entfremdung zu halten; die anderen Hochzeiten, die 49 n.A.E. zum Jahr der Drei Bräute gemacht hatten, hatten ebenfalls Narben hinterlassen.

Lord Rogar hatte Jaehaerys nicht um Erlaubnis ersucht, seine Mutter zu ehelichen, ein Versäumnis, das der Knabenkönig als Zeichen der Respektlosigkeit aufgefasst hatte. Darüber hinaus war Seine Gnaden mit der Verbindung nicht einverstanden, wie er später gegenüber Septon Barth einräumen sollte; er schätzte Lord Rogar als Ratgeber und Freund, aber er brauchte keinen zweiten Vater und war der Ansicht, dass er selbst an Urteilsfähigkeit, Klugheit und Temperament seiner Hand überlegen war. Außerdem fand Jaehaerys, auch seine Schwester Rhaena hätte sein Einverständnis zu ihrer Vermählung einholen müssen, doch dies hatte ihn nicht so hart getroffen. Königin Alyssa ihrerseits war tief gekränkt darüber,

* Hier sollten wir anmerken, damit der Leser uns kein Versäumnis vorwerfen kann, dass es im Jahre 50 n.A.E. noch eine vierte Königin in Westeros gab. Die zweimal verwitwete Königin Elinor aus dem Hause Costayn, die König Maegor tot auf dem Eisernen Thron gefunden hatte, war nach Jaehaerys' Thronbesteigung aus Königsmund abgereist. Im Büßerkleid und allein von einer Zofe und einem treuen Waffenknecht begleitet, war sie nach Hohenehr ins Grüne Tal von Arryn gewandert, um dort den ältesten ihrer drei Söhne von Ser Theo Bolling zu besuchen, und dann nach Rosengarten in der Weite, wo ihr zweiter Sohn als Mündel von Lord Tyrell großgezogen wurde. Nachdem sie sich davon überzeugt hatte, dass es ihnen wohl erging, hatte die frühere Königin ihren jüngsten Sohn wieder zu sich genommen und sich zum Sitz ihres Vaters in Dreitürmen in der Weite begeben, wo sie, wie sie verkündete, bis ans Ende ihrer Tage zurückgezogen leben wollte. Doch das Schicksal und König Jaehaerys hatten andere Pläne mit ihr, wie wir später berichten werden. Hier genügt es zu erwähnen, dass Königin Elinor an den Ereignissen des Jahres 50 n.A.E. keinen Anteil hatte.

dass sie zur Hochzeit ihrer Tochter Rhaena auf der Schönen Insel weder eingeladen noch überhaupt davon in Kenntnis gesetzt worden war.

Fern im Westen hegte Rhaena Targaryen ihren eigenen Groll. Wie sie den alten Freundinnen und Favoritinnen, die sie um sich geschart hatte, anvertraute, hatte Königin Rhaena nie verstanden, weshalb sich ihre Mutter zu Rogar Baratheon hingezogen fühlte. Zwar erkannte sie zähneknirschend an, dass er ihren Bruder Jaehaerys gegen ihren Onkel Maegor unterstützt und ihm auf den Thron geholfen habe, seine Untätigkeit jedoch, als sich ihr Gemahl Prinz Aegon in der Schlacht unter dem Götterauge Maegor gestellt hatte, konnte sie weder vergessen noch vergeben. Und je mehr Zeit verstrich, desto größer wurde Königin Rhaenas Groll darüber, dass ihr eigener Anspruch auf den Eisernen Thron und der ihrer Töchter zugunsten »meines kleinen Brüderchens« (wie sie Jaehaerys zu nennen pflegte) übergangen worden war. Sie war die Erstgeborene, erklärte sie allen, die bereit waren, ihr zuzuhören, und sie war vor ihren Geschwistern eine Drachenreiterin geworden, aber sie alle, »sogar meine eigene Mutter«, hatten sich gegen sie verschworen, um ihr den Thron vorzuenthalten.

Im Nachhinein und mit dem Vorteil des Rückblicks können wir leicht sagen, dass Jaehaerys und Alysanne in dem Streit, der während des letzten Jahres der Regentschaft ihrer Mutter entbrannte, recht hatten, Königin Alyssa und Lord Rogar zu Schurken zu erklären. So zumindest erzählen die Sänger die Geschichte, und wenn man sie singen hört, war die plötzliche Hochzeit von Jaehaerys und Alysanne eine Romanze, wie es sie seit den Tagen von Florian dem Narren und seiner Jonquil nicht gegeben hatte. Und wie es in Liedern so üblich ist, geht die Liebe stets als Sieger hervor. Die Wahrheit ist allerdings nicht ganz so einfach. Die Bedenken, die Königin Alyssa gegenüber dieser Ehe hegte, entsprangen der aufrichtigen Sorge um ihre Kinder, um die Targaryen-Dynastie und das Reich als Ganzes. Und ihre Ängste entbehrten auch nicht der Grundlage.

Lord Rogar Baratheon wurde von weniger selbstlosen Motiven getrieben. Der stolze Mann war fassungslos und verärgert über die »Undankbarkeit« des Knabenkönigs, den er als seinen Sohn betrachtet hatte, und die Niederlage am Tor von Drachenstein vor einem halben Hundert seiner Männer hatte er als Demütigung empfunden. Durch und durch ein Krieger, hatte er einst davon geträumt, gegen Maegor den Grausamen im Zweikampf anzutreten, und konnte es nicht verwinden, von einem fünfzehnjährigen Knaben beschämt zu werden. Doch ehe wir hier zu hart über ihn urteilen, sollten wir uns an Septon Barths Worte erinnern. Zwar sollte Lord Rogar in seinem letzten Jahr als Hand einige grausame, närrische und böse Dinge tun, doch im Herzen war er weder grausam noch böse und nicht einmal ein Narr; einst war er ein Held gewesen, und das dürfen wir nicht vergessen, wenn wir auf das finsterste Jahr seines Lebens blicken.

Unmittelbar nach seiner Auseinandersetzung mit Jaehaerys konnte Lord Rogar an kaum etwas anderes denken als an die erlittene Schmach. Im ersten Moment wollte er mit mehr Männern nach Drachenstein zurückkehren, genug, um die Besatzung der Burg zu überwältigen und die Sache mit Gewalt zu klären. Was die Königsgarde betraf, so erinnerte Lord Rogar den Rat daran, dass die Weißen Schwerter geschworen hatten, ihr Leben für den König zu geben, »und ich möchte sie gern in den Genuss dieser Ehre bringen«. Als Lord Tully darauf verwies, dass Jaehaerys die Tore von Drachenstein einfach schließen könne, ließ sich Lord Rogar davon nicht beirren. »Soll er doch. Ich kann die Burg auch im Sturm nehmen, wenn es sein muss.« Am Ende konnte nur Königin Alyssa durch diese Mauer aus Zorn dringen und ihren Gemahl von dieser Torheit abbringen. »Mein Geliebter«, sagte sie leise, »meine Kinder reiten Drachen, wir nicht.«

Die Königin Regentin wollte die voreilige Ehe des Königs ebenso gern auflösen wie ihr Gemahl, denn sie war überzeugt davon, dass die Nachricht darüber den Glauben erneut gegen die Krone aufbringen würde. Von Septon Mattheus wurde sie in ihren Ängsten bestärkt. Sobald er sich nicht mehr in Jaehaerys' Nähe befand und sicher war, dass ihm der Mund nicht zugenäht werden würde, fand der Septon seine Sprache wieder und redete nur noch davon, dass

»alle anständigen Menschen« die inzestuöse Ehe des Königs verdammen mussten.

Wären Jaehaerys und Alysanne zur Feier des neuen Jahres nach Königsmund zurückgekehrt, wofür Königin Alyssa gebetet hatte (»Sie werden zu Sinnen kommen und diese Torheit bereuen«, sagte sie dem Rat), wäre eine Versöhnung möglich gewesen, aber das geschah nicht. Als zwei Wochen ins Land zogen und dann ein ganzer Mond und der König noch immer nicht an den Hof zurückgekehrt war, gab Alyssa ihren Entschluss bekannt, abermals nach Drachenstein zu fahren, diesmal allein, um ihre Kinder zu bitten, nach Hause zurückzukehren. Lord Rogar verbot es ihr wütend. »Wenn Ihr jetzt zu ihm zurückkriecht, wird der Junge nie wieder auf Euch hören«, sagte er. »Er hat seine eigene Begierde über das Wohl des Reiches gestellt, und das dürfen wir ihm nicht durchgehen lassen. Soll er so enden wie sein Vater?« Und so beugte sich die Königin seinem Willen und blieb in Königsmund.

»Dass Königin Alyssa das Richtige tun wollte, kann niemand bezweifeln«, schreibt Septon Barth Jahre später. »Bedauerlicherweise schien sie oft nicht genau zu wissen, was das Richtige sein mochte. Vor allem anderen wollte sie geliebt, bewundert und gerühmt werden, ein Verlangen, das sie mit König Aenys teilte, ihrem ersten Gemahl. Ein Herrscher muss jedoch manchmal Dinge tun, die notwendig sind, ihn aber nicht beliebt machen, sogar dann, wenn er weiß, dass Schmähung und Tadel ganz sicher folgen werden. Doch dazu konnte sich Königin Alyssa nur selten durchringen.«

Die Tage verstrichen und wurden zu Wochen und dann zu Monden, während die Herzen sich verhärteten und die Entschlossenheit bei den Männern auf beiden Seiten der Schwarzwasserbucht wuchs. Der Knabenkönig und seine kleine Königin blieben auf Drachenstein und warteten auf den Tag, an dem Jaehaerys die Herrschaft über die Sieben Königreiche in die eigenen Hände nehmen würde.

Königin Alyssa und Lord Rogar hielten weiterhin die Zügel der Macht in Königsmund in der Hand und suchten nach einer Möglichkeit, die Heirat des Königs ungeschehen zu machen und das Unheil zu verhindern, das ihrer Meinung nach über sie hereinbrechen musste. Abgesehen vom Rat verrieten sie niemandem, was auf Drachenstein vorgefallen war, und Lord Rogar befahl den Männern, die sie begleitet hatten, niemals ein Wort über das zu verlieren, was sie gesehen hatten, und drohte, ihnen andernfalls die Zungen herausschneiden zu lassen. Sobald die Ehe annulliert wäre, so argumentierte die Hand, wäre es für den größten Teil von Westeros so, als wäre sie nie geschlossen worden … solange das Geheimnis gewahrt blieb. Solange die Ehe noch nicht vollzogen war, ließ sie sich leicht auflösen.

Das sollte sich als eine vergebliche Hoffnung erweisen, wie wir heute wissen, doch für Rogar Baratheon erschien es im Jahre 50 n.A.E. durchaus möglich. Eine Zeitlang muss er sich sogar durch das Schweigen des Königs bestärkt gefühlt haben. Jaehaerys hatte schnell gehandelt und Alysanne in großer Hast geheiratet, doch danach schien er keine Eile zu verspüren, die Hochzeit bekannt zugeben. Sicherlich hätte er die Mittel dazu gehabt, wenn er es gewünscht hätte. Maester Culiper, der mit achtzig Jahren immer noch rüstig war, hatte schon seit den Tagen Königin Visenyas gedient und wurde von zwei jüngeren Maestern gut unterstützt. Drachenstein war bestens mit Raben ausgestattet. Ein Wort von Jaehaerys hätte genügt, um die Hochzeit von einem Ende des Reiches bis zum anderen bekannt zu geben. Doch er sprach dieses Wort nicht.

Seit jenem Tag streiten Gelehrte über die Gründe für dieses Schweigen. Bereute er seine übereilte Vermählung, wie Königin Alyssa es sich wünschte? Hatte Alysanne ihn irgendwie verstimmt? Hatte er Angst, wie das Reich auf seine Eheschließung reagieren würde, weil er sich daran erinnerte, was Aegon und Rhaena widerfahren war? War es möglich, dass ihn Septon Mattheus' finstere Prophezeiungen mehr erschüttert hatten, als er zugeben wollte? Oder war er einfach ein fünfzehnjähriger Junge, der überstürzt gehandelt hatte, ohne an die Folgen zu denken, und der nun nicht wusste, wie es weitergehen sollte?

Für all diese Erklärungen lassen sich Argumente finden, aber nach allem, was wir inzwischen über Jaehaerys I. Targaryen wissen, klingen sie wenig einleuchtend. Jung oder alt, er war ein König, der niemals gedankenlos handelte. Für den Verfasser dieses Werkes liegt es auf der Hand, dass Jaehaerys seine Vermählung nicht bereute und er auch nicht die Absicht hatte, seine Ehe aufzulösen. Er hatte die Königin erkoren, die er wollte, und er würde seine Entscheidung zu gegebener Zeit dem Reich mitteilen, aber zu einem Zeitpunkt, den er selbst bestimmte, und in einer Weise, die die Wahrscheinlichkeit erhöhte, dass seine Entscheidung auch akzeptiert wurde: wenn er erwachsen war und als König aus eigenem Recht herrschte, nicht als Knabe, der aus Trotz und gegen den Wunsch der Regentin geheiratet hatte.

Die Abwesenheit des jungen Königs vom Hof blieb nicht lange unbemerkt. Die Asche der Freudenfeuer, die zur Feier des neuen Jahres gebrannt hatten, war kaum ausgekühlt, als das Volk von Königsmund begann, Fragen zu stellen. Um die Gerüchte zum Schweigen zu bringen, ließ Königin Alyssa verbreiten, Seine Gnaden sei nach Drachenstein geflogen, dem alten Sitz seines Hauses … um sich zu erholen und zu besinnen … doch als noch mehr Zeit verging und man immer noch nichts von Jaehaerys sah und hörte, begannen Adel und Volk gleichermaßen sich zu wundern. War der König krank? Hatte man ihn aus noch unbekannten Gründen eingesperrt? Der umgängliche und stattliche Knabenkönig hatte sich in Königsmund bewegt und sich mit erkennbarer Freude unter die Menschen gemischt, sodass sein unerwartetes Verschwinden so gar nicht zu ihm zu passen schien.

Königin Alysanne hatte ihrerseits keine Eile, zum Hof zurückzukehren. »Hier habe ich dich für mich allein, Tag und Nacht«, sagte sie zu Jaehaerys. »Wenn wir zurückgehen, muss ich mich freuen, wenn ich dir eine Stunde abringen kann, denn jeder Mann in Westeros wird ein Stück von dir haben wollen.« Für sie waren diese Tage auf Drachenstein eine Idylle. »In vielen Jahren, wenn wir alt und grau sind, werden wir uns an diese Zeit zurückerinnern und lächeln, wenn wir daran denken, wie glücklich wir waren.«

Jaehaerys teilte zweifelsohne einige dieser Gefühle, doch der junge König hatte andere Gründe, auf Drachenstein zu bleiben. Anders als sein Onkel Maegor neigte er nicht zu Wutausbrüchen, aber er war mehr als fähig, Zorn zu empfinden, und nie sollte er vergessen oder vergeben, dass man ihn absichtlich von den Ratssitzungen ausgeschlossen hatte, in denen über seine Heirat und die seiner Schwester gesprochen worden war. Und während er Rogar Baratheon für alle Zeiten dafür dankbar sein würde, dass er ihm auf den Eisernen Thron geholfen hatte, beabsichtigte Jaehaerys nicht, sich von ihm beherrschen zu lassen. »Ich hatte einen Vater«, sagte er zu Maester Culiper während jener Tage auf Drachenstein. »Ich brauche keinen zweiten.« Der König schätzte die Tugenden der Hand, aber er war sich auch seiner Schwächen bewusst, Schwächen, die in der Zeit vor der Goldenen Hochzeit offensichtlich geworden waren, als Jaehaerys den Lords des Reichs Audienzen gewährt hatte, während Lord Rogar auf die Jagd ging, trank und Jungfrauen die Unschuld raubte.

Jaehaerys war sich auch seiner eigenen Unzulänglichkeiten bewusst; Unzulänglichkeiten, die er ablegen wollte, ehe er den Eisernen Thron bestieg. Sein Vater König Aenys war als schwach geschmäht worden, teilweise weil er als Krieger seinem Bruder Maegor nicht ebenbürtig gewesen war. Jaehaerys war entschlossen, dafür zu sorgen, dass niemand seinen Mut und sein Geschick im Umgang mit den Waffen infrage stellen konnte. Auf Drachenstein hatte er Ser Merrell Ochs, den Kommandanten der Burgbesatzung, dessen Söhne Ser Alyn und Ser Howard, den erfahrenen Waffenmeister Ser Elyas Sturmleiter und seine eigenen Sieben, die besten Kämpfer des Reiches. Jeden Morgen übte Jaehaerys mit ihnen im Burghof und schrie sie an, ihn härter anzugreifen, zu bedrängen und unter Druck zu setzen und ihn auf jede Weise zu attackieren, die sie kannten. Von Sonnenaufgang bis Mittag arbeitete er mit ihnen und verfeinerte seine Fähigkeiten im Umgang mit Schwert und Speer und Streitkolben und Axt, während seine neue Königin zuschaute.

Es war eine harte und brutale Schule. Jeder Kampf endete erst, wenn sich der König oder sein Gegner für tot erklärten. Jaehaerys starb so oft, dass die Männer der Besatzung sich einen Spaß daraus machten, »Der König ist tot!« zu rufen, wann immer er zu Boden ging, und »Lang lebe der König!«, wenn er sich wieder aufrappelte. Seine Gegner schlossen Wetten darauf ab, wer von ihnen den König am häufigsten töten konnte. (Sieger wurde, so hören wir, der junge Ser Pat die Waldschnepfe, dessen pfeilschneller Speer Seine Gnaden angeblich ein ums andere Mal in Rage brachte.) Abends war Jaehaerys oft verschrammt und voller blauer Flecken, was Alysanne Sorgen bereitete, aber sein Können verbesserte sich so deutlich, dass am Ende seiner Zeit auf Drachenstein der alte Ser Elyas zu ihm sagte: »Euer Gnaden, Ihr werdet nie in die Königsgarde aufgenommen werden, doch wenn durch irgendeine Zauberei Euer Onkel Maegor selbst aus dem Grab auferstünde, so würde ich meine Münzen auf Euch setzen.«

Eines Abends, an einem Tag, an dem Jaehaerys auf dem Hof übel zugerichtet worden war, fragte Maester Culiper ihn: »Euer Gnaden, warum plagt Ihr Euch so sehr? Im Reich herrscht doch Frieden.«

Der junge König lächelte nur und erwiderte: »Es herrschte auch Frieden, als mein Großvater starb, doch kaum hatte mein Vater den Thron bestiegen, da kamen die Feinde aus allen Ecken gekrochen. Sie haben ihn auf die Probe gestellt, um herauszufinden, wie stark er war. Mich werden sie ebenfalls auf die Probe stellen.«

Damit lag er nicht falsch, obwohl die erste Herausforderung, der er sich stellen musste, von ganz anderer Natur war, eine Herausforderung, auf die ihn all seine Übungen im Hof von Drachenstein nicht hatten vorbereiten können. Denn es waren sein Wert als Mann und die Liebe zu seiner kleinen Königin, die auf die Probe gestellt wurden.

Über die Kindheit Alysanne Targaryens wissen wir nur sehr wenig, denn als fünftgeborenes Kind von König Aenys und Königin Alyssa und noch dazu als Mädchen fanden die Beobachter am Hofe sie nicht so interessant wie ihre älteren Geschwister, die höher in der Thronfolge standen. Dem wenigen, das überliefert wurde, können wir entnehmen, dass Alysanne ein kluges, aber unauffälliges Mädchen war, klein, aber niemals kränklich, höflich, fügsam und mit einem süßen Lächeln und einer angenehmen Stimme gesegnet. Zur Erleichterung ihrer Eltern zeigte sie nicht die Scheu, die ihre ältere Schwester Rhaena als Kind geplagt hatte. Auch war sie nicht so eigensinnig und stur wie Rhaenas Tochter Aerea.

Als Prinzessin des Königshauses wird Alysanne natürlich von frühestem Alter an Mägde und Gesellschafterinnen gehabt haben. Als Säugling hatte sie sicherlich eine Amme, denn wie die meisten adligen Frauen stillte Königin Alyssa ihre Kinder nicht selbst. Später wird ihr ein Maester Lesen und Schreiben und Rechnen beigebracht und eine Septa sie in Frömmigkeit, gutem Benehmen und den Mysterien des Glaubens unterwiesen haben. Mädchen von gemeiner Geburt dürften ihr als Mägde gedient, ihre Wäsche gewaschen und ihren Nachttopf geleert haben, und zu gegebener Zeit wird sie Damen gleichen Alters und von edlem Blut als Gesellschafterinnen bekommen haben, die mit ihr ritten, spielten und nähten.

Alysanne suchte sich diese Gesellschafterinnen nicht selbst aus, das übernahm ihre Mutter, Königin Alyssa, und die Mädchen kamen und gingen in einem gewissen Abstand, damit die Prinzessin nicht eine von ihnen zu lieb gewann. Die Neigung ihrer Schwester Rhaena, eine Reihe von Favoritinnen, von denen manche als ganz und gar unpassend erachtet wurden, mit unziemlicher Zuneigung und Aufmerksamkeit zu überschütten, hatte am Hof für viel Gerede gesorgt, und die Königin wollte vermeiden, dass Alysanne Opfer ähnlicher Gerüchte wurde.

All das änderte sich, als König Aenys auf Drachenstein starb und sein Bruder Maegor von jenseits der Meerenge zurückkehrte und den Eisernen Thron an sich riss. Bekanntlich hegte der neue König nur wenig Zuneigung für die Kinder seines Bruders und vertraute ihnen noch weniger. Königin Alyssas Hofritter und Diener wurden zusammen mit den Dienern und Gesellschaftern ihrer Kinder entlassen, und Jaehaerys und Alysanne wurden von ihrer Großtante, der furchterregenden Visenya, als Mündel angenommen. In Wirklichkeit waren sie Geiseln und wurden nach Gutdünken anderer zwischen Driftmark, Drachenstein und Königsmund hin und her geschoben, bis Visenyas Tod im Jahre 44 n.A.E. Königin Alyssa die Gelegenheit zur Flucht bot, eine Gelegenheit, die sie bereitwillig ergriff, um mit Jaehaerys, Alysanne und dem Schwert Dunkle Schwester von Drachenstein zu fliehen.

Verlässliche Berichte über das Leben von Prinzessin Alysanne nach der Flucht gibt es nicht. Sie taucht in den Annalen des Reichs erst wieder in den letzten Tagen von Maegors blutiger Herrschaft auf, als ihre Mutter und Lord Rogar mit einem Heer aus Sturmkap kamen, während Alysanne, Jaehaerys und ihre Schwester Rhaena auf ihren Drachen in Königsmund landeten.

Ohne Zweifel hatte Prinzessin Alysanne in den Tagen, die auf Maegors Tod folgten, Zofen und Gesellschafterinnen. Ihre Namen sind uns unglücklicherweise nicht bekannt. Wir wissen allerdings, dass keine von ihnen die Prinzessin begleitete, als sie und Jaehaerys auf ihren Drachen aus dem Roten Bergfried flohen. Abgesehen von den sieben Rittern der Königsgarde, der Burgbesatzung, den Köchen, Stallburschen und anderen Dienern wartete dem König und seiner Braut niemand auf.

Einer Prinzessin war das kaum angemessen, ganz zu schweigen von einer Königin. Alysanne brauchte ihren eigenen Haushalt, und darin sah ihre Mutter Alyssa eine Gelegenheit, die Ehe ihrer Kinder zu untergraben und vielleicht sogar aufzulösen. Die Königin Regentin entschied sich, eine sorgsam ausgewählte Gruppe von Gesellschafterinnen und Dienerinnen nach Drachenstein zu schicken, die sich um die Bedürfnisse der jungen Königin kümmern sollten. Dieser Plan, so versichert uns Großmaester Benifer, war Königin Alyssas Plan … doch Lord Rogar stimmte ihm von Herzen zu, denn er sah sofort die Möglichkeit, ihn zugunsten seiner eigenen Interessen zu beeinflussen.

Der betagte Septon Oswyck, der die Trauung von Jaehaerys und Alysanne durchgeführt hatte, betreute die Septe auf Drachenstein, doch eine junge Dame von königlichem Blut bedurfte einer Person ihres Geschlechts, die sie in religiösen Angelegenheiten unterwies. Königin Alyssa schickte ihr drei, die respekteinflößende Septa Ysabel und zwei wohlgeborene Novizinnen in Alysannes Alter, Lyra und Edyth. Für die Aufsicht über die Dienstmädchen und Zofen in Alysannes Haushalt entsandte sie Lady Lucinda Tully, die Gemahlin des Lords von Schnellwasser, deren unerschütterliche Frömmigkeit im ganzen Land bekannt war. Begleitet wurde sie von ihrer jüngeren Schwester Ella aus dem Hause Ginster, einem bescheidenen Mädchen, deren Namen einst auch kurz bei der Suche nach einer Braut für Jaehaerys gefallen war. Lord Celtigars Töchter, über die die Hand kürzlich noch gehöhnt hatte, sie hätten kein Kinn, keine Brüste und keinen Verstand, gingen ebenfalls nach Drachenstein. (»Wir können sie uns ja auch zunutze machen«, soll Lord Rogar zu ihrem Vater gesagt haben.) Drei weitere Mädchen von edler Geburt bildeten den Rest der Gesellschaft, jeweils eins aus dem Grünen Tal, den Sturmlanden und der Weite: Jennis aus dem Hause Tempelheim, Coryanne aus dem Hause Wyld und Rosamunde aus dem Hause Ball.

Königin Alyssa wollte ohne Zweifel, dass ihrer Tochter angemessene Gesellschafterinnen in ihrem eigenen Alter und von ihrem eigenen Rang aufwarteten, aber das war nicht der einzige Beweggrund, warum sie diese Damen nach Drachenstein schickte. Septa Ysabel, die Novizinnen Edyth und Lyra sowie die äußerst fromme Lady Lucinda und ihre Schwester hatten noch eine andere Aufgabe. Die Königin Regentin hoffte, dass diese überaus rechtschaffenen Frauen Alysanne und möglicherweise auch Jaehaerys davon überzeugen könnten, dass es in den Augen des Glaubens eine Abscheulichkeit war, wenn Bruder und Schwester beieinanderlagen. »Die Kinder« (wie Alyssa den König und die Königin weiterhin nannte) waren nicht schlecht, sondern nur jung und eigensinnig; wenn sie sie angemessen unterwiesen, würden sie ihren Fehler vielleicht einsehen und ihre Heirat bereuen, ehe das Reich darüber auseinanderbrach. Jedenfalls betete sie dafür.

Lord Rogar hatte niederträchtigere Gründe. Da die Hand sich nicht auf die Loyalität der Burgbesatzung oder der Ritter der Königsgarde verlassen konnte, brauchte er Augen und Ohren auf Drachenstein. Alles, was Jaehaerys und Alysanne sagten und taten, sollte ihm berichtet werden, schärfte er Lady Lucinda und den anderen ein. Er war besonders daran interessiert, wann und ob der König und die Königin beabsichtigten, ihre Ehe zu vollziehen. Das, so betonte er, müsse um jeden Preis verhindert werden.

Und vielleicht gab es da noch mehr.

In diesem Zusammenhang müssen wir uns leider nun einem gewissen geschmacklosen Buch zuwenden, das in Westeros ungefähr vierzig Jahre nach den hier besprochenen Ereignissen erstmals zirkulierte. Abschriften dieses Buches gehen an den übelsten Orten des Reiches immer noch von Hand zu Hand und werden häufig in bestimmten Bordellen gefunden (jenen, die sich an Gäste wenden, die des Lesens mächtig sind) oder in den Bibliotheken von Männern zweifelhafter Moral, wo sie idealerweise unter Verschluss gehalten werden, damit sie Jungfrauen, Gevatterinnen, Kindern sowie Keuschen und Frommen nicht unter die Augen kommen.

Das betreffende Buch ist unter verschiedenen Titeln bekannt, unter anderem als *Die Sünden des Fleisches, Die Hohen und die Niederen, Die Geschichte einer Dirne* und *Die Verderbtheit der Menschen*, doch in allen Fassungen trägt es den gleichen Untertitel: *Eine War-*

nung an alle jungen Mädchen. Das Werk gibt vor, das Zeugnis einer jungen Frau von adliger Geburt zu sein, die ihre Tugend einem Stallburschen in der Burg ihres Hohen Vaters geschenkt hat, ein uneheliches Kind zur Welt brachte und sich von da an an jeder Sündhaftigkeit beteiligt hat, die man sich nur vorzustellen vermag, und ein langes Leben in Sünde, Leid und Sklaverei verbrachte.

Falls die Geschichte der Verfasserin tatsächlich wahr ist (einigen Teilen mangelt es an Glaubwürdigkeit), war sie im Laufe ihres Lebens die Zofe einer Königin, die Mätresse eines jungen Ritters, eine Marketenderin in den Umstrittenen Landen von Essos, eine Schankmagd in Myr, eine Mimin in Tyrosh, das Spielzeug einer Korsarenkönigin auf den Basiliskeninseln, eine Sklavin in Alt-Volantis (wo sie tätowiert wurde, Ohrringe und einen Halsring erhielt), die Magd eines Hexenmeisters aus Qarth und schließlich die Herrin eines Freudenhaus in Lys … ehe sie schließlich nach Altsass und zum Glauben zurückkehrte. Angeblich beendete sie ihr Leben als Septa in der Sternensepte, wo sie die Geschichte ihres Lebens niederschrieb, um andere junge Mädchen davor zu warnen, den gleichen Weg einzuschlagen.

Die lasziven Einzelheiten der erotischen Abenteuer sollen uns an dieser Stelle nicht interessieren. Vielmehr gilt unser Augenmerk hier dem frühen Teil ihrer schäbigen Geschichte, der Schilderung ihrer Jugend … denn die angebliche Verfasserin von *Eine Warnung an alle jungen Mädchen* soll keine andere als Coryanne Wyld sein, eines der Mädchen, die als Gesellschafterinnen der kleinen Königin nach Drachenstein geschickt wurden.

Es ist uns nicht möglich, den Wahrheitsgehalt ihrer Geschichte zu überprüfen, nicht einmal, ob sie tatsächlich die Verfasserin dieses berüchtigten Werkes war (manche legen recht plausibel dar, dass der Text aus verschiedenen Federn stammen könnte, da sich der Stil von Episode zu Episode deutlich unterscheidet). Lady Coryannes frühe Geschichte wird jedoch von den Aufzeichnungen des Maesters bestätigt, der in ihrer Jugend in Regenheim diente. Im Alter von dreizehn Jahren, so berichtet er, wurde Lord Wylds jüngere Tochter tatsächlich von einem »ruppigen Burschen« aus den Stallungen verführt und entjungfert. In *Eine Warnung an alle jungen Mädchen* wird dieser Bursche als hübscher Junge in ihrem eigenen Alter beschrieben, doch der Bericht des Maesters weicht davon ab und stellt den Verführer als pockennarbigen Halunken von dreißig Jahren dar, der sich allein durch ein »Geschlechtsteil so mächtig wie das eines Hengstes« hervortat.

Wie dem auch sei, der »ruppige Kerl« wurde kastriert und zur Mauer geschickt, sobald seine Tat bekannt wurde, während Lady Coryanne in ihren Gemächern eingesperrt wurde, bis sie ihren Bastard geboren hatte. Der Junge wurde gleich nach der Geburt nach Sturmkap geschickt, wo er von einem der Haushofmeister der Burg und seiner unfruchtbaren Frau als Mündel aufgenommen wurde.

Den Aufzeichnungen des Maesters zufolge wurde der Bastardjunge im Jahre 48 n.A.E. geboren. Lady Coryanne wurde danach streng überwacht, und nur wenige außerhalb der Mauern von Regenheim wussten von ihrer Schande. Als der Rabe kam und sie nach Königsmund rief, schärfte ihre Hohe Mutter ihr ein, dass sie niemals über ihr Kind oder über ihre Sünde reden dürfe. »Im Roten Bergfried werden sie dich für eine Jungfrau halten.« Doch als das Mädchen, begleitet von ihrem Vater und einem Bruder unterwegs zur Stadt war, hielten sie für die Nacht am Südufer des Schwarzwassers in einem Gasthaus bei der Fährstelle. Dort erwartete ein gewisser großer Lord ihre Ankunft.

Und hier wird die Geschichte noch verworrener, denn wer der Mann bei dem Gasthaus war, ist ziemlich umstritten, sogar unter jenen, die *Eine Warnung an alle jungen Mädchen* ein Quäntchen Wahrheit zubilligen.

Im Verlauf der Jahre und Jahrhunderte, während das Buch abgeschrieben und wieder abgeschrieben wurde, haben sich viele Veränderungen und Verbesserungen in den Text eingeschlichen. Die Maester, die in der Zitadelle arbeiten und Bücher kopieren, sind dazu ausgebildet, das Original streng Wort für Wort wiederzugeben, doch nur wenige weltliche Schreiber verfügen über solche Disziplin. Die Septone, Septas und heiligen Schwestern, die Bücher für den Glauben kopieren und illustrieren, lassen oft Passagen aus oder ändern sie, wenn sie die Sätze für anstößig, obszön oder theologischen Unsinn halten. Da im Prinzip das ganze Werk *Eine Warnung an alle jungen Mädchen* obszön ist, wurde es vermutlich nie von einem Maester oder einem Septon kopiert. Angesichts der Anzahl der Kopien (Hunderte, obwohl noch viel mehr von Baelor dem Seligen verbrannt wurden) dürfte es sich bei den meisten Schreibern um Septone gehandelt haben, die wegen Trunkenheit, Diebstahl oder Unzucht aus dem Glauben verstoßen wurden, um gescheiterte Schüler, die die Zitadelle ohne Kette verließen, um bezahlte Schreiber aus den Freien Städten oder um Mimen (die Schlimmsten von allen). Da es ihnen an der Sorgfalt der Maester mangelt, nehmen sich solche Schreiber oft die Freiheit heraus, die von ihnen kopierten Texte zu »verbessern«. (Diese Marotte findet man besonders häufig bei Mimen.)

Im Falle von *Eine Warnung an alle jungen Mädchen* bestanden solche »Verbesserungen« meistens darin, weitere sittenlose Episoden hinzuzufügen und die bestehenden Episoden zu verändern, um sie noch schockierender und lüsterner zu gestalten. Über die Jahre folgte eine Änderung der anderen, und es wurde immer schwieriger, die ursprünglichen Textbestandteile zu bestimmen, sodass sich, wie bereits erwähnt, sogar die Maester in der Zitadelle nicht über den genauen Titel des Buchs im Klaren sind. Wer der Mann war, den Coryanne Wyld im Gasthaus an der Fähre traf, falls eine solche Begegnung überhaupt stattfand, ist ebenfalls umstritten. In den Abschriften mit den Titeln *Die Sünden des Fleisches* und *Die Hohen und die Niederen* (die in der Regel ältere Fassungen sind und die kürzesten) soll es sich bei dem Mann im Gasthaus um Ser Borys Baratheon gehandelt haben, den ältesten der vier Brüder von Lord Rogar. In *Die Geschichte einer Dirne* und *Die Verderbtheit der Menschen* allerdings handelt es sich bei dem Mann um Lord Rogar höchstselbst.

Alle Fassungen stimmen darin überein, was als Nächstes geschah. Der Lord schickte Lady Coryannes Vater und Bruder hinaus und befahl dem Mädchen, sich auszuziehen, damit er sie untersuchen könne. »Er strich mit den Händen über meinen ganzen Körper«, schreibt sie, »und hieß mich, mich hierhin zu drehen und dorthin, mich zu bücken und zu strecken und meine Beine vor seinen Augen zu öffnen, bis er schließlich seine Zufriedenheit kundtat.« Erst dann verriet ihr der Mann, aus welchem Grund sie nach Königsmund gerufen worden war. Sie sollte als vorgebliche Zofe nach Drachenstein geschickt werden, um Prinzessin Alysanne als Gesellschafterin zu dienen, doch sobald sie dort war, sollte sie ihren Körper und ihre weiblichen Reize dazu einzusetzen, um den König in ihr Bett zu locken.

»Wahrscheinlich ist Jaehaerys noch jungfräulich und vollkommen in seine Schwester vernarrt«, erklärte dieser Mann ihr angeblich, »aber Alysanne ist noch ein Kind, und Ihr seid eine Frau, die jeder Mann begehren würde. Sobald Seine Gnaden von Eurem Zauber gekostet hat, wird er vielleicht wieder zu Sinnen kommen und dieses törichte Ehespiel beenden. Und wer weiß, vielleicht wird er Euch hinterher sogar behalten? Natürlich kommt eine Heirat nicht infrage, aber Ihr würdet Edelsteine, Diener und was immer Ihr wünscht, bekommen. Für die Bettwärmer eines Königs gibt es reiche Belohnungen. Wenn Prinzessin Alysanne Euch zusammen im Bett erwischt, umso besser. Sie ist ein stolzes Mädchen und würde einen untreuen Gemahl rasch verlassen. Und wenn Ihr erneut schwanger werdet, wird man gut für Euch und Euer Kind sorgen, und auch Euer Vater und Eure Mutter werden für Eure Dienste an der Krone reich belohnt.*

Dürfen wir dieser Geschichte Glauben schenken? Mit so großem zeitlichen Abstand zu den Ereignissen, deren Mitwirkende längst verstorben sind, lässt sich das nicht mehr sagen. Abgesehen von dem Zeugnis des Mädchens selbst haben wir keine Quelle, die uns belegen würde, dass dieses Treffen an der Fähre tatsächlich stattge-

---

* In manchen Abschriften von *Die Geschichte einer Dirne* folgt hier eine weitere amouröse Episode, in der Lord Rogar selbst geschlechtlichen Verkehr mit dem Mädchen hat, und zwar »die ganze Nacht lang«, aber hierbei handelt es sich mit an Sicherheit grenzender Wahrscheinlichkeit um einen späteren Zusatz von einem lüsternen Schreiber oder verdorbenen Kuppler.

funden hat. Und falls sich ein Baratheon tatsächlich im Geheimen mit Coryanne Wyld getroffen hat, ehe sie Königsmund erreichte, können wir nicht wissen, was zwischen ihnen besprochen wurde. Es hätte sich auch schlicht um eine Einführung in ihre Pflichten als Spionin und Agentin handeln können, so wie auch die anderen Mädchen unterwiesen wurden.

Erzmaester Krai, der in der Zitadelle in den letzten Jahren von König Jaehaerys' langer Herrschaft schrieb, hielt das Treffen in dem Gasthaus für eine ungeschickte Verleumdung, die Lord Rogars Ruf beschädigen sollte, und ging sogar so weit, die Lüge Ser Borys Baratheon selbst in den Mund zu legen, der sich später erbittert mit seinem Bruder gestritten hat. Andere Gelehrte, darunter auch Maester Ryben, der führende Fachmann der Zitadelle für verbannte, verbotene, lügenhafte und obszöne Texte, hält die Geschichte für nichts als eine derbe Erzählung der Art, wie sie die wollüstigen Gefühle junger Knaben, Bastarde, Huren und der Männer, die sich ihrer Gunst erfreuen, erregt. »Im gemeinen Volk gibt es immer diese lüsternen Kerle, die sich an Geschichten großer Lords und edler Ritter laben, welche Jungfrauen missbrauchen«, schrieb Ryben, »denn dann glauben sie, diese Hochgeborenen frönten der gleichen niederen Lust wie sie.«

Vielleicht. Allerdings gibt es einige gesicherte Tatsachen, die es uns erlauben, eigene Schlüsse zu ziehen. Wir wissen zum Beispiel, dass Morgan Wylds jüngere Tochter in frühem Alter entjungfert wurde und einen Bastardsohn zur Welt gebracht hat. Wir können uns ziemlich sicher sein, dass Lord Rogar von ihrer Schande wusste, denn er war nicht nur Lord Morgans Lehnsherr, sondern das Kind wurde überdies in seinem Haushalt untergebracht. Wir wissen, dass Coryanne Wyld zu den Mägden gehörte, die nach Drachenstein geschickt wurden, um Königin Alysanne als Gesellschafterinnen zu dienen … eine ausgesprochen seltsame Wahl, denn wenn lediglich eine Hofdame gebraucht wurde, standen Dutzende anderer junger Mädchen von edler Geburt im passenden Alter zur Verfügung, Mädchen, deren Jungfräulichkeit noch intakt war und deren Tugend außer Frage stand.

»Warum sie?«, fragten daher in den folgenden Jahren viele. Hatte sie eine besondere Gabe, war sie besonders bezaubernd? Wenn dem so war, hat es damals niemand bemerkt. Könnten Lord Rogar oder Königin Alyssa Coryannes Hohem Vater oder ihrer Hohen Mutter für einen früheren Gefallen oder Dienst etwas schuldig gewesen sein? Nirgendwo ist etwas Derartiges vermerkt. Es wurde nie eine plausible Erklärung für die Wahl von Coryanne Wyld geliefert, außer dieser einfachen, hässlichen Antwort, die wir in *Eine Warnung an alle jungen Mädchen* finden: Sie wurde nicht für Alysanne nach Drachenstein geschickt, sondern für Jaehaerys.*

Die Aufzeichnungen des Hofes deuten an, dass Septa Ysabel, Lady Lucinda und die anderen Frauen, die für Alysanne Targaryens Haushalt ausgesucht worden waren, im Morgengrauen des siebten Tages des zweiten Mondes im Jahre 50 n.A.E. an Bord der Handelsgaleere *Weise Frau* gingen und mit der Morgenflut nach Drachenstein in See stachen. Königin Alyssa hatte Raben nach Drachenstein geschickt, um ihre Kinder über die bevorstehende Ankunft der Damen in Kenntnis zu setzen, dennoch hatte sie einige Sorge, dass die Weisen Frauen, wie sie von da an genannt werden würden, die Tore von Drachenstein geschlossen vorfinden würden. Diese Furcht erwies sich jedoch als unbegründet. Die kleine Königin und zwei Männer der Königsgarde erwarteten sie im Hafen, als sie von Bord gingen, und Alysanne begrüßte jede von ihnen mit einem frohen Lächeln und Geschenken.

Ehe wir dazu kommen, was danach geschah, wollen wir unseren Blick zunächst kurz zur Schönen Insel wenden, wo Rhaena Tar-

* Viele Jahre später, so heißt es, als König Aegon IV. einmal betrunken war, soll jemand in seiner Gegenwart auf das Thema zu sprechen gekommen sein. Seine Gnaden hat angeblich gelacht und seiner Überzeugung Ausdruck verliehen, dass Lord Rogar, wenn er denn kein Narr gewesen sei, *alle* Jungfrauen, die er nach Drachenstein schickte, angewiesen habe, den jungen König zu verführen, denn die Hand konnte ja nicht wissen, welcher von ihnen Jaehaerys den Vorzug geben würde. Dieser schändliche Gedanke fand im gemeinen Volk viele Anhänger, doch es gibt keinerlei Beweise dafür, und deshalb können wir sie hier sicher außer Acht lassen.

garyen, die »Königin des Westens«, mit ihrem neuen Gemahl und ihrem eigenen Hof residierte.

Wir erinnern uns, dass Königin Alyssa von der dritten Vermählung ihrer ältesten Tochter genauso wenig erfreut war wie von der Hochzeit, die ihr Sohn bald feiern würde, obgleich Rhaenas Ehe natürlich längst nicht so bedeutend war. Mit dieser Ansicht stand sie nicht allein, denn Androw Weitmann war gewiss eine eigenartige Wahl für eine Frau, in deren Adern das Blut des Drachen floss.

Androw, der als zweiter Sohn Lord Weitmanns noch nicht einmal dessen Erbe war, soll ein schöner Junge mit hellblauen Augen und langem flachsblondem Haar gewesen sein, aber er war neun Jahre jünger als die Königin, und selbst am Hof seines Vaters wurde er von manchen als »halbes Mädchen« verspottet, denn er sprach leise und hatte ein sanftes Wesen. Als Knappe war er auf ganzer Linie gescheitert und hatte daher nie den Ritterschlag erhalten, und er verfügte auch über keine der kriegerischen Fähigkeiten seines Hohen Vaters und seines älteren Bruders. Eine Zeitlang hatte sein Vater überlegt, ob er ihn nach Altsass schicken sollte, damit er eine Maesterkette schmiedete, bis sein eigener Maester ihm mitteilte, dass der Junge einfach nicht klug genug sei und kaum richtig lesen und schreiben könne. Später, als Rhaena Targaryen gefragt wurde, weshalb sie einen so wenig verheißungsvollen Gemahl gewählt hatte, antwortete sie nur: »Er war nett zu mir.«

Androws Vater war ebenfalls nett zu ihr gewesen und hatte ihr nach der Schlacht unter dem Götterauge Zuflucht auf der Schönen Insel gewährt, als ihr Onkel König Maegor ihre Ergreifung verlangte und die Armen Gefährten im Reiche sie als widerwärtige Sünderin und ihre Kinder als Abscheulichkeiten anprangerten. Mancher mag vielleicht auf den Gedanken gekommen sein, die verwitwete Königin habe Androw zum Teil zum Mann genommen, um seinem Vater die Güte zu vergelten, denn von Lord Weitmann, der selbst ein zweitgeborener Sohn war, der nie erwartet hatte zu herrschen, war bekannt, dass er trotz seiner Unzulänglichkeiten eine große Zuneigung für Androw hegte. Vielleicht enthält diese Vermutung ein paar Körnchen Wahrheit, aber eine andere Möglichkeit, die zuerst von Lord Weitmanns Maester ins Spiel gebracht wurde, trifft wohl eher ins Schwarze. »Die Königin hat ihre wahre Liebe auf der Schönen Insel gefunden«, schreibt Maester Smik an die Zitadelle, »aber nicht in Androw, sondern in seiner Schwester Lady Elissa.«

Elissa Weitmann war drei Jahre älter als Androw und hatte die gleichen blauen Augen und das gleiche lange flachsblonde Haar wie ihr Bruder, doch ansonsten unterschied sie sich so sehr von ihm, dass man sie kaum für Geschwister gehalten hätte. Sie hatte einen scharfen Verstand und eine noch schärfere Zunge, sie liebte Pferde, Hunde und Falken. Sie war eine gute Sängerin und eine geübte Bogenschützin, doch ihre große Liebe galt dem Segeln. *Der Wind Ist Unser Ross* waren die Worte der Weitmanns von der Schönen Insel, die seit dem Zeitalter der Dämmerung die Meere des Westens befuhren, und Lady Elissa lebte diese Worte. Als Kind soll sie mehr Zeit auf dem Meer als an Land verbracht haben. Die Mannschaften ihres Vaters lachten, wenn sie wie ein Affe in der Takelage der Schiffe herumkletterte. Im zarten Alter von vierzehn Jahren umsegelte sie mit ihrem eigenen Boot die Schöne Insel, und mit zwanzig war sie bereits nach Norden bis zur Bäreninsel und im Süden bis zum Arbor gefahren. Oft sprach sie, sehr zum Entsetzen ihres Hohen Vaters und ihrer Hohen Mutter, über ihre Sehnsucht, mit einem Schiff in den westlichen Horizont hinauszusegeln, um zu erforschen, welche fremden und wundersamen Länder auf der anderen Seite des Meers der Abenddämmerung lagen.

Lady Elissa war zweimal verlobt gewesen, einmal mit zwölf und einmal mit sechzehn Jahren, doch sie hatte beide Jungen in die Flucht geschlagen, wie ihr Vater bedauernd einräumte. In Rhaena Targaryen jedoch fand sie eine gleichgesinnte Gefährtin und die Königin in ihr eine neue Vertraute. Zusammen mit Alayne Rois und Samantha Schurwerth, zwei der ältesten Freunde Rhaenas, wurden sie fast unzertrennlich, ein Hof innerhalb des Hofes, den Ser Franklyn Weitmann, Lord Marqs älterer Sohn, »die vierköpfige Bestie« nannte. Androw Weitmann, Rhaenas neuer Gemahl, wurde von Zeit zu Zeit in ihrem Kreis willkommen geheißen, doch nicht oft genug, um als fünfter Kopf zu gelten. Bezeichnenderweise ließ ihn Königin Rhaena niemals auf ihrem Drachen Traumfeuer mitfliegen, ein Abenteuer, zu dem sie Lady Elissa, Lady Alayne und Lady Sam häufig einlud. (Der Gerechtigkeit halber müssen wir hier anfügen, dass es mehr als nur wahrscheinlich ist, dass die Königin Androw ebenfalls einlud, er jedoch ablehnte, weil er alles andere als abenteuerlustig war.)

Es wäre allerdings ein Fehler, Königin Rhaenas Zeit in Schönburg als Idylle zu betrachten. Nicht jeder begrüßte ihre Anwesenheit. Selbst hier auf diesem abgelegenen Eiland gab es Arme Gefährten, die erzürnt darüber waren, dass Lord Marq wie sein Vater vor ihm einer Person Unterstützung und Zuflucht gewährte, die sie als Feindin des Glaubens betrachteten. Auch Traumfeuers Anwesenheit sorgte auf der Insel für Probleme. Wenn man einen Drachen nur alle paar Jahre sah, war er ein Wunder und ein Schrecken, und tatsächlich waren einige Bewohner der Schönen Insel stolz darauf, »unseren eigenen Drachen zu haben«. Andere jedoch hatten Angst vor der großen Bestie, besonders, je größer … und hungriger sie wurde. Einen Drachen im Wachstum zu füttern ist eine Herausforderung. Und als bekannt wurde, dass Traumfeuer ein Gelege hatte, begann ein Bettelbruder aus den Hügeln im Inneren der Insel zu predigen, die Schöne Insel werde bald von Drachen heimgesucht werden, die »Schafe und Kühe und Menschen verschlingen«, sofern nicht ein Drachentöter hervorträte und dieser Plage ein Ende bereite. Lord Weitmann schickte Ritter aus, die den Mann ergriffen und zum Schweigen brachten, doch da hatten schon Tausende seine Prophezeiungen gehört. Zwar starb der Prediger im Kerker unter Schönburg, doch seine Worte lebten weiter und verbreiteten Angst unter den Unwissenden, wo immer sie gehört wurden.

Sogar innerhalb der Mauern von Lord Weitmanns Sitz hatte Königin Rhaena Feinde, und zwar zuvörderst Lord Marqs Erben selbst. Ser Franklyn hatte in der Schlacht unter dem Götterauge gekämpft, dort eine Verletzung erlitten und sein Blut in den Diensten Prinz Aegons des Ungekrönten vergossen. Sein Großvater war zusammen mit seinem ältesten Sohn auf dem Schlachtfeld geblieben, und Ser Franklyn war die Aufgabe zugefallen, ihre Leichen heim auf die Schöne Insel zu bringen. Rhaena Targaryen schien ihm nur wenig Reue für das Leid zu zeigen, das sie über das Haus Weitmann gebracht hatte, und ihm persönlich zu wenig Dank zu erweisen. Auch grollte er ihr wegen der Freundschaft, die sie mit seiner Schwester Elissa geschlossen hatte – statt sie in ihrem Lebensstil, den er als wild und eigenwillig ansah, noch zu unterstützen, sollte die Königin Lady Elissa lieber dazu anhalten, ihre Pflicht gegenüber ihrem Haus zu erfüllen, indem sie eine gute Partie machte und Kinder gebar. Außerdem gefiel es ihm nicht, dass die vierköpfige Bestie irgendwie stets im Mittelpunkt des Hoflebens in Schönburg zu stehen schien, während sein Hoher Vater und er selbst kaum noch beachtet wurden. Damit hatte er durchaus recht. Mehr und mehr hochgeborene Lords aus den Westlanden und auch der weiteren Umgebung besuchten die Schöne Insel, wie Maester Smik berichtet, aber wenn sie kamen, ersuchten sie eher die Königin des Westens um eine Audienz als den kleinen Lord einer kleinen Insel und dessen Sohn.

Solange Marq Weitmann in Schönburg herrschte, kümmerten sich die Königin und ihre Vertrauten kaum um diese Verstimmungen, denn Lord Weitmann war ein liebenswürdiger, gutmütiger Mann, der all seine Kinder liebte, seine eigensinnige Tochter und seinen schwächlichen Sohn inbegriffen, und er liebte auch Rhaena Targaryen, allein schon, weil sie seine Kinder liebte. Doch keine vierzehn Tage nachdem die Königin und Androw Weitmann ihren ersten Hochzeitstag gefeiert hatten, starb Lord Marq unerwartet an seiner eigenen Tafel. Er erstickte mit sechsundvierzig Jahren an einer Fischgräte. Und nach seinem Tod wurde Ser Franklyn der Lord der Schönen Insel.

Er vergeudete keine Zeit. Am Tag nach der Beerdigung seines Vaters rief er Rhaena in seine große Halle (er hätte sich nie herabgelassen, zu ihr zu gehen) und befahl ihr, sich von seiner Insel zu entfernen. »Ihr seid hier nicht mehr erwünscht«, sagte er, »Ihr seid hier nicht willkommen. Nehmt Euren Drachen und Eure Freundinnen und meinen kleinen Bruder, der sich gewisslich in die Hose machen würde, wenn er allein hier bleiben müsste, und geht. Aber wagt es nicht, meine Schwester mitzunehmen. Sie wird hierbleiben und einen Mann meiner Wahl heiraten.«

Franklyn Weitmann mangelte es nicht an Mut, wie Maester Smik in einem Brief an die Zitadelle schreibt. Dafür mangelte es ihm allerdings an Verstand, und er begriff nicht, wie nah er in diesem Augenblick dem Tode war. »Ich sah das Feuer in ihren Augen«, sagte der Maester, »und einen Augenblick lang sah ich Schönburg brennen, die weißen Türme verkohlen und ins Meer stürzen, während ein Flammenmeer aus jedem Fenster loderte und der Drache eine Runde nach der anderen über der Burg drehte.«

Rhaena Targaryen war vom Blut des Drachen und viel zu stolz, um zu verweilen, wo sie nicht erwünscht war. Sie verließ die Schöne Insel noch in derselben Nacht und flog nach Casterlystein, nachdem sie ihren Gemahl und ihre Gesellschafterinnen angewiesen hatte, ihr per Schiff zu folgen »zusammen mit allen, die mich lieben«. Als Androw voller Wut anbot, seinen Bruder zum Zweikampf herauszufordern, brachte die Königin ihn rasch davon ab. »Er würde dich in Stücke hacken, mein Geliebter«, sagte sie zu ihm, »und wenn ich zum dritten Mal Witwe würde, würden mich die Leute eine Hexe oder noch Schlimmeres nennen und mich aus Westeros verjagen.« Lyman Lennister, der Lord von Casterlystein, hatte ihr schon früher Zuflucht gewährt, erinnerte sie ihn. Königin Rhaena war zuversichtlich, dass er sie erneut willkommen heißen würde.

Androw Weitmann, Samantha Schurwerth und Alayne Rois machten sich am nächsten Morgen auf, um der Königin zu folgen, und zwar in Gesellschaft von über vierzig Freunden, Dienern und Hofschranzen der Königin, denn Ihre Gnaden hatte als Königin des Westens eine ansehnliche Koterie um sich geschart. Lady Elissa befand sich ebenfalls darunter, denn sie hatte nicht die Absicht zurückzubleiben; ihr Schiff, die *Jungfrauengrille*, lag für die Überfahrt bereit. Doch als die Gesellschaft der Königin im Hafen ankam, erwartete sie Ser Franklyn dort. Die Übrigen könnten gehen, und zwar auf Nimmerwiedersehen, so verkündete er, aber seine Schwester würde die Schöne Inseln nicht verlassen und sich hier verheiraten.

Der neue Lord hatte allerdings nur ein halbes Dutzend Männer mitgebracht, und er hatte die Liebe des Volkes für seine Schwester vollkommen unterschätzt, insbesondere die Gefühle, die die Seeleute, Schiffsbauer, Fischer, Lastenträger und anderen Bewohner des Hafenviertels ihr entgegenbrachten, von denen sie viele schon seit ihrer Kindheit kannten. Als sich Lady Elissa ihrem Bruder trotzig entgegenstellte und verlangte, er solle ihr aus dem Weg gehen, versammelte sich eine Menge um sie, die zunehmend wütender wurde. Lord Weitmann achtete nicht darauf und versuchte seine Schwester zu ergreifen … worauf die Umstehenden nach vorn drängten und seine Männer überwältigten, ehe sie die Schwerter ziehen konnten. Drei von ihnen wurden vom Anleger ins Wasser gestoßen, während Lord Franklyn selbst in einen Frachtraum geworfen wurde, der mit frisch gefangenem Kabeljau gefüllt war. Elissa Weitmann und die anderen Freunde der Königin konnten ungehindert an Bord der *Jungfrauengrille* gehen und nach Lennishort in See stechen.

Lyman Lennister, der Lord von Casterlystein, hatte Rhaena und ihrem Gemahl Aegon dem Ungekrönten Unterschlupf gewährt, als Maegor der Grausame ihre Köpfe verlangte. Sein Bastardsohn, Ser Tyler Hügel, hatte mit Prinz Aegon unter dem Götterauge gekämpft. Lord Lymans Gemahlin, die respekteinflößende Lady Jocasta aus dem Hause Tarbeck, hatte sich mit Rhaena während ihrer Zeit auf dem Stein angefreundet und als Erste ihre Schwangerschaft bemerkt. Wie die Königin erwartet hatte, wurde sie auch dieses Mal willkommen geheißen, und als der Rest ihrer Gesellschaft in Lennishort landete, wurden alle ebenfalls gastfreundlich aufgenommen. Zu ihren Ehren wurde ein verschwenderisches Fest gegeben, Traumfeuer erhielt einen ganzen Stall für sich allein, und Königin Rhaena, ihr Gemahl und ihre Gefährtinnen aus der vierköpfigen Bestie erhielten einen ganzen Trakt königlicher Gemächer tief in den Eingeweiden des Steins, wo sie vor jeder Bedrohung sicher waren. Dort verweilten sie länger als einen Mondwandel und genossen die Gastfreundschaft des reichsten Hauses in ganz Westeros.

Doch im Laufe der Zeit wurde gerade diese innige Gastfreundschaft für Rhaena Targaryen immer beunruhigender. Ihr wurde klar, dass die Mägde und Diener, die man ihnen zugewiesen hatte, Agenten und Spione waren, die Lord und Lady Lennister alles berichteten, was Rhaena und ihre Gesellschaft unternahmen. Eine der Burgseptas erkundigte sich bei Samantha Schurwerth, ob die Ehe der Königin mit Androw Weitmann je vollzogen worden war, und wenn, ob es Zeugen für das Betten gab. Ser Tyler Hügel, Lord Lymans hübscher Bastardsohn, verhöhnte Androw in aller Öffentlichkeit, während er sich gleichzeitig alle Mühe gab, sich bei Rhaena einzuschmeicheln, sie mit Geschichten über seine Heldentaten in der Schlacht unter dem Götterauge unterhielt und ihr die Narben zeigte, die er dort »in Diensten Eures Aegons« erworben hatte. Lord Lyman selbst begann unziemliches Interesse an den drei Dracheneiern zu zeigen, die die Königin von der Schönen Insel mitgebracht hatte, und dachte laut darüber nach, wie und wann wohl junge Drachen schlüpfen würden. Seine Hohe Gemahlin Lady Jocasta schlug unter vier Augen vor, dass ein oder mehrere Eier ein wundervolles Geschenk abgeben würden, falls Ihre Gnaden dem Hause Lennister ihre Dankbarkeit ausdrücken wolle. Als diese List keinen Erfolg zeitigte, bot Lord Lyman Rhaena unverblümt an, die Eier für eine schwindelerregende Summe Gold zu kaufen.

Der Lord von Casterlystein wollte mehr als nur einen Gast von hoher Geburt, erkannte Königin Rhaena. Hinter seiner freundlichen Fassade verbarg sich zu viel Hinterlist und Ehrgeiz, um sich mit so wenig zufriedenzugeben. Er wollte ein Bündnis mit dem Eisernen Thron, möglicherweise durch Vermählung zwischen ihr und seinem Bastard oder mit einem seiner ehelich geborenen Söhne. Eine Verbindung, durch die sich die Lennisters über die Hohenturms, die Baratheons und die Velaryons erheben und zum zweiten Haus des Reiches aufsteigen konnten. Und er wollte *Drachen*. Mit eigenen Drachenreitern wären die Lennisters den Targaryen ebenbürtig. »Einst waren sie Könige«, rief Rhaena Sam Schurwerth in Erinnerung. »Er lächelt, aber er ist mit den Geschichten vom Feld des Feuers aufgewachsen, und er wird sie nicht vergessen haben.« Rhaena Targaryen war mit der in Blut und Feuer geschriebenen Geschichte des Freistaats von Valyria wohl vertraut. »Wir können hier nicht bleiben«, vertraute sie ihren teuren Gefährtinnen an.

An dieser Stelle müssen wir Königin Rhaena für eine Weile verlassen und unseren Blick wieder ostwärts nach Königsmund und Drachenstein wenden, wo der Zwist zwischen der Königin Regentin und dem König noch immer andauerte.

So ärgerlich die Heirat des Königs für Königin Alyssa und Lord Rogar auch war, dürfen wir nicht dem Irrtum erliegen, dass dies das Einzige war, das ihnen während ihrer Regentschaft Sorgen bereitete. Münzen, oder genauer gesagt: Der Mangel an Münzen stellte das drängendste Problem der Krone dar. Maegors Kriege waren unglaublich teuer gewesen und hatten die königliche Schatzkammer geleert. Um die Truhen wieder zu füllen, hatte Maegors Meister der Münze bestehende Steuern erhöht und neue eingeführt, doch sie hatten weniger Gold als erwartet eingebracht und vor allem die Abneigung der Lords gegen den König vertieft. Mit Jaehaerys' Thronbesteigung hatte sich die Lage nicht verbessert. Die Krönung des jungen Prinzen und die Goldene Hochzeit seiner Mutter waren prunkvolle Feste gewesen und hatten viel dazu beigetragen, ihm die Liebe der Lords und des gemeinen Volkes einzubringen, doch das alles hatte seinen Preis gehabt. Und es kamen noch größere Kosten auf sie zu: Lord Rogar war entschlossen, die Arbeiten an der Drachengrube zu beenden, ehe er die Stadt und das Königreich an Jaehaerys übergab, doch allein die Mittel fehlten.

Edgut Celtigar, der Lord der Klaueninsel, hatte sich unter Maegor dem Grausamen als untaugliche Hand erwiesen. Als er nun unter der Regentschaft einen zweiten Versuch als Meister der Münze unternehmen durfte, erwies er sich in diesem Amt als ebenso untauglich. Da Celtigar seine adeligen Standesgenossen nicht gegen sich aufbringen wollte, erlegte er lieber dem gemeinen Volk von Königsmund neue Steuern auf, denn diese waren füglich zur Hand. Die Hafengebühren wurden verdreifacht, auf bestimmte Waren wurden Zölle erhoben, wenn sie in die Stadt kamen und wieder hinausgebracht wurden, und auch von Gastwirten und Baumeistern wurden neue Abgaben erhoben.

Keine dieser Maßnahmen erfüllte den beabsichtigten Zweck und füllte die Schatztruhen. Stattdessen wurde weniger und weniger gebaut, die Gasthäuser leerten sich, und der Handel ließ merklich nach, da Kaufleute ihre Schiffe von Königsmund nach Driftmark, Dämmertal, Jungfernteich und in andere Häfen umleiteten, um den neuen Steuern zu entgehen. (Lennishort und Altsass, die beiden anderen großen Städte des Reiches, waren angewiesen, die neuen Steuern Lord Celtigars ebenfalls zu erheben, doch seine Erlasse zeigten dort kaum Wirkung, größtenteils weil Casterlystein und Hohenturm sie ignorierten und keine Anstrengungen unternahmen, ihnen nachzukommen.) Die neuen Abgaben trugen allerdings dazu bei, dass die ganze Stadt Lord Celtigar zu hassen begann. Auch Lord Rogar und Königin Alyssa kamen nicht ungeschoren davon. Ein weiteres Opfer war die Drachengrube: Die Krone hatte keine Mittel mehr, um die Baumeister zu bezahlen, und so kamen die Arbeiten an der großen Kuppel zum Erliegen.

Auch im Norden und Süden zogen Stürme auf. Da Lord Rogar in Königsmund gebunden war, wurden die Dornischen kühn und überfielen die Marschen häufiger, ja, sie wagten sich sogar bis in die Sturmlande vor. Es gab Gerüchte über einen neuen Geierkönig in den Roten Bergen, und Lord Rogars Brüder Borys und Garon behaupteten, sie hätten weder genug Männer noch genug Geld, um ihn aufzuspüren.

Schlimmer noch war die Lage im Norden. Brandon Stark, der Lord von Winterfell, war im Jahre 49 n.A.E. gestorben, nicht lange nach seiner Rückkehr von der Goldenen Hochzeit; die Reise, so sagten die Nordmänner, sei zu viel für ihn gewesen. Sein Sohn Walton wurde sein Nachfolger, und als im Jahre 50 n.A.E. bei der Nachtwache in Reiftor und Zobelhall eine Rebellion ausbrach, sammelte er seine Gefolgsleute und ritt zur Mauer, um mit den Getreuen der Nachtwache die Aufständischen niederzuwerfen.

Bei den Rebellen handelte es sich um Arme Gefährten und Söhne des Kriegers, die die Begnadigungen des Knabenkönigs angenommen hatten. Sie wurden von Ser Olyver Bracken und Ser Raymund Mallery angeführt, den zwei abtrünnigen Rittern, die in Maegors

Königsgarde gedient hatten, ehe sie zu Jaehaerys übergelaufen waren. Unklugerweise hatte der Lord Kommandant der Wache Bracken und Mallery zwei zuvor leerstehende Festen übergeben und ihnen den Befehl erteilt, sie wieder instand zu setzen. Stattdessen hatten sich die beiden Männer entschlossen, die Burgen zu ihren Sitzen zu machen und sich selbst zu Lords zu erklären.

Ihr Aufstand war nur von kurzer Dauer. Für jeden Mann, der sich ihrer Rebellion anschloss, blieben zehn ihrem Gelübde treu. Mit Unterstützung von Lord Stark und seinen Gefolgsleuten eroberten die Schwarzen Brüder Reiftor zurück und hängten die Eidbrecher außer Ser Olyver selbst, der von Lord Stark mit seinem berühmten Schwert Eis enthauptet wurde. Als die Nachricht Zobelhall erreichte, flohen die Rebellen dort auf die andere Seite der Mauer, weil sie hofften, sich mit den Wildlingen zusammentun zu können. Lord Walton verfolgte sie, aber zwei Tage nördlich der Mauer im Schnee des Verfluchten Waldes stießen er und seine Männer auf Riesen. Hinterher wurde berichtet, dass Walton Stark zwei von ihnen erschlug, ehe er selbst aus dem Sattel gezerrt und in Stücke gerissen wurde. Seine überlebenden Männer trugen ihn in Einzelteilen zurück zur Schwarzen Festung.

Was Ser Raymund Mallery und die anderen Deserteure anging, so wurden sie von den Wildlingen nicht gerade herzlich aufgenommen. Rebellen oder nicht, das Freie Volk wollte mit Krähen nichts zu schaffen haben. Ein halbes Jahr später wurde Ser Raymunds Kopf in Ostwacht übergeben. Auf die Frage, was mit dem Rest seiner Männer geschehen war, lachte der Wildlingshäuptling und sagte: »Die haben wir aufgegessen.«

Brandon Starks zweiter Sohn Alaric wurde Lord von Winterfell. Er sollte den Norden dreiundzwanzig Jahre lang regieren, ein fähiger, wenn auch strenger Mann … doch für lange Zeit war er nicht gut auf König Jaehaerys zu sprechen, weil er der Milde des Königs die Schuld am Tod seines Bruders Walton gab, und man hörte ihn oft sagen, dass Seine Gnaden Maegors Männer hätte enthaupten sollen, statt sie zur Mauer zu schicken.

Fern all dieses Ungemachs im Norden weilten König Jaehaerys und Königin Alysanne weiter im selbstgewählten Exil, waren aber keinesfalls untätig. Jaehaerys übte sich weiterhin jeden Morgen intensiv und hart mit den Rittern der Königsgarde an den Waffen und vertiefte sich abends in Berichte über die Herrschaft seines Großvaters Aegon des Eroberers, nach dessen Vorbild er seine eigene Herrschaft gestalten wollte. Drachensteins drei Maester unterstützten ihn bei diesen Nachforschungen zusammen mit der Königin.

Im Laufe der Zeit fanden immer mehr Besucher den Weg nach Drachenstein und sprachen mit dem König. Lord Massie von Steintanz war der Erste, doch Lord Steinhof von Krähenruh, Lord Finsterlyn von Dämmertal und Lord Bar Emmon von Scharfspitze ließen ebenfalls nicht lange auf sich warten, und ihnen folgten die Lords Hart, Wallenfurt, Muton und Schurwerth. Der junge Lord Rosby, dessen Vater sich nach König Maegors Tod das Leben genommen hatte, kam ebenfalls und bat den jungen König verlegen um Verzeihung, die Jaehaerys ihm gerne gewährte. Obgleich sich Daemon Velaryon als der Lord Admiral und Meister der Schiffe der Krone in Königsmund bei den Regenten aufhielt, hinderte dies Jaehaerys und Alysanne nicht daran, begleitet von Daemons Söhnen Corwyn, Jorgen und Viktor, auf ihren Drachen nach Driftmark zu fliegen und sich die Werften anzusehen. Als die Nachricht über diese Treffen Lord Rogar in Königsmund erreichte, wurde er wütend und ging sogar so weit, Lord Daemon zu fragen, ob sie die Velaryon-Flotte nicht einsetzen könnten, um diese »Lords Speichellecker« daran zu hindern, nach Drachenstein zu kriechen und sich in die Gunst des Knabenkönigs einzuschleichen. Lord Velaryon antwortete unverblümt. »Nein«, sagte er. Die Hand betrachtete dies als weiteres Anzeichen für Lord Velaryons mangelnden Respekt ihm gegenüber.

Inzwischen hatten sich Königin Alysannes neue Hofdamen und Gesellschafterinnen in Drachenstein eingerichtet, und schon bald stellte sich heraus, dass die Hoffnung ihrer Mutter, diese »Weisen Frauen« könnte der kleinen Königin bewusst machen, wie unklug und unfromm ihre Ehe war, sich in keiner Weise erfüllen würde.

Weder Gebete noch Predigten oder Lesungen aus *Der Siebenzackige Stern* konnten Alysanne Targaryens Überzeugung erschüttern, dass die Götter ihre Vermählung mit ihrem Bruder Jaehaerys vorbestimmt hätten, damit sie seine Vertraute und Gehilfin und die Mutter seiner Kinder werde. »Er wird ein großer König werden«, erklärte sie Septa Ysabel, Lady Lucinda und den anderen, »und ich werde eine große Königin.« Dieser Glaube war vollkommen unerschütterlich, und da sie ansonsten so sanft und freundlich und liebenswert war, brachten es die Septa und die anderen Weisen Frauen nicht übers Herz, sie dafür zu verurteilen, sondern ließen sich jeden Tag ein Stück weiter auf ihre Seite ziehen.

Lord Rogars Plan, einen Keil zwischen Jaehaerys und Alysanne zu treiben, entwickelte sich nicht besser. Der junge König und seine Königin wollten ihr Leben gemeinsam verbringen, und obwohl sie bekanntlich später im Leben streiten und sich sogar einmal trennen, aber auch wieder zusammenfinden würden, berichten Septon Oswyck und Maester Culiper gleichlautend, dass während der Zeit auf Drachenstein vor Jaehaerys' Volljährigkeit weder ein böses Wort zwischen ihnen fiel, noch eine dunkle Wolke ihre Eintracht trübte.

Gelang es Coryanne Wyld nicht, den König zu verführen? Hat sie es möglicherweise gar erst nicht versucht? Ist die ganze Geschichte von dem Treffen in dem Gasthaus vielleicht eine Erfindung? Das wäre alles denkbar. Die Verfasserin von *Eine Warnung an alle jungen Mädchen* schildert es anders, doch hier wird der anrüchige Text noch unzuverlässiger und zerfällt in ein halbes Dutzend widersprüchlicher Darstellungen, von denen eine vulgärer ist als die andere.

Der Dirne im Mittelpunkt der Geschichte würde es schlecht anstehen, wenn sie zugeben müsste, dass Jaehaerys sie zurückgewiesen oder sie keine Gelegenheit gefunden hatte, ihn in ein Schlafgemach zu locken. Stattdessen bietet sich uns eine Sammlung schlüpfriger Abenteuer, ein wahrhaftes Fest der Infamie. Laut der *Geschichte einer Lüsternen* hat Lady Coryanne nicht nur den König verführt, sondern alle sieben Ritter seiner Königsgarde. Seine Gnaden reichte sie angeblich an Pat die Waldschnepfe weiter, und nachdem der seine eigene Wollust gestillt hatte, reichte er sie an Ser

Gottfrid weiter und immer so fort. *Die Hohen und die Niederen* spart diese Einzelheiten aus, verrät uns aber, dass Jaehaerys das Mädchen nicht nur in seinem Bett willkommen geheißen hat, sondern will uns einreden, er habe sogar Königin Alysanne zu den Liebesspielen hinzugeholt, und in den folgenden Episoden sei es so zugegangen wie in den berüchtigten Freudenhäusern von Lys.

Etwas glaubwürdiger ist da schon die Geschichte aus *Die Sünden des Fleisches,* in der es Coryanne Wyld tatsächlich gelingt, König Jaehaerys in ihr Bett zu locken, wo er sich jedoch wie viele andere Jungen seines Alters beim ersten Mal im Bett einer Frau linkisch, unsicher und übermäßig hastig anstellt. Zu dem Zeitpunkt hat Lady Coryanne allerdings längst Bewunderung und Respekt für Königin Alysanne zu empfinden begonnen, »als wäre sie meine kleine Schwester«, und hegte große Zuneigung für Jaehaerys. Statt zu versuchen, die Ehe des Königs zu zerstören, bemüht sie sich fortan, die Verbindung zu festigen, indem sie Seine Gnaden in der Kunst des Gebens und Nehmens geschlechtlicher Freuden unterweist, damit er seinen Mann stehen kann, wenn er seine junge Gemahlin zum ersten Mal bettet.

Diese Geschichte könnte genauso gut der Fantasie entspringen wie alle anderen, aber sie enthält eine gewisse Holdseligkeit, die manche Gelehrten einräumen lässt, es könnte sich möglicherweise so zugetragen haben. Doch unzüchtige Anekdoten sind keine Geschichtsschreibung, und aus der Geschichtsschreibung erfahren wir nur eine gesicherte Tatsache über Lady Coryanne aus dem Hause Wyld, die angebliche Verfasserin von *Eine Warnung an alle jungen Mädchen.* Am fünfzehnten Tag des sechsten Monats im Jahre 50 n.A.E. verließ sie Drachenstein im Schutze der Nacht und in Begleitung von Ser Howard Ochs, dem jüngeren Sohn des Kommandanten der Burgbesatzung. Ser Howard, ein verheirateter Mann, ließ seine Frau zurück, nahm jedoch den Großteil ihres Schmuckes mit. Ein Fischerboot brachte ihn und Lady Coryanne nach Driftmark, von wo sie mit einem Schiff in die Freie Stadt Pentos zogen und dann weiter in die Umstrittenen Lande, wo sich Ser Howard einer freien Kompanie anschloss, die sich aus einzigartigem Mangel an Inspiration den Namen »Freie Kompanie« gegeben hatte. Drei Jahre später sollte er in Myr sterben, nicht in der Schlacht, sondern bei einem Sturz vom Pferd nach einer durchzechten Nacht. Allein und mittellos zog Coryanne Wyld weiter und stellte sich den nächsten Prüfungen, Mühsalen und erotischen Abenteuern, die sie in ihrem Buch erzählt. Wir müssen uns nicht weiter mit ihr befassen.

Als die Nachricht von Lady Coryannes Flucht mit dem entwendeten Geschmeide und dem entwendeten Gemahl Lord Rogar im Roten Bergfried zu Ohren kam, wurde offensichtlich, dass sein Plan ebenso gescheitert war wie der Plan Königin Alyssas. Frömmigkeit und Wollust hatten den Bund zwischen Jaehaerys Targaryen und seiner Alysanne nicht erschüttern können.

Und schlimmer noch, die Nachricht von der Vermählung des Königs fing an, sich zu verbreiten. Zu viele Zeugen hatten die Auseinandersetzung am Burgtor miterlebt, und den Lords, die danach Drachenstein einen Besuch abgestattet hatten, entging Alysannes Anwesenheit an der Seite des Königs ebenfalls nicht, genauso wenig die offensichtliche Zuneigung zwischen den beiden. Rogar Baratheon mochte damit drohen, Zungen herauszureißen, aber er konnte nichts gegen die Gerüchte unternehmen, die durchs Land gingen … und sogar jenseits der Meerenge, wo die Magister von Pentos und die Söldner der Freien Kompanie zweifellos von den Geschichten unterhalten wurden, die Coryanne Wyld zu erzählen hatte.

»Es ist geschehen«, sagte die Königin Regentin zu ihren Ratgebern, als sie die Wahrheit schließlich anerkennen musste. »Es ist geschehen, und es kann nicht ungeschehen gemacht werden. Die Sieben mögen uns beschützen. Wir müssen damit leben, und wir müssen all unsere Macht einsetzen, um die Kinder vor dem zu beschützen, was auch immer auf sie zukommt.« Sie hatte zwei Söhne an Maegor den Grausamen verloren, und zwischen ihr und ihrer ältesten Tochter herrschte Kälte, daher konnte sie den Gedanken nicht ertragen, auf ewig von den beiden Kindern entfremdet zu sein, die ihr noch geblieben waren.

Rogar Baratheon war nicht fähig, sich so würdevoll den Tatsachen zu ergeben, und die Worte seiner Gemahlin erzürnten ihn. Vor Großmaester Benifer, Septon Mattheus, Lord Velaryon und den anderen Ratsherren herrschte er sie verächtlich an: »Du bist schwach, so schwach wie dein erster Gemahl, so schwach wie dein Sohn. Einer Mutter mag man Rührseligkeit verzeihen, aber nicht einer Regentin und ganz bestimmt nicht einem König. Wir waren Narren, als wir Jaehaerys gekrönt haben. Er denkt nur an sich selbst und wird ein noch schlechterer König werden als sein Vater. Den Göttern sei Dank, dass es noch nicht zu spät ist. Wir müssen sofort handeln und ihn absetzen.«

Der Rat verstummte. Die Königin Regentin starrte ihren Hohen Gemahl entsetzt an, und dann, als wollte sie die Wahrheit seiner Worte bestätigen, fing sie an zu weinen. Stille Tränen rannen über ihre Wangen. Erst da fanden die anderen Lords ihre Sprache wieder. »Habt Ihr den Verstand verloren?«, fragte Lord Velaryon. Lord Corbray, der Kommandant der Stadtwache, schüttelte den Kopf und sagte: »Meine Männer werden das niemals mitmachen.« Großmaester Benifer wechselte einen Blick mit Prentys Tully, dem Meister des Rechts. Lord Tully sagte: »Heißt das, dass Ihr selbst den Eisernen Thron besteigen wollt?«

Das verneinte Lord Rogar vehement. »Niemals. Haltet Ihr mich für einen Usurpator? Ich möchte nur das Beste für die Sieben Königreiche. Jaehaerys soll kein Haar gekrümmt werden. Wir können ihn nach Altsass schicken, in die Zitadelle. Er ist ein lesewütiger Junge, die Kette eines Maesters wird ihm gut stehen.«

»Und wer soll dann auf dem Eisernen Thron sitzen?«, wollte Lord Celtigar wissen.

»Prinzessin Aerea«, antwortete Lord Rogar sofort. »In ihr brennt ein Feuer, das Jaehaerys fehlt. Sie ist jung, aber ich kann ihr weiter als Hand dienen, sie formen, sie führen und ihr alles beibringen, was sie wissen muss. Ihr Anspruch ist der stärkere, denn ihre Mutter und ihr Vater waren König Aenys' erst- und zweitgeborenes Kind. Jaehaerys ist erst der Viertgeborene.« Dann schlug er mit der Faust auf den Tisch, wie uns Benifer berichtet. »Ihre Mutter wird sie unterstützen. Königin Rhaena. Und Rhaena hat einen *Drachen*.«

Großmaester Benifer beschreibt, was daraufhin folgte. »Erneut senkte sich Schweigen über den Saal, und doch schienen jedem von uns Anwesenden die gleichen Worte auf der Zunge zu liegen: ›Jaehaerys und Alysanne haben auch Drachen.‹ Qarl Corbray hatte an der Schlacht unter dem Götterauge teilgenommen und gesehen, welch schrecklichen Anblick es bietet, wenn Drache gegen Drache kämpft. Für uns andere beschworen die Worte der Hand Visionen des Alten Valyria herauf, vor dem Verhängnis, als die Drachenherren gegeneinander um die Vorherrschaft gekämpft hatten. Diese Vision war fürchterlich.«

Es war Königin Alyssa, die schließlich durch ihre Tränen hindurch den Bann brach. »Ich bin die Königin Regentin«, erinnerte sie die Anwesenden. »Solange mein Sohn nicht mündig ist, dient Ihr alle nach meinem Belieben. Die Hand des Königs eingeschlossen.« Als sie sich ihrem Hohen Gemahl zuwandte, blickten ihre Augen hart und dunkel wie Obsidian. »Eure Dienste belieben mir nicht länger, Lord Rogar. Verlasst uns und kehrt nach Sturmkap zurück, und wir müssen nie wieder über Euren Hochverrat sprechen.«

Rogar Baratheon blickte sie ungläubig an. »Frau. Glaubst du, du kannst *mich* entlassen? Nein.« Er lachte. »*Nein.*«

Das war der Augenblick, in dem Lord Corbray sich erhob und sein Schwert zog, die Klinge aus valyrischem Stahl, die als Lady Einsam bekannt war, der ganze Stolz seines Hauses. »Ja«, sagte er, legte die Waffe auf den Tisch, die Spitze auf Lord Rogar gerichtet. Dann, und erst dann, begriff Lord Baratheon, dass er zu weit gegangen war, dass er allein gegen jeden anderen im Saal stand. So jedenfalls überliefert uns Benifer die Ereignisse.

Lord Rogar sprach kein weiteres Wort mehr. Mit blassem Gesicht erhob er sich und löste die goldene Brosche, die Königin Alyssa ihm als Zeichen seines Amtes verliehen hatte, warf sie ihr verächtlich zu und stolzierte aus dem Raum. Er verließ Königsmund noch in derselben Nacht und überquerte den Schwarzwasser mit seinem Bruder Orryn. Dort verweilte er sechs Tage lang, während sein Bruder Ronnal ihre Ritter und Waffenknechte für den Marsch nach Hause sammelte.

Die Legende erzählt, dass Lord Rogar ihre Ankunft in dem gleichen Gasthaus erwartete, in dem er oder sein Bruder Borys sich mit Coryanne Wyld getroffen hatte. Als die Baratheon-Brüder und ihre Gefolgschaft schließlich nach Sturmkap aufbrachen, hatten sie kaum noch die Hälfte der Männer, mit denen sie zwei Jahre zuvor aufgebrochen waren, um Maegor zu stürzen. Der Rest, so schien es, bevorzugte die Gassen und Schenken und Verlockungen der großen Stadt gegenüber den verregneten Wäldern, grünen Hügeln und moosüberwucherten Katen der Sturmlande. »Ich habe nie so viele Männer in der Schlacht verloren wie an die Fleischtöpfe und Bierhäuser von Königsmund«, sagte Lord Rogar verbittert.

Eine dieser Verlorenen war Aerea Targaryen. In der Nacht, in der Lord Rogar entlassen wurde, drangen Ser Ronnal Baratheon und ein Dutzend seiner Männer gewaltsam in ihre Gemächer im Roten Bergfried ein und wollten sie mitnehmen … nur um feststellen zu müssen, dass Königin Alyssa ihnen zuvorgekommen war. Das Mädchen war bereits verschwunden, und ihre Diener wussten nicht, wo sie steckte. Später wurde bekannt, dass Lord Corbray sie auf Befehl der Königin Regentin abgeholt hatte. Er steckte sie in die Lumpen eines einfachen Mädchens niedrigster Herkunft, ließ ihr das silbergoldene Haar schlammbraun färben und sie für den Rest der Regentschaft in einem Stall in der Nähe des Königstors arbeiten. Sie war acht Jahre alt und liebte Pferde. Jahre später sollte sie sagen, dies sei die glücklichste Zeit ihres Lebens gewesen.

Leider hatte Königin Alyssa in den kommenden Jahren weniger Glück. Mit der Entlassung ihres Gemahls als Hand des Königs hatte sie jegliche Zuneigung zerstört, die Lord Rogar für sie empfunden haben mochte. Von dem Tage an lag ihre Ehe in Trümmern wie eine von Gespenstern heimgesuchte Ruine. »Alyssa Velaryon hatte den Tod ihres Gemahls und ihrer zwei ältesten Söhne überlebt, sie hatte den Tod einer Tochter in der Wiege, die Jahre der Schreckensherrschaft von Maegor dem Grausamen und ein Zerwürfnis mit ihren verbliebenen Kindern verwunden, doch über diese eine Sache kam sie nicht hinweg«, schreibt Septon Barth im Rückblick auf ihr Leben. »Daran zerbrach sie.«

Zeitgenössische Berichte Großmaester Benifers bestätigen dies. Nachdem Lord Rogar abgereist war, ernannte Königin Alyssa ihren Bruder Daemon Velaryon zur Hand des Königs, schickte einen Raben nach Drachenstein und berichtete ihrem Sohn Jaehaerys manches (aber nicht alles) von dem, was sich zugetragen hatte. Dann zog sie sich in ihre Gemächer in Maegors Feste zurück, überließ die Regierung der Sieben Königreiche Lord Daemon und nahm nicht mehr am öffentlichen Leben des Hofes teil.

Es wäre uns eine Freude, berichten zu können, dass Rogar Baratheon nach seiner Rückkehr nach Sturmkap über seine Verirrungen nachgedacht, seine Fehler bereut und sich als geläuterter Mann gezeigt hätte. Leider lag das nicht in der Natur seiner Lordschaft. Er war ein Mann, der einfach nicht wusste, wie man nachgab. Die Niederlage brannte wie Galle in seiner Kehle. Im Krieg, so brüstete er sich, würde er die Axt niemals niederlegen, solange noch Leben in seinem Körper wohnte … und diese Angelegenheit der königlichen Ehe war für ihn zu einem Krieg geworden, einem Krieg, den zu gewinnen er fest entschlossen war. Eine letzte Torheit konnte er noch begehen und scheute nicht davor zurück.

Und so geschah es, dass Ser Orryn Baratheon mit einem Dutzend Waffenknechte überraschend in Altsass in dem an die Sternensepte angeschlossenen Mutterhaus erschien und einen Brief mit Lord Rogars Siegel vorwies und verlangte, dass man ihm die Novizin Rhaella Targaryen unverzüglich aushändigte. Als man ihn nach dem Grund fragte, antwortete Ser Orryn nur, dass Lord Rogar das Mädchen dringend in Sturmkap brauche. Die List wäre vielleicht erfolgreich gewesen, wenn nicht Septa Karolyn an jenem Tag die Tür des Mutterhauses bewacht hätte, und die hatte ein Rückgrat aus Stahl und ein misstrauisches Wesen. Während sie Ser Orryn beschwichtigte, indem sie vorgab, nach dem Mädchen zu schicken, ließ sie den Hohen Septon holen. Seine Hohe Heiligkeit (vielleicht zum Glück für das Kind und das Reich) schlief, doch sein Haushofmeister (ein ehemaliger Ritter, der ein Hauptmann der Söhne des Kriegers gewesen war, bis der Orden aufgelöst wurde) war wach und wachsam.

Anstelle eines verängstigten Mädchens standen Baratheons Männer plötzlich dreißig bewaffneten Septonen unter dem Befehl des Haushofmeisters Kasper Stroh gegenüber. Als Ser Orryn das Schwert zog, teilte ihm Stroh in aller Seelenruhe mit, dass vierzig von Lord Hohenturms Rittern bereits auf dem Weg seien (eine Lüge), woraufhin die Baratheons die Waffen streckten. Im Verhör gestand Ser Orryn den gesamten Plan: Er sollte das Mädchen nach Sturmkap bringen, wo Lord Rogar sie zwingen wollte zu gestehen, dass sie in Wahrheit Prinzessin Aerea sei, nicht Rhaella. Dann wollte er sie zur Königin ausrufen.

Der Vater der Gläubigen, ein ebenso milder wie willensschwacher Mann, hörte Orryn Baratheons Geständnis an und vergab ihm. Das hinderte Lord Hohenturm allerdings nicht daran, die gefangenen Baratheons in den Kerker zu werfen, nachdem er von der Sache erfahren hatte, und die Angelegenheit ausführlich an den Roten Bergfried und nach Drachenstein zu melden. Donnel Hohenturm, der ganz zu Recht damals den Beinamen »Donnel der Zögerliche« erhalten hatte, weil er nicht gegen Septon Mond und seine Anhänger in die Schlacht hatte ziehen wollen, schien keine Angst davor zu haben, Sturmkap herauszufordern, indem er Lord Rogars Bruder einsperrte. »Soll er doch kommen und versuchen, ihn zu befreien«, sagte er, als sich sein Maester sorgte, wie die ehemalige Hand reagieren würde, »sein eigenes Weib hat ihm die Hand abgehackt und ihm die Eier abgeschnitten, und in Bälde wird sich der König seinen Kopf holen.«

Auf der anderen Seite von Westeros tobte und wütete Rogar Baratheon, als er vom Scheitern und von der Gefangennahme seines Bruders erfuhr … trotzdem rief er nicht zu den Fahnen, wie viele gefürchtet hatten. Stattdessen versank er in Verzweiflung. »Ich bin erledigt«, sagte er niedergeschlagen zu seinem Maester. »Wenn die Götter gnädig sind, lassen sie mich zur Mauer gehen. Wenn nicht, schlägt mir der Junge den Kopf ab und schenkt ihn seiner Mutter.« Da er keine Kinder mit einer seiner Frauen gezeugt hatte, befahl er seinem Maester, ein Testament aufzusetzen und ein Geständnis niederzulegen, in dem er seine Brüder Borys, Garon und Ronnal von jeder Beteiligung an seinen Missetaten freisprach und um Gnade für seinen jüngsten Bruder Orryn flehte. Er erklärte Ser Borys zum Erben von Sturmkap. »Alles, was ich tat und was ich zu tun versuchte, geschah einzig zum Wohle des Reiches und des Eisernen Throns«, endete er.

Lord Rogar musste nicht lange warten, bis ihn sein Schicksal ereilte. Die Regentschaft war fast zu Ende. Da sich die ehemalige Hand und die Königin Regentin beide gekränkt und schweigsam nicht mehr an der Regierung beteiligten, regierten Lord Daemon Velaryon und die verbliebenen Mitglieder des Rates das Reich, so gut sie konnten, oder wie es Großmaester Benifer ausdrückte: »Sie sagten wenig und taten noch weniger.«

Am zwanzigsten Tag des neunten Mondes im Jahre 50 n.A.E. feierte Jaehaerys Targaryen seinen sechzehnten Namenstag und wurde damit zum erwachsenen Mann. Nach den Gesetzen der Sieben Königreiche war er nun alt genug, aus eigenem Recht zu herrschen, und brauchte keine Regenten mehr. Überall in den Sieben Königreichen warteten die Lords und das Volk darauf, als was für ein König er sich entpuppen würde.

ZEIT DER BEWÄHRUNG

DIE ERNEUERUNG DES REICHES

König Jaehaerys I. Targaryen kehrte auf den Schwingen seines Drachen Vermithor allein nach Königsmund zurück. Fünf Ritter der Königsgarde waren ihm vorausgeritten und drei Tage zuvor eingetroffen, um alles für die Ankunft des Königs vorzubereiten. Königin Alysanne begleitete ihn nicht. Angesichts der Ungewissheit, die ihre Ehe immer noch umgab, und wegen des angespannten Verhältnisses zwischen dem König und seiner Mutter Königin Alyssa sowie den Lords des Rates hielt man es für klüger, wenn sie zunächst auf Drachenstein blieb, zusammen mit ihren Weisen Frauen und dem Rest der Königsgarde.

Es war kein verheißungsvoller Tag, wie uns Großmaester Benifer berichtet. Der Himmel war grau, und den halben Morgen lang hatte es anhaltend genieselt. Benifer und der Rest des Rates erwarteten den König im inneren Hof des Roten Bergfrieds und hatten sich wegen des Regens in Mäntel gehüllt. Anderswo in der Burg gingen Ritter und Knappen und Stallburschen und Waschfrauen und Dutzende andere Bedienstete ihren täglichen Aufgaben nach und hielten nur von Zeit zu Zeit inne, um einen Blick zum Himmel zu werfen. Und als endlich das Schlagen von Schwingen zu hören war und eine Wache von der Ostmauer Vermithors bronzefarbene Schuppen in der Ferne erblickte, erhob sich ein Jubel, der anschwoll und anschwoll und weiter anschwoll und über die Mauern des Roten Bergfrieds hinausschallte, Aegons Hohen Hügel hinunter, durch die Stadt hindurch und hinaus aufs Land.

Jaehaerys landete nicht sofort. Dreimal kreiste er über der Stadt, jedes Mal tiefer als beim Mal zuvor, und gab jedem Mann und jedem Jungen und jedem barfüßigen Mädchen in Königsmund die Gelegenheit, zu winken und zu schreien und zu staunen. Erst dann setzte er mit Vermithor im Hof vor Maegors Feste auf, wo die Lords warteten.

»Er hatte sich verändert, seit ich ihn zuletzt gesehen hatte«, notiert Benifer. »Der Grünschnabel, der nach Drachenstein geflogen war, war verschwunden, und an seiner Stelle stand ein erwachsener Mann. Er war um mehrere Zoll gewachsen, und seine Brust und seine Arme hatten an Umfang zugenommen. Sein Haar wallte lose auf die Schultern, und ein feiner goldener Flaum bedeckte Wangen und Kinn, wo die Haut zuvor glatt gewesen war. Königlich war er nicht gekleidet, sondern er trug salzfleckiges Leder, eine Tracht, die eher zur Jagd oder zum Reiten geeignet war, und dazu nur eine nietenbesetzte Jacke zum Schutz gegen die Elemente. Aber am Schwertgurt hing Schwarzfeuer … das Schwert seines Großvaters, das Schwert der Könige. Selbst in der Scheide war diese Klinge unverkennbar. Ein Schauer der Angst durchfuhr mich, als ich dieses Schwert sah. *Soll das eine Warnung sein?*, fragte ich mich, als der Drache im Hof aufsetzte und Rauch zwischen seinen Zähnen hervorquoll. Ich war nach Pentos geflohen, als Maegor starb, aus Furcht vor dem Schicksal, das mich unter seinen Nachfolgern erwartete, und für einen Augenblick, als ich an jenem feuchtkalten Tag da stand, fragte ich mich, ob es dumm gewesen war zurückzukehren.«

Der junge König – nicht länger ein Knabe – zerstreute die Ängste seines Großmaesters rasch. Nachdem er anmutig von Vermithors Rücken geglitten war, lächelte er. »Es war, als wäre das Licht der Sonne durch die Wolken gebrochen«, berichtet Lord Tully. Die Lords verneigten sich vor ihm, mehrere gingen auf die Knie. Überall in der Stadt fingen die Glocken zur Feier des Tages an zu läuten. Jaehaerys zog die Handschuhe aus, steckte sie in den Gürtel und sagte dann: »Mylords. Vor uns liegt viel Arbeit.«

Eine wichtige Persönlichkeit fehlte bei der Begrüßung des Königs: seine Mutter, Königin Alyssa. Jaehaerys musste sie in Maegors Feste aufsuchen, wohin sie sich zurückgezogen hatte. Was zwischen Mutter und Sohn gesprochen wurde, als sie sich zum ersten Mal seit der Auseinandersetzung auf Drachenstein wiedersahen, ist nicht bekannt, doch es heißt, das Gesicht der Königin sei rot und vom Weinen aufgequollen gewesen, als sie kurz darauf am Arm des Königs erschien. Die Königinwitwe – nicht länger die Königin Regentin – nahm am Willkommensfest an jenem Abend teil und war in den folgenden Tagen bei verschiedenen anderen offiziellen Veranstaltungen zugegen, aber sie hatte keinen Sitz im Rat mehr. »Ihre Gnaden erfüllte weiterhin ihre Pflicht dem Reiche und ihrem Sohn gegenüber«, schreibt Großmaester Benifer, »aber sie empfand keine Freude dabei.«

Der junge König trat seine Herrschaft an, indem er den Rat erneuerte, manche Männer behielt und andere ersetzte, die gezeigt hatten, dass sie ihren Aufgaben nicht gewachsen waren. Er bestätigte die Ernennung Lord Daemon Velaryons zur Hand des Königs, die seine Mutter vorgenommen hatte, und beließ Lord Corbray in seinem Amt als Kommandant der Stadtwache. Lord Tully dankte er für seine Dienste und schickte ihn zusammen mit seiner Gemahlin Lady Lucinda zurück nach Schnellwasser. Albin Massie, den Lord von Steintanz, der zu den Ersten gehört hatte, die ihn auf Drachenstein besucht hatten, ernannte Jaehaerys zum Meister des Rechts. Massie hatte drei Jahre zuvor in der Zitadelle noch an seiner Maesterkette geschmiedet, als ein Fieber sowohl seine beiden älteren Brüder als auch seinen Hohen Vater dahingerafft hatte. Wegen seines schiefen Rückens hinkte er beim Gehen, doch wie er bekanntlich einmal sagte: »Beim Lesen und Schreiben hinke ich nicht.« Für das Amt des Lord Admirals und Meisters der Schiffe wandte sich Seine Gnaden an Manfryd Rothweyn, den Lord vom Arbor, der mit seinen jungen Söhnen Robert, Rickard und Ryam, allesamt Knappen, zum Hof kam. Zum ersten Mal ging der Admiralstitel an jemanden, der nicht dem Hause Velaryon entstammte.

Ganz Königsmund brach in Jubel aus, als bekannt gegeben wurde, dass Jaehaerys auch Edgut Celtigar als Meister der Münze entlassen hatte. Der König sprach milde mit ihm, so heißt es, und er pries die treuen Dienste, die seine Töchter Königin Alysanne auf Drachenstein geleistet hatten. Er ging sogar so weit, die beiden »zwei Schätze« zu nennen. Die Töchter sollten danach bei der Königin bleiben, doch Lord Celtigar selbst kehrte umgehend auf die Klaueninsel zurück. Und mit ihm verabschiedeten sich seine Steuern, die allesamt bereits am dritten Tag der Herrschaft des jungen Königs aufgehoben wurden.

Allerdings stellte es sich als alles andere als leicht heraus, einen Ersatz für Lord Edgut als Meister der Münze zu finden. Mehrere seiner Ratgeber drängten König Jaehaerys, Lyman Lennister zu ernennen, der angeblich reichste Lord in Westeros, doch Jaehaerys folgte diesem Vorschlag nicht. »Solange Lord Lyman nicht einen Berg Gold unter dem Roten Bergfried findet, weiß ich nicht, wie er unsere Probleme lösen sollte«, sagte Seine Gnaden. Längere Zeit zog er verschiedene Vettern und Onkel Donnel Hohenturms in Betracht, denn der Reichtum von Altsass stammte aus dem Handel und nicht aus der Erde, doch Donnels zweifelhafte Loyalität in der Auseinandersetzung mit Septon Mond gab ihm zu denken. Am Ende traf Jaehaerys eine weitaus kühnere Entscheidung und suchte jenseits der Meerenge nach seinem Mann.

Rego Draz war weder ein Lord noch ein Ritter, nicht einmal ein Magister, sondern ein Händler, Kaufmann und Geldwechsler, der aus dem Nichts gekommen und zum reichsten Mann in Pentos aufgestiegen war, wo er allerdings von seinen Mitbürgern gemieden und ihm wegen seiner niedrigen Geburt ein Sitz im Rat der Magister verweigert worden war. Da Draz ihre Verachtung satthatte, folgte er dem Ruf des Königs mit Freuden und zog mit seiner Familie, seinen Freunden und seinem riesigen Vermögen nach Westeros. Um ihm die gleiche Ehre zu gewähren wie den anderen Mitgliedern des Rates, erhob ihn der junge König zum Lord. Da er

ein Lord ohne Länder, geschworene Männer und Burg war, nannte ihn ein Witzbold in der Burg »Lord der Luft«. Der Pentoshi lachte darüber. »Wenn ich Steuern auf Luft erheben könnte, wäre ich tatsächlich ein Lord.«

Jaehaerys entließ auch Septon Mattheus, den fetten eifernden Prälaten, der so laut gegen die inzüchtige Ehe des Königs gewettert hatte. Mattheus nahm seine Entlassung nicht gut auf. »Der Glauben wird jeden König, der glaubt, ohne einen Septon an seiner Seite regieren zu können, mit Missbilligung betrachten«, verkündete er. Jaehaerys hatte die passende Antwort parat. »Uns mangelt es kaum an Septonen. Septon Oswyck und Septa Ysabel werden bei uns bleiben, und aus Rosengarten kommt ein junger Mann, der sich um unsere Bibliothek kümmern wird. Sein Name lautet Barth.« Mattheus ließ das nicht gelten; Oswyck sei ein tattriger Narr und Ysabel eine Frau, während er von Septon Barth noch nie gehört hatte. »Wie von vielem anderen auch nicht«, erwiderte der König. (Lord Massies berühmte Bemerkung, der König brauche wohl drei Leute, um Septon Mattheus' Gewicht auf der Waagschale auszugleichen, soll kurz darauf gefallen sein, vorausgesetzt, sie ist überhaupt gefallen.)

Mattheus brach vier Tage später nach Altsass auf. Da er zu dick zum Reiten war, reiste er in einem vergoldeten Räderhaus in Begleitung von sechs Wachen und einem Dutzend Diener. Die Legende erzählt uns, er sei bei der Überquerung des Mander in Bitterbrück Septon Barth begegnet, der in die andere Richtung unterwegs war. Barth war allein und ritt auf einem Esel.

Die Veränderungen gingen über die Adligen, die in seinem Rat saßen, weit hinaus. Er entließ Dutzende aus niederen Ämtern, ersetzte den Hüter der Schlüssel, den Obersten Haushofmeister des Roten Bergfrieds und die ihm untergebenen Unter-Haushofmeister, den Hafenmeister von Königsmund (und später auch die Hafenmeister von Altsass, Jungfernteich und Dämmertal), den Wächter der Münze des Königs, den Scharfrichter des Königs, den Waffenmeister, den Hundemeister, den Pferdemeister und sogar die Rattenfänger der Burg. Außerdem befahl er, alle Kerker unter dem

Roten Bergfried zu säubern und zu leeren und alle Gefangenen, die in den Schwarzen Zellen gefunden wurden, ans Tageslicht zu bringen und zu baden; außerdem sollten sie Gelegenheit erhalten, Berufung einzulegen, weil er fürchtete, dass manche zu Unrecht von seinem Onkel eingesperrt worden sein könnten (und damit hatte Jaehaerys leider recht, obwohl viele dieser Gefangenen im Laufe der Jahre in der Dunkelheit verrückt geworden waren und deshalb nicht entlassen werden konnten).

Erst nachdem das alles zu seiner Zufriedenheit erledigt war und seine neuen Männer ihre Ämter angetreten hatten, wies Jaehaerys Großmaester Benifer an, einen Raben nach Sturmkap zu schicken und Lord Rogar Baratheon in die Stadt zurückzurufen.

Der Brief des Königs führte zu einem Streit zwischen Lord Rogar und seinen Brüdern. Ser Borys, der häufig als sprunghaft und der streitlustigste Baratheon angesehen wurde, war in diesem Fall am besonnensten. »Der Junge wird dir den Kopf abschlagen lassen, wenn du seinem Ruf folgst«, sagte er. »Geh zur Mauer. Die Nachtwache nimmt dich.« Garon und Ronnal, die jüngeren Brüder, drängten stattdessen zum Widerstand. Sturmkap war die stärkste Burg im Reich. Wenn Jaehaerys seinen Kopf wollte, sollte er doch kommen und ihn sich holen, sagten sie. Darüber lachte Lord Rogar nur. »Stark?«, fragte er. »Harrenhal war stark. Nein. Ich werde erst zu Jaehaerys gehen und mich erklären. Das Schwarz kann ich dann immer noch anlegen, das wird er mir nicht verwehren.« Am nächsten Morgen brach er nach Königsmund auf und wurde nur von sechs seiner ältesten Ritter begleitet, Männern, die ihn seit der Kindheit kannten.

Der König empfing ihn auf dem Eisernen Thron mit der Krone auf dem Haupt. Die Lords seines Rates waren zugegen, und Ser Gottfrid Hunder und Ser Lorenz Steinern von der Königsgarde standen in ihren weißen Mänteln und emaillierten Rüstungen vor dem Eisernen Thron. Ansonsten war der Thronsaal leer. Lord Rogars Schritte hallten durch den Raum, während er den langen Weg von den Toren zum Thron zurücklegte, berichtet uns Großmaester Benifer. »Lord Baratheons Stolz war dem König wohl bekannt«, schreibt er. »Seine Gnaden wollte ihn nicht noch mehr verletzen, indem er ihn zwang, sich vor dem ganzen Hof zu demütigen.«

Aber der Lord von Sturmkap zeigte selbst äußerste Demut. Er ging auf ein Knie, senkte den Kopf und legte sein Schwert vor den Thron. »Euer Gnaden«, begann er, »ich bin gekommen, wie Ihr befohlen habt. Verfahrt mit mir, wie Ihr wünscht. Meine einzige Bitte ist, dass Ihr meine Brüder und das Haus Baratheon verschont. Alles, was ich getan habe, geschah …«

»… zum Wohl des Reiches, wie Ihr es gesehen habt.« Jaehaerys hob eine Hand und brachte Lord Rogar zum Schweigen, ehe er fortfahren konnte. »Ich weiß, was Ihr getan habt, was Ihr gesagt habt und was Ihr geplant habt. Ich glaube Euch, wenn Ihr sagt, dass Ihr meiner Person oder meiner Königin kein Leid zufügen wolltet … und Ihr habt nicht unrecht: Ich würde einen hervorragenden Maester abgeben. Aber ich hoffe, ein noch besserer König zu werden. Manche sagen, wir seien jetzt Feinde. Ich würde uns lieber als Freunde betrachten, die eine Meinungsverschiedenheit hatten. Als meine Mutter bei Euch Zuflucht gesucht hat, habt Ihr uns aufgenommen und seid dabei ein großes persönliches Risiko eingegangen. Ihr hättet uns auch einfach in Ketten legen und meinem Onkel als Geschenk übergeben können. Stattdessen habt Ihr mir Euer Schwert geschworen und zu den Fahnen gerufen. Das habe ich nicht vergessen.«

Jaehaerys fuhr fort: »Worte sind Wind. Mylord … mein lieber Freund … Ihr spracht von Hochverrat, aber Ihr habt keinen Hochverrat begangen. Ihr wolltet meine Ehe auflösen, aber Ihr seid gescheitert. Ihr habt vorgeschlagen, Prinzessin Aerea an meiner Stelle auf den Eisernen Thron zu setzen, aber ich sitze hier. Ihr habt Euren Bruder entsandt, um meine Nichte Rhaella aus ihrem Mutterhaus zu holen, gewiss … Aber zu welchem Zweck? Vielleicht wolltet Ihr sie nur als Mündel annehmen, weil Ihr keine eigenen Kinder habt.

Hochverrat in Tat verdient Strafe. Dumme Worte sind etwas anderes. Wenn Ihr wirklich zur Mauer gehen wollt, werde ich Euch nicht aufhalten. Die Nachtwache braucht starke Männer wie Euch. Doch es wäre mir lieber, wenn Ihr hierbliebet, in meinen Diensten. Wäret Ihr nicht gewesen, würde ich nicht auf diesem Thron sitzen, und das weiß das ganze Reich. Und ich brauche Euch noch immer. Das *Reich* braucht Euch. Als der Drache starb und mein Vater die Krone aufnahm, bedrängten ihn falsche Könige und rebellische Lords von allen Seiten. Das Gleiche könnte mir widerfahren und aus den gleichen Gründen … um meine Entschlossenheit, meinen Willen und meine Stärke auf die Probe zu stellen. Meine Mutter glaubt, dass sich gottesfürchtige Männer im ganzen Reiche gegen uns erheben werden, sobald meine Ehe bekannt gegeben wird. Vielleicht stimmt das. Um diese Prüfungen zu bestehen, brauche ich gute Männer in meiner Umgebung, *Krieger*, die bereit sind, für mich zu kämpfen und für mich zu sterben … und für meine Königin, wenn es sein muss. Seid Ihr ein solcher Mann?«

Lord Rogar trafen die Worte des Königs wie ein Schlag. Er blickte auf und sprach mit bewegter Stimme: »Das bin ich, Euer Gnaden.«

»Dann vergebe ich Euch«, sagte König Jaehaerys, »aber es gibt Bedingungen.« Seine Stimme wurde streng, während er sie auflistete. »Ihr werdet nie wieder das Wort gegen mich oder meine Königin erheben. Vom heutigen Tag an seid Ihr der lauteste Recke der Königin und duldet es nicht, dass in Eurer Gegenwart auch nur ein Wort gegen sie gesprochen wird. Darüber hinaus kann und werde ich keinerlei Missachtung meiner Mutter hinnehmen. Sie wird mit Euch nach Sturmkap zurückkehren, wo Ihr wieder als Mann und Frau leben werdet. In Wort und Tat werdet Ihr meiner Mutter nur Ehre erweisen und Höflichkeit entgegenbringen. Könnt Ihr diese Bedingungen erfüllen?«

»Mit Freuden«, antwortete Lord Rogar. »Darf ich fragen … Was geschieht mit Orryn?«

Der König zögerte. »Ich werde Lord Hohenturm befehlen, Euren Bruder Ser Orryn und die Männer freizulassen, die mit ihm nach Altsass gegangen sind«, sagte Jaehaerys, »aber ich kann sie nicht ungestraft ziehen lassen. Die Mauer ist für immer, also sende ich sie stattdessen für zehn Jahre ins Exil. Sie können ihre Schwerter in den Umstrittenen Landen verkaufen oder nach Qarth segeln und ein Vermögen erwerben, das ist mir einerlei … wenn sie überleben und keine weiteren Verbrechen begehen, mögen sie in zehn Jahren nach Hause kommen. Seid Ihr damit einverstanden?«

»Das bin ich«, antwortete Lord Rogar. »Euer Gnaden ist mehr als nur gerecht.« Dann fragte er den König, ob er Geiseln stellen müsse, um seine zukünftige Treue zu garantieren. Drei seiner Brüder hätten kleine Kinder, führte er aus, die er an den Hof schicken könne.

Zur Antwort stieg König Jaehaerys vom Eisernen Thron und hieß Lord Rogar, ihm zu folgen. Er führte ihn aus dem Thronsaal in den inneren Hof, wo gerade Vermithor gefüttert wurde. Als Morgenmahl war ein Stier für ihn geschlachtet worden, und dieser lag nun verkohlt und rauchend auf den Steinen, denn Drachen verbrennen das Fleisch stets, ehe sie es verschlingen. Vermithor tat sich gerade an dem Stier gütlich und riss mit jedem Bissen große Fleischbrocken aus dem Kadaver heraus, doch als der König mit Lord Rogar näher kam, hob der Drache den Kopf und starrte sie aus Augen an, die wie geschmolzene Bronze leuchteten. »Er wird jeden Tag größer«, sagte Jaehaerys und kraulte den großen Wurm unter dem Kiefer. »Behaltet Eure Nichten und Neffen, Mylord. Wozu brauche ich Geiseln? Ich habe Euer Wort, und mehr benötige ich nicht.« Doch Großmaester Benifer hörte auch die Worte, die der König unausgesprochen ließ. »*Jeder Mann und jede Frau und jedes Kind in den Sturmlanden sind meine Geiseln, solange ich ihn reite,* gab der König ohne Worte zu verstehen«, schreibt Benifer, »und Lord Rogar hatte sie sehr wohl vernommen.«

So kam es zum Friedensschluss zwischen dem jungen König und seiner ehemaligen Hand, und besiegelt wurde er noch an jenem Abend durch ein Festmahl in der großen Halle, wo Lord Rogar neben Königin Alyssa saß, die einmal mehr Gemahl und Gemahlin waren, und einen Trinkspruch auf die Gesundheit der Königin Alysanne ausbrachte und sie vor den versammelten Lords und Damen seiner Liebe und Treue versicherte. Vier Tage später brach Lord Rogar nach Sturmkap auf, und Königin Alyssa beglei-

tete ihn, eskortiert von Ser Pat der Waldschnepfe und einhundert Waffenknechten, die im Königswald für ihre Sicherheit sorgen sollten.*

In Königsmund begann nun wahrhaftig die lange Herrschaft von Jaehaerys I. Targaryen. Der junge König stand vor einem ganzen Berg Probleme, als er die Herrschaft über die Sieben Königreiche antrat, doch zwei stachen besonders hervor: Die Schatzkammer war leer, und die Schulden der Krone stiegen, und seine »geheime« Eheschließung, die mit jeden Tag weniger geheim wurde, war wie ein Gefäß mit Seefeuer auf dem Herd, das jeden Augenblick explodieren konnte. Beide Probleme mussten unbedingt gelöst werden, und zwar rasch.

Den unmittelbaren Bedarf an Gold stillte Rego Draz, der neue Meister der Münze, der sich an die Eiserne Bank von Braavos und deren Konkurrenten in Tyrosh und Myr wandte und nicht nur ein, sondern gleich drei beträchtliche Darlehen aufnehmen konnte. Indem er eine Bank gegen die andere ausspielte, erreichte der Lord der Luft bei seinen Verhandlungen vorteilhaftere Bedingungen als erhofft. Die Darlehen zeigten sofortige Wirkung: Die Arbeit an der Drachengrube konnte fortgesetzt werden, und erneut schwärmte

---

* Ser Orryn Baratheon sollte nie nach Westeros zurückkehren. Zusammen mit den Männern, die ihn nach Altsass begleitet hatten, setzte er in die Freie Stadt Tyrosh über, wo er sich in die Dienste des Archons stellte. Ein Jahr später heiratete er die Tochter des Archons, eben jene Jungfrau, die sein Bruder Rogar mit König Jaehaerys hatte verheiraten wollen, um ein Bündnis zwischen dem Eisernen Thron und der Freien Stadt zu schmieden. Die dralle Maid mit dem blaugrünen Haar und dem anziehenden Wesen schenkte Ser Orryn bald eine Tochter, obwohl es Zweifel daran gab, ob das Mädchen tatsächlich von ihm gezeugt worden war, denn wie viele Frauen der Freien Städte vergab sie ihre Gunst äußerst großzügig. Als die Amtszeit ihres Vaters als Archon endete, verlor Ser Orryn seine Stellung ebenfalls und war gezwungen, Tyrosh zu verlassen und nach Myr zu gehen, wo er sich den Männern der Jungfrau anschloss, einer Freien Kompanie mit einem besonders unappetitlichen Ruf. Kurz darauf wurde er in den Umstrittenen Landen in einer Schlacht gegen die Tapferen Männer getötet. Was aus seiner Frau und seiner Tochter wurde, entzieht sich unserer Kenntnis.

ein Heer aus Baumeistern und Steinmetzen über Rhaenys' Hügel aus.

Lord Rego und sein König wussten jedoch beide, dass die Darlehen allenfalls eine Notlösung waren; sie mochten die Blutung stillen, aber die Wunde nicht schließen. Nur Steuern konnten das. Lord Celtigars Steuern allerdings würden den Zweck nicht erfüllen. Jaehaerys hatte nicht die Absicht, die Hafengebühren zu erhöhen oder Gastwirte auszubluten. Auch wollte er nicht einfach Gold von den Lords des Reiches verlangen, so wie Maegor es getan hatte, dergleichen konnte leicht zu einem Aufstand führen. »Nichts ist so teuer wie das Niederschlagen einer Rebellion«, verkündete der König. Die Lords würden bezahlen, aber aus freien Stücken, denn er würde Steuern auf die Dinge erheben, die sie gerne erwarben, feine und kostspielige Waren von jenseits der Meerenge. Seide würde besteuert werden, auch Samit, Goldtuch und Silbertuch, Edelsteine, myrische Spitze und myrische Wandteppiche, dornische Weine (aber nicht die Weine vom Arbor), dornische Sandrösser, vergoldete Helme und verzierte Rüstungen aus den Werkstätten in Tyrosh, Lys und Pentos. Gewürze würden am höchsten besteuert werden: Pfefferkörner, Nelken, Safran, Muskat, Zimt und all die anderen seltenen Gewürze aus den Ländern jenseits der Jadetore, die ohnehin bereits teurer als Gold waren, würden noch einmal teurer werden. »Wir erheben Abgaben auf all alles, was mich reich gemacht hat«, scherzte Lord Rego.

»Niemand kann sich beschweren, diese Steuern würden ihn ruinieren«, erklärte Jaehaerys dem Kleinen Rat. »Um sie zu umgehen, muss ein Mann lediglich auf seinen Pfeffer, seine Seide und seine Perlen verzichten, dann braucht er keinen Heller zu bezahlen. Die Leute, die solche Dinge kaufen, wollen sie jedoch unbedingt haben. Wie können sie sonst ihre Macht zur Schau stellen und der Welt zeigen, wie wohlhabend sie sind? Sie werden sich vielleicht beschweren, aber sie werden zahlen.«

Die Gewürz- und Seidensteuern waren noch nicht alles. König Jaehaerys erließ auch ein neues Gesetz über Zinnen und Mauern. Jeder Lord, der eine neue Burg bauen oder seinen bereits bestehenden Sitz erweitern oder erneuern wollte, musste für dieses Privileg einen stolzen Preis entrichten. Die neue Steuer verfolgte gleich zwei Zwecke, wie Seine Gnaden Großmaester Benifer erläuterte. »Je größer und stärker eine Burg ist, desto mehr wird ihr Lord versucht sein, sich mir zu widersetzen. Man sollte meinen, der Schwarze Harren sei ihnen eine Lehre gewesen, doch zu viele kennen sich in Geschichte nicht aus. Diese Steuer wird sie vom Bauen abhalten, während jene, die trotzdem bauen müssen, unsere Schatzkammer füllen und ihre eigene leeren.«

Nachdem Seine Gnaden alles in seiner Macht Stehende getan hatte, um die Finanzen der Krone zu sanieren, konnte er sich der anderen wichtigen Angelegenheit zuwenden, die seiner Aufmerksamkeit harrte. Zu guter Letzt schickte er nach seiner Königin. Alysanne Targaryen brach auf ihrem Drachen Silberschwinge von Drachenstein auf, kaum eine Stunde nachdem Jaehaerys' Nachricht sie erreicht hatte; sie war fast ein halbes Jahr vom König getrennt gewesen. Der Rest ihres Hofes folgte mit dem Schiff. Inzwischen wussten selbst blinde Bettler in den Gassen von Flohloch von Alysannes und Jaehaerys' Vermählung, doch aus Gründen der Schicklichkeit schliefen der König und die Königin einen Mond lang in getrennten Gemächern, während die Vorbereitungen für ihre zweite Hochzeit getroffen wurden.

Der König war nicht bereit, Münzen auszugeben, die er nicht hatte, um eine zweite Goldene Hochzeit zu feiern, so prunkvoll und beliebt sie auch gewesen war. Vierzigtausend Zuschauer hatten bezeugt, wie seine Mutter Lord Rogar ehelichte. Eintausend kamen im Roten Bergfried zusammen, um zu sehen, wie Jaehaerys und seine Schwester Alysanne sich abermals das Jawort gaben. Diesmal erklärte Septon Barth sie unter dem Eisernen Thron zu Mann und Frau.

Lord Rogar Baratheon und Königinwitwe Alyssa gehörten dieses Mal zu den Trauzeugen. Gemeinsam mit Lord Rogars Brüdern Garon und Ronnal waren sie von Sturmkap gekommen, um der Zeremonie beizuwohnen. Doch es war ein anderer Hochzeitsgast, der das größte Aufsehen erregte: die Königin des Westens. Getragen von Traumfeuers Schwingen war Rhaena Targaryen herübergeflogen, um die Hochzeit ihrer Geschwister zu feiern … und ihre Tochter Aerea zu besuchen.

Die Glocken läuteten überall in der Stadt, als die Zeremonie beendet war, und ein Schwarm Raben flog in alle Winkel des Reiches davon, um »diese glückliche Verbindung« zu verkünden. Die zweite Hochzeit des Königs unterschied sich in einer weiteren wichtigen Hinsicht von der ersten: Es folgte das Betten. Königin Alysanne sollte in späteren Jahren erklären, es habe auf ihr Drängen stattgefunden; sie war bereit, ihre Jungfräulichkeit aufzugeben, sie wollte nicht mehr fragen hören, ob sie »wirklich« verheiratet sei. Lord Rogar selbst, der vollkommen betrunken war, führte die Männer an, die sie entkleideten und ins Brautbett trugen, während die Hofdamen der Königin Jennis Tempelheim, Rosamunde Ball und Prudentia und Prunella Celtigar zu jenen gehörten, die diese Ehre dem König zuteilwerden ließen. So wurde in einem Himmelbett in Maegors Feste im Roten Bergfried von Königsmund die Ehe von Jaehaerys Targaryen und seiner Schwester Alysanne zu guter Letzt vollzogen und auf diese Weise ihre Verbindung im Angesicht der Götter und Menschen für alle Zeiten besiegelt.

Da die Heimlichkeit nun endlich ein Ende hatte, warteten der König und sein Hof darauf, wie das Reich reagieren würde. Jaehaerys war zu dem Schluss gekommen, dass der gewaltsame Widerstand gegen die Vermählung seines Bruders Aegon mehrere Gründe gehabt hatte. Ihr Onkel Maegor hatte sich im Jahre 39 n.A.E. eine zweite Gemahlin genommen, in Missachtung sowohl des Hohen Septons als auch seines eigenen Bruders König Aenys, und das hatte das zerbrechliche Einverständnis zwischen dem Eisernen Thron und der Sternensepte erschüttert, sodass die Heirat von Aegon und Rhaena danach als weitere Provokation empfunden worden war. Deren Anprangerung hatte im Land einen Flächenbrand entfacht, und die Schwerter und Sterne hatten die Fackel aufgenommen zusammen mit zwei Dutzend frommen Lords, die die Götter mehr fürchteten als ihren König. Prinz Aegon und Prinzessin Rhaena waren im Volk kaum bekannt gewesen und hatten ihre königliche Reise ohne Drachen angetreten (vor allem, weil Aegon

noch kein Drachenreiter gewesen war), weshalb sie dem Pöbel schutzlos ausgeliefert gewesen waren, der sich in den Flusslanden zusammengerottet und sie angriffen hatte.

Nichts davon traf auf Jaehaerys und Alysanne zu. Es würde keine Anprangerung aus der Sternensepte geben; zwar sträubten sich einige der Ergebensten noch gegen die Targaryen-Tradition der Geschwisterehe, doch der Hohe Septon, Septon Monds »Hoher Speichellecker«, war willfährig und vorsichtig und nicht geneigt, schlafende Drachen zu wecken. Die Macht der Schwerter und Sterne war gebrochen, und ihre Mitglieder waren geächtet. Nur an der Mauer, wo zweitausend Arme Gefährten nun das Schwarz der Nachtwache trugen, gab es sie noch in ausreichender Zahl, um Schwierigkeiten zu bereiten, wenn sie wollten. Und König Jaehaerys würde den Fehler seines Bruders nicht wiederholen. Er und seine Königin wollten das Land, über das sie herrschten, sehen und aus erster Hand kennenlernen, wollten seine Lords treffen und selbst einschätzen, sich dem Volk zeigen und seinen Kummer anhören … doch wo auch immer sie hinzogen, ihre Drachen würden sie stets begleiten.

Aus all diesen Gründen glaubte Jaehaerys, das Reich würde seine Vermählung akzeptieren … dennoch war er niemand, der so etwas dem Zufall überließ. »Worte sind Wind«, erklärte er seinem Rat, »doch der Wind kann einen Brand anfachen. Mein Vater und mein Onkel haben mit Stahl und Flamme gegen Worte gekämpft. Wir werden Worte mit Worten bekämpfen und so die Feuer löschen, ehe sie auflodern.« Und so sandte Seine Gnaden keine Ritter und Waffenknechte aus, sondern Prediger. »Erzählt jedem, den ihr trefft, von Alysannes Güte, ihrem süßen und sanften Wesen und ihrer Liebe für alle Menschen in unserem Königreich, den großen und den kleinen«, trug der König ihnen auf.

Sieben zogen auf seinen Befehl hin aus, drei Männer und vier Frauen. Anstelle von Schwertern und Äxten waren sie nur mit ihrem Verstand, ihrem Mut und ihren Zungen bewaffnet. Viele Geschichten sollten über ihre Reisen erzählt werden, und ihre Heldentaten wurden zu Legenden (und wurden mit der Zeit immer großartiger, wie so oft in Legenden). Nur einer der Sieben war dem gemeinen Volk bekannt, als sie aufbrachen: Und zwar war es keine Geringere als Königin Elinor höchstselbst, die Schwarze Braut, die Maegor tot auf dem Eisernen Thron gefunden hatte. In ihren königlichen Gewändern, die jeden Tag schäbiger und fadenscheiniger wurden, reiste Elinor aus dem Hause Costayn durch die Weite und legte redegewandt Zeugnis über die Boshaftigkeit ihres verstorbenen Königs und die Güte seiner Nachfolger ab. In späteren Jahren gab sie die Privilegien ihrer hochgeborenen Geburt auf, trat dem Glauben bei und stieg im großen Mutterhaus von Lennishort am Ende sogar zu Mutter Elinor auf.

Die anderen sechs, die auszogen, um für Jaehaerys zu sprechen, sollten im Laufe der Zeit fast ebenso berühmt werden wie die Königin. Zwei waren noch sehr jung: der gewitzte Septon Baldrick und der gelehrte Septon Rollo. Dazu kam noch der grimmige alte Septon Alfyn, der schon vor Jahren beide Beine verloren hatte und in einer Sänfte getragen wurde. Die Frauen, die der junge König auswählte, waren nicht weniger außergewöhnlich. Septa Ysabel hatte Königin Alysanne auf Drachenstein gedient und hatte sie dort lieb gewonnen. Die zierliche Septa Violante war für ihre Heilkunst berühmt. Überall, wo sie auftauchte, wirkte sie Wunder, so hieß es. Aus dem Grünen Tal kam Mutter Maris, die in einem Mutterhaus auf einer Insel im Hafen von Möwenstadt Generationen von Waisenmädchen großgezogen hatte.

Auf ihren Reisen durch das Reich erzählten die Sieben Sprecher von Königin Alysanne, ihrer Frömmigkeit, ihrer Großzügigkeit und ihrer Liebe zum König, ihrem Bruder … aber für all die Septone, Bettelbrüder und frommen Ritter und Lords, die ihnen Zitate aus *Der Siebenzackige Stern* oder aus den Predigten früherer Hohen Septone entgegenhielten, hatten sie eine Antwort parat, die sich Jaehaerys selbst in Königsmund ausgedacht hatte, und zwar unter der kundigen Mithilfe Septon Oswycks und (insbesondere) Septon Barths. In späteren Jahren sollten die Zitadelle und die Sternensepte diese Antwort als die Lehre der Einzigartigkeit bezeichnen.

Im Grundsatz war sie einfach. Der Glaube an die Sieben war in den Hügeln des alten Andalos geboren worden und hatte mit den Andalen die Meerenge überquert. Die Gesetze der Sieben, wie sie in den heiligen Texten niedergelegt waren und von den Septas und Septonen im Einklang mit dem Vater der Gläubigen gelehrt wurden, schrieben vor, dass ein Bruder sich nicht zu seiner Schwester, ein Vater sich nicht zu seiner Tochter und eine Mutter sich nicht zu ihrem Sohne legen dürfe, und sie besagten, dass die Nachkommen aus solchen Verbindungen Abscheulichkeiten seien, verabscheuenswert in den Augen der Götter. All dies bejahten die Vertreter der Lehre der Einzigartigkeit, doch mit einem Vorbehalt: *Für die Targaryen galten diese Regeln nicht.* Ihre Wurzeln lagen nicht in Andalos, sondern im Alten Valyria, wo andere Gesetze galten und andere Traditionen hochgehalten wurden. Man brauchte nur einen Blick auf sie zu werfen, um die Unterschiede zu erkennen – ihre Augen, ihr Haar, ihre ganze Haltung, all das verkörperte ihre Andersartigkeit. *Und sie*

flogen auf Drachen. Von allen Menschen der Welt waren sie die einzigen, die über die Macht verfügten, diese furchterregenden Untiere zu zähmen, seit das Verhängnis über Valyria hereingebrochen war.

»Ein Gott hat uns alle erschaffen, Andalen und Valyrer und Erste Menschen«, verkündete Septon Alfyn aus seiner Sänfte, »aber er hat uns nicht alle gleich erschaffen. Er hat auch den Löwen und den Auerochsen gemacht, beides edle Tiere, doch bestimmte Gaben schenkte er nur dem einen und nicht dem anderen. So kann der Löwe nicht leben wie ein Auerochse und ein Auerochse nicht wie ein Löwe. Würdet Ihr also Eure Schwester betten, wäre das eine schwere Sünde, Ser … aber Ihr stammt nicht vom Blut des Drachen, genauso wenig wie ich. Sie tun nur, was sie schon immer getan haben, und es steht uns nicht zu, über sie zu urteilen.«

Eine Legende erzählt uns, der schlagfertige Septon Baldrick sei in einem kleinen Dorf mit einem kräftigen Heckenritter konfrontiert worden, der einst ein Armer Gefährte gewesen war. Der Heckenritter fragte ihn: »Ja, und wenn ich meine Schwester auch ficken will, habe ich dann Eure Erlaubnis?« Der Septon lächelte und erwiderte: »Geht nach Drachenstein und besteigt einen Drachen. Wenn Ihr das fertigbringt, Ser, werde ich persönlich Euch und Eure Schwester trauen.«

Hier stoßen wir auf ein Dilemma, dem jeder Schüler der Geschichte irgendwann begegnet. Wenn wir auf die Ereignisse zurückblicken, die sich in vergangenen Jahren zugetragen haben, könnten wir sagen, dies und jenes waren die Ursachen für dieses oder jenes Geschehnis. Wenn wir aber Ereignisse betrachten, die sich *nicht* zugetragen haben, können wir bestenfalls Mutmaßungen anstellen. Wir wissen, dass sich das Reich im Jahre 50 n.A.E. nicht gegen König Jaehaerys und Königin Alysanne erhoben hat, anders als neun Jahre zuvor bei Aegon und Rhaena. Das *Warum* bleibt hingegen weitaus ungewisser. Das Schweigen des Hohen Septons war laut zu vernehmen, ohne Zweifel, und die Lords und das gemeine Volk waren des Krieges müde … aber wenn Worte über Macht verfügen, Wind hin oder her, dann haben die Sieben Sprecher mit Sicherheit ihren Anteil daran gehabt.

Obgleich der König glücklich mit seiner Königin war und das Reich glücklich mit ihrer Ehe, hatte sich Jaehaerys nicht geirrt, als er vorausgesehen hatte, dass er auf die Probe gestellt würde. Nachdem er den Rat neu besetzt, Lord Rogar und Königin Alyssa versöhnt und neue Steuern erlassen hatte, um die Schatzkammern der Krone wieder zu füllen, stellte sich ihm eine Aufgabe, die für ihn zu seiner bisher heikelsten werden sollte: seine Schwester Rhaena.

Seit Rhaena Targaryen Lyman Lennister und Casterlystein verlassen hatte, befanden sie und ihr Hof sich auf einer Art königlichen Reise und besuchten die Marbrands von Aschmark, die Regns von Castamaer, die Lefferts vom Goldzahn, die Vankes von Wandersruh und schließlich die Peipers von Rosmaid. Wohin Rhaena sich auch wandte, überall gab es die gleichen Probleme. »Zuerst sind sie alle sehr freundlich«, berichtete sie ihrem Bruder, »aber diese Freundlichkeit ist nicht von Dauer. Entweder bin ich nicht sonderlich willkommen oder zu sehr willkommen. Sie tuscheln über die Kosten, die ich und die Meinigen verursachen, doch eigentlich geht es immer um Traumfeuer. Manche haben Angst vor ihr, andere wollen sie besitzen, und das sind diejenigen, die mich am meisten beunruhigen. Sie gieren nach einem eigenen Drachen. Solche Wünsche werde ich ihnen nicht erfüllen, aber wohin soll ich gehen?«

»Hierher«, schlug der König vor. »Komm zurück an den Hof.«

»Um ewig in deinem Schatten zu leben? Ich brauche meinen eigenen Sitz. Einen Ort, von dem mich kein Lord fortschicken oder an dem er mich bedrohen oder die belästigen kann, die ich unter meinen Schutz gestellt habe. Ich brauche Land, Männer und eine Burg.«

»Wir finden Land für dich«, sagte der König. »Und wir bauen dir eine Burg.«

»Alles Land ist schon besetzt, und alle Burgen sind bewohnt«, erwiderte Rhaena, »aber es gibt eine, auf die ich einen Anspruch habe … einen besseren Anspruch als du selbst, Bruder. Ich bin vom Blut des Drachen. Ich möchte den Sitz meines Vaters, den Ort, an dem ich geboren wurde. Ich will Drachenstein.«

Darauf wusste König Jaehaerys keine Antwort, er versprach ihr nur, darüber nachzudenken. Sein Rat sprach sich geschlossen dagegen aus, den Stammsitz des Hauses Targaryen an die verwitwete Königin abzutreten, aber niemand wusste eine bessere Lösung.

Nachdem er über die Angelegenheit eine Weile nachgedacht hatte, traf Seine Gnaden sich erneut mit seiner Schwester. »Ich überlasse dir Drachenstein als Sitz«, verkündete er, »denn es gibt keinen Ort, der besser für das Blut des Drachen geeignet wäre. Aber du erhältst die Insel und die Burg von mir als Geschenk und herrschst dort nicht aus eigenem Recht. Unser Großvater hat die Sieben Königreiche mit Feuer und Blut zu einem Reich vereint, und ich kann und werde sie nicht entzweireißen, indem ich dir ein eigenes Königreich abtrenne. Aus Höflichkeit billige ich dir weiterhin den Titel einer Königin zu, aber ich bin der König, und mein Wort ist von Altsass bis zur Mauer Gesetz … und auch auf Drachenstein. Sind wir uns darin einig, Schwester?«

»Bist du dir dieses eisernen Stuhles so unsicher, dass du dein eigenes Blut zwingen musst, das Knie vor dir zu beugen, Bruder?«, hielt ihm Rhaena entgegen. »So sei es. Gib mir Drachenstein und noch eins, und ich werde dich nicht mehr behelligen.«

»Noch eins?«, fragte Jaehaerys.

»Aerea. Ich möchte meine Tochter zurück.«

»Einverstanden«, sagte der König, vielleicht ein wenig zu voreilig, denn wir dürfen nicht vergessen, dass Aerea Targaryen, ein Mädchen von acht Jahren, seine anerkannte Thronfolgerin war, die rechtmäßige Erbin des Eisernen Throns. Die Folgen dieser Entscheidung sollten erst in späteren Jahren offenbar werden. Für den Augenblick war die Angelegenheit damit erledigt, und die Königin des Westens wurde auf einen Streich zur Königin des Ostens.

Der Rest des Jahres des Halben Jahrhunderts, wie das Jahr 50 n.A.E. genannt werden würde, verging ohne weitere Krisen oder Prüfungen, während sich Jaehaerys und Alysanne mit dem Handwerk des Regierens vertraut machten. Falls gewisse Mitglieder des Kleinen Rates überrascht waren, als die Königin anfing, an den Sitzungen teilzunehmen, teilten sie ihre Einwände nur untereinander … und bald auch das nicht mehr, denn die junge Königin stellte rasch unter Beweis, dass sie weise, belesen und klug war, und wurde somit zu einer willkommenen Stimme in jeder Unterredung.

Alysanne Targaryen hatte glückliche Erinnerungen an ihre Kindheit, an die Zeit, ehe ihr Onkel Maegor sich der Krone bemächtigt hatte. Während der Herrschaft ihres Vaters Aenys hatte ihre Mutter, Königin Alyssa, den Hof in einen traumhaften Ort voller Lieder, Schauspiel und Schönheit verwandelt. Musiker, Mimen und Barden hatten um ihre Gunst und um die des Königs gewetteifert. Weine vom Arbor waren auf ihren Festen wie Wasser geströmt, durch die Säle und Höfe von Drachenstein hatte Gelächter gehallt, und die Frauen des Hofes glitzerten in Perlen und Diamanten. Maegors Hof war ein trostloser, dunkler Ort gewesen, und während der Regentschaft hatte sich nur wenig daran geändert, denn die Erinnerungen an König Aenys' Zeiten waren für seine Witwe zu schmerzvoll, derweil Lord Rogar mit seinem kriegerischen Temperament einmal erklärt hatte, Mimen seien noch nutzloser als Affen, denn »beide hüpfen herum, schlagen Purzelbäume, machen Luftsprünge und kreischten dabei, aber wenn ein Mann hungrig genug ist, kann er einen Affen wenigstens essen.«

Königin Alysanne erinnerte sich wehmütig an die kurze Zeit der Pracht am Hofe ihres Vaters und machte es sich zum Ziel, den Roten Bergfried so strahlen zu lassen wie nie zuvor. Sie kaufte Wandbehänge und Teppiche aus den Freien Städten und gab Wandgemälde, Statuen und Fliesenarbeiten in Auftrag, um die Säle und Gemächer der Burg zu schmücken. Auf ihren Befehl durchkämmten Männer der Stadtwache Flohloch, bis sie Tom den Klimperer fanden, dessen Spottlieder König und Gemeine schon während des Kriegs um die Weißen Mäntel belustigt hatten. Alysanne machte ihn zum Hofsänger, dem ersten von vielen, die dieses Amt in den folgenden Jahrzehnten bekleiden sollten. Sie ließ einen Harfner aus Altsass kommen, eine Truppe Mimen aus Braavos, Tänzerinnen aus Lys und verschaffte dem Roten Bergfried seinen ersten Narren, einen dicken Mann namens »Gevatterin«, der sich wie eine Frau kleidete und sich niemals ohne seine hölzernen »Kinder« sehen ließ: zwei sorgfältig geschnitzte Handpuppen, die unablässig frivole und anstößige Dinge von sich gaben.

All das gefiel König Jaehaerys, doch nichts davon bereitete ihm auch nur halb so viel Freude wie das Geschenk, das Königin Alysanne ihm machte, als das Jahr sich dem Ende zuneigte und sie ihm mitteilte, dass sie ein Kind erwartete.

GEBURT, TOD UND VERRAT UNTER KÖNIG JAEHAERYS I.

Es sollte sich zeigen, dass Jaehaerys I. der rastloseste König war, der je auf dem Eisernen Thron gesessen hatte. Aegon der Eroberer hatte bekanntermaßen gesagt, das gemeine Volk müsse seine Könige und Königinnen von Zeit zu Zeit sehen, damit es ihnen ihren Kummer und ihr Leid klagen könnte. »Ich beabsichtige, mich dem Volk zu zeigen«, verkündete Jaehaerys, als er seine erste königliche Reise im Jahre 51 n.A.E. ankündigte. Viele weitere sollten in den nächsten Jahren und Jahrzehnten folgen. Während seiner langen Herrschaft würde Jaehaerys mehr Tage und Nächte als Gast unter dem Dach des einen oder anderen Lords verbringen oder Audienzen in Marktstädtchen und Dörfern abhalten als auf Drachenstein und im Roten Bergfried zusammen. Und häufig begleitete ihn Alysanne und flog auf ihrem silbernen Drachen neben seiner großen Bestie her, die wie polierte Bronze glänzte.

Aegon der Eroberer war es gewohnt gewesen, bis zu eintausend Ritter, Waffenknechte, Stallburschen, Köche und weitere Diener mitzunehmen. Solche Prozessionen waren zweifellos ein großartiger Anblick, doch sie brachten die Lords in Schwierigkeiten, die mit einem königlichen Besuch geehrt wurden. Es war schwierig, so viele Menschen unterzubringen und zu versorgen, und wenn der König auf die Jagd gehen wollte, waren die Wälder der Umgebung schnell überlaufen. Selbst der reichste Lord war oft verarmt, wenn der König abzog, seine Weinkeller leergetrunken, die Speisekammern geplündert, und die Hälfte der Mägde trug einen Bastard im Bauch.

Jaehaerys hatte sich entschieden, das zu ändern. Nie begleiteten ihn mehr als einhundert Männer bei einer Reise: zwanzig Ritter, der Rest Waffenknechte und Diener. »Ich brauche mich nicht mit Schwertern zu umringen, solange ich Vermithor reite«, sagte er. Ein kleineres Gefolge ermöglichte es ihm außerdem, auch kleinere Lords aufzusuchen, deren Burgen nicht genug Platz geboten hatten, um Aegon zu beherbergen. Seine Absicht war es, mehr Orte zu sehen und an mehr Orten gesehen zu werden, aber an jedem Ort eine kürzere Zeit zu verweilen, damit er nie ein unwillkommener Gast wurde.

Die erste Reise des Königs sollte bescheiden sein, sie begann in den Kronlanden nördlich von Königsmund und sollte dann nur bis ins Grüne Tal von Arryn führen. Jaehaerys wollte, dass Alysanne ihn begleitete, aber da Ihre Gnaden in anderen Umständen war, fürchtete er, dass die Reise zu anstrengend für sie werden könnte. Sie begannen mit Schurwerth und Rosby, dann zogen sie an der Küste entlang weiter nach Dämmertal. Dort besichtigte der König Lord Finsterlyns Werften und genoss einen Nachmittag beim Angeln, während die Königin den ersten ihrer Frauenhöfe abhielt, die in Zukunft ein wichtiger Teil jeder königlichen Reise wurden. Nur Frauen und Mädchen waren zu diesen Audienzen zugelassen; und ob von hoher oder niederer Geburt, jede wurde ermutigt, vorzutreten und ihre Ängste, Sorgen und Hoffnungen mit der jungen Königin zu teilen.

Die Reise verlief ohne Zwischenfälle, bis der König und die Königin Jungfernteich erreichten, wo sie für zwei Wochen Gäste von Lord und Lady Muton sein sollten, ehe sie die Krabbenbucht hinunter nach Wickenden, Möwenstadt und dem Grünen Tal segeln wollten. Die Stadt Jungfernteich war weithin berühmt für den Süßwasserteich, wo der Legende zufolge Florian der Narr im Zeitalter der Helden Jonquil zum ersten Mal beim Baden gesehen hatte. Wie

Tausende anderer Frauen vor ihr wollte Königin Alysanne in Jonquils Teich baden, dessen Wasser angeblich erstaunliche Heilkräfte besaß. Die Lords von Jungfernteich hatten schon vor vielen Jahrhunderten ein großes Badehaus aus Stein um den Teich errichtet und es einem Orden heiliger Schwestern überlassen. Männern war es nicht gestattet, das Anwesen zu betreten, daher wurde die Königin, als sie in das heilige Wasser glitt, nur von ihren Hofdamen, Zofen und Septas begleitet (Edyth und Lyra, die als Novizinnen unter Septa Ysabel gedient hatten, hatten erst kürzlich ihre Gelübde abgelegt und waren jetzt dem Glauben geweiht und der Königin ergeben).

Die Güte der kleinen Königin, das Schweigen der Sternensepte und die Aufrufe der Sieben Sprecher hatten die meisten Gläubigen für Jaehaerys und Alysanne eingenommen … doch es gibt immer einige, die sich nicht von ihren Ansichten abbringen lassen, und unter den Schwestern, die Jonquils Teich hüteten, waren drei solche Frauen, deren Herzen von Hass verhärtet waren. Sie redeten sich gegenseitig ein, dass ihre heiligen Wasser für alle Zeiten befleckt wären, wenn der Königin gestattet würde, darin zu baden, während sie die »Abscheulichkeit« des Königs in ihrem Bauch trug. Königin Alysanne hatte gerade ihre Kleider abgelegt, als sie mit Dolchen über sie herfielen, die sie unter ihren Roben verborgen hatten.

Glücklicherweise waren die Angreiferinnen keine Kriegerinnen und hatten außerdem nicht mit dem Mut der Gefährtinnen der Königin gerechnet. Obgleich sie nackt und verwundbar waren, zögerten die Weisen Frauen nicht und traten zwischen die Angreiferinnen und ihre Königin. Septa Edyth erlitt einen Schnitt quer über das Gesicht, Prudentia Celtigar wurde in die Schulter gestochen, und Rosamund Ball traf ein Dolch in den Bauch, eine Wunde, der sie drei Tage später erliegen sollte. Doch keine der mörderischen Klingen berührte die Königin. Die Rufe und Schreie des Kampfes ließen Alysannes Beschützer herbeieilen, denn Ser Gottfrid Hunder und Ser Gil Morrigen hatten den Eingang zum Badehaus bewacht und nicht im Traum daran gedacht, dass die Gefahr im Inneren lauern könnte.

Die Königsgarde machte kurzen Prozess mit den Angreiferinnen, erschlug zwei auf der Stelle und nahm die dritte gefangen, um sie zu befragen. Nach entsprechender Ermutigung gestand sie, dass ein halbes Dutzend anderer Schwestern ihres Ordens bei der Planung geholfen hatte, aber nicht den Mut aufgebracht hatte, selbst zur Klinge zu greifen. Lord Muton hängte die Schuldigen und hätte auch die Unschuldigen aufgehängt, wenn Königin Alysanne nicht eingegriffen hätte.

Jaehaerys war wütend. Der Besuch im Grünen Tal wurde verschoben, stattdessen kehrten sie in die Sicherheit von Maegors Feste zurück. Königin Alysanne sollte dort bleiben, bis ihr Kind geboren war, aber die Erfahrung hatte sie erschüttert und nachdenklich gemacht. »Ich brauche meine eigene Beschützerin«, erklärte sie Seiner Gnaden. »Deine Sieben sind treu und tapfer, aber sie sind Männer, und es gibt Orte, die Männer nicht aufsuchen können.« Der König konnte nichts dagegen einwenden. Noch in derselben Nacht flog ein Rabe nach Dämmertal und befahl Lord Finsterlyn, seine Bastard-Halbschwester Jonquil Finster an den Hof zu schicken. Sie war während des Kriegs um die Weißen Mäntel der geheimnisvolle Ritter gewesen, der als die Schlange in Scharlachrot bekannt geworden war. Auch als sie wenige Tage später in Königsmund eintraf, trug sie immer noch Scharlachrot und nahm mit Freuden die Ernennung zum geschworenen Schild der Königin an. Mit der Zeit hieß sie im Reich nur noch der Scharlachrote Schatten, weil sie ihrer Herrin nie von der Seite zu weichen schien.

Nicht lange nach Jaehaerys' und Alysannes Rückkehr aus Jungfernteich und nachdem sich die Königin in ihr Schlafgemach zurückgezogen hatte, kam aus Sturmkap eine überaus erstaunliche und unerwartete Nachricht. Königin Alyssa trug ein Kind unter dem Herzen. Mit vierundvierzig Jahren war man davon ausgegangen, die Königinwitwe habe ihre fruchtbare Zeit hinter sich, weshalb ihre Schwangerschaft als ein Wunder angesehen wurde. In Altsass verkündete der Hohe Septon höchstselbst, es sei ein Segen der Götter, »eine Gabe der Mutter Oben an eine Mutter, die tapfer so viel Leid ertragen hat«.

Trotz der Freude bereitete die Nachricht auch Sorgen. Alyssa

war nicht mehr so kräftig wie früher; ihre Zeit als Königin Regentin hatte ihr viel abverlangt, und ihre zweite Ehe hatte ihr längst nicht die Freude geschenkt, die sie sich einst erhofft hatte. Doch die Aussicht auf ein Kind erwärmte Lord Rogars Herz, und er streifte seinen Ärger ab, bereute seine Seitensprünge und blieb fortan an der Seite seiner Gemahlin. Alyssa selbst war ängstlich, denn sie erinnerte sich an das letzte Kind, das sie König Aenys geboren hatte, das kleine Mädchen Vaella, das in der Wiege gestorben war. »Das könnte ich nicht noch einmal ertragen«, sagte sie zu ihrem Hohen Gemahl. »Es würde mir das Herz zerreißen.« Doch das Kind, das später im Jahr geboren wurde, erwies sich als ein strammer, gesunder Junge mit rotem Gesicht und rabenschwarzem Flaum auf dem Kopf. Außerdem »schrie er so laut, dass man ihn von Dorne bis zur Mauer hören konnte«. Lord Rogar, der längst jegliche Hoffnung aufgegeben hatte, ein Kind von Alyssa zu bekommen, nannte seinen Sohn Boremund.

Die Götter schenken Leid, und sie schenken Freude. Lange ehe ihre Mutter niederkam, brachte Königin Alysanne ebenfalls einen Sohn zur Welt, einen Jungen, den sie Aegon nannte, um sowohl den Eroberer als auch ihren verstorbenen und viel beklagten Bruder, den Ungekrönten Prinzen, zu ehren. Das ganze Reich freute sich und niemand so sehr wie Jaehaerys. Doch der junge Prinz war zu früh zur Welt gekommen. Klein und schwach starb er drei Tage nach der Geburt. Königin Alysanne war so verzweifelt, dass die Maester auch um ihr Leben fürchteten. Danach gab sie für alle Zeiten den Frauen, die sie in Jungfernteich angegriffen hatten, die Schuld am Tod ihres Sohnes. Denn hätte man ihr erlaubt, in den Heilwassern von Jonquils Teich zu baden, so sagte sie, wäre Prinz Aegon noch am Leben.

Auch Drachenstein, wo Rhaena Targaryen sich mit ihrem eigenen kleinen Hof eingerichtet hatte, litt unter Unzufriedenheit. Wie schon zu Jaehaerys' Zeiten suchten die Lords der Nachbarschaft sie auf, doch die Königin des Ostens war nicht ihr Bruder. Viele der Besucher wurden kalt empfangen, andere sogar ohne Audienz abgewiesen.

Königin Rhaenas Wiedervereinigung mit ihrer Tochter Aerea war ebenfalls nicht gut verlaufen. Die Prinzessin erinnerte sich nicht mehr an ihre Mutter, und die Königin wusste nichts über ihr Kind und hatte sowieso nicht viel für Kinder übrig. Aerea hatte das aufregende Leben im Roten Bergfried geliebt, wo Lords und Damen und Gesandte aus seltsamen fremden Ländern kamen und gingen, wo jeden Morgen Ritter auf den Höfen ihren Waffenübungen nachgingen und des Nachts Sänger und Mimen und Narren herumtollten, und auch all den Lärm und die Farben und das Gedränge von Königsmund jenseits der Mauern hatte sie gemocht. Zudem hatte ihr die Aufmerksamkeit gefallen, die ihr als Erbin des Eisernen Throns entgegengebracht wurde. Große Lords, galante Ritter, Zofen, Waschweiber und Stallburschen gleichermaßen hatten sie gepriesen, geliebt und um ihre Gunst gebuhlt, und sie war die Anführerin einer Meute junger Mädchen von hoher und niederer Geburt gewesen, die die Burg in Angst und Schrecken versetzt hatten.

All das hatte sie verloren, als ihre Mutter sie gegen ihren Wunsch nach Drachenstein mitgenommen hatte. Verglichen mit Königsmund war die Insel öde, verschlafen und still. In der Burg lebten keine Mädchen in ihrem Alter, und mit den Töchtern des Fischervolkes im Dorf vor den Mauern durfte sich Aerea nicht abgeben. Ihre Mutter war eine Fremde für sie, manchmal streng und manchmal schüchtern, und sie grübelte viel. Die Frauen, die sie umgaben, schienen sich nur wenig für Aerea zu interessieren. Und so erwärmte sich die Prinzessin nur für Elissa Weitmann von der Schönen Insel, die ihr Geschichten über ihre Abenteuer erzählte und versprach, ihr das Segeln beizubringen. Allerdings war Lady Elissa auf Drachenstein auch nicht glücklicher als Aerea, denn sie vermisste das weite Meer im Westen und sprach oft davon, dorthin zurückzukehren. »Nehmt mich mit«, sagte Prinzessin Aerea dann immer, und Elissa Weitmann lachte.

Drachenstein hatte allerdings etwas zu bieten, das Königsmund weitestgehend fehlte: Drachen. In der großen Zitadelle im Schatten des Drachenbergs schlüpften mit jedem Mondwandel mehr und mehr Drachen, oder zumindest schien es so. Aus den Eiern, die Traumfeuer auf der Schönen Insel gelegt hatte, waren allesamt Küken geschlüpft, sobald sie sich auf Drachenstein befanden, und Rhaena Targaryen hatte dafür gesorgt, dass ihre Tochter sich mit ihnen vertraut machte. »Such dir einen Drachen aus und mach ihn zu deinem Geschöpf«, drängte die Königin die Prinzessin, »und eines Tages wirst du auf ihm fliegen.« Es gab auch ältere Drachen in den Höfen, und jenseits der Mauern hausten wilde Drachen, die aus der Burg entkommen waren und sich in Höhlen auf der abgewandten Seite des Bergs niedergelassen hatten. Prinzessin Aerea hatte Vermithor und Silberschwinge während ihrer Zeit bei Hofe kennengelernt, aber ihr war nie erlaubt worden, sich ihnen zu sehr zu nähern. Hier durfte sie die Drachen aufsuchen, so oft sie wollte, die Küken, die Jungdrachen, auch Traumfeuer, das Drachenweibchen ihrer Mutter … und sogar die größten von allen, Balerion und Vhagar, riesengroß und uralt und verschlafen, aber dennoch furchterregend, wenn sie erwachten und sich regten und die Schwingen ausbreiteten.

Im Roten Bergfried hatte Aerea ihr Pferd geliebt, ihre Hunde und ihre Freundinnen. Auf Drachenstein wurden die Drachen ihre Freunde … ihre einzigen Freunde, abgesehen von Elissa Weitmann … und sie begann die Tage zu zählen, bis sie einen Drachen besteigen und weit, weit fort fliegen könnte.

Im Jahr 52 n.A.E. brach König Jaehaerys schließlich zu seiner Reise durchs Grüne Tal von Arryn auf und stattete Möwenstadt, Runenstein, Rotfest, Langbogenhall, Herzheim und den Toren des Mondes einen Besuch ab, ehe er auf Vermithor die Riesenlanze hinauf nach Hohenehr flog, wie Königin Visenya es während der Eroberung getan hatte. Königin Alysanne begleitete ihn einen Teil der Reise, aber nicht die ganze Strecke. Nach der Geburt und der anschließenden Trauer hatte sie sich noch nicht wieder vollständig erholt. Dennoch wurde durch ihre Vermittlung das Verlöbnis von Lady Prudentia Celtigar mit Lord Haindorf von Möwenstadt eingefädelt. Ihre Gnaden hielt auch einen Frauenhof in Möwenstadt ab und einen zweiten in den Toren des Mondes. Was sie dort hörte und erfuhr, sollte die Gesetze der Sieben Königreiche verändern.

Heutzutage sprechen die Menschen oft von Königin Alysannes Gesetzen, doch diese Bezeichnung ist ungenau und unzutreffend. Ihre Gnaden hatte nicht die Macht, Gesetze zu erlassen oder Urteile zu fällen. Es wäre ein Fehler, so über sie zu sprechen, wie wir über die Königinnen des Eroberers, Rhaenys und Visenya, sprechen. Doch die junge Königin übte großen Einfluss auf König Jaehaerys aus, und wenn sie etwas sagte, hörte er ihr zu … und so auch nach ihrer Rückkehr aus dem Grünen Tal von Arryn.

Die Frauenhöfe hatten Alysanne die Not der Witwen in den Sieben Königreichen vor Augen geführt. Insbesondere in Friedenszeiten war es nicht ungewöhnlich, dass der Mann eine Frau, die er in jungen Jahren geehelicht hatte, überlebte, denn junge Männer starben meist auf dem Schlachtfeld, junge Frauen dagegen im Kindbett. Gleichgültig ob von adliger oder gemeiner Geburt, Männer, die auf diese Weise zurückblieben, nahmen sich oft nach einer Weile eine zweite Frau, deren Anwesenheit im Haushalt jedoch meist von den Kindern der ersten Frau übel aufgenommen wurde. Wo keine liebevolle Verbundenheit entstanden war, konnten die Erben des Mannes die Witwe nach dessen Tod einfach aus dem Haus werfen und so ins Elend stürzen; dies geschah auch oft. Im Falle der Lords nahmen die Erben der Witwe einfach alle Rechte, Einkommen und Diener, wonach ihr anschließend kaum mehr als ein Wohnrecht blieb.

Um diese Missstände zu beheben, erließ König Jaehaerys im Jahre 52 n.A.E. das Witwengesetz, worin er das Erbrecht des ältesten Sohnes (oder der ältesten Tochter, wenn kein Sohn vorhanden war) bestätigte, besagten Erben aber gleichzeitig auferlegte, eine Witwe zu den gleichen Bedingungen zu versorgen, die vor dem Tod ihres Gemahls gegolten hatten. Die Witwe eines Lords, ob sie nun seine zweite, dritte oder vierte Gemahlin war, konnte nicht länger aus der Burg vertrieben werden oder ihrer Diener, Kleider und ihres Einkommens entledigt werden. Mit demselben Gesetz wurde allerdings Männern verboten, ihre Kinder aus erster Ehe zu enterben, um Länder, Sitz oder Besitztümer einer späteren Gemahlin oder deren Kindern zu vermachen.

Das Bauen war das andere wichtige Anliegen des Königs in jenem

Jahr. Die Arbeiten an der Drachengrube wurden fortgesetzt, und Jaehaerys besuchte die Baustelle häufig, um sich selbst ein Bild von den Fortschritten zu machen. Wenn er von Aegons Hohem Hügel zu Rhaenys' Hügel ritt, fiel Seiner Gnaden allerdings der beklagenswerte Zustand seiner Stadt auf. Königsmund war zu schnell gewachsen, und Villen und Läden und Hütten und Rattengruben waren aus dem Boden geschossen wie Pilze nach einem Regenguss. Die Straßen waren eng und dunkel und voller Schmutz, und die Gebäude standen so dicht beieinander, dass man von einem Fenster zum anderen klettern konnte. Die Gassen, voller Schlamm, Mist und Kot, schlängelten sich wie betrunkene Würmer umeinander.

»Am liebsten würde ich die ganze Stadt entvölkern, niederreißen und von Grund auf neu aufbauen«, sagte der König zu seinem Rat. Da er weder über die Macht noch die Münzen verfügte, die ein solches Unterfangen erfordert hätte, tat Jaehaerys, was ihm möglich war. Die Straßen wurden verbreitert, begradigt und gepflastert, wo es möglich war. Die übelsten Sauställe und Hütten wurden abgerissen. In der Stadtmitte wurde ein großer Platz angelegt und mit Bäumen bepflanzt, unter denen es Märkte und Laubengänge gab. Von dieser Achse gingen breite Straßen aus, die sich gerade wie Speere durch die Stadt erstreckten: der Königsweg, der Götterweg, die Straße der Schwestern, der Schwarzwasserweg (oder der Schlammweg, wie er bald im Volksmund hieß). Nichts davon ließ sich über Nacht bewerkstelligen; die Arbeiten erstreckten sich über viele Jahre, manche dauerten sogar Jahrzehnte, aber im Jahre 52 wurde damit begonnen, auf Befehl des Königs.

Die Kosten für Stadterneuerung waren nicht unerheblich und belasteten die Schatzkammern der Krone aufs Neue. Diese Schwierigkeiten wurden durch die wachsende Unbeliebtheit des Lords der Luft, Rego Draz, verschärft. In kürzester Zeit hatte es der Meister der Münze aus Pentos geschafft, sich ebenso verhasst zu machen wie sein Vorgänger, wenn auch aus anderen Gründen. Angeblich war er bestechlich und steckte sich das Gold des Königs in die eigene Tasche, eine Beschuldigung, die Lord Rego stets mit Spott abtat. »Warum sollte ich den König bestehlen, wo ich doch doppelt so reich bin wie er.« Außerdem hieß es, er sei ein gottloser Mann, denn er betete nicht zu den Sieben. In Pentos werden viele seltsame Götter verehrt, doch Draz hielt sich nur an einen, ein kleines Götterbild, das er in seinem Haus verehrte und das aussah wie eine hochschwangere Frau mit geschwollenen Brüsten und einem Fledermauskopf. »Sie ist die einzige Göttin, die ich brauche«, sagte er, und damit war die Angelegenheit für ihn erledigt. Außerdem sollte er ein Mischling sein, eine Behauptung, der er nicht widersprechen konnte, denn alle Pentoshi stammen teils von den Andalen und teils von den Valyrern ab und haben sich außerdem mit Sklaven und längst vergessenen älteren Völkern vermischt. Am meisten verabscheute man ihn jedoch wegen seines Reichtums, den er nicht versteckte, sondern mit seidenen Roben, Rubinringen und seiner vergoldeten Sänfte offen zur Schau stellte.

Dass Lord Rego Draz ein fähiger Meister der Münze war, konnten selbst seine Feinde nicht leugnen, doch die Herausforderung, Gelder für die Fertigstellung der Drachengrube und den Neubau von Königsmund aufzutreiben, brachte selbst einen Mann mit seinen Fähigkeiten an seine Grenzen. Die Steuern auf Seide, Gewürze und Zinnen allein reichten nicht aus, daher führte Lord Rego widerstrebend eine neue Abgabe ein: eine Tormaut, die jeder abführen musste, der die Stadt betrat oder verließ, und die von den Wachen an den Stadttoren eingetrieben wurde. Zusätzliche Gebühren wurden für Pferde, Maultiere, Esel und Ochsen fällig, am meisten mussten die Leute jedoch für Wagen und Karren bezahlen. Angesichts des großen Verkehrsaufkommens in Königsmund erwies sich diese Tormaut als höchst einträgliche Steuer und brachte viel mehr als erforderlich ein … doch zu beträchtlichen Kosten für Rego Draz selbst, denn der Groll gegen ihn wuchs aufs Zehnfache.

Ein langer Sommer, reiche Ernten und Frieden und Wohlstand in der Heimat und jenseits der Meerenge trugen dazu bei, der Unzufriedenheit die Spitze zu nehmen, und als das Jahr dem Ende entgegenging, überbrachte Königin Alysanne dem König eine wundervolle Neuigkeit. Ihre Gnaden war erneut schwanger. Diesmal, so schwor sie, würde kein Feind in ihre Nähe gelangen. Längst hatte man Pläne für eine zweite königliche Reise ausgearbeitet und verkündet, als die Königin ihre Schwangerschaft bekanntgab. Zwar sagte Jaehaerys sofort, er wolle bei seiner Frau bleiben, bis das Kind geboren sei, doch Alysanne wollte davon nichts wissen. Er müsse die Reise antreten, beharrte sie.

Und so geschah es. Zu Beginn des neuen Jahres stieg der König mit Vermithor in den Himmel auf, um in die Flusslande zu fliegen. Seine Reise begann mit einem Besuch in Harrenhal, wo er Gast des neuen Lords war, des neunjährigen Maegor Türmen. Von dort zog er mit seinem Gefolge weiter nach Schnellwasser, Eichelhall, Rosmaid, Atranta und Steinsepte. Auf Bitten seiner Königin begleitete Lady Jennis Tempelheim den König, um an ihrer Stelle die Frauenhöfe in Schnellwasser und Steinsepte abzuhalten. Alysanne blieb im Roten Bergfried, übernahm in der Abwesenheit des Königs den Vorsitz bei den Ratssitzungen und gewährte von einem samtbezogenen Stuhl am Fuße des Eisernen Throns aus Audienzen.

Während das Kind in Ihrer Gnaden heranwuchs, wurde auf der anderen Seite der Schwarzwasserbucht an der Gurgel eine andere Frau von einem anderen Kind entbunden, das, wenn auch zunächst weniger beachtet, später von großer Bedeutung für Westeros und die Meere jenseits davon werden sollte. Auf der Insel Driftmark wurde Daemon Velaryons ältester Sohn zum ersten Mal Vater, und seine Hohe Gemahlin schenkte ihm einen hübschen, gesunden Jungen. Der Kleine wurde Corlys genannt, nach dem Urgroßonkel, der so edel als Lord Kommandant der ersten Königsgarde gedient hatte, doch in späteren Jahren sollte dieser neue Corlys den Menschen von Westeros unter dem Namen die Seeschlange bekannt werden.

Das Kind der Königin folgte zu gegebener Zeit. Sie wurde im siebten Monat des Jahres 53 n.A.E. ins Kindbett gebracht, und diesmal gebar sie ein starkes und gesundes Kind, ein Mädchen, das sie Daenerys nannte. Der König war in Steinsepte, als ihn die Nachricht erreichte. Er stieg auf Vermithor und flog sofort nach Königsmund zurück. Obgleich Jaehaerys auf einen weiteren Sohn als Thronfolger gehofft hatte, war unverkennbar, dass er seine Tochter von dem Augenblick an vergötterte, in dem er sie zum ersten Mal in den Armen hielt. Und auch das Reich war hocherfreut über die Geburt der kleinen Prinzessin … das ganze Reich, ausgenommen Drachenstein.

Aerea Targaryen, die Tochter Aegons des Ungekrönten und seiner Schwestergemahlin Rhaena, war elf Jahre alt und die Erbin des Eisernen Throns gewesen, solange sie denken konnte (die drei Tage ausgenommen, die Prinz Aegon gelebt hatte). Das eigensinnige, freche und feurige junge Mädchen freute sich über die Aufmerksamkeit, die ihr als künftiger Königin zuteilwurde, und war nicht erfreut, nun von der neugeborenen Prinzessin verdrängt zu werden.

Ihre Mutter Königin Rhaena teilte diese Gefühle vermutlich, aber sie verlor kein Wort darüber und sprach nicht einmal mit ihren engsten Vertrauten darüber. Sie hatte genug Schwierigkeiten in ihrer eigenen Halle, denn zwischen ihr und ihrer geliebten Elissa Weitmann war es zu einem Zerwürfnis gekommen. Da Elissa von ihrem Bruder Lord Franklyn jeder Anteil an den Einkünften der Schönen Insel versagt wurde, hatte sie die Königinwitwe um ausreichend Gold gebeten, um sich in den Werften von Driftmark ein neues Schiff bauen zu lassen, ein großes, schnelles Schiff, mit dem sie das Meer der Abenddämmerung befahren konnte. Rhaena hatte ihr diese Bitte abgeschlagen. »Ich könnte es nicht ertragen, wenn du mich verlässt«, hatte sie gesagt, doch Lady Elissa hörte nur: *»Nein.«*

Rückblickend können wir natürlich sagen, dass alle Omen deutlich zu sehen waren, unheilvolle Zeichen, die schwierige Zeiten ankündigten, doch damals erkannten sogar die Erzmaester des Konklaves keines davon, als sie auf das ausgehende Jahr zurückschauten. Niemand von ihnen erkannte, dass das folgende Jahr zu den dunkelsten in der langen Herrschaft Jaehaerys' I. Targaryen gehören würde, ein Jahr, dermaßen geprägt von Tod, Spaltung und Unglück, dass es Maester und Volksmund gleichermaßen als das Jahr des Fremden bezeichnen würden.

Der erste Todesfall des Jahres 54 n.A.E. ereignete sich bereits wenige Tage nach den Feierlichkeiten zum Jahresbeginn. Septon Oswyck entschlief friedlich. Er war ein alter Mann, und seine Kräfte hatten bereits seit einiger Zeit nachgelassen, aber trotzdem warf sein Tod einen Schatten auf den Hof. Zu einer Zeit, als die Königin Regentin, die Hand des Königs und der Glauben sich alle gegen die Vermählung von Jaehaerys und Alysanne ausgesprochen hatten, war es Oswyck gewesen, der sich bereiterklärt hatte, sie zu trauen, und sein Mut war nie in Vergessenheit geraten. Auf Bitten des Königs wurden seine sterblichen Überreste auf Drachenstein bestattet, wo er so lange und so treu gedient hatte.

Der Rote Bergfried trug noch immer Trauer, als der nächste Schlag folgte, obgleich er zu dieser Zeit noch als freudiges Ereignis wahrgenommen wurde. Ein Rabe aus Sturmkap überbrachte eine erstaunliche Nachricht: Königin Alyssa war abermals schwanger, und das mit sechsundvierzig Jahren. »Ein zweites Wunder«, verkündete Großmaester Benifer, als er dem König die Neuigkeit überbrachte. Septon Barth, der Oswycks Pflichten nach dessen Tod übernommen hatte, war skeptischer. Ihre Gnaden habe sich nach der Geburt ihres Sohnes Boremund schon nicht mehr vollständig erholt, mahnte er. Er fragte sich, ob sie noch über die Kraft verfügte, um eine erneute Schwangerschaft bis zum Ende durchzustehen. Rogar Baratheon war angesichts der Aussicht auf einen zweiten Sohn in Hochstimmung und sah keine Schwierigkeiten. Seine Frau habe schon sieben Kinder zur Welt gebracht, beharrte er. Wieso nicht auch ein achtes?

Auf Drachenstein spitzten sich Probleme anderer Art zu. Lady Elissa Weitmann konnte das Leben auf der Insel nicht mehr ertragen. Sie höre den Ruf des Meeres, erklärte sie Königin Rhaena, und es sei Zeit für den Abschied. Die Königin des Ostens ließ sich ihre Gefühle nur selten anmerken, und so nahm sie die Nachricht mit versteinerter Miene auf. »Ich habe dich gebeten zu bleiben«, sagte sie, »und ich werde nicht betteln. Wenn du gehen willst, geh.« Prinzessin Aerea war dagegen nicht so zurückhaltend wie ihre Mutter. Als Lady Elissa kam, um sich von ihr zu verabschieden, weinte die Prinzessin, klammerte sich an ihr Bein und flehte sie an, zu bleiben oder, wenn das nicht ginge, sie wenigstens mitzunehmen. »Ich möchte mit Euch gehen«, sagte Aerea, »ich möchte die Meere befahren und Abenteuer erleben.« Lady Elissa kamen ebenfalls die Tränen, wie uns erzählt wird, aber sie schob die Prinzessin sanft von sich. »Nein, Kind, Euer Platz ist hier.«

Am nächsten Morgen brach Elissa Weitmann nach Driftmark auf. Von dort aus nahm sie ein Schiff über die Meerenge nach Pentos. Anschließend ging es über Land weiter nach Braavos, dessen Schiffsbauer weithin berühmt waren, aber Rhaena Targaryen und Prinzessin Aerea kannten ihr endgültiges Ziel nicht. Die Königin glaubte, sie sei nur nach Driftmark gegangen. Lady Elissa hatte jedoch guten Grund, eine größere Entfernung zwischen sich und die Königin zu bringen. Zwei Wochen nach ihrer Abreise führte Ser Merrell Ochs, noch immer Kommandant der Besatzung der Burg, drei verängstigte Stallburschen und den Hüter des Drachenhofes vor Rhaena. Drei Dracheneier wurden vermisst und waren auch nach tagelanger Suche nicht gefunden worden. Nachdem er jeden Mann, der Zugang zu den Eiern hatte, streng verhört hatte, war Ser Merrell davon überzeugt, dass Lady Elissa sie mitgenommen hatte.

Falls dieser Verrat eines Menschen, den sie geliebt hatte, Rhaena Targaryen verletzte, so verbarg sie es gut, doch ihre Wut verbarg sie nicht. Sie befahl Ser Merrell, die Stallmeister und Stallburschen nicht so zimperlich zu verhören. Als auch diese Befragung keine Ergebnisse zeitigte, enthob sie ihn seines Befehls und verbannte ihn von Drachenstein, gemeinsam mit seinem Sohn Ser Adam und einem Dutzend weiterer Männer, die in ihren Augen verdächtig waren. Sie ging sogar so weit, ihren Gemahl Androw Weitmann zu rufen, und verlangte von ihm zu wissen, ob er an dem Verbrechen seiner Schwester beteiligt gewesen sei. Seine Unschuldsbeteuerungen fachten ihren Zorn nur noch mehr an, bis ihr Geschrei überall in den Fluren von Drachenstein zu hören war. Sie schickte Männer nach Driftmark, wo sie lediglich herausfanden, dass Lady Elissa nach Pentos in See gestochen war. Sie schickte Männer nach Pentos, doch die Spur dort war längst erkaltet.

Erst da bestieg Rhaena Targaryen Traumfeuer, flog zum Roten Bergfried und teilte ihrem Bruder mit, was geschehen war. »Elissa mag Drachen nicht«, erklärte sie dem König. »Sie wollte Gold, Gold, um sich ein Schiff zu bauen. Sie wird die Eier verkaufen. Sie sind …«

»… eine ganze Flotte Schiffe wert.« Jaehaerys hatte seine Schwester in seinem Solar empfangen, und außer dem König selbst war nur Großmaester Benifer anwesend. »Wenn aus diesen Eiern Drachen schlüpfen, haben wir einen zweiten Drachenherrn auf der Welt, und zwar einen, der nicht unserem Hause entstammt.«

»Vielleicht schlüpfen sie nicht«, sagte Benifer, »nicht so weit von Drachenstein entfernt. Die Hitze … Es ist bekannt, dass sich manche Dracheneier einfach in Stein verwandeln.«

»Dann wird irgendein Gewürzhändler in Pentos drei sehr teure Steine besitzen«, sagte Jaehaerys. »Ansonsten … das Schlüpfen dreier junger Drachen ist kein Ereignis, das leicht geheim gehalten werden kann. Wer immer sie besitzt, wird damit angeben wollen. Wir brauchen Augen und Ohren in Pentos, Tyrosh und Myr, in allen Freien Städten. Setzt eine Belohnung für jeden Hinweis auf Drachen aus.«

»Was willst du unternehmen?«, fragte seine Schwester Rhaena ihn.

»Was ich tun muss. Was *du* tun musst. Glaub nicht, du könntest dich so einfach aus der Affäre ziehen, süße Schwester. Du wolltest Drachenstein, ich habe es dir gewährt, und du hast diese Frau dorthin gebracht. Diese Diebin.«

Die lange Herrschaft Jaehaerys' I. Targaryen verlief zum größten Teil friedlich. Er führte nur wenige Kriege, und die Kriege, die er führte, waren stets kurz. Trotzdem sollten wir ihn keineswegs mit seinem Vater Aenys verwechseln. An Jaehaerys war nichts Schwächliches, nichts Unschlüssiges, wie seine Schwester Rhaenys und Großmaester Benifer an jenem Tag bezeugen konnten, denn der König fuhr fort: »Sollten die Drachen irgendwo zwischen hier und Yi Ti auftauchen, werden wir sie zurückverlangen. Sie wurden uns gestohlen und gehören dem Rechte nach uns. Sollte diese Forderung abgelehnt werden, müssen wir hingehen und uns die Drachen holen. Sie zurückholen, wenn wir können, sie töten, wenn nicht. Drachenküken dürfen nicht hoffen, gegen Vermithor und Traumfeuer zu bestehen.«

»Und Silberschwinge?«, fragte Rhaena. »Unsere Schwester …«

»… hat nichts damit zu tun. Ich werde sie nicht in Gefahr bringen.«

Da lächelte die Königin des Ostens. »Sie ist Rhaenys, und ich bin Visenya. Daran habe ich nie gezweifelt.«

Großmaester Benifer sagte: »Ihr sprecht davon, jenseits der Meerenge Krieg zu führen, Euer Gnaden. Die Kosten …«

»… müssen wir tragen. Ich werde nicht zulassen, dass Valyria wiederaufersteht. Stellt Euch vor, was die Triarchen von Volantis mit Drachen anrichten könnten. Beten wir, dass es niemals dazu kommt.« Mit diesen Worten beendete Seine Gnaden die Audienz und mahnte die anderen, nicht über die vermissten Eier zu sprechen. »Niemand außer uns dreien darf etwas davon erfahren.«

Allerdings war es zu spät für solche Mahnungen. Auf Drachenstein war der Diebstahl allgemein bekannt, sogar unter dem Fischervolk. Und das Fischervolk segelt, wie wir wissen, zu anderen Inseln, und so breitete sich das Gerücht aus. Benifer holte über den Meister der Münze aus Pentos, der über Agenten in jedem Hafen verfügte, Erkundigungen auf der anderen Seite der Meerenge ein … und zahlte »gute Münzen an schlechte Menschen« (in den Worten von Rego Draz) für alle Nachrichten über Dracheneier, Drachen oder Elissa Weitmann. Ein kleines Heer von Flüsterern, Spitzeln, Höflingen und Kurtisanen verfasste Hunderte von Berichten, von denen sich zwanzig aus anderen Gründen für den Eisernen Thron als wertvoll erwiesen … doch jedes Gerücht über die Dracheneier erwies sich als wertlos.

Heute wissen wir, dass Lady Elissa von Pentos aus nach Braavos gereist ist, allerdings erst, nachdem sie einen anderen Namen angenommen hatte. Da sie von der Schönen Insel vertrieben und von ihrem Bruder Lord Franklyn verstoßen worden war, nahm sie einen Bastardnamen an, den sie sich selbst ausgedacht hatte, und nannte sich Alys Westhügel. Unter diesem Namen gewährte ihr der Seeherr von Braavos eine Audienz. Die Menagerie des Seeherrn war weithin berühmt, und er kaufte die Dracheneier mit Freuden. Das Gold, das sie dafür erhielt, vertraute sie der Eisernen Bank an und benutzte es für den Bau der *Sonnenjäger*, des Schiffes, von dem sie seit vielen Jahren träumte.

Damals war dies alles in Westeros unbekannt, und kurz darauf plagten König Jaehaerys andere Sorgen. In der Sternensepte von Altsass war der Hohe Septon zusammengebrochen, als er die Treppe zu seinen Schlafgemächern erklomm. Er war schon tot, bevor er auf der untersten Stufe angelangt war. Im ganzen Reich wurden die Glocken aller Septen geläutet und sangen ein trauriges Lied. Der Vater des Glaubens war gegangen und hatte sich zu den Sieben gesellt.

Dem König allerdings blieb wenig Zeit für Gebet oder Trauer. Sobald Seine Hohe Heiligkeit bestattet worden war, würden sich die Ergebensten in der Sternensepte versammeln und seinen Nachfolger wählen. Jaehaerys wusste, dass der Frieden im Reich davon abhing, ob der neue Mann die Politik seines Vorgängers fortsetzte. Der König hatte seinen eigenen Kandidaten für die Kristallkrone: Septon Barth, der gekommen war, um sich um die Bibliothek des Roten Bergfrieds zu kümmern, und zu einem seiner engsten Vertrauten geworden war. Barth selbst brauchte die halbe Nacht, um Seine Gnaden davon zu überzeugen, dass diese Idee eine Torheit war; er war zu jung, zu unbekannt, zu unorthodox in seinen Ansichten und gehörte nicht einmal zu den Ergebensten. Er durfte nicht hoffen, gewählt zu werden. Sie brauchten einen anderen Kandidaten, einen, der von seinen Brüdern des Glaubens eher akzeptiert werden würde.

In einer Hinsicht waren der König und die Lords des Rates sich einig: Sie mussten alles daransetzen, die Wahl von Septon Mattheus zu verhindern. Seine Zeit in Königsmund hatte ihn Misstrauen gelehrt, und Jaehaerys konnte seine Worte an den Toren von Drachenstein weder vergeben noch vergessen.

Rego Draz schlug vor, mit ein paar wohlplatzierten Schmiergeldern das gewünschte Ergebnis herbeizuführen. »Verteilt ausreichend Gold unter diesen Ergebensten, und sie werden mich wählen«, scherzte er, »obwohl ich diesen Posten nun wirklich nicht möchte.« Daemon Velaryon und Qarl Corbray stimmten für eine Machtdemonstration. Lord Daemon wollte seine Flotte schicken, wohingegen Lord Qarl anbot, ein Heer zu führen. Albin Massie, der bucklige Meister des Rechts, fragte sich, ob Septon Mattheus nicht das gleiche Schicksal erleiden könnte wie der Hohe Septon, der Aenys und Maegor so großes Ungemach bereitet hatte – einen plötzlichen, geheimnisvollen Tod. Septon Barth, Großmaester Benifer und Königin Alysanne waren entsetzt über solche Vorschläge, und der König lehnte sie kurzerhand ab. Er und seine Königin würden sofort nach Altsass aufbrechen, entschied er stattdessen. Seine Hohe Heiligkeit war ein treuer Diener der Götter und ein unerschütterlicher Freund des Eisernen Throns gewesen, daher war es nur recht und billig, wenn er bei seiner Bestattung zugegen war.

Es gab nur eine Art, Altsass rechtzeitig zu erreichen: auf dem Rücken eines Drachen.

Den Lords des Rates, sogar Septon Barth, war nicht wohl bei dem Gedanken, dass der König und die Königin sich allein in Altsass aufhalten sollten. »Es gibt unter meinen Brüdern noch welche, die Euer Gnaden nicht lieben«, warnte Barth. Lord Daemon stimmte ihm zu und erinnerte Jaehaerys daran, was der Königin in Jungfernteich widerfahren war. Als der König dagegenhielt, er stünde unter dem Schutz des Hohen Turms, wurden bange Blicke gewechselt. »Lord Donnel schmiedet Ränke und schmollt«, sagte Manfryd Rothweyn. »Ich traue ihm nicht. Und Ihr solltet ihm auch nicht vertrauen. Er handelt so, wie es am besten für ihn selbst, für sein Haus und für Altsass erscheint, und er schert sich keinen Deut um alle anderen. Nicht einmal um seinen König.«

»Dann muss ich ihn davon überzeugen, dass das Beste für seinen König auch das Beste für ihn, sein Haus und Altsass ist«, sagte Jaehaerys. »Ich glaube, das wird mir gelingen.« Damit war das Gespräch beendet, und der König gab Befehl, die Drachen holen zu lassen.

Selbst für einen Drachen ist es weit von Königsmund nach Altsass. Der König und die Königin hielten unterwegs zweimal an, einmal in Bitterbrück und ein weiteres Mal in Rosengarten, wo sie jeweils übernachteten und sich mit den dortigen Lords berieten. Die Lords des Rates hatten darauf bestanden, dass sie zumindest *einen gewissen* Schutz mitnähmen. So flog Ser Gottfrid Hunder mit Alysanne und der Scharlachrote Schatten Jonquil Finster mit Jaehaerys, sodass das zusätzliche Gewicht gut auf beide Drachen verteilt war.

Als Vermithor und Silberschwinge unerwartet am Himmel über Altsass erschienen, kamen Tausende auf die Straßen und starrten und zeigten nach oben. Der Besuch war nicht angekündigt worden, und viele in der Stadt bekamen Angst und fragten sich, was er wohl zu bedeuten hatte … und niemand vielleicht mehr als Septon Mattheus, der erbleichte, als er davon erfuhr. Jaehaerys landete mit Vermithor auf dem breiten Marmorplatz vor der Sternensepte, doch es war seine Königin, die der Menge den Atem raubte, als Silberschwinge auf dem Hohen Turm landete und der Schlag ihrer Schwingen die Flammen des berühmten Leuchtfeuers anfachten.

Obgleich die Bestattung des Hohen Septons der vorgebliche Grund für den Besuch war, lag seine Hohe Heiligkeit bereits in der Gruft unter der Sternensepte zur letzten Ruhe gebettet, als der König und die Königin eintrafen. Jaehaerys hielt trotzdem vor einer riesigen Menge aus Septonen, Maestern und gemeinem Volk auf dem Platz eine Grabrede. Am Ende verkündete er, dass er und die Königin in Altsass verweilen würden, bis der neue Hohe Septon gewählt sei, »damit wir ihn um seinen Segen bitten können«. Wie Erzmaester Gutwyn später schrieb, »jubelte das Volk, die Maester nickten weise, und die Septone sahen einander an und dachten an Drachen«.

Während ihres Aufenthalts in Altsass schliefen Jaehaerys und Alysanne in Lord Donnels eigenen Gemächern in der Spitze des Hohen Turmes, und ganz Altsass lag ausgebreitet unter ihnen. Wir wissen nicht genau, was zwischen ihnen und ihrem Gastgeber gesprochen wurde, denn die Gespräche fanden hinter geschlossenen Türen statt. Es war nicht einmal ein Maester dabei. Jahre später jedoch erzählte König Jaehaerys Septon Barth alles, was sich zugetragen hatte, und Barth schrieb für die Geschichte eine Zusammenfassung nieder.

Die Hohenturms von Altsass sind eine uralte Familie, mächtig, reich, stolz … und groß. Seit Langem war es bei jüngeren Söhnen, Brüdern, Vettern und Bastarden aus dem Hause üblich, dem Glauben beizutreten, und im Laufe der Jahrhunderte hatten es dort viele weit gebracht. Lord Donnel Hohenturm hatte im Jahre 54 n.A.E. einen jüngeren Bruder, zwei Neffen und sechs Vettern, die den Sieben dienten; der Bruder, ein Neffe und zwei Vettern trugen das Silbertuch der Ergebensten. Es war Lord Donnels Wunsch, dass einer von ihnen Hoher Septon wurde.

König Jaehaerys kümmerte es nicht, aus welchem Haus Seine Hohe Heiligkeit stammte oder ob er von hoher oder niederer Geburt war. Er hatte nur eine Sorge: Der neue Hohe Septon musste ein Anhänger der Lehre der Einzigartigkeit sein. Die Targaryen-Tradition der Geschwisterehe durfte niemals wieder von der Sternensepte infrage gestellt werden. Stattdessen sollte der neue Vater der Gläubigen die Lehre der Einzigartigkeit zum Dogma des Glaubens machen. Und obwohl Seine Gnaden natürlich nichts gegen Lord Donnels Bruder oder den Rest seiner Familie einzuwenden hatte, hatte sich noch keiner von ihnen dazu geäußert, also …

Nach stundenlangen Gesprächen kam man zu einer Übereinkunft, und diese wurde mit einem großen Fest gefeiert, bei dem Lord Donnel die Weisheit des Königs pries, während er ihm seine Brüder, Onkel, Neffen, Nichten und Vettern vorstellte. Auf der anderen Seite der Stadt traten in der Sternensepte die Ergebensten zusammen, um ihren neuen Hirten zu wählen, und zwischen ihnen tummelten sich die Agenten Lord Hohenturms und des Königs, wovon allerdings die meisten nichts wussten. Vier Urnengänge waren notwendig. Wie erwartet führte Septon Mattheus nach dem ersten Wahlgang, doch es fehlten ihm Stimmen, um sich die Kristallkrone zu sichern. Danach erhielt er bei jedem weiteren Gang weniger Stimmen, während andere zulegten.

Beim vierten Wahlgang brachen die Ergebensten mit einer Tradition und wählten einen Mann, der gar nicht aus ihrer Mitte stammte. Der Lorbeer ging an Septon Alfyn, der die Weite ein Dutzend Mal in seiner Sänfte durchquert hatte, um für Jaehaerys und seine Königin zu werben. In den Sieben Königreichen gab es keinen überzeugteren Befürworter der Lehre der Einzigartigkeit als Alfyn, doch er war der älteste der Sieben Sprecher und hatte zudem keine Beine mehr. Es erschien wahrscheinlich, dass der Fremde ihn eher früher als später aufsuchen würde. Wenn es so weit wäre, würde sein Nachfolger ein Hohenturm werden, versicherte der König Lord Donnel, vorausgesetzt, seine Verwandten stellten sich während Septon Alfyns Amtszeit eindeutig auf die Seite der Vertreter der Lehre der Einzigartigkeit.

Damit war der Handel besiegelt, wenn wir Septon Barths Bericht glauben dürfen. Barth selbst bezweifelte diese Geschichte nicht, wenngleich er bedauerte, dass die Ergebensten so leicht durch Bestechung zu beeinflussen gewesen waren. »Es wäre besser, wenn sich die Sieben ihre Stimme auf Erden selbst aussuchen würden, aber wenn die Götter schweigen, verschaffen sich eben Lords und Könige Gehör«, schrieb er und fügte hinzu, dass sowohl Alfyn als auch Lord Donnels Bruder, der sein Nachfolger werden sollte, der Kristallkrone würdiger waren, als es Septon Mattheus je hätte sein können.

Niemand staunte über Septon Alfyns Wahl mehr als Septon Alfyn selbst, der sich in Aschfurt aufhielt, als ihn die Nachricht erreichte. Da er in einer Sänfte reiste, brauchte er über zwei Wochen bis nach Altsass. Während sie ihn erwarteten, nutzte Jaehaerys die Gelegenheit und besuchte Bandallon, Dreitürmen, Hohenau und Honigstock. Er flog sogar mit Vermithor zum Arbor, wo er einige der erlesensten Weine der Insel kostete. Königin Alysanne blieb in Altsass. Die Schweigenden Schwestern empfingen sie in ihrem Mutterhaus für einen Tag des Gebets und der Andacht. Einen anderen Tag verbrachte sie bei den Septas, die sich um die Kranken und Bedürftigen der Stadt kümmerten. Unter den Novizinnen, die sie traf, war auch ihre Nichte Rhaella, die Ihre Gnaden als eine gelehrte und fromme junge Frau beschrieb, »auch wenn sie zum Stottern neigt und häufig errötet«. Drei Tage lang verlor sie sich in der großen Bibliothek der Zitadelle und kam nur heraus, um Vorlesungen über die Valyrischen Drachenkriege, Heilkunde und die Götter der Sommerinseln zu lauschen.

Danach bewirtete sie die versammelten Erzmaester in ihrem Speisesaal und erdreistete sich sogar, sie zu belehren. »Wenn ich nicht Königin geworden wäre, hätte ich mir ein Leben als Maester durchaus vorstellen können«, erzählte sie dem Konklave. »Ich lese, ich schreibe, ich denke, und ich habe keine Angst vor Raben … oder ein bisschen Blut. Es gibt andere Mädchen von hoher Geburt, die genauso empfinden. Warum nehmt Ihr sie nicht in Eurer Zitadelle auf? Wenn sie nicht mithalten können, schickt sie zurück nach Hause, so wie Ihr die Jungen, die nicht klug genug sind, zurück nach Hause schickt. Wenn Ihr den Mädchen die Möglichkeit geben würdet, sich zu beweisen, wäret Ihr wahrscheinlich überrascht, wie viele eine Kette schmieden.« Die Erzmaester wollten der Königin nicht widersprechen, lächelten bei ihren Worten, nickten mit den Köpfen und versicherten Ihrer Gnaden, sie würden über ihren Vorschlag nachdenken.

Nachdem der neue Hohe Septon Altsass erreicht und seine Nachtwache in der Sternensepte absolviert hatte, wurde er gesalbt, wie es ihm gebührte, den Sieben geweiht und verzichtete auf seinen irdischen Namen und all seine irdischen Bindungen. Daraufhin segnete er König Jaehaerys und Königin Alysanne in einer feierlichen öffentlichen Zeremonie. Da sich zu diesem Zeitpunkt bereits die Königsgarde und ein kleines Gefolge dem König und der Königin angeschlossen hatten, entschied Seine Gnaden, auf dem Rückweg durch die Dornischen Marschen und die Sturmlande zu ziehen. Es folgten Besuche in Hornberg, Nachtlied und Schwarzburg.

Insbesondere letzterer Aufenthalt gefiel Königin Alysanne sehr gut. Zwar war Schwarzburg im Vergleich zu den großen Hallen des Reiches eine kleine und bescheidene Burg, doch Lord Dondarrion war ein großartiger Gastgeber, und sein Sohn Simon spielte die Hohe Harfe ebenso gut, wie er tjostierte, und unterhielt das Königspaar des Abends mit traurigen Liedern über unglückliche Liebespaare und den Untergang von Königen. Die Königin war so sehr von ihm angetan, dass die Gesellschaft länger als beabsichtigt in Schwarzburg blieb. Sie hielten sich immer noch dort auf, als ein Rabe mit schlechter Kunde aus Sturmkap eintraf: Ihre Mutter Königin Alyssa lag im Sterben.

Abermals stiegen Vermithor und Silberschwinge in die Lüfte und trugen den König und die Königin so schnell wie möglich zu ihrer Mutter. Die Reste des königlichen Trosses sollten über Land folgen, über Steinhelm, Krähennest und Greifenhorst. Den Befehl führte Ser Gil Morrigen, der Lord Kommandant der Königsgarde.

Sturmkap, die große Feste der Baratheons, hat nur einen einzigen Turm, einen massiven Rundturm, den Durran Götterfluch im Zeitalter der Helden gebaut hatte, um dem Zorn des Sturmgottes zu widerstehen. Ganz oben in diesem Turm, nur unter der Zelle des Maesters und dem Rabenschlag, fanden Alysanne und Jaehaerys ihre Mutter schlafend vor, hager wie eine Greisin, abgesehen von ihrem geschwollenen Bauch, in Schweiß gebadet und in einem nach Urin stinkenden Bett. Ein Maester, eine Hebamme und drei Bettmägde kümmerten sich um sie, und es herrschte eine düstere Stimmung. Jaehaerys fand Lord Rogar vor der Tür, verzweifelt und betrunken. Als der König zu wissen verlangte, warum er nicht bei seiner Gemahlin war, knurrte der Lord von Sturmkap: »Der Fremde ist in diesem Zimmer. Ich kann ihn riechen.«

Ein Becher Wein, mit ein wenig Schlafsüß versetzt, war alles, was Königin Alyssa eine kurze Verschnaufpause ermöglicht hatte, erklärte Maester Kyrie. Alyssa hatte zuvor stundenlang Todesqualen ausgestanden. »Sie hat so schrecklich geschrien«, fügte eine der Dienerinnen hinzu. »Alles, was sie isst, spuckt sie wieder aus, und sie leidet entsetzliche Schmerzen.«

»Sie war noch nicht so weit«, sagte Königin Alysanne unter Tränen. »Noch nicht.«

»Erst in einem Mond«, bestätigte die Hebamme. »Das sind keine Wehen, Mylords. Irgendetwas in ihrem Inneren ist zerrissen. Das Kind stirbt, oder es wird bald tot sein. Die Mutter ist zu alt, sie hat keine Kraft zu pressen, und das Kind hat sich gedreht … das ist ganz schlimm. Beim ersten Morgenlicht werden sie beide tot sein. Bitte um Verzeihung.«

Maester Kyrie widersprach nicht. Mohnblumensaft könne die Schmerzen der Königin lindern, sagte er, und er habe einen starken Trunk gemischt … aber das Mittel könnte Ihre Gnaden ebenso leicht töten, wie es ihr Linderung verschaffen würde, und mit allergrößter Wahrscheinlichkeit würde es das Kind umbringen. Als Jaehaerys fragte, was er tun könne, antwortete der Maester: »Für die Königin? Nichts. Es steht nicht in meiner Macht, sie zu retten. Vielleicht gibt es eine Möglichkeit, eine winzige Chance, das Kind zu retten. Aber dazu müsste ich die Mutter aufschneiden und das Kind aus ihrem Bauch holen. Das Kind überlebt vielleicht, vielleicht auch nicht. Die Frau wird in jedem Fall sterben.«

Bei diesen Worten begann Königin Alysanne zu weinen. Der König sagte nur in strengem Ton: »Die Frau ist meine Mutter und eine Königin.« Er trat wieder hinaus, zog Rogar Baratheon auf die Beine und zerrte ihn in das Geburtszimmer, wo er den Maester hieß zu wiederholen, was er gerade gesagt hatte. »Sie ist Eure Gemahlin«, rief der König Lord Rogar ins Gedächtnis. »Ihr seid der Mann, der diese Entscheidung treffen muss.«

Lord Rogar, so wird uns berichtet, konnte es nicht ertragen, seine Frau anzusehen. Auch war er nicht in der Lage zu sprechen, ehe der König ihn nicht am Arm packte und grob schüttelte. »Rettet meinen Sohn«, sagte Rogar zu dem Maester. Dann riss er sich los und floh wieder hinaus. Maester Kyrie neigte den Kopf und ließ seine Messer holen.

In vielen der Berichte, die auf uns gekommen sind, heißt es, Königin Alyssa sei aus dem Schlaf erwacht, ehe der Maester mit seinem Werk beginnen konnte. Obgleich sie von schrecklichen Schmerzen und Krämpfen geschüttelt wurde, weinte sie vor Freude, als sie ihre Kinder erblickte. Als Alysanne ihr erklärte, was geschehen sollte, gab Alyssa ihre Zustimmung. »Rettet mein Kind«, flüsterte sie. »Ich werde gehen und meine Jungen wiedersehen. Das Alte Weib wird mir den Weg erleuchten.« Es ist ein schöner Gedanke, dass dies die letzten Worte der Königin waren. Leider heißt es in anderen Berichten, Ihre Gnaden sei gestorben, ohne noch einmal zu erwachen, als Maester Kyrie ihr den Bauch aufschnitt. In einem Detail stimmen alle Berichte überein: Alysanne hielt vom Anfang bis zum Ende die Hand ihrer Mutter, bis der erste Schrei des Kindes den Raum erfüllte.

Lord Rogar bekam nicht den zweiten Sohn, für den er gebetet

hatte. Das Kind war ein Mädchen, so schwach und klein, dass Hebamme und Maester gleichermaßen der Ansicht waren, dass es nicht überleben würde. Die Kleine sollte beide überraschen, so wie sie auch noch viele andere ihrer Zeit überraschen sollte. Tage später, als Lord Rogar sich endlich genug erholt hatte, um über die Sache nachzudenken, gab er seiner Tochter den Namen Joslyn.

Zunächst musste sich Lord Rogar jedoch mit einem weit streitsüchtigeren Ankömmling beschäftigen. Der Morgen dämmerte bereits, und Königin Alyssas Leib war noch nicht erkaltet, da erhob Vermithor den Kopf von der Stelle, wo er sich im Hof zum Schlafen zusammengerollt hatte, und stieß ein Gebrüll aus, das halb Sturmkap weckte. Er hatte die Ankunft eines anderen Drachen gewittert. Augenblicke später kam Traumfeuer in Sicht, auf deren Rücken der silberne Kamm blitzte, während sie auf hellblauen Schwingen aus dem roten Morgenhimmel heranflog. Rhaena Targaryen war gekommen, um sich mit ihrer Mutter auszusöhnen.

Sie kam zu spät. Königin Alyssa war tot. Obgleich ihr der König riet, sich die sterblichen Überreste ihrer Mutter nicht anzuschauen, bestand Rhaena darauf, riss die Tücher, mit denen die Tote bedeckt war, zur Seite und betrachtete sich das Werk des Maesters. Nach einer langen Weile wandte sie sich ab, gab ihrem Bruder einen Kuss auf die Wange und umarmte dann ihre jüngere Schwester. Die beiden Königinnen hielten sich lange im Arm, wie es heißt, aber als die Hebamme Rhaena anbot, das Neugeborene zu halten, wollte sie es nicht nehmen. »Wo ist Rogar?«, fragte sie.

Sie fand ihn unten in seiner großen Halle im Kreise seiner Brüder und Ritter, seinen kleinen Sohn Boremund auf dem Schoß. Rhaena Targaryen schob sich durch sie alle hindurch, blickte auf ihn herab und fluchte ihm offen ins Gesicht. »Ihr Blut klebt an Euren Händen«, wütete sie. »Ihr Blut klebt an Eurem Schwanz. Ihr sollt schreiend sterben.«

Rogar Baratheon war wütend über diese Anschuldigungen. »Was erlaubt Ihr Euch, Frau? Es war der Wille der Götter. Der Fremde kommt zu uns allen. Wie kann ich dafür verantwortlich sein? Und was habe ich getan?«

»Ihr habt Euren Schwanz in sie gesteckt. Sie hat Euch einen Sohn geschenkt, das hätte Euch genügen können. *Rettet meine Frau,* hättet ihr sagen sollen, aber was bedeutet Männern wie Euch schon eine Frau?« Rhaena packte ihn am Bart und zog sein Gesicht dicht vor ihres. »Hört dies, Mylord. Wagt es nicht, noch einmal zu heiraten. Kümmert Euch gut um die beiden Kleinen, die Euch meine Mutter geschenkt hat, meinen Halbbruder und meine Halbschwester. Seht zu, dass es ihnen an nichts mangelt. Wenn Ihr das tut, lasse ich Euch in Ruhe. Falls mir auch nur das Gerücht zu Ohren kommen sollte, dass ihr eine andere arme Maid zur Frau nehmen wollt, mache ich aus Sturmkap ein zweites Harrenhal, mit Euch und ihr darinnen.«

Nachdem sie aus der Halle gestürmt und zu ihrem Drachen auf dem Hof zurückgekehrt war, lachten Lord Rogar und seine Brüder schallend. »Sie ist verrückt«, verkündete er. »Denkt sie wirklich, sie kann mir Angst einjagen? *Mir?* Ich habe selbst den Zorn Maegors des Grausamen nicht gefürchtet, warum sollte ich Angst vor ihr haben?« Danach trank er einen Becher Wein, rief seinen Haushofmeister, damit er das Begräbnis seiner Gemahlin vorbereite, und schickte seinen Bruder Ser Garon los, um den König und die Königin zu einem Fest zu Ehren seiner Tochter einzuladen.*

Der König, der nach Königsmund zurückkehrte, war trauriger als jener, der von dort aufgebrochen war. Die Ergebensten hatten ihm den Hohen Septon geschenkt, den er sich gewünscht hatte, die Lehre der Einzigartigkeit würde ein Dogma des Glaubens werden, und er hatte eine Übereinkunft mit den mächtigen Hohenturms von Altsass getroffen, aber diese Siege verloren angesichts des Todes seiner Mutter jeden Wert. Doch Jaehaerys neigte nicht zum Grübeln, und wie so oft während seiner langen Herrschaft schob er seinen Kummer beiseite und stürzte sich auf die Aufgabe, sein Reich zu regieren.

Dem Sommer war der Herbst gefolgt, und überall in den Sieben Königreichen fiel das Laub von den Bäumen. In den Roten Bergen

---

* Rogar Baratheon heiratete niemals wieder.

war ein neuer Geierkönig in Erscheinung getreten, auf den Drei Schwestern war die Schwitzkrankheit ausgebrochen, und Tyrosh und Lys steuerten auf einen Krieg zu, der aller Wahrscheinlichkeit nach auch die Trittsteine erfassen und den Handel in Mitleidenschaft ziehen würde. Um all das musste sich jemand kümmern, und derjenige war Jaehaerys.

Königin Alysanne ging mit ihrer Trauer anders um. Nachdem sie ihre Mutter verloren hatte, fand sie Trost in ihrer Tochter. Obgleich Prinzessin Daenerys noch nicht ganz anderthalb Jahre alt war, hatte das Mädchen schon lange vor ihrem ersten Namenstag (mehr oder weniger) zu sprechen begonnen, und inzwischen hatte sie das Krabbeln und Wanken und Gehen hinter sich gelassen und begann zu rennen. »Die Kleine hat es immer eilig«, erzählte die Amme der Königin. Die kleine Prinzessin war ein fröhliches Kind, unendlich neugierig und ganz und gar ohne Angst, eine Freude für alle, die sie kannten. Sie bezauberte Alysanne so sehr, dass Ihre Gnaden sogar eine Weile lang die Ratssitzungen mied und ihre Tage lieber damit zubrachte, mit ihrer Tochter zu spielen oder ihr die Geschichten vorzulesen, die ihre Mutter einst ihr vorgelesen hatte. »Sie ist so klug, schon bald wird sie mir vorlesen«, erzählte sie dem König. »Sie wird eine großartige Königin werden, da bin ich mir sicher.«

Doch der Fremde war noch nicht fertig mit dem Hause Targaryen in jenem grausamen Jahr 54 n.A.E. Jenseits der Schwarzwasserbucht auf Drachenstein wartete neues Ungemach auf Rhaena Targaryen, als sie von Sturmkap zurückkehrte. Ihre Tochter Aerea war ihr beileibe keine Freude und kein Trost, wie Daenerys es für ihre Mutter Alysanne war, sondern sie hatte sich zu einem wahren Schrecken entwickelt. Aerea war ein böswilliges, wildes Kind, das sich ihrer Septa, ihrer Mutter und ihren Maestern widersetzte und ihre Diener quälte, Gebeten, Unterricht und Mahlzeiten ohne Erlaubnis fernblieb und die Männer und Frauen an Rhaenas Hof mit so bezaubernden Namen wie »Ser Strunzdumm«, »Lord Schweinegesicht« und »Lady Furztviel« beglückte.

Der Gemahl Ihrer Gnaden, Androw Weitmann, widersetzte sich ihr zwar nicht offen oder lautstark, aber er brodelte innerlich vor

Wut. Als die Nachricht vom bevorstehenden Tod Königin Alyssas auf Drachenstein eintraf, hatte Androw seine Gemahlin nach Sturmkap begleiten wollen. Als ihr Gemahl, so sagte er, sei sein Platz an Rhaenas Seite, um sie zu trösten. Die Königin hatte ihm diesen Wunsch abgeschlagen, und zwar nicht freundlich. Ein lauter Streit war ihrer Abreise vorausgegangen, und Ihre Gnaden soll gesagt haben: »Die falsche Weitmann ist davongelaufen.« Ihre Ehe, die von Anfang an nicht besonders leidenschaftlich gewesen war, war im Jahr 54 n.A.E. zu einem reinen Mummenschanz verkommen. »Und keinem sehr unterhaltsamen«, wie Lady Alayne Rois anmerkte.

Androw Weitmann war nicht mehr der Knabe, den Rhaena fünf Jahre zuvor auf der Schönen Insel geheiratet hatte, als er siebzehn war. Der hübsche Jüngling hatte sich in einen dicklichen Mann mit einem aufgedunsenen Gesicht und runden Schultern verwandelt. Andere Männer hatten ihm nie viel Beachtung geschenkt, doch während Rhaenas Wanderungen im Westen hatte er sich von ihren herrschaftlichen Gastgebern regelrecht vergessen und ignoriert gefühlt. Auf Drachenstein erging es ihm nicht besser. Seine Gemahlin war zwar weiterhin eine Königin, doch niemand verwechselte Androw mit einem König, nicht einmal mit einem Prinzgemahl. Zwar saß er an der Tafel an Königin Rhaenas Seite, doch er teilte nicht das Bett mit ihr. Diese Ehre fiel ihren Freundinnen und Favoritinnen zu. Sein Schlafgemach befand sich sogar in einem ganz anderen Turm als das seiner Gemahlin. Die Klatschmäuler bei Hofe sagten, die Königin habe ihm gesagt, es sei besser, wenn sie getrennt schliefen, damit er nicht gestört würde, wenn er ein hübsches Mädchen fände, um sein Bett zu wärmen. Es gibt keinen Hinweis darauf, dass dies je der Fall gewesen wäre.

Seine Tage waren ebenso trist wie seine Nächte. Obgleich er auf einer Insel geboren worden war und jetzt auf einer Insel lebte, segelte Androw nicht, er schwamm nicht, und er fischte auch nicht. Als gescheiterter Knappe vermochte er kaum mit Schwert oder Axt oder Speer umzugehen, und wenn die Männer der Burgbesatzung jeden Morgen im Hof übten, blieb er im Bett liegen. Maester Culiper dachte, er interessiere sich vielleicht für Bücher, und versuchte, ihn für die Schätze der Bibliothek von Drachenstein zu begeistern, für die gewichtigen Folianten und die alten valyrischen Schriftrollen, die König Jaehaerys so fasziniert hatten, doch er musste feststellen, dass der Gemahl der Königin gar nicht lesen konnte. Androw ritt passabel, und von Zeit zu Zeit ließ er sich ein Pferd satteln und trabte um den Hof, aber er ritt niemals zum Tor hinaus, um die felsigen Pfade des Drachenbergs oder die andere Seite der Insel zu erkunden. Nicht einmal das Fischerdorf und den Hafen unter der Burg suchte er auf.

»Er trinkt sehr viel«, schrieb Maester Culiper an die Zitadelle, »und hat schon ganze Tage in der Kammer der Bemalten Tafel verbracht, wo er bemalte Soldaten aus Holz auf der Karte hin und her schiebt. Königin Rhaenas Gefährtinnen pflegen zu sagen, er plane die Eroberung von Westeros. Um ihretwillen verspotten sie ihn nicht offen, wenn er zugegen ist, aber sie kichern hinter seinem Rücken. Die Ritter und Waffenknechte beachten ihn überhaupt nicht, die Diener gehorchen ihm oder nicht, wie sie gerade wollen, und haben keine Angst, sein Missfallen zu erregen. Die Kinder sind am grausamsten, wie Kinder so oft sind, und niemand ist auch nur annähernd so grausam wie Prinzessin Aerea. Einmal hat sie sogar einen Nachttopf über seinem Kopf ausgeleert, und zwar nicht, weil er ihr irgendetwas getan hätte, sondern weil sie wütend auf ihre Mutter war.«

Nach der Flucht seiner Schwester von Drachenstein wurde Androw Weitmanns Unmut nur noch größer. Lady Elissa war seine engste Freundin gewesen, vielleicht sogar die einzige Freundin, die er je hatte, schreibt Culiper, und trotz seiner tränenreichen Beteuerungen fiel es Rhaena schwer zu glauben, dass er beim Diebstahl ihrer Dracheneier keine Rolle gespielt hatte. Als die Königin Ser Merrell Ochs entließ, hatte Androw sie gebeten, ihn zum Kommandanten der Burgbesatzung zu ernennen. Ihre Gnaden hatte gerade mit vier ihrer Hofdamen das Morgenmahl eingenommen. Bei der Frage brachen die Frauen in Gelächter aus, und einen Augenblick später fiel die Königin mit ein. Als Rhaena nach Königsmund flog, um König Jaehaerys von dem Diebstahl zu unterrichten, hatte Androw angeboten, sie zu begleiten. Seine Gemahlin hatte ihm seinen Wunsch höhnisch abgeschlagen: »Was hätte das für einen Zweck? Was könntest du denn schon bewerkstelligen, außer vom Drachen zu fallen?«

Königin Rhaenas Ablehnung war für Androw Weitmann die jüngste und letzte Demütigung in einer langen Reihe. Als Rhaena vom Totenbett ihrer Mutter zurückkehrte, war ihm längst jegliches Verlangen vergangen, sie zu trösten. Mürrisch und kalt saß er schweigend bei den Mahlzeiten und mied ansonsten die Gesellschaft der Königin. Falls Rhaena Targaryen sich wegen seiner schlechten Laune Gedanken machte, ließ sie es sich nicht anmerken. Stattdessen fand sie Trost bei ihren Damen, bei alten Freundinnen wie Samantha Schurwerth und Alayne Rois, und neueren Gefährtinnen wie ihrer Base Lianna Velaryon, Lord Steinhofs hübscher Tochter Cassella und der jungen Septa Maryam.

Der Frieden, den sie bei ihnen fand, war jedoch nur von kurzer Dauer. Der Herbst war nach Drachenstein gekommen wie in die anderen Länder von Westeros, und er brachte kalte Winde aus dem Norden und Stürme aus dem Süden mit, die die Meerenge hinaufwüteten. Über die uralte Festung, die schon im Sommer ein düsterer Ort war, senkte sich Finsternis herab, und selbst die Drachen schienen die Niedergeschlagenheit zu spüren. Und als das Jahr zu Ende ging, kam die Krankheit nach Drachenstein.

Es war nicht die Schwitzkrankheit und nicht die Zitterkrankheit und auch nicht die Grauschuppen, wie Maester Culiper betonte. Das erste Anzeichen war blutiger Stuhl, auf den fürchterliche Bauchkrämpfe folgten. Es gab eine Reihe von Krankheiten, die hierfür die Ursache sein könnten, erklärte er der Königin. Welcher von ihnen die Schuld zu geben sei, konnte er nicht mehr feststellen, denn Culiper selbst starb als Erster, und zwar keine zwei Tage, nachdem er anfing, sich krank zu fühlen. Maester Anselm, der seine Stelle einnahm, führte seinen Tod auf das Alter zurück. Culiper war den neunzig näher gewesen als den achtzig und nicht sehr kräftig.

Cassella Steinhof erlag der Krankheit als Nächste, und sie war gerade einmal vierzehn. Dann erkrankten Septa Maryam, Alayne Rois und sogar die große, übermütige Sam Schurwerth, die sich so gern damit brüstete, noch keinen Tag im Leben krank gewesen zu sein. Alle drei starben in derselben Nacht im Abstand von wenigen Stunden.

Rhaena Targaryen selbst blieb gesund, aber ihre Freundinnen und teuren Gefährtinnen wurden eine nach der anderen dahingerafft. Ihr valyrisches Blut habe sie gerettet, meinte Maester Anselm; Krankheiten, die gewöhnliche Menschen binnen Stunden töteten, konnten dem Blut des Drachen nichts anhaben. Auch Männer schienen von dieser seltsamen Seuche kaum betroffen zu sein. Abgesehen von Maester Culiper erkrankten nur Frauen. Die Männer von Drachenstein, seien es nun Ritter, Küchenjungen, Stallburschen oder Sänger, blieben gesund.

Königin Rhaena ließ die Tore von Drachenstein schließen und verrammeln. Da die Krankheit außerhalb ihrer Mauern noch nicht aufgetreten war, wollte sie auf diese Weise das Volk schützen. Als sie Nachricht nach Königsmund schickte, handelte Jaehaerys sofort und befahl Lord Velaryon, seine Galeeren auszusenden, um sicherzustellen, dass niemand von Drachenstein fliehen und die Seuche über die Insel hinaus verbreiten könnte. Die Hand des Königs tat wie geheißen, doch nicht ohne Trauer, denn seine eigene Nichte war eine der Frauen, die sich noch immer auf Drachenstein befanden.

Lianna Velaryon starb, während die Galeeren ihres Onkels von Driftmark aus in See stachen. Maester Anselm hatte ihr Abführmittel verabreicht, sie zur Ader gelassen und mit Eis bedeckt, doch alles war vergebens. Sie starb zuckend in Rhaena Targaryens Armen, während die Königin bittere Tränen vergoss.

»Um sie weinst du«, sagte Androw Weitmann, als er die Tränen seiner Frau sah, »aber würdest du auch um mich weinen?« Seine Worte weckten den Zorn der Königin. Rhaena schlug ihm ins Gesicht und befahl ihm, sie allein zu lassen. »Das bist du schon«, sagte Androw. »Sie war schließlich die Letzte.«

Selbst da war die Königin noch so tief in ihrem Leid versunken, dass sie nicht begriff, was geschehen war. Es war Rego Draz, des

Königs Meister der Münze aus Pentos, der erstmals einen Verdacht äußerte, als Jaehaerys seinen Kleinen Rat versammelte, um über die Todesfälle auf Drachenstein zu sprechen. Nachdem er Maester Anselms Berichte gelesen hatte, runzelte Lord Rego die Stirn und sagte: »Krankheit? Das ist keine Krankheit. Ein Wiesel in den Eingeweiden, tot in einem Tag … das sind die Tränen von Lys.«

»Gift?«, fragte König Jaehaerys schockiert.

»In den Freien Städten kennen wir uns mit diesen Dingen besser aus«, versicherte Draz ihm. »Es sind die Tränen, daran besteht kein Zweifel. Der alte Maester hätte es bald genug durchschaut, deshalb musste er als Erster sterben. So würde ich es jedenfalls anstellen. Nicht dass ich so etwas tun würde. Ein Giftmord ist … unehrenhaft.«

»Nur Frauen wurden dahingerafft«, widersprach Lord Velaryon.

»Demnach wurden nur Frauen vergiftet«, erwiderte Rego Draz.

Da Septon Barth und Großmaester Benifer Lord Regos Verdacht bestätigten, schickte der König sofort einen Raben nach Drachenstein. Sobald Rhaena Targaryen seine Worte gelesen hatte, kannte sie keine Zweifel mehr. Sie rief den Hauptmann ihrer Wache und befahl ihm, ihren Gemahl zu suchen und sofort vor sie zu bringen.

Androw Weitmann war weder in seinem Schlafgemach noch in dem der Königin zu finden und auch nicht in der großen Halle oder den Stallungen, der Septe oder Aegons Garten. Im Meerdrachenturm, in den Gemächern des Maesters unter dem Rabenschlag, fanden sie Maester Anselm tot auf, mit einem Dolch zwischen den Schulterblättern. Da die Tore noch immer geschlossen und verrammelt waren, gab es keinen Weg, die Burg zu verlassen, außer auf einem Drachen. »Dafür fehlt diesem Wurm von einem Gemahl der Mut«, erklärte Rhaena.

Man entdeckte Androw Weitmann schließlich in der Kammer der Bemalten Tafel. Mit der Hand umklammerte er ein Langschwert. Er versuchte nicht, die Giftmorde zu leugnen. Nein, er prahlte sogar damit. »Ich habe ihnen Becher mit Wein gebracht, und sie haben getrunken. Sie haben sich bei mir *bedankt*, und sie haben getrunken. Warum nicht? Ein Mundschenk, ein Diener, als solchen haben sie

mich betrachtet. Androw der Süße. Androw der Witz. Was konnte *ich* schon erreichen, außer vom Drachen zu fallen? Nun, ich hätte einiges erreichen können. Ich hätte ein Lord sein können. Ich hätte Gesetze erlassen und weise sein und dir mit Rat zur Seite stehen können. Ich hätte deine Feinde töten können, so leicht, wie ich deine Freundinnen getötet habe. *Ich hätte dir Kinder schenken können.*«

Rhaena Targaryen ließ sich nicht zu einer Antwort herab. Stattdessen wandte sie sich an ihre Wachen: »Ergreift ihn, kastriert ihn, aber versorgt die Wunde. Ich will, dass sein Schwanz und seine Eier gebraten und dann an ihn verfüttert werden. Lasst ihn nicht sterben, ehe er nicht den letzten Bissen gegessen hat.«

»Nein«, sagte Androw Weitmann, als sie die Bemalte Tafel umrundeten, um ihn zu ergreifen. »Meine Gemahlin kann fliegen, und ich kann es auch.« Mit diesen Worten schlug er halbherzig nach dem nächsten Mann, wich zum Fenster hinter sich zurück und sprang hinaus. Sein Flug war nur kurz: nach unten in den Tod. Rhaena Targaryen ließ seine Leiche zerstückeln und an ihre Drachen verfüttern.

Das war der letzte namhafte Todesfall im Jahre 54 n.A.E., aber dieses fürchterliche Jahr des Fremden sollte noch mehr Unheil bringen. So wie von einem Stein, der in einen Teich geworfen wird, Wellen in alle Richtungen ausgehen, so breitete sich das Böse, das Androw Weitmann angerichtet hatte, im ganzen Land aus und führte zu Verwerfungen im Leben aller, die es berührte, noch lange nachdem die Drachen seinen verkohlten, rauchenden Leichnam verschlungen hatten.

Die erste Welle erreichte den Kleinen Rat des Königs, als Lord Daemon Velaryon den Wunsch äußerte, von seinem Amt als Hand des Königs zurückzutreten. Königin Alyssa, wir erinnern uns, war Lord Daemons Schwester gewesen, und seine junge Nichte Lianna hatte zu den Frauen gehört, die auf Drachenstein vergiftet worden waren. Manche vermuteten, die Rivalität zwischen ihm und Lord Manfryd Rothweyn, der ihn als Lord Admiral ersetzt hatte, habe eine Rolle bei dieser Entscheidung gespielt, doch das sieht nach einer armselige Herabwürdigung eines Mann aus, der so lange und so fähig gedient hat. Nehmen wir Lord Daemon stattdessen lieber beim Wort und akzeptieren wir, dass ihn sein fortschreitendes Alter und der Wunsch, seine verbleibenden Tage mit seinen Kindern und Enkeln auf Driftmark zu verbringen, zur Aufgabe seines Amtes bewegt haben.

Jaehaerys erster Gedanke war, unter den anderen Ratsmitgliedern nach einem Nachfolger für Lord Daemon zu suchen. Albin Massie, Rego Draz und Septon Barth hatten sich als fähige Männer erwiesen und sich das Vertrauen und den Dank des Königs verdient. Allerdings schien keiner der drei wirklich der geeignete Kandidat zu sein. Septon Barth stand unter dem Verdacht, der Sternensepte treuer ergeben zu sein als dem Eisernen Thron. Außerdem war er von sehr niedriger Geburt; die großen Lords des Reiches würden dem Sohn eines Hufschmiedes niemals erlauben, mit der Stimme des Königs zu sprechen. Lord Rego war ein gottloser Pentoshi und ein emporgekommener Gewürzhändler, und seine Herkunft war vermutlich noch niedriger als die Septon Barths. Lord Albin würde den Unwissenden irgendwie unheimlich erscheinen mit seinem Hinken und dem krummen Rücken. »Sie schauen mich an und sehen einen Schurken«, sagte Massie selbst dem König. »Ich kann Euch besser aus dem Schatten heraus dienen.«

Rogar Baratheon zurückzuholen stand außer Frage, auch kam keine der überlebenden Hände König Maegors in Betracht. Lord Tullys Amtszeit im Rat war nur als durchschnittlich in Erinnerung geblieben. Rodrik Arryn, Lord von Hohenehr und Verteidiger des Grünen Tales, war ein Junge von zehn Jahre, verfrüht zum Lord aufgestiegen, nachdem sein Onkel Lord Darnold und sein Vater Ser Rymond von räuberischen Wildlingen erschlagen worden waren, die sie unklugerweise in die Mondberge verfolgt hatten. Jaehaerys war erst kürzlich zu einer Übereinkunft mit Donnel Hohenturm gelangt, doch er traute dem Mann noch immer nicht ganz über den Weg, genauso wenig wie Lyman Lennister. Bertrand Tyrell, der Lord von Rosengarten, war als Säufer bekannt, dessen ungezogene Bastarde der Krone Schande machen würden, wenn er sie auf Königsmund losließ. Alaric Stark war in Winterfell besser aufgehoben; allen Berichten zufolge war der Mann stur und streng, hart und unversöhnlich und wäre am Ratstisch ein unangenehmer Zeitgenosse. Und natürlich war es undenkbar, einen Eisenmann nach Königsmund zu holen.

Da keiner der großen Lords des Reiches geeignet schien, wandte sich Jaehaerys als Nächstes den Vasallen zu. Man zog es vor, unter älteren Männern Ausschau zu halten, damit Erfahrung einen Ausgleich zur Jugend des Königs bieten konnte. Da im Rat bereits mehrere gelehrte Männer saßen, die gerne Bücher lasen, wollte man außerdem einen erfahrenen Krieger, einen Mann, der sich in der Schlacht bewährt hatte und dessen Ruf als Soldat die Feinde der Krone entmutigen würde. Nachdem ein Dutzend Namen genannt und verworfen worden waren, fiel die Wahl schließlich auf Ser Myl Kleinwald, den Lord von Eichelhall in den Flusslanden, der für Aegon, den Bruder des Königs, unter dem Götterauge gekämpft und bei Steinsepte gegen Wat den Hauer gefochten hatte und mit dem verstorbenen Lord Schurwerth geritten war, um den Roten Harren während der Herrschaft von König Aenys der Gerechtigkeit zuzuführen.

Lord Myl, der zu Recht für seinen Mut berühmt war, trug Narben aus einem Dutzend brutaler Kämpfe auf Gesicht und Körper. Ser Willam die Wespe aus der Königsgarde, der in Eichelhall gedient hatte, schwor, dass es keinen feineren, unerschütterlichen und treueren Lord in den ganzen Sieben Königreichen gäbe, und Prentys Tully und die gefürchtete Lady Lucinda, seine Lehnsherren, kannten nichts als Lob für Kleinwald. Derart überzeugt erteilte Jaehaerys seine Zustimmung. Ein Rabe flog los, und binnen zweier Wochen war Lord Myl unterwegs nach Königsmund.

Königin Alysanne nahm an der Auswahl der Hand des Königs nicht teil. Während König und Rat über die Ernennung diskutierten, weilte Ihre Gnaden nicht in Königsmund, sondern war auf Silberschwinge nach Drachenstein geflogen, um ihrer Schwester Rhaena in ihrer Trauer beizustehen und sie zu trösten.

Doch Rhaena Targaryen war keine Frau, die sich leicht trösten ließ. Der Verlust so vieler teurer Freundinnen und Gesellschafterinnen hatte sie in eine schwarze Melancholie gestürzt, und allein die Erwähnung des Namens Androw Weitmann löste heftige Wutanfälle aus. Rhaena war alles andere als erfreut über die Ankunft ihrer Schwester und hatte keinerlei Interesse gezeigt, sich von ihr trösten zu lassen. Dreimal versuchte sie, Königin Alysanne fortzuschicken, wobei sie einmal so weit ging, Ihre Gnaden vor der halben Burg anzuschreien. Als die Königin sich weigerte abzureisen, zog sich Rhaena in ihre Gemächer zurück, verriegelte die Türen und kam nur noch zum Essen heraus … und das immer seltener.

Sich selbst überlassen machte sich Alysanne Targaryen daran, auf Drachenstein wieder eine gewisse Ordnung herzustellen. Sie schickte nach einem neuen Maester und führte ihn in sein Amt ein und ernannte einen neuen Hauptmann für die Besatzung der Burg. Septa Edyth, die die Königin sehr liebte, wurde auf die Insel geholt und nahm den Platz von Rhaenas viel betrauerter Septa Maryam ein.

Von ihrer Schwester gemieden, wandte sich Alysanne ihrer Nichte zu, doch auch bei ihr stieß sie nur auf Wut und Zurückweisung. »Was geht es mich an, dass sie alle tot sind? Sie wird neue finden, so wie immer«, erklärte Prinzessin Aerea der Königin. Als Alysanne versuchte, ihrer Nichte Geschichten aus ihrer eigenen Mädchenzeit zu erzählen, und ihr berichtete, wie Rhaena ihr ein Drachenei in die Wiege gelegt und mit ihr gekuschelt und für sie gesorgt hatte, »als wäre sie meine Mutter«, sagte Aerea: »Mir hat sie nie ein Ei geschenkt, mich hat sie einfach weggegeben und ist zur Schönen Insel weggeflogen.« Alysannes Liebe zu ihrer eigenen Tochter weckte ebenfalls den Zorn der Prinzessin. »Warum soll sie Königin werden? Ich sollte Königin werden, nicht sie.« Das war der Moment, in dem Aerea in Tränen ausbrach und Alysanne anflehte, sie mit zurück nach Königsmund zu nehmen. »Lady Elissa hat versprochen, mich mitzunehmen, aber sie ist weggegangen und hat mich vergessen. Ich will zurück an den Hof, zu den Sängern und den Narren und den Lords und den Rittern. Bitte, nehmt mich mit.«

Obgleich sie die Tränen des Mädchens rührten, konnte Alysanne nicht mehr tun, als zu versprechen, die Angelegenheit mit ihrer

Mutter zu bereden. Als Rhaena das nächste Mal aus ihren Gemächern kam, wies sie den Gedanken kurzerhand ab. »Du hast alles, und ich habe nichts. Jetzt willst du mir auch noch die Tochter nehmen. Aber die bekommst du nicht. Du hast meinen Thron, gib dich damit zufrieden.« Noch in der gleichen Nacht rief Rhaena Prinzessin Aerea zu sich und schimpfte sie aus. Die Schreie von Mutter und Tochter, die einander anbrüllten, hallten durch die Steintrommel. Danach weigerte sich die Prinzessin, mit Königin Alysanne zu sprechen. Derart von allen Seiten mattgesetzt, kehrte Ihre Gnaden schließlich nach Königsmund zurück, in die Arme von König Jaehaerys und zum fröhlichen Lachen ihrer eigenen Tochter, Prinzessin Daenerys.

Als das Jahr des Fremden endlich zu Ende ging, waren die Arbeiten an der Drachengrube fast beendet. Die große Kuppel war endlich vollendet, die massiven Bronzetüren waren eingehängt, und das riesige Bauwerk erhob sich über der Stadt auf dem Gipfel von Rhaenys' Hügel und wurde nur vom Roten Bergfried auf Aegons Hohem Hügel überragt. Um die Fertigstellung und die Ankunft der neuen Hand zu feiern, schlug Lord Rothweyn dem König vor, ein großes Turnier zu veranstalten, das größte und prächtigste, das das Reich seit der Goldenen Hochzeit gesehen habe. »Lassen wir unsere Sorgen hinter uns und beginnen wir das neue Jahr mit Prunk und Festlichkeiten«, sagte Rothweyn. Die Herbsternten waren gut gewesen, Lord Regos Steuern spülten einen steten Strom von Münzen in die Schatzkammer, der Handel verzeichnete große Zuwächse; somit würde man leicht für das Turnier aufkommen können, und das Ereignis würde Tausende von Besuchern mitsamt ihren Geldbeuteln nach Königsmund locken. Der Rest des Rates stimmte dem Vorschlag zu, und König Jaehaerys befand, dass ein Turnier dem gemeinen Volk tatsächlich Freude bereiten würde und »uns helfen mag, unseren Kummer zu vergessen«.

All diese Vorbereitungen gerieten in Unordnung, als plötzlich und unerwartet Rhaena Targaryen aus Drachenstein eintraf. »Es mag sein, dass Drachen die Stimmung ihrer Reiter irgendwie spüren und sie spiegeln«, schreibt Septon Barth, »denn Traumfeuer stieß wie ein tosender Sturm aus den Wolken herab, und Vermithor und Silberschwinge erhoben sich und brüllten dermaßen, als sie eintraf, dass alle, die es sahen und hörten, befürchteten, die Drachen würden mit Flammen und Klauen aufeinander losgehen und sich zerreißen, so wie Balerion es einst mit Quecksilber am Götterauge getan hatte.«

Am Ende kämpften die Drachen nicht, sondern zischten sich nur an und schnappten nacheinander, als Rhaena sich von Traumfeuer schwang, in Maegors Feste stürmte und nach ihrem Bruder und ihrer Schwester rief. Die Ursache ihres Zorns kam bald ans Licht. Prinzessin Aerea war verschwunden. Sie war im Morgengrauen von Drachenstein geflohen, war in den Hof geschlichen und hatte einen Drachen bestiegen. Und nicht einfach irgendeinen Drachen. »*Balerion!*«, rief Rhaena. »Sie hat Balerion genommen, das verrückte Kind. Keinen Jungdrachen, nein, aber nicht doch, für sie musste es gleich der Schwarze Schrecken sein. *Maegors* Drachen, das Untier, das ihren Vater getötet hat. Warum ausgerechnet ihn, warum sollte sie das tun, wenn nicht, um mir Leid zuzufügen? Was habe ich da nur zur Welt gebracht? Was für eine Bestie? Ich frage euch, *was habe ich da zur Welt gebracht?*«

»Ein kleines Mädchen«, sagte Königin Alysanne. »Sie ist nur ein wütendes, kleines Mädchen.« Aber Septon Barth und Großmaester Benifer erzählen uns, dass Rhaena sie gar nicht zu hören schien. Sie war verzweifelt und wollte nur wissen, wohin ihr »verrücktes Kind« geflogen sein konnte. Ihr erster Gedanke war Königsmund gewesen, denn Aerea hatte unbedingt zurück an den Hof gewollt … Aber wenn sie nicht hier war, wo dann?

»Das werden wir sehr bald erfahren, nehme ich an«, sagte König Jaehaerys, ruhig wie immer. »Balerion ist zu groß, um ihn zu verbergen, und wird auffallen. Außerdem hat er einen fürchterlichen Appetit.« Er wandte sich an Großmaester Benifer und befahl ihm, einen Raben an jede Burg in den Sieben Königreichen zu schicken. »Falls irgendjemand in Westeros Balerion oder meine Nichte sieht, möchte ich es sofort erfahren.«

Die Raben flogen, aber es kam keine Nachricht über Prinzessin

Aerea, nicht an diesem Tag, nicht am nächsten und nicht am übernächsten. Rhaena blieb die ganze Zeit über im Roten Bergfried, tobte manchmal, zitterte manchmal und trank Süßwein, damit sie schlafen konnte. Prinzessin Daenerys hatte solche Angst vor ihrer Tante, dass sie jedes Mal in Tränen ausbrach, wenn sie in ihre Nähe kam. Nach sieben Tagen erklärte Rhaena, sie könne nicht länger untätig herumsitzen. »Ich muss sie finden. Und wenn ich sie nicht finden kann, dann muss ich wenigstens nach ihr suchen.« Mit diesen Worten bestieg sie Traumfeuer und war verschwunden.

In der kurzen Zeit, die noch von diesem grausamen Jahr blieb, hörte man nichts mehr von Mutter und Tochter.

JAEHAERYS I. UND ALYSANNE

IHRE TRIUMPHE UND TRAGÖDIEN

Die Leistungen von König Jaehaerys I. Targaryen sind fast zu zahlreich, um sie hier alle aufzuzählen. Zuallererst müssen wir in den Augen der meisten Schüler der Geschichte die lange Periode des Friedens und des Wohlstandes nennen, die seine Zeit auf dem Eisernen Thron prägte. Wir können nicht sagen, dass Jaehaerys Konflikte gänzlich vermeiden konnte, denn das liegt außerhalb der Macht irdischer Könige, doch die Kriege, die er führte, waren kurz, siegreich und wurden überwiegend zur See oder in der Ferne ausgetragen. »Nur ein schlechter König führt Krieg gegen seine eigenen Lords und lässt sein eigenes Königreich verbrannt, ausgeblutet und mit Leichen übersät zurück«, schreibt Septon Barth. »Seine Gnaden ist ein Mann von größerer Weisheit.«

Die Erzmaester können über die genauen Zahlen streiten (und tun es auch), doch die meisten sind sich einig, dass sich die Bevölkerung von Westeros nördlich von Dorne während der Herrschaft des Schlichters verdoppelt und die Einwohnerschaft von Königsmund sogar vervierfacht hat. Lennishort, Möwenstadt, Dämmertal und Weißwasserhafen sind ebenfalls gewachsen, wenn auch nicht im gleichen Maße.

Da weniger Männer in den Krieg zogen, blieben mehr, um das Land zu beackern. Die Getreidepreise fielen während Jaehaerys' Herrschaft unablässig, während mehr und mehr Morgen Land unter den Pflug kamen. Fisch wurde deutlich günstiger und sogar für das gemeine Volk erschwinglich, während die Fischerdörfer entlang der Küste wohlhabender wurden und mehr Boote zu Wasser ließen. Von der Eng bis zur Weite wurden überall neue Obstgärten angelegt. Es gab mehr Lamm und Hammel und feinere Wolle, da die Herden der Hirten an Größe zunahmen. Der Handel wuchs um das Zehnfache, den Launen von Wind, Wetter und Kriegen zum Trotz. Auch das Handwerk florierte; Schmiede, Steinmetze, Zimmerleute, Müller, Gerber, Weber, Filzmacher, Färber, Brauer, Winzer, Gold- und Silberschmiede, Bäcker, Fleischer und Käser erfreuten sich eines Wohlstands, der bis dahin westlich der Meerenge unbekannt gewesen war.

Gewiss gab es gute und schlechte Jahre, doch es heißt ganz richtig, dass unter Jaehaerys und seiner Königin die guten Jahre doppelt so gut waren wie die schlechten Jahre schlecht. Natürlich gab es Stürme und heftige Winde und bitterkalte Winter, aber wenn die Menschen heute auf die Herrschaft des Schlichters zurückschauen, kann man seine Zeit leicht für einen langen, grünen und milden Sommer halten.

Von alldem ahnte Jaehaerys selbst noch nichts, als die Glocken in Königsmund das fünfundfünfzigste Jahre seit Aegons Eroberung einläuteten. Die Wunden, die das grausame Vorjahr, das Jahr des Fremden, hinterlassen hatte, waren noch viel zu frisch … und König, Königin und Rat fürchteten gleichermaßen, was noch kommen könnte, da Prinzessin Aerea und Balerion verschwunden waren und Königin Rhaena nach den beiden suchte.

Nachdem sie vom Hof ihres Bruders aufgebrochen war, flog Rhaena Targaryen zunächst nach Altsass, weil sie hoffte, ihre missratene Tochter könnte ihre Zwillingsschwester aufgesucht haben. Lord Donnel und der Hohe Septon empfingen sie höflich, doch keiner konnte ihr weiterhelfen. Die Königin verbrachte etwas Zeit mit ihrer Tochter Rhaella, die ihrer Zwillingsschwester gleichzeitig so ähnlich und doch so unähnlich war, und wir dürfen hoffen, dass sie bei ihr ein wenig Balsam für ihren Schmerz gefunden hat. Als Rhaena ihrem Bedauern Ausdruck verlieh, dass sie ihrer Tochter keine bessere Mutter gewesen sei, umarmte die Novizin Rhaella sie und antwortete: »Ich hatte die beste Mutter, die sich ein Kind nur wünschen kann, die Mutter Oben, und Euch darf ich für sie danken.«

Die Königin verließ Altsass und ließ sich von Traumfeuer nach Norden tragen, zunächst nach Rosengarten, dann nach Rallenhall und Casterlystein, deren Lords sie schon in früheren Tagen willkommen geheißen hatten. Nirgendwo war ein Drache gesichtet worden, und nicht einmal ein Flüstern war von Prinzessin Aerea vernommen worden. Daher kehrte Rhaena zur Schönen Insel zurück und trat einmal mehr Lord Franklyn Weitmann gegenüber. Nach all den Jahren war Lord Weitmanns Zuneigung für die Königin nicht gewachsen, und er wählte auch seine Worte ihr gegenüber nicht klüger. »Ich hatte gehofft, meine Hohe Schwester würde heimkommen, um ihre Pflicht zu erfüllen, nachdem sie von Euch geflohen war«, sagte Lord Franklyn, »aber wir haben nichts von ihr gehört und auch nicht von Eurer Tochter. Ich kann nicht behaupten, die Prinzessin zu kennen, aber ich würde sagen, sie kann froh sein, Euch los zu sein, und so ergeht es auch der Schönen Insel. Wenn sie hier auftaucht, werden wir sie vertreiben, genauso wie damals ihre Mutter.«

»Ihr kennt Aerea nicht, so viel stimmt«, erwiderte Ihre Gnaden. »Wenn sie allerdings den Weg zu dieser Küste findet, Mylord, werdet Ihr vielleicht feststellen, dass sie nicht so nachsichtig ist wie ihre Mutter. Ach, und ich wünsche Euch viel Glück bei dem Versuch, den Schwarzen Schrecken ›zu vertreiben‹. Euer Bruder hat Balerion sehr gemundet, und inzwischen hat er wahrscheinlich Appetit auf den nächsten Gang.«

Nach der Schönen Insel verlieren die Geschichtsschreiber Rhaena Targaryens Spur. Sie kehrte in diesem Jahr weder nach Königsmund oder Drachenstein zurück, noch suchte sie den Sitz eines Lord in den Sieben Königreichen auf. Es sind uns nur bruchstückhafte Berichte überliefert, dass Traumfeuer im Norden oben im Hügelland und an den Ufern des Flusses Fieber gesehen wurde, ebenso wie im Süden in den Roten Bergen von Dorne und in den Schluchten des Torentins. Rhaena und ihr Drache mieden Burgen und Städte, stattdessen sichtete man sie über den Fingern und den Mondbergen, den nebligen, grünen Wäldern des Zornkaps, den Schildinseln und dem Arbor … aber nirgendwo suchte sie die Gesellschaft von Menschen. Stattdessen zog sie sich in die einsame Wildnis zurück, in windgepeitschte Moore und grasige Ebenen, düstere Sümpfe, Klippen und Steilhänge und Bergtäler. Jagte sie immer noch einer Spur ihrer Tochter nach, oder suchte sie einfach nur die Einsamkeit? Wir werden es nie erfahren.

Ihre lange Abwesenheit aus Königsmund schadete jedoch nicht, im Gegenteil, denn bei König und Rat wuchs zusehends die Verärgerung über sie. Die Berichte von Rhaenas Auseinandersetzung mit Lord Weitmann auf der Schönen Insel hatten sowohl den König als auch seine Lords empört. »Ist sie verrückt geworden, so mit einem Lord in seiner eigenen Halle zu sprechen?«, fragte Lord Kleinwald. »Ich an seiner Stelle hätte ihr die Zunge herausreißen lassen.« Worauf der König antwortete: »Ich hoffe, Ihr seid nicht wirklich so töricht, Mylord. Was auch immer sie tut, Rhaena entstammt dem Blut des Drachen und ist meine Schwester, die ich liebe.« Seine Gnaden hatte keine Einwände gegen Lord Kleinwalds Standpunkt, wie wir feststellen, nur gegen seine Wortwahl.

Septon Barth fand die besten Worte. »Die Macht der Targaryen rührt von ihren Drachen her, diesen furchterregenden Bestien, die einst Harrenhal zerstörten und zwei Könige auf dem Feld des Feuers auslöschten. König Jaehaerys weiß das, so wie es auch sein Großvater Aegon wusste. Die Macht ist stets präsent und mit ihr die Drohung. Seine Gnaden hat jedoch noch etwas begriffen, das Königin Rhaena entgangen ist: Die Drohung wirkt am besten, wenn sie nicht offen ausgesprochen wird. Die Lords des Reiches sind allesamt stolze Männer, und man gewinnt nur wenig, wenn man sie beschämt. Ein weiser König wird ihnen stets ihre Würde lassen. Einen Drachen kann man ihnen ruhig zeigen, diesen Anblick werden sie nicht vergessen. Aber wer darüber spricht, ihre Hallen niederzubrennen, und damit prahlt, ihre Verwandtschaft an Drachen verfüttert zu haben, entfacht nur ihre Wut und bringt sie gegen sich auf.«

Königin Alysanne betete täglich für ihre Nichte Aerea und gab sich selbst die Schuld an der Flucht des Mädchens … aber eine noch größere Schuld wies sie ihrer Schwester zu. Jaehaerys, der Aerea auch in den Jahren, in denen sie seine Erbin gewesen war, nur wenig Beachtung geschenkt hatte, schalt sich für dieses Versäumnis, doch Balerion bereitete ihm die größten Sorgen, denn er wusste sehr wohl, wie gefährlich eine so mächtige Bestie in den Händen eines wütenden dreizehnjährigen Mädchens sein konnte. Weder Rhaena Targaryens fruchtlose Flüge noch der Sturm der Raben, den Großmaester Benifer losgeschickt hatte, brachte irgendwelche Nachrichten über die Prinzessin oder den Drachen nach Königsmund, die über die üblichen Lügen, Fehler und Wahnvorstellungen hinausgingen. Als die Tage vergingen und der Mond abnahm und wieder zu, befürchtete der König, dass seine Nichte tot sei. »Balerion ist ein eigensinniges Biest, und mit ihm ist nicht zu spaßen«, erklärte er dem Rat. »Aerea ist auf seinen Rücken gesprungen, ohne jegliche Erfahrung, und dann ist sie mit ihm in die Lüfte aufgestiegen … nicht um einmal um die Burg zu kreisen, sondern über das Wasser … wahrscheinlich hat er das arme Mädchen abgeworfen, und sie liegt jetzt auf dem Grund der Meerenge.«

Septon Barth war anderer Ansicht. Drachen seien von Natur aus keine Vagabunden, führte er aus. Meistens suchten sie sich eine geschützte Stelle, eine Höhle, eine Burgruine oder einen Berggipfel, ließen sich dort nieder, gingen auf die Jagd und kehrten wieder zu ihrem Versteck zurück. Hätte sich Balerion seiner Reiterin entledigt, wäre er sicherlich nach Drachenstein zurückgekehrt. Da Balerion in Westeros nirgendwo gesichtet worden war, vermutete Barth, war Prinzessin Aerea wahrscheinlich nach Osten über die Meerenge geflogen, zu den weiten Feldern von Essos. Die Königin stimmte zu. »Wenn das Mädchen tot wäre, wüsste ich es. Sie ist noch am Leben, das spüre ich.«

Alle Spitzel und Agenten, die Rego Draz in Dienst genommen hatte, um Elissa Weitmann und die gestohlenen Dracheneier aufzuspüren, erhielten nun einen neuen Auftrag: Prinzessin Aerea und Balerion aufzuspüren. Bald kamen Berichte von überall entlang der Meerenge. Die meisten erwiesen sich als so nutzlos wie schon bei den Dracheneiern: Gerüchte, Lügen und falsche Sichtungen, die erfunden waren, um Belohnungen zu erhaschen. Manche stammten aus dritter oder vierter Hand, anderen mangelte es an Einzelheiten, sodass nicht viel mehr dabei herauskam als: »Ich könnte einen Drachen gesehen haben. Oder irgendetwas Großes mit Flügeln.«

Die interessanteste Meldung erreichte sie aus den Hügeln von Andalos, nördlich von Pentos, wo Hirten voller Furcht von einem jagenden Ungeheuer sprachen, das ganze Herden verschlang und nur blutige Knochen zurückließ. Auch die Hirten wurden nicht verschont, wenn sie zufällig auf die Bestie trafen, denn der Appetit des Untiers beschränkte sich nicht auf Hammel. Wer dem Ungeheuer tatsächlich begegnet war, lebte allerdings nicht mehr und konnte es nicht beschreiben … und keine der Geschichten erwähnte Feuer, was Jaehaerys zu der Auffassung brachte, dass Balerion hierfür wahrscheinlich nicht verantwortlich war. Um sicherzugehen, schickte er trotzdem ein Dutzend Männer über die Meerenge nach Pentos, wo sie versuchen sollten, das Ungeheuer zur Strecke zu bringen. Den Befehl führte Ser Willam die Wespe von der Königsgarde.

Jenseits der gleichen Meerenge war, ohne dass Königsmund davon wusste, in den Werften von Braavos die Karacke *Sonnenjäger*, Elissa Weitmanns Traum, fertiggestellt worden, den sie sich mit dem Diebstahl der Dracheneier erkauft hatte. Anders als die Galeeren, die täglich im Arsenal von Braavos zu Wasser gelassen wurden, hatte dieses Schiff keine Ruderbänke und war für tiefe Gewässer gebaut, nicht für Buchten, Küstengewässer oder seichte Binnenseen. Mit vier Masten konnte es so viel Segel setzen wie die Schwanenschiffe von den Sommerinseln, der Rumpf war jedoch breiter und tiefer, was es erlaubte, Vorräte für längere Reisen zu verstauen. Als ein Braavosi sie fragte, ob sie nach Yi Ti reisen wollte,

lachte Lady Elissa und sagte: »Vielleicht … aber nicht auf der Route, an die du denkst.«

In der Nacht, bevor sie Anker lichten wollte, wurde sie in den Palast des Seeherrn gerufen, wo ihr Hering, Bier und eine Warnung kredenzt wurden. »Seid vorsichtig, wenn Ihr geht, edle Dame«, sagte der Seeherr zu ihr, »aber geht. Ihr werdet gesucht, überall entlang der Meerenge. Man stellt Fragen, und Belohnungen werden ausgelobt. Ich möchte nicht, dass Ihr in Braavos gefunden werdet. Wir sind hierhergekommen, um dem Alten Valyria zu entkommen, und Eure Targaryen sind Valyrer bis ins Mark. Segelt weit. Segelt schnell.«

Während die Dame, die den Namen Alys Westhügel angenommen hatte, den Titanen von Braavos hinter sich ließ, ging das Leben in Königsmund weiter wie bisher. Da Jaehaerys Targaryen seine verschollene Nichte nicht finden konnte, tat er, was er in schwierigen Zeiten immer tat: Er stürzte sich in die Arbeit. In der Stille der Bibliothek des Roten Bergfrieds begann der König mit der Arbeit an dem Werk, das zu seinen bedeutendsten Leistungen zählen sollte. Mit der kompetenten Unterstützung von Septon Barth, Großmaester Benifer, Lord Albin Massie und Königin Alysanne – einem Quartett, das Seine Gnaden »meinen kleinsten Rat« nannte – machte sich Jaehaerys daran, alle Gesetze des Königreiches zu kodifizieren, zu ordnen und zu reformieren.

Das Westeros, das Aegon der Eroberer vorgefunden hatte, bestand aus sieben eigenständigen Königreichen, von denen jedes seine eigenen Gesetze, Bräuche und Traditionen hatte. Selbst innerhalb dieser Königreiche gab es von Ort zu Ort beträchtliche Unterschiede. Lord Massie beschreibt es so: »Bevor es die Sieben Königreiche gab, da waren es acht. Davor neun und zehn und zwölf oder dreißig, je weiter wir zurückgehen. Wir sprechen von den Einhundert Königreichen der Helden, aber tatsächlich gab es einmal siebenundneunzig und zu einer anderen Zeit einhundertzweiunddreißig und so weiter, denn die Zahl variierte ständig aufgrund gewonnener oder verlorener Kriege und durch Söhne, die ihren Vätern folgten.«

Und so änderten sich auch die Gesetze häufig. Der eine König war streng, der andere milde; der eine ließ sich vom *Siebenzackigen Stern* leiten, der andere von den uralten Gesetzen der Ersten Menschen; der eine herrschte nach Belieben, der andere entschied, wenn er nüchtern war, so, und wenn er getrunken hatte, vollkommen anders. Nach Tausenden von Jahren gab es im Ergebnis eine solche Masse von einander widersprechenden Präzedenzfällen, dass jeder Lord, der das Recht der Blutsgerichtsbarkeit hatte (und auch manche, die es nicht hatten), der Ansicht war, nach eigenem Gutdünken über jeden Fall entscheiden zu dürfen, der ihm vorgelegt wurde.

Wirrwarr und Unordnung störten Jaehaerys Targaryen aus Prinzip, und mit der Hilfe seines »kleinsten Rates« begann er, »den Stall auszumisten«. »Diese Sieben Königreiche haben nur einen König. Es ist Zeit, dass sie auch einheitliches Recht bekommen.« Eine so monumentale Aufgabe würde nicht in einem Jahr abgeschlossen sein oder in zehn, denn allein die bestehenden Gesetze zu sammeln, zu ordnen und zu studieren nahm zwei Jahre in Anspruch, und bis die sich daran anschließenden Reformen umgesetzt waren, dauerte es Jahrzehnte. Doch im Herbst dieses Jahres 55 n.A.E. begann die Arbeit am Großen Gesetzbuch von Septon Barth, der am Ende dreimal so viel wie jeder andere zum Buch der Gesetze beigetragen haben würde.

Während das Werk des Königs Jahre in Anspruch nehmen sollte, umfasste das jüngste Werk der Königin lediglich neun Mondzyklen. Früh im gleichen Jahre durften König Jaehaerys und das Volk von Westeros erfreut erfahren, dass Königin Alysanne erneut ein Kind unter dem Herzen trug. Prinzessin Daenerys freute sich mit ihnen, obgleich sie ihrer Mutter sehr ernst mitteilte, dass sie sich eine kleine Schwester wünsche. »Du klingst ja schon wie eine Königin, die Gesetze erlässt«, erwiderte ihre Mutter lachend.

Lange schon waren Heiraten das Mittel der großen Häuser von Westeros gewesen, mit dem sie sich aneinander banden, eine verlässliche Methode, um Bündnisse zu schmieden und Fehden zu beenden. Wie auch die Gemahlinnen des Eroberers vor ihr hatte Alysanne Targaryen sehr viel Freude daran, solche Ehen zu stiften. Im Jahr 55 war sie besonders stolz auf die Vermittlung der Verlöbnisse zweier ihrer Weisen Frauen, die ihr seit Drachenstein gedient hatten: Lady Jennis Tempelheim sollte Lord Mullendor von Hohenau ehelichen, während Lady Prunella Celtigar sich mit Uther Gipfel verheiraten würde, dem Lord von Sternspitz, Lord von Braunsteinburg und Lord von Weißwald. Beide Verbindungen galten als außergewöhnlich gute Partien für die betreffenden Damen und waren ein Triumph für die Königin.

Das Turnier, das Lord Rothweyn vorgeschlagen hatte, um die Vollendung der Drachengrube zu feiern, wurde Mitte des Jahres endlich veranstaltet. Auf den Feldern westlich der Stadtmauern zwischen dem Löwentor und dem Königstor richtete man den Turnierplatz ein, und insbesondere das Lanzenstechen dort soll vortrefflich gewesen sein. Lord Rothweyns ältester Sohn Ser Robert zeigte sein Können mit der Lanze gegen die Besten, die das Reich aufzubieten hatte, während sein Bruder Rickard das Turnier der Knappen gewann und auf dem Feld vom König persönlich den Ritterschlag erhielt, doch der Siegerlorbeer ging an den galanten und stattlichen Ser Simon Dondarrion von Schwarzburg, der die Liebe des Volkes und der Königin gleichermaßen gewann, als er Prinzessin Daenerys zu seiner Königin der Liebe und der Schönheit krönte.

Da in der Drachengrube noch keine Drachen untergebracht waren, wurde das kolossale Gebäude als Austragungsort für den großen Buhurt gewählt, ein Kampfgetümmel, wie es Königsmund noch nicht erlebt hatte. Siebenundsiebzig Ritter nahmen in elf Mannschaften teil. Die Wettstreiter begannen zu Pferde und kämpften zu Fuß weiter, wenn sie aus dem Sattel geworfen wurden, fochten mit Schwert, Streitkolben, Axt und Morgenstern. Als alle Mannschaften bis auf eine ausgeschieden waren, kämpften deren verbliebene Kämpfer gegeneinander, bis am Ende nur noch der Sieger stand.

Obgleich die Teilnehmer nur stumpfe Turnierwaffen trugen, ging es beim Kampf hart zur Sache und blutig zu, ganz zum Entzücken der Zuschauer. Zwei Männer kamen zu Tode, über vierzig wurden verwundet. Königin Alysanne verbot in ihrer Weisheit ihren Favoriten Jonquil Finster und Tom dem Klimperer, an dem Buhurt teilzunehmen, doch das alte »Bierfass« stürzte sich zum tosenden Beifall des gemeinen Volkes erneut ins Getümmel. Als er fiel, fand das Volk einen neuen Liebling in dem emporgekommenen Knappen Ser Harys Schweyn, dessen Hausname und sein Schweinekopfhelm ihm den Spottnamen »Harry der Schinken« einbrachte. Weitere prominente Teilnehmer waren Ser Adam Ochs, einst von Drachenstein, Rogar Baratheons Brüder Ser Borys, Ser Garon und Ser Ronnal, ein berüchtigter Heckenritter namens Ser Gyl der Listige und Ser Alastor Regn, der Recke der Westlande und Waffenmeister von Casterlystein. Nach Stunden voller Blut und Getöse stand als letzter Mann allerdings ein bärenstarker junger Ritter aus den Flusslanden, ein breitschultriger blonder Stier namens Ser Lucamor Kraft.

Bald nach dem Ende des Turniers brach Königin Alysanne von Königsmund nach Drachenstein auf, um dort die Geburt ihres Kindes zu erwarten. Dass Prinz Aegon nur drei Tage gelebt hatte, hatte Ihre Gnaden immer noch nicht verwunden. Statt sich also den Härten einer königlichen Reise oder den Anforderungen des Hoflebens auszusetzen, suchte sie die Stille des uralten Sitzes ihres Hauses, wo sie nur wenige Pflichten wahrzunehmen hatte. Septa Edyth und Septa Lyra wichen ihr nicht von der Seite, dazu begleitete sie ein Dutzend junger Zofen, die aus einem Hundert ausgewählt worden waren, welche um die Ehre wetteiferten, der Königin als Gesellschafterin zu dienen. Zwei von Rogar Baratheons Nichten befanden sich unter den Geehrten, außerdem Töchter und Schwestern der Lords Arryn, Vanke, Esch, Rois und Dondarrion und sogar eine Frau aus dem Norden, Mara Manderly, die Tochter Lords Theomor von Weißwasserhafen. Für die Unterhaltung am Abend nahm Ihre Gnaden außerdem ihren Lieblingsnarren, die Gevatterin, mitsamt seinen Puppen mit.

Bei Hofe äußerten einige Bedenken, als die Königin ihrem Wunsch Ausdruck verlieh, sich nach Drachenstein zu begeben. Die Insel war zu ihren besten Zeiten feucht und düster, und im Herbst waren starke Winde und Stürme nicht ungewöhnlich. Die jüngsten Tragödien hatten dem Ruf der Burg weiter geschadet, und so mancher fürchtete, die Geister von Rhaena Targaryens vergifteten Freundinnen könnten die Hallen und Gänge von Drachenstein heimsuchen. Für Königin Alysanne waren solche Sorgen jedoch bloße Narretei. »Ich war so glücklich mit dem König auf Drachenstein«, erklärte sie den Zweiflern, »ich kann mir keinen besseren Ort vorstellen, um unser Kind zur Welt zu bringen.«

Die nächste königliche Reise war für das Jahr 55 geplant gewesen, diesmal in die Westlande. Wie schon bei ihrer Schwangerschaft mit Prinzessin Daenerys verbot die Königin dem König, die Reise abzusagen oder zu verschieben, und schickte ihn alleine los. Vermithor trug ihn über Westeros hinweg zum Goldzahn, wo er den Rest seines Gefolges erwartete. Von dort aus besuchte Seine Gnaden Aschmark, Hochklipp, Kayss, Castamaer, Burg Tarbeck, Lennishort, Casterlystein und Rallenhall. Auffällig war, dass er die Schöne Insel ausließ. Anders als seine Schwester Rhaena neigte Jaehaerys Targaryen nicht zu Drohungen, doch er hatte seine eigene Art, sein Missfallen auszudrücken.

Einen Mond vor der Geburt kehrte der König aus dem Westen zurück, um an der Seite der Königin zu sein, wenn sie niederkam. Das Kind kam genau zu dem von den Maestern errechneten Zeitpunkt; ein Junge, gut gebaut und gesund, mit Augen, die in einem hellen Zartlilaton leuchteten. Auch das Haar erwies sich als hell, als es schließlich wuchs, und glänzte wie weißes Gold, eine Farbe, die sogar im Alten Valyria selten gewesen war. Jaehaerys nannte seinen Sohn Aemon. »Daenerys wird böse auf mich sein«, sagte Alysanne, als sie sich den kleinen Prinzen an die Brust legte. »Sie wollte unbedingt eine Schwester.« Jaehaerys lachte. »Nächstes Mal.« In dieser Nacht legte er auf Alysannes Vorschlag ein Drachenei in die Wiege des Prinzen.

Begeistert von der Geburt des Prinzen Aemon säumten Tausende die Straßen vor dem Roten Bergfried, als Jaehaerys und Alysanne einen Mond später nach Königsmund zurückkehrten, und hofften, einen Blick auf den neuen Erben des Eisernen Throns zu erhaschen. Der König hörte den Jubel und die Rufe, stieg schließlich auf die Mauer des Haupttors und hob den Knaben über den Kopf, damit ihn alle Welt sehen konnte. Das Gebrüll, das sich nun erhob, so heißt es, soll man noch auf der anderen Seite der Meerenge gehört haben.

Während die Sieben Königslande feierten, erreichte den König die Nachricht, dass seine Schwester Rhaena gesehen worden war, und zwar auf Grünstein, dem uralten Sitz des Hauses Estermont, auf der gleichnamigen Insel vor der Küste des Zornkaps. Hier entschied sie, länger zu verweilen. Die allererste von Rhaenas Favoritinnen, ihre Base Larissa Velaryon, hatte den zweiten Sohn des Abendsterns von Tarth geheiratet, wie wir uns erinnern. Zwar war ihr Gemahl bereits verstorben, doch Lady Larissa hatte ihm eine Tochter geschenkt, die unlängst den alternden Lord Estermont geehelicht hatte. Anstatt auf Tarth zu bleiben oder nach Driftmark zurückzukehren, hatte sich die Witwe nach der Hochzeit entschieden, bei ihrer Tochter auf Grünstein zu bleiben. Dass es einzig Lady Larissas Anwesenheit war, die Rhaena Targaryen nach Estermont lockte, kann nicht bezweifelt werden, denn die Insel als solche entbehrt jeglichen Zaubers, ist feucht, windgepeitscht und arm. Da sie ihre Tochter verloren hatte und ihre teuersten Freundinnen und Favoritinnen im Grab lagen, überrascht es nicht, dass Rhaena Trost bei einer Gefährtin aus der Kindheit suchte.

Es hätte die Königin allerdings überrascht (und erzürnt), wenn sie gewusst hätte, dass eine ihrer früheren Favoritinnen zur selben Zeit dicht an ihr vorbeifuhr. Alys Westhügel hatte in Pentos Halt gemacht, um Proviant aufzunehmen, und war nun mit *Sonnenjäger* nach Tyrosh unterwegs, und so lag nur die schmalste Stelle der Meerenge zwischen ihr und Estermont. Sie hatte die gefährliche Passage durch die Gewässer der Trittsteine vor sich, wo es von Piraten nur so wimmelte, und Lady Alys heuerte Armbrustschützen und Söldner an, um sicher in offene Gewässer zu gelangen. So machten es viele umsichtige Kapitäne. Die Götter in ihrer Launenhaftigkeit wollten, dass Königin Rhaena und die Verräterin nicht erfuhren, wie nahe sie einander waren, und die *Sonnenjäger* passierte die Trittsteine ohne Zwischenfall. Alys Westhügel ließ ihre Mietlinge in Lys von Bord gehen, nahm frisches Wasser und Proviant auf, bevor sie sich nach Westen wandte und gen Altsass in See stach.

Der Winter kam im Jahre 56 n.A.E. nach Westeros, und mit ihm schlimme Nachrichten aus Essos. Die Männer, die König Jaehaerys entsandt hatte, um nach der großen Bestie zu forschen, die angeblich durch die Hügel nördlich von Pentos streifte, waren alle tot. Ihr Kommandant, Ser Willam die Wespe, hatte in Pentos einen Führer angeheuert, einen Einheimischen, der behauptete zu wissen, wo das Ungeheuer hauste. Stattdessen hatte der Mann sie in eine Falle gelockt, und irgendwo in den Samthügeln von Andalos waren Ser Willam und seine Männer von Räubern überfallen worden. Zwar hatten sie sich tapfer verteidigt, doch die Angreifer waren in der Überzahl gewesen, und so waren sie am Ende alle getötet worden. Ser Willam war als Letzter gefallen, so hieß es. Sein Kopf war in Pentos einem von Lord Regos Mittelsmännern übergeben worden.

»Es gibt kein Ungeheuer«, folgerte Septon Barth, nachdem er diese traurige Geschichte gehört hatte, »nur Männer, die Schafe stehlen und Märchen erzählen, damit andere Männer aus Angst fernbleiben.« Myl Kleinwald, die Hand des Königs, drängte Jaehaerys, Pentos für diesen Frevel zu bestrafen, doch der König weigerte sich, eine ganze Stadt für die Verbrechen einiger Gesetzloser zur Verantwortung zu ziehen. Also ließ man die Angelegenheit auf sich beruhen, und das Schicksal von Ser Willam der Wespe wurde im Weißen Buch der Königsgarde niedergeschrieben. Um seinen Platz zu besetzen, belohnte Jaehaerys Ser Lucamor Kraft, den Sieger des großen Buhurts in der Drachengrube, mit einem weißen Mantel.

Kurz darauf trafen weitere Nachrichten von Lord Regos Agenten ein. Ein Bericht sprach von einem Drachen, der in den Arenen von Astapor in der Sklavenbucht zur Schau gestellt werde, eine wilde Bestie mit gestutzten Flügeln, die die Sklavenhändler gegen Stiere, Höhlenbären und Horden mit Speeren und Äxten bewaffneter Sklaven antreten ließen, während Tausende brüllten und schrien. Septon Barth tat den Bericht sofort als falsch ab. »Ein Wyvern, ohne Zweifel«, erklärte er. »Die Wyvern von Sothoryos werden oft mit Drachen verwechselt, zumindest von jenen, die noch nie einen Drachen gesehen haben.«

Von größerem Interesse für König und Rat war das große Feuer, dass zwei Wochen zuvor die Umstrittenen Lande verheert hatte. Angefacht von starken Winden und genährt von trockenen Gräsern, hatte der Brand drei Tage und drei Nächte gewütet, ein halbes Dutzend Dörfer und eine freie Kompanie (Die Abenteurer) verschlungen. Die Kompanie hatte zwischen den Flammen und einem Heer aus Tyrosh unter Befehl des Archons persönlich in der Falle gesessen. Die meisten hatten sich dafür entschieden, auf den Speeren der Tyroshi zu verenden, statt bei lebendigem Leib verbrannt zu werden. Kein Mann hatte überlebt.

Der Auslöser des Feuers blieb ein Rätsel. »Ein Drache«, erklärte Ser Myl Kleinwald. »Was könnte es sonst gewesen sein?« Rego Draz überzeugte das nicht. »Ein Blitzschlag«, schlug er vor, »ein Kochfeuer, ein Betrunkener mit einer Fackel, der nach einer Hure gesucht hat.« Der König stimmte ihm zu. »Wenn Balerion dahintersteckte, hätte man ihn mit Sicherheit gesehen.«

Nichts lag der Frau, die sich Alys Westhügel nannte, in Altsass ferner, als sich mit den Bränden in Essos zu befassen; ihr Blick war auf einen anderen Horizont gerichtet, auf die sturmgepeitschten Meere des Westens. Ihre *Sonnenjäger* war in den letzten Herbsttagen in den Hafen eingelaufen und lag dort immer noch vor Anker, während Lady Alys nach einer Mannschaft suchte. Sie wollte etwas tun, was nur eine Handvoll der kühnsten Seefahrer je zu versuchen gewagt hatten, sie wollte hinter den Sonnenuntergang segeln und Länder suchen, von denen noch kein Mensch auch nur geträumt hatte. Dazu konnte sie niemanden an Bord gebrauchen, der vielleicht den Mut verlor, gegen sie meutern und sie zur Umkehr zwingen würde. Sie suchte nach Männern, die dem gleichen Traum nachhingen wie sie, und solche waren selbst in Altsass nicht leicht zu finden.

Damals wie heute klammern sich unwissende Menschen aus dem gemeinen Volk und abergläubische Seeleute an den Glauben, dass die Welt flach ist und irgendwo weit im Westen endet. Manche sprechen von Feuerwänden und kochenden Meeren, andere von einem unendlichen schwarzen Nebel und wieder andere sogar von den Toren der Hölle. Weisere wissen es besser. Die Sonne und der Mond sind Kugeln, wie jeder Mensch, der Augen im Kopf hat, sehen kann; daher legt die Vernunft nahe, dass die Erde ebenfalls eine Kugel ist, und nach jahrhundertelangen Forschungen haben die Erzmaester des Konklave daran keinen Zweifel mehr. Die Drachenherren des Freistaats von Valyria gingen ebenfalls davon aus, und auch die Weisen vieler ferner Länder von Qarth nach Yi Ti bis zur Insel Leng hängen dieser Vorstellung an.

Solche Übereinstimmung gibt es allerdings nicht in Hinsicht auf die Größe der Welt. Selbst unter den Erzmaestern der Zitadelle herrscht große Uneinigkeit darüber. Manche glauben, das Meer der Abenddämmerung sei so gewaltig, dass niemand hoffen dürfe, es zu überqueren. Andere meinen, es könne nicht breiter sein als das Sommermeer zwischen dem Arbor und Großmoraq, eine riesige Entfernung, gewiss, aber eine Strecke, die ein verwegener Kapitän mit dem richtigen Schiff vielleicht bewältigen könnte. Eine Westpassage zu der Seide und den Gewürzen von Yi Ti und Leng zu finden könnte demjenigen, der sie entdeckte, unermessliche Reichtümer einbringen … wenn die Erdkugel so klein wäre, wie diese weisen Männer annehmen.

Alys Westhügel glaubte nicht daran, dass die Erdkugel nur so klein sein sollte. Die wenigen Schriftstücke, die sie hinterlassen hat, bezeugen, dass Elissa Weitmann bereits als Kind zu der Überzeugung gelangt war, dass die Welt »viel größer und viel absonderlicher (sei), als die Maester es sich vorstellen können«. Sie träumte nicht den Traum der Kaufleute und wollte durch die Fahrt gen Westen nicht Ulthos und Asshai erreichen. Ihre Vision war noch gewagter. Zwischen Westeros und der weit entfernten Ostküste von Essos und Ulthos mussten andere Länder und andere Meere liegen, die der Entdeckung harrten: ein zweites Essos, ein zweites Sothoryos, ein zweites Westeros. In ihren Träumen sah sie gewaltige Flüsse und windgepeitschte Ebenen und hohe Gebirge, deren Flanken bis in die Wolken aufragten, grüne Inseln, die in der Sonne leuchteten, sonderbare Tiere, die noch kein Mensch je gezähmt hatte, seltsame Früchte, die kein Mensch je gekostet hatte, und goldene Städte, die unter fremden Sternen glitzerten.

Sie war nicht die Erste, die diesen Traum träumte. Tausende Jahre vor der Eroberung, als die Könige des Winters noch im Norden herrschten, hatte Brandon der Schiffsbauer eine ganze Flotte gebaut, um das Meer der Abenddämmerung zu überqueren. Er hatte sie höchstselbst nach Westen geführt und war nie zurückgekehrt. Sein Sohn und Erbe, ebenfalls ein Brandon, hatte die Werften, auf denen die Schiffe gebaut worden waren, in Brand gesteckt und war von da an Brandon der Verbrenner genannt worden. Tausend Jahre später wurden Eisenmänner von Groß Wiek durch einen Sturm vom Kurs abgebracht und landeten auf einer Kette von felsigen Inseln acht Tage Fahrt nordwestlich jeder bekannten Küste. Ihr Kapitän baute sich dort einen Turm und auf dessen Dach ein Leuchtfeuer, nahm den Namen Weitwynd an und nannte seinen Sitz das Letzte Licht. Seine Nachkommen leben dort noch immer und klammern sich an Felsen, auf denen es fünfzigmal mehr Seehunde als Menschen gibt. Selbst die Eisenmänner halten die Weitwynds für verrückt, manche nennen sie Seehundmenschen.

Brandon der Schiffsbauer und die Eisenmänner, die nach ihm kamen, hatten die Meere des Nordens besegelt, wo riesige Kraken, Seedrachen und Leviathane von der Größe einer Insel durch kaltes graues Wasser und frostigen Nebel schwimmen, in dem Berge aus Eis treiben. Alys Westhügel hatte nicht die Absicht, ihrem Kurs zu folgen. Sie würde sich mit ihrer *Sonnenjäger* weiter südlich halten und warme blaue Gewässer und stetige Winde suchen, die sie, wie sie glaubte, über das Meer der Abenddämmerung treiben würden. Aber zunächst brauchte sie eine Mannschaft.

Manche Männer lachten sie aus, andere hielten sie für verrückt oder fluchten ihr offen ins Gesicht. »Sonderbare Tiere, klar«, sagte ihr ein rivalisierender Kapitän, »und höchstwahrscheinlich landet Ihr dann auch im Bauch eines dieser Tiere.« Ein guter Teil des Goldes, das der Seeherr ihr für die gestohlenen Dracheneier gezahlt hatte, lag allerdings sicher in den Tresoren der Eisernen Bank von Braavos, und mit einem solchen Vermögen konnte Lady Alys Seeleute in Versuchung führen, indem sie ihnen die dreifache Heuer anbot wie andere Kapitäne. Langsam, aber sicher sammelte sie willige Männer.

Natürlich entgingen ihre Bemühungen auch dem Lord vom Hohen Turm nicht. Lord Donnels Enkel Konstans und Normann, die beide berühmte Seefahrer waren, wurden ausgesandt, um sie zu befragen und in Ketten zu legen, falls ihnen das angebracht erschien. Stattdessen heuerten beide bei ihr an und versprachen, sich ihrer Fahrt mit ihren eigenen Schiffen und Mannschaften anzuschließen. Danach konnten sich die anderen Seeleute gar nicht schnell genug ihrer Mannschaft anschließen. Wenn die Hohenturms mitsegelten, gab es ein Vermögen zu verdienen. Die *Sonnenjäger* legte am dreiundzwanzigsten Tag des dritten Mondes im Jahr 56 n.A.E. in Altsass ab, segelte den Wispernden Sund hinunter ins offene Meer hinaus und wurde begleitet von Ser Normann Hohenturms *Herbstmond* und Ser Konstans Hohenturms *Lady Meredith.*

Ihre Abreise erfolgte nicht einen Tag zu früh … denn die Nachricht von der verzweifelten Suche von Alys Westhügel nach einer Mannschaft hatte Königsmund erreicht. König Jaehaerys durchschaute Lady Elissas falschen Namen sofort und schickte umgehend Raben zu Lord Donnel nach Altsass, damit er die Frau in Gewahrsam nähme und zum Verhör an den Roten Bergfried ausliefere. Die Vögel trafen allerdings zu spät ein … oder vielleicht hatte, wie bis zum heutigen Tag manche glauben, Donnel der Zögerliche einmal mehr gezögert. Um nicht den Zorn des Königs auf sich zu ziehen, schickte Lord Hohenturm ein Dutzend seiner schnellsten Schiffe hinter Alys Westhügel und seinen Enkeln her, doch eines nach dem anderen kehrten sie ohne Erfolg in den Hafen zurück. Das Meer ist riesig, und ein Schiff ist klein, und keines von Lord Donnels Schiffen war so schnell wie die *Sonnenjäger*, wenn sie vor dem Wind lag.

Als die Nachricht, dass sie entkommen war, den Roten Bergfried erreichte, überlegte der König lange und intensiv, ob er Elissa Weitmann selbst verfolgen sollte. Kein Schiff kann so schnell segeln, wie ein Drache fliegt, argumentierte er. Vielleicht könnte Vermithor sie finden, wo Lord Hohenturms Schiffe gescheitert waren. Der bloße Gedanke versetzte Königin Alysanne in Schrecken. Sogar Drachen können sich nicht ewig in der Luft halten, wandte sie ein, und auf den Karten, die vom Meer der Abenddämmerung existierten, gab es weder Inseln noch Felsen, auf denen man Rast machen könnte. Großmaester Benifer und Septon Barth waren der gleichen Ansicht, und angesichts dieses Widerstandes nahm Seine Gnaden widerwillig von dem Gedanken Abstand.

Der dreizehnte Tag des vierten Mondes des Jahres 56 n.A.E. dämmerte kalt und grau, und von Osten wehte ein stürmischer Wind heran. Den Aufzeichnungen des Hofes zufolge frühstückte Jaehaerys I. Targaryen mit einem Gesandten der Eisernen Bank von Braavos, der die jährliche Zahlung für das Darlehen der Krone eintreiben wollte. Es war kein angenehmes Treffen. Elissa Weitmann beherrschte immer noch die Gedanken des Königs, denn er hatte inzwischen erfahren, dass ihre *Sonnenjäger* in Braavos gebaut worden war. Seine Gnaden wollte wissen, ob die Eiserne Bank den Bau des Schiffes finanziert hatte und ob sie irgendetwas über die gestohlenen Dracheneier wisse. Der Bankier verneinte.

Anderswo im Roten Bergfried verbrachte Königin Alysanne den Morgen mit ihren Kindern. Prinzessin Daenerys hatte ihren Bruder Aemon schließlich doch noch lieb gewonnen, verlangte aber immer noch eine kleine Schwester. Septon Barth war in der Bibliothek, Großmaester Benifer in seinem Rabenschlag. Auf der anderen Seite der Stadt inspizierte Lord Corbray die Männer in der Ostkaserne der Stadtwache, während Rego Draz eine junge Dame von zweifelhafter Tugend in seiner Villa unterhalb der Drachengrube unterhielt.

Sie alle sollten sich noch lange daran erinnern, was sie gerade getan hatten, als sie hörten, wie der Ton des Hornes durch die Morgenluft hallte. »Der Klang lief mir wie eine kalte Messerspitze den Rücken hinunter«, erzählte die Königin später, »auch wenn ich nicht hätte sagen können, weshalb.« In einem einsamen Wachturm, der die Schwarzwasserbucht überblickte, hatte eine Wache dunkle Schwingen in der Ferne erspäht und Alarm gegeben. Er blies das Horn erneut, als die Schwingen größer wurden, und ein drittes Mal, als er eindeutig erkennen konnte, wie sich der Drache schwarz vor den Wolken abzeichnete.

Balerion war nach Königsmund zurückgekehrt.

Der Schwarze Schrecken war schon seit vielen Jahren nicht mehr im Himmel über der Stadt gesichtet worden, und der Anblick erfüllte viele Königsmunder mit Angst, denn sie fragten sich, ob Maegor der Grausame irgendwie aus dem Grab auferstanden war. Aber der Reiter, der sich an den Hals des Drachen klammerte, war kein toter König, sondern ein sterbendes Kind.

Balerions Schatten glitt über die Höfe und Hallen des Roten Bergfrieds hinweg. Dann kam der Drache nach unten, wirbelte mit seinen riesigen Schwingen die Luft auf und landete im inneren Hof bei Maegors Feste. Kaum hatte er den Boden berührt, rutschte Prinzessin Aerea von seinem Rücken. Selbst jene, die sie aus ihrer Zeit bei Hofe gut kannten, erkannten das Mädchen kaum wieder. Sie war nahezu nackt, nur noch ein paar Fetzen hingen an Armen und Beinen. Ihr Haar war strähnig und verfilzt, ihre Gliedmaßen so dünn wie Stöcke. »Bitte!«, rief sie den Rittern und Knappen und Dienern zu, die sie hatten landen sehen. Und dann, als sie zu ihr gelaufen kamen, sagte sie noch: »Ich niemals.« Und brach zusammen.

Ser Lucamor Kraft war auf seinem Posten auf der Brücke über den trockenen Graben gewesen, der Maegors Feste umgab. Er schob die Zuschauer zur Seite, nahm die Prinzessin auf die Arme und trug sie durch die Burg zu Großmaester Benifer. Später sollte er jedem, der ihm zuhören wollte, erzählen, dass die Haut des Mädchens gerötet war und vom Fieber glühte. Sie war so heiß, dass er es durch die emaillierten Schuppen seiner Rüstung spüren konnte. Außerdem hatte die Prinzessin blutunterlaufene Augen, behauptete der Ritter, »und da war irgendetwas in ihr, irgendetwas, das sich bewegte und das sie in meinen Armen zittern und zucken ließ.« (Diese Geschichten erzählte er jedoch nicht lange, denn am nächsten Tag ließ König Jaehaerys ihn zu sich kommen und verbot ihm, weiter über die Prinzessin zu sprechen.)

Sofort wurde nach dem König und der Königin geschickt, doch als sie in den Gemächern des Maesters eintrafen, ließ Benifer sie nicht ein. »In diesem Zustand wollt Ihr sie nicht sehen«, sagte er, »und es wäre unverantwortlich von mir, Euch näher an sie heranzulassen.« Vor der Tür wurden Wachen postiert, um auch die Dienerschaft fernzuhalten. Nur Septon Barth wurde eingelassen, um Aerea die Sterbesakramente zu erteilen. Benifer tat für die geschwächte Prinzessin, was er konnte, gab ihr Mohnblumensaft und tauchte sie in eine Wanne mit Eis, um das Fieber zu senken, doch seine Bemühungen waren vergeblich. Während sich in der Septe des Roten Bergfrieds Hunderte versammelten und für sie beteten, wachten Jaehaerys und Alysanne an der Tür des Maesters. Die Sonne war bereits untergegangen, und die Stunde der Fledermaus brach an, als Barth herauskam und Aerea Targaryens Tod bekannt gab.

Schon am nächsten Tag wurde die Prinzessin bei Sonnenaufgang den Flammen übergeben, von Kopf bis Fuß in feines weißes Leinen gehüllt. Großmaester Benifer, der sie für den Scheiterhaufen vorbereitet hatte, sah selbst halbtot aus, wie Lord Rothweyn seinen Söhnen anvertraute. Der König verkündete, seine Nichte sei einem Fieber erlegen, und bat das Reich, für ihre Seele zu beten. Königsmund trauerte für einige Tage, ehe das Leben seinen normalen Gang wieder aufnahm, und damit war die Sache erledigt.

Doch es blieben Rätsel. Auch jetzt, Jahrhunderte später, kennen wir die volle Wahrheit noch immer nicht.

Über vierzig Männer haben dem Eisernen Thron als Großmaester gedient. Ihre Tagebücher, Briefe, Haushaltsbücher, Memoiren und Hofkalender sind bei Weitem unsere beste Quelle für die Ereignisse, die sie mit eigenen Augen gesehen haben, doch nicht alle waren gleichermaßen gewissenhaft. Während uns einige ganze Bände mit Briefen hinterlassen haben, die nur mit leeren Worthülsen gefüllt sind, und nie vergaßen zu notieren, was der König zu Abend speiste (und ob es ihm mundete), legten andere nur ein halbes Dutzend Schreiben pro Jahr nieder. In dieser Hinsicht müssen wir Benifer ganz oben ansiedeln, und seine Briefe und Tagebücher liefern uns ausführliche Berichte all dessen, was er gesehen, getan und bezeugt hat, während er in den Diensten König Jaehaerys' stand und in denen seines Onkels Maegor vor ihm. Dennoch finden wir in Benifers Schriften kein einziges Wort über Aerea Targaryens Rückkehr mit dem gestohlenen Drachen und auch nicht über den

Tod der jungen Prinzessin. Glücklicherweise war Septon Barth nicht so verschwiegen, und deshalb wenden wir uns jetzt seinem Bericht zu.

Barth schreibt: »Es sind drei Tage seit dem Tod der Prinzessin vergangen, und ich habe nicht geschlafen. Ich weiß nicht, ob ich jemals wieder schlafen werde. Die Mutter ist gnädig, das habe ich stets geglaubt, und der Vater Oben urteilt über jeden Menschen gerecht … doch in dem, was unserer armen Prinzessin widerfahren ist, kann ich weder Gnade noch Gerechtigkeit erkennen. Wie konnten die Götter nur so blind oder so gleichgültig sein und ein solches Grauen zulassen? Oder gibt es vielleicht andere Gottheiten in diesem Universum, abscheuliche, bösartige Götter wie jene, gegen die die Priester des Roten R'hllor predigen; Götter so bösartig, dass die Bosheit der Könige der Menschen im Vergleich zu ihnen nichts als ein Fliegenschiss ist?

Ich weiß es nicht. Ich will es auch nicht wissen. Wenn ich dadurch zu einem ungläubigen Septon werde, dann sei es so. Großmaester Benifer und ich haben uns darauf verständigt, niemandem alles darüber zu erzählen, was wir in seinen Gemächern gesehen und erlebt haben, als das arme Mädchen im Sterben lag … nicht dem König, nicht der Königin, nicht ihrer Mutter und nicht einmal den Erzmaestern der Zitadelle … aber die Erinnerungen lassen mich nicht los, und deshalb lege ich sie hier nieder. Vielleicht können die Menschen, die diese Schrift dereinst lesen, dieses Böse besser verstehen.

Wir haben der Welt erzählt, Prinzessin Aerea sei einem Fieber erlegen, und das entspricht im Wesentlichen der Wahrheit, doch es war ein Fieber, wie ich es noch nie gesehen habe und hoffentlich nie wieder sehen werde. Das Mädchen *brannte*. Ihre Haut war tiefrot, und als ich die Hand auf ihre Stirn legte, um festzustellen, wie heiß sie war, fühlte es sich an, als hätte ich in siedendes Öl gegriffen. Sie hatte kaum mehr eine Unze Fleisch auf den Knochen, so abgemagert und ausgehungert sah sie aus … aber wir konnten gewisse … Schwellungen beobachten … in ihr, als hätte sich die Haut ausgestülpt und sei dann wieder eingesunken, als ob … nein, nicht als ob, denn es verhielt sich tatsächlich so … es waren *Wesen* in ihr, lebendige Wesen, die sich bewegten und wanden und vielleicht einen Weg nach draußen suchten und ihr dabei derartige Schmerzen bereiteten, dass selbst der Mohnblumensaft ihr keine Linderung verschaffte. Wir haben dem König gesagt und werden es auch der Mutter sagen müssen, dass Aerea kein Wort mehr gesprochen hat, aber das ist eine Lüge. Ich bete, dass ich so bald wie möglich einiges von dem vergesse, was sie durch ihre aufgerissenen und blutenden Lippen geflüstert hat. Aber ich kann nicht vergessen, wie oft sie uns angefleht hat, endlich sterben zu dürfen.

Kein Mittel des Maesters wirkte gegen das Fieber, sofern wir dieses Grauen tatsächlich mit einem so alltäglichen Namen bezeichnen können. Am einfachsten lässt es sich vielleicht so beschreiben: Das arme Kind wurde von innen heraus gekocht. Ihr Fleisch wurde dunkler und dunkler und begann aufzureißen, bis ihre Haut, Sieben vergebt mir, aussah wie eine Schweinebratenkruste. Dünne Rauchfäden stiegen aus ihrem Mund auf, aus ihrer Nase und sogar, äußerst obszön, aus ihren Schamlippen. Zu diesem Zeitpunkt hatte sie bereits aufgehört zu sprechen, doch die Wesen in ihrem Inneren bewegten sich noch. Sogar ihre Augen kochten in ihrem Kopf und platzten schließlich wie zwei Eier, die zu lange in einem Topf mit siedendem Wasser gelegen haben.

Ich dachte, dies wäre das Scheußlichste gewesen, was ich je gesehen habe, aber dieser Gedanke erwies sich schon bald als falsch, denn mich erwartete ein noch größerer Schrecken. Dieser Schrecken trat ein, als Benifer und ich das arme Kind in eine Wanne legten und sie mit Eis bedeckten. Der Schock des Eintauchens muss ihr Herz sofort zum Stillstand gebracht haben, rede ich mir ein … und wenn ich damit richtig liege, dann war es eine Gnade, denn nun kamen diese Wesen aus ihrem Inneren ans Tageslicht …

Diese Wesen … Mutter sei gnädig, ich weiß nicht, wie ich über sie sprechen soll … sie waren … Würmer mit Gesichtern … Schlangen mit Händen … sich schlängelnde, schleimige, unbeschreibliche Dinge, die sich wanden und pulsierten und krümmten, während sie aus ihrem Fleisch hervorbrachen. Einige waren kaum größer als mein kleiner Finger, doch mindestens eines dieser Wesen war so

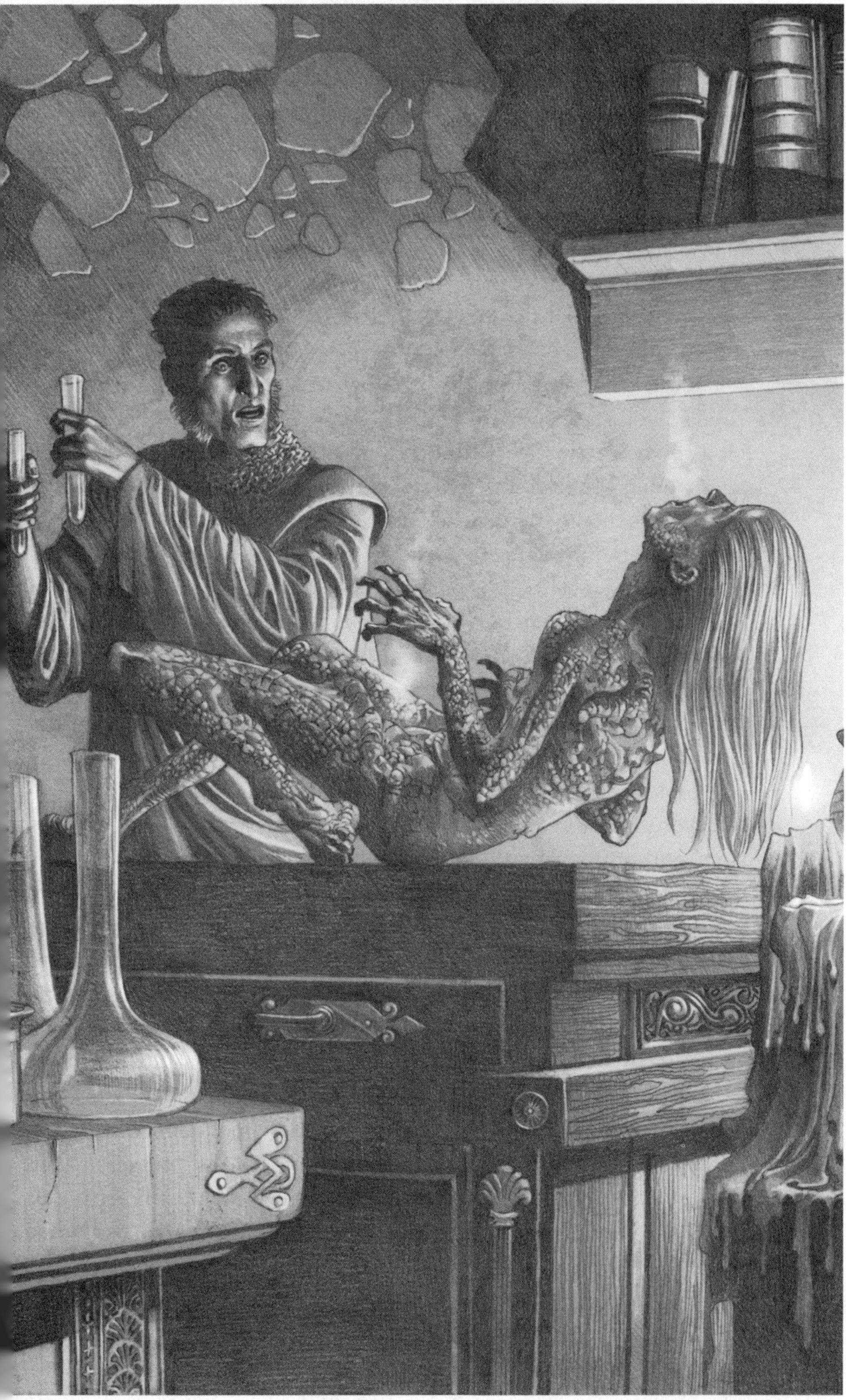

lang wie mein Arm … oh, Krieger, beschütze mich, was für *Laute* sie von sich gaben …

Aber sie sind gestorben. Daran muss ich mich klammern, das darf ich nicht vergessen. Was auch immer sie gewesen sind, sie waren Kreaturen aus Hitze und Feuer, und das Eis gefiel ihnen überhaupt nicht, oh nein. Eins nach dem anderen wanden und krümmten sie sich und starben vor meinen Augen, den Sieben sei Dank. Ich werde mir nicht anmaßen, ihnen einen Namen zu geben … sie waren Gräuel.«

Hier endet der erste Teil von Septon Barths Bericht. Aber einige Tage später fügte er noch hinzu:

»Prinzessin Aerea ist tot, aber nicht vergessen. Die Gläubigen beten jeden Morgen und jeden Abend für ihre süße Seele. Vor den Septen haben alle die gleiche Frage auf den Lippen. Die Prinzessin war über ein Jahr verschwunden. Wo ist sie gewesen? Was könnte ihr zugestoßen sein? Was hat sie zurück nach Hause geführt? War Balerion das Ungeheuer, das angeblich in den Samthügeln von Andalos sein Unwesen getrieben hat? Haben seine Flammen das Feuer entzündet, das die Umstrittenen Lande verheerte? Könnte der Schwarze Schrecken bis nach Astapor geflogen sein, wo er der ›Drache‹ in der Arena war? Nein, nein und nein. Das sind Märchen.

Wenn wir diese falschen Fährten beiseitelassen, bleibt das Rätsel. Wohin ist Aerea Targaryen geflogen, nachdem sie von Drachenstein entkommen war? Königin Rhaena dachte zunächst, sie sei nach Königsmund geflogen, denn die Prinzessin hatte keinen Hehl daraus gemacht, dass sie an den Hof zurückkehren wollte. Nachdem sich das als falsch erwiesen hatte, suchte Rhaena auf der Schönen Insel und in Altsass weiter. Beide hätten durchaus Aereas Ziele gewesen sein können, doch die Prinzessin war weder dort noch anderswo in Westeros zu finden. Andere, darunter die Königin und ich selbst, sahen darin einen Hinweis darauf, dass die Prinzessin nach Osten geflogen war statt nach Westen, und sich irgendwo in Essos aufhalten müsse. Das Mädchen hätte sich ja vorstellen können, in den Freien Städten vor dem Zugriff ihrer Mutter sicher zu sein, und besonders Königin Alysanne war überzeugt, dass Aerea nicht nur vor Drachenstein, sondern auch vor ihrer Mutter geflohen war. Dennoch konnten Lord Regos Spitzel und Agenten jenseits der Meerenge keine Spur von ihr entdecken … nicht einmal ein Gerücht über ihren Drachen. Warum?

Zwar kann ich keinen sicheren Beweis liefern, doch ich will mich an einer Theorie versuchen. Mir scheint es, wir haben alle die falsche Frage gestellt. Aerea Targaryen hatte ihren dreizehnten Namenstag noch nicht gefeiert, als sie sich an jenem Morgen aus der Burg ihrer Mutter schlich. Zwar war sie mit Drachen vertraut, aber sie war noch nie auf einem geritten … und aus Gründen, die wir vielleicht niemals verstehen werden, hat sie sich Balerion als Reittier ausgesucht und nicht einen der jüngeren und fügsameren Drachen, die ihr zur Auswahl standen. Getrieben von den Streitereien mit ihrer Mutter, wollte sie vielleicht einfach einen Drachen, der größer und furchterregender war als Königin Rhaenas Traumfeuer. Vielleicht hatte sie auch das Verlangen, die Bestie zu zähmen, die ihren Vater und seinen Drachen getötet hatte (obgleich Prinzessin Aerea ihren Vater nie kennengelernt hat, und es daher schwierig ist zu sagen, welche Gefühle sie bezüglich seiner Person und seines Todes gehabt hat). Aus welchem Grund auch immer, sie hatte diese Wahl getroffen.

Vielleicht hatte die Prinzessin wirklich vor, nach Königsmund zu fliegen, wie ihre Mutter vermutete. Womöglich wollte sie ihre Schwester in Altsass besuchen oder sich auf die Suche nach Lady Elissa Weitmann machen, die ihr einst versprochen hatte, sie mit auf große Abenteuer zu nehmen. Welche Pläne sie hatte, spielt keine Rolle. Es ist eine Sache, einen Drachen zu besteigen, und eine ganz andere, ihn dem eigenen Willen zu unterwerfen, besonders einen so alten und wilden wie den Schwarzen Schrecken. Von Beginn an haben wir uns gefragt: *Wohin ist Aerea mit Balerion verschwunden?* Stattdessen hätten wir uns fragen sollen: *Wohin ist Balerion mit Aerea verschwunden?*

Nur eine einzige Antwort ergibt Sinn. Wir erinnern uns, dass Balerion der größte und älteste der drei Drachen war, auf denen König Aegon und seine Schwestergemahlinnen zu ihrer Eroberung ritten. Vhagar und Meraxes waren auf Drachenstein geschlüpft. Balerion allein war mit Aenar dem Auswanderer und Daenys der Träumerin auf die Insel gekommen, er war der jüngste der fünf Drachen, die sie mitgebracht hatten. Die älteren Drachen waren in den Jahren vor der Eroberung gestorben, doch Balerion lebte weiter, wurde immer größer und größer und dabei auch immer wilder und eigensinniger. Wenn wir die Geschichten über gewisse Zauberer und Scharlatane ignorieren (was wir tun sollten), ist er vielleicht das einzige lebende Wesen der Welt, das Valyria vor dem Verhängnis gekannt hat.

Und dorthin hat er das arme, todgeweihte Kind getragen, das sich an seinen Rücken klammerte. Es würde mich überraschen, wenn sie aus freien Stücken mitgekommen ist, aber sie verfügte weder über das Wissen noch über die Willensstärke, ihn zu lenken.

Was ihr in Valyria widerfahren ist, vermag ich nicht einmal zu erahnen. Wenn ich mir den Zustand vergegenwärtige, in dem sie zu uns zurückkam, weiß ich nicht, ob ich darüber auch nur nachdenken möchte. Die Valyrer waren nicht nur Drachenherren. Sie praktizierten Blutmagie und andere dunkle Künste, sie forschten tief unter der Erde nach Geheimnissen, die man besser nicht aufdecken sollte, und sie verschmolzen das Fleisch von Tieren und Menschen, um abscheuliche und unnatürliche Chimären zu erschaffen. Für diese Sünden haben die Götter sie bestraft. Valyria ist verflucht, darin sind sich alle einig, und selbst die kühnsten Seeleute steuern weit an seinen rauchenden Überresten vorbei … aber es wäre ein Fehler zu glauben, dass dort nichts mehr lebt. Die Wesen, die wir in Aerea Targaryens Körper gefunden haben, hausen dort, würde ich vermuten … und zwar zusammen mit anderen grauenhaften Wesenheiten, die wir uns gar nicht vorzustellen vermögen. Ich habe hier den Tod der Prinzessin ausführlich geschildert, aber es gibt noch etwas, etwas, das sogar noch beängstigender ist und das ich noch erwähnen muss:

Auch Balerion war verwundet. Dieses riesige Untier, der Schwarze Schrecken, der furchterregendste Drache, der je durch den Himmel über Westeros geflogen ist, kehrte mit halbverheilten Narben nach

Königsmund zurück, an die sich niemand erinnern konnte, der ihn zuvor gesehen hatte, und an seiner linken Seite hatte er einen Riss, der fast neun Fuß lang war, eine klaffende rote Wunde, aus der noch immer rauchendes, heißes Blut troff.

Die Lords von Westeros sind stolz, und die Septone des Glaubens und die Maester der Zitadelle sind auf ihre Weise noch viel stolzer, doch in dieser Welt gibt es viel und noch viel mehr, was wir nicht verstehen und vielleicht niemals verstehen werden. Vielleicht ist das eine Gnade. Der Vater hat den Menschen die Neugier geschenkt, und manche sagen, er tat dies, um unseren Glauben zu prüfen. So besteht meine andauernde Sünde darin, dass ich, wann immer ich an eine Tür komme, wissen muss, was sich dahinter befindet, doch manche Türen sollten am besten verschlossen bleiben. Aerea Targaryen ist durch eine solche Tür gegangen.«

Hier endet Septon Barths Bericht. Er sollte in keiner seiner Schriften je wieder auf das Schicksal Prinzessin Aereas zu sprechen kommen, und selbst diese Worte versiegelte er zwischen geheimen Papieren, wo sie fast einhundert Jahre unentdeckt blieben. Das Grauen, das er gesehen hatte, wirkte jedoch nachhaltig und regte ebenjenen Wissensdurst noch mehr an, den der Septon »meine andauernde Sünde« genannt hatte. So war es nur folgerichtig, dass Barth jene Forschungen und Untersuchungen begann, die schließlich dazu führten, *Drachen, Feuerwürme und Wyvern. Ihre unnatürliche Geschichte* zu schreiben, ein Buch, das die Zitadelle als »provokant, aber unzuverlässig« verdammte und dessen Vernichtung Baelor der Selige später befehlen würde.

Wahrscheinlich hat Septon Barth auch mit dem König über seine Vermutungen gesprochen. Obgleich die Angelegenheit niemals vor den Kleinen Rat kam, erließ Jaehaerys später im gleichen Jahr ein königliches Edikt, das es jedem Schiff, welches in dem Verdacht stand, die valyrischen Inseln besucht oder das Rauchende Meer durchfahren zu haben, verbot, in einem Hafen der Sieben Königslande anzulegen. Den Untertanen des Königs wurde außerdem bei Todesstrafe verboten, Valyria zu besuchen.

Nicht lange danach wurde Balerion als erster Drache der Targaryen in der Drachengrube untergebracht. Ihre langen Tunnel aus Ziegelsteinen, die sich tief in den Hügel hineinschlängelten, waren den Höhlen Drachensteins nachempfunden, aber fünfmal so groß. Drei jüngere Drachen gesellten sich bald zu dem Schwarzen Schrecken, während Vermithor und Silberschwinge im Roten Bergfried blieben, nahe bei ihren Reitern. Um sicherzustellen, dass sich so etwas wie Prinzessin Aereas Flucht auf Balerion nicht wiederholte, befahl der König, dass alle Drachen Tag und Nacht bewacht werden sollten, ungeachtet dessen, wo sie untergebracht waren. Zu diesem Zweck wurde ein neuer Orden gegründet: die Drachenhüter, siebenundsiebzig Mann in glänzend schwarzen Rüstungen, deren Helme von einem Kamm aus Drachenschuppen gekrönt wurden, der sich kleiner werdend auf dem Rücken der Rüstungen fortsetzte.

Wenig und noch viel weniger ist über die Rückkehr von Rhaena Targaryen aus Estermont nach dem Tod ihrer Tochter zu sagen. Als der Rabe Ihre Gnaden in Grünstein erreichte, war die Prinzessin bereits tot und verbrannt. Nur Asche und Gebeine waren der Mutter geblieben, als Traumfeuer sie in den Roten Bergfried zurückbrachte. »Mir scheint, ich bin auf ewig dazu verdammt, zu spät zu kommen«, sagte sie. Als der König ihr anbot, Aereas Asche auf Drachenstein zu bestatten, neben den Überresten von König Aegon und den anderen Toten des Hauses Targaryen, lehnte Rhaena ab. »Sie hat Drachenstein gehasst«, erinnerte sie Seine Gnaden. »Sie wollte fliegen.« Und so flog sie auf Traumfeuer hoch in die Lüfte und verstreute die Asche ihres Kindes im Wind.

Es war eine düstere Zeit. Drachenstein gehöre immer noch ihr, wenn sie es wolle, sagte Jaehaerys seiner Schwester, doch Rhaena lehnte auch das ab. »Dort gibt es für mich nichts mehr außer Gram und Geistern.« Als Alysanne fragte, ob sie nach Grünstein zurückkehren würde, schüttelte Rhaena den Kopf. »Auch dort gibt es nur einen Geist. Einen freundlicheren Geist, aber trotzdem voller Trauer.« Der König schlug ihr vor, zu ihnen in den Roten Bergfried zu ziehen, und bot ihr sogar einen Sitz in seinem Kleinen Rat an. Das brachte seine Schwester zum Lachen.

»Ach, Bruder, du lieber Mann, ich fürchte, du würdest keinen meiner Ratschläge hören wollen.« Dann ergriff Königin Alysanne die Hand ihrer Schwester. »Du bist immer noch eine junge Frau. Wenn du möchtest, finden wir dir einen freundlichen, sanften Lord, der dich ebenso zu schätzen weiß wie wir. Du könntest andere Kinder bekommen.« Doch daraufhin fletschte Rhaena nur die Zähne. Sie zog die Hand zurück und sagte: »Meinen letzten Gemahl habe ich an meinen Drachen verfüttert. Wenn du mich zwingst, einen weiteren zu nehmen, verspeise ich ihn wahrscheinlich höchstpersönlich.«

Der Ort, an dem König Jaehaerys seine Schwester Rhaena am Ende unterbrachte, war eine Burg, mit der in diesem Zusammenhang wahrscheinlich niemand gerechnet hätte: Harrenhal. Jordan Türmen, einer der letzten Lords, die Maegor dem Grausamen die Treue gehalten hatten, war einem Blutstau in der Brust erlegen, und die riesige Ruine des Schwarzen Harren war seinem letzten überlebenden Sohn zugefallen, der den Namen des verstorbenen Königs trug. Seine älteren Brüder waren alle in König Maegors Kriegen gefallen, und so war Maegor Türmen der letzte seines Geschlechts und noch dazu kränklich und verarmt. In einer Burg, die gebaut worden war, um Tausende zu beherbergen, hauste Türmen allein mit einem Koch und drei gealterten Waffenknechten. »Die Burg hat fünf gigantische Türme«, führte der König aus, »und der Türmen-Junge bewohnt nur einen davon. Du kannst die anderen vier haben.« Das amüsierte Rhaena. »Einer wird bestimmt ausreichen, denke ich. Mein Haushalt ist noch kleiner als seiner.« Als Alysanne sie daran erinnerte, dass auch in Harrenhal Geister ihr Unwesen treiben sollten, zuckte Rhaena nur mit den Schultern. »Das sind nicht meine Geister. Sie werden mich in Ruhe lassen.«

Und so geschah es, dass Rhaena Targaryen, die Tochter eines Königs, die Gemahlin zweier Könige und die Schwester eines dritten Königs, die letzten Jahre ihres Leben in jenem Turm von Harrenhal verbrachte, der so treffend »Witwenturm« genannt wurde, während auf der anderen Seite des Burghofes ein kränklicher junger Mann, der den Namen des Königs trug, der den Vater ihrer Kinder getötet hatte, mit seinem Haushalt im Turm der Angst wohnte.

Eigenartigerweise, so heißt es, schlossen Rhaena und Maegor Türmen im Laufe der Zeit eine Art Freundschaft. Nach seinem Tod im Jahre 61 übernahm Rhaena seine Diener in ihren Haushalt und behielt sie in ihren Diensten, bis sie selbst verschied.

Rhaena Targaryen starb im Jahre 73 n.A.E. im Alter von fünfzig Jahren. Nach dem Tod ihrer Tochter Aerea besuchte sie Königsmund und Drachenstein nie wieder und spielte auch keine Rolle bei der Regierung des Reiches, allerdings flog sie einmal im Jahr nach Altsass, um ihre letzte Tochter Rhaella zu besuchen, die als Septa in der Sternensepte diente. Zum Ende hin hatte sich ihr silbergoldenes Haar in Weiß verwandelt, und das gemeine Volk der Flusslande fürchtete sie als Hexe. Reisende, die an das Tor von Harrenhal klopften und auf Gastfreundschaft hofften, erhielten in jenen Jahren Brot und Salz und das Privileg einer Unterkunft für die Nacht, doch sie wurden nicht mit der Gesellschaft der Königin beehrt. Wer Glück hatte, erhaschte einen Blick auf sie, wenn sie auf dem Wehrgang stand, oder sie sahen sie auf ihrem Drachen aufsteigen oder landen, denn Rhaena ritt Traumfeuer bis zuletzt, genauso, wie sie es von Anfang an getan hatte.

Nach ihrem Tod bestimmte König Jaehaerys, dass sie in Harrenhal eingeäschert und ihre Asche dort beigesetzt werden sollte. »Mein Bruder Aegon wurde in der Schlacht unter dem Götterauge von unserem Onkel getötet«, sagte Seine Gnaden am Scheiterhaufen seiner Schwester. »Seine Gemahlin, meine Schwester Rhaena, kämpfte nicht mit ihm in jener Schlacht, und doch ist sie an jenem Tag dort mit ihm gestorben.« Nach Rhaenas Tod sprach Jaehaerys Harrenhal und all seine Länder und Einkünfte Ser Bywin Kraft zu, dem Bruder Ser Lucamor Krafts von der Königsgarde, der selbst ein berühmter Ritter war.

Doch wir haben unserer Geschichte Jahrzehnte vorgegriffen, denn der Fremde kam erst im Jahre 73 zu Rhaena Targaryen, und vieles und noch viel mehr, Gutes und Schlechtes, sollte sich bis dahin in Königsmund und in den Sieben Königslanden von Westeros ereignen.

Im Jahre 57 hatten Jaehaerys und seine Königin erneut Grund

zur Freude, als die Götter sie mit einem weiteren Sohn segneten. Er wurde Baelon genannt, nach einem der Targaryen-Lords, die Drachenstein vor der Eroberung regiert hatten, und der ebenfalls ein Zweitgeborener gewesen war. Das Kind war bei seiner Geburt zwar kleiner als sein Bruder Aemon, doch lauter und kräftiger, und seine Ammen beschwerten sich, sie hätten noch nie ein Kind erlebt, das so heftig saugte. Nur zwei Tage vor seiner Geburt waren die weißen Raben aus der Zitadelle eingetroffen und hatten den Beginn des Frühlings angekündigt, und deshalb bekam Baelon sofort den Beinamen »der Frühlingsprinz«.

Prinz Aemon war zwei Jahre alt, als sein Bruder geboren wurde, und Prinzessin Daenerys vier. Die beiden hatten nur wenig gemeinsam. Die Prinzessin war ein lebhaftes, lachendes Kind, das Tag und Nacht durch den Roten Bergfried rannte und auf einem Besenstieldrachen, der ihr Lieblingsspielzeug war, überallhin »flog«. Ständig hatte sie Dreck oder Grasflecken an der Kleidung und war eine wahre Heimsuchung für ihre Mutter und die Zofen, weil sie sie kaum im Auge behalten konnten. Prinz Aemon dagegen war ein sehr ernster Junge, bedächtig, vorsichtig und folgsam. Zwar konnte er noch nicht lesen, ließ sich aber gern vorlesen, und Königin Alysanne erzählte oft lachend, was sein erstes Wort gewesen war: »Warum?«

Während die Kinder heranwuchsen, beobachtete Großmaester Benifer sie genau. Die Verletzungen, die die Feindschaft zwischen den Söhnen des Eroberers, Aenys und Maegor, hinterlassen hatten, waren vielen älteren Lords noch frisch im Gedächtnis, und Benifer machte sich Sorgen, dass diese beiden Jungen sich ebenfalls gegeneinander wenden und das Reich mit Blut tränken könnten. Für solche Sorgen gab es keinen Anlass. Außer vielleicht Zwillingen konnten sich zwei Brüder nicht näher stehen als die beiden Söhne Jaehaerys Targaryens. Sobald Baelon laufen gelernt hatte, folgte er seinem Bruder Aemon überallhin und machte ihm alles nach, so gut er konnte. Als Aemon sein erstes Holzschwert bekam und mit seinen Waffenübungen begann, hielt man Baelon noch für zu klein, um mitmachen zu können. Aber davon ließ er sich nicht aufhalten. Aus einem Stock machte er sich ein eigenes Schwert und rannte damit auf den Hof, um auf seinen Bruder einzuhauen, woraufhin ihr Waffenmeister in hilfloses Gelächter ausbrach.

Danach nahm Baelon sein Stockschwert mit, wo er stand und ging, sogar ins Bett, was seine Mutter und ihre Zofen zur Verzweiflung trieb. Den Drachen gegenüber war Prinz Aemon anfangs ängstlich, beobachtete Benifer, im Gegensatz zu Baelon, der angeblich Balerion einen Hieb auf die Schnauze verpasste, als er das erste Mal die Drachengrube betrat. »Er ist entweder besonders tapfer oder vollkommen verrückt«, sagte der alte Saure Sam, und von jenem Tag an hieß der Frühlingsprinz auch Baelon der Tapfere.

Die jungen Prinzen liebten ihre Schwester heiß und innig, das war nicht zu übersehen, und Daenerys freute sich über die Jungen, »besonders, wenn sie ihnen sagen konnte, was sie zu tun hatten«. Großmaester Benifer fiel noch etwas anderes auf. Jaehaerys liebte all seine drei Kinder sehr, doch seit dem Tag von Aemons Geburt sprach der König von ihm als seinem Erben, was Königin Alysanne missfiel. »Daenerys ist die Älteste«, rief sie Seinen Gnaden in Erinnerung. »Sie steht an erster Stelle in der Thronfolge, und sie sollte Königin werden.« Der König widersprach ihr nie, sondern sagte nur: »Sie wird Königin, wenn sie und Aemon sich vermählen. Sie werden zusammen herrschen, genauso wie wir beide.« Doch Benifer konnte sehen, dass die Worte des Königs die Königin nicht zufriedenstellten, wie er seinen Briefen anvertraute.

Kehren wir noch einmal ins Jahr 57 zurück, in dem Jaehaerys Lord Myl Kleinwald als Hand des Königs entließ. Ohne Frage war Lord Myl ein treuer Mann mit den besten Absichten, aber wie sich herausgestellt hatte, passte er einfach nicht in den Kleinen Rat. Wie er selbst über sich sagte: »Ich wurde geschaffen, um auf einem Pferd zu sitzen, nicht auf einem Kissen.« Inzwischen war Seine Gnaden ein älterer und weiserer König und teilte seinem Rat mit, er werde nicht zwei Wochen damit vergeuden, ein halbes Hundert Namen durchzugehen. Dieses Mal würde er die Hand ernennen, die er sich wünschte: Septon Barth. Als Lord Corbray den König an Barths niedere Geburt erinnerte, zuckte der König nur mit den Schultern. »Wen schert es, dass sein Vater Schwerter geschmiedet und Pferde beschlagen hat? Ein Ritter braucht ein Schwert, ein Pferd braucht Hufeisen, und ich brauche Barth.«

Die neue Hand des Königs stach wenige Tage nach seiner Ernennung nach Braavos in See, um mit dem Seeherrn und der Eisernen Bank zu verhandeln. Begleitet wurde er von Ser Gil Morrigen und sechs Wachmännern, doch nur Septon Barth nahm an den Gesprächen teil. Der Zweck seiner Reise war ernst: Krieg oder Frieden. König Jaehaerys schätze die Stadt Braavos sehr, erklärte Barth dem Seeherrn; daher sei er auch nicht persönlich gekommen, denn ihm war die bittere Geschichte der Stadt mit Valyria und seinen Drachenherren bekannt. Wenn seine Hand die Angelegenheit jedoch nicht einvernehmlich regeln könne, würde Seiner Gnaden nichts anderes übrigbleiben, als mit Vermithor zu kommen, um, wie es Barth ausdrückte, die Verhandlungen »energischer« zu führen. Als der Seeherr wissen wollte, um welche Angelegenheit es sich handelte, lächelte ihn der Septon traurig an und fragte: »Müssen wir dieses Spiel wirklich spielen? Wir sprechen von drei Eiern. Muss ich noch mehr dazu sagen?«

Der Seeherr antwortete: »Ich sage dazu gar nichts. Wenn ich solche Eier besäße, dann nur, weil ich sie gekauft hätte.«

»Von einer Diebin.«

»Wie soll das bewiesen werden? Wurde diese Diebin ergriffen, vor Gericht gestellt und für schuldig befunden? Braavos ist eine Stadt von Recht und Gesetz. Wer ist der rechtmäßige Eigentümer dieser Eier? Kann er mir beweisen, dass sie sein Eigentum sind?«

»Seine Gnaden kann Euch durchaus beweisen, dass sich Drachen in seinem Besitz befinden.«

Der Seeherr musste lächeln. »Die verschleierte Drohung. Euer König setzt sie äußerst geschickt ein. Er ist stärker als sein Vater und raffinierter als sein Onkel. Ja, ich weiß, was Jaehaerys uns antun könnte, wenn er wollte. Wir Braavosi haben ein gutes Gedächtnis, und wir erinnern uns noch gut an die Drachenherren der alten Zeiten. Aber es gibt auch so manches, was wir Eurem König antun könnten. Soll ich aufzählen? Oder bevorzugt Ihr ebenfalls eine verschleierte Drohung?«

»Wie auch immer es dem Seeherrn gefällt.«

»Wie Ihr wünscht. Euer König könnte meine Stadt niederbrennen, daran zweifele ich nicht. Zehntausende würden im Drachenfeuer umkommen, Männer, Frauen und Kinder. Ich habe nicht die Macht, solche Zerstörung über Westeros zu bringen. Die Söldner, die ich anheuern könnte, würden vor Euren Rittern davonlaufen. Meine Flotte könnte die Eure vielleicht zunächst aus dem Meer fegen, doch meine Schiffe sind aus Holz gebaut, und Holz brennt. Allerdings gibt es in dieser Stadt eine gewisse … sagen wir einmal … Gilde, deren Mitglieder in ihrem gewählten Gewerbe ihresgleichen suchen. Sie können Königsmund nicht zerstören oder die Straßen der Stadt mit Leichen überhäufen. Aber sie könnten einige Menschen … töten. Einige *sorgfältig ausgewählte* Menschen.«

»Seine Gnaden wird Tag und Nacht von der Königsgarde bewacht.«

»Ritter, ja. So einer wartet ja auch draußen auf Euch. Falls er noch immer wartet. Was würdet Ihr sagen, wenn ich Euch mitteilte, dass Ser Gil längst tot ist?« Als sich Septon Barth erheben wollte, hob der Seeherr die Hände und bedeutete ihm sitzenzubleiben. »Nein, bitte, nur nichts überstürzen. Ich sagte *wenn*. Ich habe darüber nachgedacht. Sie suchen *wirklich* ihresgleichen, wie ich sagte. Hätte ich es jedoch getan, so würdet Ihr möglicherweise unklug handeln, und viele gute Menschen müssten vielleicht sterben. Das möchte ich nicht. Drohungen bereiten mir Unbehagen. Ihr Westerosi mögt Krieger sein, aber wir Braavosi sind Händler. Lasst uns einen Handel abschließen.«

Septon Barth lehnte sich zurück. »Was bietet Ihr an?«

»Ich habe diese Eier natürlich nicht«, sagte der Seeherr. »Das Gegenteil könnt Ihr nicht beweisen. Falls ich sie aber *hätte* …. Nun, bis sie schlüpfen, sind sie doch nur Steine. Würde Euer König mir drei hübsche Steine missgönnen? Wenn ich nun drei … Küken … hätte, könnte ich seine Sorge verstehen. Ich bewundere Euren Jaehaerys durchaus. Er ist eine große Verbesserung im Vergleich zu seinem Onkel, und Braavos möchte ihn nicht unglücklich sehen. Statt der Steine biete ich Euch also … Gold.«

Und damit begann das Feilschen ernsthaft.

Bis heute bestehen manche darauf, dass sich Septon Barth von dem Seeherrn übers Ohr hat hauen lassen, dass er belogen, betrogen und gedemütigt wurde. Sie verweisen auf den Umstand, dass er ohne ein einziges Drachenei nach Königsmund zurückkehrte. Und das stimmt.

Was er stattdessen zurückbrachte, stellte einen nicht unbeträchtlichen Wert dar. Auf Drängen des Seeherrn erließ die Eiserne Bank von Braavos dem Eisernen Thron die Rückzahlung des restlichen Darlehens. Auf einen Schlag hatten sich die Schulden der Krone halbiert. »Und all das zum Preis von drei Steinen«, sagte Barth dem König.

»Der Seeherr sollte besser hoffen, dass diese Steine Steine bleiben«, sagte Jaehaerys. »Falls ich auch nur ein Flüstern über … Küken … höre, brennt sein Palast als erster.«

Die Übereinkunft mit der Eisernen Bank sollte in den kommenden Jahren und Jahrzehnten weitreichende Folgen für das Volk des Reiches haben, auch wenn das Ausmaß nicht sofort ersichtlich war. Der gerissene Meister der Münze des Königs, Rego Draz, rechnete nach Septon Barths Rückkehr die Schulden und Einkünfte der Krone genau gegeneinander und kam zu dem Schluss, dass man die Münzen, die ursprünglich nach Braavos hätten geschickt werden müssen, nun in ein Vorhaben stecken könnte, das dem König schon lange am Herzen lag: weitere Verbesserungen in Königsmund.

Jaehaerys hatte die Straßen der Stadt verbreitert und begradigt und gepflastert, wo zuvor nur Schlamm gewesen war, doch vieles und noch viel mehr blieb zu tun. Königsmund konnte sich in seinem gegenwärtigen Zustand nicht mit Altsass oder auch nur Lennishort messen, geschweige denn mit den prächtigen Freien Städten jenseits der Meerenge. Seine Gnaden war entschlossen, das zu ändern. Dementsprechend hatte er Pläne für eine Reihe von Abflüssen und Kanälen aufgesetzt, die die Abfälle und Fäkalien der Stadt unter den Straßen hindurch zum Fluss befördern sollten.

Septon Barth lenkte die Aufmerksamkeit des Königs auf ein noch dringlicheres Problem: Das Trinkwasser in Königsmund war nach Meinung vieler höchstens für Pferde und Schweine geeignet. Das Flusswasser war schlammig, und durch die geplanten Kanäle des Königs würde es noch schlimmer werden. Das Wasser der Schwarzwasserbucht war an guten Tagen brackig und an schlechten Tagen salzig. Während der König und sein Hof und die Hochgeborenen der Stadt Bier und Met und Wein tranken, war dieses schlechte Wasser für die Armen oft die einzige Wahl. Um dieses Problem zu lösen, schlug Barth den Bau tiefer Brunnen vor, einige innerhalb der Stadt, andere im Norden außerhalb der Mauern. Durch glasierte Tonrohre und Tunnel sollte das frische Wasser in die Stadt geleitet werden, wo es in vier riesigen Zisternen gespeichert und dem gemeinen Volk in öffentlichen Brunnen an ausgewählten Kreuzungen und Plätzen zugänglich gemacht werden könnte.

Barths Vorschlag würde ohne Frage große Ausgaben bedeuten, und Rego Draz und König Jaehaerys scheuten angesichts der Höhe davor zurück … bis Königin Alysanne ihnen bei der nächsten Ratssitzung jeweils einen Krug mit Flusswasser servierte und sie aufforderte, davon zu trinken. Das Wasser wurde nicht angerührt, aber dem Bau der Brunnen und Rohre wurde bald zugestimmt. Die Arbeiten sollten über ein Dutzend Jahre andauern, doch am Ende lieferten »die Brunnen der Königin« den Königsmundern für viele Generationen sauberes Trinkwasser.

Seit der letzten Reise des Königs waren inzwischen mehrere Jahre vergangen, und so wurde im Jahre 58 eine Reise von Jaehaerys und Alysanne nach Winterfell und in den Norden geplant. Natürlich sollten die Drachen mitkommen, aber jenseits der Eng waren die Entfernungen groß und die Straßen schlecht, und der König war es leid, vorauszufliegen und auf seine Eskorte zu warten. Dieses Mal, so entschied er, sollten seine Königsgarde, Diener und Gefolge vorausziehen, damit bei seiner Ankunft alles vorbereitet wäre. Und so lichteten drei Schiffe in Königsmund die Anker und stachen Richtung Weißwasserhafen in See, wo er und die Königin ihren ersten Halt einlegen wollten.

Doch die Götter und die Freien Städte hatten andere Pläne. Noch während die Schiffe des Königs unterwegs nach Norden waren, erhielt Seine Gnaden im Roten Bergfried Besuch von Gesandten aus Pentos und Tyrosh. Die beiden Städte führten seit drei Jahren Krieg gegeneinander und wollten nun Frieden schließen, konnten sich aber nicht einigen, wo sie über die Bedingungen verhandeln sollten. Der Krieg hatte den Handel auf der Meerenge empfindlich beeinträchtigt, weshalb König Jaehaerys den beiden Städten angeboten hatte, ihnen bei der Beilegung der Streitigkeiten zu helfen. Nach langem Hin und Her hatten sich der Archon von Tyrosh und der Fürst von Pentos darauf geeinigt, dieses Treffen in Königsmund stattfinden zu lassen, vorausgesetzt, Jaehaerys würde als Vermittler tätig werden und die Bedingungen einer wie auch immer ausgehandelten Einigung garantieren.

Diesen Vorschlag, da waren sich König und Rat einig, konnten sie nicht zurückweisen, aber die geplante Reise in den Norden musste verschoben werden, und es bestand Grund zu der Sorge, dass der notorisch dünnhäutige Lord von Winterfell dies als Beleidigung auffassen würde. Königin Alysanne wusste eine Lösung. Sie würde wie geplant reisen, und zwar allein, während der König den Gastgeber für den Fürsten und den Archon spielte. Jaehaerys könnte sich in Winterfell dazugesellen, sobald die Friedensverhandlungen abgeschlossen waren. Und so wurde es beschlossen.

Königin Alysanne begann ihre Reise in Weißwasserhafen, wo Zehntausende Nordmänner erschienen, um ihr zuzujubeln, und Silberschwinge mit Ehrfurcht und auch mit etwas Angst begafften. Hier sahen die Menschen zum ersten Mal einen Drachen. Die Größe der Menge überraschte selbst ihren Lord. »Ich wusste gar nicht, dass so viele Menschen in der Stadt leben«, soll Theomor Manderly gesagt haben. »Wo kommen die denn alle her?«

Die Manderlys waren unter den großen Häusern des Nordens einzigartig. Ursprünglich stammten sie aus der Weite und hatten vor Jahrhunderten Zuflucht an der Mündung der Weißklinge gefunden, als Rivalen sie aus ihren reichen Stammlanden am Mander vertrieben hatten. Sie sind den Starks von Winterfell treu ergeben, haben jedoch ihre Götter aus dem Süden mitgebracht, beten immer noch zu den Sieben und bewahren die Traditionen des Rittertums. Alysanne Targaryen, der stets daran gelegen war, die Sieben Königslande stärker zu einen, erkannte eine Gelegenheit in Lord Theomors bekanntermaßen riesiger Familie und machte sich sofort daran, Ehen zu vermitteln. Als sie sich verabschiedete, waren zwei ihrer Hofdamen mit den jüngeren Söhnen Lord Manderlys und eine dritte mit einem Neffen verlobt; seine älteste Tochter und drei seiner Nichten hatten sich derweil der Gesellschaft der Königin angeschlossen, um später mit ihr nach Süden zu reisen und sich dort mit passenden Lords und Rittern am königlichen Hof zu verloben.

Lord Manderly bewirtete die Königin verschwenderisch. Auf dem Willkommensfest wurde ein ganzer Auerochse gebraten, und Jessamyn, Lord Theomors Tochter, wartete der Königin als Mundschenk auf und füllte Alysannes Krug mit einem starken Nordbier, das, wie Ihre Gnaden erklärte, ihr mehr gemundet habe als jeder Wein, den sie je gekostet hatte. Manderly veranstaltete auch ein kleines Turnier zu Ehren der Königin, um das Können seiner Ritter zu zeigen. Einer der Kämpfer (wenn auch kein Ritter) wurde als Frau entlarvt, ein Wildlingsmädchen, das von Grenzern nördlich der Mauer aufgegriffen und einem von Lord Manderlys Rittern als Mündel anvertraut worden war. Entzückt vom Mut des Mädchens, rief Alysanne ihren geschworenen Schild, Jonquil Finster. Unter dem brüllenden Jubel der Nordmänner duellierten sich Wildlingsfrau und der Scharlachrote Schatten mit Speer gegen Schwert.

Einige Tage später hielt die Königin ihren Frauenhof in Lord Manderlys Halle ab, eine Veranstaltung, wie man sie bis dahin im Norden noch nicht erlebt hatte, und über zweihundert Frauen und Mädchen versammelten sich, um Gedanken, Kummer und Sorgen mit Ihrer Gnaden auszutauschen.

Nachdem sie sich von Weißwasserhafen verabschiedet hatte, segelte das Gefolge der Königin die Weißklinge bis zu den Stromschnellen hinauf und zog dann über Land weiter nach Winterfell, während Alysanne auf Silberschwinge vorausflog. Doch im alten Sitz der Könige des Nordens war nichts von der Herzlichkeit zu spüren, mit der man sie in Weißwasserhafen empfangen hatte. Alaric Stark und seine Söhne kamen allein heraus und begrüßten sie, nachdem ihr Drache vor den Burgtoren gelandet war. Lord Alaric hatte den Ruf, hart wie Stein zu sein, streng und unversöhnlich und so sparsam, dass es schon an Geiz grenzte, humorlos, freudlos, kalt. Selbst Theomor Manderly, sein Vasall, hatte dem nicht widersprochen; Stark werde im Norden durchaus respektiert, aber nicht geliebt, hatte er gesagt. Lord Manderlys Narr hatte es anders ausgedrückt: »Ich glaube, Lord Alaric hat Verstopfung, seit er zwölf ist.«

Der Empfang in Winterfell trug nicht dazu bei, ihre Befürchtungen zu besänftigen, was sie vom Haus Stark zu erwarten hatte. Noch bevor er abgestiegen war, musterte Lord Alaric missbilligend die Kleidung Ihrer Gnaden und sagte: »Ich hoffe, Ihr habt noch etwas Wärmeres als das mitgebracht.« Und dann erklärte er ihr, dass er den Drachen nicht innerhalb seiner Mauern dulden werde. »Ich habe Harrenhal nie gesehen, aber ich weiß, was dort geschehen ist.« Ihre Ritter und Hofdamen werde er empfangen, sobald sie ankämen, »und auch den König, wenn er den Weg hierherfindet«, aber sie sollten seine Gastfreundschaft nicht zu lange beanspruchen. »Wir sind hier im Norden, und der Winter naht. Wir können tausend Mann nicht lange Zeit durchfüttern.« Als die Königin ihm versicherte, dass nur ein Zehntel kommen werde, knurrte Lord Alaric und sagte: »Das ist gut. Weniger wären sogar noch besser.« Wie befürchtet, war er alles andere als glücklich darüber, dass König Jaehaerys sie nicht begleitete, und er gestand, dass er nicht wisse, wie er eine Königin unterhalten solle. »Falls Ihr Bälle und Maskeraden und Tänze erwartet, habt Ihr Euch den falschen Ort ausgesucht.«

Vor drei Jahren hatte Lord Alaric seine Gemahlin verloren. Als die Königin ihr Bedauern ausdrückte, dass sie niemals das Vergnügen gehabt hatte, Lady Stark kennenzulernen, erwiderte der Nordmann: »Sie war eine Mormont von der Bäreninsel und keine Dame, wie Ihr sie kennt, aber mit zwölf Jahren hat sie mit einer Axt ein Rudel Wölfe angegriffen, zwei von ihnen erlegt und sich einen Mantel aus den Fellen genäht. Sie hat mir zwei starke Söhne geschenkt, und eine Tochter dazu, die ebenso süß anzuschauen ist wie all Eure Damen aus dem Süden.«

Als Ihre Gnaden vorschlug, Ehen zwischen seinen Söhnen und den Töchtern großer Lords des Südens zu vermitteln, lehnte Lord Stark brüsk ab. »Hier im Norden verehren wir die Alten Götter«, erklärte er der Königin. »Wenn meine Söhne eine Frau nehmen, dann werden sie vor einem Herzbaum heiraten und nicht in irgendeiner Septe im Süden.«

Doch so leicht gab sich Alysanne Targaryen nicht geschlagen. Die Lords des Südens ehrten die Alten Götter ebenso wie die Neuen, erklärte sie Lord Alaric; fast in jeder Burg, die sie kenne, befände sich neben einer Septe auch ein Götterhain. Außerdem gebe es immer noch Häuser, die die Sieben niemals angenommen hätten, zum Beispiel die Schwarzhains aus den Flusslanden, und vielleicht noch ein Dutzend weitere. Selbst ein so strenger und hartherziger Lord wie Alaric Stark musste vor Königin Alysannes unerbittlichem Charme kapitulieren. Er gestand ihr zu, darüber nachzudenken und mit seinen Söhnen zu sprechen.

Je länger die Königin blieb, desto mehr gewann sie Lord Alaric für sich, und mit der Zeit erkannte Alysanne, dass nicht alles, was über ihn erzählt wurde, der Wahrheit entsprach. Er drehte jede Münze zweimal um, aber er war nicht geizig; auch mangelte es ihm nicht an Humor, wenngleich seine Scherze in der Regel messerscharf waren; seine Söhne und die Tochter und die Menschen von Winterfell schienen ihn durchaus zu mögen. Nachdem der anfängliche Frost getaut war, nahm Lord Alaric die Königin mit auf die Elch- und Wildschweinjagd in den Wolfswald, zeigte ihr die Gebeine eines Riesen und erlaubte ihr, nach Belieben in der bescheidenen Bibliothek seiner Burg zu stöbern. Er wagte sich sogar näher an Silberschwinge heran, wenngleich sehr vorsichtig. Die Frauen von Winterfell verfielen dem Zauber der Königin, sobald sie sie kennengelernt hatten; besonders eng wurde das Verhältnis Ihrer Gnaden mit Lord Alarics Tochter Alarra. Als der Rest des Gefolges der Königin endlich vor den Burgtoren stand, nachdem sie sich durch weglose Sümpfe und Sommerschnee gekämpft hatten, gab es Fleisch und Met im Überfluss, obgleich der König nicht anwesend war.

In der Zwischenzeit standen in Königsmund die Dinge nicht zum Besten. Die Friedensverhandlungen zogen sich viel länger hin als erwartet, denn die Verbitterung zwischen den beiden Freien Städten reichte tiefer, als Jaehaerys geahnt hatte. Als seine Gnaden versuchte, einen Mittelweg zu finden, warfen ihm beide Seiten vor, er würde die andere bevorzugen. Während der Fürst und der Archon feilschten, brachen überall in der Stadt Kämpfe zwischen ihren Leuten aus, in Gasthäusern, Bordellen und Weinstuben. Ein Wachmann aus Pentos wurde angegriffen und getötet, und drei Nächte später wurde die Galeere des Archons am Anleger in Brand gesetzt. Die Abreise des Königs verzögerte und verzögerte sich.

Im Norden wurde Königin Alysanne das Warten lang, weshalb sie entschied, Winterfell für eine Weile zu verlassen und die Nachtwache in der Schwarzen Festung zu besuchen. Die Entfernung war nicht unerheblich, auch nicht im Flug. Ihre Gnaden machte im Letzten Herd und in mehreren kleinen Burgen und Festen auf dem Weg Station, jeweils zur Überraschung und zur Freude der Lords, während ihr ein Teil ihres Gefolges hinterherhastete (der Rest blieb in Winterfell).

Als Alysanne die Mauer zum ersten Mal von Weitem sah, verschlug der Anblick ihr den Atem, wie Ihre Gnaden später dem König erzählen sollte. Es hatte Bedenken gegeben, wie die Königin in der Schwarzen Festung empfangen werden würde, denn viele der Schwarzen Brüder waren Arme Gefährten und Söhne des Kriegers gewesen, doch Lord Stark schickte Raben voraus, um ihre Ankunft anzukündigen, und der Lord Kommandant der Nachtwache, Lothor Knotbaum, versammelte achthundert seiner besten Männer, um sie zu empfangen. An diesem Abend bewirteten die Schwarzen Brüder die Königin mit Mammutfleisch, das mit Met und Starkbier hinuntergespült wurde.

Als der Morgen am nächsten Tag dämmerte, führte Lord Knotbaum Ihre Gnaden auf die Mauer. »Hier endet die Welt«, sagte er und deutete auf die unermesslich große grüne Ausdehnung des

Verfluchten Waldes jenseits der Mauer. Knotbaum entschuldigte sich für die Qualität der Mahlzeiten und der Getränke, die er der Königin anbieten musste, und für die schlichte Unterkunft in der Schwarzen Festung. »Wir tun, was wir können, Euer Gnaden«, erklärte der Lord Kommandant, »doch unsere Betten sind hart, unsere Hallen kalt, und unser Essen …«

»… nährt seinen Mann«, beendete die Königin den Satz für ihn. »Und mehr brauche auch ich nicht. Es ist mir ein Vergnügen, so zu speisen wie Ihr.«

Die Männer der Nachtwache standen so sprachlos vor dem Drachen der Königin wie die Menschen von Weißwasserhafen, wobei Alysanne auffiel, dass Silberschwinge »diese Mauer nicht mag«. Obwohl es Sommer war und die Mauer weinte, konnte man die Kälte des Eises spüren, wenn der Wind wehte, und bei jeder Böe zischte und schnappte der Drache. »Dreimal flog ich mit Silberschwinge hoch über der Schwarzen Festung«, schrieb Alysanne an Jaehaerys, »und dreimal versuchte ich sie nach Norden über die Mauer zu lenken. Aber jedes Mal drehte sie wieder nach Süden ab und weigerte sich zurückzufliegen. Nie zuvor hat sie sich mir so widersetzt. Als ich landete, habe ich darüber gelacht, damit die Schwarzen Brüder nicht bemerkten, dass etwas nicht stimmte, aber damals hat es mir Sorgen gemacht und macht es mir auch heute noch.«

In der Schwarzen Festung sah die Königin zum ersten Mal Wildlinge. Ein Trupp Räuber hatte vor Kurzem versucht, die Mauer zu erklimmen, und war dabei ergriffen worden, und ein Dutzend zerlumpte Überlebende des Kampfes waren in Käfige gesperrt worden, damit die Königin sie sich ansehen konnte. Ihre Gnaden erkundigte sich, was mit ihnen geschehen würde, und erfuhr, dass man ihnen die Ohren abschneiden und sie dann nördlich der Mauer freilassen würde. »Alle außer den dreien«, sagte ihre Eskorte und zeigte auf drei Gefangene, die ihre Ohren bereits eingebüßt hatten. »Diesen dreien schlagen wir den Kopf ab. Sie wurden schon einmal erwischt.« Wenn die anderen klug waren, so erklärte er der Königin, würde ihnen der Verlust ihrer Ohren eine Lehre sein, und sie würden künftig auf ihrer Seite der Mauer bleiben. »Aber die meisten lernen es nicht«, fügte er hinzu.

Drei der Brüder waren Sänger gewesen, ehe sie das Schwarz angelegt hatten, und spielten abends abwechselnd Ihrer Gnaden vor oder unterhielten sie mit Balladen, Kriegsliedern und derben Soldatenweisen. Lord Kommandant Knotbaum selbst führte die Königin in den Verfluchten Wald (mit einhundert berittenen Grenzern als Eskorte). Als Alysanne den Wunsch äußerte, noch einige der anderen Burgen an der Mauer zu besichtigen, führte der Erste Grenzer Benton Glauer sie auf der Mauer entlang nach Westen an Schneetor vorbei zur Nachtfeste, wo sie die Nacht verbrachten. Dieser Ritt, so entschied die Königin, war die atemberaubendste Reise, die sie je unternommen hatte. »Der Ritt war ebenso belebend wie kalt, obwohl der Wind dort oben so heftig bläst, dass ich fürchtete, er könnte uns von der Mauer wehen.« Die Nachtfeste erschien ihr düster und unheimlich. »Die Burg ist so groß, dass die Männer darin so klein erscheinen, winzig wie Mäuse in einer Halle, die in Trümmern liegt«, berichtete sie Jaehaerys, »und dort wohnt eine Dunkelheit … ein Geschmack liegt in der Luft … ich war so froh, diesen Ort wieder verlassen zu können.«

Wir sollten nicht dem Irrtum erliegen, dass die Tage und Nächte der Königin in der Schwarzen Festung zur Gänze mit solch müßigen Beschäftigungen erfüllt waren. Sie war im Namen des Eisernen Throns hier, erinnerte sie Lord Knotbaum, und sie verbrachte viele Nachmittage mit ihm und seinen Offizieren und sprach mit ihnen über die Wildlinge, die Mauer und die Bedürfnisse der Wache.

»An erster Stelle muss eine Königin zuhören können«, sagte Alysanne Targaryen oft. In der Schwarzen Festung hielt sie sich an diese Worte. Sie hörte zu und lauschte und erwarb sich die ewige Zuneigung der Männer der Nachtwache durch ihr Handeln. Sie verstehe die Notwendigkeit einer Burg zwischen Schneetor und Eismark, erklärte sie Lord Knotbaum, doch die Nachtfeste verfiel, sie war zu groß und gewiss nur schwer zu heizen. Die Wache solle die Burg aufgeben und an ihrer Stelle eine kleinere weiter östlich bauen. Lord Knotbaum stimmte da durchaus zu … aber der Nachtwache mangele es an Münzen, um neue Burgen zu bauen, sagte er. Alysanne hatte diesen Einwand erwartet. Sie werde den Bau der Burg aus eigener Tasche bezahlen, erklärte sie dem Lord Kommandanten, und ihre Juwelen verpfänden, um die Kosten zu decken. »Ich habe sehr viele Juwelen«, sagte sie.

Es sollte acht Jahre dauern, die neue Burg zu bauen, die den Namen Grundsee tragen würde. Vor ihrer Haupthalle steht bis zum heutigen Tag eine Statue Alysanne Targaryens. Die Nachtfeste wurde aufgegeben, ehe Grundsee fertiggestellt war, ganz nach dem Wunsch der Königin. Lord Kommandant Knotbaum benannte außerdem Schneetor zu Alysannes Ehren in Königintor um.

Königin Alysanne wollte auch die Frauen des hohen Nordens anhören. Als Lord Knotbaum ihr erklärte, es gebe keine Frauen an der Mauer, blieb sie hartnäckig … bis er sie schließlich mit großem Widerwillen in das Dorf südlich der Mauer führen ließ, das die Schwarzen Brüder Mulwarft nannten. Dort würde sie Frauen finden, sagte der Lord Kommandant, zum größten Teil allerdings Huren. Die Männer der Nachtwache heirateten nicht, erklärte er, aber sie waren dennoch Männer, und manche hatten gewisse Bedürfnisse. Königin Alysanne sagte, das störe sie nicht weiter, und so kam es, dass sie ihren Frauenhof mit den Huren und Dirnen von Mulwarft abhielt … und einige der Geschichten, die sie dort hörte, sollten die Sieben Königslande für alle Zeiten verändern.

Derweil hatten in Königsmund der Archon von Tyrosh, der Fürst von Pentos und Jaehaerys I. Targaryen endlich ihre Siegel unter einen »Vertrag des Ewigen Friedens« gesetzt. Dass überhaupt eine Einigung erzielt worden war, musste man als Wunder betrachten und war größtenteils der verschleierten Drohung des Königs zu verdanken, dass Westeros selbst in den Krieg eintreten könnte, falls keine Einigung erzielt wurde. (Freunde hatte Jaehaerys sich damit allerdings nicht gemacht. Bei seiner Rückkehr nach Tyrosh soll der Archon gesagt haben, Königsmund sei eine »stinkende Kloake«, nicht wert, dass man sie Stadt nenne, wohingegen die Magister von Pentos so unglücklich mit den Bedingungen waren, dass sie ihren Fürsten ihren seltsamen Göttern als Opfer darbrachten, wie es dort

Sitte ist.) Erst jetzt konnte König Jaehaerys auf Vermithor nach Norden fliegen. Nach einem halben Jahr der Trennung trafen er und seine Königin sich in Winterfell wieder.

Des Königs Zeit in Winterfall begann mit einer unheilvollen Begegnung. Nach seiner Ankunft führte Alaric Stark Seine Gnaden in die Gruft unter der Burg, um ihm das Grab seines Bruders zu zeigen. »Walton liegt hier in der Dunkelheit, und das hat er zu einem großen Teil Euch zu verdanken. Die Sterne und die Schwerter, der Abschaum Eurer Sieben Götter, was haben wir mit ihnen zu schaffen? Und dennoch habt Ihr sie zu Hunderten und Tausenden an die Mauer geschickt, so viele, dass die Nachtwache Schwierigkeiten hatte, sie alle zu ernähren … und als die schlimmsten von ihnen sich erhoben haben, jene Eidbrecher, die ihr uns geschickt habt, hat es meinen Bruder das Leben gekostet, sie niederzuwerfen.«

»Ein hoher Preis«, stimmte der König zu, »aber das lag nicht in unserer Absicht. Seid Euch meines Bedauerns sicher, Mylord, und meiner Dankbarkeit.«

»Lieber hätte ich meinen Bruder zurück«, antwortete Lord Alaric düster.

Lord Stark und König Jaehaerys sollten nie gute Freunde werden, denn bis zum Ende stand Walton Starks Schatten zwischen ihnen. Nur durch die Vermittlung von Königin Alysanne fanden sie schließlich zusammen. Die Königin hatte Brandons Schenkung besucht, das Land südlich der Mauer, das Brandon der Erbauer der Nachtwache gewährt hatte, damit sie sich versorgen und ernähren konnte. »Das genügt nicht«, erklärte sie dem König. »Die Erde ist karg und steinig, die Berge sind unbewohnt. Der Wache fehlt es an Münzen, und wenn der Winter kommt, wird es ihnen auch an Vorräten mangeln.« Um das Problem zu lösen, schlug sie eine Neue Schenkung vor, einen weiteren Streifen Land südlich von Brandons Schenkung.

Der Gedanke gefiel Lord Alaric nicht. Zwar war er ein guter Freund der Nachtwache, doch er wusste, die Lords, denen das Land gehörte, würden es nicht hinnehmen, wenn man es ohne ihre Zustimmung verschenkte. »Ich bin sicher, dass Ihr sie überzeugen

könnt, Lord Alaric«, sagte die Königin. Und schließlich stimmte Alaric Stark zu, von ihr bezaubert wie immer. Ja, das könne er. Und so kam es, dass die Größe der Schenkung auf einen Streich verdoppelt wurde.

Ansonsten gibt es nur wenig Erwähnenswertes über den Besuch von Königin Alysanne und König Jaehaerys im Norden zu berichten. Nach weiteren zwei Wochen in Winterfell brachen sie nach Torrhenschanze auf, und von dort ging es weiter nach Hüglingen, wo Lord Staublin ihnen das Hügelgrab des Ersten Königs zeigte und zur Ehre des Königspaars eine Art Turnier veranstaltete, das allerdings im Vergleich mit den Turnieren des Südens eher armselig ausfiel. Von dort trugen Vermithor und Silberschwinge Jaehaerys und Alysanne zurück nach Königsmund. Die Männer und Frauen ihres Gefolges mussten einen beschwerlicheren Weg nach Hause nehmen, von Hüglingen aus über Land zurück nach Weißwasserhafen reisen und dort ein Schiff besteigen.

Noch bevor die anderen in Weißwasserhafen eintrafen, hatte König Jaehaerys bereits seinen Rat im Roten Bergfried einberufen, um eine Bitte seiner Königin zu bedenken. Als sich Septon Barth, Großmaester Benifer und die anderen versammelt hatten, erzählte Alysanne ihnen von ihrem Besuch an der Mauer und jenem Tag, den sie mit den Huren und gefallenen Mädchen von Mulwarft verbracht hatte.

»Dort lebt ein Mädchen«, sagte die Königin, »nicht älter als ich, wie ich hier vor Euch sitze. Ein hübsches Mädchen, aber nicht mehr so hübsch, so glaube ich, wie sie einst war. Ihr Vater war ein Hufschmied, und als sie vierzehn war, hat er sie mit einem seiner Lehrlinge verheiratet. Sie liebte den Jungen, und er liebte sie, und so wurden die beiden ordentlich vermählt … doch kaum hatten sie sich das Jawort gegeben, erschien ihr Lord mit seinen Waffenknechten auf der Hochzeit und beanspruchte das Recht der Ersten Nacht. Er nahm sie mit in seinen Turm und vergnügte sich mit ihr, und am nächsten Morgen brachten seine Männer sie zu ihrem Mann zurück.

Sie hatte ihre Jungfräulichkeit verloren und mit ihr auch die

Liebe, die ihr der Lehrjunge entgegengebracht hatte. Er konnte die Hand nicht gegen den Lord erheben, denn das hätte ihn das Leben gekostet, also erhob er sie stattdessen gegen seine Frau. Als sich zeigte, dass sie von dem Lord schwanger war, prügelte er das Kind aus ihr heraus. Von dem Tag an nannte er sie nur noch »Hure«, bis das Mädchen schließlich entschied, wenn es als Hure bezeichnet werde, könne es auch als eine solche leben, und sich nach Mulwarft aufmachte. Dort lebt sie heute noch, ein trauriges Kind, zerstört … und die ganze Zeit über werden in anderen Dörfern andere Mädchen verheiratet, und andere Lords erheben Anspruch auf ihr Recht der Ersten Nacht.

Ihre Geschichte war die schrecklichste, aber nicht die einzige. In Weißwasserhafen, in Mulwarft und in Hüglingen haben mir auch andere Frauen von ihrer Ersten Nacht erzählt. Mylords, das habe ich nicht gewusst. Oh, natürlich kannte ich die Tradition. Selbst auf Drachenstein gibt es Geschichten über Männer meines eigenen Hauses, den *Targaryen*, denen die Frauen der Fischer und Diener zu willen sein mussten und die mit ihnen Kinder gezeugt haben …«

»Man nennt sie Drachensamen«, sagte Jaehaerys mit offensichtlichem Widerwillen. »Das ist nichts, womit man sich brüsten sollte, aber es ist geschehen, und vielleicht häufiger, als wir uns eingestehen möchten. Doch diese Kinder werden wertgeschätzt. Orys Baratheon war auch ein Drachensame, ein Bastardbruder unseres Großvaters. Ob er in einer Ersten Nacht gezeugt wurde, kann ich nicht sagen, doch Lord Aerion war sein Vater, das ist hinlänglich bekannt. Geschenke wurden gemacht …«

»Geschenke«, sagte die Königin, und ihre Stimme troff vor Hohn. »Ich sehe darin keine Ehre. Ich wusste, dass so etwas vor Hunderten von Jahren üblich war, das räume ich ein, aber ich habe mir nicht träumen lassen, dass dieser Sitte auch heute noch so häufig gefolgt wird. Vielleicht wollte ich es nicht wissen. Ich habe die Augen davor verschlossen, aber dieses arme Mädchen in Mulwarft hat sie mir geöffnet. *Das Recht der Ersten Nacht!* Euer Gnaden, Mylords, es ist an der Zeit, dass wir dem ein Ende bereiten. Ich bitte Euch!«

Nachdem die Königin geendet hatte, herrschte Schweigen, wie

uns Großmaester Benifer berichtet. Die Lords des Kleinen Rates rutschten unbehaglich auf ihren Sitzen hin und her und wechselten Blicke, bis der König schließlich selbst das Wort ergriff, verständnisvoll, aber widerwillig. Was die Königin vorgeschlagen hatte, würde sich nur schwer durchsetzen lassen, sagte Jaehaerys. Lords wurden ärgerlich, wenn Könige anfingen, ihnen zu nehmen, worauf sie glaubten, ein Anrecht zu haben. »Ihre Länder, ihr Gold, ihre Rechte …«

»… ihre Frauen?«, unterbrach ihn Alysanne. »Ich erinnere mich an unsere Hochzeit, mein Gemahl. Wenn du ein Schmied gewesen wärst und ich ein Waschweib, und irgendein Lord wäre gekommen, um mich zu holen und mir die Jungfräulichkeit zu rauben, und das an dem Tag, an dem wir unser Ehegelübde gesprochen haben, was hättest du getan?«

»Ihn umgebracht«, sagte Jaehaerys. »Aber ich bin kein Schmied.«

»*Wenn*, habe ich gesagt«, beharrte die Königin. »Ein Schmied ist doch auch ein Mann, oder? Welcher Mann außer einem Feigling würde einfach nur widerstandslos danebenstehen, während ein anderer sich mit seiner Frau vergnügt? Wir wollen doch nicht, dass Schmiede Lords umbringen.« Sie wandte sich an Großmaester Benifer. »Ich weiß, wie Gargon Qoherys gestorben ist. Gargon der Gast. Ich frage mich, wie viele solcher Beispiele es noch gibt.«

»Mehr, als ich aufführen möchte«, räumte Benifer ein. »Es wird nicht viel darüber gesprochen, aus Angst, andere könnten sich ein Beispiel nehmen, aber …«

»Das Recht der Ersten Nacht ist ein Verstoß gegen den Königsfrieden«, schloss die Königin. »Es ist ein Verbrechen nicht nur an der Frau, sondern auch an ihrem Mann … und an der Gemahlin des Lords, nicht zu vergessen. Was tun denn diese hochgeborenen Damen, während ihre Lords ausziehen, um Jungfrauen die Unschuld rauben? Nähen sie? Singen sie? Beten sie? Ich an ihrer Stelle würde beten, dass mein Hoher Gemahl auf dem Rückweg vom Pferd fällt und sich das Genick bricht.«

König Jaehaerys lächelte darüber, aber sein wachsendes Unbehagen war unübersehbar. »Das Recht der Ersten Nacht ist uralt«, argumentierte er ohne große Leidenschaft, »so alt wie das Recht der Blutsgerichtsbarkeit. Südlich der Eng wird es kaum eingefordert, wie ich gehört habe, doch es ist ein Vorrecht der Lords, das manche meiner aufsässigeren Untertanen sicherlich nicht gern aufgeben würden. Du hast nicht unrecht, Geliebte, aber manchmal ist es besser, einen schlafenden Drachen nicht zu wecken.«

»Wir sind die schlafenden Drachen«, entgegnete die Königin. »Diese Lords, die ihre Erste Nacht lieben, sind Hunde. Warum müssen sie ihre Lust an Jungfrauen stillen, die gerade erst einem anderen Mann die Treue geschworen haben? Haben sie keine Gemahlinnen? Gibt es keine Huren auf ihrem Land? Haben sie vergessen, wie man die eigene Hand benutzt?«

Nun ergriff der Justiziar Lord Albin Massie das Wort. »Beim Recht der Ersten Nacht geht es nicht nur um Wollust, Euer Gnaden. Die Sitte gibt es schon seit den ältesten Tagen, sie ist älter als die Andalen und älter als der Glauben. Sie reicht ohne Zweifel zurück bis ins Zeitalter der Dämmerung. Die Ersten Menschen waren ein barbarisches Volk, und wie die Wildlinge jenseits der Mauer war Stärke für sie das Wichtigste. Ihre Lords und Könige waren Krieger, mächtige Männer und Helden, und sie wollten ebensolche Söhne haben. Wenn also ein Kriegsherr beschloss, seinen Samen einer Frau in ihrer Hochzeitsnacht zu spenden, wurde das als … als eine Art Segen betrachtet. Und wenn ein Kind aus dieser Begegnung entstand, umso besser. Der Gemahl durfte sich dann der Ehre rühmen, den Sohn eines Helden als seinen eigenen aufzuziehen.«

»Das mag vor zehntausend Jahren so gewesen sein«, erwiderte die Königin, »aber die Lords, die heute das Recht der Ersten Nacht einfordern, sind keine Helden. Ihr habt nicht gehört, wie die Frauen über sie reden. Ich schon. Alte Männer, dicke Männer, grausame Männer, miese Jungen, Vergewaltiger, Geiferer, Männer, die mit Schorf bedeckt sind, mit Narben, mit Furunkeln, Lords, die sich seit einem halben Jahr nicht gewaschen haben, Männer mit fettigen Haaren und Läusen. Das sind Eure starken Männer. Ich habe den Mädchen zugehört, und keine fühlte sich gesegnet.«

»Die Andalen kannten das Recht der Ersten Nacht in Andalos

nicht«, sagte Großmaester Benifer. »Als sie nach Westeros kamen und die Königreiche der Ersten Menschen hinwegfegten, haben sie die Tradition vorgefunden und sie bestehen lassen wie die Götterhaine.«

Nun ergriff Septon Barth das Wort und wandte sich an den König. »Herr, wenn ich so kühn sein darf, aber ich glaube, Ihre Gnaden hat recht. Die Ersten Menschen mögen einen gewissen Sinn in diesem Ritual gesehen haben, aber die Ersten Menschen fochten mit Bronzeschwertern und tränkten ihre Wehrholzbäume mit Blut. Wir sind nicht diese Menschen, und es ist höchste Zeit, dass wir diesem Übel ein Ende machen. Es widerspricht all unseren Idealen der Ritterlichkeit. Unsere Ritter schwören, die Unschuld der Jungfrauen zu verteidigen … außer wenn der Lord, dem sie dienen, diese Unschuld zu rauben beabsichtigt. Bei der Hochzeit geloben wir uns vor dem Vater und der Mutter Treue, bis der Fremde kommt, um uns zu trennen, und nirgendwo im *Siebenzackigen Stern* steht geschrieben, dass diese Gelübde für Lords nicht gelten. Ihr habt recht, Euer Gnaden, manche Lords werden knurren, wenn das Recht der Ersten Nacht aufgehoben wird, vor allem im Norden … aber die jungen Frauen werden es uns danken und all ihre Ehemänner und Väter und Mütter, genau wie die Königin sagt. Ich weiß, den Gläubigen wird es gefallen. Seine Hohe Heiligkeit wird seine Stimme hören lassen, daran besteht kein Zweifel.«

Als Barth geendet hatte, hob Jaehaerys Targaryen resigniert die Hände. »Ich weiß, wann ich geschlagen bin. Also gut. So soll es geschehen.«

Und so wurde das zweite von Königin Alysannes Gesetzen erlassen, wie sie im Volksmund genannt werden: die Abschaffung des uralten Rechts des Lords auf die Erste Nacht. Von nun an, so wurde bestimmt, sollte die Jungfräulichkeit einer Braut allein ihrem Gemahl gehören, unabhängig davon, ob die Ehe vor einem Septon oder einem Herzbaum geschlossen wurde, und jeder Mann, sei er Lord oder Bauer, der sie in ihrer Hochzeitsnacht oder irgendeiner anderen Nacht nahm, machte sich des Verbrechens der Vergewaltigung schuldig.

Als sich das Jahr 58 dem Ende näherte, feierte König Jaehaerys in der Sternensepte von Altsass das zehnjährige Jubiläum seiner Krönung. Anstelle des unerfahrenen Jungen, den der Hohe Septon an jenem Tag gekrönt hatte, war längst ein vierundzwanzigjähriger Mann getreten, der vom Scheitel bis zur Sohle König war. Aus dem Bartflaum und dem Schnurrbart, den Seine Gnaden schon als junger Mann gehegt und gepflegt hatte, war ein stattlicher goldener Bart geworden, durch den sich silberne Strähnen schlängelten. Das lange Haar trug er in einem dicken Zopf, der ihm fast bis zur Hüfte reichte. Hochgewachsen und gutaussehend bewegte sich Jaehaerys mit Anmut, ob nun auf dem Tanzboden oder dem Übungshof. Mit seinem Lächeln, so hieß es, konnte er das Herz jedes Mädchens in den Sieben Königslanden erobern; runzelte er die Stirn, stockte manchem Mann das Blut in den Adern. In seiner Schwester hatte er eine Königin, die noch mehr geliebt wurde als er selbst. »Die Gute Königin Alysanne« nannte sie das gemeine Volk von Altsass bis zur Mauer. Die Götter hatten die beiden mit drei kräftigen Kindern gesegnet, zwei prächtigen jungen Prinzen und einer Prinzessin, die der Liebling des Reiches war.

Im ersten Jahrzehnt ihrer Herrschaft hatten sie Trauer und Schrecken, Verrat und Streit erlebt und den Tod geliebter Menschen ertragen müssen, doch sie hatten alle Stürme gemeistert, die Tragödien überstanden und waren gestärkt und gefestigt daraus hervorgegangen. Ihre Leistungen waren nicht zu leugnen – in den Sieben Königslanden herrschte Frieden und der größte Wohlstand seit Menschengedenken.

Es war eine Zeit der Freude und der Feiern, und sie feierten das Thronjubiläum des Königs mit einem Turnier in Königsmund. Prinzessin Daenerys und die Prinzen Aemon und Baelon saßen mit ihrer Mutter und ihrem Vater in der königlichen Loge und sonnten sich im Jubel der Menge. Auf dem Höhepunkt des Wettbewerbs trat Ser Ryam Rothweyn an, der jüngste Sohn Lord Manfryd Rothweyns vom Arbor, Jaehaerys' Lord Admiral und Meister der Schiffe. In aufeinanderfolgenden Tjosten stieß er Ser Ryam Ronnal Baratheon, Arthor Eichenherz, Simon Dondarrion, Haryo Schweyn (Harry der

Schinken für die Gemeinen) sowie zwei Ritter der Königsgarde aus dem Sattel, Lorenz Steinern und Lucamor Kraft. Als der junge Kavalier vor die königliche Loge ritt und die Gute Königin Alysanne zur Königin der Liebe und der Schönheit krönte, brach das Volk in tosenden Beifall aus.

Das Laub an den Bäumen war rostrot und orange und golden geworden, und die Damen des Hofes trugen Kleider in den passenden Farben. Zu dem Fest, das im Anschluss an das Turnier stattfand, kam auch Lord Rogar Baratheon mit seinen Kindern Boremund und Joslyn und wurde herzlich von König und Königin umarmt. Aus dem ganzen Reich waren Lords gekommen, um an den Feierlichkeiten teilzunehmen: Lyman Lennister aus Casterlystein, Daemon Velaryon von Driftmark, Prentys Tully aus Schnellwasser, Rodrik Arryn aus dem Grünen Tal und sogar die Lords Esch und Eichenherz, deren Waffenknechte einst mit Septon Mond marschiert waren. Theomor Manderly kam aus dem Norden herunter. Alaric Stark nicht, aber seine Söhne kamen, und mit ihnen seine Tochter Alarra, die ihre Pflichten als Hofdame der Königin antreten wollte. Der Hohe Septon war zu krank, um zu kommen, aber er schickte seine neueste Septa, Rhaella, die einst eine Targaryen gewesen war; sie war zwar immer noch schüchtern, trug aber ein Lächeln auf den Lippen. Es heißt, die Königin habe bei ihrem Anblick vor Freude geweint, denn ihr Gesicht und ihre Gestalt waren ein getreues Abbild ihrer Schwester Aerea, nur etwas älter.

Es war eine Zeit der herzlichen Umarmungen, des Lächelns, der Trinksprüche und der Versöhnung, des Lachens und des Küssens. Alte Freundschaften wurden erneuert, und neue wurden geschlossen. Es war eine gute Zeit, ein goldener Herbst, eine Zeit des Friedens und des Überflusses.

Doch der Winter nahte.

JAEHAERYS I.
UND ALYSANNE

POLITIK, NACHWUCHS UND PEIN

Am siebten Tag des 59. Jahres nach Aegons Eroberung dümpelte ein übel zugerichtetes Schiff den Wispernden Sund hinauf und fuhr in den Hafen von Altsass ein. Die Segel waren geflickt und ausgefranst und voller Salzflecken, der Lack verblichen und blätterte ab, das Banner, das am Mast flatterte, hatte die Sonne bis zur Unkenntlichkeit ausgebleicht. Erst als das Schiff im Hafen anlegte, konnte man es in seinem erbärmlichen Zustand erkennen. Es war die *Lady Meredith,* die vor fast drei Jahren von Altsass aus in See gestochen war, um das Meer der Abenddämmerung zu überqueren.

Während die Mannschaft von Bord ging, gafften Scharen von Händlern, Trägern, Huren, Seeleuten und Dieben sie erschrocken an. Neun von zehn Männern waren schwarz oder braun. Im Hafen machte sich Aufregung breit. Hatte die *Lady Meredith* tatsächlich das Meer der Abenddämmerung überquert? Waren die Bewohner der sagenhaften Länder im fernen Westen alle so dunkelhäutig wie die Menschen von den Sommerinseln?

Erst als Ser Konstans Hohenturm von Bord stieg, erstarb das Raunen. Lord Donnels Enkel war hager und von der Sonne verbrannt, und er hatte Falten im Gesicht, die bei seinem Aufbruch noch nicht zu sehen gewesen waren. Ein paar Männer aus Altsass begleiteten ihn, der Rest seiner ursprünglichen Mannschaft. Einer der Zöllner seines Großvaters kam ihnen am Anleger entgegen, und es folgte ein kurzes Gespräch. Die Mannschaft der *Lady Meredith* sah nicht einfach nur so aus wie Bewohner der Sommerinseln, sie *waren* Bewohner der Sommerinseln, die er in Sothoryos angeheuert hatte (»zu einer ruinösen Heuer«, wie sich Ser Konstans beschwerte), um die verlorenen Männer zu ersetzen. Er würde Träger brauchen, sagte der Kapitän. Seine Frachträume waren zum Bersten voll mit Waren … aber nicht aus den Ländern jenseits des Meers der Abenddämmerung. »Das war ein Traum«, sagte er.

Kurz darauf erschienen Lord Donnels Ritter mit dem Befehl, ihn in den Hohen Turm zu begleiten. Dort in der Hohen Halle seines Großvaters erzählte Ser Konstans Hohenturm mit einem Becher Wein in der Hand seine Geschichte. Lord Donnels Schreiber zeichneten alles auf, während er sprach, und binnen weniger Tage verbreitete sich die Geschichte durch Boten, Barden und Raben in ganz Westeros.

Die Reise hatte so gut begonnen, wie man nur hoffen konnte, berichtete Ser Konstans. Jenseits des Arbors hatte Lady Westhügel ihre *Sonnenjäger* nach Süd zu Südwest gesteuert, auf der Suche nach wärmeren Gewässern und günstigeren Winden, und die *Lady Meredith* und die *Herbstmond* waren ihr gefolgt. Das große Schiff aus Braavos war sehr schnell, wenn es vor dem Wind lag, und die Hohenturms hatten Schwierigkeiten mitzuhalten. »Die Sieben lächelten am Anfang auf uns herab. Wir hatten Sonnenschein bei Tag und Mondlicht bei Nacht und einen so süßen Wind, wie Mann und Maid ihn sich nur erhoffen konnten. Noch waren wir nicht ganz allein. Von Zeit zu Zeit sichteten wir Fischer, und einmal ein großes dunkles Schiff, vielleicht ein Walfänger aus Ib. Und Fische, so viele Fische … manchmal schwammen Delfine neben uns, als hätten sie noch nie ein Schiff gesehen. Wir hielten uns alle für gesegnet.«

Zwölf Tage waren die *Sonnenjäger* und ihre zwei Begleiter bei gutem Wetter von Westeros fortgesegelt, sie befanden sich auf Höhe der Sommerinseln, allerdings ihren Berechnungen zufolge wesentlich weiter westlich, als je ein Schiff zuvor gewesen war … zumindest war von hier noch kein Schiff zurückgekehrt, um davon zu berichten. Auf der *Lady Meredith* und der *Herbstmond* wurden Fässer mit Arborgold angestochen, um auf den Erfolg anzustoßen; auf der *Sonnenjäger* tranken die Seeleute gewürzten Honigwein aus Lennishort. Und falls irgendwer beunruhigt war, weil sie seit vier Tagen keinen Vogel mehr gesehen hatten, so schwieg er.

Die Götter hassen die Überheblichkeit der Menschen, lehren uns die Septone, und der *Siebenzackige Stern* besagt, Hochmut komme vor dem Fall. Vielleicht hatten Alys Westhügel und die Hohenturms zu laut und zu früh gefeiert, dort auf dem weiten Ozean, denn kurze Zeit später begann die große Reise, tragisch aus dem Ruder zu laufen. »Zuerst hatten wir keinen Wind mehr«, erzählte Ser Konstans dem Hof seines Großvaters. »Fast vierzehn Tage lang ging kaum eine Brise, und die Schiffe bewegten sich nur, weil wir sie mit Ruderbooten schleppten. Dann entdeckten wir auf der *Herbstmond*, dass ein Dutzend Fässer Fleisch mit Maden befallen waren. Eigentlich keine große Sache, aber ein schlechtes Omen. Als endlich eines Tages bei Sonnenuntergang der Wind zurückkam, verfärbte sich der Himmel blutrot, ein Anblick, der die Männer erschreckte. Ich erzählte ihnen, es sei ein gutes Vorzeichen, aber ich habe gelogen. Noch vor dem Morgengrauen waren die Sterne verschwunden, und der Wind begann zu heulen, und dann erhob sich der Ozean.«

Das war der erste Sturm, sagte Ser Konstans. Der nächste folgte zwei Tage später, und dann ein dritter, und jeder war schlimmer als der vorherige. »Die Wellen waren höher als unsere Masten, und um uns herum tobte ein Gewitter mit Donner und solch grellen Blitzen, dass sie die Augen verbrannten. Nie zuvor habe ich solche Blitze gesehen. Einer traf die *Herbstmond* und spaltete den Mast vom Krähennest bis zum Deck. In all dem Wahnsinn schrie einer meiner Männer, er habe Tentakel gesehen, die sich aus dem Wasser reckten, und das ist wirklich das Letzte, was ein Kapitän hören will. Wir hatten die *Sonnenjäger* längst aus den Augen verloren, uns blieben nur meine *Lady* und die *Mond*. Mit jeder Woge brandete das Meer über das Deck, und Männer wurden über Bord gespült und hingen hilflos an den Leinen. Ich sah die *Herbstmond* mit eigenen Augen untergehen. Im einen Moment war sie noch da, angeschlagen und brennend. Dann rollte eine Welle heran und verschlang sie, und ich blinzelte, und sie war verschwunden, einfach so. Mehr habe ich nicht gesehen, eine Welle, ein Ungetüm von einer Welle, aber meine Männer schrien nur noch: ›Kraken, Kraken!‹, und gleichgültig, was ich sagte, ich konnte sie nicht davon abbringen.

Ich weiß nicht, wie wir diese Nacht überstanden haben. Aber wir haben es geschafft. Am nächsten Morgen war die See wieder ruhig, die Sonne schien, und das Wasser war so blau und unschuldig, dass es kaum zu glauben war, dass irgendwo unter der Oberfläche mein Bruder dahintrieb, tot mit all seinen Männern. Die *Lady Meredith* war in einem traurigen Zustand, die Segel waren zerrissen, die Masten zersplittert, und neun Männer wurden vermisst. Wir sprachen Gebete für die Verlorenen und begannen, das Schiff wieder klarzumachen, so gut es eben ging … und am Nachmittag sichtete unser Ausguck Segel in der Ferne. Es war die *Sonnenjäger,* die zurückgekommen war und nach uns suchte.«

Lady Westhügel hatte nicht nur den Sturm überstanden. Sie hatte Land entdeckt. Die Winde und das tosende Meer hatten ihre *Sonnenjäger* von den Hohenturms getrennt und nach Westen abgetrieben, und als die Dämmerung anbrach, hatte ihr Ausguck Vögel erspäht, die um einen dunstigen Berg am Horizont kreisten. Lady Alys hielt darauf zu und gelangte zu drei kleinen Inseln. »Ein Berg zwischen zwei Hügeln«, wie sie es formulierte. Die *Lady Meredith* war nicht in der Lage zu segeln, doch drei Booten der *Sonnenjäger* gelang es, sie zwischen die sicheren Inseln zu schleppen.

Über zwei Wochen lagen die beschädigten Schiffe im Schutz der Inseln, nahmen Reparaturen vor und füllten die Vorräte auf. Lady Alys war siegestrunken; hier gab es Land, weiter im Westen als jedes bisher bekannte Land. Inseln, die auf keiner Karte verzeichnet waren. Da es drei Eilande waren, gab sie ihnen die Namen Aegon, Rhaenys und Visenya. Die Inseln waren unbewohnt, aber in den reichlich vorhandenen Quellen und Bächen konnten die Reisenden so viel Trinkwasser auffüllen, wie sie brauchten. Es gab auch wilde Schweine und riesige, träge graue Echsen, groß wie Rehe, sowie Bäume voller Nüsse und Früchte.

Nachdem sie einiges davon gesammelt hatten, erklärte Konstans Hohenturm, dass sie nun nicht mehr weitersegeln mussten. »Diese Entdeckung genügt«, sagte er. »Wir haben Gewürze, die nie ein Mensch geschmeckt hat, und diese rosa Früchte … Wir haben ein Vermögen, hier, in unseren Händen.«

Alys Westhügel war fassungslos. Drei kleine Inseln, und die größte davon nicht einmal ein Drittel so groß wie Drachenstein. Das war nichts. Die wahren Wunder lagen weiter im Westen. Gleich hinter dem Horizont konnte es ein zweites Essos geben.

»Oder es liegen noch einmal eintausend Wegstunden leerer Ozean vor uns«, erwiderte Ser Konstans. Und obwohl Lady Alys schmeichelte und bettelte und mit Worten die schönsten Traumgespinste in die Luft malte, konnte sie ihn nicht umstimmen. »Selbst wenn ich gewollt hätte, hätte meine Mannschaft es nicht zugelassen«, erklärte er Lord Donnel im Hohen Turm. »Bis zum letzten Mann waren sie davon überzeugt, gesehen zu haben, wie die *Herbstmond* von einem riesigen Kraken unter Wasser gezogen worden war. Wenn ich den Befehl gegeben hätte, weiter nach Westen zu segeln, hätten sie sich einen anderen Kapitän gewählt und mich an die Fische verfüttert.«

Also trennten sich die Schiffe, als sie die Inseln verließen. Die *Lady Meredith* wandte sich nach Osten Richtung Heimat, während Alys Westhügel und ihre *Sonnenjäger* weiter nach Westen segelte, immer der Sonne nach. Konstans Hohenturms Rückreise wurde fast so gefährlich wie die Hinreise. Sie mussten weitere Stürme überstehen, obwohl keiner so schrecklich war wie jener, der das Schiff seines Bruders verschlungen hatte. Die Winde standen ungünstig, deshalb mussten sie kreuzen und immer wieder kreuzen. Sie hatten drei der großen grauen Echsen an Bord, und eine davon biss den Steuermann, dessen Bein daraufhin grün wurde und abgenommen werden musste. Einige Tage später begegneten sie einer Herde Leviathane. Einer von ihnen, ein riesiger weißer Bulle, der größer als ihr Schiff war, rammte die *Lady Meredith* absichtlich und sorgte für einen Riss im Rumpf. Danach setzte Ser Konstans einen anderen Kurs und hielt auf die Sommerinseln zu, wo er das nächstliegende Land vermutete. Allerdings waren sie viel weiter südlich geraten als gedacht, verfehlten die Inseln komplett und landeten stattdessen an der Küste von Sothoryos.

»Dort blieben wir ein ganzes Jahr«, erzählte er seinem Großvater, »und versuchten, die *Lady Meredith* wieder seetüchtig zu machen, denn der Schaden war größer als gedacht. Außerdem gab es dort ein Vermögen zu gewinnen, und davor verschlossen wir die Augen nicht. Smaragde, Gold, Gewürze, ja, all das und noch viel mehr. Seltsame Geschöpfe … Affen, die wie Menschen gehen, Menschen, die wie Affen heulen, Wyvern, Basilisken, einhundert verschiedene Arten von Schlangen. Und alle miteinander tödlich. Einige meiner Männer sind einfach in der Nacht verschwunden. Und das waren die, die nicht anfingen zu sterben. Einer wurde von einer Fliege gestochen, ein kleiner Stich in den Hals, nichts, wovor man sich fürchten müsste. Drei Tage später schälte sich seine Haut ab, und er blutete aus Ohren und Schwanz und Arsch. Jeder Seemann weiß, wenn man Salzwasser trinkt, wird man verrückt, aber das Süßwasser dort ist auch nicht besser. Würmer schwimmen darin, die beinahe zu klein sind, um sie zu erkennen, und wenn man sie schluckt, legen sie ihre Eier im Körper ab. Und dann das Fieber … Es gab kaum einen Tag, an dem die Hälfte meiner Männer gesund war und arbeiten konnte. Wir wären alle gestorben, glaube ich, wenn uns nicht vorbeiziehende Sommermenschen gefunden hätten. Sie kannten diese Hölle besser, als sie uns gegenüber zugeben wollten, glaube ich. Mit ihrer Hilfe konnten wir die *Lady Meredith* nach Hochholzstadt bringen, und von dort aus ging es weiter heimwärts.«

Hier enden seine Geschichte und sein großes Abenteuer.

Was Lady Alys Westhügel betraf, die geborene Elissa aus dem Hause Weitmann, so können wir nicht sagen, wo ihre Abenteuer endeten. Die *Sonnenjäger* verschwand im Westen und suchte weiter nach den Ländern jenseits des Meeres der Abenddämmerung, und das Schiff wurde nie wieder gesehen.

Allerdings …

Viele Jahre später sollte Corlys Velaryon, der Junge, der im Jahre 53 auf Driftmark geboren worden war, mit seinem Schiff, der *Seeschlange*, neun große Reisen unternehmen und weiter segeln als je ein Mann aus Westeros vor ihm. Auf seiner ersten Reise segelte er über die Jadetore hinaus nach Yi Ti und zur Insel Leng und kehrte mit solchen Reichtümern an Gewürzen und Seide und Jade zurück, dass das Haus Velaryon für eine Zeit das wohlhabendste Haus der ganzen Sieben Königslande wurde. Auf seiner zweiten Reise segelte Ser Corlys sogar noch weiter in den Osten und war der erste Westerosi, der je Asshai am Schatten erreichte, jene öde schwarze Stadt der Schattenbinder am Ende der Welt. Dort verlor er seine Geliebte und die Hälfte seiner Mannschaft, wenn die Geschichten wahr sind … aber dort, im Hafen von Asshai, soll er auch ein altes, ziemlich verwittertes Schiff gesehen haben, von dem er schwor, dass es nur die *Sonnenjäger* gewesen sein konnte.

Doch 59 n.A.E. war Corlys Velaryon noch ein sechsjähriger Knabe, der vom Meer träumte, daher verlassen wir ihn jetzt und wenden uns wieder dem Herbstende in jenem schicksalhaften Jahr zu, als der Himmel sich verdunkelte, die Winde sich erhoben und der Winter nach Westeros zurückkehrte.

Der lange Winter der Jahre 59-60 war außergewöhnlich grausam, darin sind alle einig, die ihn überlebt haben. Den Norden traf es zuerst und am härtesten, als die Ernte auf den Feldern verdarb, Bäche gefroren und bitterkalte Winde heulend über die Mauer wehten. Zwar hatte Lord Alaric Stark befohlen, dass die Hälfte jeder Ernte aufbewahrt und für den kommenden Winter zurückgelegt werden solle, doch nicht alle Vasallen hatten dem Folge geleistet. Als sich die Speisekammern und Getreidespeicher leerten, breitete sich eine Hungersnot im Land aus, und alte Männer verabschiedeten sich von ihren Kindern und zogen zum Sterben hinaus in den Schnee, damit ihre Familien überleben konnten. Auch in den Flusslanden, den Westlanden und dem Grünen Tal gab es Missernten, ja, sogar unten in der Weite. Wer Vorräte hatte, hortete sie, und so stieg überall in den Sieben Königslanden der Preis für Brot. Der Preis für

Fleisch stieg sogar noch schneller, und in kleinen und großen Städten gab es kaum noch Obst und Gemüse.

Und dann kam das Zittern, und der Fremde wandelte durch das Land.

Die Maester kannten das Zittern. Vor einem Jahrhundert hatten sie es schon einmal erlebt, und der Verlauf der Ansteckung stand in ihren Büchern beschrieben. Man glaubte, die Seuche sei übers Meer nach Westeros gekommen, aus einer der Freien Städte oder noch entfernteren Ländern. Hafenstädte wurden stets als Erstes von der Krankheit heimgesucht und oft auch am härtesten. Viele im gemeinen Volk glaubten, es werde von Ratten übertragen; nicht von den bekannten grauen Ratten aus Königsmund und Altsass, diesen großen und frechen und wilden Tieren, sondern von den kleineren schwarzen, die aus den Frachträumen von im Hafen liegenden Schiffen über die Taue, mit denen sie festgemacht waren, an Land huschten. Die Schuld der Ratten wurde zwar nie zur Zufriedenheit der Zitadelle bewiesen, doch plötzlich brauchte jedes Haus in den Sieben Königslanden, von der prächtigsten Burg bis zur bescheidensten Hütte, eine Katze. Und während sich das Zittern in diesem Winter immer weiter ausbreitete, wurden Katzen so teuer wie Schlachtrösser.

Die Anzeichen der Krankheit waren wohlbekannt. Sie begann recht unauffällig mit einem Frösteln. Die Betroffenen beschwerten sich darüber, dass ihnen kalt war, warfen ein frisches Scheit aufs Feuer, kuschelten sich unter eine Decke oder verkrochen sich unter einem Stapel Felle. Manche verlangten nach heißer Suppe, Gewürzwein oder, gegen alle Vernunft, Bier. Doch weder Decken noch Suppen konnten den Verlauf der Seuche aufhalten. Bald darauf begann das Zittern, zuerst schwach, ein Beben, ein Schaudern; aber es wurde unaufhaltsam schlimmer. Gänsehaut streifte über die Glieder des Infizierten wie ein Heer auf Eroberungszug. Zu diesem Zeitpunkt war das Zittern schon so schlimm, dass die Kranken mit den Zähnen klapperten und ihre Hände und Füße anfingen, zu zucken und sich zu verkrampfen. Wenn die Lippen blau wurden und der blutige Husten einsetzte, war das Ende nah. Nach dem ersten Frösteln nahm das Zittern einen schnellen Verlauf. Der Tod konnte innerhalb eines Tages eintreten, und nur einer von fünf Erkrankten erholte sich.

Das alles wussten die Maester. Was sie nicht wussten, war, wo das Zittern herkam, wie man es aufhielt oder wie man es heilen konnte. Umschläge wurden versucht, auch Tränke. Heißer Senf und Drachenpfeffer wurden vorgeschlagen und Wein, der mit Schlangengift versetzt war und von dem die Lippen taub wurden. Die Kranken wurden in Wannen mit heißem, teilweise fast kochendem Wasser getaucht. Grünes Gemüse sollte helfen, dann auch roher Fisch oder rotes Fleisch, je blutiger, desto besser. Gewisse Heiler verzichteten auf das Fleisch und rieten ihren Patienten, Blut zu trinken. Verschiedene Arten von Blättern wurden verbrannt und der Rauch inhaliert. Ein Lord befahl seinen Männern, um ihn herum überall Feuer anzulegen, sodass er von einer Wand aus Flammen umgeben war.

Im Winter des Jahres 59 n.A.E. kam das Zittern aus dem Osten, zog durch die Schwarzwasserbucht und dann den Schwarzwasser hinauf. Noch vor Königsmund fröstelten die Bewohner der Inseln an der Küste der Kronlande. Edgut Celtigar, einst Maegors Hand und später der vielgehasste Meister der Münze, war der erste Lord, der starb. Sein Sohn und Erbe folgte ihm drei Tage später ins Grab. Lord Steinhof starb in Krähenruh und dann seine Gemahlin. Ihre verängstigten Kinder schlossen sich in ihren Schlafgemächern ein und verrammelten die Türen, doch das rettete sie nicht. Auf Drachenstein erlag die von der Königin geliebte Septa Edyth der Krankheit. Auf Driftmark erholte sich Daemon Velaryon, der Lord der Gezeiten, nachdem er dem Tod schon ins Auge geblickt hatte, doch sein zweiter Sohn und drei seiner Töchter fielen der Seuche zum Opfer. Lord Bar Emmon, Lord Rosby, Lady Jirelle von Jungfernteich … Für sie alle wurden die Glocken geläutet, und für viele unbedeutendere Männer und Frauen ebenso.

Überall in den Sieben Königslanden traf es die Hohen und die Niedrigen gleichermaßen. Die Alten und die Jungen waren am gefährdetsten, doch auch Männer und Frauen im besten Alter wurden nicht verschont. Zu den Opfern gehörten die größten Lords, die edelsten Damen, die tapfersten Ritter. Lord Prentys Tully starb zitternd in Schnellwasser, und am nächsten Tag folgte ihm seine Lady Lucinda. Lyman Lennister, der mächtige Lord von Casterlystein, wurde dahingerafft, und mit ihm verschiedene Lords aus den Westlanden: Lord Marbrand von Aschmark, Lord Tarbeck von Burg Tarbeck, Lord Westerling von Hochklipp. In Rosengarten erkrankte Lord Tyrell, überlebte jedoch, nur um vier Tage, nachdem er sich erholt hatte, betrunken bei einem Sturz vom Pferd zu sterben. Rogar Baratheon blieb vom Zittern verschont, und sein Sohn und seine Tochter von Königin Alyssa wurden krank, erholten sich jedoch. Doch sein Bruder Ser Ronnal starb und die Gemahlinnen seiner beiden Brüder.

Die große Hafenstadt Altsass traf es besonders hart, sie verlor ein Viertel ihrer Bevölkerung. Konstans Hohenturm, der Alys Westhügels Unglücksreise durch das Meer der Abenddämmerung überstanden hatte, überlebte auch diesmal, doch seiner Frau und seinen Kindern war nicht so viel Glück beschieden. Auch nicht seinem Großvater, dem Lord vom Hohen Turm. Donnel der Zögerliche konnte den Tod nicht hinauszögern. Er starb zitternd. Und so erging es auch dem Hohen Septon, vierzig der Ergebensten und einem guten Drittel der Erzmaester, Maester, Akolythen und Novizen in der Zitadelle.

Doch im ganzen Reich traf es keinen Ort so schlimm wie Königsmund. Unter den Toten waren zwei Ritter der Königsgarde, der alte Ser Sam vom Sauren Hügel und der herzensgute Ser Viktor der Beherzte, dazu drei Lords des Rates, Albin Massie, Qarl Corbray und auch Großmaester Benifer. Benifer hatte fünfzehn Jahre lang in gefährlichen und in glücklichen Zeiten gedient und war in den Roten Bergfried gekommen, nachdem Maegor der Grausame seine drei direkten Vorgänger enthauptet hatte. (»Eine außerordentlich mutige oder außerordentlich dumme Entscheidung«, sollte sein sarkastischer Nachfolger anmerken. »Ich hätte keine drei Tage unter Maegor durchgehalten.«)

Alle Toten wurden betrauert und vermisst, doch der Verlust von

Qarl Corbray wog in den Tagen des Sterbens vielleicht am schwersten. Da der Kommandant verstorben war und viele Männer der Stadtwache selbst angesteckt waren und zitterten, breiteten sich auf den Straßen und Gassen von Königsmund Gesetzlosigkeit und Zügellosigkeit aus. Läden wurden geplündert, Frauen vergewaltigt, Männer ausgeraubt und getötet, obwohl sie sich keines anderen Vergehens schuldig gemacht hatten, als zur falschen Zeit die falsche Straße entlangzugehen. König Jaehaerys schickte die Königsgarde und seine Hofritter aus, um die Ordnung wiederherzustellen, aber sie waren zu wenige, und bald blieb ihm keine andere Wahl, als sie zurückzurufen.

Inmitten dieses Chaos verlor Seine Gnaden noch einen weiteren Lord, und zwar nicht an das Zittern, sondern an Unwissenheit und Hass. Rego Draz hatte nie im Roten Bergfried Residenz genommen, obwohl es dort genug Platz für ihn gegeben hätte und es ihm der König viele Male angeboten hatte. Der Pentoshi bevorzugte jedoch seine eigene Villa an der Straße der Seide, wo die Drachengrube auf Rhaenys' Hügel über ihm aufragte. Dort konnte er seine Konkubinen wohnen lassen, ohne die Missbilligung des Hofes auf sich zu ziehen. Nach zehn Jahren im Dienst des Eisernen Throns hatte Lord Rego einiges an Gewicht zugelegt und ritt nicht länger auf einem Pferd. Stattdessen ließ er sich von seiner Villa zur Burg in einem verzierten und vergoldeten Palankin tragen. Leider führte ihn sein Weg durch das stinkende Herz von Flohloch, dem übelsten und gesetzlosesten Viertel der Stadt.

An jenem düsteren Tag jagten ein Dutzend der unangenehmeren Bürger von Flohloch ein Ferkel durch eine Gasse, als sie zufällig auf Lord Rego stießen. Einige waren betrunken, und alle waren hungrig – das Ferkel war ihnen entwischt –, und der Anblick des Pentoshi versetzte sie in Wut, denn sie gaben dem Meister der Münze die Schuld an den hohen Brotpreisen. Einer trug ein Schwert. Drei hatten Messer. Die übrigen hoben Steine und Stöcke auf und umzingelten den Palankin, vertrieben Lord Regos Träger und stießen den Pentoshi zu Boden. Zeugen berichten, er habe um Hilfe geschrien, aber in einer Sprache, die niemand von ihnen verstehen konnte.

Als Lord Rego die Hände hob, um die Hiebe abzuwehren, die auf ihn niederprasselten, glitzerten Gold und Edelsteine an seinen Fingern, und der Überfall wurde noch heftiger. Eine Frau schrie: »Das ist ein Pentoshi. Diese Bastarde haben das Zittern hierhergebracht.« Einer der Männer brach einen Stein aus dem neu verlegten Straßenpflaster des Königs und schlug damit wieder und wieder auf Lord Regos Kopf ein, bis nur noch ein roter Brei aus Blut und Knochen und Hirn übrig war. So starb der Lord der Luft: Sein Schädel wurde mit einem jener Pflastersteine zertrümmert, die zu legen er dem König geholfen hatte. Doch die Angreifer waren da noch nicht mit ihm fertig. Ehe sie flohen, rissen sie ihm die feinen Kleider vom Leib und hackten ihm die Finger ab, um sich seine Ringe zu holen.

Als die Nachricht im Roten Bergfried eintraf, ritt Jaehaerys Targaryen persönlich hinaus, umgeben von seiner Königsgarde, um die Leiche zu bergen. Der Anblick versetzte Seine Gnaden in eine solche Wut, dass Ser Gottfrid Hunder später sagte: »Als ich ihm ins Gesicht blickte, schien es mir für einen Moment so, als stünde sein Onkel vor mir.« Die Straße war voller Schaulustiger, die einen Blick auf ihren König erhaschen oder die blutige Leiche des Geldwechslers aus Pentos begaffen wollten. Jaehaerys trieb sein Pferd hin und her und schrie sie an. »Ich will die Namen der Männer, die das hier getan haben. Sprecht jetzt, und ihr erhaltet eine stattliche Belohnung. Schweigt, und ihr verliert eure Zungen.« Viele der Schaulustigen schlichen sich davon, doch ein barfüßiges Mädchen trat vor und sagte piepsend einen Namen.

Der König sprach ihr seinen Dank aus und befahl ihr, seinen Rittern zu zeigen, wo sie diesen Mann finden könnten. Sie führte die Königsgarde zu einer Weinstube, wo sie den Schurken mit einer Hure auf dem Schoß antrafen. Drei der Ringe von Lord Rego steckten an seinen Fingern. Unter der Folter gab er bald die Namen der anderen Angreifer preis. Sie wurden allesamt ergriffen. Einer von ihnen behauptete, früher zu den Armen Gefährten gehört zu haben, und schrie, er wolle das Schwarz anlegen. »Nein«, erwiderte Jaehaerys, »die Nachtwache ist ein Ort für Ehrenmänner, und für dich und deinesgleichen schämen sich sogar die Ratten.« Solche Männer seien des Todes durch das Schwert oder die Axt nicht wert, entschied er. Stattdessen wurden sie an den Mauern des Roten Bergfrieds aufgehängt und ausgeweidet. Sie wanden sich bis zum Tod voller Schmerzen, während ihnen die Gedärme lose um die Knie baumelten.

Dem Mädchen, das den König zu den Mördern geführt hatte, erging es dagegen viel besser. Königin Alysanne nahm sie bei der Hand, steckte sie in eine Wanne mit heißem Wasser und ließ sie abschrubben. Ihre Kleider wurden verbrannt, der Kopf wurde ihr geschoren, und sie bekam heißes Brot und Speck zu essen. »Für dich gibt es einen Platz in der Burg, wenn du willst«, sagte Alysanne, als das Mädchen sich sattgegessen hatte. »In der Küche oder im Stall, wie du willst. Hast du einen Vater?« Das Mädchen lächelte schüchtern und nickte. »Er war einer von denen, denen Ihr den Bauch aufgeschlitzt habt. Der miese Kerl mit dem Gerstenkorn.« Dann sagte sie, sie wolle lieber in der Küche arbeiten. »Da bewahren sie auch das Brot auf.«

Das alte Jahr endete, und ein neues begann, aber es gab nur wenige Feste in Westeros, um das sechzigste Jahr seit Aegons Eroberung zu begrüßen. Im Jahr zuvor hatte man auf öffentlichen Plätzen Freudenfeuer entzündet, Männer und Frauen hatten darum getanzt, getrunken und gelacht, und die Glocken hatten das neue Jahr eingeläutet. Ein Jahr später verzehrten die Feuer Leichen, und die Glocken wurden für die Toten geläutet. Die Straßen von Königsmund waren leer, besonders bei Nacht, die Gassen versanken im Schnee, und von den Dächern hingen Eiszapfen, die so lang wie Speere waren.

Auf Aegons Hohem Hügel ließ König Jaehaerys die Tore des Roten Bergfrieds verrammeln und verdoppelte die Wachen auf den Burgmauern. Mit seiner Königin und den Kindern nahm er am Abendgötterdienst in der Burgsepte teil, begab sich für eine bescheidene Mahlzeit in Maegors Feste und zog sich danach ins Bett zurück.

Es war die Stunde der Eule, als Königin Alysanne von ihrer Tochter geweckt wurde, die sanft an ihrem Arm rüttelte. »Mutter«, sagte Prinzessin Daenerys, »mir ist kalt.«

Es ist nicht notwendig, detailliert über die folgenden Ereignisse zu berichten. Daenerys Targaryen war der Liebling des Reiches, und alles, was man tun konnte, wurde für sie getan: Gebete und Umschläge, heiße Suppe und noch heißere Bäder, Decken und Felle und heiße Steine und Nesseltee. Die Prinzessin war sechs Jahre alt und schon seit Jahren abgestillt, trotzdem wurde eine Amme gerufen, denn manche glaubten, das Zittern könne durch Muttermilch geheilt werden. Maester kamen und gingen, Septone und Septas beteten, der König befahl, sofort einhundert neue Rattenfänger einzustellen, und bot einen Silberhirschen für jede tote Ratte, grau oder schwarz. Daenerys wollte ihr Kätzchen, und das Kätzchen wurde ihr gebracht, doch als das Zittern heftiger wurde, entwand es sich ihren Armen und zerkratzte ihr die Hand. Kurz vor der Dämmerung sprang Jaehaerys auf und schrie, ein Drache werde gebraucht, seine Tochter brauche einen Drachen, und Raben flogen nach Drachenstein und befahlen den Drachenhütern dort, sofort ein Drachenküken zum Roten Bergfried zu bringen.

Es half alles nichts. Anderthalb Tage nachdem sie ihre Mutter geweckt hatte und darüber geklagt hatte, dass ihr kalt sei, war die kleine Prinzessin tot. Die Königin brach in den Armen des Königs zusammen und zitterte so heftig, dass mancher fürchtete, sie habe ebenfalls das Zittern. Jaehaerys ließ sie in ihre Gemächer bringen und ihr Mohnblumensaft verabreichen, damit sie schlafen konnte. Der Erschöpfung nahe, ging er trotzdem in den Hof, machte Vermithor los und flog nach Drachenstein, um den Drachenhütern mitzuteilen, dass das Drachenküken nicht länger gebraucht werde. Nach seiner Rückkehr nach Königsmund trank er einen Becher Traumwein und ließ Septon Barth rufen. »Wie konnte das geschehen?«, wollte er wissen. »Welche Sünde hat sie begangen? Warum haben die Götter sie uns genommen? *Wie konnte das geschehen?*« Doch selbst Barth, dieser weise Mann, wusste darauf keine Antwort.

Der König und die Königin waren nicht die einzigen Eltern, die ein Kind an das Zittern verloren; Tausende andere von hoher und niedriger Geburt mussten in jenem Winter den gleichen Schmerz ertragen. Für Jaehaerys und Alysanne muss der Tod ihrer geliebten

Tochter jedoch besonders grausam gewesen sein, denn er traf mitten ins Herz der Lehre von der Einzigartigkeit. Prinzessin Daenerys war eine Targaryen, das Blut des Alten Valyria floss rein durch ihre Adern, und wer von den Valyrern abstammte, war nicht wie andere Menschen. Targaryen hatten violette Augen und Haar wie Gold oder Silber, sie beherrschten den Himmel auf Drachen, und die Lehren des Glaubens und das Inzestverbot galten nicht für sie … *und sie wurden nicht krank.*

Bereits als Aenar der Auswanderer nach Drachenstein gekommen war, war das allgemein bekannt. Targaryen starben nicht an den Pocken oder der Roten Ruhr, sie erkrankten nicht an den Rotflecken oder an Braunbein oder der Zitterkrankheit, sie starben weder an den Wurmknochen noch der Kleblunge oder dem Sauerdarm noch irgendeiner der Myriaden anderer Seuchen und Krankheiten, die die Götter aus unerfindlichen Gründen gegen sterbliche Männer und Frauen entfesseln. Im Blut des Drachen brannte ein Feuer, so argumentierte man, ein reinigendes Feuer, das solche Krankheiten verzehrte. Daher war es unvorstellbar, dass eine Prinzessin so reinen Geblüts am Zittern sterben könnte wie ein gemeines Kind.

Und doch war es geschehen.

Während sie um ihre Tochter und ihre süße Seele trauerten, müssen Jaehaerys und Alysanne ebenfalls zu dieser schrecklichen Einsicht gelangt sein. Vielleicht waren die Targaryen den Göttern doch nicht so nah, wie sie immer geglaubt hatten. Vielleicht waren sie am Ende doch nur einfache Menschen.

Nachdem die Krankheitswelle endlich ausgelaufen war, machte sich König Jaehaerys mit traurigem Herzen wieder ans Werk. Seine erste Aufgabe war betrüblich: Er musste die Freunde und Ratgeber ersetzen, die er verloren hatte. Lord Manfryd Rothweyns ältester Sohn Ser Robert wurde zum Kommandanten der Stadtwache ernannt. Ser Gil Morrigen schlug zwei gute Ritter für die Königsgarde vor, und Seine Gnaden überreichte Ser Ryam Rothweyn und Ser Robin Waldmann weiße Mäntel. Der fähige Albin Massie, sein Justiziar mit dem krummen Rücken, war nicht so leicht zu ersetzen.

Der König rief Rodrik Arryn aus dem Grünen Tal, den gelehrten jungen Lord von Hohenehr, den er und die Königin als zehnjährigen Knaben kennengelernt hatten.

Die Zitadelle hatte ihm bereits Benifers Nachfolger geschickt, den scharfzüngigen Großmaester Elysar. Er war zwanzig Jahre jünger als der Mann, dessen Kette er anlegte, und noch nie war ihm ein Gedanke durch den Kopf gegangen, ohne dass er ihn unbedingt jemandem hatte mitteilen müssen. Manche behaupteten, das Konklave habe ihn nur nach Königsmund geschickt, um ihn loszuwerden.

Bei der Frage, wen er zum neuen Lord Kämmerer und Meister der Münze ernennen sollte, zögerte Jaehaerys am längsten. Rego Draz mochte von vielen geschmäht worden sein, aber er hatte über außerordentliche Fähigkeiten verfügt. »Ich möchte sagen, dass solche Männer nicht auf der Straße herumliegen, aber um die Wahrheit zu sagen, finden wir vermutlich eher dort einen Mann von diesem Format als in irgendeiner Burg«, sagte der König seinem Rat. Der Lord der Luft hatte nie geheiratet, hatte jedoch drei uneheliche Söhne, die das Handwerk von kleinauf bei ihm gelernt hatten. Sosehr der König auch versucht war, sich an einen von ihnen zu wenden, wusste er doch, dass das Reich keinen weiteren Pentoshi akzeptieren würde. »Es muss ein Lord sein«, entschied er niedergeschlagen. Wieder wurden vertraute Namen genannt: Lennister, Velaryon, Hohenturm, Häuser, die ebenso sehr auf Gold wie auf Stahl gebaut waren. »Sie sind alle zu stolz«, sagte Jaehaerys.

Schließlich war es Septon Barth, der einen anderen Namen ins Spiel brachte. »Die Tyrells von Rosengarten stammen von Haushofmeistern ab«, erinnerte er den König, »doch die Weite ist breiter gefächert als die Westlande, und ihr Reichtum beruht auf anderen Gütern. Der junge Martyn Tyrell wäre vielleicht eine nützliche Ergänzung für diesen Rat.«

Lord Rothweyn starrte ihn ungläubig an. »Die Tyrells sind Deppen«, sagte er. »Entschuldigt, Euer Gnaden, sie sind meine Lehnsherren, aber … die Tyrells sind Deppen, und Lord Bertrand war noch dazu ein Säufer.«

»Das mag schon sein«, räumte Septon Barth ein. »Aber Lord Bertrand liegt inzwischen im Grab, und ich spreche von seinem Sohn. Martyn ist jung und eifrig, aber ich will mich hier nicht für seinen Verstand verbürgen. Seine Gemahlin jedoch ist ein Fossowey-Mädchen, die Lady Florentina, und sie zählt Äpfel, seit sie laufen gelernt hat. Seit ihrer Hochzeit führt sie die Bücher in Rosengarten, und es heißt, sie habe das Einkommen des Hauses Tyrell um ein Drittel gesteigert. Sollten wir ihren Gemahl ernennen, würde sie zweifelsohne mit an den Hof kommen.«

»Alysanne würde das gefallen«, sagte der König. »Sie genießt die Gesellschaft kluger Frauen.« Die Königin hatte seit Daenerys' Tod an keiner Ratssitzung mehr teilgenommen. Vielleicht hoffte Jaehaerys, diese Ernennung würde sie wieder zu ihm zurückbringen. »Unser guter Septon hat uns noch nie schlecht beraten. Versuchen wir es mit dem Deppen und seiner klugen Frau, und hoffen wir, dass mein treues Volk ihm nicht den Schädel mit einem Pflasterstein einschlägt.«

Die Sieben nehmen und die Sieben geben. Vielleicht hatte die Mutter Oben Königin Alysannes Trauer gesehen und sich ihres gebrochenen Herzens erbarmt. Es waren noch keine zwei Monde seit dem Tod von Prinzessin Daenerys vergangen, als Ihre Gnaden feststellte, dass sie erneut schwanger war. Da der Winter das Reich in seinem eisigen Griff hielt und das Zittern immer noch in der Stadt wütete, zog sich die Königin vorsichtshalber für die Geburt nach Drachenstein zurück. Kurz vor dem Ende des Jahres 60 n.A.E. gebar sie ihr fünftes Kind, eine Tochter, die sie nach ihrer Mutter Alyssa nannte. »Eine Ehre, die Ihre Gnaden mehr gefreut hätte, wenn sie ihr zu Lebzeiten zuteilgeworden wäre«, meinte der neue Großmaester Elysar … allerdings nicht in Hörweite des Königs.

Der Winter endete nicht lange nach Alyssas Geburt, und sie war ein lebendiges, gesundes Kind. Als Säugling ähnelte sie ihrer verstorbenen Schwester Daenerys so sehr, dass die Königin oft weinen musste, wenn sie sie ansah. Die Ähnlichkeit schwand jedoch, als die Prinzessin älter wurde: Alyssa hatte ein langes Gesicht und war dünn und hatte nur wenig von der Schönheit ihrer Schwester mitbekommen. Ihrem dunkelblonden Haargestrüpp fehlte jede Andeutung des Silbers, das an die alten Drachenherren erinnert hätte, und sie war mit verschiedenfarbigen Augen geboren worden, das eine war veilchenblau und das andere erstaunlicherweise grün. Ihre Ohren waren zu groß, und sie lächelte schief, und als sie mit sechs Jahren im Hof mit Holzschwertern spielte, bekam sie einen Hieb ins Gesicht, der ihr die Nase brach, die daraufhin krumm verheilte. Alyssa schien das überhaupt nichts auszumachen, und ihre Mutter hatte auch längst erkannt, dass die Kleine in diesem Alter nicht Daenerys, sondern Baelon ähnelte.

So wie Baelon früher Aemon überall hinterhergelaufen war, wurde Alyssa nun Baelons Schatten. »Sie ist wie ein Welpe«, beschwerte sich der Frühlingsprinz. Baelon war zwei Jahre jünger als Aemon, Alyssa vier Jahre jünger als er … »und ein Mädchen«, was es in seinen Augen noch viel schlimmer machte. Die Prinzessin benahm sich jedoch nicht wie ein Mädchen. Sie trug Jungenkleidung, wann immer sie konnte, mied die Gesellschaft anderer Mädchen, und anstelle von Nähen und Lesen und Singen bevorzugte sie Reiten und Klettern und Duelle mit Holzschwertern. Außerdem weigerte sie sich, ihren Haferbrei zu essen.

Im Jahre 61 kehrte ein alter Freund und Widersacher nach Königsmund zurück. Lord Rogar Baratheon kam von Sturmkap, um drei junge Mädchen an den Hof zu bringen, zwei waren Töchter seines Bruders Ronnal, der wie seine Gemahlin und seine Söhne dem Zittern erlegen war. Das dritte Mädchen war Lady Joslyn, die Tochter Lord Rogars von Königin Alyssa. Der kleine, zerbrechliche Säugling, der in jenem schrecklichen Jahr des Fremden zur Welt gekommen war, war zu einem hochgewachsenen Mädchen mit ernster Miene herangewachsen. Ihre großen Augen waren dunkel, und ihr Haar war so schwarz wie die Sünde.

Rogar Baratheons Haar hingegen war ergraut, und die Jahre hatten ihren Tribut von der alten Hand des Königs gefordert. Sein Gesicht war blass und faltig, und er war so hager geworden, dass seine Kleider an ihm hingen, als seien sie für einen größeren Mann geschneidert worden. Als er das Knie vor dem Eisernen Thron beugte, hatte er Schwierigkeiten, sich wieder zu erheben, und benötigte die Hilfe eines Ritters der Königsgarde.

Er sei gekommen, um eine Gunst zu erbitten, sagte Lord Rogar dem König und der Königin. Lady Joslyn werde bald ihren siebten Namenstag feiern. »Sie hatte nie eine Mutter. Die Gemahlinnen meiner Brüder haben sich, so gut es ging, um sie gekümmert, doch wie Mütter es nun einmal tun, haben sie ihre eigenen Kinder bevorzugt, und jetzt sind sie beide tot. Wenn es Euch gefällt, Euer Gnaden, würde ich Euch beide bitten, Joslyn und ihre Basen als Mündel bei Euch aufzunehmen, damit sie mit Euren Söhnen und Töchtern am Hof aufwachsen können.«

»Es wäre uns eine Ehre und ein Vergnügen«, antwortete Königin Alysanne. »Joslyn ist unsere Schwester, das haben wir nicht vergessen. Sie ist von unserem Blute.«

Lord Rogar wirkte sehr erleichtert. »Ich möchte Euch auch bitten, auf meinen Sohn achtzugeben. Boremund bleibt in Sturmkap in der Obhut meines Bruder Garon. Er ist ein guter Junge, ein starker Junge, und er wird eines Tages ein großer Lord sein, daran zweifele ich nicht, doch jetzt ist er erst neun Jahre alt. Wie Eure Gnaden wissen, hat mein Bruder Borys die Sturmlande vor einigen Jahren verlassen. Nach Boremunds Geburt wurde er mürrisch und reizbar, und zwischen uns beiden steht es nicht zum Besten. Borys war eine Zeitlang in Myr und später in Volantis, und was er dort getan hat, mögen die Götter wissen … aber jetzt ist er wieder nach Westeros zurückgekehrt und in den Roten Bergen aufgetaucht. Es heißt, er habe sich dem Geierkönig angeschlossen und überfalle sein eigenes Volk. Garon ist ein fähiger Mann und treu, aber gegen Borys konnte er sich nie durchsetzen, und Boremund ist noch ein Junge. Ich fürchte, auf ihn und die Sturmlande könnten schlimme Zeiten zukommen, wenn ich nicht mehr hier bin.«

Der König war verblüfft. »Wenn Ihr nicht mehr hier seid? Wieso solltet Ihr nicht mehr hier sein? Wo wollt Ihr denn hin, Mylord?«

Lord Rogars Lächeln brachte ein wenig von seiner alten Wildheit zurück. »In die Berge, Euer Gnaden. Mein Maester sagt, ich werde sterben. Ich glaube ihm. Schon vor dem Zittern hatte ich

Schmerzen. Und seither ist es nur noch schlimmer geworden. Er gibt mir Mohnblumensaft; der verschafft mir zwar Linderung, aber ich trinke nur wenig davon. Ich will das bisschen Leben, das mir noch bleibt, nicht verschlafen; und auch nicht mit blutigem Arsch im Bett sterben. Stattdessen werde ich meinen Bruder Borys suchen und mich um ihn kümmern, um ihn und um diesen Geierkönig. Vergebliche Liebesmüh, sagt Garon. Da hat er nicht unrecht. Aber wenn ich sterbe, dann will ich mit der Axt in der Hand sterben und einem Fluch auf den Lippen. Habe ich dazu Eure Erlaubnis, Euer Gnaden?«

Berührt von den Worten seines alten Freundes stieg König Jaehaerys vom Eisernen Thron hinunter und klopfte Lord Rogar auf die Schulter. »Euer Bruder ist ein Verräter, und dieser Geier … ich werde ihn nicht König nennen … hat unsere Marschen lange genug geplagt. Ihr habt meine Erlaubnis, Mylord. Und nicht nur das, Ihr habt auch mein Schwert.«

Der König hielt sein Wort. Die Geschichtsschreiber bezeichnen die folgenden Auseinandersetzungen als den Dritten Dornischen Krieg, aber dieser Name ist irreführend, denn der Fürst von Dorne hielt seine Heere aus diesem Streit heraus. Im Volksmund hieß er Lord Rogars Krieg, und dieser Name passt sehr viel besser. Während der Lord von Sturmkap fünfhundert Männer in die Berge führte, stieg Jaehaerys Targaryen mit Vermithor in die Lüfte auf. »Er nennt sich Geier«, sagte der König, »aber er kann nicht fliegen. Er versteckt sich. Er sollte sich besser Erdhörnchen nennen.« Damit lag er nicht falsch. Der erste Geierkönig hatte Heere befehligt und Tausende Männer in die Schlacht geführt. Der zweite war lediglich ein emporgekommener Räuber, der unbedeutende Sohn eines unbedeutenden Hauses mit ein paar Hundert Anhängern, die wie er Geschmack an Raub und Vergewaltigung fanden. Allerdings kannte er die Berge gut, und immer wenn er verfolgt wurde, verschwand er einfach und tauchte nach Belieben wieder auf. Wer ihn jagte, begab sich in Gefahr, denn er war auch geschickt darin, Hinterhalte zu legen.

Dies half ihm jedoch nicht gegen einen Feind, der ihn aus der Luft verfolgte. Der Legende nach hatte der Geierkönig eine uneinnehmbare Bergfestung, die in den Wolken verborgen war. Jaehaerys fand keinen geheimen Unterschlupf, nur ein Dutzend einfacher Lager, die hier und dort verstreut waren. Eins nach dem anderen ließ Vermithor in Flammen aufgehen, und dem Geierkönig blieb nur Asche als Rückzugsort. Lord Rogars Kolonne, die auf gewundenen Wegen in die Berge vordrang, musste bald die Pferde zurücklassen und zu Fuß auf Ziegenpfaden weiterziehen, steile Hänge hinauf und durch Höhlen, während ihre Feinde ihnen aus dem Verborgenen von oben Steine auf die Köpfe rollten. Dennoch zogen sie unverdrossen voran. Während die Sturmländer von Osten heranzogen, führte Simon Dondarrion, der Lord von Schwarzburg, ein kleines Heer von Rittern aus den Marschen von Westen her in die Berge und versperrte dem Feind auch von dieser Seite jede Fluchtmöglichkeit. Die Verfolger marschierten aufeinander zu. Jaehaerys schaute aus der Luft zu und leitete sie hierhin und dorthin, so wie er früher Spielzeugarmeen auf der Bemalten Tafel hin und her geschoben hatte.

Am Ende fanden sie den Feind. Borys Baratheon kannte die versteckten Pfade nicht so gut wie die Dornischen, und deshalb wurde er als Erster gestellt. Lord Rogars Männer machten kurzen Prozess mit den Männern seines Bruders, doch als sich die Brüder Auge in Auge gegenüberstanden, kam König Jaehaerys aus dem Himmel herab. »Ich werde nicht zulassen, dass Ihr zum Brudermörder werdet, Mylord«, rief Seine Gnaden seiner früheren Hand zu. »Der Verräter gehört mir.«

Ser Borys lachte, als er das hörte. »Nun, lieber werde ich Königsmörder genannt, als dass man Rogar Brudermörder nennt!«, rief er und stürzte sich auf den König. Aber Jaehaerys hatte Schwarzfeuer in der Hand, und er hatte die Lektionen, die er im Hof von Drachenstein gelernt hatte, nicht vergessen. Borys Baratheon hauchte sein Leben zu Füßen des Königs aus, nach einem Hieb auf den Hals, der ihn beinahe enthauptet hätte.

Beim nächsten Vollmond war der Geierkönig an der Reihe. Er wurde in den verbrannten Überresten eines seiner Lager gestellt, leistete aber bis zum Schluss Widerstand und beharkte die Männer des Königs mit Speeren und Pfeilen. »Der gehört mir«, sagte Rogar Baratheon zu Seiner Gnaden, als der Bergkönig in Ketten vor ihn gebracht wurde. Auf seinen Befehl hin wurden dem Gesetzlosen die Ketten abgenommen, und er bekam Speer und Schild. Lord Rogar trat ihm mit seiner Axt entgegen. »Wenn er mich tötet, lasst ihn laufen.«

Der Geier war dieser Aufgabe leider nicht gewachsen. Müde und schwach und von Schmerz geplagt, wehrte Rogar Baratheon die Attacken des Dornischen verächtlich ab und spaltete ihn dann von der Schulter bis zum Nabel.

Hinterher sagte Lord Rogar erschöpft: »Anscheinend werde ich wohl doch nicht mit der Axt in der Hand sterben«, sagte er traurig zum König. Und so war es auch. Rogar Baratheon, der Lord von Sturmkap und vormals Hand des Königs und Lord Protektor des Reiches, entschlief ein halbes Jahr später in Sturmkap in Gegenwart seines Maesters, seines Septons, seines Bruders Ser Garon und seines Sohns und Erben Boremund.

Lord Rogars Krieg hatte keine sechs Monde gedauert, die alle in das Jahr 61 fielen. Nachdem der Geierkönig beseitigt war, nahmen die Raubzüge in den Dornischen Marschen schlagartig ab, und so blieb es für einige Zeit. Als die Berichte über den Feldzug überall in den Sieben Königslanden verbreitet wurden, gewannen auch die kriegerischsten Lords neuen Respekt vor ihrem jungen König. Alle noch bestehenden Zweifel wurden zerstreut: Jaehaerys Targaryen war nicht sein Vater Aenys. Für den König selbst war der Krieg heilsam. »Gegen das Zittern war ich machtlos«, gestand er Septon Barth. »Im Kampf gegen den Geier war ich wieder König.«

Im Jahre 62 n.A.E. jubelten die Sieben Königslande, als König Jaehaerys seinem ältesten Sohn den Titel Prinz von Drachenstein verlieh und ihn damit gleichzeitig als Erben des Eisernen Throns anerkannte.

Prinz Aemon war sieben Jahre alt, ein hochgewachsener, hübscher und bescheidener Junge. Noch immer übte er jeden Morgen mit Prinz Baelon im Hof Schwertkampf; die beiden Brüder waren ein Herz und eine Seele und einander ebenbürtig. Aemon war größer und stärker, Baelon schneller und wilder. Ihre Kämpfe waren so mitreißend, dass sie oft viele Zuschauer anzogen. Diener und Waschweiber, Hofritter und Knappen, Maester und Septone und Stallburschen versammelten sich im Hof und feuerten den einen oder den anderen Prinzen an. Eine der regelmäßigen Zuschauerinnen war Joslyn Baratheon, die dunkelhaarige Tochter der verstorbenen Königin Alyssa. Sie wurde mit jedem Tag größer und schöner. Beim Fest zu Aemons Einsetzung als Prinz von Drachenstein platzierte die Königin Lady Joslyn neben ihn, und die beiden jungen Leute wurden beobachtet, wie sie den ganzen Abend miteinander sprachen und lachten und niemanden sonst beachteten.

Im gleichen Jahr segneten die Götter Jaehaerys und Alysanne mit einem weiteren Kind, einer Tochter, die sie Maegelle nannten. Das sanfte, selbstlose und gutmütige Mädchen war außerordentlich klug und lief bald ihrer Schwester Alyssa ähnlich nach wie Prinz Baelon seinem Bruder Prinz Aemon, war dabei aber nicht ganz so glücklich. Nun beschwerte sich Alyssa darüber, »die Kleine« am

Rockzipfel hängen zu haben. Sie entfloh ihr nach Kräften, und Baelon lachte über ihre Wut.

Einige von Jaehaerys' Leistungen haben wir bereits erwähnt. Gegen Ende des Jahres 62 wagte der König einen Ausblick auf das nächste und die folgenden Jahre und begann Pläne zu machen, die das Gesicht der Sieben Königslande verwandeln sollten. Er hatte Königsmund Pflastersteine, Zisternen und Springbrunnen geschenkt. Jetzt hob er den Blick und sah über die Stadtmauern hinaus, auf die Felder und Hügel und Sümpfe, die sich von den Dornischen Marschen bis zur Schenkung erstreckten.

»Mylords«, sagte er dem Rat, »wenn die Königin und ich auf Reisen gehen, fliegen wir auf Vermithor und Silberschwinge. Aus den Wolken sehen wir Städte und Burgen, Berge und Sümpfe, Flüsse und Bäche und Seen. Wir sehen Marktstädtchen und Fischerdörfer, alte Wälder, Gebirge, Moore und Wiesen, Schafherden und Getreidefelder, auch alte Schlachtfelder, Turmruinen, Totenhöfe und Septen. Es gibt so viel und noch viel mehr in diesen unseren Sieben Königslanden zu sehen. Wisst Ihr, was ich nie sehe?« Der König schlug mit der Faust auf den Tisch. »*Straßen,* Mylords. Ich sehe keine Straßen. Wenn ich tief genug fliege, erkenne ich ein paar Wagenspuren. Ich sehe Wildwechsel und hier und da einen Fußweg an einem Bach. Aber nirgendwo entdecke ich richtige *Straßen*. Mylords, ich möchte Straßen!«

Der Bau so vieler Wegstunden Straßen sollte die verbliebene Regierungszeit Jaehaerys' andauern und sich auch noch in die Herrschaft seines Nachfolgers erstrecken, doch alles begann an jenem Tag im Ratssaal des Roten Bergfrieds. Wir sollten nicht dem Irrtum erliegen, dass es vor Jaehaerys' Herrschaft keine Straßen in Westeros gegeben hätte; Hunderte erstreckten sich kreuz und quer durch das Land und waren zum Teil vor Tausenden von Jahren in den Tagen der Ersten Menschen angelegt worden. Selbst die Kinder des Waldes hatten Pfade gehabt, denen sie folgten, wenn sie unter ihren Bäumen von einem Ort zum anderen gingen.

Aber der Zustand dieser Straßen war katastrophal. Verschlammt, zerfurcht und krumm zogen sie sich planlos durch Hügel und Wäl-

der und über Bäche hinweg. Nur über eine Handvoll dieser Bäche spannten sich Brücken. Furten wurden oft von Waffenknechten bewacht, die Münzen oder Naturalien für das Recht, den Strom zu überqueren, verlangten. Manche der Lords, über deren Land die Straßen führten, hielten sie instand, viele jedoch nicht. Ein einziges Unwetter konnte reichen, um sie zu unterspülen. Raubritter und Gebrochene lauerten den Reisenden auf. Vor Maegor hatten die Armen Gefährten dem gemeinen Volk auf der Straße einen gewissen Schutz geboten (wenn sie es nicht selbst ausraubten). Nach der Zerstörung der Sterne wurden die Nebenstraßen im Reich so gefährlich wie nie zuvor. Sogar große Lords reisten nur mit einer Eskorte.

Um diese Mängel zu beheben, reichte eine einzige Herrschaft nicht aus, aber Jaehaerys hatte sich entschlossen, einen Anfang zu machen. Königsmund, das dürfen wir nicht vergessen, war für eine Stadt immer noch sehr jung. Bevor Aegon der Eroberer und seine Schwestern von Drachenstein gekommen waren, hatte es nur ein bescheidenes Fischerdorf am Fuß der drei Hügel gegeben, an denen der Schwarzwasser in die Schwarzwasserbucht mündet. Es ist nicht überraschend, dass nur wenige Straßen von Bedeutung bei einem Fischerdorf anfangen oder enden. In den zweiundsechzig Jahren seit Aegons Eroberung war die Stadt rasch gewachsen, und ein paar einfache Straßen waren entstanden, schmale, staubige Feldwege, die an der Küste entlang nach Schurwerth, Rosby und Dämmertal führten oder quer durch die Hügel nach Jungfernteich. Abseits davon gab es nichts. Der Sitz des Königs war nicht über Straßen mit den großen Burgen und Städten des Landes verbunden. Königsmund war ein Hafen und daher vom Meer aus viel besser zu erreichen als vom Land.

Dort sollte Jaehaerys ansetzen. Südlich des Flusses lag ein uralter Wald, dicht und verwildert. Dort ließ es sich gut jagen, aber nur schlecht reisen. Der König befahl, eine Straße durch den Wald zu schlagen, um Königsmund mit Sturmkap zu verbinden. Nördlich der Stadt sollte sie weitergeführt werden, vom Schwarzwasser bis zum Trident und noch weiter, am Grünen Arm entlang und durch die Eng und dann durch den wilden, weglosen Norden bis nach Winterfell und zur Mauer. Das gemeine Volk würde diese Straße den *Königsweg* nennen, die längste und teuerste von Jaehaerys' Straßen, die als erste begonnen und als erste vollendet werden sollte.

Weitere folgten: die Rosenstraße, die Meerstraße, die Flussstraße, die Goldstraße. Einige hatten in schlichterer Form schon seit Jahrhunderten bestanden, doch Jaehaerys ließ sie so erneuern, dass man sie kaum mehr wiedererkennen würde. Er ließ Fahrrinnen füllen, Schotter ausbringen, Brücken errichten. Andere Straßen legten seine Männer vollkommen neu an. Die Kosten waren beträchtlich, das ließ sich nicht leugnen, aber das Reich war wohlhabend, und der neue Meister der Münze des Königs, Martyn Tyrell – tatkräftig unterstützt von seiner klugen Gemahlin, der »Apfelzählerin« –, erwies sich als beinahe so fähig wie der Lord der Luft. Meile um Meile, Wegstunde um Wegstunde wuchsen die Straßen in den kommenden Jahrzehnten. »Er hat das Land geeint und aus sieben Königreichen eins gemacht« steht auf dem Sockel des Denkmals des Alten Königs, das sich in der Zitadelle von Altsass befindet.

Vielleicht freuten sich auch die Sieben über dieses Werk, denn sie segneten Jaehaerys und Alysanne erneut mit Kindern. Im Jahre 63 feierten der König und die Königin die Geburt von Vaegon, ihrem dritten Sohn und siebten Kind. Ein Jahr später kam die nächste Tochter, Daella, zur Welt. Drei Jahre darauf erblickte Prinzessin Saera rotgesichtig und laut schreiend das Licht der Welt. 71 n.A.E. schenkte die Königin einer weiteren Prinzessin, der wunderschönen Viserra, das Leben, ihrem zehnten Kind und ihrer sechsten Tochter. Obgleich sie alle innerhalb eines Jahrzehnts geboren wurden, ist es schwierig, sich vier Geschwister vorzustellen, die sich derart voneinander unterschieden wie die jüngeren Kinder von Jaehaerys und Alysanne.

Prinz Vaegon unterschied sich von seinen älteren Brüdern wie der Tag von der Nacht. Er war nicht besonders kräftig und ein stiller Junge mit wachsamem Blick. Andere Kinder, sogar mancher Lord am Hof, hielten ihn für griesgrämig. Er war zwar kein Feigling, zeigte aber trotzdem keine Freude an den rauen Spielen der

Knappen und Pagen oder dem Heldentum der Ritter seines Vaters. Er zog die Bibliothek dem Übungshof vor, wo man ihn oft in ein Buch vertieft antreffen konnte.

Prinzessin Daella, die nächstälteste, war zart und schüchtern. Sie war leicht zu verängstigen und begann schnell zu weinen und fing erst mit fast zwei Jahren an zu sprechen … und auch danach sprach sie nur wenig. Ihre Schwester Maegelle wurde ihr Leitstern, und sie verehrte ihre Mutter, die Königin, doch ihre Schwester Alyssa schien ihr Angst zu machen, und in Gegenwart von älteren Jungen errötete sie und verbarg ihr Gesicht.

Prinzessin Saera war drei Jahre und von Anfang an eine Prüfung: Sie schrie mit rotem Gesicht, forderte und gehorchte nicht. Ihr erstes Wort war »*Nein*«, und sie sagte es laut und häufig. Sie wollte erst mit vier Jahren abgestillt werden. Auch als sie schon durch die Burg rannte und mehr plapperte als ihre Geschwister Vaegon und Daella zusammen, wollte sie weiter Muttermilch trinken und tobte und kreischte, wenn die Königin wieder eine Amme entließ. »Sieben schützt uns«, flüsterte Alysanne eines Nachts dem König zu, »wenn ich sie anschaue, sehe ich Aerea in ihr.« Ungestüm und eigensinnig sonnte sich Saera Targaryen in der Aufmerksamkeit anderer und schmollte, wenn ihr diese verweigert wurde.

Die jüngste, Prinzessin Viserra, hatte ebenfalls ihren eigenen Kopf, aber sie schrie nie und weinte auch nicht. *Gerissen* war ein Wort, mit dem sie beschrieben wurde. *Eitel* ein zweites. Viserra war wunderschön, darin waren sich alle Männer einig, gesegnet mit den tiefvioletten Augen und dem silbergoldenen Haar einer echten Targaryen, mit makelloser weißer Haut und feinen Gesichtszügen und einer Anmut, die bei einem so jungen Mädchen unheimlich und verstörend wirkte. Als ihr ein stotternder, junger Knappe einmal sagte, sie sei eine Göttin, stimmte sie ihm zu.

Zu gegebener Zeit werden wir uns diesen vier Königskindern und dem Leid, das sie ihrer Mutter und ihrem Vater bereiteten, wieder zuwenden, doch kehren wir zunächst noch einmal ins Jahr 68 zurück, als Prinzessin Saera gerade auf die Welt gekommen war und der König und die Königin die Verlobung ihres erstgeborenen Sohnes Aemon, des Prinzen von Drachenstein, mit Joslyn Baratheon von Sturmkap bekannt gaben. Nach dem tragischen Tod von Prinzessin Daenerys hatte man einige Zeit darüber nachgedacht, Aemon mit Prinzessin Alyssa zu verheiraten, der ältesten seiner verbliebenen Schwestern, doch Königin Alysanne hatte sich entschieden dagegen ausgesprochen. »Alyssa ist für Baelon«, erklärte sie. »Sie läuft ihm hinterher, seit sie laufen kann. Sie stehen einander so nah wie du und ich in ihrem Alter.«

Zwei Jahre später, man schrieb das Jahr 70 n.A.E., wurden Aemon und Joslyn in einer Zeremonie getraut, die in ihrer Pracht der Goldenen Hochzeit in nichts nachstand. Lady Joslyn war neunzehn Jahre alt und eine der größten Schönheiten des Reiches, eine junge Frau mit langen Beinen und üppigen Brüsten und dichtem, glattem Haar, das ihr rabenschwarz bis zur Taille reichte. Prinz Aemon war mit fünfzehn vier Jahre jünger als seine Braut, aber alle waren sich darin einig, dass sie ein prächtiges Paar abgaben. Joslyn, die fast sechs Fuß groß war, überragte die meisten Lords von Westeros, aber der Prinz von Drachenstein war noch drei Zoll größer als sie. »Da steht die Zukunft des Reiches«, sagte Ser Gil Morrigen, als er die beiden nebeneinander sah, die dunkle Dame und der bleiche Prinz.

72 n.A.E. wurde in Dämmertal ein Turnier zu Ehren der Hochzeit des jungen Lords Finsterlyn mit einer Tochter Theomor Manderlys veranstaltet. Begleitet von ihrer Schwester Alyssa reisten die beiden jungen Prinzen an, um am Buhurt der Knappen teilzunehmen. Prinz Aemon ging als Sieger hervor, zum Teil, weil er seinen Bruder bis zur Unterwerfung geprügelt hatte. Später konnte er auch beim Lanzenreiten glänzen und erhielt in Anerkennung seiner Fähigkeiten seine Rittersporen. Er war siebzehn Jahre alt. Da er nun den Ritterschlag erhalten hatte, verschwendete der Prinz keine Zeit und wurde auch zum Drachenreiter. Kurz nach seiner Rückkehr nach Königsmund stieg er zum ersten Mal in den Himmel auf. Sein Reittier war der blutrote Caraxes, der wildeste der jungen Drachen in der Drachengrube. Die Drachenhüter, die die Bewohner der Grube besser kannten als alle anderen, nannten ihn den Blutwurm.

Im Norden ging im Jahr 72 n.A.E. eine Ära zu Ende, als Alaric Stark starb, der Lord von Winterfell. Die beiden kräftigen Söhne, mit denen er sich einst gebrüstet hatte, waren vor ihm gestorben, und so fiel es seinem Enkel Edric zu, ihm als Lord zu folgen.

Wo auch immer Prinz Aemon ging, was auch immer Prinz Aemon tat, Prinz Baelon war ihm stets dicht auf den Fersen, wie die Witzbolde bei Hofe oft feststellten. Die Wahrheit dieses Satzes zeigte sich im Jahr 73, als Baelon der Tapfere seinem Bruder in die Ritterschaft nachfolgte. Aemon hatte sich seine Sporen mit siebzehn Jahren verdient, daher musste Baelon sie mit sechzehn Jahren erwerben. Und so reiste er quer durchs Reich nach Alteich, wo Lord Eichenherz die Geburt eines Sohnes mit einem siebentägigen Lanzenstechen feierte. Als geheimnisvoller Ritter getarnt, der sich der Silberne Narr nannte, besiegte der junge Prinz Lord Esch, Ser Alyn Aschfurt, die beiden Fossowey-Zwillinge und Lord Eichenherz' Erben Ser Denys, ehe er von Ser Rickard Rothweyn aus dem Sattel gestoßen wurde. Nachdem der ihm auf die Beine geholfen hatte, entlarvte Ser Rickard ihn, bat ihn zu knien und schlug ihn an Ort und Stelle zum Ritter.

Prinz Baelon blieb nur noch zum Fest am gleichen Abend, ehe er zurück nach Königsmund galoppierte und seine Queste abschloss, indem er ein Drachenreiter wurde. Da er nie gerne im Schatten eines anderen stand, hatte er schon vor langer Zeit entschieden, welchen Drachen er besteigen wollte, und jetzt nahm er sie sich. Vhagar war seit dem Tod der Königinwitwe Visenya vor neunundzwanzig Jahren nicht mehr geritten worden, doch jetzt breitete sie die Schwingen aus und erhob sich einmal mehr brüllend in die Lüfte. Sie trug den Frühlingsprinzen über die Schwarzwasserbucht nach Drachenstein, wo er seinen Bruder Aemon und Caraxes überraschte.

»Die Mutter Oben war so gut zu mir und hat mich mit so vielen wunderschönen und klugen Kindern gesegnet«, sagte Königin Alysanne, als 73 n.A.E bekannt gegeben wurde, dass ihre Tochter Maegelle als Novizin dem Glauben beitreten würde. »Es ist nur angemessen, dass ich eines von ihnen zurückgebe.« Prinzessin Maegelle war zehn Jahre alt und begierig darauf, das Gelübde abzulegen. Angeblich las das stille, fleißige Kind jeden Abend vor dem Einschlafen im *Siebenzackigen Stern*.

Kaum hatte ein Kind den Roten Bergfried verlassen, traf das nächste ein, und es schien, dass der Segen, den die Mutter Oben Alysanne Targaryen gewährte, noch nicht erschöpft war. Im Jahr 73 brachte sie ihr elftes Kind zur Welt, einen Sohn, der Gaemon heißen sollte, zu Ehren Gaemons des Glorreichen, des größten Targaryen-Lords, der vor der Eroberung auf Drachenstein geherrscht hatte. Doch dieses Mal kam das Kind zu früh und erst nach einer langen und schwierigen Geburt, die die Königin viel Kraft kostete und die Maester um ihr Leben fürchten ließ. Gaemon war ein mageres Kind, kaum halb so groß wie sein Bruder Vaegon bei seiner Geburt vor zehn Jahren. Die Königin erholte sich am Ende, das Kind jedoch nicht. Prinz Gaemon starb in den ersten Tagen des neuen Jahres und hatte noch nicht ganz das Alter von drei Monden erreicht.

Wie schon zuvor traf der Verlust des Kindes die Königin hart. Sie fragte sich, ob sie etwas falsch gemacht hatte und Prinz Gaemon deshalb gestorben war. Septa Lyra, ihre Vertraute seit den Tagen auf Drachenstein, versicherte ihr, dass sie keine Schuld treffe. »Der kleine Prinz ist jetzt bei der Mutter Oben«, sagte Lyra ihr, »und sie wird besser für ihn sorgen, als wir es hier je könnten, in dieser Welt von Streit und Schmerz.«

Dies war nicht der einzige Trauerfall, den das Haus Targaryen im Jahre 73 zu beklagen hatte. Wie wir uns erinnern, starb in diesem Jahr auch Königin Rhaena in Harrenhal.

Kurz vor Jahresende kam es zu einer schändlichen Enthüllung, die sowohl den Hof als auch die Stadt schockierte. Der freundliche und beliebte Ser Lucamor Kraft von der Königsgarde, ein Liebling des gemeinen Volkes, hatte sich, wie sich herausstellte, ungeachtet seines Gelübdes als Weißes Schwert heimlich vermählt. Schlimmer noch, er hatte sich nicht nur eine Frau genommen, sondern derer gleich drei, die allesamt nichts voneinander wussten, und mit ihnen insgesamt sechzehn Kinder gezeugt.

In Flohloch und in der Straße der Seite, wo Huren und Kuppler ihre Geschäfte betrieben, freuten sich die Männer und Frauen von niedriger Geburt und noch niederer Moral diebisch über den Fall eines gesalbten Ritters und machten derbe Scherze über »Ser Lucamor den Lüsternen«, doch im Roten Bergfried fand man es nicht zum Lachen. Jaehaerys und Alysanne hatten Lucamor Kraft sehr geschätzt und waren tief gekränkt, als sie erfuhren, wie er sie zum Narren gehalten hatte.

Seine Brüder aus der Königsgarde waren sogar noch wütender. Ser Ryam Rothweyn hatte Ser Lucamors Verfehlungen entdeckt und sie dem Lord Kommandanten der Königsgarde zur Kenntnis gebracht, der sie wiederum dem König mitteilte. Im Namen seiner Geschworenen Brüder erklärte Ser Gil Morrigen, dass Kraft alles entehrt habe, wofür sie standen, und verlangte, dass er zum Tode verurteilt werde.

Als man Ser Lucamor vor den Eisernen Thron brachte, fiel er auf die Knie, gestand seine Schandtaten und flehte den König um Gnade an. Jaehaerys hätte sie ihm vielleicht sogar gewährt, doch der sündige Ritter machte den fatalen Fehler, noch hinzuzufügen: »um meiner Gemahlinnen und meiner Kinder willen«. Wie Septon Barth schreibt, rieb er damit sein Verbrechen dem König noch einmal direkt unter die Nase.

»Als ich mich gegen meinen Onkel Maegor erhoben habe, sind zwei Ritter seiner Königsgarde zu mir übergelaufen«, antwortete Jaehaerys. »Sie haben vielleicht gehofft, sie könnten nach meinem Sieg ihre weißen Mäntel behalten oder dass ich sie sogar zu Lords erheben und mit einem höheren Rang am Hofe belohnen würde. Ich habe sie zur Mauer geschickt. Ich dulde keine Eidbrecher in meiner Umgebung, weder damals noch heute. Ser Lucamor, Ihr habt vor den Göttern und Menschen einen heiligen Eid geschworen, mich und die Meinigen mit Eurem Leben zu verteidigen, mir zu gehorchen, für mich zu kämpfen und, falls notwendig, für mich zu sterben. Außerdem habt Ihr geschworen, Euch keine Frau zu nehmen, keine Kinder zu zeugen und in Keuschheit zu leben. Wenn Ihr Euren zweiten Schwur so leichtfertig brechen konntet, wieso sollte ich Euch glauben, dass Ihr den ersten halten werdet?«

Daraufhin ergriff Königin Alysanne das Wort. »Ihr habt Euer

Gelübde als Ritter der Königsgarde in den Dreck gezogen, aber das war nicht der einzige Eid, den Ihr gebrochen habt. Auch Euer Ehegelübde habt Ihr gebrochen, und nicht nur einmal, sondern gleich dreimal. Keine dieser Frauen ist jetzt rechtmäßig mit Euch verheiratet, also sind all diese Kinder, die ich da hinter Euch sehe, samt und sonders Bastarde. Sie sind die Unschuldigen hier, Ser. Eure Gemahlinnen wussten nichts voneinander, wie ich gehört habe, aber sicherlich werden sie gewusst haben, dass Ihr ein Weißes Schwert, ein Ritter der Königsgarde, wart. Insofern trifft sie eine Mitschuld, und genauso die wahrscheinlich betrunkenen Septone, die die Trauungen durchgeführt haben. Ihnen gegenüber mag eine gewisse Milde angebracht sein, aber Euch … Ich möchte Euch nicht mehr in der Nähe meines Gemahls wissen, Ser.«

Mehr gab es nicht zu sagen. Während die Frauen und Kinder des falschen Ritters weinten oder fluchten oder stumm dastanden, befahl Jaehaerys, Ser Lucamor unverzüglich zu entmannen, dann in Eisen zu schlagen und zur Mauer zu schicken. »Die Nachtwache verlangt ebenfalls ein Gelübde von Euch«, warnte Seine Gnaden. »Seht zu, dass Ihr es haltet, sonst verliert Ihr als Nächstes Euren Kopf.«

Jaehaerys überließ es seiner Königin, sich um die drei Familien zu kümmern. Alysanne entschied, dass Ser Lucamors Söhne ihren Vater zur Mauer begleiten durften, wenn sie es wünschten. Die beiden ältesten Jungen entschieden sich dafür. Die Mädchen würde der Glauben als Novizinnen annehmen, wenn sie wollten. Eine wählte diesen Weg. Die anderen Kinder sollten bei ihren Müttern bleiben. Die erste Gemahlin wurde mit ihren Kindern der Obhut von Lucamors Bruder Bywin anvertraut, der vor kaum einem halben Jahr zum Lord von Harrenhal erhoben worden war. Die zweite Frau und ihr Nachwuchs wurden als Mündel von Daemon Velaryon, dem Lord der Gezeiten, nach Driftmark geschickt. Die dritte Frau, deren Kinder am jüngsten waren (eins hing ihr noch an der Brust), sollte nach Sturmkap gehen, wo sich Garon Baratheon und der junge Lord Boremund um die Erziehung der Kleinen kümmern sollten. Keiner von ihnen durfte je wieder den Namen Kraft tragen, verfügte die Königin; von diesem Tag an sollten sie die Bastardnamen Strom, Wasser und Sturm tragen. »Für dieses Geschenk könnt ihr euch bei eurem Vater, diesem treulosen Ritter, bedanken.«

Die Schande, die Lucamor der Lüsterne der Königsgarde und der Krone bereitet hatte, war nicht das einzige Ungemach, dem Jaehaerys und Alysanne im Jahr 73 begegnen mussten. Doch wenden wir uns zunächst den verzwickten Problemen zu, vor die sie ihr siebtes und achtes Kind, Prinz Vaegon und Prinzessin Daella, stellten.

Königin Alysanne war sehr stolz auf ihr Talent, Ehen zu stiften, und hatte schon Hunderte fruchtbarer Verbindungen zwischen Lords und Damen von einem Ende des Reiches zum anderen vermittelt, aber noch nie war sie auf solche Schwierigkeiten gestoßen, passende Partien zu finden, wie bei ihren vier jüngeren Kindern. Dieser Kampf sollte sie jahrelang quälen und zu unendlichen Streitereien mit ihren Kindern (besonders den Töchtern) führen, einen Keil zwischen sie und den König treiben und ihr schließlich so viel Kummer und Schmerz bereiten, dass Ihre Gnaden eine Zeitlang überlegte, ihrer Ehe zu entsagen und den Rest ihres Lebens bei den Schweigenden Schwestern zu verbringen.

Der Ärger begann mit Vaegon und Daella. Die beiden waren nur ein Jahr auseinander, und als kleine Kinder schienen der Prinz und die Prinzessin gut zueinander zu passen, weshalb der König und die Königin angenommen hatten, sie würden sich eines Tages miteinander vermählen. Ihre älteren Geschwister Baelon und Alyssa waren unzertrennlich, sodass bereits Pläne für ihre Hochzeit geschmiedet wurden. Wieso also nicht auch Vaegon und Daella? »Sei lieb zu deiner kleinen Schwester«, ermahnte König Jaehaerys den Prinzen, als er fünf Jahre alt war. »Eines Tages wird sie deine Alysanne sein.«

Doch je älter die Kinder wurden, desto deutlicher wurde, dass sie nicht zueinander passten. Zwischen ihnen fehlte jegliche Wärme, wie die Königin erkannte. Vaegon ertrug die Gegenwart seiner Schwester, aber er suchte sie nie. Daella schien vor ihrem griesgrämigen Bruder Angst haben, der lieber las als spielte. Der Prinz hielt die Prinzessin für dumm, sie fand ihn fies. »Sie sind nur Kinder«, sagte Jaehaerys, als Alysanne ihn auf das Problem aufmerksam machte. »Mit der Zeit werden sie schon zueinanderfinden.« Doch das geschah nie. Wenn überhaupt, wurde die gegenseitige Abneigung nur noch größer.

73 n.A.E. spitzten sich die Dinge zu. Prinz Vaegon war zehn Jahre alt, Prinzessin Daella neun. Eine der Gesellschafterinnen der Königin, die neu im Roten Bergfried war, neckte die beiden und fragte sie, wann sie denn heiraten würden. Vaegon reagierte, als hätte sie ihn geschlagen. »Ich würde sie nie heiraten«, sagte der Junge vor dem halben Hof. »Sie kann kaum lesen. Sie sollte sich irgendeinen Lord suchen, der dumme Kinder möchte, denn andere wird er von ihr niemals bekommen.«

Wie wohl nicht anders zu erwarten, brach Prinzessin Daella in Tränen aus und rannte aus der Halle, und ihre Mutter, die Königin, eilte ihr nach. Es fiel ihrer dreizehnjährigen Schwester Alyssa zu, die drei Jahre älter war als Vaegon, dem Bruder einen Becher Wein über den Kopf zu leeren. Doch selbst dann schien der Prinz keine Reue zu empfinden. »Du verschwendest Arborgold«, sagte er nur, ehe er aus der Halle stolzierte, um sich umzuziehen.

Natürlich kamen der König und die Königin danach zu dem Schluss, dass sie eine andere Braut für Vaegon finden müssten. Kurz dachten sie an ihre jüngeren Töchter. Prinzessin Saera war sechs Jahre alt, Prinzessin Viserra erst zwei Jahre. »Vaegon beachtet sie kaum«, erklärte Alysanne dem König. »Ich bin nicht einmal sicher, ob er weiß, dass es sie gibt. Vielleicht, wenn irgendein Maester sie in einem Buch erwähnen würde …«

»Ich werde Großmaester Elysar bitten, morgen mit dem Werk zu beginnen«, scherzte der König. Dann sagte er: »Vaegon ist erst zehn. Er hat noch keine Augen für Mädchen und sie nicht für ihn, aber das wird sich bald ändern. Er ist hübsch genug und noch dazu ein Prinz von Westeros und steht an dritter Stelle in der Thronfolge. In ein paar Jahren werden ihn die Jungfrauen umschwärmen wie die Schmetterlinge und erröten, wenn er sich dazu herablässt, in ihre Richtung zu schauen.«

Die Königin war nicht überzeugt. »Hübsch« war vielleicht ein wenig zu großzügig, was Prinz Vaegon betraf, der zwar mit dem silbergoldenen Haar und den violetten Augen der Targaryen gesegnet war, aber ein langes Gesicht und schon mit zehn Jahren runde Schultern hatte. Außerdem trug er oft eine säuerliche Miene zur Schau, als habe er gerade an einer Zitrone gelutscht. Ihre Gnaden mochte vielleicht blind gegenüber diesen Makeln sein, aber sie erkannte sein Wesen. »Ich fürchte um jeden Schmetterling, der Vaegon umschwärmt. Er wird ihn vermutlich mit einem Buch zerquetschen.«

»Er verbringt zu viel Zeit in der Bibliothek«, sagte Jaehaerys. »Ich werde mit Baelon sprechen. Wir schicken ihn in den Hof, drücken ihm ein Schwert in die Hand und schnallen ihm einen Schild an den Arm, und dann wird er schon in Ordnung kommen.«

Großmaester Elysar berichtet uns, dass Seine Gnaden tatsächlich mit Prinz Baelon sprach, der seinen Bruder pflichtbewusst unter seine Fittiche nahm, ihn auf den Hof hinausführte, ihm ein Schwert in die Hand drückte und ihm einen Schild an den Arm schnallte. Aber er kam nicht in Ordnung. Vaegon hasste die Übungen. Er tat sich schwer damit und hatte eine Gabe, den Menschen in seiner Umgebung das Leben ebenfalls schwer zu machen, sogar Baelon dem Tapferen.

Auf Drängen des Königs hielt Baelon ein ganzes Jahr lang durch. »Je mehr er übt, desto schlimmer sieht er aus«, gestand der Frühlingsprinz. Eines Tages, vielleicht um Vaegon anzuspornen, sich mehr Mühe zu geben, brachte er ihre Schwester Alyssa mit auf den Hof, die das blitzende Kettenhemd eines Mannes trug. Die Prinzessin hatte den Zwischenfall mit dem Arborgold nicht vergessen. Lachend und spottend tänzelte sie um ihren kleinen Bruder herum und demütigte ihn ein halbes Hundert Mal, während Prinzessin Daella von einem Fenster aus zuschaute. Unerträglich beschämt warf Vaegon sein Schwert weg, rannte davon und kehrte nie wieder in den Hof zurück.

Wir werden uns zu gegebener Zeit noch einmal Prinz Vaegon und seiner Schwester Daella widmen, doch nun wenden wir uns einem freudigen Ereignis zu. Im Jahr 74 wurden König Jaehaerys und Königin Alysanne erneut von den Göttern gesegnet, als Prinz Aemons Gemahlin, Lady Joslyn, ihnen ihr erstes Enkelkind schenkte. Prinzessin Rhaenys wurde am siebten Tag des siebten Mondes jenes Jahres geboren, was die Septone als äußerst glückverheißendes Geburtsdatum priesen. Das Kind war groß und wild und hatte das schwarze Haar ihrer Baratheon-Mutter und die hellen veilchenblauen Augen ihres Targaryen-Vaters. Als erstgeborenes Kind des Prinzen von Drachenstein bejubelten sie viele als Thronfolgerin ihres Vaters. Als Königin Alysanne das kleine Mädchen zum ersten Mal in die Arme schloss, soll sie sie als »unsere zukünftige Königin« bezeichnet haben.

Auch was den Nachwuchs anging, stand Baelon der Tapfere seinem Bruder Aemon in nichts nach. Im Jahre 75 n.A.E. wurde der Rote Bergfried abermals Schauplatz einer prächtigen Hochzeit, als der Frühlingsprinz die älteste seiner Schwestern, Prinzessin Alyssa, zur Gemahlin nahm. Die Braut war fünfzehn, der Bräutigam achtzehn Jahre alt. Anders als ihre Eltern schoben Baelon und Alyssa den Vollzug ihrer Ehe nicht auf; das Betten war in den darauffolgenden Tagen der Anlass vieler zotiger Scherze, denn es heißt, die Lustschreie, die die junge Braut von sich gegeben habe, hätte man bis nach Dämmertal hören können. Ein schüchternes Mädchen hätten solche Geschichten vielleicht in Verlegenheit versetzt, doch Alyssa Targaryen war nicht zimperlich und konnte so derb sein wie jede Schankmagd in Königsmund, wie sie sich gern brüstete.

»Ich habe ihn bestiegen und geritten«, prahlte sie am Morgen nach dem Betten, »und das mache ich heute Nacht wieder. Ich liebe das Reiten.«

Und so war ihr tapferer Prinz nicht das Einzige, was die Prinzessin in diesem Jahr besteigen sollte. Wie ihre Brüder zuvor wollte Alyssa Targaryen eine Drachenreiterin werden, und zwar lieber früher als später. Aemon war mit siebzehn Jahren zum ersten Mal geflogen, Baelon mit sechzehn. Alyssa wollte es mit fünfzehn schaffen. Den Geschichten der Drachenhüter zufolge war sie nur mit großer Mühe davon abzubringen gewesen, ausgerechnet Balerion auszuwählen. »Er ist alt und langsam geworden, Prinzessin«, redeten sie ihr ein. »Gewiss wollt Ihr ein schnelleres Tier.« Am Ende hatten sie Erfolg, und Prinzessin Alyssa stieg auf Meleys in den Himmel auf, einem wunderschönen scharlachroten Drachenweibchen, das zuvor noch nie geritten worden war. »Rote Jungfrauen waren wir beide«, prahlte die Prinzessin lachend, »aber jetzt sind wir beide bestiegen worden.«

Nach diesem Tag blieb die Prinzessin der Drachengrube nie lange fern. Fliegen war ihre zweitliebste Sache im Leben, sollte sie oft sagen, aber über ihre liebste Sache könne sie in der Gesellschaft von Damen nicht sprechen. Die Drachenhüter hatten sich nicht geirrt, Meleys war der schnellste Drache in Westeros und flog Caraxes und Vhagar leicht davon, wenn Alyssa mit ihren Brüdern unterwegs war.

Inzwischen hatte sich, zur Sorge der Königin, das Problem mit Vaegon noch nicht geklärt. Der König hatte mit den Schmetterlingen nicht ganz falsch gelegen. Als die Jahre vergingen und Vaegon heranreifte, zollten ihm junge Damen am Hofe durchaus Aufmerksamkeit. Das Alter und einige unangenehme Gespräche mit seinem Vater und seinen Brüdern hatten den Prinzen außerdem die Grundzüge der Höflichkeit gelehrt, und zur Erleichterung der Königin erschlug er mit seinen Büchern auch keine Mädchen. Allerdings zeigte er auch kein besonderes Interesse an ihnen. Bücher blieben seine einzige Leidenschaft: Geschichte, Kartographie, Mathematik, Sprachen. Großmaester Elysar, selbst kein Sklave des Anstands, gestand, dem Prinzen ein Buch mit erotischen Zeichnungen überlassen zu haben, weil er glaubte, die Bilder von nackten Frauen, die sich mit Männern und Tieren vergnügten, könnten Vaegons Interesse am anderen Geschlecht wecken. Der Prinz behielt das Buch, zeigte jedoch keine Änderung in seinem Verhalten.

Es war an Prinz Vaegons fünfzehntem Namenstag im Jahr 78, ein Jahr bevor er das Mannesalter erreichte, dass Jaehaerys und Alysanne mit dem Großmaester über die naheliegende Lösung des Problems sprachen. »Glaubt Ihr vielleicht, Vaegon hat das Zeug, ein Maester zu werden?«

»Nein«, erwiderte Elysar unverblümt. »Könnt Ihr Euch vorstellen, wie er die Kinder irgendeines Lords in Lesen und Schreiben und Rechnen unterweist? Hält er sich einen Raben in seinen Gemächern oder überhaupt irgendeinen Vogel? Könnt Ihr Euch vorstellen, wie er einem Mann ein zerquetschtes Bein abnimmt oder ein Kind auf die Welt holt? Das alles gehört zu den Pflichten eines Maesters.« Der Großmaester hielt inne, ehe er fortfuhr. »Vaegon ist kein Maester … aber vielleicht hat er das Zeug dazu, ein *Erzmaester* zu werden. Die Zitadelle ist der größte Hort des Wissens in der bekannten Welt. Schickt ihn dorthin. Vielleicht findet er in der Bibliothek zu sich selbst. Entweder das, oder er geht zwischen den Büchern verloren, und Ihr braucht Euch nie wieder Gedanken über ihn zu machen.«

Diese Worte trafen ins Ziel. Drei Tage später rief König Jaehaerys Prinz Vaegon in sein Solar und teilte ihm mit, dass er in vierzehn Tagen an Bord eines Schiffes nach Altsass in See stechen würde. »Die Zitadelle nimmt dich unter ihre Fittiche«, sagte Seine Gnaden. »Aber du musst selbst entscheiden, was aus dir werden soll.« Wie gewohnt antwortete der Prinz kurz und bündig: »Ja, Vater. Gut.« Später erzählte Jaehaerys der Königin, Vaegon habe bei diesen Worten beinahe gelächelt.

Prinz Baelon hatte seit seiner Hochzeit nicht mehr aufgehört zu lächeln. Wenn sie nicht in der Luft waren, verbrachten Baelon und Alyssa jede Stunde zusammen, meistens im Schlafgemach. Prinz Baelon stand seinen Mann, und die Lustschreie, die in der Nacht des Bettens durch die Gänge des Roten Bergfrieds gehallt waren, waren in vielen anderen Nächten der nächsten Jahre zu hören. Und über kurz oder lang stellte sich auch das ersehnte Ergebnis ein: Alyssa Targaryen wurde schwanger. 77 n.A.E. schenkte sie ihrem tapferen Prinzen einen Sohn namens Viserys. Septon Barth beschrieb den Prinzen als »ein rundliches und fröhliches Kerlchen, das mehr lachte als jeder andere Säugling, den ich je gesehen habe; er hatte einen solchen Appetit, dass er seine Amme leersaugte«. Gegen alle Ratschläge wickelte die Mutter den Kleinen in Windeln, schnürte ihn sich vor die Brust und flog mit ihm auf Meleys, als er neun Tage alt war. Viserys, so behauptete sie später, soll die ganze Zeit über gegluckst haben.

Schwangerschaft und Geburt mögen für junge Frauen im Alter von siebzehn Jahren eine Freude sein, doch bei einer Frau von vierzig Jahren, wie ihrer Mutter Königin Alysanne, sieht die Sache ein wenig anders aus. Die Freude war daher nicht ganz ungetrübt, als Ihre Gnaden abermals schwanger wurde. Prinz Valerion kam im Jahr 77 zur Welt, und nach einer weiteren schweren Geburt war Alysanne ein halbes Jahr bettlägerig, ehe sie sich erholte. Wie sein Bruder Gaemon drei Jahre zuvor war Valerion ein kleines, kränkliches Kind, das nicht so recht gedieh. Ein halbes Dutzend Ammen kam und ging, doch ohne Erfolg. 78 n.A.E. starb Valerion zwei Wochen vor seinem ersten Namenstag. Die Königin nahm seinen Tod mit Resignation hin. »Ich bin zweiundvierzig Jahre alt«, sagte sie zum König. »Du musst mit den Kindern zufrieden sein, die ich dir geschenkt habe. Inzwischen, so fürchte ich, tauge ich mehr zur Großmutter als zur Mutter.«

König Jaehaerys teilte ihre Gewissheit nicht. »Unsere Mutter Königin Alyssa war sechsundvierzig Jahre alt, als sie Joslyn das Leben schenkte«, sagte er zu Großmaester Elysar. »Die Götter sind vielleicht noch nicht mit uns fertig.«

Und er hatte recht. Im nächsten Jahr teilte der Großmaester Königin Alysanne zu ihrer Überraschung und Bestürzung mit, dass sie erneut schwanger sei. Prinzessin Gael wurde im Jahr 80 geboren, als die Königin vierundvierzig Jahre alt war. Sie wurde »das Winterkind« genannt, weil sie im Winter zur Welt kam (und die Königin im Winter ihrer gebärfähigen Jahre war, wie manche sagten), und sie war klein, blass und schwach, doch Großmaester Elysar war entschlossen, sie nicht das gleiche Schicksal erleiden zu lassen wie ihre Brüder Gaemon und Valerian. Und so geschah es. Unterstützt von Septa Lyra, die das Kind Tag und Nacht beobachtete, brachte Elysar die Prinzessin durch das schwierige erste Jahr, bis es schließlich aussah, als würde sie überleben. An ihrem ersten Namenstag war sie gesund, wenn auch nicht kräftig, und Königin Alysanne dankte den Göttern.

Sie war in diesem Jahr auch dankbar, weil es ihr endlich gelungen war, ihr achtes Kind, Prinzessin Daella, zu verheiraten. Nach

Vaegon war Daella die nächste in der Reihe, doch die weinerliche Prinzessin stellte ein Problem ganz anderer Art dar. Als »meine zarte Blume«, beschrieb die Königin sie. Wie Alysanne selbst war Daella klein – auf Zehenspitzen erreichte sie fünf Fuß und zwei Zoll – und sie hatte ein kindliches Wesen, weshalb sie von allen für jünger gehalten wurde, als sie tatsächlich war. Anders als Alysanne war sie zart auf eine Weise, wie die Königin es nie gewesen war. Ihre Mutter war stets furchtlos gewesen; Daella schien ständig Angst zu haben. Sie hatte ein Kätzchen, das sie liebte, bis es sie kratzte; danach näherte sie sich keiner Katze mehr. Die Drachen versetzten sie in Angst und Schrecken, sogar Silberschwinge. Selbst die sanfteste Ermahnung ließ sie in Tränen ausbrechen. Einmal traf Daella in den Gängen des Roten Bergfrieds einen Fürsten von den Sommerinseln in seinem Federmantel und schrie vor Schreck. Wegen seiner schwarzen Haut hatte sie ihn für einen Dämon gehalten.

So grausam die Worte ihres Bruders Vaegon auch gewesen waren, sie enthielten einen Funken Wahrheit. Daella war nicht klug, das musste sogar ihre Septa einräumen. Sie hatte lesen gelernt, las aber stockend und verstand nicht alles. Ihr fiel es auch schwer, die leichtesten Gebete auswendig zu lernen. Sie hatte eine schöne Stimme, traute sich aber nicht zu singen, weil sie immer die Worte verdrehte. Blumen liebte sie, aber sie hatte Angst vor Gärten, denn einmal war sie dort beinahe von einer Biene gestochen worden.

Jaehaerys verzweifelte sogar noch mehr an ihr als Alysanne. »Sie weigert sich, auch nur mit einem Jungen zu sprechen. Wie soll sie da heiraten? Wir könnten sie dem Glauben anvertrauen, aber sie kann die Gebete nicht auswendig, und ihre Septa sagt, sie bricht in Tränen aus, wenn man sie bittet, laut aus dem *Siebenzackigen Stern* vorzulesen.« Die Königin verteidigte sie stets. »Daella ist süß und lieb und sanft. Sie hat so ein zartes Herz. Gib mir Zeit, und ich werde einen Lord finden, der sie zu schätzen weiß. Nicht jede Targaryen muss ein Schwert schwingen und einen Drachen reiten.«

In den Jahren nach ihrem ersten Erblühen zog Daella Targaryen wie erwartet die Blicke vieler junger Männer von hoher Geburt auf sich. Sie war die Tochter des Königs, und im Jungfrauenalter wurde sie noch hübscher. Ihre Mutter gab sich alle Mühe, eine passende Partie für die Prinzessin zu finden.

Mit dreizehn Jahren wurde Daella nach Driftmark geschickt, wo sie Corlys Velaryon kennenlernte, den Enkel des Lords der Gezeiten. Die künftige Seeschlange war zehn Jahre älter als Daella und bereits ein gefeierter Seefahrer und Schiffskapitän. Bei der Fahrt über die Schwarzwasserbucht wurde Daella allerdings seekrank und beschwerte sich bei ihrer Rückkehr: »Er mag seine Boote lieber als mich.« (Und damit hatte sie tatsächlich recht.)

Mit vierzehn verbrachte sie Zeit mit Denys Swann, Simon Steinhof, Gerold Tempelheim und Ellard Kranich, die allesamt vielversprechende Knappen in ihrem Alter waren, aber Steinhof wollte sie dazu bringen, Wein zu trinken, und Kranich küsste sie ohne Erlaubnis auf die Lippen, woraufhin sie in Tränen ausbrach. Am Ende des Jahres hatte Daella entschieden, dass sie sie alle hasste.

Mit fünfzehn nahm ihre Mutter sie mit in die Flusslande nach Rabenbaum (in einem Räderhaus, weil sich Daella vor Pferden fürchtete), wo Lord Schwarzhain die Königin großzügig bewirtete, während sein Sohn der Prinzessin den Hof machte. Rois Schwarzhain war hochgewachsen, elegant, höflich und redegewandt, dazu ein begnadeter Bogenschütze, ein guter Schwertkämpfer und ein Sänger, der Daellas Herz mit selbstgedichteten Balladen zum Schmelzen brachte. Für eine Weile sah es aus, als käme eine Verlobung zustande, und Königin Alysanne und Lord Schwarzhain schmiedeten bereits Hochzeitspläne. Das alles wurde hinfällig, als Daella erfuhr, dass die Schwarzhains immer noch den Alten Göttern anhingen und man von ihr erwartete, ihr Gelübde vor einem Wehrholzbaum abzulegen. »Sie glauben nicht an *die Götter*«, sagte sie entsetzt zu ihrer Mutter. »Ich würde in die *Hölle* kommen.«

Ihr sechzehnter Namenstag stand vor der Tür, und damit würde sie zur erwachsenen Frau werden. Königin Alysanne war mit ihrer Weisheit am Ende, und der König hatte die Geduld verloren. Am ersten Tag des achtzigsten Jahres seit Aegons Eroberung sagte er der Königin, Daella müsse vor Ende des Jahres verheiratet sein. »Wenn sie will, kann ich einhundert Männer nackt vor ihr defilieren lassen, damit sie sich einen aussuchen kann, den sie will«, sagte er. »Es wäre mir lieber, wenn sie einen Lord heiratet, aber wenn ihr ein Heckenritter oder ein Händler oder Pat der Schweinehirt lieber ist, ist mir das inzwischen auch recht, solange sie überhaupt einen *nimmt*.«

»Einhundert nackte Männer würden ihr Angst machen«, wendete Alysanne wenig begeistert ein.

»Einhundert nackte Enten würden ihr auch Angst machen«, gab der König zurück.

»Und wenn sie nicht heiratet?«, fragte die Königin. »Maegelle sagt, der Glauben wird kein Mädchen nehmen, das nicht einmal Gebete lesen kann.«

»Es gibt immer noch die Schweigenden Schwestern«, sagte Jaehaerys. »Aber muss es so weit kommen? *Finde jemanden für sie.* Einen sanften Mann, der so ist wie sie. Einen freundlichen Mann, der nie die Stimme oder die Hand gegen sie erhebt, der nett mit ihr spricht und ihr sagt, wie wundervoll sie ist, und der sie *beschützt* … vor Drachen und Pferden und Bienen und Kätzchen und Jungen mit Furunkeln und vor allen anderen Gefahren dieser Welt.«

»Ich werde mein Bestes tun, Euer Gnaden«, versprach Königin Alysanne.

Letzten Endes waren keine einhundert Männer notwendig, weder nackt noch angezogen. Die Königin erklärte Daella den Befehl des Königs, freundlich, aber bestimmt, und bot ihr drei Verehrer zur Auswahl, die sie alle sehr gern zur Braut nehmen würden. Pat der Schweinehirte war nicht darunter, wie wir anmerken sollten; die drei Männer, die Alysanne ausgesucht hatte, waren große Lords oder Söhne großer Lords. Gleichgültig, für welchen Daella sich entschied, sie würde Reichtum und Stand behalten.

Boremund Baratheon war der eindrucksvollste Kandidat. Mit achtundzwanzig Jahren war der Lord von Sturmkap das Ebenbild seines Vaters, kräftig und stark. Er lachte schallend, hatte einen langen schwarzen Bart und eine dicke schwarze Mähne. Als Sohn Lord Rogars und Königin Alyssas war er ein Halbbruder von Alysanne und Jaehaerys, und Daella kannte und liebte ihre Schwester Joslyn nach ihren Jahren bei Hofe, was, wie man annahm, zu seinen Gunsten sprach.

Ser Tymond Lennister war der reichste Bewerber, der Erbe von Casterlystein und dessen Gold. Mit zwanzig Jahren war er nicht sehr viel älter als Daella, und er galt als der schönste Mann des Reiches, war schlank und geschmeidig, hatte einen langen goldenen Schnauzbart und Haar in der gleichen Farbe und trug stets Seide und Satin. Die Prinzessin wäre in Casterlystein gut geschützt, denn keine Burg in Westeros war uneinnehmbarer. Gegen das Gold und die Schönheit des Lennisters sprach jedoch Ser Tymonds Ruf: Er hatte eine Vorliebe für Frauen, so hieß es, und eine noch größere für Wein.

Der letzte und in den Augen vieler der geringste der drei Bewerber war Rodrik Arryn, Lord von Hohenehr und Protektor des Grünen Tals. Seit seinem zehnten Lebensjahr war er Lord, ein Punkt, der zu seinen Gunsten sprach, denn in den vergangenen zwölf Jahren hatte er im Kleinen Rat als Lord Justiziar und Meister des Rechts gedient und war in dieser Zeit am Hofe zu einer vertrauten Gestalt geworden und ein treuer Freund des Königs und der Königin. Im Grünen Tal war er ein tüchtiger Lord gewesen, streng, aber gerecht, umgänglich, großzügig und bei Volk und Vasallen gleichermaßen beliebt. Er hatte sich in Königsmund hervorragend geführt und war aufmerksam, sachkundig, gutgelaunt und galt als Bereicherung des Kleinen Rates.

Allerdings war Lord Arryn der älteste der drei Bewerber, mit sechsunddreißig Jahren war er zwanzig Jahre älter als die Prinzessin und außerdem schon Vater, denn seine verstorbene erste Frau hatte ihm vier Kinder geschenkt. Klein und glatzköpfig und mit einem dicken Bauch war Arryn nicht gerade die Art Mann, von der eine Jungfrau träumte, wie Königin Alysanne zugeben musste, »doch er ist die Art Mann, nach der du gefragt hast, freundlich und sanft, und er sagt, er liebe unser kleines Mädchen schon seit Jahren. Ich weiß, er wird sie beschützen.«

Zur größten Verwunderung aller Frauen bei Hofe, außer vielleicht der Königin, entschied sich Prinzessin Daella für Lord Rodrik. »Er scheint so gut und weise zu sein wie Vater«, erklärte sie Königin Alysanne, »und er hat vier Kinder! Ich werde ihre neue Mutter sein!« Was Ihre Gnaden von diesem Freudenausbruch hielt, ist nicht überliefert. Großmaester Elysars Aufzeichnungen jenes Tages sagen nur: »Götter seid uns gnädig!«

Es sollte keine lange Verlobungszeit geben. Auf Wunsch des Königs heirateten Prinzessin Daella und Lord Rodrik noch vor Jahresende. Die kleine Zeremonie fand in der Septe von Drachenstein statt, und eingeladen waren nur enge Freunde und nahe Verwandte, denn größere Menschenansammlungen bereiteten der Prinzessin starkes Unwohlsein. Es gab auch kein Betten. »Oh, das würde ich nicht ertragen, ich würde vor Scham sterben«, hatte die Prinzessin ihrem künftigen Gemahl gesagt, und Lord Rodrik unterwarf sich ihren Wünschen.

Danach kehrte Lord Arryn mit seiner Prinzessin nach Hohenehr zurück. »Meine Kinder sollten ihre neue Mutter kennenlernen, und ich möchte Daella das Grüne Tal zeigen. Dort läuft das Leben ruhiger und langsamer. Das wird ihr gefallen. Ich schwöre Euch, Euer Gnaden, sie wird dort in Sicherheit sein und glücklich werden.«

Und so war es auch, zumindest für eine Weile. Das älteste von Lord Rodriks vier Kindern aus erster Ehe war eine Tochter, Elys, und sie war drei Jahre älter als ihre neue Stiefmutter. Die beiden gerieten sofort aneinander. Daella war jedoch ganz vernarrt in die drei jüngeren Kinder, und das beruhte allem Anschein nach auf Gegenseitigkeit. Lord Rodrik stand treu zu seinem Wort und war ihr ein freundlicher und fürsorglicher Gemahl, der seine Braut, die er »meine kostbare Prinzessin« nannte, unermüdlich verwöhnte und beschützte. In den Briefen, die Daella ihrer Mutter schickte (die überwiegend von Lord Rodriks jüngerer Tochter Amanda geschrieben wurden), sprach sie begeistert darüber, wie glücklich sie war und wie schön das Grüne Tal sei, wie sehr sie die süßen Söhne ihres Lords liebe und wie nett alle in Hohenehr zu ihr seien.

Prinz Aemon feierte im Jahre 81 seinen sechsundzwanzigsten Namenstag und hatte seine Fähigkeiten sowohl im Krieg als auch im Frieden bewiesen. Da er der Thronfolger war, hielt man es allgemein für wünschenswert, dass er eine größere Rolle in der Regierung übernahm und Mitglied des Kleinen Rates wurde. Daher ernannte König Jaehaerys den Prinzen zu seinem Justiziar und Meister des Rechts, womit er Rodrik Arryn ersetzte.

»Das Gesetzemachen überlasse ich dir, Bruder«, verkündete Prinz Baelon, als sie auf Prinz Aemons Ernennung anstießen. »Ich mache lieber Söhne.« Und genau das tat er, denn später in jenem Jahr gebar Prinzessin Alyssa ihrem Frühlingsprinzen einen zweiten Sohn, der den Namen Daemon erhielt. Seine Mutter, unbezähmbar wie immer, nahm den Säugling zwei Wochen nach der Geburt auf Meleys mit in den Himmel, genauso wie sie es mit seinem Bruder Viserys getan hatte.

Im Grünen Tal ging es ihrer Schwester Daella allerdings nicht so gut. Nach anderthalb Jahren Ehe traf plötzlich eine ganz andere Nachricht per Rabe im Roten Bergfried ein. Sie war sehr kurz, und Daella hatte sie in ihrer eigenen unsicheren Schrift verfasst. »Ich bin schwanger«, stand darin, »Mutter, bitte komme. Ich habe Angst.«

Königin Alysanne bekam es ebenfalls mit der Angst zu tun, als sie diese Worte las. Binnen weniger Tage bestieg sie Silberschwinge und flog ins Grüne Tal; erst landete sie in Möwenstadt, zog weiter zu den Toren des Mondes und flog dann himmelwärts nach Hohenehr. Es war das Jahr 82, und Ihre Gnaden traf drei Monde vor dem errechneten Geburtstermin von Daellas Kind ein.

Obgleich die Prinzessin sich über den Besuch ihrer Mutter zu freuen schien und sich für den »dummen« Brief entschuldigte, den sie ihr geschickt hatte, war ihre Angst spürbar. Aus nichtigsten Gründen brach sie in Tränen aus, und manchmal sogar ganz ohne Anlass, wie Lord Rodrik sagte. Seine Tochter Elys sagte abfällig zu Ihrer Gnaden: »Man möchte meinen, sie sei die erste Frau, die je ein Kind bekommt«, aber Alysanne machte sich Sorgen. Daella war so zierlich, und sie war hochschwanger. »Sie ist so ein kleines Mädchen für so einen großen Bauch«, schrieb sie dem König. »An ihrer Stelle hätte ich auch Angst.«

Für den Rest der Schwangerschaft blieb Königin Alysanne an der Seite der Prinzessin, saß an ihrem Bett, las ihr abends vor und tröstete sie, wenn sie Angst hatte. »Es wird schon gut gehen«, sagte sie ihrer Tochter ein halbes Hundert Mal. »Es wird ein Mädchen, warte es nur ab. Eine Tochter. Ich weiß es. Alles wird gut.«

Zur Hälfte sollte sie recht behalten. Aemma Arryn, die Tochter Lord Rodriks und Prinzessin Daellas, kam zwei Wochen zu früh zur Welt, nach einer langen und schweren Geburt. »Es tut weh«, schrie die Prinzessin die halbe Nacht hindurch. »Es tut so weh.« Aber es heißt, sie habe gelächelt, als man ihr die Tochter an die Brust legte.

Gar nichts ging gut. Kurz nach der Geburt setzte das Kindbettfieber ein. Prinzessin Daella hätte ihr Kind so gern gestillt, doch sie hatte keine Milch, und so schickte man nach einer Amme. Als das Fieber stieg, verbot ihr der Maester sogar, das Kind zu halten, woraufhin die Prinzessin in Tränen ausbrach. Sie weinte sich in den Schlaf, doch im Schlaf strampelte sie heftig und warf sich hin und her, während das Fieber immer weiter stieg. Am Morgen war sie tot. Sie wurde achtzehn Jahre alt.

Lord Rodrik weinte ebenfalls und bat die Königin um Erlaubnis, seine kostbare Prinzessin im Grünen Tal zu bestatten, doch Alysanne schlug ihm diesen Wunsch ab. »Sie war vom Blut des Drachen. Sie wird verbrannt, und ihre Asche wird auf Drachenstein neben der ihrer Schwester Daenerys beigesetzt.«

Daellas Tod brach der Königin das Herz, doch in der Rückschau wird auch deutlich, dass dies der erste Vorbote für den Riss war, der sich zwischen ihr und dem König auftun sollte. Die Götter halten uns alle in ihren Händen, und es liegt an ihnen, uns das Leben zu geben und zu nehmen, doch Menschen in ihrem Hochmut suchen sich andere, denen sie die Schuld geben können. Alysanne Targaryen gab sich in ihrer Trauer selbst die Schuld, sich und Lord Arryn und dem Maester von Hohenehr … aber vor allem gab sie Jaehaerys die Schuld an Daellas Tod. Wenn er nicht darauf bestanden hätte, dass sie vor Jahresende *wen auch immer* heiratete … Was hätte es schon ausgemacht, wenn sie noch für ein oder zwei oder zehn Jahre ein kleines Mädchen geblieben wäre? »Sie war weder alt noch stark genug, um ein Kind zu bekommen«, erklärte sie Seiner Gnaden in Königsmund. »Wir hätten sie niemals zu dieser Ehe drängen sollen.«

Die Antwort des Königs ist nicht überliefert.

Das 83. Jahr nach Aegons Eroberung ist uns als das Jahr des Vierten Dornischen Krieges bekannt … im Volksmund als Fürst Morions Tollheit oder der Krieg der Einhundert Kerzen. Der alte Fürst von Dorne war gestorben, und sein Sohn Morion Martell trat seine Nachfolge in Sonnspeer an. Der leichtsinnige und törichte junge Mann hatte seinen Vater während Lord Rogars Krieg der Feigheit bezichtigt, als die Ritter der Sieben Königslande unbehelligt in die Roten Berge einmarschiert waren, während die dornischen Heere zu Hause geblieben und den Geierkönig seinem Schicksal überlassen hatten. Fürst Morion war entschlossen, diesen Makel auf der dornischen Ehre auszuwetzen, und plante selbst einen Einfall in die Sieben Königslande.

Obgleich Fürst Morion wusste, dass Dorne nicht hoffen durfte, gegen eine Streitmacht des Eisernen Throns zu bestehen, glaubte er, König Jaehaerys überraschen und die Sturmlande bis nach Sturmkap erobern zu können, oder zumindest bis zum Zornkap. Anstatt über den Fürstenpass anzugreifen, wollte er übers Meer kommen. Er würde seine Heere bei Geistberg und dem Fels sammeln, sie auf Schiffe verfrachten und über das Dornische Meer segeln, um die Sturmländer zu überraschen. Falls er besiegt oder zurückgetrieben würde, sei's drum … aber vor seinem Rückzug, so schwor er, würde er einhundert Städte niederbrennen und einhundert Burgen schleifen, damit die Sturmländer wussten, dass sie nicht ungestraft in die Roten Berge marschieren konnten. (Die Tollheit dieses Plans erkennt man schon an der Tatsache, dass es auf dem Zornkap weder einhundert Städte noch einhundert Burgen gibt, sondern nicht einmal ein Drittel davon.)

Dorne hatte keine Seestreitkraft mehr, seit Nymeria ihre zehntausend Schiffe verbrannt hatte, doch Fürst Morion hatte Gold, und er fand willfährige Verbündete in den Piraten von den Trittsteinen, den Söldnerkapitänen von Myr und den Korsaren von der Pfefferküste. Zwar kostete es ihn fast ein ganzes Jahr, aber am Ende trafen die Schiffe ein, und der Fürst und seine Speerträger gingen an Bord. Morion war mit den Geschichten über vergangenen dornischen

Ruhm groß geworden, und wie viele junge dornische Lords hatte er die sonnengebleichten Gebeine des Drachen Meraxes bei Höllhain gesehen. Jedes Schiff seiner Flotte war daher mit Armbrustschützen besetzt und mit riesigen Skorpionen ausgerüstet, der Sorte Waffe, die Meraxes zu Fall gebracht hatte. Wenn es die Targaryen wagen sollten, Drachen gegen ihn zu schicken, würde er die Luft mit Bolzen füllen und sie alle töten.

Die Torheit von Fürst Morions Plan können wir gar nicht zu stark hervorstreichen. Zunächst einmal war seine Hoffnung lächerlich, den Eisernen Thron zu überraschen. Jaehaerys hatte nicht nur Spione in Morions eigenem Hof und Freunde unter den verschlageneren dornischen Lords, sondern auch die Piraten der Trittsteine, die Söldnerkapitäne von Myr und die Korsaren von der Pfefferküste waren nicht berühmt für ihre Diskretion. Da brauchten nur ein paar Münzen die Hand zu wechseln. Als Morion die Segel setzte, wusste der König bereits seit einem halben Jahr über den bevorstehenden Angriff Bescheid.

Boremund Baratheon, der Lord von Sturmkap, war ebenfalls gewarnt worden und wartete auf dem Zornkap, um den Dornischen ein blutiges Willkommen zu bereiten, falls sie an Land gingen. Dazu sollte er keine Gelegenheit bekommen. Auch Jaehaerys Targaryen und seine Söhne Aemon und Baelon lagen auf der Lauer, und als Morions Flotte über das Dornische Meer segelte, fielen die Drachen Vermithor, Caraxes und Vhagar aus den Wolken über sie her. Geschrei erhob sich, und die Dornischen schossen ihre Skorpionbolzen in die Luft, aber auf einen Drachen zu schießen und ihn zu töten sind zweierlei Dinge. Ein paar Bolzen prallten von den Schuppen der Drachen ab, einer durchbohrte Vhagars Schwinge, doch keiner traf verwundbare Stellen, und die Drachen schwenkten hin und her und spuckten große Feuerstöße. Eines nach dem anderen gingen die Schiffe in Flammen auf. Sie brannten noch immer, als die Sonne unterging, »wie einhundert Kerzen, die auf dem Meer treiben«. Noch ein halbes Jahr später sollen verkohlte Leichen am Zornkap an Land geschwemmt werden, aber kein einziger Dornischer setzte lebend einen Fuß in die Sturmlande.

Der Vierte Dornische Krieg wurde an einem Tag ausgetragen und gewonnen. Die Piraten von den Trittsteinen, die Söldnerkapitäne von Myr und die Korsaren von der Pfefferküste verhielten sich einige Zeit ruhiger, und Mara Martell wurde Fürstin von Dorne. Bei ihrer Rückkehr wurden König Jaehaerys und seine Söhne in Königsmund stürmisch begrüßt. Sogar Aegon der Eroberer hatte nie einen Krieg gewonnen, ohne einen einzigen Mann zu verlieren.

Prinz Baelon hatte noch einen weiteren Grund zur Freude. Seine Schwestergemahlin Alyssa war erneut schwanger. Diesmal, so sagte er seinem Bruder Aemon, bete er für ein Mädchen.

Prinzessin Alyssa wurde 84 n.A.E. ins Kindbett gebracht. Nach einer langen und schweren Geburt schenkte sie Prinz Baelon einen dritten Sohn, einen Jungen, den sie nach dem Eroberer Aegon nannten. »Sie nennen mich Baelon den Tapferen«, sagte der Prinz zu seiner Gemahlin, als er an ihrem Bett saß, »aber du bist viel tapferer als ich. Ich würde lieber in ein Dutzend Schlachten ziehen, als zu tun, was du gerade geschafft hast.« Alyssa lachte ihn aus. »Du wurdest für Schlachten erschaffen und ich zum Gebären. Viserys und Daemon und Aegon, das sind drei. Sobald es mir besser geht, machen wir den nächsten. Ich will dir zwanzig Söhne schenken. Dein ganz persönliches Heer!«

Es sollte nicht sein. Alyssa Targaryen besaß das Herz eines Kriegers, aber den Körper einer Frau, und ihre Kraft versiegte. Von Aegons Geburt erholte sie sich nie wieder ganz und starb noch vor Jahresende im Alter von nur vierundzwanzig Jahren. Auch Prinz Aegon überlebte sie nicht lange. Er starb ein halbes Jahr darauf, noch vor seinem ersten Namenstag. Der Verlust erschütterte Baelon, doch er fand Trost in den beiden starken Söhnen, die sie ihm hinterlassen hatte, Viserys und Daemon, und hielt das Andenken seiner süßen Gemahlin mit der gebrochenen Nase und den verschiedenfarbigen Augen stets in Ehren.

Und jetzt müssen wir, so fürchte ich, unsere Aufmerksamkeit einem der beunruhigendsten und geschmacklosesten Kapitel in der langen Herrschaft von König Jaehaerys und Königin Alysanne

widmen: der Sache mit ihrem neuntgeborenen Kind, der Prinzessin Saera.

Geboren im Jahre 67 n.A.E., drei Jahre nach Daella, verfügte Saera über all den Mut, an dem es ihrer Schwester mangelte, und zudem über eine unstillbare Gier … nach Milch, nach Essen, nach Zuneigung, nach Lob. Als Säugling hatte sie nicht geweint, sondern geschrien, und ihr ohrenbetäubendes Kreischen wurde der Schrecken aller Zofen im Roten Bergfried. »Sie will, was sie will, und sie will es sofort«, schrieb Großmaester Elysar im Jahr 69 über die Prinzessin, als sie zwei Jahre alt war. »Sieben schützt uns, wenn sie älter wird. Die Drachenhüter sollten die Drachen besser gut wegsperren.« Er hatte keine Ahnung, wie prophetisch seine Worte waren.

Septon Barth war nachdenklicher, als er im Jahre 79 über die damals zwölfjährige Prinzessin schrieb: »Sie ist die Tochter des Königs und sich dessen nur zu bewusst. Diener kümmern sich um alles, was sie wünscht, aber nicht immer so *schnell*, wie sie es wünscht. Große Lords und stattliche Ritter begegnen ihr mit ausgesuchter Höflichkeit, die Hofdamen fügen sich ihr, die Mädchen ihres Alters wetteifern darum, ihre Freundschaft zu gewinnen. Das alles ist für Saera selbstverständlich. Wenn sie die Erstgeborene des Königs wäre oder, besser noch, sein einziges Kind, wäre sie sehr zufrieden. Stattdessen ist sie die Neuntgeborene, und sechs Geschwister, die älter sind als sie, leben noch und werden noch mehr bewundert. Aemon wird einst König werden, Baelon wird höchstwahrscheinlich seine Hand, Alyssa wird alles, was ihre Mutter ist oder noch viel mehr, Vaegon ist gelehrter als sie, Maegelle ist heiliger, und Daella … Vergeht je ein Tag, an dem Daella nicht getröstet werden muss? Und während man sich um Daella kümmert, wird Saera vernachlässigt. Sie ist so ein wildes kleines Ding, sagen sie, sie muss nicht getröstet werden. Aber hier unterliegen sie einem Irrtum, fürchte ich. Alle Menschen brauchen Trost.«

Aerea Targaryen galt als wild und eigensinnig, weil sie zum Ungehorsam neigte, doch im Vergleich zu Prinzessin Saera in ihrer Kindheit war sie ein Muster an Schicklichkeit. Junge Menschen können oft die Grenze zwischen unschuldigen Streichen, übermütigem Unfug und reiner Boshaftigkeit nicht erkennen, doch es besteht kein Zweifel daran, dass die Prinzessin diese Grenze häufig übertrat. Sie versteckte immer wieder Katzen im Zimmer ihrer Schwester Daella, weil sie wusste, wie sehr sie sich davor fürchtete. Einmal füllte sie Daellas Nachttopf mit Bienen. Im Alter von zehn Jahren schlich sie in den Turm der Weißen Schwerter, stahl alle weißen Mäntel, die sie finden konnte, und färbte sie rosa. Mit sieben lernte sie, wann und wie man sich in die Küchen stehlen musste, um Kuchen, Torten und andere Köstlichkeiten zu stibitzen. Ehe sie elf war, stahl sie Wein und Bier. Mit zwölf kam sie in der Regel betrunken zum Gebet in die Septe.

Der schwachsinnige Narr des Königs, Tom Rübe, wurde zum Opfer vieler ihrer Streiche und ihr unfreiwilliger Handlanger bei anderen. Einmal, vor einem großen Fest, zu dem viele Lords und edle Damen geladen waren, überredete sie Tom, dass es doch viel lustiger wäre, wenn er nackt aufträte. Das kam nicht gut an. Später kam sie auf die viel grausamere Idee, ihm einzureden, er würde König sein, wenn er nur auf den Eisernen Thron stiege, doch der Narr war im besten Falle ungeschickt und zuckte außerdem häufig, sodass ihm der Thron Arme und Beine zerschnitt. »Sie ist ein böses Kind«, sagte ihre Septa später über sie. Prinzessin Saera hatte ein halbes Dutzend Septas verschlissen und ebenso viele Zofen, ehe sie dreizehn Jahre alt wurde.

Damit soll nicht gesagt sein, dass die Prinzessin keine guten Seiten gehabt hätte. Ihre Maester bescheinigten ihr große Klugheit, und auf ihre Weise war sie ebenso intelligent wie ihr Bruder Vaegon. Auch war sie ein hübsches Mädchen, größer als ihre Schwester Daella und nicht halb so zart, sondern stark und flink und mutig wie ihre Schwester Alyssa. Wenn sie charmant sein wollte, konnte man ihr nichts abschlagen. Ihre großen Brüder Aemon und Baelon amüsierten sich über ihren »Unfug« (wurden allerdings auch nicht Zeugen ihrer schlimmsten Untaten), und noch ehe sie halb erwachsen war, hatte Saera gelernt, wie sie ihren Vater dazu bringen konnte, ihr alle Wünsche zu erfüllen: ein Kätzchen, einen Hund, ein Pony, einen Falken, ein Pferd (auf den Elefanten ließ sich Jaehaerys dann aber doch nicht ein). Königin Alysanne ließ sich allerdings nicht so leicht betören, und wie wir von Septon Barth erfahren, hegten Saeras Schwestern alle in unterschiedlichem Ausmaß eine Abneigung gegen sie.

Die Jungfrauenzeit stand ihr gut an, und nach ihrem ersten Erblühen zeigte Saera, was in ihr steckte. Nach allem, was der König und die Königin mit Daella durchgemacht hatten, müssen sie erleichtert gewesen sein, als sie sahen, wie bereitwillig sich Saera für die jungen Männer am Hofe erwärmte, und diese auch für sie. Mit dreizehn Jahren sagte sie dem König, sie wolle den Fürsten von Dorne heiraten, oder vielleicht auch den König-jenseits-der-Mauer, sodass sie eine Königin sein könne »wie Mutter«. In jenem Jahr kam ein Händler von den Sommerinseln an den Hof. Anders als Daella rannte Saera nicht schreiend davon, sondern verkündete, sie würde auch ihn gern heiraten.

Mit vierzehn Jahren hatte sie solche Träumereien hinter sich. Warum sollte sie von fernen Monarchen träumen, wenn sie so viele Knappen, Ritter und geeignete Lords haben konnte, wie sie nur wollte? Dutzende scharwenzelten um sie herum, doch drei wurden bald zu ihren Favoriten. Jonah Muton war der Erbe von Jungfernteich, der Rote Roy Connington war der fünfzehnjährige Lord vom Greifenhorst, und Braxten Biengraben, genannt »der Stecher«, war ein neunzehnjähriger Ritter, die beste Lanze der Weite und Erbe von Honigstock. Die Prinzessin hatte auch Favoritinnen: Perianne Moor und Alys Drehbeer, zwei Mädchen in ihrem Alter, wurden ihre engsten Freundinnen. Saera nannte sie »Hübsche Peri« und »Süße Beere«. Ein halbes Jahr lang waren die drei jungen Edelmänner und die drei Mädchen bei jedem Fest und jedem Ball unzertrennlich. Sie jagten und beizten auch zusammen und segelten einmal über die Schwarzwasserbucht nach Drachenstein. Wenn sich die drei Lords zum Ringreiten oder zum Schwertkampf auf dem Hof trafen, kamen die drei Mädchen, um sie anzufeuern.

König Jaehaerys, der unermüdlich Lords oder Gesandte von jenseits der Meerenge unterhalten musste, die zu Besuch kamen, am Ratstisch saß oder weitere Straßen plante, war sehr zufrieden. Sie würden nicht das ganze Reich absuchen müssen, um eine gute Partie für Saera zu finden, wenn drei so vielversprechende Männer bereits vor Ort waren. Königin Alysanne war skeptischer. »Saera ist klug, aber nicht weise«, sagte sie dem König. Sie hielt Lady Perianne und Lady Alys für hübsche, aber einfältige und strohdumme Närrinnen und Connington und Muton für grüne Jungen. »Und diesen Stecher mag ich überhaupt nicht. Er soll in der Weite schon einen Bastard gezeugt haben und hier in Königsmund einen zweiten.«

Jaehaerys machte sich trotzdem keine Sorgen. »Solange Saera mit keinem von ihnen allein ist, kann doch nichts passieren. Es sind immer Leute dabei, Diener und Mägde, Stallburschen und Waffenknechte. Was sollen sie denn anstellen, wenn sie von allen Seiten beobachtet werden?«

Als er die Antwort auf diese Frage erhielt, gefiel sie ihm ganz und gar nicht.

Es war einer von Saeras Streichen, der ihnen das Genick brach. An einem warmen Frühlingsabend im Jahre 84 wurden zwei Männer der Stadtwache auf Rufe und Schreie aus einem Bordell aufmerksam, der Blauen Perle. Das Geschrei veranstaltete Tom Rübe, der hilflos im Kreis lief und einem halben Dutzend nackter Huren zu entkommen suchte, während die Gäste des Hauses schallend lachten und die Huren anfeuerten. Jonah Muton, der Rote Roy Connington und der Stecher Biengraben gehörten zu diesen Gästen, einer betrunkener als der andere. Sie hatten es für lustig gehalten, der alten Rübe dabei zuzuschauen, gab der Rote Roy zu. Dann lachte Jonah Muton und sagte, die ganze Sache sei Saeras Idee gewesen und was für ein gewitztes Mädchen sie doch sei.

Die Wachen retteten den unglücklichen Narren und geleiteten ihn in den Roten Bergfried zurück. Die drei jungen Edelmänner wurden vor Ser Robert Rothweyn, ihren Kommandanten, gebracht. Ser Robert überstellte sie dem König und ignorierte die Drohungen des Stechers und Conningtons unbeholfene Bestechungsversuche.

»Es ist nie angenehm, eine Eiterbeule aufzustechen«, schreibt Großmaester Elysar über den Vorfall. »Man weiß nie, wie viel Eiter herauskommen oder wie übel es stinken wird.« Der Eiter, der aus der Blauen Perle kam, sollte sehr übel stinken.

Die drei betrunkenen Edelmänner waren schon ein wenig ausgenüchtert, als sie dem König vorgeführt wurden, der auf dem Eisernen Thron saß. Sie versuchten die Sache abzutun und gestanden, sich mit Tom Rübe davongemacht und ihn in die Blaue Perle gebracht zu haben. Keiner von ihnen erwähnte Prinzessin Saera auch nur mit einem Wort. Als Seine Gnaden Muton befahl zu wiederholen, was er über die Prinzessin gesagt hatte, errötete er, stotterte und behauptete, die Wachen hätten ihn falsch verstanden. Jaehaerys befahl schließlich, die drei Männer in den Kerker zu werfen. »Sollen sie heute Nacht in einer Schwarzen Zelle schlafen, dann erzählen sie morgen vielleicht eine andere Geschichte.«

Es war Königin Alysanne, die wusste, wie nahe Lady Perianne und Lady Alys den drei Männern standen, und so schlug sie vor, dass auch die Mädchen befragt werden sollten. »Lass mich mit ihnen reden, Euer Gnaden. Wenn sie dich auf dem Eisernen Thron sehen, wie du sie von oben böse anstarrst, werden sie es so mit der Angst bekommen, dass sie kein Wort herausbringen.«

Es war schon spät, und als die Wachen sie fanden, schliefen die beiden Mädchen bereits zusammen in einem Bett in Lady Periannes Gemächern. Die Königin ließ sie zu sich in ihr Solar bringen. Ihre drei jungen Verehrer säßen im Kerker, erzählte sie den Mädchen. Wenn sie ihnen nicht Gesellschaft leisten wollten, müssten sie ihr die Wahrheit erzählen. Mehr brauchte sie nicht zu sagen. Die Süße Beere und die Hübsche Peri überschlugen sich vor Eifer zu gestehen. Kurz darauf weinten sie und flehten um Vergebung. Königin Alysanne ließ sie flehen und sagte kein Wort. Sie hörte zu, wie sie schon bei einhundert Frauenhöfen zugehört hatte. Und Ihre Gnaden konnte gut zuhören.

Am Anfang sei es nur ein Spiel gewesen, sagte die Hübsche Peri. »Saera hat Alys das Küssen beigebracht, also fragte ich sie, ob sie es mir auch beibringen könnte. Die Jungen üben jeden Morgen Kämpfen, warum sollten wir also nicht Küssen üben? Dafür sind Mädchen doch da, oder?« Die Süße Beere Alys stimmte zu. »Das Küssen war schön«, sagte sie, »und eines Nachts haben wir uns geküsst, als wir schon ausgezogen waren, das war unheimlich, aber aufregend. Wir wechselten uns damit ab, die Jungen zu spielen. Wir wollten ja nichts Schlimmes tun, wir haben nur gespielt. Dann forderte Saera mich auf, einen richtigen Jungen zu küssen, und ich forderte Peri auf, und wir beide forderten Saera auf, aber sie sagte, sie würde noch einen draufsetzen und einen erwachsenen Mann küssen, einen Ritter. So hat es mit Roy und Jonah und dem Stecher angefangen.« An der Stelle erzählte Lady Perianne weiter und sagte, danach hätten sie nur noch mit dem Stecher weiter geübt. »Er hat zwei Bastarde«, flüsterte sie. »Einen in der Weite und einen hier in der Straße der Seide. Die Mutter des Mädchens ist eine Hure in der Blauen Perle.«

Es war nicht das einzige Mal, dass die Blaue Perle erwähnt wurde. »Ironischerweise wusste keines der Weiber auch nur das Geringste über den armen Tom Rübe«, sollte Großmaester Elysar später schreiben, »aber sie wussten eine Menge über andere Dinge, die nicht ihr Fehler waren.«

»Wo waren Eure Septas während all dieser Zeit?«, wollte die Königin wissen, nachdem sie die beiden angehört hatte. »Wo waren Eure Zofen? Und die Männer, sie hätten doch eigentlich auch in Begleitung sein müssen? Wo waren ihre Burschen, ihre Waffenknechte, ihre Diener?«

Diese Frage verwirrte Lady Perianne. »Wir haben ihnen gesagt, sie sollten draußen warten«, antwortete sie in einem Tonfall, als würde sie erklären, dass die Sonne im Osten aufgeht. »Sie sind Diener, und sie tun, was wir ihnen sagen. Die, die etwas wussten, hielten den Mund. Stecher hat gedroht, er würde ihnen die Zungen herausreißen lassen, wenn sie reden. Und Saera ist klüger als die Septas.«

In diesem Augenblick verlor die Süße Beere die Fassung und schluchzte und zerriss ihren Schlafrock. Es tue ihr so leid, sagte sie der Königin, sie habe doch kein schlechtes Mädchen sein wollen, Stecher habe sie gezwungen, und Saera habe gesagt, sie sei ein Feigling, also habe sie es ihnen gezeigt, und jetzt sei sie schwanger und wisse nicht, wer der Vater sei, und *was solle sie jetzt tun*?

»Heute Nacht könnt Ihr gar nichts mehr tun, außer ins Bett zu gehen«, sagte Königin Alysanne. »Morgen schicken wir Euch eine Septa, und dann könnt Ihr alle Eure Sünden beichten. Die Mutter wird Euch vergeben.«

»*Meine* Mutter aber nicht«, sagte Alys Drehbeer, aber sie ging, wie ihr befohlen wurde. Lady Perianne begleitete ihre schluchzende Freundin zurück in ihre Gemächer.

Als die Königin dem König erzählte, was sie in Erfahrung gebracht hatte, wollte Jaehaerys ihr kein Wort glauben. Wachen wurden ausgeschickt, und nacheinander wurde eine Reihe von Knappen, Burschen und Mägden zur Befragung vor den Eisernen Thron gezerrt. Viele landeten bei ihren Herren im Kerker, nachdem man ihre Antworten gehört hatte. Als der letzte abgeführt wurde, graute bereits der Morgen. Erst da ließen der König und die Königin nach Prinzessin Saera schicken.

Die Prinzessin wusste zweifellos, dass irgendetwas nicht stimmte, als der Lord Kommandant der Königsgarde und der Kommandant der Stadtwache gemeinsam erschienen, um sie in den Thronsaal zu geleiten. Es war nie ein gutes Zeichen, wenn der König einen auf dem Eisernen Thron empfing. Die große Halle war so gut wie leer, als sie hereingeführt wurde. Nur Großmaester Elysar und Septon Barth waren als Zeugen gerufen worden. Sie sprachen für die Zitadelle und die Sternensepte, und der König brauchte ihren Beistand, aber es würden wahrscheinlich Dinge ans Tageslicht kommen, von denen seine anderen Lords nichts zu wissen brauchten.

Oft heißt es, dass der Rote Bergfried keine Geheimnisse kenne, dass Ratten in den Mauern säßen, die alles hören und es den Schlafenden nachts in die Ohren flüstern. Vielleicht ist das so, denn als Prinzessin Saera vor ihren Vater trat, schien sie alles zu wissen, was in der Blauen Perle vorgefallen war, und wirkte nicht im Geringsten verlegen. »Ich habe ihnen gesagt, sie sollten das machen, aber ich hätte nie gedacht, dass sie es auch wirklich tun würden«, sagte sie leichthin. »Es muss aber lustig gewesen sein, wie Rübe mit den Huren getanzt hat.«

»Aber nicht für Tom«, sagte König Jaehaerys, vom Eisernen Thron herunter.

»Er ist ein Narr«, erwiderte Prinzessin Saera und zuckte die Schultern. »Narren sind dafür da, ausgelacht zu werden, was ist also schon schlimm daran? Rübe mag es, wenn man über ihn lacht.«

»Dieser Streich war grausam«, sagte Königin Alysanne, »aber es gibt andere Dinge, die mir mehr Sorgen bereiten. Ich habe mit deinen … Damen gesprochen. Weißt du, dass Alys Drehbeer schwanger ist?«

Erst jetzt begriff die Prinzessin, dass sie sich nicht wegen Tom Rübe zu verantworten hatte, sondern wegen viel schändlicherer Sünden. Einen Augenblick lang fehlten Saera die Worte, doch nur einen Augenblick lang. Dann holte sie tief Luft und sagte: »Meine Süße Beere? Wirklich? Sie … Oh, was hat sie nur angestellt? Oh, meine süße, kleine Närrin.« Wenn Septon Barths Zeugnis zutreffend ist, lief ihr eine Träne über die Wange.

Ihre Mutter ließ sich nicht beirren. »Du weißt ganz genau, was sie angestellt hat. Was ihr alle angestellt habt. Und jetzt wirst du uns die Wahrheit sagen, Kind.« Und als die Prinzessin ihren Vater ansah, fand sie auch dort kein Erbarmen. »Wenn du uns noch einmal anlügst, wird es dir nur noch schlimmer ergehen«, erklärte König Jaehaerys seiner Tochter. »Deine drei Galane sitzen im Kerker, wie du wissen solltest, und was du als Nächstes sagst, könnte darüber entscheiden, wo du diese Nacht schläfst.«

Da brach Saera zusammen, und die Worte sprudelten nur so aus ihr heraus, in einem unaufhörlichen Strom, in einer Flut, die der Prinzessin fast den Atem raubte. »Sie leugnete, redete sich heraus, wich aus, bereute, beschuldigte, rechtfertigte und wurde trotzig, und das alles innerhalb nur einer Stunde. Zwischendurch hielt sie inne, um zu kichern und zu weinen«, schreibt Septon Barth. »Sie hätte gar nichts angestellt, sie würden lügen, es wäre alles gar nicht passiert, wie könnten sie das nur glauben, es sei doch alles nur ein Spiel gewesen, ein Streich, wer habe das denn gesagt, und so habe es sich doch gar nicht zugetragen, jeder würde doch Küsse mögen, es täte ihr so leid, Peri habe damit angefangen, es habe solchen Spaß gemacht, es habe niemandem wehgetan, niemand habe ihr je gesagt, dass Küssen schlecht sei, die Süße Beere habe sie dazu aufgefordert, sie schäme sich so, Baelon habe Alyssa auch andauernd geküsst, und nachdem sie einmal angefangen hätte, habe sie nicht gewusst, wie sie aufhören solle, sie habe Angst vor dem Stecher, die Mutter Oben habe ihr vergeben, alle Mädchen würden das doch machen, beim ersten Mal sei sie betrunken gewesen, sie habe es eigentlich gar nicht tun wollen, die Männer wollten das doch, Maegelle habe gesagt, die Götter würden alle Süden vergeben, Jonah habe gesagt, er liebe sie, die Götter hätten ihr doch die Schönheit geschenkt, das sei doch nicht ihre Schuld, sie würde den Roten Roy Connington heiraten, sie müssten ihr vergeben, sie würde nie wieder einen Mann küssen oder eines dieser anderen Dinge tun, sie sei doch gar nicht schwanger, sie sei doch ihre Tochter, sie sei ihr kleines Mädchen, sie sei eine *Prinzessin*, und wenn sie Königin wäre, würde sie tun und lassen, was sie wolle, warum glaubten sie ihr nicht, sie hätten sie nie geliebt, sie hasste sie, sie könnten sie auspeitschen, wenn sie wollten, aber sie würde niemals ihre Sklavin sein. Die Tirade dieses Mädchens verschlug mir den Atem. Im ganzen Land gibt es keinen Mimen, der eine solche Vorstellung abliefern könnte, doch am Ende war sie erschöpft und hatte Angst, und ihre Maske verrutschte.«

»Was hast du getan?«, verlangte der König, als der Prinzessin schließlich die Worte ausgingen. »Sieben schützt uns, *was hast du getan*? Hast du einem dieser Jungen deine Jungfräulichkeit geschenkt? Sag mir die Wahrheit.«

»Die Wahrheit?«, fragte Saera. Mit diesem Wort, in diesem Augenblick, kam ihre ganze Verachtung heraus. »Nein. Ich habe sie allen drei geschenkt. Jeder denkt, er sei der Erste gewesen. Jungen sind so schrecklich dumm.«

Jaehaerys brachte vor Entsetzen kein Wort heraus, doch die Königin bewahrte die Fassung. »Du bist auch noch stolz darauf, wie ich sehe. Eine erwachsene Frau und erst fünfzehn Jahre alt. Sicher hältst du dich für sehr klug, aber es gibt einen Unterschied zwischen Klugheit und Weisheit. Was, glaubst du, wird jetzt geschehen, Saera?«

»Ich werde heiraten«, sagte die Prinzessin. »Und warum auch

nicht? Ihr habt auch in meinem Alter geheiratet. Ich werde mich vermählen und gebettet werden, aber wer soll der Glückliche sein? Jonah und Roy lieben mich beide, ich könnte einen von ihnen nehmen, aber sie sind beide noch Jungen. Der Stecher liebt mich nicht, aber er bringt mich zum Lachen und manchmal auch zum Schreien. Ich könnte sie alle drei heiraten, warum nicht? Warum sollte ich nur einen Gemahl haben? Der Eroberer hatte zwei Gemahlinnen, und Maegor sogar sechs oder acht.«

Sie war zu weit gegangen. Jaehaerys erhob sich und stieg vom Eisernen Thron. Sein Gesicht war vor Wut verzerrt. »Du vergleichst dich mit *Maegor*? Er ist es also, dem du nacheiferst?« Seine Gnaden hatte genug gehört. »Bringt sie zurück in ihr Schlafgemach«, befahl er seiner Königsgarde, »und haltet sie dort fest, bis ich erneut nach ihr schicke.«

Als die Prinzessin seine Worte hörte, lief sie auf ihn zu und rief: »Vater, Vater!«, aber Jaehaerys wandte ihr den Rücken zu, und Gil Morrigen packte sie am Arm und zog sie fort. Sie wollte nicht freiwillig mitkommen, und die Wachen mussten sie aus der Halle zerren, während sie weinte und schluchzte und nach ihrem Vater rief.

Selbst jetzt noch hätte König Jaehaerys Prinzessin Saera vielleicht noch verziehen und ihr erneut Wohlwollen entgegengebracht, berichtet Septon Barth, wenn sie getan hätte, was ihr aufgetragen wurde, und sie einfach in ihren Gemächern geblieben wäre, über ihre Sünden nachgedacht und im Gebet Vergebung erfleht hätte. Jaehaerys und Alysanne trafen sich am nächsten Tag mit Barth und Großmaester Elysar, um zu besprechen, wie mit den sechs Sündern zu verfahren sei, insbesondere mit der Prinzessin. Der König war wütend und unnachgiebig, denn er war tief beschämt und konnte Saeras höhnische Worte über die Gemahlinnen seines Onkels nicht vergessen. »Sie ist nicht mehr meine Tochter«, sagte er, und nicht nur einmal.

Königin Alysanne konnte nicht so hart sein. »Sie *ist* unsere Tochter«, sagte sie dem König. »Sie muss bestraft werden, ja, aber sie ist immer noch ein Kind, und wo Sünde ist, gibt es auch Erlösung.

Mein Herr, mein Geliebter, du hast dich mit den Lords versöhnt, die für unseren Onkel gekämpft haben, du hast den Männern vergeben, die mit Septon Mond geritten sind, du hast dich mit dem Glauben versöhnt und mit Lord Rogar, als er versuchte, uns zu trennen, und Aerea auf deinen Thron setzen wollte, da findest du doch sicherlich einen Weg, dich mit deiner eigenen Tochter zu versöhnen.«

Ihre Gnaden sprach leise und sanft, und ihre Worte bewegten Jaehaerys, berichtet Septon Barth. Alysanne war eigensinnig und unnachgiebig und hatte ihre eigene Art, den König auf ihre Seite zu ziehen, wie weit ihre Standpunkte zu Beginn auch auseinanderliegen mochten. Mit der Zeit hätte sie auch seine Ansichten über Saera gemildert.

Diese Zeit sollte sie jedoch nicht bekommen. In eben jener Nacht besiegelte Prinzessin Saera ihr Schicksal. Anstatt in ihren Gemächern zu bleiben, wie ihr befohlen worden war, schlich sie sich davon, als sie den Abtritt aufsuchte, zog sich die Kleider eines Waschweibs an, stahl ein Pferd aus den Stallungen und floh aus der Burg. Sie durchquerte die halbe Stadt bis zu Rhaenys' Hügel, wo sie versuchte, in die Drachengrube einzudringen, wurde aber von den Drachenhütern entdeckt und ergriffen und in den Roten Bergfried zurückgebracht.

Alysanne weinte, als sie das hörte, denn sie wusste, jetzt war ihre Sache verloren. Jaehaerys war so hart wie Stein. »Saera mit einem Drachen?«, sagte er. »Ich frage mich, ob sie auch Balerion genommen hätte.« Dieses Mal durfte die Prinzessin nicht in ihre Gemächer zurückkehren. Stattdessen wurde sie in eine Turmzelle gesperrt, und Jonquil Finster bewachte sie Tag und Nacht, auch auf dem Abtritt.

Für ihre sündigen Freundinnen wurden hastig Ehen arrangiert. Perianne Moor, die nicht schwanger war, wurde mit Jonah Muton verheiratet. »Ihr habt Anteil daran, dass sie gefallen ist, also werdet Ihr auch dabei helfen, dass sie wieder auf die Beine kommt«, sagte der König zu dem jungen Erben. Die Ehe war ein Erfolg, und schließlich wurden sie Lord und Lady von Jungfernteich. Alys Drehbeer, die schwanger *war*, verlangte schon etwas mehr Zutun, zumal der Rote Roy Connington sich weigerte, sie zu heiraten. »Niemals ziehe ich den Bastard des Stechers als meinen Sohn auf, und ich erkläre ihn schon gar nicht zum Erben von Greifenhorst«, trotzte er dem König. Stattdessen wurde die Süße Beere ins Grüne Tal geschickt, wo sie im Mutterhaus auf der Insel in Möwenstadt, in dem viele Lords uneheliche Mädchen erziehen ließen, einem Mädchen das Leben schenkte (mit hellrotem Haar). Danach heiratete sie Dunstan Pryor, den Lord vom Kiesel, einer Insel vor der Küste der Finger.

Connington wurde vor die Wahl gestellt, lebenslang in der Nachtwache zu dienen oder zehn Jahre ins Exil zu gehen. Wenig überraschend entschied er sich für das Exil und ging über die Meerenge nach Pentos und dann nach Myr, wo er sich Söldnern und anderer schlechter Gesellschaft anschloss. Ein halbes Jahr, ehe er nach Westeros hätte zurückkehren können, wurde er von einer Hure in einer myrischen Spielhölle erstochen.

Die härteste Strafe ereilte Braxten Biengraben, den jungen, stolzen Ritter, den man den Stecher nannte. »Ich könnte Euch kastrieren lassen und zur Mauer schicken«, erklärte Jaehaerys ihm. »So habe ich Ser Lucamor bestraft, und der war ein besserer Mann als Ihr. Ich könnte Eurem Vater Länder und Burg nehmen, aber das wäre nicht gerecht. Ihn trifft keine Schuld an dem, was Ihr getan habt, und auch Eure Brüder nicht. Andererseits können wir nicht zulassen, dass Ihr Geschichten über meine Tochter verbreitet, daher beabsichtigen wir, Euch die Zunge herausreißen zu lassen. Und Eure Nase werden wir Euch ebenfalls abschneiden, denke ich, dann dürfte es Euch nicht mehr so leichtfallen, junge Mädchen zu verführen. Da Ihr auch viel zu stolz auf Euer Geschick im Umgang mit Schwert und Lanze seid, werden wir Euch auch das nehmen und Euch Arme und Beine brechen, und meine Maester werden dafür Sorge tragen, dass die Knochen schief zusammenwachsen. Ihr werdet den Rest Eures armseligen Lebens als Krüppel verbringen. Es sei denn …«

»Es sei denn?« Biengraben war kreidebleich. »Habe ich denn eine Wahl?«

»Jeder Ritter, der einer Missetat beschuldigt wird, hat eine Wahl«, erinnerte der König ihn. »Ihr könnt Eure Unschuld beweisen, indem Ihr Euer Leben dafür einsetzt.«

»Dann wähle ich das Urteil über den Zweikampf«, sagte der Stecher. Allen Berichten zufolge war der junge Mann sehr arrogant und von seinen Fähigkeiten im Umgang mit den Waffen überzeugt. Er sah die sieben Ritter der Königsgarde in ihren langen weißen Mänteln und ihren glänzenden Schuppenrüstungen vor dem Eisernen Thron stehen. »Gegen welchen von diesen alten Männern soll ich kämpfen?«

»Gegen diesen alten Mann hier«, verkündete Jaehaerys Targaryen, »gegen den Mann, dessen Tochter Ihr verführt und geschändet habt.«

Sie trafen sich am nächsten Tag im Morgengrauen. Der Erbe von Honigstock war neunzehn Jahre alt, der König siebenundvierzig, aber noch längst kein alter Mann. Biengraben wählte als Waffe den Morgenstern, vielleicht, weil er glaubte, Jaehaerys habe weniger Erfahrung damit, sich gegen diese Waffe zu verteidigen. Der König trug Schwarzfeuer. Beide hatten gute Rüstungen angelegt und trugen Schilde. Als der Kampf begann, stürzte sich der Stecher wild auf Seine Gnaden, versuchte ihn mit der Schnelligkeit und Kraft der Jugend zu überwältigen und ließ seine Stachelkugel wirbeln und tanzen und singen. Jaehaerys wehrte jeden Hieb mit dem Schild ab und beschränkte sich auf die Verteidigung, während sich der jüngere Mann verausgabte. Schon bald konnte Braxten Biengraben kaum noch den Arm heben, und dann ging der König zum Angriff über. Selbst das beste Kettenhemd kann valyrischem Stahl nur schwer widerstehen, und Jaehaerys wusste genau, wo die Schwachstellen waren. Der Stecher blutete aus einem halben Dutzend Wunden, als er schließlich zu Boden ging. Jaehaerys stieß den verbeulten Schild mit dem Fuß zur Seite, öffnete das Visier seines Gegners, setzte Schwarzfeuer auf dessen Auge und trieb die Klinge tief hinein.

Königin Alysanne wohnte dem Duell nicht bei. Sie fand die Vorstellung, der König könne dabei sterben, unerträglich. Prinzessin Saera schaute vom Fenster ihrer Zelle aus zu. Jonquil Finster, ihre Kerkermeisterin, sorgte dafür, dass sie sich nicht abwandte.

Vierzehn Tage später übergaben Jaehaerys und Alysanne eine weitere Tochter dem Glauben. Prinzessin Saera, noch keine sechzehn Jahre alt, verließ Königsmund und brach nach Altsass auf, wo ihre Schwester Septa Maegelle ihre Unterweisung übernehmen sollte. Es wurde bekannt gegeben, dass sie Novizin bei den Schweigenden Schwestern werden würde.

Septon Barth, der den König besser kannte als die meisten, sollte später behaupten, das Urteil sei eigentlich als Lektion gedacht gewesen. Niemand verwechselte Saera mit ihrer Schwester Maegelle, und schon gar nicht ihr Vater. Sie würde nie eine Septa werden, geschweige denn eine Schweigende Schwester, aber sie hatte eine Strafe verdient, und man war der Ansicht, ein paar Jahre in stillem Gebet, mit harter Disziplin und in Andacht würden sie auf den Pfad der Besserung führen.

Diesen Pfad wollte Saera Targaryen allerdings nicht einschlagen. Die Prinzessin ertrug das Schweigen, die kalten Bäder, die kratzigen grobgewebten Kleider, das fleischlose Essen. Sie ließ sich den Kopf scheren und sich mit Rosshaarbürsten abschrubben, und wenn sie ungehorsam war, ertrug sie auch den Stock. Das alles ließ sie über sich ergehen, anderthalb Jahre lang … doch als sich ihr im Jahr 83 eine Gelegenheit bot, ergriff sie diese und floh mitten in der Nacht aus dem Mutterhaus. Eine ältere Schwester, die sie bei der Flucht erwischte, wurde von Saera die Treppe hinuntergestoßen, und Saera sprang über sie hinweg zur Tür hinaus und machte sich zum Hafen auf.

Als die Nachricht von ihrer Flucht in Königsmund eintraf, nahm man an, Saera verstecke sich irgendwo in Altsass, doch Lord Hohenturms Männer durchkämmten die ganze Stadt von Tür zu Tür, ohne eine Spur von ihr zu finden. Dann dachte man, sie sei vielleicht unterwegs zum Roten Bergfried, um ihren Vater um Vergebung zu bitten. Da sie auch dort nicht erschien, fragte sich der König, ob sie vielleicht zu einer ihrer früheren Freundinnen geflohen war, also bat man Jonah Muton und seine Gemahlin Perianne, in Jungfernteich nach ihr Ausschau zu halten. Die Wahrheit kam erst ein Jahr später ans Licht, als die ehemalige Prinzessin in einem Lustgarten in Lys gesehen wurde, immer noch in ihrer Novizinnentracht. Königin Alysanne weinte, als sie das hörte. »Sie haben unsere Tochter zu einer Hure gemacht«, sagte sie. »Sie war schon immer eine«, erwiderte der König.

Im Jahre 84 n.A.E. feierte Jaehaerys Targaryen seinen fünfzigsten Namenstag. Die Zeit hatte ihren Tribut gefordert, und die, die ihn gut kannten, sagten, er sei nicht mehr derselbe gewesen, nachdem seine Tochter Saera ihm erst solche Schande bereitet hatte und dann weggelaufen war. Er war dünner geworden, fast hager, und in seinem Bart und seinem Haar fand sich mehr Grau als Gold. Zum ersten Mal nannten die Menschen ihn »den Alten König« und nicht mehr »den Schlichter«. Alysanne war schwer gezeichnet von den Verlusten, die sie erlitten hatte, zog sich mehr und mehr aus der Regierung des Reiches zurück und nahm auch nur noch selten an den Ratssitzungen teil, doch Jaehaerys hatte immer noch seinen treuen Septon Barth und seine Söhne. »Wenn es noch einen Krieg gibt«, sagte er zu den beiden, »werdet Ihr ihn austragen müssen. Ich muss meine Straßen fertigbauen.«

»Er konnte besser Straßen bauen als Töchter erziehen«, sollte Großmaester Elysar später in seinem gewohnt gehässigen Stil schreiben.

Im Jahre 86 verkündete Königin Alysanne die Verlobung ihrer Tochter Viserra, die fünfzehn Jahre alt war, mit Theomor Manderly, dem grimmigen alten Lord von Weißwasserhafen. Die Heirat bedeute viel und noch viel mehr für die Einheit des Reiches, erklärte der König, weil dadurch eines der großen Häuser des Nordens mit dem Eisernen Thron verbunden werde. Lord Theomor hatte in seiner Jugend große Berühmtheit als Krieger erlangt und sich als geschickter Lord erwiesen, unter dessen Herrschaft Weißwasserhafen florierte. Königin Alysanne mochte ihn ebenfalls sehr gern und erinnerte sich an das freundliche Willkommen, das er ihr bei ihrem ersten Besuch im Norden bereitet hatte.

Der Lord von Weißwasserhafen hatte jedoch bereits vier Gemahlinnen überlebt und, obgleich noch ein kühner Kämpfer, sehr an Gewicht zugelegt, und das war in den Augen von Prinzessin Viserra nicht gerade eine Empfehlung. Sie hatte einen anderen Mann im Sinn gehabt. Schon als kleines Mädchen war Viserra die schönste Tochter der Königin gewesen. Große Lords, berühmte Ritter und grüne Jungen hatten sie ihr ganzes Leben lang umschwärmt und ihre Eitelkeit angefacht. Ihr größter Spaß im Leben bestand darin, einen Jungen gegen den anderen auszuspielen und die Jünglinge zu törichten Wettbewerben und Unternehmungen zu verleiten. Um ein Unterpfand ihrer Gunst bei einem Tjost tragen zu dürfen, ließ sie ihre Bewunderer den Schwarzwasser durchschwimmen, den Turm der Hand erklimmen oder alle Raben im Rabenschlag freilassen. Einmal nahm sie sechs Jungen in die Drachengrube mit und sagte ihnen, sie würde demjenigen ihre Jungfräulichkeit schenken, der seinen Kopf in ein Drachenmaul legte. Die Götter hatten an jenem Tag ein Einsehen, und die Drachenhüter beendeten das unselige Treiben.

Kein Knappe würde Viserra je erobern, das wusste Königin Alysanne, nicht ihr Herz und schon gar nicht ihre Jungfräulichkeit. Sie war viel zu schlau, um den gleichen Pfad einzuschlagen wie ihre Schwester Saera. »An Kussspielen und an Jungen hat sie kein Interesse«, erzählte die Königin Jaehaerys. »Sie spielt mit ihnen wie mit ihren Welpen, aber sie würde genauso wenig bei ihnen liegen wie bei einem Hund. Unsere Viserra hat höhere Ziele. Ich habe gesehen, wie sie sich herausputzt und herumtänzelt, wenn Baelon in der Nähe ist. Das ist der Gemahl, den sie begehrt, aber nicht aus Liebe. Sie will Königin werden.«

Prinz Baelon war vierzehn Jahre älter als Viserra, neunundzwanzig (und sie erst fünfzehn), aber schon oft hatten ältere Lords jüngere Mädchen geheiratet, wie sie nur zu gut wusste. Prinzessin Alyssa war vor zwei Jahren gestorben, doch Baelon hatte noch kein Interesse an einer anderen Frau gezeigt. »Er hat eine Schwester geheiratet, warum nicht noch eine zweite?«, sagte Viserra zu ihrer besten Freundin, der strohdummen Beatrix Butterquell. »Ich bin *viel* schöner, als es Alyssa je war. Sie hatte *eine gebrochene Nase*.«

Falls die Prinzessin entschlossen war, ihren Bruder zu heiraten, war die Königin ähnlich entschlossen, diese Ehe zu verhindern. Ihre Antwort lautete Lord Manderly von Weißwasserhafen. »Theomor ist ein guter Mann«, erklärte Alysanne ihrer Tochter, »ein weiser Mann mit gütigem Herzen und einem guten Kopf auf den Schultern. Sein Volk liebt ihn.«

Die Prinzessin überzeugte das nicht. »Wenn Ihr ihn so gernhabt, Mutter, dann heiratet Ihr ihn doch«, sagte sie, ehe sie zu ihrem Vater lief und sich beklagte. Jaehaerys war ihr kein Trost. »Das ist eine gute Partie«, sagte er, ehe er hervorhob, wie wichtig es sei, den Norden enger an den Eisernen Thron zu binden. Heiraten seien auf jeden Fall die Sache der Königin, sagte er, er mische sich da nicht ein.

Niedergeschlagen wandte sich Viserra danach an ihren Bruder Baelon, wenn man den Gerüchten am Hofe glauben darf, in der Hoffnung, er würde sie retten. Sie schlich sich an seinen Wachen vorbei in sein Schlafgemach, zog sich aus und wartete auf ihn, wobei sie sich reichlich am Wein des Prinzen bediente. Als Prinz Baelon schließlich kam, fand er sie betrunken und nackt in seinem Bett und schickte sie hinaus. Die Prinzessin war so unsicher auf den Beinen, dass sie von zwei Zofen und einem Ritter der Königsgarde gestützt werden musste, um sicher in ihre Gemächer zurückzukehren.

Wie der geistige Wettstreit zwischen Königin Alysanne und ihrer eigensinnigen fünfzehnjährigen Tochter am Ende ausgegangen wäre, werden wir nie erfahren. Nicht lange nach dem Vorfall in Baelons Schlafgemach, während die Königin bereits Vorbereitungen für Viserras Abreise traf, tauschte die Prinzessin die Kleider mit einer ihrer Zofen und entschlüpfte den Wachen, die sie aus allen Schwierigkeiten heraushalten sollten. Sie verließ den Roten Bergfried, um »noch eine letzte Nacht der Freude zu erleben, ehe ich mich im Norden zu Tode friere«.

Ihre Begleitung bestand aus lauter Männern, zwei kleinen Lords und vier jungen Rittern, die, alle grün wie Frühlingsgras, um Viserras Gunst buhlten. Einer von ihnen schlug vor, der Prinzessin Teile der Stadt zu zeigen, die sie noch nie gesehen hatte: die Suppenküchen und Rattengruben von Flohloch, die Wirtshäuser in der Aalgasse und der Flussgasse, wo die Schankmägde auf den Tischen tanzten, und die Bordelle in der Straße der Seide. Bier, Met und Wein gehörten zu den Vergnügungen des Abends, und Viserra sprach ihnen ausgiebig zu.

Irgendwann gegen Mitternacht entschieden die Prinzessin und ihre verbliebenen Begleiter (einige der Ritter hatten sich bereits bis zur Bewusstlosigkeit betrunken), ein Rennen zurück zur Burg zu veranstalten. Ein wilder Ritt durch die Straßen der Stadt folgte, und die Königsmunder sprangen aus dem Weg, um nicht niedergeritten zu werden. Gelächter schallte durch die Nacht, und die Stimmung der Reiter war hervorragend, bis sie den Fuß von Aegons Hohem Hügel erreichten, wo Viserras Zelter mit einem der anderen Pferde zusammenprallte. Die Stute des Ritters kam zu Fall, der Mann geriet unter das Pferd und brach sich das Bein. Die Prinzessin wurde aus dem Sattel geschleudert und prallte mit dem Kopf voran gegen eine Mauer. Dabei brach sie sich das Genick.

Es war die Stunde des Wolfes, die dunkelste Stunde der Nacht, als Ser Ryam Rothweyn von der Königsgarde den König und die Königin wecken musste, um ihnen mitzuteilen, dass ihre Tochter tot in einer Gasse am Fuß von Aegons Hohem Hügel lag.

Trotz der Schwierigkeiten mit Prinzessin Viserra war der Verlust ihrer Tochter für die Königin niederschmetternd. Innerhalb von nur fünf Jahren hatten die Götter ihr drei ihrer Töchter geraubt: Daella im Jahr 82, Alyssa im Jahr 84 und Viserra im Jahr 87. Auch Prinz Baelon war zutiefst erschüttert und fragte sich verzweifelt, ob er seine Schwester in der Nacht, als er sie nackt in seinem Bett fand, weniger schroff hätte zurückweisen sollen. Obgleich er und Aemon in der Zeit der Trauer eine Stütze für den König und die Königin waren, zusammen mit Aemons Gemahlin Lady Joslyn und ihrer Tochter Rhaenys, suchte Alysanne vor allem bei ihren noch lebenden Töchtern Trost.

Maegelle war dreiundzwanzig Jahre alt und Septa und nahm für den Rest des Jahres Urlaub, um ihrer Mutter beizustehen, und Prinzessin Gael, ein süßes, schüchternes Mädchen von sieben Jahren, wurde zum allgegenwärtigen Schatten ihrer Mutter, unterstützte sie und schlief sogar bei ihr im Bett. Die Königin zog Kraft aus ihrer Anwesenheit … und trotzdem kehrten ihre Gedanken immer häufiger zu der Tochter zurück, die nicht bei ihr war. Obgleich Jaehaerys es verboten hatte, widersetzte sich Alysanne seinem Befehl und heuerte insgeheim Agenten an, die ihr missratenes Kind auf der anderen Seite der Meerenge im Auge behielten. Saera war immer noch in Lys, wie sie aus den Berichten erfuhr, und immer noch in dem Lustgarten. Inzwischen war sie zwanzig Jahre alt, unterhielt ihre Bewunderer aber weiterhin oft in der Tracht einer Novizin des Glaubens; offensichtlich gab es viele Lyseni, denen es Vergnügen bereitete, unschuldige junge Frauen zu schänden, die ein Keuschheitsgelübde abgelegt hatten, selbst wenn diese Unschuld nur vorgetäuscht war.

In ihrer Trauer über den Verlust von Prinzessin Viserra unternahm die Königin noch einen Versuch, mit Jaehaerys über Saera zu sprechen. Sie nahm Septon Barth mit, der über die Tugend der Vergebung und die heilenden Eigenschaften der Zeit sprechen sollte. Erst nachdem Barths Predigt beendet war, erwähnte Ihre Gnaden Saeras Namen. »Bitte«, flehte sie den König an, »es ist Zeit, sie nach Hause zu holen. Gewiss ist sie genug gestraft worden. Sie ist unsere Tochter.«

Jaehaerys ließ sich nicht erweichen. »Sie ist eine Hure in Lys«, erwiderte Seine Gnaden. »Sie hat die Beine für meinen halben Hof breitgemacht, sie hat eine alte Frau die Treppe hinuntergestoßen, und sie hat versucht, einen Drachen zu stehlen. Was soll sie denn noch tun? Hast du einmal darüber nachgedacht, wie sie nach Lys gelangt ist? Münzen hatte sie nicht. Wie hat sie wohl für die Überfahrt bezahlt?«

Die Königin schauderte angesichts seiner harten Worte, gab aber noch nicht auf. »Wenn du Saera nicht aus Liebe zu ihr nach Hause holen willst, dann tu es aus Liebe zu mir. Ich brauche sie.«

»Du brauchst sie wie ein Dornischer eine Grubenotter«, sagte Jaehaerys. »Es tut mir leid. In Königsmund gibt es schon genug

Huren. Ich möchte ihren Namen nie wieder hören.« Mit diesen Worten erhob er sich und wollte gehen, doch an der Tür hielt er inne und drehte sich noch einmal um. »Wir sind seit unserer Kindheit zusammen, und ich kenne dich genauso gut wie du mich. Jetzt überlegst du, dass du meine Erlaubnis gar nicht brauchst, um sie nach Hause zu holen, dass du Silberschwinge nehmen und selbst nach Lys fliegen kannst. Was würdest du dort tun, sie in ihrem Lustgarten besuchen? Glaubst du, sie wird dir in die Arme fallen und dich um Vergebung bitten? Vermutlich wird sie dir eher ins Gesicht spucken. Und was werden die Lyseni tun, wenn du versuchst, dich mit einer ihrer Huren davonzumachen? Sie ist von großem Wert für sie. Wie viel, glaubst du, kostet es, einer Targaryen-Prinzessin beizuwohnen? Im besten Fall werden sie ein Lösegeld für sie verlangen. Im schlimmsten Fall entscheiden sie sich, dich auch noch zu behalten. Was machst du dann, befiehlst du Silberschwinge, ihre Stadt niederzubrennen? Willst du, dass ich Aemon und Baelon mit einem Heer losschicke, damit sie versuchen, sie zu befreien? Du willst sie, ja, ich habe dich verstanden, und du brauchst sie … aber sie braucht weder dich noch mich noch Westeros. Sie ist tot. Begrabe sie.«

Königin Alysanne flog nicht nach Lys, aber sie vergab dem König diese Worte niemals ganz. Seit einiger Zeit wurden wieder Pläne für eine Reise gemacht; zum ersten Mal seit zwanzig Jahren sollte es wieder in die Westlande gehen. Kurz nach ihrem Streit teilte die Königin ihrem Gemahl mit, dass er allein aufbrechen müsse. Sie werde sich nach Drachenstein zurückziehen und um ihre toten Töchter trauern.

Und so flog Jaehaerys Targaryen im Jahre 88 n.A.E. allein nach Casterlystein und zu den anderen großen Sitzen des Westens. Diesmal besuchte er sogar die Schöne Insel, denn der in Ungnade gefallene Lord Franklyn lag bereits seit einiger Zeit im Grab. Der König war viel länger unterwegs, als er ursprünglich geplant hatte, denn er musste die Arbeiten an den Straßen inspizieren und schob ungeplante Aufenthalte in kleineren Städtchen und Burgen ein, womit er viele kleine Lords und Ritter erfreute. Prinz Aemon begleitete ihn zu manchen Burgen, Prinz Baelon zu anderen, doch beide konnten ihn nicht dazu überreden, in den Roten Bergfried zurückzukehren. »Es ist schon zu lange her, seit ich das letzte Mal mein Königreich gesehen und meinem Volk zugehört habe«, erklärte Seine Gnaden seinen Söhnen. »Königsmund ist in euren Händen und denen eurer Mutter gut aufgehoben.«

Als er schließlich die Gastfreundschaft der Westmänner genug beansprucht hatte, kehrte er nicht nach Königsmund zurück, sondern zog in die Weite, flog auf Vermithor von Rallenhall nach Alteich und begann direkt mit der zweiten Reise, nachdem er die erste beendet hatte. In Abwesenheit der Königin wurde Seine Gnaden oft neben eine anmutige junge Frau oder eine hübsche Witwe gesetzt oder ritt an ihrer Seite, wenn es auf die Jagd oder zum Beizen ging. Allerdings nahm er sie kaum wahr. In Bandallon erkühnte sich Lord Schwarzgitters jüngste Tochter, sich auf seinen Schoß zu setzen und ihm eine Weintraube in den Mund zu stecken, doch er schob ihre Hand zur Seite und sagte: »Vergebt mir, aber ich habe schon eine Königin und kein Interesse an einer Mätresse.«

Das gesamte Jahr 89 blieb der König auf Reisen. In Rosengarten gesellte sich seine Enkeltochter Prinzessin Rhaenys für einige Zeit zu ihm, die auf Meleys, der Roten Königin, an seiner Seite flog. Gemeinsam besuchten sie die Schildinseln, wo der König noch nie gewesen war. Jaehaerys legte Wert darauf, auf jedem der vier Schilde zu landen. Auf Grünschild, in Lord Kesters Halle, erzählte Prinzessin Rhaenys ihrem Großvater von ihren Hochzeitsplänen und erhielt den Segen des Königs. »Du hättest dir keinen besseren Mann aussuchen können«, sagte er.

Seine Reise endete schließlich in Altsass, wo er seine Tochter Maegelle besuchte, vom Hohen Septon gesegnet und vom Konklave bewirtet wurde und ein Turnier genoss, das Lord Hohenturm zu seinen Ehren veranstaltete, aus dem Ser Ryam Rothweyn abermals als Sieger hervorging.

Die Maester dieser Zeit nannten die Entfremdung zwischen dem König und der Königin das Große Zerwürfnis. Als es später einen weiteren Streit gab, erhielt das Große Zerwürfnis einen neuen

Namen: der Erste Streit. So kennen wir ihn heute noch. Auf den Zweiten Streit werden wir bei gegebener Zeit noch zurückkommen.

Septa Maegelle gelang es, das Zerwürfnis zu heilen. »Es ist töricht, Vater«, sagte sie. »Rhaenys soll nächstes Jahr heiraten, und das sollte ein großes Fest werden. Sie wird uns alle dabeihaben wollen, auch Euch und Mutter. Die Erzmaester nennen Euch den Schlichter, wie ich gehört habe. Es ist an der Zeit, dass Ihr Euren eigenen Streit schlichtet.«

Die Schelte hatte die gewünschte Wirkung. Vierzehn Tage später kehrte König Jaehaerys nach Königsmund zurück, und Königin Alysanne verließ ihr selbst gewähltes Exil auf Drachenstein. Was sie hinter verschlossenen Türen miteinander besprachen, wissen wir nicht, aber für einige Zeit verstanden sie sich danach wieder so gut wie zuvor.

Im 90. Jahr nach Aegons Eroberung verbrachten der König und die Königin noch einmal eine freudige Zeit miteinander, als sie die Hochzeit ihrer ältesten Enkelin, Prinzessin Rhaenys, mit Corlys Velaryon von Driftmark, dem Lord der Gezeiten, feierten.

Mit siebenunddreißig Jahren wurde die Seeschlange bereits als der größte Seefahrer gepriesen, den Westeros je hervorgebracht hatte, doch nachdem er nun seine neun großen Reisen vollendet hatte, wollte er heimkehren, heiraten und eine Familie gründen. »Nur du konntest mich dem Meer entreißen«, sagte er der Prinzessin. »Deinetwegen bin ich vom Ende der Welt zurückgekommen.«

Rhaenys war mit sechzehn Jahren eine furchtlose, junge Schönheit und ihrem Seefahrer mehr als ebenbürtig. Seit ihrem dreizehnten Lebensjahr war sie Drachenreiterin und bestand darauf, auf Meleys, der Roten Königin, dem wunderschönen scharlachroten Drachenweibchen, das einst ihre Tante Alyssa getragen hatte, zu ihrer Hochzeit zu fliegen. »Wir können zusammen an die Enden der Welt zurückkehren«, versprach sie Ser Corlys. »Aber ich werde immer als Erste am Ziel sein, denn ich fliege.«

»Das war ein schöner Tag«, sagte Königin Alysanne mit einem traurigen Lächeln, obwohl ihr noch etliche Jahre blieben. Sie wurde in dem Jahr vierundfünfzig Jahre alt, aber leider sollten ihr nicht mehr viele schöne Tage beschieden sein.

Im Rahmen dieses Geschichtswerkes können wir nicht auf die endlosen Kriege, Intrigen und Rivalitäten der Freien Städte von Essos eingehen, abgesehen natürlich von jenen, die sich auf das Schicksal des Hauses Targaryen und der Sieben Königslande auswirkten. In den Jahren 91–93, während des sogenannten Myrischen Blutbades, war dies der Fall. Wir wollen uns nicht mit Einzelheiten aufhalten. Es genügt zu erwähnen, dass in der Stadt Myr zwei rivalisierende Fraktionen um die Vorherrschaft kämpften. Es gab Attentate, Aufstände, Giftmorde, Vergewaltigungen, Hinrichtungen durch den Strang, Folterungen und Seeschlachten, ehe sich eine Seite durchsetzen konnte. Die unterlegene Seite wurde aus der Stadt vertrieben und versuchte zunächst, auf den Trittsteinen Fuß zu fassen, wurde jedoch auch von dort verjagt, als der Archon von Tyrosh sich mit der Liga der Piratenkönige verbündete. In ihrer Verzweiflung wandten sich die Myrischen nun gegen die Insel Tarth, wo ihre Landung den Abendstern überraschte. Nach kurzer Zeit hatten sie die gesamte Osthälfte der Insel besetzt.

Zu diesem Zeitpunkt waren die Myrischen selbst kaum besser als Piraten, eine zerlumpte Bande von Schurken. Weder der König noch sein Rat waren der Ansicht, dass es schwierig werden würde, sie ins Meer zurückzutreiben. Prinz Aemon sollte den Angriff anführen. Die Myrischen verfügten über eine gewisse Stärke zur See, deshalb musste die Seeschlange zunächst die Velaryon-Flotte in den Süden bringen, um Lord Boremund Geleit zu geben, wenn er mit seinen Sturmländern nach Tarth übersetzte, um das Heer des Abendsterns zu verstärken. Gemeinsam wollten sie die besetzten Gebiete zurückerobern. Und falls sich überraschende Schwierigkeiten ergäben, hätte Prinz Aemon Caraxes dabei. »Er spuckt sehr gern Feuer«, sagte der Prinz.

Lord Corlys und seine Flotte stachen am neunten Tag des dritten Mondes des Jahres 92 in See. Prinz Aemon folgte wenige Stunden später, nachdem er sich von Lady Joslyn und seiner Tochter Rhaenys verabschiedet hatte. Die Prinzessin hatte gerade erst erfahren, dass sie in anderen Umständen war, ansonsten hätte sie ihren Vater auf Meleys begleitet. »In die Schlacht?«, fragte der Prinz. »Als ob ich dir das je erlauben würde. Du hast deine eigene Schlacht zu schlagen. Lord Corlys wird sich einen Sohn wünschen, da bin ich sicher, und ich hätte gern einen Enkel.«

Das waren die letzten Worte, die er mit seiner Tochter wechselte. Caraxes überholte die Seeschlange und seine Flotte bald und landete kurz darauf auf Tarth. Lord Cameron, der Abendstern von Tarth, hatte sich in den Gebirgszug zurückgezogen, der sich quer über die Mitte seiner Insel erstreckte, und ein Lager in einem versteckten Tal aufgeschlagen, von wo aus er die Bewegungen der Myrischen beobachten konnte. Prinz Aemon gesellte sich dort zu ihm, und die beiden machten Pläne, während Caraxes ein halbes Dutzend Ziegen verschlang.

Doch das Lager des Abendsterns war nicht so gut versteckt, wie er gehofft hatte, und der Rauch des Drachenfeuers weckte die Aufmerksamkeit zweier myrischer Kundschafter, die durch das Hochland schlichen. Einer von ihnen erkannte den Abendstern, der in der Dämmerung mit Prinz Aemon durchs Lager schritt und sich mit ihm unterhielt. Die Männer aus Myr waren mittelmäßige Seeleute und schlechte Soldaten; ihre Lieblingswaffen waren Langdolch, Dolch und Armbrust, die sie gerne vergifteten. Einer der myrischen Kundschafter spannte seine Armbrust hinter den Felsen, die ihn verbargen. Dann stand er auf, legte auf den Abendstern an, der einhundert Schritte unter ihm stand, und zog ab. Im Lichte der Abenddämmerung und der Entfernung wegen konnte er nicht genau zielen, und der Bolzen verfehlte Lord Cameron … traf aber Prinz Aemon, der neben ihm stand.

Der eiserne Bolzen durchbohrte den Hals des Prinzen und trat im Nacken wieder aus. Der Prinz von Drachenstein fiel auf die Knie und packte den Bolzen, als wollte er ihn sich aus dem Hals ziehen, doch er hatte keine Kraft mehr. Aemon Targaryen versuchte noch zu sprechen, doch er ertrank in seinem eigenen Blut und starb. Er wurde siebenunddreißig Jahre alt.

Wie können meine Worte ausreichen, um die Trauer zu beschreiben, die die Sieben Königslande erfasste, den Schmerz, den König Jaehaerys und Königin Alysanne empfanden, das leere Bett und die bitteren Tränen von Lady Joslyn, das Weinen von Prinzessin Rhaenys, die wusste, dass ihr Vater niemals das Kind im Arm halten würde, das sie unter dem Herzen trug? Einfacher ist es, über Prinz Baelons Zorn zu sprechen und darüber, wie er heulend vor Rachedurst auf Vhagar nach Tarth flog. Die myrischen Schiffe brannten, wie Prinz Morions Schiffe neun Jahre zuvor gebrannt hatten, und als sich der Abendstern und Lord Boremund aus den Bergen auf sie stürzten, konnten sie nicht entkommen. Tausende wurden niedergemacht und blieben auf dem Strand liegen, wo sie verwesten, und jede Welle, die in den nächsten Tagen an Land schlug, war rosa gefärbt.

Baelon der Tapfere war mittendrin in dem Gemetzel, Dunkle Schwester in der Hand. Als er mit dem Leichnam seines Bruders nach Königsmund zurückkehrte, säumte das Volk von Königsmund die Straßen, rief seinen Namen und pries ihn als Helden. Aber es heißt, als er seine Mutter wiedersah, fiel er ihr in die Arme und weinte. »Ich habe eintausend von ihnen erschlagen«, sagte er, »aber das bringt ihn nicht zurück.« Die Königin strich ihm über das Haar und sagte: »Ich weiß, ich weiß.«

In den Jahren darauf kamen und gingen die Jahreszeiten. Es gab heiße Tage und warme Tage und Tage, an denen salziger Wind vom Meer heranwehte, es gab Wiesen voller Blumen im Frühling und reiche Ernten und goldene Herbstnachmittage, und überall im Reich zogen sich die Straßen in die Länge, und neue Brücken überspannten alte Flüsse. Der König konnte sich daran nicht länger erfreuen, soweit Beobachter darüber urteilen können. »Für mich ist immer Winter«, vertraute er Septon Barth eines Abends an, als er zu viel getrunken hatte. Seit Aemons Tod trank er stets den einen oder anderen Becher Honigwein am Abend, damit er besser einschlafen konnte.

Im Jahre 93 n.A.E. betrat Prinz Baelons sechzehnjähriger Sohn Viserys die Drachengrube und bestieg Balerion. Der alte Drache hatte endlich aufgehört zu wachsen, war behäbig und schwerfällig geworden und nur schwer zu wecken. Als Viserys ihn zum Fliegen drängte, erhob er sich nur mühsam in die Luft. Der junge Prinz flog dreimal um die Stadt, ehe er wieder landete. Eigentlich hatte er nach Drachenstein fliegen wollen, verriet er seinem Vater später, aber er glaubte nicht, dass der Schwarze Schrecken noch die Kraft dafür hatte.

Kaum ein Jahr später war Balerion tot. »Das letzte lebende Geschöpf auf dieser Welt, das Valyria noch in seiner ganzen Pracht erblickt hat«, schreibt Septon Barth. Barth selbst starb vier Jahre später, 98 n.A.E. Großmaester Elysar war ihm ein halbes Jahr zuvor vorausgegangen. Lord Rothweyn war schon 89 n.A.E. gestorben und sein Sohn Ser Robert kurz darauf. Neue Männer nahmen ihre Plätze ein, aber Jaehaerys war nun wahrhaftig der Alte König, und manchmal ging er in den Ratssaal und dachte: »Wer sind diese Männer? Kenne ich sie?«

Bis zum Ende seiner Tage trauerte Seine Gnaden um Prinz Aemon, aber der Alte König hätte sich nie träumen lassen, dass Aemons Tod wie eines der Höllenhörner aus der valyrischen Legende sein würde, die über jeden Tod und Zerstörung bringen, der ihren Klang vernimmt.

Die letzten Jahre von Alysanne Targaryen waren traurig und einsam. In ihrer Jugend hatte die Gute Königin Alysanne ihre Untertanen geliebt, und zwar Lords und gemeines Volk gleichermaßen. Sie hatte ihre Frauenhöfe genossen, hatte zugehört, gelernt und getan, was sie konnte, um das Reich in einen besseren Ort zu verwandeln. Von den Sieben Königslanden hatte sie mehr gesehen als jede Königin vor oder nach ihr, und sie hatte in einhundert Burgen geschlafen, einhundert Lords bezaubert und einhundert Ehen gestiftet. Sie hatte Musik geliebt, sie hatte das Tanzen geliebt, und sie hatte es geliebt zu lesen. Und, *oh,* wie sie das Fliegen geliebt hatte! Silberschwinge hatte sie nach Altsass und zur Mauer getragen und zu eintausend Orten dazwischen, und Alysanne hatte sie alle aus einem Blickwinkel gesehen wie nur wenige andere, von oben aus den Wolken.

All diese Freuden verlor sie in der letzten Dekade ihres Lebens. »Mein Onkel Maegor war grausam«, hörte man sie sagen, »aber das Alter ist grausamer.« Verbraucht nach all den Geburten, Reisen und dem Leid wurde sie nach Aemons Tod immer dünner und gebrechlicher. Einen Hügel hinaufzugehen wurde zur Kraftprobe, und im Jahr 95 rutschte sie auf der Serpentinentreppe aus, stürzte und brach sich die Hüfte. Danach brauchte sie zum Gehen einen Stock. Ihr Gehör ließ ebenfalls nach. Die Musik ging ihr verloren, und wenn sie versuchte, mit dem König an den Ratssitzungen teilzunehmen, verstand sie kaum mehr die Hälfte von dem, was gesagt wurde. Zum Fliegen war sie längst zu unsicher. Silberschwinge trug sie im Jahre 93 n.A.E. zum letzten Mal in den Himmel. Als der Drache wieder landete, stieg die Königin voller Schmerzen von Silberschwinges Rücken und weinte.

Mehr als all dies hatte sie ihre Kinder geliebt. Keine Mutter hat je ein Kind mehr geliebt, hatte Großmaester Benifer einmal zu ihr gesagt, bevor ihn das Zittern dahinraffte. In den letzten Tagen ihres Lebens dachte Königin Alysanne oft über diese Worte nach. »Er lag falsch, glaube ich«, schrieb sie, »denn gewiss liebt die Mutter Oben meine Kinder viel mehr. Sonst hätte sie nicht so viele von ihnen zu sich geholt.«

»Keine Mutter sollte je ihr Kind verbrennen müssen«, hatte die Königin am Scheiterhaufen ihres Sohnes Valerion gesagt, doch von den dreizehn Kindern, die sie König Jaehaerys geboren hatte, sollten sie nur drei überleben. Aegon, Gaemon und Valerion waren noch als Säuglinge gestorben. Das Zittern hatte ihr Daenerys im Alter von sechs Jahren geraubt. Ein Armbrustbolzen hatte Prinz Aemon getötet. Alyssa und Daella waren im Kindbett gestorben und Viserra betrunken auf der Straße verunglückt. Septa Maegelle, diese sanfte Seele, war im Jahr 96 von den Grauschuppen dahingerafft worden, die ihre Arme und Beine in Stein verwandelten, denn sie hatte in den letzten Jahren davor jene armen Seelen gepflegt, die von dieser schrecklichen Krankheit befallen waren.

Am traurigsten war der Verlust von Prinzessin Gael, »dem Winterkind«, das Königin Alysanne mit vierundvierzig Jahren 80 n.A.E. zur Welt gebracht hatte, als sie dachte, längst aus dem gebärfähigen Alter herauszusein. Gael war ein gutmütiges Mädchen, wenn auch schwächlich und etwas einfältig, das bei der Königin geblieben war, nachdem ihre anderen Kinder alle erwachsen geworden waren, doch im Jahre 99 verschwand sie plötzlich vom Hof, und kurz darauf wurde bekannt gegeben, sie sei einem Sommerfieber erlegen. Erst nach dem Tod ihrer Eltern kam die Wahrheit ans Licht. Von einem fahrenden Sänger verführt und verlassen, hatte die Prinzessin einen totgeborenen Sohn zur Welt gebracht und war dann, vom Kummer überwältigt, in die Schwarzwasserbucht gegangen und hatte sich ertränkt.

Manche sagen, Alysanne habe sich von diesem Verlust nicht mehr erholt, denn ihr Winterkind war in ihren letzten Lebensjahren ihre einzige, echte Gefährtin gewesen. Saera lebte noch immer irgendwo in Volantis (Lys hatte sie vor einigen Jahren verlassen, verrufen, aber reich), doch für Jaehaerys war sie tot, und die Briefe, die Alysanne ihr von Zeit zu Zeit heimlich schicken ließ, blieben allesamt ohne Antwort. Vaegon war in der Zitadelle zum Erzmaester aufgestiegen. Ihr kühler, distanzierter Sohn war zu einem kühlen, distanzierten Mann herangewachsen. Er schrieb, wie es sich für einen Sohn gehörte. Seine Worte waren pflichtschuldig, doch es mangelte ihnen an Wärme, und es war Jahre her, dass Alysanne ihn von Angesicht zu Angesicht gesehen hatte.

Nur Baelon der Tapfere blieb bis zum Ende bei ihr. Der Frühlingsprinz besuchte sie, sooft er konnte, und sie schenkte ihm oft ein Lächeln, aber Baelon war der Prinz von Drachenstein und die Hand des Königs, er war ständig unterwegs, saß an der Seite seines Vaters im Rat und verhandelte mit den Lords. »Du wirst ein großer König werden, noch größer als dein Vater«, sagte Alysanne zu ihm, als sie sich das letzte Mal sahen. Sie wusste es nicht. Wie hätte sie es auch wissen können?

Nach dem Tod von Prinzessin Gael waren Alysanne der Rote Bergfried und Königsmund unerträglich geworden. Sie konnte nicht mehr dienen, wie sie es früher getan hatte, als Partnerin des Königs, und am Hof wimmelte es von Fremden, deren Namen sich Alysanne kaum merken konnte. Auf der Suche nach Frieden zog sie sich einmal mehr nach Drachenstein zurück, wo sie die glück-

lichsten Tage ihres Lebens mit Jaehaerys verbracht hatte, damals, zwischen ihrer ersten und ihrer zweiten Hochzeit. Der Alte König gesellte sich zu ihr, wann immer er konnte. »Wie kann es sein, dass ich jetzt der Alte König bin und du immer noch die Gute Königin?«, fragte er sie einmal, und Alysanne lachte. »Ich bin auch alt geworden, aber immer noch nicht so alt wie du.«

Alysanne Targaryen starb am ersten Tag des siebten Mondes des Jahres 100 n.A.E. auf Drachenstein, ein volles Jahrhundert nach Aegons Eroberung. Sie wurde vierundsechzig Jahre alt.

DIE ERBEN DES DRACHEN

EINE FRAGE DER THRONFOLGE

Die Saat des Krieges wird oft in Zeiten des Friedens ausgebracht. Das gilt auch für Westeros. Der blutige Streit um den Eisernen Thron, der als der Drachentanz bekannt ist und in den Jahren 129–131 n.A.E. geführt wurde, hat seine Wurzeln in Ereignissen, die ein halbes Jahrhundert früher stattfanden, während der längsten und friedlichsten Regierungszeit, die die Nachfahren des Eroberers erleben durfte, der Herrschaft König Jaehaerys' I. Targaryen, des Schlichters.

Der Alte König und die Gute Königin Alysanne regierten bis zum Tod der Königin im Jahre 100 gemeinsam (außer in den zwei kurzen Perioden der Entfremdung, die in der Geschichtsschreibung Erster und Zweiter Streit genannt werden) und bekamen dreizehn Kinder. Vier davon – zwei Söhne und zwei Töchter – erreichten das Erwachsenenalter, heirateten und bekamen ihrerseits Kinder. Nie zuvor oder seither waren die Sieben Königslande mit so vielen Targaryen-Prinzen und -Prinzessinnen gesegnet (oder verflucht, je nachdem, wie man es betrachtet). Den Lenden des Alten Königs und seiner geliebten Königin war ein solcher Wirrwarr an Thronansprüchen und -anwärtern entsprungen, dass viele Maester der

Ansicht sind, der Drachentanz oder ein ähnlicher Streit sei unausweichlich gewesen.

In den frühen Jahren von Jaehaerys' Herrschaft war das kaum abzusehen gewesen, denn in Prinz Aemon und Prinz Baelon hatte Seine Gnaden zwei mögliche Stammhalter, und selten war das Reich mit zwei so fähigen Prinzen gesegnet gewesen. Im Jahr 62, im Alter von sieben Jahren, wurde Aemon zum Prinzen von Drachenstein und zum Erben des Eisernen Throns erklärt. Mit siebzehn Jahren wurde er zum Ritter geschlagen, mit zwanzig gewann er ein Turnier und wurde mit sechsundzwanzig Justiziar und Meister des Rechts. Obwohl er mit dreißig Jahren schon ein erfahrener Krieger war, diente er seinem Vater nie als Hand des Königs, aber nur, weil Septon Barth, der engste Freund des Alten Königs und sein »alter Weggefährte«, dieses Amt bereits bekleidete. Baelon Targaryen war nicht weniger fähig als sein älterer Bruder. Der jüngere Prinz verdiente sich den Ritterschlag mit sechzehn und heiratete mit achtzehn Jahren. Obgleich zwischen ihm und Aemon eine gesunde Rivalität bestand, zweifelte niemand an der Zuneigung, die sie verband. Die Thronfolge schien so verlässlich wie in Stein gemeißelt zu sein.

Doch der Stein bekam Risse, als im Jahre 92 Aemon, der Prinz von Drachenstein, durch einen Armbrustbolzen fiel, der auf den Abendstern von Tarth gezielt war. Der König und die Königin trauerten um den Verlust und das Reich mit ihnen, aber niemanden traf dieser Schlag härter als Prinz Baelon, der sofort nach Tarth aufbrach, um seinen Bruder zu rächen, indem er die Myrischen ins Meer trieb. Bei seiner Rückkehr nach Königsmund wurde Baelon von einer Menschenmenge als Held bejubelt und von seinem Vater, dem König, umarmt, der ihn zum Prinzen von Drachenstein und zum Erben des Eisernen Throns erklärte. Diese Entscheidung wurde begrüßt. Das Volk liebte Baelon den Tapferen, und die Lords des Reiches sahen in ihm den naheliegenden Nachfolger seines Bruders.

Doch Prinz Aemon hatte ein Kind. Seine im Jahr 74 geborene Tochter Rhaenys war zu einer klugen, tüchtigen und wunderschönen jungen Frau herangewachsen. 90 n.A.E. hatte sie den Admiral und Meister der Schiffe, Corlys aus dem Hause Velaryon, den Lord der Gezeiten, geheiratet, der nach dem berühmtesten seiner vielen Schiffe »die Seeschlange« genannt wurde. Zudem trug Prinzessin Rhaenys ein Kind unter dem Herzen, als ihr Vater Aemon starb. Indem er Prinz Baelon Drachenstein zusprach, überging König Jaehaerys nicht nur Rhaenys, sondern (möglicherweise) auch ihren ungeborenen Sohn.

Die Entscheidung des Königs stand im Einklang mit den etablierten Gepflogenheiten. Aegon der Eroberer war der erste Herr der Sieben Königslande gewesen, nicht seine Schwester Visenya, die zwei Jahre älter war. Jaehaerys selbst war seinem thronräuberischen Onkel Maegor auf den Eisernen Thron gefolgt, obwohl nach der Geburtenfolge seine Schwester Rhaena und seine Nichten

Aerea und Rhaella einen größeren Anspruch gehabt hätten. Und Jaehaerys traf diese Entscheidung nicht leichten Herzens; wir wissen, dass er die Angelegenheit mit seinem Kleinen Rat besprochen hat. Ohne Zweifel wird er sich mit Septon Barth beraten haben, wie er das in allen wichtigen Angelegenheiten zu tun pflegte, und auch die Ansichten von Großmeister Elysar hatten großes Gewicht. Alle waren sich einig. Baelon, ein erfahrener Ritter von fünfunddreißig Jahren, war als Herrscher besser geeignet als die achtzehnjährige Prinzessin Rhaenys oder ihr ungeborenes Kind (das vielleicht ein Junge werden würde, vielleicht aber auch nicht, wohingegen Prinz Baelon bereits zwei gesunde Söhne hatte, Viserys und Daemon). Auch die Liebe des gemeinen Volks für Baelon den Tapferen spielte eine Rolle.

Es gab auch Einwände. Rhaenys selbst legte als Erste Widerspruch ein. »Ihr beraubt meinen Sohn seines Geburtsrechts«, sagte sie dem König, die Hand auf dem schwangeren Bauch. Ihr Gemahl, Corlys Velaryon, geriet derart in Zorn, dass er von seinem Admiralsamt zurücktrat, seinen Sitz im Kleinen Rat aufgab und sich mit seiner Gemahlin nach Driftmark zurückzog. Lady Joslyn aus dem Hause Baratheon, Rhaenys' Mutter, war ebenfalls wütend, ebenso ihr respekteinflößender Bruder Boremund, der Lord von Sturmkap.

Die bedeutendste Abweichlerin war die Gute Königin Alysanne, die ihren Gemahl viele Jahre lang bei der Herrschaft über die Sieben Königslande unterstützt hatte und nun mit ansehen musste, wie die Tochter ihres Sohnes aufgrund ihres Geschlechts übergangen wurde. »Ein Herrscher braucht einen regen Verstand und ein gutes Herz«, wies sie den König bekanntermaßen zurecht. »Einen Schwanz braucht er nicht. Wenn Euer Gnaden tatsächlich der Meinung sein sollte, dass einer Frau der Verstand zum Regieren fehlt, dann brauchst du mich wohl auch nicht mehr.« Und damit verließ Königin Alysanne Königsmund und flog auf ihrem Drachen Silberschwinge nach Drachenstein. Zwei Jahre sollte die Trennung von König Jaehaerys dauern, jene Periode der Entfremdung, die als der Zweite Streit in die Chroniken einging.

Der Alte König und die Gute Königin versöhnten sich im Jahr

94 durch Vermittlung ihrer Tochter Septa Maegelle wieder, doch in der Frage der Thronfolge wurden sie sich nicht mehr einig. Im Jahre 100 n.A.E. erlag die Königin im Alter von vierundsechzig Jahren der Schwindsucht, und bis zum Ende bestand sie darauf, dass ihre Enkeltochter Rhaenys und deren Kinder um ihre Rechte betrogen worden seien. »Der Junge im Bauch«, das ungeborene Kind, über das so viel diskutiert worden war, erwies sich bei seiner Geburt im Jahr 93 als ein Mädchen. Ihre Mutter nannte sie Laena. Im darauffolgenden Jahr schenkte Rhaenys ihr einen Bruder, Laenor. Zu diesem Zeitpunkt war Prinz Baelon bereits als Thronfolger allgemein anerkannt, obwohl das Haus Velaryon und das Haus Baratheon an der Überzeugung festhielten, der junge Laenor habe einen größeren Anspruch auf den Eisernen Thron. Manche sprachen sich sogar für die Ansprüche seiner älteren Schwester Laena und ihre Mutter Rhaenys aus.

In den letzten Jahren ihres Lebens versetzten die Götter Königin Alysanne viele grausame Schläge, wie wir bereits geschildert haben. Aber neben den Trauerfällen durfte sich Ihre Gnaden in ihren letzten Jahren auch über schöne Ereignisse freuen, vor allem über ihre Enkelkinder und Hochzeiten. 93 n.A.E. wohnte sie der Hochzeit von Prinz Baelons ältestem Sohn Viserys mit Lady Aemma aus dem Hause Arryn bei, dem elfjährigen Kind der verstorbenen Prinzessin Daella (die Ehe wurde erst zwei Jahre später vollzogen, nachdem die Braut erblüht war). Im Jahr 97 sah die Gute Königin, wie Baelons zweiter Sohn Daemon Lady Rhea aus dem Hause Rois zur Gemahlin nahm, die Erbin der uralten Burg Runenstein im Grünen Tal.

Auch das große Turnier von Königsmund im Jahr 98 zur Feier des fünfzigsten Thronjubiläums von König Jaehaerys erfreute gewiss das Herz der Königin, da all ihre Kinder, Enkel und Urenkel zu dem Fest und den Feierlichkeiten in die Stadt kamen. Ganz zu Recht heißt es, dass sich seit dem Verhängnis von Valyria nie mehr so viele Drachen an einem einzigen Ort befanden. Der letzte Tjost, bei dem Ser Ryam Rothweyn und Ser Clement Krabb dreißig Lanzen gegeneinander brachen, ehe Jaehaerys die beiden Ritter der

Königsgarde gemeinsam zu Siegern erklärte, gilt als das beste Lanzenstechen, das Westeros je gesehen hat.

Vierzehn Tage nach dem Turnier verstarb Septon Barth, der alte Freund des Königs, friedlich im Schlaf, nachdem er einundvierzig Jahre gute Dienste als Hand des Königs geleistet hatte. Jaehaerys entschied sich für den Lord Kommandanten der Königsgarde als Nachfolger, doch Ser Ryam Rothweyn war kein Septon Barth, und sein unbestrittenes Geschick im Umgang mit der Lanze war ihm in diesem Amt nur wenig von Nutzen. »Manche Probleme kann man eben nicht lösen, indem man mit einer langen Stange danach schlägt«, merkte Großmaester Allar bekanntlich an. Seine Gnaden blieb nichts anderes übrig, als Ser Ryam nach nur einem Jahr im Amt abzuberufen. Stattdessen setzte er seinen Sohn Baelon ein, und so wurde im Jahre 99 der Prinz von Drachenstein auch die Hand des Königs. Er erfüllte seine Pflichten in bewunderungswürdiger Weise; auch wenn der Prinz nicht so gelehrt war wie Septon Barth, konnte er Menschen gut einschätzen und umgab sich mit treuen Untergebenen und Ratgebern. Das Reich würde gut regiert werden, wenn Baelon Targaryen auf dem Eisernen Thron saß, da waren sich Lords und gemeines Volk einig.

Aber es sollte nicht sein. Während einer Jagd im Königswald im Jahr 101 klagte Prinz Baelon plötzlich über ein Stechen in der Seite. Der Schmerz wurde nach der Rückkehr in die Stadt noch stärker. Der Bauch des Prinzen schwoll an und wurde hart, und es wurde so schlimm, dass Baelon das Bett nicht mehr verlassen konnte. Runciter, der neue Großmaester, der erst vor Kurzem aus der Zitadelle eingetroffen war, nachdem Allar einem Schlaganfall erlegen war, konnte das Fieber ein wenig senken und den Schmerz mit Mohnblumensaft etwas lindern, doch der Zustand des Prinzen verschlechterte sich stetig. Am fünften Tag der Krankheit starb Prinz Baelon in seinem Schlafgemach im Turm der Hand, während sein Vater bei ihm saß und seine Hand hielt. Nach der Untersuchung seines Leichnams stellte Großmaester Runciter einen durchbrochenen Blinddarm als Todesursache fest.

Die ganzen Sieben Königslande weinten um Baelon den Tapferen, und niemand so sehr wie König Jaehaerys. Als er dieses Mal den Scheiterhaufen eines Sohnes entzündete, hatte er nicht einmal den Trost, seine geliebte Gemahlin an seiner Seite zu wissen. Nie zuvor war der Alte König so allein gewesen. Und abermals befand sich Seine Gnaden in einem Dilemma, denn erneut war die Thronfolge unsicher. Da beide Thronfolger tot und verbrannt waren, gab es keinen eindeutigen Erben des Eisernen Throns mehr … was allerdings nicht heißt, dass es an Anwärtern mangelte.

Baelon hatte mit seiner Schwestergemahlin Alyssa drei Söhne gezeugt. Zwei, Viserys und Daemon, waren noch am Leben. Hätte Baelon je den Eisernen Thron bestiegen, wäre Viserys ohne Frage sein Nachfolger geworden, doch der tragische Tod des Kronprinzen im Alter von vierundvierzig Jahren brachte die Thronfolge wieder durcheinander. Erneut wurden die Ansprüche von Prinzessin Rhaenys und ihrer Tochter Laena Velaryon ins Spiel gebracht … und selbst wenn man sie aufgrund ihres Geschlechts hätte übergehen wollen, galt dieses Hindernis nicht für Laenor, Rhaenys' Sohn. Laenor Velaryon war männlich und konnte sich auf seine Abstammung von Jaehaerys' ältestem Sohn berufen, während Baelons Jungen lediglich vom zweitgeborenen Sohn des Königs abstammten.

Darüberhinaus hatte König Jaehaerys noch einen weiteren Sohn: Vaegon war Erzmaester in der Zitadelle und hielt Ring und Stab und Maske aus gelbem Gold. Die Geschichtsschreibung kennt diesen Prinzen als Vaegon den Drachenlosen, aber seine bloße Existenz war von den meisten Bewohnern der Sieben Königslande schlicht vergessen worden. Obgleich erst vierzig Jahre alt, war Vaegon inzwischen blass und gebrechlich, ein gelehrter Mann, der sich der Alchemie, Astronomie, Mathematik und anderen geheimen Künsten verschrieben hatte. Schon als Junge war er nicht sonderlich beliebt gewesen, daher zogen ihn nur wenige für den Eisernen Thron in Betracht.

Und dennoch war es Erzmaester Vaegon, an den sich der Alte König nun wandte. Er rief seinen letzten Sohn zu sich nach Königsmund. Worüber sie hinter verschlossenen Türen gesprochen haben, bleibt umstritten. Manche behaupten, der König habe Vaegon den

Thron angeboten, dieser habe jedoch abgelehnt. Andere meinen, der König habe lediglich Vaegons Rat gesucht. Den Hof hatten Berichte erreicht, denen zufolge Corlys Velaryon Schiffe und Männer auf Driftmark zusammenzog, um »die Rechte seines Sohnes Laenor zu verteidigen«, während Daemon Targaryen, ein heißblütiger und streitlustiger junger Mann von zweiundzwanzig Jahren, eine eigene Truppe geschworener Schwerter aufstellte, um seinen Bruder Viserys zu unterstützen. Eine kriegerische Auseinandersetzung über die Thronfolge wurde immer wahrscheinlicher, unabhängig davon, wen der Alte König als Thronfolger einsetzte. Ohne Zweifel verfiel Seine Gnaden deshalb so bereitwillig auf die Lösung, die ihm Erzmaester Vaegon unterbreitete.

König Jaehaerys verkündete seine Absicht, einen Großen Rat einzuberufen, um über die Frage der Thronfolger zu beraten, zu streiten und letztlich auch zu entscheiden. Alle großen und kleinen Lords von Westeros wurden eingeladen, dazu die Maester aus der Zitadelle von Altsass und Septas und Septone, die für den Glauben sprechen sollten. Die Anwärter sollten ihre Ansprüche jeweils vor den versammelten Lords vortragen, verkündete Seine Gnaden. Er würde sich der Entscheidung des Rates beugen, gleichgültig, für wen sich die Lords aussprechen würden.

Es wurde beschlossen, den Großen Rat in Harrenhal abzuhalten, der größten Burg des Reiches. Niemand wusste, wie viele Lords teilnehmen würden, da ein solcher Rat noch nie stattgefunden hatte, aber es erschien weise, Zimmer für wenigstens fünfhundert Lords und ihr Gefolge vorzubereiten. Über eintausend Lords nahmen tatsächlich teil. Es dauerte ein halbes Jahr, bis sie sich alle versammelt hatten (und einige trafen erst ein, als der Rat sich bereits wieder auflöste). Selbst Harrenhal konnte derart viele Besucher nicht fassen, denn jeder Lord wurde von einem Gefolge aus Rittern, Knappen, Stallburschen, Köchen und Dienern begleitet. Tymond Lennister, der Lord von Casterlystein, brachte allein dreihundert Mann mit. Und Lord Matthos Tyrell von Rosengarten, der nicht zurückstehen wollte, erschien mit fünfhundert Gefolgsleuten.

Die Lords kamen aus allen Winkeln des Reiches, aus den Dornischen Marschen und aus dem Schatten der Mauer, von den Drei Schwestern und von den Eiseninseln. Der Abendstern von Tarth war da und der Lord vom Letzten Licht. Aus Winterfell kam Lord Ellard Stark, aus Schnellwasser Lord Grobi Tully, aus dem Grünen Tal Yorbert Rois, der Regent und Protektor der jungen Jeyne Arryn, Lady von Hohenehr. Selbst die Dornischen waren vertreten, denn der Fürst von Dorne schickte seine Tochter und zwanzig dornische Ritter als Beobachter nach Harrenhal. Der Hohe Septon kam aus Altsass, um die Versammlung zu segnen. Händler und Höker fielen zu Hunderten über Harrenhal her. Heckenritter und Freie Reiter kamen, weil sie hofften, Arbeit für ihre Schwerter zu finden, Beutelschneider, um Jagd auf Münzen machen, alte Frauen und junge Mädchen, weil sie nach einem Ehemann Ausschau hielten. Diebe und Huren, Waschweiber und Marketenderinnen, Sänger und Mimen, alle kamen sie aus Ost und West und Nord und Süd. Vor Harrenhals Mauern breitete sich eine Zeltstadt meilenweit in alle Richtungen und am Seeufer entlang aus. Für eine Weile wurde Harrenstadt zur viertgrößten Stadt des Reiches; nur Altsass, Königsmund und Lennishort waren größer.

Der Große Rat tagte dreizehn Tage lang. Nicht weniger als vierzehn Ansprüche wurden von den versammelten Lords gründlich geprüft und beraten. Aus Essos kamen drei Rivalen, Söhne von Prinzessin Saera und somit Enkel von König Jaehaerys, wobei allerdings jeder von einem anderen Vater gezeugt worden war. Einer soll das Ebenbild seines Großvaters in seinen Jugendtagen sein, so hieß es. Ein anderer war der Bastard eines Triarchen von Alt-Volantis, der mit Taschen voller Gold und einem Zwergelefanten eintraf. Die reichen Geschenke, die er unter den ärmeren Lords verteilte, unterstützten seinen Anspruch ohne Zweifel. Der Elefant hingegen war weniger von Nutzen. (Prinzessin Saera selbst lebte noch in Volantis, und sie war erst vierunddreißig Jahre alt; ihr eigener Anspruch war in jedem Fall stärker als der ihrer Bastardsöhne, aber sie hatte kein Interesse daran, ihn durchzusetzen. Auf die Frage, ob sie nach Westeros zurückkehren wolle, antwortete sie nur: »Ich habe hier mein eigenes Königreich.«)

Ein weiterer Bewerber konnte Stapel von Pergamenten vorweisen, die seine Abstammung von Gaemon dem Glorreichen belegten, dem größten der Targaryen-Lords von Drachenstein vor der Eroberung, und zwar über eine jüngere Tochter und den kleinen Lord, den sie geheiratet hatte, und dann über sieben weitere Generationen bis hinunter zu ihm. Ein kräftiger, rothaariger Waffenknecht behauptete, ein Bastard von Maegor dem Grausamen zu sein. Um seine Behauptung zu beweisen, brachte er seine Mutter mit, die gealterte Tochter eines Gastwirts, die behauptete, Maegor habe sie einst vergewaltigt. (Die Lords waren durchaus bereit, die Geschichte über die Vergewaltigung zu glauben, aber nicht, dass sie dadurch schwanger geworden war.) Ein Heckenritter, der behauptete, ein unehelicher Sohn von König Jaehaerys zu sein, wurde ergriffen und eingesperrt, als der König selbst ihn als Lügner entlarvte.

Erzmaester Vaegon wurde seines Gelübdes wegen verworfen, Prinzessin Rhaenys und ihre Tochter aufgrund ihres Geschlechts, und so blieben am Ende die zwei Anwärter mit der größten Unterstützung übrig: Viserys Targaryen, der älteste Sohn von Prinz Baelon und Prinzessin Alyssa, und Laenor Velaryon, der Sohn von Prinzessin Rhaenys und Enkel von Prinz Aemon. Viserys war der Enkel des Alten Königs, Laenor sein Urenkel. Das Erstgeburtsrecht gab Laenor den Vorrang, der Grad der Verwandtschaft sprach hingegen für Viserys. Darüber hinaus war Viserys auch der letzte Targaryen, der Balerion geritten hatte … allerdings sollte er nach dem Tod des Schwarzen Schreckens im Jahre 94 n.A.E. keinen anderen Drachen mehr besteigen, wohingegen der junge Laenor seinen ersten Flug auf seinem jungen Drachen, einem prächtigen grauweißen namens Seerauch, noch vor sich hatte.

Doch Viserys' Anspruch leitete sich vom Vater ab, Laenors von der Mutter, und die meisten Lords bevorzugten die männliche Linie gegenüber der weiblichen, ganz zu schweigen davon, dass Viserys bereits ein Mann von vierundzwanzig Jahren war, während Laenor erst ein siebenjähriger Knabe war. Aus all diesen Gründen galt Laenors Anspruch gemeinhin als schwächer, die Mutter und der Vater des Jungen waren jedoch so mächtig und einflussreich, dass Laenors Anspruch nicht einfach übergangen werden konnte.

An dieser Stelle bietet es sich vielleicht an, ein paar zusätzliche Worte über seinen Vater einzufügen: Corlys aus dem Hause Velaryon, Lord der Gezeiten und Verteidiger von Driftmark, ist uns aus Liedern und Geschichten als die Seeschlange bekannt und gewiss eine der außergewöhnlichsten Gestalten seines Zeitalters. Die Velaryons sind ein Adelshaus mit bezeugter valyrischer Abstammung und waren noch vor den Targaryen nach Westeros gekommen, wenn wir ihren Hauschroniken Glauben schenken dürfen. Sie ließen sich in der Gurgel auf der flachen und fruchtbaren Insel Driftmark nieder (die nach der Drift benannt ist, die mit den Gezeiten täglich Treibholz anspült) und nicht auf der steinigen, rauchenden Nachbarinsel Drachenstein. Auch wenn die Velaryons nie Drachenreiter waren, gehörten sie doch seit Jahrhunderten zu den ältesten und engsten Verbündeten der Targaryen. Das Meer war ihr Element, nicht der Himmel. Während der Eroberung hatten die Schiffe der Velaryons Aegons Soldaten durch die Schwarzwasserbucht getragen, und später bildeten sie den größten Teil der königlichen Flotte. Im ersten Jahrhundert der Targaryen-Herrschaft dienten so viele Lords der Gezeiten im Kleinen Rat als Meister der Schiffe, dass man das Amt beinahe schon als ein ihnen zustehendes erbliches Amt betrachtete.

Doch auch ohne diese Vorfahren war Corlys Velaryon ein außergewöhnlicher Mann, ebenso brillant wie unermüdlich und ebenso abenteuerlustig wie ehrgeizig. Es war Tradition, dass die Söhne des Seepferdchens (das Wappen des Hauses Velaryon) in ihrer Jugend ordentlich Seeluft schnupperten, doch kein Velaryon vor oder nach Corlys entwickelte solche Begeisterung für das Seefahrerleben wie der Junge, der später die Seeschlange werden sollte. Zum ersten Mal überquerte er die Meerenge im Alter von sechs Jahren und segelte mit einem Onkel nach Pentos. Danach machte Corlys in jedem Jahr solche Reisen. Doch er ging nicht einfach nur als Reisender an Bord; er kletterte auf Masten, zurrte Knoten fest, schrubbte das Deck, saß an den Rudern, kalfaterte Lecks, hisste Segel und holte sie ein, bemannte das Krähennest und lernte Navigieren und Steuern. Seine Kapitäne sagten, dass sie noch nie einen Mann gesehen hatten, der so zum Seefahren geboren war wie er.

Mit sechzehn Jahren wurde er selbst Kapitän und segelte mit einem Fischerboot namens *Dorschkönigin* von Driftmark nach Drachenstein und zurück. In den folgenden Jahren wurden seine Schiffe größer und schneller und seine Reisen länger und gefährlicher. Er fuhr mit dem Schiff um die Spitze von Westeros herum nach Altsass, Lennishort und Herrenhort auf Peik. Er segelte nach Lys, Tyrosh, Pentos und Myr. Die *Sommermaid* trug ihn nach Volantis und zu den Sommerinseln und die *Eiswolf* gen Norden nach Braavos, Ostwacht an der See und Hartheim, ehe er über das Zitternde Meer nach Lorath und zum Hafen von Ibben fuhr. Auf einer späteren Reise segelte er abermals mit der *Eiswolf* gen Norden und suchte nach der legendären Passage um die nördliche Spitze von Westeros herum, fand jedoch lediglich zugefrorene Meere und Eisberge, die in der Tat so groß wie Berge waren.

Seine berühmtesten Reisen unternahm er mit der *Seeschlange,* dem Schiff, das er selbst entworfen und gebaut hatte. Kaufleute aus Altsass und vom Arbor reisten oft bis ins ferne Qarth, um Gewürze, Seide und andere Kostbarkeiten zu erwerben, aber Corlys Velaryon war der erste Westerosi, der sich noch viel weiter wagte; er passierte die Jadetore nach Yi Ti und zur Insel Leng und kehrte mit einer dermaßen wertvollen Ladung Seide und Gewürze zurück, dass er den Reichtum des Hauses Velaryon mit einem Streich verdoppelte. Bei seiner zweiten Reise mit der *Seeschlange* segelte er sogar noch weiter, bis nach Asshai am Schatten; und auf der dritten versuchte er sich im Zitternden Meer und wurde der erste Westerosi, der die Tausend Inseln durchquerte und die kargen, kalten Küsten von N'ghai und Mossovy besuchte.

Neun Reisen unternahm die *Seeschlange*. Die neunte führte Ser Corlys zurück nach Qarth, das Schiff mit so viel Gold beladen, dass er zwanzig weitere kaufen und mit Safran, Pfeffer, Muskatnuss, Elefanten und Ballen feinster Seide beladen konnte. Nur vierzehn Schiffe gelangten sicher nach Driftmark, und alle Elefanten verendeten auf See, und dennoch erzielte Corlys bei dieser Reise einen so riesigen Gewinn, dass die Velaryons zum reichsten Haus der Sieben Königslande aufstiegen und selbst die Hohenturms und Lennisters in den Schatten stellten, wenn auch nur für kurze Zeit.

Diesen Reichtum wusste Ser Corlys gut einzusetzen, als sein alter Großvater Daemon Velaryon im Alter von achtundachtzig Jahren starb und die Seeschlange zum Lord der Gezeiten wurde. Der Sitz des Hauses Velaryon war Burg Driftmark, ein düsteres, trostloses Bauwerk, das immer feucht war und häufig vom Hochwasser überflutet wurde. Lord Corlys erbaute eine neue Burg am anderen Ende der Insel. Hochfluth wurde aus dem gleichen hellen Stein errichtet wie Hohenehr, und seine schlanken Türme waren mit Dächern aus getriebenem Silber gedeckt, das in der Sonne blitzte. Während der Morgen- und der Abendflut war die Burg vollständig vom Meer umgeben und nur durch einen Damm mit dem Rest der Insel Driftmark verbunden. In diese neue Burg brachte Lord Corlys den uralten Treibholzthron (der Legende nach ein Geschenk des Meerlingkönigs).

Die Seeschlange baute auch Schiffe. Die königliche Flotte verdreifachte ihre Größe während der Jahre, in denen er dem Alten König als Meister der Schiffe diente. Auch nachdem er dieses Amt aufgegeben hatte, baute er weiter, allerdings Kauffahrer und Handelsgaleeren statt Kriegsschiffen. Unter den dunklen, salzfleckigen Mauern von Burg Driftmark wuchsen drei Fischerdörfer zu einem florierenden Städtchen namens Holk zusammen, dessen Name sich von den Reihen der Schiffsrümpfe ableitete, die stets unter der Burg zu sehen waren. Auf der anderen Seite der Insel nahe Hochfluth wurde ein anderes Dorf zur Gewürzstadt, an deren Kais und Anlegern sich Schiffe aus den Freien Städten und ferneren Orten drängten. Durch seine Lage quer zur Gurgel war Driftmark der Meerenge näher als Dämmertal oder Königsmund, und bald übernahm Gewürzstadt viele der Frachtgeschäfte, die sonst in jenen Häfen gelöscht worden wären. Dadurch wurde das Haus Velaryon noch reicher und mächtiger.

Lord Corlys war ein ehrgeiziger Mann. Während seiner neun

Reisen auf der *Seeschlange* hatte er immer weitersegeln wollen zu Orten, die niemand je betreten hatte, um zu erkunden, was jenseits der Karten lag. Obgleich er in seinem Leben viel und noch viel mehr vollbracht hatte, war er selten zufrieden, sagten die Männer, die ihn am besten kannten. In Rhaenys Targaryen, der Tochter des ältesten Sohns und Erben des Alten Königs, hatte er die perfekte Ergänzung gefunden, eine Frau, die so feurig und schön und stolz war wie keine andere im Reich und noch dazu einen Drachen ritt. Seine Söhne und Töchter würden ebenfalls durch den Himmel fliegen, erwartete Lord Corlys, und eines Tages würde einer von ihnen auf dem Eisernen Thron sitzen.

Es war daher nicht überraschend, dass die Seeschlange bitter enttäuscht war, als König Jaehaerys nach Prinz Aemons Tod dessen Tochter Rhaenys überging zugunsten seines eigenen Sohns Baelon, des Frühlingsprinzen. Aber jetzt, so schien es, hatte sich der Wind erneut gedreht, und das Unrecht konnte berichtigt werden. Folglich reisten Lord Corlys und seine Gemahlin Prinzessin Rhaenys hochgestimmt nach Harrenhal und nutzten den Reichtum und den Einfluss des Hauses Velaryon, um die versammelten Lords davon zu überzeugen, ihren Sohn Laenor als Erben des Eisernen Throns anzuerkennen. Bei diesen Bemühungen wurden sie durch den Lord von Sturmkap, Boremund Baratheon (Rhaenys' Onkel und Laenors Großonkel) unterstützt, und auch von Lord Stark von Winterfell, Lord Manderly von Weißwasserhafen, Lord Staublin von Hüglingen, Lord Schwarzhain von Rabenbaum, Lord Bar Emmon von Scharfspitze, Lord Celtigar von der Klaueninsel und anderen.

Das genügte nicht annähernd. Obgleich Lord Velaryon und Prinzessin Rhaenys redegewandt und freigiebig die Sache ihres Sohnes vertraten, bestand an der Entscheidung des Großen Rates kaum je ein Zweifel. Mit einem riesigen Vorsprung sprachen sich die versammelten Lords für Viserys Targaryen als rechtmäßigen Erben des Eisernen Throns aus. Auch wenn die Maester, die die Stimmen auszählten, niemals das tatsächliche Ergebnis kundgaben, hieß es später, das Stimmenverhältnis sei über zwanzig zu eins für Prinz Viserys ausgefallen.

König Jaehaerys hatte an der abschließenden Ratssitzung nicht teilgenommen, doch als ihn das Ergebnis erreichte, dankte Seine Gnaden den Lords für ihre Dienste und verlieh seinem Enkel Viserys den Titel des Prinzen von Drachenstein. Sturmkap und Driftmark erkannten die Entscheidung an, wenn auch nicht ohne Murren; angesichts einer so eindeutigen Abstimmung erkannten selbst Laenors Eltern, dass sie nicht auf einen Sieg hoffen durften. In den Augen vieler wurde die Entscheidung des Großen Rates des Jahres 101 n.A.E. zu einem unerschütterlichen Präzedenzfall für die Thronfolge: Eine Frau konnte den Eisernen Thron von Westeros nicht besteigen, selbst wenn sie der älteren Linie entstammte, und ebenso wenig ein Mann, der nur über die weibliche Linie von einem Prinzen von Geblüt oder König abstammte.

Über die letzten Jahre der Herrschaft von König Jaehaerys gibt es wenig und noch viel weniger zu berichten. Prinz Baelon hatte seinem Vater als Hand des Königs und Prinz von Drachenstein gedient, doch nach seinem Tod entschied Seine Gnaden, diese Ehren zu teilen. Als neue Hand berief er Ser Otto Hohenturm, den jüngeren Bruder des Lords Hohenturm von Altsass. Ser Otto brachte seine Gemahlin und seine Kinder mit an den Hof und diente König Jaehaerys treu in den Jahren, die ihm noch blieben. Als Kraft und Verstand des Alten Königs schwanden, war er oft ans Bett gefesselt. Ser Ottos frühreife fünfzehnjährige Tochter Alicent wurde seine stete Gefährtin, brachte dem König die Mahlzeiten, las ihm vor und half ihm beim Baden und Ankleiden. Manchmal verwechselte der Alte König sie mit einer seiner Töchter und nannte sie bei deren Namen; als das Ende nahte, war er sicher, sie sei seine Tochter Saera, die von jenseits der Meerenge zurückgekehrt sei.

Im Jahre 103 n.A.E. starb König Jaehaerys I. Targaryen im Bett, während Lady Alicent ihm aus Septon Barths *Unnatürlicher Geschichte* vorlas. Seine Gnaden wurde neunundsechzig Jahre alt und hatte seit seinem vierzehnten Lebensjahr über die Sieben Königslande geherrscht. Seine sterblichen Überreste wurden in der Drachengrube verbrannt, seine Asche bei den Überresten der Guten Königin Alysanne auf Drachenstein beigesetzt. Ganz Westeros trau-

erte. Selbst in Dorne, wo sein Wort nicht Gesetz gewesen war, sollen die Männer geweint und die Frauen ihre Gewänder zerrissen haben.

Entsprechend seinem eigenen Wunsch und der Entscheidung des Großen Rates des Jahres 101 n.A.E. wurde sein Enkel Viserys sein Nachfolger und bestieg den Eisernen Thron als König Viserys I. Targaryen. Zur Zeit seiner Krönung war König Viserys sechsundzwanzig Jahre alt. Er war bereits seit einem Jahrzehnt mit seiner Base, Lady Aemma aus dem Hause Arryn, verheiratet, die ihrerseits über ihre Mutter, die im Jahre 82 verstorbene Prinzessin Daella, ebenfalls eine Enkeltochter des Alten Königs und der Guten Königin Alysanne war. Lady Aemma hatte im Laufe ihrer Ehe mehrere Fehlgeburten erlitten und den Tod eines Sohnes in der Wiege zu beklagen gehabt (manche Maester sind der Meinung, sie habe zu früh geheiratet und sei zu früh gebettet worden), aber sie hatte auch eine gesunde Tochter, Rhaenyra (geboren im Jahre 97), zur Welt gebracht. Der neue König und seine Königin liebten das Mädchen, ihr einziges überlebendes Kind, abgöttisch.

Viele sind der Ansicht, mit der Herrschaft von König Viserys I. habe die Macht der Targaryen in Westeros ihren Höhepunkt erreicht. Ohne Zweifel gab es mehr Lords und Prinzen, die sich zum Blut des Drachen zählten, als zu jedem anderen Zeitpunkt vorher und nachher. Obgleich die Targaryen weiterhin, wie es bei ihnen Tradition war, Bruder mit Schwester, Onkel mit Nichte und Vetter und Base vermählten, wann immer das möglich war, kamen auch außerhalb der königlichen Familie Ehen zustande, die in den folgenden Ereignissen noch eine bedeutende Rolle spielen sollten. Es gab auch mehr *Drachen* als je zuvor, und einige der Weibchen legten regelmäßig Eier. Nicht aus allen Eiern schlüpfte ein kleiner Drache, doch aus vielen schon, und in dieser Zeit wurde es unter den Vätern und Müttern neugeborener Prinzen und Prinzessinnen Brauch, den Kindern ein Drachenei in die Wiege zu legen. Dabei folgten sie einer Tradition, die Prinzessin Rhaena vor vielen Jahren begründet hatte; die Kinder, die solcherart gesegnet wurden, schlossen feste Bande mit ihren Küken, um eines Tages Drachenreiter zu werden.

Viserys I. Targaryen hatte ein großzügiges, liebenswürdiges Wesen und wurde von Lords und gemeinem Volk gleichermaßen geliebt. Die Herrschaft des Jungen Königs, wie man ihn bei seiner Krönung nannte, war friedlich und glücklich. Die Großmut Seiner Gnaden war legendär, und der Rote Bergfried wurde zu einem Ort des Gesangs und des Prunks. König Viserys und Königin Aemma richteten viele Feste und Turniere aus und überhäuften ihre vielen Günstlinge mit Gold, Ämtern und Ehren.

Im Mittelpunkt all dieser Fröhlichkeit stand, von allen geliebt und vergöttert, ihr einziges noch lebendes Kind, Prinzessin Rhaenyra, das kleine Mädchen, das die Hofsänger bald zur »Wonne des Reiches« erkoren. Obgleich sie erst sechs Jahre alt war, als ihr Vater den Eisernen Thron bestieg, war Rhaenyra Targaryen ein frühreifes Kind, aufgeweckt und keck und so wunderschön, wie es nur

eine vom Blut des Drachen sein kann. Mit sieben Jahren wurde sie zur Drachenreiterin und stieg auf dem jungen Drachenweibchen in den Himmel auf, das sie nach einer Göttin aus dem Alten Valyria Syrax genannt hatte. Mit acht wurde die Prinzessin, wie so viele hochgeborene Mädchen, als Mundschenkin in Dienst genommen … allerdings bediente sie ihren Vater, den König. Bei Tisch, auf dem Turnierplatz und bei Hofe wurde König Viserys von nun an nur noch selten ohne seine Tochter gesehen.

Derweil überließ der König die langweiligen Regierungsgeschäfte seinem Kleinen Rat und seiner Hand. Ser Otto Hohenturm diente dem Enkel in diesem Amt weiterhin, wie er zuvor schon dem Großvater gedient hatte; er war ein fähiger Mann, darin stimmten alle überein, wenngleich ihn viele für stolz, brüsk und hochmütig hielten. Je länger er diente, desto herrischer wurde Ser Otto, so hieß es, und viele große Lords und Prinzen nahmen ihm sein Benehmen übel und neideten ihm seinen Zugang zum Eisernen Thron.

Sein größter Rivale war Daemon Targaryen, des Königs ehrgeiziger, ungestümer und launischer jüngerer Bruder. Einerseits charmant, andererseits jähzornig hatte Prinz Daemon sich seine Rittersporen im Alter von sechzehn Jahren verdient und in Anerkennung seiner Tapferkeit vom Alten König selbst Dunkle Schwester geschenkt bekommen. Obgleich er noch während der Herrschaft des Alten Königs im Jahr 97 die Erbin und spätere Lady von Runenstein geheiratet hatte, war die Ehe nicht von Erfolg gekrönt. Prinz Daemon fand das Grüne Tal von Arryn langweilig (»Im Grünen Tal ficken die Männer Schafe«, schrieb er. »Man kann es ihnen nicht verdenken. Ihre Schafe sind hübscher als ihre Frauen.«), und bald entwickelte er eine Abneigung gegen seine Hohe Gemahlin, die er, nach der alten, mit Runen verzierten Bronzerüstung der Lords des Hauses Rois »meine Bronzeschlampe« nannte. Nach der Thronbesteigung seines Bruders bat der Prinz seinen Bruder um die Annullierung der Ehe. Viserys lehnte seine Bitte ab, erlaubte Daemon jedoch, an den Hof zurückzukehren, wo er im Kleinen Rat saß, als Meister der Münze von 103–104 n.A.E. und im Jahre 104 n.A.E. für sechs Monde als Meister des Rechts.

Doch das Regierungsgeschäft langweilte diesen Kriegerprinzen ebenfalls. Er machte sich weit besser als Kommandant der Stadtwache, zu dem ihn König Viserys ernannte. Daemon fand die Stadtwache als schlecht bewaffneten und mit Lumpen und zusammengestückelter Kleidung ausgestatteten Haufen vor. Er rüstete jeden Mann mit Langdolch, Kurzschwert und Keule aus, steckte ihn in ein schwarzes Kettenhemd (mit Brustpanzern für die Offiziere) und hängte ihnen lange goldene Mäntel um, die sie mit Stolz tragen konnten. Seitdem heißen die Männer der Stadtwache nur noch die »Goldröcke«.

Prinz Daemon stürzte sich mit den Goldröcken in die Arbeit, und oft begleitete er seine Männer auf ihren Patrouillen durch die Gassen von Königsmund. Niemand kann bestreiten, dass er die Ordnung in der Stadt wiederherstellte und durchsetzte, aber er ging dabei oft brutal vor. Er genoss es, Taschendieben die Hände abzuhacken, Vergewaltiger zu kastrieren und Dieben die Nase aufzuschlitzen. In seinem ersten Jahr als Kommandant erschlug er bei Prügeleien auf der Straße drei Männer. Über kurz oder lang war der Prinz in den finsteren Ecken von Königsmund gut bekannt. Er wurde zu einem vertrauten Anblick in den Weinschenken (wo er auf Kosten des Hauses trank) und Spielhöllen (die er stets mit mehr Münzen verließ, als er sie betreten hatte). Er probierte in den Bordellen der Stadt zahllose Freudenmädchen, und es hieß, er habe eine besondere Vorliebe dafür, Jungfrauen die Unschuld zu rauben. Eine Tänzerin aus Lys wurde bald zu seiner Favoritin. Mysaria nannte sie sich, doch ihre Rivalinnen und Feindinnen nannten sie »Misere, den Weißen Wurm«.

Da König Viserys keinen lebenden Sohn hatte, betrachtete Daemon sich als den rechtmäßigen Erben des Eisernen Throns und begehrte den Titel Prinz von Drachenstein, den Seine Gnaden ihm jedoch nicht gewähren wollte … doch gegen Ende des Jahres 105 kannten seine Freunde ihn als »den Prinzen der Stadt« und das gemeine Volk als »Lord Flohloch«. Doch auch wenn der König nicht wollte, dass Daemon ihm auf dem Eisernen Thron folgte, schätzte er seinen jüngeren Bruder und vergab ihm bereitwillig seine vielen Vergehen.

Prinzessin Rhaenyra war ebenfalls bezaubert von ihrem Onkel, denn Daemon behandelte sie stets zuvorkommend. Wann immer er die Meerenge auf seinem Drachen überquerte, brachte er ihr bei seiner Rückkehr ein exotisches Geschenk mit. Im Lauf der Jahre war der König immer weicher geworden und hatte sichtlich zugenommen. Nach Balerions Tod hatte er keinen Drachen mehr bestiegen und zeigte auch wenig Freude am Lanzenstechen, der Jagd oder dem Schwertkampf, wohingegen Prinz Daemon sich auf all diesen Gebieten hervortat. Er wirkte wie das Gegenstück zu seinem Bruder: schlank und hart, ein berühmter Krieger, schneidig, wagemutig und ein durchaus gefährlicher Mann.

An dieser Stelle müssen wir ein wenig abschweifen, um einige Worte über unsere Quellen zu verlieren, denn vieles von dem, was sich in den folgenden Jahren ereignete, fand hinter verschlossenen Türen statt, in versteckten Winkeln von Treppenhäusern, Ratssälen und Schlafgemächern, und die volle Wahrheit wird vermutlich niemals bekannt werden. Natürlich verfügen wir über die Chroniken, die von Großmaester Runciter und seinen Nachfolgern niedergelegt wurden, und auch über viele Dokumente vom Hofe, die königlichen Erlasse und Verkündigungen, aber diese erzählen nur einen kleinen Teil der Geschichte. Den Rest müssen wir Berichten entnehmen, die Jahrzehnte später von den Kindern und Enkeln jener Menschen verfasst wurden, die in die Geschehnisse dieser Zeit verstrickt waren; Lords und Ritter, die über die Dinge berichten, die ihre Vorfahren bezeugt haben, Erinnerungen von alten Dienern aus dritter Hand an Skandale in ihrer Jugendzeit. Zwar sind auch diese Quellen unbezweifelbar von Nutzen, doch ist zwischen den Ereignissen und dem Zeitpunkt ihrer Niederschrift so viel Zeit vergangen, dass Verwechslungen und Widersprüche unausweichlich erscheinen. Zudem stimmen die verschiedenen Erinnerungen oft nicht überein.

Unglücklicherweise trifft dies auch auf die zwei Berichte aus erster Hand zu, die uns überliefert wurden. Septon Konstans, der während eines Großteils dieser Epoche in der königlichen Septe des Roten Bergfrieds diente und später in den Rang eines Ergebensten aufstieg, verfasste die ausführlichste Chronik dieser Zeit. Als Vertrauter und Beichtvater des Königs und seiner Königinnen bekleidete Konstans genau das richtige Amt, um viel und noch viel mehr über die Dinge zu erfahren, die sich hinter den Kulissen zutrugen. Auch scheute er sich nicht, selbst die schockierendsten und anzüglichsten Gerüchte und Anschuldigungen aufzuzeichnen, wenngleich es sich bei *Die Herrschaft König Viserys, des Ersten Seines Namens, und der Tanz der Drachen, der hierauf folgte* überwiegend um ein nüchternes und streckenweise etwas beschwerlich zu lesendes Geschichtswerk handelt.

Als Ausgleich zu Konstans haben wir *Pilzens Zeugnis*, das auf den mündlichen Erzählungen des Hofnarren beruht (die von einem Schreiber niedergelegt wurden, der leider seinen Namen

nicht angegeben hat), der zu verschiedenen Gelegenheiten König Viserys, Prinzessin Rhaenyra und beide Aegons, den Zweiten und den Dritten, unterhalten hat. Der kaum drei Fuß große Zwerg Pilz hatte einen riesigen Kopf (und, so versichert er, ein noch riesigeres Geschlechtsteil) und wurde für schwachsinnig gehalten, weshalb Könige und Lords und Prinzen keine Anstalten machten, ihre Geheimnisse in seiner Gegenwart zu verbergen. Während Septon Konstans die Geheimnisse aus Schlafgemächern und Bordellen hinter vorgehaltener Hand und missbilligend schildert, ergötzt sich Pilz an ihnen, und sein *Zeugnis* besteht im Wesentlichen aus deftigen Geschichten und Klatsch über Messerstechereien, Giftmorde, Verrat, Verführung und Ausschweifungen, eine schlimmer als die andere. Was davon glaubwürdig ist, ist eine Frage, die der ehrliche Historiker kaum beantworten kann, aber wir sollten in jedem Fall zur Kenntnis nehmen, dass König Baelor der Selige verfügte, alle Exemplare von *Pilzens Zeugnis* zu verbrennen. Zum Glück für uns sind einige Abschriften dem Feuer entgangen.

Septon Konstans und Pilz stimmen in den Einzelheiten nicht immer überein, und beizeiten gehen ihre Berichte durchaus beträchtlich auseinander und weichen auch von den Aufzeichnungen des Hofes und den Chroniken Großmaester Runciters und seiner Nachfolger ab. Trotzdem erklären ihre Geschichten viel und noch viel mehr, was andernfalls schleierhaft bleiben würde, und spätere Berichte bestätigen ihre Erzählungen so weit, dass man zumindest von einem Körnchen Wahrheit ausgehen muss. Die Frage, was glaubhaft ist und was zweifelhaft, muss jedem Leser selbst überlassen bleiben.

In einem sind sich Pilz, Septon Konstans, Großmaester Runciter und all unsere anderen Quellen einig: Ser Otto Hohenturm, die Hand des Königs, hegte eine starke Abneigung gegen den Bruder des Königs. Es war Ser Otto, der Viserys überzeugte, Prinz Daemon als Meister der Münze und dann als Meister des Rechts zu entlassen, Einmischungen, die die Hand bald bereuen sollte. Als Kommandant der Stadtwache hatte Daemon zweitausend Mann unter seinem Befehl und damit mehr Macht als je zuvor. »Auf gar keinen Fall dürfen wir Prinz Daemon gestatten, den Eisernen Thron zu besteigen«, schrieb die Hand an seinen Bruder, den Lord von Altsass. »Er würde ein zweiter Maegor der Grausame oder sogar noch schlimmer.« So war es (damals noch) Ser Ottos Wunsch, dass Prinzessin Rhaenyra ihrem Vater auf dem Eisernen Thron folgte. »Lieber die Wonne des Reiches als Lord Flohloch«, fuhr er fort. Und mit dieser Meinung stand er nicht allein. Dennoch gab es für seine Partei ein beträchtliches Hindernis. Dem Präzedenzfall zufolge, den der Große Rat des Jahres 101 n.A.E. geschaffen hatte, war ein männlicher Anwärter einer weiblichen Thronfolgerin vorzuziehen. Und so hätte, solange der Herrscher über keinen ehelich geborenen Sohn verfügte, der Bruder des Königs Vorrang vor dessen Tochter, so wie Baelon im Jahre 92 vor Rhaenys gestanden hatte.

Was die Ansichten des Königs angeht, so stimmen alle Chroniken darin überein, dass König Viserys keinen Streit mochte. Zwar verschloss er durchaus nicht die Augen vor den Fehlern seines Bruders, aber im Herzen trug er die Erinnerungen an den offenherzigen, abenteuerlustigen Jungen, der Daemon früher gewesen war. Seine Tochter sei die größte Freude seines Lebens, so pflegte er zu sagen, aber ein Bruder sei eben ein Bruder. Wieder und wieder bemühte er sich, Frieden zwischen Prinz Daemon und Ser Otto zu stiften, doch die Feindschaft zwischen den beiden Männern blieb hinter dem falschen Lächeln, das sie bei Hofe trugen, bestehen. Wenn man König Viserys auf die Frage der Thronfolge ansprach, antwortete er nur, dass seine Königin ihm mit Sicherheit bald einen Sohn schenken würde. Und im Jahre 105 verkündete er Hof und Kleinem Rat, dass Königin Aemma abermals ein Kind unter dem Herzen trage.

In jenem schicksalshaften Jahr wurde auch Ser Kriston Kraut in die Königsgarde aufgenommen, um den Platz zu füllen, der nach dem Tod des legendären Ser Ryam Rothweyn frei geworden war. Der Mann, der als Sohn eines Haushofmeisters in Diensten des Lords Dondarrion von Schwarzburg zur Welt gekommen war, war ein stattlicher junger Ritter von dreiundzwanzig Jahren. Dem Hof war er zuerst bei einem Buhurt in Jungfernteich aufgefallen, der zu Ehren von König Viserys' Thronbesteigung veranstaltet wurde. In den letzten Augenblicken des Kampfes schlug Ser Kriston Prinz Daemon Dunkle Schwester mit seinem Morgenstern aus der Hand, sehr zum Entzücken Seiner Gnaden und dem Zorn des Prinzen. Danach überreichte er der siebenjährigen Prinzessin Rhaenyra den Siegerlorbeer und bat darum, ein Zeichen ihrer Gunst beim Lanzenstechen tragen zu dürfen. Beim Tjost besiegte er Prinz Daemon erneut und stieß die beiden gefeierten Cargyll-Zwillinge aus dem Sattel, Ser Arryk und Ser Erryk von der Königsgarde, ehe er sich Lord Lymond Mallister geschlagen geben musste.

Mit seinen hellgrünen Augen, dem rabenschwarzen Haar und seiner charmanten Art wurde Kraut bald zum Favoriten aller Damen bei Hofe … und vor allem auch von Rhaenyra Targaryen. Rhaenyra war so bezaubert von dem Mann, den sie »meinen weißen Ritter« nannte, dass sie ihren Vater anflehte, Ser Kriston zu ihrem Geschworenen Schild und Beschützer zu ernennen. Seine Gnaden gewährte ihr das, wie so vieles andere auch. Danach trug Ser Kriston stets ein Unterpfand ihrer Gunst beim Turnier und wurde zu ihrem steten Begleiter bei Festen und Vergnügungen.

Nicht lange nachdem Ser Kriston den weißen Mantel angelegt hatte, lud König Viserys Lyonel Kraft, den Lord von Harrenhal, ein, als Meister des Rechts dem Kleinen Rat beizutreten. Der große Mann, stämmig und mit schütterem Haar, genoss einen beachtlichen Ruf als Kämpfer. Wer ihn nicht kannte, hielt ihn oft für einen Rohling und sein Schweigen und sein langsames Sprechen irrtümlich für ein Zeichen von Dummheit. Das entsprach ganz und gar nicht den Tatsachen. Als junger Mann hatte Lord Lyonel in der Zitadelle studiert und sechs Glieder seiner Kette geschmiedet, ehe er sich gegen das Leben eines Maesters entschied. Er war belesen und gelehrt und verfügte über große Kenntnisse der Gesetze der Sieben Königslande. Der Lord von Harrenhal war dreimal verheiratet gewesen und auch schon dreimal Witwer geworden. Nun brachte er zwei jungfräuliche Töchter und zwei Söhne mit an den Hof. Die Mädchen wurden Mägde von Prinzessin Rhaenyra, während ihr älterer Bruder, Ser Harwin Kraft, genannt Knochenbrecher, zum

Hauptmann bei den Goldröcken ernannt wurde. Der jüngere Sohn, Larys der Klumpfuß, trat den Konfessoren des Königs bei.

So standen die Dinge in Königsmund, als das Jahr 105 zu Ende ging und Königin Aemma in Maegors Feste ins Kindbett gebracht wurde und bei der Geburt des Sohnes starb, den sich Viserys Targaryen so lange ersehnt hatte. Der Junge, der nach dem Vater des Königs Baelon genannt wurde, überlebte sie nur um einen Tag. König und Hof waren sprachlos vor Trauer … außer vielleicht Prinz Daemon, der in einem Bordell in der Straße der Seide belauscht wurde, wie er mit seinen hochgeborenen Kumpanen betrunkene Scherze über den »Erben für einen Tag« machte. Als der König davon erfuhr (der Legende nach soll es die Hure gewesen sein, die auf Daemons Schoß saß, die es ihm mitgeteilt hat, aber eigentlich deutet mehr darauf hin, dass ein Hauptmann der Goldröcke, einer seiner Trinkkumpane, der auf eine Beförderung erpicht war, ihn verriet), wurde er wütend. Seine Gnaden hatte nun ein für alle Mal genug von seinem undankbaren Bruder und dessen Ehrgeiz.

Nachdem die Trauerzeit für seine Gemahlin und seinen Sohn vorüber war, handelte Viserys rasch und klärte die seit Langem schwelende Frage der Thronfolge, indem er sich über die Präzedenzfälle, die König Jaehaerys im Jahre 92 n.A.E. und der Große Rat im Jahre 101 n.A.E. geschaffen hatten, hinwegsetzte und seine Tochter Rhaenyra zu seiner rechtmäßigen Erbin erklärte und ihr den Titel Prinzessin von Drachenstein verlieh. Bei einer prunkvollen Zeremonie in Königsmund huldigten Hunderte von Lords »der Wonne des Reiches«, die zu Füßen ihres Vaters unten am Eisernen Thron saß, und schworen, ihr Recht auf die Thronfolge zu ehren und zu verteidigen.

Prinz Daemon war allerdings nicht darunter. Voller Zorn über den Erlass des Königs verließ der Prinz Königsmund und nahm seinen Abschied von der Stadtwache. Zuerst flog er nach Drachenstein und nahm seine Mätresse Mysaria auf seinem Drachen Caraxes mit, der schlanken roten Bestie, die vom gemeinen Volk der Blutwurm genannt wurde. Dort blieb er für ein halbes Jahr; in dieser Zeit wurde Mysaria schwanger.

Als er von der Schwangerschaft seiner Konkubine erfuhr, schenkte Prinz Daemon ihr ein Drachenei, doch damit ging er abermals zu weit und zog sich den Zorn seines Bruders zu. König Viserys befahl ihm, das Ei zurückzugeben, seine Hure fortzuschicken und zu seiner rechtmäßigen Gemahlin zurückzukehren, oder er würde ihn des Hochverrats anklagen und enteignen. Der Prinz gehorchte, wenn auch zähneknirschend, schickte Mysaria (ohne Ei) nach Lys zurück, während er selbst nach Runenstein im Grünen Tal flog und in die unliebsame Gesellschaft seiner »Bronzeschlampe« zurückkehrte. Mysaria verlor ihr Kind während eines Sturmes auf der Meerenge. Als die Nachricht Prinz Daemon erreichte, äußerte er kein Wort der Trauer, doch sein Herz verhärtete sich gegen seinen Bruder, den König. Von diesem Tag an sprach er nur noch verächtlich über König Viserys und grübelte Tag und Nacht über die Thronfolge.

Obgleich Prinzessin Rhaenyra zur Thronfolgerin ihres Vaters erklärt worden war, gab es viele im Reich, am Hof und außerhalb, die immer noch darauf hofften, dass Viserys einen männlichen Erben zeugen würde, da der Junge König noch keine dreißig Jahre alt war. Großmaester Runciter war der Erste, der Seine Gnaden drängte, sich erneut zu vermählen, und er schlug sogar eine passende Kandidatin vor: Lady Laena Velaryon, die gerade erst ihren zwölften Namenstag gefeiert hatte. Die feurige Jungfrau, die gerade erblüht war, hatte von ihrer Mutter Rhaenys die Schönheit einer wahren Targaryen geerbt und von ihrem Vater, der Seeschlange, den kühnen Abenteurergeist. Lord Corlys mochte für die Seefahrt leben, doch seine Tochter Laena lebte für das Fliegen, und sie hatte keinen geringeren Drachen als die mächtige Vhagar bestiegen, die seit dem Tod des Schwarzen Schreckens im Jahre 94 n.A.E. der älteste und größte Drache der Targaryen war. Durch die Ehe mit dem Mädchen könne der König den Riss kitten, der sich zwischen dem Eisernen Thron und Driftmark aufgetan hatte, gab Runciter zu bedenken. Und Laena würde gewiss eine großartige Königin abgeben.

König Viserys I. Targaryen war nicht mit einem übermäßig starken Willen ausgestattet, wie wir einräumen müssen; stets liebenswürdig und bemüht zu gefallen, verließ er sich überwiegend auf den Rat der Männer in seiner Umgebung und handelte häufig entsprechend ihrer Bitten. In diesem Fall jedoch hatte Seine Gnaden eigene Vorstellungen, und nichts konnte ihn davon abbringen. Er würde sich erneut vermählen, ja … aber nicht mit einem zwölfjährigen Mädchen und auch nicht zum Wohl des Reiches. Sein Auge war auf eine andere Frau gefallen. Er verkündete seine Absicht, Lady Alicent aus dem Hause Hohenturm zu ehelichen, die kluge und liebreizende Tochter der Hand des Königs; das Mädchen, das König Jaehaerys vorgelesen hatte, als er im Sterben lag, war inzwischen achtzehn Jahre alt.

Die Hohenturms von Altsass waren ein uraltes Adelsgeschlecht mit makellosem Stammbaum. Deshalb waren Einwände gegen die Brautwahl des Königs kaum möglich. Trotzdem raunten manche, die Hand sei dem Größenwahn erlegen; sie behaupteten, Ser Otto habe seine Tochter mit an den Hof gebracht, weil er von Anfang an eine solche Heirat im Sinn gehabt habe. Einige zogen auch Lady Alicents Tugendhaftigkeit in Zweifel und deuteten an, die Tochter der Hand habe König Viserys noch vor Königin Aemmas Tod in ihrem Bett empfangen. (Diese Verleumdungen wurden niemals bewiesen, obgleich Pilz sie in seinem *Zeugnis* wiederholt und sich sogar zu der Behauptung versteigt, dass Vorlesen nicht der einzige Dienst gewesen sei, den Lady Alicent dem Alten König in dessen Schlafgemach erwiesen habe.) Im Grünen Tal soll Prinz Daemon den Diener, der ihm die Nachricht überbracht hat, so lange ausgepeitscht haben, bis dieser an der Schwelle des Todes stand. Auch die Seeschlange war nicht glücklich über die Neuigkeit. Das Haus Velaryon war abermals übergangen worden und seine Tochter Laena ebenso verschmäht worden wie sein Sohn Laenor vom Großen Rat und seine Gemahlin vom Alten König im Jahre 92. Nur Laena Velaryon schien sich nicht aus der Ruhe bringen zu lassen. »Lady Laena interessiert sich weitaus mehr fürs Fliegen als für Jungen«, schrieb der Maester von Hochfluth an die Zitadelle.

Als König Viserys im Jahre 106 Alicent Hohenturm zur Gemahlin nahm, glänzte das Haus Velaryon durch Abwesenheit. Prinzessin

Rhaenyra schenkte ihrer Stiefmutter beim Fest ein, und Königin Alicent küsste sie und nannte sie »Tochter«. Die Prinzessin gehörte zu den Frauen, die den König entkleideten und ihn ins Schlafgemach seiner Braut brachten. In dieser Nacht gehörte der Rote Bergfried ganz dem Lachen und der Liebe … während jenseits der Schwarzwasserbucht Lord Corlys, die Seeschlange, Prinz Daemon, den Bruder des Königs, zu einem Kriegsrat empfing. Der Prinz hatte das Grüne Tal von Arryn, Runenstein und seine Hohe Gemahlin so lange ertragen, wie er konnte. »Dunkle Schwester wurde für edlere Aufgaben geschmiedet, als Schafe zu schlachten«, soll er zum Lord der Gezeiten gesagt haben. »Sie dürstet nach Blut.« Aber der Prinz hatte keine Rebellion im Sinn; er sah einen anderen Weg zur Macht.

Die Trittsteine, jene Kette von felsigen Inseln zwischen Dorne und den Umstrittenen Landen von Essos, waren schon seit langer Zeit ein Unterschlupf für Gesetzlose, Verbannte, Strandräuber und Piraten. An sich waren die Inseln wenig wert, aber ihre Lage erlaubte es, die Schifffahrtsstraßen in die Meerenge zu kontrollieren, und Handelsschiffe, die diese Route wählten, wurden oft zur Beute der Inselbewohner. Allerdings waren jahrhundertelang solche Überfälle nur kleine Ärgernisse geblieben.

Vor zehn Jahren jedoch hatten die Freien Städte Lys, Myr und Tyrosh ihre ewigen Feindseligkeiten ausgeräumt, um gemeinsam Krieg gegen Volantis zu führen. Nachdem sie die Volantener in der Schlacht im Grenzland geschlagen hatten, hatten die drei siegreichen Städte einen »ewigen Bund« geschlossen und so eine neue starke Macht begründet: die Triarchie, in Westeros besser bekannt unter dem Namen das Königreich der Drei Töchter (da sich jede der Freien Städte als Tochter des alten Valyrias betrachtete) oder, etwas rüder ausgedrückt, das Königreich der Drei Huren (wenngleich es in diesem »Königreich« keinen König gab, da es von einem Rat aus dreiunddreißig Magistern regiert wurde). Nachdem Volantis um Frieden ersucht und sich aus den Umstrittenen Landen zurückgezogen hatte, richteten die Drei Töchter den Blick nach Westen und fielen mit ihren vereinten Heeren und Flotten über die Trittsteine her, unter dem Befehl des myrischen Fürst-Admirals Craghas Drahar, der sich den Beinamen Craghas Krabbenspeiser verdiente, indem er Hunderte gefangener Piraten bei Ebbe an Pfählen im feuchten Sand festbinden und mit der Flut ertrinken ließ.

Die Eroberung und Annexion der Trittsteine durch das Königreich der Drei Töchter stieß bei den Lords von Westeros zunächst auf Beifall. Statt Chaos herrschte nun Ordnung, und wenn die Drei Töchter für die Fahrt durch ihre Gewässer Zoll verlangten, dann war das nur ein kleiner Preis dafür, dass man jetzt die Piraten los war.

Doch die Habgier von Craghas Krabbenspeiser und seinen Verbündeten drehte die Stimmung bald; das Wegegeld wurde erhöht, wieder erhöht und nochmals erhöht, und bald wurde es so ruinös, dass Händler, die zuvor bereitwillig gezahlt hatten, versuchten, an den Galeeren der Triarchie genauso vorbeizuschleichen wie früher an den Piraten. So wurden Beschwerden laut, dass Drahar und seine Mit-Admirale aus Lys und Tyrosh darin zu wetteifern schienen, wer der Gierigste von ihnen war. Die Lyseni machten sich ganz besonders verhasst, denn sie verlangten nicht nur Münzen von den vorbeifahrenden Schiffen, sondern nahmen auch Frauen, Mädchen und hübsche Knaben, die in ihren Lustgärten und Kissenhäusern dienen mussten. (Zu denen, die auf diese Weise in Sklaverei gerieten, gehörte auch Lady Johanna Swann, die fünfzehnjährige Nichte des Lords von Steinhelm. Als ihr für seinen Geiz berüchtigter Onkel das Lösegeld nicht zahlen wollte, wurde sie an ein Kissenhaus verkauft, wo sie zu der gefeierten Kurtisane aufstieg, die wir als den Schwarzen Schwan kennen, die später faktisch über Lys herrschen sollte. Leider hat ihre faszinierende Geschichte nichts mit dem Thema unserer Erzählung zu tun.)

Von allen Lords von Westeros litt keiner so sehr unter dieser Entwicklung wie Corlys Velaryon, der Lord der Gezeiten, dessen Flotten ihn zum reichsten und mächtigsten Mann in den Sieben Königslanden gemacht hatten. Die Seeschlange war entschlossen, die Herrschaft der Triarchie über die Trittsteine zu beenden, und in Daemon Targaryen fand er einen willigen Gefährten, der nach dem Gold und dem Ruhm gierte, die mit einem siegreichen Krieg verbunden wären. Sie mieden die Hochzeit des Königs und schmiedeten stattdessen Pläne in Hochfluth auf Driftmark. Lord Velaryon würde den Befehl über die Flotte führen, Prinz Daemon über die Armee. Die Streitkräfte der Drei Töchter würden ihnen weit überlegen sein … aber der Prinz würde seinen Drachen Caraxes, den Blutwurm, und dessen Feuer in die Schlacht führen.

Es ist nicht unser Ziel, an dieser Stelle die Einzelheiten des Privatkriegs zu schildern, den Daemon Targaryen und Corlys Velaryon auf den Trittsteinen führten. Es soll genügen, darauf hinzuweisen, dass die Kämpfe im Jahr 106 begannen. Prinz Daemon hatte keine Schwierigkeiten, ein Heer aus landlosen Abenteurern und zweitgeborenen Söhnen zusammenzustellen, und in den ersten beiden Jahren des Krieges errang er viele Siege. Im Jahr 108 stand er schließlich Craghas Krabbenspeiser von Angesicht zu Angesicht gegenüber, besiegte ihn im Zweikampf und schlug ihm eigenhändig mit Dunkler Schwester den Kopf ab.

König Viserys war ohne Zweifel erfreut, seinen lästigen Bruder los zu sein, und unterstützte seinen Feldzug mit regelmäßigen Goldzuwendungen. Im Jahr 109 hatten Daemon Targaryen und seine Armee aus Söldnern und Mordgesellen alle Inseln bis auf zwei erobert, und die Flotte der Seeschlange hatte die Kontrolle über die Gewässer dazwischen errungen. Während dieses kurzen Augenblicks des Sieges rief sich Prinz Daemon zum König der Trittsteine und der Meerenge aus, und Lord Corlys setzte ihm eine Krone aufs Haupt … doch ihr »Königreich« war noch längst nicht gesichert. Im nächsten Jahr entsandte das Königreich der Drei Töchter ein neues Invasionsheer unter dem Befehl des verschlagenen Hauptmanns Racallio Ryndoon aus Tyrosh, mit Sicherheit einer der sonderlichsten und extravagantesten Schurken in den Annalen der Geschichte, und Dorne schloss ein Bündnis mit der Triarchie und trat in den Krieg ein. Die Kämpfe gingen weiter.

Auch wenn die Trittsteine von Blut und Feuer verschlungen wurden, ließen sich König Viserys und sein Hof davon nicht beirren. »Soll Daemon ruhig Krieg spielen«, soll Seine Gnaden gesagt haben, »dann macht er wenigstens keine Schwierigkeiten.« Viserys war ein Mann des Friedens, und während jener Jahre bestand das Leben in Königsmund aus einer endlosen Reihe von Festen, Bällen und Turnieren, auf denen Mimen und Sänger jeweils die Geburt eines neuen Targaryen-Prinzen verkündeten. Königin Alicent erwies sich nämlich bald als ebenso gebärfreudig wie schön. Im Jahr 107 schenkte sie dem König einen gesunden Sohn, den sie nach dem Eroberer Aegon nannte. Zwei Jahre später gebar sie dem König eine Tochter, Helaena; im Jahr 110 folgte der zweite Sohn, Aemond, dem man nachsagte, bei seiner Geburt nur halb so groß wie sein älterer Bruder gewesen zu sein, dafür aber doppelt so wild.

Dennoch saß Prinzessin Rhaenyra weiterhin am Fuß des Eisernen Throns, wenn ihr Vater Hof hielt, und Seine Gnaden brachte sie auch zu den Sitzungen des Kleinen Rates mit. Obwohl sich viele Lords und Ritter um ihre Gunst bemühten, hatte die Prinzessin

nur Augen für Ser Kriston Kraut, den jungen Recken der Königsgarde, der ihr steter Begleiter geworden war. »Ser Kriston beschützt die Prinzessin vor ihren Feinden, aber wer beschützt die Prinzessin vor Ser Kriston?«, fragte Königin Alicent eines Tages bei Hofe. Die Freundschaft zwischen Ihrer Gnaden und der Stieftochter war nicht von langer Dauer gewesen, denn Rhaenyra und Alicent wollten beide die Erste Dame des Reiches werden … und obgleich die Königin dem König nicht nur einen, sondern zwei männliche Erben geschenkt hatte, machte Viserys keine Anstalten, die Thronfolge zu ändern. Die Prinzessin von Drachenstein blieb seine anerkannte Erbin, und die Hälfte der Lords von Westeros hatte geschworen, ihr Recht zu verteidigen. Wer fragte: »Und was ist mit der Entscheidung des Großen Rats von 101?«, stieß in der Regel auf taube Ohren. Die Angelegenheit war entschieden, soweit es König Viserys betraf; und Seine Gnaden war nicht geneigt, die Sache erneut zu überdenken.

Aber die Fragen verstummten nicht, und Königin Alicent gehörte zu jenen, die sie vor allen anderen stellten. Ihr lautester Unterstützer war ihr Vater, Ser Otto Hohenturm, die Hand des Königs. Als Ser Otto es zu weit trieb, nahm Viserys ihm im Jahr 109 die Amtskette ab und ernannte an seiner Stelle den wortkargen Lord von Harrenhal, Lyonel Kraft, zur Hand des Königs. »Diese Hand wird mich nicht tyrannisieren«, verkündete Seine Gnaden.

Doch selbst nach Ser Ottos Rückkehr nach Altsass gab es am Hofe weiterhin eine »Partei der Königin«, eine Gruppe mächtiger Lords, die Königin Alicent freundlich gesinnt waren und sich für die Rechte ihrer Söhne einsetzten. Dagegen stand die »Partei der Prinzessin«. König Viserys liebte seine Gemahlin und seine Tochter, und er hasste Uneinigkeit und Streit. Sein ganzes Leben lang bemühte er sich, den Frieden zwischen seinen Frauen zu bewahren und sie beide mit Geschenken und Gold und Ehrungen zu erfreuen. Solange er lebte und herrschte und das Gleichgewicht erhielt, ging es mit den Festen und Turnieren weiter wie gewohnt, und überall im Reich herrschte Frieden … Allerdings fiel angeblich manchen Beobachtern auf, dass die Drachen der einen Partei nach denen der anderen schnappten und Feuer spien, wann immer sie sich zufällig begegneten.

Im Jahre 111 fand in Königsmund zum fünften Jahrestag der Hochzeit von König Viserys und Königin Alicent ein großes Turnier statt. Beim Eröffnungsfest trug die Königin ein grünes Kleid, während sich die Prinzessin dramatisch in das Schwarz und Rot der Targaryen hüllte. Die Farben fielen auf, und so wurde es hernach üblich, von den »Grünen« und den »Schwarzen« zu sprechen, wenn man die Partei der Königin oder die Partei der Prinzessin meinte. Beim Turnier selbst schnitten die Schwarzen klar besser ab, als Ser Kriston Kraut, der Prinzessin Rhaenyras Band trug, alle Recken der Königin aus dem Sattel stieß, darunter zwei ihrer Vettern und ihren jüngsten Bruder, Ser Gawan Hohenturm.

Außerdem war jemand anwesend, der weder Grün noch Schwarz trug, sondern stattdessen Gold und Silber. Endlich war auch Prinz Daemon an den Hof zurückgekehrt. Er trug eine Krone und nannte sich König der Meerenge und erschien unangekündigt auf seinem Drachen im Himmel über Königsmund, flog drei Runden über den Turnierplatz … aber als er schließlich landete, kniete er vor seinem Bruder nieder und bot ihm seine Krone als Unterpfand seiner Liebe und Treue an. Viserys gab ihm die Krone zurück, küsste Daemon auf beide Wangen und hieß ihn daheim willkommen. Die Lords und das gemeine Volk jubelten donnernd, als die Söhne des Frühlingsprinzen sich versöhnten. Und Prinzessin Rhaenyra jubelte am lautesten, denn sie freute sich wahnsinnig darüber, dass ihr Lieblingsonkel wieder da war, und flehte ihn an, noch eine Weile zu bleiben.

So viel ist bekannt. Was die folgenden Ereignisse angeht, so müssen wir hier einen Blick auf unsere fragwürdigeren Chronisten werfen. Prinz Daemon blieb ein halbes Jahr in Königsmund, daran besteht kein Zweifel. Er nahm sogar seinen Sitz im Kleinen Rat wieder ein, wie uns Großmaester Runciter berichtet, doch weder Alter noch Exil hatten sein Wesen verändert. Daemon traf sich bald wieder mit seinen alten Gefährten von den Goldröcken und suchte die gleichen Häuser an der Straße der Seide auf, in denen er schon früher ein geschätzter Gast gewesen war. Zwar behandelte er Königin

Alicent mit aller ihrem Rang zustehenden Höflichkeit, aber Herzlichkeit suchte man zwischen ihnen vergeblich. Es hieß auch, der Prinz sei ihren Kindern sichtlich kühl begegnet, besonders seinen Neffen Aegon und Aemond, durch deren Geburt er in der Thronfolge noch weiter nach hinten gerutscht war.

Bei Prinzessin Rhaenyra sah die Sache ganz anders aus. Daemon verbrachte viele Stunden in ihrer Gesellschaft und verzauberte sie mit Geschichten über seine Reisen und Schlachten. Er schenkte ihr Perlen und Seide und Bücher und ein Jadediadem, von dem er behauptete, es habe einst der Kaiserin von Leng gehört, er las ihr Gedichte vor, speiste mit ihr, ging mit ihr auf die Beizjagd und unterhielt sie mit seinem Spott über die Grünen am Hofe, die »Speichellecker«, die sich bei Königin Alicent und ihren Kindern einschmeichelten. Er pries ihre Schönheit und erklärte sie zur hübschesten Maid der Sieben Königslande. Bald flogen Onkel und Nichte fast täglich zusammen und jagten auf Syrax und Caraxes um die Wette nach Drachenstein und wieder zurück.

Hier nun weichen unsere Quellen voneinander ab. Großmaester Runciter sagt nur, dass es zwischen den Brüdern erneut zum Streit kam und Prinz Daemon Königsmund verließ, um auf die Trittsteine und zu seinem Krieg zurückzukehren. Über den Grund des Streits schweigt er sich aus. Andere behaupten, Königin Alicent habe Viserys gedrängt, Daemon fortzuschicken. Doch Septon Konstans und Pilz erzählen eine andere Geschichte … oder genauer gesagt zwei andere Geschichten, denn ihre Berichte unterscheiden sich deutlich voneinander. Konstans, der eindeutig weniger anzüglich schreibt, sagt, Prinz Daemon habe seine Nichte, die Prinzessin, verführt und ihr die Jungfräulichkeit geraubt. Als Ser Arryk Cargyll von der Königsgarde die Liebenden zusammen im Bett entdeckte und vor den König brachte, habe Rhaenyra behauptet, sie liebe ihren Onkel, und ihren Vater um die Erlaubnis angefleht, ihn heiraten zu dürfen. Doch König Viserys wollte davon nichts hören und erinnerte seine Tochter daran, dass Prinz Daemon bereits verheiratet war. In seinem Zorn ließ er seine Tochter in ihre Gemächer einsperren und befahl seinem Bruder, den Hof zu verlassen, nachdem er beiden eingeschärft hatte, nie wieder ein Wort über das Geschehene zu verlieren.

Die Geschichte, wie Pilz sie erzählt, ist weitaus anrüchiger, wie so oft in seinem *Zeugnis*. Dem Zwerg zufolge war es Ser Kriston Kraut, nach dem sich die Prinzessin verzehrte, nicht Prinz Daemon, aber Ser Kriston war ein wahrer Ritter, edel und keusch und seinem Gelübde treu, und obgleich er sich Tag und Nacht in ihrer Gesellschaft aufhielt, hatte er sie nie auch nur geküsst oder ihr seine Liebe gestanden. »Wenn er dich anblickt, sieht er nur das kleine Mädchen, das du warst, nicht die Frau, zu der du geworden bist«, erklärte Daemon seiner Nichte, »aber ich kann dir beibringen, wie er auch die Frau in dir erkennt.«

Zuerst erteilte er ihr Unterricht im Küssen, wenn wir Pilz glauben dürfen. Danach zeigte der Prinz seiner Nichte, wie man einen Mann am besten berührt, wenn man ihm Freude bereiten will, eine Übung, bei der manchmal Pilz selbst mit seinem angeblich riesigen Geschlechtsteil hinzugezogen wurde. Daemon brachte dem Mädchen auch bei, sich verführerisch zu entkleiden, saugte an ihren Brustwarzen, um sie größer und empfindlicher zu machen, und flog mit ihr auf den Drachen zu einsamen Felsen in der Schwarzwasserbucht, wo sie sich unbeobachtet nackt vergnügen konnten und die Prinzessin sich in der Kunst üben konnte, einem Mann mit dem Mund Lust zu bereiten. Nachts schmuggelte er sie als Page verkleidet aus ihren Gemächern und führte sie heimlich in die Bordelle in der Straße der Seide, wo die Prinzessin Männern und Frauen beim Liebesakt zuschauen und von den Huren von Königsmund mehr über die »weiblichen Künste« erfahren konnte.

Wie lange diese Unterweisungen andauerten, verrät uns Pilz nicht, aber anders als Septon Konstans beharrt er darauf, dass Prinzessin Rhaenyra Jungfrau blieb, denn sie wollte sich ihre Unschuld als Geschenk für ihren Geliebten bewahren. Doch als sie sich schließlich ihrem »weißen Ritter« eröffnete und alles einsetzte, was sie gelernt hatte, wies Ser Kriston sie entsetzt zurück. Die ganze Geschichte kam bald ans Licht, und zwar zu einem nicht unmaßgeblichen Teil durch Pilz selbst. König Viserys weigerte sich zunächst, auch nur ein Wort davon zu glauben, bis Prinz Daemon selbst gestand, dass die Geschichte wahr sei. »Gib mir das Mädchen zum Weib«, soll er zu seinem Bruder gesagt haben. »Wer sonst wird sie jetzt noch nehmen?« Stattdessen schickte König Viserys ihn ins Exil und verbot ihm bei Todesstrafe, jemals in die Sieben Königslande zurückzukehren. (Lord Kraft, die Hand des Königs, sprach sich dafür aus, den Prinzen augenblicklich wegen Hochverrats hinzurichten, doch Septon Konstans ermahnte Seine Gnaden, dass kein Mensch so verflucht sei wie der Brudermörder.)

In der Rückschau gilt Folgendes als gesichert: Daemon Targaryen kehrte auf die Trittsteine zurück und setzte seinen Kampf um diese kahlen, sturmumtosten Felsen fort. Großmaester Runciter und Ser Harrold Westerling starben beide im Jahre 112. Ser Kriston Kraut wurde an Ser Harrolds Stelle zum Lord Kommandanten der Königsgarde ernannt, und die Erzmaester der Zitadelle schickten Maester Mellos in den Roten Bergfried, um die Kette und Pflichten des Großmaesters zu übernehmen. Ansonsten kehrte in Königsmund für fast zwei Jahre die gewohnte Ruhe wieder ein … bis ins Jahr 113, als Prinzessin Rhaenyra sechzehn Jahre alt wurde, sich Drachenstein als Residenz nahm und sich vermählte.

Lange bevor jemand Grund gehabt hatte, ihre Unschuld anzuzweifeln, hatte die Wahl eines angemessenen Gemahls für Rhaenyra bereits König Viserys und seinen Rat beschäftigt. Große Lords und verwegene Ritter umschwirrten sie wie Motten das Licht und wetteiferten um ihre Gunst. Als Rhaenyra im Jahr 112 den Trident besuchte, trugen die Söhne Lord Brackens und Lord Schwarzhains ihretwegen ein Duell aus, und ein jüngerer Sohn des Hauses Frey war so kühn und hielt in aller Öffentlichkeit um ihre Hand an. (Danach hieß er nur noch »der dumme Frey«.) Im Westen umschwärmten Jason Lennister und sein Zwillingsbruder Ser Tyland sie während eines Fests in Casterlystein. Die Söhne Lord Tullys von Schnellwasser, Lord Tyrells von Rosengarten, Lord Eichenherzens von Alteich und Lord Tarlys von Hornberg machten der Prinzessin den Hof und auch der älteste Sohn der Hand, Ser Harwin Kraft. Der »Knochenbrecher«, wie er genannt wurde, war der Erbe von Harrenhal und galt als der stärkste Mann in den Sieben Königslanden. Viserys sprach sogar darüber, Rhaenyra mit dem Fürsten von Dorne zu vermählen, um auf diese Weise die Dornischen ins Reich zu holen.

Königin Alicent hatte ebenfalls einen Kandidaten: ihren ältesten Sohn Prinz Aegon, Rhaenyras Halbbruder. Aber Aegon war noch ein Junge, zehn Jahre jünger als die Prinzessin. Darüber hinaus waren die beiden Halbgeschwister nie gut miteinander ausgekommen. »Ein Grund mehr, sie in einer Ehe eng aneinander zu binden«, hielt die Königin dagegen. Viserys war anderer Meinung. »Der Junge ist von Alicents Blut«, sagte er Lord Kraft. »Sie will, dass er den Thron besteigt.«

Die beste Wahl, so befanden der König und der Kleine Rat schließlich einvernehmlich, wäre Rhaenyras Vetter, Laenor Velaryon. Obgleich der Große Rat des Jahres 101 n.A.E. seinen Thronanspruch verworfen hatte, war der junge Velaryon immer noch ein Enkel des unvergessenen Prinzen Aemon Targaryen und somit ein

Urenkel des Alten Königs selbst, und in seinen Adern floss sowohl auf väterlicher wie auf mütterlicher Seite das Blut des Drachen. Eine solche Verbindung würde die königliche Blutlinie stärken und dem Eisernen Thron die Freundschaft der Seeschlange mit seiner mächtigen Flotte zurückbringen.

Ein Widerspruch wurde allerdings erhoben: Laenor Velaryon war inzwischen neunzehn Jahre alt und hatte noch kein Interesse an Frauen gezeigt. Stattdessen umgab er sich mit hübschen Knappen in seinem eigenen Alter und bevorzugte angeblich ihre Gesellschaft. Doch Großmaester Mellos wies diese Einsprüche kurzerhand zurück. »Na, und? Ich mag auch keinen Fisch, aber wenn Fisch serviert wird, esse ich ihn.« Und damit war die Angelegenheit beschlossene Sache.

König und Rat hatten es allerdings versäumt, die Prinzessin hinzuzuziehen, und Rhaenyra erwies sich als Tochter ihres Vaters und hatte ihre eigenen Vorstellungen, wen sie heiraten wollte. Die Prinzessin wusste viel und noch viel mehr über Laenor Velaryon und hegte keinerlei Verlangen, seine Braut zu werden. »Meine Halbbrüder wären mehr nach seinem Geschmack«, sagte sie dem König (die Prinzessin legte stets Wert darauf zu betonen, dass Königin Alicents Söhne ihre Halbbrüder waren und nicht ihre Brüder). Und obgleich Seine Gnaden vernünftig mit ihr redete, sie bat, sie anschrie und sie am Ende eine undankbare Tochter nannte, vermochte nichts, sie umzustimmen … bis der König auf die Frage der Thronfolge zu sprechen kam. Was ein König erlassen habe, könne ein König auch widerrufen, erklärte Viserys ihr. Sie würde heiraten, wie er befohlen hatte, oder er würde ihren Halbbruder Aegon an ihrer Stelle als Erben einsetzen. Da gab sich die Prinzessin geschlagen. Septon Konstans zufolge fiel sie vor ihrem Vater auf die Knie und bat ihn um Vergebung, nach Pilz spuckte sie ihrem Vater ins Gesicht. Einig sind sich beide darin, dass sie am Ende der Vermählung zustimmte.

Ab hier gehen unsere Quellen wieder auseinander. In jener Nacht, so berichtet Septon Konstans, habe sich Ser Kriston Kraut ins Schlafgemach der Prinzessin geschlichen und ihr seine Liebe gestanden. Er habe Rhaenyra gesagt, in der Bucht warte ein Schiff auf sie, und flehte sie an, mit ihm über die Meerenge zu fliehen. In Tyrosh oder Alt-Volantis könnten sie heiraten, an einem Ort, an dem das Wort ihres Vaters nicht Gesetz sei, und niemanden würde es stören, dass er sein Gelübde als Ritter der Königsgarde gebrochen habe. Angesichts seines Geschicks im Umgang mit Schwert und Morgenstern würde er ohne Zweifel bald einen Handelsherrn finden, der ihn in seine Dienste aufnähme. Doch Rhaenyra wies ihn zurück. Sie sei vom Blut des Drachen, erinnerte sie ihn, sei für Höheres bestimmt, als ihr Leben als Weib eines gemeinen Söldners zu verbringen. Und wenn er das Gelübde der Königsgarde so einfach brechen könne, was würde ihm dann ein Ehegelübde bedeuten?

Bei Pilz klingt die Geschichte ganz anders. In seiner Fassung geht Prinzessin Rhaenyra zu Ser Kriston, nicht er zu ihr. Sie traf ihn allein im Turm der Weißen Schwerter an, blockierte die Tür, ließ den Mantel von den Schultern gleiten und enthüllte ihren nackten Körper. »Ich habe meine Unschuld für Euch aufgespart«, sagte sie zu ihm. »Nehmt sie jetzt, als Beweis meiner Liebe. Meinem Verlobten wird sie wenig und noch viel weniger bedeuten, und vielleicht lehnt er mich ab, wenn er erfährt, dass ich nicht keusch war.«

All ihrer Schönheit zum Trotz stieß ihr Flehen auf taube Ohren, denn Ser Kriston war ein Mann von Ehre und seinem Gelübde treu. Selbst als Rhaenyra die Künste zur Anwendung brachte, die sie von ihrem Onkel Daemon gelernt hatte, geriet Kraut nicht ins Wanken. Schlussendlich legte die Prinzessin, verschmäht und wütend, den Mantel wieder um und rauschte hinaus in die Nacht … wo sie zufällig Ser Harwin Kraft über den Weg lief, der von einer ausgelassenen Nacht in einem der Bordelle der Stadt zurückkehrte. Knochenbrecher begehrte die Prinzessin schon lange und kannte Ser Kristons Skrupel nicht. Und so nahm er Rhaenyra die Unschuld und vergoss ihr Jungfrauenblut mit dem Schwert seiner Männlichkeit … das zumindest erzählt uns Pilz, der behauptet, sie bei Tagesanbruch zusammen im Bett vorgefunden zu haben.

Wie dem auch sei, ob nun die Prinzessin den Ritter verschmähte oder andersherum, von jenem Tag an war die Liebe, die Ser Kriston Kraut einst für Rhaenyra Targaryen gehegt hatte, in Hass und Verachtung umgeschlagen, und der Mann, der bis dahin der Recke der Prinzessin und ihr steter Begleiter gewesen war, wurde zu ihrem erbittertsten Feind.

Nicht lange danach stach Rhaenyra auf der *Seeschlange* nach Driftmark in See, begleitet von ihren Zofen (zwei von ihnen waren Töchter der Hand und Schwestern Ser Harwins), dem Narren Pilz und ihrem neuen Recken, niemand anderem als Knochenbrecher höchstselbst. Im Jahre 114 nahm Rhaenyra Targaryen, die Prinzessin von Drachenstein, Ser Laenor Velaryon zum Gemahl (der den Ritterschlag erst vierzehn Tage vor der Hochzeit erhalten hatte, da es notwendig erschien, dass der Prinzgemahl ein Ritter war). Die Braut war siebzehn Jahre alt, der Bräutigam zwanzig, und alle stimmten darin überein, dass sie ein wundervolles Paar abgaben. Die Hochzeit wurde mit einem siebentägigen Fest und Tjosten begangen, dem größten Turnier seit vielen Jahren. Unter den Teilnehmern befanden sich Königin Alicents Brüder, fünf Geschworene Brüder der Königsgarde, Knochenbrecher und der Favorit des Bräutigams, Ser Gottfrid Lonmund, bekannt als »der Ritter der Küsse«. Als Rhaenyra ihr Strumpfband Ser Harwin reichte, lachte ihr neuer Gemahl und gab eines seiner Strumpfbänder Ser Gottfrid.

Als Rhaenyra ihm ihre Gunst verweigerte, verneigte Ser Kriston Kraut sich stattdessen vor Königin Alicent. Ihre Gnaden überreichte ihm mit Freuden ihr Band. Mit ihrem Unterpfand besiegte der junge Lord Kommandant alle Herausforderer und kämpfte mit loderndem Zorn. Er brach Knochenbrecher das Schlüsselbein und zerschmetterte ihm den Ellbogen, woraufhin Pilz ihn nur noch »Knochenbruch« nannte, aber der Ritter der Küsse musste die volle Wucht seiner Wut ertragen. Krauts Lieblingswaffe war der Morgenstern, und die Hiebe, die er auf Ser Laenors Recken niedergehen ließ, zerschmetterten den Helm, sodass Ser Gottfrid bewusstlos im Schlamm landete. Blutend wurde er vom Feld getragen und starb sechs Tage später, ohne das Bewusstsein wiedererlangt zu haben. Pilz berichtet, Ser Laenor habe jede Stunde, die Ser Gottfrid noch blieb, an seinem Bett gewacht und bittere Tränen geweint, als der Fremde kam, um ihn zu holen.

König Viserys war erzürnt; ein fröhliches Fest war zum Anlass für Trauer und Beschuldigungen geworden. Es heißt allerdings, dass Königin Alicent sein Missfallen nicht teilte; bald darauf bat sie den König, Ser Kriston Kraut zu ihrem persönlichen Beschützer zu machen. Die Kälte zwischen der Gemahlin und der Tochter des Königs war für niemanden mehr ein Geheimnis; sogar Gesandte aus den Freien Städten erwähnen sie in Briefen, die sie nach Pentos, Braavos und Alt-Volantis schickten.

Nach der Hochzeit kehrte die Prinzessin mit ihren Freunden und Bewunderern an den Hof zurück. Ser Kriston Kraut zählte nicht zu ihnen, er war jetzt ganz zur Partei der Königin übergetreten, zu den Grünen, doch der wuchtige und gefürchtete Knochenbrecher (oder wie Pilz sagte: Knochenbruch) trat an seinen Platz und wurde Anführer der Schwarzen und war fortan stets an Rhaenyras Seite

zu finden, bei Fest und Tanz und Jagd. Ihr Gemahl erhob dagegen keine Einwände. Ser Laenor blieb auf Driftmark. Er bevorzugte die Annehmlichkeiten von Hochfluth, wo er in dem Ritter Ser Qarl Schlucht bald einen neuen Favoriten fand. Viele fragten sich, ob die Ehe überhaupt vollzogen worden war.

Von nun an gesellte er sich zwar zu wichtigen Anlässen, bei denen seine Gegenwart erwartet wurde, zu seiner Gemahlin, verbrachte aber die meiste Zeit getrennt von ihr. Septon Konstans sagt, sie hätten das Bett kaum mehr als ein Dutzend Mal geteilt. Pilz ist der gleichen Ansicht, fügt aber hinzu, dass Qarl Schlucht häufig mit dabei gewesen sei; es habe die Prinzessin erregt, den beiden Männern zuzuschauen, wie sie sich vergnügten, berichtet er, und von Zeit zu Zeit hätten sie Rhaenyra an ihren Spielen teilhaben lassen. Hier widerspricht sich Pilz allerdings selbst, denn an anderer Stelle in seinem *Zeugnis* behauptet er, die Prinzessin habe ihren Gemahl mit seinem Geliebten in solchen Nächten allein gelassen und Trost in den Armen von Harwin Kraft gesucht.

Wo immer die Wahrheit in diesen Geschichten liegen mag, bald wurde verkündet, dass die Prinzessin ein Kind unter dem Herzen trage. In den letzten Tagen des Jahres 114 kam ein großer, strammer Junge mit braunem Haar, braunen Augen und einer Stupsnase zur Welt (Ser Laenor hatte die Adlernase, das silberweiße Haar und die violetten Augen, die sein valyrisches Blut bewiesen). Laenor wollte das Kind »Gottfrid« nennen, wurde jedoch von seinem Vater, Lord Corlys, überstimmt. Stattdessen bekam das Kind einen traditionellen Velaryon-Namen: Jacaerys (Freunde und Brüder sollten ihn Jace nennen).

Der Hof freute sich noch immer über die Geburt des Kindes der Prinzessin, als bei ihrer Stiefmutter, Königin Alicent, ebenfalls die Wehen einsetzten. Sie schenkte Viserys einen dritten Sohn, Daeron … dessen Haar und Augenfarbe anders als bei Jace eindeutig auf sein Drachenblut hindeuteten. Auf königlichen Befehl teilten sich die Säuglinge Jacaerys Velaryon und Daeron Targaryen eine Amme, bis sie abgestillt wurden. Es heißt, der König habe gehofft, eine Feindschaft zwischen ihnen zu verhindern, indem er sie als

Milchbrüder aufwachsen ließ. Falls dem so war, sollten seine Hoffnungen leider enttäuscht werden.

Ein Jahr später, im Jahr 115, kam es zu einem tragischen Unglück von der Sorte, die das Schicksal von Königreichen bestimmen können: Die »Bronzeschlampe« von Runenstein, Lady Rhea Rois, fiel bei der Beizjagd vom Pferd und brach sich den Schädel an einem Stein. Neun Tage hütete sie das Bett, ehe sie sich kräftig genug fühlte, um wieder aufzustehen ... nur um gleich wieder zusammenzubrechen und binnen einer Stunde zu versterben. Pflichtgemäß wurde ein Rabe nach Sturmkap geschickt, und Lord Baratheon sandte per Schiff einen Boten nach Blutstein, wo Prinz Daemon sich noch immer abmühte, sein kümmerliches Königreich gegen die Triarchie und ihre dornischen Verbündeten zu verteidigen. Daemon flog sofort ins Grüne Tal. »Um meine Gemahlin zur Ruhe zu betten«, sagte er, jedoch wollte er vermutlich eher Anspruch auf ihre Länder, Burgen und Einkünfte erheben. Da wurde er allerdings enttäuscht; Runenstein ging an Lady Rheas Neffen, und als Daemon auf Hohenehr dagegen Einspruch erhob, wurde dieser nicht nur abgelehnt, sondern Lady Jeyne erklärte ihm auch, dass seine Anwesenheit im Grünen Tal nicht länger erwünscht sei.

Beim Rückflug zu den Trittsteinen landete Prinz Daemon auf Driftmark zu einem Höflichkeitsbesuch bei seinem früheren Mitkämpfer, der Seeschlange, und dessen Gemahlin, Prinzessin Rhaenys. Hochfluth war einer der wenigen Orte in den Sieben Königslanden, wo der Bruder des Königs darauf vertrauen konnte, nicht abgewiesen zu werden. Bei diesem Besuch fiel sein Auge auf Lord Corlys' Tochter Laena, eine zweiundzwanzigjährige Maid, hochgewachsen, schlank und überaus liebreizend (sogar Pilz war von ihrer Schönheit eingenommen und schrieb, sie sei »fast so schön wie ihr Bruder« gewesen), mit einer wallenden Mähne silbergoldener Ringellöckchen, die ihr bis zur Taille reichten. Laena war seit ihrem zwölften Lebensjahr mit dem Sohn des Seeherrn von Braavos verlobt ... aber der Vater war gestorben, ehe sie heiraten konnten, und der Sohn hatte sich als verschwenderischer Narr erwiesen und den Reichtum und die Macht seiner Familie verschleudert, bevor er auf Driftmark erschienen war. Da Lord Corlys ein ehrenhafter Weg fehlte, sich des peinlichen Arrangements zu entledigen, er andererseits aber auch die Vermählung nicht länger unterstützte, hatte er die Hochzeit immer wieder verschoben.

Die Sänger wollen uns glauben machen, Prinz Daemon verliebte sich in Laena. Männer mit einem Hang zum Zynismus meinen dagegen, der Prinz sah in ihr eine Möglichkeit, seinen eigenen Abstieg zu verhindern. Der einstige Erbe seines Bruders war in der Thronfolge weit zurückgefallen, und weder die Grünen noch die Schwarzen hatten Verwendung für ihn … aber das Haus Velaryon war mächtig genug, um sich beiden Parteien ungestraft zu widersetzen. Daemon Targaryen war die Trittsteine leid, und nachdem er nun endlich von seiner »Bronzeschlampe« befreit war, hielt er bei Lord Corlys um die Hand seiner Tochter an.

Der aus Braavos verbannte Verlobte war ein Hindernis, aber nicht lange; Daemon machte sich dermaßen über ihn lustig, dass dem Jungen gar keine andere Wahl blieb, als ihn aufzufordern, seine Worte mit Stahl zu verteidigen. Mit Dunkler Schwester machte der Prinz kurzen Prozess mit seinem Rivalen, heiratete Lady Laena Velaryon vierzehn Tage später und gab sein ärmliches Königreich auf den Trittsteinen auf. (Fünf Männer sollten ihm als Könige der Meerenge folgen, ehe die kurze und blutige Geschichte dieses wilden »Söldner-Königreichs« ein für alle Mal zu Ende ging.)

Prinz Daemon wusste, dass sein Bruder nicht begeistert sein würde, wenn er von dieser neuen Heirat erfuhr. Wohlweislich zogen der Prinz und seine neue Gemahlin nach der Hochzeit weit von Westeros fort und flogen auf ihren Drachen über die Meerenge. Manche sagen, sie wären nach Valyria gegangen, um dem Fluch zu trotzen, der über dem rauchenden Ödland hing, und die Geheimnisse der Drachenherren des alten Freistaats zu erforschen. Pilz schildert dies in seinem *Zeugnis* als eine Tatsache, aber uns stehen Beweise in Hülle und Fülle zur Verfügung, die eine weniger romantische Wahrheit nahelegen.

Prinz Daemon und Lady Laena flogen zuerst nach Pentos, wo sie vom Fürsten der Stadt gefeiert wurden. Die Pentoshi fürchteten die wachsende Macht der Triarchie im Süden und sahen in Daemon einen wertvollen Verbündeten gegen die Drei Töchter. Von dort aus überquerten der Prinz und seine Gemahlin die Umstrittenen Lande nach Alt-Volantis, wo sie ebenfalls herzlich willkommen geheißen wurden. Dann flogen sie die Rhoyne hinauf und besuchten Qohor und Norvos. In diesen Städten fernab der Sorgen von Westeros und der Macht der Triarchie wurden sie weniger stürmisch begrüßt. Doch überall, wo sie auftauchten, erwarteten sie riesige Menschenmengen, die einen Blick auf Vhagar und Caraxes erhaschen wollten.

Die Drachenreiter waren wieder in Pentos, als Lady Laena bemerkte, dass sie schwanger war. Prinz Daemon und seine Gemahlin scheuten jeden weiteren Flug und ließen sich in einer Villa außerhalb der Stadtmauern nieder, wo sie Gäste eines Magisters von Pentos blieben, bis das Kind geboren war.

Inzwischen hatte Prinzessin Rhaenyra in Westeros spät im Jahr 115 einen zweiten Sohn geboren. Das Kind erhielt den Namen Lucerys (kurz Luk). Septon Konstans teilt uns mit, dass sowohl Ser Laenor als auch Ser Harwin bei der Geburt an Rhaenyras Bett saßen. Wie sein Bruder Jace hatte auch Luk braune Augen und einen prächtigen braunen Haarschopf und nicht das silbergoldene Haar der Targaryen-Prinzen, aber er war ein großer und kräftiger Junge, und König Viserys war entzückt, als ihm das Kind bei Hofe präsentiert wurde.

Die Königin teilte diese Gefühle nicht. »Versucht es ruhig weiter«, sagte Königin Alicent Pilz zufolge zu Ser Laenor, »früher oder später bekommt Ihr vielleicht einen, der Euch ähnlich sieht.« Die Rivalität zwischen den Grünen und den Schwarzen vertiefte sich immer mehr und erreichte schließlich einen Punkt, an dem Königin und Prinzessin einander kaum noch ertragen konnten, ohne Streit anzufangen. Von da an blieb Königin Alicent im Roten Bergfried von Königsmund, während die Prinzessin ihre Tage auf Drachenstein verbrachte, in Gesellschaft ihrer Hofdamen, Pilzens und ihres Recken Ser Harwin Kraft. Ihr Gemahl, Ser Laenor, besuchte sie angeblich »häufig«.

Im Jahr 116 brachte Lady Laena in der Freien Stadt Pentos Zwillingstöchter zur Welt, Prinz Daemons erste eheliche Kinder. Der Prinz nannte die Mädchen Baela (nach seinem Vater) und Rhaena (nach Laenas Mutter). Die Säuglinge waren leider klein und kränklich, hatten jedoch feine Züge, silberweißes Haar und violette Augen. Als sie ein halbes Jahr alt und ein wenig kräftiger geworden waren, reisten die Mädchen und ihre Mutter mit einem Segelschiff nach Driftmark, während Daemon mit den beiden Drachen vorausflog. Von Hochfluth aus schickte er einen Raben zu seinem Bruder in Königsmund, informierte Seine Gnaden über die Geburt seiner Nichten und bat um die Erlaubnis, die Mädchen bei Hofe vorzustellen, sodass sie seinen königlichen Segen erhalten könnten. Obgleich seine Hand und sein Kleiner Rat sich hitzig dagegen aussprachen, stimmte Viserys zu, denn der König liebte seinen Bruder, den Gefährten seiner Jugendtage, noch immer. »Daemon ist jetzt Vater«, erklärte er Großmaester Mellos. »Er wird sich geändert haben.« Und so versöhnten sich die Söhne Baelon Targaryens ein zweites Mal.

Im Jahr 117 gebar Prinzessin Rhaenyra auf Drachenstein einen weiteren Sohn, und Ser Laenor durfte endlich ein Kind nach seinem verstorbenen Freund Ser Gottfrid Lonmund benennen. Gottfrid Velaryon war ebenso groß und rosig und gesund wie seine Brüder, doch wie sie hatte er braune Augen, braunes Haar und Gesichtszüge, die manche bei Hofe »gewöhnlich« nannten. Bald begann das Raunen von Neuem. Unter den Grünen war man fest davon überzeugt, dass Rhaenyras Gemahl Laenor nicht der Vater ihrer Söhne war, sondern ihr Recke Harwin Kraft. Pilz behauptet das ebenfalls in seinem *Zeugnis*, und Großmaester Mellos macht Andeutungen, während Septon Konstans die Gerüchte nur erwähnt, um sie zu entkräften.

Gleichgültig ob diese Behauptungen der Wahrheit entsprechen oder nicht, gab es nie einen Zweifel daran, dass König Viserys noch immer wollte, dass seine Tochter ihm auf den Eisernen Thron nachfolgte und anschließend Rhaenyras Söhne ihr selbst. Auf einen königlichen Erlass hin wurde daher jedem Velaryon-Jungen ein Drachenei in die Wiege gelegt. Jene, die die Vaterschaft von Rhaenyras Söhnen bezweifelten, verliehen flüsternd der Ansicht Ausdruck, aus den Eiern würden niemals Küken schlüpfen, doch die drei jungen Drachen, die nacheinander die Schalen sprengten, straften ihre Worte Lügen. Die Küken wurden Vermax, Arrax und Tyraxes genannt. Und Septon Konstans berichtet uns, dass Seine Gnaden den kleinen Jace auf den Schoß nahm, während er auf dem Eisernen Thron saß und Hof hielt, und laut gesagt haben soll: »Eines Tages wirst du auch hier sitzen, mein Junge.«

Die Geburten blieben für die Prinzessin nicht ohne Folgen; das Gewicht, das Rhaenyra während ihrer Schwangerschaften zunahm, wurde sie nie wieder ganz los, und als ihr jüngster Sohn geboren wurde, war sie recht beleibt geworden. Die Schönheit ihrer Jugend war nur noch eine schwindende Erinnerung, und dabei war sie erst zwanzig Jahre alt. Pilz zufolge steigerte dieser Umstand ihren Groll gegen ihre Stiefmutter Königin Alicent, die fast doppelt so alt und dennoch schlank und grazil geblieben war.

Die Sünden der Väter suchen oft die Söhne heim, wie die weisen Männer sagen, und das gilt auch für die Sünden der Mütter. Die Feindseligkeit zwischen Königin Alicent und Prinzessin Rhaenyra ging auf ihre jeweiligen Söhne über, und die drei Jungen der Königin, die Prinzen Aegon, Aemond und Daeron, wurden erbitterte Rivalen ihrer Velaryon-Neffen und grollten ihnen, weil sie ihnen geraubt hatten, worauf sie ihrer Ansicht nach das Geburtsrecht hatten: den Eisernen Thron. Obwohl alle sechs Jungen denselben Festen, Bällen und Vergnügungen beiwohnten und manchmal zusammen von denselben Waffenmeistern unterwiesen wurden und bei denselben Maestern studierten, förderte diese erzwungene Nähe nur die gegenseitige Abneigung, anstatt sie wie Brüder aneinanderzubinden.

Während Prinzessin Rhaenyra ihre Stiefmutter Königin Alicent nicht leiden konnte, gewann sie ihre Schwägerin Lady Laena sehr lieb, vielleicht sogar mehr als das. Driftmark und Drachenstein lagen so nah beieinander, und Daemon und Laena besuchten die Prinzessin häufig. Oft flogen sie zusammen mit den Drachen, und

Syrax, das Drachenweibchen der Prinzessin, legte mehrmals Eier. Im Jahr 118 verkündete Rhaenyra mit dem Segen von König Viserys die Verlobung ihrer beiden ältesten Söhne mit den Töchtern von Prinz Daemon und Lady Laena. Jacaerys war vier Jahre, Lucerys drei und die Mädchen zwei Jahre alt. Und im Jahr 119, als Laena erneut schwanger wurde, flog Rhaenyra nach Driftmark, um ihr während der Geburt beizustehen.

Und so kam es, dass die Prinzessin an der Seite ihrer Schwägerin war, an jenem dritten Tag dieses verfluchten Jahres 120 n.A.E., dem Jahr des Roten Frühling. Nach einem Tag und einer Nacht in den Wehen war Laena Velaryon blass und schwach geworden, doch schließlich gebar sie den Sohn, den sich Prinz Daemon so sehnlichst gewünscht hatte … doch der Säugling war entstellt und missgestaltet und starb innerhalb der ersten Stunde. Seine Mutter überlebte ihn nicht lange. Die anstrengende Geburt hatte sie aller Kräfte beraubt, und die Trauer schwächte sie noch zusätzlich, und so war sie dem Kindbettfieber schutzlos ausgeliefert. Ihr Zustand verschlechterte sich stetig, allen Anstrengungen des jungen Maesters von Driftmark zum Trotz. Prinz Daemon flog nach Drachenstein und holte Prinzessin Rhaenyras eigenen Maester, der älter war und über mehr Erfahrung verfügte und wegen seiner Heilkünste berühmt war. Leider kam Maester Gerardys zu spät. Nach drei Tagen im Delirium segnete Lady Laena das Zeitliche. Sie wurde nur siebenundzwanzig Jahre alt. In ihrer letzten Stunde, so wird überliefert, stand Lady Laena noch einmal aus dem Bett auf, schob die Septas zur Seite, die für sie beteten, und ging aus ihrem Zimmer, weil sie zu Vhagar gehen wollte, um ein letztes Mal zu fliegen, ehe sie starb. Ihre Kräfte verließen sie jedoch auf den Turmstufen, und dort brach sie zusammen und starb. Ihr Gemahl Prinz Daemon trug sie ins Bett zurück. Danach, so verrät uns Pilz, hielt Prinzessin Rhaenyra mit ihrem Onkel die Totenwache und tröstete ihn in seiner Trauer.

Lady Laenas Tod war die erste Tragödie des Jahres 120, doch sie sollte nicht die letzte sein. Denn dies war das Jahr, in dem die seit Langem schwelende Missgunst und die Eifersüchteleien, die

die Sieben Königslande plagten, zu brodeln begannen, ein Jahr, in dem viele und noch viel mehr Grund hatten, zu klagen und zu trauern und sich die Kleider zu zerreißen … wenn auch niemand mehr als die Seeschlange Lord Corlys Velaryon und seine edle Gemahlin Prinzessin Rhaenys, sie, die beinahe Königin geworden wäre.

Der Lord der Gezeiten und seine Gemahlin trauerten noch um ihre Tochter, als der Fremde erneut eintrat und ihren Sohn mitnahm. Ser Laenor Velaryon, der Gemahl von Prinzessin Rhaenyra und angeblicher Vater ihrer Söhne, starb auf einem Jahrmarkt in Gewürzstadt. Er wurde von seinem Freund und Gefährten Ser Qarl Schlucht erstochen. Die beiden Männer hatten sich laut gestritten, ehe die Klingen gezogen wurden, berichteten einige Jahrmarkthändler, als Lord Velaryon kam, um die Leiche seines Sohns zu holen. Schlucht hatte da längst die Flucht ergriffen und mehrere Männer verletzt, die ihn aufhalten wollten. Manche behaupten, vor der Küste habe ein Schiff auf ihn gewartet. Er wurde nie wieder gesehen.

Die Hintergründe dieses Mordes bleiben bis zum heutigen Tag ein Rätsel. Großmaester Mellos schreibt nur, dass Ser Laenor nach einem Streit von einem seiner eigenen Hofritter getötet wurde. Septon Konstans nennt uns den Namen des Mörders und hält Eifersucht für das Motiv der Tat; Laenor Velaryon war der Gesellschaft Ser Qarls müde geworden und hatte sich in einen neuen Favoriten verliebt, einen hübschen jungen Knappen von sechzehn Jahren. Pilz bevorzugt wie immer die düsterste Theorie und deutet an, Prinz Daemon habe Qarl Schlucht bezahlt, um sich Prinzessin Rhaenyras Gemahl zu entledigen, und auch das Schiff geschickt, ihm dann aber die Kehle durchgeschnitten und ihn an die Fische verfüttert. Schlucht war ein Hofritter von verhältnismäßig niedriger Geburt und bekannt dafür, den Geschmack eines Lords und den Geldbeutel eines Bauern zu haben. Des Weiteren neigte er zu waghalsigen Wetten, was der Version des Narren eine gewisse Glaubwürdigkeit verleiht. Allerdings wurde nie auch nur der Hauch eines Beweises dafür gefunden, damals nicht und heute auch nicht, obgleich die Seeschlange eine Belohnung von zehntausend Golddrachen für jeden ausgesetzt hatte, der ihn zu Ser Qarl Schlucht führen könne oder den Mörder der Rache des Vaters auslieferte.

Doch das war noch nicht die letzte Tragödie, die dieses schreckliche Jahr heimsuchte. Die nächste ereignete sich in Hochfluth, als König und Hof nach Driftmark reisten, um an Ser Laenors Feuerbestattung teilzunehmen, und viele reisten auf ihren Drachen an. (Es waren so viele Drachen anwesend, dass Septon Konstans schreibt, Driftmark sei zum neuen Valyria geworden.)

Die Grausamkeit von Kindern ist wohlbekannt. Prinz Aegon Targaryen war dreizehn Jahre alt, Prinzessin Helaena zwölf, Prinz Aemond zehn und Prinz Daeron fünf. Sowohl Aegon als auch Helaena waren Drachenreiter. Helaena flog auf Traumfeuer, dem Drachenweibchen, das einst Rhaena getragen hatte, die »Schwarze Braut« Maegors des Grausamen, während der junge Sonnfeuer ihres Bruders Aegon der schönste Drache gewesen sein soll, der je auf Erden weilte. Selbst Prinz Daeron hatte einen Drachen, ein wunderschönes blaues Weibchen namens Tessarion, obwohl er noch nie auf ihr geritten war. Nur der mittlere Sohn, Prinz Aemond, besaß noch keinen Drachen, doch Seine Gnaden hoffte, dem abzuhelfen, und hatte vorgeschlagen, nach der Bestattung einen Abstecher nach Drachenstein zu machen. Unter dem Drachenberg fanden sich reichlich Dracheneier und auch mehrere junge Küken. Prinz Aemond könne sich einen Drachen aussuchen, »wenn er kühn genug dafür ist«.

Schon mit zehn Jahren mangelte es Aemond Targaryen nicht an Kühnheit. Die spöttische Bemerkung des Königs versetzte ihm einen Stich, und so entschied er sich, nicht bis Drachenstein zu warten. Er wollte kein mickriges Küken oder ein dummes Ei. Hier in Hochfluth gab es einen Drachen, der seiner würdig war: Vhagar, der älteste, größte und schrecklichste Drache der Welt.

Selbst für einen Sohn des Hauses Targaryen kann es gefährlich sein, sich einem Drachen zu nähern, insbesondere einem alten, schlechtgelaunten Drachen, der gerade seine Reiterin verloren hat. Sein Vater und seine Mutter hätten es ihm nie erlaubt, sich Vhagar auch nur zu nähern oder gar sie zu besteigen, das wusste Aemond. Also sorgte er dafür, dass sie es nicht erfuhren, schlich sich im Morgengrauen, als sie noch schliefen, aus dem Bett hinunter in den großen äußeren Hof, wo Vhagar und die anderen Drachen untergebracht waren und gefüttert wurden. Der Prinz hatte gehofft, Vhagar heimlich besteigen zu können, doch als er sich an den Drachen heranschlich, hörte er die Stimme eines Jungen: »Du bleibst schön von ihr weg!«

Die Stimme gehörte dem jüngsten seiner Halbneffen, Gottfrid Velaryon, einem Dreijährigen. Frid war immer sehr früh auf den Beinen und hatte sich nach unten geschlichen, um nach seinem eigenen jungen Drachen Tyraxes zu sehen. Aus Angst, der Kleine würde Alarm schlagen, schrie Prinz Aemond ihn an, er solle den Mund halten, ehe er ihn rücklings in einen Haufen Drachenmist stieß. Während Frid zu heulen anfing, rannte Aemond zu Vhagar und stieg auf ihren Rücken. Später sollte er erzählen, dass er zu viel Angst gehabt habe, erwischt zu werden, um sich davor zu fürchten, verbrannt und gefressen zu werden.

Ob es nun Kühnheit oder Wahnsinn war, Glück oder der Wille der Götter oder die Launenhaftigkeit der Drachen, wer weiß schon, was im Kopf eines solchen Ungeheuers vorgeht? Wir immerhin wissen eins: Vhagar brüllte, erhob sich auf die Beine, schüttelte sich heftig … und dann riss sie sich von ihren Ketten los und stieg in die Lüfte auf. Und der junge Prinz Aemond Targaryen wurde zum Drachenreiter; zweimal kreiste er um die Türme von Hochfluth, ehe er wieder landete.

Doch als er unten ankam, erwarteten ihn bereits Rhaenyras Söhne.

Gottfrid hatte seine Brüder geholt, als Aemond in den Himmel aufstieg, und sowohl Jace als auch Luk waren seinem Ruf gefolgt. Die Velaryon-Prinzen waren jünger als Aemond – Jace war fünf Jahre alt, Luk vier und Frid drei – aber sie waren zu dritt und hatten sich mit Holzschwertern vom Übungsplatz bewaffnet. Jetzt stürzten sie sich voller Wut auf ihn. Aemond wehrte sich, brach Luk die Nase mit einem Hieb und entwand Frid das Schwert. Er ließ es donnernd auf Jaces Kopf niedergehen, der in die Knie ging. Während die jüngeren Knaben blutend und angeschlagen vor ihm zurückwichen, fing der Prinz an, sie zu verspotten, und nannte sie »die Krafts«. Zumindest Jace war alt genug, um die Beleidigung zu verstehen. Er warf sich erneut auf Aemond, doch der ältere Junge prügelte brutal auf ihn ein … bis Luk, der seinem Bruder zu Hilfe kam, seinen Dolch zog und Aemond einen Schnitt quer übers Gesicht versetzte und ihm dabei das rechte Auge ausstach. Als die Stallburschen endlich eintrafen und die Kampfhähne voneinander trennten, wälzte sich der Prinz vor Schmerz heulend auf dem Boden, und auch Vhagar brüllte.

Später versuchte König Viserys Frieden zu stiften und verlangte von den Jungen, dass sie einander in aller Form um Vergebung baten, doch ihre rachsüchtigen Mütter ließen sich durch solche Höflichkeiten nicht beschwichtigen. Königin Alicent verlangte, dass Lucerys Velaryon zum Ausgleich für Aemonds verlorenes Auge ebenfalls ein Auge einbüßen sollte. Prinzessin Rhaenyra wollte davon nichts hören, beharrte jedoch darauf, dass Prinz Aemond »peinlich« befragt werden sollte, bis er preisgab, wer ihre Söhne »Krafts« genannt hatte. Denn sie so zu nennen bedeutete, sie Bas-

tarde zu nennen, die kein Recht auf die Thronfolge hätten ... und wenn das der Wahrheit entsprach, hätte sie sich selbst des Hochverrats schuldig gemacht. Als der König ihm zusetzte, gab Prinz Aemond schließlich zu, sein Bruder Aegon habe ihm gesagt, die Kinder seiner Halbschwester seien Krafts. Prinz Aegon äußerte dazu lediglich: »Das weiß doch *jeder*. Schaut sie nur an.«

König Viserys beendete die Befragung schließlich und erklärte, er wolle nichts mehr davon hören. Niemand werde ein Auge einbüßen, so verfügte er, aber wenn noch einmal jemand – »ob Mann oder Frau oder Kind, von edler oder einfacher oder königlicher Geburt« – seine Enkel als »die Krafts« verspotten sollte, dann würde er dem- oder derjenigen mit einer glühenden Zange die Zunge herausreißen lassen. Darüberhinaus befahl Seine Gnaden seiner Gemahlin und seiner Tochter, sich zu küssen und sich gegenseitig ihrer Liebe und Zuneigung zu versichern, wobei jedoch ihr falsches Lächeln und die leeren Floskeln nur den König täuschen konnten. Was die Jungen betraf, so sagte Prinz Aemond später, er habe an jenem Tag ein Auge verloren und einen Drachen gewonnen und betrachte das als gerechten Tausch.

Um weiteren Streit zu verhindern und den »boshaften Gerüchten und gemeinen Verleumdungen« ein Ende zu bereiten, verfügte König Viserys außerdem, dass Königin Alicent und ihre Söhne mit ihm zum Hofe zurückkehren sollten, während Prinzessin Rhaenyra sich mit ihren Söhnen nach Drachenstein zurückziehen sollte. Von nun an sollte Ser Erryk Cargyll von der Königsgarde ihr als Geschworener Schild dienen, während der Knochenbrecher nach Harrenhal zurückkehrte.

Mit diesen Entscheidungen war niemand zufrieden, schreibt Septon Konstans. Pilz hingegen wendet ein: Immerhin einem gefielen diese Verfügungen, denn Drachenstein und Driftmark liegen dicht beieinander, und die räumliche Nähe gestattete es Daemon Targaryen, seine Nichte unbemerkt vom König zu trösten.

Auch wenn Viserys I. noch weitere neun Jahre lang herrschen sollte, war die blutige Saat des Drachentanzes längst ausgebracht, und 120 n.A.E. war das Jahr, in dem sie zu keimen begann. Als

Nächstes ereilte der Tod die älteren Krafts. Lyonel Kraft, Lord von Harrenhal und Hand des Königs, begleitete seinen Sohn und Erben Ser Harwin bei seiner Rückkehr zu der riesigen, halb in Trümmern liegenden Burg am Seeufer. Kurz nach ihrer Ankunft brach in dem Turm, in dem sie schliefen, ein Feuer aus, in dem Vater und Sohn zusammen mit drei Angehörigen ihres Gefolges und einem Dutzend Diener ums Leben kamen.

Die Ursache für den Brand wurde nie geklärt. Mancher führt das Feuer auf schieres Unglück zurück, andere munkelten, der Sitz des Schwarzen Harren sei verflucht und bringe jedem, der ihn halte, Verderben. Viele vermuteten, es habe sich um Brandstiftung gehandelt. Pilz deutet an, die Seeschlange sei verantwortlich für das Feuer, um sich an dem Mann zu rächen, der seinem Sohn Hörner aufgesetzt hatte. Septon Konstans verdächtigt, was einleuchtender erscheint, Prinz Daemon, der einen Rivalen um Prinzessin Rhaenyras Gunst aus dem Weg räumen wollte. Außerdem wurde auch Larys Klumpfuß als Strippenzieher ins Spiel gebracht, denn nach dem Tod seines Vaters und älteren Bruders stieg Larys Kraft zum Lord von Harrenhal auf. Eine weitaus bestürzendere These äußert kein anderer als Großmaester Mellos, der es für möglich hält, dass der König selbst den Befehl erteilt haben könnte. Falls Viserys zu der Überzeugung gelangt war, dass die Gerüchte über die Vaterschaft von Rhaenyras Kindern zutrafen, könnte er gewünscht haben, den Mann, der seiner Tochter Schande bereitet hatte, zu beseitigen, ehe er enthüllen konnte, dass ihre Söhne seine Bastarde waren. In diesem Fall wäre Lyonel Krafts Tod nur ein unglücklicher Unfall gewesen, weil der Entschluss des Lords, seinen Sohn nach Harrenhal zu begleiten, nicht vorauszusehen war.

Lord Kraft war die Hand des Königs gewesen, und Viserys hatte sich auf seine Fähigkeiten und seinen Rat verlassen. Seine Gnaden war inzwischen dreiundvierzig Jahre alt und hatte im Verlauf der Jahre enorm zugenommen. Die Frische der Jugend hatte ihn verlassen, stattdessen plagten ihn die Gicht, Schmerzen in den Gelenken und im Rücken und dazu häufig ein Engegefühl in der Brust, das oft von einem geröteten Gesicht und Atemnot begleitet wurde. Das

Reich zu regieren war eine beängstigende Aufgabe, und der König brauchte eine starke, tüchtige Hand, die ihm einen Teil der Last von den Schultern nahm. Kurz überlegte er, nach Prinzessin Rhaenyra zu schicken. Wer wäre besser geeignet, mit ihm zu regieren, als die Tochter, die nach ihm den Eisernen Thron besteigen sollte? Aber das hätte bedeutet, dass die Prinzessin und ihre Söhne wieder nach Königsmund gekommen wären, und erneuter Streit mit der Königin und ihren Kindern hätte sich wohl kaum vermeiden lassen. Er dachte auch an seinen Bruder, bis ihm Prinz Daemons frühere Amtszeiten im Kleinen Rat einfielen. Großmaester Mellos schlug vor, einen jüngeren Mann mit dem Amt zu betrauen, und nannte verschiedene Namen, doch Seine Gnaden entschied sich lieber für einen altbekannten Kandidaten und rief Ser Otto Hohenturm, den Vater der Königin, zurück an den Hof, der das Amt bereits unter Viserys und dem Alten König ausgefüllt hatte.

Doch kaum war Ser Otto wieder im Roten Bergfried angekommen, erreichte den Hof die Nachricht, dass sich Prinzessin Rhaenyra abermals vermählt hatte, und zwar mit ihrem Onkel Daemon Targaryen. Die Prinzessin war dreiundzwanzig Jahre alt, Prinz Daemon neununddreißig.

Der König, der Hof und das gemeine Volk waren alle gleichermaßen empört. Weder Daemons Gemahlin noch Rhaenyras Gemahl waren länger als ein halbes Jahr tot – nach so kurzer Frist wieder zu heiraten beschmutzte das Andenken der Verstorbenen, verkündete Seine Gnaden wütend. Die Vermählung hatte unangekündigt und im Geheimen auf Drachenstein stattgefunden. Septon Konstans behauptet, Rhaenyra habe gewusst, dass ihr Vater dieser Verbindung niemals zustimmen würde, deshalb sei die Ehe in aller Eile geschlossen worden, damit er sie nicht verhindern konnte. Pilz führt einen anderen Grund an: Die Prinzessin trug abermals ein Kind unter dem Herzen und wollte keinen Bastard zur Welt bringen.

Und so endete jenes furchtbare Jahr 120, wie es begonnen hatte, mit einer Frau, die in den Wehen lag. Prinzessin Rhaenyras Schwangerschaft nahm jedoch einen glücklicheren Ausgang als die von

Lady Laena. In den letzten Tagen des Jahres schenkte sie einem kleinen, aber kräftigen Jungen das Leben, einem bleichen Prinzen mit dunkelvioletten Augen und hellem silbernem Haar. Sie gab ihm den Namen Aegon. Prinz Daemon hatte endlich einen Sohn von seinem Blut, und dieser kleine Prinz war im Gegensatz zu seinen drei Halbbrüdern ganz unverkennbar ein echter *Targaryen*.

In Königsmund zürnte Königin Alicent über alle Maßen, als sie erfuhr, dass der Säugling Aegon genannt worden war. Sie empfand dies als Herabsetzung ihres eigenen Aegon … und so war die Namenswahl, *Pilzens Zeugnis* zufolge, vermutlich auch gemeint gewesen.*

Das Jahr 122 hätte ein freudiges Jahr für das Haus Targaryen werden können. Prinzessin Rhaenyra kam erneut nieder und schenkte ihrem Onkel und Gemahl Daemon einen zweiten Sohn, der nach seinem Großvater Viserys genannt wurde. Der Junge war kleiner und nicht so kräftig wie sein Bruder Aegon und seine Velaryon-Halbbrüder, doch er wuchs zu einem frühreifen Kind heran. Allerdings schlüpfte aus dem Drachenei, das man ihm in die Wiege gelegt hatte, nie ein Küken. Die Grünen betrachteten dies als schlechtes Zeichen und hielten damit auch nicht hinter dem Berg.

Später im gleichen Jahr feierte man in Königsmund eine Hochzeit. Wie es die Tradition des Hauses Targaryen vorsah, vermählte König Viserys seinen Sohn Aegon den Älteren mit seiner Tochter Helaena. Der Bräutigam war fünfzehn Jahre alt, ein bequemer und etwas launischer Junge, wie uns Septon Konstans überliefert, der einen mehr als gesunden Appetit hatte und an der Tafel ein Nimmersatt war, der Bier und Starkwein in sich hineinschüttete und alle Dienerinnen in Reichweite begrapschte und in die Rundungen kniff. Die Braut, seine Schwester, war dreizehn Jahre alt. Helaena war zwar etwas rundlicher und nicht ganz so bezaubernd wie die meisten Targaryen, dafür hatte sie ein angenehmes, fröhliches

---

* Von nun an werden wir, um die beiden Prinzen nicht zu verwechseln, Königin Alicents Sohn »Aegon den Älteren« und Prinzessin Rhaenyras Sohn »Aegon den Jüngeren« nennen.

Wesen und würde, darin waren sich alle einig, eine gute Mutter abgeben.

Und so geschah es, und zwar schon bald. Kaum zwölf Monate später im Jahr 123 brachte die vierzehnjährige Prinzessin Zwillinge zur Welt, einen Jungen und ein Mädchen, die sie Jaehaerys und Jaehaera nannte. Prinz Aegon hatte nun eigene Erben, wie die Grünen am Hofe freudig verkündeten. Jedem Kind wurde ein Drachenei in die Wiege gelegt, und daraus schlüpften schon bald zwei kleine Drachen. Doch es stimmte nicht alles mit den Zwillingen. Jaehaera war winzig und wuchs nur langsam. Sie weinte nicht, sie lächelte nicht und tat nichts von all dem, was man von Säuglingen erwartete. Ihr Bruder war zwar größer und kräftiger, aber auch nicht so vollkommen, wie es von einem Targaryen-Prinzen erwartet wurde, denn er hatte sechs Finger an der linken Hand und sechs Zehen an jedem Fuß.

Eine Gemahlin mit Kindern konnte die fleischlichen Gelüste von Prinz Aegon dem Älteren nur wenig stillen. Wenn wir Pilz glauben dürfen, zeugte er im gleichen Jahr, in dem seine Zwillinge geboren wurden, zwei uneheliche Kinder: einen Sohn mit einem Mädchen, dessen Jungfräulichkeit er in der Straße der Seide gewonnen hatte, und eine Tochter mit einer der Mägde seiner Mutter. Und im Jahr 127 gebar Prinzessin Helaena einen zweiten Sohn, der ein Drachenei und den Namen Maelor erhielt.

Königin Alicents andere Söhne waren inzwischen ebenfalls herangewachsen. Prinz Aemond war unter Anleitung von Ser Kriston Kraut trotz des fehlenden Auges ein geschickter und gefährlicher Schwertkämpfer geworden, blieb jedoch ein wildes und eigensinniges Kind, nachtragend und heißblütig. Sein kleiner Bruder Prinz Daeron war der beliebteste Sohn der Königin, ebenso klug wie höflich und dazu noch ausgesprochen hübsch. Als Daeron im Jahr 126 zwölf wurde, schickte man ihn nach Altsass, wo er Lord Hohenturm als Mundschenk und Knappe diente.

Im gleichen Jahr erkrankte jenseits der Schwarzwasserbucht die Seeschlange an einem plötzlichen Fieber. Während er von Maestern umringt im Bette lag, stellte sich die Frage, wer ihm als Lord der Gezeiten und Meister von Driftmark nachfolgen sollte, falls er der Krankheit erliegen sollte. Da seine beiden ehelichen Kinder verstorben waren, mussten seine Länder und Titel dem Gesetze nach eigentlich an seinen ältesten Enkelsohn Jacaerys fallen … doch da Jace vermutlich nach seiner Mutter den Eisernen Thron besteigen würde, drängte Prinzessin Rhaenyra ihren Schwiegervater, stattdessen ihren zweiten Sohn Lucerys zu seinem Erben zu erklären. Lord Corlys hatte jedoch selbst ein halbes Dutzend Neffen, und der Älteste, Ser Vaemond Velaryon, protestierte und behauptete, das Erbe müsse dem Rechte nach an ihn gehen, denn Rhaenyras Söhne seien Bastarde von Harwin Kraft. Die Prinzessin reagierte ohne Zögern: Sie schickte Prinz Daemon, der Ser Vaemond ergriff, ihm den Kopf abschlug und seine Leiche an ihren Drachen Syrax verfütterte.

Doch auch damit fand die Angelegenheit kein Ende. Ser Vaemonds Vettern flohen zusammen mit der Frau und den Söhnen des Toten nach Königsmund, um Gerechtigkeit zu fordern und vor dem König und der Königin ihren Anspruch geltend zu machen. König Viserys war inzwischen außerordentlich fett und rotgesichtig geworden und brachte kaum mehr die Kraft auf, um die Stufen des Eisernen Thrones zu erklimmen. Das Schweigen Seiner Gnaden war kalt wie Eis, während er Ser Vaemonds Vettern zuhörte, als sie ihren Fall vorbrachten, dann befahl er, allen, die gesprochen hatten, die Zunge herausreißen zu lassen. »Ihr wart gewarnt«, verkündete er, während sie davongezerrt wurden. »Diese Lügen höre ich mir nicht mehr an.«

Doch als Seine Gnaden vom Thron herabstieg, stolperte er, streckte die Hand aus und suchte nach Halt. Dabei schlitzte er sich die linke Hand bis zum Knochen an einer der schartigen Klingen auf, die aus dem Thron ragten. Obwohl Großmaester Mellos den Schnitt sofort mit gekochtem Wein auswusch und mit in heilende Salben getränkten Leinenstreifen verband, setzte bald ein Fieber ein, und viele fürchteten um das Leben des Königs. Erst nach der Ankunft von Prinzessin Rhaenyra aus Drachenstein wendete sich das Blatt, denn sie brachte ihren Heiler mit, Maester Gerardys, der rasch handelte und Seiner Gnaden zwei Finger abnahm, um ihm das Leben zu retten.

Obgleich die Tortur ihn sehr geschwächt hatte, konnte König Viserys schon bald wieder die Regierungsgeschäfte aufnehmen. Um seine Genesung zu feiern, wurde am ersten Tag des Jahres 127 ein großes Fest gegeben. Die Prinzessin und die Königin erhielten beide Befehl, daran teilzunehmen, und zwar mit allen Kindern. Als Zeichen der Freundschaft trugen beide Frauen die Farben der jeweils anderen, und zur großen Freude des Königs versicherten sich beide Seiten immer wieder ihrer gegenseitigen Zuneigung. Prinz Daemon brachte einen Trinkspruch auf Ser Otto Hohenturm aus und dankte ihm für seine treuen Dienste als Hand, und Ser Otto sprach im Gegenzug vom Mut des Prinzen, während sich Alicents und Rhaenyras Kinder mit Küssen begrüßten und an der Tafel gemeinsam das Brot brachen. So zumindest steht es in den Hofchroniken zu lesen.

Doch später am Abend, nachdem sich König Viserys bereits zurückgezogen hatte (denn Seine Gnaden ermüdete immer noch rasch), erhob sich Aemond Einauge, so erzählt uns Pilz, und brachte einen Trinkspruch auf seine Velaryon-Neffen aus, in dem er spöttisch ihr braunes Haar, ihre braunen Augen und ihre … Kraft bewunderte. »Ich kenne niemanden, der mit einer solchen Kraft gesegnet ist wie meine süßen Vettern«, endete er. »Lasst uns also die Becher leeren auf diese drei Jungen voller Kraft.« Noch später, so berichtet uns der Narr, fasste Aegon der Ältere es als Beleidigung auf, dass Jacaerys seine Gemahlin Helaena um einen Tanz bat. Wütende Worte fielen, und es wäre zu Handgreiflichkeiten zwischen den beiden Prinzen gekommen, wenn die Königsgarde nicht eingeschritten wäre. Ob König Viserys je über diese Vorfälle in Kenntnis gesetzt wurde, wissen wir nicht, doch Prinzessin Rhaenyra und ihre Söhne kehrten am nächsten Morgen nach Drachenstein zurück.

Nach dem Verlust der zwei Finger nahm Viserys I. nie wieder auf dem Eisernen Thron Platz. Er mied den Thronsaal sogar vollständig und hielt lieber Hof in seinem Solar, und später in seinem Schlafgemach inmitten von Maestern, Septonen und seinem treuen Narren

Pilz, dem einzigen Menschen, der ihn noch zum Lachen bringen konnte (behauptet Pilz).

Kurze Zeit später suchte der Fremde den Hof erneut heim, als Großmaester Mellos eines Nachts zusammenbrach, während er die Serpentinentreppe hinaufstieg. Er war stets eine mäßigende Stimme im Rat gewesen und hatte immer zur Besonnenheit und gutwilligen Einigung gedrängt, wenn es zwischen den Schwarzen und den Grünen zum Streit kam. Zum Ungemach des Königs diente der Tod des Mannes, den er »mein Freund und mein Vertrauter« nannte, nur dazu, neuen Zwist zwischen den beiden Parteien auszulösen.

Prinzessin Rhaenyra wollte, dass Maester Gerardys, der ihr lange auf Drachenstein gedient hatte, zu Mellos' Nachfolger erhoben wurde; schließlich hätte nur seine Heilkunst dem König das Leben gerettet, als er sich die Hand am Thron aufgeschlitzt hatte, führte sie an. Königin Alicent entgegnete jedoch, die Prinzessin und ihr Maester hätten Seine Gnaden unnötigerweise verstümmelt. Hätten sie nicht »hineingepfuscht«, hätte Großmaester Mellos mit Sicherheit nicht nur das Leben, sondern auch die Finger des Königs gerettet. Sie drängte auf die Ernennung eines gewissen Maesters Alfador, der gegenwärtig im Hohen Turm diente. Viserys, dem beide Parteien zusetzten, entschied sich für keinen von beiden; stattdessen erinnerte er sowohl die Prinzessin als auch die Königin daran, dass die Wahl ihm gar nicht zustand. Die Zitadelle von Altsass bestimmte den Großmaester, nicht die Krone. Und zu gegebener Zeit verlieh das Konklave die Amtskette des Großmaesters an Erzmaester Orwyl, einen der ihren.

König Viserys gewann ein wenig von seiner alten Kraft zurück, als der neue Großmaester am Hof eintraf. Septon Konstans erzählt uns, es sei seinen Gebeten zu verdanken gewesen, doch die meisten glauben, dass Orwyls Tränke und Tinkturen bessere Wirkung zeigten als die Blutegel, die Mellos bevorzugt eingesetzt hatte. Doch die Erholung währte nur kurz, und die Gicht, Brustschmerzen und Atemnot plagten den König erneut. In den letzten Jahren seiner Herrschaft überließ Viserys aufgrund seiner geschwächten Gesundheit die Regierungsgeschäfte mehr und mehr seiner Hand und dem

Kleinen Rat. Zwangsläufig müssen wir uns daher genauer mit den Mitgliedern eben dieses Kleinen Rates am Vorabend der großen Katastrophe des Jahres 129 befassen, denn sie sollten bei den folgenden Ereignissen eine wichtige Rolle spielen.

Die Hand des Königs war noch immer Ser Otto Hohenturm, der Vater der Königin und Onkel des Lords von Altsass. Großmaester Orwyl war das neueste Mitglied des Rates und schien weder die Schwarzen noch die Grünen zu bevorzugen. Lord Kommandant der Königsgarde war jedoch noch immer Ser Kriston Kraut, und in ihm hatte Rhaenyra einen erbitterten Feind. Der greise Lord Lyman Biengraben war der Meister der Münze, und in diesem Amt diente er mit kurzen Unterbrechungen schon seit den Tagen des Alten Königs. Die jüngsten Angehörigen des Rates waren der Lord Admiral und Meister der Schiffe, Ser Tyland Lennister, der Bruder des Lords von Casterlystein, und der Lord Konfessor und Meister der Flüsterer, Larys Kraft, der Lord von Harrenhal. Lord Jasper Wyld, der Meister des Rechts, im gemeinen Volk »Eisenrute« genannt, vervollständigte den Rat. (Lord Wylds unbeugsame Haltung in Angelegenheiten des Rechts hatten ihm, wie Septon Konstans sagt, diesen Beinamen eingebracht. Pilz dagegen behauptet, Eisenrute trage den Namen wegen der Steifheit seines Geschlechtsteils, denn er habe neunundzwanzig Kinder mit vier Gemahlinnen gezeugt, ehe die letzte vor Erschöpfung verblichen war.)

Während die Sieben Königslande das 129. Jahr nach Aegons Eroberung mit Freudenfeuern, Festen und Gelagen begrüßten, verfiel König Viserys I. Targaryen mehr und mehr. Seine Brustschmerzen waren so schlimm geworden, dass er keine Treppe mehr erklimmen konnte und in einem Stuhl durch den Roten Bergfried getragen werden musste. Im zweiten Mond des Jahres verlor Seine Gnaden den Appetit und regierte das Reich vom Bette aus … wenn er sich denn überhaupt stark genug fühlte zu regieren. An den meisten Tagen überließ er die Regierungsgeschäfte seiner Hand, Ser Otto Hohenturm. Inzwischen war Prinzessin Rhaenyra auf Drachenstein erneut hochschwanger. Auch sie musste das Bett hüten.

Am dritten Tag des dritten Mondes im Jahre 129 besuchte Prinzessin Helaena ihren Vater, den König, mit ihren drei Kindern in dessen Gemächern. Die Zwillinge Jaehaerys und Jaehaera waren fünf Jahre alt, ihr Bruder Maelor erst zwei. Seine Gnaden gab dem Kleinen einen Perlenring von seinem Finger, mit dem er spielen durfte, und erzählte den Zwillingen die Geschichte, wie ihr Ururgroßvater und Namensvetter Jaehaerys, der Alte König, mit seinem Drachen hoch in den Norden geflogen war bis zur Mauer, wo er ein riesiges Heer aus Wildlingen, Riesen und Wargen besiegt hatte. Obgleich die Kinder die Geschichte schon ein Dutzend Mal gehört hatten, lauschten sie aufmerksam. Zum Schluss klagte der König über Müdigkeit und ein Engegefühl in der Brust und schickte sie hinaus. Dann schloss Viserys aus dem Hause Targaryen, der Erste Seines Namens, König der Andalen, der Rhoynar und der Ersten

Menschen, Herr der Sieben Königslande und Protektor des Reiches, die Augen und schlief ein.

Er sollte nie mehr erwachen. Seine Gnaden wurde zweiundfünfzig Jahre alt und hatte sechsundzwanzig Jahre lang über den größten Teil von Westeros geherrscht.

Danach brach ein Sturm über das Reich herein, und die Drachen tanzten.

DAS STERBEN DER DRACHEN

DIE SCHWARZEN UND DIE GRÜNEN

Der Drachentanz ist der blumige Name für den grausamen, zerstörerischen Streit um den Eisernen Thron von Westeros, den zwei konkurrierende Linien des Hauses Targaryen in den Jahren 129 bis 131 n.A.E. austrugen. Die finsteren, turbulenten und blutigen Ereignisse jener Ära als »Tanz« zu bezeichnen mag uns sowohl unangemessen als auch grotesk erscheinen. Ohne Zweifel prägte ein Sänger diesen Ausdruck. »Das Sterben der Drachen« wäre zweifellos ein passenderer Name gewesen, doch die Tradition, der Lauf der Zeiten und Großmaester Munkun haben den eher poetischen Namen in den Geschichtsbüchern geprägt, und daher müssen wir zusammen mit den anderen tanzen.

Beim Tode König Viserys' I. Targaryen erhoben zwei herausragende Anwärter Anspruch auf den Eisernen Thron: seine Tochter Rhaenyra, das einzige überlebende Kind aus seiner ersten Ehe, und Aegon, sein ältester Sohn von seiner zweiten Gemahlin. Inmitten des Chaos und Gemetzels, das durch ihre Rivalität ausgelöst wurde, meldeten auch andere Möchtegern-Könige Anspruch auf den Thron an und stolzierten zwei Wochen oder einen Mond lang wie Mimen auf großer Bühne umher, ehe sie ebenso schnell fielen, wie sie sich erhoben hatten.

Der Tanz spaltete die Sieben Königslande, da Lords, Ritter und gemeines Volk für die eine oder die andere Seite Partei ergriffen und die Waffen gegeneinander erhoben. Sogar durch das Haus Targaryen zog sich ein Riss, als die Angehörigen, Verwandten und Kinder der beiden Anwärter in die Kämpfe verwickelt wurden. Der zweijährige Krieg forderte zudem einen schrecklichen Blutzoll von den großen Lords von Westeros sowie ihren Vasallen, Rittern und dem gemeinen Volk. Zwar überlebte die Dynastie, doch die Targaryen verloren einen Großteil ihrer Macht, und die letzten Drachen der Welt wurden stark dezimiert.

Der Tanz war anders als alle bisherigen Kriege in der langen Geschichte der Sieben Königslande. Obgleich auch Heere in blutige Schlachten zogen, fand ein großer Teil des Gemetzels zu Wasser und vor allem in den Lüften statt, wo die Drachen mit Zähnen, Klauen und Flammen aufeinander losgingen. Der Krieg zeichnete sich durch Heimtücke, Mord und Verrat aus und wurde auch in den Schatten von Hinterzimmern und Treppenhäusern, in Ratssälen und Burghöfen geführt, mit Messern und Lügen und Gift.

Nach langem Schwelen brach der Konflikt am dritten Tag des dritten Mondes des Jahres 129 n.A.E. offen aus, als der dahinsiechende, bettlägerige König Viserys I. Targaryen im Roten Bergfried von Königsmund die Augen zu einem Nickerchen schloss und im Schlaf verschied. Sein Leichnam wurde von einem Diener zur Stunde der Fledermaus entdeckt, zu welcher der König einen Becher Hippokras zu trinken pflegte. Der Diener eilte zu Königin Alicent, deren Gemächer unmittelbar unter denen des Königs lagen, um ihr die Nachricht zu überbringen.

Septon Konstans, der seinen Bericht über diese Ereignisse einige Jahre später verfasste, weist darauf hin, dass der Diener die traurige Kunde der Königin direkt und nur ihr allein übermittelte, ohne die gesamte Burg zu wecken. Konstans hält das durchaus nicht für einen Zufall, denn der Tod des Königs war bereits seit geraumer Zeit erwartet worden, und Königin Alicent und ihre Partei, die sogenannten Grünen, hatten Viserys' Wachen und Dienerschaft genaue Anweisungen erteilt, was zu tun sei, wenn es geschah.

(Der Zwerg Pilz deutet finstere Machenschaften an, denen zufolge Königin Alicent König Viserys bei seinem Abgang mit einer Prise Gift im Hippokras nachgeholfen haben soll. Dazu muss allerdings angemerkt werden, dass sich Pilz in der Todesnacht des Königs nicht in Königsmund aufhielt, sondern auf Drachenstein, wo er Prinzessin Rhaenyra diente.)

Königin Alicent eilte unverzüglich in Begleitung Ser Kriston Krauts, des Lord Kommandanten der Königsgarde, in das Schlafgemach des Königs. Sobald sie sich von Viserys' Tod überzeugt hatte, ließ Ihre Gnaden den Raum verschließen und unter Bewachung stellen. Der Diener, der die Leiche des Königs entdeckt hatte, wurde in Gewahrsam genommen, damit er die Nachricht nicht verbreiten konnte. Ser Kriston kehrte in den Turm der Weißen Schwerter zurück und schickte seine Brüder von der Königsgarde aus, um die Mitglieder des Kleinen Rates zu versammeln. Dies geschah zur Stunde der Eule.

Damals wie heute besteht die Geschworene Bruderschaft der Königsgarde aus sieben Rittern, Männern, deren Treue erwiesen ist und deren Fähigkeiten ihresgleichen suchen und die in feierlichem Eid geloben, den König und seine Familie mit ihrem Leben zu schützen. Nur fünf Weißröcke waren in Königsmund, als Viserys starb: Ser Kriston selbst, Ser Arryk Cargyll, Ser Rickard Thorn, Ser Steffon Finsterlyn und Ser Willis Grimm. Ser Erryk Cargyll (Ser Arryks Zwillingsbruder) und Ser Lorent Marbrand weilten mit Prinzessin Rhaenyra auf Drachenstein und waren daher nicht dabei, als ihre Waffenbrüder durch die Nacht eilten und die Mitglieder des Kleinen Rates aus den Betten scheuchten.

Der Rat kam in den Gemächern der Königin in Maegors Feste zusammen. Wir kennen zahlreiche Berichte darüber, was in dieser Nacht gesagt und getan wurde. Am ausführlichsten und zuverlässigsten schildert Großmaester Munkun die Ereignisse in *Der Drachentanz. Eine wahre Geschichte*. Zwar wurde Munkuns umfassendes Geschichtswerk erst eine Generation später verfasst und bezog verschiedene Arten von Quellen mit ein, darunter die Chroniken von Maestern, Erinnerungen, Aufzeichnungen verschiedener Haushofmeister und Gespräche mit einhundertsiebenundvierzig noch lebenden Zeugen der großen Ereignisse dieser Zeit, doch bei der Darstellung der Ereignisse am Hof verlässt er sich auf die Bekenntnisse Großmaester Orwyls, wie er sie vor seiner Hinrichtung niedergelegt hat. Anders als Pilz und Septon Konstans, deren Schilderungen auf Gerüchten, Hörensagen und Familienlegenden beruhen, war der Großmaester bei der Sitzung persönlich anwesend und an den Erwägungen und Entscheidungen des Rates beteiligt. Wobei wir im Hinterkopf behalten sollten, dass Orwyl zu dem Zeitpunkt, zu dem er seine Bekenntnisse niederschrieb, sehr daran gelegen war, sich selbst im günstigsten Licht darzustellen und sich von der Schuld an allem, was folgen sollte, freizusprechen. Daher ist es möglich, dass Munkuns *Wahre Geschichte* seinen Vorgänger in etwas zu vorteilhaftem Licht darstellt.

Während die Leiche ihres Hohen Gemahls oben erkaltete, versammelten sich in den Gemächern der Königin darunter folgende Personen von Rang: Königin Alicent selbst, ihr Vater Ser Otto Hohenturm, die Hand des Königs, Ser Kriston Kraut, der Lord Kommandant der Königsgarde, Großmaester Orwyl, Lord Lyman Biengraben, der Meister der Münze, ein Mann von achtzig Jahren, Ser Tyland Lennister, der Meister der Schiffe und Bruder des Lords von Casterlystein, Larys Kraft, genannt Larys Klumpfuß, der Lord von Harrenhal und Meister der Flüsterer, sowie Lord Jasper Wyld, genannt Eisenrute, der Meister des Rechts. Großmaester Munkun nennt diese Versammlung in seiner *Wahren Geschichte* den »Grünen Rat«.

Großmaester Orwyl eröffnete die Sitzung mit einem Überblick über die üblichen Aufgaben und Prozeduren, die der Tod eines Königs nach sich zog. Er sagte: »Septon Konstans sollte gerufen werden, damit er die letzten Riten vollziehen und für die Seele des Königs beten kann. Außerdem muss sofort ein Rabe nach Drachenstein geschickt werden, um Prinzessin Rhaenyra über den Tod ihres Vaters zu unterrichten. Vielleicht könnten Ihre Gnaden die Königin

den Brief selbst schreiben und die traurige Nachricht mit mitfühlenden Worten mildern? Zum Tode eines Königs werden zudem stets die Glocken geläutet, um das Volk über sein Dahinscheiden zu unterrichten, darum sollte sich ebenfalls jemand kümmern, und natürlich müssen wir Vorbereitungen für Königin Rhaenyras Krönung …«

Ser Otto Hohenturm unterbrach ihn. »All dies muss warten«, verkündete er, »bis die Frage der Thronfolge geklärt ist.« Als Hand des Königs war er bevollmächtigt, mit der Stimme des Königs zu sprechen und in Abwesenheit des Herrschers sogar auf dem Eisernen Thron zu sitzen. Viserys hatte ihm die Befugnis verliehen, über die Sieben Königslande zu herrschen, und seine Herrschaft würde fortdauern »bis zu dem Tage, an dem unser neuer König gekrönt ist«.

»Bis unsere neue *Königin* gekrönt ist«, wandte jemand ein. In Großmaester Munkuns Bericht war es Orwyl, der leise diese kleine

Korrektur anbrachte. Pilz und Septon Konstans hingegen bestehen darauf, dass es Lord Biengraben war, der das Wort ergriff, und zwar angriffslustig wie eine Wespe.

»*König*«, beharrte Königin Alicent. »Dem Rechte nach muss der Eiserne Thron nach dem Tod des Königs an dessen ältesten ehelich geborenen Sohn gehen.«

Die darauffolgende Auseinandersetzung dauerte fast bis zum Morgengrauen, wie uns Großmaester Munkun berichtet, was auch Pilz und Septon Konstans so schildern. In ihren Darstellungen spricht sich lediglich Lord Biengraben für Prinzessin Rhaenyra aus. Der betagte Meister der Münze hatte König Viserys während des größten Teils seiner Herrschaftszeit gedient und vor ihm sogar schon seinem Großvater Jaehaerys, dem Alten König. Er erinnerte den Rat daran, dass Rhaenyra älter war als ihre drei Brüder und dass in ihren Adern über ihre Mutter Aemma mehr Targaryen-Blut floss, dass der verstorbene König sie zu seiner Thronfolgerin bestimmt hatte, dass er sich darüberhinaus mehrfach geweigert hatte, die Thronfolge zu ändern, obgleich Königin Alicent und ihre Grünen ihn immer wieder darum gebeten hatten, dass außerdem Hunderte von Lords und Rittern mit Landbesitz der Prinzessin im Jahre 105 n.A.E. ihre Ehrerbietung bezeugt und feierlich geschworen hatten, ihre Rechte zu verteidigen. (Die Darstellung Großmaester Orwyls unterscheidet sich nur insofern davon, als er viele von Biengrabens Argumenten sich selbst in den Mund legt, allerdings lassen die folgenden Ereignisse darauf schließen, dass er hier nicht die Wahrheit sagt, wie wir gleich sehen werden.)

Doch diese Worte stießen auf taube Ohren. Ser Tyland verwies darauf, dass viele Lords, die geschworen hatten, für Prinzessin Rhaenyra einzutreten, längst gestorben waren. »Das ist vierundzwanzig Jahre her«, sagte er. »Ich selbst habe keinen solchen Eid geleistet. Ich war damals noch ein Kind.« Eisenrute, der Meister des Rechts, zitierte die Beschlüsse des Großen Rats aus dem Jahre 101 n.A.E. und erinnerte daran, dass der Alte König selbst im Jahre 92 n.A.E. seinen zweitgeborenen Sohn Baelon anstelle seiner Enkelin Rhaenys zum Thronfolger erklärt hatte, hielt dann einen weitschweifigen Vortrag über Aegon den Eroberer und dessen Schwestern sowie die geheiligte andalische Tradition, der zufolge der Anspruch eines ehelich geborenen Sohnes stets dem einer bloßen Tochter vorzuziehen sei. Ser Otto erinnerte den Rat daran, dass Rhaenyras Gemahl niemand anderer als Prinz Daemon sei: »Und wir wissen alle, was das für einer ist. Täuscht Euch nicht, sollte Rhaenyra jemals den Eisernen Thron besteigen, so wird es Lord Flohloch sein, der über uns herrscht, ein Prinzgemahl so grausam und gnadenlos, wie es Maegor nur sein konnte. Mein Kopf wird der erste sein, der rollt, daran zweifle ich nicht, doch der Kopf Eurer Königin, meiner Tochter, wird bald darauf folgen.«

Königin Alicent stimmte ihrem Vater zu. »Sie werden auch meine Kinder nicht verschonen«, erklärte sie. »Aegon und seine Brüder sind die ehelich geborenen Söhne des Königs, sie haben mehr Anspruch auf den Thron als ihre Brut von Bastarden. Daemon wird einen Vorwand finden, um sie alle hinrichten zu lassen. Sogar Helaena und ihre Kleinen. Einer dieser Krafts hat Aemond das Auge ausgestochen, vergesst das nicht. Er war zwar damals noch ein Kind, zugegeben, aber das Kind ist der Vater des Mannes, und Bastarde sind von Natur aus schlecht.«

Ser Kriston Kraut ergriff das Wort. Wenn die Prinzessin den Eisernen Thron bestiege, so gab er zu bedenken, werde Jacaerys Velaryon nach ihr herrschen. »Die Sieben seien dem Reich gnädig, wenn wir einen Bastard auf den Eisernen Thron setzen.« Er sprach über Rhaenyras lüsternes Wesen und die Ehrlosigkeit ihres Gemahls. »Sie werden den Roten Bergfried in ein Bordell verwandeln. Keines Mannes Tochter wird sich sicher wähnen dürfen, auch keines Mannes Weib. Selbst die Knaben … Wir wissen ja, wie Laenor war.«

Die Aufzeichnungen geben keine Auskunft darüber, ob auch Lord Larys Kraft etwas zu der Diskussion beitrug, doch das verwundert nicht. Obgleich der Meister der Flüsterer wenn nötig zungenfertig sein konnte, hortete er in der Regel seine Worte wie ein Geizhals seine Münzen und zog es vor, schweigend zuzuhören.

»Wenn wir das tun«, warnte Großmaester Orwyl den Rat der *Wahren Geschichte* zufolge, »beschwören wir einen Krieg herauf. Die

Prinzessin wird nicht ohne Widerstand beiseitetreten, und sie hat Drachen.«

»Und Freunde«, verkündete Lord Biengraben. »Männer von Ehre, die die Eide, die sie ihr und ihrem Vater geleistet haben, nicht vergessen. Ich mag ein alter Mann sein, doch ich bin noch längst nicht so alt, um widerspruchslos danebenzusitzen, während Euresgleichen hier Komplotte schmiedet, um ihr die Krone zu stehlen.« Mit diesen Worten erhob er sich und wollte gehen.

Über die nun folgenden Ereignisse sind sich unsere Quellen nicht einig.

Großmaester Orwyl behauptet, Lord Biengraben sei auf Befehl von Ser Otto Hohenturm noch an der Tür ergriffen und in den Kerker gebracht worden, wo er in einer Schwarzen Zelle einer Erkältung erlegen sei, während er auf seinen Prozess wartete.

Septon Konstans weiß anderes zu berichten. Ihm zufolge drückte Ser Kriston Kraut Lord Biengraben in seinen Stuhl zurück und schlitzte ihm mit dem Dolch die Kehle auf. Pilz dagegen beschuldigt zwar auch Ser Kriston des Mordes an dem alten Mann, aber in seiner Fassung packte Kraut den Lord am Kragen und stieß ihn aus dem Fenster, sodass Biengraben von den eisernen Spornen im trockenen Graben von Maegors Feste aufgespießt wurde.

In einer Hinsicht stimmen alle drei Chronisten überein: Das erste Blut, das im Drachentanz vergossen wurde, gehörte Lord Lyman Biengraben, dem Meister der Münze und Lord Kämmerer der Sieben Königslande.

Für die Zeit danach gibt es keinen weiteren Widerspruch. Den Rest der Nacht verbrachte man mit der Planung der Krönung des neuen Königs (alle waren sich einig, dass die Krönung so bald wie möglich stattfinden müsse) und der Zusammenstellung von Listen, auf denen mögliche Verbündete und wahrscheinliche Feinde verzeichnet wurden, für den Fall, dass sich Prinzessin Rhaenyra weigerte, König Aegons Thronbesteigung hinzunehmen. Dass die Prinzessin kurz vor der Niederkunft stand und auf Drachenstein ans Wochenbett gefesselt war, verschaffte Königin Alicents Grünen einen Vorteil: Je länger Rhaenyra nichts vom Tod des Königs wusste, desto später konnte sie eingreifen. »Vielleicht stirbt die Hure ja im Kindbett«, soll Königin Alicent gesagt haben (Pilz zufolge).

In jener Nacht flogen keine Raben. Auch die Glocken schwiegen. Die Diener, die vom Tod des Königs wussten, wurden in den Kerker geworfen. Ser Kriston Kraut erhielt die Aufgabe, alle »Schwarzen«, die sich bei Hofe aufhielten, in Gewahrsam zu nehmen, also alle Lords und Ritter, die möglicherweise für Prinzessin Rhaenyra Partei ergreifen könnten. »Verzichtet auf Gewalt, solange sie keinen Widerstand leisten«, befahl Ser Otto Hohenturm. »Denen, die das Knie beugen und König Aegon die Treue schwören, soll von unserer Hand kein Leid widerfahren.«

»Und was ist mit denen, die sich weigern?«, fragte Großmaester Orwyl.

»Sie sind Verräter«, antwortete Eisenrute, »und sollen den Tod von Verrätern sterben.«

Da ergriff Lord Larys Kraft, der Meister der Flüsterer, zum ersten und einzigen Mal das Wort. »Lasst uns diesen Eid als Erste ablegen«, sagte er, »damit es keine Verräter unter uns gibt.« Klumpfuß zog seinen Dolch und schnitt sich in die Handfläche. »Einen Blutschwur«, drängte er, »der uns alle bindet und uns bis zum Tod zu Brüdern macht.« Und so schnitten sich die Verschwörer die Handflächen auf, drückten einander die Hand und schworen sich Bruderschaft. Nur Königin Alicent wurde ausgenommen, da sie eine Frau war.

Die Dämmerung zog bereits über der Stadt herauf, als Königin Alicent die Königsgarde entsandte, um ihre Söhne Aegon und Aemond in den Rat zu holen (Prinz Daeron, ihr jüngster Sohn und das sanftmütigste ihrer Kinder, befand sich in Altsass, wo er Lord Ormund Hohenturm als Knappe diente).

Der einäugige Prinz Aemond, neunzehn Jahre alt, war gerade in der Waffenkammer, wo er Rüstung und Kettenhemd für seine morgendlichen Übungen im Burghof anlegte. »Ist Aegon jetzt König«, fragte er Ser Willis Grimm, »oder müssen wir vor der alten Hure niederknien und ihr die Fotze küssen?« Prinzessin Helaena frühstückte gerade mit ihren Kindern, als die Königsgarde zu ihr kam … doch als man sie fragte, wo Prinz Aegon, ihr Brudergemahl, sei, antwortete sie nur: »In meinem Bett ist er nicht, da könnt Ihr sicher sein, aber seht nur ruhig unter der Decke nach.«

Prinz Aegon habe ausgelassen gefeiert, schreibt Munkun vage in seiner *Wahren Geschichte. Pilzens Zeugnis* zufolge fand Ser Kriston den jungen künftigen König betrunken und nackt in einer Rattengrube in Flohloch, wo zwei Gossenjungen mit spitzgefeilten Zähnen zu seiner Unterhaltung aufeinandergehetzt wurden, die sich gegenseitig an die Kehle gingen, während ein Mädchen, das kaum älter gewesen sein soll als zwölf Jahre, sein Glied mit dem Mund liebkoste. Wir wollen dieses hässliche Bild als ganz und gar typisch für Pilz betrachten und uns stattdessen lieber den Worten von Septon Konstans zuwenden.

Zwar räumt der gute Septon ein, dass Prinz Aegon bei einer Mätresse war, als er gefunden wurde, er besteht jedoch darauf, dass das Mädchen die Tochter eines wohlhabenden Händlers gewesen und außerdem gut versorgt gewesen sei. Der Prinz soll sich anfangs geweigert haben, an den Plänen seiner Mutter mitzuwirken. »Meine Schwester ist die Thronfolgerin, nicht ich«, erklärte er Konstans zufolge. »Was ist das für ein Bruder, der seiner Schwester ihr Geburtsrecht raubt?« Erst als ihn Ser Kriston davon überzeugte, dass die Prinzessin ihn und seine Brüder mit Sicherheit hinrichten lassen würde, sobald sie die Krone trüge, begann Aegon zu zweifeln. »Solange noch ein ehelich geborener Targaryen lebt, darf kein Kraft hoffen, je auf dem Eisernen Thron zu sitzen«, sagte Kraut. »Rhaenyra bleibt gar keine andere Wahl, als Euch und Eure Brüder zu enthaupten, wenn sie es ihren Bastarden ermöglichen will, nach ihr auf den Thron zu gelangen.« Dies und dies allein überzeugte Prinz Aegon davon, die Krone anzunehmen, die der Kleine Rat ihm anbot, behauptet unser sanfter Septon mit Nachdruck.

Während die Ritter der Königsgarde nach Königin Alicents Söhnen suchten, beriefen andere Boten den Kommandanten der Stadtwache und seine Hauptleute ein (es waren sieben, die jeweils den Befehl über eines der Stadttore führten). Fünf dieser Männer schienen Prinz Aegons Sache wohlwollend gegenüberzustehen, als man sie befragte. Die anderen beiden und der Kommandant wurden für unzuverlässig erachtet und fanden sich daraufhin in Ketten wieder. Ser Luthor Largent, der Furchterregendste der »treuen Fünf«, wurde zum neuen Kommandanten der Goldröcke ernannt. Largent war ein Bulle von einem Mann, fast sieben Fuß groß, und sollte angeblich einmal ein Streitross mit einem einzigen Hieb erschlagen haben. Da Ser Otto jedoch ein umsichtiger Mann war, ernannte er seinen Sohn Ser Gawan Hohenturm (den Bruder der Königin) zu Largents Stellvertreter und schärfte ihm ein, Ser Luthor genau im Auge zu behalten und auf jedes Anzeichen von Untreue zu achten.

Anstelle des verstorbenen Lord Biengraben wurde Ser Tyland Lennister zum Meister der Münze ernannt und übernahm umgehend die Kontrolle über die königliche Schatzkammer. Das Gold der Krone wurde in vier gleich große Teile aufgeteilt. Ein Viertel wurde der Eisernen Bank von Braavos zur Aufbewahrung anvertraut, ein zweites unter schwerer Bewachung nach Casterlystein überführt, ein drittes in gleicher Weise nach Altsass. Das letzte Viertel war für Bestechung und Geschenke gedacht und um Söldner anzuheuern, falls nötig. Um Ser Tyland als Meister der Schiffe zu ersetzen, wandte sich Ser Otto an die Eiseninseln und schickte einen Raben zu Dalten Graufreud, dem Roten Kraken, dem wagemutigen und blutrünstigen sechzehnjährigen Lord Schnitter von Peik, und bot ihm für seine Gefolgschaft den Posten des Lord Admirals und einen Sitz im Kleinen Rat an.

Ein Tag verging und dann ein zweiter. Weder die Septone noch die Schweigenden Schwestern wurden in das Schlafgemach gerufen, in dem König Viserys' Leiche lag, aufquoll und zu verwesen begann. Keine Glocken läuteten. Raben flogen, aber nicht nach Drachenstein. Stattdessen trugen ihre Schwingen sie nach Altsass, Casterlystein, Schnellwasser, Rosengarten und zu vielen anderen Lords und Rittern, von denen Königin Alicent annahm, sie würden die Sache ihres Sohnes unterstützen.

Die Annalen des Großen Rates aus dem Jahre 101 n.A.E. wurden aus dem Archiv geholt und durchgesehen. Man listete genauestens auf, welche Lords sich für Viserys ausgesprochen hatten und welche Rhaenys, Laena oder Laenor unterstützt hatten. Die versammelten Lords hatten mit zwanzigfacher Übermacht für den männlichen Anwärter aus der männlichen Linie und gegen einen Thronfolger aus der weibliche Linie gestimmt, aber es hatte auch Abweichler gegeben, und eben jene Häuser würden jetzt höchstwahrscheinlich Prinzessin Rhaenyra unterstützen, sollte es zum Krieg kommen. Die Prinzessin konnte auf die Seeschlange und seine Flotte zählen, vermutete Ser Otto, und wahrscheinlich auch auf die meisten anderen Lords der Ostküste: mit ziemlicher Sicherheit auf die Lords Bar Emmon, Massie, Celtigar und Krabb und vielleicht sogar den Abendstern von Tarth. Abgesehen von den Velaryons verfügte keins dieser Häuser über eine große Streitmacht. Die Nordmänner gaben mehr Anlass zur Sorge: Winterfell hatte sich in Harrenhal für Rhaenys ausgesprochen, desgleichen Lord Starks Vasallen, Staublin von Hüglingen und Manderly von Weißwasserhafen. Auch auf das Haus Arryn konnte König Aegon nicht zählen, denn in Hohenehr herrschte eine Frau, Lady Jeyne, die Jungfrau vom Grünen Tal, deren Rechte infrage gestellt würden, wenn Prinzessin Rhaenyra übergangen würde.

Als größte Gefahr galt allerdings Sturmkap, denn das Haus Baratheon hatte die Ansprüche von Prinzessin Rhaenys und ihren Kindern stets unerschütterlich unterstützt. Zwar war der alte Lord Boremund inzwischen gestorben, doch sein Sohn zeigte sich noch streitlustiger als sein Vater, und die geringeren Sturmlords würden ihm mit Sicherheit folgen, wo auch immer er sie hinführte. »Dann müssen wir dafür sorgen, dass er sie zu unserem König führt«, erklärte Königin Alicent. Woraufhin sie nach ihrem zweiten Sohn schickte.

Und so kam es, dass es kein Rabe war, der an jenem Tag in Richtung Sturmkap in die Lüfte aufstieg, sondern Vhagar, der älteste und größte Drache von Westeros. Auf ihrem Rücken ritt Prinz Aemond Targaryen, dessen leere Augenhöhle ein Saphir schmückte. »Deine Aufgabe besteht darin, die Hand einer der vier Töchter Lord Baratheons zu gewinnen«, schärfte ihm sein Großvater Ser Otto ein, ehe er aufbrach. »Ganz egal, welche. Umgarne sie und heirate sie, dann wird Lord Borros die Sturmlande deinem Bruder mit Handkuss übergeben. Solltest du aber scheitern …«

»Ich scheitere nicht«, brauste Prinz Aemond auf. »Aegon wird Sturmkap bekommen und ich eins von den Mädchen.«

Als Prinz Aemond aufbrach, waberte der Gestank aus dem Schlafgemach des toten Königs bereits überall durch Maegors Feste, und bei Hofe und in der Burg kursierten die wildesten Geschichten und Gerüchte. Es waren schon so viele, deren Loyalität man bezweifelte, in den Verliesen unter dem Roten Bergfried verschwunden, dass sich selbst der Hohe Septon zu wundern begann und einen Brief aus der Sternensepte in Altsass schickte, in dem er sich nach einigen der Verschwundenen erkundigte. Ser Otto Hohenturm, der gründlicher plante als jede Hand des Königs zuvor, wünschte sich mehr Zeit für weitere Vorbereitungen, doch Königin Alicent wusste, dass sie die Krönung nicht länger hinauszögern konnten. Prinz Aegon war die Geheimniskrämerei leid. »Bin ich nun König oder nicht?«, wollte er von seiner Mutter wissen. »Wenn ich König bin, dann krönt mich auch.«

Am zehnten Tag des dritten Mondes des Jahres 129 n.A.E. begannen die Glocken zu läuten und verkündeten das Ende einer Herrschaft. Endlich durfte Großmaester Orwyl seine Raben entsenden, und die schwarzen Vögel stoben zu Hunderten in den Himmel hinauf und verbreiteten die Nachricht von Aegons Thronbesteigung bis in die hinterste Ecke des Reiches. Man schickte nach den Schweigenden Schwestern, damit sie die Leiche des Königs auf die Einäscherung vorbereiteten, und Reiter auf fahlen Pferden brachten die Neuigkeiten in Königsmund unter das Volk. Sie riefen: »König Viserys ist tot, lang lebe König Aegon.« Als die Menschen die Herolde hörten, schreibt Munkun, weinten manche, während andere jubelten, doch die meisten der einfachen Leute starrten nur schweigend, verwirrt und argwöhnisch vor sich hin, und vereinzelt rief jemand laut aus: »Lang lebe die Königin.«

Währenddessen waren die hastigen Vorbereitungen für die Krönung in vollem Gange. Stattfinden sollte sie in der Drachengrube.

Die Steinbänke unter der mächtigen Kuppel boten achtzigtausend Menschen Platz, und mit ihren dicken Wänden, dem starken Dach und den hohen Bronzetoren war die Grube gut zu verteidigen, falls jemand versuchen sollte, die Zeremonie zu stören.

Am festgelegten Tag setzte Ser Kriston Kraut König Viserys' und Königin Alicents ältestem Sohn die rubinbesetzte Krone aus valyrischem Stahl von Aegon dem Eroberer aufs Haupt und rief Aegon aus dem Hause Targaryen, den Zweiten Seines Namens, zum König der Andalen und der Rhoynar und der Ersten Menschen, Herrn der Sieben Königslande und Protektor des Reiches aus. Seine Mutter, die vom Volk geliebte Königin Alicent, setzte ihrer Tochter Helaena, Aegons Schwestergemahlin, ihre eigene Krone aufs Haupt. Sie gab ihrer Tochter einen Kuss auf beide Wangen, kniete vor ihr, neigte den Kopf und sprach: »Meine Königin.«

Wie viele Zuschauer kamen, um der Krönung beizuwohnen, ist bis heute umstritten. Großmaester Munkun folgt hier Orwyl und behauptet, mehr als einhunderttausend Menschen hätten sich in die Drachengrube gedrängt, und ihr Jubel sei so laut gewesen, dass die Wände erzitterten, während Pilz berichtet, die Steinbänke seien nur zur Hälfte besetzt gewesen. Da der Hohe Septon in Altsass weilte und zu alt und zu gebrechlich war, um die Reise nach Königsmund anzutreten, fiel es Septon Konstans zu, König Aegons Stirn mit den heiligen Ölen zu salben und ihn in den Sieben Namen Gottes zu segnen.

Manch aufmerksamem Beobachter unter den Zuschauern mag aufgefallen sein, dass nur vier Weißröcke dem neuen König aufwarteten, nicht fünf, wie noch am Tag zuvor. Aegon II. hatte in der vorangegangenen Nacht den ersten Treuebruch erlebt, als sich Ser Steffon Finsterlyn von der Königsgarde mitsamt seinem Knappen, zwei Haushofmeistern und vier Wachleuten aus der Stadt geschlichen hatte. Im Schutz der Dunkelheit waren sie durch ein Seitentor geflohen, um zu einem wartenden Fischerboot zu gelangen, das sie nach Drachenstein brachte. Mit sich führten sie eine gestohlene Krone: einen Reif aus gelbem Gold, der mit sieben Edelsteinen in verschiedenen Farben verziert war. Es handelte sich um die Krone, die König Viserys getragen hatte und der Alte König Jaehaerys vor ihm. Als Prinz Aegon sich entschied, den rubinbesetzten Reif aus valyrischem Stahl seines Namenspatrons, des Eroberers, zu tragen, hatte Königin Alicent befohlen, Viserys' Krone wegzuschließen, doch der Haushofmeister, dem diese Aufgabe übertragen worden war, hatte sich stattdessen mit ihr davongemacht.

Nach der Krönung geleiteten die verbliebenen Ritter der Königsgarde Aegon zu seinem Drachen, einem prächtigen Geschöpf mit glänzenden goldenen Schuppen und hellen rosafarbenen Membranschwingen. »Sonnfeuer« lautete der Name, der diesem Drachen der goldenen Morgenröte gegeben worden war. Munkun berichtet uns, der König sei dreimal um die Stadt geflogen, ehe er innerhalb der Mauern des Roten Bergfrieds landete. Ser Arryk Cargyll führte Seine Gnaden in den fackelerleuchteten Thronsaal, wo Aegon II. vor eintausend Lords und Rittern die Stufen des Eisernen Throns erklomm. Lauter Jubel hallte durch den Saal.

Auf Drachenstein erklang kein Jubel. Stattdessen hallten Schreie durch die Gänge und Treppenhäuser des Meerdrachenturms, gellten aus den Gemächern der Königin, wo Rhaenyra Targaryen seit drei Tagen qualvoll in den Wehen lag. Das Kind hätte eigentlich erst in einem Mond zur Welt kommen sollen, doch die Nachrichten aus Königsmund hatten schwarzen Zorn in der Prinzessin geweckt, und ihre Wut schien die Geburt beschleunigt zu haben, als wäre das Kind in ihr ebenfalls wütend und kämpfe darum, auf die Welt zu kommen. Die Prinzessin brüllte Flüche ohne Unterlass, während sie in den Wehen lag, und rief den Zorn der Götter auf ihre Halbbrüder und deren Mutter, die Königin, herab. In allen Einzelheiten schilderte sie die Qualen, die sie ihnen bereiten würde, ehe sie ihnen erlauben würde zu sterben. Auch das Kind in ihrem Leib verfluchte sie, berichtet Pilz. »*Raus mit dir*«, schrie sie und zerkratzte sich den geschwollenen Bauch, während Maester Gerardys und ihre Hebamme versuchten, sie zurückzuhalten. »*Ungeheuer, Ungeheuer, raus mit dir, raus mit dir, RAUS MIT DIR!*«

Als das Kind schließlich auf die Welt kam, entpuppte es sich tatsächlich als ein Ungeheuer: ein totgeborenes Mädchen, missgestaltet und entstellt, mit einem Loch in der Brust, wo das Herz hätte sitzen sollen, und einem schuppigen Stummelschwanz. So zumindest beschreibt Pilz das Kind. Der Zwerg erzählt uns, er selbst habe das kleine Geschöpf zur Einäscherung in den Hof hinuntergetragen. Am nächsten Tag, als der Mohnblumensaft ihre Schmerzen etwas gelindert hatte, verkündete Prinzessin Rhaenyra, der Name des toten Mädchens laute Visenya. »Sie war meine einzige Tochter, und sie haben sie umgebracht. Sie haben meine Krone gestohlen und meine Tochter ermordet, und dafür werden sie bezahlen.«

Und so begann der Tanz, als die Prinzessin ihren eigenen Rat einberief. Die *Wahre Geschichte* bezeichnet die Versammlung auf Drachenstein als den »Schwarzen Rat«, um ihn von dem »Grünen Rat« in Königsmund zu unterscheiden, gegen den er sich richtete. Rhaenyra selbst übernahm den Vorsitz und saß zwischen ihrem Onkel und Gemahl Prinz Daemon und ihrem Vertrauten und Berater Maester Gerardys. Ihre drei älteren Söhne waren ebenfalls anwesend, obgleich noch keiner das Mannesalter erreicht hatte (Jace war vierzehn Jahre alt, Luk dreizehn Jahre und Gottfrid elf Jahre). Zwei Ritter der Königsgarde standen ihnen zur Seite: Ser Erryk Cargyll, Ser Arryks Zwillingsbruder, und der Westmann Ser Lorent Marbrand.

Dazu kamen dreißig Ritter, einhundert Armbrustschützen und dreihundert weitere Waffenknechte. Über mehr Männer verfügte die Besatzung von Drachenstein nicht. Diese Truppenstärke hatte stets als ausreichend gegolten, um eine so starke Festung zu verteidigen. »Für eine Eroberung lässt unsere Streitmacht allerdings einiges zu wünschen übrig«, bemerkte Prinz Daemon säuerlich.

Im Schwarzen Rat saßen außerdem ein Dutzend geringerer Lords, die Vasallen und Gefolgsleute von Drachenstein: Darunter waren unter anderem Celtigar von der Klaueninsel, Steinhof von Krähenruh, Massie von Steintanz, Bar Emmon von Scharfspitze und Finsterlyn von Dämmertal. Doch der größte Lord, der Prinzessin Rhaenyra die Treue schwor, war Corlys Velaryon von Driftmark. Zwar war die Seeschlange alt geworden, doch Lord Corlys sagte gern, dass er sich ans Leben klammere »wie ein ertrinkender Seemann ans Wrack eines sinkenden Schiffes. Vielleicht haben mich die Sieben für diesen letzten Kampf aufgespart.« Mit Lord Corlys kam dessen Gemahlin Prinzessin Rhaenys, fünfundfünfzig Jahre alt, deren schlankes Gesicht inzwischen faltig geworden war und deren rabenschwarzes Haar weiße Strähnen durchzogen, die aber immer noch so verwegen und furchtlos war wie mit zweiundzwanzig – »die Königin der Herzen«, so nennt Pilz sie. (»Was hatte Viserys schon, das ihr fehlte? Ein kleines Würstchen? Reicht das, um König zu werden? Dann sollte Pilz herrschen. Meine Wurst ist dreimal so groß wie seine.«)

Die Mitglieder des Schwarzen Rates nannten sich selbst Getreue, wussten jedoch, dass König Aegon II. sie als Verräter bezeichnen würde. Jeder von ihnen hatte bereits den Befehl erhalten, sich in Königsmund einzufinden, um im Roten Bergfried dem neuen König Treue zu schwören. All ihre Heere zusammen reichten nicht an die Streitmacht heran, die allein das Haus Hohenturm ins Feld führen konnte. Darüberhinaus verfügten Aegons Grüne noch über weitere Vorteile. Altsass, Königsmund und Lennishort waren die größten und wohlhabendsten Städte des Reiches, und alle drei wurden von den Grünen gehalten. Jedes sichtbare Symbol der königlichen Macht war in Aegons Händen. Er saß auf dem Eisernen Thron. Er residierte im Roten Bergfried. Er trug die Krone des Eroberers, führte das Schwert des Eroberers und war von einem Septon des Glaubens unter den Augen Zehntausender zum König gesalbt worden. Großmaester Orwyl saß in seinem Rat, und der Lord Kommandant der Königsgarde hatte den Prinzen eigenhändig gekrönt. Und außerdem war er ein Mann, was ihn in den Augen vieler zum rechtmäßigen König und seine Halbschwester zur Usurpatorin machte.

Dagegen hatte Rhaenyra nur wenig vorzuweisen. Einige der älteren Lords mochten sich noch an die Eide erinnern, die sie geschworen hatten, als sie zur Prinzessin von Drachenstein erhoben und zur Erbin ihres Vaters erklärt worden war. Einst war sie von Hochgeborenen und Gemeinen gleichermaßen geliebt und als Wonne des Reiches gepriesen worden. Damals hatten viele junge Lords und edle Ritter um ihre Gunst geworben, doch wie viele jetzt noch für sie kämpfen würden, nun, da sie eine verheiratete Frau und längst nicht mehr so jung war und nach sechs Schwangerschaften erkennbar zugenommen hatte, konnte niemand sagen. Auch wenn ihr Halbbruder die Schatzkammer ihres Vaters geplündert hatte, stand der Prinzessin immer noch das Vermögen des Hauses Velaryon zur Verfügung, und die Flotte der Seeschlange sicherte ihr die Überlegenheit auf See. Darüberhinaus verfügte ihr Gemahl Prinz Daemon, der schon auf den Trittsteinen erfolgreich Schlachten geschlagen hatte, über mehr Erfahrung im Krieg als all ihre Feinde zusammen. Und zu guter Letzt hatte Rhaenyra immer noch ihre Drachen.

»Genau wie Aegon«, gab Maester Gerardys zu Bedenken.

»Wir haben mehr«, sagte Prinzessin Rhaenys, die Königin der Herzen, die schon länger eine Drachenreiterin war als alle anderen Anwesenden. »Und unsere sind, Vhagar ausgenommen, größer und stärker. Hier auf Drachenstein gedeihen Drachen am besten.«

Sie zählte die Drachen für den Rat auf. König Aegon hatte Sonnfeuer. Ein prächtiges Tier, allerdings noch jung. Aemond Einauge ritt Vhagar, und die Gefahr, die von Königin Visenyas ehemaligem Reittier ausging, ließ sich nicht leugnen. Königin Helaenas Drache war Traumfeuer, die einstmals Rhaena, die Schwester des Alten Königs, durch die Wolken getragen hatte. Prinz Daeron ritt Tessarion, deren Schwingen so dunkel wie Kobalt und deren Klauen und Kamm und Bauchschuppen blitzten wie getriebenes Kupfer. »Das wären vier Drachen, die groß genug sind, um zu kämpfen«, sagte Rhaenys. Königin Helaenas Zwillinge, Prinz Jaehaerys und Prinzessin Jaehaera, hatten ebenfalls eigene Drachen, doch sie waren gerade erst geschlüpft; der jüngste Sohn des Usurpators, Prinz Maelor, besaß lediglich ein Ei.

Dagegen standen Prinz Daemon mit Caraxes und Prinzessin Rhaenyra mit Syrax, beides riesige und furchterregende Bestien. Insbesondere Caraxes war furchteinflößend, und seit den Schlachten auf den Trittsteinen waren ihm Blut und Feuer nicht mehr fremd. Rhaenyras drei Söhne von Laenor Velaryon waren ebenfalls Drachenreiter; Vermax, Arrax und Tyraxes gediehen prächtig und wurden von Jahr zu Jahr größer. Aegon dem Jüngeren, dem älteren von Rhaenyras zwei Söhnen von Prinz Daemon, gehörte der junge Drache Sturmwolke, den er allerdings noch nicht bestiegen hatte; sein kleiner Bruder Viserys trug sein Drachenei stets bei sich. Rhaenys' Meleys, die Rote Königin, war zwar träge geworden, konnte aber immer noch furchterregend sein, wenn sie gereizt wurde. Aus Prinz Daemons Zwillingstöchtern von Laena Velaryon konnten ebenfalls noch Drachenreiterinnen werden. Baelas schlanke hellgrüne Mondtänzerin würde bald groß genug sein, um das Mädchen auf ihrem Rücken zu tragen … und auch wenn aus dem Ei ihrer Schwester Rhaena nur ein missgestaltetes Geschöpf geschlüpft war, das binnen Stunden gestorben war, hatte Syrax vor Kurzem erneut gelegt. Eines ihrer Eier hatte Rhaena erhalten, und es hieß, das Mädchen nehme es jede Nacht mit ins Bett und bete für einen Drachen, der ebenso groß werden sollte wie der ihrer Schwester.

Darüber hinaus hausten noch sechs weitere Drachen in den verrauchten Höhlen des Drachenbergs oberhalb der Burg. Zu ihnen zählten Silberschwinge, das alte Reittier der Guten Königin Alysanne, Seerauch, das hellgraue Untier, das der Stolz und die Leidenschaft Ser Laenor Velaryons gewesen war, und der uralte Vermithor, der seit dem Tode König Jaehaerys' nicht mehr geritten worden war. Und auf der Rückseite des Berges lebten drei wilde Drachen, die kein Lebender und kein Toter je bestiegen oder geritten hatte. Das gemeine Volk hatte ihnen die Namen »Schafsdieb«, »Graugeist« und »der Kannibale« gegeben. »Findet Reiter, die Silberschwinge, Vermithor und Seerauch besteigen, dann haben wir neun Drachen gegen Aegons vier. Und wenn sich noch Reiter finden, die sich ihre wilden Vettern untertan machen können, wären es zwölf, und da ist Sturmwolke nicht einmal mitgezählt«, erläuterte Prinzessin Rhaenys. »So werden wir diesen Krieg gewinnen.«

Lord Celtigar und Lord Steinhof stimmten ihr zu. Aegon der Eroberer und seine Schwestern hatten bewiesen, dass Ritter und Heere gegen Drachenfeuer nicht bestehen konnten. Celtigar drängte die Prinzessin, sofort nach Königsmund zu fliegen und die Stadt in Schutt und Asche zu legen. »Und was soll uns das bringen, Mylord?«, verlangte die Seeschlange zu wissen. »Wir wollen in dieser Stadt herrschen, nicht sie niederbrennen.«

»Dazu wird es nicht kommen«, beharrte Celtigar. »Der Usurpator wird keine andere Wahl haben, als uns seine Drachen entgegenzuwerfen. Unsere neun sollten seine vier auf jeden Fall besiegen können.«

»Und zu welchem Preis?«, fragte Prinzessin Rhaenyra. »Meine Söhne würden drei dieser Drachen reiten, vergesst das nicht. Und es wären nicht neun Drachen gegen vier. Ich selbst bin auf absehbare Zeit noch nicht kräftig genug, um zu fliegen. Und wer soll Silberschwinge, Vermithor und Seerauch reiten? Ihr, Mylord? Ich glaube kaum. Es stünden fünf Drachen gegen vier, und einer der gegnerischen vier wäre Vhagar. Somit hätten wir keinen Vorteil.«

Prinz Daemon stimmte seiner Gemahlin überraschend zu. »Auf den Trittsteinen haben meine Feinde gelernt, schnell zu fliehen und sich zu verstecken, sobald sie Caraxes' Schwingen am Himmel sahen oder sein Gebrüll hörten … aber sie hatten keine eigenen Drachen. Ein Mann kann einen Drachen nur sehr schwer erschlagen. Aber *Drachen* können andere Drachen töten und haben es auch schon getan. Das wird Euch jeder Maester sagen, der die Geschichte Valyrias studiert hat. Ich werde unsere Drachen erst gegen den Usurpator einsetzen, wenn mir keine andere Wahl bleibt. Wir können sie auf andere, klügere Art und Weise einsetzen.« Daraufhin legte der Prinz dem Schwarzen Rat seine eigene Strategie vor. Rhaenyra müsse ebenfalls zur Königin gekrönt werden, um die Rechtmäßigkeit von Aegons Krönung anzufechten. Danach würden sie Raben aussenden und die Lords der Sieben Königslande auffordern, ihrer wahren Königin die Treue zu schwören.

»Bevor wir in die Schlacht ziehen, müssen wir diesen Krieg mit Worten führen«, erklärte der Prinz. Die Lords der großen Häuser seien der Schlüssel zum Sieg, behauptete er. Ihre Gefolgsleute und Vasallen würden ihnen folgen, wohin sie sie führten. Aegon der Usurpator hatte sich die Gefolgschaft der Lennisters von Casterlystein gesichert, und Lord Tyrell von Rosengarten war noch ein wimmerndes Kleinkind in Windeln, dessen Mutter, die in seinem Namen als Regentin über die Weite herrschte, sich höchstwahrscheinlich an ihren übermächtigen Vasallen, den Hohenturms, orientieren würde … doch die übrigen großen Lords des Reiches mussten sich erst noch für eine Seite erklären.

»Sturmkap wird zu uns halten«, meinte Prinzessin Rhaenys. Ihre Mutter Joslyn war eine Baratheon gewesen, und ihr Onkel, der verstorbene Lord Boremund, war stets einer ihrer zuverlässigsten Freunde gewesen.

Prinz Daemon hatte außerdem guten Grund zu hoffen, dass die Jungfrau vom Grünen Tal sie ebenfalls unterstützen würde. Aegon würde mit ziemlicher Sicherheit Peik um Unterstützung ersuchen, vermutete er, denn nur die Eiseninseln konnten hoffen, der Seemacht des Hauses Velaryon etwas entgegenzusetzen. Doch die Eisenmänner waren berüchtigt für ihren Wankelmut, und Dalten Graufreud liebte Blut und Schlachten – er würde sich leicht dazu überreden lassen, die Prinzessin zu unterstützen.

Der Norden war zu weit entfernt, um eine wichtige Rolle zu spielen, entschied der Rat; ehe die Starks ihre Männer versammelt hatten und in den Süden marschiert waren, war der ganze Krieg womöglich bereits vorüber. So blieben nur die Flusslords übrig, ein für seine Streitlust berüchtigter Haufen, der, zumindest dem Namen nach, von Haus Tully aus Schnellwasser beherrscht wurde. »Wir haben Freunde in den Flusslanden«, sagte der Prinz, »wenngleich auch einige von ihnen es noch nicht wagen, sich offen zu uns zu bekennen. Wir brauchen einen Ort, wo sie sich versammeln können, einen Brückenkopf auf dem Festland, der groß genug ist, um ein ansehnliches Heer aufzunehmen, und stark genug, um jeder Streitmacht standzuhalten, die der Usurpator gegen uns ins Feld führen kann.« Er deutete auf eine Karte. »Hier. Harrenhal.«

Und so wurde es beschlossen. Prinz Daemon würde mit Caraxes einen Angriff auf Harrenhal führen. Prinzessin Rhaenyra würde auf Drachenstein bleiben, bis sie wieder zu Kräften kam. Die Flotte der Velaryons würde die Gurgel vom offenen Meer abschneiden und von Drachenstein und Driftmark aus allen Schiffen den Zugang zur Schwarzwasserbucht verwehren. »Wir sind nicht stark genug, um Königsmund im Sturm zu erobern«, stellte Prinz Daemon fest, »ebenso wenig, wie unsere Feinde darauf hoffen dürfen, Drachenstein einzunehmen. Aber Aegon ist ein grüner Junge, und grüne Jungen lassen sich leicht reizen. Vielleicht können wir ihn zu einem überhasteten Angriff verleiten.« Die Seeschlange erhielt den Befehl über die Flotte, die Prinzessin Rhaenys auf Meleys begleiten sollte, um einen Angriff feindlicher Drachen zu verhindern. Inzwischen würden Raben nach Schnellwasser, Hohenehr, Peik und Sturmkap fliegen und die dortigen Lords um ein Bündnis ersuchen.

Daraufhin ergriff Jacaerys, der älteste Sohn der Königin, das Wort. »*Wir* sollten diese Briefe den Lords überbringen«, sagte er. »Drachen werden die Lords gründlicher überzeugen als Raben.« Sein Bruder Lucerys stimmte ihm zu und fügte hinzu, er und Jace seien schon Männer oder zumindest alt genug. »Unser Onkel nennt uns Krafts und behauptet, wir seien Bastarde, aber wenn die Lords uns auf Drachen reiten sehen, werden sie seine Lüge erkennen. Nur

Targaryen reiten Drachen.« Pilz erzählt uns, dass die Seeschlange bei diesen Worten ein leises Knurren vernehmen ließ und hervorhob, die drei Jungen seien in erster Linie Velaryons; doch er lächelte bei seinen Worten, und der Stolz in seiner Stimme war unüberhörbar. Selbst der junge Gottfrid fiel mit ein und bot an, seinen Drachen Tyraxes zu besteigen und sich seinen Brüdern anzuschließen.

Das verbot Prinzessin Rhaenyra allerdings, Gottfrid war erst elf. Jacaerys war vierzehn und Lucerys dreizehn Jahre alt, beide stattliche, verwegene Burschen, die mit Waffen umzugehen wussten und schon lange als Knappen dienten. »Wenn ihr fliegt, dann fliegt ihr als Botschafter, nicht als Ritter«, schärfte sie ihnen ein. »Ihr dürft euch nicht in einen Kampf verwickeln lassen.« Und bevor die Jungen nicht einen feierlichen Eid auf den *Siebenzackigen Stern* abgelegt hatten, stimmten Ihre Gnaden nicht zu, sie als Gesandte einzusetzen. Jace, der ältere, sollte die längere Reise und die gefährlichere Aufgabe übernehmen und zuerst nach Hohenehr fliegen, um mit der Lady des Grünen Tals zu verhandeln, daraufhin nach Weißwasserhafen, um Lord Manderly zu gewinnen, und schließlich nach Winterfell, um sich mit Lord Stark zu treffen. Luks Reise sollte kürzer und sicherer sein. Er sollte seinen Drachen nach Sturmkap lenken, wo ihn Borros Baratheon vermutlich herzlich willkommen heißen würde.

Am nächsten Tag fand eine eilige Krönung statt. Passenderweise traf Ser Steffon Finsterlyn, der einst zu Aegons Königsgarde gehört hatte, gerade rechtzeitig auf Drachenstein ein, was Anlass zu großer Freude gab, insbesondere als man erfuhr, dass er und die anderen Getreuen (»Abtrünnige« sollte Ser Otto sie nennen, als er ein Kopfgeld auf ihre Ergreifung aussetzte) die gestohlene Krone von König Jaehaerys dem Schlichter mitgebracht hatten. Dreihundert Augenpaare bezeugten, wie Prinz Daemon Targaryen seiner Gemahlin die Krone des Alten Königs aufs Haupt setzte und Rhaenyra aus dem Hause Targaryen, die Erste Ihres Namens, zur Königin der Andalen, der Rhoynar und der Ersten Menschen und Herrin der Sieben Königslande ausrief. Für sich selbst beanspruchte der Prinz den Titel »Protektor des Reiches«, und Rhaenyra erklärte ihren ältesten

Sohn Jacaerys zum Prinzen von Drachenstein und Erben des Eisernen Throns.

Ihr erster Akt als Königin bestand darin, Ser Otto Hohenturm und Königin Alicent zu Verrätern und Rebellen zu erklären. »Was meine Halbbrüder und meine süße Schwester Helaena betrifft«, verkündete sie, »so wurden sie von bösen Ratgebern in die Irre geführt. Wenn sie nach Drachenstein kommen, das Knie beugen und mich um Vergebung bitten, werde ich frohen Herzens ihr Leben verschonen und sie erneut in mein Herz schließen, denn sie sind von meinem Blut, und kein Mann und keine Frau ist so verflucht wie der Sippenmörder.«

Die Nachricht von Rhaenyras Krönung erreichte den Roten Bergfried am nächsten Tag und verärgerte Aegon den Zweiten zutiefst. »Meine Halbschwester und mein Onkel haben sich des Hochverrats schuldig gemacht«, verkündete der junge König. »Ich will, dass sie enteignet werden, ich will, dass sie gefangen genommen werden, und ich will, dass sie getötet werden.«

Kühlere Köpfe im Grünen Rat wollten verhandeln. »Wir müssen der Prinzessin klarmachen, dass ihre Sache hoffnungslos ist«, brachte Großmaester Orwyl vor. »Ein Bruder sollte nicht gegen seine Schwester in den Krieg ziehen. Schickt mich zu ihr, damit ich mit ihr sprechen und zu einer gütlichen Einigung gelangen kann.«

Doch Aegon wollte nichts davon hören. Septon Konstans berichtet uns, dass Seine Gnaden den Großmaester der Untreue bezichtigte und davon sprach, ihn »in eine Schwarze Zelle zu Euren schwarzen Freunden« zu werfen. Doch als die beiden Königinnen – seine Mutter Königin Alicent und seine Schwestergemahlin Königin Helaena – sich für Orwyls Vorschlag aussprachen, gab der streitlustige König widerstrebend nach. Also wurde Großmaester Orwyl unter dem Friedensbanner über die Schwarzwasserbucht geschickt. Zu seinem Gefolge zählten unter anderem Ser Arryk Cargyll von der Königsgarde und Ser Gawan Hohenturm von den Goldröcken, dazu zwei Dutzend Schreiber und Septone, unter ihnen Konstans.

Die Bedingungen, die der König seiner Schwester unterbreitete, waren großzügig, stellt Munkun in seiner *Wahren Geschichte* fest.

Wenn die Prinzessin ihn als König anerkenne und ihm vor dem Eisernen Thron die Treue gelobe, werde Aegon II. sie als Prinzessin von Drachenstein bestätigen und ihren ältesten Sohn Jacaerys als Erben von Insel und Burg einsetzen. Ihr zweiter Sohn Lucerys würde als rechtmäßiger Erbe von Driftmark und aller Länder und Besitztümer des Hauses Velaryon anerkannt; ihre Söhne von Prinz Daemon, Aegon der Jüngere und Viserys, würden ehrenvolle Stellungen bei Hofe erhalten, Ersterer als Knappe des Königs, Letzterer als sein Mundschenk. Allen Lords und Rittern, die sich mit Rhaenyra zum Verrat gegen ihren wahren König verschworen hatten, werde Begnadigung zuteil.

Rhaenyra schwieg eisern, als Orwyl ihr diese Bedingungen vortrug, dann fragte sie ihn, ob er sich an ihren Vater, König Viserys, erinnere. »Gewiss, Euer Gnaden«, antwortete der Großmaester. »Vielleicht könnt Ihr uns mitteilen, wen er als seine Erbin und Thronfolgerin eingesetzt hat«, sagte die Königin, die Krone auf dem Haupt. »Euch, Euer Gnaden«, erwiderte Orwyl. Und Rhaenyra nickte und sprach: »So gesteht Ihr also selbst ein, dass ich Eure rechtmäßige Königin bin. Weshalb steht Ihr dann in Diensten meines Halbbruders, des Prätendenten?«

Munkun berichtet, Orwyl habe eine lange und ausgesprochen gelehrte Antwort formuliert, in der er das andalische Recht zitierte sowie auf den Großen Rat des Jahres 101 n.A.E. verwies. Pilz behauptet, er hätte gestottert und sich in die Hose gemacht. Wie dem auch sei, seine Antwort stellte Prinzessin Rhaenyra nicht zufrieden.

»Ein Großmaester sollte das Gesetz kennen und ihm dienen«, erklärte sie Orwyl. »Ihr seid kein Großmaester, und Ihr macht der Kette, die Ihr tragt, Schande.« Auf Orwyls schwachen Protest hin rissen Rhaenyras Ritter ihm die Amtskette vom Hals und zwangen ihn auf die Knie, während die Prinzessin die Kette ihrem eigenen Mann, Maester Gerardys, um den Hals legte, »einem wahrhaft treuen Diener des Reiches und seiner Gesetze«. Dann schickte sie Orwyl mit den anderen Gesandten mit den Worten zurück: »Richtet meinem Halbbruder aus, entweder ich bekomme meinen Thron, oder ich hole mir seinen Kopf.«

Lange nach dem Tanz verfasste der Sänger Luceon von Tarth eine traurige Ballade mit dem Titel »Lebewohl, mein Bruder«, die auch heute noch gesungen wird. Das Lied erzählt die Geschichte der letzten Begegnung von Ser Arryk Cargyll mit seinem Zwillingsbruder Ser Erryk, als Orwyls Gesandtschaft an Bord des Schiffes ging, das sie nach Königsmund zurückbringen sollte. Ser Arryk hatte sein Schwert Aegon geschworen, Ser Erryk hatte Rhaenyra den Eid geleistet. In dem Lied versuchen die Brüder, den jeweils anderen zu überzeugen, die Seite zu wechseln; nachdem keiner damit Erfolg hat, versichern sie sich gegenseitig ihrer Liebe und verabschieden sich voneinander in dem Wissen, dass sie sich bei ihrem nächsten Treffen als Feinde gegenüberstehen werden. Auch wenn möglich ist, dass sie sich an jenem Tag tatsächlich auf diese Weise Lebewohl gesagt haben, erwähnt keine unserer Quellen eine solche Begebenheit.

Aegon II. war zweiundzwanzig Jahre alt, jähzornig und schwer versöhnlich. Rhaenyras Weigerung, seine Herrschaft anzuerkennen, versetzte ihn in Wut. »Ich habe ihr einen ehrenvollen Frieden angeboten, und dafür spuckt die Hure mir ins Gesicht«, erklärte er. »Alles, was ab nun geschieht, hat sie sich selbst zuzuschreiben.«

Was ab nun geschah, war Krieg.

DAS STERBEN DER DRACHEN

SOHN UM SOHN

Aegon war in der Drachengrube zum König gekrönt worden, Rhaenyra auf Drachenstein zur Königin. Alle Bemühungen um eine Aussöhnung waren gescheitert, und der Drachentanz begann im Ernst.

Von Holk und Gewürzstadt aus stachen die Schiffe der Seeschlange in See, um die Gurgel abzuriegeln und die Handelsschifffahrt von und nach Königsmund zu unterbinden. Kurz darauf flog Jacaerys Velaryon auf seinem Drachen Vermax gen Norden und sein Bruder Lucerys auf Arrax gen Süden, während Prinz Daemon auf Caraxes zum Trident aufbrach.

Schauen wir uns zunächst Harrenhal an.

Obwohl große Teile von Harrens großer Torheit in Ruinen lagen, stand die hohe Ringmauer noch, und daher war die Burg noch immer die beeindruckendste Festung in den Flusslanden … doch Aegon der Drache hatte gezeigt, dass Harrenhal aus der Luft verwundbar war. Da Larys Kraft, der Lord von Harrenhal, im Grünen Rat in Königsmund diente, war die Burg nur leicht besetzt. Doch als sich Caraxes auf dem Königsbrandturm niederließ, wollte der betagte Kastellan Ser Simon Kraft (ein Onkel des verstorbenen Lord Lyonel und Lord Larys' Großonkel) das Schicksal des Schwarzen

Harren nicht teilen und holte sofort die Banner ein. Zusätzlich zu Harrenhal fielen Prinz Daemon auf einen Streich der nicht unbeträchtliche Reichtum des Hauses Kraft und ein Dutzend wertvoller Geiseln in die Hände, darunter Ser Simon selbst sowie dessen Enkel. Auch das einfache Volk der Burg geriet in seine Gefangenschaft einschließlich einer Amme namens Alys Strom.

Wer war diese Frau? Eine Dienstmagd, die sich im Brauen von Tränken und dem Wirken von Zaubern versuchte, sagt Munkun. Eine Waldhexe, behauptet Septon Konstans. Eine böse Zauberin, die im Blut von Jungfrauen gebadet hat, um ihre Jugend zu erhalten, will Pilz uns glauben machen. Ihr Name deutet auf eine uneheliche Herkunft hin … aber über ihren Vater wissen wir nur wenig und über ihr Mutter noch weniger. Munkun und Konstans berichten, sie sei von Lord Lyonel Kraft in frühen Jugendtagen gezeugt worden, was sie zu einer Halbschwester seiner Söhne Harwin (dem Knochenbrecher) und Larys (dem Klumpfuß) machen würde. Aber Pilz will wissen, dass sie viel älter war und dass sie als Amme beide Jungen gestillt habe, ja, und vielleicht auch schon deren Vater eine Generation zuvor.

Obwohl ihre eigenen Kinder alle tot zur Welt gekommen waren, floss die Milch so reichlich aus Alys' Brüsten, dass sie zahllose Säuglinge anderer Frauen in Harrenhal gestillt hatte. War sie in Wahrheit eine Hexe, die mit Dämonen verkehrte und tote Kinder als Entgelt für Wissen gebar, das sie von ihnen bekam? War sie eine einfältige Schlampe, wie Konstans glaubt? Eine Dirne, die Gifte und Tränke nutzte, um Männer an sich zu binden, mit Leib und Seele?

Alys Strom war zur Zeit des Drachentanzes mindestens vierzig Jahre alt, so viel ist bekannt; Pilz macht sie sogar noch älter. Die Quellen stimmen darin überein, dass sie deutlich jünger aussah, aber ob das schlichter Zufall war oder durch dunkle Künste herbeigeführt, ist umstritten. Über welche Kräfte sie auch immer verfügte, es schien, als wäre Daemon Targaryen immun dagegen gewesen, denn man hörte nur wenig von dieser angeblichen Zauberin, während der Prinz Harrenhal hielt.

Der überraschende und unblutige Fall des Sitzes des Schwarzen Harren wurde als großer Sieg für Königin Rhaenyra und ihre Schwarzen gewertet. Er diente als mahnende Erinnerung an die kriegerischen Fähigkeiten Prinz Daemons und die Macht von Caraxes, dem Blutwurm. Die Königin verfügte nun über eine Feste im Herzen von Westeros, in der sich ihre Unterstützer versammeln konnten … und Rhaenyra hatte viele Anhänger in den Landen, die der Trident durchfließt. Als Prinz Daemon zu den Waffen rief, erhoben sie sich entlang der Flüsse, Ritter und Waffenknechte und einfache Bauern, die sich noch an die Wonne des Reiches erinnerten, an die junge Prinzessin, die von ihrem Vater so innig geliebt worden war, und an ihr Lächeln und den Zauber, den sie verbreitet hatte, als sie in ihrer Jugend die Flusslande bereist hatte. Hunderte und später Tausende legten den Schwertgurt an, zogen das Kettenhemd über oder griffen sich eine Heugabel oder eine Hacke und einen schlichten Holzschild und machten sich auf den Weg nach Harrenhal, um für König Viserys' kleines Mädchen zu kämpfen.

Die Lords vom Trident, die mehr zu verlieren hatten, setzten sich nicht so eilig in Bewegung, doch nach einer Weile schlossen sie sich ebenfalls der Königin an. Von den Zwillingen kam Ser Wald Frey, derselbe »Närrische Frey«, der einst um Rhaenyras Hand angehalten hatte und nun zu einem ausgesprochen kräftigen Ritter herangewachsen war. Lord Samwell Schwarzhain, der einst ein Duell um ihre Gunst verloren hatte, hisste ihr Banner über Burg Rabenbaum (Ser Amos Bracken, der das Duell gewonnen hatte, folgte seinem Hohen Vater, als sich das Haus Bracken für Aegon erklärte). Die Mutons von Jungfernteich, die Peipers von Burg Rosmaid, die Wurtzens von Eggingen, die Darrys von Darry, die Mallisters von Seegart und die Vankes von Wandersruh verkündeten ihre Unterstützung für Rhaenyra (die Vankes von Atranta wählten den anderen Weg und ließen vermelden, dass ihre Treue dem jungen König galt). Petyr Peiper, der grauhaarige Lord von Rosmaid, sprach für viele, als er erklärte: »Ich habe ihr mein Schwert geschworen. Heute bin ich älter, aber nicht so alt, dass ich meine Worte von damals vergessen hätte, und zufälligerweise habe ich das Schwert immer noch.«

Der Oberste Lehnsherr am Trident, Grobi Tully, war schon zu Zeiten des Großen Rates von 101 ein alter Mann gewesen; damals hatte er sich für Prinz Viserys ausgesprochen, und trotz nachlassender Gesundheit blieb seine Sturheit ungebrochen. Er hatte im Jahre 101 für das Vorrecht des männlichen Erben gestimmt, und in den Jahren seither hatten sich seine Ansichten nicht geändert. Lord Grobi bestand darauf, dass Schnellwasser für den jungen König Aegon kämpfen würde. Allerdings erfuhr niemand mehr davon. Der alte Lord war ans Bett gefesselt und hatte dem Maester von Schnellwasser zufolge nicht mehr lange zu leben. »Ich möchte nicht, dass wir anderen ihm ins Grab folgen«, verkündete Ser Elmo Tully, sein Enkel und Erbe. Schnellwasser war gegen Drachenfeuer nicht zu verteidigen, erklärte er seinen Söhnen, und beide Seiten in diesem Krieg ritten Drachen. Und so kam es, dass Lord Grobi zwar auf seinem Sterbebett tobte und wetterte, Schnellwasser aber die Tore verrammelte, die Mauern bemannte und sich in Schweigen übte.

Ganz anders ging es im Osten zu, als Jacaerys Velaryon mit seinem jungen Drachen Vermax in Hohenehr landete, um das Grüne Tal von Arryn für seine Mutter zu gewinnen. Die Jungfrau aus dem Grünen Tal, Lady Jeyne Arryn, war fünfunddreißig Jahre alt und demnach zwanzig Jahre älter als Jacaerys. Sie hatte nie geheiratet und herrschte seit dem Tod ihres Vaters und ihrer älteren Brüder, die von Steinkrähen aus den Bergen getötet worden waren, als sie drei Jahre alt war.

Pilz berichtet uns, diese berühmte Jungfrau sei in Wirklichkeit eine hochgeborene Hure gewesen, erfüllt von einer unersättlichen Gier nach Männern, und er erzählt eine schlüpfrige Geschichte, in der sie Prinz Jacaerys die Treue des Grünen Tals unter der Bedingung anbietet, dass er sie mit der Zunge zum Höhepunkt bringt. Septon Konstans wiederholt zunächst das weitverbreitete Gerücht, dass Jeyne Arryn im Bett die Gesellschaft von Frauen bevorzugt habe, und behauptet dann, dass dies nicht der Wahrheit entspräche. In diesem Fall müssen wir Großmaester Munkun für seine *Wahre Geschichte* dankbar sein, denn er allein beschränkt sich in seiner Schilderung auf die Hohe Halle von Hohenehr und lässt die Schlafgemächer aus.

»Dreimal hat meine eigene Familie versucht, mich zu verdrängen«, erzählte Lady Jeyne Prinz Jacaerys. »Mein Vetter Ser Arnold pflegt zu sagen, Frauen wären zu sanft, um zu herrschen. Er sitzt in einer meiner Himmelszellen, falls Ihr ihn danach fragen möchtet. Euer Prinz Daemon hat seine erste Gemahlin sehr grausam behandelt, das stimmt … doch ungeachtet des schlechten Geschmacks Eurer Mutter, was die Wahl ihrer Gemahle angeht, bleibt sie unsere rechtmäßige Königin und ist überdies von meinem Blut, eine Arryn mütterlicherseits. In dieser Männerwelt müssen wir Frauen zusammenhalten. Das Grüne Tal und seine Ritter werden ihr beistehen … wenn Ihre Gnaden mir eine Bitte gewährt.« Als sich der Prinz nach dieser Bitte erkundigte, antwortete sie: »Drachen. Ich fürchte mich nicht vor Heeren. Viele und noch viel mehr haben sich an meinem Bluttor aufgerieben, und Hohenehr ist bekanntlich uneinnehmbar. Ihr dagegen seid aus dem Himmel zu uns gekommen, genau wie einst Königin Visenya während der Eroberung, und ich war machtlos, Euch daran zu hindern. Mir missfällt das Gefühl, machtlos zu sein. Schickt mir Drachenreiter.«

Damit erklärte sich der Prinz einverstanden, und Lady Jeyne kniete vor ihm nieder und gebot ihren Kriegern, ebenfalls niederzuknien, und sie alle banden ihre Schwerter an ihn.

Danach flog Jacaerys nach Norden über die Finger hinweg und die Wasser des Bisses. Er landete kurz in Schwestering, wo Lord Borrell und Lord Sunderland ihm ihre Ehrerbietung erwiesen und ihm die Unterstützung der Drei Schwestern zusicherten, dann ging es weiter nach Weißwasserhafen, wo Lord Desmond Manderly ihn in seinem Hof des Wassermanns empfing.

Hier bekam es der Prinz mit einem Mann zu tun, der besser feilschen konnte. »Weißwasserhafen steht der Notlage Eurer Mutter nicht ohne Mitgefühl gegenüber«, erklärte Manderly. »Meine eigenen Vorfahren wurden ihres Geburtsrechtes beraubt, als unsere Feinde uns ins Exil trieben und wir an diese kalte Küste im Norden ziehen mussten. Als der Alte König uns vor so langer Zeit besuchte, sprach er über das Unrecht, das man uns angetan hatte, und versprach Hilfe. Er bot meinem Urgroßvater die Hand seiner Tochter

Viserra an, damit unsere beiden Häuser zu einem würden, doch das Mädchen starb, und das Versprechen geriet in Vergessenheit.«

Prinz Jacaerys wusste, was von ihm erwartet wurde. Ehe er Weißwasserhafen verließ, wurde ein Vertrag unterzeichnet, demzufolge Lord Manderlys jüngste Tochter den Bruder des Prinzen, Gottfrid, heiraten würde, sobald der Krieg vorüber war.

Schließlich trug Vermax Jacaerys Velaryon nach Winterfell, um mit dessen Respekt einflößendem jungen Lord Cregan Stark zu verhandeln.

Später einmal würde Cregan Stark als der Alte Mann des Nordens bekannt werden, doch als Prinz Jacaerys im Jahr 129 zu ihm kam, war der Lord von Winterfell erst einundzwanzig Jahre alt. 121 n.A.E. war Cregan nach dem Tod seines Vaters Rickon mit dreizehn Jahren Lord von Winterfell geworden. Solange er minderjährig war, hatte sein Onkel Bennard für ihn den Norden regiert, bis Cregan sechzehn Jahre alt wurde. Aber sein Onkel wollte die Macht nicht so schnell abtreten. Die Spannungen zwischen den beiden verschärften sich, als sich der junge Lord über die Beschränkungen ärgerte, die ihm sein Onkel auferlegte. Im Jahre 126 erhob sich Cregan Stark, sperrte Bennard und seine drei Söhne ein und übernahm die Herrschaft über den Norden. Bald darauf heiratete er Lady Arra Norrey, eine geliebte Gefährtin aus seiner Kindheit, die allerdings schon 128 verschied, als sie ihm einen Sohn und Erben schenkte. Den Jungen nannte Cregan Rickon, nach seinem Vater.

Der Herbst war schon weit vorangeschritten, als der Prinz von Drachenstein in Winterfell landete. Der Schnee türmte sich hoch, und ein kalter Wind blies heulend aus dem Norden. Obwohl Lord Stark mitten in den Vorbereitungen für den Winter steckte, hieß er Jacaerys aufs Herzlichste willkommen. Es heißt, der Schnee und das Eis und die Kälte des Nordens hätten Vermax übellaunig gemacht, deshalb habe sich der Prinz nicht lange bei den Nordmännern aufgehalten, dennoch wird manch kuriose Geschichte über diesen kurzen Aufenthalt berichtet.

Munkuns *Wahre Geschichte* berichtet uns, dass Cregan und Jacaerys Gefallen aneinander fanden, denn der junge Prinz erinnerte den Lord von Winterfell an seinen zehn Jahre zuvor verstorbenen jüngeren Bruder. Sie tranken zusammen, jagten zusammen, übten zusammen an den Waffen und schworen einander Blutsbrüderschaft. Diese Version erscheint glaubwürdiger als die Geschichte, die Septon Konstans erzählt, in der der Prinz den größten Teil seines Besuches damit verbringt zu versuchen, Lord Cregan vom Glauben an seine falschen Götter abzubringen und sich stattdessen zu den Sieben zu bekennen.

Doch wie stets wenden wir uns Pilz zu, um die Geschichten zu erfahren, die andere Chronisten auslassen. Und auch dieses Mal enttäuscht er uns nicht. Sein Bericht führt eine junge Frau ein, ein »Wolfsmädchen«, wie er sie nennt, die den Namen Sara Schnee trug. Prinz Jacaerys war von diesem Wesen, einer Bastardtochter des verstorbenen Lord Rickon Stark, so hingerissen, dass er eine Nacht mit ihr verbrachte. Als Lord Cregan erfuhr, dass sein Gast seiner Bastardschwester die Jungfräulichkeit geraubt hatte, wurde er äußerst zornig und beruhigte sich erst, als Sara Schnee ihm erklärte, der Prinz habe sie zu seiner Gemahlin genommen. Sie hätten ihr Gelübde in Winterfells Götterhain vor einem Herzbaum gesprochen, und erst danach habe sie sich ihm hingegeben, in Pelze gehüllt mitten im Schnee, unter den Augen der Alten Götter.

Das ist gewiss eine wunderschöne Geschichte, doch wie viele von Pilzens Fabeln scheint auch diese eher der fiebrigen Vorstellungskraft des Narren entsprungen zu sein als der historischen Wahrheit. Jacaerys Velaryon war mit seiner Base Baela verlobt, seit er vier und sie zwei Jahre alt war, und nach allem, was wir über ihn wissen, scheint es überaus unwahrscheinlich, dass er eine so ernste Vereinbarung brach, um die zweifelhafte Ehre eines halbwilden, ungewaschenen Bastards aus dem Norden zu retten. Falls überhaupt je eine Sara Schnee existiert hat und falls der Prinz von Drachenstein tatsächlich bei ihr gelegen hat, so war das nicht mehr und nicht weniger als das, was andere Prinzen vor ihm getan haben (und nach ihm tun würden). Hier von Vermählung zu sprechen ist grotesk.

(Pilz behauptet außerdem, Vermax habe ein Gelege Dracheneier in Winterfell zurückgelassen, was ähnlich absurd ist. Zwar trifft zu, dass die Bestimmung des Geschlechts eines lebenden Drachen fast unmöglich ist, doch keine andere Quelle erwähnt, dass Vermax auch nur ein einziges Ei gelegt hat, und daher müssen wir annehmen, dass er männlichen Geschlechts war. Septon Barths Spekulation, Drachen könnten das Geschlecht bei Bedarf wechseln und seien so »veränderlich wie eine Flamme«, ist zu lächerlich, um sich ernsthaft damit zu beschäftigen.)

So viel wissen wir allerdings mit Sicherheit: Cregan Stark und Jacaerys Velaryon kamen zu einer Übereinkunft und unterzeichneten und besiegelten die Vereinbarung, die Großmaester Munkun in seiner *Wahren Geschichte* den »Pakt von Eis und Feuer« nennt. Wie viele andere Pakte sollte auch er durch eine Eheschließung besiegelt werden. Lord Cregans Sohn Rickon war ein Jahr alt. Prinz Jacaerys war noch unverheiratet und kinderlos, doch man ging davon aus, dass er eigene Kinder zeugen würde, sobald seine Mutter auf dem Eisernen Thron saß. Nach den Bedingungen des Pakts sollte die erstgeborene Tochter des Prinzen mit sieben Jahren in den Norden geschickt werden und als Mündel in Winterfell aufwachsen, bis sie alt genug wäre, um Lord Cregans Erben zu heiraten.

Als der Prinz von Drachenstein auf seinem Drachen wieder in den kalten Herbsthimmel aufstieg, tat er dies in der Gewissheit, drei mächtige Lords und ihre Vasallen für seine Mutter gewonnen zu haben. Obwohl sein fünfzehnter Namenstag noch ein halbes Jahr entfernt war, hatte sich Prinz Jacaerys bereits als Mann und würdiger Erbe des Eisernen Throns erwiesen.

Wäre der »kürzere und sichere« Flug seines Bruders ebenso gut verlaufen, wäre wohl viel Blutvergießen und Leid vermieden worden.

Die Tragödie, die Lucerys Velaryon bei Sturmkap widerfuhr, war nicht vorherzusehen, darin sind sich alle unsere Quellen einig. Die ersten Schlachten des Drachentanzes wurden mit Federkielen und Raben ausgetragen, mit Drohungen und Versprechungen, mit Erlassen und Schmeicheleien. Der Mord an Lord Biengraben in der ersten Sitzung des Grünen Rates hatte sich noch nicht weit herumgesprochen; die meisten glaubten, er schmachte lediglich irgendwo im Kerker. Zwar waren allerlei bekannte Gesichter nicht mehr bei Hofe zu sehen, aber es wurden auch keine aufgespießten Köpfe über dem Burgtor zur Schau gestellt, und so hofften viele noch immer, die Thronfolge könne auf friedliche Weise geklärt werden.

Doch der Fremde hatte andere Pläne. Denn gewisslich hatte er seine fürchterliche Hand im Spiel, als ein ungünstiges Schicksal zwei junge Prinzen in Sturmkap aufeinandertreffen ließ. Der Drache Arrax jagte vor einem heraufziehenden Sturm dahin, um Lucerys Velaryon rechtzeitig in die Sicherheit des Burghofs zu bringen, wo dieser jedoch erfuhr, dass Aemond Targaryen vor ihm eingetroffen war.

Borros Baratheon war ein ganz anderer Mensch als sein Vater. »Lord Boremund war aus Stein, hart und stark und unbeweglich«, erzählt uns Septon Konstans. »Lord Borros war wie der Wind, der tost und heult und hierhin und dorthin bläst.« Prinz Aemond war bei seinem Aufbruch unsicher gewesen, wie man ihn empfangen würde, doch Sturmkap hieß ihn mit Festen und Jagden und Turnierkämpfen willkommen.

Lord Borros gab sich alle Mühe, seinem Gast zu gefallen. »Ich habe vier Töchter«, teilte er dem Prinzen mit. »Wählt die, die Euch gefällt. Cass ist die älteste, sie wird als Erste erblühen, aber Floris ist hübscher. Und wenn ihr eine kluge Gemahlin wollt, dann nehmt Maris.«

Rhaenyra hatte die Treue des Hauses Baratheon zu lange als selbstverständlich angenommen, sagte der Lord dem Prinzen. »Ja, Prinzessin Rhaenys ist mit mir verwandt. Irgendeine Großtante, die ich nie kennengelernt habe, hat ihren Vater geheiratet, aber die sind lange tot, und Rhaenyra … ist nicht Rhaenys, nicht wahr?« Er habe nichts gegen Frauen, fuhr Lord Borros fort, er liebe seine Mädchen, und eine Tochter sei ein kostbarer Schatz … doch ein *Sohn*, ach … Sollten die Götter ihm je einen Sohn von seinem eigenen Blut schenken, würde Sturmkap an ihn gehen und nicht an seine Schwestern. »Warum sollte es sich mit dem Eisernen Thron anders verhalten?« Und da eine königliche Hochzeit bevorstand … Rhaenyras Sache war vergebliche Mühe, sie würde das erkennen, sobald sie erführe, dass sie Sturmkap verloren hatte, und er würde es ihr persönlich mitteilen … beugt das Knie vor Eurem Bruder, ja, das ist das Beste. Seine Mädchen würden sich auch manchmal streiten, so wie es Mädchen eben tun, aber er würde stets dafür sorgen, dass sie sich danach wieder vertrügen …

Es ist kein Bericht auf uns gekommen, für welche Tochter Prinz Aemond sich schließlich entschied (obwohl Pilz behauptet, er habe alle vier geküsst, um »den Nektar ihrer Lippen zu kosten«), doch wir wissen, dass es nicht Maris war. Munkun schreibt, der Prinz und Lord Borros hätten an dem Morgen, als Lucerys Velaryon eintraf, gerade über den Hochzeitstermin und die Mitgift verhandelt. Prinz Aemonds mächtige Vhagar spürte seine Ankunft zuerst. Als sie erwachte und plötzlich ein Brüllen ausstieß, das die Fundamente von Durrans Trotz erbeben ließ, umklammerten die Wachen, die auf den Wehrgängen der mächtigen Ringmauer patrouillierten, entsetzt ihre Speere. Sogar Arrax erzitterte angesichts dieses Dröhnens vor Angst, so heißt es, und Luk musste Gebrauch von der Peitsche machen, um ihn zur Landung zu zwingen.

Pilz will uns glauben machen, im Osten habe es geblitzt, und ein heftiger Regen sei auf Lucerys niedergegangen, als er, den Brief seiner Mutter fest in der Hand, von seinem Drachen sprang. Er muss gewusst haben, was Vhagars Anwesenheit bedeutete, daher dürfte es ihn nicht überrascht haben, als Aemond Targaryen ihm in der Runden Halle vor den Augen von Lord Borros, seinen vier Töchtern, seinem Septon und Maester sowie vierzig Rittern, Wachen und Dienern entgegentrat. (Unter jenen, die diesem Treffen beiwohnten, war auch Ser Beyron Swann, der zweite Sohn des Lords von Steinhelm in den Dornischen Marschen, der später im Tanz selbst noch eine kleine Rolle spielen sollte.) Hier müssen wir uns also einmal nicht allein auf Großmaester Munkun, Pilz und Septon Konstans verlassen. Keiner unserer drei Chronisten war in Sturmkap dabei, aber viele andere, daher stehen uns genügend Berichte aus erster Hand zur Verfügung.

»Seht Euch nur dieses traurige Geschöpf an, Mylord«, rief Prinz Aemond aus. »Der kleine Bastard Luk Kraft.« Und Luk begrüßte er mit den Worten: »Du bist nass, Bastard. Regnet es, oder hast du dir vor Angst in die Hose gemacht?«

Lucerys Velaryon sprach nur Lord Baratheon an. »Lord Borros, ich bringe Euch eine Nachricht von meiner Mutter, der Königin.«

»Er meint wohl von der Hure von Drachenstein.« Prinz Aemond schritt auf Lucerys zu und wollte ihm den Brief aus der Hand reißen, aber Lord Borros brüllte einen Befehl, woraufhin seine Ritter einschritten und die beiden jungen Prinzen voneinander trennten. Einer brachte Rhaenyras Brief zum Podest, wo Lord Borros auf dem Thron der alten Sturmkönige saß.

Niemand kann mit Sicherheit wissen, was Borros Baratheon in jenem Augenblick durch den Kopf ging. Die Berichte der Anwesenden weichen deutlich voneinander ab. Manche behaupten, Lord Borros sei verlegen gewesen, und die Schamesröte sei ihm ins Gesicht gestiegen wie einem Mann, den seine angetraute Gemahlin mit einer anderen Frau im Bett erwischt. Andere behaupten, Borros habe den Augenblick genossen, da es seiner Eitelkeit schmeichelte, dass sowohl der König als auch die Königin um seine Unterstützung buhlten. Pilz (der nicht dabei war) sagt, er sei betrunken gewesen. Septon Konstans (der ebenfalls nicht dort war) sagt, er habe Angst gehabt.

Doch alle Zeugen stimmen darin überein, was Lord Borros sprach und tat. Da er die Kunst des Lesens nicht beherrschte, reichte er den Brief der Königin seinem Maester, der das Siegel erbrach und seinem Herrn den Inhalt der Nachricht ins Ohr flüsterte. Lord Borros legte die Stirn in Falten. Er strich sich durch den Bart, blickte Lucerys Velaryon finster an und sagte: »Und wenn ich tue, wie mich Eure Mutter heißt, welche meiner Töchter werdet dann *Ihr* ehelichen, Junge?« Er deutete auf die vier Mädchen. »Sucht Euch eine aus.«

Prinz Lucerys errötete. »Mylord, mir steht es nicht mehr frei, eine Braut zu wählen«, erwiderte er. »Ich bin schon seit Langem mit meiner Base Rhaena verlobt.«

»Das habe ich mir gedacht«, sagte Lord Borros. »Geht nach Hause, Junge, und sagt Eurer Schlampe von einer Mutter, dass der Lord von Sturmkap kein Hund ist, der angelaufen kommt und sich auf ihre Feinde hetzen lässt, wenn sie pfeift.« Daraufhin drehte Prinz Lucerys sich um und wollte die Runde Halle verlassen.

Doch Prinz Aemond zog sein Schwert und rief: »Halt, Kraft! Zuerst begleichst du deine Schulden bei mir.« Damit riss er sich die Augenklappe herunter, warf sie auf den Boden und enthüllte den Saphir darunter. »Du hast ein Messer, genau wie damals. Stich dir ein Auge aus, und ich lasse dich gehen. Eines genügt, ich will dich nicht blenden.«

Prinz Lucerys erinnerte sich an das Versprechen, das er seiner Mutter gegeben hatte. »Ich kämpfe nicht gegen dich. Ich bin als Gesandter gekommen, nicht als Ritter.«

»Du bist als Feigling und als Verräter gekommen«, entgegnete Prinz Aemond, »entweder bekomme ich dein Auge, oder ich töte dich, Kraft.«

Bei diesen Worten wurde Lord Borros unbehaglich zumute. »Nicht hier«, knurrte er. »Er ist als Gesandter gekommen. Ich wünsche kein Blutvergießen unter meinem Dach.« Also stellten sich seine Wachen zwischen die beiden Prinzen und geleiteten Lucerys Velaryon aus der Runden Halle zurück auf den Burghof, wo sein Drache Arrax im Regen kauerte und auf seine Rückkehr wartete.

Und hier hätte diese Geschichte enden können, wäre da nicht das Mädchen Maris gewesen. Die zweitgeborene Tochter von Lord Borros, die nicht so hübsch war wie ihre Schwestern, grollte Aemond, weil er ihre Schwestern vorgezogen hatte. »Hat er Euch eins Eurer Augen genommen oder eins Eurer Eier?«, fragte Maris den Prinzen mit einer Stimme, so süß wie Honig. »Ich bin ja *so* glücklich, dass Ihr meine Schwester gewählt habt. Meinem Gemahl sollten keine wichtigen Teile fehlen.«

Aemond Targaryens Mundwinkel zuckten zornig, er wandte sich erneut an Lord Borros und bat um Erlaubnis, sich um den Jungen zu kümmern. Der Lord von Sturmkap zuckte nur mit den Schultern und antwortete: »Es steht mir nicht zu, Euch vorzuschreiben, was Ihr tut und lasst, wenn Ihr nicht mehr unter meinem Dach weilt.« Und so gaben seine Ritter den Weg frei, und Prinz Aemond eilte aus dem Saal.

Draußen toste das Unwetter. Donner grollte über die Burg hinweg, Regen prasselte hernieder und erschwerte die Sicht, und von Zeit zu Zeit zuckten riesige blauweiße Blitze über den Himmel und tauchten die Welt in taghelles Licht. Selbst für einen Drachen herrschte schlechtes Flugwetter, und Arrax fiel es schwer, sich in der Luft zu halten, als Prinz Aemond Vhagar bestieg und Lucerys nachsetzte. Bei ruhigerem Wetter wäre es Prinz Lucerys wahrscheinlich gelungen, seinem Verfolger zu entkommen, denn Arrax war jünger und schneller … doch der Tag war schwarz, »so schwarz wie Prinz Aemonds Herz«, sagt Pilz, und so kam es, dass die Drachen über der Sturmbucht aufeinandertrafen. Die Wachen auf den Burgmauern sahen in der Ferne Feuerstöße und hörten ein Kreischen, das den Donner übertönte. Dann verbissen sich die beiden Bestien ineinander, während die Blitze um sie her zuckten. Vhagar war fünfmal so groß wie ihr Feind und eine abgehärtete Veteranin Hunderter Schlachten. Falls es einen Kampf gab, dauerte er wahrscheinlich nicht allzu lange.

Arrax stürzte verletzt ab und wurde von den sturmgepeitschten Wassern der Bucht verschlungen. Drei Tage später wurden der Schädel und Hals des Drachen an den Klippen unter Sturmkap angespült und boten Krebsen und Möwen ein Festmahl. Pilz behauptet, auch Prinz Lucerys' Leiche sei von den Wellen an Land gespült worden, und erzählt uns außerdem, Prinz Aemond habe ihm die Augen herausgeschnitten und sie Lady Maris auf einem Bett aus Seetang dargeboten, aber das hört sich ziemlich übertrieben an. Manche meinen, Vhagar habe Lucerys vom Rücken seines Drachen gerissen und ihn in einem Stück verschlungen. Es wurde sogar behauptet, der Prinz habe den Sturz überlebt und sich an Land gerettet, dabei jedoch das Gedächtnis verloren und vergessen, wer er war. So habe er den Rest seiner Tage als einfältiger Fischer gelebt.

Die *Wahre Geschichte* räumt all diesen Märchen den Respekt ein, den sie verdient haben: keinen. Lucerys Velaryon starb mit seinem Drachen, wie Munkun mit Nachdruck behauptet. Das entspricht zweifellos der Wahrheit. Der Prinz war dreizehn Jahre alt, als er

starb. Seine Leiche wurde nie gefunden. Und mit seinem Tod nahm der Krieg der Raben und Gesandten und Eheverträge ein plötzliches Ende, und stattdessen begann der gnadenlose Krieg von Feuer und Blut.

Aemond Targaryen, der von nun an bei seinen Feinden nur noch Aemond der Brudermörder heißen sollte, kehrte nach Königsmund zurück, nachdem er Sturmkaps Unterstützung für seinen Bruder Aegon gewonnen und sich den ewigen Hass Königin Rhaenyras zugezogen hatte. Wenn er glaubte, im Roten Bergfried als Held empfangen zu werden, hatte er sich getäuscht. Königin Alicent erbleichte, als sie erfuhr, was er getan hatte, und rief aus: »Die Mutter sei uns allen gnädig.« Auch Ser Otto war nicht erfreut. »Ihr habt doch nur ein Auge verloren«, soll er angeblich gesagt haben, »wie konntet Ihr da so blind sein?« Der König selbst teilte ihre Besorgnis allerdings nicht. Aegon II. hieß Prinz Aemond mit einem großen Gelage willkommen, pries ihn als »das wahre Blut des Drachen« und ließ vermelden, dass er »einen guten Anfang« gemacht habe.

Auf Drachenstein erlitt Königin Rhaenyra einen Zusammenbruch, als sie von Luks Tod erfuhr. Luks jüngerer Bruder Gottfrid (Jace erfüllte noch seinen Auftrag im Norden) schwor grausame Rache gegen Prinz Aemond und Lord Borros. Einzig dem Eingreifen der Seeschlange und Prinzessin Rhaenys' ist es zu verdanken, dass der Junge nicht umgehend seinen Drachen bestieg. (Pilz will uns glauben machen, dass auch er dabei eine Rolle spielte.) Während der Schwarze Rat überlegte, wie sie zurückschlagen sollten, traf ein Rabe aus Harrenhal ein. »Auge um Auge, Sohn um Sohn«, schrieb Prinz Daemon. »Lucerys wird gerächt werden.«

Eines sollten wir nicht vergessen: In seiner Jugendzeit kannte jeder Beutelschneider, jede Hure und jeder Glücksspieler in Flohloch das Gesicht und das Lachen von Daemon Targaryen, »dem Prinzen der Stadt«. Und der Prinz hatte noch immer Freunde in der Unterwelt von Königsmund und Anhänger unter den Goldröcken. Ohne dass König Aegon, die Hand oder die Königinwitwe davon wussten, hatte er auch Verbündete am Hof und sogar im Grünen Rat selbst … und auch einen Mittelsmann, eine besondere

Freundin, der er blind vertraute und die mit den Weinschenken und Rattenlöchern, die im Schatten des Roten Bergfrieds schwärten, ebenso vertraut war wie Daemon selbst zu seiner Zeit und sicheren Fußes selbst durch die finstersten Gegenden der Stadt gehen konnte. Und an eben jene bleiche Fremde wandte er sich jetzt auf geheimen Wegen und gab einen entsetzlichen Racheakt in Auftrag.

In den Bordellen von Flohloch fand Prinz Daemons Vertraute die passenden Werkzeuge. Der eine, ein großer, brutaler Kerl, war Feldwebel bei der Stadtwache gewesen, bis er seinen Goldrock verloren hatte, weil er in trunkenem Zorn eine Hure totgeschlagen hatte. Der andere war Rattenfänger im Roten Bergfried. Ihre richtigen Namen sind den Geschichtsschreibern nicht bekannt. Man erinnert sich an sie (obwohl man sich wünschte, sie wären vergessen) nur als Blut und Käse.

»Käse kannte den Roten Bergfried besser als seinen eigenen Schwanz«, berichtet uns Pilz. Die verborgenen Türen und geheimen Gängen, die Maegor der Grausame in der Burg hatte anlegen lassen, waren dem Rattenfänger ebenso vertraut wie die Ratten, die er jagte. Durch einen dieser Gänge führte er Blut ungesehen ins Herz der Burg. Manche behaupten, ihr eigentliches Ziel sei der König selbst gewesen, doch Aegon wurde, wo immer er ging, von der Königsgarde begleitet, und sogar Käse kannte keinen anderen Weg in Maegors Feste hinein und hinaus als über die Zugbrücke, die den trockenen Burggraben mit den furchtbaren Eisenspießen überspannte.

Der Turm der Hand war nicht so gut gesichert. Die beiden Männer schlichen sich innerhalb der Mauern nach oben und umgingen so die Wachen, die an den Toren des Turms postiert waren. Ser Ottos Räume waren für sie nicht von Interesse. Stattdessen schlüpften sie ein Stockwerk tiefer in die Gemächer seiner Tochter, wo sich Königin Alicent nach dem Tod von König Viserys einquartiert hatte, als ihr Sohn Aegon mit seiner eigenen Königin in die königlichen Gemächer in Maegors Feste gezogen war. Sobald sie dort eingedrungen waren, fesselte und knebelte Käse die Königinwitwe, während Blut ihre Bettmagd erwürgte. Dann legten sie sich auf die Lauer, denn sie wussten, dass es Königin Helaenas Gewohnheit war, ihre Kinder jeden Abend vor dem Zubettgehen auf einen Besuch bei ihrer Großmutter vorbeizubringen.

Ohne die Gefahr zu ahnen, erschien die Königin in Begleitung ihrer drei Kinder, just als die Abenddämmerung über der Burg anbrach. Jaehaerys und Jaehaera waren sechs Jahre alt, Maelor zwei. Als sie die Gemächer betraten, hielt Helaena seine kleine Hand und rief nach ihrer Mutter. Blut verrammelte die Tür und erschlug die Wachen der Königin, während sich Käse Maelor schnappte. »Wenn Ihr schreit, ist das Euer aller Tod«, erklärte Blut Ihrer Gnaden. Wie es heißt, gelang es Königin Helaena, die Ruhe zu bewahren. »Wer seid ihr?«, wollte sie von den beiden wissen. »Schuldeneintreiber«, antworte Käse. »Auge um Auge, Sohn um Sohn. Wir wollen nur einen, um die Sache auszugleichen. Euch anderen feinen Leuten krümm' wir kein Haar. Welcher soll es sein, Euer Gnaden?«

Sobald sie begriff, was er meinte, flehte Königin Helaena die Männer an, stattdessen sie zu töten. »Ein Weib ist kein Sohn«, sagte Blut. »Es muss ein Junge sein.« Käse warnte die Königin, sich rasch zu entscheiden, bevor Blut langweilig würde und ihr kleines Mädchen vergewaltigte. »Wählt«, sagte er, »oder wir töten sie alle.« Helaena weinte und kauerte kniend auf dem Boden. Schließlich nannte sie ihren jüngsten Sohn, Maelor. Vielleicht glaubte sie, der Junge sei noch zu klein, um zu verstehen, was um ihn herum vorging, vielleicht aber wählte sie ihn auch, weil der ältere Junge, Jaehaerys, König Aegons erstgeborener Sohn und Erbe war, der Nächste in der Erbfolge des Eisernen Throns. »Hörst du das, mein Kleiner?«, flüsterte Käse Maelor zu. »Deine Mama will dich tot sehen.« Dann grinste er Blut an, und der riesige Schwertkämpfer schlug Prinz Jaehaerys mit einem einzigen Hieb den Kopf ab. Die Königin begann zu schreien.

Seltsamerweise hielten der Rattenfänger und der Schlächter Wort. Sie fügten weder Königin Helaena noch ihren anderen Kindern weiteres Leid zu, sondern flohen mit dem Kopf des Prinzen in Händen. Zeter und Mordio wurde geschrien, doch Käse kannte die Geheimgänge, und die Wachen kannten sie nicht, und so entkamen die Mörder. Zwei Tage später wurde Blut am Tor der Götter aufgegriffen, als er Königsmund mit Prinz Jaehaerys' Kopf in einer seiner Satteltaschen verlassen wollte. Unter der Folter gestand er, dass er ihn nach Harrenhal bringen wollte, um die Belohnung von Prinz Daemon einzustreichen. Er beschrieb außerdem die Hure, die ihn angeblich angeheuert hatte: eine ältere Frau, die mit fremdem Akzent sprach, unter einem Kapuzenmantel verborgen und sehr blass. Die anderen Dirnen nannten sie Misere.

Nach dreizehn Tagen in der Folterkammer wurde Blut endlich gestattet zu sterben. Königin Alicent hatte Larys Klumpfuß befohlen, seinen richtigen Namen in Erfahrung zu bringen, sodass sie im Blut seiner Frau und seiner Kinder baden konnte, doch unsere Quellen schweigen sich darüber aus, ob es dazu tatsächlich kam. Ser Luthor Largent und seine Goldröcke stellten die Straße der Seide auf den Kopf, zerrten jede Hure in Königsmund aus dem Bett und zogen sie aus, aber von Käse oder dem Weißen Wurm war keine Spur zu finden. In seiner Trauer und seinem Zorn befahl König Aegon II., alle Rattenfänger der Stadt zu ergreifen und hängen zu lassen, und so geschah es. (Ser Otto Hohenturm holte einhundert Katzen in den Roten Bergfried, um ihre Aufgaben zu übernehmen.)

Obgleich Blut und Käse ihr Leben verschont hatten, kann man nicht sagen, dass Königin Helaena diesen schicksalshaften Abend unbeschadet überstanden hätte. Sie weigerte sich fortan, zu essen oder zu baden, und verließ auch ihre Gemächer nicht mehr. Auch konnte sie ihrem Sohn Maelor nicht mehr in die Augen sehen, in dem Wissen, dass sie ihn zum Sterben auserwählt hatte. Dem König blieb nichts anderes übrig, als ihr den Jungen fortzunehmen und ihn Königinwitwe Alicent anzuvertrauen, die ihn wie ihr eigenes Kind aufzog. Aegon und seine Gemahlin schliefen seitdem in getrennten Betten, und Königin Helaena versank tiefer und tiefer im Wahnsinn, während der König wütete und trank und wütete.

DAS STERBEN DER DRACHEN

DER ROTE UND DER GOLDENE DRACHE

Nach dem Tod von Lucerys Velaryon in den Sturmlanden und dem Mord an Prinz Jaehaerys vor den Augen seiner Mutter im Roten Bergfried trat der Drachentanz in eine neue Phase. Denn sowohl die Schwarzen als auch die Grünen schrien nach blutiger Rache. Überall im Reich riefen Lords zu den Fahnen. Heere wurden aufgestellt und in Marsch gesetzt.

In den Flusslanden zogen Plünderer aus Rabenbaum unter Rhaenyras Banner* durch die Länder des Hauses Bracken, brannten die

* Ursprünglich hatten beide Anwärter auf den Eisernen Thron den dreiköpfigen Drachen des Hauses Targaryen, rot auf schwarzem Grund, als Wappen geführt, doch gegen Ende des Jahres 129 n.A.E. hatten sowohl Aegon als auch Rhaenyra persönliche Wappen gewählt, damit ihre Anhänger sich von den Feinden unterscheiden konnte. Der König änderte die Farbe des Drachen auf seinen Bannern von Rot zu Golden, um die leuchtend goldenen Schuppen seines Drachen Sonnfeuer öffentlich zu ehren, während die Banner der Königin das Wappen der Targaryen im Geviert mit dem des Hauses Arryn und dem des Hauses Velaryon zeigte, zu Ehren ihrer Hohen Mutter, Königin Aemma Arryn, und ihres ersten Gemahls, Ser Laenor Velaryon.

Ernte nieder, trieben Schafe und Rinder fort, plünderten Dörfer und beraubten jede Septe, die sie passierten (die Schwarzhains waren eines der letzten Häuser südlich der Eng, die noch den Alten Göttern anhingen).

Als die Brackens zum Gegenschlag ausholten und eine starke Streitmacht aufstellten, überraschte Lord Samwell Schwarzhain sie unterwegs und überrumpelte sie in ihrem Lager, nahe einer Mühle am Flussufer, die in der folgenden Schlacht in Flammen aufging, sodass die Männer stundenlang im roten Schein des Feuers fochten und starben. Ser Amos Bracken, der das Heer von Steinheck führte, erschlug Lord Schwarzhain im Zweikampf, fiel dann aber selbst, als ein Wehrholzpfeil durch den Augenschlitz seines Helms drang und sich tief in seinen Kopf bohrte. Angeblich wurde dieser Pfeil von Lord Samwells sechzehnjähriger Schwester Alysanne abgeschossen, die später als »Schwarze Aly« bekannt werden sollte, aber ob das der Wahrheit entspricht oder nur eine Familienlegende ist, lässt sich heute nicht mehr sagen.

Beide Seiten erlitten in der Schlacht, die später als die Schlacht an der Brennenden Mühle bekannt werden sollte, schwere Verluste … und als die Brackens am Ende aufgaben, unter dem Befehl von Ser Amos' Halbruder Ser Raylon Strom die Flucht ergriffen und auf ihre eigenen Länder zurückkehrten, mussten sie feststellen, dass Steinheck in ihrer Abwesenheit eingenommen worden war. Angeführt von Prinz Daemon auf Caraxes hatte ein mächtiges Heer aus Darrys, Wurtzens, Peipers und Freys die Burg im Sturm genommen, während der Großteil der Streitmacht des Hauses Bracken außer Haus war. Lord Umfried Bracken und seine verbliebenen Kinder waren in Gefangenschaft geraten, ebenso seine dritte Gemahlin und seine Mätresse von niederer Geburt. Um zu verhindern, dass ihnen ein Leid angetan wurde, ergab sich Ser Raylon. Nachdem das Haus Bracken solcherart gebrochen und besiegt worden war, verließ der Mut die letzten Unterstützer König Aegons in den Flusslanden, und sie legten ebenfalls die Schwerter nieder.

Doch man sollte nicht meinen, dass der Grüne Rat in der Zwischenzeit untätig geblieben wäre. Ser Otto Hohenturm hatte Lords auf ihre Seite gezogen, Söldner angeworben und die Verteidigungsanlagen von Königsmund verstärkt. Außerdem suchte er neue Verbündete. Nachdem Großmaester Orwyls Friedensangebot zurückgewiesen worden war, verdoppelte die Hand ihre Anstrengungen und entsandte Raben nach Winterfell und Hohenehr, nach Schnellwasser, Weißwasserhafen, Möwenstadt, Bitterbrück, zur Schönen Insel und zu einem halben Hundert weiterer Burgen und Bergfriede. Reiter galoppierten durch die Nacht zu den Adelssitzen der näheren Umgebung, um die Lords und Ladys an den Hof zu rufen, wo sie König Aegon Gefolgschaft schwören sollten. Ser Otto wandte sich außerdem an Dorne, dessen Fürst Qoren Martell selbst schon auf den Trittsteinen Krieg gegen Prinz Daemon geführt hatte, aber Fürst Qoren lehnte ab. »Dorne hat schon einmal mit den Drachen getanzt«, sagte er. »Lieber schlafe ich mit Skorpionen.«

Dennoch verlor Ser Otto das Vertrauen seines Königs, der diese Bemühungen für Tatenlosigkeit und seine Vorsicht für Feigheit hielt. Septon Konstans berichtet uns von einem Vorfall, als Aegon den Turm der Hand betrat und Ser Otto beim Verfassen eines weiteren Briefes vorfand. Er schlug ihm das Tintenfass zur Seite, sodass es im Schoß seines Großvaters landete, und verkündete: »Einen Thron gewinnt man mit Schwertern, nicht mit Federkielen. Vergießt Blut, nicht Tinte.«

Dass Harrenhal an Prinz Daemon gefallen war, war ein großer Schock für Seine Gnaden gewesen, wie Munkun berichtet. Bis dahin hatte Aegon II. die Sache seiner Halbschwester für eher aussichtslos gehalten. Nach dem Verlust von Harrenhal fühlte sich Seine Gnaden zum ersten Mal verwundbar. Mit den darauffolgenden raschen Niederlagen an der Brennenden Mühle und bei Steinheck trafen den König weitere Schläge, die ihn zu der Einsicht brachten, dass seine Lage weitaus bedrohlicher war, als er ursprünglich angenommen hatte. Diese Befürchtungen verstärkten sich noch, als Raben aus der Weite zurückkehrten, wo die Grünen geglaubt hatten, über den stärksten Rückhalt zu verfügen. Haus Hohenturm und Altsass standen fest zu König Aegon, und Seine Gnaden durfte auch auf den Arbor zählen … Doch im übrigen Süden erklärten sich einige für Rhaenyra, darunter die Lords Costayn von Dreitürmen, Lord Mullendor von Hohenau, Lord Tarly von Hornberg, Lord Esch von Goldhain und Lord Grim von Grauschild.

Der Lauteste war Ser Alan Biengraben, Lord Lymans Erbe, der die Freilassung seines Großvaters aus dem Kerker verlangte, wo die meisten den ehemaligen Meister der Münze noch immer vermuteten. Angesichts des lautstark vorgetragenen Protests ihrer eigenen Vasallen dachten der Kastellan, der Haushofmeister und die Mutter des jungen Lord Tyrell von Rosengarten (als dessen Regenten) noch einmal gründlich über ihre Unterstützung König Aegons nach und entschieden, dass das Haus Tyrell in diesem Streit nicht Partei ergreifen würde. König Aegon begann, seine Angst in Starkwein zu ertränken, berichtet Septon Konstans, während Ser Otto seinem Neffen, Lord Ormund Hohenturm, eine Nachricht schickte und ihn ersuchte, die Macht von Altsass zu nutzen, um die vielen Rebellionen in der Weite zu ersticken.

Weitere Schläge folgten: das Grüne Tal, Weißwasserhafen, Winterfell. Die Schwarzhains und andere Flusslords strömten nach Harrenhal und sammelten sich unter Prinz Daemons Bannern. Die Flotten der Seeschlange blockierten die Schwarzwasserbucht, und jeden Morgen heulten die Kaufleute König Aegon die Ohren voll. Die einzige Antwort, die Seiner Gnaden auf ihre Beschwerden einfiel, war ein weiterer Becher Starkwein. »Unternehmt etwas«, verlangte er von Ser Otto.

Die Hand versicherte ihm, dass *etwas* unternommen werde; er hatte einen Plan ausgearbeitet, um die Velaryon-Blockade zu brechen. Eine der wichtigsten Säulen, die Rhaenyras Anspruch stützten, war ihr Prinzgemahl, doch er war zugleich auch eine ihrer größten Schwächen. Prinz Daemon hatte sich im Laufe seiner vielen Abenteuer mehr Feinde als Freunde gemacht. Ser Otto Hohenturm, der zu den ältesten dieser Feinde zählte, wandte sich über die Meerenge hinweg an einen anderen Feind des Prinzen, das Königreich der Drei Töchter.

Die königliche Flotte allein verfügte nicht über die Stärke, die Gurgel aus dem Würgegriff der Seeschlange zu befreien, und König

Aegons Angebote an Dalten Graufreud von Peik hatten die Eiseninseln bislang noch nicht auf seine Seite gezogen. Die Flotten von Tyrosh, Lys und Myr hätten mit vereinten Kräften allerdings mehr als genügt, um die Velaryons zu besiegen. Ser Otto schrieb an die Magister, versprach ihnen die alleinigen Handelsrechte für Königsmund, wenn sie die Gurgel von den Schiffen der Seeschlange säubern und die Seewege wieder öffnen würden. Um ihnen die Sache noch schmackhafter zu machen, versprach er zudem, den Drei Töchtern die Trittsteine zu überlassen, wenngleich der Eiserne Thron bisher nie Anspruch auf diese Inseln erhoben hatte.

Die Triarchie war jedoch nicht für ihr schnelles Handeln bekannt. Da der Bund gar keinen König an der Spitze hatte, wurden alle wichtigen Entscheidungen in diesem dreiköpfigen »Königreich« von einem Hohen Rat gefällt. Elf Magister aus jeder Stadt bildeten diese Versammlung, und jeder von ihnen war erpicht darauf, seine Weisheit, seine Schlauheit und seine Wichtigkeit unter Beweis zu stellen und jeden nur möglichen Vorteil für die eigene Stadt herauszuschlagen. Großmaester Grauden, der fünfzig Jahre später das maßgebliche Geschichtswerk über das Königreich der Drei Töchter verfasste, beschrieb den Hohen Rat folgendermaßen: »Dreiunddreißig Pferde, von denen jedes in eine andere Richtung zieht.« Selbst drängende Angelegenheiten wie Krieg, Frieden und Bündnisse wurden zum Gegenstand endloser Wortgefechte … und dazu kam noch, dass der Hohe Rat gar nicht tagte, als Ser Ottos Gesandte eintrafen.

Diese Verzögerung gefiel dem jungen König ganz und gar nicht. Aegon II. verlor die Geduld. Obgleich seine Mutter, die Königinwitwe Alicent, alles tat, um Ser Otto zu verteidigen, stieß sie bei Seiner Gnaden auf taube Ohren. Er befahl Ser Otto in den Thronsaal, riss ihm die Amtskette vom Hals und warf sie Ser Kriston Kraut zu. »Meine neue Hand ist eine stählerne Faust«, prahlte er. »Wir haben genug Briefe geschrieben.«

Ser Kriston verschwendete keine Zeit, seinen Mut unter Beweis zu stellen. »Es ist Euer nicht würdig, Eure Lords um Unterstützung anzuflehen wie ein Bettler, der um Almosen bittet«, sagte er zu Aegon. »Ihr seid der rechtmäßige König von Westeros, und jene, die das bestreiten, sind Verräter. Es ist höchste Zeit, dass sie lernen, welchen Preis ihr Verrat sie kosten wird.«

Die Ersten, die diesen Preis entrichten mussten, waren die gefangenen Lords in den Kerkern unter dem Roten Bergfried, Männer, die einst geschworen hatten, die Rechte von Prinzessin Rhaenyra zu verteidigen, und sich standhaft weigerten, das Knie vor König Aegon zu beugen. Einer nach dem anderen wurden sie in den Burghof gezerrt, wo der Henker des Königs sie mit seiner Axt erwartete. Jeder bekam eine letzte Gelegenheit, Seiner Gnaden die Treue zu schwören; nur Lord Butterquell, Lord Schurwerth und Lord Rosby entschieden sich dafür. Lord Heufurt, Lord Sonnwetter, Lord Hart, Lord Buckler, Lord Kaswell und Lady Grimm hielten ihren Eid höher als ihr Leben und wurden nacheinander enthauptet, dazu acht Ritter mit Landbesitz und vierzig Diener und Gefolgsleute. Ihre Köpfe wurden über den Stadttoren zur Schau gestellt.

König Aegon trachtete auch danach, die Ermordung seines Erben durch Blut und Käse zu rächen, indem er Drachenstein angriff, sich mit dem Drachen auf die Inselzitadelle stürzte und seine Halbschwester und ihre »Bastarde« gefangen nahm oder tötete. Der gesamte Grüne Rat musste auf ihn einreden, um ihn von diesem Vorhaben abzubringen. Ser Kriston Kraut drängte auf einen anderen Weg. Die Prätendentin hatte Prinz Jaehaerys mit List und Tücke ermorden lassen, erklärte Kraut, und sie sollten das Gleiche tun. »Zahlen wir es der Prinzessin mit der gleichen blutigen Münze heim«, schlug er dem König vor. Als Werkzeug für die Rache des Königs wählte der Lord Kommandant der Königsgarde seinen Geschworenen Bruder, Ser Arryk Cargyll.

Ser Arryk war wohlvertraut mit dem uralten Sitz des Hauses Targaryen, den er während der Herrschaft König Viserys' oft besucht hatte. In den Gewässern der Schwarzwasserbucht waren immer viele Fischerboote unterwegs, denn Drachenstein war für seine Versorgung auf das Meer angewiesen; es wäre also ein Leichtes, Cargyll in dem Fischerdorf im Schatten der Burg an Land zu bringen. Von dort aus würde er sich selbst zur Königin durchschlagen. Ser Arryk und sein Bruder Ser Erryk waren Zwillinge und glichen sich wie ein Ei dem anderen, nicht einmal ihre Brüder in der Königsgarde konnten sie auseinanderhalten, wie sowohl Pilz als auch Septon Konstans bestätigen. Sobald er ins Weiß der Königsgarde gekleidet war, sollte sich Ser Arryk frei auf Drachenstein bewegen können, schlug Ser Kriston vor; alle Wachen, denen er zufällig begegnete, würden ihn mit Sicherheit mit seinem Bruder verwechseln.

Ser Arryk übernahm den Auftrag, auch wenn er damit nicht glücklich war. Wie uns Septon Konstans berichtet, suchte der Ritter mit seinen Sorgen in der Nacht, in der er in See stechen sollte, die Septe des Roten Bergfrieds auf und bat unsere Mutter Oben um Vergebung. Doch als Ritter der Königsgarde, der gelobt hatte, seinem König und Kommandanten zu gehorchen, blieb ihm bei seiner Ehre keine andere Wahl, als in der salzbefleckten Kleidung eines einfachen Fischers nach Drachenstein aufzubrechen.

Der wahre Zweck von Ser Arryks Mission bleibt umstritten. Großmaester Munkun schreibt, Cargyll sei befohlen worden, Rhaenyra zu töten, um so ihre Rebellion mit einem Streich zu beenden, während Pilz dagegen behauptet, Cargyll sei auf ihre Söhne angesetzt worden, weil Aegon II. das Blut seines ermordeten Sohnes mit dem Blut seiner »Bastardneffen« Jacaerys und Gottfrid »Kraft« abwaschen wollte.

Ser Arryk kam ungehindert an Land, legte seine Rüstung und seinen weißen Umhang an und hatte keine Schwierigkeiten, sich als sein Zwillingsbruder auszugeben und Zugang zur Burg zu erlangen, ganz so, wie es Kriston Kraut geplant hatte. Tief im Herzen von Drachenstein jedoch, auf dem Weg zu den königlichen Gemächern, ließen ihn die Götter ausgerechnet auf seinen Bruder Ser Erryk treffen, der sofort begriff, was die Anwesenheit seines Bruders zu bedeuten hatte. Die Sänger wollen uns glauben machen, Ser Erryk habe gesagt: »Ich liebe dich, Bruder«, während er sein Schwert aus der Scheide zog, und Ser Arryk habe ebenfalls das Schwert gezogen und geantwortet: »Und ich dich auch, Bruder.«

Fast eine Stunde lang kämpften die Zwillinge, berichtet Großmaester Munkun; das Klirren des Stahls weckte den halben Hof der Königin, aber die Zuschauer konnten nur hilflos danebenstehen und zusehen, denn niemand konnte die Brüder auseinanderhalten. Am Ende verwundeten Ser Arryk und Ser Erryk einander tödlich und starben mit Tränen auf den Wangen in den Armen des anderen.

Pilzens Bericht ist kürzer, bissiger und insgesamt garstiger. Der Kampf dauerte nur Augenblicke, schreibt unser Narr. Es habe keine Erklärungen brüderlicher Liebe gegeben, jeder Cargyll beschimpfte den anderen als Verräter, während sie aufeinander eindroschen. Ser Erryk stand auf der Wendeltreppe oberhalb seines Bruders und setzte den ersten tödlichen Hieb von oben nach unten, der dem Bruder den Schwertarm nahezu abtrennte, doch im Fallen packte Ser Arryk den weißen Umhang seines Gegners und zog ihn nah genug an sich heran, um ihm den Dolch tief in den Bauch zu stoßen. Ser Arryk war tot, bevor die ersten Wachen eintrafen, doch Ser Erryk lebte noch vier Tage, ehe er unter schrecklichen Schmerzen seiner Bauchverletzung erlag. Und die ganze Zeit schrie er und verfluchte seinen verräterischen Bruder.

Aus verständlichen Gründen ziehen Sänger und Geschichtenerzähler in der Regel Munkuns Fassung vor. Maester und andere Gelehrte müssen selbst entscheiden, welche Version sie für wahrscheinlicher halten. Septon Konstans sagt zu dieser Angelegenheit lediglich, dass die Cargyll-Zwillinge einander erschlagen haben, und dabei müssen wir es belassen.

In Königsmund hatte König Aegons Meister der Flüsterer, der Klumpfuß Larys Kraft, inzwischen eine Liste all jener Lords zusammengestellt, die sich zur Krönung Königin Rhaenyras auf Drachenstein versammelt hatten und in ihrem Schwarzen Rat saßen. Die Burgen der Lords Celtigar und Velaryon standen auf Inseln. Da Aegon II. über keine Seestreitmacht verfügte, befanden sie sich damit außerhalb der Reichweite seines Zorns. Jene »Schwarzen« Lords hingegen, deren Länder auf dem Festland lagen, waren verwundbarer.

Mit einhundert Rittern und fünfhundert Waffenknechten des königlichen Haushalts, verstärkt durch die dreifache Zahl kampferprobter Söldner, marschierte Ser Kriston nach Rosby und Schurwerth, deren Lords erst kürzlich der Königin abgeschworen hatten, und befahl ihnen, ihre Treue unter Beweis zu stellen, indem sie ihre Streitmacht seiner hinzufügten. Mit dieser Unterstützung zog Krauts Heer gegen die befestigte Hafenstadt Dämmertal, deren Verteidiger er überraschte. Die Stadt wurde geplündert, die Schiffe im Hafen verbrannt und Lord Finsterlyn enthauptet. Die Ritter seines Haushalts und die Männer seiner Besatzung wurden vor die Wahl gestellt, ob sie fortan für König Aegon kämpfen oder das Schicksal ihres Lords teilen wollten. Die meisten entschieden sich für Ersteres.

Krähenruh war Ser Kristons nächstes Ziel. Lord Steinhof, der vorgewarnt worden war, ließ die Tore schließen und trotzte den Angreifern. Ohnmächtig hinter seinen Mauern musste er zuschauen, wie seine Felder und Wälder und Dörfer niedergebrannt wurden und seine Schafe und Rinder und Untertanen dem Schwert überantwortet wurden. Als die Vorräte in der Burg zur Neige gingen, schickte er einen Raben nach Drachenstein und bat um Entsatz.

Der Vogel erreichte Rhaenyra und ihre Schwarzen, während sie noch um Ser Erryk trauerten und über die angemessene Reaktion auf den letzten Angriff von »Aegon dem Thronräuber« nachdachten. Obwohl der Anschlag auf ihr Leben (oder das Leben ihrer Söhne) die Königin erschüttert hatte, zögerte sie noch immer, Königsmund anzugreifen. Munkun (der, das sollten wir nicht vergessen, seinen Bericht viele Jahre später verfasst hat) ist der Ansicht, sie sei vor der grauenvollen Vorstellung zurückgeschreckt, Verwandte töten zu müssen. Maegor der Grausame hatte einst seinen Neffen Aegon getötet und war dafür verflucht worden, bis er auf seinem gestohlenen Thron verblutet war. Septon Konstans behauptet, Rhaenyra habe das »Herz einer Mutter« gehabt, weshalb sie das Leben ihrer verbliebenen Söhne nicht habe in Gefahr bringen wollen. Pilz allerdings war als Einziger bei diesen Ratssitzungen dabei, und der Narr besteht darauf, dass Rhaenyra noch immer so tief um ihren Sohn Lucerys trauerte, dass sie sich aus dem Kriegsrat zurückgezogen und den Befehl der Seeschlange und seiner Gemahlin Prinzessin Rhaenys überlassen hatte.

Hier erscheint die Version von Pilz als die wahrscheinlichste, denn wir wissen, dass neun Tage nach Lord Steinhofs Hilfeersuchen vom Meer her das Schlagen lederner Schwingen zu hören war und Meleys über Krähenruh erschien, die wegen ihrer scharlachroten Schuppen die Rote Königin genannt wurde. Die Flügelhäute ihrer Schwingen waren rosafarben, und Kamm, Hörner und Krallen glänzten kupferhell. Und auf ihrem Rücken ritt in einer gleißenden Rüstung aus Stahl und Kupfer, die in der Sonne blitzte, Rhaenys Targaryen, die Königin der Herzen.

Ser Kriston Kraut ließ sich dadurch nicht entmutigen. Aegons Hand hatte nichts anderes erwartet, ja, sogar damit gerechnet. Trommeln erteilten den Befehl, und Schützen, sowohl mit Langbögen als auch mit Armbrüsten bewaffnet, liefen nach vorn und füllten die Luft mit einem Hagel aus Pfeilen und Bolzen. Skorpione wurden nach oben gerichtet und schossen Eisenbolzen ab, wie sie einst Meraxes in Dorne vom Himmel geholt hatten. Meleys wurde zwei Dutzend Mal getroffen, doch die Pfeile stachelten ihren Zorn nur noch an. Sie stürzte sich nach unten und spuckte Feuer nach rechts und links. Ritter brannten im Sattel, während das Haar und das Fell und der Harnisch ihrer Pferde in Flammen aufgingen. Waffenknechte ließen die Speere fallen und stoben auseinander. Manche suchten hinter ihren Schilden Schutz, doch weder Eiche noch Eisen widerstand dem Atem des Drachen. Ser Kriston auf seinem weißen Pferd schrie durch Rauch und Flammen: »Zielt auf die Reiterin!« Meleys brüllte, Rauch wallte aus ihren Nüstern, und ein Hengst in ihrem Maul strampelte, als Feuerzungen ihn verschlungen.

Dann antwortete ein anderes Brüllen. Zwei weitere geflügelte Schemen erschienen über dem Schlachtfeld: der König auf Sonnfeuer dem Goldenen und sein Bruder Aemond auf Vhagar. Ser Kriston Kraut hatte eine Falle gestellt, und Rhaenys hatte nach dem Köder gegriffen. Jetzt schnappte das Fangeisen zu.

Prinzessin Rhaenys versuchte nicht zu fliehen. Mit einem fröhlichen Ruf ließ sie ihre Peitsche knallen, drehte ihren Drachen und stellte sich dem Feind. Gegen Vhagar allein hätte sie vielleicht bestehen können, denn die Rote Königin war alt und verschlagen und kampferprobt. Doch gegen Vhagar und Sonnfeuer zusammen war ihr Untergang gewiss. Eintausend Fuß über dem Schlachtfeld prallten die Drachen brutal aufeinander, und Feuerbälle blühten so grell auf, dass die Männer unten später schworen, der Himmel sei voller Sonnen gewesen. Meleys' karmesinrote Kiefer schlossen sich für einen Moment um Sonnfeuers goldene Kehle, bis Vhagar sich von oben auf beide stürzte. Taumelnd stürzten alle drei in die Tiefe und krachten so hart auf den Boden, dass noch im eine halbe Wegstunde entfernten Krähenruh Steine aus den Zinnen brachen.

Wer ihnen zu nahe war, überlebte nicht. Und jene, die weiter entfernt waren, konnten hinter Flammen und Rauch nichts erkennen. Erst Stunden später erloschen die Brände. Aus der Asche erhob sich nur Vhagar unverletzt. Meleys war tot, zerschmettert durch den Aufprall und am Boden in Stücke gerissen. Und Sonnfeuer, dieses prächtige goldene Geschöpf, war verletzt: Eine Schwinge war halb abgerissen. Seinem königlichen Reiter war es nicht besser ergangen. Aegon II. hatte sich mehrere Rippen und die Hüfte gebrochen und darüber hinaus überall am ganzen Körper Verbrennungen erlitten. Am schlimmsten stand es um seinen linken Arm. Die Drachenflamme hatte eine derartige Hitze entwickelt, dass die Rüstung des Königs mit seinem Fleisch verschmolzen war.

Später fand man neben Meleys' Kadaver eine Leiche, die man für Rhaenys Targaryen hielt, aber sie war so verkohlt, dass man nicht sicher sein konnte. Die Königin der Herzen, die geliebte Tochter Lady Joslyn Baratheons und Prinz Aemon Targaryens und treue Gemahlin von Lord Corlys Velaryon, eine Mutter und Großmutter, hatte furchtlos gelebt und war inmitten von Blut und Feuer gestorben. Sie war fünfundfünfzig Jahre alt geworden.

Achthundert Ritter, Knappen und Gemeine starben an jenem Tag. Weitere einhundert verloren ihr Leben nicht viel später, als Prinz Aemond und Ser Kriston Kraut Krähenruh einnahmen und die Besatzung niedermachten. Lord Steinhofs Kopf wurde mit nach Königsmund genommen und über dem Alten Tor zur Schau gestellt … doch es war Meleys' Drachenhaupt, das auf einem Karren durch die Stadt gezogen wurde, das das versammelte Volk in

ein ehrfürchtiges Schweigen stürzte. Hernach flohen Tausende aus Königsmund, wie uns Septon Konstans berichtet, bis Königinwitwe Alicent die Stadttore schließen und verrammeln ließ.

König Aegon II. kam zwar mit dem Leben davon, doch seine Verbrennungen bereiteten ihm solche Schmerzen, dass es heißt, er habe die Götter angefleht, ihn sterben zu lassen. Nachdem man ihn, um das Ausmaß seiner Verletzungen zu verbergen, in einer geschlossenen Sänfte nach Königsmund gebracht hatte, erhob Seine Gnaden sich für den Rest des Jahres nicht mehr von seinem Lager. Septone beteten für ihn, Maester behandelten ihn mit Tränken und Mohnblumensaft. Dennoch schlief Aegon neun von zehn Stunden und wachte gerade lange genug auf, um ein kleines Mahl zu sich zu nehmen, ehe er wieder einschlief. Außer seiner Mutter, der Königinwitwe, und seiner Hand, Ser Kriston Kraut, durfte niemand seine Ruhe stören. Seine Gemahlin Helaena, gefangen in Trauer und Wahnsinn, unternahm nicht einmal den Versuch.

Sonnfeuer, der Drache des Königs, konnte wegen seiner enormen Größe und seines Gewichts nicht bewegt werden. Da er mit dem verletzten Flügel flugunfähig war, blieb er auf den Feldern jenseits von Krähenruh und kroch wie ein großer goldener Wurm durch die Asche. In der ersten Zeit ernährte er sich von den verbrannten Kadavern der Gefallenen. Nachdem er diese verschlungen hatte, brachten ihm die Männer, die Ser Kriston als Wachen bei ihm gelassen hatte, Kälber und Schafe.

»Jetzt müsst Ihr das Reich regieren, bis Euer Bruder wieder zu Kräften gekommen ist und die Krone erneut tragen kann«, drängte Ser Kriston, die Hand des Königs, Prinz Aemond, den Bruder des Königs. Und Ser Kriston Kraut musste ihm das nicht zweimal sagen, schreibt Konstans. Und so nahm der einäugige Aemond, der Brudermörder, den rubinbesetzten Reif aus valyrischem Stahl, den Aegon der Eroberer getragen hatte, und setzte ihn sich aufs Haupt. »Mir steht sie viel besser als ihm«, verkündete er. Dennoch erklärte sich Aemond nicht zum König, sondern nahm nur die Titel Protektor des Reiches und Prinzregent an. Ser Kriston Kraut blieb die Hand des Königs.

Inzwischen trug die Saat, die Jacaerys Velaryon auf seinem Flug gen Norden ausgebracht hatte, erste Früchte. In Weißwasserhafen, Winterfell, Hüglingen, Schwestering, Möwenstadt und den Toren des Mondes versammelten sich Männer. Falls es ihnen gelang, sich mit den Flusslords zu vereinigen, die Prinz Daemon in Harrenhal zusammengezogen hatte, würden ihnen womöglich nicht einmal die starken Mauern von Königsmund standhalten können, warnte Ser Kriston den neuen Prinzregenten.

Auch aus dem Süden kamen unheilvolle Nachrichten. Lord Ormund Hohenturm war der Bitte seines Onkels gefolgt und hatte Altsass mit eintausend Rittern, eintausend Bogenschützen, dreitausend Waffenknechten und ungezählten Tausenden Marketenderinnen, Söldnern, freien Reitern und Gesindel verlassen, nur um dann von Ser Alan Biengraben und Lord Alan Tarly angegriffen zu werden. Obwohl die beiden Alans über weitaus weniger Männer verfügten, plagten sie ihn Tag und Nacht, überfielen seine Lager, ermordeten seine Kundschafter und legten Feuer an seiner Marschroute. Weiter südlich war Lord Costayn von Dreitürmen aufgebrochen und griff Hohenturms Tross an. Schlimmer aber waren die Berichte, dass ein Heer von gleicher Größe unter der Führung von Thaddeus Esch, dem Lord von Goldhain, den Mander herab auf ihn zukam. Daher beschloss Lord Ormund, ohne Unterstützung aus Königsmund nicht weiterzuziehen. »Wir brauchen Eure Drachen«, schrieb er.

Aemond, der seine Fähigkeiten als Krieger und die Stärke seines Drachen Vhagar überaus hoch schätzte, gierte danach, den Kampf zum Feind tragen. »Die Hure auf Drachenstein ist für uns keine Bedrohung«, meinte er. »Ebenso wenig Esch und diese anderen Verräter in der Weite. Die wahre Gefahr geht von meinem Onkel aus. Sobald Daemon tot ist, werden all diese Narren, die das Banner unserer Schwester gehisst haben, zurück in ihre Burgen rennen und uns keinen Ärger mehr machen.«

Königin Rhaenyra im Osten der Schwarzwasserbucht ging es ebenfalls schlecht. Der Tod ihres Sohnes Lucerys war ein harter Schlag für die Frau gewesen, die schon durch Schwangerschaft,

Wehen und Totgeburt schwer gelitten hatte. Als auf Drachenstein die Nachricht eintraf, dass Prinzessin Rhaenys gefallen war, entbrannte ein heftiger Streit zwischen der Königin und Lord Velaryon, der ihr die Schuld am Tod seiner Gemahlin gab. »*Du* hättest an ihrer Stelle sein sollen«, schrie die Seeschlange Ihre Gnaden an. »Steinhof hat dich um Hilfe gebeten, und dennoch hast du es meiner Gemahlin überlassen, sich darum zu kümmern, und deinen Söhnen verboten, mit ihr zu fliegen!« Wie die ganze Burg wusste, waren die Prinzen Jace und Gottfrid ganz erpicht darauf gewesen, Prinzessin Rhaenys mit ihren Drachen nach Krähenruh zu begleiten.

»Nur ich allein konnte das Herz Ihrer Gnaden erfreuen«, behauptet Pilz in seinem *Zeugnis*. »In dieser dunklen Stunde wurde ich der Berater der Königin und legte mein Narrengewand und die Zipfelmütze ab und ließ ihr all meine Weisheit und all mein Mitgefühl angedeihen. Von den anderen unbemerkt, war es fortan der Schalk, der sie regierte, als unsichtbarer König im Narrenkleid.«

Das sind große Worte für einen kleinen Mann und Worte, die weder von einem anderen Chronisten noch von den Tatsachen bestätigt werden. Ihre Gnaden war alles andere als allein, denn sie hatte noch vier Söhne. »Meine Stärke und mein Trost«, nannte die Königin sie. Aegon der Jüngere und Viserys, Prinz Daemons Söhne, waren acht und sieben Jahre alt. Prinz Gottfrid erst zwölf … aber Jacaerys, der Prinz von Drachenstein, stand kurz vor seinem fünfzehnten Namenstag, an dem er nach allen Gesetzen von Westeros ein erwachsener Mann werden würde.

Demzufolge war es Jace, der, als sich das Jahr 129 dem Ende näherte, in den Vordergrund trat. Eingedenk des Versprechens, das er der Jungfrau aus dem Grünen Tal gegeben hatte, befahl er Prinz Gottfrid, auf Tyraxes nach Möwenstadt zu fliegen. Munkun deutet an, diese Entscheidung sei hauptsächlich von Jacaerys' Wunsch getrieben gewesen, seinen Bruder aus den Kämpfen herauszuhalten. Dies gefiel Gottfrid ganz und gar nicht, denn er wollte sich endlich auch in der Schlacht beweisen. Erst als man ihm klarmachte, dass seine Aufgabe darin bestand, das Grüne Tal gegen König Aegons

Drachen zu verteidigen, fügte er sich widerstrebend. Rhaena, Prinz Daemons dreizehnjährige Tochter von Laena Velaryon, sollte ihn begleiten. Rhaena von Pentos, nach ihrer Geburtsstadt benannt, war keine Drachenreiterin, da ihr Drachenküken vor einigen Jahren gestorben war, doch sie nahm drei Dracheneier mit ins Grüne Tal und betete jede Nacht zu den Göttern dafür, dass Drachen aus den Eiern schlüpften.

Lady Rhaenas Zwillingsschwester Baela blieb auf Drachenstein. Die langjährige Verlobte von Prinz Jacaerys weigerte sich, ihn zu verlassen, und bestand darauf, auf ihrem Drachen an seiner Seite zu kämpfen … obwohl Mondtänzerin noch zu jung war, um geritten zu werden. Obgleich Baela außerdem verkündete, Jace sofort heiraten zu wollen, wurde keine Hochzeit anberaumt. Munkun behauptet, der Prinz wollte sich erst nach dem Krieg vermählen, wohingegen Pilz behauptet, er sei längst mit Sara Schnee verheiratet gewesen, dem geheimnisvollen Bastardmädchen aus Winterfell.

Der Prinz von Drachenstein sorgte sich auch um die Sicherheit seiner Halbbrüder, Aegon des Jüngeren und Viserys, die neun und sieben Jahre alt waren. Ihr Vater, Prinz Daemon, hatte bei seinen Aufenthalten in der Freien Stadt Pentos viele Freunde gewonnen, also wandte sich Jacaerys an den Fürsten von Pentos, der einverstanden war, die beiden Jungen als Mündel anzunehmen, bis Rhaenyra den Eisernen Thron erobert hätte. In den letzten Tagen des Jahres 129 gingen die Prinzen an Bord der Kogge *Fröhliche Hingabe* – Aegon mit Sturmwolke und Viserys mit seinem Ei im Arm – und stachen nach Essos in See. Die Seeschlange gab ihnen sieben Kriegsschiffe zum Geleit mit, um sicherzustellen, dass sie Pentos sicher erreichten.

Bald darauf holte Prinz Jacaerys den Lord der Gezeiten zurück, indem er ihn zur Hand der Königin ernannte. Zusammen mit Lord Corlys begann er, einen Angriff auf Königsmund zu planen.

Da Sonnfeuer verletzt und flugunfähig bei Krähenruh hockte und Tessarion mit Prinz Daeron in Altsass weilte, gab es nur zwei erwachsene Drachen zur Verteidigung von Königsmund … Und Traumfeuers Reiterin, Königin Helaena, dämmerte weinend in der

Dunkelheit dahin und konnte kaum als Bedrohung gelten. So blieb allein Vhagar. Kein anderer Drache konnte sich in Größe und Grausamkeit mit ihr messen, aber Jace war überzeugt davon, dass »dieses uralte Vieh« ihnen nicht lange Widerstand leisten würde, wenn sie gleichzeitig mit Vermax, Syrax und Caraxes auf Königsmund herabstießen.

Pilz war sich dessen nicht so sicher. »Drei sind mehr als einer«, will der Zwerg dem Prinzen von Drachenstein erklärt haben, »aber vier sind mehr als drei, und sechs sind mehr als vier, das weiß sogar ein Narr.« Als Jace einwandte, dass Sturmwolke noch nie geritten worden sei, Mondtänzerin noch ein halbes Küken sei und Tyraxes mit Prinz Gottfrid weit entfernt im Grünen Tal weilte und wissen wollte, wo Pilz weitere Drachen zu finden gedenke, will der Zwerg lachend geantwortet haben: »Unter den Laken und in den Holzhaufen, wo immer Ihr Targaryen Euren silbernen Samen vergossen habt.«

Das Haus Targaryen herrschte seit über zweihundert Jahren auf Drachenstein, seit Lord Aenar Targaryen mit seinen Drachen aus Valyria eingetroffen war. Obwohl die Heirat zwischen Bruder und Schwester und zwischen Vetter und Base bei den Drachenherren von Valyria schon immer üblich gewesen war, brennt junges Blut häufig heiß, und so war es keinesfalls ungewöhnlich, dass die Männer des Hauses sich mit den Töchtern (und sogar den Frauen) ihrer Untertanen vergnügten, dem gemeinen Volk, das in den Dörfern unter dem Drachenberg lebte, Bauern und Fischern. Und bis zur Herrschaft von König Jaehaerys war das uralte Recht der Ersten Nacht auf Drachenstein vielleicht häufiger eingefordert worden als irgendwo anders in den Sieben Königslanden, wenngleich es die Gute Königin Alysanne sicherlich schockiert hätte, dies zu erfahren.

Obwohl diese Sitte anderswo in den Sieben Königslanden überwiegend abgelehnt wurde, wie Königin Alysanne in ihren Frauenaudienzen erfahren hatte, war man auf Drachenstein der Ansicht, dass die Targaryen den Göttern näher stünden als andere Menschen. Hier wurden Bräute beneidet, die in der Hochzeitsnacht solcherart gesegnet wurden, und die Kinder, die aus diesen Verbindungen hervorgingen, schätzte man höher als andere, denn die Lords von Drachenstein feierten die Geburt solcher Kinder oft, indem sie die Mütter reich mit Gold, Seide oder Land beschenkten. Von diesen glücklichen Bastarden hieß es, sie entstammten »dem Drachensamen«, bis man sie später nur noch »die Samen« nannte. Auch nachdem das Recht der Ersten Nacht längst abgeschafft worden war, vergnügten sich manche Targaryen weiterhin mit den Wirtstöchtern und Fischweibern auf der Insel, daher gab es viele Samen und Samensöhne auf Drachenstein.

An diese wandte sich Prinz Jacaerys nun, auf Drängen seines Narren, und gelobte, dass jedem Mann, der einen Drachen meistern könne, Land und Vermögen und der Ritterschlag zuteil werde. Seine Söhne würden in den Adelsstand erhoben und die Töchter mit Lords verheiratet. Dem Betreffenden selbst werde die Ehre zuteil, an der Seite des Prinzen von Drachenstein gegen den Prätendenten Aegon II. Targaryen und all seine verräterischen Unterstützer in den Krieg zu ziehen.

Nicht alle, die dem Aufruf des Prinzen folgten, waren Samen oder stammten als Söhne oder Enkel von solchen ab. Auch zwanzig Hofritter der Königin boten sich als Drachenreiter an, darunter der Lord Kommandant ihrer Königinnengarde, Ser Steffon Finsterlyn, und dazu Knappen, Küchenjungen, Seeleute, Waffenknechte, Mimen und sogar zwei Mägde. »Die Saat der Samen« nennt Munkun die Triumphe und Tragödien, die darauf folgten (und schreibt die Idee Jacaerys zu, nicht Pilz). Andere bevorzugen den Ausdruck »die Rote Saat«.

Der unwahrscheinlichste dieser Möchtegern-Drachenreiter soll Pilz selbst gewesen sein, dessen *Zeugnis* lang und breit über seinen Versuch berichtet, die alte Silberschwinge zu besteigen, die als der gutmütigste der herrenlosen Drachen galt. Es ist eine der lustigeren Geschichten des Zwergs, die damit endet, wie Pilz mit brennender Hose über den Hof von Drachenstein rennt und beinahe ertrinkt, als er in einen Brunnen springt, um die Flammen zu löschen. Höchst unwahrscheinlich, wie gesagt … aber diese Erzählung verschafft uns Erleichterung in einer ansonsten schauderhaften Geschichte.

Drachen sind keine Pferde. Sie dulden nicht so leicht einen Reiter auf ihrem Rücken, und wenn man sie reizt oder bedroht, greifen sie an. Sechzehn Männer verloren Munkuns *Wahrer Geschichte* zufolge während der Saat das Leben. Die dreifache Anzahl erlitt Verbrennungen oder wurde verstümmelt. Steffon Finsterlyn verbrannte, als er den Drachen Seerauch besteigen wollte. Lord Gormon Massie widerfuhr das gleiche Schicksal, als er sich Vermithor näherte. Einem Mann namens Silber-Denys, dessen Haar- und Augefarbe seiner Behauptung, von einem Bastard Maegors des Grausamen abzustammen, etwas Glaubwürdigkeit verlieh, wurde von Schafsdieb ein Arm abgerissen. Während sich seine Söhne bemühten, die Blutung zu stillen, fiel der Kannibale über sie her, vertrieb Schafsdieb und verschlang Vater und Söhne.

Doch Seerauch, Vermithor und Silberschwinge waren an Menschen gewöhnt und ließen sie an sich herankommen. Da sie bereits in der Vergangenheit geritten worden waren, duldeten sie neue Reiter bereitwilliger als die wilden Drachen. Vermithor, der Drache des Alten Königs, beugte schließlich das Haupt vor dem Bastard eines Hufschmieds, einem Hünen namens Hugo der Hammer oder der Harte Hugo, während ein hellhaariger Waffenknecht, den man Ulf den Weißen (wegen seines Haares) oder Ulf den Säufer (weil er so viel trank) rief, Silberschwinge bestieg, das Drachenweibchen, das die Gute Königin Alysanne so sehr geliebt hatte. Und Seerauch, der einst Laenor Velaryon getragen hatte, ließ den fünfzehnjährigen Jüngling Addam aus Holk, dessen Herkunft bis heute unter Geschichtsschreibern strittig ist, auf seinen Rücken steigen.

Addam und sein Bruder Alyn (der ein Jahr jünger war) waren die Söhne einer Frau namens Marilda, der hübschen, jungen Tochter eines Schiffsbauers. Das Mädchen, das oft in den Werften ihres Vaters zu sehen war, war besser unter dem Namen »Maus« bekannt, denn sie war »klein, flink und ständig im Weg«. Sie war erst sechzehn, als sie Addam gebar, und als sie knapp achtzehn war, folgte Alyn. Klein und flink wie ihre Mutter hatten beide Bastarde aus Holk silbernes Haar und violette Augen und bewiesen bald, dass sie außerdem »Meerwasser in den Adern« hatten, denn sie waren auf der Werft ihres Großvaters aufgewachsen und, noch bevor sie acht Jahre alt wurden, als Schiffsjungen zur See gefahren. Als Addam zehn und Alyn neun war, erbte ihre Mutter beim Tod des Großvaters die Werften, verkaufte sie und nutzte die Münzen, um selbst als Herrin einer Handelskogge, die sie *Maus* nannte, zur See zu fahren. Da Marilda aus Holk eine gute Händlerin und eine wagemutige Kapitänin war, besaß sie 130 n.A.E. bereits sieben Schiffe, und ihre Bastarde dienten stets auf dem einen oder anderen.

Dass Addam und Alyn Drachensamen waren, konnte niemand bestreiten, der sie anschaute, dennoch weigerte sich ihre Mutter standhaft, den Vater zu nennen. Erst als Prinz Jacaerys bekannt gab, dass er nach neuen Drachenreitern suche, brach Marilda ihr Schweigen und behauptete, ihre beiden Jungen seien uneheliche Söhne des verstorbenen Ser Laenor Velaryon.

Sie sahen ihm ähnlich, das stimmt, und es ist bekannt, dass Ser Laenor tatsächlich von Zeit zu Zeit die Werft in Holk besucht hatte. Dessen ungeachtet zweifelten auf Drachenstein und Driftmark viele an Marildas Behauptung, erinnerte man sich dort doch auch an Laenor Velaryons mangelndes Interesse am weiblichen Geschlecht. Allerdings wagte es niemand, sie der Lüge zu bezichtigen … denn es war Lord Corlys selbst, Laenors Vater, der die Jungen zu Prinz Jacaerys brachte, damit sie an der Saat teilnahmen. Die Seeschlange hatte alle seine Kinder überlebt und den Verrat von Neffen und Vettern ertragen, weshalb er mehr als bereitwillig zu sein schien, diese neuen Enkel anzunehmen. Und als Addam aus Holk Ser Laenors Drachen Seerauch bestieg, galt das als Beweis für die Behauptungen seiner Mutter.

Daher sollte uns nicht verwundern, dass Großmaester Munkun und Septon Konstans in ihren Schriften brav Ser Laenors Vaterschaft bestätigen … nur Pilz ist, wie immer, anderer Meinung. In seinem *Zeugnis* vertritt er die These, dass die »kleinen Mäuse« nicht vom Sohn der Seeschlange, sondern von der Seeschlange selbst gezeugt wurden. Lord Corlys teilte Ser Laenors erotische Vorlieben nicht, führt er aus, und die Werften in Holk waren ihm fast ein zweites Heim, wohingegen sein Sohn sich dort viel seltener blicken ließ. Prinzessin Rhaenys, seine Gemahlin, hatte das feurige Temperament vieler Targaryen, sagt Pilz, und hätte sich wenig erfreut gezeigt, hätte sie erfahren, dass ihr Hoher Gemahl Bastarde mit einem Mädchen gezeugt hatte, das nur halb so alt war wie sie und dazu noch nur die Tochter eines Schiffsbauers. Aus diesem Grund beendete Lord Corlys nach Alyns Geburt klugerweise auch die »Werften-Liebschaft« mit Maus und befahl ihr, die Kinder vom Hofe fernzuhalten. Erst nach dem Tod von Prinzessin Rhaenys fühlte sich Lord Corlys imstande, seine Bastarde gefahrlos ins Licht der Öffentlichkeit zu bringen.

In diesem Fall, müssen wir festhalten, klingt die Geschichte des Narren wahrscheinlicher als die Versionen von Septon und Maester. Viele und noch viele mehr an Königin Rhaenyras Hof dürften das Gleiche vermutet haben. Falls dem so war, schwiegen sie darüber. Nicht lange nachdem Addam aus Holk sich bewiesen hatte, indem er Seerauch flog, ging Lord Corlys so weit, von Königin Rhaenyra die Gunst zu erbitten, Addam und seinem Bruder den Makel der unehelichen Geburt zu nehmen. Da auch Prinz Jacaerys dieses Gesuch unterstützte, willigte die Königin ein. Und so wurde aus Addam aus Holk, Drachensamen und Bastard, Addam Velaryon, der Erbe von Driftmark.

Doch das war noch nicht das Ende der Roten Saat. Mehr und Schlimmeres sollte folgen, und zwar mit schrecklichen Auswirkungen auf die Sieben Königslande.

Die drei wilden Drachen von Drachenstein ließen sich nicht so leicht zähmen, obwohl sich mehrere an ihnen versuchten. Schafsdieb, ein bemerkenswert hässlicher »schlammbrauner« Drache, war geschlüpft, als der Alte König noch jung gewesen war. Er hatte eine Vorliebe für Hammel und tat sich an den Schafherden von Driftmark bis zum Wendwasser gütlich. Hirten verletzte er nur selten, es sei denn, sie störten ihn beim Fressen, doch hin und wieder verschlang er auch einen Hütehund. Graugeist hauste in einem rauchenden Schlot oben in der Ostseite des Drachenberges und bevorzugte Fisch. Meist sah man ihn, wie er dicht über die Oberfläche der Meerenge flog und sich seine Beute aus dem Wasser schnappte. Die helle grauweiße Bestie glitzerte in der Farbe des Morgennebels und war ausgesprochen scheu, mied seit Jahren die Menschen und ihre Siedlungen.

Der größte und älteste der wilden Drachen war der Kannibale, der so hieß, weil er die Kadaver anderer Drachen fraß und auch gern über die Brutstätten der Drachen von Drachenstein herfiel, um frisch geschlüpfte Küken und Dracheneier zu verschlingen. Rabenschwarz und mit bösartigen grünen Augen, sollte der Kannibale sich schon auf Drachenstein eingenistet haben, bevor die Targaryen überhaupt gekommen waren, so erzählte sich das Volk. (Großmaester Munkun und Septon Konstans halten das allerdings für höchst unwahrscheinlich, und dem schließe ich mich an.) Ein Dutzend Mal hatten selbsterklärte Drachenzähmer versucht, ihn zu reiten – erfolglos. In seiner Höhle stapelten sich ihre Knochen.

Von den Drachensamen war niemand so dumm, den Kannibalen zu stören (und von jenen, die es möglicherweise doch wagten, kehrte wohl keiner zurück). Manche suchten Graugeist, konnten ihn aber nicht finden, denn er war schon immer scheu gewesen. Schafsdieb war leichter zu finden, doch er blieb eine bösartige, schlechtgelaunte Bestie, die mehr Samen tötete als die drei »Burgdrachen« zusammen. Einer, der ihn zu zähmen hoffte (nachdem er vergeblich nach Graugeist gesucht hatte), war Alyn aus Holk. Doch Schafsdieb ließ sich nicht von ihm besteigen. Als Alyn aus der Drachenhöhle taumelte, brannte sein Mantel lichterloh, und nur das rasche Eingreifen seines Bruders rettete ihm das Leben. Seerauch vertrieb den wilden Drachen, während Addam mit seinem Mantel die Flammen erstickte. Für den Rest seines langen Lebens trug Alyn Velaryon die Narben des Drachenfeuers auf Rücken und Beinen. Dennoch durfte er sich zu den Glücklichen zählen, denn er hatte überlebt. Viele der anderen Samen und Sucher, die Schafsdieb reiten wollten, endeten stattdessen in seinem Bauch.

Am Ende wurde der braune Drache durch die List und Beharrlichkeit eines »kleinen braunen Mädchens« von sechzehn Jahren gefügig gemacht, die ihm jeden Morgen ein frisch geschlachtetes Schaf brachte, bis Schafsdieb sie erst duldete und schließlich sogar erwartete. Munkun nennt sie Nessel, während Pilz schreibt, sie sei ein Bastard unbekannter Herkunft gewesen, die Tochter einer Hafenhure, und wäre Nessy gerufen worden. Gleichgültig, wie sie nun hieß, sie hatte schwarzes Haar, braune Augen, braune Haut und ein loses Mundwerk und war dabei mager, schmutzig und furchtlos … und die erste und letzte Reiterin des Drachen Schafsdieb.

Und so erreichte Prinz Jacaerys sein Ziel. Trotz all der Toten und des Leids der Hinterbliebenen und der Verbrannten, die ihr Lebtag von Narben gezeichnet sein würden, hatte er vier neue Drachenreiter gefunden. Als das Jahr 129 sich dem Ende zuneigte, bereitete sich der Prinz darauf vor, gegen Königsmund zu fliegen, und legte den ersten Vollmond des neuen Jahres dafür fest.

Doch alle Pläne und Absichten der Menschen sind nur Spielzeug in den Händen der Götter. Noch während Jace seine Pläne schmiedete, zog von Osten her eine neue Bedrohung herauf. Otto Hohenturms Ränke trugen endlich Früchte. Der Hohe Rat der Triarchie traf sich in Tyrosh und nahm sein Bündnisangebot an. Neunzig Kriegsschiffe stachen unter dem Banner der Drei Töchter von den Trittsteinen aus in See und setzten Kurs auf die Gurgel. Und wie es das Schicksal und die Götter wollten, segelte ihnen die Kogge *Fröhliche Hingabe* aus Pentos mit zwei Targaryen-Prinzen an Bord geradewegs in die Arme.

Die Geleitschiffe der Kogge wurden versenkt oder gekapert, die *Fröhliche Hingabe* erbeutet. Die Nachricht erreichte Drachenstein erst zusammen mit Prinz Aegon, der sich verzweifelt an den Hals seines Drachen Sturmwolke klammerte. Der Junge war, wie uns Pilz mitteilt, schneeweiß vor Entsetzen, zitterte wie Espenlaub und stank nach Urin. Mit seinen neun Jahren war er noch nie zuvor geflogen … und er würde auch nie wieder fliegen, denn Sturmwolke war bei der Flucht von der *Fröhlichen Hingabe* schwer verletzt worden. Zahllose Pfeilschäfte ragten aus seinem Bauch, und sein Hals war von einem Skorpionbolzen durchbohrt. Während heißes Blut schwarz und rauchend aus seinen Wunden strömte, starb er qualvoll zischend innerhalb einer Stunde.

Prinz Viserys, Aegons jüngerer Bruder, hatte keine Möglichkeit gehabt, von der Kogge zu entkommen. Aber der Junge war klug, versteckte sein Drachenei, zog sich salzfleckige Lumpen an und gab sich als gewöhnlicher Schiffsjunge aus. Doch einer der echten Schiffsjungen verriet ihn, und so geriet er in Gefangenschaft. Ein Kapitän aus Tyrosh begriff als Erster, wer ihm da ins Netz gegangen war, schreibt Munkun, aber der Admiral der Flotte, Sharako Lohar aus Lys, erleichterte ihn bald um seine kostbare Beute.

Der Admiral aus Lys teilte seine Flotte für den Angriff. Eine Hälfte sollte südlich von Drachenstein in die Gurgel vordringen, die andere von Norden her. In den frühen Morgenstunden des fünften Tages des Jahres 130 seit Aegons Eroberung kam es zur Schlacht. Sharakos Kriegsschiffe griffen mit der aufgehenden Sonne im Rücken an. Im strahlenden Licht verborgen, konnten sie viele von Lord Velaryons Galeeren überraschen. Sie rammten einige und kaperten andere mit Seilen und Enterhaken. Das südliche Geschwader ließ Drachenstein links liegen und fiel stattdessen über die Küste von Driftmark her, wo sie bei Gewürzstadt Männer absetzten und Feuerschiffe in den Hafen schickten, um die gegnerischen Schiffe in Brand zu setzen, die ihnen entgegensegelten. Am Vormittag brannte Gewürzstadt, während Truppen aus Myr und Tyrosh bereits an die Tore von Hochfluth schlugen.

Als Prinz Jacaerys auf Vermax auf eine Reihe lysenischer Galeeren niederstieß, wurde er von einem Hagel aus Speeren und Pfeilen begrüßt. Die Seeleute der Triarchie hatten schon gegen Drachen gekämpft, als sie auf den Trittsteinen Krieg gegen Prinz Daemon führten. Niemand konnte ihren Mut bestreiten, sie waren bereit, den Drachenflammen mit den Waffen zu trotzen, die ihnen zur Verfügung standen. »Tötet den Reiter, und der Drache wird abziehen«, schärften die Kapitäne und Kommandanten ihren Mannschaften ein. Ein Schiff ging in Flammen auf, und dann ein zweites. Doch die Männer aus den Freien Städten kämpften weiter … bis ein Schrei ertönte und alle nach oben blickten und weitere geflügelte Schemen am Himmel über dem Drachenberg entdeckten, die auf sie zuhielten.

Es ist eine Sache, gegen einen einzelnen Drachen zu kämpfen, doch eine ganze andere, sich gegen fünf zu behaupten. Als Silberschwinge, Schafsdieb, Seerauch und Vermithor über die Schiffe herfielen, verließ die Männer der Triarchie der Mut. Die Formation der Kriegsschiffe löste sich auf, und eine Galeere nach der anderen drehte ab. Die Drachen stießen wie Blitze auf sie nieder, spien blaue und orangefarbene, rote und goldene Feuerbälle, einer heller als der andere. Ein Schiff nach dem anderen zerbarst oder ging in Flammen auf. Schreiend sprangen Männer wie lebende Fackeln ins Meer. Hohe schwarze Rauchsäulen stiegen vom Wasser empor. Alles schien verloren … alles *war* verloren …

Mehrere einander widersprechende Berichte darüber, wie und warum der Drache fiel, sind auf uns gekommen. Einige behaupten, ein Armbrustschütze habe Vermax’ Auge mit einem Eisenbolzen durchbohrt, aber diese Version ähnelt doch verdächtig der Erzählung über den Fall von Meraxes, die lange zuvor in Dorne den Tod gefunden hatte. In einem anderen Bericht heißt es, ein Seemann im Krähennest einer myrischen Galeere habe einen Enterhaken geworfen, als Vermax dicht über der Flotte dahinflog. Einer der Zacken habe sich zwischen zwei Schuppen des Drachen verhakt und sei durch die beachtliche Geschwindigkeit des Drachen tiefer ins Fleisch getrieben worden. Der Seemann hätte das Ende der Kette um den Mast geschlungen, und durch das Gewicht des Schiffes und die starken Flügelschläge des Drachen habe sich Vermax selbst den Bauch aufgerissen. Der Wutschrei des Drachen war über den Lärm der Schlacht hinweg bis nach Gewürzstadt zu hören. Sein Flug ging gewaltsam zu Ende, als Vermax rauchend ins Meer stürzte und das Wasser zum Brodeln brachte. Überlebende berichteten, er habe versucht, sich noch einmal in die Luft zu schwingen, und sei dabei in eine brennende Galeere gestürzt. Holz splitterte, der Mast brach und stürzte um, und der wild um sich schlagende Drache verhedderte sich in der Takelage. Als das Schiff kenterte und sank, ging Vermax mit ihm unter.

Es heißt, Jacaerys Velaryon habe sich befreien und einige Herzschläge lang an ein rauchendes Wrackteil klammern können, bis ihn ein paar Armbrustschützen vom nächstgelegenen myrischen Schiff aufs Korn nahmen. Der Prinz wurde einmal und dann ein zweites Mal getroffen. Mehr und mehr Myrische legten auf ihn an. Schließlich durchbohrte ein Bolzen seinen Hals, und das Meer verschlang ihn.

Die Schlacht in der Gurgel wütete in den Gewässern nördlich und südlich von Drachenstein noch bis spät in die Nacht und zählt bis zum heutigen Tag zu den blutigsten Seegefechten der Geschichte. Mit neunzig Kriegsschiffen der Myrischen, Lysener und Tyroshi war Sharako Lohar von den Trittsteinen heraufgesegelt, doch nur achtundzwanzig von ihnen gelang es, zurück nach Hause zu dümpeln, wobei alle bis auf drei mit Lysenern bemannt waren. Später beschuldigten die Witwen aus Myr und Tyrosh den Admiral, ihre Flotten in die Vernichtung geschickt zu haben, während er seine eigene zurückhielt. Damit begann ein Streit, der zwei Jahre später zum Ende der Triarchie führen würde, als sich die drei Städte im Krieg der Töchter gegeneinander wandten. Aber das gehört nicht zu dieser Geschichte.

Obwohl die Angreifer nicht auf Drachenstein landeten, ohne Zweifel, weil sie die uralte Feste des Hauses Targaryen für zu stark hielten, ließen sie doch auf Driftmark ihrem grausamen Zorn freien Lauf. Gewürzstadt wurde brutal geplündert: Männer, Frauen und Kinder wurden niedergemetzelt, und ihre Leichen blieben in den Straßen als Schmaus für die Möwen und Ratten und Aaskrähen liegen, die Häuser wurden in Brand gesteckt. Die Stadt wurde nie wieder aufgebaut. Hochfluth wurde ebenfalls ein Raub der Flammen. Alle Schätze, die die Seeschlange aus dem Osten mitgebracht hatte, wurden vom Feuer verzehrt, seine Diener niedergemacht, als sie versuchten, dem Brand zu entkommen. Die Velaryon-Flotte verlor beinahe ein Drittel ihrer Schiffe. Tausende kamen ums Leben. Doch all diese Verluste wogen nicht so schwer wie der Tod Jacaerys Velaryons, des Prinzen von Drachenstein und Erben des Eisernen Throns.

Viserys, Rhaenyras jüngster Sohn, schien ebenfalls verschollen. Keiner der Überlebenden war sich sicher, auf welchem Schiff er sich im Durcheinander der Schlacht befunden hatte. Beide Seiten hielten ihn für tot, entweder ertrunken oder verbrannt oder erschlagen. Und obwohl sein Bruder Aegon der Jüngere entkommen war und überlebt hatte, war dem Jungen jegliche Lebensfreude abhanden gekommen; er würde es sich niemals verzeihen, dass er auf Sturmwolke gesprungen war und seinen kleinen Bruder im Stich gelassen und dem Feind ausgeliefert hatte. Es steht geschrieben, dass die Seeschlange, als man ihm zu seinem Sieg gratulierte, gesagt haben soll: »Wenn das ein Sieg war, dann bete ich darum, nie wieder einen zu erringen.«

Wie wir von Pilz erfahren, gab es auf Drachenstein zwei Männer, die in einer verrauchten Taverne unter der Burg auf das Gemetzel anstießen: die Drachenreiter Hugo der Hammer und Ulf der Weiße, die auf Vermithor und Silberschwinge in die Schlacht geflogen waren, überlebt hatten und nun damit prahlten. »Jetzt werden wir echte Ritter«, trumpfte der Harte Hugo auf. Und Ulf lachte und sagte: »Pfui, sage ich, pfui! Wir sollten Lords sein.«

Das Mädchen Nessel beteiligte sich nicht an ihrer Feier. Sie war mit den anderen geflogen, hatte ebenso tapfer gekämpft, Feuer und Tod gesät wie die anderen, doch ihr Gesicht war schwarz vom Rauch, durch den die Tränen helle Spuren gezogen hatten, als sie nach Drachenstein zurückkehrte. Addam Velaryon, ehemals Addam aus Holk, suchte die Seeschlange nach der Schlacht auf, aber was sie besprachen, weiß selbst Pilz nicht zu berichten.

Zwei Wochen später wurde Ormund Hohenturm in der Weite zwischen zwei Heeren eingekeilt. Thaddeus Esch, Lord von Goldhain, und Tom Blumen, der Bastard von Bitterbrück, strebten mit einem großen Heer von Rittern auf Schlachtrössern von Nordosten auf ihn zu, während ihm Ser Alan Biengraben, Lord Alan Tarly und Lord Owen Costayn mit ihrer vereinten Streitmacht den Rückzug nach Altsass abschnitten. Als die beiden Heere Lord Hohenturm am Ufer des Honigweins in die Zange nahmen und ihn gleichzeitig angriffen, musste er mit ansehen, wie sich seine Reihen auflösten. Die Niederlage schien unabwendbar … bis ein Schatten über das Schlachtfeld zog und ein schreckliches Gebrüll das stählerne Klirren der Schwerter übertönte. Ein Drache war gekommen.

Es war Tessarion, die Blaue Königin, kobaltfarben und glänzend wie Kupfer. Auf ihr ritt der jüngste von Königin Alicents drei Söhnen, der fünfzehnjährige Daeron Targaryen, Lord Ormunds Knappe, der sanftmütige Junge mit der leisen Stimme, der geweint hatte, als er vom Tod seines königlichen Vaters erfuhr, und der einst der Milchbruder des Prinzen Jacaerys gewesen war.

Die Ankunft des Prinzen Daeron und seines Drachen wendete das Schlachtenglück. Nun gingen Lord Ormunds Krieger zum Angriff über und brüllten ihren Feinden Schmähungen entgegen, während die Männer der Königin die Flucht ergriffen. Bei Sonnenuntergang zog sich Lord Esch mit den Resten seines Heeres nach Norden zurück, Tom Blumen lag tot und verbrannt im Schilf, die beiden Alans waren in Gefangenschaft geraten, und Lord Costayn starb langsam an einer Wunde, die ihm der Kühne Jon Steinern mit seiner schwarzen Klinge, dem Waisenmacher, zugefügt hatte. Während Wölfe und Raben sich an den Leichen der Gefallenen gütlich taten, bewirtete Lord Hohenturm Prinz Daeron mit Auerochse und Starkwein und schlug ihn mit seinem sagenumwobenen valyrischen Langschwert Umsicht als »Ser Daeron der Wagemutige« zum Ritter. Der Prinz erwiderte bescheiden: »Mylord ist zu freundlich, aber die Ehre des Sieges gebührt Tessarion.«

Am Schwarzen Hof auf Drachenstein machten sich Mutlosigkeit und Niedergeschlagenheit breit, als die Nachricht von der Katastrophe am Honigwein eintraf. Lord Bar Emmon ließ sich sogar zu dem Vorschlag hinreißen, es sei vielleicht an der Zeit, das Knie vor Aegon II. zu beugen. Doch davon wollte die Königin nichts hören. Nur die Götter kennen die Herzen der Männer wirklich, und Frauenherzen sind sogar noch schwerer zu durchschauen. Nach dem Verlust des einen Sohnes wirkte Rhaenyra Targaryen gebrochen, doch der Verlust des zweiten schien ihr neue Kraft zu verleihen. Jaces Tod stählte sie, verbrannte all ihre Ängste und ließ nur Wut und Hass zurück. Sie verfügte noch immer über mehr Drachen als ihr Halbbruder und war entschlossener denn je, sie einzusetzen, zu welchem Preis auch immer. Sie würde Feuer und Tod auf Aegon und all seine Unterstützer regnen lassen, erklärte sie dem Schwarzen Rat, und ihn entweder selbst vom Eisernen Thron reißen oder bei dem Versuch sterben.

Aemond Targaryen auf der anderen Seite der Bucht, der im Namen seines Bruders herrschte, während Aegon im Bett darniederlag, war ebenso unerschütterlich. Aemond Einauge blickte herablassend auf seine Halbschwester Rhaenyra und sah die größere Bedrohung in seinem Onkel, Prinz Daemon, und dem großen Heer, das er in Harrenhal versammelt hatte. Daher rief der Prinz seine Gefolgsleute und den Grünen Rat zusammen und verkündete, dass er gegen seinen Onkel in die Schlacht ziehen und die rebellischen Flusslords züchtigen wolle.

Er schlug vor, die Flusslande gleichzeitig von Osten und Westen aus anzugreifen und so die Lords vom Trident zu zwingen, an zwei Fronten gleichzeitig zu kämpfen. Jason Lennister hatte ein eindrucksvolles Heer in den westlichen Hügeln stehen: eintausend gepanzerte Ritter und siebenmal so viele Bogenschützen und Waffenknechte. Er sollte aus dem Hochland herabziehen und den Roten Arm mit Feuer und Schwert überqueren, während Ser Kriston Kraut von Königsmund aufbräche und von Prinz Aemond selbst auf Vhagar begleitet würde. Die beiden Armeen würden sich bei Harrenhal treffen und die »Verräter vom Trident« zwischen sich zermalmen. Und wenn sein Onkel sich hinter den Burgmauern hervorwagte und sich ihnen entgegenstellte, wozu er ja gezwungen wäre, würde Vhagar Caraxes überwältigen und Prinz Aemond mit Prinz Daemons Kopf in die Stadt zurückkehren.

Nicht alle Mitglieder des Grünen Rates begrüßten diesen kühnen Entschluss des Prinzen. Aemond fand Unterstützung bei Ser Kriston Kraut, der Hand, und bei Ser Tyland Lennister, doch Großmaester Orwyl drängte ihn, sich an Sturmkap zu wenden und die Streitmacht des Hauses Baratheon seiner eigenen hinzuzufügen, ehe er weitere Schritte unternahm. Eisenrute – Lord Jasper Wyld – forderte ihn auf, Lord Hohenturm und Prinz Daeron aus dem Süden herbeizurufen, denn, so meinte er, »zwei Drachen sind stärker als einer«. Auch die Königinwitwe riet zur Vorsicht und drängte ihren Sohn zu warten, bis sein Bruder, der König, und sein Drache Sonnfeuer der Goldene sich erholt hätten, auf dass sie sich seinem Angriff anschließen könnten.

Doch Prinz Aemond stand nicht der Sinn nach solchen Verzögerungen. Er brauche weder seine Brüder noch ihre Drachen, verkündete er; Aegon war zu schwer verwundet, Daeron zu jung: Fürwahr, Caraxes war ein furchterregendes Ungetüm, wild und verschlagen und schlachterfahren … aber Vhagar war älter, grausamer und doppelt so groß. Septon Konstans berichtet uns, der Brudermörder sei entschlossen gewesen, den Sieg allein zu erringen; er hatte nicht vor, den Ruhm mit seinen Brüdern oder irgendwem anderen zu teilen.

Auch konnte ihm niemand widersprechen, denn solange Aegon II. sich nicht vom Krankenlager erhob und sein Schwert wieder aufnahm, lagen Regentschaft und Regierung in Aemonds Händen. Und so ritt der Prinz zwei Wochen darauf an der Spitze eines Heeres, das viertausend Männer umfasste, zum Tor der Götter hinaus. »Sechzehn Tage marschieren wir nach Harrenhal«, verkündete er. »Am siebzehnten feiern wir in der Halle des Schwarzen Harren, während uns der Kopf meines Onkels von meiner Speerspitze aus zuschaut.« Und auf der anderen Seite des Reiches zog Jason Lennister, Lord von Casterlystein, auf Aemonds Befehl hin aus den westlichen Hügeln hinunter und führte seine gesamte Streitmacht zum Roten Arm und ins Herz der Flusslande. Den Lords vom Trident blieb keine andere Wahl, als sich ihm entgegenzustellen.

Doch Daemon Targaryen war zu alt und viel zu erfahren, um sich untätig hinter Burgmauern festsetzen zu lassen, selbst in einer Feste mit so starken Mauern wie Harrenhal nicht. Der Prinz hatte noch immer Freunde in Königsmund, und so erreichte ihn die Nachricht von den Plänen seines Neffen, noch ehe Aemond die Stadt verlassen hatte. Als er hörte, dass Aemond und Ser Kriston Kraut aus Königsmund aufgebrochen waren, soll Prinz Daemon aufgelacht und gesagt haben: »Wurde aber auch Zeit.« Ein Schwarm Raben stieg aus den geschmolzenen Türmen Harrenhals auf.

Am Roten Arm stand Lord Jason Lennister dem Lord von Rosmaid, dem alten Petyr Peiper, und dem Lord von Wandersruh, Tristan Vanke, gegenüber. Zwar waren die Westmänner ihren Feinden zahlenmäßig überlegen, aber die Flusslords kannten das Gelände besser. Dreimal versuchten die Lennisters den Fluss zu überqueren, und dreimal wurden sie zurückgeworfen; beim letzten Versuch wurde Lord Jason selbst von einem grauhaarigen Knappen, von Pat aus Langblatt, tödlich verwundet. (Lord Peiper schlug den Mann später zum Ritter und gab ihm den Namen Langblatt der Löwentöter.) Der vierte Angriff der Lennisters brachte ihnen immerhin die Furten ein; diesmal fiel Lord Vanke von der Hand Ser Adrian Tarbecks, der den Befehl über das westliche Heer übernommen hatte. Tarbeck und einhundert handverlesene Ritter legten ihre schwere Rüstung ab und schwammen einige Meilen flussaufwärts ans andere Ufer des Roten Arms, umkreisten den Gegner und griffen Lord Vankes Linien von hinten an. Die Reihen der Flusslords brachen, und die Westmänner schwärmten zu Tausenden über den Roten Arm.

Inzwischen fielen, ohne Wissen des im Sterben liegenden Lords Jason und seiner Gefolgsleute, Flotten von Langschiffen unter der Führung Dalten Graufreuds von Peik über die Küste der Lennisters her. Der Rote Krake, von beiden Thronanwärtern umworben, hatte endlich eine Entscheidung getroffen. Seine Eisenmänner durften nicht hoffen, Casterlystein einnehmen zu können, sobald Lady Johanna die Tore verrammelt hatte, doch sie kaperten drei Viertel der Schiffe im Hafen, versenkten den Rest und stürmten dann über die Mauern von Lennishort, plünderten die Stadt und machten sich mit unermesslichen Reichtümern und über sechshundert Frauen und Mädchen davon, darunter auch Lord Jasons bevorzugte Geliebte und seine unehelichen Töchter.

Anderswo im Reich brach Lord Walys Muton mit einhundert Rittern aus Jungfernteich auf und tat sich mit den halbwilden Krabbs und Brunns vom Klauenhorn und den Celtigars von der Klaueninsel zusammen. Durch Kiefernwälder und über nebelverhangene Hügel eilten sie nach Krähenruh, dessen Besatzung durch ihr plötzliches Erscheinen vollkommen überrascht wurde. Nachdem sie die Burg eingenommen hatten, führte Lord Muton seine tapfersten Männer auf das Feld der Asche im Westen der Burg, um dem Drachen Sonnfeuer den Garaus zu machen.

Den selbsternannten Drachentötern gelang es ohne Schwierigkeiten, die Wachen zu vertreiben, die zurückgelassen worden waren, damit sie dem Drachen dienten, ihn fütterten und beschützten, aber Sonnfeuer selbst entpuppte sich als gefährlicher als erwartet. Am Boden sind Drachen unbeholfene Geschöpfe, und mit seinem halb ausgerissenen Flügel konnte sich der große goldene Würm nicht mehr in die Lüfte erheben. Die Angreifer hatten erwartet, die Bestie halbtot vorzufinden. Doch er schlief nur, und das Gerassel der Schwerter und Donnern der Hufe weckte ihn schnell auf. Als ihn der erste Speer traf, geriet er in ungeheure Wut. Von schleimigem Schlamm bedeckt, wand und schlängelte sich Sonnfeuer inmitten der Knochen zahlloser Schafe wie eine Schlange, schlug mit dem Schwanz um sich und bedachte die Angreifer mit goldenen Flammenstößen, während er versuchte, sich in die Lüfte zu erheben. Dreimal stieg er auf, und dreimal stürzte er zurück auf die Erde. Mutons Männer umzingelten ihn mit Schwert und Speer und Axt und fügten ihm viele schlimme Verletzungen zu … doch jeder Hieb schien seinen Zorn nur noch weiter anzufachen. Fünf Dutzend Angreifer fielen, ehe die Überlebenden flohen.

Unter den Toten war auch Walys Muton, der Lord von Jungfernteich. Als sein Bruder Manfryd vierzehn Tage später seine Leiche fand, war nur noch verkohltes Fleisch in einer geschmolzenen Rüstung übrig, das von Maden nur so wimmelte. Doch nirgendwo auf diesem Feld der Asche entdeckte Lord Manfryd zwischen den Leichen tapferer Männer und den verbrannten und aufgeblähten Kadavern von einhundert Pferden König Aegons Drachen. Sonnfeuer war verschwunden. Es gab auch keine Spuren, die darauf hindeuteten, wohin sich der Drache geschleppt haben konnte. Sonnfeuer der Goldene hatte sich wieder in die Lüfte erhoben, so schien es … doch mit welchem Ziel, wusste niemand zu sagen.

Inzwischen eilte Prinz Daemon Targaryen auf Caraxes gen Süden. Er flog über das Westufer des Götterauges und hielt sich von Ser Kristons Marschroute so weit entfernt wie möglich, wich dem feindlichen Heer aus, überquerte den Schwarzwasser, wandte sich dann nach Osten und folgte dem Flusslauf stromabwärts nach Königsmund. Und auf Drachenstein legte Rhaenyra Targaryen einen glänzenden schwarzen Schuppenpanzer an, bestieg Syrax und erhob sich in die Lüfte, als ein Wolkenbruch die Wasser der Schwarzwasserbucht aufpeitschte. Hoch über der Stadt trafen sich die Königin und ihr Prinzgemahl und kreisten über Aegons Hohem Hügel.

Unter ihnen, auf den Straßen der Stadt, verbreitete ihr Anblick Angst und Schrecken, denn das Volk erkannte rasch, dass der Angriff, den man seit Langem befürchtet hatte, nun bevorstand. Prinz Aemond und Ser Kriston hatten Königsmund ohne Verteidi-

gung zurückgelassen, als sie auszogen, um Harrenhal zurückzuerobern … und der Brudermörder hatte Vhagar mitgenommen, die furchterregende Bestie, weshalb nur Traumfeuer und zwei halbwegs flügge Drachenküken übrig waren, um die Stadt gegen die Drachen der Königin zu verteidigen. Die Jungdrachen waren noch nie geritten worden, und Traumfeuers Reiterin, Königin Helaena, war eine gebrochene Frau, sodass die Stadt im Grunde überhaupt keine Drachen hatte.

Zu Tausenden strömte das Stadtvolk mit Sack und Pack und Kind und Kegel zu den Toren hinaus, um auf dem Land Zuflucht zu suchen. Andere hoben Gruben und Gänge unter ihren Hütten aus, dunkle, feuchte Löcher, in denen sie Schutz zu finden hofften, sollte die Stadt in Flammen aufgehen (Großmaester Munkun erwähnt, dass viele der geheimen Gänge und Tiefkeller unter Königsmund aus dieser Zeit stammen). In Flohloch brachen Aufstände aus. Als im Osten der Schwarzwasserbucht die Schiffe der Seeschlange auftauchten und auf die Flussmündung zuhielten, begannen die Glocken jeder Septe in der Stadt zu läuten, und der Pöbel zog plündernd durch die Straßen. Dutzende verloren ihr Leben, ehe die Goldröcke den Frieden wiederherstellen konnten.

Da weder der Protektor des Reiches noch die Hand des Königs in der Stadt weilten und der verbrannte, bettlägerige König Aegon in seinen Mohnträumen dahindämmerte, fiel es seiner Mutter, der Königinwitwe, zu, für die Verteidigung der Stadt zu sorgen. Königin Alicent stellte sich der Herausforderung, ließ die Tore von Burg und Stadt schließen und sandte die Goldröcke auf die Mauern. Außerdem schickte sie Reiter auf schnellen Pferden los, die Prinz Aemond finden und zurückrufen sollten.

Auch befahl sie Großmaester Orwyl, Raben an »all unsere treuen Lords« zu senden, damit sie zur Verteidigung ihres wahren Königs herbeieilten. Doch als Orwyl zurück in seine Gemächer hastete, wurde er dort bereits von vier Goldröcken erwartet. Einer erstickte seine Schreie, während die anderen ihn erst verprügelten und dann fesselten. Mit einem Sack über dem Kopf wurde der Großmaester in eine Schwarze Zelle geführt.

Königin Alicents Reiter schafften es lediglich bis zu den Stadttoren, wo sie ebenfalls von Goldröcken abgefangen und in Gewahrsam genommen wurden. Ohne dass Ihre Gnaden davon Kenntnis erhielt, waren die sieben Hauptmänner der Stadtwache, die den Befehl über die Stadttore hatten und wegen ihrer Treue ausgewählt worden waren, in dem Augenblick, als Caraxes über dem Roten Bergfried am Himmel erschien, entweder eingesperrt oder ermordet worden … denn die einfachen Soldaten der Stadtwache liebten Daemon Targaryen noch immer, den »Prinzen der Stadt«, der sie in alten Zeiten befehligt hatte.

Königin Alicents Bruder, Ser Gawan Hohenturm, der stellvertretende Kommandant der Goldröcke, rannte zu den Stallungen und wollte Alarm schlagen; er wurde ergriffen, entwaffnet und vor seinen Vorgesetzten Luthor Largent gezerrt. Als er Largent als

Verräter beschimpfte, lachte Ser Luthor. »Daemon hat uns diese goldenen Mäntel gegeben, und ihm halten wir die Treue.« Dann stieß er Ser Gawan das Schwert in den Bauch und befahl, die Stadttore den Männern zu öffnen, die von den Schiffen der Seeschlange kamen.

Trotz der vielgepriesenen Stärke seiner Mauern fiel Königsmund im Lauf eines einzigen Tages. Am Flusstor kam es zu einem kurzen, blutigen Gefecht, als dreizehn Ritter der Hohenturms und hundert Waffenknechte die Goldröcke zurückschlugen und das Tor fast acht Stunden gegen alle Angriffe diesseits und jenseits der Stadtmauer verteidigen konnten. Aber all ihre Heldentaten waren vergebens, weil Rhaenyras Soldaten unbehelligt durch die übrigen sechs Tore in die Stadt strömten. Der Anblick der Drachen der Königin am Himmel raubte Rhaenyras Feinden den Mut, und die verbliebenen Getreuen König Aegons ergriffen die Flucht, versteckten sich oder beugten das Knie.

Einer nach dem anderen ließen sich die Drachen in der Stadt nieder. Schafsdieb landete auf Visenyas Hügel, Silberschwinge und Vermithor auf Rhaenys' Hügel, unmittelbar vor der Drachengrube. Prinz Daemon kreiste über den Türmen des Roten Bergfrieds, ehe er mit Caraxes im äußeren Hof landete. Erst nachdem er sich vergewissert hatte, dass die Verteidiger keinen Widerstand leisteten, gab er seiner Gemahlin, der Königin, ein Zeichen, und sie kam mit Syrax herab.

Addam Velaryon blieb in der Luft und kreiste auf Seerauch über den Stadtmauern. Das Schlagen der breiten Lederschwingen des Drachen gemahnte die Menschen am Boden, dass jedem Widerstand mit Drachenfeuer begegnet würde.

Als sie die Aussichtslosigkeit ihrer Lage erkannte, kam Königinwitwe Alicent zusammen mit ihrem Vater Ser Otto Hohenturm, Ser Tyland Lennister und Lord Jasper Wyld, der Eisenrute, aus Maegors Feste heraus. (Lord Larys Kraft war nicht bei ihnen. Dem Meister der Flüsterer war es irgendwie gelungen, spurlos zu verschwinden.) Laut Septon Konstans, der Zeuge der folgenden Ereignisse wurde, versuchte Königin Alicent mit ihrer Stieftochter zu verhandeln. »Lasst uns einen Großen Rat einberufen, wie es der Alte König in den alten Tagen getan hat«, schlug die Königinwitwe vor, »und die Frage der Thronfolge den Lords des Reiches vorlegen.« Doch Königin Rhaenyra wies das Angebot voller Spott zurück. »Verwechselt Ihr mich etwa mit Pilz?«, fragte sie. »Wir wissen beide, wie ein solcher Rat entscheiden würde.« Dann stellte sie ihre Stiefmutter vor die Wahl: Unterwerfung oder Drachenfeuer.

Geschlagen neigte Königin Alicent das Haupt, übergab Königin Rhaenyra die Schlüssel der Burg und befahl ihren Rittern und Waffenknechten, die Waffen zu strecken. »Die Stadt gehört Euch, Prinzessin«, soll sie Berichten zufolge gesagt haben, »doch lange werdet Ihr sie nicht halten. Ist die Katze aus dem Haus, tanzen die Ratten auf dem Tisch, aber mein Sohn Aemond wird schon bald mit Feuer und Blut heimkehren.«

Rhaenyras Triumph war alles andere als vollständig. Zwar fanden ihre Männer die Gemahlin ihres Rivalen, die irre Königin Helaena, in ihrem Schlafgemach … doch als sie die Türen zu den Gemächern des Königs aufbrachen, entdeckten sie nur »sein Bett, leer, und seinen Nachttopf, gefüllt«. König Aegon II. war geflohen. Und mit ihm seine Kinder, die sechsjährige Prinzessin Jaehaera und der zweijährige Prinz Maelor, sowie die Ritter Willis Grimm und Rickard Thorn von der Königsgarde. Nicht einmal die Königinwitwe schien zu wissen, wie oder wohin sie geflohen waren, und Luthor Largent schwor, niemand habe die Stadttore passiert.

Den Eisernen Thron allerdings konnte man nicht einfach so verschwinden lassen. Und Königin Rhaenyra wollte nicht ruhen, ehe sie nicht auf dem Sitz ihres Vaters saß. Also wurden die Fackeln im Thronsaal entzündet, und die Königin erklomm die eisernen Stufen und ließ sich dort nieder, wo vor ihr König Viserys gesessen hatte und vor ihm der Alte König und Maegor und Aenys und Aegon der Drache in alten Zeiten. Mit ernster Miene und immer noch in voller Rüstung thronte sie über allen anderen, während ihr jeder Mann und jede Frau im Roten Bergfried vorgeführt wurde, niederknien musste, um ihre Vergebung zu erflehen und ihr als Königin Leben und Schwert und Ehre zu verschreiben.

Septon Konstans berichtet uns, die Zeremonie habe die ganze Nacht gedauert. Erst im Morgengrauen erhob sich Rhaenyra Targaryen und stieg herunter. »Und während ihr Hoher Gemahl Prinz Daemon sie aus dem Saal geleitete, sahen wir an den Beinen und der linken Handfläche Ihrer Gnaden Schnitte«, schrieb Konstans. »Blutstropfen fielen auf den Boden, als sie vorbeischritt, und weise Männer warfen sich Blicke zu, wenngleich niemand die Wahrheit laut auszusprechen wagte: Der Eiserne Thron hatte sie zurückgewiesen, und ihre Herrschaft würde nicht von langer Dauer sein.«

DAS STERBEN DER DRACHEN

RHAENYRA TRIUMPHIERT

Als Königsmund an Rhaenyra Targaryen und ihre Drachen fiel, marschierten Prinz Aemond und Ser Kriston Kraut immer noch Richtung Harrenhal, während das Lennister-Heer unter Adrian Tarbeck nach Osten zog.

Bei Eichelhall wurden die Westmänner nur kurz gefordert, als Lord Joseth Kleinwald einen Ausfall wagte, um sich mit Lord Peiper und den Resten seines besiegten Heeres zu vereinen, aber Peiper starb in der anschließenden Schlacht (sein Herz hörte auf zu schlagen, als er den Kopf seines Lieblingsenkels auf einem Spieß sah, behauptet Pilz), und Kleinwald zog sich wieder in seine Burg zurück. Drei Tage später kam es zu einer weiteren Schlacht, als sich die Flussmänner unter einem Heckenritter namens Ser Harry Heller neu formierten. Dieser unwahrscheinliche Held starb jedoch kurz darauf, während er Adrian Tarbeck erschlug. Wieder errangen die Lennisters den Sieg, setzten den fliehenden Flussmännern nach und machten sie nieder. Als das Heer des Westens nach Harrenhal weiterzog, stand es unter dem Befehl des betagten Lords Umfried Leffert, der so viele Wunden davongetragen hatte, dass er von einer Sänfte aus kommandieren musste.

Lord Leffert ahnte nicht, dass ihm schon bald eine noch härtere Probe bevorstand, denn ein frisches Heer des Feindes kam von Norden aus auf sie zu: zweitausend wilde Nordmänner unter dem gevierten Banner Königin Rhaenyras. An ihrer Spitze ritt der Lord von Hüglingen, Roderick Staublin, ein so alter und ergrauter Krieger, dass ihn seine Männer Roddy die Ruine nannten. Sein Heer bestand aus weißen Graubärten in alten Kettenhemden und mottenzerfressenen Fellen. Jeder Mann war ein erfahrener Krieger, und jeder Mann saß zu Pferd. Sie nannten sich die Winterwölfe. »Wir sind gekommen, um für die Drachenkönigin zu sterben«, verkündete Lord Roderick bei den Zwillingen, als ihm Lady Sabitha Frey zur Begrüßung entgegenritt.

Derweil verlangsamten heftiger Regen und verschlammte Straßen Prinz Aemonds Vormarsch, dessen Heer vor allem aus Fußvolk bestand, dem ein langer Tross folgte. Ser Kristons Vorhut siegte in kurzem, heftigem Kampf gegen Ser Oswald Wod und die Lords Darry und Wurtz am Seeufer, stieß dann aber nicht auf weiteren Widerstand. Nach neunzehn Tagen erreichten sie Harrenhal … und fanden die Burgtore offen. Prinz Daemon und seine Männer waren abgezogen.

Prinz Aemond war während des Marsches mit Vhagar bei der Hauptkolonne geblieben, da er erwartete, sein Onkel werde sie auf Caraxes angreifen. Er erreichte Harrenhal einen Tag nach Kraut, und in jener Nacht feierten sie ihren großen Sieg; Daemon und sein »Abschaum der Flusslande« hatten die Flucht ergriffen, statt sich seinem Zorn zu stellen, verkündete Aemond. Daher verwundert es kaum, dass sich der Prinz wie ein dreifacher Narr fühlte, als ihn die Nachricht erreichte, dass Königsmund gefallen war. Sein Zorn war fürchterlich anzusehen.

Als Erster musste Ser Simon Kraft darunter leiden. Prinz Aemond hatte nicht viel für das Haus Kraft übrig, und die Hast, mit der der Kastellan Harrenhal an Daemon Targaryen übergeben hatte, brachte ihn zu der Überzeugung, dass der alte Mann ein Verräter sei. Ser Simon beteuerte seine Unschuld und beharrte darauf, ein treuer Diener der Krone zu sein. Sein eigener Großneffe,

Larys Kraft, sei Lord von Harrenhal und König Aegons Meister der Flüsterer, erinnerte er den Prinzregenten. Dieses Leugnen befeuerte Aemonds Misstrauen nur noch. Der Klumpfuß musste auch ein Verräter sein, schloss er. Wie sonst hätten Daemon und Rhaenyra erfahren können, wann Königsmund am verwundbarsten war? Irgendjemand aus dem Kleinen Rat musste sie benachrichtigt haben … und Larys Klumpfuß war Knochenbrechers Bruder und somit ein Onkel von Rhaenyras Bastarden.

Aemond befahl, Ser Simon ein Schwert zu geben. »Sollen die Götter entscheiden, ob Ihr die Wahrheit sprecht«, sagte er. »Wenn Ihr unschuldig seid, wird Euch der Krieger die Stärke verleihen, mich zu besiegen.« Der folgende Zweikampf verlief sehr einseitig, darin stimmen alle Berichte überein; der Prinz hackte den alten Mann in Stücke, dann verfütterte er seine Leiche an Vhagar. Ser Simons Enkel überlebten ihn nicht lange. Einer nach dem anderen wurde jeder Mann und Junge, in dessen Adern das Blut der Krafts floss, nach vorn gezerrt und erschlagen, bis der Haufen ihrer Köpfe drei Fuß hoch aufragte.

So fand die Blume des Hauses Kraft, dieses uralte Geschlecht edler Krieger, das sich der Abstammung von den Ersten Menschen rühmen konnte, im Hofe von Harrenhal ein schändliches Ende. Kein ehelich geborener Kraft wurde verschont und auch keiner der Bastarde, außer … eigenartigerweise … Alys Strom. Obwohl die Amme zweimal so alt war wie Prinz Aemond (dreimal, wenn wir Pilz glauben), nahm er sie bald als Kriegsbeute mit in sein Bett, nachdem er Harrenhal besetzt hatte, und zog sie scheinbar allen anderen Frauen in der Burg vor, darunter vielen hübschen Mädchen in seinem eigenen Alter.

Westlich von Harrenhal kam das Heer der Lennisters aufgrund des Alters und der Gebrechlichkeit ihres Befehlshabers Lord Leffert nur im Schneckentempo voran. Als sie sich dem Westufer des Götterauges näherten, stellte sich ihnen plötzlich ein riesiges, frisches Heer in den Weg.

Roddy die Ruine und seine Winterwölfe hatten sich mit Wald Frey, dem Lord vom Kreuzweg, und dem Roten Robb Strom, bekannt als der Bogenschütze von Rabenbaum, zusammengetan. Die Nordmänner zählten zweitausend Mann, Frey verfügte über zweihundert Ritter und dreimal so viel Fußvolk, und Strom hatte dreihundert Bogenschützen mitgebracht. Und kaum hatte Lord Leffert Halt machen lassen, um sich dem Feind vor ihm zu stellen, erschienen im Süden weitere Feinde, wo sich Langblatt der Löwentöter und ein abgerissener Haufen Überlebender aus früheren Schlachten mit den Lords Biggelstein, Kammer und Perryn vereint hatten.

Von diesen beiden Heeren in die Zange genommen, zögerte Leffert, eines von ihnen anzugreifen, aus Angst, das andere könne ihm dann in den Rücken fallen. Stattdessen verschanzte er sich am Seeufer, schickte Raben zu Prinz Aemond nach Harrenhal und erbat Hilfe. Obgleich ein Dutzend Vögel in die Lüfte aufstiegen, erreichte kein einziger den Prinzen: Der Rote Robb Strom, dem man nachsagte, der beste Bogenschütze von Westeros zu sein, holte sie alle vom Himmel.

Am nächsten Tag trafen weitere Flussmänner ein, unter dem Befehl von Ser Garibald Grau, Lord Jon Karlten und dem neuen Lord von Burg Rabenbaum, dem elfjährigen Benjicot Schwarzhain. Angesichts ihrer jetzt noch größeren Zahl entschieden die Männer der Königin, dass die Zeit zum Angriff gekommen war. »Am besten machen wir diesen Löwen jetzt den Garaus, ehe die Drachen kommen«, meinte Roddy die Ruine.

Am nächsten Tag bei Sonnenaufgang begann die blutigste Landschlacht des gesamten Drachentanzes. In den Annalen der Zitadelle nennt man sie die Schlacht am Seeufer, doch unter den Überlebenden hieß sie später nur die »Fütterung der Fische«.

Die Westmänner wurden von drei Seiten angegriffen und Schritt um Schritt ins Wasser des Götterauges gedrängt. Hunderte starben dort, niedergemetzelt im Schilf, und noch viel mehr ertranken bei dem Versuch zu fliehen. Bei Sonnenuntergang waren zweitausend Mann tot, darunter viele von Rang wie Lord Frey, Lord Leffert, Lord Biggelstein, Lord Karlten, Lord Swyft, Lord Regn, Ser Klarenz Rallenhall und Ser Amalrich Hügel, der Bastard von Lennishort. Das Heer der Lennisters wurde zerschlagen, allerdings zu einem hohen

Preis. Der Kindlord von Rabenbaum, der junge Ben Schwarzhain, weinte angesichts der riesigen Leichenberge. Die übelsten Verluste mussten die Nordmänner hinnehmen, denn die Winterwölfe hatten sich die Ehre ausbedungen, den Angriff zu führen, und waren mit ihren Pferden fünfmal in die Speerreihen der Lennisters gestürmt. Mehr als zwei Drittel der Männer, die mit Lord Staublin nach Süden geritten waren, waren gefallen oder verwundet.

Auch an anderen Orten im Reich gingen die Kämpfe weiter, obwohl es sich durchweg um kleinere Gefechte als die große Schlacht am Götterauge handelte. In der Weite setzten Lord Hohenturm und sein Mündel, Prinz Daeron der Wagemutige, ihre Reihe von Siegen fort und erzwangen die Unterwerfung der Eschs von Goldhain, der Eichenherzens von Alteich und der Lords von den Schildinseln, denn niemand wagte es, gegen Tessarion, die Blaue Königin, anzutreten. Lord Borros Baratheon rief zu den Fahnen, versammelte fast sechstausend Mann bei Sturmkap und gelobte, gegen Königsmund zu marschieren … doch stattdessen führte er das Heer nach Süden in die Berge. Er rechtfertigte es mit dem Umstand, dass die Dornischen in die Sturmlande eingedrungen waren, doch viele und noch viel mehr raunten, es seien die Drachen vor ihm und nicht die Dornischen hinter ihm gewesen, die diesen Sinneswandel bewirkt hätten. Draußen auf dem Meer der Abenddämmerung fielen die Langschiffe des Roten Kraken über die Schöne Insel her und fegten von einem Ende der Insel zum anderen, während sich Lord Weitmann hinter seinen Mauern verkroch und Hilferufe aussandte, die nie beantwortet wurden.

Auf Harrenhal überlegten Aemond Targaryen und Kriston Kraut, wie sie auf die Angriffe der Königin reagieren sollten. Obgleich der Sitz des Schwarzen Harren zu stark war, um im Sturm genommen zu werden, und die Flusslords es aus Angst vor Vhagar nicht wagten, die Burg zu belagern, gingen den Männern des Königs der Proviant und das Futter aus, und außerdem verloren sie Männer und Pferde an Hunger und Krankheit. Nur verkohlte Felder und verbrannte Dörfer waren in Sichtweite der massiven Burgmauern geblieben, und die Furiertruppen, die weiter hinausritten, um Vor-

räte zu beschaffen, kehrten nicht zurück. Ser Kriston drängte zum Rückzug in den Süden, wo Aegon die meisten Unterstützer hatte, doch der Prinz lehnte mit den Worten ab: »Nur ein Feigling läuft vor Verrätern davon.« Der Verlust von Königsmund und des Eisernen Throns hatte den Protektor des Reiches aufs Äußerste erzürnt, und als die Nachricht von der »Fütterung der Fische« Harrenhal erreichte, hätte er den Knappen, der sie überbrachte, beinahe erwürgt. Allein das Einschreiten seiner Bettgefährtin Alys Strom rettete dem Jungen das Leben. Prinz Aemond sprach sich für einen sofortigen Angriff auf Königsmund aus. Kein Drache der Königin könne sich gegen Vhagar behaupten, beharrte er.

Ser Kriston nannte dies Torheit. »Einer gegen sechs ist ein Kampf für Narren, mein Prinz«, erklärte er. Er drängte abermals darauf, gemeinsam nach Süden zu marschieren und sich mit Lord Hohenturms Heer zu vereinen. Prinz Aemond könne sich auch mit seinem Bruder Daeron und dessen Drachen zusammenschließen. Sie wussten, dass König Aegon Rhaenyra irgendwie durch die Finger geschlüpft war. Gewiss würde er sich mit Sonnfeuer vereinen und seinen Brüdern beistehen. Und vielleicht würden ihre Freunde in der Stadt auch eine Möglichkeit finden, Königin Helaena zu befreien, und dann könnte Traumfeuer an der Seite der Prinzen und des Königs kämpfen. Vier Drachen könnten gegen sechs bestehen, wenn einer der vier Vhagar war.

Prinz Aemond lehnte es ab, sich diesen »feigen Plan« auch nur anzuhören. Als Regent, der im Namen seines Bruders herrschte, hätte er von der Hand Gehorsam verlangen können, aber darauf bestand er nicht. Munkun ist der Ansicht, dass ihn der Respekt, den er für den älteren Mann empfand, davon abhielt, während Pilz andeutet, die beiden Männer seien Rivalen um die Zuneigung der Amme Alys Strom geworden, die ihnen Liebestränke und Zaubermittel verabreicht habe, um ihre Leidenschaft anzufachen. Septon Konstans schließt sich dem Zwerg teilweise an, meint jedoch, lediglich Aemond sei dem Zauber der Strom-Frau erlegen, und zwar in einem solchen Maß, dass er sich ein Leben ohne sie nicht mehr vorstellen konnte.

Wie dem auch sei, am Ende entschieden Ser Kriston und Prinz Aemond, sich zu trennen. Kraut würde den Befehl über ihr Heer übernehmen und es nach Süden führen, um sich dort mit Ormund Hohenturm und Prinz Daeron zu vereinen, doch der Prinzregent würde sie nicht begleiten. Stattdessen beabsichtigte er, seinen eigenen Krieg zu führen und aus der Luft Feuer auf die Verräter regnen zu lassen. Früher oder später würde die »Hurenkönigin« einen oder zwei Drachen ausschicken, um ihn aufzuhalten, und Vhagar würde sie vernichten. »Sie wird es nicht wagen, *all* ihre Drachen gleichzeitig zu schicken«, beharrte Aemond. »Denn dann wäre Königsmund schutzlos und verletzlich. Und sie wird auch weder Syrax noch ihren letzten süßen Jungen in Gefahr bringen. Rhaenyra mag sich Königin nennen, aber sie ist immer noch eine Frau mit dem schwachen Herzen einer Frau und den Ängsten einer Mutter.«

Und so verabschiedeten sich der Königsmacher und der Brudermörder voneinander und eilten ihrem jeweiligen Schicksal entgegen, während sich Königin Rhaenyra Targaryen im Roten Bergfried daranmachte, ihre Freunde zu belohnen und jene hart zu bestrafen, die ihrem Halbbruder gedient hatten. Ser Luthor Largent, der Kommandant der Goldröcke, wurde in den Adelsstand erhoben. Ser Lorent Marbrand wurde als Lord Kommandant der Königinnengarde eingesetzt und erhielt die Aufgabe, sechs würdige Ritter zu finden, die an seiner Seite dienen sollten. Großmaester Orwyl musste weiter im Kerker schmachten, und Ihre Gnaden schrieb der Zitadelle, dass ihr »treuer Diener« Gerardys von nun an »der einzig wahre Großmaester« sei. Aus dem Kerker, der Orwyl verschlungen hatte, wurden die noch lebenden »Schwarzen« Lords und Ritter befreit und mit Ländereien, Ämtern und Ehren belohnt.

Reiche Belohnungen wurden für alle Hinweise ausgelobt, die zur Ergreifung des »Usurpators, der sich selbst Aegon II. nennt«, seiner Tochter Jaehaera, seines Sohnes Maelor, des »falschen Ritters« Willis Grimm und Rickard Thorns sowie von Larys Kraft, dem Klumpfuß, führten. Als dies nicht den gewünschten Erfolg brachte, sandte Ihre Gnaden Truppen von »Inquisitorenrittern« aus, die nach den entkommenen »Verrätern und Schurken« fahnden und jeden bestrafen sollten, der ihnen geholfen hatte.

Königin Alicent wurde mit goldenen Ketten an Händen und Füßen gefesselt, allerdings schonte ihre Stieftochter ihr Leben »im Gedenken an meinen Vater, der Euch einst liebte«. Alicents eigener Vater durfte sich einer solchen Gnade nicht erfreuen. Ser Otto Hohenturm, der drei Königen als Hand gedient hatte, war der Erste, der enthauptet wurde. Eisenrute folgte ihm auf den Richtblock, und selbst dort beharrte er noch darauf, dass dem Gesetz nach der Sohn eines Königs immer den Vorrang vor einer Tochter habe. Ser Tyland Lennisters Leben wurde einstweilen verschont; man übergab ihn den Folterknechten, in der Hoffnung, auf diese Weise einen Teil des Kronschatzes zurückzuerlangen.

Die Lords Rosby und Schurwerth, Schwarze, die zu den Grünen übergelaufen waren, um dem Kerker zu entgehen, versuchten erneut, die Seite zu wechseln, aber die Königin erklärte, treulose Freunde seien übler als Feinde, und befahl, ihnen vor der Hinrichtung die »verlogenen Zungen« herauszuschneiden. Ihr Tod stellte sie dann allerdings vor ein irritierendes Problem der Erbfolge. Zufällig hatte jeder der »treulosen Freunde« eine Tochter hinterlassen; Rosbys Mädchen war zwölf, die kleine Schurwerth sechs. Prinz Daemon schlug vor, Erstere mit dem Harten Hugo (der sich inzwischen einfach Hugo Hammer nannte), dem Sohn des Hufschmieds, zu verheiraten, Letztere mit Ulf dem Säufer (der sich nun einfach Ulf Weiß nannte), damit ihre Länder »schwarz« blieben, während sie damit gleichzeitig die »Samen« für ihre Tapferkeit in der Schlacht belohnten.

Doch die Hand der Königin erhob Einwände dagegen, denn beide Mädchen hatten jüngere Brüder. Rhaenyras Anspruch auf den Eisernen Thron sei ein besonderer Fall, gab die Seeschlange zu bedenken, weil ihr Vater sie zur Erbin *erklärt* hatte. Die Lords Rosby und Schurwerth hatten nichts dergleichen getan. Söhne zugunsten von Töchtern zu enterben würde eine jahrhundertealte Rechtspraxis auf den Kopf stellen und außerdem die Rechte Dutzender anderer Lords überall in Westeros in Zweifel ziehen, deren Ansprüche plötzlich schwächer erscheinen konnten als die ihrer älteren Schwestern.

Die Sorge, dass sie die Unterstützung solcher Lords verlieren könnte, so behauptet Munkun in seiner *Wahren Geschichte*, brachte die Königin schließlich dazu, sich Lord Corlys' und nicht Prinz Daemons Auffassung anzuschließen. Die Länder, Burgen und Münzen der Häuser Rosby und Schurwerth gingen an die Söhne der hingerichteten Lords, während Hugo Hammer und Ulf Weiß den Ritterschlag erhielten und ihnen kleinere Besitztümer auf der Insel Driftmark zugeschlagen wurden.

Pilz berichtet, Hammer habe diese Belohnung gefeiert, indem er einen Hofritter der Königin in einem Bordell an der Straße der Seide totschlug, als sich die beiden darum stritten, wer einem jungen Mädchen die Unschuld rauben dürfe, während Weiß betrunken durch die Gassen von Flohloch ritt und dabei nicht mehr am Leibe trug als seine goldenen Sporen. Pilz liebt es, solche Geschichten zu erzählen, aber ihr Wahrheitsgehalt ist kaum überprüfbar … Kein Zweifel besteht jedoch daran, dass das Volk von Königsmund die beiden jüngsten Ritter der Königin bald zu verabscheuen begann.

Noch unbeliebter, falls überhaupt möglich, war der Mann, den Ihre Gnaden zum Lord Kämmerer und Meister der Münze erkor: ihren langjährigen Anhänger Bartimos Celtigar, den Lord der Klaueninsel. Lord Celtigar schien für das Amt gut geeignet zu sein: Er war stets standhaft geblieben und wankte nicht in der Unterstützung seiner Königin, er war unnachgiebig, unbestechlich und erfinderisch, darin stimmen alle Berichte überein, und obendrein noch sehr reich. Einen solchen Mann konnte Rhaenyra gut gebrauchen, denn sie benötigte Geld. Zwar war die Krone beim Tod König Viserys' geradezu in Gold geschwommen, doch Aegon II. hatte sich zusammen mit der Krone auch die Schatzkammer unter den Nagel gerissen, und sein Meister der Münze, Tyland Lennister, hatte drei Viertel davon »in Sicherheit gebracht«. König Aegon hatte jeden Heller des Viertels, das in Königsmund verblieben war, ausgegeben und seiner Halbschwester leere Schatzkammern hinterlassen. Der Rest von Viserys' Vermögen war den Hohenturms von Altsass, den Lennisters von Casterlystein und der Eisernen Bank von Braavos anvertraut worden und somit dem Zugriff der Königin entzogen.

Lord Celtigar machte sich sofort daran, Abhilfe zu schaffen: Er führte ebenjene Steuern wieder ein, die sein Vorfahre Lord Edgut in den Jugendtagen Jaehaerys' I. erlassen hatte, und erhob gleichzeitig noch eine Vielzahl neuer Abgaben. Die Steuern auf Wein und Bier wurden verdoppelt, die Hafengebühren verdreifacht. Jeder Ladenbesitzer innerhalb der Stadtmauern musste Gebühren dafür entrichten, sein Geschäft zu führen, Gastwirte einen Silberhirschen für jedes Bett in ihrem Haus zahlen. Die Gebühren für das Betreten und Verlassen der Stadt, die der Lord der Luft einst erlassen hatte, wurden wieder eingeführt und verdreifacht. Außerdem wurde eine Vermögenssteuer erlassen: Die reichen Händler in ihren Villen und die Bettler in ihren Hütten, sie alle mussten zahlen, und zwar abhängig von der Größe des Landes, das sie bewohnten. »Nicht einmal die Huren lassen sie in Ruhe«, hieß es im gemeinen Volk. »Als Nächstes kommt die Fotzensteuer und dann die Schwanzsteuer. Und die Ratten müssen auch noch ihren Teil beitragen.«

In Wahrheit belasteten Lord Celtigars Abgaben vor allem Händler und Kaufleute. Nachdem die Velaryon-Flotte die Gurgel blockiert hatte, saßen sehr viele Schiffe in Königsmund fest. Der neue Meister der Münze verlangte von allen hohe Gebühren für die Erlaubnis, den Anker zu lichten. Manche Kapitäne protestierten, weil sie bereits die vorgesehenen Gebühren, Zölle und Steuern bezahlt hatten, und konnten sogar Belege dafür vorweisen. Doch Lord Celtigar fegte ihre Einsprüche beiseite. »Dem Usurpator Geld zu zahlen ist höchstens Beweis für Hochverrat«, sagte er. »Es befreit niemanden davon, seinen Pflichten gegenüber unserer gütigen Königin nachzukommen.« Wer sich weigerte zu zahlen oder nicht mehr zahlen konnte, musste mit der Beschlagnahme und dem Zwangsverkauf seiner Schiffe und Frachten rechnen.

Sogar an den Hinrichtungen verdiente die Krone. Von nun an sollten Verräter, Rebellen und Mörder in der Drachengrube enthauptet und anschließend an die Drachen der Königin verfüttert werden. Alle waren eingeladen, sich das Schicksal dieser Schurken anzuschauen, allerdings musste jeder Zuschauer am Tor drei Heller entrichten, um eingelassen zu werden.

So füllte Königin Rhaenyra ihre Schatztruhen, doch sie bezahlte einen hohen Preis dafür. Weder Aegon noch sein Bruder Aemond waren beim Volk der Stadt besonders beliebt gewesen, und viele Königsmunder hatten die Rückkehr der Königin begrüßt … Hass und Liebe sind zwei Seiten der gleichen Münze, und als über den Stadttoren jeden Tag neue Köpfe aufgespießt wurden und immer höhere Steuern festgesetzt wurden, wendete sich das Blatt. Das Mädchen, das einst als Wonne des Reiches gepriesen worden war, habe sich zu einer habgierigen und rachsüchtigen Frau entwickelt, hieß es, die es an Grausamkeit mit allen Königen, die ihr vorangegangen waren, aufnehmen konnte. Ein Witzbold nannte Rhaenyra »König Maegor mit Titten«, und noch hundert Jahre später war »Maegors Titten« in Königsmund ein gebräuchliches Schimpfwort.

Da sich Stadt, Burg und Thron nun in ihrer Gewalt befanden und von nicht weniger als sechs Drachen beschützt wurden, fühlte sich Rhaenyra sicher genug, um nach ihren Söhnen zu schicken. Ein Dutzend Schiffe stach von Drachenstein aus in See, an Bord die Hofdamen der Königin, ihr »geliebter Narr« Pilz und ihr Sohn Aegon der Jüngere. Rhaenyra ernannte den Jungen zu ihrem Mundschenk, damit er sich nie allzu weit von ihr entfernte. Eine weitere Flotte brach von Möwenstadt mit Prinz Gottfrid auf, dem letzten ihrer drei Söhne von Laenor Velaryon, und mit seinem Drachen Tyraxes (Prinz Daemons Tochter Rhaena blieb als Mündel Lady Arryns im Grünen Tal, während ihre Zwillingsschwester, die Drachenreiterin Baela, ihre Tage zwischen Driftmark und Drachenstein aufteilte). Ihre Gnaden begann ein prunkvolles Fest zu planen, um Gottfrid offiziell als Prinz von Drachenstein und Erben des Eisernen Throns einzusetzen und dies gebührend zu feiern.

Selbst der Weiße Wurm kam an den Hof; Mysaria, die Hure aus Lys, trat aus den Schatten und bezog Quartier im Roten Bergfried. Obwohl sie niemals offiziell in den Kleinen Rat der Königin aufgenommen wurde, stieg die Frau, die nun als Lady Misere bekannt wurde, faktisch, wenn auch nicht offiziell, zur Meisterin der Flüsterer auf. Sie hatte Augen und Ohren in jedem Bordell, jedem Bierhaus und jeder Suppenküche in Königsmund, aber auch in den Hallen und Schlafgemächern der Mächtigen. Obgleich die einst so ranke und schlanke Frau über die Jahre fülliger geworden war, war Prinz Daemon ihr nach wie vor verfallen und besuchte sie jeden Abend … allem Anschein nach mit Königin Rhaenyras Segen. »Soll Daemon seinen Hunger stillen, wo er möchte«, soll sie Berichten zufolge gesagt haben. »Wir werden es ihm gleichtun.« (Septon Konstans fügt ein wenig gehässig hinzu, dass Ihre Gnaden ihren eigenen Hunger wohl vor allem mit Zuckerwerk, Kuchen und Neunaugenpastete stillte, da Rhaenyra während ihres Aufenthalts in Königsmund immer beleibter wurde.)

Angesichts ihres überwältigenden Triumphes ahnte Rhaenyra Targaryen wohl nicht, wie wenige Tage ihr noch blieben. Jedes Mal wenn sie auf dem Eisernen Thron saß, so berichtet Septon Konstans, fügten ihr die grausamen Klingen frische Schnitte an Händen und Armen und Beinen zu, ein Zeichen, das ein jeder zu lesen verstand. Septon Konstans behauptet, der Sturz der Königin habe in einem Gasthaus namens »Schweinekopf« in der Stadt Bitterbrück am Nordufer des Flusses Manders begonnen, nahe der alten Steinbrücke, die dem Städtchen seinen Namen verliehen hatte.

Da Ormund Hohenturm etwa dreißig Wegstunden südwestlich von Bitterbrück Langtafel belagerte, drängten sich dort Menschen, die vor dem anrückenden Heer geflohen waren. Die verwitwete Lady Kaswell, deren Hoher Gemahl von Aegon II. in Königsmund enthauptet worden war, als er es ablehnte, der Königin abzuschwören, hatte ihre Burgtore geschlossen und wies sogar gesalbte Ritter und Lords ab, die bei ihr Zuflucht suchten. Südlich des Flusses sah man nachts die Kochfeuer der Gebrochenen durch die Bäume, während die Stadtsepte Hunderte Verwundete aufgenommen hatte. Jedes Gasthaus war voll, selbst der Schweinekopf, eher ein heruntergekommener Stall als eine triste Herberge. Als nun ein Mann aus dem Norden mit einem Stab in der Hand und einem kleinen Jungen auf dem Rücken eintraf, hatte der Gastwirt kein Zimmer für ihn ... bis der Reisende einen Silberhirschen aus seinem Beutel zog. Da erlaubte der Wirt ihm und seinem Sohn, in seinem Stall zu schlafen, wenn sie zuvor ausmisteten. Der Reisende war einverstanden, legte Rucksack und Mantel ab und machte sich mit Schaufel und Rechen zwischen den Pferden an die Arbeit.

Die Gier von Schankwirten, Gastwirten und ihresgleichen ist weithin bekannt. Der Besitzer des Schweinekopfes, ein Halunke, der auf den Namen Ben Butterkuchen hörte, fragte sich, ob sich dort, wo der eine Silberhirsch gesteckt hatte, vielleicht noch andere befinden mochten. Während der Reisende bei der Arbeit schwitzte, bot ihm Butterkuchen an, seinen Durst mit einem Krug Bier zu stillen. Der Mann nahm an, begleitete den Wirt in den Schankraum und kam gar nicht auf den Gedanken, dass sein Gastgeber den Stallburschen, der uns nur unter dem Namen Schlitzohr bekannt ist, beauftragt haben könnte, sein Gepäck nach Silber zu durchsuchen. Schlitzohr fand keine Münzen in dem Bündel, stattdessen jedoch etwas viel Wertvolleres ... einen schweren Mantel aus feiner weißer Wolle, der mit schneeweißem Satin gesäumt und um ein hellgrünes, mit Silberwirbeln durchsetztes Drachenei gewickelt war. Denn der »Sohn« des Reisenden war Maelor Targaryen, der jüngere Sohn König Aegons II., und bei dem Reisenden handelte es sich um Ser Rickard Thorn von der Königsgarde, seinen geschworenen Schild und Beschützer.

Ben Butterkuchen sollte keine Freude an seiner Falschheit haben. Als Schlitzohr mit dem Mantel und dem Ei in den Schankraum stürmte und lauthals seine Entdeckung herausposaunte, kippte der Reisende dem Wirt den Rest seines Biers ins Gesicht, riss sein Langschwert aus der Scheide und schlitzte ihn vom Hals bis zum Schritt auf. Einige der anderen Gäste zogen ebenfalls Schwerter oder Dolche, aber sie waren keine Ritter, und Ser Rickard schlug eine Schneise durch sie hindurch. Er ließ die ihm gestohlenen Schätze liegen, packte seinen »Sohn«, floh zu den Ställen, nahm sich ein Pferd und stürmte davon Richtung der alten Steinbrücke zum Südufer des Mander. Er war so weit gekommen und wusste, dass er

nur dreißig Wegstunden weiter in Sicherheit sein würde, wo Lord Hohenturm vor den Mauern von Langtafel lagerte.

Doch die dreißig Wegstunden hätten genauso gut dreißigtausend sein können, denn die Straße über den Mander war abgeriegelt, und Bitterbrück gehörte Königin Rhaenyra. Es wurde Zeter und Mordio geschrien. Männer verfolgten Rickard Thorn zu Pferd und riefen: »Mörder, Verräter, Mörder!«

Die Wachen an der Brücke hörten die Rufe und geboten Ser Rickard Halt, woraufhin der Ritter versuchte, sie niederzureiten, einem Mann, der seine Zügel packte, den Arm an der Schulter abhackte und weiterritt. Aber auch am Südufer der Brücke standen Wachen und bildeten eine Mauer. Von beiden Seiten kamen Männer angerannt, mit roten Gesichtern und laut brüllend, Schwert oder Axt oder lange Spieße in der Hand. Thorn wandte sich hierhin und dorthin, drehte sein gestohlenes Pferd im Kreis herum und suchte einen Weg durch ihre Reihen. Prinz Maelor klammerte sich schreiend an ihn.

Schließlich waren es die Armbrustschützen, die ihn zu Fall brachten. Ein Bolzen traf seinen Arm, der nächste bohrte sich durch seine Kehle. Ser Rickard fiel taumelnd aus dem Sattel und starb auf der Brücke, während das Blut blubbernd aus seinem Mund quoll und seine letzten Worte erstickte. Bis zum Ende klammerte er sich an den Jungen, den zu beschützen er geschworen hatte, bis ihm eine Waschfrau, Weide Steinschlag, den weinenden Prinzen aus den Armen riss.

Nachdem der Pöbel den Ritter erschlagen und den Jungen ergriffen hatte, wussten die Leute nicht so recht, was sie mit ihrer Beute anstellen sollten. Königin Rhaenyra hatte eine große Belohnung auf ihn ausgesetzt, wie sich manche erinnerten, aber Königsmund war viele Wegstunden entfernt. Lord Hohenturms Heer lag deutlich näher. Vielleicht würde er sogar noch mehr zahlen. Als jemand fragte, ob es einen Unterschied in der Belohnung machte, je nachdem, ob der Junge tot oder lebendig übergeben wurde, schloss Weide Steinschlag Maelor fester in die Arme und sagte, niemand werde ihrem neuen Sohn etwas zuleide tun. (Wie Pilz uns überliefert, war die Frau ein Ungetüm von dreißig Steinen Gewicht, von schlichtem Gemüt und halb verrückt. Ihren Namen hatte sie erhalten, weil sie Kleidung im Fluss auf Steinen sauber schlug.) Dann drängte sich Schlitzohr durch die Menge, über und über besudelt mit dem Blut seines Herrn, und verkündete, der Prinz gehöre ihm, da er das Drachenei gefunden habe. Der Armbrustschütze, dessen Bolzen Ser Rickard Thorn gefällt hatte, erhob ebenfalls Anspruch auf den Jungen. Und so stritten und schrien und stießen sie sich über der Leiche des Ritters.

Angesichts der vielen Zeugen auf der Brücke verwundert es nicht, dass es viele unterschiedliche Berichte über Maelor Targaryens Schicksal gibt. Pilz behauptet, Weide Steinschlag habe den Jungen so fest umklammert, dass sie ihm das Rückgrat gebrochen und ihn zerquetscht habe. Septon Konstans hingegen erwähnt Weide überhaupt nicht. In seinem Bericht hat der städtische Fleischer den Prinzen mit seinem Hackbeil in sechs Stücke zerlegt, damit jeder der Streitenden ein Stück Prinz erhalte. Großmaester Munkuns *Wahre Geschichte* führt aus, der Junge sei vom Pöbel in Stücke gerissen worden, nennt aber keine Namen.

Mit Sicherheit wissen wir nur dies: Als Lady Kaswell und ihre Ritter auftauchten und den Pöbel auseinandertrieben, war der Prinz tot. Bei seinem Anblick wurde Lady Kaswell blass, wie Pilz uns erzählt, und er legt ihr auch die Worte »Dafür werden uns die Götter verfluchen« in den Mund. Auf ihren Befehl hin wurden Schlitzohr und Weide Steinschlag in der Mitte der Brücke gehenkt, zusammen mit dem Mann, dem das Pferd gehört hatte, das Ser Rickard aus dem Wirtshaus gestohlen hatte, weil man ihm (fälschlicherweise) unterstellte, Thorn bei der Flucht geholfen zu haben. Ser Rickards Leiche ließ Lady Kaswell in seinen weißen Mantel wickeln und zusammen mit Prinz Maelors Kopf nach Königsmund zurückschicken. Das Drachenei schickte sie zu Lord Hohenturm nach Langtafel in der Hoffnung, so seinen Zorn zu besänftigen.

Pilz, der die Königin sehr gern hatte, berichtet uns, dass Rhaenyra weinte, als sie auf dem Eisernen Thron saß und man ihr Maelors kleinen Kopf zu Füßen legte. Septon Konstans, der sie

nicht mochte, behauptet, sie habe gelächelt und befohlen, den Kopf zu verbrennen, »denn er sei vom Blut des Drachen«. Obwohl der Tod des Jungen nicht offiziell bekannt gegeben wurde, verbreitete sich die Nachricht in der ganzen Stadt. Und bald darauf erzählte man sich noch eine andere Geschichte, in der Königin Rhaenyra den Kopf des Prinzen seiner Mutter Königin Helaena in einem Nachttopf überreicht haben sollte. Obwohl diese Geschichte frei erfunden ist, ging sie schon bald in der Stadt von Mund zu Mund. Pilz sieht darin das Werk des Klumpfußes. »Ein Mann, der Geflüster und Gerüchte sammelt, kann sie auch streuen.«

In den Sieben Königslanden tobten die Kämpfe weiter. Schönburg fiel an Dalten Graufreud, und damit endete der Widerstand der Schönen Insel gegen die Eisenmänner. Der Rote Krake machte vier Töchter Lord Weitmanns zu seinen Salzweibern und gab die fünfte (»die Reizlose«) seinem Bruder Veron. Weitmann und seine Söhne wurden gegen ihr Gewicht in Silber von Casterlystein ausgelöst. In der Weite übergab Lady Sonnwetter Langtafel an Lord Ormund Hohenturm; er hielt sein Wort und fügte ihr und den ihren kein Leid zu, allerdings nahm er alle Wertgegenstände und Vorräte aus der Burg mit, um sein Heer zu ernähren. Anschließend brach er die Zelte ab und zog weiter nach Bitterbrück.

Als Lady Kaswell auf den Mauern ihrer Burg erschien und um die gleichen Bedingungen bat, die Lady Sonnwetter erhalten hatte, ließ Hohenturm Prinz Daeron die Antwort übermitteln: »Ihr erhaltet die gleichen Bedingungen, die Ihr meinem Neffen Maelor gewährt habt.« Lady Kaswell konnte nur zuschauen, wie Bitterbrück geplündert wurde. Der Schweinekopf war das erste Haus, das in Flammen aufging. Gasthäuser, Gildenhallen, Speicher, die Wohnhäuser der Einfachen und der Mächtigen, alles verzehrte das Drachenfeuer. Selbst die Septe brannte nieder, mit Hunderten Verwundeter darin. Nur die Brücke blieb unversehrt, denn sie wurde noch gebraucht, um den Mander zu überqueren. Die Stadtbewohner, die zu fliehen oder zu kämpfen versuchten, wurden dem Schwert überantwortet oder in den Fluss getrieben, wo sie ertranken.

Lady Kaswell schaute von ihren Mauern aus zu und gab schließlich Befehl, die Tore zu öffnen. »Keine Burg kann gegen einen Drachen verteidigt werden«, erklärte sie ihren Männern. Als Lord Hohenturm heranritt, fand er sie auf dem Torhaus stehend vor, eine Schlinge um den Hals. »Habt Gnade mit meinen Kindern, Mylord«, flehte sie, warf sich vom Torhaus und erhängte sich so. Vielleicht berührte das Lord Ormunds Herz, denn er verschonte ihre Kinder und schickte sie in Ketten nach Altsass. Die Männer der Burg erhielten keine Gnade außer dem Schwert.

In den Flusslanden hatte Ser Kriston Kraut Harrenhal aufgegeben und schlug sich mit dreitausendsechshundert Mann am Westufer des Götterauges nach Süden durch (Tod, Krankheit und Fahnenflucht hatten die Reihen seit dem Aufbruch aus Königsmund stark gelichtet). Prinz Aemond war auf Vhagar bereits abgeflogen.

Die Burg stand kaum drei Tage lang leer, ehe Lady Sabitha Frey sich darauf stürzte und sie in Besitz nahm. Im Inneren fand sie Alys Strom vor, die Amme und angebliche Hexe, die Prinz Aemonds Bett während seiner Tage in Harrenhal gewärmt hatte und jetzt behauptete, sein Kind unter dem Herzen zu tragen. »Ich trage den Bastard des Drachen in mir«, sagte sie, während sie nackt im Götterhain stand, eine Hand auf ihrem runden Bauch. »Ich spüre, wie sein Feuer in meinem Schoß brennt.«

Ihr Kind war nicht das einzige Feuer, das Aemond Targaryen gelegt hatte. Da er nicht länger an Burg oder Heer gefesselt war, konnte der einäugige Prinz fliegen, wohin er wollte. Das war ein Krieg, wie ihn Aegon der Eroberer und seine Schwestern einst geführt hatten, ein Kampf mit Drachenfeuer. Vhagar stieß ein ums andere Mal aus dem Herbsthimmel herab und legte wieder und wieder Länder und Dörfer und Burgen der Flusslords in Schutt und Asche. Das Haus Darry bekam den Zorn des Prinzen als Erstes zu spüren. Die Männer, die die Ernte einbrachten, verbrannten oder flohen, als die Felder in Flammen aufgingen, und Burg Darry wurde von einem Feuersturm verzehrt. Lady Darry und ihre jüngeren Kinder überlebten im Schutz der Gewölbe unter der Burg, doch ihr Hoher Gemahl und sein Erbe starben auf den Zinnen zusammen mit drei Dutzend geschworener Schwerter und Bogenschützen. Drei Tage später brannte Eggingen. Herrenmühle, Schwarzlunk, Lunk, Lehmgrube, Schweynsfurt, Spinnenwald … Vhagars Wut verzehrte sie alle, bis die halben Flusslande in Flammen standen.

Ser Kriston Kraut musste sich ebenfalls dem Feuer stellen. Als er seine Männer nach Süden durch die Flusslande trieb, stieg vor und hinter seinen Reihen Rauch auf. Alle Dörfer, durch die er zog, fand er verlassen und niedergebrannt vor. Sein Heerzug kam durch Felder aus toten Bäumen, wo noch vor Tagen lebende Wälder gestanden hatten, denn die Flusslords setzten entlang seiner Marschroute alles in Brand. In jedem Bach und Tümpel und Dorfbrunnen stieß er auf den Tod: tote Pferde, tote Kühe, tote Menschen, aufgedunsen und stinkend, Leichen, die das Wasser vergifteten. Anderswo boten sich seinen Kundschaftern immer wieder schauderhafte Anblicke: Gepanzerte Leichen saßen in der grotesken Nachstellung eines Festes in verrotteter Kleidung unter Bäumen. Es waren Männer, die bei der Fütterung der Fische gefallen waren. Ihre Schädel grinsten unter rostigen Helmen, und das grüne, verrottende Fleisch schälte sich von ihren Knochen.

Vier Tage von Harrenhal entfernt begannen die Überfälle. In den Bäumen versteckte Bogenschützen schossen mit Langbögen auf Vorreiter und Nachzügler. Männer starben. Männer fielen hinter die Nachhut zurück und wurden nie wieder gesehen. Männer flohen, ließen Schild und Speer fallen und verschwanden im Wald. Männer liefen zum Feind über. Auf dem Dorfanger von Ulmenkreuz stieß man auf ein weiteres dieser Leichenfeste. Ser Kristons Vorreiter verzogen das Gesicht und ritten vorbei. Diesen Anblick inzwischen gewohnt, zollten sie den faulenden Toten keine Aufmerksamkeit … bis die Leichen aufsprangen und über sie herfielen. Ein Dutzend fiel, ehe sie begriffen, dass es sich um einen Hinterhalt handelte, und zwar (wie man später erfuhr) um das Werk eines myrischen Söldners, eines ehemaligen Mimen namens Schwarzer Trombo, der in Diensten von Lord Vanke stand.

Doch all dies war nur das Vorspiel, denn die Lords vom Trident hatten ihre Streitmacht gesammelt. Als Ser Kriston den See hinter sich ließ und über Land zum Schwarzwasser zog, erwarteten sie ihn auf einem steinigen Bergrücken; dreihundert Ritter in Rüstung zu Pferde, ebenso viele Langbogenschützen, dreitausend gewöhnliche Bogenschützen, dreitausend in Lumpen gekleidete Flussmänner mit Speeren, Hunderte Nordmänner, die Äxte, Keulen, Streitkolben und uralte Eisenschwerter schwangen. Über ihren Köpfen flatterte Königin Rhaenyras Banner. »Wer sind die?«, fragte ein Knappe, als der Feind auftauchte, denn außer dem Wappen der Königin war kein anderes zu sehen.

»Unser Tod«, antwortete Ser Kriston Kraut, denn diese Gegner waren frisch, besser genährt, hatten bessere Pferde und bessere Waffen und hielten das hohe Gelände, während seine eigenen Männer in der Ebene stolperten, vor Krankheit kaum noch stehen konnten und längst den Mut verloren hatten.

König Aegons Hand rief nach einem Friedensbanner und ritt hinüber, um mit dem Feind zu verhandeln. Drei kamen von dem Bergrücken herunter, um mit ihm zu sprechen. Der Bedeutendste unter ihnen war Ser Garibald Grau in seiner verbeulten Rüstung. Pat von Langblatt begleitete ihn, der Löwentöter, der Jason Lennister erschlagen hatte, und auch Roddy die Ruine war bei ihnen, der die Narben zur Schau stellte, die er bei der Fütterung der Fische davongetragen hatte. »Wenn ich meine Banner einhole, versprecht Ihr uns dann, unser Leben zu verschonen?«, fragte Ser Kriston die drei.

»Ich habe den Toten ein Versprechen gegeben«, erwiderte Ser Garibald. »Ich habe ihnen versprochen, aus Verräterknochen eine Septe für sie zu errichten. Bislang habe ich noch nicht genug Knochen, also …«

Ser Kriston antwortete: »Wenn es hier zur Schlacht kommt, werden auch viele Eurer Männer fallen.« Der Nordmann Roderick Staublin lachte nur. »Deswegen sind wir doch gekommen. Der Winter ist da. Zeit für uns abzutreten. Es gibt keine bessere Art zu sterben als mit dem Schwert in der Hand.«

Ser Kriston zog sein Langschwert. »Wie Ihr wünscht. Wir können gleich hier anfangen, wir vier. Ich gegen Euch drei. Genügt das nicht?«

Doch Langblatt der Löwentöter sagte nur: »Ich hätte gerne noch drei mehr.« Oben auf dem Bergrücken legten der Rote Robb Strom und zwei seiner Bogenschützen die Langbögen an. Drei Pfeile flogen übers Feld und trafen Kraut in Bauch, Hals und Brust. »Ich möchte keine Lieder darüber hören, wie tapfer ihr gestorben seid, Königsmacher«, erklärte Langblatt. »Ihr habt Zehntausende auf dem Gewissen.« Er sprach zu einer Leiche.

Die Schlacht, die darauf folgte, war die einseitigste des gesamten Tanzes. Lord Roderick setzte ein Schlachthorn an die Lippen und gab den Befehl zum Angriff. Die Männer der Königin preschten brüllend den Hügel hinunter, angeführt von den Winterwölfen auf ihren zotteligen Nordpferden und den Rittern auf ihren gepanzerten Schlachtrossen. Als Ser Kriston tot zu Boden ging, verloren die Männer, die ihm von Harrenhal gefolgt waren, den letzten Rest an Mut. Sie ließen die Schilde fallen und ergriffen die Flucht. Ihre Feinde setzten ihnen nach und machten sie zu Hunderten nieder. Später soll Ser Garibald gesagt haben: »Das heute war keine Schlacht, es war ein Schlachtfest.« Als Pilz einen Bericht über seine Worte hörte, nannte er das Gemetzel den »Schlachtertanz«, und als solcher ist es auch heute noch bekannt.

Ungefähr zur gleichen Zeit trug sich eines der seltsameren Ereignisse des Drachentanzes zu. Wie wir aus den Legenden wissen, soll Serwyn vom Spiegelschild im Zeitalter der Helden den Drachen Urrax erlegt haben, indem er sich hinter einem Schild versteckte, der so poliert worden war, dass die Bestie darin nur ihr eigenes Spiegelbild erkennen konnte. Durch diese List konnte der Held sich nahe genug an den Drachen heranschleichen, um ihm einen Speer ins Auge zu treiben, womit er sich den Namen verdiente, unter dem wir ihn heute noch kennen. Dass Ser Beyron Swann, der zweite Sohn des Lords von Steinhelm, diese Geschichte kannte, lässt sich kaum bezweifeln. Bewaffnet mit einem Speer und einem Schild aus versilbertem Stahl und nur von seinem Knappen begleitet, zog er los, um wie Serwyn einen Drachen zu erschlagen.

Hier entsteht eine gewisse Verwirrung, denn Munkun sagt, Swann habe Vhagar erlegen wollen, um Prinz Aegons Verwüstung in den Flusslanden ein Ende zu bereiten … Wir dürfen allerdings nicht vergessen, dass Munkun sich in seiner Darstellung stark an Großmaester Orwyls Bekenntnissen orientiert und dass Orwyl im Kerker saß, als sich dies alles zutrug. Pilz, an der Seite der Königin im Roten Bergfried, behauptet, es sei Rhaenyras Syrax gewesen, der sich Ser Beyron näherte. Septon Konstans erwähnt den Vorfall in seiner Chronik überhaupt nicht, deutete aber Jahre später in einem Brief an, dieser Drachentöter habe gehofft, Sonnfeuer zu töten … damit liegt er allerdings mit ziemlicher Sicherheit falsch, denn Sonnfeuers Aufenthaltsort war zu dem Zeitpunkt unbekannt. Alle drei Berichte sind sich jedoch einig darüber, dass die List, mit der Serwyn vom Spiegelschild unsterblichen Ruhm erlangen konnte, Ser Beyron Swann lediglich den Tod eintrug. Der Drache – welcher immer es auch gewesen sein mag – wurde wach, als der Ritter sich näherte, und spuckte Feuer. Die Flammen schmolzen den verspiegelten Schild und verbrannten den Mann, der sich dahinter versteckte. Laut schreiend starb Ser Byron.

Am Jungfrauentag des Jahres 130 schickte die Zitadelle von Altsass dreihundert weiße Raben aus, die das Nahen des Winters verkündeten, doch Pilz und Septon Konstans stimmen darin überein, dass Königin Rhaenyra Targaryen im Hochsommer ihrer Herrschaft stand. Ungeachtet der Unzufriedenheit in Königsmund waren Stadt und Krone in ihrer Gewalt. Jenseits der Meerenge hatte die Triarchie begonnen, sich selbst zu zerfleischen. Das Haus Velaryon herrschte uneingeschränkt über die Wogen. Obgleich die Pässe durch die Mondberge wegen des einsetzenden Schneefalls bereits nicht mehr begehbar waren, hatte die Jungfrau aus dem Grünen Tal ihr Wort gehalten und auf dem Seeweg Männer geschickt. Andere Flotten brachten Krieger aus Weißwasserhafen, die von Lord Manderlys Söhnen Medrick und Torrhen angeführt wurden. Königin Rhaenyras Macht wuchs in jeder Hinsicht, während König Aegon an Boden verlor.

Doch kein Krieg kann wahrhaft als gewonnen gelten, solange

noch Feinde unbesiegt im Felde stehen. Zwar war der Königsmacher Ser Kriston Kraut gefallen, doch Aegon II., den er zum König gemacht hatte, war immer noch am Leben und irgendwo im Reich auf freiem Fuß. Aegons Tochter Jaehaera befand sich ebenfalls noch in Freiheit. Larys Kraft der Klumpfuß, das geheimnisvollste und listenreichste Mitglied des Grünen Rates, war verschwunden. Sturmkap wurde noch immer von Lord Borros Baratheon gehalten, einem Feind der Königin. Die Lennisters mussten ebenfalls zu Rhaenyras Feinden gezählt werden, obgleich in Casterlystein beträchtliches Durcheinander herrschte, da Lord Jason gefallen und ein Großteil der Ritterschaft des Westens bei der Fütterung der Fische entweder erschlagen oder versprengt worden war und außerdem der Rote Krake die Schöne Insel und die Westküste verheerte.

Prinz Aemond war zum Schrecken des Tridents geworden. Er stürzte vom Himmel herab und ließ Feuer und Tod auf die Flusslande herabregnen, um dann wieder zu verschwinden und am nächsten Tag fünfzig Wegstunden entfernt erneut zuzuschlagen. Vhagars Flammen legten Altweide und Weißweide in Schutt und Asche und ließen von Burg Schweyn nur verkohlten Stein übrig. In Frohental verbrannten dreißig Männer und dreihundert Schafe im Drachenfeuer. Dann kehrte der Brudermörder überraschend nach Harrenhal zurück, wo er alle hölzernen Bauten innerhalb der Burgmauern einäscherte. Sechs Ritter und vierzig Waffenknechte starben bei dem Versuch, den Drachen zu erschlagen, während sich Lady Sabitha Frey nur retten konnte, indem sie sich vor den Flammen in einem Abort versteckte. Kurz darauf floh sie zurück zu den Zwillingen … aber ihre wertvolle Gefangene, die Hexe Alys Strom, entkam mit Prinz Aemond. Als sich die Nachrichten über diese Angriffe verbreiteten, blickten andere Lords ängstlich zum Himmel hinauf und fragten sich, wer wohl der Nächste sein würde. Lord Muton von Jungfernteich, Lady Finsterlyn von Dämmertal und Lord Schwarzhain von Rabenbaum schickten drängende Briefe an die Königin und flehten sie an, ihre Drachen zum Schutz ihrer Ländereien zu entsenden.

Doch nicht Aemond Einauge stellte die größte Bedrohung für

Rhaenyras Herrschaft dar, sondern sein jüngerer Bruder, Prinz Daeron der Wagemutige, und das große Heer der Südländer unter Lord Ormund Hohenturms Befehl.

Hohenturms Heer hatte den Mander überquert, marschierte langsam auf Königsmund zu und zermalmte dabei die Getreuen der Königin, wann und wo immer sie versuchten, ihm in die Quere zu kommen. Außerdem zwang er jeden Lord, der das Knie beugte, sich ihm mit seiner Streitmacht anzuschließen. Prinz Daeron flog auf Tessarion der Hauptkolonne voraus und war als Späher unbezahlbar, da er Lord Ormund über die Bewegungen und Befestigungen des Feindes unterrichten konnte. Oftmals lösten sich die Truppen der Königin bereits auf, wenn sie nur die Schwingen der Blauen Königin in den Lüften erblickten, anstatt sich dem Drachenfeuer zu stellen. Großmaester Munkun berichtet, dass das Heer der Südländer mehr als zwanzigtausend Mann zählte, als es flussaufwärts kroch, und fast ein Zehntel davon waren Ritter zu Pferd.

Königin Rhaenyras Hand, der alte Lord Corlys Velaryon, war sich dieser Bedrohungen bewusst und legte Ihrer Gnaden nahe, dass die Zeit für Verhandlungen gekommen sei. Er drängte die Königin, den Lords Baratheon, Hohenturm und Lennister Begnadigung anzubieten, wenn sie im Gegenzug das Knie beugten, ihr Treue schworen und dem Eisernen Thron Geiseln stellten. Die Seeschlange schlug vor, dem Glauben zu gestatten, sich Königin Alicents und Königin Helaenas anzunehmen, auf dass sie den Rest ihrer Tage in Gebet und innerer Einkehr verbringen könnten. Helaenas Tochter Jaehaera könne er als sein Mündel annehmen, damit sie, wenn die Zeit reif sei, mit Prinz Aegon dem Jüngeren vermählt werden könne, um die beiden Linien des Hauses Targaryen erneut zu vereinen. »Und was ist mit meinen Halbbrüdern?«, wollte Rhaenyra wissen, als die Seeschlange ihr diesen Plan unterbreitete. »Was ist mit diesem falschen König Aegon und dem Sippenmörder Aemond? Soll ich sie ebenfalls begnadigen, sie, die versucht haben, mir meinen Thron zu stehlen, meine Söhne erschlagen und Eure Gemahlin ermordet haben?«

»Verschont ihr Leben und schickt sie zur Mauer«, antwortete

Lord Corlys. »Erlaubt ihnen, das Schwarz anzulegen und ihr Leben als Männer der Nachtwache zuzubringen, wo sie durch heilige Eide gebunden sind.«

»Was gilt schon der Eid eines Eidbrüchigen?«, entgegnete Rhaenyra. »Ihre Schwüre haben sie nicht daran gehindert, mir den Thron zu rauben.«

Prinz Daemon teilte die Bedenken der Königin. Rebellen und Verräter zu begnadigen lege nur die Saat für weitere Rebellionen, beharrte er. »Der Krieg wird enden, wenn die Köpfe der Verräter über dem Königstor aufgespießt sind, und nicht eher.« Aegon II., »der sich in irgendeinem Loch verberge«, werde man schon noch auftreiben, aber zu Aemond und Daeron konnten und sollten sie den Krieg jetzt tragen. Die Ausrottung der Lennisters und Baratheons sollte ebenfalls ins Auge gefasst werden, auf dass die Krone ihre Länder und Burgen Männern zusprechen könne, die Rhaenyra die Treue gehalten hatten. »Sprecht Sturmkap Ulf Weiß und Casterlystein dem Harten Hugo Hammer zu«, schlug der Prinz vor … sehr zum Entsetzen der Seeschlange. »Die Hälfte der Lords von Westeros wird sich gegen uns wenden, wenn wir so grausam sind und zwei so edle und altehrwürdige Häuser auslöschen«, warnte Lord Corlys.

So fiel es der Königin zu, zwischen ihrem Prinzgemahl und ihrer Hand zu entscheiden. Rhaenyra entschied sich für den Mittelweg. Sie würde Gesandte nach Sturmkap und Casterlystein schicken und »gerechte Bedingungen« und Begnadigungen anbieten … *nachdem* sie die Brüder des Usurpators niedergeworfen hatte, die gegen sie ins Feld zogen. »Sobald sie tot sind, werden die anderen das Knie beugen. Erschlagt ihre Drachen, damit ich ihre Schädel an den Wänden meines Thronsaals zur Schau stellen kann. Wenn die Menschen künftiger Zeiten sie sehen, lernen sie den Preis des Verrats.«

Königsmund durfte allerdings nicht ohne Verteidigung bleiben. Königin Rhaenyra entschied sich, mit Syrax und ihren Söhnen Aegon und Gottfrid, die keiner Gefahr ausgesetzt werden durften, in der Stadt zu bleiben. Gottfrid, der noch nicht ganz dreizehn Jahre war, war begierig, sich als Krieger zu beweisen, doch als ihm gesagt wurde, Tyraxes werde gebraucht, um seiner Mutter im Falle eines Angriffs bei der Verteidigung des Roten Bergfried beizustehen, gelobte der Knabe feierlich, dies auch zu tun. Addam Velaryon, der Erbe der Seeschlange, würde ebenfalls mit Seerauch in der Stadt bleiben. Drei Drachen sollten genügen, um Königsmund zu verteidigen; die anderen sollten in die Schlacht ziehen.

Prinz Daemon selbst würde auf Caraxes zusammen mit dem Mädchen Nessel auf Schafsdieb zum Trident fliegen, um Prinz Aemond und Vhagar aufzuspüren und zur Strecke zu bringen. Ulf Weiß und der Harte Hugo Hammer sollten nach Stolperstadt fliegen, das ungefähr fünfzig Wegstunden südwestlich von Königsmund lag und die letzte treue Feste zwischen Lord Hohenturm und der Stadt war. Ihnen oblag es, bei der Verteidigung von Stadt und Burg zu helfen und Prinz Daeron und Tessarion zu vernichten. Lord Corlys schlug vor, den Prinzen vielleicht lebend gefangen zu nehmen, um ihn als Geisel verwenden zu können; Alicents jüngster Sohn war schließlich erst fünfzehn Jahre alt. Aber Königin Rhaenyra war unerbittlich. »Er wird nicht ewig ein Junge bleiben. Wenn er erst erwachsen ist, wird er früher oder später versuchen, sich an meinen Söhnen zu rächen.«

Informationen über diese Pläne drangen auch bald an das Ohr der Königinwitwe und erfüllten sie mit Schrecken. Königin Alicent fürchtete um das Leben ihrer Söhne und fiel vor dem Eisernen Thron auf die Knie, um Frieden zu erflehen. Dieses Mal brachte die Königin in Ketten den Vorschlag vor, das Reich aufzuteilen; Rhaenyra sollte Königsmund und die Kronlande behalten, dazu den Norden, das Grüne Tal von Arryn, das Land am Trident und die Inseln. An Aegon II. sollten die Sturmlande, die Westlande und die Weite fallen, die von Altsass aus regiert würden.

Rhaenyra wies den Vorschlag ihrer Stiefmutter voller Hohn zurück. »Eure Söhne hätten Ehrenplätze an meinem Hofe erhalten können, wenn sie mir die Treue gehalten hätten«, erklärte Ihre Gnaden, »aber sie haben versucht, mir mein Geburtsrecht zu rauben, und an ihren Händen klebt das Blut meiner süßen Söhne.«

»Bastardblut, im Kriege vergossen«, antwortete Alicent. »Die

Söhne meines Sohnes waren unschuldige Kinder, die grausam ermordet wurden. Wie viele mehr müssen noch sterben, um Euren Durst nach Rache zu stillen?«

Die Königinwitwe fachte Rhaenyras Zorn nur noch weiter an. »Ich höre mir Eure Lügen nicht länger an«, warnte sie. »Sprecht noch einmal von Bastarden, und ich lasse Euch die Zunge herausschneiden.« So wird der Streit jedenfalls von Septon Konstans überliefert. Munkun schreibt das Gleiche in seiner *Wahren Geschichte.*

Abermals weicht Pilz von der offiziellen Geschichtsschreibung ab. Der Zwerg möchte uns glauben machen, Rhaenyra habe befohlen, ihrer Stiefmutter umgehend die Zunge herauszureißen, und dies nicht einfach nur angedroht. Doch als Lady Misere das Wort ergriff, habe sie sich eines anderen besonnen, behauptet der Narr; der Weiße Wurm habe eine andere, grausamere Strafe vorgeschlagen. König Aegons Schwestergemahlin und seine Mutter wurden

in Ketten zu einem Bordell geschleppt und dort an jeden Mann verkauft, der sich mit ihnen vergnügen wollte. Der Preis war hoch; ein Golddrache für Königin Alicent, drei Drachen für Königin Helaena, die jünger und schöner war. Dennoch meint Pilz, viele Männer in der Stadt seien der Ansicht gewesen, das sei nur ein geringer Preis, um einmal das Bett mit einer Königin zu teilen. »Sollen sie dort bleiben, bis sie schwanger werden«, soll Lady Misere angeblich gesagt haben. »Sie sprechen so freimütig über Bastarde, da ist es doch nur gerecht, wenn jede von ihnen ihren eigenen bekommt.«

Zwar können wir weder die Wollust der Männer doch die Grausamkeit der Frauen leugnen, dennoch halten wir Pilzens Bericht an dieser Stelle für überaus unglaubwürdig. Dass eine derartige Geschichte in den Weinschenken und Suppenküchen von Königsmund kursierte, ist zweifellos wahr, aber sie kam vermutlich erst später auf, als König Aegon eine Rechtfertigung für seine eigenen grausamen Taten suchte. Außerdem sollten wir nicht vergessen, dass der Zwerg seine Geschichten erst einem Schreiber diktiert hat, als bereits viele Jahre seit den Ereignissen, über die er berichtet, vergangen waren; es ist daher durchaus möglich, dass ihm seine Erinnerung einen Streich spielte oder er sonst irgendetwas durcheinander brachte. Sprechen wir also nicht weiter über die »Bordellköniginnen« und wenden wir uns einmal mehr den Drachen zu, die in die Schlacht flogen. Caraxes und Schafsdieb gingen nach Norden, Vermithor und Silberschwinge nach Südwesten.

Im Quellgebiet des mächtigen Manders lag Stolperstadt, ein blühendes Marktstädtchen und der Sitz des Hauses Fersen. Die Burg, die über der Stadt aufragte, war stark, aber klein und verfügte nur über vierzig Mann Besetzung, doch Tausende waren von Bitterbrück, Langtafel und von weiter aus dem Süden flussaufwärts gekommen. Die Ankunft eines starken Heeres aus den Flusslanden erhöhte die Zahl der Verteidiger weiter und stärkte ihre Entschlossenheit. Frisch von ihrem Sieg im Schlachtertanz kamen Ser Garibald Grau und Langblatt der Löwentöter mit dem Kopf Ser Kriston Krauts auf einem Spieß, außerdem der Roten Robb Strom und seine Bogenschützen, die letzten Winterwölfe und zwei Dutzend Ritter mit Landbesitz und kleine Lords, deren Güter am Schwarzwasser lagen, darunter so bedeutende Männer wie Moorland von Altzeit, Ser Garrick Hall von Mittdorf, Ser Merrell der Kühne und Lord Eugen Quell.

Glaubt man der *Wahren Geschichte*, standen zusammengenommen fast neuntausend Mann bei Stolperstadt unter Königin Rhaenyras Banner. Andere Chronisten gehen sogar von zwölftausend Männern aus oder reduzieren die Zahl auf nur sechstausend Verteidiger; alle sind sich jedoch einig, dass die Männer der Königin verglichen mit denen Lord Hohenturms deutlich in der Unterzahl waren. Ohne Zweifel wurde die Ankunft der Drachen Vermithor und Silberschwinge mit ihren Reitern daher von den Verteidigern Stolperstadts begrüßt. Wie hätten sie auch nur entfernt das Grauen ahnen können, das sie erwartete?

Das Wie und Wann und Warum dessen, was als der Verrat von Stolperstadt in die Geschichte einging, bleibt unter Historikern umstritten, und die ganze Wahrheit über diese Geschehnisse wird wahrscheinlich nie ans Tageslicht kommen. Es scheint, als hätten einige derjenigen, die vor Lord Hohenturms Heer in die Sicherheit der Stadt flohen, zu eben jenem Heer gehört, Männer, die den Auftrag erhalten hatten, die Reihen der Verteidiger zu unterwandern. Zweifellos waren zwei der Schwarzwasser-Männer, die sich den Flusslords auf ihrem Marsch nach Süden angeschlossen hatten – Lord Eugen Quell und Ser Roger Horn –, insgeheim Anhänger König Aegons II. Doch ihr Verrat hätte nur wenig bewirken können, wenn nicht Ser Ulf Weiß und Ser Hugo Hammer ebenfalls diesen Augenblick gewählt hätten, um die Seiten zu wechseln.

Das meiste, was wir über diese beiden Männer wissen, lesen wir bei Pilz. Der Zwerg übt sich nicht in Zurückhaltung, wenn er den üblen Charakter dieser beiden Drachenreiter schildert; er stellt Ersteren als Säufer und Letzteren als Unmenschen dar. Beide seien sie Feiglinge gewesen, behauptet er; erst als sie die Speerspitzen von Lord Ormunds Heer in der Sonne glitzern und die Linien seines Heeres auf dem Marsch sahen, die sich meilenweit erstreckten, entschieden sie sich, sich ihm anzuschließen, anstatt gegen ihn zu kämpfen. Allerdings hatte keiner der beiden gezögert, sich dem Sturm aus Pfeilen und Speeren vor Driftmark zu stellen. Vielleicht war es der Gedanke, gegen Tessarion antreten zu müssen, der sie ins Zweifeln brachte. In der Gurgel waren alle Drachen auf ihrer Seite gewesen. Das könnte möglich sein … wenngleich sowohl Vermithor als auch Silberschwinge älter und größer als Prinz Daerons Drachen waren und deshalb wohl in der Lage gewesen wären, in der Schlacht den Sieg davonzutragen.

Andere behaupten, Gier und nicht Feigheit habe Weiß und Hammer zum Verrat getrieben. Ehre habe ihnen wenig und noch viel weniger bedeutet, sie hätten nur nach Reichtum und Macht gegiert. Nach der Gurgel und dem Fall von Königsmund waren sie zu Rittern geschlagen worden … aber sie wollten Lords werden und schlugen die bescheidenen Besitztümer, die ihnen Königin Rhaenyra zugesprochen hatte, voller Verachtung aus. Als die Lords Rosby und Schurwerth hingerichtet wurden, war vorgeschlagen worden, ihre Länder und Burgen an Weiß und Hammer zu geben, indem sie sich mit den Töchtern Schurwerths und Rosbys vermählten, doch Ihre Gnaden hatte das Erbe stattdessen den Söhnen der Verräter zugesprochen. Dann waren ihnen Sturmkap und Casterlystein vor die Nase gehalten worden, doch auch diese Belohnungen hatte die undankbare Königin ihnen versagt.

Ohne Zweifel hofften sie, von König Aegon II. besser entlohnt zu werden, sollten sie ihm helfen, auf den Eisernen Thron zurückzukehren. Vielleicht wurden ihnen in dieser Hinsicht sogar Versprechungen gemacht, möglicherweise von Lord Larys dem Klumpfuß oder einem seiner Agenten, was allerdings unbewiesen und unbeweisbar bleibt. Da keiner der beiden Männer des Lesens oder Schreibens mächtig war, werden wir nie erfahren, was die Zwei Verräter (wie die Geschichtsschreiber sie genannt haben) getrieben hat zu tun, was sie taten.

Über die Schlacht bei Stolperstadt wissen wir hingegen viel und noch viel mehr. Sechstausend Mann der Königin formierten sich unter dem Befehl von Ser Garibald Grau, um Lord Hohenturm auf dem Schlachtfeld entgegenzutreten. Sie kämpften einige Zeit tapfer, doch ein vernichtender Pfeilhagel von Lord Ormunds Bogenschützen dünnte ihre Reihen aus, und ein donnernder Angriff seiner schweren Reiterei zerschmetterte sie. Die Überlebenden liefen zur Stadtmauer zurück. Dort standen die Bogenschützen des Roten Robb Strom, die den Rückzug ihrer Kameraden mit ihren Langbögen deckten.

Als sich die meisten Überlebenden in Sicherheit gebracht hatten, stürmten Roddy die Ruine und seine Winterwölfe durch ein seitliches Ausfalltor ins Freie, brüllten die grausigen Schlachtrufe des Nordens, während sie das feindliche Heer umkreisten und den Angreifern in die linke Flanke fielen. Im darauffolgenden Chaos kämpften sich die Nordmänner durch eine zehnfache Übermacht bis zu Lord Ormund Hohenturm vor, der neben König Aegons goldenem Drachen und den Bannern von Altsass und dem Hohenturms auf seinem Streitross saß.

In den Liedern, die die Sänger heute noch singen, blutete Lord Roderick bereits von Kopf bis Fuß, als er mit zersplittertem Schild und zerbrochenem Helm heranstürmte, war jedoch so trunken von der Schlacht, dass er seine Verletzungen nicht einmal zu spüren schien. Ser Brynden Hohenturm, Lord Ormunds Vetter, warf sich selbst zwischen den Nordmann und seinen Lehnsherrn und trennte Roddy der Ruine mit einem fürchterlichen Hieb seiner Langaxt den Schildarm an der Schulter ab … doch der wilde Lord von Hüglingen kämpfte weiter und erschlug sowohl Ser Brynden als auch Lord Ormund, ehe er starb. Lord Hohenturms Banner stürzten zu Boden, und das Stadtvolk jubelte in der Annahme, das Blatt habe sich gewendet. Selbst der Anblick Tessarions über dem Schlachtfeld entsetzte die Menschen nicht, denn ihnen standen ja ebenfalls zwei Drachen zur Verfügung, wie sie glaubten … doch als Vermithor und Silberschwinge in den Himmel aufstiegen und ihr Feuer gegen Stolperstadt richteten, ging der Jubel in Geschrei über.

Es war das Feld des Feuers in Klein, schreibt Großmaester Munkun.

Stolperstadt verwandelte sich in ein Flammenmeer. Alles brannte: Läden, Häuser, Septen, Menschen, einfach alles. Männer fielen lodernd vom Torhaus und den Wehrgängen oder taumelten brüllend wie lebende Fackeln durch die Straßen. Außerhalb der Mauern stieß Prinz Daeron auf Tessarion nieder. Pat aus Langblatt wurde aus dem Sattel geworfen und zu Tode getrampelt, Ser Garibald Grau von einem Armbrustbolzen durchbohrt und dann von Drachenflammen verzehrt. Die Zwei Verräter überzogen die Stadt von einem Ende bis zum anderen mit Drachenfeuer.

Diesen Augenblick wählten Ser Roger Horn und seine Männer, um ihre wahre Gesinnung zu zeigen. Sie machten die Verteidiger an den Stadttoren nieder und öffneten sie den Angreifern. Lord Eugen Quell verfuhr ebenso in der Burg und stieß Ser Merrell dem Kühnen einen Speer in den Rücken.

Die anschließende Plünderung gehört zu den grausamsten in der langen Geschichte von Westeros. Von Stolperstadt, dieser wohlhabenden Marktstadt, blieben nur Asche und rauchende Trümmer. Tausende verbrannten, und Tausende mehr ertranken, als sie auf der Flucht versuchten, den Fluss zu durchschwimmen. Später sagten manche, die Toten hätten noch Glück gehabt, denn den Überlebenden wurde keine Gnade gewährt. Obwohl Lord Fersens Männer die Waffen zu Boden warfen und sich ergaben, wurden sie gefesselt und enthauptet. Die Frauen aus der Stadt, die das Feuer überlebten, wurden wieder und wieder vergewaltigt, sogar Mädchen von acht und zehn Jahren. Alte Männer und Jungen wurden dem Schwert überantwortet, während die Drachen die verkrümmten, rauchenden Leichen ihrer Opfer fraßen. Stolperstadt sollte sich niemals wieder erholen; obwohl spätere Fersens versuchten, auf den Ruinen die Stadt wieder aufzubauen, erreichte ihre »neue Stadt« kaum ein Zehntel der Größe der alten, denn im gemeinen Volk hieß es, sogar auf dem Boden von Stolperstadt würde es spuken.

Einhundertsechzig Wegstunden weiter im Norden kreisten andere Drachen über dem Trident: Prinz Daemon Targaryen und das kleine braune Mädchen namens Nessel jagten Aemond Einauge ohne Erfolg. Auf Einladung von Lord Manfryd Muton, der in Schrecken vor Vhagar lebte, weil er befürchtete, der Drache könne seine Stadt niederbrennen, schlugen sie ihr Lager in Jungfernteich auf.

Prinz Aemond schlug derweil in Steinkopf zu, in den Ausläufern der Mondberge, in Süßweide am Grünen Arm und Sturmtanz am Roten Arm. Bogenschussbrück verwandelte er in rauchende Trümmer, Altfähren und die Mühle des Alten Weibes brannte er nieder und zerstörte das Mutterhaus bei Bächingen, verschwand jedoch jedes Mal am Himmel, ehe die Jäger eintrafen. Vhagar hielt sich nie lange an einem Ort auf, und die Überlebenden waren sich selten einig darüber, in welche Richtung der Drache davongeflogen war.

Jeden Morgen bei Sonnenaufgang stiegen Caraxes und Schafsdieb von Jungfernteich aus in den Himmel über den Flusslanden auf und zogen in stetig größer werdenden Kreisen über das Land, in der Hoffnung, Vhagar unten zu entdecken ... Stets kehrten sie in der Abenddämmerung unverrichteter Dinge zurück. Wie wir aus den *Chroniken von Jungfernteich* erfahren, erkühnte sich Lord Muton zu dem Vorschlag, die Drachenreiter könnten doch getrennt auf die Suche gehen, denn so würden sie doch ein doppelt so großes Gebiet abdecken. Prinz Daemon wies diesen Vorschlag zurück. Vhagar sei der letzte der drei Drachen, die zusammen mit Aegon dem Eroberer und seinen Schwestern nach Westeros gekommen waren, erinnerte er Lord Manfryd. Sie war vielleicht nicht mehr so schnell wie noch vor einhundert Jahren, dafür aber beinahe so groß geworden wie der Schwarze Schrecken der alten Tage. Vhagars Feuer brannte heiß genug, um Stein zu schmelzen, und weder Caraxes noch Schafsdieb reichten an Grausamkeit an sie heran. Nur gemeinsam durften sie hoffen, gegen sie zu bestehen. Und so behielt der Prinz das Mädchen Nessel Tag und Nacht an seiner Seite, am Himmel und in der Burg.

Aber war die Angst vor Vhagar der einzige Grund, weshalb Prinz Daemon Nessel in seiner Nähe behielt? Pilz will uns glauben machen, dass dem nicht so war. Dem Zwerg zufolge hatte sich Daemon Targaryen in das kleine braune Bastardmädchen verliebt und nahm sie mit zu sich ins Bett.

Wie glaubwürdig ist das Zeugnis des Narren? Nessel war gerade einmal siebzehn Jahre alt, Prinz Daemon dagegen neunundvierzig, und dennoch ist die Anziehungskraft, die junge Frauen auf ältere Männer ausüben, wohlbekannt. Daemon Targaryen war der Königin kein treuer Gemahl, wie wir wissen. Selbst Septon Konstans, der sich mit derartigen Berichten gewöhnlich zurückhält, schreibt über Daemons nächtliche Besuche bei Lady Mysaria, deren Bett er häufig teilte, während er sich bei Hofe aufhielt … angeblich mit dem Segen der Königin. Auch sollten wir nicht vergessen, was jedem Bordellwirt in Königsmund in den Jugendtagen des Prinzen bekannt war: dass nämlich »Lord Flohloch« eine besondere Vorliebe für Jungfrauen hegte, weshalb in den Hurenhäusern der Stadt die jüngsten, hübschesten und unschuldigsten der neuen Mädchen stets für ihn zurückgehalten wurden, damit er sie entjungfern konnte.

Das Mädchen Nessel war nun ohne Zweifel jung (wenn auch vielleicht nicht so jung wie die Mädchen, die der Prinz in seiner Jugend verdorben hatte), aber es ist zu bezweifeln, dass sie eine richtige Jungfrau war. Da sie ohne Obdach, ohne Mutter und ohne jeden Heller auf den Straßen von Gewürzstadt und Holk aufgewachsen war, dürfte sie ihre Unschuld vermutlich nicht lange nach ihrem ersten Erblühen eingebüßt haben (wenn nicht schon früher), als Gegenleistung für einen halben Groschen oder eine Brotkruste. Und die Schafe, die sie Schafsdieb zuführte, um ihn an sich zu binden … Wie sollte sie daran gekommen sein, wenn nicht dadurch, dass sie ihre Röcke für irgendeinen Hirten hob? Auch konnte man Nessel nicht wirklich als hübsch bezeichnen. »Ein mageres braunes Mädchen auf einem mageren braunen Drachen«, schreibt Munkun in seiner *Wahren Geschichte* (obwohl er sie nie zu Gesicht bekommen hat). Septon Konstans sagt, sie habe schiefe Zähne gehabt und ihre Nase sei vernarbt gewesen, wo sie einmal wegen eines Diebstahls aufgeschlitzt worden war. Pilz zufolge hat sich Nessel nie gewaschen und nie die Kleidung gewechselt und verbreitete einen »strengen Geruch«. Kaum eine wahrscheinliche Mätresse für einen Prinzen von königlichem Blut, sollte man meinen.

Dagegen steht *Pilzens Zeugnis* … und in diesem Fall auch die *Chroniken von Jungfernteich*, wie sie Lord Mutons Maester aufgezeichnet hat. Maester Norren schreibt, »der Prinz und sein Bastardmädchen« hätten jede Nacht gemeinsam das Nachtmahl eingenommen und jeden Morgen gemeinsam das Brot gebrochen, außerdem hätten sie in nebeneinanderliegenden Zimmern geschlafen. Der Prinz sei in »das braune Mädchen vernarrt gewesen, wie ein Mann in seine Tochter vernarrt sein mag«; außerdem habe er sie in »einfachen Dingen der Höflichkeit« unterwiesen und ihr gezeigt, wie sie sich kleiden, wie sie sitzen und wie sie ihr Haar bürsten solle. Er habe ihr eine »Haarbürste mit Elfenbeingriff geschenkt, dazu einen versilberten Spiegel, einen dicken braunen Samtmantel mit Satinsaum und ein Paar Reitstiefel aus butterweichem Leder«. Darüber hinaus habe der Prinz das Mädchen gelehrt, wie man sich wäscht, sagt Norren, und die Dienstmägde, die ihnen das Badewasser brachten, hätten erzählt, er habe oft mit ihr eine Wanne geteilt und »ihr den Rücken eingeseift oder den Drachengestank aus dem Haar gewaschen. Und beide waren dabei so nackt wie an ihrem ersten Namenstag.«

Das alles ist kein Beweis dafür, dass Daemon Targaryen mit

dem Bastardmädchen Unzucht trieb, doch im Licht der folgenden Ereignisse müssen wir diese Möglichkeit für wahrscheinlicher halten als die meisten anderen Geschichten, die Pilz uns erzählt. Wie auch immer diese Drachenreiter ihre Nächte verbracht haben, es steht fest, dass sie tagsüber durch den Himmel gestreift sind und erfolglos nach Prinz Aemond und Vhagar gesucht haben. Verlassen wir sie nun für einen Augenblick und werfen einen Blick über die Schwarzwasserbucht.

Ungefähr zu jener Zeit schleppte sich eine übel zugerichtete Handelskogge namens *Nessaria* in den Hafen unterhalb von Drachenstein, um Reparaturen auszuführen und Vorräte aufzunehmen. Das Schiff sei auf dem Rückweg von Pentos nach Alt-Volantis in einen Sturm geraten, der sie von ihrem Kurs abgetrieben hatte, erzählte die Mannschaft … Doch diesem gewöhnlichen Seemannslied über die Gefahren auf See fügten die Volantener eine seltsame Strophe hinzu. Als die *Nessaria* westwärts segelte und der Drachenberg riesig in der untergehenden Sonne vor ihnen aufragte, sahen die Seeleute plötzlich zwei Drachen, die gegeneinander kämpften. Ihr Gebrüll hallte von den schwarzen Steilklippen auf der Ostseite des rauchenden Berges wider. Diese Geschichte wurde in allen Schenken, Gasthäusern und Hurenhäusern an der Küste erzählt, wiederholt und ausgeschmückt, bis auch der Letzte auf Drachenstein sie gehört hatte.

Drachen waren für die Männer aus Alt-Volantis ein Wunder; den Anblick zweier dieser Geschöpfe, die gegeneinander kämpften, würden die Männer der *Nessaria* niemals vergessen. Doch die Menschen, die auf Drachenstein geboren und aufgewachsen waren, waren mit diesen Bestien vertraut … dennoch stießen die Geschichten der Seeleute auf Interesse. Am nächsten Morgen fuhren einige ortsansässige Fischer mit ihren Booten um den Drachenberg herum und berichteten bei ihrer Rückkehr, sie hätten die zerschmetterten und verbrannten Überreste eines toten Drachen am Fuß des Berges entdeckt. Die Farbe der Flügel und Schuppen deute darauf hin, dass es sich um Graugeist handelte. Der Kadaver des Drachen war in zwei Teile zerrissen und teilweise aufgefressen worden.

Als Ser Robert Quinz, der liebenswürdige und unglaublich dicke Ritter, den Königin Rhaenyra bei ihrem Aufbruch zum Kastellan von Drachenstein ernannt hatte, davon hörte, machte er sofort den Kannibalen für den Tod von Graugeist verantwortlich. Die meisten stimmten ihm zu, denn es war allseits bekannt, dass der Kannibale früher schon kleinere Drachen angegriffen hatte, allerdings selten auf so brutale Weise. Unter den Fischern ging daraufhin die Furcht um, die Bestie könne als Nächstes über sie herfallen, und sie drängten Quinz, Ritter zur Höhle des Drachen zu schicken und dem Mörder den Garaus zu machen, doch der Kastellan wies ihre Forderungen zurück. »Wenn wir den Kannibalen nicht behelligen, wird er uns auch keine Scherereien machen«, ließ er verlauten. Um ganz sicherzugehen, verbot er das Fischen in den Gewässern östlich des Drachenberges, wo der Kadaver des toten Drachen verweste.

Der Erlass stellte sein rastloses Mündel, Baela Targaryen, Prinz Daemons Tochter von seiner ersten Gemahlin, Laena Velaryon, nicht zufrieden. Mit vierzehn Jahren war Baela eine wilde und eigensinnige Jungfrau, eher jungenhaft als eine Dame und in vielerlei Hinsicht die Tochter ihres Vaters. Trotz ihrer schlanken, kleinen Figur kannte sie keine Angst und lebte für den Tanz, die Beizjagd und das Reiten. Als junges Mädchen war sie oft dafür gescholten worden, dass sie mit den Knappen im Hof rang, doch in letzter Zeit bevorzugte sie es, die Jungen stattdessen zu küssen. Nicht lange nachdem Königin Rhaenyra ihren Hof nach Königsmund verlegt hatte (Lady Baela war auf Drachenstein zurückgeblieben), war sie dabei erwischt worden, wie sie einem Küchenjungen erlaubte, die Hand unter ihr Wams zu schieben. Erbost hatte Ser Robert befohlen, den Jungen zum Richtplatz zu führen, um ihm die Hand abzuhacken, mit der er sich vergangen hatte. Nur die tränenreiche Fürbitte des Mädchens hatte den Küchenjungen gerettet.

»Sie ist übermäßig an Jungen interessiert«, schrieb der Kastellan an Baelas Vater Prinz Daemon nach dem Vorfall, »und sollte baldmöglichst verheiratet werden, damit sie ihre Unschuld nicht noch jemandem schenkt, der ihrer nicht würdig ist.« Aber noch mehr als für Jungen schwärmte Lady Baela für das Fliegen. Seit sie auf ihrem

Drachen Mondtänzerin vor nicht ganz einem halben Jahr zum ersten Mal in den Himmel aufgestiegen war, flog sie jeden Tag und streifte frei und ungebunden zu jedem Ort auf Drachenstein und sogar über das Meer hinweg nach Driftmark.

Stets auf neue Abenteuer aus schlug das Mädchen nun vor, selbst die Wahrheit darüber herauszufinden, was auf der anderen Seite des Berges geschehen war. Sie habe keine Angst vor dem Kannibalen, erklärte sie Ser Robert. Mondtänzerin sei jünger und schneller, und sie könne dem anderen Drachen einfach davonfliegen. Doch der Kastellan verbot ihr, ein solches Risiko einzugehen. Der Besatzung wurde strikte Anweisung erteilt: Lady Baela durfte die Burg nicht verlassen. Als sie in jener Nacht versuchte, sich dem Befehl zu widersetzen, und dabei erwischt wurde, wurde die wütende Jungfrau in ihren Gemächern eingesperrt.

Obwohl diese Maßnahme verständlich war, erwies sie sich im Rückblick als unglücklich, denn wäre Lady Baela erlaubt worden zu fliegen, hätte sie vielleicht das Fischerboot entdeckt, das gerade in diesem Augenblick dabei war, die Insel zu umrunden. An Bord befanden sich ein alter Fischer namens Tom Wirrbart, sein Sohn Tom Wirrzunge und zwei »Vettern« aus Driftmark, die bei der Zerstörung von Gewürzstadt obdachlos geworden waren. Der jüngere Tom, der so gewandt mit einem Bierkrug umgehen konnte, wie er ungeschickt mit einem Netz war, hatte viel Zeit damit zugebracht, den Seeleuten aus Volantis Getränke auszugeben, und dabei ihren Geschichten über die kämpfenden Drachen ganz genau zugehört. »Grau und golden waren sie und blitzten in der Sonne«, sagte ein Mann … und jetzt trotzten die beiden Toms Ser Roberts Verbot und waren entschlossen, ihre »Vettern« an dem steinigen Strand abzusetzen, wo der tote Drache verbrannt und zermalmt am Boden lag. Denn sie wollten denjenigen suchen, der ihn getötet hatte.

Inzwischen hatte an der Westküste der Schwarzwasserbucht die Nachricht von der Schlacht und dem Verrat bei Stolperstadt Königsmund erreicht. Es heißt, Königinwitwe Alicent sei in Gelächter ausgebrochen, als sie davon hörte. »Jetzt werden sie ernten, was sie gesät haben«, verhieß sie. Königin Rhaenyra, die auf dem Eisernen

Thron saß, wurde ganz blass und schwach. Sie befahl, die Stadttore zu schließen und zu verrammeln. Von nun an durfte niemand mehr Königsmund betreten oder verlassen. »Ich werde nicht zulassen, dass sich Verräter in meine Stadt schleichen und den Rebellen die Tore öffnen«, verkündete sie. Schon am nächsten oder übernächsten Tag konnte Lord Ormunds Heer vor den Mauern stehen; die Verräter auf ihren Drachen mochten noch früher eintreffen.

Diese Aussicht versetzte Prinz Gottfrid in helle Aufregung. »Sollen sie doch kommen«, ließ der Junge verlauten. »Ich stelle mich ihnen auf Tyraxes.« Solche Reden versetzten seine Mutter in Angst. »Auf gar keinen Fall«, erklärte sie. »Du bist noch zu jung für die Schlacht.« Trotzdem ließ sie den Jungen an der Sitzung des Schwarzen Rates teilnehmen, als die Königin mit ihren Ratsherren besprach, wie sie dem heranrückenden Feind am besten begegnen könnten.

Sechs Drachen verblieben in Königsmund, aber nur einer befand sich innerhalb der Mauern des Roten Bergfrieds: Syrax, die Drachin der Königin. Im äußeren Hof hatte man einen Pferdestall leergeräumt und ihn Syrax überlassen. Schwere Ketten hielten sie am Boden. Sie waren zwar lang genug, damit sie den Stall verlassen und den Hof erkunden konnte, doch sie hielten sie davon ab, sich ohne ihre Reiterin in die Lüfte zu erheben. Syrax hatte sich längst an die Ketten gewöhnt, und da sie ausgesprochen gut gefüttert wurde, war sie seit Jahren nicht mehr selbst auf der Jagd gewesen.

Die anderen Drachen wurden allesamt in der Drachengrube gehalten, jenem riesigen Gebäude, das König Maegor der Grausame eigens zu diesem Zweck hatte errichten lassen. Unter der großen Kuppel lagen vierzig riesige, im Kreis angelegte und aus dem Fels von Rhaenys' Hügel geschlagene, tunnelartige Gewölbe. Dicke Eisentüren versperrten diese von Menschenhand errichteten Höhlen zu beiden Enden, innen hin zum Sand der Grube, außen zum Hügelabhang hin. Caraxes, Vermithor, Silberschwinge und Schafsdieb waren hier ebenfalls untergebracht gewesen, ehe sie in die Schlacht flogen. Fünf Drachen waren zurückgeblieben: Prinz Gottfrids Tyraxes, Addam Velaryons hellgrauer Seerauch, die jungen Drachen Morghul und Shrykos, die an Prinzessin Jaehaera (die geflohen war) und ihren Zwillingsbruder Prinz Jaehaerys (der gestorben war) gebunden waren … und Traumfeuer, das geliebte Tier Königin Helaenas. Seit langer Zeit war es Sitte, dass wenigstens ein Drachenreiter in der Grube residierte, um bei Bedarf sofort zur Verteidigung der Stadt in die Luft aufsteigen zu können. Da Königin Rhaenyra ihre Söhne lieber in ihrer Nähe wusste, fiel diese Pflicht Addam Velaryon zu.

Doch nun stellten Stimmen im Schwarzen Rat Ser Addams Treue infrage. Die Drachensamen Ulf Weiß und Hugo Hammer waren zum Feind übergelaufen … Doch waren sie wirklich die einzigen Verräter in ihrer Mitte? Was war mit Addam aus Holk und dem Mädchen Nessel? Sie waren ebenfalls als Bastarde geboren worden. Konnte man ihnen trauen?

Lord Bartimos Celtigar sprach sich dagegen aus. »Bastarde sind von Natur aus Verräter«, sagte er. »Der Verrat liegt ihnen im Blut. Verrat fällt ihnen ebenso leicht wie dem ehelich geborenen Mann die Treue.« Er drängte Ihre Gnaden, die beiden Drachenreiter von niedriger Geburt sofort ergreifen zu lassen, ehe sie sich mit ihren Drachen ebenfalls dem Feind anschließen konnten. Andere teilten seine Ansichten, darunter Ser Luthor Largent, der Kommandant der Stadtwache, und Ser Lorent Marbrand, der Lord Kommandant der Königinnengarde. Sogar die beiden Männer aus Weißwasserhafen, der furchterregende Ritter Ser Medrick Manderly und sein kluger, korpulenter Bruder Ser Torrhen drängten die Königin zum Misstrauen. »Lasst uns besser kein Risiko eingehen«, befand Ser Torrhen. »Wenn der Feind zwei weitere Drachen in die Hand bekommt, sind wir verloren.«

Einzig Lord Corlys und Großmaester Gerardys verteidigten die Drachensamen. Der Großmaester führte lediglich aus, dass dem Rat keine Beweise vorlägen, die das Mädchen Nessel oder Ser Addam der Untreue überführten; der Pfad der Weisheit gemahne sie, kein Urteil zu fällen, ehe sie nicht solche Beweise gesichtet hätten. Lord Corlys ging viel weiter und erklärte, Ser Addam und sein Bruder Alyn seien »wahre Velaryons« und würdige Erben von Driftmark. Was das Mädchen Nessel betraf, so mochte sie schmutzig und hässlich sein, doch sie habe in der Schlacht in der Gurgel tapfer gekämpft. »Ebenso wie die Zwei Verräter«, hielt Lord Celtigar dagegen.

Die leidenschaftlichen Proteste der Hand und die kühlen Mahnungen des Großmaesters erwiesen sich als vergeblich. Das Misstrauen der Königin war geweckt worden. »Ihre Gnaden war schon so oft verraten worden, von so vielen, Männern wie Frauen, dass sie schnell bereit war, das Übelste von anderen Menschen zu glauben«, schreibt Septon Konstans. »Verrat überraschte sie nicht länger. Sie erwartete ihn geradezu, sogar von jenen, die sie am meisten liebte.«

Es mag sich so verhalten haben. Dennoch handelte Königin Rhaenyra nicht sofort, sondern ließ zunächst nach Mysaria schicken, der Hure und Tänzerin, die ihr als Meisterin der Flüsterer diente, wenn sie auch diesen Titel nicht offiziell führte. Lady Misere, ihre Haut so weiß wie Milch, erschien vor dem Rat; sie war in einen Kapuzenmantel aus schwarzem Samt gekleidet, der mit blutroter Seide gefüttert war. Mit gesenktem Haupt stand sie demütig da, während Ihre Gnaden sie fragte, ob sie es für möglich hielte, dass auch Ser Addam und Nessel sie verraten würden. Da hob der Weiße Wurm den Blick und sagte mit leiser Stimme: »Das Mädchen hat Euch bereits verraten, meine Königin. Gerade jetzt, da wir miteinander sprechen, teilt sie das Bett mit Eurem Gemahl, und bald wird sie auch seinen Bastard unter ihrem Herzen tragen.«

Daraufhin geriet Königin Rhaenyra in große Wut, schreibt Septon Konstans. Mit eiskalter Stimme befahl sie Ser Luthor Largent, zwanzig Goldröcke zur Drachengrube zu führen und Ser Addam Velaryon in Gewahrsam zu nehmen. »Unterzieht ihn einem peinlichen Verhör, und wir werden ohne Zweifel erfahren, ob er treu ist oder falsch.« Was das Mädchen Nessel anging, so verkündete die Königin: »Sie ist ein dreckiges Ding und stinkt nach Zauberei. Mein Prinz würde sich nie mit einem Weibsbild von derart niederer Geburt abgeben, genauso wenig wie mit einer gefleckten Hündin oder einer wilden Sau. Ihr müsst sie nur anschauen, um zu wissen, dass in ihren Adern kein einziger Tropfen Drachenblut fließt. Mit ihren Zaubersprüchen hat sie ihren Drachen an sich gebunden, und das Gleiche hat sie nun mit meinem Hohen Gemahl getan.« Solange er noch unter dem Bann des Mädchens stand, konnte sie sich nicht auf Prinz Daemon verlassen, führte Ihre Gnaden weiter aus. Deshalb, so befahl sie, sollte sofort ein Befehl nach Jungfernteich ergehen, der nur für Lord Mutons Augen bestimmt war. »Er soll sie bei Tisch oder im Bett ergreifen und ihr den Kopf abhacken. Erst dann wird mein Prinz von ihrem bösen Zauber befreit sein.«

Und so gebar Verrat noch mehr Verrat, zum Verderben der Königin. Als Ser Luthor Largent und seine Goldröcke mit dem Haftbefehl der Königin Rhaenys' Hügel hinaufritten, flogen ihnen die Tore der Drachengrube bereits entgegen, und Seerauch breitete die hellgrauen Schwingen aus und erhob sich in die Lüfte. Rauch kräuselte sich aus den Nüstern des Drachen. Ser Addam Velaryon war rechtzeitig gewarnt worden und ergriff die Flucht. Wütend, weil seine Pläne vereitelt worden waren, kehrte Ser Luthor sofort zum Roten Bergfried zurück, wo er in den Turm der Hand stürmte und den betagten Lord Corlys mit seinen groben Händen ergriff und des Verrats bezichtigte. Der alte Mann stritt es auch nicht ab. Gefesselt und verprügelt, aber immer noch schweigend, wurde er in den Kerker geführt und in eine Schwarze Zelle geworfen, um seinen Prozess und seine Hinrichtung zu erwarten.

Der Verdacht der Königin richtete sich auch gegen Großmaester Gerardys, denn wie die Seeschlange hatte er die Drachensamen verteidigt. Gerardys bestritt jeden Anteil an Lord Corlys' Verrat. Eingedenk der langjährigen treuen Dienste, die Gerardys ihr geleistet hatte, ersparte Rhaenyra dem Großmeister den Kerker, entließ ihn jedoch aus ihrem Rat und schickte ihn mit sofortiger Wirkung nach Drachenstein zurück. »Ich glaube nicht, dass Ihr mir ins Gesicht lügen würdet«, sagte sie zu Gerardys, »aber ich kann es mir nicht leisten, Männer um mich zu haben, denen ich nicht vorbehaltlos vertrauen kann, und wenn ich Euch jetzt ansehe, erinnere ich mich nur daran, wie Ihr von diesem Nessel-Mädchen geschwätzt habt.«

Währenddessen verbreiteten sich überall in der Stadt Geschichten über das Gemetzel bei Stolperstadt … und mit ihnen Angst und Schrecken. Königsmund sei als Nächstes an der Reihe, erzählten die Leute einander. Drachen würden gegen Drachen kämpfen, und dieses Mal würde die Stadt gewisslich brennen. Aus Furcht vor dem anrückenden Feind versuchten Hunderte zu fliehen, wurden allerdings an den Stadttoren von den Goldröcken aufgehalten und zurückgeschickt. Solcherart innerhalb der Stadtmauern gefangen, suchten manche Schutz in den tiefen Kellern, um sich gegen den Feuersturm zu wappnen, der, wie sie glaubten, mit Sicherheit über sie kommen würde, während sich andere dem Gebet, dem Suff und den Vergnügungen zuwandten, die man zwischen den Schenkeln einer Frau findet. Bis Einbruch der Nacht hatten sich die Schenken, Bordelle und Septen der Stadt bis zum Bersten mit Männern und Frauen gefüllt, die Trost oder eine Möglichkeit zur Flucht suchten und einander Geschichten über das bevorstehende Grauen erzählten.

Es war in dieser dunklen Stunde, dass sich auf dem Schusterplatz ein gewisser Wanderbruder erhob, eine barfüßige Vogelscheuche von einem Mann, in ein Büßerhemd und eine grobgewebte Hose gekleidet, schmutzig und ungewaschen und nach Schweinestall stinkend, mit einer Bettlerschale an einem Lederriemen um den Hals. Ein Dieb war er gewesen, denn dort, wo die rechte Hand hätte sein sollen, befand sich nur ein Stumpf unter einer verschlissenen Lederkappe. Großmaester Munkun deutet an, dass er möglicherweise einer der Armen Gefährten gewesen sein könnte, denn obgleich dieser Orden seit Langem geächtet war, suchten wandernde Sterne immer noch die Nebenstraßen der Sieben Königslande heim. Woher er kam, wissen wir nicht. Selbst sein Name ist in den Wirren der Geschichte verloren gegangen. Jene, die ihn predigen hörten, ebenso wie jene, die später seine schändlichen Taten schilderten, kennen ihn nur als den Hirten. Pilz nannte ihn den »Toten Hirten«, denn er behauptet, der Mann sei so fahl und übelriechend wie eine Leiche gewesen, die sich gerade aus dem Grab erhoben hat.

Wer auch immer er gewesen sein mag, dieser einhändige Hirte erhob sich wie ein böser Geist und rief vor jedem, der zu ihm kam, um ihm zuzuhören, Verderben und Vernichtung auf Königin Rhaenyra herab. Er war ebenso unermüdlich wie furchtlos und predigte die ganze Nacht, ja sogar weit in den nächsten Tag hinein war seine wütende Stimme noch auf dem Schusterplatz zu hören.

Drachen seien unnatürliche Geschöpfe, verkündete der Hirte, Dämonen aus den Gruben der Sieben Höllen, Ausgeburten der grausamen Zauberei Valyrias, »dieser abscheulichen Jauchegrube, wo Brüder bei ihren Schwestern und Mütter bei ihren Söhnen lagen, wo Männer auf Dämonen in die Schlacht ritten und ihre Frauen derweil die Beine für Hunde breitmachten«. Die Targaryen waren dem Verhängnis entkommen und über die Meere nach Drachenstein geflohen, doch »die Götter lassen sich nicht verspotten«, und nun stehe ein zweites Verhängnis bevor. »Der falsche König und die Hurenkönigin werden niedergeworfen, all ihre Werke vernichtet und ihre Dämonen vom Antlitz der Erde getilgt werden«, donnerte

der Hirte. All jene, die ihnen beistünden, würden ebenfalls sterben. Nur wenn sie Königsmund von den Drachen und ihren Herren säuberten, dürfe Westeros hoffen, dem Schicksal Valyrias zu entgehen.

Mit jeder Stunde wuchsen die Scharen der Zuhörer. Aus einem Dutzend wurden mehrere Dutzend und dann schließlich hundert, und bei Anbruch der Morgendämmerung drängten sich Tausende auf dem Platz und schubsten und stießen sich, während sie sich bemühten, seine Worte zu hören. Viele hielten Fackeln umklammert, und als es Nacht wurde, stand der Hirte in einem Ring aus Feuer. Wer versuchte, ihn niederzuschreien, wurde von der Menge brutal zum Schweigen gebracht. Selbst die Goldröcke wurden vertrieben, als vierzig Stadtwachen versuchten, den Platz mit Spießen zu räumen.

In Stolperstadt, sechzig Wegstunden südwestlich, herrschte ein ganz anderes Chaos. Während Königsmund vor Angst zitterte und bebte, mussten die Feinde, deren Ankunft die Königsmunder fürchteten, erst einmal einen Fußbreit auf die Stadt zu marschieren. König Aegons Getreue hatten ihren Anführer verloren und mit Spaltung, Streit und Zweifeln zu kämpfen. Ormund Hohenturm war tot, sein Vetter Ser Brynden, der herausragendste Ritter von Altsass, ebenfalls. Sein Sohn und Erbe befand sich im Hohen Turm, eintausend Wegstunden entfernt, und war außerdem noch ein grüner Junge. Und obwohl Lord Ormund Daeron Targaryen als »Daeron der Wagemutige« zum Ritter geschlagen und seinen Mut im Kampf gepriesen hatte, war auch der Prinz immer noch ein Knabe. Königin Alicents jüngster Sohn war im Schatten seiner älteren Brüder aufgewachsen und eher gewohnt, Befehle zu befolgen, als sie zu erteilen. Der ranghöchste überlebende Hohenturm im Heer war Ser Hobert, ein weiterer Vetter Lord Ormunds, dem man bislang nur den Befehl über den Tross anvertraut hatte. Hobert Hohenturm, »ein Mann ebenso dick wie begriffsstutzig«, war es in bislang sechzig Lebensjahren nicht gelungen, sich hervorzutun, doch jetzt maßte er sich aufgrund seiner Verwandtschaft mit Königin Alicent an, den Befehl über das Heer zu übernehmen.

Lord Unsieg Gipfel, Ser Jon Steinern (der Kühne) und Lord Eugen Quell traten ebenfalls vor. Lord Gipfel konnte sich seiner

Abstammung von einer langen Reihe berühmter Krieger rühmen und führte einhundert Ritter und neunhundert Waffenknechte unter seinem Banner. Jon Steinern war für seine schwarzen Launen ebenso gefürchtet wie für seine schwarze Klinge, das Schwert aus valyrischem Stahl namens Waisenmacher. Lord Eugen, der Verräter, beharrte darauf, dass seine Verschlagenheit ihnen Stolperstadt eingebracht hatte und dass nur er Königsmund einnehmen könnte. Keiner der Männer, die den Oberbefehl beanspruchten, war mächtig und respektiert genug, um die Blutgier und die Habgier der einfachen Soldaten einzudämmen. Während sie über den Vorrang und die Beute stritten, gaben sich ihre eigenen Männer freimütig der Orgie aus Plünderung, Vergewaltigung und Zerstörung hin.

Das Grauen dieser Tage ist unbestritten. Selten musste eine Stadt in der Geschichte der Sieben Königslande eine so lange und grausame Plünderung über sich ergehen lassen wie Stolperstadt nach dem Verrat. Ohne einen starken Lord, der sie zurückhält, verwandeln sich mitunter selbst gute Männer in Bestien. So geschah es hier. Banden von Soldaten streiften betrunken durch die Straßen und raubten jedes Haus und jeden Laden aus und erschlugen jeden Mann, der sie aufzuhalten versuchte. Jede Frau wurde zum Opfer ihrer Wollust, sogar alte Weiber und kleine Mädchen. Reiche Männer wurden bis zum Tode gefoltert, um aus ihnen herauszupressen, wo sie ihr Gold und ihre Edelsteine versteckt hatten. Kleinkinder wurden ihren Müttern entrissen und auf Speeren aufgespießt. Heilige Septas wurden nackt durch die Straßen gehetzt und vergewaltigt, und zwar nicht von einem Mann, sondern von Hunderten; sogar Schweigenden Schwestern wurde Gewalt angetan. Nicht einmal die Toten wurden verschont. Anstatt ihnen eine ehrenwerte Bestattung zuteilwerden zu lassen, blieben sie zum Verwesen liegen, als Futter für Aaskrähen und wilde Hunde.

Septon Konstans und Großmaester Munkun beteuern beide, dass Prinz Daeron von all dem, was er sehen musste, angewidert war, und er befahl Ser Hobert Hohenturm, den Untaten ein Ende zu machen, aber Hohenturms Bemühungen erwiesen sich als ebenso ungenügend wie der Mann selbst. Es liegt in der Natur des gemeinen Volkes, ihren Lords zu folgen, und die Männer, die Lord Ormunds Nachfolge beanspruchten, gaben sich selbst Blutgier, Habgier und Stolz hin. Der Kühne Jon Steinern verliebte sich in die wunderschöne Lady Sharis Fersen, die Gemahlin des Lords von Stolperstadt, und beanspruchte sie als seine »Kriegsbeute«. Als ihr Hoher Gemahl protestierte, hackte Ser Jon ihn mit Waisenmacher fast in zwei Hälften und sagte: »Waisenmacher kann auch Witwen machen«, während er der weinenden Lady Sharis das Kleid vom Leibe riss. Nur zwei Tage später stritten sich Lord Gipfel und Lord Quell erbittert im Kriegsrat, bis Gipfel den Dolch zog und Quell ins Auge stach, wobei er ausrief: »Einmal ein Verräter, immer ein Verräter«, während Prinz Daeron und Ser Hobert von Grauen erfüllt zuschauten.

Die schrecklichsten Untaten begingen die Zwei Verräter, die beiden Drachenreiter von niederer Geburt, Hugo Hammer und Ulf Weiß. Ser Ulf ergab sich ganz der Trunkenheit und »ertränkte sich in Wein und Fleisch«. Pilz behauptet, er habe jede Nacht drei Jungfrauen vergewaltigt. Wenn sie seine Lust nicht befriedigten, ließ er sie an seinen Drachen verfüttern. Die Ritterwürde, die Königin Rhaenyra ihm verliehen hatte, genügte ihm nicht mehr. Und auch mit dem Titel eines Lords von Bitterbrück, zu dem ihn Prinz Daeron erhob, war er nicht zufrieden. Weiß hatte Höheres im Sinn: Er begehrte keinen geringeren Sitz als Rosengarten. Denn, so ließ er verlauten, da die Tyrells sich nicht am Tanz beteiligt hatten, sollten sie als Verräter enteignet werden.

Aber verglichen mit den Bestrebungen Hugo Hammers, des zweiten Verräters, mutet Ser Ulfs Ehrgeiz noch bescheiden an. Hammer, der Sohn eines einfachen Hufschmieds, war ein hünenhafter Mann mit so kräftigen Pranken, dass er angeblich mit bloßen Händen Stahlstangen zu Wendelringen biegen konnte. Obwohl er im Kriegshandwerk kaum ausgebildet war, machten ihn seine Größe und seine Kraft zu einem furchterregenden Gegner. Seine Lieblingswaffe war der Streithammer, mit dem er knochenzerschmetternde, tödliche Hiebe austeilte. In der Schlacht ritt er auf Vermithor, einst das Reittier des Alten Königs; von allen Drachen in Westeros waren nur Vhagar und Traumfeuer älter und größer.

Aus all diesen Gründen begann Lord Hammer (wie er sich inzwischen nannte) von einer Krone zu träumen. »Warum soll ich ein Lord bleiben, wenn ich auch ein König werden kann?«, erklärte er den Männern, die sich um ihn scharten. Und im Lager ging eine uralte Prophezeiung von Mund zu Mund, in der es hieß: »Wenn der Hammer auf den Drachen niedergeht, wird sich ein neuer König erheben, und niemand wird ihm standhalten.« Woher diese Worte stammen, bleibt ein Rätsel (nicht von Hammer selbst, denn er konnte weder lesen noch schreiben), aber binnen weniger Tage hatte jeder in Stolperstadt den Spruch gehört.

Keiner der Zwei Verräter schien darauf erpicht zu sein, Prinz Daeron bei einem Angriff auf Königsmund zu unterstützen. Sie verfügten über ein großes Heer und dazu noch über drei Drachen, allerdings standen auch der Königin drei Drachen zur Verfügung (wie sie annahmen), und es würden fünf sein, sobald Prinz Daemon mit Nessel zurückkehrte. Lord Gipfel sprach sich dafür aus abzuwarten, bis Lord Baratheon sich mit seiner Streitmacht von Sturmkap aus zu ihnen gesellt hatte, während sich Ser Hobert in die Weite zurückziehen wollte, um ihre rasch schwindenden Vorräte aufzustocken. Niemanden schien es zu kümmern, dass ihr Heer von Tag zu Tag schrumpfte. Wie Morgentau im Sonnenlicht verflüchtigten sich nach und nach die Männer, begingen Fahnenflucht und schlichen sich mit Kriegsbeute bepackt still und leise nach Hause, um eine letzte Ernte einzuholen.

Viele Wegstunden weiter im Norden in einer Burg hoch über der Krabbenbucht begann für einen anderen Lord ebenfalls ein Tanz auf der Schwertklinge. Aus Königsmund brachte ein Rabe Manfryd Muton, dem Lord von Jungfernteich, die Nachricht der Königin: Ihm wurde befohlen, den Kopf des Bastardmädchens Nessel nach Königsmund zu schicken, da es des Hochverrats für schuldig befunden und zum Tode verurteilt worden sei. »Meinem Hohen Gemahl, Prinz Daemon aus dem Haus Targaryen, darf kein Haar gekrümmt werden«, ordnete Ihre Gnaden an. »Schickt ihn zu mir zurück, wenn die Sache getan ist, denn wir bedürfen seiner in der Hauptstadt sehr.«

Wie Maester Norren, der Hüter der *Chroniken von Jungfernteich*, uns mitteilt, versagte Lord Manfryd vor Entsetzen die Stimme, als er den Brief der Königin las. Und sie kehrte erst zurück, nachdem er sich drei Becher Wein einverleibt hatte. Daraufhin ließ Lord Muton den Hauptmann seiner Garde kommen, außerdem seinen Bruder und seinen Streiter, Ser Florian Graustahl. Seinen Maester bat er ebenfalls zu bleiben. Als alle drei versammelt waren, las er ihnen den Brief vor und bat sie um ihren Rat.

»Das ist rasch erledigt«, sagte der Hauptmann seiner Garde. »Der Prinz schläft zwar neben ihr, aber er ist alt geworden. Drei Mann sollten genügen, um mit ihm fertig zu werden, sollte er versuchen, sich einzumischen, aber um ganz sicherzugehen, nehme ich sechs mit. Wünscht Mylord, dass wir den Befehl gleich heute Nacht ausführen?«

»Sechs Mann oder sechzig, er ist immer noch Daemon Targaryen«, wandte Lord Mutons Bruder ein. »Ein Schlaftrank im Wein wäre eine weisere Entscheidung. Dann erfährt er erst am nächsten Tag vom Tod des Mädchens.«

»Das Mädchen ist immer noch ein Kind, ganz gleich, welch schändlichen Verrat sie auch begangen haben mag«, meinte der grau gewordene Ritter Ser Florian ernst. »Der Alte König hätte niemals so etwas verlangt, und schon gar nicht von einem Ehrenmann.«

»Wir leben in schrecklichen Zeiten«, gab Lord Muton zurück, »und die Königin hat mich vor eine schreckliche Wahl gestellt. Das Mädchen ist ein Gast unter meinem Dach. Wenn ich gehorche, wird Jungfernteich bis in alle Ewigkeit verflucht sein. Wenn ich mich weigere, werden wir enteignet und vernichtet.«

Woraufhin sein Bruder entgegnete: »Möglicherweise werden wir sowieso vernichtet, ganz gleich, wie wir uns entscheiden. Der Prinz ist diesem braunen Kind über die Maßen zugetan, und sein Drache ist nie weit entfernt. Ein weiser Lord würde sie beide töten, damit der Prinz in seinem Zorn Jungfernteich nicht niederbrennt.«

»Die Königin hat uns verboten, ihm auch nur ein Haar zu krümmen«, erinnerte Lord Muton sie, »und zwei Gäste in ihren Betten zu ermorden ist zweifach so schändlich wie nur einen. Ich wäre zweifach verflucht.« Daraufhin seufzte er und sagte: »Wenn ich diesen Brief nur nie gelesen hätte.«

Hierauf ergriff Maester Norren das Wort: »Vielleicht habt Ihr das auch nicht.«

Was danach weiter gesprochen wurde, haben uns die *Chroniken von Jungfernteich* nicht überliefert. Wir wissen nur, dass der Maester, ein junger Mann von zweiundzwanzig Jahren, Prinz Daemon und das Mädchen Nessel an diesem Abend bei ihrem Nachtmahl aufgesucht und ihnen den Brief der Königin gezeigt hat. »Müde nach einem langen Tag erfolgloser Suche genossen sie ein schlichtes Mahl aus gekochtem Rindfleisch und Beeten. Als ich eintrat, unterhielten sie sich leise miteinander, doch ich verstand nicht, worüber. Der Prinz begrüßte mich höflich, aber während er den Brief las, schwand der Frohsinn aus seinen Augen, und eine Traurigkeit senkte sich über ihn wie eine Last, die zu schwer war, als dass er sie tragen könnte. Als das Mädchen fragte, was in dem Brief stehe, antwortete er: ›Die Worte einer Königin, aber das Werk einer Hure.‹ Daraufhin zog er sein Schwert und erkundigte sich, ob Lord Mutons Männer vor der Tür warteten, um sie in Gewahrsam nehmen. ›Ich bin allein gekommen‹, antwortete ich; dann brach ich meinen Eid, indem ich fälschlicherweise behauptete, dass weder mein Lord noch irgendeine andere Person in Jungfernteich wisse, was in dem Pergament stehe. ›Vergebt mir, mein Prinz‹, sagte ich. ›Ich habe mein Gelübde als Maester gebrochen.‹ Prinz Daemon schob sein Schwert zurück in die Scheide und erwiderte: ›Ihr seid ein schlechter Maester, aber ein guter Mann.‹ Dann bat er mich zu gehen und befahl mir, bis zum nächsten Morgen weder mit meinem Lord noch mit meiner Geliebten noch sonst jemandem darüber zu sprechen.«

Es ist nicht überliefert, wie der Prinz und sein Bastardmädchen ihre letzte Nacht unter Lord Mutons Dach verbrachten, doch im Morgengrauen traten die beiden gemeinsam in den Hof. Prinz Daemon half Nessel ein letztes Mal, Schafsdieb zu satteln. Es war ihre Gewohnheit, den Drachen jeden Tag vor dem Abflug zu füttern; Drachen beugen sich dem Willen ihres Reiters leichter, wenn ihr Bauch gefüllt ist. An jenem Morgen brachte sie ihm einen schwarzen Widder, den größten Bock, der in Jungfernteich zu finden war, und schlitzte dem Tier selbst die Kehle auf. Als sie ihren Drachen bestieg, glänzte Blut auf dem Leder ihrer Reithosen, und wie Maester Norren berichtet, »glänzten ihre Wangen von Tränen«. Mann und Mädchen wechselten kein Wort des Abschieds, doch als Schafsdieb mit seinen ledernen braunen Schwingen schlug und in die Morgendämmerung aufstieg, hob Caraxes den Kopf und stieß einen Schrei aus, der alle Fensterscheiben in Jonquils Turm zerspringen ließ. Hoch über der Stadt wandte Nessel ihren Drachen in Richtung Krabbenbucht, verschwand im Morgennebel und wurde weder bei Hofe noch in einer Burg jemals wieder gesehen.

Daemon Targaryen kehrte gerade lange genug in die Burg zurück, um mit Lord Muton zu frühstücken. »Ihr seht mich heute zum letzten Mal«, sagte er zu Lord Manfryd. »Ich danke Euch für Eure Gastfreundschaft. Lasst überall in Euren Ländern kundtun, dass ich nach Harrenhal fliege. Falls mein Neffe Aemond es wagt, sich mir zu stellen, wird er mich dort finden. Allein.«

Und so verließ Prinz Daemon Jungfernteich zum letzten Mal. Nach seinem Aufbruch trat Maester Norren zu Lord Manfryd und sagte: »Nehmt die Kette von meinem Hals und bindet mir damit die Hände. Ihr müsst mich der Königin ausliefern. Indem ich die Verräterin gewarnt und ihr bei der Flucht geholfen habe, bin ich selbst zum Verräter geworden.« Lord Muton wies dieses Ansinnen zurück. »Behaltet Eure Kette«, erwiderte er. »Hier in Jungfernteich sind wir alle Verräter.« Und in jener Nacht wurde Königin Rhaenyras geviertes Banner eingeholt, das über den Toren von Jungfernteich im Wind flatterte, und stattdessen der goldene Drache König Aegons II. gehisst.

Keine Banner flatterten über den verkohlten Türmen und zerstörten Bergfrieden von Harrenhal, als Prinz Daemon aus dem Himmel herabstieß und die Burg in Besitz nahm. Ein paar Kerle hatten in den tiefen Gewölben und Kellern der Festung Zuflucht gesucht, doch als sie Caraxes' Flügelschlag hörten, ergriffen sie die Flucht. Als der Letzte von ihnen verschwunden war, wanderte Daemon

Targaryen allein durch die riesigen Hallen der Burg, und sein Drache war sein einziger Gefährte. Jeden Abend bei Sonnenuntergang versetzte er dem Herzbaum im Götterhain einen tiefen Schnitt mit seinem Schwert, um die Tage zu zählen. Die dreizehn Narben kann man heute noch im Wehrholz des Baumes sehen; alte Wunden, tief und dunkel, und doch behaupten die Lords, die seit Daemons Tagen in Harrenhal herrschten, sie würden in jedem Frühling von Neuem bluten.

Am vierzehnten Tag der Wache des Prinzen huschte ein Schatten über die Burg, schwärzer als der jeder vorbeiziehenden Wolke. All die Vögel im Götterhain stoben verängstigt auf, und ein heißer Wind blies das Laub über den Hof. Endlich war Vhagar gekommen, und auf ihrem Rücken saß der einäugige Prinz Aemond Targaryen in einer nachtschwarzen, mit Gold ziselierten Rüstung.

Doch er war nicht allein gekommen. Alys Strom flog mit ihm. Ihr langes schwarzes Haar wehte im Wind, ihr dicker Bauch ließ deutlich erkennen, dass sie hochschwanger war. Prinz Aemond kreiste zweimal über den Türmen von Harrenhal, ehe er mit Vhagar im äußeren Hof landete, einhundert Schritte von Caraxes entfernt. Die Drachen starrten einander hasserfüllt an. Caraxes breitete die Schwingen aus und zischte. Flammen tanzten über seine Zähne.

Der Prinz half seiner Frau von Vhagars Rücken und wandte sich dann seinem Onkel zu. »Wie ich höre, sucht Ihr nach uns, Onkel.«

»Nur nach dir«, erwiderte Daemon. »Wer hat dir gesagt, wo du mich finden kannst?«

»Meine Dame«, antwortete Aemond. »Sie hat dich in einer Sturmwolke gesehen, in einem Bergtümpel bei Sonnenuntergang, in dem Feuer, das wir entzündeten, um unser Nachtmahl zu kochen. Sie sieht viel und noch viel mehr, meine Alys. Es war töricht von Euch, allein zu kommen.«

»Wäre ich nicht allein, wärst du nicht gekommen«, erwiderte Daemon.

»Dennoch bist du hier, und ich ebenso. Ihr habt viel zu lange gelebt, Onkel.«

»Da muss ich dir zustimmen«, gab Daemon zurück. Der alte

Prinz bedeutete Caraxes, den Hals zu senken, und kletterte steif auf seinen Rücken, während der junge Prinz seine Frau küsste und sich leichten Fußes auf Vhagar schwang, und daraufhin sorgsam die vier kurzen Ketten, die am Sattel hingen, an seinem Gürtel befestigte. Daemon ließ seine eigenen Ketten offen am Sattel baumeln. Caraxes zischte erneut, spie Flammen in die Luft, und Vhagar antwortete mit einem Brüllen. Gleichzeitig stiegen die beiden Drachen in den Himmel auf.

Prinz Daemon trieb Caraxes mit der Stahlspitze seiner Peitsche an, und so stieg der Drache schnell nach oben, bis sie in einer Wolke verschwanden. Vhagar, älter und viel größer als der jüngere Drache, war langsamer und allein schon aufgrund ihrer Größe sehr viel schwerfälliger. Sie ging den Aufstieg gemächlicher an und zog weite Kreise, die sie und ihren Reiter über das Ufer des Götterauges hinaus über die Wasser führten. Der Tag war weit vorangeschritten, und zu dieser späten Stunde kurz vor Sonnenuntergang lag der See still da, und seine Oberfläche glänzte wie getriebenes Kupfer. Höher und immer höher stieg Vhagar und suchte nach Caraxes. Unten schaute Alys Strom vom Königsbrandturm von Harrenhal aus zu.

Der Angriff erfolgte so plötzlich wie ein Blitzschlag. Mit einem schrillen Schrei, der noch ein Dutzend Meilen entfernt zu hören war, stieß Caraxes auf Vhagar herab, verborgen im grellen Licht der untergehenden Sonne auf Prinz Aemonds blinder Seite. Der Blutwurm rammte den älteren Drachen mit einer entsetzlichen Wucht. Das Brüllen der beiden Drachen hallte über das Götterauge, während die beiden Bestien nach einander schnappten und aneinander rissen. Ihre riesigen Umrisse zeichneten sich dunkel vor dem blutroten Himmel ab. Ihre Flammen leuchteten so hell, dass das Fischervolk am Boden fürchtete, selbst die Wolken hätten Feuer gefangen. In einer unerbittlichen Umarmung taumelten die beiden Drachen nach unten auf den See zu. Der Blutwurm verbiss sich in Vhagars Kehle und bohrte seine schwarzen Zähne tief ins Fleisch des größeren Drachen. Selbst als Vhagar Caraxes den Bauch mit ihren Klauen aufriss und ihm einen Flügel abbiss, biss Caraxes nur noch fester

zu und vergrößerte die Wunde. Mit fürchterlicher Geschwindigkeit kam der See näher und näher.

Und jetzt, so heißt es in den Geschichten, schwang Prinz Daemon Targaryen ein Bein über seinen Sattel und sprang von einem Drachen zum anderen, von Caraxes auf Vhagars Rücken. In der Hand hielt er Dunkle Schwester, das Schwert von Königin Visenya. Als Aemond Einauge zu Tode erschreckt aufsah und nach den Ketten tastete, die ihn am Sattel festhielten, riss Daemon seinem Neffen den Helm vom Kopf und rammte ihm das Schwert so tief in die blinde Augenhöhle, dass die Spitze der Klinge im Nacken wieder austrat. Einen halben Herzschlag später schlugen die beiden Drachen auf der Oberfläche des Sees auf. Das Wasser soll sich in einer Fontäne erhoben haben, die so hoch war wie der Königsbrandturm.

Weder Mann noch Drachen konnten einen solchen Aufprall überlebt haben, sagten die Fischer, die Zeugen des Ereignisses wurden. Und das entspricht der Wahrheit. Caraxes lebte noch lange genug, um sich an Land zurückzuschleppen. Mit aufgeschlitztem Bauch und einer abgerissenen Schwinge fand der Blutwurm irgendwie die Stärke, sich aus dem dampfenden Wasser zu quälen, und starb vor den Mauern von Harrenhal. Vhagars Kadaver sank auf den Grund des Sees, und das heiße Blut aus der klaffenden Wunde in ihrem Hals brachte das Wasser über ihrer letzten Ruhestätte zum Kochen. Als man einige Jahre nach dem Ende des Drachentanzes ihre Überreste barg, waren Prinz Aemonds Gebeine und Rüstung noch immer an den Sattel gekettet, und Dunkle Schwester steckte bis zum Heft in der Augenhöhle des Prinzen.

Ohne Zweifel kam auch Prinz Daemon ums Leben. Seine Leiche wurde zwar nie gefunden, doch im Götterauge gibt es seltsame Strömungen und hungrige Fische. Die Sänger wollen uns glauben machen, der alte Prinz habe den Absturz überlebt und sei danach zu dem Mädchen Nessel zurückgekehrt und habe den Rest seiner Tage an ihrer Seite gelebt. Das ist der Stoff, aus dem gute Lieder gemacht werden, doch für die Geschichtsschreibung taugt er nicht. Selbst Pilz schenkt dieser Geschichte keinen Glauben, und in diesem Fall können wir uns seinem Urteil anschließen.

Am zweiundzwanzigsten Tag des fünften Mondes des Jahres 130 n.A.E. tanzten die Drachen über dem Götterauge und fanden dort den Tod. Daemon Targaryen war bei seinem Tod neunundvierzig Jahre alt, Prinz Aemond war gerade erst zwanzig geworden. Vhagar war seit dem Tod Balerions, des Schwarzen Schreckens, der größte Targaryen-Drache gewesen und zählte einhunderteinundachtzig Jahre, als sie diese Erde verließ. So starb das letzte Lebewesen, das Aegons Eroberung noch miterlebt hatte, während sich Dämmerung und Dunkelheit über den verfluchten Sitz des Schwarzen Harren senkten. Allerdings waren nur so wenige Zeugen vor Ort, dass es einige Zeit dauern sollte, bis sich die Nachricht von Prinz Daemons letztem Kampf verbreitete.

DAS STERBEN DER DRACHEN

RHAENYRAS STURZ

In Königsmund wurde es mit jedem Verrat einsamer um Königin Rhaenyra. Dem angeblichen Verräter Addam Velaryon war es gelungen zu fliehen, ehe man ihn befragen konnte. Seine Flucht bewies seine Schuld, murmelte der Weiße Wurm. Lord Celtigar stimmte zu und schlug vor, eine neue Steuer auf jedes unehelich gezeugte Kind zu erheben. Eine solche Steuer würde nicht nur die Truhen der Krone füllen, sondern dem Reich Tausende von Bastarden ersparen.

Ihre Gnaden hatte allerdings dringlichere Sorgen als ihre Schatzkammer. Ihr Befehl, Addam Velaryon zu ergreifen, hatte sie nicht nur einen Drachen und einen Drachenreiter gekostet, sondern auch ihre Hand der Königin … und mehr als die Hälfte des Heeres, das mit ihr von Drachenstein nach Königsmund gesegelt war, um den Eisernen Thron zu erobern, bestand aus Verbündeten des Hauses Velaryon. Als bekannt wurde, dass Lord Corlys in einem Verlies unter dem Roten Bergfried schmachtete, verließen diese Männer zu Hunderten die Dienste der Königin. Manche zogen zum Schusterplatz und schlossen sich dem Pöbel an, der sich dort um den Hirten versammelt hatte, während sich andere durch Seitentore aus der Stadt stahlen oder über die Mauern kletterten und sich auf den Heimweg nach Driftmark machten. Doch auch jenen, die zurückblieben, konnte Rhaenyra nicht mehr vertrauen. Das wurde offensichtlich, als zwei der geschworenen Schwerter der Seeschlange, Ser Denys Holzbauer und Ser Thoron Treu, mit Waffengewalt in den Kerker eindrangen, um ihren Lord zu befreien. Ihr Plan wurde von einer Hure, mit der sich Ser Thoron vergnügt hatte, an Lady Misere verraten, und die Befreier wurden ergriffen und gehängt.

Die beiden Ritter starben im Morgengrauen, sie strampelten und wanden sich an den Mauern des Roten Bergfrieds. An jenem Tag, nicht lange nach Sonnenuntergang, trug sich am Hof der Königin eine weitere Tragödie zu. Helaena Targaryen, die Schwestergemahlin und Königin König Aegons II. und Mutter seiner Kinder, stürzte sich in Maegors Feste aus dem Fenster und starb auf den Eisenspießen, die aus dem trockenen Burggraben aufragten. Sie war erst einundzwanzig Jahre alt.

Warum entschied sich Aegons Königin nach einem halben Jahr Gefangenschaft ausgerechnet in jener Nacht dazu, ihrem Leben eine Ende zu setzen? Pilz behauptet, Helaena habe ein Kind unter dem Herzen getragen, nachdem sie Tag und Nacht wie eine gemeine Hure verkauft worden war, aber diese Erklärung ist nur so glaubhaft wie seine ganze Geschichte von den Bordellköniginnen, also überhaupt nicht. Großmaester Munkun glaubt, das Entsetzen über die grauenvolle Hinrichtung von Ser Thoron und Ser Denys habe sie dazu getrieben, aber falls die junge Königin die beiden Männer überhaupt kannte, dann nur als ihre Gefängniswärter, und es gibt keinen Beleg dafür, dass sie ihre Hinrichtung mitangesehen hat. Septon Konstans deutet an, Lady Mysaria, der Weiße Wurm, habe diese Nacht gewählt, um Helaena vom grausamen Tod ihres Sohnes Maelor zu berichten, aber welchen Beweggrund sie dafür gehabt haben sollte, abgesehen von reiner Bosheit, ist schwer ersichtlich.

Die Maester mögen über diese verschiedenen Thesen streiten … aber während jene schicksalshafte Nacht voranschritt, erzählte man sich in den Straßen und Gassen Königsmunds, in Schenken und Bordellen und Suppenküchen und sogar in heiligen Septen raunend eine noch finsterere Geschichte. Königin Helaena sei ermordet worden, hieß es, so wie ihre Söhne vor ihr. Bald würden Prinz Daeron und seine Drachen vor den Toren stehen, und dann wäre es zu Ende mit Rhaenyras Herrschaft. Die alte Königin habe ihrer jungen Halbschwester den Triumph nicht gönnen wollen und deshalb Ser Luthor Largent in Helaenas Gemächer gesandt, der die Königin mit seinen riesigen, groben Händen gepackt und sie aus dem Fenster auf die Spieße unten im Graben geschleudert habe.

Wir dürfen uns fragen, woher diese verderbliche Verleumdung stammt (denn eine Verleumdung ist es ganz sicher). Großmaester Munkun macht den Hirten dafür verantwortlich, denn Tausende hörten, wie er sowohl das Verbrechen als auch die Königin lautstark verdammte. Aber hat er sich die Lüge ausgedacht, oder gab er nur weiter, was er von anderen Lippen gehört hatte? Letzteres möchte Pilz uns glauben lassen. Eine so üble Verleumdung könne nur das Werk von Larys Kraft sein, behauptet der Zwerg … denn der Klumpfuß hatte Königsmund nie verlassen (wie sich bald herausstellen sollte), sondern war nur in den Schatten verschwunden, wo er weiter seine Ränke spann.

Könnte es sich bei Helaenas Tod um Mord handeln? Möglicherweise ja … aber es ist unwahrscheinlich, dass Königin Rhaenyra dafür verantwortlich war. Helaena Targaryen war ein gebrochenes Geschöpf, das für Ihre Gnaden keinerlei Bedrohung darstellte. Auch erwähnen unsere Quellen keine besondere Feindseligkeit zwischen den beiden Frauen. Falls Rhaenyra auf einen Mord aus gewesen wäre, wäre es nicht viel wahrscheinlicher, dass sie befohlen hätte, die Königinwitwe Alicent auf die Spieße zu stoßen? Darüberhinaus führen uns viele Zeugenaussagen vor, dass der angebliche Mörder, Ser Luthor Largent, zur Zeit von Königin Helaenas Tod mit dreihundert seiner Goldröcke in der Kaserne am Tor der Götter speiste.

Dessen ungeachtet sprach bald die halbe Stadt über den »Mord« an Königin Helaena. Der Umstand, dass dieses Gerücht so bereitwillig geglaubt wurde, zeigt, wie sehr sich die Stimmung des Volkes gegen seine einst so geliebte Königin gewendet hatte. Rhaenyra wurde gehasst, Helaena hatte man geliebt. Auch hatte das gemeine

Volk in der Stadt Prinz Jaehaerys' grausame Ermordung durch Blut und Käse nicht vergessen, ebenso wenig Prinz Maelors schrecklichen Tod bei Bitterbrück. Helaenas Tod war glücklicherweise schnell eingetreten: Einer der Spieße hatte ihre Kehle durchbohrt, und sie war ohne einen Laut gestorben. Im Augenblick ihres Todes, so heißt es, stieß auf der anderen Seite der Stadt auf Rhaenys' Hügel Traumfeuer ein lautes Gebrüll aus, das die Drachengrube erzittern ließ, und zerriss zwei der Ketten, mit denen sie angebunden war. Als Königin Alicent vom Tod ihrer Tochter unterrichtet wurde, zerriss sie ihre Gewänder und sprach einen bösen Fluch gegen ihre Rivalin aus.

In dieser Nacht brachen in Königsmund blutige Unruhen aus.

Der Aufstand begann in den gewundenen Gassen von Flohloch, wo Männer und Frauen verängstigt, betrunken und wütend zu Hunderten aus den Weinschenken, Rattengruben und Suppenküchen strömten. Von dort aus breitete er sich in der ganzen Stadt aus. Überall wurde Gerechtigkeit für die toten Prinzen und ihre ermordete Mutter gefordert. Karren und Wagen wurden umgeworfen, Läden und Häuser geplündert und in Brand gesteckt. Goldröcke, die den Aufruhr ersticken wollten, wurden angegriffen und grün und blau geschlagen. Niemand wurde verschont, ob nun von hoher oder niederer Geburt. Lords wurden mit Abfällen beworfen, Ritter aus dem Sattel gezerrt. Lady Darla Deddings musste mit ansehen, wie ihrem Bruder Davos ein Auge ausgestochen wurde, als er sie vor drei betrunkenen Stallknechten zu retten versuchte, die sie vergewaltigen wollten. Seeleute, die nicht auf ihre Schiffe zurückkehren konnten, griffen das Flusstor an und trugen eine regelrechte Schlacht mit der Stadtwache aus. Ser Luthor Largent musste vierhundert Speerträger einsetzen, um sie auseinanderzutreiben. Inzwischen war das Tor halb zerstört, und einhundert Männer lagen tot oder sterbend am Boden, ein Viertel davon Goldröcke.

Auf solche Retter wartete Lord Bartimos Celtigar vergeblich, dessen ummauerte Villa nur von sechs Wachen und einigen hastig bewaffneten Dienern geschützt wurde. Als die Aufständischen über die Mauern kletterten, ließen diese zweifelhaften Beschützer die Waffen fallen und flohen oder schlossen sich den Angreifern an. Arthor Celtigar, ein fünfzehnjähriger Junge, stellte sich tapfer mit dem Schwert in der Hand in die Tür und hielt den heulenden Mob ein paar Augenblicke zurück, bis eine verräterische Magd die Eindringlinge durch eine Hintertür einließ. Dem mutigen Jungen wurde ein Speer in den Rücken gerammt. Lord Bartimos selbst kämpfte sich zu den Ställen durch, wo er feststellen musste, dass alle Pferde gestohlen oder getötet worden waren. Der verhasste Meister der Münze der Königin wurde ergriffen, an einen Pfahl gefesselt und gefoltert, bis er verriet, wo er seine Reichtümer versteckt hatte. Danach verkündete ein Gerber namens Wat, dass der werte Lord seine »Pimmelsteuer« noch nicht bezahlt habe und deshalb seine Männlichkeit der Krone als Pfand überlassen müsse.

Auf dem Schusterplatz war der Lärm des Aufstands aus allen Vierteln zu hören. Der Hirte nahm die Wut tief in sich auf und verkündete, der Tag des Verhängnisses sei gekommen, wie er es geweissagt habe, und rief den Zorn der Götter herab auf »diese widernatürliche Königin, die blutend auf dem Eisernen Thron sitzt und deren Hurenlippen rot glänzen vom Blut ihrer süßen Schwester«. Als ihn eine Septa aus der Menge anflehte, die Stadt zu retten, sagte der Hirte: »Nur die Gnade der Mutter kann euch retten, doch ihr habt die Mutter mit eurem Stolz und eurer Wollust und eurer Habgier aus dieser Stadt vertrieben. Jetzt kommt der Fremde. Auf einem dunklen Pferd mit brennenden Augen kommt er, eine Geißel aus Feuer in der Hand, um diesen Sündenpfuhl von Dämonen zu reinigen und von allen, die sich vor ihnen verneigen. Lauscht! Hört ihr nicht den Schlag der brennenden Hufe? Er kommt! Er kommt!!«

Die Menge nahm den Ruf auf und klagte: »*Er kommt! Er kommt!!*«, während eintausend Fackeln verrauchtes gelbes Licht auf dem Platz verbreiteten. Bald schon erstarben die Rufe, und durch die Nacht kam der Klang eisenbeschlagener Hufe auf den Pflastersteinen näher. »Nicht nur ein Fremder, sondern fünfhundert«, schreibt Pilz in seinem *Zeugnis*.

Die Stadtwache kam mit Macht, fünfhundert Männer in schwarzen Kettenhemden, Stahlhauben und langen goldenen Mänteln, allesamt mit Kurzschwertern, Speeren und Morgensternen bewaffnet. An ihrer Spitze ritt Ser Luthor Largent, das Langschwert in der Hand, auf einem Streitross in Harnisch. Allein sein Anblick genügte, um die Menschen zu Hunderten in die Gässchen und Seitenstraßen zu treiben. Hunderte weitere Aufständische ergriffen die Flucht, als Ser Luthor den Goldröcken befahl vorzurücken.

Zehntausend blieben jedoch, wo sie waren. Das Gedränge war so dicht, dass sich viele, die wahrscheinlich lieber geflohen wären, nicht vom Fleck rühren konnten, sondern nach vorn geschoben und niedergetrampelt wurden. Andere drängten absichtlich nach vorne, hakten die Arme unter und begannen zu brüllen und zu fluchen, als die Speere zum langsamen Schlag einer Trommel vorrückten. »Macht Platz, ihr verfluchten Narren«, donnerte Ser Luthor. »Geht nach Hause. Niemandem wird etwas geschehen. Geht nach Hause. Wir wollen nur diesen Hirten.«

Manche sagen, als Erster sei ein Bäcker getötet worden. Er habe vor Überraschung gegrunzt, als sich eine Speerspitze in sein Fleisch bohrte und er sah, wie seine Schürze rot wurde. Andere behaupten, es sei ein kleines Mädchen gewesen, das unter die Hufe von Ser Luthors Streitross geriet. Ein Stein flog aus der Menge und traf einen Speerträger an der Stirn. Man hörte Schreie und Flüche, und von den Dächern hagelte es Stöcke und Steine und Nachttöpfe. Ein Bogenschütze auf der anderen Seite des Platzes schoss Pfeile ab. Der Mantel eines Goldrocks geriet durch eine geworfene Fackel in Brand.

Auf der anderen Seite des Schusterplatzes wurde der Hirte von seinen Anhängern fortgebracht. »Haltet ihn!«, brüllte Ser Luthor. »Ergreift ihn! Haltet ihn!« Er gab seinem Pferd die Sporen und drängte sich durch die Menge, und seine Goldröcke folgten ihm, legten die Speere beiseite und zogen Schwerter und Keulen. Die Anhänger des Hirten schrien, fielen, liefen davon. Andere zogen selbst Waffen, Messer und Dolche, Hämmer und Prügel, abgebrochene Speere und verrostete Schwerter.

Die Goldröcke waren große Männer, jung, stark, diszipliniert, hervorragend bewaffnet und gut gerüstet. Zwanzig Schritte breit

hielt ihre Schildmauer stand und schlug eine blutige Gasse durch die Menge. Überall lagen Tote und Sterbende auf der Straße. Aber sie waren nur fünfhundert Mann, und zehntausend hatten sich versammelt, um den Hirten zu hören. Erst ging ein Wachmann zu Boden, dann ein zweiter. Das Volk drang durch die Lücken in der Reihe. Die Herde des Hirten schrie Flüche und griff mit Messern, Steinen und sogar Zähnen an. Die Angreifer waren überall, von den Seiten, von hinten fielen sie über die Stadtwache her und warfen Pflastersteine von Dächern und Balkonen.

Die Schlacht wandelte sich von einem bloßen Aufruhr zum Gemetzel. Von allen Seiten umzingelt, konnten die Goldröcke sich kaum mehr bewegen und hatten nicht genug Platz, um ihre Waffen zu führen. Viele starben durch die eigenen Klingen. Andere wurden in Stücke gerissen, zu Tode getreten, zertrampelt oder mit Hacken und Fleischerbeilen zerstückelt. Selbst dem furchterregenden Ser Luthor Largent gelang es nicht, dem Gemetzel zu entkommen. Man entwand ihm sein Schwert, zerrte ihn aus dem Sattel, stach ihm in den Bauch und prügelte ihn mit einem Pflasterstein zu Tode. Als am nächsten Tag die Leichenkarren kamen, waren sein Kopf und sein Helm so zerschmettert, dass man ihn nur noch an seiner Körpergröße erkannte.

In dieser langen Nacht, so berichtet uns Septon Konstans, herrschte der Hirte in der einen Hälfte der Stadt, während in der anderen Hälfte seltsame Lords und Narrenkönige sich um den Rest balgten. Hunderte scharten sich um Wat den Gerber, der auf einem Schimmel durch die Straßen ritt und überall mit Lord Celtigars abgehacktem Kopf und seinen blutigen Geschlechtsteilen herumfuchtelte und das Ende aller Steuern verkündete. In einem Bordell an der Straße der Seide riefen die Huren ihren eigenen König aus, einen hellhaarigen Jungen von vier Jahren namens Gaemon, angeblich ein Bastardsohn des vermissten Königs Aegon II. Ein Heckenritter namens Ser Perkin der Floh wollte da nicht zurückstehen und krönte seinen eigenen Knappen Trystan, einen Jüngling von sechzehn Jahren, zum König. Ser Perkin erklärte, der Junge sei ein unehelicher Sohn des verstorbenen Königs Viserys. Jeder Ritter kann einen anderen Mann zum Ritter schlagen, und als Ser Perkin begann, alle Söldner, Diebe und Metzgerjungen, die sich unter Trystans zerlumptem Banner versammelten, in den Ritterstand zu erheben, fanden sich Männer und Jungen zu Hunderten ein, um sich seiner Sache anzuschließen.

Als der Morgen graute, brannte es überall in der Stadt. Der Schusterplatz war mit Leichen übersät, und Banden Gesetzloser streiften durch Flohloch, brachen in Geschäfte und Häuser ein und misshandelten alle anständigen Leute, denen sie begegneten. Die überlebenden Goldröcke zogen sich in ihre Kasernen zurück, während Gossenritter, Mimenkönige und irre Propheten in den Straßen regierten. Wie die Kakerlaken, denen sie glichen, flohen die übelsten dieser Männer vor dem Licht und zogen sich in Verstecke und Keller zurück, wo sie ihren Rausch ausschliefen, ihre Beute aufteilten und sich das Blut von den Händen wuschen. Die Goldröcke am Alten Tor und am Drachentor zogen unter Führung ihrer Hauptleute Ser Balon Byrke und Ser Garth Hasenscharte durch die Stadt und hatten bis Mittag in den Straßen nördlich und östlich von Rhaenys' Hügel wieder eine Art Ordnung hergestellt. Ser Medrick Manderly führte einhundert Mann aus Weißwasserhafen und nahm sich den Bereich nordöstlich von Aegons Hohem Hügel bis hinunter zum Eisentor vor.

Doch im Rest von Königsmund herrschte weiterhin Chaos. Als Ser Torrhen Manderly seine Nordmänner den Haken hinunterführte, wimmelte es auf dem Platz der Fischhändler und an der Flussstraße von Ser Perkins Gossenrittern. Am Flusstor wehte »König« Trystans Lumpenbanner über den Zinnen, und am Torhaus hingen die Leichen des Hauptmanns und dreier seiner Feldwebel. Die übrigen Männer der »Schlammfuß-Kaserne« waren zu Ser Perkin übergelaufen. Ser Torrhen verlor ein Viertel seiner Männer, als er sich zum Roten Bergfried zurückkämpfte … doch verglichen mit Ser Lorent Marbrand, der einhundert Ritter und Waffenknechte nach Flohloch führte, erging es ihm noch recht gut. Sechzehn davon kehrten zurück. Ser Lorent, der Lord Kommandant der Königinnengarde, gehörte nicht dazu.

Bei Einbruch der Nacht wurde Rhaenyra Targaryen von allen Seiten schwer bedrängt, und ihre Herrschaft lag in Trümmern. »Die Königin weinte, als man ihr erzählte, wie Ser Lorent gestorben war«, berichtet Pilz, »aber sie tobte, als sie erfuhr, dass Jungfernteich zum Feind übergelaufen war, dass dem Mädchen Nessel die Flucht gelungen war und dass ihr geliebter Prinzgemahl sie verraten hatte. Zitternd lauschte sie Lady Mysarias Worten, die sie vor der hereinbrechenden Dunkelheit warnte und ankündigte, dass die kommende Nacht noch schlimmer werden würde als die vorangegangene. Bei Morgengrauen warteten ihr noch einhundert Männer im Thronsaal auf, aber still und leise schlich sich einer nach dem anderen davon, und andere wurden weggeschickt, bis nur noch ihre Söhne und ich bei ihr waren. ›Mein treuer Pilz‹, rief mich Ihre Gnaden, ›ich wünschte, alle Männer wären so treu wie du. Ich sollte dich zu meiner Hand ernennen.‹ Als ich erwiderte, ich wäre lieber ihr Gemahl, musste sie lachen. Kein Laut klang je so süß. Es war schön, sie lachen zu hören.«

Munkuns *Wahre Geschichte* erwähnt das Lachen der Königin nicht, sondern nur, dass der Gemütszustand Ihrer Gnaden von Zorn zu Verzweiflung wechselte, nur um dann erneut in Zorn umzuschlagen. Rhaenyra klammerte sich so verbissen an den Eisernen Thron, dass bei Sonnenuntergang ihre Hände bluteten. Sie übergab den Befehl über die Goldröcke Ser Balon Byrke, dem Hauptmann des Eisentors, und ließ Raben nach Winterfell und Hohenehr schicken, um weitere Hilfe zu erbitten. Außerdem enteignete sie in einem Erlass die Mutons von Jungfernteich und ernannte den jungen Ser Glendon Guth zum Lord Kommandanten der Königinnengarde. (Obwohl er gerade erst zwanzig Jahre alt und noch keinen ganzen Mond Mitglied der Weißen Schwerter war, hatte sich Guth bei den Kämpfen in Flohloch an jenem Tag ausgezeichnet. Er war es gewesen, der Ser Lorents Leiche geborgen und so verhindert hatte, dass die Aufständischen sie schändeten.)

Zwar findet der Narr Pilz weder in Septon Konstans' Bericht über den Letzten Tag noch in Munkuns *Wahrer Geschichte* Erwähnung, doch beide schreiben über die Söhne der Königin. Aegon der Jüngere war stets an der Seite seiner Mutter, sprach jedoch nur selten ein Wort. Prinz Gottfrid, inzwischen dreizehn Jahre alt, legte seine Knappenrüstung an und flehte die Königin an, zur Drachengrube reiten zu dürfen, um Tyraxes zu besteigen. »Ich möchte für Euch kämpfen, Mutter, so wie meine Brüder. Lasst mich beweisen, dass ich ebenso tapfer sein kann wie sie.« Doch seine Worte bestärkten lediglich Rhaenyras Entschlossenheit. »Tapfer waren sie, und jetzt sind sie alle beide tot. Meine süßen Jungen.« Und abermals verbot Ihre Gnaden dem Prinzen, die Burg zu verlassen.

Bei Sonnenuntergang kam der Abschaum von Königsmund erneut aus seinen Verstecken, Rattenlöchern und Kellern gekrochen, und zwar noch zahlreicher als in der Nacht zuvor.

Auf Visenyas Hügel bot ein Heer von Huren jedem Mann unentgeltlich ihre Dienste an, der bereit war, sein Schwert durch Eid an Gaemon Hellhaar zu binden (»König Fotze«, wie er in der vulgären Ausdrucksweise der Stadt genannt wurde). Am Flusstor kredenzte Ser Perkin seinen Gossenrittern gestohlenes Essen und führte sie zum Flussufer, wo sie die Anleger und Lagerhäuser plünderten und noch dazu alle Schiffe, die nicht rechtzeitig abgelegt hatten. Derweil führte Wat der Gerber seine heulenden Raufbolde gegen das Tor der Götter. Obgleich Königsmund über massive Mauern und starke Türme verfügte, waren sie doch errichtet worden, um Feinde von außen abzuwehren, nicht um Aufständische im Inneren in die Knie zu zwingen. Die Kaserne am Tor der Götter war besonders geschwächt, da ihr Hauptmann und ein Drittel der Männer mit Ser Luthor Largent auf dem Schusterplatz gefallen waren. Die verbliebenen Goldröcke, darunter viele Verwundete, wurden von den Horden leicht überwältigt. Wats Anhänger strömten ins Land hinaus und zogen den Königsweg hinauf, hinter Lord Celtigars verwesendem Kopf her … wohin, das schien nicht einmal Wat genau zu wissen.

Ehe eine Stunde vergangen war, standen sowohl das Königstor als auch das Löwentor offen. Die Goldröcke an Ersterem waren geflohen, während die »Löwen« am Letzteren sich dem Pöbel angeschlossen hatten. Damit standen drei der sieben Tore von Königsmund Rhaenyras Feinden offen.

Die größte Gefahr für die Herrschaft der Königin ging jedoch von einem Feind innerhalb der Stadtmauern aus. Bei Einbruch der Dunkelheit erschien der Hirte erneut auf dem Schusterplatz und setzte seine Predigten fort. Tagsüber waren die Leichen eingesammelt worden, hören wir, aber zuvor war noch ihre Kleidung gefleddert und sie aller Wertsachen beraubt worden; in manchen Fällen auch ihrer Köpfe. Während der einhändige Prophet weiterhin Flüche gegen die »niederträchtige Königin« im Roten Bergfried ausstieß, starrten ihn einhundert abgeschlagene Köpfe an, schwankend auf langen Speeren und angespitzten Stäben. Die Menge war, so überliefert uns Septon Konstans, doppelt so groß und dreimal so verängstigt wie in der Nacht zuvor. Wie die Königin, die sie so sehr verabscheuten, blickten die »Lämmer« des Hirten voller Angst zu den Sternen, weil sie fürchteten, König Aegons Drachen könnten noch in der Nacht über sie herfallen, dicht gefolgt von seinem Heer. Sie glaubten nicht länger daran, dass die Königin sie beschützen konnte, und hofften nun auf Rettung durch den Hirten.

Doch dieser Prophet hatte nur eine Antwort für sie. »Wenn die Drachen kommen«, schrie er, »wird euer Fleisch Blasen werfen und brennen, bis ihr nur noch Asche seid. Eure Weiber werden in Kleidern aus Flammen tanzen und kreischen, während sie brennen, lüstern und nackt unter dem Feuer. Auch eure Kinder werden weinen, ihr werdet es sehen, bis ihre Augen schmelzen und ihnen wie Gelee übers Gesicht rinnen, bis ihr rosiges Fleisch schwarz wird und sich knisternd von den Knochen löst. Der Fremde kommt, *er kommt, er kommt,* um uns für unsere Sünden zu geißeln. Gebete werden seinen Zorn nicht besänftigen, genauso wenig, wie Tränen das Drachenfeuer löschen können. Nur Blut kann das. Euer Blut, mein Blut, *ihr* Blut.« Dann hob er den rechten Arm und zeigte mit dem Stumpf seiner fehlenden Hand auf Rhaenys' Hügel hinter ihm und auf die Drachengrube, die sich dunkel vor den Sternen abhob. »Dort hausen die Dämonen, *dort oben. Feuer und Blut, Blut und Feuer.* Das ist ihre Stadt. Wenn sie euch gehören soll, müsst ihr sie zuerst vernichten! Wenn ihr euch von euren Sünden reinigen wollt, müsst ihr vorher in Drachenblut baden! Denn nur Blut kann das Feuer der Hölle löschen!«

Aus zehntausend Kehlen erhob sich ein Schrei. *»Tötet sie! Tötet sie!«* Und wie eine riesige Bestie mit zehntausend Beinen setzten sich die Lämmer des Hirten in Bewegung, schoben und drängten sich, schwenkten ihre Fackeln und schwangen Schwerter und Messer und andere einfachere Waffen und rannten durch die Straßen und Gassen zur Drachengrube hinauf. Einige überlegten es sich auf dem Weg noch anders und verdrückten sich nach Hause, doch für jeden, der verschwand, gesellten sich drei neue zu den Drachentötern. Als sie Rhaenys' Hügel erreichten, hatte sich ihre Zahl verdoppelt.

Hoch oben auf Aegons Hohem Hügel, auf dem Dach von Maegors Feste am anderen Ende der Stadt, beobachtete Pilz zusammen mit der Königin und ihren Söhnen und Höflingen den Ansturm auf die Drachengrube. Es war eine dunkle wolkenverhangene Nacht und so viele Fackeln, »dass es schien, als wären alle Sterne vom Himmel gekommen, um die Drachengrube zu stürmen«, behauptet der Narr.

Sobald sie erfuhr, dass die wilde Herde des Hirten auf dem Weg zur Drachengrube war, schickte Rhaenyra Reiter zu Ser Balon am Alten Tor und zu Ser Garth am Drachentor und befahl ihnen, die Lämmer zu zerstreuen, den Hirten zu ergreifen und die königlichen Drachen zu verteidigen … doch angesichts des Aufruhrs in der Stadt war unklar, ob die Reiter durchkommen würden. Und selbst wenn, würden die wenigen treuen Goldröcke kaum genügen. »Ihre Gnaden hätte genauso gut befehlen können, den Schwarzwasser aufzuhalten«, sagt Pilz. Als Prinz Gottfrid seine Mutter um Erlaubnis bat, mit ihren Rittern und jenen aus Weißwasserhafen in die Schlacht ziehen zu dürfen, wies die Königin sein Ansinnen erneut zurück. »Wenn sie diesen Hügel einnehmen, ist unserer als Nächstes an der Reihe«, sagte sie. »Wir werden jedes Schwert hier brauchen, um die Burg zu verteidigen.«

»Aber sie werden die Drachen *töten*«, sagte Prinz Gottfrid beklommen.

»Oder die Drachen töten sie«, erwiderte seine Mutter ungerührt. »Sollen sie brennen. Das Reich wird sie kaum vermissen.«

»Mutter, und was ist, wenn sie *Tyraxes* töten?«, wollte der junge Prinz wissen.

Das mochte die Königin nicht glauben. »Das ist nur Abschaum. Säufer und Narren und Gossenratten. Sobald sie das Drachenfeuer zu schmecken bekommen, werden sie davonlaufen.«

Da ergriff der Hofnarr Pilz selbst das Wort und sprach: »Säufer mögen sie vielleicht sein, aber ein Betrunkener kennt keine Angst. Narren, ja, doch auch ein Narr kann einen König töten. Ratten wohl auch, aber eintausend Ratten können sogar einen Bären zur Strecke bringen. Das habe ich selbst schon gesehen, unten in Flohloch.« Dieses Mal lachte Königin Rhaenyra nicht. Sie gebot ihrem Narren zu schweigen, wenn ihm seine Zunge lieb sei, und wandte sich wieder den Zinnen zu. Nur Pilz beobachtete, wie sich Prinz Gottfrid schmollend davonmachte (wenn wir seinem *Zeugnis* glauben dürfen) … und Pilz war Schweigen geboten worden.

Erst als die Beobachter auf dem Dach Syrax brüllen hörten, bemerkten sie die Abwesenheit des Prinzen. Das war zu spät. »Nein«, soll die Königin gesagt haben. »Ich verbiete es. Ich *verbiete* es.« Aber noch während sie sprach, stieg ihr Drache aus dem Hof auf, hockte einen halben Herzschlag lang auf den Burgzinnen und schwang sich mit ihrem Sohn auf dem Rücken in die Nacht, der ein Schwert in der Hand hielt. »Ihm nach«, schrie Rhaenyra. »Ihr alle! Jeder Mann, jeder Junge, zu den Pferden, zu den *Pferden*, reitet ihm nach. Bringt ihn mir zurück! Bringt ihn mir zurück, er weiß es nicht besser. Mein Sohn, mein Schatz, mein Sohn …«

Sieben Männer ritten in dieser Nacht aus dem Roten Bergfried in den Wahnsinn hinaus, der in der Stadt tobte. Munkun berichtet uns, sie seien ehrenhafte Männer gewesen, deren Pflichtgefühl ihnen befahl, ihrer Königin zu gehorchen. Septon Konstans möchte uns hingegen glauben machen, dass die Liebe der königlichen Mutter für ihren Sohn die Herzen dieser Männer gerührt hatte. Pilz beschreibt sie als Dummköpfe und Feiglinge und sagt, sie seien nur auf eine reiche Belohnung aus gewesen und hätten »nicht begriffen, dass sie sterben könnten«. Dieses eine Mal könnten alle unsere drei Chronisten recht haben, zumindest in Teilen.

Unser Septon, unser Maester und unser Narr stimmen immerhin in den Namen überein. Die Sieben, die hinausritten, waren Ser Medrick Manderly, der Erbe von Weißwasserhafen, Ser Loreth Landstal und Ser Harrold Finster, Ritter der Königinnengarde, Ser Harmon aus dem Schilf, genannt Eisenschläger, Ser Gil Isenwald, ein verbannter Ritter aus Dorne, Ser Willam Rois, der das berühmte valyrische Schwert Wehklage trug, und Ser Glendon Guth, der Lord Kommandant der Königinnengarde. Sechs Knappen, acht Goldröcke und zwanzig Waffenknechte begleiteten die sieben Streiter, aber deren Namen wurden uns leider nicht überliefert.

Viele Sänger haben seither viele Lieder über den Ritt der Sieben verfasst, und viele Geschichten werden über die Gefahren erzählt, denen sie begegnen mussten, als sie sich durch die Stadt kämpften, während um sie herum Königsmund brannte und die Gassen von Flohloch rot vor Blut waren. Manche dieser Lieder enthalten sogar ein Körnchen Wahrheit, aber es würde den Rahmen dieses Werkes sprengen, sie hier alle wiederzugeben. Auch über Prinz Gottfrids letzten Flug werden Lieder gesungen. Manche Sänger fänden noch auf dem Abtritt ruhmreiche Taten, meint Pilz, doch um die Wahrheit auszusprechen, bedürfe es eines Narren. Obgleich der Mut des Prinzen unbestreitbar ist, war sein Handeln eine Torheit.

Wir wollen nicht vorgeben, das geheimnisvolle und rätselhafte Band zwischen Drachen und Drachenreiter zu verstehen; im Laufe der Jahrhunderte haben sich schon weisere Männer den Kopf darüber zerbrochen. Wir wissen allerdings, dass Drachen keine Pferde sind, die sich von jedem reiten lassen, der einen Sattel auf ihren Rücken legt. Syrax war der Drache der Königin. Rhaenyra war die Einzige, die sie je geritten hatte. Natürlich war Syrax mit dem Anblick und Geruch Prinz Gottfrids vertraut, daher störte es sie nicht besonders, als sich der Junge an ihren Ketten zu schaffen machte. Doch die große gelbe Drachin duldete ihn nicht als Reiter. Weil Gottfrid in Eile war und losfliegen wollte, ehe man ihn aufhalten konnte, bestieg er Syrax ohne Peitsche und Sattel. Wir müssen annehmen, dass er entweder mit Syrax in die Schlacht fliegen oder, was wahrscheinlicher ist, lediglich über die Stadt hinwegfliegen wollte, um zu seinem Tyraxes in der Drachengrube zu gelangen und ihn zu besteigen. Vielleicht wollte er auch die anderen Drachen in der Drachengrube von ihren Ketten befreien und loslassen.

Gottfrid erreichte Rhaenys' Hügel nie. Sobald sie in die Luft gestiegen waren, wand Syrax sich unter dem Prinzen, um den ungewohnten Reiter abzuwerfen. Und von unten flogen ihnen Steine, Speere und Pfeile der Aufständischen entgegen, was den Drachen noch wütender machte. Zweihundert Fuß über Flohloch rutschte Prinz Gottfrid von Syrax' Rücken und stürzte ab.

Der Fall der Prinzen nahm nahe einer Kreuzung von fünf Gassen ein blutiges Ende. Gottfrid stürzte auf ein Dach mit spitzem Giebel und rollte ein Stück, ehe er in einer Lawine aus zerbrochenen Schindeln vierzig Fuß weiter nach unten fiel. In den Berichten heißt es, dass er sich bei dem Sturz das Rückgrat gebrochen habe, dass Schieferscherben wie Messer auf ihn herabregneten, dass ihm im Fallen sein eigenes Schwert aus der Hand glitt und sich in seinen Bauch bohrte. In Flohloch erzählen sich die Menschen noch heute von der Tochter eines Kerzenmachers namens Robin, die den zerschmetterten Prinzen in den Armen wiegte und ihm im Sterben Trost spendete, doch diese Erzählung gehört eher ins Reich der Legenden als der Geschichte. »Mutter, vergib mir«, soll Gottfrid mit seinem letzten Atemzug gesagt haben … wobei noch immer Streit darüber herrscht, ob er sich damit an seine Mutter, die Königin, wandte oder die Mutter Oben anrief.

So starb Gottfrid Velaryon, der Prinz von Drachenstein und Erbe des Eisernen Throns, der letzte Sohn Königin Rhaenyras mit Ser Laenor Velaryon … oder der letzte ihrer Bastarde von Ser Harwin Kraft, je nachdem, welcher Version der Geschichte man Glauben schenken möchte.

Es dauerte nicht lange, bis der Pöbel über seine Leiche herfiel. Robin, die Tochter des Kerzenmachers – falls sie denn je existierte –, wurde vertrieben. Plünderer zerrten dem Prinzen die Stiefel von den Füßen und das Schwert aus der Hand, dann zogen sie ihm die feine, blutbefleckte Kleidung aus. Andere, noch üblere Unholde rissen sich um seinen Körper. Beide Hände wurden dem Prinzen

abgehackt, weil der Abschaum der Straße die Ringe an den Fingern haben wollte. Der rechte Fuß des Prinzen wurde am Knöchel durchgehackt, und ein Fleischerlehrling sägte an seinem Hals, um sich den Kopf unter den Nagel zu reißen, als die Sieben herangaloppiert kamen. So kam es im Gestank von Flohloch, in Schlamm und Blut, zum Gefecht um Prinz Gottfrids Leichnam.

Am Ende konnten die Ritter der Königin die Überreste des Prinzen bergen, bis auf den fehlenden Fuß. Allerdings fielen drei der Sieben in den Kämpfen. Der Dornische, Ser Gil Isenwald, wurde vom Pferd gezerrt und zu Tode geprügelt, während Ser Willam Rois von einem Mann erschlagen wurde, der von einem Dach sprang und auf seinem Rücken landete (sein berühmtes Schwert Wehklage wurde ihm dabei aus der Hand gerissen und nie wieder gesehen). Das schlimmste Schicksal ereilte Ser Glendon Guth: Ein Mann mit einer Fackel schlich sich von hinten an ihn heran und zündete seinen weißen Mantel an. Als die Flammen an seinem Rücken aufloderten, erschrak sein Pferd, bäumte sich auf und warf ihn ab. Der Pöbel fiel über ihn her und riss ihn in Stücke. Ser Glendon mit seinen gerade zwanzig Jahren war nicht einmal einen ganzen Tag Lord Kommandant der Königinnengarde gewesen.

Und während in den Gassen von Flohloch das Blut strömte, tobte oben auf Rhaenys' Hügel eine Schlacht um die Drachengrube.

Pilz sollte recht behalten: Horden verhungernder Ratten können Stiere und Bären und Löwen erlegen, wenn sie nur zahlreich genug angreifen. Gleichgültig, wie viele Ratten der Stier oder der Bär tötet, es kommen immer mehr, die dem großen Tier in die Beine zwicken, sich in seinen Bauch verbeißen oder ihm den Rücken hinaufklettern. Genauso verhielt es sich in jener Nacht. Die menschlichen Ratten des Hirten waren mit Speeren, Langäxten, dornenbesetzten Keulen und einem halben Hundert anderer Waffen ausgerüstet, darunter auch Langbögen und Armbrüste.

Goldröcke vom Drachentor, der Königin treu ergeben, verließen ihre Kaserne zur Verteidigung des Hügels, konnten sich jedoch keinen Weg durch die Menschenmassen bahnen und mussten umkehren, während der Bote, der zum Alten Tor geschickt wurde, gar nicht erst dort eintraf. Die Drachengrube selbst verfügte zwar über eigene Wachen, die Drachenhüter, jedoch gab es nur siebenundsiebzig dieser stolzen Krieger, und in jener Nacht hatten nicht einmal fünfzig Dienst. Auch wenn ihre Schwerter unter den Angreifern einen hohen Blutzoll forderten, war deren schiere Masse einfach zu groß. Als die Lämmer des Hirten die Türen aufbrachen und hindurchstürmten (die riesigen Haupttore waren mit Bronze und Eisen verstärkt und zu stark, um sie aufzubrechen, doch das Gebäude verfügte über zwanzig kleinere Eingänge) und durch die Fenster kletterten, wurden die Drachenhüter überwältigt und waren bald niedergemacht.

Vielleicht hofften die Angreifer, die Drachen im Schlaf zu überraschen, doch der Lärm, den sie machten, verhinderte das. Die Überlebenden berichteten später von Schreien und Gebrüll, vom Blutgeruch, der in der Luft hing, und dem Splittern der Türen aus Eisen und Holz, die unter der Wucht grober Rammböcke und zahlloser Axthiebe nachgaben. »Selten waren so viele so bereitwillig auf ihren eigenen Scheiterhaufen geströmt«, schrieb Großmaester Munkun später, »doch der Wahnsinn hatte sie ergriffen.« Vier Drachen lebten in der Drachengrube. Als die ersten Angreifer den Sand betraten, waren alle vier hellwach, gereizt und brannten vor Zorn.

Keine zwei Chroniken sind sich darüber einig, wie viele Männer und Frauen in jener Nacht unter der großen Kuppel der Drachengrube ums Leben kamen: zweihundert oder zweitausend. Wer kann das schon wissen? Aber für jeden Toten gab es zehn Aufrührer, die Verbrennungen erlitten und doch überlebten. In der Grube gefangen und von Mauern, der Kuppel und ihren schweren Ketten behindert, konnten die Drachen nicht davonfliegen oder mithilfe ihrer Schwingen den Angriffen ausweichen und auf die Feinde herabstürzen. Stattdessen kämpften sie mit Hörnern und Krallen und Zähnen und wandten sich hin und her wie die Stiere in einer Rattengrube in Flohloch … nur dass diese Stiere Feuer spien. »Die Drachengrube verwandelte sich eine Feuerhölle. Brennende Menschen taumelten brüllend durch den Rauch, und das Fleisch löste sich von ihren verkohlten Knochen«, schreibt Septon Konstans, »doch für jeden Toten drängten zehn weitere nach und schrien, die Drachen müssten sterben. Und einer nach dem anderen starben sie.«

Shrykos unterlag als Erste. Sie wurde von einem Holzfäller erschlagen, den man Hobb den Hauer nannte. Er sprang ihr auf den Hals und grub seine Axt tief in ihren Schädel. Shrykos brüllte und wand sich und versuchte ihn abzuschütteln. Siebenmal schlug Hobb zu, während er die Beine um den Hals des Drachen geschlungen hatte; jedes Mal, wenn die Axt niederfuhr, brüllte Hobb den Namen eines der Sieben. Mit dem siebten Schlag, dem Schlag des Fremden, erschlug er den Drachen und drang durch Schuppen und Knochen in das Gehirn der Bestie … wenn wir Konstans glauben wollen.

Morghul, so steht geschrieben, wurde vom Brennenden Ritter erschlagen, einem hünenhaften Rohling in schwerer Rüstung, der sich mit einem Speer in der Hand kopfüber in den Feueratem des Drachen stürzte und der Bestie die Speerspitze wieder und wieder ins Auge rammte, während das Drachenfeuer bereits seine stählerne Rüstung schmolz und das Fleisch darunter verzehrte.

Prinz Gottfrids Tyraxes zog sich in seine Höhle zurück, so heißt es, wo er so viele Möchtegern-Drachentöter röstete, die durch den Eingang hereinstürmten, dass der Eingang bald von einem Leichenberg versperrt war. Doch dürfen wir nicht vergessen, dass jede dieser von Menschenhand errichteten Höhlen zwei Eingänge hatte, eine zum Sand der Grube hin, die andere zum Hang hin. Es war der Hirte selbst, der seine Anhänger zur »Hintertür« führte. Bald war sie aufgebrochen, und Hunderte stürmten heulend mit Schwertern und Speeren und Äxten durch den Rauch herein. Als Tyraxes sich umdrehte, wurden ihm die Ketten zum Verhängnis. Er verhedderte sich in einem tödlichen Netz aus Stahl, das seine Bewegungen behinderte. Ein halbes Dutzend Männer (und eine Frau) behaupteten später, dem Drachen den Todesstoß versetzt zu haben (wie sein Herr musste auch Tyraxes im Tod weitere Erniedrigungen erleiden, als die Anhänger des Hirten die Membranen von seinen Schwingen schnitten, sie in Streifen rissen und sich Drachenhautmäntel daraus machten)

Der letzte der vier Grubendrachen ließ sich nicht so leicht erlegen. Die Legende behauptet, Traumfeuer habe sich nach Königin Helaenas Tod von zwei ihrer Ketten befreit. Als der Pöbel sich auf sie stürzte, riss sie die verbliebenen Fesseln mitsamt der Haltestreben aus der Wand. Sie schnappte mit Zähnen und Krallen um sich, zerfetzte Menschen, riss ihnen Arme und Beine aus und hüllte sie dabei in ihren schrecklichen Feueratem. Als sie umzingelt wurde, erhob sie sich in die Lüfte und kreiste unter der riesigen Kuppel der Drachengrube. Immer wieder stieß sie auf die Menschen herab. Tyraxes, Shrykos und Morghul hatten Dutzende getötet, daran besteht kein Zweifel, doch Traumfeuer fielen mehr Menschen zum Opfer als den anderen drei Drachen zusammen.

Hunderte Angreifer flohen voller Entsetzen vor den Flammen … doch Hunderte andere, Betrunkene oder Wahnsinnige oder vom Mut des Kriegers Besessene, setzten den Angriff fort. Sogar an der höchsten Stelle der Kuppel blieb der Drache stets in Reichweite der Bogen- und Armbrustschützen, und ständig trafen Traumfeuer Pfeile und Bolzen, von denen einige aufgrund der kurzen Entfernung auch den Schuppenpanzer durchschlugen. Wann immer sie landete, stießen die Männer vor und trieben sie zurück in die Luft. Zweimal flog der Drache gegen die großen Bronzetore der Grube, die jedoch verschlossen und verrammelt waren und von Speerreihen verteidigt wurden.

Da Traumfeuer nicht fliehen konnte, erwiderte sie den Angriff. Sie wütete unter ihren Peinigern, bis der Sand der Grube mit verkohlten Leichen übersät war und der dichte Qualm und der Geruch von verbranntem Fleisch in der Luft hing. Aber noch immer flogen Speere und Pfeile. Das Ende kam, als ein Armbrustbolzen den Drachen ins Auge traf. Halbblind und wutschnaubend wegen der vielen kleineren Verletzungen breitete Traumfeuer die Schwingen aus und flog in einem letzten verzweifelten Versuch, in den offenen Himmel durchzubrechen, direkt gegen das große Kuppeldach. Längst vom allgegenwärtigen Drachenfeuer geschwächt, brach die Kuppel unter der Wucht des Aufpralls, und einen Augenblick später stürzte die Hälfte des Daches ein. Drache und Drachentöter wurden unter tonnenschwerem Schutt und Trümmern begraben.

Die Erstürmung der Drachengrube war vorüber. Vier der Targaryen-Drachen waren tot, wenn auch zu einem entsetzlichen Preis. Doch noch war der Triumph des Hirten nicht vollständig, denn der Drache der Königin war noch am Leben und in Freiheit … und als die verbrannten, blutenden Überlebenden des Gemetzels aus den rauchenden Ruinen der Grube taumelten, stieß Syrax auf sie herab.

Pilz gehörte zu jenen Zuschauern, die den Kampf um die Drachengrube vom Dach von Maegors Feste aus zusammen mit Königin Rhaenyra beobachteten. »Eintausend Schreie und Rufe hallten durch die Stadt und mischten sich mit dem Gebrüll des Drachen«, erzählt er uns. »Auf Rhaenys' Hügel trug die Drachengrube eine Krone aus gelbem Feuer und brannte so hell wie die aufgehende Sonne. Selbst Königin Rhaenyra erzitterte bei diesem Anblick, und auf ihren Wangen glitzerten Tränen. Nie habe ich einen so schrecklichen und gleichzeitig so herrlichen Anblick gesehen.«

Viele der Begleiter der Königin flohen vom Dach, erzählt uns der Zwerg, aus Angst, dass die Brände sich über die gesamte Stadt ausbreiten und auch den Roten Bergfried auf Aegons Hohem Hügel erfassen würden. Andere suchten Zuflucht in der Burgsepte und beteten um Rettung. Rhaenyra schlang die Arme um ihren letzten überlebenden Sohn, Aegon den Jüngeren, und drückte ihn fest an sich. Und sie ließ ihn nicht mehr los … bis zu jenem schrecklichen Augenblick, in dem Syrax fiel.

Syrax war nicht angekettet und ohne Reiter, sie hätte also leicht vor dem Wahnsinn davonfliegen können. Sie hätte zum Roten Bergfried zurückkehren oder die Stadt verlassen und nach Drachenstein fliegen können. Waren es der Lärm und die Feuer, die sie zu Rhaenys' Hügel zogen, das Gebrüll und die Schreie der sterbenden Drachen, der Geruch von brennendem Fleisch? Wir wissen es nicht, und ebenso wenig wissen wir, weshalb sich Syrax auf den Pöbel stürzte und die Menschen mit Zähnen und Klauen zerfetzte, obwohl sie mit Leichtigkeit hätte Feuer auf sie herabregnen lassen können, denn in der Luft hätte ihr niemand etwas zuleide tun können. Wir können nur berichten, was geschehen ist, wie Pilz, Septon Konstans und Großmaester Munkun es für uns niedergelegt haben.

Die vielen Geschichten über den Tod des königlichen Drachen widersprechen sich. Munkun schreibt ihn Hobb dem Hauer und seiner Axt zu, doch das entspricht mit ziemlicher Sicherheit nicht der Wahrheit. Kann ein und derselbe Mann in ein und derselben Nacht wirklich zwei Drachen auf die gleiche Art und Weise erschlagen haben? Manche sprechen von einem namenlosen Speerwerfer, einem »mit Blut getränkten Riesen«, der Syrax von der zerstörten Kuppel aus auf den Rücken gesprungen sein soll. Wieder andere nennen einen Ritter namens Ser Warrick Weißdorf, der Syrax mit einem Schwert aus valyrischem Stahl (höchstwahrscheinlich Wehklage) eine Schwinge abgeschnitten haben soll. Ein Armbrustschütze namens Bohne beanspruchte später den Todesstoß für sich und prahlte damit in Weinstuben und Schenken, bis einer der Getreuen der Königin seine Prahlerei nicht mehr ertragen konnte und ihm die Zunge herausschnitt.

Vielleicht hatten all diese Helden (ausgenommen Hobb) ihren Anteil am Tode des Drachen … doch in der Geschichte, die am häufigsten in Königsmund erzählt wird, tritt der Hirte selbst als Drachentöter auf. Während andere flohen, so erzählt man sich, stellte sich nur der einhändige Prophet der tobenden Bestie furchtlos und allein entgegen und rief die Sieben um Beistand an, bis der Krieger selbst Gestalt annahm, dreißig Fuß groß. In der Hand hielt er eine schwarze Klinge aus Rauch, die sich in Stahl verwandelte, während er sie schwang und Syrax den Kopf abschlug. So wurde die Geschichte erzählt, selbst von Septon Konstans in seinem Bericht über jene finsteren Tage, und so sangen die Sänger sie noch viele Jahre später.

Nach dem Verlust ihres Drachen und ihres Sohnes zog sich Rhaenyra Targaryen aschfahl und untröstlich in ihre Gemächer zurück, begleitet von dem Narren, während ihre Ratgeber sich versammelten. Königsmund war verloren, darin waren sich alle einig, sie mussten die Stadt aufgeben. Widerstrebend ließ sich Ihre Gnaden überzeugen, im Morgengrauen des nächsten Tages aufzubrechen. Da sich das Schlammtor in den Händen ihrer Feinde befand und alle Schiffe am Flussufer verbrannt oder versenkt worden waren, schlichen sich Rhaenyra und eine kleine Schar Getreuer zum Drachentor hinaus, entschlossen, die Küste entlang nach Dämmertal zu ziehen. Mit ihr ritten die Gebrüder Manderly, die vier überlebenden Ritter ihrer Königinnengarde, Ser Balon Byrke und zwanzig Goldröcke, vier Hofdamen und ihr letzter überlebender Sohn, Aegon der Jüngere.

Pilz blieb zurück, zusammen mit anderen Angehörigen des Hofes, darunter auch Lady Misere und Septon Konstans. Ser Garth die Hasenscharte, der Hauptmann der Goldröcke am Drachentor, wurde mit der Verteidigung der Burg beauftragt, eine Aufgabe, für die er allerdings wenig Begeisterung aufbrachte. Ihre Gnaden war noch keinen ganzen Tag fort, als Ser Perkin der Floh und seine Gossenritter vor dem Tor erschienen und verlangten, dass ihnen die Burg übergeben werde. Obwohl die Besatzung zahlenmäßig zehn zu eins unterlegen war, hätten sie die Burg halten können, doch Ser

Garth entschied sich, Rhaenyras Banner einzuholen, die Tore zu öffnen und sich der Gnade des Feindes anzuvertrauen.

Wie sich herausstellte, kannte der Floh keine Gnade. Garth die Hasenscharte wurde vor ihn geschleift und enthauptet, und zwar zusammen mit zwanzig anderen Rittern, die der Königin noch die Treue hielten, darunter Ser Harmon aus dem Schilf, der Eisenschläger, der zu den Sieben gehört hatte, die hinausgeritten waren. Auch die Meisterin der Flüsterer, Lady Mysaria von Lys, wurde nicht verschont. Auf der Flucht gefasst, wurde der Weiße Wurm nackt durch die Stadt gepeitscht, vom Roten Bergfried bis zum Göttertor. Falls sie lebend dort eintreffen sollte, hatte Ser Perkin versprochen, würde sie verschont werden und wäre frei zu gehen. Sie schaffte nur die halbe Strecke und starb unterwegs auf dem Pflaster. Auf ihrem Rücken fand sich kam noch ein Fleck mit heller weißer Haut.

Septon Konstans fürchtete derweil um sein eigenes Leben. »Nur die Gnade der Mutter hat mich gerettet«, schreibt er, allerdings ist wohl wahrscheinlicher, dass Ser Perkin sich den Glauben nicht zum Feind machen wollte. Der Floh befreite außerdem alle Gefangenen, die er in den Kerkern unter der Burg fand, unter anderem Großmaester Orwyl und die Seeschlange, Lord Corlys Velaryon. Beide bezeugten am nächsten Tag, wie Ser Perkins schlaksiger Knappe Trystan den Eisernen Thron bestieg. Auch die Königinwitwe war zugegen, Alicent aus dem Hause Hohenturm. Tief unten in den Schwarzen Zellen fanden Ser Perkins Männer sogar König Aegons ehemaligen Meister der Münze, Ser Tyland Lennister, immer noch am Leben … allerdings hatten Rhaenyras Folterknechte ihn geblendet, ihm die Fingernägel und Zehennägel ausgerissen, die Ohren abgeschnitten und ihn seines Gemächts entledigt.

König Aegons Meister der Flüsterer, Larys Kraft der Klumpfuß, war es sehr viel besser ergangen. Unversehrt trat der Lord von Harrenhal aus seinem Versteck hervor, wo immer es gewesen sein mochte. Wie ein Mann, der aus dem Grab auferstanden war, schritt er durch die Gänge des Roten Bergfrieds, als wäre er nie fort gewesen, wurde von Ser Perkin dem Floh herzlich begrüßt und eingeladen, einen Ehrenplatz an der Seite seines neuen »Königs« einzunehmen.

Die Flucht der Königin brachte Königsmund keinen Frieden. »Drei Könige herrschten über die Stadt, jeder auf seinem eigenen Hügel, doch für ihre unglücklichen Untertanen gab es kein Gesetz, keine Gerechtigkeit, keinen Schutz«, berichtet die *Wahre Geschichte*. »Kein Haus war sicher, genauso wenig die Tugend der Jungfrauen.« Dieses Chaos herrschte länger als einen Mondwandel.

Maester und Gelehrte, die über diese Zeit schreiben, übernehmen oft die von Munkun geprägte Bezeichnung »Mond der Drei Könige« (andere bevorzugen den »Mond der Tollheit«), aber sie trifft nicht zu, denn der Hirte beanspruchte nie die Königswürde, sondern bezeichnete sich stets als einen einfachen Sohn der Sieben. Dennoch lässt sich nicht leugnen, dass er, während er in den Ruinen der Drachengrube saß, Macht über Zehntausende hatte.

Die Häupter der fünf Drachen, die seine Anhänger erschlagen hatten, wurden auf Pfähle gespießt, und jeden Abend predigte der Hirte unter ihnen. Da die Drachen tot waren und keine unmittelbare Bedrohung durch ein Verhängnis mehr bestand, richtete der Prophet seinen Zorn nun gegen die Hochgeborenen und Reichen. Nur die Armen und Demütigen würden je die Hallen der Götter schauen, verkündete er; Lords und Ritter und die Reichen würden Stolz und Habgier in die Hölle bringen. »Legt Seide und Satin ab und hüllt eure Nacktheit in raue Roben«, befahl er seinen Anhängern. »Werft eure Schuhe weg und geht barfuß durch die Welt, so wie der Vater euch erschaffen hat.« Tausende gehorchten. Aber viele Tausend mehr wandten sich ab, und jede Nacht versammelten sich weniger und weniger Menschen, um den Worten des Propheten zu lauschen.

Am anderen Ende der Straße der Schwestern erblühte Gaemon Hellhaars wunderliches Königreich auf Visenyas Hügel. Der Hof dieses vierjährigen Bastardkönigs bestand aus Huren, Mimen und Dieben, während Scharen von Raufbolden, Söldnern und Säufern seine »Herrschaft« verteidigten. Ein Erlass nach dem anderen kam aus dem Haus der Küsse, wo der Kindkönig seinen Sitz hatte, und jeder war empörender als der vorausgehende. Gaemon verfügte, dass Mädchen mit Jungen vor dem Erbrecht gleichgestellt werden sollten, dass die Armen bei Hungersnöten Bier und Brot erhalten sollten, dass Männer, die im Krieg Gliedmaßen verloren hatten, von dem Lord, für den sie gekämpft hatten, ernährt und untergebracht werden müssten. Außerdem verfügte Gaemon, dass Ehemänner, die ihre Frauen prügelten, selbst verprügelt werden sollten, ungeachtet des Grundes, der solche Bestrafung veranlasst hatte. Diese Edikte waren höchstwahrscheinlich das Werk einer dornischen Hure namens Sylvenna Sand, Geliebte der Mutter des kleinen Königs, Essi, wenn wir Pilz glauben dürfen.

Königliche Erlasse ergingen auch von Aegons Hohem Hügel selbst, wo Ser Perkins Werkzeug Trystan auf dem Eisernen Thron saß, aber sie waren von gänzlich anderer Natur. Der Knappenkönig begann damit, Königin Rhaenyras unbeliebte Steuern aufzuheben und die Münzen in der königlichen Schatzkammer unter seinen Gefolgsleuten zu verteilen. Darauf folgte ein allgemeiner Schuldenerlass, dann erhob er fünf Dutzend seiner Gossenritter in den Adelsstand und reagierte auf »König« Gaemons Versprechen von freiem Brot und Bier für die Hungernden, indem er den Armen das Recht zusprach, im Königswald Kaninchen, Hasen und Rotwild zu jagen (allerdings keine Elche und keine Wildschweine). Währenddessen sammelte Ser Perkin der Floh dutzendweise überlebende Goldröcke unter Trystans Banner. Mit ihren Schwertern brachte er das Drachentor, das Königstor und das Löwentor unter seine Kontrolle, womit er vier der sieben Stadttore und über die Hälfte der Türme der Stadtmauern in die Hand bekam.

In den ersten Tagen nach der Flucht der Königin war der Hirte bei Weitem der mächtigste »König«, aber mit jeder verstreichenden Nacht sank die Zahl seiner Anhänger. »Das gemeine Volk der Stadt erwachte wie aus einem bösen Traum«, schreibt Septon Konstans, »und wie Sünder, die frierend und nüchtern nach einer Nacht trunkener Ausschweifung erwachen, wandten sie sich beschämt ab, verbargen ihre Gesichter voreinander und hofften zu vergessen.« Obwohl die Drachen tot waren und die Königin geflohen war, verfügte der Eiserne Thron über eine solche Macht, dass die Menschen immer noch zum Roten Bergfried schauten, wenn Hunger oder

Angst umgingen. Als die Macht des Hirten auf Rhaenys' Hügel schwand, wuchs folglich die Macht König Trystan Wahrfeuers (wie er sich nun nannte) auf Aegons Hohem Hügel.

Viel und noch viel mehr ereignete sich zur gleichen Zeit in Stolperstadt, wohin wir unseren Blick nun wenden. Als die Nachricht von den Unruhen in Königsmund Prinz Daerons Heer erreichte, wollten viele jüngere Lords sofort gegen die Stadt marschieren. Besonders daran gelegen war Ser Jon Steinern, Ser Roger Horn und Lord Unsieg Gipfel … doch Ser Hobert Hohenturm mahnte zur Vorsicht, und die Zwei Verräter verweigerten jede Zusammenarbeit, solange ihre Forderungen nicht erfüllt waren. Ulf Weiß wünschte sich, wie wir uns erinnern, die große Burg von Rosengarten mit all ihren Ländern und Einkünften, während der Harte Hugo Hammer nicht weniger als eine Krone für sich selbst begehrte.

Diese Streitereien erreichten einen Höhepunkt, als man in Stolperstadt verspätet von Aemond Targaryens Tod bei Harrenhal erfuhr. Von König Aegon II. hatte man seit der Eroberung Königsmunds durch seine Halbschwester Rhaenyra weder etwas gehört noch gesehen, und so mancher fürchtete, die Königin habe ihn heimlich hinrichten lassen und die Leiche fortgeschafft, damit man sie nicht als Brudermörderin verdammte. Da nun auch sein Bruder Aemond tot war, verfügten die Grünen weder über einen König noch einen Anführer. Prinz Daeron war der Nächste in der Thronfolge. Lord Gipfel erklärte, man solle den Jungen sofort zum Prinzen von Drachenstein ausrufen, andere, die Aegon II. für tot hielten, wollten ihn zum König krönen.

Die Zwei Verräter waren ebenfalls der Ansicht, dass ein neuer König gekrönt werden sollte … doch Daeron Targaryen war nicht nach ihrem Geschmack. »Wir brauchen einen starken Mann als Anführer, keinen Knaben«, verkündete der Harte Hugo Hammer. »Der Thron sollte mir gehören.« Als der Kühne Jon Steinern zu wissen verlangte, mit welchem Recht er diesen Anspruch erhöbe, antwortete Lord Hammer: »Mit dem gleichen Recht wie der Eroberer. Ich habe einen Drachen.« Und tatsächlich war Vermithor nach Vhagars und Traumfeuers Tod nun der älteste und größte Drache in

Westeros. Einst war er das Reittier des Alten Königs gewesen, nun gehörte er Hugo dem Bastard. Vermithor war dreimal so groß wie Prinz Daerons Drachendame Tessarion. Niemand, der die beiden zusammen sah, konnte leugnen, dass Vermithor bei Weitem furchterregender war.

Obgleich Hammers Ehrgeiz einem Mann von so niederer Geburt nicht gut anstand, floss in seinen Adern zweifellos etwas Targaryen-Blut. In der Schlacht hatte er sich als grimmiger Kämpfer erwiesen und war freigiebig gegenüber allen, die ihm folgten; er zeichnete sich durch eben jene Art von Großzügigkeit aus, die schon immer Männer angezogen hat wie ein Leichnam die Fliegen. Es waren allerdings Männer der übelsten Sorte: Söldner, Raubritter und ähnlicher Abschaum, Männer von unreinem Blut und ungewisser Geburt, die die Schlacht um ihrer selbst willen liebten und für die Jagd nach Kriegsbeute lebten. Viele kannten die Prophezeiung, dass der Hammer den Drachen zerschmettern würde, und sahen darin den Triumph des Harten Hugos.

Die Lords und Ritter aus Altsass und der Weite fühlten sich allerdings durch den vermessenen Anspruch des Verräters beleidigt, insbesondere Prinz Daeron Targaryen selbst, der so wütend wurde, dass er dem Harten Hugo einen Becher Wein ins Gesicht schleuderte. Während Lord Weiß nur mit den Schultern zuckte und sich über die Verschwendung guten Weines beklagte, sagte Lord Hammer: »Kleine Jungen sollten sich besser benehmen, wenn erwachsene Männer sich unterhalten. Ich glaube, dein Vater hat dich nicht oft genug geschlagen. Gib acht, dass ich nicht nachhole, was er versäumt hat.« Daraufhin gingen die Zwei Verräter zusammen hinaus und begannen Pläne für Hammers Krönung zu schmieden. Am nächsten Tag trug der Harte Hugo eine Krone aus schwarzem Eisen, was den Zorn Prinz Daerons und seiner ehelich geborenen Lords und Ritter weiter schürte.

Einer von ihnen, Ser Roger Horn, war so dreist, Hammer die Krone vom Kopf zu schlagen. »Eine Krone macht noch keinen König«, sagte er. »Ihr solltet ein Hufeisen auf dem Kopf tragen, Hufschmied.« Das war eine Torheit, die Lord Hugo alles andere als komisch fand. Auf seinen Befehl hin drückten seine Männer Ser Roger zu Boden, woraufhin der Bastard eines Hufschmieds ihm nicht nur eins, sondern gleich drei Hufeisen an den ritterlichen Schädel nagelte. Als Horns Freunde einschreiten wollten, wurden Dolche gezückt und Schwerter gezogen. Am Ende waren drei Männer tot und ein Dutzend verwundet.

Das war mehr, als Prinz Daerons getreue Lords bereit waren hinzunehmen. Lord Unsieg Gipfel und ein etwas zögerlicher Hobert Hohenturm riefen elf weitere Lords und Ritter mit Landbesitz zu einem geheimen Rat im Keller eines Gasthauses in Stolperstadt zusammen und überlegten gemeinsam, was sie gegen den Hochmut dieser Drachenreiter von niederer Geburt unternehmen könnten. Die Verschwörer stimmten darin überein, dass es einfach wäre, Weiß loszuwerden, der meistens betrunken war und noch nie besonderes Können im Umgang mit Waffen an den Tag gelegt hatte. Hammer stellte eine größere Herausforderung dar, da er Tag und Nacht von Speichelleckern, Marketenderinnen und Söldnern umgeben war, die um seine Gunst buhlten. Es würde ihnen wenig bringen, Weiß zu töten und Hammer am Leben zu lassen, gab Lord Gipfel zu bedenken, der Harte Hugo müsse zuerst sterben. Lange und laut stritten sich die Lords im Keller unter dem Gasthaus zum Blutigen Krähenfuß, wie sich die Tat am besten bewerkstelligen ließe.

»Jeder Mensch kann getötet werden«, stellte Ser Hobert Hohenturm klar, »aber was ist mit den Drachen?« Angesichts der Unruhen in Königsmund, so meinte Ser Tyler Norcross, sollte Tessarion genügen, um den Eisernen Thron zurückzuerobern. Lord Gipfel erwiderte, mit Vermithor und Silberschwinge wäre ihnen der Sieg deutlich sicherer. Marq Ambros schlug vor, sie sollten die Stadt erst einmal einnehmen und sich dann der Zwei Verräter entledigen, doch Richard Rodden wandte ein, dass ein solches Vorgehen nicht ehrenhaft sei. »Wir können diese Männer nicht bitten, ihr Blut für uns zu vergießen, und sie dann erschlagen.« Der Kühne Jon Steinern beendete den Streit. »Wir bringen die Bastarde jetzt um«, sagte er. »Danach sollen die Tapfersten in unseren Reihen ihre Drachen besteigen und auf ihnen in die Schlacht fliegen.« Niemand im Keller bezweifelte, dass Steinern von sich selbst sprach.

Obwohl Prinz Daeron nicht an dem Rat teilnahm, wollten die Krähenfüße (unter diesem Namen gingen die Verschwörer in die Geschichte ein) nicht ohne seine Zustimmung und seinen Segen weitermachen. Owen Fossowey, der Lord von Ziderhall, wurde im Schutz der Dunkelheit losgeschickt, um den Prinzen zu wecken und in den Keller zu führen, sodass ihn die Verschwörer in ihre Pläne einweihen könnten. Und der einstmals so sanftmütige Prinz zögerte nicht, als Lord Unsieg Gipfel ihm die Hinrichtungsbefehle für den Harten Hugo Hammer und Ulf Weiß vorlegte, sondern setzte bereitwillig sein Siegel darunter.

Männer mögen sich verschwören, Pläne schmieden und Intrigen spinnen, aber sie sollten dabei das Gebet nicht vergessen, denn kein von Menschen gemachter Plan kann gegen die Launen der Götter bestehen. Zwei Tage später, an eben jenem Tag, an dem die Krähenfüße zuschlagen wollten, wurde Stolperstadt in finsterster Nacht von Schreien und Rufen geweckt. Draußen vor den Stadtmauern brannten die Lager. Kolonnen gepanzerter Ritter strömten aus dem Norden und Westen heran und metzelten alles nieder, während aus den Wolken Pfeile niedergingen. Und über allem wütete ein grimmiger, grausamer Drache.

Und so begann die Zweite Schlacht bei Stolperstadt.

Der Drache war Seerauch und sein Reiter Ser Addam Velaryon, entschlossen zu beweisen, dass nicht alle Bastarde Verräter sein müssen. Wie konnte er das besser tun, als Stolperstadt den Zwei Verrätern wieder abzunehmen, deren Verrat auch seinen Namen befleckt hatte? Die Sänger sagen, Ser Addam sei von Königsmund aus zum Götterauge geflogen, wo er auf der heiligen Insel der Gesichter gelandet sei und sich mit den Grünen Männern beraten habe. Der Gelehrte muss sich allerdings auf bekannte Tatsachen beschränken, und nach allem, was wir wissen, flog Ser Addam weit und schnell und landete in allen großen und kleinen Burgen, deren Lords der Königin die Treue hielten. Auf diese Weise stückelte er ein Heer zusammen.

In den Ländern, die der Trident wässert, waren während des Kriegs schon viele Schlachten und Scharmützel ausgetragen worden, und es gab kaum eine Festung oder ein Dorf, das noch keinen Blutzoll entrichtet hatte ... doch Addam Velaryon war unermüdlich und entschlossen und wortgewandt. Außerdem wussten die Flusslords viel und noch viel mehr über das Grauen, das Stolperstadt heimgesucht hatte. Als Ser Addam bereit war, auf die Stadt herabzustoßen, hatte er fast viertausend Mann hinter sich.

Benjicot Schwarzhain, der zwölfjährige Lord von Rabenbaum, hatte sich ihm angeschlossen, ebenso die verwitwete Sabitha Frey, die Lady der Zwillinge, mit ihrem Vater und ihren Brüdern aus dem Hause Vypren. Lord Stanten Peiper, Joseth Kleinwald, Derrick Darry und Lyonel Deddings hatte neue Truppen zusammengekratzt, Graubärte und grüne Jungen, die alle bereits schwere Verluste in den Schlachten des Herbstes hatten ertragen müssen. Hugo Vanke, der junge Lord von Wandersruh, war ebenfalls dabei und hatte dreihundert eigene Männer sowie die myrischen Söldner des Schwarzen Trombo mitgebracht.

Bedeutend aber war vor allem, dass das Haus Tully in den Krieg eingetreten war. Seerauchs Landung in Schnellwasser hatte auch den zögerlichen Ser Elmo Tully überzeugt, im Namen der Königin zu den Fahnen zu rufen, gegen den erklärten Willen seines bettlägerigen Großvaters Lord Grobi. »Ein Drache im eigenen Hof wirkt Wunder, wenn es darum geht, Zweifel auszuräumen«, soll Ser Elmo gesagt haben.

Das große Heer, das sein Lager vor den Mauern von Stolperstadt aufgeschlagen hatte, war den Angreifern zahlenmäßig überlegen, doch die Männer kampierten schon zu lange am gleichen Ort. Die Disziplin hatte nachgelassen (Trunkenheit war weit verbreitet, behauptet Großmaester Munkun, und auch Krankheiten breiteten sich aus), der Tod Lord Ormund Hohenturms hatte die Männer ihres Anführers beraubt, und die Lords, die seinen Platz einnehmen wollten, haderten untereinander. Sie waren so sehr in ihren Streitereien und Rivalitäten gefangen, dass sie darüber den eigentlichen Gegner vergessen hatten. Und so traf Ser Addams nächtlicher

Angriff sie vollkommen überraschend. Ehe Prinz Daerons Männer überhaupt begriffen, dass um sie herum eine Schlacht tobte, war der Feind schon unter ihnen, und sie wurden niedergemacht, während sie aus den Zelten stolperten, die Pferde sattelten, ihre Rüstung anlegten oder die Schwertgurte festschnallten.

Die größte Verheerung richtete der Drache an. Wieder und wieder stürzte Seerauch feuerspeiend auf sie herab. Bald standen hundert Zelte in Flammen, sogar die prächtigen Seidenpavillons Ser Hobert Hohenturms, Lord Unsieg Gipfels und Prinz Daerons selbst. Auch Stolperstadt wurde nicht verschont. Läden und Häuser und Septen, die beim ersten Angriff unversehrt geblieben waren, wurden nun vom Drachenfeuer verzehrt.

Daeron Targaryen schlief in seinem Zelt, als der Angriff begann. Ulf Weiß war in Stolperstadt und schlief seinen Rausch im Gasthaus zum Derben Dachs aus, das er für sich beschlagnahmt hatte. Der Harte Hugo Hammer lag innerhalb der Burgmauern im Bett der Witwe eines Ritters, der in der ersten Schlacht gefallen war. Alle drei Drachen befanden sich außerhalb der Stadt auf den Feldern.

Obwohl man sich alle Mühe gab, Ulf Weiß aus seinem trunkenen Schlaf zu reißen, gelang es niemandem, ihn zu wecken. Wie es heißt, wälzte er sich unter einen Tisch und verschlief schnarchend die ganze Schlacht, sehr zu seiner Schande. Der Harte Hugo Hammer war hingegen schnell auf den Beinen. Halb angekleidet lief er die Treppe zum Hof hinunter, rief nach seinem Hammer, seiner Rüstung und einem Pferd, damit er zu Vermithor hinausreiten könne. Seine Männer beeilten sich, seine Befehle auszuführen, während Seerauch bereits die Stallungen in Brand setzte. Doch Lord Jon Steinern, der sich Lord Fersens Schlafgemächer zusammen mit Lord Fersens Gemahlin angeeignet hatte, war bereits im Hof.

Als er den Harten Hugo sah, erkannte Steinern seine Gelegenheit. »Lord Hammer, mein Beileid«, sagte er. Hammer drehte sich um und starrte ihn finster an. »Wofür?«, wollte er wissen. »Ihr seid in der Schlacht gefallen«, erwiderte der Kühne Jon, zog Waisenmacher und rammte ihm das Schwert tief in den Bauch, ehe er den Bastard von der Leiste bis zur Kehle aufschlitzte.

Ein Dutzend Männer des Harten Hugo kamen gerade noch rechtzeitig auf den Hof, um ihren Anführer sterben zu sehen. Selbst eine Klinge aus valyrischem Stahl wie Waisenmacher kann einem Mann nur wenig helfen, wenn er allein gegen zehn kämpft. Der Kühne Jon Steinern erschlug drei Männer, ehe er selbst gefällt wurde. Es heißt, er sei gestorben, als er auf einer Darmschlinge Hugo Hammers ausrutschte, aber diese Ironie des Schicksals ist vielleicht doch zu schön, um wahr zu sein.

Über den Tod von Prinz Daeron Targaryen gibt es drei verschiedene, einander widersprechende Berichte. Der bekannteste behauptet, der Prinz sei in lichterloh brennendem Nachthemd aus seinem Pavillon gestolpert, nur um dort von dem myrischen Söldner Schwarzer Trombo erschlagen zu werden, der ihm mit einem Hieb seines dornenbesetzten Morgensterns das Gesicht zerschmetterte. Diese Version wurde vom Schwarzen Trombo selbst überall verbreitet. Der zweite Bericht entspricht im Wesentlichen dem ersten, nur wurde der Prinz ihm zufolge nicht mit einem Morgenstern, sondern mit einem Schwert getötet, und auch nicht vom Schwarzen Trombo, sondern von einem unbekannten Waffenknecht, der wahrscheinlich nicht einmal begriff, wen er da erschlug. In der dritten Fassung schaffte es der tapfere Junge, der als Daeron der Wagemutige Ruhm erlangt hatte, nicht einmal aus dem Zelt, sondern starb, als sein brennender Pavillon über ihm zusammenbrach. Dieser Fassung gibt auch Munkuns *Wahre Geschichte* den Vorzug, und wir schließen uns ihm an.*

Von oben konnte Addam Velaryon beobachten, wie der Feind unter ihm eine verheerende Niederlage erlitt. Zwei der drei feindlichen Drachenreiter waren tot, doch das konnte er nicht wissen. Zweifellos jedoch konnte er die feindlichen Drachen sehen. Sie wur-

* Wie Daeron Targaryen auch zu Tode gekommen sein mag, es steht außer Zweifel, dass der jüngste Sohn von König Viserys I. und Königin Alicent in der Zweiten Schlacht bei Stolperstadt fiel. Die falschen Prinzen, die während der Herrschaft Aegons III. auftraten und seinen Namen benutzten, wurden unwiderleglich als Hochstapler entlarvt.

den ohne Ketten außerhalb der Stadtmauern gehalten, wo sie nach Belieben frei fliegen und jagen konnten; Silberschwinge und Vermithor rollten sich oft gemeinsam in den Feldern südlich von Stolperstadt ein, während Tessarion in Prinz Daerons Lager westlich der Stadt schlief und fraß, keine hundert Schritte von seinem Pavillon entfernt.

Drachen sind Wesen von Feuer und Blut, und alle drei wurden wach, als die Schlacht um sie herum zu toben begann. Ein Armbrustschütze schoss einen Bolzen auf Silberschwinge ab, so heißt es, und vierzig Berittene näherten sich mit Schwertern und Lanzen und Äxten Vermithor, in der Hoffnung, den Drachen zu töten, während er noch verschlafen am Boden lag. Für diese Torheit bezahlten sie mit ihrem Leben. Anderswo auf dem Feld warf sich Tessarion kreischend in die Lüfte und spuckte Flammen. Addam Velaryon wendete Seerauch und stellte sich ihr.

Drachenschuppen sind größtenteils (wenn auch nicht gänzlich) unempfindlich gegen Feuer, sie schützen das Fleisch und die Muskeln darunter. Mit zunehmenden Alter werden die Drachenschuppen dicker und härter und bieten noch mehr Schutz, während das Drachenfeuer im Inneren heißer und stärker brennt (während die Flammen eines Kükens nur Stroh in Brand setzen können, konnte das Feuer Balerions und Vhagars zu ihren stärksten Zeiten Stahl und Stein schmelzen – was es, wie wir wissen, auch tat). Daher setzt ein Drache, wenn er mit einem anderen Drachen auf Leben und Tod kämpft, oft andere Waffen als sein Feuer ein: Krallen, schwarz wie Eisen, lang wie Schwerter und scharf wie Rasiermesser; das Maul, dessen Kiefer stark genug sind, um eine Ritterrüstung zu durchbeißen; den Schwanz, mit dem er wie mit einer Peitsche zuschlagen und ganze Wagen zerschmettern oder einem Streitross das Rückgrat brechen oder Männer fünfzehn Meter weit durch die Luft schleudern kann.

Der Kampf zwischen Tessarion und Seerauch verlief ganz anders.

Die Geschichtsschreiber nennen den Streit zwischen König Aegon II. und seiner Halbschwester Rhaenyra den Drachentanz, aber nur in Stolperstadt tanzten die Drachen wirklich. Tessarion und Seerauch waren beides junge Drachen, die sich in der Luft flinker bewegen konnten als ihre älteren Verwandten. Wieder und wieder stürzten sie aufeinander zu, nur um dann im letzten Moment auszuweichen. Sie schwebten wie Adler dahin und stießen wie Falken herab, sie umkreisten einander und schnappten und brüllten und spuckten Feuer, aber sie kamen einander nicht zu nahe. Einmal verschwand die Blaue Königin in einer Wolke, tauchte im nächsten Augenblick wieder auf, stieß von hinten auf Seerauch herab und versengte ihm den Schwanz mit kobaltblauer Flamme. Seerauch rollte sich herum, wich aus und flog eine Schleife. Im Nu war er unter seiner Gegnerin, drehte plötzlich ab und war hinter ihr. Höher und höher stiegen die beiden Drachen im Licht der Morgendämmerung. Von den Dächern Stolperstadts aus schauten ihnen Hunderte zu. Einer dieser Beobachter sagte später, Tessarions und Seerauchs Flug habe eher einem Hochzeitstanz als einem Kampf geähnelt. Und vielleicht verhielt es sich auch so.

Der Tanz endete, als Vermithor brüllend in die Luft aufstieg.

Der bronzene Drache mit den großen lohfarbenen Schwingen war beinahe einhundert Jahre alt und so groß wie die beiden jüngeren zusammen. Er war außer sich vor Wut und blutete aus einem Dutzend rauchender Wunden. Ohne Reiter unterschied er nicht zwischen Freund und Feind und richtete seinen Zorn gegen alle, spie Flammen nach rechts und links und nahm sich jeden vor, der es wagte, einen Speer in seine Richtung zu werfen. Ein Ritter versuchte, vor ihm zu fliehen, doch Vermithor pflückte ihn einfach vom Pferd, während das Tier weitergaloppierte. Die Lords Peiper und Deddings, die auf einem niedrigen Hügel standen, gingen mitsamt ihren Knappen, Dienern und geschworenen Schilden in Flammen auf, als der Bronzene Zorn sie zufällig bemerkte.

Einen Augenblick später griff Seerauch Vermithor an.

Von allen vier Drachen, die an jenem Tag kämpften, hatte nur Seerauch einen Reiter. Ser Addam Velaryon war gekommen, um seine Treue unter Beweis zu stellen, indem er die Zwei Verräter und ihre Drachen vernichtete, und hier unter ihm befand sich einer dieser Drachen, der die Männer angriff, die sich seinem Kampf angeschlossen hatten. Er hielt es wohl für seine Pflicht, sie zu beschützen, obgleich er tief im Herzen wissen musste, dass sein Seerauch gegen den älteren Drachen nicht bestehen konnte.

Dies war kein Tanz, sondern ein Kampf auf Leben und Tod. Vermithor flog keine zwanzig Fuß über der Schlacht dahin, als Seerauch sich von oben auf ihn stürzte und ihn kreischend in den Schlamm drückte. Männer und Jungen ergriffen entsetzt die Flucht oder wurden unter den beiden sich hin und her wälzenden, nacheinander schnappenden Drachen zerquetscht. Schwänze knallten, Schwingen schlugen in der Luft, aber die Bestien hatten sich so ineinander verkrallt, dass keine sich losreißen konnte. Benjicot Schwarzhain beobachtete den Kampf aus fünfzig Schritt Entfernung von seinem Pferd aus. Seerauch hätte Vermithor wegen dessen Größe und Gewicht keinesfalls bezwingen können, erzählte Lord Schwarzhain viele Jahre später Großmaester Munkun, und Vermithor hätte den silbergrauen Drache mit Sicherheit in Stücke gerissen … wenn nicht genau in diesem Augenblick Tessarion herabgestoßen wäre und sich in den Kampf geworfen hätte.

Wer weiß schon, was im Herzen eines Drachen vor sich geht? Ließ sich die Blaue Königin vom Blutrausch zum Angriff treiben? Oder wollte sie einem der beiden Kämpfer beistehen? Und falls dies der Fall war, welchem von beiden? Manche behaupten, die Bindung zwischen Drache und Drachenreiter reiche so tief, dass das Tier die Liebe und den Hass seines Herrn teilt. Aber wer war hier der Verbündete und wer der Feind? Kann ein reiterloser Drache Freund von Feind unterscheiden?

Die Antworten auf diese Fragen werden wir wohl nie finden. Die Geschichtsschreibung überliefert uns allein die Tatsache, dass die drei Drachen inmitten der Zweiten Schlacht bei Stolperstadt in Schlamm und Blut und Rauch gegeneinander kämpften. Seerauch starb zuerst, als Vermithor die Zähne in seinen Hals schlug und ihm den Kopf abriss. Danach wollte sich der bronzene Drache mit seiner Beute im Maul in die Lüfte erheben, doch seine zerfetzten Schwingen konnten ihn nicht mehr tragen. Kurz darauf brach er zusammen und starb. Tessarion, die Blaue Königin, hielt bis zum

Sonnenuntergang durch. Drei Mal versuchte sie, wieder aufzusteigen, und drei Mal scheiterte sie. Am späten Nachmittag schien sie schreckliche Schmerzen zu leiden, also rief Lord Schwarzhain seinen besten Bogenschützen, einen Langbogenmeister namens Willi Knotbaum, der sich in einhundert Schritt Entfernung aufstellte (außerhalb der Reichweite des Feuers des sterbenden Drachen) und ihr drei Pfeile ins Auge jagte, während sie hilflos am Boden lag.

Bei Sonnenuntergang war auch die Schlacht vorüber. Obwohl die Flusslords keine hundert Männer verloren hatten, dafür aber über eintausend Krieger aus Altsass und der Weite niedergemacht hatten, können wir die Zweite Schlacht bei Stolperstadt nicht als vollständigen Sieg für die Angreifer betrachten, da es ihnen nicht gelungen war, die Stadt einzunehmen. Ihre Mauern waren noch immer unversehrt, und nachdem sich die Männer des Königs in die Stadt zurückgezogen und die Tore geschlossen hatten, bot sich der Streitmacht der Königin keine Möglichkeit, die Mauern zu überwinden, da sie weder über Belagerungsmaschinen noch über Drachen verfügte. Trotzdem hatten sie unter den überraschten und verwirrten Feinden ein wahres Gemetzel angerichtet; sie hatten die Zelte niedergebrannt und fast alle Wagen, Futter und Vorräte erbeutet oder zerstört und dazu noch drei Viertel der Streitrösser erbeutet. Sie hatten einen Prinzen erschlagen und zwei Drachen des Königs getötet.

Bei Mondaufgang überließen die Flusslords das Feld den Aaskrähen und zogen sich in die Hügel zurück. Einer von ihnen, der Knabe Ben Schwarzhain, trug Ser Addam Velaryons zerschmetterten Leichnam, der tot neben seinem Drachen aufgefunden worden war. Acht Jahre lang sollten seine Gebeine in Burg Rabenbaum ruhen, bis im Jahr 138 sein Bruder Alyn sie nach Driftmark überführen ließ und sie in Holk, seiner Geburtsstadt, bestattete. Auf seiner Grabplatte ist nur ein einziges Wort eingemeißelt: TREU. Die kunstvoll verzierten Buchstaben werden von einem Seepferdchen und einer Maus ergänzt.

Am Morgen nach der Schlacht schauten die Eroberer von Stolper-

stadt von den Stadtmauern auf das Schlachtfeld hinunter und stellten fest, dass der Feind verschwunden war. Überall um die Stadt herum lagen Leichen und dazwischen die Kadaver dreier Drachen. Nur einer hatte überlebt: Silberschwinge, das ehemalige Reittier der Guten Königin Alysanne; sie war in die Lüfte aufgestiegen, als das Gemetzel begann, und stundenlang auf den von unten aufwallenden, heißen Winden über dem brennenden Schlachtfeld gekreist. Erst nach Einbruch der Dunkelheit war sie herabgekommen und neben ihren toten Vettern gelandet. Später berichteten die Sänger, sie solle dreimal Vermithors Schwingen mit der Schnauze angehoben haben, als wollte sie ihn auffordern, erneut zu fliegen, aber das ist vermutlich nur eine Fabel. Bei Sonnenaufgang segelte sie lustlos über das Schlachtfeld und fraß die verbrannten Überreste von Pferden, Männern und Ochsen.

Acht der dreizehn Krähenfüße waren tot, darunter Lord Owen Fossowey, Marq Ambros und der Kühne Jon Steinern. Richard Rodden steckte ein Pfeil im Hals, und er starb am nächsten Tag. Vier Verschwörer blieben, darunter Ser Hobert Hohenturm und Lord Unsieg Gipfel. Und obgleich der Harte Hugo Hammer und mit ihm seine Träume von der Königswürde gestorben waren, lebte der zweite Verräter noch. Ulf Weiß war aus seinem trunkenen Schlaf erwacht und hatte festgestellt, dass er der einzige überlebende Drachenreiter war und den einzigen überlebenden Drachen besaß.

»Der Hammer ist tot und Euer Knabe auch«, soll er zu Lord Gipfel gesagt haben. »Jetzt habt Ihr nur noch mich.« Als Lord Gipfel ihn nach seinen Absichten fragte, erwiderte Weiß: »Wir marschieren gegen Königsmund, wie Ihr wolltet. Ihr bekommt die Stadt und ich den verfluchten Thron, wie hört sich das an?«

Am nächsten Morgen stattete ihm Ser Hobert Hohenturm einen Besuch ab, um die Einzelheiten des Angriffs auf Königsmund mit ihm zu besprechen. Er brachte zwei Fässchen Wein als Geschenk mit, eines mit Dornischem Roten und eines mit Arborgold. Obgleich Ulf der Säufer noch keinen Wein gekostet hatte, der ihm nicht schmeckte, war bekannt, dass er die süßeren Reben bevorzugte. Ohne Zweifel hoffte Ser Hobert, den sauren Roten zu nippen, während Lord Ulf das Arborgold schlürfte. Doch irgendetwas an Hohenturms Benehmen – er schwitzte und stotterte und war viel zu freundlich, wie der Knappe, der sie bediente, später berichtete – erregte Ulf Weißens Misstrauen. Argwöhnisch geworden, ließ er den Dornischen Roten fortbringen, um ihn später zu trinken, und bestand darauf, dass Ser Hobert das Arborgold mit ihm teilte.

Die Geschichtsschreiber haben nur wenig Gutes über Ser Hobert Hohenturm zu berichten, doch im Angesicht des Todes stand er seinen Mann. Anstatt die anderen Krähenfüße zu verraten, ließ er sich von dem Knappen den Kelch füllen, nahm einen tiefen Schluck und bat um mehr. Nachdem Ulf der Säufer gesehen hatte, wie Hohenturm trank, machte er seinem Namen alle Ehre und stürzte drei Becher hinunter, ehe er zu gähnen begann. Das Gift im Wein war mild. Als Lord Ulf einschlief, um nie wieder zu erwachen, sprang Ser Hobert auf und versuchte, sich zu übergeben. Doch es war zu spät. Binnen einer Stunde hörte auch sein Herz auf zu schlagen. »Niemand hat je Ser Hoberts Schwert gefürchtet«, sagt Pilz über ihn, »doch sein Wein war tödlicher als valyrischer Stahl.«

Danach bot Lord Unsieg Gipfel jedem Ritter von edler Geburt eintausend Golddrachen, dem es gelänge, Silberschwinge zu reiten. Drei Männer traten vor. Als dem ersten ein Arm abgerissen worden und der zweite im Drachenfeuer zu Tode verbrannt war, überlegte es sich der dritte anders. In der Zwischenzeit löste sich Gipfels Heer, die Überreste der großen Streitmacht, die Prinz Daeron und Lord Ormund Hohenturm aus Altsass hergeführt hatten, mehr und mehr auf. Dutzendweise flohen Fahnenflüchtige aus Stolperstadt und schleppten so viel Beute mit, wie sie tragen konnten. Lord Unsieg erkannte, dass er verloren hatte, rief seine Lords und Feldwebel zusammen und befahl den Rückzug.

Der des Verrats beschuldigte Addam Velaryon, geboren als Addam aus Holk, hatte Königsmund vor den Feinden der Königin gerettet … und dafür sein eigenes Leben geopfert. Doch Königin Rhaenyra wusste nichts von seinem Heldenmut. Ihre Flucht aus Königsmund ging nicht ohne Schwierigkeiten vonstatten. Als sich ihr Zug Rosby näherte, wurden die Burgtore verrammelt, und zwar auf Befehl der jungen Frau, deren Anspruch sie zugunsten ihres jüngeren Bruders übergangen hatte. Der Kastellan des jungen Lords Schurwerth gewährte ihr Gastfreundschaft, jedoch nur für eine Nacht. »Sie werden Euch verfolgen«, warnte er die Königin, »und ich habe nicht genug Männer, um ihnen Widerstand zu leisten.« Die Hälfte ihrer Goldröcke machte sich unterwegs davon, und eines Nachts wurde ihr Lager von Gebrochenen überfallen. Obwohl ihre Ritter die Angreifer zurückschlugen, starb Ser Balon Byrke durch einen Pfeil, und Ser Lyonel Krummfeld, ein junger Ritter der Königinnengarde, erhielt einen Hieb an den Kopf, der seinen Helm zerschmetterte. Er starb am nächsten Tag in Raserei. Die Königin drängte weiter nach Dämmertal.

Das Haus Finsterlyn gehörte zu Rhaenyras treuesten Unterstützern, doch diese Loyalität hatte einen hohen Preis gefordert. Lord Gunthor hatte sein Leben in den Diensten der Königin verloren und sein Onkel Steffon ebenso. Dämmertal selbst war von Ser Kriston Kraut geplündert worden. Daher verwundert es nicht, dass sich Lord Gunthors Witwe nicht gerade erfreut zeigte, als Ihre Gnaden vor dem Tor erschien. Allein der Fürsprache Ser Harrold Finsters war es zu verdanken, dass Lady Sonnhild Finsterlyn der Königin überhaupt gestattete, ihre Stadt zu betreten (die Finsters waren entfernte Verwandte der Finsterlyns, und Ser Harrold hatte einst dem verstorbenen Ser Steffon als Knappe gedient), und das auch nur unter der Bedingung, dass sie nicht lange bliebe.

Sobald sie hinter den Mauern von Dusterburg über dem Hafen in Sicherheit war, befahl Rhaenyra Lady Finsterlyns Maester, eine Nachricht an Großmaester Gerardys auf Drachenstein zu senden und ihm zu sagen, er solle ein Schiff schicken, das sie nach Hause brachte. Drei Raben flogen, wie die Chroniken der Stadt bestätigen … doch die Tage vergingen, und kein Schiff erschien am östlichen Horizont. Auch kam keine Antwort von Gerardys auf Drachenstein, was die Königin wütend machte. Erneut zweifelte sie an der Treue ihres Großmaesters.

Anderenorts hatte die Königin mehr Glück. Aus Winterfell schrieb Cregan Stark, er werde so schnell wie möglich mit einem

Heer nach Süden kommen, warnte jedoch, dass es einige Zeit dauern würde, bis seine Männer versammelt seien, »denn meine Reiche sind groß, und da der Winter naht, müssen wir jetzt die letzte Ernte einbringen oder hungern, wenn der Schnee fällt und liegen bleibt«. Der Nordmann versprach der Königin zehntausend Mann, »jüngere und grimmigere als meine Winterwölfe«. Auch die Jungfrau aus dem Grünen Tal sagte der Königin Hilfe zu, als sie aus ihrer Winterburg, den Toren des Mondes, einen Raben sandte … doch da die Bergpässe bereits zugeschneit waren, würden ihre Ritter mit dem Schiff übers Meer kommen müssen. Wenn das Haus Velaryon seine Schiffe nach Möwenstadt schicken könnte, so schrieb Lady Jeyne, würde sie sofort ein Heer nach Dämmertal schicken. Falls nicht, müsste sie Schiffe aus Braavos und Pentos anwerben, und dafür bräuchte sie Münzen.

Königin Rhaenyra hatte weder Gold noch Schiffe. Als sie Lord Corlys in den Kerker werfen ließ, hatte sie ihre Flotte verloren, und aus Königsmund war sie ohne einen Heller in Angst um ihr Leben geflohen. Verzweifelt und verängstigt wanderte Ihre Gnaden weinend hinter Dämmertals Zinnen auf und ab und wurde immer grauer und ausgezehrter. Sie konnte weder essen noch schlafen. Auch wollte sie sich nicht von Prinz Aegon, ihrem letzten überlebenden Sohn, trennen; Tag und Nacht blieb der Junge an ihrer Seite »wie ein kleiner bleicher Schatten«.

Als Lady Sonnhild klar zum Ausdruck brachte, dass die Königin ihre Gastfreundschaft überbeansprucht hatte, musste Rhaenyra ihre Krone verkaufen, um die Überfahrt nach Drachenstein auf einem Handelsschiff aus Braavos, der *Violande*, zu bezahlen. Ser Harrold Finster drängte sie, bei Lady Arryn im Grünen Tal Zuflucht zu suchen, während Ser Medrick Manderly versuchte, sie davon zu überzeugen, ihn und seinen Bruder Ser Torrhen zurück nach Weißwasserhafen zu begleiten, doch Ihre Gnaden lehnte beides ab. Sie war fest entschlossen, nach Drachenstein zurückzukehren. Dort werde sie Dracheneier finden, erklärte sie ihren Getreuen; sie brauche auf jeden Fall einen neuen Drachen, oder alles sei verloren.

Starke Winde bliesen die *Violande* näher an die Küsten von Driftmark, als es der Königin lieb sein konnte, und dreimal passierten sie in Rufweite Kriegsschiffe der Seeschlange, doch Rhaenyra vermied es sorgfältig, sich an Deck zu zeigen. Schließlich legte der Braavosi mit der Abendflut im Hafen unter dem Drachenberg an. Die Königin hatte von Dämmertal aus einen Raben geschickt, um ihre Ankunft anzukündigen, und wurde von einer Eskorte erwartet, als sie mit ihrem Sohn Aegon, ihren Hofdamen und drei Rittern der Königinnengarde an Land ging (die Goldröcke, die mit ihr aus Königsmund aufgebrochen waren, waren in Dämmertal zurückgeblieben, die Manderlys blieben an Bord der *Violande,* da das Schiff von Drachenstein weiter nach Weißwasserhafen segeln sollte).

Es regnete, als die Königin und ihre Begleiter an Land gingen, und am Hafen war kaum eine Menschenseele zu sehen. Sogar die Bordelle am Kai schienen dunkel und verlassen, doch darauf achtete Ihre Gnaden überhaupt nicht. Krank an Körper und Geist und gebrochen durch Verrat, wünschte sich Rhaenyra Targaryen nichts sehnlicher, als auf ihren eigenen Sitz zurückzukehren, wo sie und ihr Sohn, wie sie glaubte, in Sicherheit sein würden. Die Königin ahnte nicht, dass ihr der letzte und schlimmste Verrat noch bevorstand.

Ihre Eskorte, vierzig Mann stark, wurde von Ser Alfred Ginster befehligt, einem der Männer, die Rhaenyra auf der Insel zurückgelassen hatte, als sie nach Königsmund gezogen war. Ginster war der älteste Ritter von Drachenstein und stand hier schon seit den Zeiten des Alten Königs in Diensten. Als solcher hatte er erwartet, zum Kastellan ernannt zu werden, als Rhaenyra auszog, um den Eisernen Thron zu erobern … doch Ser Alfreds mürrisches Wesen und seine griesgrämige Art trugen ihm weder Zuneigung noch Vertrauen ein, wie uns Pilz berichtet, und deshalb hatte ihn die Königin zugunsten des leutseligeren Ser Robert Quinz übergangen. Als Rhaenyra fragte, weshalb Ser Robert nicht selbst gekommen sei, um sie zu begrüßen, erwiderte Ser Alfred, die Königin werde »unseren dicken Freund« in der Burg schon noch zu Gesicht bekommen.

Und das tat sie auch … Allerdings war Quinzens verkohlte Leiche bis zur Unkenntlichkeit verbrannt, als die Königin ankam. Nur am Umfang erkannte sie Ser Robert, denn der Mann war unglaublich fett gewesen. Er hing von den Zinnen des Torhauses der Burg, neben den Leichen des Haushofmeisters, des Waffenmeisters und des Hauptmanns der Wache von Drachenstein … sowie des Kopfes und Oberkörpers von Großmaester Gerardys. Alles unterhalb seiner Rippen war verschwunden, und die Eingeweide des Großmaesters baumelten aus seinem zerrissenen Körper heraus wie verbrannte schwarze Schlangen.

Der Königin wich das Blut aus dem Gesicht, als sie die Leichen erblickte, doch der junge Prinz Aegon begriff als Erster, was das zu bedeuten hatte. »Flieh, Mutter!«, rief er, doch es war bereits zu spät.

Ser Alfreds Männer fielen über die Männer der Königin her. Eine Axt spaltete Ser Harrold Finster den Schädel, ehe er das Schwert ziehen konnte, und Ser Adrian Rotfest wurde von hinten mit einem Speer durchbohrt. Nur Ser Loreth Landstal war schnell genug und konnte einige Hiebe zur Verteidigung der Königin austeilen. Er erschlug die ersten beiden Männer, die ihn angriffen, ehe er selbst getötet wurde. Mit ihm starb der letzte Ritter der Königinnengarde. Als Prinz Aegon Ser Harrolds Schwert aufnahm, um seine Mutter zu verteidigen, schlug Ser Alfred ihm die Klinge verächtlich aus der Hand.

Der junge Prinz, die Königin und ihre Hofdamen wurden mit vorgehaltenen Speeren durch die Tore von Drachenstein in den Burghof geführt. Dort (wie es Pilz viele Jahre später so einprägsam formulierte) sahen sie sich »einem lebenden Toten und einem sterbenden Drachen« gegenüber.

Sonnfeuers Schuppen glänzten noch immer wie Gold im Sonnenlicht, doch wie er da auf dem geschmolzenen schwarzen, valyrischen Stein des Hofes ausgestreckt lag, war überdeutlich, dass er am Ende seiner Kräfte war, er, der einstmals der prächtigste Drache gewesen war, der je am Himmel über Westeros geflogen war. Die Schwinge, die ihm Meleys fast ausgerissen hatte, ragte schief aus dem Körper, während frische Wunden auf seinem Rücken noch immer bluteten und rauchten, wenn er sich bewegte. Sonnfeuer hatte sich zusammengerollt, als die Königin und ihre Begleiter auf den Hof kamen. Als er sich regte und den Kopf hob, wurden riesige Wunden an seinem Hals sichtbar, wo ihm ein anderer Drache große Fleischstücke aus dem Körper gerissen hatte. Auf dem Bauch ersetzte Schorf an manchen Stellen die Schuppen, und wo das rechte Auge hätte sein müssen, sah man nur noch eine leere Höhle, die mit schwarzem Blut verkrustet war.

Hier müssen wir uns fragen, wie es Rhaenyra wohl auch getan hat, wie es dazu gekommen war.

Heute wissen wir viel und noch viel mehr, was der Königin seinerzeit unbekannt war. Der Dank dafür gebührt Großmaester Munkun, denn seine *Wahre Geschichte*, die in weiten Teilen auf Großmaester Orwyls Bericht basiert, enthüllt, wie Aegon II. nach Drachenstein kam.

Es war Lord Larys Kraft, der Klumpfuß, der dem König und seinen Kindern bei der Flucht aus der Stadt geholfen hatte, als die Drachen der Königin am Himmel über Königsmund auftauchten. Um nicht durch die Stadttore fliehen zu müssen, wo man sie hätte sehen können, hatte Lord Larys sie durch einen der einst von Maegor dem Grausamen angelegten Geheimgänge geführt, von dem niemand mehr wusste.

Lord Larys hatte auch bestimmt, dass die Flüchtlinge sich trennten, damit nicht alle in Gefangenschaft gerieten, falls sie entdeckt wurden. Ser Rickard Thorn hatte den Befehl erhalten, den zweijährigen Prinzen Maelor zu Lord Hohenturm zu bringen. Prinzessin Jaehaera, ein süßes sechsjähriges Mädchen von schlichtem Gemüt, wurde Ser Willis Grimms Obhut übergeben, der schwor, sie sicher nach Sturmkap zu bringen. Keiner kannte das Ziel des anderen, und so hätte keiner die Übrigen verraten können, falls er gefasst wurde.

Und nur Larys allein wusste, dass der König selbst, bar jeglicher Pracht, gehüllt in den salzbefleckten Mantel eines Fischers, unter einer Ladung Kabeljau in einem Fischerboot versteckt, dem Schutz eines Bastard-Ritters mit Verwandten auf Drachenstein anvertraut worden war, der ihn auf die Insel brachte. Sobald Rhaenyra erführe, dass der König geflohen sei, werde sie Männer aussenden und nach ihm suchen lassen, argumentierte Klumpfuß … doch ein Boot würde keine Spuren auf den Wellen hinterlassen und kaum ein Jäger auf den Gedanken kommen, auf der Insel seiner Schwester nach Aegon zu suchen, im Schatten ihrer eigenen Festung. Dies alles hat Großmaester Orwyl aus Lord Krafts eigenem Mund gehört, wie uns Munkun mitteilt.

Und dort hätte Aegon bleiben können, verborgen, aber harmlos, seine Schmerzen mit Wein betäubend, während er seine Brandnarben unter einem schweren Mantel versteckte, wäre Sonnfeuer nicht plötzlich auf Drachenstein aufgetaucht. Wir mögen uns, wie viele andere vor uns, fragen, was ihn zurück zum Drachenberg gezogen hatte. Wurde der verletzte Drache mit seiner halbverheilten Schwinge von einem Urinstinkt getrieben, an seinen Geburtsort zurückzukehren, jenen rauchenden Berg, wo er einst aus dem Ei geschlüpft war? Oder hatte er König Aegons Gegenwart auf der Insel über viele Wegstunden und das stürmische Meer hinweg gespürt und war losgeflogen, um sich zu seinem Reiter zu gesellen? Septon Konstans geht sogar so weit zu behaupten, Sonnfeuer habe Aegons verzweifelte *Not* gespürt. Aber wer kann schon wirklich wissen, was im Herzen eines Drachen vor sich geht?

Nachdem Lord Walys Muton den Drachen mit seinem verhängnisvollen Angriff vom Feld der Asche und der Knochen bei Krähenruh vertrieben hatte, verlieren die Geschichtsschreiber Sonnfeuer über ein halbes Jahr aus den Augen. (Gewisse Geschichten, die man sich in den Hallen der Krabbs und Brunns erzählt, deuten an, dass der Drache für einige Zeit in den dunklen Kiefernwäldern und Höhlen auf dem Klauenhorn Zuflucht gesucht haben könnte.) Obwohl die verletzte Schwinge des Drachen so weit verheilt war, dass er fliegen konnte, stand sie in einem hässlichen Winkel ab und blieb schwach. Sonnfeuer konnte nicht mehr gleiten und sich auch nicht mehr lange in der Luft halten, und selbst Flüge über kurze Entfernungen strengten ihn an. Der Narr Pilz behauptet, nicht ohne Grausamkeit, dass Sonnfeuer im Gegensatz zu anderen Drachen, die wie Adler dahinschweben, eher einem »großen, goldenen feuerspeienden Huhn ähnelte, das flatternd von Hügel zu Hügel hüpfte«.

Aber irgendwie war es diesem »feuerspeienden Huhn« gelungen, die Wasser der Schwarzwasserbucht zu überqueren … denn es war Sonnfeuer, den die Seeleute der *Nessaria* dabei beobachtet hatten, wie er Graugeist angriff. Ser Robert Quinz hatte die Tat dem Kannibalen zugeschrieben … doch Tom Wirrzunge, ein Stotterer, der mehr hörte, als er sagte, hatte den Volantenern reichlich Bier eingeschenkt und bemerkt, wie oft sie die goldenen Schuppen des Angreifers erwähnten. Der Kannibale, das wusste er genau, war rabenschwarz. Und so stachen die Zwei Toms und ihre »Vettern« (eine Halbwahrheit, da lediglich Ser Marsten mit ihnen verwandt war, denn er war der Bastard von Tom Wirrbarts Schwester mit dem Ritter, der ihr die Jungfräulichkeit geraubt hatte) in ihrem kleinen Boot in See und machten sich auf die Suche nach dem Drachen, der Graugeist getötet hatte.

Der verbrannte König und der verkrüppelte Drache spendeten einander neue Kraft und Lebensmut. Aus einer verborgenen Höhle in den verlassenen Osthängen des Drachenberges wagte sich Aegon jeden Tag im Morgengrauen auf Sonnfeuer heraus, und zusammen eroberten sie sich zum ersten Mal seit Krähenruh die Lüfte zurück, während die Zwei Toms und ihr Vetter Marsten Wasser auf die andere Seite der Insel zurückkehrten und nach Leuten suchten, die bereit waren, ihnen dabei zu helfen, die Burg einzunehmen. Sogar auf Drachenstein, das Königin Rhaenyra lange als Sitz und Feste gedient hatte, fanden sich viele, die der Königin aus guten und schlechten Gründen übel wollten. Manche trauerten um Brüder, Söhne oder Väter, die während der Saat oder in der Schlacht in der Gurgel ums Leben gekommen waren, andere hofften auf Kriegsbeute oder Aufstieg, während wieder andere glaubten, ein Sohn käme immer vor einer Tochter und Aegons Anspruch auf den Thron sei berechtigter.

Die Königin hatte ihre besten Männer mit nach Königsmund genommen. Wegen der Insellage, beschützt von den Schiffen der Seeschlange und den hohen valyrischen Mauern, betrachtete sie Drachenstein als uneinnehmbar, daher hatte Ihre Gnaden nur eine kleine Truppe von Männern zurückgelassen, die sie mehr oder weniger für unbrauchbar hielt: Graubärte und grüne Jungen, Lahme und Langsame und Krüppel, Männer, die sich von Verletzungen erholten, Männer von zweifelhafter Treue, Männer, die der Feigheit verdächtig waren. Als Kastellan setzte Rhaenyra Ser Robert Quinz ein, einen fähigen Mann, der alt und dick geworden war.

Quinz war ein treuer Unterstützer der Königin, darin sind sich alle Berichte einig, doch manche unter seinem Befehl nahmen es mit der Treue nicht so genau oder waren neidisch und missgünstig, weil ihnen einst Unrecht widerfahren war oder sie sich dies zumindest einbildeten. Der Mann, der in dieser Hinsicht am meisten hervorstach, war Ser Alfred Ginster. Ginster verriet seine Königin mehr als nur bereitwillig für das Versprechen, zum Lord erhoben zu werden und Land und Gold zu erhalten, falls Aegon II. den Eisernen Thron zurückgewinnen sollte. Da er schon lange auf Drachenstein diente, kannte er die Stärken und Schwächen der Zitadelle und wusste genau, welche Wachen man überzeugen oder bestechen konnte und welche getötet oder eingesperrt werden mussten.

Als es so weit war, dauerte der Fall von Drachenstein nicht einmal eine Stunde. In der Stunde der Geister öffneten von Ginster überredete Männer einen Seiteneingang, durch den Ser Marsten Wasser, Tom Wirrzunge und ihre Männer unbeobachtet in die Burg schleichen konnten. Während sich eine Gruppe der Waffenkammer bemächtigte und eine andere die treuen Wachen und den Waffenmeister von Drachenstein in Gewahrsam nahm, überraschte Ser Marsten Großmaester Gerardys in seinem Rabenschlag, damit er die Nachricht über den Angriff nicht verbreiten konnte. Die Männer, die den Kastellan Ser Robert Quinz in seinen Gemächern überraschten, führte Ser Alfred selbst an. Als sich Quinz mühsam aus dem Bett erheben wollte, stieß ihm Ginster einen Speer in den riesigen weißen Bauch. Pilz, der beide gut kannte, sagt, Ser Alfred habe Ser Robert nicht leiden können und ihm gegrollt. Das möchte man durchaus glauben, denn der Speer wurde mit einer solchen Wucht gestoßen, dass er am Rücken wieder austrat und Ser Robert durch Federbett und Strohmatratze hindurch am Boden darunter festnagelte.

Nur in einem Punkt scheiterte der Plan. Als Tom Wirrzunge und seine Raufbolde die Tür zu Lady Baelas Schlafgemach aufbrachen, um sie gefangen zu nehmen, entschlüpfte das Mädchen durchs Fenster, floh über die Dächer und kletterte über Mauern, bis sie hinunter in den Hof gelangte. Die Männer des Königs hatten zwar Wachen zu den Stallungen geschickt, wo die Burgdrachen gehalten wurden, aber Baela war in Drachenstein aufgewachsen und kannte geheime Wege hinein und hinaus. Als ihre Verfolger sie einholten, hatte Baela bereits Mondtänzerins Ketten gelöst und sie gesattelt.

Und so begab es sich, dass König Aegon II., als er auf Sonnfeuer den rauchenden Gipfel des Drachenberges überquerte und auf die Zitadelle von Drachenstein herabstieß, in der Erwartung nach dem Sieg seiner Männer über die Getreuen der Königin, die entweder erschlagen oder in Gewahrsam waren, einen triumphalen Einzug in der Burg halten zu können, bei seiner Ankunft von Baela Targaryen, der Tochter von Prinz Daemon mit Lady Laena Velaryon, gestellt wurde. Und sie war so furchtlos wie ihr Vater.

Mondtänzerin war ein noch junges Weibchen, hellgrün, mit perlmuttweißen Hörnern und Kamm und Flügelknochen. Abgesehen von ihren großen Schwingen war sie kaum größer als ein Streitross und wog sogar noch weniger. Doch sie war sehr schnell, und Sonnfeuer, obgleich viel größer, machten der verkrüppelte Flügel und die frischen Verletzungen aus der Auseinandersetzung mit Graugeist zu schaffen.

In der Dunkelheit vor dem Morgengrauen stießen die beiden Drachen im Himmel aufeinander wie zwei graue Schatten und erhellten die Nacht mit ihrem Feuer. Mondtänzerin wich Sonnfeuers Flammen und Rachen aus und huschte zwischen seinen zupackenden Klauen hindurch, wendete und griff den größeren Drachen von oben an, brachte ihm eine lange rauchende Wunde am Rücken bei und riss an seiner verletzten Schwinge. Zuschauer am Boden berichteten, dass Sonnfeuer wie trunken durch die Lüfte torkelte und sich anstrengen musste, um nicht an Höhe zu verlieren, während Mondtänzerin erneut wendete und ihn noch einmal angriff. Dieses Mal spuckte sie Feuer. Sonnfeuer antwortete mit einem Stoß goldener Flammen, der so grell und heiß brannte, dass er den Hof unter ihnen taghell erleuchtete. Er traf Mondtänzerin direkt in die Augen. Vermutlich wurde der junge Drache in diesem Augenblick geblendet, flog jedoch weiter und stieß mit Sonnfeuer zusammen. In einem Gewirr aus Schwingen und Krallen stürzten die beiden Drachen zu Boden, wobei sich Mondtänzerin während des Falls wiederholt in Sonnfeuers Kehle verbiss und ihm ganze Fleischklumpen herausriss, während der ältere Drache ihr seine Klauen tief in den Unterleib schlug. Eingehüllt in Rauch und Feuer, blind und blutend, schlug Mondtänzerin verzweifelt mit den Schwingen und versuchte sich loszureißen, doch am Ende konnte sie lediglich den gemeinsamen Absturz verlangsamen.

Die Zuschauer im Hof stoben auseinander, um sich in Sicherheit zu bringen, als die Drachen, immer noch kämpfend, auf dem harten Stein aufschlugen. Am Boden hatte Mondtänzerins Schnelligkeit Sonnfeuers Größe und Gewicht nur wenig entgegenzusetzen. Schon bald lag der grüne Drache reglos da. Sonnfeuer der Goldene brüllte triumphierend auf und wollte sich erneut erheben, sackte jedoch stattdessen in sich zusammen. Heißes Blut strömte aus seinen Wunden.

König Aegon sprang schon aus dem Sattel, als die Drachen noch zwanzig Fuß vom Boden entfernt waren, und zerschmetterte sich beim Aufprall beide Beine. Lady Baela blieb bis zum Aufprall auf Mondtänzerin sitzen. Verbrannt und übel zugerichtet, fand das Mädchen dennoch die Kraft, ihre Sattelketten zu lösen und davonzukriechen, während Mondtänzerin sich im Todeskampf zusammenrollte. Als Alfred Ginster das Schwert zog, um sie zu erschlagen, riss ihm Marsten Wasser die Klinge aus der Hand, und Tom Wirrzunge trug Lady Baela zu Großmaester Gerardys, damit er sich um sie kümmerte.

Und so eroberte König Aegon II. den uralten Stammsitz des Hauses Targaryen zurück, doch der Preis, den er dafür entrichten musste, war hoch. Sonnfeuer würde sich nie wieder in die Lüfte erheben. Er blieb in dem Hof, in den er gestürzt war, fraß den Kadaver von Mondtänzerin und später Schafe, die die Besatzung für ihn schlachtete. Und Aegon II. litt für den Rest seines kurzen Lebens unter entsetzlichen Schmerzen … allerdings müssen wir dem König zugutehalten, dass er dieses Mal auf den Mohnblumensaft verzichtete, den ihm Großmaester Gerardys anbot. »Diesen Pfad werde ich nicht noch einmal beschreiten«, sagte er. »Auch bin ich nicht Narr genug, um einen Trank zu trinken, den Ihr mir gebraut habt. Ihr seid das Geschöpf meiner Schwester.«

Auf Befehl des Königs wurde Großmaester Gerardys an ebenjener Kette aufgehängt, die Prinzessin Rhaenyra Großmaester Orwyl vom Hals gerissen und Gerardys verliehen hatte. Man gewährte ihm nicht den raschen Tod durch einen abrupten Fall und ein gebrochenes Genick, sondern strangulierte ihn langsam, während er strampelnd nach Luft schnappte. Dreimal, als er schon fast tot war, ließ man Gerardys wieder herunter, sodass er erneut zu Atem kommen konnte, nur um ihn anschließend wieder hochzuziehen. Nach dem dritten Hängen wurde er ausgeweidet und Sonnfeuer vor die Nase gehängt, damit der Drache sich an seinen Beinen und Innereien gütlich tun konnte, doch der König befahl, genug vom Großmaester aufzubewahren, »damit er meine süße Schwester bei ihrer Rückkehr begrüßen kann«.

Kurze Zeit darauf, als der König mit geschienten und verbundenen Beinen in der Großen Halle der Steintrommel lag, traf der erste Rabe von Königin Rhaenyra aus Dämmertal ein. Als Aegon erfuhr, dass seine Halbschwester an Bord der *Violande* nach Hause kommen wollte, befahl er Ser Alfred Ginster, ihr eine »angemessene Begrüßung« zu bereiten.

All das ist uns heute bekannt. Die Königin jedoch wusste nichts davon, als sie an Land ging und in die Falle ihres Bruders tappte.

Septon Konstans (der nichts für die Königin übrig hatte) schildert uns, dass Rhaenyra beim Anblick der kläglichen Überreste von Sonnfeuer dem Goldenen in Gelächter ausgebrochen sei. »Wessen Werk war das denn?«, soll sie gefragt haben. »Wir müssen uns bei ihm bedanken.« Pilz (der die Königin sehr gern hatte) erzählt uns eine andere Geschichte. In seinem Bericht fragte Rhaenyra: »Wie konnte das geschehen?« Beide Berichte stimmen darin überein, dass der König ihr antwortete. »Schwester«, rief er von einem Balkon hinunter. Da er nicht stehen, geschweige denn gehen konnte, hatte man ihn auf einem Stuhl hinausgetragen. Seit er sich in Krähenruh die Hüfte gebrochen hatte, war Aegon krumm und schief, sein einst hübsches Gesicht war vom Mohnblumensaft aufgequollen, und Brandnarben entstellten die Hälfte seines Körpers. Dennoch erkannte Rhaenyra ihn sofort und sprach: »Teurer Bruder. Ich hatte gehofft, du wärest tot.«

»Nach dir«, entgegnete Aegon. »Du bist die Ältere.«

»Es freut mich zu hören, dass du dich daran noch erinnerst«, gab Rhaenyra zurück. »Mir scheint, wir befinden uns in deiner Gewalt … doch glaube ja nicht, du könntest uns hier lange festhalten. Meine treuen Lords werden mich finden.«

»Vielleicht, wenn sie in den Sieben Höllen nach dir suchen«, antwortete der König, während seine Männer ihr ihren Sohn aus den Armen rissen. Manche Berichte behaupten, es sei Ser Alfred Ginster gewesen, der sie am Arm packte, andere nennen die Zwei Toms, Wirrbart, den Vater, und Wirrzunge, den Sohn. Ser Marsten Wasser war ebenfalls Zeuge. Er trug einen weißen Mantel, denn König Aegon hatte ihn für seinen Heldenmut zum Ritter der Königsgarde ernannt.

Dennoch erhoben weder Wasser noch die anderen Ritter und Lords auch nur ein Wort des Einspruchs, als König Aegon II. seine Halbschwester Rhaenyra seinem Drachen zum Fraß vorwarf. Sonnfeuer, so heißt es, zeigte zunächst kein Interesse an dem ihm dargebotenen Geschenk, bis Ginster der Königin mit seinem Dolch in die Brust stach. Der Blutgeruch weckte den Drachen auf. Er schnupperte an Ihrer Gnaden und hüllte sie dann so plötzlich in einen Feuerstoß, dass Ser Alfreds Mantel Feuer fing, als er zur Seite sprang. Rhaenyra Targaryen hatte noch Zeit, um den Kopf zu heben und einen letzten Fluch gegen ihren Halbbruder auszustoßen, ehe sich Sonnfeuers Kiefer um sie schlossen und ihr Arm und Schulter ausrissen.

Septon Konstans berichtet, der goldene Drache habe die Königin in sechs Bissen verschlungen und nur den linken Fuß samt Knö-

chel »für den Fremden« übriggelassen. Elinda Massie, die jüngste und sanftmütigste von Rhaenyras Hofdamen, soll sich bei diesem Anblick selbst die Augen herausgerissen haben, während Aegon der Jüngere, der Sohn der Königin, starr vor Grauen und Entsetzen zuschaute. Rhaenyra Targaryen, die Wonne des Reiches und Halbjahres-Königin, verließ dieses Tal der Tränen am zweiundzwanzigsten Tag des zehnten Mondes des Jahres 130 n.A.E. Sie wurde dreiunddreißig Jahre alt.

Ser Alfred Ginster sprach sich dafür aus, auch Prinz Aegon hinzurichten, doch davon wollte König Aegon nichts hören. Da der Junge erst neun Jahre alt sei, könne er sich noch als nützliche Geisel erweisen, erklärte er. Obgleich seine Halbschwester tot war, standen ihre Unterstützer immer noch im Feld und mussten erst noch besiegt werden, ehe Seine Gnaden hoffen konnte, seinen Platz auf dem Eisernen Thron wieder einzunehmen. Und so wurde Prinz Aegon an Hals, Händen und Füßen in Eisen geschlagen und in die Kerker in den Tiefen von Drachenstein geführt. Die Hofdamen der verstorbenen Königin, allesamt von edler Geburt, wurden in Zellen im Meerdrachenturm gesperrt, wo sie ausharren mussten, bis Lösegeld für sie entrichtet wurde. »Die Zeit des Versteckspiels ist vorbei«, gab König Aegon II. bekannt. »Schickt Raben aus und lasst das Reich wissen, dass die Prätendentin tot ist. Der wahre König wird heimkehren und den Thron seines Vaters wieder einnehmen.«

DAS STERBEN
DER DRACHEN

DIE KURZE, TRAURIGE HERRSCHAFT AEGONS II.

»Die Zeit des Versteckspiels ist vorbei«, hatte König Aegon II. auf Drachenstein erklärt, nachdem Sonnfeuer seine Schwester verschlungen hatte. »Schickt Raben aus und lasst das Reich wissen, dass die Prätendentin tot ist. Der wahre König wird heimkehren und den Thron seines Vaters wieder einnehmen.«

Doch selbst wahren Königen fällt es oftmals leichter, Dinge verlautbaren zu lassen, als sie in die Tat umzusetzen. Der Mond sollte zunehmen und abnehmen und abermals zunehmen, ehe Aegon II. Drachenstein verlassen konnte.

Zwischen ihm und Königsmund lagen die Insel Driftmark, die ganze Breite der Schwarzwasserbucht und Dutzende wachsamer Kriegsschiffe der Velaryons. Da die Seeschlange zu »Gast« bei Trystan Wahrfeuer in Königsmund und Ser Addam bei Stolperstadt gefallen war, lag der Befehl über die Velaryon-Flotte nun bei Addams Bruder Alyn, dem jüngeren Sohn von Maus, der Tochter des Schiffsbauers, und der war gerade mal vierzehn Jahre alt … aber war er Freund oder Feind? Sein Bruder war im Kampf für die Königin gefallen, doch dieselbe Königin hatte seinen Lord in den Kerker geworfen und war inzwischen selbst tot. Raben wurden nach Driftmark geschickt und boten dem Hause Velaryon eine Begnadigung für alle Vergehen der Vergangenheit an, wenn Alyn aus Holk auf Drachenstein erschien und seinem König die Treue schwor … doch falls und bis eine Antwort eintraf, wäre es töricht für Aegon II. gewesen, die Bucht an Bord eines Schiffes überqueren zu wollen und zu riskieren, gefangen genommen zu werden.

Seine Gnaden wollte auch gar nicht mit einem Schiff nach Königsmund segeln. In den Tagen nach dem Tod seiner Halbschwester klammerte sich der König verzweifelt an die Hoffnung, Sonnfeuer werde sich erholen und bald genug Kraft gesammelt haben, um sich erneut in die Lüfte zu erheben. Stattdessen schien der Drache schwächer und immer schwächer zu werden, und schon bald begannen die Wunden an seiner Kehle zu stinken. Auch der Rauch, den er ausstieß, nahm einen fauligen Geruch an, und am Ende wollte der Drache nicht mehr fressen.

Am neunten Tag des zwölften Mondes des Jahres 130 n.A.E. starb der prächtige goldene Drache, der König Aegons ganzer Stolz gewesen war, im äußeren Hof von Drachenstein, an eben der Stelle, an der er abgestürzt war. Seine Gnaden brach in Tränen aus und gab Befehl, seine Base Lady Baela aus dem Kerker zu holen und hinzurichten. Als ihr Kopf bereits auf dem Richtblock lag, zögerte er, weil sein neuer Maester ihn daran erinnerte, dass die Mutter des Mädchens eine Velaryon gewesen war, und zwar die Tochter der Seeschlange. Erneut flog ein Rabe nach Driftmark, diesmal mit einer Drohung: Wenn Alyn aus Holk nicht innerhalb von vierzehn Tagen vor dem König erscheine, um ihm als seinem rechtmäßigen Lehnsherrn zu huldigen, werde seine Base, Lady Baela Targaryen, ihren Kopf verlieren.

Derweil fand an der Westküste der Schwarzwasserbucht der Mond der Drei Könige ein abruptes Ende, als vor den Mauern von Königsmund ein Heer erschien. Über ein halbes Jahr lang hatte die Stadt in Angst vor Ormund Hohenturm gelebt … doch als der Angriff schließlich erfolgte, kam er nicht von Altsass über Bitterbrück und Stolperstadt, sondern von Sturmkap und den Königsweg herauf. Sobald Borros Baratheon vom Tod der Königin gehört hatte, hatte er seine abermals schwangere Gemahlin mit den vier Töchtern zurückgelassen und war mit sechshundert Rittern und viertausend Mann zu Fuß durch den Königswald nach Norden gezogen.

Als Baratheons Vorhut auf der anderen Seite des Schwarzwassers in Sicht kam, befahl der Hirte seinen Anhängern, zum Fluss zu eilen und Lord Borros am Anlanden zu hindern. Doch nur wenige Hundert kamen noch, um dem Bettler zu lauschen, ihm, der einst vor Zehntausenden gepredigt hatte, und noch weniger gehorchten. Auf Aegons Hohem Hügel stand der Knappe, der sich nun König Trystan Wahrfeuer nannte, mit Larys Kraft und Ser Perkin dem Floh auf den Wehrgängen und betrachtete das riesige Heer der Sturmländer. »Wir sind nicht stark genug, um uns gegen solch ein Heer zu wehren, Sire«, erklärte Lord Larys dem Jungen, »aber vielleicht können Worte Erfolg haben, wo Schwerter scheitern müssen. Schickt mich hinüber, um mit ihnen zu verhandeln.« Und so wurde der Klumpfuß als Gesandter unter der Friedensfahne entsandt. Ihn begleiteten Großmaester Orwyl und Königinwitwe Alicent.

Der Lord von Sturmkap empfing sie in einem Pavillon am Rande des Königswaldes, während seine Männer Bäume fällten, um Flöße für die Fahrt über den Fluss zu bauen. Dort erreichte Königin Alicent die gute Nachricht, dass ihre Enkelin Jaehaera, das einzige überlebende Kind ihres Sohnes Aegon und ihrer Tochter Helaena, von Ser Willis Grimm von der Königsgarde sicher in Sturmkap abgeliefert worden war. Die Königinwitwe weinte vor Freude.

Verrat und Verlobungen folgten, bis Lord Borros, Lord Larys und Königin Alicent zu einer Übereinkunft gelangten, die von Großmaester Orwyl bezeugt wurde. Klumpfuß versprach, dass sich Ser Perkin und seine Gossenritter den Sturmländern anschließen würden, um König Aegon II. wieder auf den Eisernen Thron zu setzen, unter der Bedingung, dass abgesehen von dem Prätendenten Trystan alle begnadigt würden, wobei sich die Begnadigung auch auf Hochverrat, Rebellion, Raub, Mord und Vergewaltigung erstrecken sollte. Königin Alicent stimmte zu, dass ihr Sohn König Aegon Lord Borros' älteste Tochter Kassandra zu seiner neuen Königin machte.

Lady Floris, eine andere Tochter des Lords von Sturmkap, sollte mit Larys Kraft verlobt werden.

Auch das Problem, das die Velaryon-Flotte darstellte, wurde ausführlich debattiert. »Wir müssen die Seeschlange mit an Bord nehmen«, soll Lord Baratheon gesagt haben. »Vielleicht würde dem alten Mann ja eine neue, junge Gemahlin gefallen. Ich habe zwei Töchter, über die wir noch nicht gesprochen haben.«

»Er ist ein dreifacher Verräter«, wandte Königin Alicent ein. »Ohne ihn hätte Rhaenyra niemals Königsmund einnehmen können. Seine Gnaden, mein Sohn, wird das nicht vergessen haben. Ich will ihn tot sehen.«

»Auf die eine oder andere Weise wird er ohnehin bald sterben«, antwortete Lord Larys Kraft. »Schließen wir jetzt Frieden mit ihm, und machen wir ihn uns zunutze, solange wir ihn brauchen. Wenn die Ordnung wiederhergestellt ist und wir das Haus Velaryon nicht mehr brauchen, können wir dem Fremden immer noch zur Hand gehen.«

Und so einigten sich die Unterhändler aufs Schändlichste. Die Gesandten kehrten nach Königsmund zurück, und die Sturmländer folgten ihnen auf dem Fuß und überquerten den Schwarzwasser ohne Zwischenfall. Lord Borros fand die Stadtmauern unbemannt vor, die Tore ohne Verteidiger, die Straßen und Plätze leer, abgesehen von Leichen. Als er mit seinem Bannerträger und seinen geschworenen Schilden Aegons Hohen Hügel hinaufstieg, sah er, wie das zerlumpte Banner des Knappen Trystan von den Zinnen des Torhauses eingeholt und stattdessen das goldene Drachenbanner König Aegons II. gehisst wurde. Königin Alicent kam ihm höchstselbst aus dem Roten Bergfried entgegen und hieß ihn willkommen, mit Ser Perkin dem Floh an ihrer Seite. »Wo ist der Prätendent?«, fragte Lord Borros, als er im äußeren Hof vom Pferd stieg. »Gefangen und in Ketten gelegt«, erwiderte Ser Perkin.

Lord Borros, erfahren durch zahllose Grenzstreitigkeiten mit den Dornischen und seinen siegreichen Feldzug gegen einen neuen Geierkönig, verschwendete keine Zeit und stellte rasch die Ordnung in Königsmund wieder her. Nach einer ruhigen nächtlichen Feier im

Roten Bergfried ritt er am nächsten Tag gegen Visenyas Hügel und den »Fotzenkönig« Gaemon Hellhaar. Kolonnen gepanzerter Ritter zogen aus drei Richtungen den Hügel hinauf und ritten alles nieder, was sich um den kleinen König versammelt hatte. Straßenräuber, Söldner und Trinker ergriffen die Flucht. Der junge Monarch, der zwei Tage zuvor erst seinen fünften Namenstag gefeiert hatte, wurde in Ketten gelegt, über ein Pferd geworfen und weinend zum Roten Bergfried gebracht. Ihm folgte seine Mutter, die Hand der Dornischen Sylvenna Sand fest umklammert, an der Spitze eines langen Zugs aus Huren, Hexen, Beutelschneidern, Kriechern und Säufern, den Überbleibseln von Hellhaars »Hof«.

Als Nächster war der Hirte an der Reihe. Gewarnt durch das Schicksal der Huren und ihres kleinen Königs hatte der Prophet seine »barfüßige Armee« aufgerufen, sich um die Drachengrube zu versammeln und Rhaenys' Hügel »mit Blut und Eisen« zu verteidigen. Doch der Stern des Hirten war längst gesunken. Kaum dreihundert Leute folgten seinem Ruf, und die meisten flohen, als der Angriff begann. Lord Borros führte seine Ritter von Westen den Hügel hinauf, während Ser Perkin und seine Gossenritter den steileren Südhang von Flohloch hinaufstiegen. Sie durchbrachen die schwachen Reihen der Verteidiger und drangen in die Ruine der Drachengrube vor, wo sie den Propheten zwischen den Drachenköpfen fanden (die bereits in einen fortgeschrittenen Zustand der Verwesung übergegangen waren). Dort stand er inmitten eines Fackelkreises und predigte noch immer Verhängnis und Vernichtung. Als er Lord Borros auf seinem Streitross sah, zeigte der Hirte mit seinem Stumpf auf ihn und verfluchte ihn. »Wir treffen uns in der Hölle wieder, noch ehe ein Jahr vorüber ist«, verkündete der Bettelbruder. Wie Gaemon Hellhaar wurde er lebend ergriffen und in Ketten zum Roten Bergfried gebracht.

Und so kehrte zumindest ein gewisses Maß an Frieden wieder in Königsmund ein. Im Namen ihres Sohnes, »unseres wahren Königs Aegon, des Zweiten Seines Namens«, verhängte Königin Alicent eine Ausgangssperre und verbot dem Stadtvolk, sich nach Einbruch der Dunkelheit noch auf den Straßen der Stadt aufzuhalten.

Die Stadtwache wurde unter dem Befehl Ser Perkins des Flohs neu gebildet und sollte die Ausgangssperre durchsetzen, während Lord Borros und seine Sturmländer die Stadttore und Mauern besetzten. Die drei falschen »Könige«, die von ihren drei Hügeln geholt worden waren, schmachteten im Kerker und warteten auf die Rückkehr des wahren Königs, die allerdings von den Velaryons von Driftmark abhing. Hinter den Mauern des Roten Bergfrieds hatten Königinwitwe Alicent und Lord Larys Kraft der Seeschlange die Freiheit angeboten, dazu eine vollständige Begnadigung und darüberhinaus einen Sitz im Kleinen Rat des Königs, wenn er das Knie vor Aegon II. als seinem König beugte und ihm die Schwerter und Segel von Driftmark zuführte. Der alte Mann erwies sich jedoch als überraschend störrisch. »Meine Knie sind alt und steif und beugen sich nicht mehr so leicht«, antwortete Lord Corlys, ehe er eigene Bedingungen stellte. Er verlangte nicht nur eine Begnadigung für sich selbst, sondern für alle, die für Königin Rhaenyra gekämpft hatten. Darüber hinaus sollte Aegon der Jüngere mit Prinzessin Jaehaera vermählt werden, damit beide zusammen zu König Aegons Erben erklärt werden konnten. »Das Reich wurde in zwei Teile gespalten«, erklärte er, »wir müssen die beiden Hälften wieder zusammenführen.« Für Lord Baratheons Töchter interessierte er sich nicht, aber er verlangte die sofortige Freilassung seiner Enkeltochter Lady Baela.

Königin Alicent tobte über Lord Velaryons »Arroganz«, berichtet uns Munkun, insbesondere über seine Forderung, Königin Rhaenyras Aegon solle zum Erben ihres eigenen Aegon ernannt werden. Während des Tanzes hatte sie zwei ihrer drei Söhne und ihre einzige Tochter verloren und konnte den Gedanken nicht ertragen, dass einer der Söhne ihrer Rivalin weiterleben sollte. Wütend erinnerte Ihre Gnaden Lord Corlys daran, dass sie Rhaenyra zweimal Friedensangebote unterbreitet hatte, ihre Offerten jedoch stets mit Hohn zurückgewiesen worden waren. Es fiel Lord Larys dem Klumpfuß zu, die Wogen zu glätten. Er beruhigte die Königin und brachte ihr mit leisen Worten in Erinnerung, was sie in Lord Baratheons Zelt miteinander besprochen hatten, und überzeugte sie so, den Bedingungen der Seeschlange zuzustimmen.

Am nächsten Tag beugte Lord Corlys Velaryon, die Seeschlange, vor Königin Alicent das Knie, die als Vertreterin ihres Sohnes auf den unteren Stufen des Eisernen Throns saß, und schwor dem König seine Treue und die Treue seines Hauses. Vor den Augen der Götter und der Menschen gewährte die Königinwitwe ihm und den Seinen eine volle königliche Begnadigung und dazu seinen alten Sitz im Kleinen Rat, als Admiral und Meister der Schiffe. Raben flogen nach Driftmark und Drachenstein, um die Übereinkunft bekannt zu geben … und keinen Tag zu früh, denn der junge Alyn Velaryon war schon dabei, seine Schiffe für einen Angriff auf Drachenstein zusammenzuziehen, und König Aegon II. bereitete abermals die Enthauptung seiner Base Baela vor.

Als das Jahr 130 zu Ende ging, kehrte König Aegon II. endlich nach Königsmund zurück. Er wurde von Ser Marsten Wasser, Ser Alfred Ginster, den Zwei Toms und Lady Baela Targaryen begleitet (Letztere immer noch in Ketten, weil man fürchtete, sie werde sich auf den König stürzen, wenn man sie freiließ). Eskortiert von zwölf Kriegsgaleeren der Velaryons, segelten sie auf der morschen, alten Handelskogge *Maus*, die Marilda aus Holk gehörte und von ihr kommandiert wurde. Wenn wir Pilz glauben dürfen, wurde dieses Schiff mit Bedacht gewählt. »Lord Alyn hätte den König an Bord der *Lord Aethans Ruhm*, der *Morgenflut* oder der *Mädchen aus Gewürzstadt* nach Königsmund zurückbringen können, aber er wollte, dass die Welt sah, wie der König auf einer Maus in die Stadt zurückkroch«, sagt der Zwerg. »Lord Alyn war ein frecher Bursche und liebte seinen König nicht.«

Die Rückkehr des Königs war beileibe kein Triumphzug. Da Seine Gnaden noch immer nicht gehen konnte, wurde er in einer geschlossenen Sänfte durch eine stille Stadt Aegons Hohen Hügel hinauf zum Roten Bergfried getragen, an verlassenen Häusern und geplünderten Läden vorbei. Weil er auch die steilen, schmalen Stufen des Eisernen Throns nicht erklimmen konnte, musste der wiedereingesetzte König auf einem geschnitzten und gepolsterten Sitz aus Holz am Fuß des echten Throns Hof halten, wobei seine zerschmetterten, verdrehten Beine mit einer Decke verborgen wurden.

Obwohl er unter großen Schmerzen litt, zog sich der König nicht wieder in seine Schlafgemächer zurück und trank auch keinen Traumwein oder Mohnblumensaft mehr, um seine Schmerzen zu lindern, sondern machte sich sofort daran, über die drei »Eintagsfliegenkönige«, die Königsmund während des Monds des Wahnsinns beherrscht hatten, zu Gericht zu sitzen. Der Knappe bekam seinen Zorn als Erster zu spüren und wurde wegen Hochverrats zum Tode verurteilt. Trystan war ein tapferer Junge und wehrte sich, als man ihn vor den Eisernen Thron zerrte, bis er Ser Perkin den Floh beim König stehen sah. Das nahm ihm allen Mut, sagt Pilz, doch selbst dann beteuerte der Jüngling weder seine Unschuld, noch flehte er um Gnade, sondern bat lediglich darum, vor seinem Tod zum Ritter geschlagen zu werden. Diese Gunst gewährte ihm König Aegon, woraufhin Ser Marsten Wasser (der ja ebenfalls ein Bastard war) den Jungen als Ser Trystan Feuer (»Wahrfeuer«, den Namen, den der Junge selbst gewählt hatte, hielt man für zu anmaßend) zum Ritter schlug und Ser Alfred Ginster ihn mit Schwarzfeuer, dem Schwert Aegons des Eroberers, enthauptete.

Das Urteil über den »Fotzenkönig« Gaemon Hellhaar fiel milder aus. Da der Junge gerade erst fünf Jahre alt geworden war, wurde sein Leben verschont und er von der Krone als Mündel angenommen. Seine Mutter Essi, die sich erdreistet hatte, sich während der kurzen »Herrschaft« ihres Sohnes »Lady« Esselyn zu nennen, gestand unter der Folter, dass Gaemons Vater in Wahrheit nicht der König war, wie sie zuvor behauptet hatte, sondern ein silberhaariger Ruderer von einer Handelsgaleere aus Lys. Da sie von niederer Geburt und daher des Schwertes unwürdig waren, wurden Essi und die dornische Hure Sylvenna Sand an den Zinnen des Roten Bergfrieds aufgehängt, zusammen mit siebenundzwanzig anderen Angehörigen von »König« Gaemons Hof, einer Abscheu erregenden Ansammlung von Dieben, Säufern, Mimen, Bettlern, Huren und Zuhältern.

Zuletzt wandte König Aegon II. sein Augenmerk dem Hirten zu. Als dieser zur Verhandlung vor den Eisernen Thron gebracht wurde, weigerte sich der Prophet, seine Verbrechen zu bereuen oder den Hochverrat, den er begangen hatte, einzugestehen, sondern richtete den Stumpf seiner fehlenden Hand auf den König und sagte Seiner Gnaden: »Wir treffen uns in der Hölle wieder, noch ehe ein Jahr vorüber ist«, die gleichen Worte, die er Borros Baratheon bei seiner Gefangennahme entgegengeschleudert hatte. Für diese Unverschämtheit ließ Aegon dem Hirten die Zunge mit einer glühenden Zange herausreißen, dann verurteilte er ihn und seine »verräterische Gefolgschaft« zum Tode durch das Feuer.

Am letzten Tag des Jahres wurden zweihunderteinundvierzig »barfüßige Lämmer«, die glühendsten und ergebensten Anhänger des Hirten, mit Pech bestrichen und an Pfähle gekettet, die entlang der breiten, gepflasterten Straße vom Schusterplatz zur Drachengrube aufgestellt wurden. Als die Septen der Stadt die Glocken läuteten, um das Ende des alten und den Beginn des neuen Jahres zu verkünden, ließ sich König Aegon II. in seiner Sänfte die Straße hinauftragen (die von da an der Hirtenweg hieß und nicht mehr die Hügelstraße wie zuvor), während seine Ritter zu beiden Seiten mit Fackeln die angeketteten Lämmer anzündeten, um ihrem König den Weg zu erleuchten. Solcherart erklomm Seine Gnaden den Hügel bis auf den Gipfel, wo der Hirte selbst inmitten der fünf Drachenköpfe angebunden war. Gestützt von zwei Rittern seiner Königsgarde erhob sich König Aegon von den Kissen, wankte zu dem Pfahl, an dem der Prophet angekettet war, und setzte ihn mit eigener Hand in Brand.

»Rhaenyra, die Prätendentin, war nicht mehr, ihre Drachen waren tot, die Mimen-Könige alle gestürzt, und doch herrschte im Reich kein Frieden«, schrieb Septon Konstans kurz darauf. Da seine Halbschwester tot war und sich ihr einziger überlebender Sohn an seinem Hof in Gefangenschaft befand, hatte König Aegon II. durchaus Grund zu der Annahme, dass sich der Widerstand gegen seine Herrschaft bald ganz auflösen würde … und vielleicht wäre das auch geschehen, wenn Seine Gnaden Lord Velaryons Rat beherzigt hätte und allen Lords und Rittern, die sich der Sache der Königin angeschlossen hatten, Gnade erwiesen hätte.

Leider war der König kein versöhnlicher Charakter. Bestärkt von seiner Mutter, der Königinwitwe Alicent, war Aegon II. entschlossen, an allen Vergeltung zu üben, die ihn verraten und entthront hatten. Er begann in den Kronlanden und schickte seine eigenen Männer und Borros Baratheons Sturmländer gegen Rosby, Schurwerth und Dämmertal sowie die nahegelegenen Festungen und Dörfer in deren Umgebung. Obwohl die Lords, die solchermaßen behelligt wurden, durch ihre Haushofmeister und Kastellane sehr rasch Rhaenyras vierteiliges Banner einholen ließen und stattdessen Aegons goldenen Drachen hissten, wurden sie einer nach dem anderen in Ketten nach Königsmund gebracht und gezwungen, sich dem König zu unterwerfen. Auch erlangten sie ihre Freiheit nicht eher zurück, bis sie ein hohes Lösegeld gezahlt und der Krone geeignete Geiseln gestellt hatten.

Dieser Feldzug erwies sich als schwerer Fehler, denn er verhärtete die Herzen der Anhänger der verstorbenen Königin noch mehr und bestärkte sie darin, dem König zu trotzen. Bald erreichten Königsmund Berichte darüber, dass sich in Winterfell, Hüglingen und Weißwasserhafen Krieger in großer Zahl sammelten. In den Flusslanden war der greise und bettlägerige Lord Grobi Tully verstorben (an einem Schlaganfall, weil sein Haus in der zweiten Schlacht bei Stolperstadt gegen den rechtmäßigen König gekämpft hatte, wie Pilz sagt), und sein Enkel Elmo, jetzt endlich Lord von Schnellwasser, rief die Lords vom Trident erneut zum Krieg, damit sie nicht das gleiche Schicksal wie die Lords Rosby, Schurwerth und Finsterlyn erlitten. Zu ihm gesellte sich Benjicot Schwarzhain von Rabenbaum, der mit seinen dreizehn Jahren bereits ein erfahrener Krieger war, seine grimmige junge Tante, die »Schwarze Aly« mit dreihundert Bögen, Lady Sabitha Frey, die erbarmungslose und habgierige Lady der Zwillinge, Lord Hugo Vanke von Wandersruh, Lord Jorah Mallister von Seegart; Lord Roland Darry von Darry und, ja, sogar Umfried Bracken, Lord von Steinheck, dessen Haus bislang König Aegons Sache unterstützt hatte.

Noch besorgniserregender waren die Nachrichten aus dem Grünen Tal, wo Lady Jeyne Arryn fünfzehnhundert Ritter und achttausend Waffenknechte um sich geschart hatte. Außerdem hatte sie Gesandte nach Braavos geschickt, um Schiffe anzuheuern, die sie nach Königsmund bringen sollten. Mit ihnen würde ein Drache kommen. Lady Rhaena aus dem Hause Targaryen, die Zwillingsschwester der Tapferen Baela, hatte ein Drachenei mit ins Grüne Tal genommen … ein Ei, das sich als befruchtet erwiesen hatte und aus dem ein hellrosa Küken mit schwarzen Hörnern und Kamm geschlüpft war. Rhaena nannte die kleine Drachin »Morgen«.

Obgleich noch Jahre vergehen würden, bis Morgen groß genug wäre, um ihre Reiterin in den Krieg zu tragen, bereitete die Nachricht vom Schlüpfen des jungen Drachen dem Grünen Rat große Sorgen. Wenn die Rebellen mit einem Drachen auftrumpfen konnten und die Königstreuen nicht, führte Königin Alicent aus, könnte das gemeine Volk den Anspruch ihrer Feinde als rechtmäßiger betrachten. »Ich brauche einen Drachen«, antwortete Aegon II., als er davon erfuhr.

Abgesehen von Lady Rhaenas Küken gab es in ganz Westeros nur noch drei lebende Drachen. Schafsdieb war mit dem Mädchen Nessel verschwunden, man vermutete ihn jedoch irgendwo auf dem Klauenhorn oder in den Mondbergen. Der Kannibale suchte noch immer die Osthänge des Drachenberges heim. Die letzten Berichte über Silberschwinge besagten, dass sie die verwüstete Umgebung von Stolperstadt verlassen hatte und in die Weite aufgebrochen war. Gerüchten zufolge hatte sie sich auf einer kleinen, steinigen Insel mitten im Rotsee niedergelassen.

Königin Alysannes silberner Drache hatte einen zweiten Reiter akzeptiert, stellte Borros Baratheon fest. »Warum nicht einen dritten? Besteigt den Drachen, und Eure Krone ist Euch sicher.« Doch Aegon II. konnte noch immer weder stehen noch gehen, geschweige denn auf einen Drachen steigen und ihn reiten, und er war auch nicht kräftig genug für die lange Reise quer durchs Reich zum Rotsee, durch Gebiete, in denen es von Verrätern, Rebellen und Gebrochenen wimmelte.

Hier war die Antwort offensichtlich nicht zu finden. »Nicht Silberschwinge«, verkündete Seine Gnaden. »Ich will einen neuen Sonnfeuer, stolzer und wilder als der letzte.« Also wurden Raben nach Drachenstein geschickt, wo die Eier der Targaryen-Drachen in tiefen Gewölben und Kellern unter strenger Bewachung aufbewahrt wurden, manche davon so alt, dass sie schon zu Stein geworden waren. Der neue Maester dort suchte sieben aus (zur Ehre der Götter), die er für vielversprechend hielt, und schickte sie nach Königsmund. König Aegon bewahrte sie in seinen Gemächern auf, aber keines brachte einen Drachen hervor. Pilz berichtet uns, dass Seine Gnaden einen ganzen Tag und eine ganze Nacht lang auf einem »großen Ei von violetter und goldener Farbe« hockte, um es auszubrüten, »doch das nützte genauso viel, als hätte er sich auf einen Scheißhaufen von purpurner und goldener Farbe gesetzt«.

Großmaester Orwyl, der aus dem Kerker befreit war und sich wieder mit seiner Amtskette schmücken durfte, gewährt uns einen umfassenden Blick auf den wiederhergestellten Grünen Rat in diesen unruhigen Zeiten, als Furcht und Misstrauen sogar den Roten Bergfried beherrschten. In einem Augenblick, in dem Eintracht dringend erforderlich gewesen wäre, waren die Lords um König Aegon II. zutiefst zerstritten und konnten sich nicht darauf einigen, wie sie sich gegen den sich zusammenbrauenden Sturm am besten wappnen sollten.

Die Seeschlange bevorzugte Versöhnung, Begnadigung und Frieden.

Borros Baratheon verhöhnte dies als Schwäche; er würde die Verräter auf dem Schlachtfeld besiegen, erklärte er König und Rat. Dazu brauchte er lediglich mehr Männer; Casterlystein und Altsass sollten unverzüglich neue Heere aufstellen.

Ser Tyland Lennister, der blinde Meister der Münze, schlug vor, nach Lys oder Tyrosh zu segeln und eine oder mehrere Söldnerkompanien anzuheuern (Aegon II. mangelte es nicht an klingender Münze, da Ser Tyland drei Viertel des Kronschatzes den sicheren Händen Casterlysteins, Altsass' und der Eisernen Bank von Braavos anvertraut hatte, bevor Königin Rhaenyra die Stadt und die Schatzkammer erobert hatte).

Lord Velaryon hielt solche Anstrengungen für vergeblich. »Uns fehlt die Zeit. Die Sitze von Altsass und Casterlystein sind in den

Händen von Kindern. Dort finden wir keine Hilfe mehr. Die besten Freien Kompanien sind durch Verträge an Lys, Myr oder Tyrosh gebunden. Selbst wenn Ser Tyland sie ihren gegenwärtigen Herren loseisen könnte, würden sie nicht rechtzeitig hier eintreffen. Mit meinen Schiffen kann ich die Arryns von unserer Schwelle fernhalten, aber wer wird sich den Nordmännern und den Lords vom Trident entgegenstellen? Sie haben sich bereits in Marsch gesetzt. Wir müssen uns mit ihnen einigen. Seine Gnaden sollte all ihre Verbrechen und ihren Verrat begnadigen, Rhaenyras Aegon zu seinem Erben erklären und ihn sofort mit Prinzessin Jaehaera vermählen. Das ist der einzige Weg.«

Doch die Worte des alten Mannes stießen auf taube Ohren. Königin Alicent hatte sich widerstrebend mit einem Verlöbnis ihrer Enkeltochter mit Rhaenyras Sohn einverstanden erklärt. Allerdings ohne die Zustimmung des Königs einzuholen. Aegon II. hatte andere Pläne. Er wollte Kassandra Baratheon heiraten, denn »sie wird mir starke Söhne schenken, die des Eisernen Throns würdig sind«. Auch würde er Prinz Aegon nicht gestatten, seine Tochter zu ehelichen und möglicherweise Söhne zu zeugen, die die Thronfolge erneut unklar machen könnten. »Er kann das Schwarz anlegen und sein Leben an der Mauer verbringen«, beschied Seine Gnaden, »oder seine Männlichkeit aufgeben und mir als Eunuch dienen. Die Wahl liegt bei ihm, aber er wird keine Kinder zeugen. Die Linie meiner Schwester muss ein für alle Mal ein Ende finden.«

Für Ser Tyland Lennister war auch dies noch zu milde, er befürwortete die sofortige Hinrichtung von Prinz Aegon dem Jüngeren. »Der Junge bleibt eine Bedrohung, solange er atmet«, erklärte Lennister. »Schlagt ihm den Kopf ab, dann haben diese Verräter weder Königin noch König noch Prinz. Je eher er tot ist, desto früher wird diese Rebellion enden.« Seine Worte und jene des Königs erfüllten Lord Velaryon mit Entsetzen. Die betagte Seeschlange »donnerte vor Zorn«, bezichtigte König und Rat, »ein Haufen Narren, Lügner und Eidbrecher« zu sein, und stürmte aus dem Saal.

Daraufhin bot Borros Baratheon dem König an, ihm den Kopf des alten Mannes zu bringen, und Aegon II. war kurz davor, seinen

Vorschlag anzunehmen, als Lord Larys Kraft das Wort ergriff und sie daran erinnerte, dass sich der junge Alyn Velaryon, der Erbe der Seeschlange, noch immer außerhalb ihrer Reichweite auf Driftmark aufhielt.

»Wenn Ihr die alte Schlange tötet, verlieren wir die junge«, sagte Klumpfuß, »und mit ihm all diese schönen, schnellen Schiffe.« Stattdessen müssten sie sich sofort mit Lord Corlys aussöhnen, um das Haus Velaryon auf ihrer Seite zu halten. »Gebt ihm doch diese Verlobung, Euer Gnaden«, drängte er den König. »Eine Verlobung ist noch keine Hochzeit. Erklärt den Jungen Aegon zu Eurem Erben. Ein Prinz ist noch kein König. Werft einen Blick auf die Geschichte Eures eigenen Hauses und zählt die Erben, die starben, ehe sie auf dem Eisernen Thron sitzen konnten. Kümmert Euch zu gegebener Zeit um Driftmark, wenn Eure Feinde besiegt sind und Ihr wieder ganz bei Kräften seid. Noch ist es nicht so weit. Wir müssen uns in Geduld üben und bis dahin sanft mit Lord Corlys umgehen.«

So jedenfalls wurden uns seine Worte von Orwyl über Munkun überliefert. Weder Septon Konstans noch der Narr Pilz waren bei dieser Ratssitzung anwesend. Pilz spricht trotzdem darüber: »Gab es je einen hinterhältigeren Mann als den Klumpfuß? Oh, er hätte einen prächtigen Narren abgegeben. Die Worte troffen von seinen Lippen wie Honig aus der Wabe, und nie zuvor schmeckte Gift so süß.«

Larys Kraft der Klumpfuß gibt den Schülern der Geschichte seit Generationen Rätsel auf, und wir werden sie hier nicht lösen können. Wem galt seine Treue wirklich? Was war sein Ziel? Er wand sich durch den Drachentanz, erst auf dieser Seite und dann auf jener, verschwand und tauchte wieder auf, und doch gelang es ihm immer irgendwie zu überleben. Wie viel von dem, was er sagte und tat, war List und Tücke, und wie viel war ehrlich gemeint? War er nur ein Mann, der sein Mäntelchen nach dem jeweiligen Wind hängte, oder verfolgte er von Anfang an ein klares Ziel? Diese Fragen dürfen wir stellen, doch niemand wird sie uns beantworten. Der Letzte der Krafts bewahrt seine Geheimnisse.

Wir wissen, dass er verschlagen und geheimniskrämerisch war, gleichzeitig aber überzeugend und freundlich auftreten konnte, wann immer es nötig war. Seine Worte brachten König und Rat zum Einlenken. Als Königin Alicent Bedenken anmeldete und laut fragte, wie Lord Corlys überhaupt zurückzugewinnen sein könnte, nach allem, was gesagt worden war, antwortete Lord Kraft: »Das dürft Ihr getrost mir überlassen, Euer Gnaden. Seine Lordschaft wird mich anhören, da bin ich mir ziemlich sicher.«

Und so geschah es. Gleich nach dem Ende der Ratssitzung ging der Klumpfuß zur Seeschlange und berichtete ihm haarklein alles über den Plan des Königs, ihm alles zu gewähren, was er verlangt hatte, und ihn, nachdem der Krieg gewonnen war, ermorden zu lassen. Und als der alte Mann mit dem Schwert in der Hand hinausstürmen wollte, um blutig Rache zu nehmen, beschwichtigte ihn Lord Larys mit milden Worten und einem freundlichen Lächeln. »Es gibt einen besseren Weg«, sagte er und riet zur Geduld. Auf diese Weise sponn er sein Netz aus Täuschung und Verrat, indem er die eine Seite gegen die andere aufbrachte.

Während um Aegon II. herum Ränke und Komplotte geschmiedet wurden und sich ihm von allen Seiten Feinde näherten, ahnte er selbst davon nichts. Dem König ging es nicht gut. Die Narben der Verbrennungen, die er in Krähenruh erlitten hatte, bedeckten seinen halben Körper. Pilz behauptet, die Verletzungen hätten ihn auch seiner Manneskraft beraubt, und beim Sprung von Sonnfeuers Rücken auf Drachenstein hatte er sich das rechte Bein an zwei Stellen gebrochen und die Knochen im linken zertrümmert. Das rechte Bein war gut verheilt, wie Großmaester Orwyl berichtet, das linke hingegen nicht. Die Muskeln dieses Beines hatten sich zurückgebildet, das Knie war steif geworden, das Fleisch schwand dahin, bis nur noch ein verkümmerter Stock zurückblieb, so verkrümmt, dass Orwyl glaubte, es würde Seiner Gnaden besser ergehen, wenn man ihm das Bein gleich ganz abnehmen würde. Davon wollte der König jedoch nichts hören. Stattdessen ließ er sich weiter in der Sänfte überallhin tragen. Erst gegen Ende seiner Herrschaft kam er wieder ausreichend zu Kräften, um mithilfe einer Krücke zu gehen, wobei er das schlechte Bein hinter sich herzog.

Angesichts der unaufhörlichen Schmerzen schien Aegon einzig in dem Gedanken an seine bevorstehende Hochzeit Freude zu finden. Selbst die Kapriolen seiner Narren brachten ihn nicht zum Lachen, wie wir von Pilz erfahren, dem Ersten seiner Narren… wenngleich »Seine Gnaden von Zeit zu Zeit über einen meiner Geistesblitze lächelte und mich gern in seiner Nähe hielt, um seine Melancholie zu lindern und ihm beim Ankleiden zu helfen«. Selbst wenn Aegon aufgrund seiner Verbrennungen nicht mehr fähig zum Geschlechtsverkehr gewesen war, wie der Zwerg behauptet, verspürte er doch immer noch fleischliche Gelüste und schaute häufig hinter einem Vorhang verborgen zu, wie einer seiner Günstlinge sich mit einem Dienstmädchen oder einer Hofdame vergnügte. Meistens übernahm Tom Wirrzunge diese Aufgabe für den König, so hören wir; zu anderen Zeiten wieder wurde gewissen Rittern des Hofes diese Unehre auferlegt, und dreimal wurde sogar Pilz selbst zu diesen Diensten gezwungen. Nach diesen wollüstigen Sitzungen, berichtet der Narr, weinte der König vor Scham und ließ Septon Konstans rufen, damit er ihm die Absolution erteile. (Konstans selbst erwähnt nichts dergleichen in seinem Bericht über Aegons letzte Tage.)

Zu dieser Zeit befahl König Aegon II. auch den Wiederaufbau der Drachengrube und gab zwei riesige Statuen seiner Brüder Aemond und Daeron in Auftrag (sie sollten größer als der Titan von Braavos werden und vollständig mit Blattgold überzogen sein). Außerdem ließ er alle Erlässe und Verfügungen der »Eintagsfliegenkönige« Trystan Wahrfeuer und Gaemon Hellhaar öffentlich verbrennen.

Inzwischen hatten sich seine Feinde in Marsch gesetzt. Durch die Eng kam Cregan Stark, Lord von Winterfell, mit einem großen Heer im Rücken (Septon Konstans spricht von »zwanzigtausend heulenden Wilden in zotteligen Pelzen«, Munkun dagegen zählt nur achttausend in seiner *Wahren Geschichte*), während die Jungfrau aus dem Grünen Tal ihre Armee von Möwenstadt aus entsandte: zehntausend Mann unter dem Befehl von Lord Leowyn Corbray und seinem Bruder Ser Corwyn, der die berühmte valyrische Klinge Lady Einsam trug.

Die unmittelbarste Bedrohung stellten jedoch die Männer vom Trident dar. Ungefähr sechstausend hatten sich bei Schnellwasser versammelt, nachdem Elmo Tully zu den Fahnen gerufen hatte. Traurigerweise verschied Lord Elmo selbst während des Marsches, nachdem er schlechtes Wasser getrunken hatte, nach nur neunundvierzig Tagen als Lord von Schnellwasser. Doch der Titel ging auf seinen ältesten Sohn, Ser Kermit Tully, über, einen wilden und eigensinnigen jungen Mann, der darauf brannte, sich als Krieger hervorzutun. Sie waren noch sechs Tagesmärsche von Königsmund, als Lord Borros Baratheon ihnen mit seinen Sturmländern auf dem Königsweg entgegeneilte. Sein Heer wurde durch Truppen aus Schurwerth, Rosby, Heufurt und Dämmertal verstärkt, und dazu kamen noch einmal zweitausend Mann aus Flohloch, die hastig mit Speeren und eisernen Topfhelmen ausgerüstet worden waren.

Zwei Tagesritte von der Stadt entfernt stießen die beiden Heere aufeinander, an einer Stelle, wo der Königsweg zwischen einem Wald und einem niedrigen Hügel hindurchführt. Es hatte seit

Tagen heftig geregnet, deshalb war das Gras nass und der Untergrund weich und schlammig. Lord Borros war siegesgewiss, denn seine Späher hatten ihm berichtet, dass die Flussmänner von Knaben und Frauen angeführt wurden. Als er den Feind erblickte, zog bereits die Abenddämmerung herauf, trotzdem befahl er den sofortigen Angriff … obwohl die Straße vor ihm mit einem festen Wall aus Schild an Schild versperrt war und es auf dem Hügel zu seiner Rechten von Bogenschützen wimmelte. Lord Borros führte den Angriff selbst an, bildete mit seinen Rittern einen Keil und donnerte die Straße entlang auf das Herz des Feindes zu, dorthin, wo die silberne Forelle von Schnellwasser auf dem blauroten Banner schwamm, gleich neben dem geviertelten Wappen der toten Königin. Seine Fußsoldaten rückten hinter ihnen unter König Aegons goldenem Drachen vor.

Die Zitadelle nennt den anschließende Kampf die Schlacht am Königsweg. Die Männer, die dort kämpfen, sprechen vom Schlammigen Durcheinander. Wie auch immer man es nennen will, die letzte Schlacht des Drachentanzes wurde eine sehr einseitige Angelegenheit. Die Langbögen auf den Hügeln schossen Lord Borros' Rittern die Pferde unter dem Sattel weg und trafen so viele, dass nur die Hälfte der Reiter überhaupt den Schildwall erreichte. Dabei gerieten die Reihen der Angreifer in Unordnung, der Keil löste sich auf, und die Pferde rutschten im weichen Schlamm und kamen nur mühsam voran. Zwar gelang es den Sturmländern, mit Lanze und Schwert und Langaxt großes Durcheinander anzurichten, aber die Flusslords hielten stand, und immer neue Männer traten an die Stelle der Gefallenen. Als Lord Baratheons Fußsoldaten anrückten, geriet der Schildwall ins Wanken, zog sich zurück, und es schien, als würde er brechen … bis im Wald zur Linken der Straße Rufe und Schreie ertönten, und Hunderte weiterer Flussmänner unter den Bäumen hervorstürmten. Angeführt wurden sie von Benjicot Schwarzhain, der sich an diesem Tag den Namen »der Blutige Ben« verdienen sollte, unter dem er für den Rest seines langen Lebens bekannt sein würde.

Lord Borros selbst blieb inmitten des Gemetzels im Sattel. Als er sah, wie ihm die Schlacht aus den Händen glitt, befahl er seinem Knappen, das Kriegshorn zu blasen und die Reserve nachrücken zu lassen. Doch beim Klang des Horns ließen die Männer aus Rosby, Schurwerth und Heufurt des Königs goldene Drachen fallen und rührten sich nicht mehr, während der Pöbel aus Königsmund auseinanderstob wie die Gänse und die Ritter aus Dämmertal zum Feind überliefen und den Sturmländern in den Rücken fielen. Binnen eines halben Herzschlags wurde die Schlacht zu einer vernichtenden Niederlage, und König Aegons letztes Heer wurde zerschmettert.

Borros Baratheon fiel. Er wurde abgeworfen, als die Pfeile der Schwarzen Aly und ihrer Bogenschützen sein Streitross fällten, kämpfte zu Fuß weiter und machte zahllose Waffenknechte nieder, ein Dutzend Ritter sowie die Lords Mallister und Darry. Als Kermit Tully ihn erreichte, war Lord Borros schon halb tot, hatte sich den verbeulten Helm vom Kopf gerissen, blutete aus zwanzig Wunden und konnte sich kaum noch auf den Beinen halten. »Streckt die Waffen, Ser«, rief der Lord von Schnellwasser dem Lord von Sturmkap zu, »dieser Tag ist unser.« Lord Baratheon antwortete mit einem Fluch. »Lieber tanze ich in der Hölle, als Eure Ketten zu tragen.« Dann griff er an … und lief direkt in die dornenbesetzte Eisenkugel am Ende von Lord Kermits Morgenstern, die ihn mitten ins Gesicht traf und Blut und Knochen und Gehirnmasse spritzen ließ. Der Lord von Sturmkap starb im Schlamm am Königsweg, das Schwert in der Hand.*

Als Raben die Nachricht vom Ausgang der Schlacht in den Roten Bergfried trugen, trat der Grüne Rat eilig zusammen. Alle Warnungen der Seeschlange hatten sich als zutreffend erwiesen. Casterlystein, Rosengarten und Altsass reagierten nur zögerlich auf die

---

* Wie die Götter es eingerichtet hatten, gebar seine Hohe Gemahlin sieben Tage später in Sturmkap den Sohn und Erben, den Lord Borros sich so lange ersehnt hatte. Lord Baratheon hatte die Anweisung hinterlassen, dass das Kind zu Ehren des Königs Aegon genannt werden sollte, falls es ein Junge wurde. Doch als Lady Baratheon vom Tod ihres Gemahls in der Schlacht erfuhr, nannte sie das Kind Olyver, nach ihrem Vater.

Forderungen des Königs nach neuen Heeren. Und als sie es schließlich taten, antworteten sie vor allem mit Entschuldigungen und Ausflüchten anstelle von Zusagen. Die Lennisters waren in ihren Krieg gegen den Roten Kraken verstrickt, die Hohenturms hatten bereits zu viele Männer verloren und verfügten über keine fähigen Kommandanten mehr, die Mutter des kleinen Lord Tyrell schrieb, dass sie Grund habe, an der Loyalität der Vasallen ihres Sohns zu zweifeln, und erklärte außerdem: »Da ich nur eine Frau bin, kann ich kein Heer in den Krieg führen.« Ser Tyland Lennister, Ser Marsten Wasser und Ser Julian Wurmholz waren über die Meerenge entsandt worden, um in Pentos, Tyrosh und Myr Söldner anzuheuern, doch von ihnen war bislang noch keiner zurückgekehrt.

König Aegon II. würde in Kürze nackt vor seinen Feinden stehen. Der Blutige Ben Schwarzhain, Kermit Tully, Sabitha Frey und ihre Brüder im Sieg bereiteten sich auf den Marsch gegen die Stadt vor, und nur wenige Tagesmärsche nach ihnen folgten Lord Cregan Stark und seine Nordmänner. Die Flotte aus Braavos hatte mit dem Heer der Arryns Möwenstadt verlassen und segelte auf die Gurgel zu, wo ihnen nur der junge Alyn Velaryon im Weg stand … und auf die Treue von Driftmark war kein Verlass.

»Euer Gnaden«, sagte die Seeschlange, als sich die Reste des einst so stolzen Grünen Rates versammelt hatten, »Ihr müsst Euch ergeben. Die Stadt wird eine weitere Plünderung nicht überstehen. Rettet Euer Volk und rettet Euch selbst. Wenn Ihr zugunsten von Prinz Aegon abdankt, wird er Euch gestatten, das Schwarz anzulegen und den Rest Eures Leben in Ehren an der Mauer zu verbringen.«

»Wird er das?«, fragte König Aegon. Munkun berichtet, die Hoffnung in seiner Stimme sei unüberhörbar gewesen.

Seine Mutter hegte keine solche Hoffnungen. »Ihr habt seine Mutter an Euren Drachen verfüttert«, erinnerte sie ihren Sohn. »Und der Junge hat alles mit angesehen.«

Verzweifelt fragte der König sie: »Was soll ich denn Eurer Meinung nach tun?«

»Ihr habt Geiseln«, erwiderte die Königinwitwe. »Schneidet dem

Jungen ein Ohr ab und schickt es Lord Tully. Warnt ihn, dass er mit jeder Meile, die sein Heer näher kommt, ein weiteres Körperteil verliert.«

»Ja«, sagte Aegon II. »Gut. So soll es geschehen.« Er schickte nach Ser Alfred Ginster, der ihm auf Drachenstein so gute Dienste geleistet hatte. »Geht und kümmert Euch darum, Ser.« Als sich der Ritter entfernt hatte, wandte sich der König an Corlys Velaryon. »Sagt Eurem Bastard, er soll tapfer kämpfen, Mylord. Wenn er mich enttäuscht und auch nur eines dieser Braavosi-Schiffe die Gurgel passiert, wird auch Eure teure Lady Baela Körperteile einbüßen.«

Die Seeschlange bettelte nicht, fluchte nicht, drohte nicht. Lord Velaryon nickte nur steif, erhob sich und bat darum, sich entfernen zu dürfen. Pilz behauptet, er habe einen Blick mit Klumpfuß gewechselt, während er ging, aber Pilz war gar nicht dabei, und es scheint doch sehr unwahrscheinlich, dass sich ein so erfahrener Mann wie Corlys Velaryon in einem Augenblick wie diesem derart ungeschickt verhalten sollte.

Die Tage König Aegons II. waren gezählt, auch wenn er selbst es noch nicht begriffen hatte. Die Verräter in seiner Mitte hatten im selben Augenblick mit der Ausführung ihrer Pläne begonnen, als sie von Lord Baratheons Niederlage am Königsweg erfahren hatten.

Als Ser Alfred Ginster die Zugbrücke von Maegors Feste überquerte, wo Prinz Aegon gefangen gehalten wurde, versperrten ihm Ser Perkin der Floh und sechs seiner Gossenritter den Weg. »Im Namen des Königs, tretet beiseite«, verlangte Ginster.

»Wir haben jetzt einen neuen König«, antwortete Ser Perkin. Er legte Ser Alfred die Hand auf die Schulter … und stieß ihn dann so heftig von sich, dass der Mann von der Zugbrücke stolperte und auf die eisernen Spieße im Burggraben fiel, wo er sich noch zwei Tage lang wand und krümmte, während er starb.

Zur gleichen Stunde wurde Lady Baela Targaryen von Lord Larys Klumpfuß' Agenten in Sicherheit gebracht. Tom Wirrzunge wurde auf dem Burghof überrascht, als er aus dem Stall kam, und umgehend enthauptet. »Er starb, wie er gelebt hatte: stotternd«, sagt Pilz. Sein Vater Tom Wirrbart hielt sich nicht in der Burg auf, aber sie spürten ihn in einer Schenke in der Aalgasse auf. Als er protestierte und behauptete, »nur ein einfacher Fischer zu sein, der sein Bier trinken wolle«, ertränkten ihn die Häscher in einem Bierfass.

All dies wurde so geschickt, so rasch und so still ausgeführt, dass das Volk von Königsmund nur wenig oder gar nichts davon mitbekam. Selbst innerhalb der Burg wurde kein Alarm ausgelöst. Jene, denen zu sterben bestimmt war, wurden umgebracht, während der Rest des Hofes ungehindert und ahnungslos den alltäglichen Aufgaben nachging. Septon Konstans berichtet uns, dass vierundzwanzig Männer sterben mussten, während in Munkuns *Wahrer Geschichte* von einundzwanzig die Rede ist. Pilz behauptet, den Mord am Vorkoster des Königs mitangesehen zu haben, einem extrem dicken Mann namens Ummet, und er hätte sich selbst in einem Fass Mehl verstecken müssen, um diesem Schicksal zu entgehen. Als er in der folgenden Nacht herausstieg, war er »von Kopf bis Fuß mit Mehl bestäubt und so weiß, dass die erste Dienstmagd, der ich begegnete, mich für Pilzens Geist hielt«. (Wenn er sich das mal nicht ausgedacht hat. Weshalb sollten die Verschwörer einen Narren töten wollen?)

Königin Alicent wurde auf der Serpentinentreppe ergriffen, als sie auf dem Weg zurück zu ihren Gemächern war. Die Männer, die sie gefangen nahmen, trugen das Seepferdchen des Hauses Velaryon auf dem Wams, und obwohl sie ihre beiden Wachen töteten, krümmten sie der Königinwitwe und ihren Damen selbst kein Haar. Die Königin in Ketten wurde abermals in Ketten gelegt und in den Kerker gebracht, damit der neue König nach Belieben mit ihr verfahren konnte. Zu diesem Zeitpunkt war der Letzte ihrer Söhne bereits tot.

Nach der Ratsversammlung wurde König Aegon II. von zwei starken Knappen in den Hof hinuntergetragen. Dort erwartete ihn wie gewöhnlich seine Sänfte; wegen seines verkrüppelten Beins konnte er die Treppe auch mit Krücke nicht bewältigen. Ser Gil Belgravor, der Ritter der Königsgarde, der seine Eskorte befehligte, sagte später aus, dass Seine Gnaden ungewöhnlich erschöpft gewirkt habe, als die Männer ihm in die Sänfte halfen. Sein Gesicht sei »grau und aschfahl und eingefallen gewesen«, dennoch habe er darum gebeten, in die Burgsepte getragen zu werden statt zurück in seine Gemächer. »Vielleicht spürte er, dass sein Ende nahe war«, schreibt Septon Konstans, »und wollte die Sieben um Vergebung für seine Sünden bitten.«

Ein kalter Wind wehte durch den Hof. Als die Sänfte angehoben wurde, schlug der König wegen der Kälte die Vorhänge zu. Wie immer stand eine Flasche süßen Rotweins vom Arbor bereit, Aegons Lieblingswein. Der König schenkte sich einen kleinen Becher ein, während die Sänfte den Hof überquerte.

Ser Gil und den Sänftenträgern fiel nichts Außergewöhnliches auf, bis sie die Septe erreichten und die Vorhänge nicht aufgingen. »Wir sind da, Euer Gnaden«, sagte der Ritter. Es kam keine Antwort, nur Schweigen. Als ein zweites und drittes Nachfragen ebenfalls unbeantwortet blieben, zog Ser Gil Belgravor die Vorhänge zurück und fand den König tot auf den Kissen. »Auf seinen Lippen war Blut«, sagte der Ritter. »Ansonsten sah er aus, als würde er schlafen.«

Maester und Volk rätseln noch immer, welches Gift benutzt wurde und wer es dem König in den Wein gemischt haben könnte. (Manche sind der Meinung, nur Ser Gil selbst sei dazu in der Lage gewesen, aber es ist undenkbar, dass ein Ritter der Königsgarde den König tötet, dessen Leben er zu schützen geschworen hat. Ummet, der Vorkoster des Königs, dessen Ermordung Pilz mitangesehen haben will, erscheint da als wahrscheinlicherer Kandidat.) Doch obwohl wir niemals erfahren werden, wessen Hand den Rotwein vom Arbor vergiftet hat, zweifeln wir keinen Augenblick daran, dass die Tat auf das Geheiß von Larys Kraft begangen wurde.

Und so starb Aegon aus dem Haus Targaryen, der Zweite Seines Namens, der erstgeborene Sohn König Viserys I. Targaryen und Königin Alicents aus dem Hause Hohenturm, dessen Herrschaft ebenso kurz wie bitter war. Er hatte vierundzwanzig Jahre gelebt und zwei davon geherrscht.

Als die Vorhut von Lord Tullys Heer zwei Tage später vor den

Mauern von Königsmund erschien, ritt Corlys Velaryon hinaus, um sie zu begrüßen, Prinz Aegon mit düsterer Miene an seiner Seite. »Der König ist tot«, verkündete die Seeschlange ernst, »lang lebe der König.«

Auf der anderen Seite der Schwarzwasserbucht, in der Gurgel, stand Lord Leowyn Corbray im Bug einer Kogge aus Braavos und beobachtete, wie eine Reihe von Kriegsschiffen der Velaryons den Goldenen Drachen des zweiten Aegon einholten und an seiner Stelle den Roten Drachen des ersten hissten, das Banner, das bis zum Drachentanz alle Targaryen-Könige geführt hatten.

Der Krieg war vorüber (wenngleich sich der darauf folgende Frieden bald als nicht besonders friedlich erweisen sollte).

Am siebten Tag des siebten Monats des Jahres 131 nach Aegons Eroberung, ein Datum, das den Göttern heilig war, verkündete der Hohe Septon von Altsass die Heirat zwischen Prinz Aegon dem Jüngeren, dem ältesten Sohn Königin Rhaenyras mit ihrem Onkel

Prinz Daemon, und Prinzessin Jaehaera, der Tochter Königin Helaenas mit ihrem Brudergemahl König Aegon II., womit die beiden verfeindeten Linien des Hauses Targaryen wieder vereint wurden und zwei Jahre voller Verrat und Gemetzel zu Ende gingen.

Der Drachentanz war vorüber, und die melancholische Herrschaft König Aegons III. Targaryen hatte begonnen.

NACHWEHEN

DIE STUNDE DES WOLFS

Im Volksmund der Sieben Königslande heißt König Aegon III. Targaryen Aegon der Glücklose, Aegon der Unglückliche oder (am häufigsten) der Drachentod, nun ja, wenn man sich überhaupt an ihn erinnert. Alle diese Namen sind durchaus zutreffend. Großmaester Munkun, der ihm während eines Großteils seiner Herrschaft diente, nennt ihn den Gebrochenen König, was sogar noch besser passt. Von allen Männern, die je auf dem Eisernen Thron saßen, ist er vielleicht der rätselhafteste: ein Schemen von einem Monarchen, der wenig sagte und noch weniger handelte und dessen Leben von Trauer und Melancholie geprägt war.

Aegon III., der viertgeborene Sohn Rhaenyra Targaryens und ihr Ältester aus der Ehe mit ihrem Onkel und zweiten Gemahl, Prinz Daemon Targaryen, gelangte im Jahre 131 n.A.E. auf den Eisernen Thron und herrschte sechsundzwanzig Jahre lang, bis er 157 n.A.E. der Schwindsucht erlag. Er nahm zwei Gemahlinnen und zeugte fünf Kinder (zwei Söhne und drei Töchter), dennoch schienen ihm weder Ehe noch Vaterschaft große Freude zu bereiten. In Wahrheit war er ein außerordentlich freudloser Mensch. Er hatte nichts für die Jagd oder die Falknerei übrig, er ritt nur, wenn er auf Reisen war, trank keinen Wein und hatte nur so wenig fürs Essen übrig, dass er oft daran erinnert werden musste, etwas zu sich zu nehmen. Auch wenn er Turniere gestattete, nahm er nicht daran teil, weder als Ritter noch als Zuschauer. Als Erwachsener kleidete er sich schlicht, meist in Schwarz, und trug unter dem königlichen Samt und Satin ein Büßerhemd.

Doch das war viele Jahre, nachdem er erwachsen geworden war und die Herrschaft über die Sieben Königslande in die eigene Hand genommen hatte. Zu Beginn seiner Herrschaft im Jahre 131 war er erst zehn Jahre alt; hochgewachsen für sein Alter, wie es heißt, mit »silbernem Haar, so hell, dass es fast weiß war, und so dunklen, violetten Augen, dass sie fast schwarz aussahen«. Schon als Kind hatte Aegon nur selten gelächelt und noch seltener gelacht, sagt Pilz, und obwohl er durchaus anmutig und unterhaltsam sein konnte wenn nötig, umgab ihn eine Düsternis, die nie ganz schwand.

Die Umstände, unter denen der Kindkönig seine Herrschaft antrat, waren nicht sehr verheißungsvoll. Die Flusslords, die das letzte Heer Aegons II. in der Schlacht am Königsweg zerschmettert hatten, marschierten auf Königsmund zu, bereit zum Kampf. Doch Lord Corlys Velaryon und Prinz Aegon ritten ihnen unter dem Banner des Friedens entgegen. »Der König ist tot, lang lebe der König«, sagte Lord Corlys, als er die Stadt ihrer Gnade auslieferte.

Damals wie heute sind die Flusslords ein aufsässiger, streitlustiger Haufen. Kermit Tully, Lord von Schnellwasser, war ihr Lehnsherr und formal der Kommandant ihres Heeres … aber wir dürfen nicht vergessen, dass Lord Kermit erst neunzehn Jahre alt war und noch so »grün wie Sommergras«, wie es im Norden heißt. Sein Bruder Oskar, der im Schlammigen Durcheinander drei Mann getötet hatte und noch auf dem Schlachtfeld zum Ritter geschlagen worden war, war noch grüner und mit diesem aufbrausenden Stolz ausgestattet, den man bei Zweitgeborenen so häufig findet.

Das Haus Tully war einzigartig unter den Großen Häusern von Westeros. Aegon der Eroberer hatte sie zwar als Oberste Herren des Tridents eingesetzt, doch in vieler Hinsicht wurden sie weiterhin von etlichen ihrer Vasallen in den Schatten gestellt. Die Brackens, die Schwarzhains und die Vankes herrschten alle über mehr Land

und konnten viel größere Heere aufstellen, sogar Emporkömmlinge wie die Freys von den Zwillingen. Die Mallisters von Seegart hatten eine stolzere Abstammung, die Mutons von Jungfernteich waren wesentlich wohlhabender, und Harrenhal blieb, wenn auch verflucht und verbrannt und in Ruinen, eine weitaus beeindruckendere Burg als Schnellwasser und war darüberhinaus zehnmal so groß. Die Charaktere der letzten beiden Lords der Tullys hatten nicht dazu beigetragen, die ohnehin mittelmäßige Geschichte des Hauses Tully eindrucksvoller zu machen … doch jetzt hatten die Götter eine jüngere Generation Tullys hervorgebracht, zwei stolze junge Männer, die sich beweisen wollten, Lord Kermit als Herrscher und Ser Oskar als Krieger.

An ihrer Seite ritt sogar ein noch jüngerer Mann vom Ufer des Tridents bis zu den Toren von Königsmund: Benjicot Schwarzhain, der Lord von Rabenbaum. Den Blutigen Ben nannten ihn seine Männer, und er war erst dreizehn Jahre alt, ein Alter, in dem die meisten hochgeborenen Jungen noch Knappen sind, die Pferde ihrer Herren striegeln und den Rost von ihren Kettenhemden schrubben. Er war früh zum Lord geworden, als sein Vater, Lord Samwell Schwarzhain, von Ser Amos Bracken in der Schlacht an der Brennenden Mühle erschlagen worden war. Trotz seiner Jugend hatte sich der junge Lord geweigert, die Befehlsgewalt an ältere Männer abzutreten. Bei der Fütterung der Fische hatte er bekanntlich beim Anblick der vielen Toten geweint, trotzdem zögerte er später nicht, in den Kampf zu reiten, sondern suchte das Schlachtengetümmel geradezu. Seine Männer hatten geholfen, Kriston Kraut aus Harrenhal zu vertreiben, indem sie Jagd auf seine Furiere machten; in der Zweiten Schlacht bei Stolperstadt hatte er die Mitte befehligt und während des Schlammigen Durcheinanders hatte er den Flankenangriff aus den Wäldern geführt, der Lord Baratheons Sturmländer gebrochen und den Flusslords den Sieg gesichert hatte. In höfischer Kleidung, so heißt es, sah man Lord Benjicot sein jugendliches Alter durchaus an, denn er war zwar groß für sein Alter, aber von schmächtiger Gestalt und hatte ein zartes Gesicht und ein schüchternes, bescheidenes Auftreten. Doch in Kettenhemd und

Rüstung war der Blutige Ben ein vollkommen anderer Mann, und zwar einer, der mit dreizehn Jahren schon mehr Schlachten gesehen hatte als die meisten anderen in ihrem ganzen Leben.

Natürlich gab es in dem Heer, dem Corlys Velaryon vor dem Tor der Götter an jenem Tag im Jahre 131 entgegentrat, Lords und berühmte Ritter, die alle älter und zum Teil auch weiser waren als der Blutige Ben Schwarzhain und die Gebrüder Tully, doch irgendwie waren die drei Jünglinge als unangefochtene Anführer aus dem Schlammigen Durcheinander hervorgetreten. Zusammengeschmiedet durch den Kampf waren die drei unzertrennlich geworden, sodass ihre Männer sie inzwischen nur noch »die Knaben« nannten.

Zu ihren Unterstützern gehörten auch zwei außergewöhnliche Frauen: Alysanne Schwarzhain, genannt »die Schwarze Aly«, eine Schwester des gefallenen Lords Samwell Schwarzhain und somit Tante des Blutigen Bens, und Sabitha Frey, die Lady der Zwillinge und Witwe Lord Wald Freys und Mutter seines Erben, eine »Vettel aus dem Hause Vypren, mit scharfen Zügen und noch schärferer Zunge, die lieber ritt als tanzte, Kettenhemd statt Seide trug und es liebte, Männer zu töten und Frauen zu küssen«, wenn wir Pilz Glauben schenken.

Die Knaben kannten Lord Corlys Velaryon nicht persönlich, aber sein außergewöhnlicher Ruf war allgemein bekannt. Da sie in der Erwartung nach Königsmund gezogen waren, die Stadt zu belagern oder im Sturm einzunehmen, waren sie hocherfreut (wenn auch überrascht), als sie ihnen auf einem goldenen Tablett übergeben wurde … ebenso erfreute sie es, vom Tod Aegons II. zu erfahren (wenngleich sowohl Benjicot Schwarzhain als auch seine Tante ihrem Unbehagen über die Todesart Ausdruck verliehen, denn Gift galt als Waffe von Feiglingen und als ehrlos). Als sich die Nachricht vom Tod des Königs verbreitete, brachen überall im Heer Jubelrufe aus, und einer nach dem anderen traten die Lords vom Trident und ihre Verbündeten vor und beugten das Knie vor Prinz Aegon und huldigten ihm als ihrem König.

Als die Flusslords durch die Stadt ritten, jubelte ihnen das Volk von den Dächern und Balkonen zu, und hübsche Mädchen liefen umher und überhäuften ihre Retter mit Küssen (wie Mimen in einer Posse, behauptet Pilz und deutet an, all das sei Larys Krafts Werk gewesen). Die Goldröcke säumten die Straßen und senkten die Speere, als die Knaben vorbeiritten. Im Roten Bergfried fanden sie den toten König vor dem Eisernen Thron aufgebahrt und seine Mutter, Königin Alicent, weinend daneben. Was von Aegons Hof geblieben war, hatte sich im Thronsaal versammelt, darunter auch Lord Larys Kraft der Klumpfuß, Großmaester Orwyl, Ser Perkin der Floh, Pilz, Septon Konstans, Ser Gil Belgravor und vier weitere Ritter der Königsgarde sowie verschiedene kleinere Lords und Ritter. Orwyl sprach für sie alle, als er die Flusslords als Befreier pries.

Anderswo in den Kronlanden und entlang der Meerenge ergaben sich die letzten Getreuen des toten Königs. Die Braavosi brachten Lord Leowyn Corbray mit der halben Streitmacht, die Lady Arryn aus dem Grünen Tal entsandt hatte, in Dämmertal an Land, und die andere Hälfte landete in Jungfernteich unter Führung seines Bruders Ser Corwyn Corbray. Beide Städte empfingen die Heere der Arryns mit Jubel und Blumen. Schurwerth und Rosby fielen ohne Blutvergießen, holten den goldenen Drachen von Aegon II. ein und hissten den roten von Aegon III. Die Besatzung von Drachenstein erwies sich als sturer, sie verrammelte die Tore und schwor Widerstand. Drei Tage und zwei Nächte hielten sie durch. In der dritten Nacht griffen die Burschen, Köche und Diener der Burg zu den Waffen und erhoben sich gegen die Männer des Königs, metzelten viele von ihnen im Schlaf nieder und lieferten den Rest in Ketten an den jungen Alyn Velaryon aus.

Septon Konstans berichtet, dass eine »eigentümliche Begeisterung« Königsmund erfasste, während Pilz lediglich sagt, »die halbe Stadt (sei) einfach nur betrunken gewesen«. Der Leichnam von König Aegon II. wurde dem Feuer übergeben, in der Hoffnung, dass mit seinen sterblichen Überresten auch die Missstände und der Hass seiner Herrschaft in Flammen aufgingen. Tausende stiegen auf Aegons Hohen Hügel und hörten, wie Prinz Aegon verkündete, dass der Frieden vor der Tür stehe. Eine prächtige Krönung wurde für den Jungen geplant, und danach sollte seine Vermählung mit Prinzessin Jaehaera folgen. Vom Roten Bergfried stieg eine Wolke Raben auf und rief die letzten Getreuen des vergifteten Königs in Altsass, der Weite, Casterlystein und Sturmkap nach Königsmund, um ihrem neuen Monarchen zu huldigen gegen sicheres Geleit und volle Begnadigung. Zwar waren sich die neuen Herrscher des Reiches nicht einig, was mit der Königinwitwe Alicent geschehen sollte, in allen anderen Fragen jedoch schienen Eintracht und Freundschaft zu herrschen ... fast zwei Wochen lang.

Die »Falsche Dämmerung« nennt Großmaester Munkun diese Zeit in seiner *Wahren Geschichte*. Eine berauschende Zeit, ohne Zweifel, aber kurz ... denn als Lord Cregan Stark mit seinen Nordmännern vor Königsmund erschien, fand die Ausgelassenheit ein Ende, und all die schönen Pläne fielen in sich zusammen. Der Lord von Winterfell war dreiundzwanzig, nur ein paar Jahre älter als die Lords von Rabenbaum und Schnellwasser, aber Stark war ein Mann, und sie waren Jungen, und das schienen alle zu spüren, die sie zusammen erlebten. Die Knaben schrumpften in seiner Gegenwart, sagt Pilz. »Wann immer der Wolf des Nordens in einen Raum stolzierte, erinnerte sich der Blutige Ben daran, dass er erst dreizehn Jahre alt war, während Lord Tully und sein Bruder anfingen zu prahlen und zu stottern und so rot wurden wie ihr Haar.«

Königsmund hatte die Flusslords und ihre Männer mit Festen und Blumen und Ehren empfangen. Für die Nordmänner galt dies nicht. Zum einen waren sie mehr: Ihr Heer war doppelt so groß wie das der Knaben, und es hatte einen fürchterlichen Ruf. In ihren Kettenhemden und den zotteligen Fellmänteln, die Gesichter hinter dicken, verfilzten Bärten verborgen, stolzierten sie durch die Stadt wie Bären in Rüstung, sagt Pilz. Das meiste, was man in Königsmund über die Nordmänner wusste, hatte man vor allem von Ser Medrick Manderly und seinem Bruder Ser Torrhen erfahren, Höflingen, wortgewandt, geschmackvoll gekleidet, diszipliniert und *fromm*. Die Männer aus Winterfell verehrten nicht einmal die wahren Götter, schreibt Septon Konstans voller Schrecken. Sie verhöhnten die Sieben, ignorierten die Feiertage, spotteten über die heiligen

Bücher, zeigten keinerlei Hochachtung gegenüber Septonen und Septas und beteten Bäume an.

Vor zwei Jahren hatte Cregan Stark Prinz Jacaerys ein Versprechen gegeben. Jetzt war er gekommen, um dieses Versprechen einzulösen, obwohl Jace und seine Mutter, die Königin, tot waren. »Der Norden vergisst nicht«, verkündete Lord Stark, als ihn Prinz Aegon, Lord Corlys und die Knaben willkommen hießen. »Ihr kommt zu spät, Mylord«, erklärte ihm die Seeschlange, »denn der Krieg ist vorüber, und der König ist tot.« Septon Konstans, der bei dieser Begegnung anwesend war, berichtet uns, dass der Lord von Winterfell »den alten Lord der Gezeiten anstarrte, mit Augen, so grau und kalt wie ein Wintersturm, und dann sagte: ›Durch wessen Hand und auf wessen Wort, frage ich mich?‹ Denn die Wilden waren gekommen, weil sie nach Blut und Schlacht dürsteten, wie wir schon bald zu unser aller Leid erfahren sollten.«

Der gute Septon irrte sich nicht. Andere mochten diesen Krieg begonnen haben, so hörte man Lord Cregan sagen, aber er wolle ihn zu Ende bringen, weiter nach Süden ziehen und alle vernichten, die noch von den Grünen übrig waren, die Aegon II. auf den Eisernen Thron gesetzt und dafür gekämpft hatten, ihn an der Macht zu halten. Als Erstes würde er Sturmkap dem Erdboden gleichmachen und dann die Weite durchqueren und Altsass einnehmen. Sobald der Hohe Turm gefallen sei, würde er mit seinen Wölfen an der Küste des Meeres der Abenddämmerung entlang gen Norden ziehen, um Casterlystein einen Besuch abzustatten.

»Ein kühner Plan«, sagte Großmaester Orwyl bedächtig, als er davon hörte. Pilz bevorzugt den Ausdruck »verrückt«, fügt aber hinzu: »Aegon den Drachen haben sie auch verrückt genannt, als er davon sprach, ganz Westeros zu erobern.« Als Kermit Tully einwandte, Sturmkap, Altsass und Casterlystein seien so stark wie Starks Winterfell (wenn nicht stärker) und würden nicht so einfach fallen (wenn überhaupt), und als der junge Ben Schwarzhain ihm zustimmte und hinzufügte: »Die Hälfte Eurer Männer wird sterben, Lord Stark«, entgegnete der grauäugige Wolf von Winterfell nur: »Sie sind an dem Tag gestorben, an dem wir aufgebrochen sind, Junge.«

Wie die Winterwölfe vor ihnen erwarteten die meisten Männer, die mit Lord Cregan Stark nach Süden gezogen waren, nicht, ihre Heimat wiederzusehen. Jenseits der Eng lag der Schnee bereits hoch, und die kalten Winde erhoben sich; in den Bergfrieden und Burgen und ärmlichen Dörfern überall im Norden beteten die Großen und die Kleinen gleichermaßen zu ihren geschnitzten Götterbäumen um einen kurzen Winter. Wer weniger Mäuler zu stopfen hatte, dem erging es besser in diesen dunklen Tagen, und daher war es im Norden seit Langem Sitte, dass alte Männer, jüngere Söhne, Ledige, Kinderlose und Hoffnungslose Herd und Heim verließen, sobald der erste Schnee fiel, damit ihre Verwandten die Zeit bis zum nächsten Frühling überstanden. Der Sieg war für die Männer dieser Winterheere zweitrangig; sie marschierten für den Ruhm, für das Abenteuer, für die Kriegsbeute und an allererster Stelle für ein würdiges Ende.

Einmal mehr fiel es dem Lord der Gezeiten Corlys Velaryon zu, um Frieden, Gnade und Versöhnung zu bitten. »Das Töten dauert schon zu lange«, sagte der alte Mann. »Rhaenyra und Aegon sind tot. Soll ihr Streit mit ihnen sterben. Ihr sprecht davon, Sturmkap, Altsass und Casterlystein einzunehmen, Mylord, aber die Männer, deren Sitz diese Burgen waren, sind in der Schlacht gefallen, einer nach dem anderen. Kleine Jungen und Säuglinge sitzen jetzt an ihrer Stelle und stellen keine Bedrohung für uns dar. Gewährt ihnen ehrenhafte Bedingungen, und sie werden das Knie beugen.«

Aber Lord Stark wollte davon genauso wenig hören wie Aegon II. und Königin Alicent vor ihm. »Kleine Jungen wachsen mit der Zeit zu erwachsenen Männern heran«, erwiderte er, »und ein Kind nimmt den Hass seiner Mutter mit der Muttermilch auf. Wenn wir diese Feinde jetzt nicht töten, werden diejenigen, die in zwanzig Jahren noch nicht im Grab liegen, unsere Torheit bereuen, denn dann legen die Säuglinge die Schwerter ihrer Väter an und suchen Vergeltung.«

Lord Velaryon blieb davon unberührt. »König Aegon war der gleichen Ansicht und ist dafür gestorben. Wäre er unserem Rat gefolgt und hätte seinen Feinden Frieden und Gnade angeboten, würde er vielleicht heute noch unter uns sitzen.«

»Habt Ihr ihn deshalb vergiftet, Mylord?«, fragte der Lord von Winterfell. Zwar stand nichts Persönliches zwischen Cregan Stark und der Seeschlange, weder im Guten noch im Schlechten, aber der Lord von Winterfell wusste, dass Lord Corlys Rhaenyra als Hand gedient hatte, dass sie ihn wegen Verdachts auf Hochverrat eingesperrt hatte, dass er von Aegon II. freigelassen worden war und einen Sitz in seinem Rat angenommen hatte … nur, so schien es, um ihm mit Gift den Tod zu bringen. »Wen wundert es, dass man Euch die Seeschlange nennt«, fuhr Lord Stark fort, »Ihr schlängelt Euch hierhin und dorthin, aber, oh, Eure Zähne sind giftig. Aegon war ein Eidbrecher, ein Sippenmörder und ein Usurpator, aber dennoch ein König. Als er Euren feigen Rat nicht befolgen wollte, habt Ihr Euch seiner wie ein Feigling entledigt, mit Gift und ohne Ehre … und dafür werdet Ihr jetzt bezahlen.«

Dann stürmten Starks Männer in den Ratssaal, entwaffneten die Wachen an der Tür, rissen die betagte Seeschlange aus seinem Sitz und schleppten ihn in den Kerker. Dort sollten sich bald Larys Kraft der Klumpfuß, Großmaester Orwyl, Ser Perkin der Floh und Septon Konstans zu ihm gesellen, zusammen mit einem halben Hundert anderer, sowohl von hoher als auch von niederer Geburt, alle, bei denen Stark einen Grund fand, ihnen zu misstrauen. »Ich war versucht, in mein Mehlfass zurückzukehren«, sagt Pilz, »doch glücklicherweise war ich zu klein, und der Wolf hat mich übersehen.«

Nicht einmal die Knaben entgingen Lord Cregans Zorn, obwohl sie doch angeblich seine Verbündeten waren. »Seid Ihr Kleinkinder in Windeln, dass Ihr Euch von Blumen und Festen und sanften Worten einlullen lasst?«, schalt Lord Stark sie. »Wer hat Euch gesagt, dass der Krieg vorbei sei? Der Klumpfuß? Die Schlange? Wieso denn? Nur weil sie es sich so wünschen? Weil Ihr Euren kleinen Sieg im Schlamm errungen habt? Kriege enden, wenn die Besiegten das Knie beugen und nicht vorher. Hat sich Altsass ergeben? Hat Casterlystein das Gold der Krone zurückgegeben? Ihr sagt mir, Ihr wollt den Prinzen mit der Tochter des Königs vermählen, aber sie sitzt noch in Sturmkap außerhalb Eurer Reichweite. Was soll Baratheons Witwe daran hindern, das Mädchen als Aegons Erbin zur Königin zu krönen, solange sie frei und unverheiratet ist?«

Als Lord Tully Einspruch erhob und behauptete, die Sturmländer seien geschlagen und wären nicht stark genug, um ein weiteres Heer ins Feld führen, erinnerte ihn Lord Cregan an die drei Gesandten, die Aegon II. über die Meerenge geschickt hatte, und »von denen könnte jeder morgen früh mit Tausenden Söldnern vor der Tür stehen«. Königin Rhaenyra hatte sich für die Siegerin gehalten, nachdem sie Königsmund eingenommen hatte, erklärte der Nordmann, und Aegon II. hatte geglaubt, er habe den Krieg beendet, indem er seine Schwester an seinen Drachen verfütterte. Doch die Männer der Königin blieben im Feld, auch nach ihrem Tod, und »von Aegon sind nur noch Knochen und Asche übrig«.

Die Knaben hatten ihren Meister gefunden. Eingeschüchtert gaben sie nach und stimmten zu, Lord Stark mit ihrem Heer zu unterstützen, wenn er gegen Sturmkap marschierte. Munkun berichtet, sie hätten freiwillig zugestimmt, aus Überzeugung. »Berauscht vom Sieg wollten sie mehr«, schreibt er in der *Wahren Geschichte*. »Es dürstete sie nach mehr Ruhm, nach jener Berühmtheit, von der junge Männer träumen und die nur in der Schlacht errungen werden kann.« Pilz hat einen zynischeren Blick auf die Angelegenheit und deutet an, die jungen Lords hätten schlicht und einfach Angst vor Cregan Stark gehabt.

Das Ergebnis war dasselbe. »Die Stadt gehörte ihm, und er konnte tun, was ihm beliebte«, schreibt Septon Konstans. »Die Nordmänner hatten sie ohne einen einzigen Schwertstreich und ohne einen Pfeil eingenommen. Und alle ordneten sich ihm unter, Männer des Königs wie der Königin, Sturmländer wie Seepferde, Flusslords wie Gossenritter, Hochgeborene wie gemeines Volk oder einfache Soldaten, als seien sie in seine Dienste hineingeboren worden.«

Sechs Tage lang zitterte Königsmund auf Messers Schneide. In den Suppenküchen und Weinschenken von Flohloch wettete man darauf, wie lange der Klumpfuß, die Seeschlange, der Floh und die Königinwitwe ihre Köpfe noch behalten würden. Gerüchte breiteten sich in der Stadt aus, eins nach dem anderen. Es hieß, Lord Stark wolle Prinz Aegon mit zurück nach Winterfell nehmen und ihn dort mit einer seiner eigenen Töchter vermählen (was offensichtlich nicht stimmen konnte, da Cregan Stark zu diesem Zeitpunkt noch gar keine ehelichen Töchter hatte), dann wieder erzählte man sich, Stark wolle den Jungen umbringen, damit er selbst Prinzessin Jaehaera heiraten und den Eisernen Thron besteigen könne. Die Nordmänner würden die Septen der Stadt niederbrennen und Königsmund zwingen, wieder zu den alten Göttern zurückzukehren, behaupteten Septone. Andere flüsterten hinter vorgehaltener Hand, der Lord von Winterfell sei mit einer Wildlingsfrau verheiratet, werfe seine Feinde in eine Wolfsgrube und schaue zu, wie sie verschlungen wurden.

Die anfängliche Begeisterung hatte sich verflüchtigt, einmal mehr herrschte Angst in den Straßen der Stadt. Aus der Gosse erhob sich ein Mann, der behauptete, der wiedergeborene Hirte zu sein, und rief dazu auf, die gottlosen Nordmänner zu vernichten. Obwohl er dem ersten Hirten ganz und gar nicht ähnelte (zum Beispiel hatte er zwei Hände), versammelten sich Hunderte von Leuten, um seine Reden zu hören. Ein Bordell in der Straße der Seide brannte ab, als ein Streit um eine Hure zwischen einem Mann von Lord Tully und einem von Lord Stark zu einem blutigen Handgemenge eskalierte, nachdem sich ihre Freunde und Waffenbrüder eingemischt hatten. Sogar die Hochgeborenen waren in den eher unappetitlichen Gegenden der Stadt nicht sicher. Der jüngere Sohn von Lord Hornwald, ein Vasall Lord Starks, verschwand mit zwei Gefährten, als er in Flohloch zechte. Sie wurden nie wieder gefunden und endeten möglicherweise in einer Schüssel Braunem, wenn man Pilz glauben darf.

Kurz darauf traf die Nachricht in der Stadt ein, dass Leowyn Corbray Jungfernteich verlassen habe und auf dem Weg nach Königsmund sei, begleitet von Lord Muton, Lord Brunn und Ser Rennifer Krabb. Ser Corwyn Corbray brach zur gleichen Zeit aus Dämmertal auf, um sich unterwegs mit seinem Bruder zu vereinen. Ihn begleiteten Clement Celtigar, der Sohn und Erbe des alten Lords Bartimos, und Lady Steinhof, die Witwe von Krähenruh. Auf Drachenstein verlangte der junge Alyn Velaryon die Freilassung von Lord Corlys (dies entsprach der Wahrheit) und drohte, Königsmund mit seinen Schiffen anzugreifen, wenn dem alten Mann auch nur ein Haar gekrümmt würde (dies entsprach nur halb der Wahrheit). Anderen Gerüchten zufolge hatten sich die Lennisters in Marsch gesetzt, ebenso die Hohenturms, und Ser Marsten Wasser sollte mit zehntausend Söldnern aus Lys und Alt-Volantis gelandet sein (alles vollkommen unwahr). Und die Jungfrau aus dem Grünen Tal war von Möwenstadt aus in See gestochen, zusammen mit Lady Rhaena Targaryen und ihrem Drachen (wahr).

Während Heere marschierten und Schwerter geschärft wurden, saß Lord Cregan Stark im Roten Bergfried und führte seine Untersuchung des Mordes an König Aegon II. fort, während er gleichzeitig seinen Feldzug gegen die verbliebenen Unterstützer des toten Königs plante. Inzwischen wurde Prinz Aegon ohne Gesellschaft (abgesehen von dem Knaben Gaemon Hellhaar) in Maegors Feste festgehalten. Als der Prinz zu wissen verlangte, weshalb er nicht

freikommen und gehen dürfe, erklärte Stark, dies sei nötig, um seine Sicherheit zu gewährleisten. »Diese Stadt ist ein Schlangennest«, erklärte Lord Cregan ihm. »Überall an diesem Hof treiben sich Lügner, Verräter und Giftmischer herum, die Euch ebenso rasch ermorden würden wie Euren Onkel, um ihre eigene Macht zu sichern.« Als Aegon einwandte, dass Lord Corlys, Lord Larys und Ser Perkin seine Freunde seien, erwiderte der Lord von Winterfell, dass falsche Freunde für einen König noch gefährlicher seien als jeder Feind. Die Schlange, der Klumpfuß und der Floh hätten ihn nur gerettet, damit sie hinterher in seinem Namen über Westeros herrschen könnten.

Mit der Unfehlbarkeit des Rückblickes schauen wir nun durch die Jahrhunderte zurück und stellen fest, dass der Tanz vorüber war, doch für jene, die in seinen dunklen und gefährlichen Nachwehen lebten, erschien dies nicht so gewiss. Da Septon Konstans und Großmaester Orwyl im Kerker schmachteten (wo Orwyl begonnen hatte, seine Bekenntnisse zu schreiben, jene Texte, die Munkun später als Grundlage für seine monumentale *Wahre Geschichte* dienen sollten), bleibt nur Pilz, um uns Einblicke zu gewähren, die über die Hofchronik und die königlichen Edikte hinausgehen. »Die großen Lords hätten uns noch zwei weitere Jahre des Krieges beschert«, erklärt der Narr in seinem *Zeugnis*, »es waren die Frauen, die den Frieden schmiedeten. Die Schwarze Aly, die Jungfrau aus dem Grünen Tal, die Drei Witwen, die Drachenzwillinge, sie waren es, die dem Blutvergießen ein Ende bereiteten, und zwar nicht mit Schwertern oder Gift, sondern mit Raben, Worten und Küssen.«

Die Saat, die Lord Corlys Velaryon während der Falschen Dämmerung ausgebracht hatte, war aufgegangen und trug nun süße Früchte. Ein Rabe nach dem anderen kehrte zurück und brachte Antwort auf das Friedensangebot des alten Mannes.

Casterlystein ließ als Erstes von sich hören. Lord Jason Lennister hatte sechs Kinder hinterlassen, als er in der Schlacht gefallen war: fünf Töchter und einen Sohn, Loreon, einen Jungen von vier Jahren. Daher war die Herrschaft im Westen an seine Witwe, Lady Johanna, und ihren Vater Roland Westerling, den Lord von Hochklipp, gefallen. Da die Langschiffe des Roten Kraken weiterhin ihre Küsten bedrohten, interessierten sich die Lennisters mehr für die Verteidigung von Kayss und die Rückeroberung der Schönen Insel als für einen erneuten Streit um den Eisernen Thron. Lady Johanna stimmte allen Bedingungen der Seeschlange zu und versprach, persönlich nach Königsmund zu kommen, um dem neuen König bei seiner Krönung zu huldigen, und außerdem zwei ihrer Töchter im Roten Bergfried zu lassen, die der neuen Königin als Gefährtinnen dienen sollten (und als Geiseln für ihre künftige Treue). Außerdem war sie bereit, den Teil des Kronschatzes zurückzugeben, den Tyland Lennister aus Gründen der Sicherheit in den Westen geschickt hatte, unter der Bedingung, dass Ser Tyland begnadigt würde. Als Gegenleistung erbat sie lediglich, dass der Eiserne Thron »Lord Graufreud befehlen möge, auf seine Inseln zurückzukriechen, die Schöne Insel ihrem rechtmäßigen Lord zurückzugeben und alle Frauen freizulassen, die er verschleppt hat, oder zumindest alle von edler Geburt«.

Viele Überlebende der Schlacht am Königsweg waren bereits nach Sturmkap zurückgekehrt. Hungrig, erschöpft und verwundet zogen sie allein oder in kleinen Gruppen heimwärts, und Lord Borros Baratheons Witwe, Lady Elenda, brauchte nur einen Blick auf sie zu werfen, um zu begreifen, dass sie den Geschmack am Krieg verloren hatten. Auch wollte sie ihren neugeborenen Sohn Olyver nicht in Gefahr bringen, denn der kleine Lord an ihrer Brust war die Zukunft des Hauses Baratheon. Obgleich es heißt, ihre älteste Tochter, Lady Kassandra, hätte bittere Tränen geweint, da sie nun doch nicht Königin werden sollte, stimmte auch Lady Elenda bald allen Bedingungen zu. Noch geschwächt vom Kindbett könne sie nicht persönlich zur Krönung in die Stadt kommen, schrieb sie, und würde daher ihren Hohen Vater schicken, um dem König an ihrer Stelle zu huldigen, sowie drei ihrer Töchter als Geiseln stellen. Sie würden von Ser Willis Grimm begleitet werden, zusammen mit seiner »kostbaren Schutzbefohlenen«, der achtjährigen Prinzessin Jaehaera, dem letzten überlebenden Kind König Aegons II. und der künftigen Braut des neuen Königs.

Als Letztes kam die Antwort aus Altsass. Das wohlhabendste der Großen Häuser, die König Aegon II. unterstützt hatten, war in gewisser Weise auch das gefährlichste, denn die Hohenturms hätten in den Straßen von Altsass leicht ein neues Heer ausheben und mit ihren Kriegsschiffen und denen ihrer engen Verwandten, den Rothweyns vom Arbor, auch eine nicht unbedeutende Flotte zusammenstellen können. Darüberhinaus lag ein Viertel des Goldes der Krone noch immer in den tiefen Gewölben unter dem Hohen Turm, Gold, mit dem sich leicht neue Bündnisse schmieden und Söldnerkompanien anheuern lassen würden. Altsass hatte die Macht, den Krieg neu anzufachen; allein es fehlte der Wille.

Lord Ormund hatte sich erst unlängst wieder vermählt, als der Tanz begann, da seine erste Gemahlin einige Jahre zuvor im Kindbett gestorben war. Nach seinem Tod bei Stolperstadt waren Länder und Titel an seinen ältesten Sohn Lyonel gefallen, einen fünfzehnjährigen Jungen an der Schwelle zum Mannesalter. Der zweite Sohn, Martyn, war Knappe bei Lord Rothweyn auf dem Arbor. Der dritte lebte als Mündel in Rosengarten, diente dem jungen Lord Tyrell als Gesellschafter und dessen Hoher Mutter als Mundschenk. Alle drei waren Kinder aus Lord Ormunds erster Ehe. Als Lord Velaryons Bedingungen vorgetragen wurden, so heißt es, soll Lyonel Hohenturm seinem Maester das Pergament aus den Händen gerissen und es in kleine Stücke zerfetzt und dabei geschworen haben, seine Antwort mit dem Blut der Seeschlange zu schreiben.

Die junge Witwe seines Hohen Vaters hatte jedoch andere Vorstellungen. Lady Samantha war die Tochter von Lord Donald Tarly von Hornberg und Lady Jeyne Esch von Goldhain, zwei Häusern, die während des Tanzes für die Königin gekämpft hatten. Wild und feurig und wunderschön hatte dieses eigensinnige Mädchen nicht die Absicht, ihren Rang als Lady von Altsass und Herrin des Hohen Turms aufzugeben. Lyonel war nur zwei Jahre jünger als sie und hatte schon für sie geschwärmt (wie Pilz behauptet), als sie zum ersten Mal nach Altsass gekommen war, um seinen Vater zu heiraten. Hatte sie zuvor die zögerlichen Avancen des Jungen abgewehrt, ließ Lady Sam (wie sie viele Jahre lang genannt werden sollte) sich nun darauf ein, erlaubte ihm, sie zu verführen, und versprach ihm, ihn zu ehelichen … aber nur, wenn er Frieden schließen würde, »denn gewiss würde ich vor Kummer sterben, wenn ich noch einen Gemahl verlöre«.

Angesichts der Wahl zwischen einem »toten Vater, kalt in der Erde, oder einer lebendigen Frau, warm und willig in seinen Armen, bewies der Junge einen überraschend klaren Verstand für einen Mann von so hoher Geburt und entschied sich für die Liebe und gegen die Ehre«, schreibt Pilz. Lyonel Hohenturm kapitulierte, stimmte allen Bedingungen von Lord Corlys zu, einschließlich der Rückgabe des Goldes der Krone (worüber sein Vetter, Ser Myl Hohenturm, in Zorn geriet, denn er hatte sich einen guten Teil dieses Goldes angeeignet, aber diese Geschichte soll uns hier nicht weiter kümmern). Es gab einen großen Skandal, als der junge Lord verkündete, die Witwe seines Vaters ehelichen zu wollen, und der amtierende Hohe Septon verbot am Ende die Vermählung als eine Form des Inzests. Aber selbst das konnte die jungen Liebenden nicht auseinanderbringen. Der Lord vom Hohen Turm und Verteidiger von Altsass weigerte sich fortan, eine andere Frau zu heiraten, behielt Lady Sam dreizehn Jahre lang als Mätresse an seiner Seite und zeugte sechs Kinder mit ihr. Als in der Sternensepte ein neuer Hoher Septon sein Amt antrat und das Urteil seines Vorgängers rückgängig machte, nahm er sie schließlich doch noch zur Frau.*

Lassen wir den Hohen Turm hinter uns und kehren wir nach

* So zumindest erzählt Pilz die Geschichte. Munkuns *Wahre Geschichte* nennt einen anderen Grund, weshalb Lord Lyonel seine Meinung änderte. Wir müssen uns in Erinnerung rufen, dass die Hohenturms, so reich und mächtig sie auch sein mochten, Vasallen waren, durch Eid an das Haus Tyrell von Rosengarten gebunden, wo Lord Lyonels Bruder, Garmund Hohenturm, als Page diente. Die Tyrells hatten sich aus dem Tanz herausgehalten (da sie von einem kleinen Lord in Windeln regiert wurden), doch jetzt, da sie sich endlich rührten, verbaten sie Lord Lyonel, ein Heer aufzustellen oder ohne ihre Erlaubnis in den Krieg zu ziehen. Falls er nicht gehorchte, würde sein Bruder mit dem Leben für seinen Trotz bezahlen … denn jedes Mündel ist auch eine Geisel, wie es ein weiser Mann einst formulierte. Das jedenfalls behauptet Großmaester Munkun.

Königsmund zurück, wo Lord Cregan Stark feststellen musste, dass die Drei Witwen all seine Kriegspläne vereitelt hatten. »Auch andere Stimmen machten sich bemerkbar, sanftere Stimmen, die leise durch die Gänge des Roten Bergfrieds hallten«, sagt Pilz. Die Jungfrau aus dem Grünen Tal war aus Möwenstadt eingetroffen und hatte ihr Mündel mitgebracht, Lady Rhaena Targaryen, die einen Drachen auf der Schulter trug. Das Volk von Königsmund, das vor nicht einmal einem Jahr alle Drachen der Stadt niedergemetzelt hatte, war nun ganz hingerissen von dem Anblick des jungen Drachen. Lady Rhaena und ihre Zwillingsschwester Baela wurden über Nacht zu Lieblingen der ganzen Stadt. Daher konnte Lord Stark sie nicht in der Burg einsperren wie Prinz Aegon und musste auch bald feststellen, dass er sie nicht kontrollieren konnte. Als sie verlangten, »ihren geliebten Bruder« zu sehen, wurden sie von Lady Arryn unterstützt, und der Wolf von Winterfell gab nach (»wenn auch widerwillig«, sagt Pilz). *

Die Falsche Dämmerung war gekommen und gegangen, und nun stand auch der Stunde des Wolfes (wie Großmaester Munkun diese Zeit nennt) das Ende bevor. Die allgemeine Lage und die Stadt glitten Cregan Stark aus den Fingern. Als Lord Leowyn Corbray und sein Bruder in Königsmund eintrafen und einen Platz im Regierenden Rat einnahmen, stimmten sie mit Lady Arryn und den Knaben, wodurch der Wolf von Winterfell oft allein gegen alle stand. Hier und dort zeigten ein paar sture Königstreue noch immer den Goldenen Drachen Aegons II., aber sie waren von geringer Bedeutung; der Tanz war vorüber, darin stimmten alle anderen überein, und es war Zeit, Frieden zu schließen und die Ordnung im Reich wiederherzustellen.

In einem Punkt blieb Lord Cregan allerdings unnachgiebig: Die Mörder des Königs durften nicht straflos davonkommen. Mochte

---

* Die Begegnung verlief allerdings nicht so angenehm, wie die Zwillinge es sich vielleicht erhofft hatten. Der Prinz erbleichte beim Anblick von Lady Rhaenas Drachen Morgen und befahl den Nordmännern, die ihn bewachten, ihm »das verdammte Vieh aus den Augen« zu schaffen.

Aegon II. auch ein unwürdiger König gewesen sein, so war seine Ermordung doch Hochverrat gewesen, und die Verantwortlichen mussten dafür zur Rechenschaft gezogen werden. Er gebärdete sich so grimmig und unerbittlich, dass die anderen schließlich nachgaben. »Auf Eure Verantwortung, Stark«, sagte Kermit Tully. »Ich will damit nichts zu tun haben, aber es soll auch nicht heißen, dass sich Schnellwasser der Gerechtigkeit in den Weg gestellt habe.«

Kein Lord verfügte über das Recht, einen anderen Lord zum Tode zu verurteilen, daher musste zuerst Prinz Aegon Lord Stark zur Hand des Königs ernennen und ihn mit der Autorität ausstattete, in seinem Namen zu handeln. So geschah es. Lord Cregan erledigte den Rest, während sich die anderen zurückhielten. Er maßte sich nicht an, auf dem Eisernen Thron zu sitzen, sondern nahm auf einer schlichten Holzbank davor Platz. Einer nach dem anderen wurden ihm die Männer vorgeführt, die im Verdacht standen, beim Giftmord an König Aegon II. mitgewirkt zu haben.

Septon Konstans kam als Erster und wurde auch als Erster freigelassen; gegen ihn lagen keine Beweise vor. Großmaester Orwyl hatte weniger Glück, denn unter der Folter hatte er gestanden, dem Klumpfuß das Gift gegeben zu haben. »Mylord, ich wusste nicht, wofür er es benutzen wollte«, protestierte Orwyl. »Ihr habt auch nicht danach gefragt«, erwiderte Lord Stark. »Ihr wolltet es auch gar nicht wissen.« Der Großmaester wurde der Beihilfe zum Königsmord für schuldig befunden und zum Tode verurteilt.

Ser Gil Belgravor wurde ebenfalls zum Tode verurteilt, denn auch wenn er das Gift nicht eigenhändig in den Wein des Königs geträufelt hatte, so hatte er es durch Nachlässigkeit oder vorsätzliche Blindheit ermöglicht. »Kein Ritter der Königsgarde sollte seinen König überleben, wenn dieser König durch Gewalt stirbt«, erklärte Stark. Die drei geschworenen Brüder Belgravors, die bei König Aegons Tod zugegen gewesen waren, wurden gleichermaßen bestraft, obwohl man ihnen keine direkte Beteiligung an der Verschwörung nachweisen konnte (bei den drei Rittern der Königsgarde, die sich nicht in der Stadt aufgehalten hatten, sah man die Unschuld als erwiesen an).

Weitere zweiundzwanzig geringere Personen wurden ebenfalls für schuldig befunden, an der Ermordung des Königs beteiligt gewesen zu sein. Dazu gehörten die Sänftenträger Seiner Gnaden, der Herold des Königs, der königliche Kellermeister und der Diener, dessen Aufgabe darin bestanden hatte sicherzustellen, dass die Weinflasche des Königs stets gefüllt war. Alle wurden zum Tode verurteilt. Ebenso die Männer, die den Vorkoster Ummet ermordet hatten (Pilz sagte sogar gegen sie aus), und jene, die Tom Wirrzunge niedergemacht und seinen Vater in Bier ertränkt hatten. Bei den meisten handelte es sich um Gossenritter, Söldner, herrenlose Waffenknechte und Abschaum von der Straße, die ihren zweifelhaften Ritterschlag allesamt während der Aufstände von Ser Perkin dem Floh erhalten hatten. Sie alle sagten übereinstimmend aus, auf Ser Perkins Befehl gehandelt zu haben.

An der Schuld des Flohs gab es keinen Zweifel. »Einmal ein Verräter, immer ein Verräter«, sagte Lord Cregan. »Ihr habt Euch in Rebellion gegen Eure rechtmäßige Königin erhoben und geholfen, sie aus dieser Stadt und in den Tod zu treiben, Ihr habt Euren Knappen an ihrer Stelle zum König gemacht und ihn dann im Stich gelassen, um Eure eigene wertlose Haut zu retten. Ohne Euch wird das Reich besser daran sein.« Als Ser Perkin protestierte, er sei für diese Verbrechen bereits begnadigt worden, erwiderte Lord Stark nur: »Nicht von mir.«

Die Männer, die die Königinwitwe auf der Serpentinentreppe ergriffen hatten, hatten das Seepferdchen des Hauses Velaryon getragen, während jene, die Lady Baela Targaryen aus der Gefangenschaft befreit hatten, in Diensten von Lord Larys Kraft gestanden hatten. Die Häscher, die Königin Alicent gefangen gesetzt hatten, hatten ihre Wachen getötet und wurden deshalb zum Tode verurteilt, doch ein leidenschaftlicher Appell von Lady Baela ersparte ihren Rettern ein ähnliches Schicksal, obgleich sie ebenfalls Blut vergossen hatten, als sie die Männer des Königs niedermachten, die vor ihrer Tür postiert waren. »Nicht einmal die Tränen eines Drachen konnten das gefrorene Herz Cregan Starks zum Schmelzen bringen, so heißt es ganz zu Recht«, berichtet uns Pilz, »aber als Lady Baela mit einem Schwert herumfuchtelte und erklärte, sie werde jedem die Hand abhacken, der es wagte, den Männern ein Leid zuzufügen, die sie gerettet hatten, lächelte der Wolf von Winterfell in aller Öffentlichkeit und gestand Lady Baela, dass er nichts dagegen habe, dass sie diese Hunde behalte, wenn sie sie so gern mochte.«

Die Letzten, die sich dem Urteil des Wolfes (wie Munkun dieses Verfahren in der *Wahren Geschichte* nennt) stellen mussten, waren die beiden großen Lords im Mittelpunkt der Verschwörung: Larys Kraft, der Klumpfuß, der Lord von Harrenhal, und Corlys Velaryon, die Seeschlange, Meister von Driftmark und Lord der Gezeiten.

Lord Velaryon versuchte gar nicht erst, seine Schuld abzustreiten. »Was ich getan habe, habe ich zum Wohl des Reiches getan«, erklärte der alte Mann. »Und ich würde es wieder tun. Dieser Wahnsinn musste ein Ende haben.« Lord Kraft war nicht so gesprächig. Großmaester Orwyl hatte ausgesagt, dass er das Gift Lord Larys ausgehändigt hatte, und Ser Perkin der Floh hatte geschworen, dass er stets auf Befehl des Klumpfußes gehandelt habe, aber Lord Larys bestätigte diese Beschuldigungen weder, noch stritt er sie ab. Als Lord Stark ihn fragte, ob er etwas zu seiner Verteidigung vorzubringen habe, erwiderte er nur: »Wann hat sich ein Wolf je von Worten beeindrucken lassen?« Und so erklärte Lord Cregan Stark, die Hand des Ungekrönten Königs, die Lords Velaryon und Kraft des Mordes, des Königsmordes und des Hochverrates für schuldig und verfügte, dass sie für ihre Verbrechen mit dem Leben bezahlen müssten.

Larys Kraft war stets seinen eigenen Weg gegangen, hatte sich nur mit sich selbst beraten und seine Verbündeten gewechselt wie andere ihre Mäntel. Nachdem er verurteilt worden war, stand er ohne Freunde da; niemand erhob die Stimme zu seiner Verteidigung. Ganz anders verhielt es sich mit Corlys Velaryon. Die alte Seeschlange hatte viele Freunde und Bewunderer. Sogar Männer, die während des Tanzes gegen ihn gekämpft hatten, setzten sich jetzt für ihn ein … manche gewiss aus Zuneigung zu dem alten Mann, andere aus Sorge darüber, was sein junger Erbe Alyn tun würde, wenn sein geliebter Großvater (oder Vater) hingerichtet würde. Da Lord Stark sich nicht erweichen ließ, versuchten einige sein Urteil zu umgehen, indem sie sich direkt an den zukünftigen König Prinz Aegon wandten. Zuvorderst bemühten sich Aegons Halbschwestern Baela und Rhaena, die den Prinzen daran erinnerten, dass er ein Ohr und vielleicht sogar noch mehr eingebüßt hätte, wenn Lord Corlys nicht so gehandelt hätte, wie er es getan hatte. »Worte sind Wind«, heißt es in *Pilzens Zeugnis,* »aber ein starker Wind kann mächtige Eichen umwehen, und das Geflüster hübscher Mädchen kann das Schicksal von Königreichen verändern.« Aegon stimmte nicht nur zu, das Leben der Seeschlange zu verschonen, sondern ging sogar noch weiter und setzte ihn wieder in all seine Ämter und Ehren ein, einschließlich seines Sitzes im Kleinen Rat.

Der Prinz war jedoch erst elf Jahre alt und noch kein König. Ungekrönt und noch nicht zum König gesalbt, hatten die Erlasse und Verfügungen Seiner Gnaden noch keine Rechtskraft. Selbst nach seiner Krönung würde er sich noch bis zu seinem sechzehnten Namenstag einem Regenten oder einem regierenden Rat beugen müssen. Deshalb hätte Lord Stark durchaus das Recht gehabt, den Befehl des Prinzen zu missachten und Corlys Velaryon hinzurichten. Er entschied sich aber dagegen, und diese Entscheidung beschäftigt die Gelehrten seitdem. Septon Konstans meint, »die Mutter Oben habe ihn in jener Nacht gnädig gestimmt«, obwohl Lord Cregan gar nicht an die Sieben glaubte. Konstans deutet außerdem an, dass der Nordmann auf gar keinen Fall Alyn Velaryon provozieren wollte, da er dessen Seemacht fürchtete, doch das scheint doch deutlich im Widerspruch zu dem zu stehen, was wir sonst über Starks Charakter wissen. Ein neuer Krieg hätte ihn nicht abgeschreckt, manchmal schien er darauf geradezu erpicht.

Es ist Pilz, der uns die Erklärung liefert, die die plötzliche Milde des Wolfs von Winterfell am besten erklärt. Es war nicht der Prinz, der ihn überzeugte, so behauptet der Narr, nicht die andauernde Bedrohung, die die Velaryon-Flotte darstellte, und auch nicht das Flehen der Zwillinge, sondern ein Handel, den er mit Lady Alysanne aus dem Haus Schwarzhain einging.

»Ein schlankes, hochgewachsenes Geschöpf war dieses Mädchen«, sagt der Zwerg, »so dünn wie eine Peitsche und so flachbrüstig wie ein Junge, aber mit langen Beinen und starken Armen, mit einer dicken Mähne schwarzer Locken, die bis über ihre Hüfte wallten, wenn sie gelöst wurden.« Die Schwarze Aly war eine Jägerin, Zureiterin und Bogenschützin ohnegleichen und hatte nur wenig von der Sanftmut einer Frau. Viele glaubten, sie sei aus demselben Stoff wie Sabitha Frey, denn sie verbrachten viel Zeit miteinander und hatten auf dem Marsch ein Zelt geteilt. Doch in Königsmund, wo sie ihren jungen Neffen Benjicot bei Hof und im Rat begleitete, hatte sie Cregan Stark kennengelernt und Gefallen an dem ernsten Nordmann gefunden.

Lord Cregan, der seit drei Jahren Witwer war, ging es ähnlich. Obwohl niemand die Schwarze Aly zu seiner Königin der Liebe und der Schönheit erwählen würde, brachten ihre Furchtlosigkeit, ihre sture Stärke und ihre freche Zunge beim Lord von Winterfell eine Saite zum Klingen, und bald suchte er ihre Gesellschaft in Halle und Hof. »Sie riecht nach Holzrauch, nicht nach Blumen«, sagte Stark zu Lord Cerwyn, der angeblich sein engster Freund war.

Als Lady Alysanne nun zu ihm kam und ihn darum bat, das Edikt des Prinzen gelten zu lassen, hörte er sie an. »Warum sollte ich das tun?«, soll Lord Stark gefragt haben, als sie ihm ihre Bitte unterbreitete.

»Für das Reich«, antwortete sie.

»Für das Reich ist es besser, wenn Verräter sterben«, entgegnete er.

»Für die Ehre unseres Prinzen«, sagte sie.

»Der Prinz ist ein Kind. Er hätte sich gar nicht erst einmischen sollen. Es ist Velaryon, der die Ehre des Prinzen befleckt hat, denn jetzt wird es bis ans Ende seiner Tage heißen, er sei durch Mord auf den Thron gelangt.«

»Um des Friedens willen«, sagte Lady Alysanne, »für alle, die sterben werden, wenn Alyn Velaryon Rache übt.«

»Es gibt schlimmere Arten zu sterben. Der Winter ist da, Mylady.«

»Dann für mich«, sagte die Schwarze Aly. »Gewährt mir diese

Gunst, und ich werde Euch nie wieder um eine weitere bitten. Tut es, und ich werde wissen, dass Ihr ebenso weise wie stark seid, ebenso freundlich wie grimmig. Gewährt mir diese Gunst, und ich gebe Euch, was immer Ihr Euch von mir wünscht.«

Pilz sagt, bei diesen Worten habe Lord Cregan ein finsteres Gesicht gemacht. »Was wäre, wenn ich Euch um Eure Jungfräulichkeit bäte, Mylady?«

»Ich kann Euch nicht geben, was ich nicht habe, Mylord«, antwortete sie. »Meine Jungfräulichkeit habe ich an meinen Sattel verloren, als ich dreizehn Jahre alt war.«

»Manche würden sagen, Ihr habt ein Geschenk an ein Pferd vergeudet, das dem Rechte nach Eurem zukünftigen Gemahl zustand.«

»Manche sind Narren«, antwortete die Schwarze Aly, »und sie war eine gute Stute, besser als die meisten Ehemänner, die ich gesehen habe.«

Ihre Antwort gefiel Lord Cregan, der laut lachte und sagte: »Ich werde mich bemühen, das nicht zu vergessen, Mylady. Ja, ich gewähre Euch diese Gunst.«

»Und was verlangt Ihr als Gegenleistung?«, fragte sie.

»Von Euch möchte ich alles. Ich möchte Euch. Jetzt und für immer«, sagte der Lord von Winterfell feierlich. »Ich halte um Eure Hand an.«

»Eine Hand für einen Kopf«, sagte die Schwarze Aly und grinste … denn wie Pilz uns berichtet, war dies die ganze Zeit ihr Ziel gewesen. »Abgemacht.« Und so geschah es.

Der Morgen der Hinrichtungen dämmerte grau und nass. Alle zum Tode Verurteilten wurden in Ketten aus dem Kerker geholt und in den äußeren Hof des Roten Bergfrieds gebracht. Dort zwang man sie auf die Knie, während Prinz Aegon und sein Hof zuschauten.

Während Septon Konstans mit den Todgeweihten ein Gebet sprach und die Mutter oben bat, ihren Seelen gnädig zu sein, begann es zu regnen. »Es regnete so heftig, und Konstans leierte so lange vor sich hin, dass wir schon befürchteten, die Gefangenen würden ertrinken, ehe sie enthauptet werden konnten«, sagt Pilz. Endlich war das Gebet vorüber, und Lord Cregan Stark zog Eis, das valyrische Großschwert, das der ganze Stolz seines Hauses war, denn die wilden Sitten des Nordens verlangten, dass der Mann, der das Urteil sprach, es auch vollstrecken müsse, damit das Blut der Hingerichteten nur an seinen Händen klebte.

Ob nun hoher Lord oder gewöhnlicher Scharfrichter, selten hatte ein Mann so viele Hinrichtungen vor sich wie Cregan Stark an jenem Morgen im Regen. Und doch war alles rasch vorüber. Die Todgeweihten hatten Lose gezogen, um festzusetzen, wer als Erster sterben sollte, und es hatte Ser Perkin den Floh getroffen. Als Lord Cregan diesen verschlagenen Schurken fragte, ob er noch irgendwelche letzten Worte hätte, gab Ser Perkin bekannt, er wünsche, das Schwarz anzulegen. Bei einem Lord aus dem Süden wäre es nicht sicher gewesen, ob ihm seine Bitte gewährt würde oder nicht, doch die Starks stammen aus dem Norden, wo man die Bedürfnisse der Nachtwache sehr viel ernster nimmt.

Und als Lord Cregan seinen Männer gebot, den Floh auf die Beine zu ziehen, sahen die anderen Gefangenen den rettenden Strohhalm und wiederholten seine Bitte. »Alle begannen gleichzeitig zu schreien«, sagt Pilz, »wie ein Chor Betrunkener, die ein Lied brüllen, an dessen Worte sie sich nur halb erinnern.« Gossenritter und Waffenknechte, Sänftenträger, Diener, Herolde, der Kellermeister, drei Weiße Schwerter der Königsgarde, sie alle miteinander bekundeten plötzlich ihr tiefempfundenes Verlangen, die Mauer zu verteidigen. Sogar Großmaester Orwyl fiel in den Chor der Verzweifelten ein. Auch er wurde verschont, denn die Nachtwache braucht neben Männern, die mit dem Schwert umgehen können, auch immer solche, die eine Feder führen können.

So starben nur zwei Männer an jenem Tag. Der eine war Ser Gil Belgravor von der Königsgarde. Anders als seine Geschworenen Brüder weigerte sich Ser Gil, seinen weißen gegen einen schwarzen Mantel zu tauschen. »Ihr hattet nicht unrecht, Lord Stark«, sagte er, als er an die Reihe kam. »Ein Ritter der Königsgarde sollte seinen König nicht überleben.« Lord Cregan enthauptete ihn mit einem einzigen, raschen Hieb.

Der nächste (und letzte), der sterben sollte, war Lord Larys Kraft. Auf die Frage, ob er das Schwarz anlegen wolle, sagte er: »Nein, Mylord. Ich gehe in eine wärmere Hölle, wenn es Euch beliebt … aber erfüllt mir eine letzte Bitte. Wenn ich tot bin, hackt mir mit Eurem großen Schwert meinen Klumpfuß ab. Ich habe ihn mein ganzes Leben lang hinter mir hergezogen, befreit mich wenigstens im Tod davon.« Diesen Gefallen tat ihm Lord Stark.

So starb der letzte Kraft, und mit ihm endete ein stolzes und altes Haus. Lord Larys' Leichnam wurde den Schweigenden Schwestern übergeben; Jahre später fanden seine Gebeine ihren letzten Ruheplatz auf Harrenhal … ohne den Klumpfuß. Lord Stark hatte angeordnet, dass er getrennt auf einem Armenfriedhof begraben werden sollte, doch ehe das geschehen konnte, war er verschwunden. Pilz weiß, dass er gestohlen und an einen Hexer verkauft wurde, der ihn für seine Zauberei benutzte. (Die gleiche Geschichte wird auch über Prinz Gottfrids Bein erzählt, das ihm in Flohloch abgerissen wurde,

was am Wahrheitsgehalt beider Geschichten zweifeln lässt, solange wir nicht davon ausgehen, dass allen Füßen böse Kräfte innewohnen.)

Die Köpfe von Lord Larys Kraft und Ser Gil Belgravor wurden über dem Tor des Roten Bergfrieds zur Schau gestellt, jeder auf einer Seite. Die anderen Verurteilten wurden in ihre Zellen zurückgebracht, bis ihre Reise zur Mauer vorbereitet war. Und damit war die letzte Zeile der leidvollen Herrschaft von König Aegon II. Targaryen geschrieben.

Cregan Starks kurzer Dienst als Hand des Ungekrönten Königs endete am nächsten Tag, als er Prinz Aegon die Amtskette zurückgab. Leicht hätte er noch jahrelang die Hand des Königs bleiben oder sogar die Regentschaft für sich beanspruchen können, bis der junge Aegon volljährig wurde, doch ihn hielt nichts im Süden. »Im Norden fällt der Schnee«, erklärte er, »und mein Platz ist in Winterfell.«

UNTER DEN REGENTEN

DIE HAND UNTER DER HAUBE

Cregan Stark war als Hand des Königs zurückgetreten und hatte erklärt, nach Winterfell heimkehren zu wollen. Aber bevor er den Süden verlassen konnte, stellte sich ihm noch ein heikles Problem.

Lord Stark war mit einem riesigen Heer nach Süden gezogen, das zu großen Teilen aus Männern bestand, die im Norden weder erwünscht noch gebraucht waren und deren Rückkehr große Entbehrungen und vielleicht sogar den Tod der geliebten Menschen bedeuten würde, die sie zurückgelassen hatten. Der Legende (und Pilz) zufolge war es Lady Alysanne, die eine Lösung vorschlug. In den Ländern entlang des Tridents wimmelte es von Witwen, erinnerte sie Lord Stark; Frauen, von denen viele kleine Kinder ernähren mussten, Frauen, die ihre Männer mit den verschiedenen Lords in den Krieg geschickt hatten, wo sie gefallen waren. Da der Winter vor der Tür stand, würden starke Rücken und kräftige Hände an vielen Herden willkommen sein.

Letztlich begleiteten über eintausend Nordmänner die Schwarze Aly und ihren Neffen Lord Benjicot nach der königlichen Hochzeit zurück in die Flusslande. »Ein Wolf für jede Witwe«, scherzte Pilz, »er wärmt ihr das Bett im Winter und nagt an ihren Knochen, wenn es Frühling wird.« Dennoch wurden Hunderte Ehen auf den sogenannten Witwenmärkten in Rabenbaum, Schnellwasser, Steinsepte, den Zwillingen und Schönmarkt geschlossen. Die Nordmänner, die nicht heiraten wollten, schworen ihr Schwert großen oder kleinen Lords als Wachen oder Waffenknechte. Einige wenige, so müssen wir leider festhalten, wandten sich der Gesetzlosigkeit zu und nahmen ein schlimmes Ende, doch im Großen und Ganzen war Lady Alysannes Heiratsvermittlung ein großer Erfolg. Die umgesiedelten Nordmänner waren nicht nur eine willkommene Verstärkung für die Flusslords, insbesondere für die Häuser Tully und Schwarzhain, sondern trugen auch dazu bei, die Verehrung der Alten Götter südlich der Eng neu zu beleben und zu verbreiten.

Andere Nordmänner entschieden sich, ihr Glück jenseits der Meerenge zu suchen. Einige Tage nachdem Lord Stark als Hand des Königs zurückgetreten war, kehrte Ser Marsten Wasser allein aus Lys zurück, wohin man ihn entsandt hatte, um Söldner anzuheuern. Er nahm dankbar die Begnadigung für seine vergangenen Verbrechen an und berichtete, dass die Triarchie zusammengebrochen sei. An der Schwelle zum Krieg heuerten die Drei Töchter Freie Kompanien an, so schnell sie sich bildeten, und zwar zu Preisen, bei denen er nicht hatte mithalten können. Viele von Lord Cregans Nordmännern sahen darin eine gute Gelegenheit. Warum sollten sie in ein Land zurückkehren, das im harten Griff des Winters war, um zu erfrieren oder zu verhungern, wenn es jenseits der Meerenge Gold zu verdienen gab? Im Ergebnis gründeten sich nicht eine, sondern gleich zwei Freie Kompanien. Das Wolfsrudel unter dem Befehl von Hallis Hornwald (genannt »der Irre Hal«) und Timotheos Schnee, dem Bastard von Flints Finger, bestand ausschließlich aus Nordmännern, während zur Sturmbrecher, die von Ser Oskar Tully geführt und finanziert wurden, Männer aus allen Teilen Westeros' gehörten.

Noch während diese Abenteurer sich auf die Abreise aus Königsmund vorbereiteten, strömten aus allen Himmelsrichtungen Menschen nach Königsmund, um Prinz Aegons Krönung beizuwohnen und die königliche Hochzeit zu feiern. Aus dem Westen kamen Lady Johanna Lennister und ihr Vater Roland Westerling, der Lord von Hochklipp; aus dem Süden vierzig Hohenturms aus Altsass, angeführt von Lord Lyonel und der gefürchteten Lady Samantha, der Witwe seines Vaters. Obwohl es ihnen verboten worden war, sich zu vermählen, hatte sich ihre Leidenschaft füreinander längst herumgesprochen. Wegen dieses Skandals weigerte sich der Hohe Septon, mit ihnen zu reisen, und traf drei Tage später in Gesellschaft der Lords Rothweyn, Costayn und Biengraben ein.

Lady Elenda, die Witwe Lord Borros Baratheons, blieb mit ihrem neugeborenen Sohn in Sturmkap, schickte aber ihre Töchter Kassandra, Ellyn und Floris, um das Haus Baratheon zu vertreten. (Maris, die vierte Tochter, hatte sich den Schweigenden Schwestern angeschlossen, wie uns Septon Konstans mitteilt. In *Pilzens Zeugnis* geschah dies allerdings erst, nachdem ihre Hohe Mutter ihr die Zunge hatte herausschneiden lassen, aber dieses grässliche Detail dürfen wir gewiss außer Acht lassen. Der unausrottbare Glaube, die Schweigenden Schwestern hätten keine Zungen mehr, ist nichts als ein Mythos; die Schwestern schweigen aus Frömmigkeit, nicht weil man ihnen die Zungen mit glühenden Zangen herausgerissen hat.) Lady Baratheons Vater Rois Caron, der Lord von Nachtlied und Marschall der Marschen, begleitete die Mädchen in die Stadt und blieb als ihr Vormund bei ihnen.

Alyn Velaryon kam ebenfalls aufs Festland, und auch die Manderly-Brüder kehrten wieder einmal aus Weißwasserhafen zurück und brachten einhundert Ritter in blaugrünen Mänteln mit. Selbst von jenseits der Meerenge kamen Gäste, aus Braavos und Pentos, aus allen Drei Töchtern und aus Alt-Volantis. Von den Sommerinseln reisten drei hochgewachsene schwarze Fürsten in Federmänteln an, deren Pracht eine wahre Augenweide war. Jedes Gasthaus und jeder Stall in Königsmund war binnen kurzer Zeit belegt, während vor den Mauern eine Stadt aus Zelten und Pavillons entstand, die jene beherbergte, die keine Unterkunft gefunden hatten. Pilz behauptet, es sei viel getrunken und viel Unzucht getrieben worden; Septon Konstans hingegen berichtet, es sei viel gebetet, viel gefastet und es seien viele gute Werke getan worden. Eine Zeitlang waren die Gastwirte in der Stadt fett und glücklich, und das galt auch für die Huren in Flohloch und ihre Schwestern in den feinen Häusern an der Straße der Seide. Nur das gemeine Volk beschwerte sich über Lärm und Gestank.

In den Tagen vor der Hochzeit breitete sich in Königsmund eine nahezu verzweifelte, brüchige Kameradschaft aus, denn viele, die sich nun in den Weinstuben und Suppenküchen drängten, hatten sich vor einem Jahr noch auf dem Schlachtfeld gegenübergestanden. »Wenn man Blut nur mit Blut abwaschen kann, dann war Königsmund voller Ungewaschener«, schreibt Pilz. Trotzdem gab es weniger Auseinandersetzungen in den Straßen, als zu erwarten gewesen wären, und nur drei Männer fanden den Tod. Vielleicht waren die Lords des Reiches endlich kriegsmüde geworden.

Da die Drachengrube noch immer in Trümmern lag, wurde die Hochzeit von Prinz Aegon und Prinzessin Jaehaera auf Visenyas Hügel unter freiem Himmel gefeiert, wo gewaltige Tribünen errichtet wurden, damit die Männer und Frauen des Adels bequem sitzen und einen ungehinderten Blick genießen konnten. Der Tag war kalt, aber sonnig, wie Septon Konstans berichtet. Es war der siebte Tag des siebten Mondes im 131. Jahr nach Aegons Eroberung, ein überaus verheißungsvolles Datum. Der Hohe Septon aus Altsass führte die Zeremonie persönlich durch, und nachdem Seine Hohe Heiligkeit den Prinzen und die Prinzessin für vermählt erklärt hatte, erhob sich ohrenbetäubendes Gebrüll aus den Reihen des gemeinen Volkes. Zehntausende drängten sich in den Straßen und jubelten Aegon und Jaehaera zu, als sie in einer offenen Sänfte zum Roten Bergfried hinaufgetragen wurden, wo der Prinz mit einem Reif aus gelbem Gold, schlicht und schmucklos, gekrönt wurde. Man rief ihn zu Aegon aus dem Hause Targaryen, dem Dritten Seines Namens, König der Andalen, der Rhoynar und der Ersten Menschen und Herr der Sieben Königslande aus. Aegon selbst setzte seiner Kindbraut die Krone aufs Haupt.

Auch wenn der neue König ein ernster Junge war, sah er unbestreitbar gut aus; er war schlank an Gesicht und Gestalt, mit silberweißem Haar und violetten Augen, und auch die Königin war ein wunderschönes Kind. Ein so erhabenes Spektakel hatten die

Sieben Königslande seit der Krönung Aegons II. in der Drachengrube nicht mehr erlebt. Das Einzige, was fehlte, waren die Drachen. Für diesen König würde es keinen triumphalen Flug um die Stadtmauer geben, keine majestätische Landung auf dem Burghof. Den aufmerksameren Beobachtern fiel auf, dass noch jemand fehlte. Die Königinwitwe war nirgendwo zu sehen, obgleich Alicent Hohenturm als Jaehaeras Großmutter hätte zugegen sein sollen.

Da der neue König erst elf Jahre alt war, bestand seine erste offizielle Handlung darin, die Männer zu ernennen, die ihn beschützen und verteidigen und in seinem Namen herrschen sollten, bis er das Mannesalter erreichte. Ser Willis Grimm, der einzige überlebende Ritter der Königsgarde aus König Viserys' Zeiten, wurde zum Lord Kommandanten der Weißen Schwerter ernannt und Ser Marsten Wasser zu seinem Stellvertreter. Da beide Männer als Grüne galten, wurden die verbleibenden Plätze in der Königsgarde mit Schwarzen besetzt. Ser Tyland Lennister, kurz zuvor aus Myr zurückgekehrt, wurde zur Hand des Königs ernannt, während Lord Leowyn Corbray als Protektor des Reiches eingesetzt wurde. Ersterer war ein Grüner gewesen, Letzterer ein Schwarzer. Der Regentschaftsrat, der über ihnen stehen sollte, bestand aus Lady Jeyne Arryn aus dem Grünen Tal, Lord Corlys Velaryon von Driftmark, Lord Roland Westerling von Hochklipp, Lord Rois Caron von Nachtlied, Lord Manfryd Muton von Jungfernteich, Ser Torrhen Manderly von Weißwasserhafen und Großmaester Munkun, der kurz zuvor von der Zitadelle auserwählt worden war, um Großmaester Orwyls Amtskette aufzunehmen.

(Glaubhaften Berichten zufolge wurde auch Lord Cregan Stark ein Platz unter den Regenten offeriert, doch er lehnte ab. Auffällig ist, das Kermit Tully, Unsieg Gipfel, Sabitha Frey, Thaddeus Esch, Lyonel Hohenturm, Johanna Lennister und Benjicot Schwarzhain nicht in den Rat berufen wurden. Doch Septon Konstans beharrt, allein Lord Gipfel sei ernsthaft darüber verärgert gewesen.)

Dies war ein Rat ganz nach Septon Konstans' Geschmack: »Sechs starke Männer und eine weise Frau, sieben, die hier auf Erden über uns regieren, wie die Sieben Oben im Himmel über alle Menschen herrschen.« Pilz war nicht ganz so beeindruckt. »Sieben Regenten sind sechs zu viel«, sagt er. »Wie schade für unseren armen König.« Ungeachtet der Bedenken des Narren hatten die meisten Beobachter das Gefühl, der Beginn der Herrschaft König Aegons III. stehe unter einem guten Stern.

Der Rest des Jahres 131 wurde zu einer Zeit des Abschiednehmens, da die großen Lords von Westeros nach und nach aus Königsmund aufbrachen, um zu ihren eigenen Sitzen zurückzukehren. Zu den ersten, die flohen, gehörten die Drei Witwen, nachdem sie unter Tränen ihren Töchtern, dem Sohn und den Geschwistern, Vettern und Basen Lebewohl gesagt hatten, die bleiben sollten, um dem neuen König und seiner Königin als Gesellschafter und Geiseln zu dienen. Cregan Stark führte sein arg geschrumpftes Heer vierzehn Tage nach der Krönung über den Königsweg heimwärts; drei Tage später brachen Lord Schwarzhain und Lady Alysanne nach Rabenbaum auf, im Gefolge eintausend von Starks Nordmännern. Lord Lyonel und seine Mätresse Lady Sam ritten südwärts gen Altsass in Begleitung ihrer Hohenturms, während die Lords Esch, Biengraben, Costayn, Tarly und Rothweyn mit dem gleichen Ziel aufbrachen und Seine Hohe Heiligkeit begleiteten. Lord Kermit Tully und seine Ritter kehrten nach Schnellwasser zurück, während sein Bruder Ser Oskar mit seinen Sturmbrechern nach Tyrosh und in die Umstrittenen Lande in See stach.

Einer jedoch brach nicht wie geplant auf. Ser Medrick Manderly hatte zugestimmt, die Männer, die zur Mauer ziehen sollten, auf seiner Galeere *Nordstern* mitzunehmen. Von dort sollte es über Land bis zur Schwarzen Festung weitergehen. An dem Morgen, an dem die *Nordstern* in See stechen wollte, ergab die Zählung der Verurteilten jedoch, dass ein Mann fehlte. Großmaester Orwyl hatte es sich offensichtlich anders überlegt und wollte das Schwarz nun doch nicht anlegen. Er hatte eine der Wachen bestochen, seine Fesseln zu lösen, sich in Bettellumpen gehüllt und war im Vergnügungsviertel der Stadt untergetaucht. Ser Medrick wollte keine weitere Verzögerung hinnehmen und verurteilte den Wachmann, der Orwyl freigelassen hatte, dazu, dessen Platz einzunehmen, und dann lichtete die *Nordstern* den Anker.

Gegen Ende des Jahres 131, so schildert es Septon Konstans, hatte sich eine »graue Stille« über Königsmund und die Kronlande gelegt. Aegon III. saß auf dem Eisernen Thron, wann immer es erforderlich war, wurde ansonsten aber nur selten gesehen. Die Aufgabe, das Reich zu verteidigen, fiel dem Lord Protektor Leowyn Corbray zu, um das langweilige Tagesgeschäft kümmerte sich als Hand des Königs der blinde Tyland Lennister. Einst so groß und blond und gutaussehend wie sein verstorbener Zwillingsbruder Lord Jason, war Ser Tyland durch die Folterknechte der Königin so entstellt worden, dass Damen, die neu an den Hof kamen, bei seinem Anblick sogar in Ohnmacht fielen. Um ihnen den Anblick zu ersparen, trug die Hand zu formellen Anlässen stets eine seidene Haube über dem Kopf. Das machte es allerdings möglicherweise noch schlimmer, denn die Haube ließ Ser Tyland auch unheimlich erscheinen, und über kurz oder lang flüsterte sich das gemeine Volk von Königsmund Geschichten über einen bösen, maskierten Zauberer im Roten Bergfried zu.

Ser Tylands Verstand arbeitete allerdings immer noch scharf. Es hätte niemanden überrascht, wenn er aus der Folter als verbitterter Mann hervorgegangen wäre, der an nichts als Rache dachte, doch dem war nicht so. Stattdessen schien die Hand unter einer eigenartigen Art des Gedächtnisverlusts zu leiden und beharrte darauf, sich nicht erinnern zu können, wer ein Schwarzer und wer ein Grüner gewesen sei, während er gleichzeitig eine hartnäckige Loyalität gegenüber dem Sohn ausgerechnet jener Königin an den Tag legte, die ihn der Folter übereignet hatte. Sehr bald erlangte Ser Tyland die unausgesprochene Herrschaft über Leowyn Corbray, den Pilz wie folgt beschreibt: »Er hatte einen dicken Hals und einen schwachen Verstand, aber ich habe nie einen Mann gekannt, der so laut furzen konnte.« Dem Gesetz nach unterstanden die Hand und der Lord Protektor beide dem Regentschaftsrat, doch während Tage vergingen und Monde sich wandelten, kamen die Regenten immer seltener und seltener zusammen, während der unermüdliche, blinde Tyland Lennister unter seiner Haube mehr und mehr Macht sammelte.

Dabei stellten sich ihm beängstigende Herausforderungen, denn der Winter war in Westeros eingekehrt und sollte vier lange Jahre andauern, ein Winter, so kalt und rau wie keiner in der Geschichte der Sieben Königslande. Der Handel im Reich war während des Tanzes zusammengebrochen, zahllose Dörfer, Städte und Burgen waren vernachlässigt oder zerstört worden, und Banden von Geächteten und Gebrochenen trieben sich auf den Straßen und in den Wäldern herum.

Ein noch drängenderes Problem stellte die Königinwitwe dar, die sich weigerte, sich mit dem neuen König zu versöhnen. Die Ermordung ihres letzten Sohnes hatte Alicents Herz zu Stein verwandelt. Keiner der Regenten wollte sie zum Tode verurteilen, manche aus Mitgefühl, andere aus Angst, eine solche Hinrichtung könnte die Flamme des Krieges erneut entfachen. Dennoch konnte man ihr nicht erlauben, so wie früher am Hofleben teilzunehmen, denn es war ihr durchaus zuzutrauen, den König mit einer Tirade aus Flüchen zu beschimpfen oder einem unaufmerksamen Wachmann den Dolch zu entreißen. Alicent konnte man nicht einmal in der Gesellschaft der kleinen Königin vertrauen; als ihr zum letzten Mal gestattet worden war, mit Ihrer Gnaden zu speisen, hatte sie Jaehaera aufgetragen, ihrem Gemahl im Schlaf die Kehle durchzuschneiden, woraufhin das Kind zu schreien begonnen hatte. Ser Tyland sah keine andere Möglichkeit, als die Königinwitwe in ihre Gemächer in Maegors Feste zu verbannen; ein angenehmes Gefängnis, aber nichtsdestoweniger ein Gefängnis.

Die Hand machte sich daran, den Handel im Reich wiederzubeleben und den Wiederaufbau anzukurbeln. Große Lords und gemeines Volk waren gleichermaßen erfreut, als er die Steuern abschaffte, die Königin Rhaenyra und Lord Celtigar eingeführt hatten. Da der Kronschatz wieder gefüllt war, stellte Ser Tyland eine Million Golddrachen als Darlehen für jene Lords zur Verfügung, deren Besitzungen während des Tanzes zerstört worden waren. (Obwohl dieses Geld großen Nutzen brachte, kam es durch die Darlehen zum Zerwürfnis zwischen dem Eisernen Thron und der Eisernen Bank von Braavos.) Er befahl auch den Bau von drei riesigen, befestigten Getreidespeichern in Königsmund, Lennishort und Möwenstadt sowie den Ankauf von ausreichend Getreide, um sie zu füllen. (Letzteres trieb den Preis für Getreide stark in die Höhe, was den Städten und Lords gefiel, die Weizen und Hafer und Gerste anzubieten hatten, jedoch die Besitzer von Gasthäusern und Suppenküchen verärgerte und überhaupt alle Armen und Hungrigen.)

Zwar ließ er die Arbeit an den riesigen Statuen von Prinz Aemond und Prinz Daeron einstellen, die Aegon II. in Auftrag gegeben hatte (allerdings nicht, bevor die Köpfe der beiden Prinzen schon fertig waren), setzte jedoch Hunderte Steinmetze, Zimmerleute und Bauarbeiter daran, die Drachengrube wieder aufzubauen. Die Tore von Königsmund wurden auf seinen Befehl hin verstärkt, damit sie Angriffen sowohl von innen als auch von außen besser widerstehen konnten. Auch kündigte er an, dass die Krone den Bau von zehn neuen Kriegsgaleeren finanzieren werde. Als die Regenten ihn dazu befragten, erklärte er, er wolle einerseits Arbeit für die Werften schaffen, andererseits die Stadt vor den Flotten der Triarchie schützen … aber viele vermuteten, Ser Tyland wolle in Wahrheit die Abhängigkeit der Krone vom Hause Velaryon von Driftmark mindern.

Die Hand mag auch den immer noch andauernden Krieg im Westen im Sinn gehabt haben, als die Schiffsbauer an die Arbeit geschickt wurden. Obgleich die Krönung von Aegon III. die schlimmsten Gemetzel des Drachentanzes beendet hatte, wäre es jedoch falsch zu sagen, sie habe den Sieben Königslanden Frieden gebracht. Im Westen gingen die Kämpfe während der ersten drei Jahre der Herrschaft des Kindkönigs weiter, da sich Lady Johanna von Casterlystein im Namen ihres Sohnes, des jungen Lords Loreon, gegen die Plünderungen von Dalten Graufreuds Eisenmännern zur Wehr setzte. Die Einzelheiten dieses Krieges kümmern uns im Rahmen unserer Geschichte nicht (allen, die mehr darüber erfahren möchten, seien die entsprechenden Kapitel aus Erzmaester Mankasters *Seedämonen: Eine Geschichte der Kinder des Ertrunkenen Gottes von den Inseln* ans Herz gelegt). Hier soll es genügen zu erwähnen, dass sich der Rote Krake im Tanz zwar als wertvoller Verbündeter für die Schwarzen erwiesen hatte, der Friede jedoch zeigte, dass die Eisenmänner ihnen nicht mehr Respekt entgegenbrachten als den Grünen.

Auch wenn Dalten Graufreud es nicht wagte, sich offen zum König der Eiseninseln zu erklären, beachtete er in diesen Jahren die Erlasse des Eisernen Throns kaum … vielleicht, weil der König ein Junge war und seine Hand ein Lennister. Als ihm befohlen wurde, seine Raubzüge zu unterlassen, machte Graufreud weiter wie bisher. Als er aufgefordert wurde, die Frauen, die seine Eisenmänner verschleppt hatten, zurück zu ihren Familien zu schicken, antwortete er, »nur der Ertrunkene Gott kann den Bund zwischen einem Mann und seinen Salzweibern auflösen«. Als man ihn anwies, die Schöne Insel an ihre früheren Herren zurückzugeben, gab er zurück: »Sollten sie sich aus den Tiefen des Meeres erheben, geben wir ihnen gerne zurück, was ehemals ihnen gehört hat.«

Als Johanna Lennister versuchte, eine neue Flotte Kriegsschiffe zu bauen, um den Krieg zu den Eisenmännern zu tragen, fiel der Rote Krake über ihre Werften her und brannte sie nieder; dabei entführte er abermals hundert Frauen. Die Hand tadelte Graufreud scharf, doch Lord Dalten erwiderte nur: »Die Frauen aus dem Westen bevorzugen Männer aus Eisen gegenüber feigen Löwen, will mir scheinen, denn sie springen ins Meer und betteln darum, dass wir sie mitnehmen.«

Auf der anderen Seite von Westeros wehte der Wind des Krieges die Meerenge hinauf. Der Mord an Sharako Lohar von Lys, dem Admiral, der die Flotte der Triarchie geführt hatte, die in der Gurgel eine solche Katastrophe erlebt hatte, wurde zum Funken, der die Drei Töchter in Flammen aufgehen ließ. Die unterschwellige Rivalität zwischen Tyrosh, Lys und Myr brach in offenen Krieg aus. Heute wird allgemein angenommen, dass der Mord an Sharako persönliche Gründe hatte, denn der arrogante Admiral wurde von einem seiner Rivalen um die Gunst der Kurtisane Schwarzer Schwan erschlagen. Damals betrachtete man seinen Tod jedoch als politischen Mord und verdächtigte die Myrischen. Als Lys und Myr gegeneinander in den Krieg zogen, ergriff Tyrosh die Gelegenheit und sicherte sich die Vorherrschaft über die Trittsteine.

Um diesen Anspruch durchzusetzen, übertrug der Archon von Tyrosh Racallio Ryndoon den Befehl, jenem extravaganten Generalkapitän, der einst die Truppen der Triarchie gegen Daemon Targaryen geführt hatte. Racallio überrannte die Inseln und ließ den regierenden König der Meerenge hinrichten … nur um sich anschließend selbst die Krone aufzusetzen und damit den Archon und seine Heimatstadt zu verraten. Der verwirrende Krieg zwischen vier verfeindeten Parteien machte den Handel über die südliche Meerenge unmöglich, weshalb aus dem Osten keine Waren mehr nach Königsmund, Dämmertal, Jungfernteich und Möwenstadt gelangten. Pentos, Braavos und Lorath waren ähnlich betroffen und schickten Gesandte nach Königsmund, weil sie hofften, den Eisernen Thron in ein großes Bündnis gegen Racallio und die streitsüchtigen Töchter einzubinden. Ser Tyland bewirtete sie großzügig, ging aber nicht auf ihr Angebot ein. »Es wäre ein schwerer Fehler, wenn sich Westeros in die endlosen Streitereien der Freien Städte hineinziehen lassen würde«, erklärte er dem Regentschaftsrat.

Als sich das Schicksalsjahr 131 dem Ende zuneigte, standen die Meere östlich und westlich der Sieben Königslande in Flammen, während über Winterfell und dem Norden Schneestürme tosten. Auch in Königsmund war die Stimmung gedrückt. Das Volk der Stadt war bereits von seinem Kindkönig und dessen kleiner Königin enttäuscht, die sich seit der Hochzeit beide nicht mehr gezeigt hatten, und die Gerüchte über die »Hand unter der Haube« machten die Runde. Obwohl der »wiedergeborene« Hirte von den Goldröcken ergriffen und seiner Zunge beraubt worden war, hatten sich andere erhoben, die predigten, die Hand des Königs praktiziere verbotene Künste, trinke Säuglingsblut und sei außerdem »ein Ungeheuer, das sein entstelltes Gesicht vor Göttern und Menschen verbirgt«.

Auch innerhalb der Mauern des Roten Bergfrieds gab es Gerede über den König und die Königin. Von Beginn an hatte auf der königlichen Ehe ein Schatten gelegen. Braut und Bräutigam waren noch Kinder; Aegon III. war jetzt elf, Jaehaera erst acht. Nach der Hochzeit hatten sie außer bei offiziellen Anlässen nur sehr wenig Kontakt zueinander, und selbst diese waren selten, da die kleine Königin ihre Gemächer nur ungern verließ. »Sie sind beide gebrochen«, schreibt Großmaester Munkun in einem Brief an das Konklave. Das Mädchen hatte die Ermordung ihres Zwillingsbruders durch Blut und Käse mitanschauen müssen. Der König hatte all seine vier Brüder verloren und dann mitansehen müssen, wie sein Onkel seine Mutter an einen Drachen verfütterte. »Es sind keine gewöhnlichen Kinder«, fährt Munkun fort. »Sie empfinden keine Freude, sie lachen nicht, und sie spielen nicht. Das Mädchen nässt sich nachts im Bett ein und weint untröstlich, wenn man sie zurechtweist. Ihre eigenen Damen sagen, mit acht Jahren krabbele sie noch auf allen vieren. Hätte ich ihre Milch in der Nacht vor der Hochzeit nicht mit Schlafsüß versetzt, wäre sie während der Zeremonie zusammengebrochen, davon bin ich überzeugt.«

Was den König betraf, so fuhr der neue Großmaester fort: »Aegon interessiert sich nur wenig für seine Gemahlin oder für andere Mädchen. Er reitet nicht, jagt nicht, tjostiert nicht, doch auch andere Tätigkeiten wie Lesen, Tanzen oder Singen genießt er nicht. Zwar scheint er bei klarem Verstande zu sein, doch beginnt er nie von selbst ein Gespräch, und wenn er spricht, sind seine Antworten so kurz, dass man fast den Eindruck gewinnen könnte, das Sprechen täte ihm weh. Abgesehen von dem Bastard Gaemon Hellhaar hat er keine Freunde, und er schläft selten die ganze Nacht durch. In der Stunde des Wolfes sieht man ihn oft am Fenster stehen und die Sterne betrachten, doch als ich ihm Erzmaester Lymans *Königreiche des Himmels* schenkte, zeigte er daran kein Interesse. Aegon lächelt selten und lacht nie, doch zeigt er auch nie Wut oder Angst, außer wenn es um Drachen geht. Allein die Erwähnung des Wortes versetzt ihn in Zorn. Orwyl nannte Seine Gnaden gern ruhig und beherrscht, ich dagegen sage, der Junge ist innerlich tot. Er schleicht durch die Gänge des Roten Bergfrieds wie ein Gespenst. Brüder, ich muss offen sprechen. Ich fürchte um unseren König und um das Königreich.«

Seine Befürchtungen sollten sich leider als wohlbegründet erweisen. So schlimm das Jahr 131 gewesen war, in den beiden nächsten Jahren würde alles noch sehr viel schlimmer werden.

Es begann mit einem unheilvollen Zeichen, als der frühere Großmaester Orwyl mit kahl geschorenem Kopf und ohne Bart und Amtskette in einem Bordell namens »Bei Muttern« entdeckt wurde, am unteren Ende der Straße der Seide. Er ließ sich Alter Wyl nennen und verdiente sein Brot mit Wischen und Schrubben, untersuchte die Gäste des Hauses auf Syphilis und bereitete den »Töchtern« des Hauses Mondtee und Tränke aus Alraune und Polei-Minze, wenn sie ungewollte Kinder loswerden wollten. Niemand beachtete den Alten Wyl weiter, bis er anfing, einigen der jüngeren Mädchen das Lesen beizubringen. Eine seiner Schülerinnen zeigte ihre neue Fähigkeit einem Feldwebel der Goldröcke, der Verdacht schöpfte und den alten Mann zum Verhör mitnahm. So gelangte bald die Wahrheit ans Licht.

Die Strafe für die Flucht von der Nachtwache ist der Tod. Zwar hatte Orwyl kein Gelübde abgelegt, aber die meisten betrachteten ihn trotzdem als Eidbrecher. Daher stand nicht zur Debatte, ihn per Schiff zur Mauer reisen zu lassen. Das ursprüngliche Todesurteil von Lord Stark musste vollstreckt werden, darin waren sich die Regenten einig. Ser Tyland erhob keine Einwände, wies jedoch darauf hin, dass das Amt des königlichen Scharfrichters noch besetzt werden musste und dass er als Blinder eine schlechte Wahl wäre, um das Schwert zu schwingen. Mit dieser Ausrede sperrte die Hand Orwyl erst einmal in eine Turmzelle (groß, luftig und viel zu bequem, schimpften manche) ein, »bis wir einen richtigen Henker gefunden haben«. Weder Septon Konstans noch Pilz ließen sich täuschen: Orwyl hatte zusammen mit Ser Tyland im Grünen Rat Aegons II. gedient, und zweifellos spielten alte Freundschaft und Erinnerungen an alles, was sie zusammen durchgemacht hatten, bei dieser Entscheidung eine Rolle. Der ehemalige Großmaester erhielt sogar Feder, Tinte und Pergament, damit er seine Bekenntnisse weiterschreiben konnte. Und so arbeitete er fast zwei Jahre lang an einer ausführlichen Chronik der Herrschaft von Viserys I. und

Aegon II., die sich für seinen Nachfolger, den Verfasser der *Wahren Geschichte*, als Quelle von unschätzbarem Wert erweisen sollte.

Kaum vierzehn Tage später trafen in Königsmund Berichte ein, denen zufolge Banden von Wildlingen aus den Mordbergen in großer Zahl ins Grüne Tal von Arryn eingefallen seien und geraubt und geplündert hätten. Lady Jeyne Arryn verließ den Hof und segelte nach Möwenstadt, um sich um die Verteidigung ihrer Länder und Leute zu kümmern. Auch entlang der Dornischen Marschen gab es verdächtige Unruhen, denn in Dorne war mit Aliandra Martell eine neue Fürstin an die Macht gekommen, ein freches junges Mädchen von siebzehn Jahren, die sich selbst als »die Neue Nymeria« betrachtete und um deren Gunst jeder junge Lord südlich der Roten Berge buhlte. Um sich mit ihren Einfällen zu befassen, verließ auch Lord Caron Königsmund und eilte zurück nach Nachtlied in den Dornischen Marschen. Und so wurden aus sieben Regenten fünf. Der einflussreichste war offensichtlich die Seeschlange, dessen Reichtum, Erfahrung und Verbündete ihn zum Ersten unter Gleichen machten. Außerdem schien er der Einzige zu sein, dem der junge König bereit war, sein Vertrauen zu schenken.

Aus all diesen Gründen war es ein entsetzlicher Verlust für das Reich, als Corlys Velaryon, der Lord der Gezeiten, am sechsten Tag des dritten Monds des Jahres 132 n.A.E. auf der Serpentinentreppe im Roten Bergfried zusammenbrach. Bis Großmaester Munkun zu ihm geeilt kam, war die Seeschlange bereits tot. Neunundsiebzig Jahre alt war er geworden und hatte vier Königen und einer Königin gedient, war bis zu den Enden der Welt gesegelt, hatte dem Haus Velaryon noch nie gekannten Reichtum und gewaltige Macht verschafft, eine Prinzessin geheiratet, die hätte Königin werden können, Drachenreiter gezeugt, Städte und Flotten gebaut, seine Tapferkeit in Zeiten des Krieges und seine Weisheit in Zeiten des Friedens bewiesen. Die Sieben Königslande sollten nie wieder einen solchen Mann hervorbringen. Sein Tod hinterließ ein kaum zu stopfendes Loch im fadenscheinigen Stoff der Sieben Königslande.

Sieben Tage lang wurde Lord Corlys unter dem Eisernen Thron aufgebahrt. Danach wurden seine sterblichen Überreste an Bord

der *Meerjungfrauenkuss* unter dem Befehl von Marilda aus Holk und ihrem Sohn Alyn nach Driftmark zurückgebracht. Dort wurde der ramponierte Rumpf der alten *Seeschlange* noch einmal zu Wasser gelassen und in die tiefen Gewässer östlich von Drachenstein geschleppt, wo Corlys Velaryon an Bord jenes Schiffes auf See bestattet wurde, das ihm seinen Namen gegeben hatte. Später erzählte man sich, dass, als das Schiff in die Tiefe sank, der Kannibale darüber hinweggeflogen sei und die großen schwarzen Schwingen zum letzten Gruß ausgebreitet habe. (Eine anrührende Anekdote, aber wahrscheinlich eher eine Ausschmückung. Alles, was wir über den Kannibalen wissen, deutet daraufhin, dass er die Leiche lieber gefressen hätte, statt sie zu grüßen.)

Alyn aus Holk, der Bastard von niederer Geburt, der jetzt Alyn Velaryon war, war von der Seeschlange zu seinem Erben bestimmt worden, doch sein Anspruch blieb nicht unangefochten. Wir erinnern uns, dass in den Tagen von König Viserys ein Neffe von Lord Corlys, Ser Vaemond Velaryon, sich als wahrer Erbe von Driftmark ins Spiel gebracht hatte. Diese Rebellion hatte ihn den Kopf gekostet, aber er hatte eine Frau und Söhne hinterlassen. Ser Vaemond war der Sohn des ältesten Bruders der Seeschlange gewesen. Fünf weitere Neffen, von einem anderen Bruder gezeugt, hatten ebenfalls Ansprüche erhoben. Als sie dem kranken Viserys den Fall vorlegten, begingen sie den schwerwiegenden Fehler, die Legitimität der Kinder seiner Tochter infrage zu stellen. Viserys ließ ihnen wegen dieser Unverschämtheit die Zungen herausreißen, verzichtete jedoch darauf, ihnen auch die Köpfe abzuschlagen. Drei der »stillen Fünf« waren während des Tanzes gefallen, als sie für Aegon II. und gegen Rhaenyra gekämpft hatten … zwei hingegen hatten überlebt und traten nun zusammen mit Ser Vaemonds Söhnen vor, um zu verkünden, dass sie einen höheren Anspruch auf Driftmark hätten als dieser »Bastard aus Holk, dessen Mutter eine Maus war«.

Ser Vaemonds Söhne Daemion und Daeron brachten ihre Ansprüche vor den Rat in Königsmund. Als die Hand und die Regenten ihr Anliegen zurückwiesen, bewiesen sie Weisheit und entschieden sich, diesen Beschluss anzunehmen und sich mit Lord

Alyn auszusöhnen, der sie mit Land auf Driftmark belohnte, unter der Bedingung, dass sie Schiffe zu seiner Flotte beisteuerten. Ihre stillen Vettern schlugen einen anderen Kurs ein. »Da ihnen die Zungen fehlten, um ihre Sache vorzutragen, stritten sie lieber mit dem Schwert«, sagt Pilz. Ihr Mordkomplott gegen ihren jungen Lord scheiterte jedoch, da die Wachen auf Burg Driftmark im Andenken an die Seeschlange seinem erwählten Erben treu blieben. Ser Malentin wurde bei dem Angriff getötet, sein Bruder Ser Rhogar geriet in Gefangenschaft. Als man ihn zum Tode verurteilte, rettete er seinen Kopf, indem er das Schwarz anlegte.

Alyn Velaryon, der Bastard, den Maus zur Welt gebracht hatte, wurde mit allen Ehren als Lord der Gezeiten und Meister von Driftmark eingesetzt. Daraufhin stach er nach Königsmund in See, um den Sitz der Seeschlange unter den Regenten einzufordern. (Schon als Junge hatte es Lord Alyn nicht an Verwegenheit gemangelt.) Die Hand dankte ihm und schickte ihn wieder nach Hause … verständlich, da Alyn Velaryon erst sechzehn Jahre alt war. Lord Corlys' Sitz im Regentschaftsrat war bereits einem älteren Mann mit mehr Erfahrung angeboten worden: Unsieg Gipfel, Lord von Sternspitz, Lord von Braunsteinburg und Lord von Weißwald.

Doch Ser Tyland hatte im Jahre 132 ein noch weitaus größeres Problem: die Frage der Thronfolge. Auch wenn Lord Corlys alt und gebrechlich gewesen war, gemahnte sein Tod trotzdem daran, dass jeder Mensch zu jeder Zeit sterben konnte, sogar scheinbar gesunde junge Könige wie Aegon III. Krieg, Krankheit, Unfall … Es gab so viele verschiedene Arten zu sterben, und falls der König aus dem Leben schied, wer sollte dann nach ihm den Thron besteigen?

»Wenn er ohne einen Erben stirbt, tanzen wir aufs Neue, auch wenn uns die Musik nicht gefällt«, warnte Lord Manfryd Muton die übrigen Regenten. Königin Jaehaeras Anspruch war ebenso stark wie der des Königs, und in den Augen mancher sogar noch stärker, aber der Gedanke, dieses süße, schlichte, verängstigte Kind auf den Eisernen Thron zu setzen, war schierer Wahnsinn, darin waren sich alle einig. König Aegon selbst nannte seinen Mundschenk, Gaemon Hellhaar, und erinnerte seine Regenten daran, dass der

Junge »schon einmal König gewesen ist«. Aber diese Lösung war ebenfalls undenkbar.

Tatsächlich gab es nur zwei Kandidaten, die das Reich vermutlich akzeptieren würde: die Halbschwestern des Königs Baela und Rhaena Targaryen, Prinz Daemons Zwillinge mit seiner ersten Gemahlin Lady Laena Velaryon. Die Mädchen waren inzwischen sechzehn Jahre alt, hochgewachsen und schlank, mit silbernem Haar und die absoluten Lieblinge der Stadt. König Aegon verließ den Roten Bergfried nach seiner Krönung nur selten, und seine kleine Königin kam fast nie aus ihren Gemächern, und so waren es im vergangenen Jahr vor allem Rhaena oder Baela gewesen, die zur Jagd oder zur Beizjagd ausgeritten waren, den Armen Almosen gebracht, mit der Hand des Königs Gesandte empfangen und Lords besucht hatten, die bei Festen (allerdings gab es nur wenige Feste), Maskenspielen und Bällen (von denen es bislang noch keine gegeben hatte) als Gastgeberinnen aufgetreten waren. Die Zwillinge waren die einzigen Targaryen, die das Volk überhaupt zu sehen bekam.

Dennoch kam auch in dieser Frage der Rat nicht zu einer Einigung. Als Leowyn Corbray sagte: »Lady Rhaena würde eine wundervolle Königin abgeben«, hielt Ser Tyland dagegen, dass Baela die Erstgeborene sei. »Baela ist zu wild«, konterte Ser Torrhen Manderly. »Wie soll sie denn das Reich beherrschen, wenn sie sich nicht einmal selbst beherrschen kann?« Dem stimmte Ser Willis Grimm zu: »Es muss Rhaena werden. Sie hat einen Drachen, ihre Schwester nicht.« Als Lord Corbray erwiderte: »Baela hat einen Drachen *geflogen*, Rhaena hat nur ein Küken«, gab Roland Westerling zurück: »Baelas Drachen hat unseren letzten König vom Himmel geholt. Viele im Reich werden das nicht vergessen haben. Krönt sie, und wir reißen die alten Wunden wieder auf.«

Doch es war Großmaester Munkun, der die Debatte beendete, indem er sagte: »Mylords, das spielt alles keine Rolle. Sie sind *beide* Mädchen. Haben wir denn aus dem Gemetzel so wenig gelernt? Wir müssen am Erstgeburtsrecht festhalten, so wie es der Große Rat des Jahres 101 bestimmt hat. Doch vor allem kommt der männliche Anspruch vor dem weiblichen.« Doch als Ser Tyland fragte:

»Und wer wäre nun Euer männlicher Erbe, Mylord? Mir scheint, wir haben sie alle umgebracht«, wusste Munkun keine Antwort. Er versprach allerdings, Nachforschungen anzustellen. Die entscheidende Frage der Thronfolge blieb also vorerst ungeklärt.

Das rettete die Zwillinge allerdings nicht vor der kriecherischen Aufmerksamkeit von Freiern, Vertrauten, Gesellschafterinnen und ähnlichen Schmeichlern, die sich mit den möglichen Erbinnen des Königs anfreunden wollten, obwohl die Schwestern ganz unterschiedlich auf die Speichellecker reagierten. Während Rhaena es genoss, im Mittelpunkt des Hoflebens zu stehen, reagierte Baela gereizt auf Lob und fand viel Vergnügen daran, die Freier, die sie umschwärmten wie Motten das Licht, zu verspotten und zu quälen.

Als junge Mädchen waren die Zwillinge unzertrennlich und unmöglich voneinander zu unterscheiden gewesen, doch ihre Erlebnisse nach der Trennung hatten sie geprägt. Rhaena hatte als Lady Jeynes Mündel im Grünen Tal ein angenehmes Leben voller Privilegien geführt. Zofen hatten ihr das Haar gekämmt und das Badewasser gebracht, Sänger hatten Oden auf ihre Schönheit verfasst und Ritter um ihre Gunst gekämpft. In Königsmund war es genauso weitergegangen, wo Dutzende galanter junger Lords um ihr Lächeln stritten, Künstler die Erlaubnis erbaten, sie zu zeichnen und zu malen, und die feinsten Schneider der Stadt sie um die Ehre ersuchten, Gewänder für sie anfertigen zu dürfen. Und stets begleitete sie Morgen, ihr junger Drache, der sich oftmals um ihre Schultern wand wie eine Stola.

Baelas Zeit auf Drachenstein war dramatischer gewesen und hatte mit Feuer und Blut geendet. Als sie an den Hof kam, war sie wilder und eigensinniger als jede andere Frau des Reiches. Rhaena war schlank und anmutig, Baela dünn und schnell. Rhaena liebte es zu tanzen, Baela lebte fürs Reiten … und fürs Fliegen, obwohl ihr das seit dem Tod ihres Drachen nicht mehr möglich war. Sie trug ihr silbernes Haar kurz wie ein Junge, damit es ihr beim Reiten nicht ins Gesicht wehte. Wieder und immer wieder entwischte sie ihren Damen, um auf den Straßen nach Abenteuern zu suchen. Sie nahm betrunken an Pferderennen auf der Straße der Schwestern teil, durchschwamm bei Mondlicht den Schwarzwasser (dessen starker Strömung schon viele kräftige Schwimmer zum Opfer gefallen waren), trank mit den Goldröcken in ihren Kasernen und wettete um Münzen und manchmal um Kleidung in den Rattengruben von Flohloch. Einmal verschwand sie für drei Tage und weigerte sich bei ihrer Rückkehr zu verraten, wo sie gewesen war.

Schlimmer noch, Baela hatte eine Vorliebe für unpassende Gesellschaft. Wie streunende Hunde brachte sie ihre Kumpane mit nach Hause in den Roten Bergfried und verlangte, ihnen in der Burg eine Stellung zu geben oder sie in ihrem eigenen Gefolge aufzunehmen. Zu diesen Lieblingen gehörten ein hübscher junger Akrobat, der Lehrling eines Hufschmieds, dessen Muskeln sie bewunderte, ein beinloser Bettler, der ihr Mitleid weckte, ein Magier, der billige Kunststückchen vorführte und den sie für einen echten Zauberer hielt, der hässliche Knappe eines Heckenritters und sogar zwei junge Mädchen aus einem Bordell, Zwillinge »wie wir, Rhae«. Einmal kam sie mit einer kompletten Truppe Mimen an. Septa Amarys, der man ihre religiöse und moralische Erziehung übertragen hatte, verzweifelte an ihr, und sogar Septon Konstans war nicht in der Lage, ihre Wildheit zu bändigen. »Das Mädchen muss vermählt werden, und zwar baldigst«, sagte er der Hand des Königs, »sonst macht sie dem Hause Targaryen noch Schande, fürchte ich, und wird Seine Gnaden, ihren Bruder, beschämen.«

Ser Tyland fand den Rat des Septons durchaus sinnvoll … allerdings barg der Vorschlag auch Gefahren. Baela mangelte es nicht an Verehrern. Sie war jung, wunderschön, gesund, reich und von höchster Geburt, und somit würde sie jeder Lord in den Sieben Königslanden freudig zur Gemahlin nehmen. Eine falsche Wahl konnte jedoch üble Folgen haben, da ihr Gemahl sehr nah am Thron stehen würde. Ein skrupelloser, bestechlicher oder übermäßig ehrgeiziger Gemahl könnte endlosen Krieg und Kummer verursachen. Die Regenten zogen zwanzig mögliche Kandidaten für Lady Baelas Hand in Erwägung. Lord Tully, Lord Schwarzhain, Lord Hohenturm (bislang unverheiratet, obwohl er die Witwe seines Vaters als Mätresse genommen hatte) wurden vorgeschlagen, und mit ihnen eine Reihe unwahrscheinlicher Kandidaten wie zum Beispiel Dalten Graufreud (der Rote Krake brüstete sich mit einhundert »Salzweibern«, hatte sich aber nie ein »Felsweib« genommen), ein jüngerer Bruder der Fürstin von Dorne und sogar der Schurke Racallio Ryndoon. Alle wurden schließlich aus dem einen oder dem anderen Grund wieder verworfen.

Schließlich entschieden sich die Hand und der Regentschaftsrat dafür, Lady Baela mit Thaddeus Esch, dem Lord von Goldhain, zu vermählen. Esch war zweifellos eine kluge Wahl. Seine zweite Frau war im vergangenen Jahr gestorben, und es war bekannt, dass er ein passendes Mädchen suchte, das ihren Platz einnehmen sollte. Seine Manneskraft stand außer Zweifel, er hatte mit seiner ersten Frau zwei Söhne gezeugt und fünf weitere mit seiner zweiten. Da er keine Töchter hatte, wäre Baela die uneingeschränkte Herrin seiner Burg. Die vier jüngsten Söhne waren noch zu Hause und brauchten die Hand einer Frau. Die Tatsache, dass Lord Eschs Nachkommen alle männlichen Geschlechts waren, wog schwer zu seinen Gunsten, denn wenn er mit Lady Baela einen Sohn zeugte, hätte Aegon III. einen eindeutigen Thronfolger.

Lord Thaddeus war ein raubeiniger, herzlicher, fröhlicher Mann, allseits beliebt und geachtet, außerdem ein hingebungsvoller Gemahl und ein guter Vater für seine Söhne. Während des Tanzes hatte er für Königin Rhaenyra gekämpft, und zwar mutig und geschickt im Umgang mit den Waffen. Er war stolz, ohne arrogant zu sein, gerecht in seinem Urteil, jedoch nicht nachtragend, pflichtbewusst in religiösen Angelegenheiten, ohne dabei übermäßig fromm zu sein, und ließ sich nicht von ausuferndem Ehrgeiz treiben. Falls der Thron eines Tages an Lady Baela gehen sollte, wäre Lord Esch der vollendete Prinzgemahl und würde sie mit Stärke und Weisheit stützen können, ohne sie beherrschen oder gar ihren rechtmäßigen Platz als Herrscherin einnehmen zu wollen. Septon Konstans lässt uns wissen, dass die Regenten nach dem Ende ihrer Beratungen äußerst zufrieden mit ihrer Wahl waren.

Baela Targaryen hingegen war alles andere als erfreut, als man sie über ihren zukünftigen Gemahl in Kenntnis setzte. »Lord Esch ist vierzig Jahre älter als ich, kahl wie ein Stein, und schon sein Bauch wiegt mehr als ich«, soll sie der Hand des Königs mitgeteilt haben. Dem habe sie hinzugefügt: »Ich habe schon mit zwei seiner Söhne das Bett geteilt. Mit dem ältesten und dem dritten, glaube ich. Nicht gleichzeitig allerdings, das wäre unanständig gewesen.« Ob dies der Wahrheit entsprach, können wir nicht prüfen. Lady Baela war dafür bekannt, bisweilen ausgesprochen streitlustig zu sein. Auch wenn sie diesmal ihren Gesprächspartner nur hätte reizen wollen, hatte sie ihr Ziel erreicht. Die Hand schickte sie in ihre Gemächer zurück, postierte Wachen vor ihrer Tür und stellte sicher, dass sie dort blieb, bis die Regenten erneut zusammenkamen.

Einen Tag darauf musste er jedoch zu seinem Entsetzen feststellen, dass Baela irgendwie aus der Burg geflohen war (wie man später herausfand, war sie aus dem Fenster geklettert, hatte mit einer Waschfrau die Kleider getauscht und war einfach zum Tor hinausspaziert). Als das Geschrei und Gezeter losging, hatte sie die Schwarzwasserbucht schon halb überquert, nachdem sie einen Fischer bezahlt hatte, der sie nach Driftmark brachte. Dort suchte sie ihren Vetter auf, den Lord der Gezeiten, und klagte ihm ihr Leid. Vierzehn Tage später wurden Alyn Velaryon und Baela Targaryen in der Septe auf Drachenstein miteinander vermählt. Die Braut war siebzehn Jahre alt, der Bräutigam sechzehn.

Einige der Regenten drängten Ser Tyland erzürnt, den Hohen Septon um eine Annullierung zu ersuchen, doch die einzige Reaktion der Hand bestand in amüsierter Resignation. Klugerweise ließ er verbreiten, dass die Eheschließung von König und Hof arrangiert worden sei, denn er hielt Lady Baelas Widerspenstigkeit für den größeren Skandal als die Wahl ihres Gemahls. »Der Junge ist von edlem Blut«, versicherte er den Regenten, »und ich zweifle nicht daran, dass er sich als ebenso treu erweisen wird wie sein Bruder.« Thaddeus Eschs verletzter Stolz wurde durch ein Verlöbnis mit Floris Baratheon beschwichtigt, einem vierzehnjährigen Mädchen, das allgemein als die Schönste der »Vier Stürme« galt, wie Lord Borros' Töchter genannt wurden. Auf sie traf der Beiname allerdings nicht zu: Sie war ein süßes, wenn auch etwas leichtfertiges Mädchen, das zwei Jahr später im Kindbett sterben sollte. Die Ehe hingegen, die auf Drachenstein geschlossen worden war, erwies sich in den kommenden Jahren als äußerst stürmisch.

Für die Hand und den Regentschaftsrat hatte Baela Targaryens mitternächtliche Flucht über die Schwarzwasserbucht alle Zweifel an ihrem Charakter bestätigt. »Das Mädchen ist wild, eigenwillig und schamlos, wie wir befürchtet haben«, erklärte Ser Willis Grimm traurig, »und jetzt hat sie sich mit Lord Corlys' emporgekommenem Bastard verbunden. Eine Schlange sein Erzeuger, eine Maus seine Mutter … So jemand soll unser Prinzgemahl sein?« Die Regenten waren sich einig: Baela Targaryen konnte unmöglich König Aegons Erbin werden. »Dann muss es Lady Rhaena werden«, verkündete Muton, »vorausgesetzt, sie ist verheiratet.«

Dieses Mal bestand Ser Tyland darauf, das Mädchen selbst an den Besprechungen zu beteiligen. Lady Rhaena zeigte sich ebenso fügsam wie ihre Schwester störrisch. Natürlich würde sie heiraten, wen auch immer König und Rat sich wünschten, allerdings »wäre es mir angenehm, wenn er nicht so alt wäre, dass er mir keine Kinder mehr schenken kann, und nicht so dick, dass er mich im Bett erdrückt. Solange er gütig und sanft und edel ist, werde ich ihn gewiss lieben.« Als die Hand fragte, ob sie Favoriten unter den Lords und Rittern habe, die ihr den Hof machten, gestand sie, dass sie eine »besondere Zuneigung« für Ser Corwyn Corbray hegte, den sie im Grünen Tal kennengelernt hatte, als sie Mündel von Lady Arryn war.

Ser Corwyn war weit davon entfernt, ein idealer Kandidat zu sein. Er war ein zweiter Sohn und hatte zwei Töchter aus einer früheren Ehe. Mit zweiunddreißig Jahren war er ein Mann, kein grüner Junge. Doch Corbray war ein altes und ehrenwertes Haus, und Ser Corwyn war ein Ritter von solch erlesenem Ruf, dass sein verstorbener Vater ihm Lady Einsam verehrt hatte, das valyrische Schwert der Corbrays. Sein Bruder Leowyn war der Protektor des Reiches. Das allein hätte es den Regenten erschwert, Widerspruch zu erheben. Und so wurde die Ehe arrangiert: Es folgte eine sofortige Verlobung und eine überhastete Hochzeit vierzehn Tage später.

(Die Hand hätte eine längere Verlobungszeit bevorzugt, doch die Regenten hielten es für klug, Rhaena rasch zu verheiraten, falls ihre Schwester bereits ein Kind unter dem Herzen trug.)

Die Zwillinge waren nicht die einzigen Damen des Reiches, die 132 n.A.E. heirateten. Später im gleichen Jahr führte Benjicot Schwarzhain, der Lord von Rabenbaum, sein Gefolge über den Königsweg nach Winterfell, um der Vermählung seiner Tante Alysanne mit Lord Cregan Stark beizuwohnen. Da der Winter den Norden bereits fest im Griff hatte, dauerte die Reise dreimal so lange wie erwartet. Die Hälfte der Reiter verlor ihre Pferde, als sich die Kolonne durch heulende Schneestürme vorankämpfte, und dreimal wurden Lord Schwarzhains Wagen von Vogelfreien überfallen, die einen Großteil der Vorräte und der Hochzeitsgeschenke raubten. Die Hochzeit selbst soll Berichten zufolge wundervoll gewesen sein. Die Schwarze Aly und ihr Wolf gaben sich vor dem Herzbaum in Winterfells eisigem Götterhain das Jawort. Bei dem Fest sang der vierjährige Rickon, Lord Cregans Sohn von seiner ersten Gemahlin, ein Lied für seine neue Stiefmutter.

Auch Lady Elenda Baratheon, die Witwe von Sturmkap, nahm sich in diesem Jahr einen neuen Gemahl. Da Lord Borros tot war und Olyver noch ein Kleinkind, nahmen die dornischen Einfälle in die Sturmlande zu, und die Gesetzlosen im Königswald wurden ebenfalls zur Plage. Die Witwe war der Ansicht, sie brauche die starke Hand eines Mannes, um den Frieden zu gewährleisten. Sie entschied sich für Ser Steffon Connington, den zweiten Sohn des Lords vom Greifenhorst. Connington war zwar zwanzig Jahre jünger als Lady Elenda, hatte sich aber bei Lord Borros' Feldzug gegen den Geierkönig durch Tapferkeit hervorgetan und galt als ebenso leidenschaftlich wie ansehnlich.

Andernorts waren die Menschen mehr mit Krieg als mit Heiraten beschäftigt. Entlang des Meers der Abenddämmerung setzten der Rote Krake und seine Eisenmänner ihre Raubzüge fort. Tyrosh, Myr, Lys und das dreiköpfige Bündnis aus Braavos, Pentos und Lorath schlugen einander auf den Trittsteinen und in den Umstrittenen Landen die Köpfe ein, während das Schurkenkönigreich Racallio Ryndoons die untere Hälfte der Meerenge blockierte. In Königsmund, Dämmertal, Jungfernteich und Möwenstadt war der Handel zum Erliegen gekommen. Kaufleute und Händler kamen jammernd zum König … der sich entweder weigerte oder dem es nicht gestattet wurde, sie zu empfangen, je nachdem, welcher der Chronik wir glauben möchten. Im Norden drohte eine Hungersnot, und Cregan Stark und seine Vasallen konnten nur zuschauen, wie ihre Vorräte dahinschwanden, während die Nachtwache eine wachsende Zahl von Wildlingsangriffen auf die Mauer zurückschlagen musste.

Später im gleichen Jahr wurden die Drei Schwestern von einer schrecklichen Seuche heimgesucht. Das sogenannte Winterfieber tötete die halbe Bevölkerung von Schwestering. Die Überlebenden, in dem Glauben, die Krankheit sei von einem Walfänger aus dem Hafen von Ibben eingeschleppt worden, erhoben sich und erschlugen jeden Seemann aus Ib, dessen sie habhaft werden konnten, und setzten ihre Schiffe in Brand. Es half nichts. Als sich die Krankheit über den Biss nach Weißwasserhafen ausbreitete, blieben die Gebete der Septone ebenso wirkungslos wie die Tränke der Maester. Tausende fanden den Tod, darunter auch Lord Desmond Manderly. Sein prächtiger Sohn Ser Medrick, der beste Ritter des Nordens, überlebte ihn nur um vier Tage, ehe er ebenfalls der Krankheit erlag. Da Ser Medrick keine Kinder hatte, ging der Titel des Lords an seinen Bruder Ser Torrhen, der daraufhin seinen Sitz im Regentschaftsrat aufgeben musste, um seine Herrschaft in Weißwasserhafen anzutreten. Von den ursprünglich sieben Regenten im Rat waren jetzt nur noch vier übrig.

Im Drachentanz hatten so viele große und kleine Lords ihr Leben verloren, dass die Zitadelle jene Zeit ganz richtig den Winter der Witwen nennt. Niemals zuvor in der Geschichte der Sieben Königslande (und auch niemals danach) verfügten Frauen über so viel Macht und regierten anstelle eines gefallenen Gemahls, Bruders oder Vaters oder im Namen von Söhnen in Windeln, die manchmal sogar noch an der Brust lagen. Viele dieser Geschichten wurden in Erzmaester Abelons Mammutwerk gesammelt: *Als Frauen herrschten: Die Damen nach dem Tanz*. Während Abelon sich mit Hunderten von Witwen beschäftigt, müssen wir uns auf wenige beschränken. Vier solche Frauen spielten gegen Ende des Jahres 132 und früh im Jahre 133 eine entscheidende Rolle, zum Guten wie zum Schlechten.

Zuvörderst zu nennen wäre Lady Johanna, die Witwe von Casterlystein, die im Namen ihres jungen Sohns Lord Loreon über die Besitzungen des Hauses Lennister herrschte. Wieder und wieder wandte sie sich an die Hand Aegons III., den Zwillingsbruder ihres verstorbenen Hohen Gemahls, um Hilfe gegen die Plünderer von den Eiseninseln zu erhalten, doch bislang war keine eingetroffen. In ihrer Verzweiflung und um ihr Volk zu beschützen, legte Lady Johanna schließlich ein Kettenhemd an und führte die Männer von Lennishort und Casterlystein gegen den Feind. In den Liedern heißt es, sie habe vor den Mauern von Kayss ein Dutzend Eisenmänner erschlagen, doch das dürfen wir sicherlich als Werk betrunkener Sänger abtun (Johanna trug ein Banner in die Schlacht, kein Schwert). Dennoch spornte ihr Mut die Westermänner an, denn die Räuber wurden bald in die Flucht geschlagen und Kayss gerettet. Unter den Toten befand sich auch der Lieblingsonkel des Roten Kraken.

Lady Sharis Fersen, die Witwe von Stolperstadt, erlangte durch ihre Bemühungen, die zerstörte Stadt wieder aufzubauen, Ruhm in ganz anderer Hinsicht. Sie herrschte im Namen ihres kleinen Säuglings (ein halbes Jahr nach der Zweiten Schlacht bei Stolperstadt brachte sie einen kräftigen dunkelhaarigen Jungen zur Welt, der, wie sie behauptete, der ehelich geborene Erbe ihres verstorbenen Hohen Gemahls sei, obgleich der Junge wahrscheinlich vom Kühnen Jon Steinern gezeugt wurde), ließ die ausgebrannten Ruinen von Läden und Häusern niederreißen und die Stadtmauern wieder aufbauen; sie ließ die Toten begraben, säte Weizen und Gerste und Rüben auf den Feldern, wo die Lager gestanden hatten, und ließ sogar die Köpfe der Drachen Seerauch und Vermithor säubern und auf dem Marktplatz in der Stadt ausstellen, wo Reisende gute Münzen zahlen mussten, um sie zu besichtigen (einen Heller für einen Blick, einen Stern, um sie zu berühren).

In Altsass verschlechterte sich die Beziehung zwischen dem

Hohen Septon und Lord Ormunds Witwe Lady Sam zusehends, als sie den Befehl Seiner Hohen Heiligkeit missachtete, sich vom Bett seines Sohnes fernzuhalten und das Gelübde einer Schweigenden Schwester abzulegen, um für ihre Sünden zu büßen. In seinem gerechten Zorn bezichtigte der Hohe Septon die Witwe des Lords von Altsass der schamlosen Unzucht und verbot ihr, einen Fuß in die Sternensepte zu setzen, ehe sie nicht bereut und um Vergebung ersucht hätte. Stattdessen bestieg Lady Samantha ein Streitross und stürmte in die Septe, während Seine Hohe Heiligkeit gerade ein Gebet leitete. Als er den Grund für ihren Auftritt wissen wollte, erwiderte Lady Sam, er habe ihr zwar verboten, einen Fuß in die Septe zu setzen, aber nichts über Pferdehufe gesagt. Dann befahl sie ihren Rittern, die Tore zu verrammeln: Wenn die Septe für sie geschlossen sei, würde sie auch für alle anderen Menschen geschlossen bleiben. Obwohl er tobte und donnerte und »dieser Hure im Sattel« fürchterliche Verwünschungen hinterherschrie, blieb dem Hohen Septon am Ende keine andere Wahl, als sich zu beugen.

Die vierte (und in unserem Rahmen letzte) dieser bemerkenswerten Frauen kam aus den geschmolzenen und verfluchten Türmen von Harrenhal, der riesigen Ruine neben dem Götterauge. Nachdem Daemon Targaryen und sein Neffe Aemond sich dort für ihren letzten Flug getroffen hatten, war der verfluchte Sitz des Schwarzen Harren zum Unterschlupf für Vogelfreie, Raubritter und Gebrochene geworden, die sich hinter seinen hohen Mauern einquartierten und von hier aus zu ihren Überfällen auf Reisende, Fischer und Bauern aufbrachen. Ein Jahr zuvor waren es noch wenige gewesen, doch in letzter Zeit war ihre Zahl gewachsen, und es hieß, eine Zauberin herrsche über sie, eine Hexenkönigin mit furchterregender Macht. Als diese Geschichten Königsmund erreichten, entschied Ser Tyland, es sei an der Zeit, die Burg zurückzuerobern. Diese Aufgabe vertraute er einem Ritter der Königsgarde an, Ser Regis Hagen, der mit einem halben Hundert erfahrener Männer aufbrach. Bei Burg Darry gesellte sich Ser Damon Darry mit der gleichen Zahl Männer dazu. Vorschnell entschied Ser Regis, dass dies mehr als genug wären, um mit ein paar Burgbesetzern fertigzuwerden.

Als sie jedoch Harrenhal erreichten, fand er die Tore verschlossen, und auf den Wehrgängen erwarteten ihn Hunderte bewaffneter Männer. In der Burg lebten mindestens sechshundert Seelen, und ein Drittel davon waren Männer im kampffähigen Alter. Als Ser Regis mit ihrem Herrn zu sprechen verlangte, kam eine Frau in Begleitung eines Kindes heraus, um mit ihm zu verhandeln. Die »Hexenkönigin« von Harrenhal war, wie sich herausstellte, keine andere als Alys Strom, die Amme, die zunächst die Gefangene und später die Mätresse von Prinz Aemond Targaryen gewesen war und nun behauptete, seine Witwe zu sein. Der Junge sei Aemonds Sohn, erklärte sie dem Ritter. »Sein Bastard?«, fragte Ser Regis. »Sein ehelich geborener Sohn und Erbe«, fauchte Alys Strom ihn an, »und der rechtmäßige König von Westeros.« Sie befahl dem Ritter, »vor seinem König zu knien« und ihm sein Schwert zu schwören. Ser Regis lachte sie aus und sagte: »Ich knie nicht vor Bastarden, und schon gar nicht vor dem unehelichen Welpen eines Brudermörders und einer Milchkuh.«

Was danach geschah, ist bis heute umstritten. Manche sagen, Alys Strom habe lediglich die Hand gehoben, und Ser Regis habe plötzlich zu schreien begonnen und seinen Kopf umklammert, bis sein Schädel platzte und Blut und Hirn umhergespritzt seien. Andere behaupten, die Handbewegung der Witwe sei ein Signal gewesen, woraufhin ein Armbrustschütze auf der Mauer einen Bolzen abgeschossen habe, der Ser Regis ins Auge traf. Pilz (Hunderte Wegstunden entfernt) vermutete, einer der Männer auf der Mauer sei vielleicht im Umgang mit einer Schleuder geübt gewesen. Weiche Bleikugeln, mit ausreichender Wucht geschleudert, sind dafür bekannt, diese Art explosiver Wirkung zu entfalten, die Hagens Männer sahen und als Zauberei deuteten.

Wie auch immer es bewerkstelligt wurde, Ser Regis Hagen war auf der Stelle tot. Einen halben Herzschlag später wurden die Tore Harrenhals aufgestoßen, und ein Schwarm heulender Reiter preschte heraus. Es kam zu einem blutigen Kampf. Die Männer des

Königs wurden in die Flucht geschlagen. Ser Damon Darry, der ein gutes Pferd ritt, eine gute Rüstung trug und sehr gut ausgebildet war, gehörte zu den wenigen, die entkommen konnte. Die Handlanger der Hexenkönigin jagten ihn die ganze Nacht lang, ehe sie die Verfolgung aufgaben. Von den einhundert Männern, die aufgebrochen waren, kamen nur zweiunddreißig lebend wieder in Burg Darry an.

Am nächsten Tag tauchte ein dreiunddreißigster Mann auf. Er war zusammen mit einem Dutzend anderer in Gefangenschaft geraten und gezwungen worden mitanzusehen, wie sie einer nach dem anderen zu Tode gefoltert wurden, ehe man ihn gehen ließ, um eine Warnung zu überbringen. »Ich soll Euch sagen, was sie gesagt hat«, keuchte er, »aber Ihr dürft nicht lachen. Die Witwe hat mich verflucht. Wenn irgendjemand lacht, muss ich sterben.« Als Ser Damon ihm versicherte, niemand würde ihn auslachen, sagte der Bote: »Kommt nicht zurück, solange Ihr nicht bereit seid, das Knie zu beugen, sagt sie. Jeder, der sich ihren Mauern nähert, wird sterben. Da ist Macht in diesen Steinen, und die Witwe hat sie erweckt. Die Sieben mögen uns alle schützen, sie hat einen *Drachen*. Ich habe ihn gesehen.«

Der Name des Boten ist uns nicht überliefert, auch nicht der Name des Mannes, der gelacht hat. Aber irgendjemand hat gelacht, irgendeiner von Lord Darrys Männern. Der Bote blickte ihn entsetzt an, umklammerte seine Kehle und begann zu röcheln. Er bekam keine Luft mehr und war innerhalb weniger Augenblicke tot. Angeblich waren an seinem Hals die Abdrücke von Frauenfingern zu sehen, als wäre sie selbst zugegen gewesen und habe ihn eigenhändig erwürgt.

Der Tod eines Ritters der Königsgarde erfüllte Ser Tyland mit großer Sorge, allerdings tat Unsieg Gipfel das Gerede über Zauberei und Drachen als Unsinn ab und schrieb den Vogelfreien die Schuld am Tod von Regis Hagen und seinen Männern zu. Die anderen Regenten stimmten ihm zu. Sie würden eine stärkere Streitmacht entsenden müssen, um diesen Abschaum aus Harrenhal zu vertreiben, beschlossen sie, als sich das »friedliche« Jahr 132 dem

Ende zuneigte. Doch noch ehe Ser Tyland einen solchen Angriff planen oder auch nur überlegen konnte, wer Ser Regis' Platz in Aegons Sieben einnehmen sollte, griff ein Schrecken in der Stadt um sich, der weitaus schlimmer war als jede »Hexenkönigin«. Am dritten Tag des Jahres 133 n.A.E. erreichte das Winterfieber Königsmund.

Ob das Fieber nun tatsächlich in den dunkeln Wäldern von Ib entstanden und von einem Walfänger nach Westeros gebracht worden war, wie es die Schwestermänner glaubten, oder auch nicht, eins steht fest: Es zog von Hafen zu Hafen und brach nacheinander in Weißwasserhafen, Möwenstadt, Jungfernteich und Dämmertal aus. Berichten zufolge wütete die Seuche auch in Braavos. Das erste Anzeichen der Krankheit war eine Rötung des Gesichts, die man leicht mit den hellroten Wangen verwechseln konnte, die viele Menschen bekommen, wenn sie der eiskalten Luft eines kalten Wintertags ausgesetzt sind. Dann brach das Fieber aus, zunächst nur leicht, dann stetig steigend, immer höher und höher. Aderlass half nicht, auch Knoblauch nicht und keiner der vielen Tränke, Umschläge oder Tinkturen, die man ausprobierte. Wenn man die Erkrankten in Wannen mit Schnee und Eiswasser steckte, schien das den Anstieg des Fiebers zu verlangsamen, vermochte ihn aber nicht aufzuhalten, wie die Maester, die sich mit der Seuche befassten, bald feststellten. Am zweiten Tag begann das Opfer heftig zu zittern und über Kälte zu klagen, obwohl die Haut sich brennend heiß anfühlte. Am dritten Tag setzten Delirium und Blutschweiß ein. Am vierten Tag starb der Erkrankte … oder war auf dem Weg der Besserung, wenn das Fieber zurückging. Nur einer von vieren überlebte das Winterfieber. Seit dem Zittern, das während der Herrschaft Jaehaerys' I. in Westeros gewütet hatte, waren die Sieben Königslande nicht mehr von einer so schrecklichen Seuche heimgesucht worden.

In Königsmund sah man die Anzeichen der tödlichen Röte als Erstes bei den Seeleuten, Fährleuten, Fischhändlern, Hafenarbeitern, Schauerleuten und Hafenhuren, die am Schwarzwasser ihrer Arbeit nachgingen. Ehe die meisten überhaupt begriffen, dass sie erkrankt waren, hatten sie die Seuche bereits in allen Teilen der

Stadt verbreitet, und sie befiel gleichermaßen Reiche wie Arme. Als die Nachricht bei Hofe eintraf, untersuchte Großmaester Munkun persönlich einige der Kranken, um festzustellen, ob es sich tatsächlich um das Winterfieber oder um eine weniger schwere Krankheit handelte. Alarmiert von dem, was er sah, kehrte Munkun nicht in die Burg zurück, denn er fürchtete, sich selbst beim Umgang mit den drei Dutzend fiebernden Huren und Hafenarbeitern angesteckt zu haben. Stattdessen schickte er seinen Akolythen mit einem dringenden Brief zur Hand des Königs. Ser Tyland handelte umgehend und befahl den Goldröcken, die Stadt zu schließen und sicherzustellen, dass niemand mehr hinein- oder hinauskam, solange das Fieber kursierte. Er ließ auch die großen Tore des Roten Bergfrieds verrammeln, um die Krankheit von König und Hof fernzuhalten.

Leider scherte sich das Winterfieber nicht um Tore oder Wachen oder Burgmauern. Zwar schien es auf seinem Zug gen Süden ein wenig milder geworden zu sein, dennoch erkrankten in den folgenden Tagen Zehntausende am Fieber. Drei Viertel davon starben. Großmaester Munkun gehörte zu dem Viertel der Glücklichen, die sich erholten … aber Ser Willis Grimm, den Lord Kommandanten der Königsgarde, ereilte der Tod und ebenso zwei seiner Geschworenen Brüder. Der Lord Protektor Leowyn Corbray zog sich in seine Gemächer zurück, als die Krankheit bei ihm ausbrach, und versuchte sich mit heißem Gewürzwein zu kurieren. Er starb zusammen mit seiner Geliebten und mehreren seiner Diener. Zwei Zofen von Königin Jaehaera erkrankten an dem Fieber und erlagen ihm, die kleine Königin selbst blieb jedoch gesund und munter. Der Kommandant der Stadtwache starb. Neun Tage später folgte ihm sein Nachfolger ins Grab. Auch die Regenten blieben nicht verschont. Lord Westerling und Lord Muton erkrankten beide. Lord Muton besiegte das Fieber und wurde gesund, blieb allerdings geschwächt. Roland Westerling, ein älterer Mann, verstarb.

Ein Todesfall mag vielleicht als Akt der Gnade gelten können. Die Königinwitwe Alicent aus dem Hause Hohenturm, die zweite Gemahlin von König Viserys I. und Mutter seiner Söhne Aegon, Aemond und Daeron sowie seiner Tochter Helaena, starb in der gleichen Nacht wie Lord Westerling, nachdem sie ihre Sünden ihrer Septa gebeichtet hatte. Sie hatte alle ihre Kinder überlebt und das letzte Jahr ihres Lebens unter Hausarrest in ihren Gemächern verbracht, nur in Gesellschaft ihrer Septa, der Dienerinnen, die ihr die Mahlzeiten brachten, und der Wachmänner vor der Tür. Man hatte ihr Bücher sowie Nadel und Faden gestattet, doch ihre Wachen sagten, Alicent habe die meiste Zeit geweint, statt zu lesen oder zu sticken. Eines Tages hatte sie alle ihre Kleider in Fetzen gerissen. Gegen Ende des Jahres hatte sie angefangen, mit sich selbst zu sprechen, und dazu eine tiefe Abneigung gegen die Farbe Grün entwickelt.

In ihren letzten Tagen lichtete sich der Verstand der Königinwitwe ein wenig. »Ich möchte meine Söhne wiedersehen«, erzählte sie ihrer Septa, »und Helaena, mein süßes Mädchen, oh … und König Jaehaerys. Ich werde ihm wieder vorlesen, so wie damals, als ich noch klein war. Er hat immer gesagt, ich hätte eine schöne Stimme.« (Seltsamerweise sprach Königin Alicent in ihren letzten Stunden oft vom Alten König, aber nie von ihrem Gemahl, König Viserys.) Der Fremde kam zu ihr in einer regnerischen Nacht, in der Stunde des Wolfes.

All diese Todesfälle wurden von Septon Konstans getreulich aufgezeichnet, der uns auch sorgsam die erbaulichen letzten Worte jedes großen Lords und jeder edlen Dame überliefert. Pilz zählt die Toten ebenfalls auf, aber er ist mehr an den Torheiten der Lebenden interessiert, wie zum Beispiel an dem hässlichen Knappen, der eine hübsche Bettmagd überredete, ihm ihre Unschuld zu schenken, indem er ihr sagte, er leide am Fieber und »ich bin in vier Tagen tot, und ich möchte nicht sterben, ohne die Liebe kennengelernt zu haben«. Diese Masche war so erfolgreich, dass er sie bei sechs anderen Mädchen anwendete … aber als er nicht starb, fingen sie an zu reden, und seine List flog auf. Pilz selbst schreibt sein eigenes Überleben dem Zechen zu. »Wenn ich genug Wein tränke, so überlegte ich mir, würde ich gar nicht wissen, ob ich krank war oder nicht, und jeder Narr weiß: Was ich nicht weiß, macht mich nicht heiß.«

Während dieser dunklen Tage traten für kurze Zeit zwei unwahrscheinliche Helden ins Licht. Einer war Orwyl, dessen Gefängniswärter ihn kurz aus seiner Zelle freiließen, nachdem so viele andere Maester dem Fieber zum Opfer gefallen waren. Das Alter, die Angst und die lange Haft hatten ihm übel zugesetzt, und er war nur noch der Schatten des Mannes von einst, und seine Tränke und Mittel erwiesen sich als genauso unwirksam wie die der anderen Maester, aber Orwyl arbeitete unermüdlich, um die zu retten, die er konnte, und die Schmerzen derjenigen zu lindern, die er nicht retten konnte.

Der andere Held war sehr zum Erstaunen aller der junge König selbst. Zum Schrecken seiner Königsgarde verbrachte Aegon seine Tage damit, die Kranken zu besuchen, und oft saß er stundenlang bei ihnen und hielt sogar manchmal ihre Hand oder kühlte die fiebernden Stirnen mit feuchten Tüchern. Obwohl Seine Gnaden selten sprach, teilte er sein Schweigen mit ihnen und hörte zu, wenn sie ihm die Geschichten ihres Lebens erzählten, ihn um Vergebung baten oder sich mit Eroberungen, Gefälligkeiten und Kindern brüsteten. Die meisten, die er besuchte, starben, aber wer überlebte, schrieb diesen Umstand später den »heilenden Händen« des Königs zu.

Falls tatsächlich etwas Magie in der Berührung eines Königs liegt, wie viele im gemeinen Volk oft glauben, hat diese Magie allerdings nichts bewirkt, als sie am meisten gebraucht wurde. Sein letzter Krankenbesuch führte Aegon III. ans Bett von Ser Tyland Lennister. Während der dunkelsten Tage der Stadt war Ser Tyland im Turm der Hand geblieben und hatte Tag und Nacht gegen den Fremden angekämpft. Obwohl er blind und verstümmelt war, litt er bis zuletzt eigentlich nur an Erschöpfung … doch wie es das grausame Schicksal wollte, war das Schlimmste bereits vorüber, und es gab fast keine neuen Fälle von Winterfieber mehr, als Ser Tyland eines Morgens von seinem Diener verlangte, er möge ein Fenster öffnen. »Es ist so heiß«, sagte er … doch das Feuer im Kamin war bereits vor Stunden erloschen, und das Fenster stand bereits sperrangelweit auf, und auf den Scheiben hatte sich Eis gebildet.

Danach ging es rasch bergab. Das Fieber raubte ihm das Leben in zwei anstelle der üblichen vier Tage. Septon Konstans war bei ihm, als er starb, und der kleine Kindkönig, dem er gedient hatte, ebenfalls. Aegon hielt seine Hand, als er seinen letzten Atemzug tat.

Ser Tyland Lennister war nie geliebt worden. Nach Königin Rhaenyras Tod hatte er Aegon II. gedrängt, ihren Sohn Aegon den Jüngeren ebenfalls zu töten, und manch Schwarzer hasste ihn immer noch dafür. Doch nach dem Tod Aegons II. war er geblieben, um Aegon III. zu dienen, und dafür hasste ihn manch Grüner. Da er als Zweitgeborener nur wenige Herzschläge nach seinem Zwillingsbruder aus dem Schoß seiner Mutter gekommen war, waren ihm der Ruhm und das Gold versagt geblieben, die mit dem Titel des Lords von Casterlystein verbunden waren, und er hatte sich seinen eigenen Platz in der Welt suchen müssen. Ser Tyland hatte nie geheiratet und auch keine Kinder gezeugt, daher trauerten nur wenige um ihn, als die Krankheit ihn dahinraffte. Weil er eine Haube trug, um sein entstelltes Gesicht zu verbergen, kam das Gerücht auf, das Gesicht darunter sei bösartig. Manche bezich-

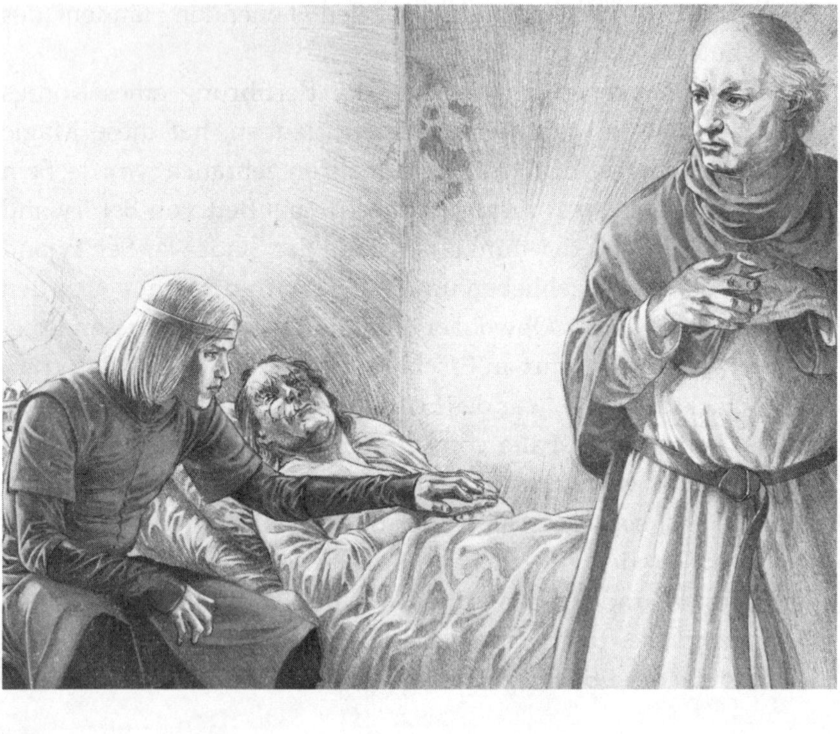

tigten ihn auch der Feigheit, weil er Westeros aus dem Krieg der Töchter herausgehalten und so wenig unternommen hatte, um die Graufreuds im Westen an die Kandare zu nehmen. Indem er als Meister der Münze von Aegon II. drei Viertel des Kronschatzes aus Königsmund fortgeschafft hatte, hatte er den Grundstein für Königin Rhaenyras Untergang gelegt, ein listenreicher Zug, der ihn am Ende das Augenlicht, die Ohren und seine Gesundheit gekostet hatte und die Königin den Thron und sogar das Leben. Dennoch müssen wir festhalten, dass er Rhaenyras Sohn gut und treu als Hand gedient hat.

UNTER DEN REGENTEN

KRIEG UND FRIEDEN UND VIEHMÄRKTE

König Aegon III. war immer noch ein Knabe und ein gutes Stück von seinem dreizehnten Namenstag entfernt, doch in den Tagen nach Ser Tyland Lennisters Tod legte er eine Reife an den Tag, die man ihm in dem Alter nicht zugetraut hätte. Er überging Ser Marsten Wasser, den stellvertretenden Kommandanten der Königsgarde, und vergab Weiße Mäntel an Ser Robin Massie und Ser Robert Finsterlyn und ernannte Massie zum Lord Kommandanten. Da Großmaester Munkun weiterhin in der Stadt die Opfer des Winterfiebers versorgte, wandte sich Seine Gnaden an dessen Vorgänger und wies den früheren Großmaester Orwyl an, Lord Thaddeus Esch in die Stadt zu rufen. »Ich möchte Lord Esch zu meiner Hand machen. Ser Tyland hat ihn für würdig genug erachtet, um ihn mit meiner Schwester zu vermählen, daher weiß ich, dass ich ihm vertrauen kann.« Außerdem wollte er Baela zurück an den Hof zurückrufen. »Lord Alyn wird mein Admiral sein, so wie es auch sein Großvater war.« Orwyl, der vielleicht auf eine Begnadigung durch den König hoffte, schickte die Raben sofort los.

Allerdings hatte König Aegon gehandelt, ohne zuvor seinen Regentschaftsrat zu konsultieren. Nur drei waren in Königsmund geblieben: Lord Gipfel, Lord Muton und Großmaester Munkun, der sofort in den Roten Bergfried zurückeilte, nachdem Ser Robert Finsterlyn befohlen hatte, die Tore wieder zu öffnen. Manfryd Muton war bettlägerig, erholte sich noch immer von seinem Kampf gegen das Fieber und bat darum, alle Entscheidungen zu verschieben, bis Lady Jeyne Arryn und Lord Rois Caron aus dem Grünen Tal und den Dornischen Marschen zurück seien, um an den Beratungen teilzunehmen. Seine Mitregenten hielten sich jedoch nicht daran, Lord Gipfel beharrte darauf, dass die ehemaligen Regenten ihren Sitz im Rat aufgegeben hatten, als sie Königsmund verlassen hatten. Mit Unterstützung des Großmaesters (Munkun würde seine Einwilligung später bereuen) machte Unsieg Gipfel alle Anordnungen und Verfügungen des Königs rückgängig, mit der Begründung, dass kein zwölfjähriger Knabe über die Urteilsfähigkeit verfüge, eigenständig über so schwerwiegende Angelegenheiten zu entscheiden.

Marsten Wasser wurde als Lord Kommandant der Königsgarde bestätigt, wohingegen Finsterlyn und Massie befohlen wurde, ihre Weißen Mäntel wieder abzugeben, damit Ser Marsten sie Rittern seiner eigenen Wahl verleihen könnte. Großmaester Orwyl wurde in seine Zelle zurückgebracht, wo er auf seine Hinrichtung warten sollte. Um Lord Esch nicht zu kränken, boten ihm die Regenten einen Platz in ihrem Rat an und ernannten ihn außerdem zum Justiziar und Meister des Rechts. Bei Alyn Velaryon verzichtete man auf eine ähnliche Geste, und natürlich kam es überhaupt nicht infrage, dass ein Junge seines Alters und mit derart ungewisser Abstammung Lord Admiral werden konnte. Die Ämter der Hand des Königs und des Protektors des Reiches, die zuvor getrennt gehalten worden waren, wurden zusammengelegt und von keinem anderen als Unsieg Gipfel selbst übernommen.

Pilz berichtet, König Aegon III. habe auf die Entscheidungen seiner Regenten mit verdrossenem Schweigen reagiert und nur einmal das Wort ergriffen, um gegen Massies und Finsterlyns Entlassung zu protestieren. »Ein Ritter der Königsgarde dient lebenslang«, sagte der Knabe, und Lord Gipfel erwiderte: »Nur, wenn er in aller Form gesalbt wurde, Euer Gnaden.« Ansonsten, so erfahren wir von Septon Konstans, habe der König die Erlasse »höflich« angenommen und Lord Gipfel für seine Weisheit gedankt. »Ich bin ja noch ein Junge, wie Mylord wissen, und bedarf noch der Unterweisung in solchen Angelegenheiten.« Falls seine wahren Gefühle andere waren, zeigte Aegon es nicht, sondern zog sich abermals in Schweigen und Passivität zurück.

In der restlichen Zeit seiner Minderjährigkeit nahm König Aegon III. nur wenig Anteil an der Regierung seines Reiches, wenn man davon absieht, dass er die Schriftstücke, die Lord Gipfel ihm vorlegte, mit seiner Unterschrift und seinem Siegel versah. Zu bestimmten offiziellen Anlässen holte man Seine Gnaden, um auf dem Eisernen Thron zu sitzen oder Gesandte zu empfangen, doch ansonsten sah man ihn selten im Roten Bergfried und nie außerhalb seiner Mauern.

An dieser Stelle obliegt es uns, unsere Geschichte kurz zu unterbrechen und einen Blick auf Unsieg Gipfel zu werfen, der die Sieben Königslande fast drei Jahre lang als Lord Regent, Protektor des Reiches und Hand des Königs regierte.

Sein Haus gehörte zu den ältesten in der Weite, und seine verschlungenen Wurzeln reichten weit zurück bis ins Zeitalter der Helden und der Ersten Menschen. Zu seinen vielen berühmten Vorfahren konnte seine Lordschaft Legenden wie Ser Urrathon den Schildbrecher, Lord Meryn den Schreiber, Lady Yrma mit der Goldenen Schüssel, Ser Barquen den Belagerer, Lord Eddison den Älteren, Lord Eddison den Jüngeren und Lord Emerick den Rächer zählen. Viele Gipfels haben als Ratgeber in Rosengarten gedient, als die Weite das reichste und mächtigste Königreich von Westeros war. Als Stolz und Macht das Haus Manderly maßlos über die Stränge schlagen ließ, war es Lorimar Gipfel, der sie in ihre Schranken wies und nach Norden ins Exil zwang, wofür König Perceon III. Gärtner ihm den früheren Sitz der Manderlys in Braunsteinburg mitsamt der zugehörigen Länder zusprach. König Perceons Sohn Gawan nahm außerdem Lord Lorimars Tochter zur Braut und machte sie zur siebten Maid aus dem Hause Gipfel, die unter der Grünen Hand als Königin der Gesamten Weite sitzen durfte. Im

Laufe der Jahrhunderte heirateten andere Töchter des Hauses Gipfel Rothweyns, Eschs, Costayns, Eichenherzens, Osgraus, Florents und sogar Hohenturms.

All das war mit der Ankunft der Drachen zu Ende gegangen. Lord Armen Gipfel und seine Söhne waren auf dem Feld des Feuers neben König Mern und den Seinen gefallen. Als das Haus Gärtner ausgelöscht war, hatte Aegon der Eroberer Rosengarten und die Herrschaft über die Weite Haus Tyrell übertragen, den ehemaligen königlichen Haushofmeistern. Die Tyrells waren nicht mit den Gipfels verwandt und sahen keine Veranlassung, sie zu begünstigen. Und so begann der langsame Abstieg dieses stolzen Hauses. Ein Jahrhundert später hielten die Gipfels noch drei Burgen, und ihr Land war weitläufig und dicht bevölkert, wenn auch nicht besonders reich, aber sie hatten längst keinen Ehrenplatz mehr unter den Vasallen von Rosengarten.

Unsieg Gipfel war entschlossen, das zu ändern und das Haus Gipfel wieder zu alter Größe zu führen. Wie sein Vater, der beim Großen Rat des Jahres 101 n.A.E. mit der Mehrheit gestimmt hatte, glaubte er nicht, dass es Frauen zustand, über Männer zu herrschen. Im Drachentanz hatte Lord Unsieg zu den erbittertsten Grünen gehört und eintausend Schwerter und Speere in die Schlacht geführt, um Aegon II. auf dem Eisernen Thron zu halten. Als Ormund Hohenturm bei Stolperstadt fiel, war Lord Unsieg der Meinung, der Befehl über das Heer müsse auf ihn übergehen, doch das wurde von intriganten Rivalen vereitelt. Das hatte er nie verziehen, weshalb er später den Verräter Eugen Quell erstach und an der Verschwörung zum Mord an den Drachenreitern Hugo Hammer und Ulf Weiß teilnahm. Als Anführer der Krähenfüße (ein Umstand, der jedoch nicht allgemein bekannt war) und einer von drei überlebenden Verschwörern hatte Lord Unsieg bei Stolperstadt bewiesen, dass er ein Mann war, mit dem man es sich lieber nicht verscherzen sollte. In Königsmund sollte er das erneut unter Beweis stellen.

Nachdem er Ser Marsten Wasser zum Lord Kommandanten der Königsgarde erhoben hatte, konnte Lord Gipfel ihn dazu bewegen, zwei Mitgliedern seiner eigenen Familie Weiße Mäntel zu verleihen, nämlich seinem Neffen Ser Amalrich Gipfel von Sternspitz und seinem Bastardbruder Ser Mervyn Blumen. Die Stadtwache unterstellte er dem Befehl von Ser Lukas Flurgut, dem Sohn eines der Krähenfüße, die bei Stolperstadt gefallen waren. Um die Männer zu ersetzen, die dem Winterfieber erlegen und im Mond der Tollheit gestorben waren, gab er goldene Röcke an fünfhundert seiner eigenen Männer aus.

Lord Gipfel war kein besonders vertrauensseliger Mensch, und alles, was er bei Stolperstadt erlebt (und selbst getan) hatte, brachte ihn zu der Überzeugung, dass seine Feinde ihn stürzen würden, wenn sie dafür auch nur den Hauch einer Gelegenheit erhalten würden. Stets auf seine eigene Sicherheit bedacht, umgab er sich mit einer eigenen Leibwache, zehn Söldnern, die nur ihm treu ergeben waren (und dem Gold, mit dem er sie überhäufte) und die schon bald seine »Finger« genannt wurden. Ihr Hauptmann, ein Abenteurer aus Volantis mit Namen Tessario, hatte Tigerstreifen auf Gesicht und Rücken tätowiert, was ihn als Sklavensoldaten kennzeichnete. Man nannte ihn ganz offen Tessario den Tiger, was ihm gefiel; hinter seinem Rücken nannten sie ihn Tessario den Daumen, ein Spottname, den sich Pilz für ihn ausgedacht hatte.

Sobald er für die Sicherheit seiner eigenen Person gesorgt hatte, holte die neue Hand seine Unterstützer, Familie und Freunde an den Hof und setzte sie an die Stelle der Männer und Frauen, deren Loyalität ihm zweifelhaft erschien. Seine verwitwete Tante Klarissa Osgrau wurde Vorstand von Königin Jaehaeras Haushalt und überwachte ihre Zofen und Dienerinnen. Ser Gareth Lang, der Waffenmeister von Sternspitz, erhielt das gleiche Amt im Roten Bergfried und die Aufgabe, König Aegon auf die Ritterschaft vorzubereiten. Georg Gnadenfurt, der Lord von Heilighall, und Ser Victor Reisig, Ritter von Reisigwiesen, die einzigen Überlebenden der Krähenfüße abgesehen von Lord Gipfel, wurden zum Lord Konfessor beziehungsweise zum Henker des Königs ernannt.

Die Hand ging sogar so weit, Septon Konstans zu entlassen und einen jüngeren Mann, Septon Bernhard, einzusetzen, der sich um die geistlichen Belange des Hofes und die religiöse und moralische Erziehung Seiner Gnaden kümmern sollte. Auch Bernhard war weitläufig mit ihm verwandt, er stammte von einer jüngeren Schwester seines Urgroßvaters ab. Nachdem Septon Konstans von seinen Pflichten entbunden war, verließ er Königsmund und zog nach Steinsepte, seinem Geburtsort, wo er sich ganz dem Verfassen seines großen (wenn auch etwas schwülstigen) Werks *Die Herrschaft König Viserys', des Ersten Seines Namens, und der Tanz der Drachen, der hierauf folgte* widmete. Leider komponierte Septon Bernhard lieber sakrale Musik, statt den Klatsch bei Hofe aufzuzeichnen, und seine Schriften sind deshalb für Historiker und Gelehrte nur von geringem Interesse (und von noch geringerem Interesse für jene, die Freude an sakraler Musik finden, wie wir leider feststellen müssen).

Keine dieser Änderungen gefiel dem jungen König. Seine Gnaden war besonders unglücklich mit seiner Königsgarde. Weder mochte er die beiden neuen Männer, noch vertraute er ihnen, und er hatte auch nicht vergessen, dass Ser Marsten Wasser beim Tod seiner Mutter zugegen gewesen war. Die »Finger« der Hand verabscheute König Aegon sogar noch mehr, wenn das möglich ist, besonders ihren dreisten und unflätigen Kommandanten Tessario den Daumen. Diese Abneigung verwandelte sich in Hass, als der Volantener Ser Robin Massie einen der jungen Ritter, die Aegon in seine Königsgarde hatte berufen wollen, bei einem Streit um ein Pferd erschlug, das beide kaufen wollten.

Bald entwickelte der König auch eine starke Abneigung gegen seinen neuen Waffenmeister. Ser Gareth Lang war ein fähiger Schwertkämpfer, aber ein strenger Zuchtmeister, der in Sternspitz für seine Härte gegenüber den Jungen bekannt war, die er ausbildete. Wer seine Ansprüche nicht erfüllte, durfte tagelang nicht schlafen, wurde in Wannen mit Eiswasser getaucht, bekam den Kopf rasiert und wurde oft geschlagen. Derartige Strafen konnte Ser Gareth in seiner neuen Stellung natürlich nicht anwenden. Obwohl Aegon ein missmutiger Schüler war, der nur wenig Interesse am Schwertkampf oder an der Kriegskunst zeigte, war seine königliche Person unantastbar. Wann immer Ser Gareth dem König gegenüber zu laut oder zu barsch wurde, warf der einfach sein Schwert und seinen Schild hin und ging.

Aegon schien nur einen Gefährten zu haben, an dem ihm etwas lag. Gaemon Hellhaar, sein sechs Jahre alter Mundschenk und Vorkoster, teilte nicht nur alle Mahlzeiten mit ihm, sondern begleitete ihn auch oft in den Hof, wie Ser Gareth nicht entging. Als Bastard einer Hure zählte Gaemon bei Hofe nicht viel, und als Ser Gareth Lord Gipfel daher fragte, ob er den Jungen nicht zum Prügelknaben des Königs machen könnte, nahm die Hand diesen Vorschlag nur zu gern auf. Von diesem Augenblick an hatte jedes ungezogene Benehmen, jede Faulheit oder Aufsässigkeit des Königs die Züchtigung seines Freundes zur Folge. Gaemons Blut und Gaemons Tränen hatten weit größeren Einfluss auf den König als alle Worte von Gareth Lang, und schon bald fiel allen, die Seine Gnaden im Hof beobachteten, auf, dass er Fortschritte machte. Die Abneigung des Königs gegen seinen Lehrer vertiefte sich allerdings weiter.

Tyland Lennister, der blinde Krüppel, hatte den König stets mit Ehrerbietung behandelt, hatte freundlich mit ihm gesprochen und versucht, ihn zu leiten und nicht zu beherrschen. Unsieg Gipfel war eine strengere Hand; brüsk und hart zeigte er wenig Geduld mit dem jungen Monarchen und behandelte ihn eher »wie einen trotzigen Jungen als einen König«, um es mit Pilzens Worten zu sagen, und er machte keinerlei Anstalten, Seine Gnaden in die alltäglichen Regierungsgeschäfte seines Königreiches einzubinden. Als Aegon III. sich wieder in Schweigen, Einsamkeit und brütende Teilnahmslosigkeit zurückzog, war seine Hand nur zu gerne bereit, ihn zu übergehen, außer bei offiziellen Anlässen, bei denen seine Anwesenheit erforderlich war.

Ser Tyland Lennister hatte, ob zu Recht oder zu Unrecht, als schwache und untaugliche Hand gegolten, und man hatte ihm zudem etwas Düsteres, Verschwörerisches und Abscheuliches angedichtet. Als Lord Unsieg Gipfel das Amt übernahm, war er fest entschlossen, öffentlich Stärke und Rechtschaffenheit zu zeigen. »Diese Hand ist weder blind noch verkrüppelt und versteckt sich auch nicht unter einer Haube«, verkündete er vor König und Hof.

»Diese Hand kann immer noch ein Schwert schwingen.« Und damit zog er sein Langschwert aus der Scheide und streckte es in die Höhe, damit es alle sehen konnten. Ein Raunen ging durch den Saal. Es war kein gewöhnliches Schwert, das Lord Gipfel da hielt, sondern eines aus valyrischem Stahl: Waisenmacher, das zuletzt in den Händen des Kühnen Jon Steinern gesehen worden war, als er in einem Hof in Stolperstadt auf Hugo Hammers Männer eindrosch.

Das Fest Unseres Vaters Oben ist einer der günstigsten Tage, um Urteile zu finden, lehren uns die Septone. Im Jahr 133 ordnete die neue Hand an, dass dies der Tag sein sollte, an dem alle bereits Verurteilten endlich ihrer Strafe zugeführt werden sollten. Die Gefängnisse der Stadt waren zum Bersten gefüllt, und sogar die Verliese unter dem Roten Bergfried waren nahezu voll. Lord Unsieg leerte sie. Die Gefangenen wurden auf den Platz vor den Toren des Roten Bergfrieds geführt oder gezerrt, wo sich Tausende Königsmunder versammelt hatten, um ihrer Bestrafung beizuwohnen. Während der ernste junge König und seine strenge Hand von den Zinnen aus zuschauten, ging der Scharfrichter des Königs ans Werk. Da es zu viel Arbeit für ein Schwert allein war, erhielten Tessario der Daumen und seine Finger den Auftrag, ihm zur Hand zu gehen.

»Es wäre schneller gegangen, wenn die Hand die Fleischer aus der Straße der Fliegen hätte kommen lassen«, merkt Pilz an, »denn es war Fleischerhandwerk, in erster Linie Hacken und Schneiden.« Vierzig Dieben wurde die Hand abgehackt. Acht Vergewaltiger wurden kastriert und mussten dann nackt zum Flussufer marschieren, ihre Genitalien um den Hals gehängt, und wurden auf ein Schiff verfrachtet, das sie zur Mauer bringen sollte. Einem mutmaßlichen Armen Gefährten, der gepredigt hatte, die Sieben hätten das Winterfieber geschickt, um das Haus Targaryen für seine Blutschande zu bestrafen, wurde die Zunge herausgeschnitten. Zwei syphilitische Huren wurden auf unaussprechliche Weise verstümmelt, weil sie Dutzende von Männern angesteckt hatten. Sechs Dienern, die für schuldig befunden worden waren, ihre Herren bestohlen zu haben, wurden die Nasen aufgeschlitzt; einem siebten, der ein Loch in eine Wand gebohrt hatte, um sich die Töchter seines Herrn nackt anzuschauen, wurde das betreffende Auge ausgestochen.

Als Nächstes waren die Mörder an der Reihe. Sieben wurden vorgeführt, darunter ein Gastwirt, der seit den Zeiten des Alten Königs immer wieder einige seiner Gäste umgebracht (jene, von denen er annahm, sie würden nicht vermisst werden) und ihre Wertsachen geraubt hatte. Derweil die anderen Mörder sofort gehenkt wurden, wurden ihm erst die Hände abgehackt und vor seinen Augen verbrannt, ehe er selbst gehängt und ausgeweidet wurde, noch während er erstickte.

Zuletzt kamen die berühmtesten Gefangenen, jene, auf die der Pöbel gewartet hatte: ein weiterer »wiedergeborener Hirte«, der Kapitän eines Handelsschiffes aus Pentos, der angeklagt und für schuldig befunden worden war, das Winterfieber von Schwestering nach Königsmund gebracht zu haben, und der ehemalige Großmaester Orwyl, ein verurteilter Verräter und Deserteur der Nachtwache. Diese drei nahm sich der Scharfrichter des Königs, Ser Viktor Reisig, persönlich vor. Die Köpfe des Pentoshi und des falschen Hirten schlug er mit dem Richtbeil ab, doch Großmaester Orwyl wurde die Ehre zuteil, durch das Schwert zu sterben, mit Rücksicht auf sein Alter, seine hohe Geburt und seinen langjährigen Dienst.

»Als das Fest Unseres Vaters vorüber war und sich der Pöbel vor den Toren zerstreut hatte, war die Hand des Königs sehr zufrieden«, schreibt Septon Konstans, der am nächsten Tag nach Steinsepte aufbrach. »Wenn ich doch nur schreiben dürfte, dass das gemeine Volk in seine Häuser und Hütten heimkehrte, um zu fasten und zu beten und Vergebung für die eigenen Sünden zu erbitten ... Aber das wäre weit von der Wahrheit entfernt. Berauscht vom Blut suchten sie die Pfuhle des Lasters auf. Die Bierhäuser, Weinschenken und Bordelle platzten aus allen Nähten. So verderbt sind die Menschen.« Pilz sagt das Gleiche, wenn auch auf seine eigene Art. »Wann immer ich zuschaue, wie ein Mann sterben muss, brauche ich hinterher eine Flasche und eine Frau, um mich daran zu erinnern, dass ich noch am Leben bin.«

König Aegon III. stand während des Festes Unseres Vaters Oben auf dem Wehrgang des Torhauses, sagte kein Wort und wandte den Blick nicht von dem Blutvergießen unten im Hof ab. »Der König hätte genauso gut aus Wachs sein können«, beschreibt es Septon Konstans. Großmaester Munkun stimmt ihm zu. »Seine Gnaden war zugegen, wie es seine Pflicht war, aber gleichzeitig wirkte er irgendwie abwesend. Einige der Verurteilten wandten sich den Zinnen zu und baten laut um Gnade, doch der König schien sie gar nicht wahrzunehmen und ihre verzweifelten Worte nicht zu hören. Dennoch gibt es kein Vertun: Dieses Festmahl hat uns die Hand angerichtet, und er war es auch, der sich daran gütlich getan hat.«

Bis zur Jahresmitte hatte die neue Hand die Burg, die Stadt und den König fest im Griff. Das Volk war ruhig, das Winterfieber überwunden, Königin Jaehaera versteckte sich in der Abgeschiedenheit ihrer Gemächer, und König Aegon übte morgens auf dem Hof und starrte nachts zu den Sternen hinauf. Doch jenseits der Mauern von Königsmund hatte sich das Leid der letzten zwei Jahre noch verschlimmert. Der Handel war fast zum Erliegen gekommen, im Westen wurde weiterhin Krieg geführt, Hunger und Fieber beherrschten große Teile des Nordens, und im Süden wurden die Dornischen immer frecher und lästiger. Es war höchste Zeit, dass der Eiserne Thron seine Macht demonstrierte, entschied Lord Gipfel.

Der Bau von acht der zehn großen Kriegsschiffe, die Ser Tyland in Auftrag gegeben hatte, war abgeschlossen, also beschloss die Hand, damit zu beginnen, die Meerenge wieder für den Handel zu öffnen. Als Befehlshaber der königlichen Flotte wählte er einen weiteren Onkel, Ser Gedmund Gipfel, einen erfahrenen Krieger, der wegen seiner Lieblingswaffe Gedmund Großaxt genannt wurde. Ser Gedmund war durchaus zu Recht für seine Tapferkeit als Krieger berühmt, hatte aber kaum Erfahrung mit der Seefahrt, weshalb Lord Unsieg den berüchtigten Söldnerkapitän Ned Bohne (wegen seines dicken schwarzen Bartes Schwarzbohne genannt) als Stellvertreter und Berater der Großaxt in nautischen Belangen anheuerte.

Als Ser Gedmund und Schwarzbohne in See stachen, herrschte auf den Trittsteinen Chaos, um es milde auszudrücken. Racallio Ryndoons Schiffe waren zum größten Teil versenkt, doch er herrschte immer noch über Blutstein, die größte der Inseln, und ein paar kleinere Felsen. Die Tyroshi hatten ihn fast überwältigt, als Lys und Myr Frieden schlossen und gemeinsam gegen Tyrosh vorgingen und den Archon zwangen, Schiffe und Schwerter zurückzurufen. Das dreiköpfige Bündnis aus Braavos, Pentos und Lorath hatte einen seiner Köpfe eingebüßt, als die Lorathi sich zurückzogen, doch jetzt hielten die Söldner aus Pentos alle Trittsteine, die sich nicht in der Hand von Racallios Männer befanden, und den Kriegsschiffen der Braavosi gehörte das Meer dazwischen.

Westeros konnte nicht hoffen, in einem Seekrieg gegen Braavos zu siegen, das war Lord Unsieg klar. Sein Ziel war es, dem Schurken Racallio Ryndoon und seinem Piratenkönigreich den Garaus zu machen und Blutstein zu besetzen, um den Zugang zur Meerenge ein für alle Mal frei zu halten. Die königliche Flotte – die acht neuen Kriegsschiffe sowie zwanzig ältere Koggen und Galeeren – war aufgrund ihrer Größe für diese Aufgabe in keiner Weise geeignet, also schrieb die Hand nach Driftmark und wies den Lord der Gezeiten an, die »Flotte Eures Hohen Großvaters zu sammeln und unter den Befehl unseres guten Onkels Gedmund zu stellen, damit er die Seewege wieder öffnen kann«.

Nichts hatte sich Alyn Velaryon, wie schon die Seeschlange vor ihm, mehr ersehnt, doch als er den Brief las, sträubte sich der junge Lord: »Die Flotte gehört jetzt mir, und sogar Baelas Affe könnte die Schiffe besser befehligen als Onkel Gedmund.« Trotzdem folgte er der Aufforderung und brachte sechzig Kriegsgaleeren, dreißig Langschiffe und über hundert Koggen und Großkoggen mit. Als die große Kriegsflotte durch die Gurgel zog, schickte Ser Gedmund seinen Stellvertreter Schwarzbohne mit einem Brief zu Lord Alyns Flaggschiff *Königin Rhaenys* hinüber, in dem ihm der Befehl über Velaryons Geschwader übertragen wurde, »damit Velaryons Männern seine langjährige Erfahrung zugutekommen möge«. Lord Alyn schickte ihn umgehend zurück. »Ich hätte ihn lieber gehängt«, schrieb er an Ser Gedmund zurück, »aber ich wollte kein gutes Hanfseil an eine Bohne verschwenden.«

Im Winter wehen in der Meerenge häufig starke Nordwinde, und so brachte die Flotte die Reise nach Süden in äußerst kurzer Zeit hinter sich. Vor Tarth gesellten sich noch ein Dutzend Langschiffe zu ihnen, die von Lord Bryndemere dem Abendstern befehligt wurden. Die Neuigkeiten, die der Lord mitbrachte, waren allerdings weniger willkommen. Der Seeherr von Braavos, der Archon von Tyrosh und Racallio Ryndoon hatten sich zusammengetan, um die Trittsteine gemeinsam zu beherrschen und nur noch Schiffe passieren lassen, die einen Freibrief von Braavos oder Tyrosh vorweisen konnten. »Was ist mit Pentos?«, wollte Lord Alyn wissen. »Wurde ausgebootet«, teilte ihm der Abendstern mit. »Wenn man einen Kuchen in drei Stücke teilt, bekommt jeder ein größeres Stück, als wenn man ihn durch vier teilt.«

Gedmund Großaxt (der während der Überfahrt so seekrank

geworden war, dass die Seeleute ihn Gedmund Grünkrank nannten) befand, die Hand des Königs müsse über dieses neue Bündnis unter den kriegführenden Städte in Kenntnis gesetzt werden. Der Abendstern hatte bereits einen Raben nach Königsmund geschickt, daher befahl Großaxt der Flotte, bei Tarth auf die Antwort zu warten. »Dann können wir nicht mehr hoffen, Racallio zu überraschen«, wandte Alyn Velaryon ein, doch Ser Gedmund blieb unnachgiebig. Die beiden Befehlshaber trennten sich im Streit.

Am nächsten Tag, als die Sonne aufging, weckte Schwarzbohne Ser Gedmund mit der Neuigkeit, dass der Lord der Gezeiten verschwunden sei. Die ganze Velaryon-Flotte habe sich während der Nacht davongestohlen. Gedmund Großaxt schnaubte: »Zurück nach Driftmark, das wette ich«, sagte er. Ned Bohne stimmte zu und nannte Lord Alyn einen »kleinen Angsthasen«.

Damit lagen sie so falsch wie nur irgend möglich. Lord Alyn hatte seine Schiffe nach Süden, nicht nach Norden geführt. Drei Tage später, während Gedmund Großaxt und seine königliche Flotte noch vor der Küste von Tarth lagen und auf einen Raben warteten, begann zwischen den Felsen und Brandungspfeilern in den verwinkelten Wasserwegen zwischen den Trittsteinen die Schlacht. Die Braavosi wurden von dem Angriff vollkommen überrascht, während ihr Großadmiral und vierzig seiner Kapitäne bei einem Festmahl auf Blutstein mit Racallio Ryndoon und den Gesandten aus Tyrosh schlemmten. Die Hälfte der Braavosi-Schiffe wurde gekapert, verbrannt oder versenkt, während sie noch vor Anker oder an einem Anleger lagen, andere, während sie die Segel hissten und sich in Bewegung setzten.

Ganz ohne Blutvergießen ging es jedoch nicht ab. Die *Großer Trotz,* eine riesige Dromone aus Braavos mit vierhundert Rudern, kämpfte sich durch ein Dutzend kleinere Velaryon-Kriegsschiffe und gelangte aufs offene Meer hinaus, wo Lord Alyn geradewegs auf sie zuhielt. Zu spät begannen die Braavosi beizudrehen, um sich dem Angreifer zuzuwenden, denn die riesige Dromone war behäbig und schwer zu steuern, und so rauschte *Königin Rhaenys* auf ihre Breitseite zu, während ihre Ruder das Wasser zum Schäumen brachten.

»Wie eine mächtige Eichenfaust« krachte die *Königin* dem großen Braavosi-Schiff in die Seite, wie ein Beobachter später schrieb, ließ Ruder splittern und durchbrach Planken und Rumpf, warf die Masten um und riss die mächtige Dromone beinahe in zwei Teile. Als Lord Alyn seinen Ruderern den Befehl zuschrie zurückzusetzen, strömte das Meer in die klaffende Wunde, die die *Königin* geschlagen hatte, und die *Großer Trotz* sank binnen weniger Augenblicke, »und mit ihr der ganze Stolz des Seeherrn«.

Alyn Velaryon hatte einen vollständigen Sieg errungen. Er hatte drei Schiffe in den Trittsteinen verloren (darunter traurigerweise auch die *Treues Herz*, auf der sein Vetter Daeron Kapitän war, der wahrscheinlich mit ihr untergegangen war), während er über dreißig Schiffe versenkt und sechs Galeeren, elf Koggen und neunundsiebzig Geiseln, riesige Mengen Proviant, Waffen und Münzen sowie

einen Elefanten erbeutet hatte, der für die Menagerie des Seeherrn bestimmt gewesen war. Das alles brachte der Lord der Gezeiten nach Westeros zurück und gleichzeitig auch den Namen, den er für den Rest seines langen Lebens tragen sollte: Eichenfaust. Als Lord Alyn auf der *Königin Rhaenys* den Schwarzwasser hinaufsegelte und dann auf dem Rücken des Elefanten des Seeherrn durch das Flusstor in die Stadt einritt, säumten Zehntausende die Straßen, riefen seinen Namen und drängten sich, um einen Blick auf ihren neuen Helden zu erhaschen. An den Toren des Roten Bergfrieds erschien König Aegon III. höchstselbst, um ihn willkommen zu heißen.

Innerhalb der Mauern jedoch sah die Sache ganz anders aus. Als Alyn Eichenfaust in den Thronsaal kam, war der junge König verschwunden. Stattdessen starrte ihn Lord Unsieg Gipfel vom Eisernen Thron herab an und grollte: »Ihr Narr, Ihr dreimal verdammter Narr. Wenn ich es wagte, würde ich Euch den verfluchten Kopf abschlagen lassen.«

Die Hand war aus gutem Grund so erbost. Mochte der Pöbel Eichenfaust noch so laut bejubeln, der überhastete Angriff des kühnen jungen Helden hatte das Reich in eine unhaltbare Lage gebracht. Lord Velaryon mochte zwanzig Braavosi-Schiffe und einen Elefanten erbeutet haben, doch er hatte weder Blutstein noch einen anderen Trittstein eingenommen; die Ritter und Waffenknechte, die man für so eine Eroberung brauchte, befanden sich an Bord der größeren Schiffe der königlichen Flotte, die Lord Alyn vor der Küste von Tarth zurückgelassen hatte. Lord Gipfel hatte Racallio Ryndoons Piratenkönigreich zerstören wollen; stattdessen stand Racallio jetzt scheinbar stärker da als je zuvor. Das Letzte, was sich die Hand wünschte, war ein Krieg mit Braavos, der reichsten und mächtigsten der Neun Freien Städte. »Und genau den habt Ihr uns jetzt eingebrockt, Mylord«, tobte Gipfel. »Ihr habt uns einen Krieg eingebrockt!«

»Und einen Elefanten«, antwortete Lord Alyn frech. »Ihr dürft den Elefanten nicht vergessen, Mylord.«

Die Bemerkung rief nervöses Kichern hervor, sogar unter Lord Gipfels handverlesenen Männern, berichtet Pilz, doch die Hand fand das alles andere als lustig. »Er war kein Mann, der gerne lachte«, sagt der Zwerg, »und mochte es noch weniger, wenn über ihn gelacht wurde.«

Während andere die Feindschaft Lord Unsiegs fürchteten, konnte sich Alyn Eichenfaust auf seine Stärke verlassen. Zwar war er gerade erst erwachsen geworden und dazu noch als Bastard geboren, doch er hatte die Halbschwester des Königs geheiratet, verfügte über die Macht und den Reichtum des Hauses Velaryon und war gerade vom Volk zum Liebling erkoren worden. Lord Regent hin oder her, Unsieg Gipfel war nicht so verrückt zu glauben, dem Helden der Trittsteine auch nur ein Haar krümmen zu dürfen.

»Alle jungen Männer halten sich für unsterblich«, schreibt Großmaester Munkun in der *Wahren Geschichte,* »und immer wenn ein junger Krieger vom berauschenden Wein des Sieges kostet, wird dieser Glaube zur Gewissheit. Doch das Selbstvertrauen der Jugend zählt nur wenig gegen die Klugheit des Alters. Lord Alyn mochte über die Zurechtweisungen der Hand lächeln, doch er würde schon bald guten Grund haben, den Lohn der Hand zu fürchten.«

Munkun wusste genau, wovon er da schrieb. Sieben Tage nach Lord Alyns triumphaler Rückkehr nach Königsmund wurde er in einer verschwenderischen Zeremonie im Roten Bergfried geehrt, während Aegon III. auf dem Eisernen Thron saß und der Hof sowie die halbe Stadt zuschauten. Ser Marsten Wasser, Lord Kommandant der Königsgarde, schlug ihn zum Ritter. Unsieg Gipfel, Lord Regent und Hand des Königs, legte ihm die goldene Kette eines Admirals um den Hals und schenkte ihm eine silberne Replik der *Königin Rhaenys* als Andenken an seinen Sieg. Der König selbst erkundigte sich, ob Lord Alyn bereit sei, in seinem Kleinen Rat als Meister der Schiffe zu dienen. Lord Alyn stimmte demütig zu.

»Damit schlossen sich die Finger der Hand um seine Kehle«, sagt Pilz. »Die Stimme gehörte Aegon, doch die Worte stammten von Unsieg.« Seine treuen Untertanen im Westen würden seit langer Zeit von den Plünderern von den Eiseninseln behelligt, verkündete der junge König, und wer wäre besser geeignet, um im Meer der Abenddämmerung für Frieden zu sorgen als sein neuer Admiral?

Und Alyn Eichenfaust, dieser stolze und eigensinnige junge Mann, hatte gar keine andere Wahl, als sich einverstanden zu erklären, mit seiner Flotte um die Südspitze von Westeros herumzusegeln, die Schöne Insel zurückzuerobern und der Bedrohung durch Lord Dalten Graufreud und seine Eisenmänner ein Ende zu bereiten.

Die Falle war sorgfältig gestellt. Die Reise war gefährlich und würde wahrscheinlich große Opfer von der Velaryon-Flotte fordern. Zwischen den Trittsteinen wimmelte es von Feinden, die sich nicht ein zweites Mal überrumpeln lassen würden. Dahinter lag die unfruchtbare Küste von Dorne, wo Lord Alyn kaum einen sicheren Hafen finden würde. Und sollte er tatsächlich das Meer der Abenddämmerung erreichen, würde ihn dort der Rote Krake mit seinen Langschiffen erwarten. Falls die Eisenmänner den Sieg davontrugen, wäre die Macht das Hauses Velaryon ein für alle Mal gebrochen, und Lord Gipfel würde sich von diesem Burschen namens Eichenfaust nie wieder solche Frechheiten bieten lassen müssen. Triumphierte Lord Alyn, würde die Schöne Insel ihren alten Herren zurückgegeben, die Westlande wären vor weiteren Gräueltaten geschützt, und die Lords der Sieben Königslande würden erfahren, was es sie kosten konnte, wenn sie sich König Aegon III. und seiner neuen Hand widersetzten.

Der Lord der Gezeiten machte König Aegon III. seinen Elefanten zum Geschenk, als er Königsmund verließ. Er kehrte nach Holk zurück, sammelte seine Flotte, ließ Vorräte für die lange Reise verladen und verabschiedete sich von seiner Gemahlin, Lady Baela, die ihn mit einem Kuss und der Neuigkeit, dass sie schwanger sei, auf den Weg schickte. »Nenne ihn Corlys nach meinem Großvater«, sagte Lord Alyn. »Eines Tages sitzt er vielleicht auf dem Eisernen Thron.« Baela lachte: »Ich nenne sie Laena, nach meiner Mutter. Eines Tages reitet sie vielleicht einen Drachen.«

Lord Corlys Velaryon hatte mit seiner *Seeschlange* neun berühmte Reisen unternommen, wie wir uns erinnern. Lord Alyn Eichenfaust sollte sechs unternehmen, und zwar auf sechs verschiedenen Schiffen. »Meine Damen« sollte er sie nennen. Für seine Reise um Dorne herum nach Lennishort wählte er eine Kriegsgaleere aus Braavos mit zweihundert Rudern, die er bei den Trittsteinen gekapert und zu Ehren seiner jungen Gemahlin in *Lady Baela* umgetauft hatte.

Manche mögen es seltsam finden, dass Lord Gipfel die größte Flotte der Sieben Königslande fortschickte, während Krieg mit Braavos drohte. Ser Gedmund Gipfel und die königliche Flotte waren von Tarth in die Gurgel zurückbeordert worden, um den Zugang zur Schwarzwasserbucht zu verteidigen, falls die Braavosi gegen Königsmund zurückschlagen wollten, doch andere Häfen und Städte entlang der Meerenge blieben verwundbar, deshalb schickte die Hand des Königs seinen Mitregenten Manfryd Muton nach Braavos, um mit dem Seeherrn zu verhandeln und ihm seinen Elefanten zurückzugeben. Sechs andere edle Lords begleiteten ihn und fünf Dutzend Ritter, außerdem Wachen, Diener, Schreiber, Septone, sechs Sänger … und Pilz, der sich angeblich in einem Weinfass versteckt hatte, um der Düsternis im Roten Bergfried zu entkommen und »einen Ort zu finden, wo die Menschen das Lachen noch nicht verlernt hatten«.

Damals wie heute sind die Braavosi ein pragmatisches Volk, denn ihre Stadt wurde von entflohenen Sklaven gegründet, und es werden tausend falsche Götter verehrt, während nur das Gold wahrhaftig angebetet wird. Auf den hundert Inseln bedeutet Gewinn mehr als Stolz. Bei ihrer Ankunft bestaunten Lord Muton und seine Begleiter den Titanen und wurden ins berühmte Arsenal geführt, wo sie sich den Bau eines Kriegsschiffes anschauen konnten, das binnen eines einzigen Tages fertiggestellt wurde. »Wir haben bereits alle Schiffe ersetzt, die Euer junger Admiral gestohlen oder versenkt hat«, brüstete sich der Seeherr gegenüber Lord Muton.

Nachdem er dieserart die Macht von Braavos vorgeführt hatte, war er überaus willig, sich beschwichtigen zu lassen. Während er mit Lord Muton um die Bedingungen für einen Frieden feilschte, verteilten die Lords Follard und Kresse üppige Bestechungsgelder unter den Schlüsselträgern, Magistern, Priestern und Handelsherren der Stadt. Am Ende verzieh Braavos Lord Velaryons »unberechtigten Übergriff« gegen eine sehr beträchtliche Entschädigung, war einverstanden damit, das Bündnis mit Tyrosh aufzulösen und alle Verbindungen zu Racallio Ryndoon zu kappen sowie die Trittsteine dem Eisernen Thron zu überlassen (da die Inseln zu diesem Zeitpunkt von Ryndoon und den Pentoshi gehalten wurden, hatte der Seeherr faktisch etwas verkauft, was ihm gar nicht gehörte, was allerdings in Braavos nicht ungewöhnlich war).

Auch in anderer Hinsicht erwies sich die Reise nach Braavos als ereignisreich. Lord Follard verliebte sich in eine Kurtisane und wollte lieber in ihrer Nähe bleiben, statt nach Westeros zurückzukehren, Ser Hermann Wallenfurt wurde bei einem Duell mit einem Bravo getötet, der an der Farbe seines Wamses Anstoß genommen hatte, und Ser Denys Hart nahm angeblich die Dienste der geheimnisvollen Männer ohne Gesicht in Anspruch, um einen Rivalen in Königsmund zu beseitigen, wie uns Pilz versichert. Der Narr selbst erfreute den Seeherrn so sehr, dass der ihm ein großzügiges Angebot machte, um in Braavos zu bleiben. »Ich geriet, wie ich gestehen muss, in Versuchung. In Westeros vergeude ich mein Können, denn der König lächelt nie, während man mich in Braavos geliebt hätte … zu sehr, fürchte ich. Jede Kurtisane hätte mich geliebt, und früher oder später hätte sich irgendein Bravo an der Größe meines Prachtstücks gestört und mich mit seinem kleinen spitzen Zwergenspieß durchbohrt. Daher eilte der närrische Pilz in den Roten Bergfried zurück.«

Und so kehrte Lord Muton mit einem Friedensvertrag nach Königsmund zurück, der allerdings einen hohen Preis hatte. Die riesige Entschädigung, die der Seeherr verlangte, leerte die königliche Schatzkammer derart, dass Lord Gipfel Gold von der Eisernen Bank von Braavos leihen musste, damit die Krone ihre Schulden begleichen konnte. Dies hatte zur Folge, dass er Lord Celtigars Steuern wieder einführen musste, die Ser Tyland Lennister aufgehoben hatte, was Lords und Händler gleichermaßen verstimmte und seinen Rückhalt beim gemeinen Volk schmälerte.

Die zweite Hälfte dieses Jahres erwies sich auch in anderer Hinsicht als katastrophal. Als Lady Rhaena verkündete, dass sie Ser Corwyn Corbrays Kind unter dem Herzen trage, freute sich der Hof, doch die Freude verwandelte sich in Trauer, als sie einen

Mond später eine Fehlgeburt erlitt. Aus dem Norden wurde eine große Hungersnot gemeldet, und in Hüglingen brach das Winterfieber aus, zum ersten Mal so weit im Inland. Ein Räuber namens Sylas der Grimmige führte dreitausend Wildlinge gegen die Mauer, überwältigte die Schwarzen Brüder bei Königintor und verheerte die Schenkung, bis Lord Cregan Stark Winterfell verließ, sich mit den Glauers von Tiefwaldmotte, den Flints und Norreys aus den Hügeln und einhundert Grenzern der Nachtwache zusammentat, die Wildlinge jagte und bis zum letzten Mann niedermachte. Eintausend Wegstunden weiter im Süden ging auch Ser Steffon Connington auf die Jagd und verfolgte eine kleine Bande dornischer Räuber durch die windgepeitschten Marschen. Aber er ritt zu weit und zu schnell und achtete nicht auf das, was vor ihm lag, bis sich der einarmige Wyland Wyl auf ihn stürzte und Lady Elenda abermals Witwe wurde.

Im Westen hoffte Lady Johanna Lennister, nach dem Sieg bei Kayss dem Roten Kraken einen weiteren Schlag versetzen zu können. Sie stellte eine buntgemischte Flotte aus Fischerbooten und Koggen unter den Mauern von Festfeuer zusammen, ließ einhundert Ritter und dreitausend Waffenknechte an Bord gehen und schickte sie im Schutz der Dunkelheit los, um die Schöne Insel von den Eisenmännern zurückzuerobern. Sie sollten ungesehen im Süden der Insel an Land gehen, doch irgendwer verriet sie, denn die Langschiffe lagen auf der Lauer. Lord Prester, Lord Tarbeck und Ser Erwin Lennister befehligten die verhängnisvolle Überfahrt. Dalten Graufreud schickte ihre Köpfe später nach Casterlystein und nannte es »Entgelt für meinen Onkel, der in Wirklichkeit ein Nimmersatt und Säufer war. Die Inseln sind ohne ihn besser dran.«

Doch all das war nichts gegen die Tragödie, die König und Hof heimsuchte. Am zweiundzwanzigsten Tag des neunten Mondes des Jahres 133 n.A.E. starb Jaehaera aus dem Hause Targaryen, Königin der Sieben Königslande und das letzte lebende Kind König Aegons II. im Alter von zehn Jahren. Die kleine Königin starb wie ihre Mutter Königin Helaena: Sie sprang aus einem Fenster in Maegors Feste hinunter auf die eisernen Spieße des trockenen Burggrabens. An

Brust und Bauch durchbohrt, wand sie sich voller Schmerzen noch eine halbe Stunde lang, ehe sie befreit werden konnte. Sie starb unmittelbar danach.

Königsmund trauerte, wie nur Königsmund trauern konnte. Jaehaera war ein verängstigtes Kind gewesen, und seit dem Tag, an dem man ihr die Krone aufgesetzt hatte, hatte sie sich im Roten Bergfried versteckt, doch das Volk der Stadt erinnerte sich noch an ihre Hochzeit und wie tapfer und schön das kleine Mädchen ausgesehen hatte. Und so weinten die Menschen und klagten und zerrissen ihre Kleider und sammelten sich in Septen und Schenken und Bordellen, um Trost zu suchen, so gut es ging. Wie bei Königin Helaenas Tod, die auf dieselbe Weise gestorben war, kamen schon bald Gerüchte auf. Hatte sich die kleine Königin wirklich das Leben genommen? Sogar innerhalb der Mauern des Roten Bergfrieds griffen Mutmaßungen um sich.

Jaehaera war ein einsames Kind gewesen, das häufig weinte und ein wenig einfältig war, dennoch schien sie in ihren Gemächern recht zufrieden gewesen zu sein, mit ihren Zofen und Hofdamen, ihren Kätzchen und Puppen. Was konnte sie so wahnsinnig oder traurig gemacht haben, dass sie aus dem Fenster in diese grausamen Spieße gesprungen war? Manch einer vermutete, Lady Rhaenas Fehlgeburt könnte sie so sehr mitgenommen haben, dass sie nicht mehr leben wollte. Zynischere Zeitgenossen erwiderten, sie sei vielleicht eifersüchtig gewesen, weil in Lady Baelas Bauch ein Kind heranwuchs, und dadurch zu der Tat getrieben worden. »Es war der König«, raunten wieder andere. »Sie hat ihn von ganzem Herzen geliebt, und er hat sich nicht um sie gekümmert, ihr keine Zuneigung gezeigt und nicht einmal die Gemächer mit ihr geteilt.«

Und natürlich bezweifelten auch viele, dass sich Jaehaera überhaupt das Leben genommen hatte. »Sie wurde ermordet«, flüsterte man, »genau wie ihre Mutter.« Aber wenn das stimmte, wer war dann der Mörder?

An Verdächtigen herrschte kein Mangel. Es war Tradition, dass stets ein Ritter der Königsgarde an der Tür der Königin stand. Es wäre ihm ein Leichtes gewesen, hineinzuschleichen und das Kind aus dem Fenster zu werfen. In dem Fall hätte gewiss der König selbst den Befehl erteilt. Aegon war ihr Weinen und Jammern leid gewesen und wollte eine neue Gemahlin, hieß es. Oder vielleicht hatte er sich an der Tochter des Königs rächen wollen, der seine Mutter getötet hatte. Der Junge war verdrossen und trübsinnig, und niemand kannte seinen wahren Charakter. Die Geschichten über Maegor den Grausamen wurden wieder aufgewärmt.

Andere verdächtigten eine der Hofdamen der kleinen Königin, Lady Kassandra Baratheon. Als Älteste der »Vier Stürme« war Lady Kassandra kurz mit König Aegon II. verlobt gewesen (und möglicherweise davor mit seinem Bruder Aemond Einauge). Die Enttäuschung hatte sie verbittert, hieß es unter ihren Gegnern; einst war sie ihres Vaters Erbin in Sturmkap gewesen, jetzt fand sie in Königsmund nur wenig Beachtung und verabscheute es zutiefst, sich um das weinerliche, dümmliche Kind kümmern zu müssen, dem sie die Schuld an ihrem Leid zuschrieb.

Eine der Zofen der Königin geriet ebenfalls in Verdacht, als sich herausstellte, dass sie Jaehaera zwei Puppen und eine Perlenkette gestohlen hatte. Ein Diener hatte die kleine Königin vor einem Jahr mit Suppe bekleckert, war dafür verprügelt worden und wurde nun beschuldigt. Beide wurden vom Lord Konfessor zum Verhör geholt und schließlich für unschuldig erklärt (allerdings starb der Junge unter der Befragung, und das Mädchen verlor wegen des Diebstahls die Hand). Sogar heilige Diener der Sieben wurden verdächtigt. Eine bestimmte Septa in der Stadt hatte einmal gesagt, die kleine Königin sollte besser nie Kinder bekommen, denn schwachsinnige Frauen bekämen schwachsinnige Söhne. Die Goldröcke nahmen sie ebenfalls fest, und sie verschwand im Kerker.

Trauer kann Menschen in den Wahnsinn treiben. Rückblickend können wir wohl mit Gewissheit sagen, dass keiner dieser Verdächtigen am traurigen Tod der kleinen Königin einen Anteil hatte. Falls Jaehaera Targaryen tatsächlich ermordet wurde (wofür es nicht den allergeringsten Beweis gibt), dann wurde die Tat mit Sicherheit auf Geheiß des Einzigen begangen, der wirklich ein überzeugendes Tatmotiv gehabt hätte: Unsieg Gipfel, Lord Regent, Lord von Sternspitz, Lord von Braunsteinburg, Lord von Weißwald, Protektor des Reiches und Hand des Königs.

Wir wissen, dass Lord Gipfel die Sorge seines Vorgängers hinsichtlich der Thronfolge teilte. Aegon III. hatte keine Kinder und (soweit bekannt) keine lebenden Geschwister, und wer die Angelegenheit mit offenen Augen betrachtete, erkannte, dass der König wahrscheinlich keinen Erben von seiner kleinen Königin bekommen würde. Und so lange blieben die Halbschwestern des Königs seine nächsten Verwandten, aber Lord Gipfel würde es keiner Frau gestatten, den Eisernen Thron zu besteigen, nachdem er gekämpft und geblutet hatte, um ebendies zu verhindern. Wenn eine der Zwillingsschwestern einen Sohn bekam, würde der Junge an erster Stelle in der Thronfolge stehen … doch eine Fehlgeburt hatte Lady Rhaenas Schwangerschaft beendet, und so blieb nur das Kind, das in Lady Baela auf Driftmark heranwuchs. Der Gedanke, die Krone könnte an den »Abkömmling einer Dirne und eines Bastards gehen«, war mehr, als Lord Unsieg zu ertragen bereit war.

Nur indem der König selbst einen Erben zeugte, war dieses Unheil zu verhindern … doch zuvor musste Jaehaera aus dem Weg geräumt werden, damit Aegon erneut heiraten konnte. Allerdings kann Lord Gipfel das Mädchen nicht selbst aus dem Fenster gestoßen haben, da er sich andernorts in der Stadt aufhielt, als es geschah … doch der Ritter der Königsgarde, der in jener Nacht vor der Tür der Königin stand, war Mervyn Blumen, sein Bastardbruder.

Könnte er tatsächlich der Handlanger der Hand gewesen sein? Das ist durchaus nicht unwahrscheinlich, insbesondere im Licht späterer Ereignisse, auf die wir zu gegebener Zeit zu sprechen kommen werden. Der Bastard Ser Mervyn galt im Allgemeinen als ein pflichtbewusster, wenn auch nicht besonders heldenhafter Ritter der Königsgarde. Er war weder ein Recke noch ein Held, aber ein erfahrener Soldat, der sein Langschwert gut führte und treu tat, was man ihm auftrug. Nicht alle Männer sind jedoch, was sie zu sein scheinen, insbesondere in Königsmund. Wer Blumen kannte, sah auch seine anderen Seiten. Wenn er keinen Dienst hatte, sprach er gern dem Wein zu, sagt Pilz, von dem bekannt ist, dass er mit ihm getrunken hat. Obwohl er Keuschheit geschworen hatte, schlief er selten allein, außer in seiner Zelle im Turm der Weißen Schwerter; zwar sah er nicht besonders gut aus, verfügte aber über einen rauen Charme, dem Waschfrauen und Dienstmädchen häufig erlagen, und wenn er betrunken war, prahlte er gern damit, auch bei gewissen Damen von hoher Geburt Erfolg gehabt zu haben. Wie viele Bastarde war er heißblütig und schnell zu erzürnen und sah Beleidigungen, wo keine beabsichtigt waren.

Trotzdem lässt nichts, was wir über ihn wissen, darauf schließen, dass Blumen ein Ungeheuer von der Sorte war, das ein schlafendes Kind aus dem Bett heben und in einen grausamen Tod werfen kann. Sogar Pilz, der bereitwillig von jedem das Schlechteste denkt, räumt das ein. Falls Ser Mervyn die Königin getötet hätte, wäre er mit einem Kissen ans Werk gegangen, behauptet der Narr … ehe er eine weitaus teuflischere und wahrscheinlichere Möglichkeit anführt. Blumen hätte die Königin niemals aus dem Fenster geworfen, behauptet der Zwerg, aber er wäre vielleicht zur Seite getreten und hätte einem anderen Zutritt gewährt, wenn er diesen Jemand gekannt hätte … wie zum Beispiel Tessario den Daumen oder einen der Finger. Auch hätte Blumen sich nicht verpflichtet gefühlt nachzufragen, was sie denn bei der kleinen Königin zu suchen hätten, nicht, wenn sie gesagt hätten, sie kämen auf Geheiß der Hand.

Das zumindest behauptet der Narr, aber um eins klarzustellen, das ist alles Fantasie. Die Wahrheit über Jaehaera Targaryens Tod wird nie ans Tageslicht gelangen. Vielleicht hat sie sich tatsächlich in einem Anfall kindlicher Verzweiflung das Leben genommen. Und falls sie ermordet worden ist, käme aus allen genannten Gründen nur Lord Unsieg Gipfel als Strippenzieher infrage. Ohne Beweise wäre all dies reine Spekulation geblieben … wäre da nicht das, was die Hand anschließend tat.

Sieben Tage nachdem die Leiche der kleinen Königin den Flammen übergeben worden war, stattete Lord Unsieg dem trauernden König einen Besuch ab, und zwar in Begleitung Großmaester Munkuns, Septon Bernhards und Marsten Wassers von der Königsgarde. Sie waren gekommen, um ihm mitzuteilen, dass Seine Gnaden die Trauerkleidung ablegen und sich erneut vermählen müsse, »zum Wohl des Reiches«. Seine neue Königin sei bereits ausgewählt worden.

Unsieg Gipfel hatte dreimal geheiratet und sieben Kinder gezeugt. Nur eins lebte noch. Sein Erstgeborener war als Kleinkind gestorben, ebenso die beiden Töchter von seiner zweiten Gemahlin. Seine älteste Tochter hatte das heiratsfähige Alter erreicht, war aber mit zwölf Jahren im Kindbett gestorben. Sein zweiter Sohn war als Mündel auf dem Arbor gewesen und hatte Lord Rothweyn als Page und Knappe gedient, war aber mit zwölf Jahren bei einem Segelunfall ertrunken. Ser Titus, der Erbe von Sternspitz, hatte als einziger von Lord Unsiegs Söhnen das Mannesalter erreicht. Nach der Schlacht am Honigwein war er vom Kühnen Jon Steinern für seine Tapferkeit zum Ritter geschlagen worden und nur sechs Tage später bei einem bedeutungslosen Scharmützel mit einer Bande Gebrochener gefallen, auf die er beim Kundschaften gestoßen war. Das letzte überlebende Kind der Hand war seine Tochter Myrielle.

Myrielle Gipfel sollte die neue Königin Aegons III. werden. Sie sei die beste Wahl, verkündete die Hand; sie war im gleichen Alter wie der König, »ein liebenswertes Geschöpf und sehr artig«, und stammte aus einem der edelsten Häuser des Reiches, weshalb sie auch Lesen, Schreiben und Rechnen gelernt hatte. Ihre Hohe Mutter war sehr gebärfähig gewesen, daher gab es keinen Grund zu befürchten, Myrielle könnte Seiner Gnaden keine starken Söhne schenken.

»Was, wenn ich sie nicht mag?«, wandte König Aegon ein. »Ihr müsst sie nicht mögen«, erwiderte Lord Gipfel, »Ihr müsst sie nur heiraten, betten und mit ihr einen Sohn zeugen.« Dann fügte er infamerweise hinzu: »Euer Gnaden mögen auch keine Rüben, aber wenn Eure Köche sie zubereiten, esst Ihr sie trotzdem, oder?« König Aegon nickte mürrisch … doch die Geschichte verbreitete sich, wie stets bei solchen Geschichten, und kurz darauf wurde die unglückliche Lady Myrielle im ganzen Reich nur noch Lady Rübe genannt.

Allerdings sollte sie niemals Königin Rübe werden.

Unsieg Gipfel hatte den Bogen überspannt. Thaddeus Esch und Manfryd Muton waren wütend, weil er sie nicht gefragt hatte; Angelegenheiten von solcher Trageweite mussten vom Regentschaftsrat entschieden werden. Lady Arryn schickte einen scharfzüngigen Brief aus dem Grünen Tal. Kermit Tully erklärte die Verlobung für »anmaßend«. Ben Schwarzhain stellte die Hast infrage, mit der die Angelegenheit vorangetrieben worden war, man hätte Aegon mindestens ein halbes Jahr Trauer um seine kleine Königin einräumen müssen. Aus Winterfall traf ein knappes Schreiben von Cregan Stark ein, der verlauten ließ, dass der Norden eine solche Verbindung mit Missbilligung betrachten würde. Sogar Großmaester Munkun geriet ins Schwanken. »Lady Myrielle ist ein entzückendes Mädchen, und ohne Zweifel würde sie eine wundervolle Königin abgeben«, sagte er der Hand, »aber wir müssen doch den Schein wahren, Mylord. Wir, die wir die Ehre haben, Euch zu dienen, Mylord, wissen, dass Ihr Seine Gnaden wie Euren eigenen Sohn liebt und alles für ihn und für das Reich tun würdet, aber andere könnten den Eindruck gewinnen, Ihr hättet Eure Tochter aus weniger ehrenhaften Gründen ausgewählt … um die Macht und den Ruhm des Hauses Gipfel zu mehren.«

Pilz, unser weiser Narr, meint, dass man manche Türen lieber nicht öffnen solle, »weil man nie wissen könne, wer oder was hindurchkommt«. Gipfel hatte eine Tür für seine Tochter geöffnet, doch andere Lords hatten auch Töchter (und Schwestern, Nichten, Basen und sogar hier und da eine verwitwete Mutter oder eine jungfräuliche Tante), und ehe die Tür sich wieder schließen konnte, drängten sie alle hindurch und behaupteten, ihre eigenen Blutsverwandten würden eine bessere königliche Gemahlin abgeben als Lady Rübe.

All die Namen aufzulisten, die ins Spiel gebracht wurden, würde mehr Seiten in Anspruch nehmen, als wir zur Verfügung haben, doch einige sind der Erwähnung wert. In Casterlystein unterbrach Lady Johanna Lennister ihren Krieg mit den Eisenmännern lange genug, um der Hand zu schreiben und darzulegen, dass ihre Töchter Cerelle und Tyshara Jungfrauen von edlem Geblüt und im heiratsfähigen Alter seien. Die zweimal verwitwete Lady von

Sturmkap, Elenda Baratheon, schlug ihre eigenen Töchter Kassandra und Ellyn vor. Kassandra war einst mit Aegon II. verlobt gewesen und »gut darauf vorbereitet, als Königin zu dienen«, schrieb sie. Aus Weißwasserhafen kam ein Rabe mit einem Brief von Lord Torrhen, der von den alten Heiratsverträgen zwischen dem Drachen und dem Wassermann berichtete, die »durch ein grausames Schicksal zunichtegemacht worden waren«, und er schlug vor, König Aegon sollte das wiedergutmachen, indem er eine Manderly zur Braut nahm. Sharis Fersen, die Witwe von Stolperstadt, war sogar so verwegen, sich selbst als Braut des Königs vorzuschlagen.

Der wahrscheinlich kühnste Brief kam von der unbezähmbaren Lady Samantha von Altsass, die feststellte, dass ihre Schwester Sansara (aus dem Hause Tarly) »geistreich und stark ist und mehr Bücher gelesen hat als die Hälfte der Maester in der Zitadelle«, während ihre Schwägerin Bethyna (aus dem Hause Hohenturm) »sehr schön ist und glatte weiche Haut und glänzendes Haar und das süßeste Wesen vorzuweisen hat«, allerdings auch »faul und ein wenig dumm ist, um die Wahrheit zu sagen, wobei manche Männer eben dies ja bei Frauen vorzuziehen scheinen«. Sie schloss mit dem Vorschlag, dass König Aegon vielleicht alle beide heiraten solle, »eine, um an seiner Seite zu herrschen wie Königin Alysanne bei König Jaehaerys, und eine fürs Bett, um Nachkommen zu zeugen«. Und für den Fall, dass beide »als mangelhaft erachtet würden, aus welchen schleierhaften Gründen auch immer«, legte Lady Sam hilfreich eine Liste mit einunddreißig weiteren Namen ehemündiger Jungfrauen vor, die als Königin infrage kämen, aus den Häusern Hohenturm, Rothweyn, Tarly, Ambros, Florent, Kopp, Costayn, Biengraben, Varner und Grimm. (Pilz erwähnte, Lady Sam habe außerdem noch ein keckes Postskriptum angefügt, in dem sie schrieb: »Ich kenne auch einige hübsche Jungen, sollte Seine Gnaden die bevorzugen, aber ich fürchte, sie werden ihm keine Erben schenken können«, doch diesen Affront erwähnt keiner der anderen Chronisten, und der Brief selbst ist verloren gegangen.)

Angesichts solchen Aufruhrs war Lord Unsieg gezwungen, seine Entscheidung zu überdenken. Zwar war er weiterhin entschlossen, seine Tochter Myrielle mit dem König zu vermählen, aber er durfte dabei nicht die Lords verärgern, deren Unterstützung er brauchte. Also beugte er sich dem Unausweichlichen, stieg auf den Eisernen Thron und verkündete: »Zum Wohle seines Volkes muss Seine Gnaden eine neue Gemahlin wählen, allerdings kann keine Frau je hoffen, unsere geliebte Jaehaera in seinem Herzen zu ersetzen. Viele wurden für diese Ehre vorgeschlagen, die schönsten Blumen des Reiches. Welches Mädchen König Aegon auch immer ehelicht, sie soll ihm werden wie Alysanne für Jaehaerys, wie Jonquil für Florian. Sie wird an seiner Seite schlafen, seine Kinder gebären, seine Werke teilen, seine Stirn kühlen, wenn er krank ist, und mit ihm alt werden. Es ist daher nur angemessen, dass wir dem König erlauben, seine eigene Wahl zu treffen. Am Jungfrauentag veranstalten wir einen Ball, wie ihn Königsmund seit den Tagen König Viserys' nicht mehr gesehen hat. Lasst die Jungfrauen aus allen Winkeln der Sieben Königslande kommen und sich dem König vorstellen, damit Seine Gnaden die eine aussuchen kann, die am besten geeignet ist, um sein Leben und seine Liebe zu teilen.«

Und so wurde die Nachricht verbreitet, und große Aufregung erfasste den Hof und die Stadt und das ganze Reich. Von den Dornischen Marschen bis zur Mauer betrachteten vernarrte Väter und stolze Mütter ihre Töchter im heiratsfähigen Alter und fragten sich, ob sie die eine sein könnte, und alle hochgeborenen Jungfrauen in Westeros putzten sich heraus und nähten und lockten ihr Haar und dachten: »Warum eigentlich nicht ich? Ich könnte Königin werden.«

Doch noch bevor Lord Unsieg den Eisernen Thron bestiegen hatte, hatte er einen Raben nach Sternspitz geschickt und seine Tochter in die Stadt gerufen. Obgleich der Jungfrauentag erst in drei Monden war, wollte Lord Unsieg Myrielle am Hofe haben, in der Hoffnung, sie würde sich mit dem König anfreunden und ihn umgarnen und in der Ballnacht erwählt werden.

So viel ist bekannt; was nun folgt, sind Gerüchte. Denn es heißt, dass Unsieg Gipfel, während er noch auf die Ankunft seiner Tochter wartete, schon allerlei geheime Ränke und Pläne schmiedete, um jene Jungfrauen zu untergraben, zu verunglimpfen, zu entzaubern und in Verruf zu bringen, die er als die wahrscheinlichsten Rivalinnen seiner Tochter betrachtete. So hörte man wieder die Vermutung, dass Kassandra Baratheon die kleine Königin in den Tod gestoßen habe, und die Missetaten anderer junger Mädchen, ob nun wahr oder erfunden, wurden zum Tagesgespräch bei Hofe. Man ließ sich über Ysabel Steinhofs Vorliebe für Wein aus und erzählte wieder und wieder die Geschichte von Elinor Massies Entjungferung. Rosamunde Darry sagte man nach, sechs Brustwarzen unter ihrem Korsett zu verstecken (weil ihre Mutter es angeblich mit einem Hund getrieben hatte), und Lyra Heufurt wurde beschuldigt, ihren kleinen Bruder in einem Anfall von Eifersucht erstickt zu haben. Über die »drei Jeynes« (Jeyne Kleinwald, Jeyne Muton und Jeyne Sonnwetter) wurde in Umlauf gebracht, dass sie sich gern wie Knappen kleideten und die Bordelle an der Straße der Seide besuchten, wo sie Frauen küssten und begrabschten, als wären sie Männer.

All diese Verleumdungen kamen dem König zu Ohren, manche aus Pilzens Mund, denn der Narr gesteht freimütig, »stattlich« bezahlt worden zu sein, um Aegon III. gegen diese und andere Mädchen aufzubringen. Nach Königin Jaehaeras Tod leistete der Zwerg Seiner Gnaden häufig Gesellschaft. Obwohl seine Scherze die Schwermut des Königs nicht vertreiben konnten, erfreuten sie Gaemon Hellhaar, und deshalb rief Aegon den Narren oft. In seinem *Zeugnis* sagt Pilz, Tessario der Daumen habe ihn gezwungen, sich zwischen »Silber und Stahl« zu entscheiden, und »zu meiner Schande bat ich ihn, den Dolch einzustecken, und griff stattdessen nach dem prallen Beutel«.

Doch Worte waren nicht die einzige Maßnahme, mit der Lord Unsieg den geheimen Krieg um das Herz des Königs zu gewinnen trachtete, wenn man den Gerüchten glauben darf. Ein Stallbursche wurde bei Tyshara Lennister im Bett gefunden, und zwar nicht lange, nachdem der Ball angekündigt worden war; obwohl Lady Tyshara behauptete, der Bursche sei uneingeladen durch ein Fenster eingestiegen, enthüllte Großmaester Munkuns Untersuchung eine gerissene Jungfernhaut. Lucinda Fünfrosen wurde von Gesetzlosen überfallen, als sie an der Küste der Schwarzwasserbucht auf Beizjagd ging, keinen halben Tagesritt von der Burg entfernt. Ihr Falke wurde getötet, ihr Pferd gestohlen, und einer der Männer drückte sie zu Boden, während der andere ihr die Nase aufschlitzte. Die hübsche Falena Schurwerth, ein lebhaftes Mädchen von acht Jahren, die gelegentlich mit der kleinen Königin Puppen gespielt hatte, stolperte auf der Serpentinentreppe und brach sich ein Bein, während Lady Buckler und ihre beiden Töchter ertranken, als das Boot, auf dem sie den Schwarzwasser überquerten, kenterte und sank. Manche sprachen schon vom »Fluch des Jungfrauentages«, während jene, die sich besser mit den Mechanismen der Macht auskannten, unsichtbare Hände am Werke sahen und lieber den Mund hielten.

Waren die Hand und seine Handlanger verantwortlich für diese Tragödien und Unglücksfälle, oder handelte es sich einfach um Zufälle? Am Ende spielte es keine Rolle. Seit der Herrschaft König Viserys' hatte es keinen Ball mehr in Königsmund gegeben, und dieser Ball sollte unvergleichlich werden. Bei Turnieren wetteiferten schöne Jungfrauen und hohe Damen um die Ehre, zur Königin der Liebe und der Schönheit gekürt zu werden, doch solche Ehrenämter währten nur für eine Nacht. Die Maid, die König Aegon erwählte, würde ihr ganzes Leben lang über Westeros herrschen. Aus Festen und Burgen in allen Teilen der Sieben Königslande strömte der Adel nach Königsmund. Um die Zahl der Bewerberinnen zu begrenzen, hatte Lord Gipfel verfügt, dass nur Jungfrauen von edlem Geblüt bis zum Alter von dreißig Jahren teilnehmen durften, und trotzdem drängten sich am festgelegten Tag mehr als eintausend heiratswillige Mädchen im Roten Bergfried, eine Flut, die viel zu groß war, als dass die Hand sie hätte eindämmen können. Sogar von jenseits des Meeres waren sie gekommen: Der Fürst von Pentos hatte eine Tochter geschickt, der Archon von Tyrosh eine Schwester, und die Töchter uralter Häuser stachen von Myr und sogar Alt-Volantis aus in See (wenn wir auch traurigerweise berichten müssen, dass keines der volantenischen Mädchen je in Königsmund eintraf, da die Korsaren von den Basiliskeninseln sie unterwegs raubten).

»Eine Maid war lieblicher als die andere«, schreibt Pilz in seinem *Zeugnis,* »sie glänzten und funkelten in Seide und Edelsteinen und boten einen betörenden Anblick, als sie zum Thronsaal zogen. Man kann sich gar nichts Schöneres vorstellen, es sei denn, sie wären alle nackt gekommen.« (Was tatsächlich bei einem Mädchen mehr oder weniger der Fall war: Myrmadora Haen, die Tochter eines Magisters aus Lys, erschien in einem Kleid aus durchsichtiger blaugrüner Seide, die zu ihrer Augenfarbe passte, und trug darunter nichts als ein juwelenbesetztes Mieder. Bei ihrem Erscheinen ging ein schockiertes Raunen durch den Hof, aber die Königsgarde versperrte ihr den Zutritt zum Saal, bis sie ein weniger freizügiges Kleid angezogen hatte.)

Ohne Zweifel träumten diese Mädchen alle davon, mit dem König zu tanzen, ihn mit ihrem Witz zu bezaubern oder ihm kokette Blicke über einen Becher Wein zuzuwerfen. Aber es gab keinen Tanz, keinen Wein, keine Gelegenheit für ein Gespräch, ob nun geistreich oder langweilig. Im Grunde war diese Versammlung überhaupt kein Ball. König Aegon III. saß auf dem Eisernen Thron, trug schwarze Kleidung, einen goldenen Reif auf dem Haupt und eine goldene Kette um den Hals, während die Mädchen eines nach dem anderen unter ihm vorbeischritten. Der Herold des Königs verkündete den Namen und das Geschlecht jeder Kandidatin, dann machte das Mädchen einen Knicks, der König nickte ihr zu, und schon wurde ihm die Nächste vorgeführt. »Beim zehnten Mädchen hatte der König zweifellos die ersten fünf schon wieder vergessen«, schreibt Pilz. »Ihre Väter hätten sie eigentlich gleich noch einmal hinten anstellen können für eine weitere Runde, und die Klügeren taten das sicherlich auch.«

Eine Handvoll der mutigeren Mädchen waren so kühn und sprachen den König an, um einen bleibenderen Eindruck zu hinterlassen. Ellyn Baratheon fragte Seine Gnaden, ob ihm ihr Kleid gefiele (ihre Schwester behauptete später, dass sie gefragt habe: »Gefallen Euch meine Brüste?«, aber das entspricht nicht der Wahrheit). Alyssa Rois erzählte ihm, sie habe den ganzen weiten Weg von Runenstein auf sich genommen, nur um am heutigen Tag bei ihm zu sein. Patricia Rothweyn übertraf sie noch, indem sie verkündete, ihre Gesellschaft sei vom Arbor gekommen und habe dreimal Angriffe von Gesetzlosen zurückschlagen müssen. »Einen habe ich mit einem Pfeil getroffen«, erklärte sie stolz. »In den Hintern.« Lady Anya Wetterwachs, sieben Jahre alt, teilte Seiner Gnaden mit, dass ihr Pferd Glitzerhuf heiße und sie es sehr liebe, und fragte, ob Seine Gnaden auch ein gutes Pferd habe. (»Seine Gnaden hat hundert Pferde«, hatte Lord Unsieg ungeduldig geantwortet.) Andere wagten Komplimente über seine Stadt, seine Burg und seine Kleidung. Ein Mädchen aus dem Norden, Barba Bolton, die Tochter von Grauenstein, sagte: »Wenn Ihr mich nach Hause schickt, Euer Gnaden, so gebt mir Essen mit, denn der Schnee liegt hoch und Euer Volk verhungert.«

Das kühnste Mundwerk gehörte einer Dornischen, Moriah Qorgyl von Sandstein, die sich lächelnd nach ihrem Knicks erhob und fragte: »Euer Gnaden, warum steigt Ihr nicht von da oben herunter und küsst mich?« Aegon antwortete ihr nicht. Er antwortete keiner. Er nickte jeder Jungfrau zu und gab so zu verstehen, dass er sie gehört hatte. Dann schickten Ser Marsten und die Königsgarde sie weiter.

Die ganze Nacht wehte Musik durch den Saal, aber unter dem Schlurfen der Schritte, dem Lärm der Gespräche und den gelegentlichen leisen Schluchzern war sie kaum zu hören. Der Thronsaal des Roten Bergfrieds ist ein riesiger Raum, größer als jede andere Halle in Westeros, abgesehen von der des Schwarzen Harren, aber da über eintausend Mädchen zugegen waren und jede von einem Gefolge aus Eltern, Geschwistern, Wachen und Dienern begleitet wurde, konnte man sich bald kaum mehr bewegen, und es wurde stickig und heiß, obwohl draußen der Winterwind wehte. Dem Herold, der mit der Verkündigung der Namen und Geschlechter betraut war, versagte irgendwann die Stimme, und er musste ausgewechselt werden. Vier Mädchen fielen in Ohnmacht, desgleichen ein Dutzend Mütter, mehrere Väter und ein Septon. Ein beleibter Lord brach zusammen und starb.

»Der Viehmarkt am Jungfrauentag«, sollte Pilz den Ball später nennen. Selbst die Sänger, die das Ereignis vorher so laut besungen hatten, fanden nur wenig, was eines Liedes würdig war, und der König selbst schien immer unruhiger zu werden, während die Stunden dahinzogen und die Parade der Jungfrauen kein Ende nahm. »Genau das«, sagt Pilz, »hatte die Hand von Anfang an beabsichtigt. Jedes Mal, wenn Seine Gnaden die Stirn runzelte, auf seinem Sitz herumrutschte oder abermals müde nickte, stieg die Wahrscheinlichkeit, dass er seine Lady Rübe erwählen würde.«

Myrielle Gipfel war fast einen Mond vor dem Ball in Königsmund eingetroffen, und ihr Vater hatte dafür gesorgt, dass sie jeden Tag etwas Zeit mit dem König verbrachte. »Lady Rübe« hatte braunes Haar und braune Augen, ein breites, sommersprossiges Gesicht, und wegen ihrer schiefen Zähne lächelte sie nur zaghaft. Sie war mit ihren vierzehn Jahren ein Jahr älter als Aegon. »Eine große Schönheit war sie nicht«, sagt Pilz, »aber kess und hübsch und freundlich, und Seine Gnaden schien ihr nicht abgeneigt zu sein.« Während der zwei Wochen vor dem Jungfrauentag, so weiß der Zwerg zu berichten, hatte es Lord Unsieg so eingerichtet, dass Myrielle ein halbes Dutzend Mal mit dem König das Nachtmahl einnahm. Pilz, der während dieser langen, verlegenen Mahlzeiten für die Unterhaltung zuständig gewesen war, teilt uns mit, König Aegon habe beim Essen nur wenig gesprochen, aber »doch den Eindruck gemacht, sich in Lady Rübes Gesellschaft deutlich wohler zu fühlen als je in der von Königin Jaehaera. Was bedeutet, dass er sich eigentlich überhaupt nicht wohlfühlte, ihre Gegenwart aber auch nicht als unangenehm empfand. Drei Tage vor dem Ball schenkte er ihr eine der Puppen der kleinen Königin. ›Hier‹, sagte er, als er sie ihr reichte, ›die könnt Ihr haben.‹ Vielleicht nicht ganz die Worte, von denen junge Damen träumen, aber Myrielle nahm das Geschenk als Zeichen der königlichen Zuneigung an, und ihr Vater war äußerst zufrieden.«

Lady Myrielle brachte die Puppe mit, als sie beim Ball erschien, und wiegte sie in den Armen wie einen Säugling. Sie war nicht die erste, die vorgestellt wurde (diese Ehre ging an die Tochter des Fürsten von Pentos), und auch nicht die letzte (das war Henriette Waldschot, die Tochter eines Ritters mit Landbesitz von den Brustwarzen). Ihr Vater hatte dafür gesorgt, dass sie in der ersten Stunde an die Reihe kam, also spät genug, damit man ihm nicht vorwerfen könnte, ihr einen Ehrenplatz verschafft zu haben, aber weit genug vorn, damit König Aegon noch nicht zu sehr ermüdet war. Als Seine Gnaden Lady Myrielle mit Namen begrüßte und nicht nur sagte: »Wie schön, dass Ihr gekommen seid, Mylady«, sondern auch noch: »Oh, Euch gefällt die Puppe«, schöpfte ihr Vater mit Sicherheit Mut und glaubte, dass seine sorgsam geplanten Ränke Früchte getragen hatten.

Doch das alles wurde zunichte, als die Halbschwestern des Königs erschienen, eben jene Zwillinge, deren Thronfolge Unsieg Gipfel unbedingt verhindern wollte. Es war kaum noch ein Dutzend Mädchen übrig, und das Gedränge hatte sich schon deutlich gelichtet, als ein plötzlicher Trompetenstoß die Ankunft Baela Velaryons und Rhaena Corbrays ankündigte. Die Tore des Thronsaals wurden aufgestoßen, und die Töchter von Prinz Daemon rauschten mit der Winterluft herein. Lady Baela war hochschwanger, Lady Rhaena war blass und dünn nach der Fehlgeburt, und doch hatten sie sich nie so ähnlich gesehen. Beide trugen Kleider aus schwarzem Samt mit Rubinen am Hals und den dreiköpfigen Drachen des Hauses Targaryen auf ihren Umhängen.

Jede saß auf einem rabenschwarzen Streitross, und sie ritten Seite an Seite in den Thronsaal. Als Ser Marsten Wasser von der Königsgarde ihnen in den Weg trat und verlangte, sie sollten absteigen, zog ihm Lady Baela die Reitgerte über die Wange. »Seine Gnaden, mein Bruder, darf mir befehlen. Ihr nicht.« Am Fuß des Eisernen Throns hielten sie die Pferde an. Lord Unsieg stürmte nach vorn und wollte wissen, was das zu bedeuten habe. Die Zwillinge zollten ihm nicht mehr Aufmerksamkeit als einem Diener. »Bruder«, wandte sich Lady Rhaena an Aegon, »wenn es Euch gefällt, bringen wir Euch Eure neue Königin.«

Ihr Hoher Gemahl Ser Corwyn Corbray führte das Mädchen nach vorn. Der ganze Saal holte erschreckt Luft. »Lady Daenaera aus dem Hause Velaryon«, verkündete der Herold etwas heiser, »Tochter des verstorbenen und betrauerten Daeron aus dem gleichen Hause und seiner Hohen Gemahlin, Hasel aus dem Hause Hart, ebenfalls verstorben, ein Mündel von Lady Baela aus dem Hause Targaryen und Alyn Eichenfaust aus dem Hause Velaryon, Lord Admiral, Meister von Driftmark und Lord der Gezeiten.«

Daenaera Velaryon war Waise. Ihre Mutter hatte das Winterfieber dahingerafft, ihr Vater war bei den Trittsteinen gestorben, als seine *Treues Herz* sank. Ihr Großvater wiederum war jener Ser Vaemond Velaryon gewesen, den Königin Rhaenyra hatte enthaupten lassen, doch Daeron hatte sich mit Lord Alyn ausgesöhnt und war im Kampf für ihn gefallen. Als Daenaera Velaryon jetzt am Jungfrauentag vor dem König stand, in ihrer hellen weißen Seide, myrischer Spitze und Perlen, mit langem Haar, das im Fackelschein schimmerte, und vor Aufregung geröteten Wangen, war sie gerade einmal sechs Jahre alt und doch von atemberaubender Schönheit. Das Blut des Alten Valyria floss stark in ihren Adern, wie so oft bei den Söhnen und Töchtern des Seepferdchens; ihr Haar war Silber, durchsetzt mit Gold, ihre Augen waren so blau wie das Sommermeer, ihre Haut so glatt und hell wie Winterschnee. »Sie strahlte«, sagt Pilz, »und als sie lächelte, frohlockten die Sänger auf der Galerie, denn nun, wussten sie, war endlich eine Maid erschienen, die eines Liedes würdig war.« Daenaeras Lächeln verwandelte ihr Gesicht, darin waren sich alle Männer einig, es war süß und kühn und schelmisch, und das alles zusammen. Wer es sah, musste unwillkürlich denken: »Da steht ein aufgewecktes, süßes, glückliches, kleines Mädchen, das perfekte Mittel gegen die Schwermut des jungen Königs.«

Als Aegon III. ihr Lächeln erwiderte und sagte: »Ich danke Euch für Eurer Erscheinen, Mylady, Ihr seid sehr hübsch«, musste sogar Lord Unsieg Gipfel gewusst haben, dass sein Spiel verloren war. Die wenigen letzten Mädchen wurden eilig vorgestellt, doch das Verlangen des Königs, die Parade zu beenden, war so spürbar, dass die arme Henriette Waldschot schon schluchzte, während sie knickste. Als sie davongeleitet wurde, rief König Aegon seinen jungen Mundschenk Gaemon Hellhaar. Ihm wurde die Ehre zuteil, die Entscheidung zu verkündigen. »Seine Gnaden wird sich mit Lady Daenaera aus dem Hause Velaryon vermählen!«, krähte Gaemon fröhlich.

Gefangen in der Schlinge, die er selbst gelegt hatte, blieb Lord Unsieg Gipfel keine andere Wahl, als die Entscheidung des Königs mit so viel Würde wie möglich zu akzeptieren. Bei der Sitzung des Regentschaftsrates am nächsten Tag ließ er seinem Zorn jedoch freien Lauf. Indem er ein sechsjähriges Mädchen als seine Braut erwählt habe, mache »dieser trotzige Junge« den ganzen Zweck der Heirat zunichte. Es würde noch Jahre dauern, bis das Mädchen alt genug fürs Betten sei, und sogar noch länger, bis sie hoffen durfte, einen rechtmäßigen Erben zur Welt zu bringen. So lange bliebe die Thronfolge ungeklärt. Die wichtigste Aufgabe der Regenten bestehe darin, den König vor den Torheiten der Jugend zu schützen, erklärte er, »Torheiten wie dieser«. Zum Wohle des Reiches müsse die Entscheidung des Königs für ungültig erklärt werden, damit Seine Gnaden eine »passende Frau im gebärfähigen Alter« ehelichen könne.

»Zum Beispiel Eure Tochter?«, fragte Lord Esch. »Ich glaube kaum.« Auch die anderen Ratsmitglieder waren nicht geneigt, ihm nachzugeben. Dieses eine Mal blieb der Rat eisern und widersetzte sich den Wünschen der Hand. Die Hochzeit würde stattfinden. Das Verlöbnis wurde am nächsten Tag verkündet, während Dutzende enttäuschter junger Damen durch die Stadttore heimwärts strömten.

Am letzten Tag des einhundertdreiunddreißigsten Jahres seit Aegons Eroberung vermählte sich König Aegon III. Targaryen mit Lady Daenaera. Die Menschenmenge, die die Straßen säumte, um dem königlichen Paar zuzujubeln, war deutlich kleiner als jene, die damals für Aegon und Jaehaera gekommen war, denn das Winterfieber hatte fast ein Fünftel der Bevölkerung von Königsmund dahingerafft, doch jene, die dem bitterkalten Wind und dem Schneegestöber trotzten, waren von ihrer neuen Königin entzückt und bezaubert von ihrem glücklichen Winken, ihren rosigen Wangen und ihrem schüchternen, süßen Lächeln. Lady Baela und Lady Rhaena ritten direkt hinter der königlichen Sänfte und wurden ebenfalls mit überschwänglichem Jubel bedacht. Nur wenige beachteten die Hand des Königs, die weiter hinten ritt, mit »einer Miene, grimmig wie der Tod«.

UNTER DEN REGENTEN

ALYN EICHENFAUSTS REISE

Verlassen wir nun Königsmund für eine Weile, gehen wir im Kalender zurück und werfen wir einen Blick auf Lady Baelas Hohen Gemahl Alyn Eichenfaust auf seiner langen Reise ins Meer der Abenddämmerung.

Die Herausforderungen und Triumphe der Velaryon-Flotte, die den »Arsch von Westeros« umschiffte (wie Lord Alyn gern sagte), könnten allein ein dickes Buch füllen. Für alle, die an den Einzelheiten der Reise interessiert sind, ist Maester Bendamurs *Sechsmal zur See: Ein Bericht über die Großen Reisen Alyn Eichenfausts* die vollständigste und maßgebliche Quelle, obgleich auch die eher ordinären Berichte über Lord Alyns Leben in *Hart wie eine Eiche* und *Ein Bastard von Geburt* sehr farbenfroh geschrieben und auf ihre Art fesselnd sind, allerdings auch eher unzuverlässig. Ersteres wurde von Ser Rotger Stiller verfasst, der Lord Alyn in seiner Jugend als Knappe diente und später von ihm den Ritterschlag erhielt, ehe er auf Eichenfausts fünfter Reise ein Bein verlor. Letzteres wurde von einer Frau geschrieben, die wir nur unter dem Namen Raute kennen, die vielleicht eine Septa war und vielleicht eine der Mätressen von Lord Alyn. An dieser Stelle wollen wir ihr Werk nicht wiedergeben, und wenn, dann nur in groben Zügen.

Bei der Rückkehr zu den Trittsteinen ließ Eichenfaust beträchtlich mehr Vorsicht walten als bei seinem vorherigen Besuch. Er war sich der wechselhaften Bündnisse und des fortwährenden Verrats in den Freien Städten bewusst und schickte als Fischer und Händler getarnte Kundschafter voraus, um herauszufinden, was ihn erwartete. Die Kämpfe auf den Inseln waren, so berichteten sie, weitgehend zur Ruhe gekommen, wobei ein erstarkter Racallio Ryndoon immer noch Blutstein und darüber hinaus die Inseln im Süden hielt, während Söldner aus Pentos in Diensten des Archons von Tyrosh die Felsen im Norden und Osten kontrollierten. Viele der Kanäle zwischen den Inseln waren mit Ketten versperrt oder noch durch die Schiffswracks blockiert, die Lord Alyn bei seinem Angriff selbst versenkt hatte. Die offenen Wasserstraßen wurden von Ryndoon und seinen Schurken kontrolliert. Lord Alyn stand also vor der schlichten Entscheidung, sich entweder einen Weg an »Königin Racallio« (wie der Archon ihn nannte) vorbei zu erkämpfen oder mit ihm zu verhandeln.

In der Gemeinen Zunge gibt es nur wenige Schriften über den seltsamen und außergewöhnlichen Abenteurer Racallio Ryndoon, doch in den Freien Städten war sein Leben Gegenstand zweier gelehrter Studien und unzähliger Lieder, Gedichte und vulgärer Romanzen. In seiner Heimatstadt Tyrosh ist sein Name den anständigen Männern und Frauen bis zum heutigen Tage ein Gräuel, während er von Dieben, Piraten, Huren, Säufern und ihresgleichen verehrt wird.

Überraschend wenig ist über seine Jugend bekannt, und vieles, was wir zu wissen glauben, ist falsch oder widersprüchlich. Er war angeblich sechseinhalb Fuß groß, wobei eine Schulter höher war als die andere, was ihm eine schiefe Gestalt und einen schaukelnden Gang verlieh. Er sprach ein Dutzend Dialekte des Valyrischen, was darauf hindeutet, dass er von hoher Geburt war, gleichzeitig war er berüchtigt für seine unflätige Ausdrucksweise, weshalb er genauso gut aus der Gosse stammen könnte. Wie viele Tyroshi färbte er sich gern Haar und Bart. Violett war seine Lieblingsfarbe (was auf eine mögliche Verbindung nach Braavos hinweist), und in den meisten Berichten wird sein langes violettes Lockenhaar erwähnt, das oft mit orangen Strähnen durchsetzt war. Er mochte süße Düfte und badete gern in Lavendel und Rosenwasser.

Dass er ein Mann mit enormem Ehrgeiz und enormen Begierden war, scheint klar. Wenn er Muße hatte, wurde er zum Vielfraß und Trinker, jedoch zum Dämon, wenn er in die Schlacht zog. Er konnte das Schwert mit beiden Händen führen und kämpfte manchmal mit zweien gleichzeitig. Er ehrte die Götter: alle Götter, überall. Wann immer eine Schlacht bevorstand, warf er die Knochen, um zu erfahren, welchen Gott er mit einem Opfer besänftigen musste. Obgleich Tyrosh eine Stadt der Sklavenhalter ist, hasste er die Sklaverei, was darauf hindeuten könnte, dass er vielleicht selbst einmal unfrei gewesen war. Wann immer er wohlhabend war (er gewann und verlor mehrere Male ein Vermögen), kaufte er jedes Sklavenmädchen, auf das sein Blick fiel, küsste sie und ließ sie frei. Seinen Männern gegenüber war er freigiebig und beanspruchte beim Plündern keinen größeren Anteil als der Geringste unter ihnen. In Tyrosh war er dafür bekannt, Bettlern Goldmünzen zuzuwerfen. Wenn jemand etwas in seinem Besitz bewunderte, sei es ein Paar Stiefel, einen Smaragdring oder eine Frau, drängte Racallio es ihm als Geschenk auf.

Er hatte ein Dutzend Frauen, die er nie schlug, denen er aber manchmal befahl, ihn zu schlagen. Er mochte Kätzchen und hasste Katzen. Er liebte schwangere Frauen, verabscheute jedoch Kinder. Von Zeit zu Zeit zog er Frauenkleider an und spielte die Hure, obgleich er mit seiner Größe und seinem krummen Rücken und dem violetten Bart eher grotesk aussah als fraulich. Manchmal brach er mitten im Schlachtgetümmel in schallendes Gelächter aus. Manchmal sang er derbe Lieder.

Racallio Ryndoon war verrückt. Dennoch liebten ihn seine Männer, kämpften für ihn, starben für ihn. Und für ein paar Jahre machten sie ihn auch zum König.

Im Jahr 133 war »Königin« Racallio auf den Trittsteinen auf dem Höhepunkt seiner Macht. Alyn Velaryon hätte ihn vielleicht niederwerfen können, doch das hätte ihn die Hälfte seiner Flotte gekostet, fürchtete er, und er würde jeden Mann brauchen, wenn er darauf hoffen wollte, den Roten Kraken zu besiegen. Deshalb entschied er sich für Verhandlungen und gegen den Kampf. Er verließ mit der *Lady Baela* die Flotte, segelte unter der Friedensfahne nach Blutstein und versuchte, für seine Schiffe freies Geleit durch Ryndoons Gewässer zu erlangen.

Am Ende hatte er Erfolg, allerdings hielt Racallio ihn über zwei Wochen in seiner weitläufigen Holzfeste auf Blutstein fest. Ob er Lord Alyn als Gefangenen oder als Gast betrachtete, war dabei nie ganz klar, selbst Lord Alyn nicht, denn sein Gastgeber war so wechselhaft wie das Meer. An einem Tag pries er Eichenfaust als Freund und Waffenbruder und drängte ihn, gemeinsam Tyrosh zu überfallen. Am nächsten warf er die Knochen, um zu entscheiden, ob er seinen Gast hinrichten lassen sollte. Er bestand darauf, mit Lord Alyn in einer Schlammgrube hinter der Festung zu ringen, während Hunderte johlender Piraten zuschauten. Als Racallio einen seiner eigenen Männer enthauptete, weil er ihn bezichtigte, für die Tyroshi zu spionieren, schenkte er Lord Alyn den Kopf als Zeichen ihrer Verbundenheit, doch am nächsten Tag klagte er Lord Alyn selbst an, in Diensten des Archons zu stehen. Um seine Unschuld zu beweisen, musste Lord Alyn drei gefangene Tyroshi töten. Darüber war die »Königin« so entzückt, dass er Eichenfaust zwei seiner Frauen für die Nacht ins Schlafgemach schickte. »Macht ihnen Söhne«, befahl Racallio. »Ich möchte Söhne, die so tapfer und stolz sind wie Ihr.« Unsere Quellen widersprechen sich darin, ob Lord Alyn diesem Wunsch nachkam oder nicht.

Letzten Endes gestattete Ryndoon der Velaryon-Flotte die Durchfahrt, aber nicht ohne Gegenleistung. Er verlangte drei Schiffe und einen Bündnisvertrag, der auf Schafshaut geschrieben, mit Blut unterzeichnet und mit einem Kuss besiegelt werden sollte. Eichenfaust gab ihm die drei am wenigsten seetüchtigen Schiffe seiner Flotte, einen Bündnisvertrag auf Pergament, der mit Maestertinte unterzeichnet war, sowie das Versprechen auf einen Kuss von Lady Baela, sollte die »Königin« Driftmark je einen Besuch abstatten. Das genügte. Die Flotte segelte unbehelligt durch die Trittsteine.

Weitere Herausforderungen erwarteten sie bereits. Als Nächstes kam Dorne. Die Dornischen waren verständlicherweise in Aufruhr, als die riesige Velaryon-Flotte plötzlich in den Gewässern vor Sonnspeer auftauchte. Da sie selbst aber über keinerlei Seemacht verfügten, entschieden sie sich, Lord Alyn als Besucher und nicht als Angreifer zu betrachten. Aliandra Martell, die Fürstin von Dorne, kam begleitet von einem Dutzend ihrer Günstlinge und Verehrer heraus, um ihn zu begrüßen. Die »Neue Nymeria« hatte gerade ihren achtzehnten Namenstag gefeiert und soll angeblich sehr für den jungen, stattlichen und schneidigen »Helden der Trittsteine« geschwärmt haben, den kühnen Admiral, der die Braavosi gedemütigt hatte. Lord Alyn brauchte frisches Wasser und Proviant für seine Schiffe, während Fürstin Aliandra der Sinn nach Diensten intimerer Natur stand. *Ein Bastard von Geburt* will uns glauben machen, Alyn sei ihr gefällig gewesen, *Hart wie eine Eiche,* er habe sich ihr verweigert. Wir wissen sicher, dass die Aufmerksamkeit, mit der die kokette Fürstin von Dorne ihren Gast überhäufte, ihren eigenen Lords in höchstem Maße missfiel und ihre jüngeren Geschwister Qyl und Coryanne verärgerte. Gleichwohl bekam Lord Eichenfaust Fässer mit frischem Wasser, genug Vorräte, um bis nach Altsass und zum Arbor zu gelangen, und Karten, auf denen die gefährlichen Strudel verzeichnet waren, die an der Südküste von Dorne lauerten.

Trotzdem musste Lord Velaryon in den dornischen Gewässern seine ersten Verluste verschmerzen. Als die Flotte an den Trockengebieten westlich von Salzküste entlangfuhr, kam plötzlich ein Sturm auf, trieb die Schiffe auseinander und brachte zwei zum Sinken. Weiter im Westen, nahe der Mündung des Flusses Schwefel, wurde eine beschädigte Galeere, die angelandet war, um frisches Wasser zu holen und Reparaturen vorzunehmen, im Schutz der Dunkelheit von Banditen überfallen, die die Mannschaft ermordeten und den Proviant raubten.

Diese Verluste wurden jedoch mehr als wettgemacht, als Lord Eichenfaust Altsass erreichte. Das große Leuchtfeuer auf dem Hohen Turm führte die *Lady Baela* und die Flotte den Wispernden Sund hinauf zum Hafen, wo ihn Lyonel Hohenturm persönlich in seiner Stadt willkommen hieß. Die ausgesuchte Höflichkeit, mit der Lord Alyn Lady Sam begegnete, nahm Lord Lyonel augenblicklich für ihn ein, und die beiden jungen Männer schlossen sofort eine tiefe Freundschaft, die viel dazu beitrug, die alten Feindseligkeiten zwischen den Schwarzen und den Grünen beizulegen. Altsass würde der Velaryon-Flotte zwanzig Kriegsschiffe zur Verfügung stellen, versprach Hohenturm, und sein guter Freund Lord Rothweyn vom Arbor würde dreißig weitere schicken. Mit einem Schlag war Lord Eichenfausts Flotte beträchtlich angewachsen.

Die Velaryon-Flotte verweilte sehr lange im Wispernden Sund, während sie auf Lord Rothweyn und die versprochenen Galeeren wartete. Alyn Eichenfaust genoss die Gastfreundschaft des Hohen Turms, erkundete die alten Gassen und Wege von Altsass, besuchte die Zitadelle, wo er tagelang über antiken Karten brütete und staubige valyrische Abhandlungen über den Bau von Kriegsschiffen und Strategien für Seeschlachten studierte. In der Sternensepte wurde er vom Hohen Septon gesegnet, der ihm mit heiligem Öl

einen siebenzackigen Stern auf die Stirn zeichnete und ihm auftrug, den Zorn des Kriegers gegen die Eisenmänner und ihren Ertrunkenen Gott zu entfesseln. Lord Velaryon war noch immer in Altsass, als die Nachricht vom Tod Königin Jaehaeras eintraf, worauf kurze Zeit später die Bekanntgabe der Verlobung des Königs mit Myrielle Gipfel folgte. Zu der Zeit hatte er Freundschaft mit Lady Sam und Lord Lyonel geschlossen, obwohl es reine Spekulation bleibt, ob er an der Verfassung ihres berüchtigten Briefes beteiligt war. Wir wissen jedoch mit Sicherheit, dass er vom Hohen Turm Briefe an seine Hohe Gemahlin auf Driftmark schickte. Über deren Inhalt wissen wir allerdings nichts.

Eichenfaust war im Jahre 133 noch ein junger Mann, und junge Männer sind nicht gerade für ihre Geduld bekannt. Schließlich wollte er nicht länger auf Lord Rothweyn warten und stach in See. Altsass jubelte, als die Velaryon-Schiffe eins nach dem anderen die Segel setzten oder die Ruder senkten und durch den Wispernden Sund ins Meer hinausglitten. Zwanzig Kriegsgaleeren des Hauses Hohenturm folgten unter dem Befehl von Ser Leo Costayn, eines ergrauten Seefahrers, der den Beinamen Seelöwe trug.

Vor den Singenden Klippen von Schwarzkron, wo gewundene Türme und windgeschliffene Steine oberhalb der Wellen ein Pfeifen erzeugen, wandte sich die Flotte nach Norden ins Meer der Abenddämmerung und zog an der Westküste an Bandallon vorbei. Als sie die Mündung des Manders passierten, schickten die Schildinseln weitere Galeeren, die sich ihnen anschlossen: je drei Schiffe von Grauschild und Südschild, vier von Grünschild und sechs von Eichenschild. Ehe die Reise nach Norden weiterging, mussten sie jedoch einen weiteren Sturm überstehen. Ein Schiff ging unter, drei weitere wurden so stark beschädigt, dass sie nicht weiterfahren konnten. Vor Rallenhall, wo die Lady der Burg herausgerudert kam, um ihn zu begrüßen, formierte Lord Velaryon die Flotte neu. Dort hörte seine Lordschaft zum ersten Mal von dem großen Ball, der am Jungfrauentag veranstaltet werden sollte.

Die Nachricht war auch auf der Schönen Insel eingetroffen, und es heißt, Lord Dalten Graufreud habe sogar mit dem Gedanken gespielt, eine seiner Schwestern zu schicken, damit sie sich um die Krone der Königin bewerbe. »Eine Eisenmaid auf dem Eisernen Thron«, sagte er, »was könnte es Passenderes geben?« Allerdings hatte der Rote Kraken erst einmal dringlichere Sorgen. Längst vorgewarnt, dass Alyn Eichenfaust im Anzug war, hatte er seine Seemacht versammelt, um ihn zu empfangen. Hunderte Langschiffe waren südlich der Schönen Insel zusammengekommen, und mehr noch vor Festfeuer, Kayss und Lennishort. Nachdem er »diesen Jungen« hinab in die Hallen des Ertrunkenen Gottes am Grunde des Meeres geschickt habe, verkündete der Rote Kraken, würde er mit seiner eigenen Flotte in die Richtung segeln, aus der Eichenfaust gekommen war, und sein Banner auf den Schildinseln setzen, Altsass und Sonnspeer plündern und Driftmark für sich erobern. (Obwohl Graufreud kaum drei Jahre älter war als sein Gegner, nannte er ihn nie anders als »dieser Junge«.) Vielleicht, so sagte der Lord der Eiseninseln lachend zu seinen Kapitänen, werde er sogar Lady Baela zu seinem Salzweib nehmen. »Wahrlich, ich habe zweiundzwanzig Salzweiber, aber noch keins mit silbernem Haar.«

Die Geschichte handelt so oft von den Taten der Könige und Königinnen, von denen hoher Lords und edler Ritter, heiliger Septone und weiser Maester, dass man leicht das gemeine Volk vergisst, das sich diese Zeiten mit den Großen und Mächtigen teilte. Doch von Zeit zu Zeit erhebt sich einer dieser gewöhnlichen Menschen, der weder mit hoher Geburt noch Wohlstand oder Witz oder Weisheit oder besonderem Geschick im Umgang mit den Waffen gesegnet ist, und beeinflusst durch eine schlichte Handlung oder ein geflüstertes Wort das Schicksal eines Königreichs. So geschah es auf der Schönen Insel in jenem schicksalhaften Jahre 133.

Lord Dalten Graufreud hatte tatsächlich zweiundzwanzig Salzweiber. Vier von ihnen waren auf Peik, und zwei davon hatten ihm schon Kinder geschenkt. Die anderen waren Frauen aus dem Westen, die er während seiner Eroberungen geraubt hatte, darunter die beiden Töchter des verstorbenen Lord Weitmann, die Witwe des Ritters von Kayss und sogar eine Lennister (eine Lennister von Lennishort, keine Lennister von Casterlystein). Die übrigen waren Mädchen von einfacherer Geburt, die Töchter von Fischern, Händlern oder Waffenknechten, auf die irgendwann sein Blick gefallen war, und das nicht selten, nachdem er ihre Väter, Brüder, Ehemänner oder männlichen Beschützer erschlagen hatte. Eine trug den Namen Resi. Ihr Name ist alles, was wir sicher über sie wissen. War sie dreizehn Jahre alt oder dreißig? Hübsch oder hässlich? Witwe oder Jungfrau? Wo hatte Lord Graufreud sie gefunden, und wie lange war sie schon sein Salzweib? Hasste sie ihn, weil er ein Räuber und Vergewaltiger war, oder liebte sie ihn so sehr, dass die Eifersucht sie in den Wahnsinn trieb?

Wir wissen es nicht. Die Berichte weichen so sehr voneinander ab, dass Resi für alle Zeiten ein Mysterium in den Annalen der Geschichte bleiben wird. Wir wissen nur eines mit Sicherheit über sie: In einer regnerischen, windgepeitschten Nacht auf Schönburg, als sich die Langschiffe unten versammelten, vergnügte sich Lord Dalten mit ihr, und danach, während er schlief, zog Resi seinen Dolch aus der Scheide und schlitzte ihm die Kehle von einem Ohr zum anderen auf, ehe sie sich nackt und blutig nach unten ins hungrige Meer stürzte.

Und so starb der Rote Kraken von Peik am Vorabend seiner größten Schlacht … nicht durch das Schwert eines Feindes, sondern durch seinen eigenen Dolch und von der Hand eines seiner eigenen Salzweiber.

Seine Eroberungen überlebten ihn nicht lange. Als sich die Nachricht von seinem Tod verbreitete, löste sich die Flotte auf, die sich versammelt hatte, um Alyn Eichenfaust zu empfangen, und ein Kapitän nach dem anderen segelte Richtung Heimat davon. Dalten Graufreud hatte sich nie ein Felsweib genommen, und so waren seine beiden einzigen Erben die zwei jungen Söhne von Salzweibern, die er auf Peik zurückgelassen hatte, sowie drei Schwestern und einige Vettern, von denen einer gieriger und ehrgeiziger war als der andere. Dem Gesetze nach sollte der Meersteinstuhl an den älteren »Salzsohn« fallen, aber der kleine Toron war noch keine sechs Jahre alt, und seine Mutter durfte als Salzweib nicht hoffen, als Regentin zu herrschen, wie es einem Felsweib möglich gewesen wäre. Ein Kampf um die Macht war unausweichlich, und zu dieser Einsicht waren auch die Kapitäne der Eisenmänner gelangt, die zurück zu ihren Inseln eilten.

Inzwischen erhoben sich das Volk der Schönen Inseln und die verbliebenen Ritter in roter Rebellion. Die Eisenmänner, die sich noch auf der Inseln aufhielten, als ihre Landsleute flohen, wurden aus den Betten gezerrt und in Stücke gehackt oder auf den Anlegern gestellt und mitsamt ihren Schiffen in Brand gesetzt. Innerhalb von drei Tagen erlitten Hunderte Räuber ein ebenso grausames, blutiges und plötzliches Ende wie jene, die zuvor ihre Opfer gewesen waren. Am Ende war nur Schönburg noch in der Hand der Eisenmänner. Die Besatzung, die zum Großteil aus den engsten Gefährten und Waffenbrüdern des Roten Kraken bestand, hielt unter dem verschlagenen Alester Wynch und dem brüllenden Riesen Gunthor Guthbruder stur aus, bis Letzterer bei einem Streit um Lord Weitmanns Tochter Lysa, eine der »Salzwitwen«, Ersteren erschlug.

Und so geschah es, dass Alyn Velaryon, als er schließlich ankam, um den Eisenmännern den Westen abzunehmen, keinen Feind mehr vorfand, gegen den er kämpfen konnte. Die Schöne Insel war befreit, die Langschiffe waren geflohen, der Kampf war zu Ende. Als die *Lady Baela* unter den Mauern von Lennishort entlangfuhr, läuteten die Glocken der Stadt, um ihn willkommen zu heißen. Tausende kamen aus den Tore herausgelaufen und säumten jubelnd die Küste. Lady Johanna selbst kam aus Casterlystein und schenkte Eichenfaust ein Seepferdchen aus Gold und andere Zeichen der Wertschätzung des Hauses Lennister.

Tagelange Feiern folgten. Lord Alyn wollte nur Vorräte an Bord nehmen und die Heimreise antreten, doch die Westermänner mochten ihn nicht ziehen lassen. Da ihre eigene Flotte vernichtet war, blieben sie verwundbar, sollten die Eisenmänner unter dem Nachfolger des Roten Kraken zurückkehren, wer auch immer das sein mochte. Lady Johanna ging sogar so weit, einen Angriff auf die Eiseninseln selbst vorzuschlagen; sie würde so viele Schwerter und Speere zur Verfügung stellen wie notwendig, Lord Velaryon bräuchte sie nur auf die Inseln überzusetzen. »Wir sollten alle

Eisenmänner dem Schwert übergeben«, erklärte Lady Johanna, »und ihre Frauen und Kinder an die Sklavenhändler des Ostens verkaufen. Sollen sich doch die Möwen und Krebse diese wertlosen Felsen holen.«

Eichenfaust ließ sich darauf nicht ein, aber um seine Gastgeber zufriedenzustellen, stimmte er zu, dass der Seelöwe Leo Costayn mit einem Drittel der Flotte in Lennishort blieb, bis die Lennisters, die Weitmanns und die anderen Lords des Westens wieder ausreichend Kriegsschiffe gebaut hatten, um sich gegen einen erneuten Angriff der Eisenmänner zu verteidigen. Dann setzte er erneut die Segel, stach mit dem Rest seiner Flotte in See und machte sich auf den Heimweg.

Über die Rückreise gibt es nur wenig zu berichten. Nahe der Mandermündung kam endlich die nach Norden eilende Rothweyn-Flotte in Sicht, die allerdings sofort wieder kehrtmachte, nachdem die Befehlshaber mit Lord Velaryon an Bord der *Lady Baela* das Brot gebrochen hatten. Später stattete Lord Alyn dem Arbor einen kurzen Besuch ab und war Lord Rothweyns Gast, und er blieb sogar noch länger in Altsass, wo er seine Freundschaft mit Lord Lyonel Hohenturm und Lady Sam erneuerte und mit Schreibern und Maestern der Zitadelle zusammensaß, damit sie seine Reise in allen Einzelheiten aufzeichnen konnten. Er wurde von den Meistern der Sieben Gilden gefeiert und erhielt einen weiteren Segen vom Hohen Septon. Wieder segelte er an der verdorrten Küste Dornes entlang, diesmal in Richtung Osten. Fürstin Aliandra freute sich über seine Rückkehr nach Sonnspeer und wollte unbedingt seine Abenteuer in allen Einzelheiten hören, sehr zum Ungemach ihrer Geschwister und ihrer eifersüchtigen Verehrer.

Von Fürstin Aliandra erfuhr Lord Eichenfaust auch, dass Dorne in den Krieg der Töchter eingetreten war und ein Bündnis mit Tyrosh und Lys gegen Racallio Ryndoon geschlossen hatte … und es war auch an ihrem Hof in Sonnspeer während des Festes zum Jungfrauentag (an jenem Tag, an dem in Königsmund eintausend Jungfrauen vor Aegon III. defilierten), dass ein gewisser Drazenko Rogare an Lord Alyn herantrat, einer der Gesandten, die Lys an

Aliandras Hof geschickt hatte, der ihn um ein Gespräch unter vier Augen ersuchte. Neugierig erklärte sich Lord Alyn bereit, ihn anzuhören, und die beiden Männer gingen in den Hof, wo sich Drazenko so nahe zu Lord Alyn vorbeugte, dass Eichenfaust später sagte: »Ich hatte schon Angst, er wollte mich küssen.« Stattdessen flüsterte er etwas in das Ohr des Admirals, ein Geheimnis, das den Lauf der Geschichte von Westeros für immer verändern sollte. Am nächsten Tag kehrte Lord Velaryon auf die *Lady Baela* zurück und gab Befehl, in See zu stechen … nach Lys.

Seine Beweggründe, und was er in der Freien Stadt erlebte, werden wir zu gegebener Zeit enthüllen, doch zunächst richten wir unseren Blick zurück nach Königsmund. Hoffnung und gute Stimmung herrschten im Roten Bergfried, als das neue Jahr anbrach. Königin Daenaera war zwar noch jünger als ihre Vorgängerin, aber ein glückliches Kind, und ihr sonniges Gemüt trug viel dazu bei, die düstere Stimmung des Königs aufzuhellen … zumindest für eine Weile. Aegon III. ließ sich häufiger als früher bei Hofe sehen und verließ sogar bei drei Gelegenheiten die Burg, um seiner Braut die Sehenswürdigkeiten der Stadt zu zeigen (allerdings wollte er sie nicht zur Drachengrube begleiten, wo sich Lady Rhaenas junger Drache Morgen eingerichtet hatte). Seine Gnaden schien mit erneuertem Interesse an seine Studien zu gehen, und Pilz wurde oft gerufen, um König und Königin beim Abendessen zu unterhalten (»Das Lachen der Königin war für den Narren wie Musik, so süß, dass es sogar dem König ein Lächeln entlockt haben soll«). Selbst Gareth Lang, der verhasste Waffenmeister des Roten Bergfrieds, bemerkte die Veränderung. »Wir müssen den Bastardjungen nicht mehr so häufig prügeln wie früher«, berichtete er der Hand. »Dem Jungen hat es nie an Kraft oder Schnelligkeit gemangelt. Jetzt zeigte er sogar ein Quäntchen an Geschick.«

Das neue Interesse des jungen Königs an der Welt erstreckte sich sogar auf die Regierung seines Königreiches. Aegon III. begann, an den Ratssitzungen teilzunehmen. Zwar ergriff er nur selten das Wort, doch seine Anwesenheit ermutigte Großmaester Munkun und schien Lord Muton und Lord Esch zu gefallen. Ser Marsten

Wasser von der Königsgarde schien die Gegenwart Seiner Gnaden allerdings zu verunsichern, und Lord Gipfel fasste sie als Tadel auf. Wann immer Aegon die Kühnheit besaß, eine Frage zu stellen, so berichtet uns Munkun, reagierte die Hand gereizt und warf ihm vor, er verschwende die Zeit des Rates, oder teilte ihm mit, dass solch bedeutsame Angelegenheiten den Verstand eines Kindes überstiegen. So überrascht es nicht, dass Seine Gnaden über kurz oder lang den Sitzungen wieder fernblieb.

Von Natur aus mürrisch und misstrauisch und von einem übertriebenen Stolz erfüllt, war Unsieg Gipfel im Jahr 134 ein zutiefst unglücklicher Mann. Der Ball am Jungfrauentag war demütigend gewesen, und die Zurückweisung seiner Tochter Myrielle zugunsten von Daenaera betrachtete er als persönliche Beleidigung. Lady Baela hatte er noch nie gemocht, doch nun hatte er allen Grund, ihre Schwester Rhaena ebenso zu verabscheuen; beide, davon war er überzeugt, arbeiteten gegen ihn, und zwar wahrscheinlich auf Geheiß von Baelas Gemahl, des unverschämten und aufrührerischen Eichenfaust. Die Zwillinge hatten seine Pläne, die Thronfolge zu sichern, heimtückisch durchkreuzt, erklärte er seinen Getreuen, und durch die Vermählung des Königs mit einer Sechsjährigen dafür gesorgt, dass das Kind, das Baela austrug, an zweiter Stelle in der Thronfolge stehen würde.

»Wenn das Kind ein Junge wird, wird Seine Gnaden nicht lange genug am Leben bleiben, um einen eigenen Erben zu zeugen«, sagte Gipfel einmal zu Marsten Wasser, als Pilz zugegen war. Kurz darauf wurde Baela Velaryon ins Kindbett gebracht, wo sie ein gesundes Mädchen gebar. Sie nannte es Laena nach ihrer Mutter. Doch selbst das besänftigte die Hand des Königs nicht lange, denn keine vierzehn Tage später kehrten die ersten Schiffe der Velaryon-Flotte nach Königsmund zurück und überbrachten eine geheimnisvolle Botschaft: Eichenfaust hatte sie vorausgeschickt, während er selbst Segel nach Lys gesetzt hatte, um einen »Schatz von unermesslicher Kostbarkeit« zu bergen.

Diese Worte schürten Lord Gipfels Misstrauen. Was für ein Schatz war das? Wie wollte Lord Velaryon ihn »bergen«? Mit dem

Schwert? Wollte er einen Krieg mit Lys beginnen, so wie er es mit Braavos getan hatte? Die Hand hatte den tollkühnen jungen Admiral auf die andere Seite von Westeros geschickt, um ihn vom Hof zu entfernen, und doch würde er bald wieder vor der Tür stehen und »unverdienten Jubel« einheimsen und dazu vielleicht noch immensen Reichtum. (Gold war stets ein wunder Punkt von Unsieg Gipfel, dessen Haus nur wenig Land besaß, umso reicher an Stein und Boden und Stolz war, dabei allerdings immer unter chronischem Münzenmangel litt.) Das gemeine Volk sah in Eichenfaust einen Helden, den Mann, der den stolzen Seeherrn von Braavos und den Roten Kraken von Peik gedemütigt hatte, während Gipfel selbst gehasst und geschmäht wurde. Sogar im Roten Bergfried gab es viele, die hofften, die Regenten würden Lord Gipfel als Hand des Königs absetzen und ihn durch Alyn Velaryon ersetzen.

Die Vorfreude auf Eichenfausts Rückkehr war überall zu spüren, und so blieb der Hand nichts anderes übrig, als vor Wut zu schäumen. Als die Segel der *Lady Baela* in der Schwarzwasserbucht gesichtet wurden und der Rest der Velaryon-Flotte aus dem Morgennebel hinter ihr auftauchte, fingen alle Glocken in Königsmund an zu läuten. Tausende versammelten sich auf den Stadtmauern, um dem Helden zuzujubeln, genauso wie ein halbes Jahr zuvor in Lennishort, und mehr strömten durchs Flusstor hinaus und säumten das Ufer. Doch als der König den Wunsch äußerte, sich in den Hafen zu begeben und »meinem Schwager für seine Dienste zu danken«, verbot die Hand es und beharrte darauf, dass es sich für Seine Gnaden nicht gezieme, zu Lord Velaryon zu gehen; stattdessen müsse der Admiral in den Roten Bergfried kommen und vor dem Eisernen Thron Demut zeigen.

Doch abermals wurde Lord Gipfel von den anderen Regenten überstimmt. Entgegen seiner nachdrücklichen Einwände zogen König Aegon und Königin Daenaera in ihrer Sänfte aus der Burg hinunter zum Fluss, begleitet von Lady Baela und ihrer neugeborenen Tochter, ihrer Schwester Rhaena und ihrem Hohen Gemahl Corwyn Corbray sowie Großmaester Munkun, Septon Bernhard, den Regenten Manfryd Muton und Thaddeus Esch, den Rittern der

Königsgarde und vielen anderen, um die *Lady Baela* im Hafen zu begrüßen.

Es war ein heller, kalter Morgen, erfahren wir aus den Chroniken. Vor den Augen Zehntausender sah Lord Alyn Eichenfaust seine Tochter Laena zum ersten Mal. Nachdem er seine Hohe Gemahlin geküsst hatte, nahm er ihr das Kind ab, hob es hoch in die Luft und präsentierte es unter donnerndem Jubel der Menge. Erst dann drückte er der Mutter das Kind wieder in die Arme und beugte das Knie vor dem König und der Königin. Königin Daenaeras Gesicht nahm eine hübsche, schüchterne Röte an, und sie geriet leicht ins Stottern, als sie ihm eine schwere goldene Kette mit Saphiren um den Hals hängte: »B-blau wie das Meer, auf dem Mylord seine Siege errungen hat.« Dann bat König Aegon den Admiral, sich zu erheben, und sagte: »Wir sind froh, Euch wieder gesund in der Heimat zu sehen, mein Bruder.«

Pilz sagte, Eichenfaust habe gelacht, als er sich erhob. »Herr«, antwortete er, »Ihr habt mich mit der Hand Eurer Schwester geehrt, und ich bin stolz, Euer Schwager zu sein. Doch Euer Bruder kann ich nicht sein. Aber einen Bruder habt ihr.« Mit einer weit ausholenden Geste rief Lord Alyn den Schatz nach vorn, den er in Lys gehoben hatte. Von der *Lady Baela* stieg eine blasse, junge Frau von überragender Schönheit, Arm in Arm mit einem prachtvoll gekleideten Jungen ungefähr im Alter des Königs, dessen Gesicht unter der Kapuze eines reich bestickten Mantels verborgen war.

Lord Unsieg Gipfel konnte sich nicht länger beherrschen und drängte sich nach vorn. »Wer ist das?«, verlangte er zu wissen. »Wer seid Ihr?« Der Junge warf die Kapuze zurück. Als das Sonnenlicht auf dem silbergoldenen Haar darunter glänzte, fing König Aegon III. an zu weinen, stürzte sich auf den Jungen und schloss ihn fest in die Arme. Eichenfausts »Schatz« war Viserys Targaryen, der verschollene Bruder des Königs, der jüngste Sohn Königin Rhaenyras von Prinz Daemon, der seit der Schlacht in der Gurgel für tot gehalten und seit fast fünf Jahren nicht mehr gesehen worden war.

Wie wir uns erinnern, hatte Königin Rhaenyra ihre beiden jüngsten Söhne im Jahr 129 nach Pentos geschickt, um sie vor Gefahren zu schützen, doch war das Schiff, das sie über die Meerenge bringen sollte, einer Kriegsflotte der Triarchie geradewegs in die Arme gesegelt. Während Prinz Aegon auf seinem Drachen Sturmwolke entkommen war, geriet Prinz Viserys in Gefangenschaft. Kurz darauf fand die Schlacht in der Gurgel statt, und da man von dem jungen Prinzen hinterher nichts mehr gehört hatte, war er für tot gehalten worden. Man wusste nicht einmal genau, auf welchem Schiff er sich befunden hatte.

Doch obwohl viele Tausend in der Gurgel gestorben waren, hatte Viserys Targaryen dieses Schicksal nicht erlitten. Das Schiff mit dem jungen Prinzen an Bord hatte die Schlacht überstanden und war heimwärts nach Lys gedümpelt, wo Viserys sich als Gefangener des Großadmirals der Triarchie, Sharako Lohar, wiederfand. Nach der Niederlage fiel Sharako in Ungnade und wurde schon bald von alten und neuen Feinden bedrängt. Da er dringend Münzen und Verbündete brauchte, verkaufte er den Jungen an einen

gewissen Magister Bambarro Bazanne für das Gewicht des Jungen in Gold und das Versprechen auf Unterstützung. Der Mord an dem in Ungnade gefallenen Admiral brachte die Spannungen und Rivalitäten unter den Drei Töchtern zutage, und lange brodelnder Groll flammte zu neuer Gewalt auf und führte erst zu einer Reihe weiterer Morde und dann zu offenem Krieg. In dem Chaos hielt Magister Bambarro es für weise, seine Beute vorläufig zu verstecken, damit ihm keiner seiner Mitbürger aus Lys oder ein Rivale aus einer anderen Stadt den Jungen wegnehmen konnte.

Viserys wurde in der Gefangenschaft gut behandelt. Zwar durfte er das Grundstück von Bambarros Villa nicht verlassen, aber er hatte eigene Gemächer, speiste zusammen mit dem Magister und seiner Familie und wurde von Lehrern in Sprachen, Literatur, Mathematik, Geschichte und Musik unterrichtet, und ein Waffenmeister sorgte sogar für seine Ausbildung im Schwertkampf, einer Kunst, in der er sich bald hervortat. Weit verbreitet (jedoch nie bewiesen) ist die Annahme, dass Bambarro das Ende des Drachentanzes hatte abwarten wollen, um Prinz Viserys dann entweder gegen Lösegeld seiner Mutter zurückzugeben (falls Rhaenyra triumphierte) oder seinen Kopf an seinen Onkel zu verkaufen (falls Aegon II. als Sieger aus dem Konflikt hervorging).

Dass Lys im Krieg der Töchter eine Reihe vernichtender Niederlagen erlitt, machte ihm einen Strich durch die Rechnung. Bambarro Bazanne starb in den Umstrittenen Landen im Jahr 132, als die Söldnerkompanie, die er gegen Tyrosh anführte, sich wegen Streitigkeiten um den Sold gegen ihn auflehnte. Bei seinem Tod stellte man fest, dass er riesige Schulden angehäuft hatte, woraufhin die Gläubiger seine Villa pfändeten. Seine Gemahlin und seine Kinder wurden in die Sklaverei verkauft, und die Möbel, Kleider, Bücher und übrigen Wertsachen, einschließlich des gefangenen Prinzen, gingen in den Besitz eines anderen Edelmannes über, Lysandro Rogare.

Lysandro war der Patriarch einer reichen und mächtigen Bank- und Handelsdynastie, deren Stammbaum sich bis ins Valyria vor dem Verhängnis zurückverfolgen ließ. Unter vielen anderen Besitztümern gehörte den Rogares ein berühmtes Kissenhaus, der Parfümierte Garten. Viserys Targaryen sah so gut aus, dass Lysandro Rogare angeblich überlegt hatte, ihn als Kurtisane arbeiten zu lassen … bis der Junge sich zu erkennen gab. Sobald dem Magister klar war, dass er einen Prinzen in den Händen hatte, änderte er seine Pläne sehr schnell. Anstatt die sexuellen Dienste des Prinzen zu verkaufen, vermählte er ihn mit seiner jüngsten Tochter, Lady Larra Rogare, die als Larra aus Lys in die Annalen von Westeros eingehen sollte.

Die zufällige Begegnung Alyn Velaryons mit Drazenko Rogare in Sonnspeer bot die perfekte Gelegenheit, die Rückkehr von Prinz Viserys zu seinem Bruder in die Wege zu leiten … aber da es den Lyseni nicht gegeben ist, etwas zu verschenken, das man auch verkaufen kann, musste Eichenfaust zunächst nach Lys kommen und sich mit Lysandro Rogare auf die Bedingungen einigen. »Dem Reich wäre besser gedient gewesen, hätte Lord Alyns Mutter an diesem Tisch gesessen und nicht Lord Alyn selbst«, bemerkt Pilz ganz richtig. Eichenfaust konnte nicht feilschen. Um den Prinzen zu befreien, stimmte seine Lordschaft zu, dass der Eiserne Thron ein Lösegeld von einhunderttausend Golddrachen zahlen würde, dass er für die nächsten einhundert Jahre nicht die Waffen gegen das Haus Rogare oder seine Verbündeten erheben würde, dass er der Bank Rogare in Lys ebensolche Mittel anvertrauen würde, wie sie gegenwärtig in der Eisernen Bank von Braavos lagen, dass er drei der jüngeren Söhne von Lysandro in den Rang eines Lords erheben würde und … vor allem … und das musste Eichenfaust bei seiner Ehre schwören, dass die Ehe zwischen Viserys Targaryen und Larra Rogare unter keinen Umständen aufgelöst würde. All dem hatte Lord Alyn Velaryon zugestimmt und seine Unterschrift und sein Siegel daruntergesetzt.

Prinz Viserys war sieben Jahre alt gewesen, als er von der *Fröhliche Hingabe* entführt wurde. Mit zwölf kehrte er im Jahre 134 zurück. Seine Gemahlin, die wunderschöne junge Frau, die Arm in Arm mit ihm von Bord der *Lady Baela* kam, war neunzehn Jahre alt und somit sieben Jahre älter. Obwohl Viserys zwei Jahre jünger als der König war, verfügte er in vielerlei Hinsicht über größere Reife als sein älterer Bruder. Aegon III. hatte an seinen beiden Königinnen noch keinerlei sexuelles Interesse gezeigt (verständlich im Falle von Königin Daenaera, die noch ein Kind war), Viserys hingegen hatte seine Ehe bereits vollzogen, wie er beim Willkommensfest zu seinen Ehren Großmaester Munkun stolz gestand.

Die Auferstehung seines Bruders von den Toten bewirkte eine wundersame Veränderung in Aegon III., berichtet uns Munkun. Seine Gnaden hatte es sich nie wirklich verziehen, dass er Viserys seinem Schicksal überlassen hatte, als er von der *Fröhliche Hingabe* auf seinem Drachen geflohen war. Zwar war Aegon damals erst neun Jahre alt gewesen, doch entstammte er einer langen Linie von Kriegern und Helden und war mit den Geschichten über deren kühne Taten und waghalsige Heldenstücke groß geworden, und darin kam niemand vor, der seinen kleinen Bruder in der Schlacht dem Tod überlassen hatte. Tief im Inneren hatte der Gebrochene König das Gefühl, des Eisernen Throns nicht würdig zu sein. Er hatte seinen Bruder, seine Mutter und seine kleine Königin nicht vor einem grausigen Tod retten können. Wie konnte er sich da erdreisten, ein ganzes Königreich retten zu wollen?

Viserys' Heimkehr trug auch dazu bei, die Einsamkeit des Königs zu lindern. Als Junge hatte Aegon seine drei älteren Halbbrüder vergöttert, doch es war Viserys gewesen, der das Schlafgemach, die Studierstube und das Spielzimmer mit ihm geteilt hatte. »Ein Teil des Königs war mit seinem Bruder in der Gurgel gestorben«, schreibt Munkun. »Es ist offensichtlich, dass Aegons Zuneigung für Gaemon Hellhaar aus dem Wunsch geboren war, den Bruder, den er verloren hatte, zu ersetzen, doch erst als Viserys zu ihm zurückkehrte, schien Aegon aufzuleben und wieder er selbst zu sein.« Prinz Viserys wurde einmal mehr König Aegons ständiger Begleiter, so wie in ihrer Kindheit auf Drachenstein, während Gaemon Hellhaar nicht mehr so wichtig war und vergessen wurde; sogar Königin Daenaera wurde vernachlässigt.

Die Rückkehr des verschollenen Prinzen klärte außerdem die Frage der Thronfolge. Als Bruder des Königs war Viserys der unangefochtene Thronfolger, vor allen Kindern, die Baela Velaryon oder

Rhaena Corbray zur Welt bringen mochten, und auch vor den Zwillingen selbst. König Aegons Entscheidung, ein sechsjähriges Mädchen zu seiner zweiten Gemahlin zu nehmen, erschien nicht länger so besorgniserregend. Prinz Viserys war ein aufgeweckter, lebensfroher junger Bursche, der über großen Charme verfügte und dessen Lebensfreude keine Grenzen kannte. Zwar war er nicht so groß, nicht so stark und nicht so stattlich wie sein Bruder, doch erschien er allen, die ihn kennenlernten, klüger und neugieriger zu sein als der König … und seine Gemahlin war kein Kind, sondern eine wunderschöne junge Frau, die längst das gebärfähige Alter erreicht hatte. Sollte Aegon doch seine Kindbraut behalten; Larra aus Lys würde Viserys früher oder später Kinder schenken und damit die Dynastie sichern.

Aus all diesen Gründen freuten sich König und Hof und Stadt über die Ankunft des Prinzen, und Lord Alyn Velaryon wurde noch beliebter, weil er Viserys aus der Gefangenschaft in Lys befreit hatte. Die Hand des Königs teilte diese Freude jedoch nicht. Obgleich Lord Unsieg sein Entzücken über die Rückkehr des Bruders des Königs kundtat, war er wütend über den Preis, mit dem sich Eichenfaust einverstanden erklärt hatte. Der junge Admiral war gar nicht befugt gewesen, solch »ruinösen Bedingungen« zuzustimmen, beharrte Gipfel; nur die Regenten und die Hand waren ermächtigt, für den Eisernen Thron zu sprechen, nicht »jeder Narr mit einer Flotte«.

Gesetz und Tradition standen zwar auf seiner Seite, stellte Großmaester Munkun fest, als die Hand seine Beschwerden dem Regentschaftsrat darlegte … aber der König und das gemeine Volk sahen die Sache anders, und es wäre der Gipfel der Torheit gewesen, Lord Alyns Vertrag abzulehnen. Die anderen Regenten stimmten dem zu. Sie gewährten Eichenfaust neue Ehren, bestätigten die Rechtmäßigkeit der Ehe zwischen Prinz Viserys und Lady Larra, stimmten zu, ihrem Vater das Lösegeld in zehn jährlichen Raten zu bezahlen, und verschoben eine riesige Summe Goldes von Braavos nach Lys.

Unsieg Gipfel erschien das wie eine weitere demütigende Zurechtweisung. So kurz nach dem Debakel am Jungfrauentag war das mehr, als sein Stolz ertragen konnte. Vielleicht dachte Lord

Unsieg, er könne den anderen Regenten seinen Willen aufzwingen, indem er mit seinem Rücktritt als Hand des Königs drohte. Stattdessen nahm der Rat seinen Rücktritt bereitwillig an und ernannte den raubeinigen, ehrlichen und allseits geschätzten Lord Thaddeus Esch zu seinem Nachfolger.

Unsieg Gipfel zog sich auf seinen Sitz in Sternspitz zurück und brütete über das Unrecht, das er erlitten hatte, doch seine Tante, Lady Klarissa, sein Onkel Gedmund Gipfel die Großaxt, Gareth Lang, Viktor Reisig, Lukas Flurgut, Georg Gnadenfurt, Septon Bernhard und die vielen anderen, die er in Amt und Würden gebracht hatte, folgten ihm nicht, sondern übten weiter ihre Ämter aus, so wie auch sein Bastardbruder Ser Meryn Blumen und sein Neffe Ser Amalrich Gipfel, denn die Geschworenen Brüder der Königsgarde dienen bis zu ihrem Tod. Lord Unsieg hinterließ seinem Nachfolger sogar Tessario und seine »Finger«; der König habe seine Königsgarde, und so stünde es auch seiner Hand zu.

DER LYSENISCHE FRÜHLING UND DAS ENDE DER REGENTSCHAFT

Für den Rest des Jahres herrschte Frieden in Königsmund, getrübt nur durch den Tod Manfryd Mutons, des Lords von Jungfernteich, der der letzte der ursprünglichen Regenten König Aegons gewesen war. Mit Lord Manfryds Gesundheit war es bereits seit einiger Zeit nicht zum Besten bestellt gewesen, er hatte sich nie ganz von dem Winterfieber erholt, daher weckte sein Ableben nur wenig Verdacht. Als Ersatz für ihn im Regentschaftsrat griff Lord Esch auf Ser Corwyn Corbray zurück, Lady Rhaenas Gemahl. Deren Schwester Lady Baela war inzwischen mit Lord Alyn und ihrer Tochter wieder nach Driftmark zurückgekehrt. Nicht lange danach sorgte Prinz Viserys mit der Ankündigung für Aufregung am Hof, dass Lady Larra ein Kind unter dem Herzen trug. Ganz Königsmund freute sich.

Außerhalb der Stadt war das Jahr 134 keines, an das man sich gerne erinnern sollte. Nördlich der Eng hielt der Winter das Land noch immer in eisigem Griff. In Hüglingen schloss Lord Staublin die Tore, als sich Hunderte verhungernder Dorfbewohner vor seinen Mauern drängten. Weißwasserhafen erging es besser, da über den Hafen Lebensmittel aus dem Süden herangeschafft werden konnten, doch die Preise stiegen in solche Höhen, dass gute Männer sich selbst an Sklavenhändler von jenseits des Meeres verkauften, damit ihre Frauen und Kinder zu essen hatten, während die schlimmsten ihre Frauen und Kinder verkauften.

Sogar im Winterdorf, direkt vor den Mauern von Winterfell, waren die Nordmänner gezwungen, Hunde und Pferde zu essen. Kälte und Hunger kosteten die Nachtwache ein Drittel ihrer Männer, und als Tausende Wildlinge über das gefrorene Meer östlich der Mauer einfielen, starben Hunderte Schwarzer Brüder im Kampf.

Auf den Eiseninseln entbrannte nach dem Tod des Roten Kraken ein barbarischer Kampf um die Macht. Seine drei Schwestern und die Männer, die sie geheiratet hatten, ergriffen Toron Graufreud, das Kind auf den Meersteinstuhl, und ließen seine Mutter hinrichten, während seine Vettern sich mit den Lords von Harlau und Schwarzfluth verbündeten und Torons Halbbruder Rodrik zum Lord ausriefen. Auf Groß Wiek schlossen sich die Männer einem Prätendenten namens Sam Salz an, der behauptete, von der Schwarzen Linie abzustammen.

Ihr blutiger Dreiparteienkrieg hatte bereits ein halbes Jahr lang gewütet, als Ser Leo Costayn mit seiner Flotte über sie herfiel und Tausende Schwerter und Speere der Lennisters auf Peik, Groß Wiek und Harlau absetzte. Lord Eichenfaust hatte es abgelehnt, sich an der Vergeltung des Hauses Lennister gegen die Eisenmänner zu beteiligen, doch der alte Seelöwe war offener für Lady Johannas Bitten gewesen … und wurde vielleicht auch von ihrem Versprechen beeinflusst, sie werde ihn heiraten, wenn er die Eiseninseln der Herrschaft ihres Sohnes unterwarf. Das allerdings überstieg Ser Leos Macht. Costayn starb zwischen den steinigen Hügeln von Groß Wiek durch die Hand von Arthur Guthbruder, und drei Viertel seiner Schiffe wurden entweder gekapert oder in diesen kalten grauen Wassern versenkt.

Auch wenn Lady Johannas Wunsch, alle Eisenmänner dem Schwert zu überantworten, nicht in Erfüllung ging, gibt es keinen Zweifel daran, dass die Lennisters ihre Schulden beglichen hatten, als die Kämpfe vorüber waren. Hunderte Langschiffe und

Fischerboote waren verbrannt und ebenso viele Häuser und Dörfer. Die Frauen und Kinder jener Eisenmänner, die solchen Schaden in den Westlanden angerichtet hatten, wurden getötet, wo immer man sie fand. Unter den Toten waren neun Vettern des Roten Kraken, zwei seiner drei Schwestern und ihre Männer, Lord Drumm von Alt Wiek und Lord Guthbruder von Groß Wiek, des Weiteren die Lords Volmark und Harlau von Harlau, Botlin von Herrenhort und Steinhaus von Alt Wiek. Weitere Tausende sollten dem Hunger zum Opfer fallen, noch ehe das Jahr um war, denn die Lennisters schleppten viele Tonnen Getreide und Pökelfisch davon und vernichteten, was sie nicht tragen konnten. Zwar blieb Toron Graufreud auf dem Meersteinstuhl sitzen, da seine Verteidiger den Angriff der Lennisters auf die Mauern von Peik hatten abwehren können, sein Halbbruder Rodrik geriet jedoch in Gefangenschaft und wurde nach Casterlystein gebracht, wo Lady Johanna ihn kastrieren ließ und zum Narren ihres Sohnes machte.

Auf der anderen Seite von Westeros brach spät im Jahr 134 ein weiterer Erbfolgestreit aus, nachdem die Jungfrau aus dem Grünen Tal, Lady Jeyne Arryn, in Möwenstadt einer Erkältung erlegen war, die auf die Lunge übergegriffen hatte. Im Alter von vierzig Jahren entschlief sie im Mutterhaus der Maris auf der Steininsel im Hafen von Möwenstadt in den Armen von Jessamyn Rotfest, ihrer »geliebten Gefährtin«. Auf dem Totenbett diktierte die Lady ein letztes Testament und erklärte ihren Vetter Ser Gottfrid Arryn zu ihrem Erben. Ser Gottfrid hatte ihr in den letzten zehn Jahren treu als Ritter des Bluttors gedient und das Grüne Tal gegen die barbarischen Wildlinge aus den Bergen verteidigt.

Ser Gottfrid war allerdings nur ein Vetter vierten Grades. Deutlich enger mit ihr verwandt war Lady Jeynes Vetter ersten Grades, Ser Arnold Arryn, der zweimal versucht hatte, sie abzusetzen. Nach seiner zweiten gescheiterten Rebellion war Ser Arnold eingesperrt worden und hatte nach langen Jahren in den Himmelszellen von Hohenehr und den Kerkern unter den Toren des Mondes den Verstand verloren … Sein Sohn Eldric Arryn war jedoch geistig gesund, gerissen und ehrgeizig, und er trat nun vor, um den Anspruch seines Vaters zu vertreten. Viele Lords des Grünen Tals schlossen sich ihm an, denn auch sie waren der Ansicht, dass die alten Gesetze der Erbfolge nicht einfach nach den »Launen einer sterbenden Frau« beiseitegeschoben werden konnten.

Ein dritter Anspruch wurde von Isembard Arryn vorgebracht, dem Patriarchen der Arryns von Möwenstadt, einem noch ferneren Zweig dieses großen Hauses. Die Arryns von Möwenstadt hatten sich von ihren adligen Verwandten während der Herrschaft von König Jaehaerys abgespalten und dem Handel zugewandt und waren damit reich geworden. Erst kursierte der Scherz, der Falke in Isembards Wappen sei aus Gold gemacht, und schon bald nannte man ihn den »Vergoldeten Falken«. Jetzt setzte er diesen Reichtum ein, um geringere Lords zu bestechen, damit sie seinen Anspruch unterstützten, und Söldner von jenseits der Meerenge anzuheuern.

Lord Esch tat sein Bestes, um diese Probleme zu lösen. Er befahl den Lennisters, sich von den Eiseninseln zurückzuziehen, außerdem Lebensmittel in den Norden zu schicken, und rief die Prätendenten der Arryns nach Königsmund, damit sie ihre Ansprüche den Regenten vortragen könnten, doch seine Bemühungen zeitigten nur wenig Erfolg. Die Lennisters und die Arryns ignorierten seine Erlasse und Verfügungen, und in Weißwasserhafen kamen viel zu wenig Lebensmittel an, um die Hungersnot zu lindern. Thaddeus Esch und der Junge, dem er diente, waren zwar beliebt, aber sie wurden nicht gefürchtet. Gegen Ende des Jahres flüsterten viele bei Hofe, dass in Wahrheit nicht die Regenten das Reich regierten, sondern die Geldwechsler aus Lys.

Zwar schwärmten Hof und Stadt weiterhin für den Bruder des Königs, den klugen und galanten Viserys, doch von seiner lysenischen Frau konnte man das nicht behaupten. Larra Rogare war mit ihrem Gemahl in den Roten Bergfried eingezogen, doch im Herzen blieb sie eine Dame aus Lys. Obwohl sie zu ihrer lysenischen Muttersprache auch fließend Hochvalyrisch und die Dialekte von Myr, Tyrosh und Alt-Volantis sprach, machte Lady Larra keine Anstalten, die Gemeine Zunge zu erlernen, sondern benutzte Dolmetscher, um sich verständlich zu machen. Ihre Damen stammten allesamt aus Lys, ebenso ihre Dienerinnen. Die Kleider, die sie trug, kamen aus Lys, sogar ihre Unterwäsche; dreimal im Jahr brachten die Schiffe ihres Vaters ihr die neueste Mode aus Lys. Sie hatte sogar ihre eigenen Leibwächter, Schwerter aus Lys, die sie Tag und Nacht beschützten und unter dem Befehl ihres Bruders Moredo standen und eines hünenhaften Stummen aus den Kampfarenen von Meereen, der Sardoq der Schatten genannt wurde.

All das hätten Hof und Königreich vielleicht mit der Zeit zu akzeptieren gelernt, hätte Lady Larra nicht darauf bestanden, weiterhin ihre eigene Götter anzubeten. Sie wollte nicht zu den Sieben und auch nicht zu den Alten Göttern des Nordens beten. Stattdessen verehrte sie einige der vielen Götter von Lys: die Katzengöttin Pantera mit den sechs Zitzen, Yndros aus dem Zwielicht, der bei Tag männlich und bei Nacht weiblich war, das bleiche Kind Bakkalon vom Schwert und den gesichtslosen Saagael, den Spender des Schmerzes.

Ihre Damen, ihre Diener und ihre Leibwächter gesellten sich zu bestimmten Zeiten zu Lady Larra, und gemeinsam erwiesen sie diesen seltsamen, uralten Gottheiten ihre Ehrerbietung. Katzen wurden so oft dabei beobachtet, wie sie in ihre Gemächer schlichen und sie verließen, dass es schon hieß, die Tiere seien ihre Spione und würden ihr mit sanftem Schnurren alles berichten, was sich im Roten Bergfried zutrug. Es hieß sogar, Larra selbst könne sich in eine Katze verwandeln und würde auf Katzenpfoten durch die Gossen und über die Dächer der Stadt schleichen. Bald kamen noch düsterere Gerüchte auf. Die Akolythen des Yndros konnten sich angeblich durch den Akt der Liebe von Männern in Frauen und von Frauen in Männer verwandeln, und angeblich nutzte sie diese Fähigkeit bei zwielichtigen Orgien, um als Mann die Bordelle an der Straße der Seide zu besuchen. Und jedes Mal, wenn ein Kind vermisst wurde, warfen sich die Unwissenden Blicke zu und sprachen über Saagaels unstillbaren Blutdurst.

Noch unbeliebter als Larra aus Lys waren die drei Brüder, die mit ihr nach Königsmund gekommen waren. Moredo führte den Befehl über die Leibwache seiner Schwester, während Lotho eine

Niederlassung der Bank Rogare auf Visenyas Hügel einrichtete. Roggerio, der jüngste, eröffnete am Flusstor ein luxuriöses lysenisches Kissenhaus namens Meerjungfrau und füllte es mit Papageien von den Sommerinseln, Affen aus Sothoryos und einhundert exotischen Mädchen (und Jungen) aus allen Winkeln der Welt. Zwar waren die Preise zehnmal höher als in jedem anderen Bordell der Stadt, trotzdem mangelte es Roggerio nicht an Kundschaft. Große Lords und gemeine Händler schwärmten gleichermaßen von den Schönheiten und Wundern, die den Freier hinter den geschnitzten und bemalten Türen der Meerjungfrau erwarteten … einschließlich einer echten Meerjungfrau, wie manche behaupteten. (Fast unser gesamtes Wissen über die Myriaden von Wundern, die die Meerjungfrau zu bieten hatte, stammt von Pilz, der unter unseren Chronisten der einzige ist, der seine Besuche in diesem Bordell einräumt und zugibt, bei vielen Gelegenheiten verschiedene Vergnügungen in den prunkvollen Räumlichkeiten genossen zu haben.)

Jenseits des Meeres endete schließlich der Krieg der Töchter. Racallio Ryndoon floh mit seinen verbliebenen Unterstützern nach Süden zu den Basiliskeninseln, Lys, Tyrosh und Myr teilten die Umstrittenen Lande unter sich auf, und die Dornischen übernahmen die Herrschaft über die meisten Trittsteine. Die Myrischen erlitten bei diesen Abkommen die größten Verluste, der Archon von Tyrosh und die Fürstin von Dorne machten die größten Gewinne. In Lys gingen viele uralte Häuser unter, und viele hochgeborene Magister wurden niedergeworfen und ruiniert, während andere aufstiegen und nach der Macht griffen. An erster Stelle standen Lysandro Rogare und sein Bruder Drazenko, der Architekt des Bündnisses mit Dorne. Drazenkos Verbindungen nach Sonnspeer und Lysandros Verbindungen zum Eisernen Thron machten die Rogares faktisch zu den Fürsten von Lys, auch wenn es diesen Titel nicht gab.

Als das Jahr 134 zu Ende ging, fürchteten manche, sie würden bald auch über Westeros herrschen. Über ihren Stolz und ihren Pomp und ihre Macht wurde in Königsmund viel gesprochen. Und die Leute fingen auch an, über ihre Listen zu flüstern. Lotho kaufte

Männer mit Gold, Roggerio verführte sie mit parfümierten Leibern, Moredo erzwang ihre Unterwerfung mit Stahl. Und doch seien die Brüder nicht mehr als Marionetten in Lady Larras Händen; sie und ihre merkwürdigen lysenischen Götter hielten angeblich die Fäden in der Hand. Der König, die kleine Königin, der junge Prinz … sie waren alle noch Kinder und blind für das, was um sie herum geschah, während die Königsgarde und die Goldröcke und sogar die Hand des Königs bestochen waren.

So jedenfalls erzählten es die Geschichten. Und wie bei allen guten Geschichten lag auch in diesen ein Körnchen Wahrheit, das sich mit Angst und Lüge vermischen ließ. Ganz ohne Zweifel waren die Lyseni stolz, gierig und ehrgeizig. Dass Lotho seine Bank und Roggerio sein Bordell nutzten, um Freunde für ihre Sache zu gewinnen, versteht sich von selbst. Doch darin unterschieden sie sich nur wenig von vielen anderen Lords und Damen am Hofe Aegons III., die alle auf ihre Weise nach Macht und Reichtum strebten. Die Lyseni waren zwar (zumindest eine Zeitlang) erfolgreicher als ihre Rivalen, doch stets nur eine von mehreren Parteien, die um Einfluss stritten. Wären Lady Larra und ihre Brüder als Westerosi geboren, wären sie wahrscheinlich bewundert und gefeiert worden, doch wegen ihrer fremden Herkunft, fremden Lebensweise und ihren fremden Göttern begegnete man ihnen mit Misstrauen und Verdächtigungen.

Munkun bezeichnet diese Zeit als den Aufstieg der Rogares, aber dieser Begriff fand nur in Altsass unter den Maestern und Erzmaestern der Zitadelle Verbreitung. Die gewöhnlichen Menschen sprachen eher vom Lysenischen Frühling … denn tatsächlich wurde es Frühling. Früh im Jahr 135 sandte das Konklave seine weißen Raben von Altsass aus und verkündete das Ende eines der längsten und härtesten Winter, die die Sieben Königslande je erlebt hatten.

Der Frühling ist stets eine Zeit der Hoffnung, der Wiedergeburt und der Erneuerung, und das galt auch für den Frühling des Jahres 135. Der Krieg auf den Eiseninseln ging zu Ende, und Lord Cregan Stark von Winterfell lieh sich von der Eisernen Bank von Braavos eine riesige Summe und kaufte Lebensmittel und Saatgut für sein hungerndes Volk. Nur im Grünen Tal gingen die Kämpfe weiter. Lord Thaddeus Esch war erbost darüber, dass die Arryn-Prätendenten sich geweigert hatten, nach Königsmund zu kommen, um ihren Streit durch das Urteil der Regenten entscheiden zu lassen, deshalb schickte er eintausend Mann unter dem Befehl seines Mitregenten Ser Corwyn Corbray nach Möwenstadt, um den Königsfrieden wiederherzustellen und die Frage der Erbfolge zu klären.

Königsmund erlebte eine Zeit des Wohlstands wie seit vielen Jahren nicht mehr, und das hatte man zu einem nicht unbeträchtlichen Teil dem Haus Rogare von Lys zu verdanken. Die Bank Rogare zahlte hohe Zinsen auf alle bei ihr angelegten Einlagen, und so vertrauten mehr und mehr Lords den Lyseni ihr Gold an. Auch der Handel blühte auf, da sich Schiffe aus Tyrosh, Myr, Pentos, Braavos und insbesondere aus Lys an den Anlegern entlang des Schwarzwassers drängten und Seide und Gewürze, myrische Spitze, Jade aus Qarth, Elfenbein aus Sothoryos und viele andere fremdartige und wundersame Dinge aus allen Winkeln der Welt entluden, darunter auch Luxusgüter, die man bislang in den Sieben Königslanden nur selten gesehen hatte.

Andere Hafenstädte hatten ebenfalls an dem Aufschwung teil: Auch in Dämmertal, Jungfernteich, Möwenstadt und Weißwasserhafen nahm der Handel zu, ebenso wie in Altsass im Süden und sogar in Lennishort am Meer der Abenddämmerung. Auf Driftmark erlebte die Stadt Holk eine Wiedergeburt. Dutzende neuer Schiffe wurden gebaut und zu Wasser gelassen. Lord Eichenfausts Mutter vergrößerte ihre Handelsflotte um ein Vielfaches und begann mit dem Bau eines palastartigen Anwesens mit Blick auf den Hafen, das Pilz als das Maushaus bezeichnete.

Jenseits der Meerenge florierte Lys unter der »samtenen Tyrannei« Lysandro Rogares, der sich selbst zum »Ersten Magister auf Lebenszeit« ernannt hatte. Und als sein Bruder Drazenko Fürstin Aliandra Martell von Dorne heiratete und von ihr zum Prinzgemahl und Lord der Trittsteine ernannt wurde, erreichte der Aufstieg des Hauses Rogare seinen Höhepunkt. Man begann, von Lysandro dem Prächtigen zu sprechen.

Während des ersten Viertels des Jahres 135 boten zwei folgenreiche Ereignisse Anlass zu großer Freude überall in den Sieben Königslanden von Westeros. Am dritten Tag des dritten Mondes dieses Jahres bot sich dem Volk von Königsmund beim Erwachen ein Anblick, wie man ihn seit den finsteren Tagen des Drachentanzes nicht mehr gesehen hatte: Ein Drache war in den Himmel über der Stadt aufgestiegen. Lady Rhaena, inzwischen neunzehn Jahre alt, flog zum ersten Mal ihren Drachen Morgen. An diesem ersten Tag umkreisten sie die Stadt nur einmal, ehe sie zur Drachengrube zurückkehrten, doch an jedem folgenden Tag wurden sie verwegener und flogen weiter.

Allerdings landete Rhaena mit Morgen nur ein einziges Mal im Roten Bergfried, denn nicht einmal unter größten Mühen konnte Prinz Viserys seinen Bruder den König überreden, herauszukommen und ihrer Schwester beim Fliegen zuzuschauen (Königin Daenaera war hingegen von Morgen so entzückt, dass sie sich, wie berichtet wird, selbst einen Drachen wünschte). Kurz darauf trug Morgen Lady Rhaena über die Schwarzwasserbucht nach Drachenstein, wo, wie sie sagte, »Drachen und jene, die sie reiten, willkommener sind«.

Kaum vierzehn Tage später schenkte Larra aus Lys einem Sohn das Leben, Prinz Viserys' erstem Kind. Die Mutter war zwanzig Jahre alt, der Vater dreizehn. Viserys nannte das Kind Aegon, nach seinem Bruder, dem König, und legte ihm ein Drachenei in die Wiege, wie es bei allen ehelich geborenen Kindern des Hauses Targaryen Sitte war. Aegon wurde von Septon Bernhard in der königlichen Septe mit den Sieben Ölen gesalbt, und die Glocken der Stadt läuteten zur Feier seiner Geburt. Aus allen Ecken des Reiches trafen Geschenke für den kleinen Prinzen ein, keine waren jedoch so verschwenderisch wie die seiner Onkel aus Lys. In Lys selbst rief Lysandro der Prächtige einen Festtag zu Ehren der Geburt seines Enkels aus.

Doch auch mitten in der Freude ließ sich bald unzufriedenes Geflüster vernehmen. Dieser neue Sohn des Hauses Targaryen war durch die Salbung in den Glauben aufgenommen worden, doch kurz darauf hörte man in der Stadt, dass die Mutter beabsichtige, ihn auch von ihren eigenen Göttern segnen zu lassen, und Gerüchte von obszönen Zeremonien in der Meerjungfrau und Blutopfern in Maegors Feste machten in den Straßen von Königsmund die Runde. Es hätte gut und gern bei Gerüchten bleiben können, wären nicht kurz darauf das Reich und die königliche Familie kurz nacheinander von einer ganzen Reihe von Katastrophen heimgesucht worden, sodass sogar Menschen wie Pilz, die sonst gern über die Götter spotteten, darüber nachzudenken begannen, ob sich die Sieben in ihrem Zorn gegen das Haus Targaryen und die Sieben Königslande gewandt hatten.

Das erste Omen, das dunkle Zeiten verhieß, wurde auf Driftmark gesehen, als das Drachenei, das Laena Velaryon bei ihrer Geburt geschenkt worden war, zum Leben erwachte und ein Küken schlüpfte. Der Stolz und die Freude ihrer Eltern vergingen bald; der Drache, der sich aus dem Ei wand, war ein Ungeheuer, ein Wurm ohne Schwingen, weiß wie eine Made und blind. Innerhalb von Augenblicken nach dem Schlüpfen stürzte sich die Kreatur auf den Säugling in der Wiege und riss dem Mädchen ein Stück Fleisch aus dem Arm. Laena schrie, und Lord Eichenfaust riss den »Drachen« von ihr weg, warf ihn auf den Boden und hackte ihn in Stücke.

Die Nachricht über die Drachenmissgeburt und ihr blutiges Nachspiel bereitete König Aegon große Sorgen und führte zu zornigen Wortwechseln zwischen Seiner Gnaden und seinem Bruder. Prinz Viserys hatte sein eigenes Drachenei noch immer. Zwar hatte sich nie etwas darin geregt, doch der Prinz hatte es während der Jahre seines Exils und seiner Gefangenschaft stets bei sich getragen, denn es bedeutete ihm viel. Als Aegon befahl, alle Dracheneier aus seiner Burg zu entfernen, wurde Viserys äußerst zornig. Doch der Wille des Königs setzte sich durch, wie es sich gehört; das Ei wurde nach Drachenstein geschickt, und Prinz Viserys weigerte sich einen Mond lang, auch nur ein Wort mit dem König zu sprechen.

Seine Gnaden war sehr bestürzt über den Streit mit seinem Bruder, wie Pilz uns berichtet, aber nach dem, was als Nächstes geschah, war er geradezu am Boden zerstört. König Aegon nahm in seinem Solar zusammen mit seiner kleinen Königin Daenaera und seinem Freund Gaemon Hellhaar ein ruhiges Nachtmahl ein. Der Zwerg unterhielt sie mit einem dümmlichen Lied über einen Bären, der zu viel getrunken hatte, als der Bastardjunge über Magenkrämpfe zu klagen begann. »Lauf und hol Großmaester Munkun«, befahl der König Pilz. Als der Narr mit dem Großmaester zurückkehrte, war Gaemon bereits zusammengebrochen, und Königin Daenaera klagte: »Mein Bauch tut auch weh.«

Gaemon hatte König Aegon schon lange als Vorkoster und Mundschenk gedient, und Munkun erklärte nach kurzer Zeit, sowohl er als auch die kleine Königin seien Opfer eines Giftanschlags geworden. Der Großmaester verabreichte Daenaera ein starkes Abführmittel, das ihr vermutlich das Leben rettete. Die ganze Nacht hindurch musste sie sich immer wieder übergeben, sie weinte und wand sich vor Schmerz und war am nächsten Tag zu geschwächt und erschöpft, um das Bett zu verlassen, aber sie war entgiftet. Für Gaemon Hellhaar kam Munkuns Hilfe jedoch zu spät. Der Junge starb im Verlauf der nächsten Stunde. »König Fotze« war als Bastard in einem Bordell zur Welt gekommen, hatte während des Mondes der Tollheit für kurze Zeit über sein Königreich auf einem Hügel geherrscht, hatte die Hinrichtung seiner Mutter mitansehen müssen und später König Aegon III. als Mundschenk, Prügelknabe und Freund gedient. Bei seinem Tod war er vermutlich neun Jahre alt.

Danach verfütterte Großmaester Munkun die Reste des Essens an einen Käfig voller Ratten und stellte fest, dass das Gift in die Kruste der Apfeltörtchen eingebacken war. Glücklicherweise hatte der König nicht besonders viel übrig für Süßigkeiten (und eigentlich auch nicht fürs Essen an sich, um die Wahrheit zu sagen). Die Ritter der Königsgarde drangen in die Küche des Roten Bergfrieds ein und nahmen ein Dutzend Köche, Bäcker, Küchenjungen und Dienstmägde gefangen, die sie dem Lord Konfessor Georg Gnadenfurt überstellten. Unter Folter gestanden sieben, dass sie versucht hätten, den König zu vergiften … doch eine Aussage wich von der nächsten ab, und es gab keine Einigkeit darüber, woher sie das Gift bekommen hatten. Außerdem konnte keiner der Verhörten die Speise korrekt benennen, die vergiftet worden war, daher verwarf Lord Esch widerstrebend die Geständnisse, »die es nicht wert sind, dass ich mir damit den Arsch abwische«. (Die Hand war bereits vor dem Giftanschlag in düsterer Stimmung gewesen, denn er hatte vor Kurzem selbst eine persönliche Tragödie erlebt, als seine junge Gemahlin Lady Floris im Kindbett gestorben war.)

Obwohl der König seit der Rückkehr seines Bruders weniger Zeit mit seinem Mundschenk verbracht hatte, war Aegon nach Gaemon Hellhaars Tod untröstlich. Das einzig Gute daran war, dass der Zwist zwischen dem König und seinem Bruder Viserys ein Ende fand, denn Letzterer brach sein stures Schweigen, um Seine Gnaden zu trösten, und saß mit ihm am Krankenbett der Königin. Das war allerdings nur ein Tropfen auf den heißen Stein. Danach war es Aegon, der schwieg, denn ihn befiel wieder seine alte Schwermut, und er schien jegliches Interesse an seinem Hof und seinem Königreich zu verlieren.

Der nächste Schlag ging fern von Königsmund nieder, im Grünen Tal von Arryn, als Ser Corwyn Corbray entschied, dass Lady Jeynes letzter Wille befolgt werden müsse, und er Ser Gottfrid Arryn zum rechtmäßigen Lord von Hohenehr erklärte. Da die anderen Anwärter uneinsichtig blieben, kerkerte Ser Corwyn den Vergoldeten Falken und seine Söhne ein und richtete Eldric Arryn hin, doch irgendwie entging ihm Ser Eldrics irrer Vater Ser Arnold, der nach Runenstein floh, wo er in seiner Kindheit als Knappe gedient hatte. Gunthor Rois, im Grünen Tal bekannt als der Bronzeriese, war zwar ein alter Mann, doch ebenso stur wie furchtlos. Als Ser Corwyn eintraf und Ser Arnold aus seinem Versteck holen wollte, legte Lord Gunthor seine uralte Bronzerüstung an und ritt ihm entgegen. Worte wurden zu Flüchen, Flüche zu Drohungen. Als Corbray Lady Einsam zog … ob nun, um Rois zu erschlagen oder ihm lediglich zu drohen, bleibt für immer ungeklärt …, schoss ein Schütze auf den Zinnen von Runenstein einen Armbrustbolzen ab und traf ihn in die Brust.

Einen der Regenten des Königs anzugreifen war Hochverrat,

gleichbedeutend mit einem Angriff auf den König selbst. Darüber hinaus war Ser Corwyn der Onkel von Quenton Corbray, dem mächtigen und kriegerischen Lord von Herzheim, und außerdem der geliebte Gemahl von Lady Rhaena der Drachenreiterin, Schwager ihrer Zwillingsschwester Lady Baela und so durch Heirat verwandt mit Alyn Eichenfaust. Sein Tod fachte die Flamme des Krieges im Grünen Tal wieder an. Die Corbrays, Jägers, Cranichs und Rotfests versammelten sich, um den von Lady Jeyne eingesetzten Erben zu unterstützen, während die Rois' von Runenstein und Ser Arnold, »der Irre Erbe«, Beistand von den Tempelheims, Tolletts, Kaltwassers und Hofbergs erhielten, außerdem von den Lords der Finger und der Drei Schwestern. Möwenstadt und das Haus Haindorf traten weiterhin standhaft für den Vergoldeten Falken ein, obwohl der sich in Gefangenschaft befand.

Die Antwort aus Königsmund ließ nicht lange auf sich warten. Lord Esch schickte einen letzten Schwarm Raben ins Grüne Tal und befahl den Lords, die den Irren Erben und den Vergoldeten Falken unterstützten, sofort die Waffen niederzulegen, sonst würden sie den »Missmut des Eisernen Throns« erregen. Als er keine Antwort erhielt, beriet sich die Hand mit Eichenfaust und schmiedete Pläne, die Rebellion mit Gewalt zu beenden.

Da der Frühling gekommen war, dachte man, die Bergstraße durch die Mondberge sei wieder passierbar. Fünftausend Mann brachen auf und zogen unter Befehl von Ser Robert Esch, Lord Thaddeus' ältestem Sohn, den Königsweg hinauf. Unterwegs hob man in Jungfernteich, Darry und Heufurt weitere Männer aus, und jenseits des Tridents gesellten sich sechshundert Freys und eintausend Schwarzhains unter Lord Benjicot persönlich zu ihnen, sodass neuntausend Mann in die Berge zogen.

Ein zweiter Angriff erfolgte zur See. Anstatt die königliche Flotte einzusetzen, die von Ser Gedmund Gipfel der Großaxt befehligt wurde, dem Onkel seines Vorgängers, wandte sich die Hand an das Haus Velaryon, um die benötigten Schiffe zu bekommen. Eichenfaust würde die Flotte persönlich kommandieren, während seine Gemahlin Lady Baela nach Drachenstein aufbrach, um ihre verwitwete Zwillingsschwester zu trösten (und nebenbei dafür zu sorgen, dass Lady Rhaena nicht versuchte, den Tod ihres Gatten eigenhändig mit ihrem Drachen Morgen zu rächen).

Das Heer, das Lord Arryn ins Grüne Tal bringen sollte, wurde von Lady Larras Bruder Moredo Rogare befehligt, wie Lord Esch verkündete. Dass Lord Moredo ein furchterregender Kämpfer war, konnte niemand bezweifeln; hochgewachsen und streng, sein weißblondes Haar und die funkelnden blauen Augen machten ihn zum Ebenbild eines Kriegers aus dem Alten Valyria, sagten die Leute, und er trug ein Langschwert aus valyrischem Stahl, das er Wahrheit nannte.

Ungeachtet seiner Tapferkeit war die Ernennung des Lyseni überaus unpopulär. Während seine Brüder Roggerio und Lotho die Gemeine Zunge fließend sprachen, beherrschte Moredo die Sprache bestenfalls ansatzweise, und außerdem wurde die Weisheit der Entscheidung in Zweifel gezogen, einem Lyseni den Befehl über ein Heer von Rittern aus Westeros zu geben. Lord Eschs Feinde bei Hofe – darunter viele, die ihr Amt Unsieg Gipfel verdankten – behaupteten bald, dass dies der Beweis dafür sei, was sie schon seit einem halben Jahr flüsterten, nämlich dass sich Thaddeus Esch an Eichenfaust und die Rogares verkauft hatte.

Solche Gerüchte hätten vielleicht nur wenig bedeutet, wenn die Angriffe auf das Grüne Tal erfolgreich gewesen wären. Das waren sie jedoch nicht. Obgleich Eichenfaust die angeheuerten Söldnerschiffe des Vergoldeten Falken schnell beiseitefegte und den Hafen von Möwenstadt einnahm, verloren die Angreifer Hunderte Männer, als sie die Hafenmauer im Sturm nahmen, und dreimal so viele während der folgenden Häuserkämpfe. Nachdem sein Dolmetscher bei den Kämpfen in den Straßen getötet worden war, hatte Moredo Rogare große Schwierigkeiten, sich mit seinen Soldaten zu verständigen; die Männer verstanden seine Befehle nicht und er ihre Berichte nicht. Chaos war die Folge.

Am anderen Ende des Grünen Tales war die Bergstraße bei Weitem nicht so frei, wie man angenommen hatte. Ser Robert Eschs Heer musste sich in den höher gelegenen Pässen durch tiefen Schnee kämpfen und kam bald nur noch im Schneckengang voran, und immer wieder wurde die Marschkolonne von Wilden angegriffen, die in diesen Bergen hausten (Nachfahren der Ersten Menschen, die von den Andalen vor Tausenden von Jahren aus dem Grünen Tal vertrieben worden waren). »Skelette in Haut, bewaffnet mit Steinäxten und Holzkeulen«, sagte Ben Schwarzhain später, »aber so hungrig und verzweifelt, dass sie sich durch nichts abschrecken ließen, gleichgültig, wie viele wir erschlugen.« So forderten Kälte und Schnee und nächtliche Angriffe bald einen beträchtlichen Blutzoll.

Hoch oben in den Bergen, als Lord Robert und seine Männer sich um die Lagerfeuer drängten, geschah eines Nachts etwas Unvorstellbares. In den Hängen über ihnen war ein Höhleneingang von der Straße aus zu sehen, und ein Dutzend Männer stieg hinauf, um zu sehen, ob sie dort vielleicht Schutz vor dem Wind finden konnten. Die Knochen, die vor dem Höhleneingang verstreut lagen, hätten ihnen eigentlich zu denken geben sollen, doch sie gingen weiter … und scheuchten einen Drachen auf.

Sechzehn Mann starben in dem darauffolgenden Kampf, und fünf Dutzend erlitten üble Verbrennungen, ehe der wütende braune Wurm sich in die Lüfte erhob und tiefer in die Berge floh, und zwar mit einer »zerlumpten Frau auf dem Rücken, die sich an ihn klammerte«. Dies war das letzte Mal, dass eine Sichtung des Drachen Schafsdieb und seiner Reiterin Nessel in den Annalen von Westeros verzeichnet wurde … die Wildlinge aus den Bergen erzählen allerdings heute noch Geschichten über eine »Feuerhexe«, die einst in einem abgelegenen Tal fern jeder Straße und jedes Dorfes hauste. Einer der wildesten Bergstämme betete sie schließlich an, wie die Geschichtenerzähler berichten; junge Männer, die ihren Mut unter Beweis stellen wollten, brachten ihr Geschenke und wurden erst als Männer anerkannt, wenn sie mit Verbrennungen zurückkehrten, die ihren Besuch in der Höhle der Drachenfrau bewiesen.

Die Begegnung mit dem Drachen war nicht die letzte Gefahr, der sich Ser Roberts Heer stellen musste. Bei der Ankunft am Bluttor hatte er ein Drittel seiner Männer durch Wildlingsangriffe, Hunger und Kälte verloren. Unter den Toten befand sich auch Ser Robert

Esch, der von einem herabstürzenden Felsen zermalmt worden war, als die Stammeskrieger eine halbe Bergflanke auf die Kolonne stürzen ließen. Daraufhin hatte der Blutige Ben Schwarzhain den Befehl übernommen. Obwohl ihm noch ein halbes Jahr zum Mannesalter fehlte, war Lord Schwarzhain zu diesem Zeitpunkt so kriegserfahren wie andere nicht, die viermal so alt waren. Am Bluttor, dem Eingang zum Grünen Tal, wurden sie mit Essen und Wärme willkommen geheißen … aber Ser Gottfrid Arryn, der Ritter des Bluttores und Lady Jeynes erwählter Nachfolger, erkannte auf einen Blick, dass Schwarzhains Männer nach dem Marsch nicht mehr kampftauglich waren. Sie würden ihm keine Hilfe sein, sondern eine Last.

Während die Kämpfe im Grünen Tal von Arryn weitergingen, erlitt das Versprechen auf den Lysenischen Frühling einen weiteren herben Rückschlag, und zwar Hunderte Wegstunden weiter im Süden, wo Lysandro der Prächtige in Lys und sein Bruder Drazenko in Sonnspeer beinahe gleichzeitig ums Leben kamen. Obwohl die Meerenge zwischen ihnen lag, starben die beiden Rogares innerhalb eines Tages und beide unter fragwürdigen Umständen. Drazenko erstickte an einem Stück Speck. Lysandro ertrank, als seine prächtige Barke unterging, die ihn von seinem Parfümierten Garten zurück zu seinem Palast brachte. Auch wenn einige wenige darauf beharren werden, dass beides unglückliche Unfälle gewesen seien, sehen viele andere in der Art und im Zeitpunkt der Ereignisse den Beweis dafür, dass hier eine Verschwörung gegen das Haus Rogare am Werk war. Überwiegend machte man die Männer ohne Gesicht aus Braavos für die Morde verantwortlich, denn in der ganzen Welt gab es keine geschickteren Attentäter als sie.

Doch falls die Männer ohne Gesicht für diese Todesfälle verantwortlich waren, auf wessen Bitte hatten sie gehandelt? Die Eiserne Bank von Braavos geriet unter Verdacht, ebenso der Archon von Tyrosh, Racallio Ryndoon und verschiedene Handelsherren und Magister aus Lys, die bekanntermaßen unter der »samtenen Tyrannei« Lysandros des Prächtigen gelitten hatten. Einige verstiegen sich sogar zu der Behauptung, der Erste Magister sei von seinen eigenen Söhnen aus dem Weg geräumt worden (er hatte sechs eheliche Söhne gezeugt, drei Töchter und sechzehn Bastarde). Allerdings waren die Brüder so geschickt getötet worden, dass man nicht einmal nachweisen konnte, dass sie ermordet worden waren.

Keines der Ämter, durch die Lysandro Macht auf Lys ausgeübt hatte, war erblich. Seine von Krebsen angefressene Leiche war kaum aus dem Meer gezogen worden, da hatten alte Feinde, falsche Freunde und einstmalige Verbündete schon mit dem Streit um seine Nachfolge begonnen.

Bei den Lyseni, so heißt es zu Recht, werden Kriege eher mit Ränken und Gift geführt als mit Heeren. Für den Rest dieses blutigen Jahres drehten sich die Magister und Handelsherren von Lys in einem tödlichen Tanz, bei dem nahezu alle vierzehn Tage jemand nach oben gelangte und wieder stürzte. Und wer stürzte, stürzte oft tödlich. Torreo Haen wurde zusammen mit seiner Gemahlin, seiner Geliebten, seinen Töchtern (eine davon das Mädchen, dessen hauchdünnes Kleid beim Jungfrauentag einen solchen Skandal verursacht hatte), Geschwistern und Unterstützern bei dem Fest vergiftet, das er zur Feier seiner Erhebung zum Ersten Magister gab. Silvario Pendaerys wurde im Tempel des Handels durchs Auge zu Tode gestochen, während sein Bruder Pereno in einem Kissenhaus mit einer Garotte erdrosselt wurde, derweil ihn eine Sklavin mit dem Mund befriedigte. Der Gonfaloniere Moreo Dagareon wurde von seinen eigenen Eliteleibwachen ermordet, und Matteno Orthys, ein glühender Anhänger der Göttin Pantera, wurde von seiner wertvollen Schattenkatze zerfetzt und halb verschlungen, als deren Käfig eines Nachts aus unerklärlichen Gründen offenstand.

Zwar konnten Lysandros Kinder seine Ämter nicht erben, sein Palast ging jedoch an seine Tochter Lysara, seine Schiffe an seinen Sohn Drako, sein Kissenhaus an seinen Sohn Fredo, seine Bibliothek an seine Tochter Marra. Alle Nachkommen wurden an dem Vermögen der Bank Rogare beteiligt. Sogar seine Bastarde erhielten Anteile, wenngleich weniger als die ehelichen Söhne und Töchter. Die Führung der Bank übernahm indessen Lysandros ältester Sohn Lysaro … von dem ganz richtig geschrieben steht: »Er hatte doppelt so viel Ehrgeiz wie sein Vater, aber nur die Hälfte seiner Fähigkeiten.«

Lysaro Rogare drängte es nach der Macht über Lys, aber ihm fehlte es sowohl an der Klugheit als auch an der Geduld, um im Laufe von Jahrzehnten langsam Reichtum und Macht anzuhäufen, so wie es sein Vater Lysandro getan hatte. Da ringsum Rivalen starben, sorgte Lysaro zuerst für seine eigene Sicherheit, indem er eintausend Unbefleckte von Astapors Sklavenhändlern kaufte. Diese Eunuchenkrieger waren als die besten Fußsoldaten der Welt berühmt und wurden überdies zu absolutem Gehorsam erzogen, weshalb ihr Herr weder Aufsässigkeit noch Verrat befürchten musste.

Nachdem er sich mit diesem Schutzwall umgeben hatte, sicherte Lysaro seine Wahl zum Gonfaloniere; er gewann das Volk mit üppigen Unterhaltungen und die Magister mit Bestechungsgeldern in einer Höhe, wie sie noch keiner von ihnen je gesehen hatte. Als diese Ausgaben sein persönliches Vermögen erschöpften, zweigte er Gold aus der Bank ab. Seine Absicht war, wie er später enthüllte, einen kurzen, siegreichen Krieg mit Tyrosh oder Myr anzuzetteln. Als Gonfaloniere würde der Ruhm der Eroberung ihm zufallen, und dadurch würde er das Amt des Ersten Magisters erringen können. Durch die Plünderung von Tyrosh oder Myr könnte er sich genug Gold aneignen, um zurückzuzahlen, was er aus der Bank entnommen hatte, und wäre dann immer noch der reichste Mann in Lys.

Es war der Plan eines Narren, der fehlschlagen musste. Der Legende zufolge waren es Männer in Diensten der Eisernen Bank von Braavos, die als Erste öffentlich Vermutungen darüber anstellten, dass die Bank Rogare nicht mehr verlässlich sei, aber ungeachtet dessen, wer den Anfang machte, waren solche Gerüchte bald in ganz Lys zu hören. Die Magister und Handelsherren der Stadt verlangten ihre Einlagen zurück; zunächst nur einige wenige, dann immer mehr, bis ein Fluss aus Gold aus Lysaros Gewölben strömte … ein Fluss, der rasch versiegte. Zu diesem Zeitpunkt war Lysaro selbst längst verschwunden. Im Angesicht des Ruins war er mitten in der Nacht mit drei Bettsklavinnen, sechs Dienern und einhundert Unbefleckten geflohen und hatte seine Gemahlin, seine

Töchter und seinen Palast im Stich gelassen. Natürlich waren die Magister alarmiert und beschlagnahmten sofort die Bank Rogare, von der allerdings nur noch die leere Hülle übrig war.

Der Fall des Hauses Rogare war schnell und brutal. Lysaros Brüder und Schwestern behaupteten, sich an der Plünderung der Bank nicht beteiligt zu haben, doch viele bezweifelten ihre Unschuld. Drako Rogare entkam auf einer seiner Galeeren nach Volantis, während seine Schwester Marra in Männerkleidung in den Tempel des Yndros floh und dort um Zuflucht ersuchte, aber die anderen Geschwister wurden ergriffen und vor Gericht gestellt, sogar die Bastarde. Als Lysara Rogare protestierte: »Ich habe von nichts gewusst«, erwiderte Magister Tigaro Maraqos: »Ihr hättet es wissen müssen«, und der Pöbel brüllte Beifall. Die halbe Stadt war ruiniert.

Doch der Schaden beschränkte sich nicht auf Lys. Als die Nachricht vom Sturz des Hauses Rogare in Westeros eintraf, begriffen die Lords und Händler gleichermaßen, dass die Münzen, die sie der Bank Rogare anvertraut hatten, verloren waren. Moredo Rogare reagierte schnell in Möwenstadt, übergab den Befehl an Alyn Eichenfaust und nahm ein Schiff nach Braavos. Lotho Rogare wurde von Ser Lukas Flurgut und seinen Goldröcken ergriffen, als er versuchte, Königsmund zu verlassen; sein gesamter Schriftwechsel und seine Bücher wurden beschlagnahmt, außerdem jede Unze Gold und Silber, die noch in den Gewölben auf Visenyas Hügel zu finden war. Inzwischen nahmen sich Ser Marsten Wasser von der Königsgarde und zwei seiner Geschworenen Brüder mit fünfzig Wachen die Meerjungfrau vor. Die Gäste des Bordells wurden auf die Straße getrieben, viele von ihnen nackt (zu diesen gehörte auch Pilz, wie er selbst zugibt), während Lord Roggerio mit vorgehaltenem Speer durch eine spottende Menge getrieben wurde. Im Roten Bergfried wurden der Bordellbesitzer und der Bankier im Turm der Hand eingesperrt, denn ihre Verwandtschaft mit Prinz Viserys' Gemahlin ersparte ihnen fürs Erste die Schwarzen Zellen.

Zuerst wurde allgemein angenommen, die Hand habe ihre Ergreifung angeordnet. Da Ser Corwyn im Grünen Tal gestorben war, blieben als Regenten nur noch Lord Esch und Großmaester

Munkun. Dieser Irrtum hielt sich jedoch nur ein paar Stunden, denn am gleichen Abend noch landete Lord Esch im selben Gefängnis wie die Rogares. Die Finger, die angeblichen Beschützer der Hand, verteidigten ihn nicht. Als Ser Mervyn Blumen den Ratssaal betrat und Lord Thaddeus in Haft nahm, befahl Tessario der Tiger seinen Männern Zurückhaltung. Nur Lord Eschs Knappe leistete Widerstand, wurde aber rasch überwältigt. »Verschont den Jungen«, bat Lord Thaddeus, und den Gefallen taten sie ihm … aber erst nachdem Blumen dem Knaben die Ohren abgeschnitten hatte, »damit er lernt, dass er gegen die Königsgarde das Schwert nicht blankzuziehen hat«.

Doch damit endete die Liste derer, die ergriffen und des Hochverrates beschuldigt wurden, noch lange nicht. Drei von Lord Eschs Vettern und einer seiner Neffen wurden gefangen genommen, dazu vierzig Stallburschen, Diener und Ritter in seinen Diensten. Alle wurden überrascht und ergaben sich ohne Gegenwehr. Doch als sich Ser Amalrich Gipfel mit einem Dutzend Waffenknechten Maegors Feste näherte, sah er sich Viserys Targaryen selbst auf der Zugbrücke gegenüber, mit einer Streitaxt in der Hand. »Es war eine schwere Axt, und der Prinz war ein magerer Junge von dreizehn Jahren«, berichtet uns der Narr Pilz. »Es schien schon zweifelhaft, dass er die Axt überhaupt heben könnte, geschweige denn schwingen.«

»Wenn Ihr gekommen seid, um meine Hohe Gemahlin zu holen, Ser, dann dreht um und geht«, sagte der junge Prinz, »denn solange ich hier stehe, werdet Ihr hier nicht durchkommen.«

Ser Amalrich fand diese Darbietung von Widerstand eher amüsant als bedrohlich. »Eure Gemahlin soll im Zusammenhang mit dem Verrat ihrer Brüder verhört werden«, erklärte er dem Prinzen.

»Und wer will sie verhören?«, fragte der Prinz.

»Die Hand des Königs«, antwortete Ser Amalrich.

»Lord Esch?«, fragte Viserys.

»Lord Esch wurde seines Amtes enthoben. Ser Marsten Wasser ist die neue Hand des Königs.«

In diesem Augenblick trat Aegon III. aus dem Tor von Maegors

Feste und stellte sich neben seinen Bruder. »Ich bin der König«, rief Seine Gnaden ihnen in Erinnerung, »und ich habe Ser Marsten nicht zu meiner Hand berufen.«

Aegons Einmischung überraschte Ser Amalrich, berichtet Pilz, doch nachdem er kurz gezögert hatte, sagte er: »Euer Gnaden sind noch ein Kind. Bis Ihr erwachsen seid, Herr, treffen Eure treuen Lords solche Entscheidungen für Euch. Ser Marsten wurde von Euren Regenten ernannt.«

»Lord Esch ist mein Regent«, beharrte der König.

»Nicht mehr«, erwiderte Ser Amalrich. »Lord Esch hat Euer Vertrauen missbraucht. Seine Regentschaft wurde beendet.«

»Auf wessen Befehl?«, wollte Aegon wissen.

»Auf Befehl der Hand des Königs«, erwiderte der Weiße Ritter.

Prinz Viserys lachte darüber (König Aegon lachte nie, zu Pilzens Bestürzung) und sagte: »Die Hand ernennt den Regenten, und der Regent ernennt die Hand, und so geht der Reigen im Kreis, im Kreis, im Kreis … Aber Ihr werdet hier nicht durchkommen, Ser, und auch meine Gemahlin nicht anrühren. Verschwindet, oder ich verspreche Euch, alle Eure Männer hier werden sterben.«

Daraufhin verlor Ser Amalrich Gipfel die Geduld. Er durfte sich nicht von zwei Jungen aufhalten lassen, von denen der eine dreizehn und der andere vierzehn Jahre alt und unbewaffnet war. »Das reicht«, sagte er und befahl seinen Männern, die Jungen aus dem Weg zu schaffen. »Seid vorsichtig und passt auf, dass sie nicht zu Schaden kommen.«

»Was jetzt kommt, habt Ihr selbst zu verantworten, Ser«, warnte Prinz Viserys. Er schlug seine Axt tief ins Holz der Zugbrücke, wich zurück und sagte: »Geht nicht weiter als bis zu der Axt, oder Ihr werdet sterben.« Der König fasste ihn an der Schulter und zog ihn in die Sicherheit der Feste zurück, und ein Schatten trat auf die Zugbrücke.

Sardoq der Schatten war mit Lady Larra aus Lys gekommen, ein Geschenk ihres Vaters, des Magisters Lysandro. Er hatte schwarze Haut und schwarzes Haar und ragte fast sieben Fuß auf. Sein Gesicht, das er oft hinter einem schwarzen Seidenschleier verbarg, war von dünnen weißen Narben gezeichnet, und seine Lippen und seine Zunge waren entfernt worden, sodass er schrecklich anzusehen und stumm war. Es heißt, er habe einhundert Kämpfe in den Todesarenen von Meereen gewonnen und einmal einem Feind mit den Zähnen die Kehle herausgerissen, nachdem sein Schwert geborsten war. Außerdem erzählte man sich, dass er das Blut der Männer trank, die er getötet hatte, dass er in den Arenen Löwen, Bären, Wölfe und Wyvern getötet hatte, und zwar mit nichts als den Steinen, die er im Sand gefunden hatte.

Solche Heldentaten werden mit jedem Erzählen größer, und wir wissen nicht, wie viel und ob wir überhaupt etwas davon glauben können. Zwar konnte Sardoq weder lesen noch schreiben, doch Pilz erzählt uns, dass er Musik liebte und oft in den Schatten von Lady Larras Schlafgemach saß und süße, traurige Töne auf einem eigentümlichen Saiteninstrument aus Goldherz und Ebenholz spielte, das fast so groß war wie er selbst. »Manchmal konnte ich Lady Larra zum Lachen bringen, obwohl sie nur ein paar Worte in unserer Sprache verstand«, sagt der Narr, »doch das Spiel des Schattens brachte sie immer zum Weinen, und seltsamerweise schien ihr das besser zu gefallen.«

Am Tor von Maegors Feste spielte Sardoq der Schatten jedoch eine andere Art von Musik, als Ser Amalrichs Wachmänner mit Schwert und Speer auf ihn zustürmten. In dieser Nacht trug er einen großen schwarzen Schild aus Nachtholz, gehärteter Haut und Eisen und ein großes Krummschwert mit einem Griff aus Drachenbein, dessen dunkle Klinge im Fackelschein das unverwechselbare Glänzen valyrischen Stahls enthüllte. Seine Gegner heulten und fluchten und schrien, als sie sich auf ihn stürzten, doch der Schatten gab keinen Laut von sich außer mit seinem Stahl und glitt leise wie eine Katze durch sie hindurch. Seine Klinge pfiff nach links und rechts und oben und unten, ließ mit jedem Hieb Blut fließen und schnitt durch Kettenhemden, als wären sie aus Pergament. Pilz will den Kampf vom Dach von Maegors Feste beobachtet haben und behauptet: »Es sah gar nicht aus wie ein Schwertkampf, sondern eher, als würde ein Bauer Getreide ernten. Mit jedem Streich fielen die Halme, aber diese Halme waren lebende Menschen, die schrien und fluchten, als sie zu Boden gingen.« Ser Amalrichs Männern mangelte es nicht an Mut, und manche lebten lange genug, um selbst einen Hieb zu landen, doch der Schatten, ewig in Bewegung, parierte ihre Klingen mit dem Schild und stieß die Angreifer rückwärts von der Brücke in die hungrigen Eisenspieße darunter.

Eins dürfen wir über Ser Amalrich Gipfel sagen: Sein Tod machte der Königsgarde keine Schande. Drei seiner Männer lagen tot auf der Zugbrücke, und zwei weitere wanden sich auf den Spießen unten, als Gipfel selbst das Schwert zog. »Er trug eine weiße Schuppenrüstung unter seinem weißen Mantel«, berichtet uns Pilz, »doch sein Helm hatte kein Visier, und er hatte keinen Schild mitgebracht. Für diese Fehler ließ Sardoq ihn mit Blut bezahlen.« Der Schatten machte einen Tanz daraus, behauptet der Zwerg, und zwischen jeder neuen Wunde, die er Ser Amalrich zufügte, tötete er einen seiner verbliebenen Helfer, ehe er sich wieder dem Weißen Ritter zuwandte. Dennoch kämpfte Gipfel mit sturer Tapferkeit weiter, und kurz vor dem Ende gaben ihm die Götter einen halben Herzschlag lang eine Gelegenheit, als der letzte der Wachmänner irgendwie Sardoqs Schwert zu fassen bekam und es dem Schatten aus den Händen riss, ehe er von der Brücke fiel. Ser Amalrich kam taumelnd von den Knien auf die Füße und stürzte sich auf seinen unbewaffneten Feind.

Sardoq zog Viserys' Streitaxt aus dem Holz, wo der Prinz sie hineingerammt hatte, und spaltete Ser Amalrichs Kopf und Helm vom Scheitel bis zur Halsberge. Er ließ die Leiche auf die Spieße fallen, schob gemächlich die Toten und Sterbenden von der Zugbrücke und zog sich dann in Maegors Feste zurück, woraufhin der König befahl, die Zugbrücke hochzuziehen, die Fallgatter herunterzulassen und die Tore zu verriegeln. Die Burg in der Burg war gesichert.

Und so sollte es achtzehn Tage lang bleiben.

Der Rest des Roten Bergfrieds war in den Händen von Ser Marsten Wasser und seiner Königsgarde, während vor den Burgmauern Ser Lukas Flurgut und seine Goldröcke Königsmund fest im Griff hatten. Beide traten am nächsten Morgen vor die Feste und verlangten, dass der König seine Zuflucht verließe. »Euer Gnaden tun uns unrecht, wenn Ihr glaubt, wir wollten Euch ein Leid antun«, sagte Ser Marsten, als die Männer, die Sardoq getötet hatte, aus dem Burggraben geholt wurden. »Wir wollten lediglich Euer Gnaden vor falschen Freunden und Verrätern schützen. Ser Amalrich hatte geschworen, Euch zu beschützen und wenn nötig für Euch zu sterben. Er war Euer treuer Diener, ebenso wie ich. Einen solchen Tod hat er nicht verdient, erschlagen von so einer Bestie.«

König Aegon war ungerührt. »Sardoq ist keine Bestie«, antwortete er von den Zinnen. »Er kann nicht sprechen, aber er kann hören, und er gehorcht. Ich habe Ser Amalrich befohlen zu gehen, und er hat sich geweigert. Mein Bruder hat ihn gewarnt, was geschehen würde, wenn er an der Axt vorbeigeht. Das Gelübde der Königsgarde schließt Gehorsam ein, dachte ich.«

»Wir haben geschworen, dem König zu gehorchen, das ist wahr, Herr«, erwiderte Ser Marsten, »und wenn Ihr erwachsen seid, werden sich meine Brüder und ich freudig in unsere Schwerter stürzen, solltet Ihr uns das befehlen. Solange Ihr jedoch noch ein Kind seid, sind wir durch Eid verpflichtet, der Hand des Königs zu gehorchen, denn die Hand des Königs spricht mit der Stimme des Königs.«

»Lord Thaddeus ist meine Hand«, beharrte Aegon.

»Lord Thaddeus hat Euer Reich an Lys verkauft und wird sich dafür verantworten müssen. Ich werde als Eure Hand dienen, bis seine Schuld oder seine Unschuld erwiesen ist.« Ser Marsten zog das Schwert aus der Scheide und ging auf ein Knie. »Ich schwöre bei meinem Schwert im Angesicht der Götter und Menschen, dass Euch kein Leid geschehen wird, solange ich an Eurer Seite stehe«, sagte er.

Falls der Lord Kommandant glaubte, den König mit diesen Worten umstimmen zu können, hätte er sich nicht mehr täuschen können. »Ihr habt neben mir gestanden, als der Drache meine Mutter gefressen hat«, antwortete Aegon. »Ihr habt nur zugeschaut. Ich werde nicht zulassen, dass Ihr wieder zuschaut, während sie die Gemahlin meines Bruders töten.« Dann verließ er den Wehrgang, und Wasser konnte ihn an diesem Tag nicht mehr dazu bewegen, sich erneut zu zeigen. Auch nicht am nächsten Tag oder dem darauf.

Am vierten Tag kam Großmaester Munkun zusammen mit Ser Marsten. »Ich flehe Euch an, Herr, beendet diese kindische Torheit und kommt heraus, damit wir Euch dienen können.« König Aegon schaute auf ihn herunter, ohne etwas zu sagen, doch sein Bruder war nicht so zurückhaltend und befahl dem Großmaester, »eintausend Raben« fliegen zu lassen, damit das Reich erführe, dass der König in seiner eigenen Burg belagert wurde. Darauf antwortete der Großmaester nicht. Auch flogen keine Raben.

In den folgenden Tagen machte Munkun weitere Versuche und versicherte Aegon und Viserys, dass alles nach Recht und Gesetz abgelaufen sei. Ser Marsten bat und drohte und feilschte, und Septon Bernhard wurde geholt, um laut zum Alten Weib zu beten, damit es dem König den Weg zurück zur Weisheit erhelle. Alles war vergeblich. Ihre Bemühungen entlockten dem jungen König kaum eine Antwort, nur mürrisches stures Schweigen. Nur einmal geriet Seine Gnaden in Zorn, als sein Waffenmeister Ser Gareth Lang den Versuch unternahm, ihn zur Aufgabe zu überreden. »Und wenn ich nicht gehorche, wen bestraft Ihr dann, Ser?«, rief König Aegon zu ihm hinunter. »Ihr könnt ja die Knochen des armen Gaemon verprügeln, aber von denen werdet Ihr kein Blut mehr bekommen.«

Viele und noch viele mehr haben sich über den Langmut der neuen Hand und seiner Verbündeten während dieser Pattsituation gewundert. Ser Marsten hatte mehrere Hundert Mann im Roten Bergfried, und Ser Lukas Flutguts Goldröcke zählten über zweitausend. Maegors Feste bot eine außerordentlich gute Zuflucht, doch sie war nur schwach besetzt. Von den Lyseni, die mit Lady Larra nach Westeros gekommen waren, waren nur noch Sardoq der Schatten und sechs weitere Männer an ihrer Seite, die anderen waren mit ihrem Bruder Moredo ins Grüne Tal gezogen. Außerdem hatten sich einige Getreue von Lord Esch in Maegors Feste zurückgezogen, ehe das Tor versperrt worden war, aber unter ihnen waren keine Ritter, keine Knappen und keine Waffenknechte. Das Gleiche galt für die Dienerschar des Königs. (Es gab einen Ritter der Königsgarde in der Feste, aber Ser Raynard Ruskyn war ein Gefangener, der ganz zu Anfang, als der König Widerstand zu leisten begann, von den Lyseni überwältigt und verwundet worden war.) Pilz erzählt uns, Königin Daenaeras Damen hätten Kettenhemden angelegt und Speere aufgenommen, damit es aussah, als hätte König Aegon mehr Männer zu seiner Verteidigung, doch von dieser List hätten sich Ser Marsten und seine Männer sicherlich nicht lange täuschen lassen, wenn sie überhaupt darauf hereingefallen wären.

Daher müssen wir die Frage stellen: Warum hat Marsten Wasser die Feste nicht einfach gestürmt? Er hatte mehr als genug Männer zur Verfügung. Sicherlich hätte er einige an Sardoq und die anderen Lyseni verloren, doch am Ende wäre selbst der Schatten überwältigt worden. Dennoch hielt sich die Hand zurück und setzte seine Versuche fort, die »geheime Belagerung« (wie dieser Streit später genannt werden sollte) mit Worten zu beenden, obgleich Schwerter gewiss zu einem rascheren Erfolg geführt hätten.

Manche behaupten, hinter Ser Marstens Zögerlichkeit habe einfach Feigheit gestanden, er habe sich vor der Klinge des lysenischen Riesen Sardoq gefürchtet. Das erscheint unwahrscheinlich. Gelegentlich wird auch verbreitet, dass die Verteidiger der Feste (in manchen Erzählungen der König selbst, sein Bruder in anderen) damit drohten, den gefangenen Ritter der Königsgarde beim ersten Anzeichen eines Angriffs zu hängen … aber Pilz nennt dies »eine niederträchtige Lüge«.

Die wahrscheinlichste Erklärung ist die einfachste. Marsten Wasser war weder ein großer Ritter noch ein guter Mensch, darin sind sich die meisten Gelehrten einig. Obwohl als Bastard geboren, erhielt er den Ritterschlag und einen bescheidenen Platz im Gefolge König Aegons II., doch dort hätte sein Aufstieg höchstwahrscheinlich geendet, wäre er nicht mit gewissen Fischersleuten auf Drachenstein verwandt gewesen, weshalb Larys Kraft ihn aus einhundert besseren Rittern auswählte, um den König während Rhaenyras Herrschaft zu verstecken. In den Jahren danach war Wasser immer höher aufgestiegen und anstelle von Rittern von besserer Geburt und weitaus größerem Ansehen Lord Kommandant der Königsgarde geworden. Als Hand des Königs wäre er der mächtigste Mann im Reich gewesen, bis König Aegon III. das Erwachsenenalter erreicht hätte … aber in dieser entscheidenden Situation zögerte er, weil ihm sein Gelübde und seine Bastardehre zu wichtig waren. Er wollte den Weißen Mantel, den er trug, nicht besudeln, indem er einen Angriff auf den König befahl, den zu beschützen er geschworen hatte, und deshalb mied Ser Marsten Leitern, Enterhaken und einen Angriff und vertraute weiterhin auf vernünftige Worte (und vielleicht den Hunger, denn die Vorräte in der Feste konnten nicht lange reichen).

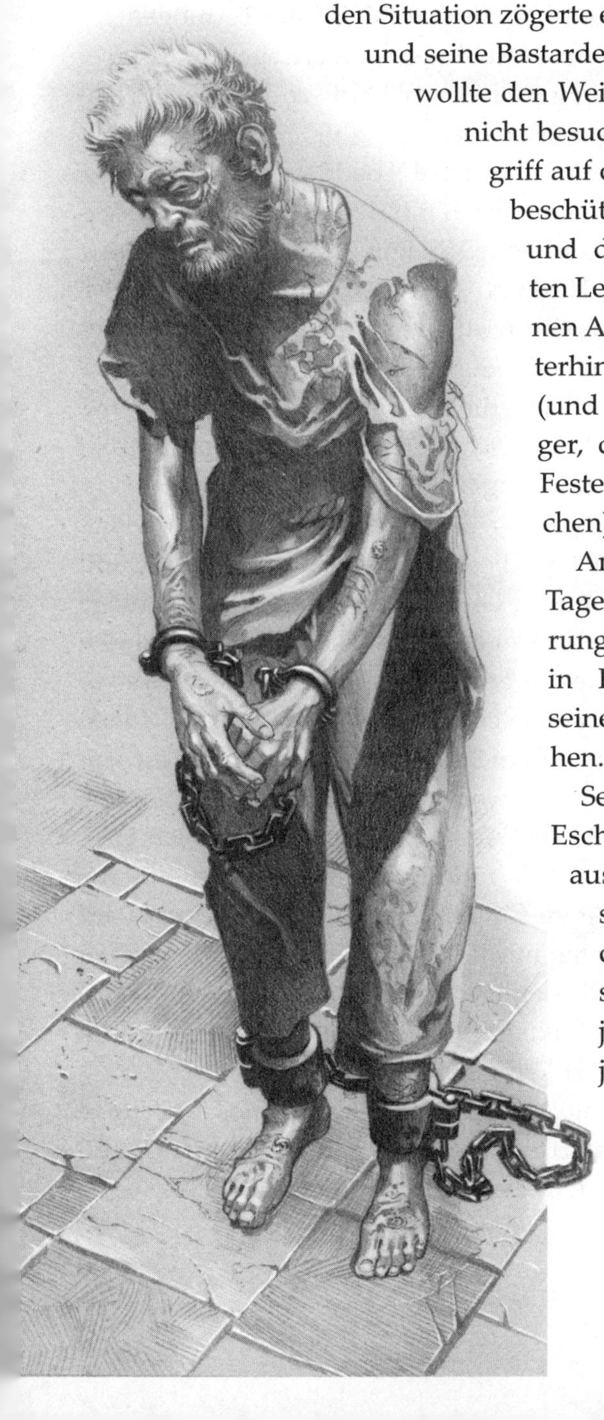

Am Morgen des zwölften Tages der geheimen Belagerung wurde Thaddeus Esch in Ketten vorgeführt, um seine Verbrechen zu gestehen.

Septon Bernhard listet Lord Eschs angebliche Vergehen ausführlich auf: Er hatte sich mit Gold und Mädchen (exotischen Geschöpfen aus der Meerjungfrau, behauptet Pilz, je jünger, desto besser) bestechen lassen, hatte Moredo Rogare ins Grüne Tal geschickt, um Ser Arnold Arryn seines rechtmäßigen Erbes zu berauben, er hatte sich mit Eichenfaust verschworen, um Unsieg Gipfel als Hand des Königs abzusetzen, er hatte geholfen, die Bank Rogare von Lys auszuplündern und dadurch viele »gute und treue Männer in Westeros von edler Geburt und hohem Stand« um ihr Vermögen gebracht, er hatte seinem Sohn ein Kommando übertragen, »dessen er offensichtlich nicht würdig gewesen war«, was zum Tode Tausender in den Mondbergen geführt hatte.

Die schrecklichste Tat, die man Lord Thaddeus zur Last legte, war das Komplott, das er gemeinsam mit den drei Rogares ausgeheckt hatte: König Aegon und seine Königin zu vergiften, um Prinz Viserys auf den Eisernen Thron zu setzen, wodurch Larra aus Lys seine Königin würde. »Das Gift wird allgemein die Tränen von Lys genannt«, verkündete Bernhard, eine Behauptung, die Großmaester Munkun bestätigte. »Zwar haben die Sieben Euch verschont, Herr«, schloss Bernhard, »doch Lord Eschs hinterhältiges Komplott hat Euren jungen Freund Gaemon das Leben gekostet.«

Als der Septon seinen Vortrag beendet hatte, sagte Ser Marsten Wasser: »Lord Esch hat all diese Verbrechen gestanden«, und gab dem Lord Konfessor Georg Gnadenfurt einen Wink, er möge den Gefangenen nach vorn bringen. Lord Thaddeus war an den Knöcheln mit schweren Ketten gefesselt, und sein Gesicht war so blau und geschwollen, dass man es kaum erkennen konnte. Zuerst regte sich Lord Esch überhaupt nicht, bis Lord Gnadenfurt ihn mit der Spitze seines Dolches pikte, woraufhin er mit belegter Stimme sagte: »Ser Marsten spricht die Wahrheit, Euer Gnaden. Ich habe alles gestanden. Lotho hat mir fünfzigtausend Drachen für die Tat versprochen, und weitere fünfzigtausend, sobald Viserys auf dem Thron säße. Das Gift hat mir Roggerio gegeben.« Er sprach so schleppend und lallend, dass einige der Zuschauer auf dem Wehrgang glaubten, Lord Thaddeus sei betrunken, bis Pilz sie darauf aufmerksam machte, dass er keine Zähne mehr hatte.

Dieses Geständnis machte König Aegon III. sprachlos. Der Junge stand nur noch da und starrte vor sich hin, einen Ausdruck von solcher Verzweiflung auf dem Gesicht, dass Pilz befürchtete, Seine

Gnaden stünde kurz davor, vom Wehrgang hinunter auf die Spieße zu springen und sich zu seiner ersten Königin zu gesellen.

Es fiel Prinz Viserys zu, darauf zu antworten. »Und meine Gemahlin, Lady Larra?«, rief er nach unten, »war sie auch an der Verschwörung beteiligt, Mylord?« Lord Esch nickte schwerfällig. »Ja«, sagte er. »Und was ist mit mir?«, fragte der Prinz. »Ja, Ihr auch«, antwortete Lord Thaddeus stumpfsinnig … eine Antwort, die Marsten Wasser zu überraschen schien, während sie Lord Georg Gnadenfurt sehr missfiel. »Und Gaemon Hellhaar, er hat das Gift in die Küchlein gegeben, möchte ich meinen«, fuhr Viserys schlagfertig fort. »Wenn es meinem Prinzen gefällt«, murmelte Thaddeus Esch. Woraufhin sich der Prinz an seinen Bruder, den König, wandte: »Gaemon hat so viel Schuld auf sich geladen wie wir anderen auch … überhaupt keine«, und der Zwerg Pilz rief hinunter: »Lord Esch, habt Ihr König Viserys vergiftet?«, woraufhin die alte Hand nickte und sagte: »Ja, ich war es, Mylord. Ich gestehe es.«

Die Miene des Königs wurde hart. »Ser Marsten«, sagte er, »dieser Mann ist meine Hand und des Hochverrats nicht schuldig. Die Verräter hier sind jene, die ihn gefoltert haben, damit er dieses falsche Geständnis ablegt. Ergreift den Lord Konfessor, wenn Ihr Euren König liebt … tut Ihr das nicht, weiß ich, dass Ihr so falsch seid wie er.« Seine Worte hallten über den inneren Hof, und in diesem Augenblick war der gebrochene Junge Aegon III. vom Scheitel bis zur Sohle ein richtiger König.

Bis zum heutigen Tag vermuten einige, Ser Marsten Wasser sei nur ein Werkzeug gewesen, ein schlichter, ehrlicher Ritter, der von hinterhältigeren Männern benutzt und getäuscht wurde, während andere der Meinung sind, Wasser habe sich von Beginn an dem Komplott beteiligt, sich aber gegen seine Mitverschwörer gewendet, als er sah, dass der Wind sich drehte.

Wie dem auch sei, Ser Marsten gehorchte dem Befehl des Königs. Lord Gnadenfurt wurde von der Königsgarde ergriffen und in eben jenen Kerker geschleppt, der ihm noch unterstanden hatte, als er an diesem Morgen aus dem Bett aufstand. Lord Esch nahm man die

Ketten ab, und alle Ritter und Diener wurden aus den Verliesen zurück ins Licht der Sonne geholt.

Es war nicht notwendig, den Lord Konfessor der Folter zu unterziehen; der Anblick der Instrumente genügte, damit er die Namen der anderen Verschwörer preisgab. Unter anderem nannte er den verstorbenen Ser Amalrich Gipfel und Ser Mervyn Blumen von der Königsgarde, Tessario den Tiger, Septon Bernhard, Ser Gareth Lang, Ser Viktor Reisig, Ser Lukas Flurgut von den Goldröcken zusammen mit sechs von sieben Hauptleuten der Stadttore und sogar drei Damen der Königin.

Nicht alle ergaben sich kampflos. Am Tor der Götter entbrannte ein kurzes, heftiges Gefecht, als die Männer des Königs Lukas Flurgut ergreifen wollten, das neun Männer das Leben kostete, darunter auch Flurgut selbst. Drei der beschuldigten Hauptleute flohen, ehe man sie ergreifen konnte, zusammen mit einem Dutzend ihrer Männer. Tessario der Tiger entschied sich ebenfalls für die Flucht, wurde aber in einer Hafentaverne am Flusstor erwischt, als er mit dem Kapitän eines Walfängers um die Fahrt nach Ibben feilschte.

Ser Marsten entschied sich, Mervyn Blumen selbst zu stellen. »Wir sind beide sowohl Bastarde als auch Geschworene Brüder«, soll er zu Ser Raynard Ruskyn gesagt haben. Als Ser Mervyn über Gnadenfurts Anklage unterrichtet wurde, sagte er: »Gewiss wollt Ihr meinen Stahl.« Er zog sein Langschwert aus der Scheide und bot es Marsten Wasser mit dem Heft voran an. Doch als Ser Marsten danach griff, packte Ser Mervyn sein Handgelenk, zog einen Dolch mit der anderen Hand und rammte ihn Wasser in den Bauch. Blumen kam jedoch nur bis zu den Stallungen, wo ihn ein betrunkener Waffenknecht und zwei junge Stallburschen erwischten, als er sein Pferd sattelte. Er tötete alle drei, aber der Lärm alarmierte andere, und schließlich wurde der Bastardritter überwältigt und tot geschlagen, während er noch den weißen Mantel trug, dem er Schande gemacht hatte.

Sein Lord Kommandant Ser Marsten Wasser überlebte ihn nicht lange. Er wurde im Turm der Weißen Schwerter gefunden, in einer Lache seines eigenen Blutes, und sofort zu Großmaester Munkun getragen, der ihn untersuchte und feststellte, dass die Wunde tödlich war. Obwohl Munkun die Wunde so gut vernähte wie möglich und ihm Mohnblumensaft zu trinken gab, verschied Wasser noch in derselben Nacht.

Lord Gnadenfurt hatte auch Ser Marsten als Verschwörer benannt und darauf bestanden, dass der »verfluchte Verräter« von Anfang an dabei gewesen sei, eine Anklage, die Wasser nun nicht mehr bestreiten konnte. Der Rest der Verschwörer wurde in die Schwarzen Zellen geworfen, wo sie auf ihren Prozess warten sollten. Manche beteuerten ihre Unschuld, andere behaupteten wie Ser Marsten, sie hätten in dem ehrlichen Glauben gehandelt, dass Thaddeus Esch und die Lyseni Verräter seien. Einige waren allerdings mitteilsamer. Ser Gareth Lang war der Redseligste und erklärte lauthals, dass Aegon III. ein Schwächling sei, nicht würdig, ein Schwert zu halten, geschweige denn auf dem Eisernen Thron zu sitzen. Septon Bernard hatte im Namen seines Glaubens gehandelt: Die Lyseni und ihre seltsamen fremden Götter hätten keinen Platz in den Sieben Königslanden. Es sei immer beabsichtigt gewesen, Lady Larra zusammen mit ihren Brüdern zu töten, sagte er, damit Viserys frei werde, eine anständige Königin aus Westeros zur Frau zu nehmen.

Der freimütigste Verschwörer war Tessario der Daumen. Seine Beweggründe waren Gold und Mädchen und Rache gewesen. Roggerio Rogare hatte ihm in der Meerjungfrau Hausverbot erteilt, weil er eine seiner Huren geschlagen hatte, und so hatte er das Bordell und Roggerios Männlichkeit als Preis verlangt, was man ihm auch zugesichert hatte. Als die Inquisitoren fragten, wer ihm diese Zusage gemacht habe, antwortete Tessario nur mit einem Grinsen … einem Grinsen, das sich in eine Grimasse und dann in einen Schrei verwandelte, als er unter Folter erneut gefragt wurde. Als Erstes nannte er Marsten Wasser, bei weiteren Befragungen Georg Gnadenfurt und schließlich auch noch Mervyn Blumen. Pilz erzählt uns, der Tiger habe noch einen vierten Namen preisgeben wollen, vielleicht den wahren Namen, sei jedoch vorher gestorben.

Ein Name wurde nie erwähnt, obwohl er wie eine Wolke über dem Roten Bergfried hing. In *Pilzens Zeugnis* spricht der Narr klar und deutlich aus, was damals nur wenige zu sagen wagten: dass es noch einen Verschwörer gegeben haben müsse, einen Herrn und Meister der Gruppe, den Mann, der alles aus der Ferne in Gang gesetzt und die anderen als seine Werkzeuge benutzt habe. »Der Spieler in den Schatten«, nennt Pilz ihn. »Gnadenfurt war grausam, aber nicht klug, Lang verfügte über Mut, aber nicht über Scharfsinn, Reisig war ein Säufer, Bernhard ein frommer Narr, der Daumen ein verfluchter Volantener, schlimmer als die Lyseni. Die Frauen waren Frauen, die Königsgarde war es gewohnt, Befehle zu befolgen, nicht zu erteilen. Lukas Flurgut stolzierte gerne in seinem goldenen Rock herum und konnte mit den besten seiner Männer trinken und kämpfen und vögeln, aber er war kein Ränkeschmied. Und alle standen sie mit einem Mann in Verbindung: Unsieg Gipfel, dem Lord von Sternspitz, Lord von Braunsteinburg, Lord von Weißwald und einstiger Hand des Königs.«

Ohne Zweifel hegten andere den gleichen Verdacht, nachdem das Komplott zur Ermordung des Königs aufgeflogen war. Mehrere der Verräter waren mit der ehemaligen Hand blutsverwandt, während andere ihm ihre Stellung verdankten. Und Lord Gipfel hatte ja nicht zum ersten Mal mit einer Verschwörung zu tun: Einst hatte er die Ermordung der beiden Drachenreiter unter dem Zeichen der Blutigen Krähenfüße geplant. Doch während der Geheimen Belagerung war Gipfel in Sternspitz gewesen, und keiner seiner angeblichen Handlanger nannte je seinen Namen, daher bleibt seine Beteiligung unbewiesen, damals wie heute.

Im Roten Bergfried herrschte derweil ein solches Misstrauen, dass Aegon III. Maegors Feste erst sechs Tage, nachdem sein Bruder Viserys die falschen Geständnisse von Lord Esch entlarvt hatte, verließ. Erst als er sah, dass Großmaester Munkun einen Schwarm Raben losschickte, um vierzig treue Lords nach Königsmund zu rufen, gab Seine Gnaden die Erlaubnis, die Brücke wieder hinunterzulassen. In der Feste waren die Vorräte so knapp geworden, dass sich Königin Daenaera nachts in den Schlaf weinte. Zwei ihrer Damen waren vom Hunger so geschwächt, dass sie beim Überqueren des Burggrabens gestützt werden mussten.

Als der König herauskam, hatte Lord Gnadenfurt seine Namen genannt, und viele Verräter waren ergriffen worden, andere waren geflohen. Marsten Wasser, Mervyn Blumen und Lukas Flurgut waren tot. Kurz darauf zog Thaddeus Esch wieder in den Turm der Hand … aber es war nicht zu übersehen, dass Lord Thaddeus den Pflichten der Hand des Königs nicht mehr nachkommen konnte. Seine Erlebnisse in der Folterkammer hatten ihn gebrochen. Im einen Moment wirkte er ganz wie der Alte, gesund und herzlich, um dann im nächsten hemmungslos in Tränen auszubrechen. Pilz, der so grausam sein konnte, wie er klug war, verspottete den alten Mann und beschuldigte ihn absonderlichster Verbrechen, um noch absurderer Geständnisse aus ihm herauszulocken. »Ich erinnere mich, wie ich ihn eines Nachts dazu gebracht habe, die Verantwortung für das Verhängnis von Valyria zu übernehmen«, gesteht der Zwerg in seinem *Zeugnis*. »Der ganze Hof brüllte vor Lachen, aber wenn ich jetzt daran zurückdenke, werde ich rot vor Scham.«

Als Lord Esch auch nach einem Mond noch nicht auf dem Weg der Besserung war, überredete Großmaester Munkun den König, ihn von seinem Amt zu entbinden. Esch brach zu seinem Sitz in Goldhain auf und versprach, nach Königsmund zurückzukehren, sobald er sich gesundheitlich erholt habe, doch er starb auf der Reise in Gesellschaft zweier seiner Söhne. Den Rest des Jahres diente der Großmaester sowohl als Regent als auch als Hand, denn das Reich musste regiert werden, und Aegon hatte das Mannesalter noch nicht erreicht. Als Maester, der eine Kette trug und zu dienen geschworen hatte, fühlte sich Munkun jedoch nicht befugt, über hohe Lords und gesalbte Ritter zu Gericht zu sitzen, und deshalb blieben die angeklagten Verräter in den Verliesen und warteten auf eine neue Hand.

Während das alte Jahr dem Ende zuging und schließlich einem neuen Platz machte, leistete ein Lord nach dem anderen dem Ruf des Königs Folge und kam nach Königsmund. Die Raben hatten ihre Aufgabe erfüllt. Zwar wurde die Zusammenkunft der Lords im Jahr 136 nie offiziell als Großer Rat bezeichnet, doch sie war die größte Versammlung von Adligen in den Sieben Königslanden, seit der Alte König die Lords im Jahre 101 nach Harrenhal gerufen hatte. Königsmund war bald bis zum Bersten gefüllt, sehr zur Freude der Wirte, Huren und Händler.

Die meisten Lords kamen aus den Kronlanden, den Flusslanden, den Sturmlanden … und aus dem Grünen Tal, wo Lord Eichenfaust und der Blutige Ben Schwarzhain schließlich den Vergoldeten Falken, den Irren Erben, den Bronzeriesen und alle ihre Unterstützer dazu gebracht hatten, das Knie vor Gottfrid Arryn zu beugen und ihm als ihrem Lehnherrn zu huldigen (Gunthor Rois, Quenten Corbray und Isembard Arryn gehörten zu denjenigen, die Lord Alyn zu der Zusammenkunft begleiteten, gemeinsam mit Lord Arryn selbst). Johanna Lennister schickte einen Vetter und drei Vasallen, die für den Westen sprechen sollten, Torrhen Manderly segelte von Weißwasserhafen herunter und brachte vierzig Ritter und Vettern mit, und Lyonel Hohenturm und Lady Sam ritten mit einem Schweif von sechshundert Mann von Altsass herauf. Doch das größte Gefolge begleitete Lord Unsieg Gipfel, der eintausend seiner eigenen Männer und fünfhundert Söldner mitbrachte. (»Wovor mag er nur Angst gehabt haben?«, witzelte Pilz.)

Dort, im Schatten des unbesetzten Eisernen Throns (denn König Aegon war nicht gekommen) versuchten die Lords, neue Regenten auszuwählen, die regieren sollten, bis Seine Gnaden erwachsen würde. Nachdem die Versammlung länger als zwei Wochen gedauert hatte, war man einer Einigung nicht näher als zu Beginn. Ohne die starke Hand eines Königs, der sie führte, gruben manche Lords alten Groll wieder aus, und die halbverheilten Wunden des Tanzes brachen blutend wieder auf. Die starken Männer hatten zu viele Feinde, während weniger mächtige Lords als zu arm oder zu schwach galten. Schließlich machte Großmaester Munkun in dem verzweifelten Versuch, eine Einigung zu erzielen, den Vorschlag, die Regenten durch das Los zu bestimmen. Als Prinz Viserys diesen Vorschlag unterstützte, wurde er angenommen. Die Lose fielen auf Willam Starkspeer, Marq Sonnwetter und Lorent Grandison, von denen wahrheitsgemäß behauptet werden kann, dass sie so friedfertig wie unauffällig waren.

Die Wahl der Hand des Königs war eine Angelegenheit von größerer Wichtigkeit und eine, die die versammelten Lords nicht den neuen Regenten überlassen wollten. Es gab jene, vor allem aus der Weite, die darauf drängten, Unsieg Gipfel erneut zu bitten, als Hand zu dienen, doch diese Stimmen wurden rasch niedergebrüllt, als Prinz Viserys verkündete, sein Bruder würde einen jüngeren Mann bevorzugen, »und einen, bei dem es weniger wahrscheinlich ist, dass er seinen Hof mit Verrätern füllt«. Alyn Velaryon wurde ins Spiel gebracht, aber für zu jung befunden. Kermit Tully und Benjicot Schwarzhain wurden aus dem gleichen Grund abgelehnt. Stattdessen wandten sich die Lords an den Nordmann Torrhen Manderly, den Lord von Weißwasserhafen … einen Mann, den viele nicht kannten, der aber gerade deshalb südlich der Eng keine Feinde hatte (außer vielleicht Unsieg Gipfel, der über ein gutes Gedächtnis verfügte).

»Gut, ich übernehme das Amt«, sagte Lord Torrhen, »aber ich brauche einen Mann, der gut mit Münzen umgehen kann, wenn ich mit diesen lysenischen Dieben und ihrer verfluchten Bank fertigwerden soll.« Da erhob sich Eichenfaust und schlug Isembard Arryn vor, den Vergoldeten Falken aus dem Grünen Tal. Um Lord Gipfel und seine Unterstützer zu beschwichtigen, wurde Gedmund Gipfel die Großaxt zum Lord Admiral und Meister der Schiffe ernannt (es heißt, Eichenfaust sei darüber eher amüsiert als verärgert gewesen und habe erklärt, es sei eine gute Wahl, denn »Ser Gedmund zahlt gern für Schiffe, und ich segele sie gern«). Ser Raynard Ruskyn wurde Lord Kommandant der Königsgarde, während Ser Adrian Thorn zum Befehlshaber der Goldröcke ernannt wurde. Der frühere Hauptmann des Löwentors war der einzige von Lukas Flurguts sieben Hauptleuten, der nicht der Beteiligung an der Verschwörung beschuldigt worden war.

Damit war alles entschieden. Aegon III. musste nur noch sein Siegel daruntersetzen, was er am nächsten Morgen ohne Zögern tat, ehe er sich erneut in die Abgeschiedenheit seiner Gemächer zurückzog.

Seine neue Hand kümmerte sich sofort um die Geschäfte des Reiches. Die erste Aufgabe war besonders einschüchternd: Er musste über diejenigen zu Gericht sitzen, die angeklagt waren, Gaemon Hellhaar vergiftet und sich zum Hochverrat gegen den König verschworen zu haben. Nicht weniger als zweiundvierzig Angeklagte gab es, denn jene, die Lord Gnadenfurt genannt hatte, hatten beim peinlichen Verhör weitere Namen gestanden. Sechzehn waren geflohen, acht waren gestorben, und so blieben achtzehn, über die noch geurteilt werden musste. Dreizehn davon hatten ihre Beteiligung an den Verbrechen schon zum Teil gestanden, denn die Inquisitoren des Königs waren äußerst überzeugend. Fünf beteuerten weiterhin ihre Unschuld und behaupteten, sie hätten ehrlich an einen Verrat von Lord Esch geglaubt und sich daher nur an den Machenschaften beteiligt, um Seine Gnaden vor den Lyseni zu retten, die ihn ermorden wollten.

Der Prozess dauerte dreiunddreißig Tage. Prinz Viserys war durchgehend anwesend und wurde oft von seiner Gemahlin Lady Larra, die bereits erkennbar mit seinem zweiten Kind schwanger war, ihrem Sohn Aegon sowie dessen Amme begleitet. König Aegon erschien nur dreimal, an den Tagen, an denen die Urteile über Gareth Lang, Georg Gnadenfurt und Septon Bernhard verhängt wurden; an den anderen zeigte er kein Interesse, und er erkundigte sich auch nicht nach ihrem Schicksal. Königin Daenaera wohnte den Verhandlungen überhaupt nicht bei.

Ser Gareth und Lord Gnadenfurt wurden zum Tode verurteilt, doch beide entschieden sich, stattdessen das Schwarz anzulegen. Lord Manderly entschied, dass sie mit dem nächsten Schiff nach Weißwasserhafen reisen und von dort aus zur Mauer gebracht werden sollten. Der Hohe Septon hatte schriftlich um Milde für Septon Bernhard ersucht, »damit er für seine Süden durch Gebet, innere Einkehr und gute Werke büßen könne«, daher ersparte Manderly ihm die Axt des Henkers. Stattdessen wurde Bernhard kastriert und dazu verurteilt, barfuß von Königsmund nach Altsass zu laufen und dabei seine Männlichkeit um den Hals zu tragen. »Wenn er überlebt, mag Seine Hohe Heiligkeit mit ihm tun, was immer er möchte«, verfügte die Hand. (Bernhard überlebte, legte ein Schweigegelübde ab und verbrachte den Rest seines Lebens als Schreiber, der in der Sternensepte heilige Bücher kopierte.)

Die beschuldigten Goldröcke, die gefasst worden waren (einige waren entkommen), entschieden sich für den gleichen Weg wie Ser Gareth und Lord Gnadenfuhrt und wollten lieber das Schwarz anlegen, als sich den Kopf abschlagen zu lassen. Die überlebenden Finger trafen die gleiche Wahl … aber Ser Viktor Reisig, einst der Scharfrichter des Königs, bestand als gesalbter Ritter auf seinem Recht, ein Urteil durch einen gerichtlichen Zweikampf zu bekommen, »sodass ich meine Unschuld durch Einsatz meines Körpers beweisen kann, im Angesicht der Götter und Menschen«. Daher wurde Ser Gareth Lang zurückgeholt, der Reisig am nachdrücklichsten der Beteiligung an der Verschwörung beschuldigt hatte, um sich ihm zu stellen. »Ihr wart schon immer ein verfluchter Narr, Viktor«, sagte Ser Gareth, als man ihm sein Langschwert in die Hand drückte. Der ehemalige Waffenmeister entledigte sich rasch des ehemaligen Henkers, wandte sich daraufhin lächelnd an die Verurteilten im hinteren Bereich des Thronsaals und fragte: »Sonst noch jemand?«

Die schwierigsten Fälle waren die drei angeklagten Frauen. Alle drei waren hochgeborene Damen, die zur Gesellschaft der Königin gehörten. Lucinda Fünfrosen (die bei der Jagd im Vorfeld des Jungfrauentags überfallen worden war) räumte ein, Daenaera den Tod gewünscht zu haben, und sagte: »Wenn meine Nase nicht aufgeschlitzt worden wäre, würde sie heute mich bedienen und nicht ich sie. Ihretwegen will mich kein Mann mehr haben.« Kassandra Baratheon gestand, sie habe häufig das Bett mit Ser Mervyn Blumen geteilt und manchmal auf Ser Mervyns Geheiß auch mit Tessario dem Tiger, »aber nur, wenn er mich darum gebeten hat«. Als Willam Starkspeer andeutete, sie sei vielleicht ein Teil der Belohnung gewesen, die dem Volantener versprochen worden war, brach Lady Kassandra in Tränen aus. Doch selbst ihr Geständnis wirkte harmlos neben dem von Lady Priscella Schweyn, einem traurigen und etwas einfältigen Mädchen von vierzehn Jahren, stämmig und klein und mit einem reizlosen Gesicht, die irgendwie auf die fixe Idee gekommen war, Prinz Viserys werde sie heiraten, wenn nur Larra aus Lys tot wäre. »Er lächelt immer, wenn er mich sieht«, berichtete sie dem Hof, »und einmal, als er auf der Treppe an mir vorbeigegangen ist, hat seine Schulter meinen Busen berührt.«

Lord Manderly, Großmaester Munkun und die Regenten verhörten die drei Frauen eingehend, vielleicht (wie Pilz beteuert) um ihnen den Namen einer vierten, bis dahin nicht erwähnten Frau zu entlocken: Lady Klarissa Osgrau, die verwitwete Tante Lord Unsieg Gipfels. Lady Klarissa war die Haushofmeisterin von Königin Daenaera und beaufsichtigte ihre Zofen, Gesellschafterinnen und Dienerinnen wie schon zuvor die Damen Königin Jaehaeras, und sie war mit vielen der Männer, die der Verschwörung überführt waren, gut bekannt (Pilz behauptet, sie und Georg Gnadenfurt seien ein Liebespaar gewesen, und Lady Klarissa habe bei Folterungen eine solche Erregung empfunden, dass sie sich manchmal zum Lord Konfessor in der Folterkammer gesellte, um ihm bei seiner Arbeit zu helfen). Falls sie tatsächlich an der Verschwörung beteiligt war, dann muss auch Unsieg Gipfel involviert gewesen sein. Doch alle Nachfragen führten zu keinem Ergebnis, und als Lord Torrhen sich offen danach erkundigte, ob sich Lady Klarissa an dem Komplott beteiligt habe, schüttelten alle drei die Köpfe.

Obwohl die drei Frauen ohne Frage an der Verschwörung beteiligt gewesen waren, hatten sie doch eine vergleichsweise kleine Rolle gespielt. Aus diesem Grund und mit Rücksicht auf ihr Geschlecht entschlossen sich Lord Manderly und die Regenten, Gnade walten zu lassen. Lucinda Fünfrosen und Priscella Schweyn sollten die Nasen abgeschnitten werden, allerdings konnte ihnen die Strafe erspart bleiben, wenn sie sich dem Glauben übergäben und ihre Gelübde hielten.

Kassandra Baratheons hohe Geburt ersparte ihr die gleiche Strafe; schließlich war sie das älteste Kind des verstorbenen Lord Borros und die Schwester des gegenwärtigen Lords von Sturmkap und einst sogar mit König Aegon II. verlobt gewesen. Obwohl ihre Mutter Lady Elenda bei dem Prozess nicht zugegen war, hatte sie drei Vasallen ihres Sohnes geschickt, die für Sturmkap sprachen.

Durch sie (und durch Lord Grandison, dessen Land und Burg ebenfalls zu den Sturmlanden gehörten) wurde Lady Kassandras Vermählung mit dem unbedeutenden Ritter Ser Walter Braunhügel eingefädelt, der ein paar Hufen Land am Zornkap besaß und in einer Burg lebte, von der es hieß, sie sei aus »Erde und Baumwurzeln« gebaut. Dreimal verwitwet, hatte Ser Walter mit seinen früheren Frauen sechzehn Kinder gezeugt, von denen dreizehn noch am Leben waren. Lady Elenda glaubte, die Sorge für diese Kinder und alle weiteren Söhne und Töchter, die Lady Kassandra Ser Walter noch schenken mochte, würden das Mädchen von künftigen Verschwörungen abhalten. (Und so geschah es denn auch.)

Damit war der Prozess gegen die Hochverräter abgeschlossen, aber die Kerker unter dem Roten Bergfried waren noch immer nicht leer. Das Schicksal von Lady Larras Brüdern Lotho und Roggerio musste noch entschieden werden. Zwar waren sie weder des Hochverrats, Mordes oder der Verschwörung schuldig, aber sie wurden trotzdem immer noch des Betrugs und Diebstahls beschuldigt; der Zusammenbruch der Rogare Bank hatte Tausende ruiniert, in Westeros wie in Lys. Obwohl sie durch Heirat mit dem Hause Targaryen verbunden waren, waren die Brüder selbst weder Könige noch Prinzen und ihre Titel leere Höflichkeit, darin waren sich Lord Manderly und Großmaester Munkun einig; also würde man sie vor Gericht stellen und bestrafen.

In dieser Angelegenheit hinkten die Sieben Königslande weit hinter der Freien Stadt Lys her, wo der Zusammenbruch der Bank Rogare erbarmungslos zum vollständigen Untergang des Hauses geführt hatte, das Lysandro der Prächtige errichtet hatte. Der Palast, den er seiner Tochter Lysara vererbt hatte, wurde gepfändet, und auch die Villen der anderen Kinder mitsamt aller beweglichen Habe. Eine Handvoll von Drako Rogares Handelsgaleeren erfuhren noch rechtzeitig vom Fall des Hauses, um Kurs nach Volantis zu setzen, doch für jedes Schiff, das gerettet wurde, gingen neun verloren, und zwar mitsamt der gesamten Fracht, den Landungsbrücken und Speichern der Rogares. Lady Lysara musste ihr Gold, ihre Edelsteine und ihre Kleider abgeben, Lady Marra ihre Bücher.

Fredo Rogare musste mitansehen, wie die Magister den Parfümierten Garten in Beschlag nahmen, während er noch versuchte, ihn zu veräußern. Seine Sklaven wurden verkauft und auch die seiner Geschwister, ob nun der ehelichen oder der Bastarde. Als das nicht genügte, um mehr als ein Zehntel der Schulden zu begleichen, die der Zusammenbruch der Bank hinterlassen hatte, wurden die Rogares selbst mit ihren Kindern in die Sklaverei verkauft. Die Töchter Fredo und Lysaro Rogares fanden sich bald im Parfümierten Garten wieder, wo sie als Kinder gespielt hatten, allerdings nun als Bettsklaven und nicht als Besitzer.

Auch Lysaro Rogare, der Architekt des Untergangs seiner Familie, kam nicht ungeschoren davon. Er und seine Eunuchenwachen wurden in der Stadt Volon Therys am Ufer der Rhoyne gefangen genommen, als sie auf ein Boot warteten, das sie über den Fluss bringen sollte. Treu bis zum Ende starben seine Unbefleckten bis zum letzten Mann, um ihn zu beschützen … aber ihm waren auch nur noch zwanzig geblieben (Lysaro hatte einhundert aus Lys mitgenommen, hatte die meisten aber unterwegs verkaufen müssen), und die waren in dem blutigen Durcheinander im Hafen bald umzingelt. Nach seiner Ergreifung wurde Lysaro den Fluss hinunter nach Volantis geschickt, wo die Triarchen ihn seinem Bruder Drako zu einem bestimmten Preis anboten. Drako lehnte ab und schlug vor, die Volantener sollten ihn lieber an Lys verkaufen. Und so kehrte Lysaro Rogare, an ein Ruder im Bauch eines volantenischen Sklavenschiffes gekettet, nach Lys zurück.

Während seines Prozesses wurde Lysaro gefragt, wohin all das Gold verschwunden sei, das er gestohlen hatte. Lysaro lachte und fing an, auf verschiedene Magister in der Versammlung zu zeigen: »Ich habe es genommen, um ihn zu bestechen und ihn und ihn und ihn.« So verriet er ein Dutzend Männer, ehe er zum Schweigen gebracht werden konnte. Das rettete ihn nicht. Die Männer, die er bestochen hatte, stimmten mit den anderen, als er verurteilt wurde (und behielten die Bestechungsgelder trotzdem, denn für die Magister von Lys stand Habgier über Ehre, wie weithin bekannt ist).

Lysaro wurde dazu verurteilt, nackt an eine Säule vor dem Tempel des Handels gekettet zu werden, wo ihn jeder, den er betrogen hatte, auspeitschen durfte, und zwar mit der Zahl an Hieben, die dem erlittenen Verlust entsprach. Und so geschah es. Es steht geschrieben, dass seine Schwester Lysara und sein Bruder Fredo zu jenen gehörten, die die Peitsche schwangen, während andere Lyseni Wetten darauf abschlossen, wann er sterben würde. Lysaro starb in der siebten Stunde des ersten Tages seiner Geißelung. Sein Leichnam blieb drei Jahre an die Säule gekettet, bis sein Bruder Moredo ihn abnahm und in der Familiengruft bestattete.

In diesem Fall zumindest erwies sich die lysenische Gerichtsbarkeit als beträchtlich härter als die der Sieben Königslande. Viele in Westeros hätten gern gesehen, wenn Lotho und Roggerio Rogare das gleiche bittere Schicksal wie Lysaro erlitten hätten, denn der Zusammenbruch der Bank Rogare hatte große Lords und bescheidene Händler gleichermaßen in Armut gestürzt … aber selbst jene, die sie am meisten verabscheuten, konnten keinen Beweis dafür bringen, dass einer von ihnen von den Machenschaften ihres Bruders in Lys etwas gewusst oder von seinem Diebstahl in irgendeiner Weise profitiert hätte.

Am Ende wurde der Bankier Lotho des Diebstahls für schuldig befunden, denn er hatte Gold und Edelsteine und Silber angenommen, die ihm nicht gehörten, und konnte sie auf Verlangen nicht zurückgeben. Lord Manderly stellte ihn vor die Wahl, das Schwarz anzulegen oder wie ein gemeiner Dieb die rechte Hand zu verlieren. »Da preise ich Yndros, dass ich Linkshänder bin«, sagte Lotho und entschied sich für die Verstümmelung. Seinem Bruder Roggerio konnte überhaupt keine Schuld nachgewiesen werden, doch Lord Manderly verurteilte ihn trotzdem zu sieben Peitschenhieben. »Wofür?«, wollte Roggerio entgeistert wissen. »Weil Ihr ein dreimal verfluchter Lyseni seid«, antwortete Torrhen Manderly.

Nachdem die Urteile vollstreckt waren, verließen die beiden Brüder Königsmund. Roggerio schloss sein Bordell, veräußerte das Gebäude, die Teppiche, die Vorhänge, die Betten und Möbel, sogar die Papageien und die Affen und kaufte sich von den Einnahmen ein Schiff, eine große Kogge, die er *Tochter der Meerjungfrau* nannte. So erwachte sein Kissenhaus zu neuem Leben, diesmal mit Segeln. In den kommenden Jahren segelte Roggerio die Meerenge hinauf und hinunter und verkaufte Gewürzwein, exotische Lebensmittel und fleischliche Freuden an die Bürger der großen Häfen und kleinen Fischerdörfer. Sein Bruder Lotho, dem eine Hand fehlte, wurde von Lady Samantha, der Mätresse Lord Lyonel Hohenturms, aufgenommen und kehrte mit ihr nach Altsass zurück. Die Hohenturms hatten den Lyseni keinen Groschen anvertraut und blieben daher eines der reichsten Häuser von Westeros, übertroffen vielleicht nur von den Lennisters von Casterlystein, und Lady Sam wollte lernen, dieses Gold besser zu nutzen. So wurde die Bank von Altsass gegründet, und durch sie wurde das Haus Hohenturm noch reicher.

(Moredo Rogare, der ältere der drei Brüder, die mit Lady Larra nach Königsmund gekommen waren, hielt sich während des Prozesses in Braavos auf und verhandelte mit den Schlüsselträgern der Eisernen Bank. Ehe das Jahr vorüber war, segelte er nach Tyrosh, die Taschen voller Gold, und heuerte Schiffe für einen Angriff auf Lys an. Diese Geschichte sparen wir uns jedoch für ein andermal auf, denn sie würde den Rahmen dieser Erzählung sprengen.)

König Aegon III. zeigte sich während der Verhandlungen gegen die Brüder nicht auf dem Eisernen Thron, doch Prinz Viserys kam jeden Tag und saß neben seiner Gemahlin. Was Larra aus Lys über die Rechtsprechung der Hand dachte, verraten uns weder Pilz noch die Hofchroniken, abgesehen von der Anmerkung, dass sie weinte, als Lord Torrhen sein Urteil sprach. Es war das einzige Mal, dass sie in der Öffentlichkeit Tränen vergoss.

Kurz darauf begannen die Lords abzureisen, ein jeder zu seinem Sitz, und das Leben in Königsmund nahm unter den neuen Regenten und der neuen Hand des Königs seinen gewohnten Gang auf … woran Letzterer mehr Anteil hatte als Erstere. »Die Götter haben unsere neuen Regenten gewählt«, meint Pilz, »und es scheint, dass die Götter genauso dumm sind wie die Lords.« Mit diesem Urteil lag er nicht falsch. Lord Starkspeer liebte die Beizjagd, Lord Sonnwetter liebte Festmahle, und Lord Grandison liebte den Schlaf.

Jeder der drei hielt die anderen beiden für Dummköpfe, aber letztlich spielte es keine Rolle, denn Torrhen Manderly, über den es ganz richtig hieß, er sei zwar unhöflich und gefräßig, aber gerecht, entpuppte sich als eine ehrliche und tüchtige Hand. König Aegon wurde nie mit ihm warm, das stimmt, doch Seine Gnaden war ohnehin misstrauisch, und die Ereignisse des letzten Jahres hatten ihn darin nur noch bestärkt. Auch kann man Lord Torrhen nicht nachsagen, dass er dem König sehr viel Achtung entgegenbrachte, den er »diesen mürrischen Jungen« nannte, wenn er seiner Tochter in Weißwasserhafen schrieb. Doch Manderly gewann Prinz Viserys lieb und war in Königin Daenaera vernarrt.

Obwohl die Regentschaft des Nordmannes verhältnismäßig kurz war, können wir sie doch nicht ereignisarm nennen. Mit der tatkräftigen Unterstützung des Vergoldeten Falken Isembard Arryn gelang Manderly eine tiefgreifende Neuordnung der Steuern, wodurch sich die Einnahmen der Krone vergrößerten und jene entlastet wurden, die nachweisen konnten, dass sie durch die Plünderung der Bank Rogare Verluste erlitten hatten. Gemeinsam mit dem Lord Kommandanten füllte er die Ränge der Königsgarde wieder auf Sieben auf und verlieh den Weißen Mantel an Ser Edmund Warrick, Ser Dennis Weißfeld und Ser Agramor Kopp, die die Plätze von Marsten Wasser, Mervyn Blumen und Amalrich Gipfel einnahmen. Den Vertrag, den Alyn Eichenfaust unterzeichnet hatte, um die Freilassung von Prinz Viserys zu erwirken, erkannte er in aller Form an, was ihm leichtfiel, da die Vereinbarung nicht mit der Freien Stadt Lys, sondern mit dem Haus Rogare getroffen worden war, das inzwischen nicht mehr existierte.

Da Ser Gareth Lang an der Mauer war, brauchte der Rote Bergfried einen neuen Waffenmeister. Lord Manderly ernannte einen feinen jungen Schwertkämpfer namens Ser Lukas Widersten. Ser Lukas, der Enkel eines Heckenritters, war ein geduldiger Lehrer, der sich bald Prinz Viserys' Gunst erwarb und dem sogar König Aegon widerwillig Respekt zollte. Als Lord Konfessor setzte Manderly Maester Rauland ein, einen jungen Mann, der erst kürzlich aus Altsass eingetroffen war, wo er bei Erzmaester Sandmann studiert hatte, dem angeblich besten Heiler in der Geschichte von Westeros. Großmaester Munkun hatte darauf gedrängt, Rauland zu ernennen. »Ein Mann, der Schmerz lindern kann, weiß auch, wie man Schmerz zufügen kann«, sagte er zur Hand, »aber vor allem ist es wichtig, dass wir einen Lord Konfessor haben, der seine Arbeit als Pflicht betrachtet und nicht Lust daraus zieht.«

Am Vorabend des Tags des Schmieds gebar Larra aus Lys Viserys einen zweiten Sohn, einen großen und kräftigen Jungen, dem der Prinz den Namen Aemon gab. Zur Feier seiner Geburt wurde ein Fest veranstaltet, und alle freuten sich über den neuen Prinzen … außer vielleicht sein anderthalbjähriger Bruder Aegon, der dabei erwischt wurde, wie er den Säugling mit dem Drachenei schlug, das man ihm in die Wiege gelegt hatte. Es ging jedoch alles gut, denn Aemons Heulen rief rasch Lady Larra herbei, die ihren älteren Sohn entwaffnete und ausschimpfte.

Kurz darauf wurde Lord Alyn Eichenfaust rastlos und begann Pläne für die zweite seiner sechs großen Reisen zu schmieden. Die Velaryons hatten einen großen Teil ihres Goldes Lotho Rogare anvertraut und dadurch mehr als die Hälfte ihres Vermögens verloren. Um diese Verluste auszugleichen, stellte Lord Alyn eine große Flotte aus Handelsschiffen zusammen, die von einem Dutzend seiner Kriegsgaleeren beschützt wurde, und brach über Pentos, Tyrosh und Lys nach Alt-Volantis auf. Auf dem Rückweg wollte er Dorne einen Besuch abstatten.

Es heißt, er habe sich vor der Abreise mit seiner Gemahlin gestritten, denn Lady Baela war vom Blut des Drachen und leicht zu erzürnen, und sie hatte ihren Gemahl zu viel über Fürstin Aliandra von Dorne reden hören. Doch am Ende versöhnten sie sich wieder, so wie immer. Die Flotte stach Mitte des Jahres in See, angeführt von Eichenfaust in einer Galeere, die er nach seiner Mutter *Verwegene Marilda* genannt hatte. Lady Baela blieb auf Driftmark, denn in ihr wuchs Lord Alyns zweites Kind heran.

Der sechzehnte Namenstag des Königs kam näher und näher. Da im Reiche Frieden herrschte und der Frühling in voller Blüte stand, entschied Lord Torrhen Manderly, dass König Aegon und

Königin Daenaera zur Feier seiner Volljährigkeit eine königliche Reise durchs Land machen sollten. Die Hand hielt es für gut, wenn der Junge das Land sah, über das er herrschte, und sich selbst seinem Volk zeigte. Aegon war groß und hübsch, und seine süße junge Königin konnte den Charme beisteuern, der dem König fehlte. Das gemeine Volk würde sie gewiss lieben, und daraus konnte der ernste junge König nur Vorteile ziehen.

Die Regenten waren einverstanden. Sie planten eine große königliche Reise, die ein ganzes Jahr dauern sollte und die Seine Gnaden in Teile des Reiches führen würde, die noch kein König besucht hatte. Von Königsmund würden sie nach Dämmertal und Jungfernteich reiten, dann mit dem Schiff nach Möwenstadt segeln. Nach einem Besuch in Hohenehr sollten sie nach Möwenstadt zurückkehren, in den Norden segeln und einen Zwischenhalt auf den Drei Schwestern einlegen.

Weißwasserhafen würde dem König und der Königin einen Empfang bereiten, wie sie ihn noch nicht erlebt hatten, versprach Lord Manderly. Dann könnten sie weiter nach Norden ziehen, nach Winterfell, und vielleicht sogar die Mauer besuchen, ehe es wieder nach Süden ginge, den Königsweg hinunter bis zur Eng. Sabitha Frey würde sie in den Zwillingen beherbergen, sie würden Lord Benjicot auf Burg Rabenbaum besuchen, und natürlich mussten sie, wenn sie den Schwarzhains einen Besuch abstatteten, mit den Brackens ebenso viel Zeit verbringen. Nach einigen Nächten in Schnellwasser würden sie die Hügel im Westen überqueren und Lady Johanna in Casterlystein besuchen.

Von dort würde die Reise auf der Meerstraße in die Weite führen … Rosengarten, Goldhain, Alteich … am Rotsee gab es einen Drachen, das würde Aegon nicht gefallen, aber der Rotsee ließ sich leicht umgehen … ein Besuch in einem von Unsieg Gipfels Sitzen könnte die ehemalige Hand beschwichtigen. In Altsass ließe sich der Hohe Septon ohne Zweifel überreden, den König und die Königin zu segnen, und Lord Lyonel und Lady Sam würden die Gelegenheit ergreifen, um dem König zu zeigen, wie sehr die Pracht ihrer Stadt die von Königsmund überstieg. »Es wird eine königliche Reise sein, wie sie das Reich seit über einem Jahrhundert nicht mehr gesehen hat«, erklärte Großmaester Munkun Seiner Gnaden. »Der Frühling ist die Zeit des Neuanfangs, Herr, und diese Reise wird der wahre Beginn Eurer Herrschaft sein. Von den Dornischen Marschen bis zur Mauer werden Euch alle als ihren Königs kennenlernen und Daenaera als ihre Königin.«

Torrhen Manderly stimmte zu. »Außerdem wird es dem Jungen guttun, endlich einmal aus dieser verfluchten Burg herauszukommen«, verkündete er in Pilzens Beisein. »Er kann auf die Jagd und die Beiz gehen, kann ein paar Berge besteigen, Lachs in der Weißklinge fangen und sich die Mauer anschauen. Jede Nacht wird es ein Festmahl geben. Es könnte dem Jungen nicht schaden, ein wenig mehr Fleisch auf die Knochen zu bekommen. Auch das Bier des Nordens soll er probieren, das ist so dick, dass man es mit dem Schwert schneiden kann.«

In den nächsten Tagen beanspruchten die Vorbereitungen der Namenstagfeier und der königlichen Reise die ganze Aufmerksamkeit der Hand und der drei Regenten. Listen der Lords und Ritter, die den König zu begleiten wünschten, wurden aufgesetzt, zerrissen und erneut aufgesetzt. Pferde wurden beschlagen, Rüstungen poliert, Wagen und Räderhäuser repariert und neu bemalt, Banner genäht. Hunderte Raben flogen quer durch die Sieben Königslande hin und her, als jeder Lord und jeder Ritter mit Landbesitz in Westeros um die Ehre eines königlichen Besuches ersuchte. Lady Rhaenas Wunsch, die Reise auf ihrem Drachen zu begleiten, wurde taktvoll abgelehnt, während ihre Schwester Baela verkündete, sie würde mitreisen, ob sie erwünscht sei oder nicht. Sogar die Kleidung, die der König und die Königin tragen sollten, wurde sorgsam bedacht. An den Tagen, da Königin Daenaera Grün trug, so entschied man, würde Aegon sein gewohntes Schwarz anlegen. Doch wann immer die kleine Königin das Rot und Schwarz des Hauses Targaryen trug, sollte der König einen grünen Mantel anlegen, damit stets beide Farben präsent waren.

Einige Angelegenheiten waren noch nicht entschieden, als an König Aegons Namenstag die Sonne heraufdämmerte. Ein großes

Fest sollte an jenem Abend im Thronsaal veranstaltet werden, und die uralte Gilde der Alchimisten hatte ein Schauspiel der Pyromantik versprochen, wie es das Reich noch nie gesehen hatte.

Doch es war noch Morgen, als König Aegon den Ratssaal betrat, wo Lord Torrhen und die Regenten besprachen, ob die königliche Reise auch durch Stolperstadt führen sollte oder nicht.

Vier Ritter der Königsgarde begleiteten den jungen König in den Ratssaal. Sardoq der Schatten war ebenfalls dabei, verschleiert und stumm, das große Schwert in der Hand. Seine unheimliche Erscheinung überschattete den Raum. Einen Augenblick lang war sogar Torrhen Manderly sprachlos.

»Lord Manderly«, sagte König Aegon in die plötzliche Stille hinein, »bitte verratet mir, wie alt ich bin, wenn Ihr so freundlich sein möchtet.«

»Ihr seid heute sechzehn Jahre alt, Euer Gnaden«, antwortete Lord Manderly. »Ein erwachsener Mann. Es ist an der Zeit, dass

ihr die Regierung der Sieben Königslande in Eure eigenen Hände nehmt.«

»Das werde ich«, sagte König Aegon. »Ihr sitzt auf meinem Platz.«

Die Kälte in seiner Stimme überraschte alle Anwesenden, sollte Großmaester Munkun Jahre später schreiben. Verwirrt und erschrocken wuchtete Torrhen Manderly seinen umfangreichen Leib aus dem Stuhl am Kopf des Ratstisches und warf Sardoq dem Schatten einen unbehaglichen Blick zu. Als er dem König den Stuhl anbot, sagte er: »Euer Gnaden, wir sprechen gerade über die Reise ...«

»Es wird keine Reise geben«, verkündete der König, nachdem er sich gesetzt hatte. »Ich verbringe doch nicht ein Jahr auf einem Pferd, schlafe in fremden Betten und tausche leere Höflichkeitsfloskeln mit betrunkenen Lords aus, von denen die Hälfte meinen Tod begrüßen würde, wenn er ihnen auch nur einen Groschen einbrächte. Falls jemand mit mir sprechen möchte, wird er mich auf dem Eisernen Thron finden.«

Torrhen Manderly gab nicht so schnell auf. »Herr«, sagte er, »diese Reise würde viel und noch viel mehr dazu beitragen, Euch die Liebe des gemeinen Volks einzubringen.«

»Ich beabsichtige, dem gemeinen Volk Frieden, einen vollen Magen und Gerechtigkeit zu schenken. Wenn das nicht reicht, um seine Liebe zu gewinnen, so soll Pilz eine Reise durchs Reich antreten. Oder wir schicken dem Volk einen Tanzbären. Irgendjemand hat mir einmal erzählt, das gemeine Volk liebe nichts so sehr wie einen tanzenden Bären. Außerdem könnt Ihr das Fest heute Abend absagen. Schickt die Lords nach Hause in ihre Burgen und gebt das Essen an die Hungernden. Volle Mägen und Tanzbären, das wird die Grundlage meiner Herrschaft sein.« Dann wandte sich Aegon an die drei Regenten. »Lord Starkspeer, Lord Grandison, Lord Sonnwetter, ich danke Euch für Eure Dienste. Ihr seid jetzt frei zu gehen. Ich habe keinen weiteren Bedarf an Regenten.«

»Und braucht Euer Gnaden noch eine Hand?«, fragte Lord Manderly.

»Ein König sollte sich seine Hand selbst auswählen«, gab Aegon III.

zurück und erhob sich. »Ihr habt mir ohne Zweifel gut gedient, so wie Ihr zuvor meiner Mutter gedient habt, aber meine Lords haben Euch gewählt, nicht ich. Ihr könnt nach Weißwasserhafen zurückkehren.«

»Mit Freuden, Herr«, sagte Manderly in einem Ton, den Großmaester Munkun später als Knurren bezeichnen sollte. »Ich habe kein anständiges Bier mehr getrunken, seit ich in diese Jauchegrube von einer Burg gekommen bin.« Daraufhin nahm er seine Amtskette ab und legte sie auf den Ratstisch.

Kaum vierzehn Tage später stach Lord Manderly an Bord eines Schiffs nach Weißwasserhafen in See mit einem kleinen Gefolge aus geschworenen Schwertern und Dienern … unter denen sich auch Pilz befand. Der Narr hatte den großen Nordmann lieb gewonnen, so scheint es, und hatte freudig das Angebot angenommen, mit ihm nach Weißwasserhafen zu gehen, statt bei einem König zu bleiben, der selten lächelte und niemals lachte. »Ich war wohl ein Narr, aber nicht ein solcher Narr, dass ich bei diesem Narren geblieben wäre«, erklärt er uns.

Der Zwerg sollte den jungen König, den er verließ, überleben. Die späteren Bände seines *Zeugnisses* sind mit bunten Erzählungen über sein Leben in Weißwasserhafen gefüllt, über seinen Aufenthalt am Hofe des Seeherrn von Braavos, über seine Reise zum Hafen von Ibben und seine Jahre bei den Mimen der *Lispelnden Dame*. Diese Berichte mögen als Quellen ihren eigenen Wert haben, aber nicht für unsere Geschichte hier … deshalb muss der kleine Mann mit der verdorbenen Zunge an diesem Punkt unsere Geschichte verlassen. Gewiss war der Zwerg nie der verlässlichste unserer Chronisten, aber er sprach Wahrheiten aus, die kein anderer in den Mund zu nehmen wagte, und hat uns außerdem oft zum Lachen gebracht.

Pilz erzählt uns, Lord Manderly und seine Gesellschaft seien mit einer Kogge gesegelt, die *Lustiges Salz* hieß, aber die Stimmung an Bord auf der Fahrt nach Norden sei alles andere als lustig gewesen. Torrhen Manderly hatte »diesen mürrischen Jungen« nie gemocht, wie die Briefe an seine Töchter offenbaren, und er sollte dem König die brüske Art seiner Entlassung niemals verzeihen und auch nicht, wie Seine Gnaden die königliche Reise »abgestochen« hatte, deren abruptes Ende Lord Torrhen als äußerst demütigenden persönlichen Affront betrachtete.

Binnen weniger Augenblicke nach Antritt seiner Herrschaft über die Sieben Königslande hatte sich König Aegon III. einen Mann zum Feind gemacht, der zu seinen treuesten und ergebensten Dienern gehört hatte.

Und so gelangte die Herrschaft der Regenten zu einem kläglichen Ende, und die gebrochene Herrschaft des Gebrochenen Königs begann.

DIE ERBFOLGE DES HAUSES TARGARYEN VON WESTEROS

Datiert ab dem Jahr nach Aegons Eroberung (n.A.E.)

1–37	Aegon I.	Aegon der Eroberer, Aegon der Drache, Sohn Lord Aerion Targaryens von dessen Gemahlin Valaena aus dem Hause Velaryon
37–42	Aenys I.	Einziger Sohn König Aegons I. von seiner Schwestergemahlin Rhaenys
42–48	Maegor I.	Maegor der Grausame, einziger Sohn König Aegons I. von seiner Schwestergemahlin Visenya
48–103	Jaehaerys I.	Der Alte König, der Schlichter; dritter Sohn König Aenys' I. von dessen Gemahlin Alyssa aus dem Hause Velaryon
103–129	Viserys I.	Ältester Enkel König Jaehaerys' I. und dessen Schwestergemahlin Alysanne von deren dritten Sohn Prinz Baelon und dessen Schwestergemahlin Prinzessin Alyssa
129–131	Aegon II.	Ältester Sohn Viserys' I. von dessen zweiter Gemahlin Alicent aus dem Hause Hohenturm (Der Thronanspruch

		Aegons II. wurde angefochten von seiner zehn Jahre älteren Halbschwester Rhaenyra, der Tochter Viserys' I. von seiner Base und ersten Gemahlin Aemma aus dem Hause Arryn. Beide starben in dem Bürgerkrieg, der von den Barden *Der Drachentanz* genannt wird.)
131–157	Aegon III.	Der Drachentod; ältester Sohn Königin Rhaenyras von ihrem zweiten Gemahl und Onkel Daemon Targaryen (Der letzte Drache der Targaryen starb während der Herrschaft Aegons III.)
157–161	Daeron I.	Der Junge Drache, der Knabenkönig; ältester Sohn König Aegons III. von seiner zweiten Gemahlin Daenaera aus dem Hause Velaryon (Daeron I. eroberte Dorne, war aber nicht fähig, es zu halten, und starb jung.)
161–171	Baelor I.	Der Geliebte, der Selige; Septon und König; zweiter Sohn König Aegons III. von seiner zweiten Gemahlin Daenaera aus dem Hause Velaryon
171–172	Viserys II.	Der jüngste Sohn Königin Rhaenyras und Prinz Daemons; der jüngere Bruder König Aegons III.
172–184	Aegon IV.	Der Unwerte; ältester Sohn Viserys' II. und seiner lysenischen Gemahlin Larra aus dem Hause Rogare (Sein jüngerer Bruder, Prinz Aemon der Drachenritter, war Recke und – so sagen manche – der Liebhaber seiner Schwester Königin Naerys)
184–209	Daeron II.	Der Gute; Sohn der Königin Naerys von König Aegon IV. oder Prinz Aemon dem Drachenritter (Daeron II. fügte Dorne

		dem Reich hinzu, indem er seine Schwester Daenerys mit Maron Martell, dem Fürsten von Dorne, vermählte.)
209–221	Aerys I.	Zweiter Sohn König Daerons II. von seiner Gemahlin Myriah aus dem Hause Martell, Aerys I. hinterließ keine Nachkommen
221–233	Maekar I.	Vierter Sohn König Daerons II. von seiner Gemahlin Myriah aus dem Hause Martell
233–259	Aegon V.	Der Unwahrscheinliche; vierter Sohn König Maekars I. und seiner Gemahlin Dyanna aus dem Hause Dayn
259–262	Jaehaerys II.	Zweiter Sohn König Aegons V. und seiner Gemahlin Betha aus dem Hause Schwarzhain
262–283	Aerys II.	Der Irre König; einziger Sohn von König Jaehaerys II. und seiner Schwestergemahlin Shaera

Die Linie der Drachenkönige endete, als Aerys II. entthront und ermordet und zeitgleich sein Erbe, Kronprinz Rhaegar Targaryen, am Trident von Robert Baratheon erschlagen wurde.

ILLUSTRATOR

Doug Wheatley ist Comiczeichner, Konzeptdesigner und Illustrator. Er hat unter anderem an *Star Wars, Aliens, Superman, Der unglaubliche Hulk* und *Conan der Barbar* mitgearbeitet. Er stattete auch bereits Illustrationen zu *Westeros – Die Welt von Eis und Feuer* bei.

wacht
Eiseninseln
Seegart
Peik
Trommelstein
Goldzahn
Casterlystein
Lennishort
Die Weite
Mander
Rosengarten
Altsass
Sternfall
Arbor